역주해 역대 촉석루 시문 대집성

譯註解 歷代 矗石樓 詩文 大集成

하강진(河岡震; Ha, Kang-Jin)

경남 밀양 출생. 본관 진양.
동서대학교 영상문학전공 교수(1995~현재).
　　　　　입시부처장·처장(1999~2012).
　　　　　종합홍보실장(2003~2007).
부산대학교 사범대학 국어교육과 졸업.
부산대학교 대학원 국어국문학과 박사 취득.

· 논문

〈지역문학 분야〉

　「촉석루 제영시의 역사적 전개와 주제 양상」(2019), 「밀양고전문학사의 전개」(2018), 「백산 안희제의 가학 전통과 유람시」(2017), 「진주 촉석루 제영시의 제재적 성격」(2008), 「밀양 영남루 제영시 연구」(2006), 「김해 연자루 제영시 연구」(2004) 외 다수.

〈자전 출판 분야〉

　「자전 체재에서 본『국한문신옥편』의 한국자전사적 위상」(2018), 「중국 자전의 수용 양상과 그 의미」(2016), 「표제어 대역 한자어의 탄생과『한불자전』의 가치」(2016), 「『자전석요』의 편찬과정과 판본별 체재 변화」(2010), 「한국 최초의 근대자전『국한문신옥편』의 편찬 동기」(2005) 외 다수.

· 저서

　『진주성 촉석루의 숨은 내력』(2014), 『이규보의 문학이론과 작품세계』(2001), 『디지털시대의 생활한문』(2001), 『역주 광주김씨세고』(김병권 공역, 2015)

· kgha@dongseo.ac.kr

　한국 누정문학의 보고

역주해 **역대 촉석루 시문 대집성**

© 하강진, 2019

1판 1쇄 발행＿2019년 8월 08일
1판 2쇄 발행＿2020년 8월 08일

지은이＿하강진
펴낸이＿양정섭

펴낸곳＿도서출판 경진
　　　　등록＿제2010-000004호
　　　　이메일＿mykyungjin@daum.net
　　　　블로그(홈페이지)＿mykyungjin.tistory.com
　　　　사업장주소＿서울특별시 금천구 시흥대로 57길(시흥동) 영광빌딩 203호
　　　　전화＿070-7550-7776　**팩스**＿02-806-7282

값 50,000원
ISBN 978-89-5996-327-0 93810

※ 본 저서는 2019년 동서대학교 대학자율역량강화지원사업(ACE+)의 지원을 받아 출판되었습니다.
※ 이 도서의 국립중앙도서관 출판예정도서목록(CIP)은 서지정보유통지원시스템 홈페이지(http://seoji.nl.go.kr)와 국가자료공동목록시스템(http://www.nl.go.kr/kolisnet)에서 이용하실 수 있습니다. (CIP제어번호: 2019028292)

역주해 역대 촉석루 시문 대집성

譯註解 歷代 矗石樓 詩文 大集成

하강진

Kyungjin Publishing co. 경진출판 Since 1999.

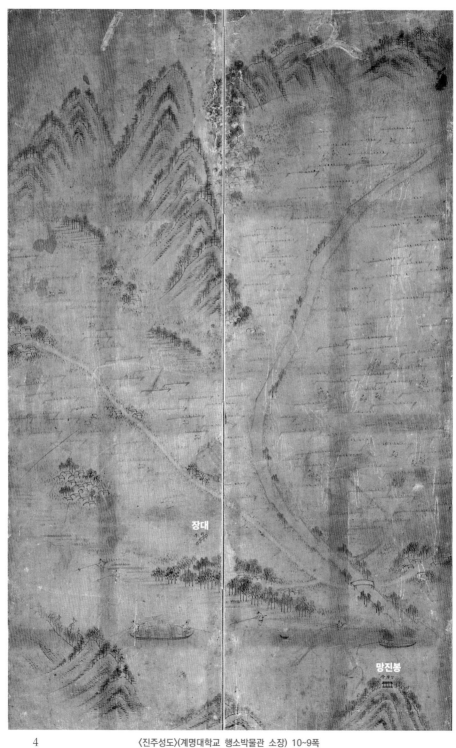

망진봉

장대

망진봉

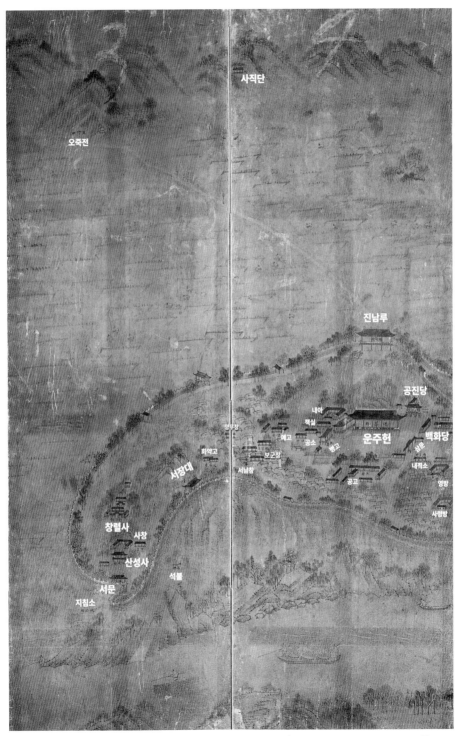

〈진주성도〉(계명대학교 행소박물관 소장) 8~7폭

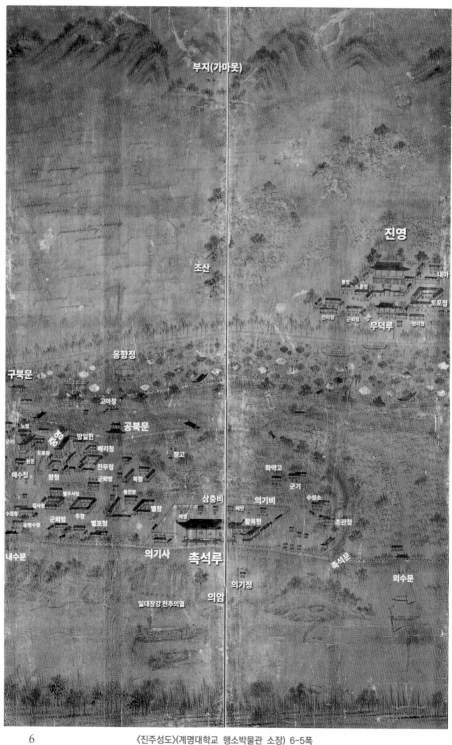

부지(가마못)

조산

진영

내아

통방 도훈청
토포청
진리청 군퇴청 영리청
무덕루

응향정

구북문

고마창

공북문

노방
망일헌
군기
배리청
도포청
장고
집사청
진무청
예수청 장청 북청
화약고
군퇴방
군기
별무사청 동진창
수성소
집사청
별창
삼중비
의기비
수첩청 주창 제민 활옥헌 조관청
순영수청 군퇴방 별포청

내수문
의기사
촉석루
촉석문
외수문

의기정

의암

일대장강 천추의열

〈진주성도〉(계명대학교 행소박물관 소장) 6~5폭

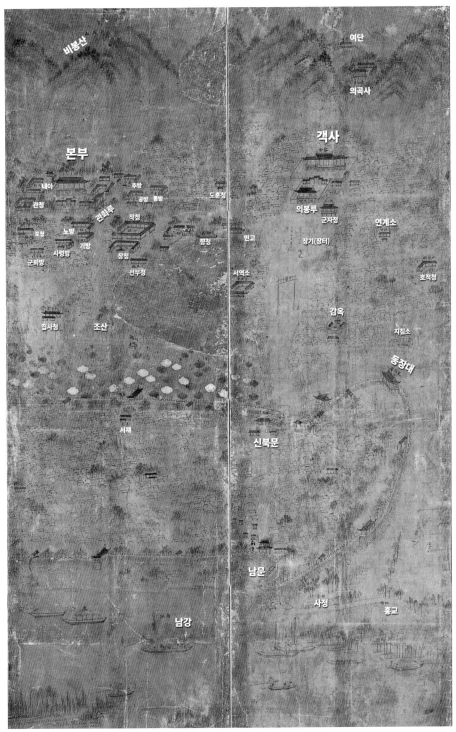

비봉산

여단

의곡사

객사

본부

내아
관청
주방
공방 통방
도훈청
의봉루
군자정
연계소

관화루
적청

포청
노방
민고
장기(장터)
호적청

사령방
기방
서역소

군뢰방
장청

선무청

집사청
조산

감옥
지침소

동장대

서재

신북문

남문

남강

사정
홍교

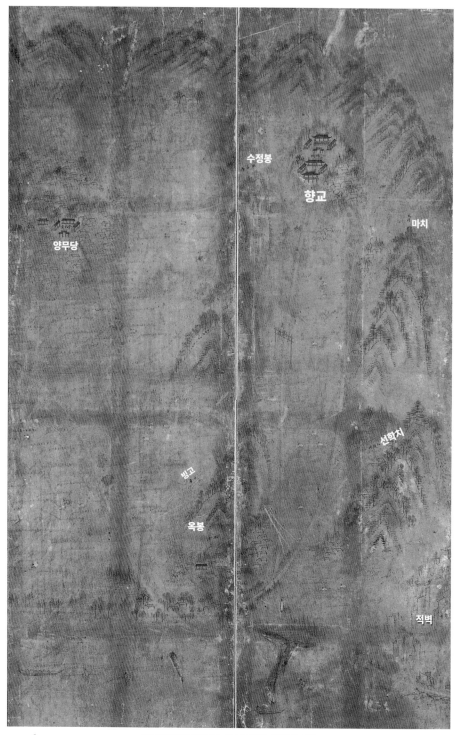

수정봉

향교

마치

양무당

선학지

빙고

옥봉

적벽

8 〈진주성도〉(계명대학교 행소박물관 소장) 2~1폭

일러두기

1. 시문 집성 범위는 고려 후기 안축부터 근대문학으로의 이행기가 끝나는 1910년대 출생한 인물까지로 한정했다. 작가는 총 719명, 작품은 1,050편이다. 이 중 제영시는 710명 1,028수(시제 884)이며, 산문은 19명 22편이다. 시문을 동시에 남긴 이는 10명이다.

2. 촉석루 본루 외에 부속누각인 청심헌이나 함옥헌을 제재로 지은 작품을 아울렀다. 원문은 『한국문집총간』, 『한국역대문집총서』, 개인 문집, 읍지 등에 실린 것으로, 해당 면수를 제목에 표기해 서지정보의 정확성을 기했다.

3. 한글풀이는 직역을 원칙으로 했고, 맥락 파악에 필요한 핵심 전고나 용례를 각주로 제시했다. 각주는 작가별로 일련번호를 매겼다.

4. 체재는 제1부 '빼어난 경관과 강직한 기개를 노래하다', 제2부 '다기한 역사와 각별한 유람을 기억하다', 제3부 '부록(진주 여행기, 용어 일람, 작가 색인)'으로 나누었다.

　　1) 제1부 제영시는 작가의 생몰년을, 제2부 산문은 창작 시기를 기준으로 배열순서를 정했다.

　　2) 창작 시기는 작품 편차, 일기, 유람록, 행장, 연보 등에서 확인한 뒤 작가 소개나 각주에서 밝혔다. 특정할 수 없는 경우 작시 개연성 있는 수행 관직을 소개했다. 예컨대 진주목사, 진주판관, 진주교수, 경상도관찰사, 경상도사, 경상우병사, 영남어사, 경상도 찰방(사근도·소촌도·자여도) 등이다.

　　3) 부록의 〈진주 여행기〉는 이준, 김도수, 조술도, 강필효, 송병선, 오횡묵의 남부지방 유람기에서 발췌한 것이다. 여기에는 근대 이전 촉석루의 장소성과 문화적 기억이 저장되어 있다.

　　4) 〈용어 일람〉은 자주 등장하는 낱말을 간략히 풀이한 것으로, 각주의 중복을 줄임은 물론 촉석루 시문의 관습적 표현을 이해하는 데 도움을 줄 것이다.

　　5) 〈작가 색인〉은 한글 순이다. 한글은 같되 한자가 다를 경우, 신(申·辛·愼), 여(余·呂), 임(林·任), 장(張·蔣), 전(田·全), 정(鄭·丁), 조(趙·曺)처럼 성씨별로 묶어서 배열했다.

5. 작가 정보는 관력, 출생지, 인맥이나 사우 관계 등의 계보를 담아 작품 해제 겸 인물지(人物誌) 성격을 갖도록 했다. 그리고 성씨 대부분은 본관이나 분파를 표시했다. 문집 외『조선왕조실록』,『승정원일기』,『일성록』,『도선생안』,『촉영도선생안』,『진양지』,『영남읍지』등을 참고했다.

6. 시문 수집과 원문 해석에 유용하게 이용한 전자 문서는 다음과 같다.

한국고전종합DB 한국문집총간(약칭 총간)	db.itkc.or.kr
한국고전종합목록시스템	www.nl.go.kr
국립중앙도서관	www.dlibrary.go.kr
경상대학교 문천각 남명학고문헌시스템	nmh.gsnu.ac.kr
한국역대문집총서DB (약칭 총서)	db.mkstudy.com
한국국학진흥원 유교기록관	www.ugyo.net
한국학자료센터	www.kostma.net
한국학중앙연구원 장서각	yoksa.aks.ac.kr
서울대학교 규장각 한국학연구원	kyujanggak.snu.ac.kr
호남기록문화유산	memoryhonam.co.kr
한국사데이터베이스	db.history.go.kr
조선왕조실록	sillok.history.go.kr
승정원일기	sjw.history.go.kr
한국역사정보통합시스템	www.koreanhistory.or.kr
한국불교문화종합시스템	buddha.dongguk.ac.kr
국회도서관	www.nanet.go.kr
디지털진주문화대전	jinju.grandculture.net

7. 촉석루 역사성과 문학 현장성은 하강진의『진주성 촉석루의 숨은 내력』(도서출판 경진, 2014)에 상세하게 서술되어 있다.

8. 본서의 4~8쪽 그림은〈진주성도(晉州城圖)〉병풍(보물 제1600호, 계명대학교 행소박물관 소장, 340×111cm)이다. 원전에 표시된 총 131개 한자 명칭에 한글을 덧붙였다.

촉석루는 한국인의 심상 공간으로 늘 함께하고 있다. 임진왜란, 논개로 표상되는 촉석루의 심상은 진주를 뛰어넘어 이 땅에서 살아가고 있는 우리들에게 문화기억의 터전으로 DNA처럼 각인되어 있고, 앞으로도 변함없이 '거기'가 아닌 '여기'로 작동할 것이다.

근 20년 만에 촉석루 700년 시문을 한 자리에 모았다. 2002년 5월에 시작해 2020년을 앞둔 지금이다. 수없이 말을 걸고 또 걸었다.

촉석루에 대한 본격적인 관심은 우연한 기회에 찾아왔다. 월드컵 해에 입시홍보로 처음 진주 지역 고교를 방문하면서 누마루에 올랐다. 동서로 띠처럼 두른 남강 위에 위풍당당하게 자리를 잡고서 수려한 풍경을 한눈에 내어주는 누각의 인상은 강렬했다. 내벽 곳곳의 기품 있는 현판 시문을 베껴 적으면서 역사성이 짙게 함축된 촉석루를 누정문학(樓亭文學)의 본령으로 삼아야겠다는 의지를 동시에 채워 넣었다.

짧은 기간에 끝낼 수 있는 과제가 아니라는 사실은 자료를 찾으면서 이내 드러났다. 당시 인터넷 자료 구축이 막 시작될 때라 촉석루 시문의 개요를 파악할 방법이 마땅치 않았기 때문이다. 공간된 시문집은 다수의 작품을 수록해 촉석루 시를 시기별로 일별하는 데 도움이 되었으나 출처가 불분명하거나 오기가 더러 있어 곧바로 이용할 수 없었다. 또 논문은 현판시 여남은 수를 다룬 한 편 정도 확인될 뿐이었다.

틈틈이 자료를 찾고 또 찾았다. 그 사이 몇 차례 업그레이드된 한국문집총간에서 작가 119명, 157제 178수의 촉석루 제영시를 얻었다. 또

2005년부터 검색서비스를 시작한 경상대 남명학고문헌시스템에서 작가 154명, 197제 243수 가량을 확보해 보완했다. 이와 함께 한국고전번역원을 비롯해 국립중앙도서관, 유교기록관, 호남기록문화유산 등에서 서비스하는 데이터베이스를 활용해 시문을 확인한 뒤 원문을 제공하지 않는 경우는 소장처나 지인을 수시로 방문해 자료를 추가했다.

그 과정에 「진주 촉석루 제영시의 제재적 성격」(2008), 「진주 남강 절벽의 바위글씨로 읽는 근대 인물의 사회문화사」(2013), 「다산 정약용의 시문학 공간으로서 진주」(2014)를 연이어 학회지에 게재했다. 또 이를 종합적으로 재구성하고 쟁점이 될 만한 논의를 전면적으로 확장해 533쪽의 『진주성 촉석루의 숨은 내력』(2014)을 펴냈다.

일련의 논저는 그때까지 취합한 자료를 바탕으로 집필한 것이지만 이후로도 여전히 시문이 발견되었다. 꾸준히 깁고 더한 결과 710명의 제영시 884제 1,028수와 촉석루 연혁 정보를 담고 있는 19명 22편의 산문을 본편에, 진주성 배치를 이해하는 데 필요한 진주 여행기 6편을 부록으로 실었다. 특히 처음 소개하는 전문(全文)의 산문자료는 촉석루 연혁을 살피는 데 매우 요긴하다. 작가의 생몰년을 구체적으로 알 수 없거나 작품 일부만 전해지는 경우 부득이 제외했고, 미처 열람하지 못한 문집은 차후로 미룰 수밖에 없었다.

한문 원문을 하나하나 입력하는 작업은 까다롭고 힘이 들었다. 고준(考準)과 번역을 시종 혼자서 진행하고 다른 일도 병행하다 보니 시간이 많이 흘렀다. 이제 드디어 약 1,000편의 시문이 한글로 새 옷을 입고 세상 밖으로 나왔다. 짧게는 20년 안쪽이지만 길게는 몇백 년 만에 비로소 등장하는 작품도 있다. 원문을 충실히 풀이하되 어려운 용어는 각주에서 그 전고를 자세하게 달아 맥락 파악에 도움이 되도록 했다. 그리고 방대한 제영시를 개관할 수 있도록 해제를 앞에 붙였다.

문학사, 사상사, 정치사에서 매우 친숙한 작가를 만날 것이다. 반면에 다소 생소한 문인도 있다. 현실 정치 무대에서 존재감이 약했더라도 향촌 사회나 문중에서 차지한 이들의 비중은 작지 않다. 중심과 주변의 일면적 구분에서 벗어나 총집한 작품을 관통하는 충의와 양심의 시 정신을 음미하는 시각이 중요하다.

시문을 지은 계기를 분명하게 인지할 때 번역과 해석이 정밀해진다. 창작 당시의 현장에 최대한 가까이 접근하기 위해 문집의 체재, 작가의 행장(行狀)이나 가장(家狀) 등을 두루 살폈다. 사회 관계망이나 가계 인맥 정보는 하나의 인물 사전이 될 것이다. 덜 알려진 인물이라도 놓치지 않으려고 애썼고, 작가들의 주요 활동 지역을 답사하면서 카메라에 담았으나 책 분량상 싣지 못해 아쉬운 부분이 있다.

앞선 책의 서문에서 스스로 약속한 지 만 5년이 지나서야 『역주해 역대 촉석루 시문 대집성』을 선보이게 되었다. 이 책이 향후 한국 누정 문학 연구를 활성화하고 지역 문화콘텐츠 아이디어를 다양하게 발굴하는 데 일조할 수 있기를 기대한다. 아울러 지역문학사를 재인식하고 한국문학사를 기술하는 데에도 보탬이 되었으면 한다.

생활인이라면 누구라도 어려움이 있는 법이다. 과골삼천(踝骨三穿), 수적천석(水滴穿石), 조갑천장(爪甲穿掌) 성어를 상기하며 묵묵히 여기까지 왔다. 인생사 한 굽이에서 새 분야에 도전해 두루 인정받고 있는 아내 장혜선, 사회인으로서 삶을 어엿하게 개척해가고 있는 두 딸 예은과 예지, 그리고 학문 동지 두류(頭流)가 큰 힘이 된다.

작금 인문학 여건이 어렵다고들 한다. 학술지원을 아끼지 않는 본 대학과 기초학문 발전에 관심을 두고 출판을 흔쾌히 결정한 경진출판의 양정섭 대표께 진심으로 감사의 말씀을 전한다.

다음은 논개(論介)와 삼장사(三壯士) 시문의 천착이다. 내년 출판을 계획하고 있다.

2019년 7월 16일 금정산 한운루(閑雲樓)에서
하강진 삼가 쓰다

촉석루 제영시의 이해[1)]

: 본서에 수록한 710명 1,028수를 중심으로

1. 촉석루 본루와 부속누각의 연혁

　제영시는 산수나 건물 등의 특정한 대상을 시적으로 형상화한 것이므로 제재의 성격에 대한 이해가 선행되어야 한다. 누각의 존재는 시문 창작과 밀접한 관련이 있고, 누각 중수 정보는 제영시의 성격을 이해하는 데 필수적이다. 따라서 촉석루(矗石樓)의 창건, 중수, 보수 등의 경과를 개괄적으로 인지해야만 작품을 온전히 이해할 수 있다.

　촉석루의 장소성은 무엇보다 수려한 자연경관에서 특징을 찾을 수 있다. 부벽루, 영남루와 더불어 조선시대 3대 누각의 하나로 회자된 까닭도 여기에 있다. 사적인 공간이 아니기에 전라도의 면앙정·식영정·송강정·환벽당처럼 국문시가의 가단(歌壇)을 형성하게 한 중심 무대는

---

1) 이 글은 하강진의 「촉석루 제영시의 역사적 전개와 주제 양상」(『남명학연구』 62집, 경상대학교 남명학연구소, 2019)을 해제 성격에 맞도록 조정하면서 내용 일부를 고친 것이다.

아니었지만, 시인 묵객들은 영남의 명소를 유람할 때면 으레 촉석루를 꼽았다. 특히 촉석루가 남해 금산이나 지리산으로 향하는 길목에 있었고, 덕천서원이 산청에 있던 관계로 시문 창작의 또 다른 근거를 마련했다.

진주의 오랜 역사와 함께 한 촉석루는 1241년 진주목사 김지대(金之岱, 1190~1266)가 단일 건물로 창건한 것이다. 조선 초기에 이미 본루 좌우에 새의 날개처럼 부속누각을 거느렸다. 서각으로 1481년 쌍청당과 1522년경 임경헌(관수헌)이, 동각으로 1498년 능허당(함옥헌)과 청심헌이 각각 건립되어 웅장한 위용을 갖추었다. 이처럼 네 채의 부속누각이 본루를 옹위한 형태는 다른 누각과 차별화되었으나 임진왜란 때에 속루 모두가 소실되는 불운을 겪었다. 전란 후 동각은 복구되어 여러 차례 중수를 거쳐 청심헌은 1757년 이전까지 존재했고, 함옥헌은 20세기 초에 사라지고 말았다.

전근대 촉석루의 관리 책임은 진주목사와 진주판관(종5품)에게 있었다. 문헌 자료상 촉석루 창건 이후 첫 중수는 1322년 진주통판 안진(安震, 1293~1360)에 의해서 단행되었다. 1380년 왜구 약탈로 소실된 것을 1413년 진주목사 권충(權衷)이 중건했다. 1491년에는 진주목사 경임(慶紝)이, 1583년에는 진주목사 신점(申點)이 잇달아 중수했다. 그리고 경상우병영이 진주성으로 이전된 이후로는 우병사가 병마우후(종3품)와 더불어 관리의 책임을 맡았다. 그리하여 1618년 진주목사 겸 경상우병사 남이흥(南以興)이 중수했으며, 1693년 우병사 우필한(禹弼漢), 1724년 이태망(李台望), 1786년 김정우(金廷遇), 1810년 원영주(元永冑), 1886년 정기택(鄭騏澤)이 각각 중수했다. 갑오개혁으로 병영이 해체되고 난 이후인 1908년 진양계에서, 1949년 국보촉석루중수위원회에서 잇달아 중수했다. 1950년 9월 1일 한국전쟁 때 전소되었고, 1960년 11월 20일 진주고적보존회에서 중건해 오늘에 이르고 있다.[2]

촉석루는 무엇보다 임란의 역사성을 간직한 곳이다. 제1차 진주성전투에서 처절한 항쟁 끝에 승전을 이끈 김시민 장군을, 제2차 진주성전투 때에는 순국지사 삼장사(三壯士)를 위시해서 의기(義妓) 논개(論介)를 얻었다. 승전과 패전의 현장인 이곳을 방문한 문인들에게 강한 창작 동기를 불러일으켜 촉석루 제영시 창작의 계기를 제공했다.

2. 촉석루 제영시의 분포 현황

고려 말 안축(安軸, 1282~1348)부터 근대문학으로의 이행기가 끝나는 1910년대까지 출생한 이를 기준으로 작가는 710명이고, 작품 수는 884제 1,028수이다. 촉석루 경내의 의기사나 의암이나 진주성의 사적들을 제외한, 오로지 촉석루 제재만을 대상으로 지은 작품들이다.

촉석루는 예부터 이름난 누각으로 곧잘 비교되는 평양 부벽루나 밀양 영남루에 비해 상대적으로 총량이 많은 편이다. 섣불리 판단할 일은 아니지만 지금까지 확보한 자료에 근거할 때 촉석루가 단일 누정으로서 전국 최다의 작품 수를 보유하고 있는 것으로 추정된다.

2.1. 작가의 출신 지역별 분류

출생 지역별 작가 분포

지역	경남	경북	전남	서울	전북	경기
작가 수	350	143	55	46	25	11
비율(%)	49.3	20.1	7.8	6.5	3.5	1.6
지역	충북	충남	황해	강원	미정	계
작가 수	10	8	3	3	56	710
비율(%)	1.4	1.1	0.4	0.4	7.9	

---

2) 하강진, 『진주성 촉석루의 숨은 내력』, 도서출판 경진, 2014, 59~133쪽.

위 표에서 보듯이 경남(울산 포함) 지역에서 출생한 이는 전체 710명 중 350명으로 절반인 49.3%를 차지한다. 이는 촉석루가 위치한 장소가 경남 진주에 있는 까닭이다. 이어서 영남이라는 지역 유대가 깊은 경북(대구 포함), 지리적으로 진주와 인접한 전남(광주 포함) 순으로 분포한다. 특히 서울이 전북보다 배 정도 많은 것은 이곳 출신의 인물이 경상도 관찰사나 경상우병사, 진주목사 등을 역임한 데서 연유한다.

경남 지역별 작가 분포

지역	산청	진주	합천	의령	함안	하동	거창
작가 수	66	64	46	32	23	21	18
비율(%)	18.9	18.3	13.1	9.1	6.6	6.0	5.1
지역	함양	고성	밀양	창녕	창원	기타	계
작가 수	17	16	14	14	8	11	350
비율(%)	4.9	4.6	4.0	4.0	2.3	3.1	

경남지역 중에서는 위 표에 나타나듯이 산청이 350명 중 66명으로 18.9%, 진주가 64명으로 18.3%의 수치를 보였다. 두 지역을 합치면 37%를 차지하고, 합천·의령·함안·하동·거창·함양·고성까지로 확대할 경우 303명으로 늘어나 경남지역 중 86.6% 수준에 이른다. 이를 전체 작가 수와 대비할 때에는 42.7%로 절반에 육박한다. 따라서 촉석루 제영시는 서부경남 출신의 문인들이 창작을 주도했음을 알 수 있다. 곧 진주를 거점으로 방사형을 이루는 지리적 공간 특성이 있고, 이를 배경으로 결속한 통혼이나 학연 등의 연고에 바탕을 둔 사회적 관계망을 긴밀히 구축함으로써 촉석루 제영시를 창작할 기회가 많았던 것이다.[3]

---

3) 지연, 학연, 혈연에 기반을 두는 '연고문화의식'은 문인들에게 활발한 시문 창작을 추동했을 뿐만 아니라 문화역량을 응집시켜 경남지역에서 거질의 실학파 문집들이 간행되는 근간이 되기도 했다. 류탁일, 『성호학맥의 문집 간행 연구』, 부산대학교 출판부, 2000, 183~204쪽.

2.2. 작가 작품의 시대별 분류

작가의 출생 연대별 분포

연대	13C 이전	14세기	15세기	16세기	17세기	18세기	19세기	20C 이후	계
작가 수	2	9	24	79	61	100	397	38	710
비율(%)	0.3	1.3	3.4	11.1	8.6	14.1	55.9	5.4	

위 표를 보면 작가 710명 중 고려 후기에 출생한 이는 11명으로 극소수이다. 이는 하륜(河崙, 1347~1416)이 「촉석루기」에서 언급했듯이 고려 말까지 제영시가 제법 있었으나 도중에 유실되었고, 누각 또한 왜구 침입으로 소실되어 1413년 이전까지 방치되어 있던지라 창작의 기회나 동기가 적었기 때문이다. 촉석루 제영시는 조선시대에 들어서 본격적으로 창작되었는데, 선초의 약세 국면을 지나 16세기부터 18세기까지는 시기별로 비슷한 수준을 보여준다. 그러다가 19세에 이르게 되면 앞 시대와 대비할 때 이 시기에 출생한 작가가 확연히 늘어나 무려 55.9%를 차지하고, 그 이후 출생한 작가를 포함하면 60%를 웃돈다.

작품의 창작 시기별 분포

연대	14C 이전	15세기	16세기	17세기	18세기	19세기	20C 이후	미정	계
작품 수	4	39	90	132	112	181	335	135	1,028
비율(%)	0.4	3.8	8.7	12.8	10.9	17.6	32.6	13.1	

위 표는 작품 시제(詩題)에 창작 시기가 명시적으로 병기되어 있거나 작가의 관력 혹은 생애 정보를 종합해 작성한 것이다. 창작 시기를 대체로 알 수 있는 작품은 893수 정도로 전체의 86.9%를 차지한다. 이 중 1600년대에만 지어진 132수는 고려 말부터 16세기 임진왜란 때까지

의 작품 133수와 맞먹는다. 이는 임란 이후 창원에서 있던 경상우병영이 진주성으로 이전됨으로써 군사 요충지로서의 위상이 한층 높아진 진주의 도시 성격이 반영된 것이다. 곧 우병사가 진주에 주재함으로써 그 이전에 비해 고위관리들의 방문이나 지역 인사들과의 교유가 확대되었고, 결과적으로 촉석루는 17세기 이후 중심적인 제재로 자리를 잡게 되었다. 여기에다 임란 기억의 터전으로서 촉석루에 내재한 대외항쟁의 상징성이 창작 동인을 유력하게 작용했을 것이다.

촉석루 제영시는 19세기 이후 양적으로 대폭 확대되었음을 보여준다. 특히 1900년 이후 창작된 작품의 경우 335수로 32.6%에 이른다. 또 시기를 분명하게 특정할 수 없어 미정으로 처리한 135수 중 99수가 뒤의 양식별 분포 표에서 보듯이 1900년 전후로 지어진 것이다. 이를 포함해서 본다면 현전하는 제영시는 19세기 후반에 출생한 경남 문인들에 의해 집중적으로 창작되었음을 알 수 있다. 당시 산수 유람을 통해 품격 있는 풍류 정신을 함양하고 올바른 역사의식의 각성을 추구한 선비들에게 문화적 기억이 풍부한 촉석루의 장소성은 각별하게 인식되었음을 알려 준다.

여하튼 촉석루 제영시가 19세기 중후반에 집중적으로 증가한 것은 사실이지만 촉석루 창건 이래 시기별로 존재하는 다량의 촉석루 시는 작품의 경향성을 공시적이나 통시적으로 분석하는 자료로 주목할 만한 가치가 있다. 이는 시적 제재로서의 촉석루가 갖는 특징적 현상이라 하겠다.

3. 누정 작가의 보편성과 특수성

촉석루 시의 작가층에는 진주나 그 인근 지역의 출신 문인들이 대다수 포진하고 있음을 앞에서 보았다. 작시 계기는 누정시가 대개 그렇듯이 촉석루의 빼어난 경치를 감상하기 위한 유람이 제일 흔하고, 지방행정 담당자나 사신으로서의 공무 수행과 밀접한 관계가 있다.

먼저 관내 고을 통치와 관련된 경상감영 소속의 관리들이다. 고려말 박융의 직함은 경상도 경력이었다. 조선시대의 이륙, 성현, 허침, 김극성, 김안국, 김정국, 이언적, 송순, 박계현, 유홍, 홍성민, 류영순, 정사호, 김지남, 박경신, 윤훤, 이수언, 홍만조, 이의현, 이미, 김상집, 이지연, 조시영 등은 경상도 관찰사였다. 그리고 관찰사를 보좌하던 직책인 경상도사로서 황사우, 정환, 정경달, 박선장, 황근중, 임유후, 이현조, 김석일, 정기안, 이지수 등도 촉석루 시를 지었다. 이 중 일부는 영남루 제영시를 함께 남겼다.[4]

다음으로 진주목사, 통판(판관), 진주교수(제독), 경상우병사 등은 진주에 일정 기간 머물면서 촉석루 시를 지었다. 진주목사의 예를 들면 배환, 이우, 박승임, 양응정, 최립, 정인함, 이소한, 조석윤, 이하진, 이하조, 조덕상, 권제응, 정현석 등이 있다. 그리고 경상우병사 조문언, 진주판관 하응도와 박돈복, 진주교수(제독) 정탁과 정인함이 작가로 이름을 올렸다.

이외 진주 인근 고을에서 벼슬살이했거나 특별한 왕명을 받들고 공무를 수행하는 중에 시를 남긴 이로는 태실 증고사 정이오, 8도체찰사 이석형, 함양군수 김종직·김려, 증고사 이행, 경상도 감군어사 황준량, 곤산훈도 김뉴, 영남어사 신응시, 초유사 김성일, 호송관 김륵, 소모유

---

4) 성현(1439~1504), 김극성, 김안국, 김정국, 이언적, 송순, 정환, 박계현, 유홍, 홍성민, 정경달, 이미(1725~1779) 등이다.

사 하수일, 도원수 한준겸, 창원부사 신지제·정문부, 통영 선호어사 이광윤, 체찰부사 남이공, 영남선유사 김중청, 5도체찰사 이경전, 독운어사 목대흠·황호, 어사 윤순지, 종사관 오숙, 안음현감 박장원, 거창현감 남노명, 사옹원 취토관 권두경, 사근도찰방 박공구·이인상, 황산도찰방 윤기, 경상우도 암행어사 정만석·여동식·이헌영, 산청현감 남공철, 기실참군 조수삼, 자여도찰방 김영·한철호, 경상암행어사 김학순·서상훈, 상주진 토포사 이종준, 함안군수 오횡묵, 영남선무사 이중하 등이다. 이 중 일부는 영남루 제영시를 아울러 지었다.[5]

보다시피 위의 인물 중에는 상당수가 재임 기간 중 촉석루와 영남루의 제영시 작가로 함께 등장한다. 이는 공직 수행 과정에서 경상도 지역의 진주와 밀양을 방문할 때 그 지역을 대표하는 문화경관인 촉석루와 영남루에 올라 작시하는 기회를 얻은 결과이다.

그러면 제영시를 창작한 작가들은 주로 어떤 성향을 지녔는가? 이는 여타 누정시 작가들의 특징과 비교 분석할 때 명료하게 드러날 터인데, 종합적인 검토는 차후 과제로 미루고 여기서는 창작의 한 배경으로서 작가들에게 발견되는 사회적, 혈연적 관계망을 추적해보고자 한다.

첫째, 촉석루 제영시의 확장과 관련해 높은 비중을 차지하는 사우(師友) 관계를 들 수 있다. 성재 허전(許傳, 1797~1886)의 제자인 이민식·김인섭·허원식·안종덕·이상돈·이도묵·최한승·이도추·이대형·노응호·김재인·이대형·황희수 등의 작품이 있다. 그리고 연재 송병선(宋秉璿, 1936~1905)의 제자로 정봉기·박태형·한유·하우식·조계승 등이 있고, 그의 동생 심석재 송병순(宋秉珣, 1839~1912)의 제자는 변호석·배성호·서상두·김회석·이현구·권두희·정형규·권재성 등이다. 이들 모두 촉석루 시

---

5) 이석형(1415~1477), 황준량, 김륵, 신지제, 김중청, 윤신지, 윤기(1741~1826) 등이다. 한편 강대수는 진주목사와 밀양군수 때, 오횡묵은 고성군수 때 영남루 시를 지었다. 그리고 류경심은 1558년 순변사 김수문의 종사관으로 활약하면서 두 누각의 제영시를 함께 남겼다. 조숙 또한 1568년 풍기군수에 임명되자 당시 진주에 주제하던 관찰사 정유길에게 인사차 갔다가 촉석루 시를 지었고, 2년 뒤에는 그와 함께 영남루 시도 지었다.

를 남겼다. 또한 기정진의 제자 노백헌 정재규(鄭載圭, 1843~1911)는 사우의 폭이 넓었는데, 제영시를 지은 제자로는 이태현·김현옥·최한승·민치량·전상무·권상찬·권두희 등의 문우와 배성호·권운환·이택환·전기주·민용혁·민치홍·정봉기·류원중·최덕환·남정우·조용상·남창희·김상혁·권봉현·곽태종·민노식·하우식·이태식·심종환·정규석·이정수·정기·이교면·한우동·이인호 등이 있다. 이외 이진상(李震相), 곽종석(郭鍾錫), 하겸진(河謙鎭)의 제자 중에서도 촉석루 시를 다수 지었다.

둘째, 면암 최익현(崔益鉉, 1833~1906)이 1902년 4월 하동 횡천에서 열린 최치원 영정 봉안식에 참석하고 난 뒤 여러 고을을 거쳐 두 달 뒤 촉석루를 방문하는 길에 진주권의 학자들이 일시에 동행해 시문을 수창하고 학문을 강론했다. 곧 서부 경남의 기호학파 문인들이 세력을 공고히 결집하는 계기가 되었다는 사실이다.6) 여정마다 강학회나 시회가 개최됨으로써 영호남 학자들이 지역을 초월해 격의 없이 교유하고 소통하는 결사의 장을 펼친 일은 지역 유학의 발달사에서도 매우 뜻깊은 사례에 속한다. 당시 최익현은 이황의 시에 차운한 제영시를 지었는데, 호남의 제자 최기룡·조우식을 비롯해 영남의 김영조·이택환·강영지·하우식이 스승을 시종하며 촉석루 제영시를 함께 지었다.

셋째, 부자나 형제 등의 혈연적인 유대가 촉석루 시 창작의 촉매로 작용한 경우이다. 우선 부자(父子) 관계에 있는 작가로는 윤훤-윤순지, 이소한-이은상, 이단상-이하조, 정기안-정만석, 하세응-하필청, 최광남-최상익, 최상원-최호문, 김시후-김회석, 장석신-장희원, 노근수-노홍원, 류현수-류잠, 송준필-송수근, 박형동-박노철, 손영석-손창수, 김영시-김상준, 권재성-권옥현, 심상봉-심규섭 등이다. 다음으로 형제(兄弟) 관계는 강대수-강대적, 김창집-김창흡, 박광보-박광석, 이진상-이운상, 송병선-송병순, 황현-황원, 서상두-서상건, 권재환-권재성,

---

6) 하강진(2014), 396~404쪽 참조.

정규영-정해영, 하장식-하정근 등이 있다.[7] 최광삼-최상각-최한승, 이지용-이교문-이일처럼 일부는 조부·아들·손자가 모두 작가로 이름을 올린 이들도 있다. 이 밖에 삼촌과 조카, 장인과 사위, 외삼촌과 생질, 재종숙질, 외조부와 외손, 고모부와 처질 사이 등도 있다. 이처럼 다양한 층위의 혈연관계는 촉석루 시 작가층의 한 특색이라 하겠다.

넷째, 진주와 인접한 경상도나 전라도의 지역에 유배 온 사람들의 시도 주목할 만하다. 우선 정철의 사위 임회(1562~1624)가 1614년 이이첨의 모함으로 자신은 양산에, 아들 임백붕은 곤양에 유배되었다. 그는 이후 아들이 머물던 진주 관내의 곤양을 방문해 촉석루 시를 창작한 것으로 보인다. 그리고 조희일(1575~1638)은 김제남 역모 사건에 휘말려 1618년 9월 평안도 이산에서 경상도 하동으로 이배되었는데, 당시 진주를 방문해 남이홍이 중건한 촉석루를 제재로 지은 조위한의 시의를 본떠 차운시를 지었다. 또 이지걸(1632~1702)은 영덕현감 재직 시 집행한 남형(濫刑)으로 1691년부터 곤양에서 유배 생활하던 중 촉석루에 들러 논개의 절의를 아련히 회고하는 시를 지었다. 이뿐만 아니라 김성탁(1684~1747)은 이현일의 신원소를 올린 탓으로 1737년 제주도 정의에 유배되었다가 이듬해 광양 섬진 강가로 이배되었다. 그는 인사차 들렀던 종손 김시원이 보내온 촉석루 시를 읽고 화답하는 시를 지었고, 특히 김우한·황학·안경직은 광양의 김성탁을 위문하러 가면서 제영시를 지었다. 이외에 자신의 유배지였던 거제도의 길목에 위치한 진주를 지나다가 잠깐 촉석루에 들러 제영시를 남긴 김창집(1648~1722)과 이유원(1814~1888)이 있다.

이처럼 촉석루 시는 18세기 후반부터 호남을 아우르는 서부 경남 노

---

7) 이밖에 여수 방답첨제사 정지심의 아들 정석달, 경상우병사 신익념의 동생 신익황, 산음현감 서명규의 형 서명서, 단성현감 채응일의 아들 채제공, 삼가현감 김영택의 아들 김상정, 하동군수 이재형의 형 이재의 등이 가족을 종유하거나 방문하던 도중 촉석루에 들러 시를 지었다.

사-한주 학파의 대대적인 결집, 학연이나 혈연의 관계에 의한 창작 전통의 지속, 진주와 가까운 지역의 유배 경험 등의 특수한 창작 조건으로 다량 생산되었음을 알 수 있다.

4. 촉석루 제영시의 형식적 특징

4.1. 촉석루 제영시의 양식별 분포

촉석루 제영시는 고려 말 등장해 한문학 전통이 면면히 계승되던 1900년대까지 지속적으로 창작되었다. 그러면 약 700여 년간 창작 시기별로 지어진 작품을 대상으로 어떠한 양식적 특징이 있는지를 살펴보기로 한다. 여기에는 촉석루 본루 외에 부속누각을 제재로 한 시와 부속누각의 운자를 쓰되 촉석루를 시제로 삼은 작품이 포함되어 있다.

	5언				7언				기타	계
	절구	율시	배율	계	절구	율시	배율	계		
1300년대	-	-	-	-	1	-	3	4	-	4
1400년대	3	1	2	6	17	11	5	33	-	39
1500년 전후	-	-	-	-	7	1	-	8	-	8
1500년대	-	4	1	5	48	33	4	85	-	90
1600년대	2	16	1	19	29	76	3	108	5	132
1700년 전후	-	-	-	-	2	2	-	4	-	4
1700년대	4	4	-	8	15	88	1	104	-	112
1800년 전후	2	2	-	4	7	13	-	20	-	24
1800년대	2	7	-	9	27	145	-	172	-	181
1900년 전후	2	2	1	5	11	82	-	93	1	99
1900년대	6	4	-	10	52	268	5	325	-	335
계	21	40	5	66	216	719	21	956	6	1,028

위의 표에서 보듯이 5언시는 전체 1,028수 중 66수로 6.4%에 불과해 미미한 수준이다. 반면에 7언시는 모두 956수로 전체 대비 93%에 이르러 작품 총량 면에서 압도하고 있으며, 이 중 율시와 절구는 약 75%와 약 23%를 각각 차지하며, 배율시는 2%를 약간 상회하는 비율로 매우 적다. 특이하게도 고시 갈래로 청하 권극중(1585~1659)이 지은 70구 140행의 장편 5언고시가 있고, 양서 이광윤(1564~1637)과 도원 박원갑(1564~1618)이 지은 8행 48자의 '무단일단운체' 제영시가 있다.

대개 제영시를 보면 차운시가 큰 비중을 지닌다. 원운의 권위를 창의적으로 응용한 차운시는 기억의 터전이 되어 누정 고유의 문화 정체성을 갖게 하기 때문이다. 촉석루 제영시가 7언율시를 중심으로 널리 향유된 사실을 위의 통계 현황에서 잘 알 수 있는데, 여기에는 차운시의 창작 관습이 꾸준히 이어진 까닭이다.

우선 고려 후기의 면재 정을보(鄭乙輔, 1285~1355)가 7언배율의 12행 시를 지어 선편을 잡았다. '支'운의 '時, 詩, 衰, 遲, 詞, 垂, 奇' 운자이다. 하지만 차운시는 백문보, 백미견, 김구경, 이석형, 김종직, 성현, 유호인, 조숙, 황준량, 유홍, 신응시 등 임진왜란 이전에 활동한 작가의 작품이 전할 뿐이다.

촉석루 시의 지배적 양식의 정착에 영향을 준 작품은 조선 전기의 박융(朴融, 1347~1428)과 조선 후기의 신유한(申維翰, 1681~1752)이 지은 7언율시이다. 우당 박융도 경상도 경력 시절에 촉석루를 방문하고 '尤'운에 속하는 '區, 樓, 流, 浮, 州' 운자를 써서 진주의 수려한 풍광과 문화전통을 칭송했다. 이 시에 차운한 이는 줄잡아 70여 명에 이른다. 그리고 청천 신유한은 1712년 '尤'운에 속하는 '流, 洲, 樓, 愁, 遊' 운자를 활용해 촉석루의 감회를 인상적으로 읊었다. 이를 차운한 작가만도 전체 710명 중 284명으로 무려 40%이고, 시제에서 신유한의 자·호나 이름을 직접 밝힌 작가도 다수이다.[8] 가히 신유한이 촉석루 전체 제영시를 주도했다고 해도 과언이 아니다. 이처럼 촉석루 현판에도 새겨진 박융이나 신유한의 시는 문인들에게 종횡으로 경쟁 심리를 유발해 제영시 창작의 욕구를 강하게 자극했다는 사실이다. 이외 촉석루 7언율시의 원운 작가로 퇴계 이황(李滉), 해사 정돈균(鄭敦均)도 눈여겨볼 필요가 있다.

한편 절구 중 7언의 형식 또한 촉석루 시에서 의미 있는 한 흐름을 형성했다. 그 중심에 학봉 김성일(金誠一, 1538~1593)의 「촉석루일절(矗石樓一絶)」 시가 있다.9) 압운을 보면 '紙'운이고, 운자는 '土, 水, 死'이다. 이 원운에 차운한 작가로는 최흥원, 홍화보, 민승룡, 최상각, 이가순, 여동식, 이진상, 오횡묵, 김시후, 오계수, 기우만 등이 있다.

4.2. 촉석루 제영시 시어의 특징

촉석루 시의 독특한 양식적 특징은 시어의 배치 차원에서도 드러난다. 조선 후기에 창작된 시의 주된 경향이 임진왜란의 사적을 시에 담는 일이었다. 이에 삼장사의 충절을 상징하는 '삼충(三忠)·삼장사(三壯士)·장사(壯士)·삼신(三臣)·충신(忠臣)·열사(烈士)·절사(節士)' 시어가 본루나 부속누각의 제영시에 빈번히 나타나는데, 작가만도 대략 82명에 이른다.10) 그리고 논개의 순국이나 관련 사적을 지칭하는 '가인(佳人)·가

---

8) 예컨대 하응명(1699~1769), 최천익, 조의양, 안인일, 이양오, 강정환, 최상각, 김영, 류휘문, 하진현, 이지수, 권정휘, 민재남, 박희전, 김정린, 이상두, 문상질, 하경칠, 변영규, 오횡묵, 최경한, 차석호, 이희로, 조장섭, 정병조, 황병관, 권도용, 심상봉, 신성규, 강문식(1907~1963) 등이 있다.

9) 이 시의 작가 문제로 '최경회설'이 여전히 존재한다. 아울러 작품 속의 삼장사가 누구인가에 대해 근대까지 호남과 영남에서 팽팽한 힘겨루기를 했으나 지금은 무관심한 상태에 있다. 하강진(2014), 417~425쪽 참조.

10) 정사호(1553~1616), 권극중, 하세응, 김중원, 허휘, 김도혁, 민승룡, 도우경, 조문언, 홍화보, 강정환, 최광남, 최상각, 하진현, 이지연, 황윤중, 김종락, 최호문, 정종덕, 임용성, 성종극, 이진상, 최익현, 권봉희, 안종덕, 오계수, 이규채, 윤택규, 류두영, 기우만, 신병조, 강시형, 양상엽, 이희로, 조호래, 최호림, 황현, 전기주, 강사영, 조성락, 정동철, 문진호, 정규영, 정인휘, 정동명, 최정우, 정병조, 장지연, 박태형, 조경식, 김학순, 하봉수, 최현달, 안식원, 김재형, 황병관, 조용헌, 황원, 남창희, 위계룡, 김상혁, 황병중, 안정려, 박형동, 김영

26

랑(佳娘)·가희(佳姬)·가아(佳娥)·의랑(義娘)·취아(翠娥)·창아(娼娥)·충아(忠娥)·아미(娥眉)·아미(蛾眉)·미인(美人)·여인(麗人)·의기(義妓)·열녀(烈女)'를 활용한 작가가 약 48명으로 파악된다.[11]

특히 위의 두 범주에 속하는 시어를 한 시행 내에 이어붙이거나 두 시행에 분산 배치해 시적 효과를 극대화시킨 경우가 허다한데, 작가는 어림잡아 180여 명이다. 예컨대 후자와 관련해 추월헌 손삼변(孫三變, 1585~1653)이 지은 7언율시가 최초의 작품이지 싶다.

그리고 임진왜란을 지칭하는 '용사(龍蛇)', 전란의 자취를 함의하는 '절극(折戟)'이나 '침극(沈戟)', 전쟁 통에 억울하게 죽은 이를 가리키는 '원학(猿鶴)' 등의 시어가 빈번히 쓰였다. 이러한 창작 방법의 경향성은 제재 특성상 임진왜란의 사적이나 아랑의 절개와 관련된 시어가 극히 적은 영남루 제영과 대비된다.

5. 촉석루 제영시의 주제 양상

5.1. 진주의 문화경관에 대한 상찬

촉석루는 진주의 문화경관에서 핵심적 지위를 갖는다. 특히 임진왜란 이전까지 진주 지역과 누각에 별다른 사건이 없어 태평할 때는 화락한 미적 세계를 시 속에 자연스레 응축시켰다. 후대 차운시의 원운이 되기

시, 김상수, 김세흠, 김진권, 조정래, 임양호, 한우동, 장기홍, 서달수, 안희제, 정덕영, 이종익, 권숙봉, 김수웅, 김영선, 김상윤, 권병철, 성정섭, 심규섭(1916~1950) 등이다.

11) 정유정(1611~1674), 이지걸, 권태시, 최계옹, 이하조, 윤봉오, 강원일, 김우한, 하재곤, 윤기, 박광보, 이재의, 이원조, 강인회, 하달홍, 심규택, 최일휴, 이유원, 변영규, 김우, 박의집, 김택영, 정은교, 최영년, 손봉상, 구연호, 오진영, 김재형, 하겸진, 허정로, 조긍섭, 김세흠, 김창숙, 김진권, 이우삼, 한우동, 서달수, 이사영, 김승주, 이종익, 육병숙, 김영선, 김상윤, 박성수, 권병철, 문재무, 성정섭, 심규섭(1916~1950) 등이다.

도 한 정을보, 정이오, 박융, 하연, 배환, 김종직의 작품을 먼저 거론할 만하다. 그 구체적인 내용은 기존 논의로 대신하고,[12] 여기서는 논지를 보강하는 차원에서 고려 말, 조선 초기, 조선 후기에 지어진 시를 각각 살펴보기로 한다. 먼저 고려 말의 정을보 시를 차운한 담암 백문보(白文寶, 1303~1374)의 「차촉석루운(次矗石樓韻)」을 살펴보기로 한다.

등림하여 옛날 놀던 일 새삼 생각하며	登臨偏憶舊遊時
강산에 애써 답하려 시구 다시 찾노니	強答江山更覓詩
나라에 어찌 난세 다스릴 현인 없겠냐만	國豈無賢戡世亂
술이 나를 부추기에 연로함이 실감나네	酒能撩我感年衰
지경 맑아 쉽게 세속 자취 끊게 하고	境清易使塵蹤絶
자리 넓으니 춤사위 해봄이 어떠랴	席濶何妨舞手垂
붓 들어 공연히 춘초구를 짓다가	點筆謾成春草句
술잔 멈추고 또 죽지사 불러보거늘	停杯且唱竹枝詞
기녀가 숙부드럽게 바싹 앉으니 더욱 즐겁고	妓從坐促爲歡密
사람은 세월과 더불어 더디 가기를 바라도다	人與時偕欲去遲
이곳의 고상한 회포는 진정 속세랑 다르니	此地高懷眞不世
적성산과 현포라도 온전히 기이하지 못하리	赤城玄圃未全奇

백문보는 촉석루 명칭을 최초로 부여하고, 촉석루 창건자를 밝혔으며, 촉석루 이칭인 장원루(壯元樓)를 얻게 한 인물로 누각 연혁과 인연이 매우 깊다. 위의 시는 1380년 왜국의 약탈로 촉석루가 소실되기 전의 모습을 상상하게 한다. 누각 외관에 대한 직접적인 묘사는 없지만 누마루에서 조망되는 주변 분위기를 물아(物我)가 온전히 일치하는 적성산과 현포의 도가적 이상 세계에 비유했다. 화자는 마냥 즐겁고 기이한

---

12) 하강진(2014), 249~277쪽과 343~356쪽 참조.

분위기에 심리가 고양된 상태로 그야말로 낭만적인 고아한 풍류를 마음껏 즐기고 있다. 촉석루와 그 공간에서 연출되는 풍류를 통해 진주의 문화경관을 상찬(賞讚)한 것이다.

형승은 천년토록 한 지역의 으뜸	形勝千年擅一區
옷을 털고 오늘 장쾌히 누각 오르니	振衣今日快登樓
안개 자욱한 산들이 평야를 에워쌌고	重烟亂峀圍平野
높은 절벽의 긴 숲은 먼 강을 둘렀는데	高壁長林遶遠流
대숲 너머로 맑은 바람이 살랑살랑 불어오며	度竹淸風來欵欵
난간 기대니 호탕한 기운이 넘실넘실 넘친다	憑欄豪氣去浮浮
영남의 이름난 곳을 일찍 두루 유람했나니	嶺南佳處曾遊遍
비로소 믿노라, 강산은 이 고을 두고 말함을	始信湖山說此州

위 작품은 면앙 송순(宋純, 1493~1582)의 「차진주촉석루운(次晉州矗石樓韻)」이다. 시집 편차와 연보를 참고하건대 그가 경상도 관찰사 때인 1540년 가을에 지은 것이다. 작가는 제1행에서 촉석루로 대표되는 진주의 형승을 한 지역에서 으뜸이라고 추켜세웠다. 이를 뒷받침하기 위해 누각에 올라 조망한 평야를 에워싼 산들과 먼 강을 두른 숲으로 경관을 이미지화하여 객관적으로 제시했다. 화자는 빼어난 원경과 함께 근경으로 존재하는 대숲에서 살랑살랑 불어오는 바람을 촉석루 난간에서 쐬며 호탕한 기운을 만끽하고 있다. 객관과 주관이 혼연히 조화를 이루는 정서가 물씬 묻어난다. 그리고 미련에서 진주 고을의 강산이 영남에서 대표 명소임을 다시 한번 강조했다. 이러한 심미적 판단의 합리성은 그가 이보다 10년 전인 1530년 경상도 어사로서 영남의 이름난 곳을 둘러볼 때 촉석루를 등림한 바가 있음을 7행에서 언급함으로써 확보되고 있다. 진주 상찬의 대상은 촉석루 현장이다.

다음은 조선 후기의 시로 진주목사를 역임하며 객사를 중수한 권제응(權濟應, 1724~1792)의 칠언율시이다.

남강이 띠처럼 외로운 성을 껴안았고	南江如帶擁孤城
누각은 벼랑에 돌출해 맑은 땅을 차지했네	樓出懸崖占地淸
언덕 대는 절로 빈 난간에 빛깔을 이루며	岸竹自成空檻色
물새는 때때로 먼 여울 소리에 화답하는데	汀禽時和遠灘聲
저녁 생황노래가 꽃 에운 자리에 퍼져나가고	笙謌夕動花圍席
봄날 피리소리가 버들 우거진 병영에 한가하거늘	鼓角春閒柳掩營
억병 취해 존귀한 체모는 완전히 잊은 체	醉飽渾忘尊體皃
춘흥을 함께 하며 태평성대를 즐기노라	共將春興樂昇平

위의 시는 그가 1783년 진주목사로 부임한 지 한 해가 지난 시점
에 경상우병사 남헌철과 풍류를 즐기면서 지은 「촉석루여병사남헌
철음주장락(矗石樓與兵使南憲喆飮酒張樂)」 중 제2수이다. 세부 소재로
남강, 진주성, 대숲, 여울, 병영을 차례로 배열했다. 이 공간적 배경
에서 연출되는 장면은 모두 질서가 순조로운 세계이고, 작가가 다스
리는 진주 고을의 문화경관에 대한 자긍심이 물씬 묻어난다. '태평
성대'에 즐기는 주연의 상황인지라 임진왜란의 아픈 기억은 굳이 내
세우지 않았고, 나머지 두 작품에서도 삼장사나 논개의 쓰라린 자취
를 찾을 수가 없다. 그의 다른 작품인 「함옥헌」(『취정유고』 권4)도 이
와 유사한 내용을 보이지만, 17세기 이후의 작가들에게 이런 경향의
작품은 소수가 발견될 뿐이다.[13] 여하튼 조선 후기 이후로는 태평성
대나 문화경관만을 상찬하는 제영시는 앞 시대에 비해 확연히 퇴조
한 대신 전란의 감개를 반영하려는 창작 의식이 주조를 이루었다는

---

13) 권제응 자신도 「등루회고」(『취정유고』 권4)에서는 회고시 성격을 살려 진주성전투에서
원통하게 순국한 영웅을 회상하며 격정적인 감정을 토로했다.

사실이다.

5.2. 임진왜란의 대응과 구국 의지

임진왜란은 우리 민족에게 큰 시련을 안겨다 주었다. 절체절명의 위기 속에서 선비들은 직책의 유무를 막론하고 구국 항쟁에 기꺼이 뛰어들었다. 그 무렵 촉석루에 등림해 제영시를 지은 이로는 김성일, 하응도, 강청, 강렴, 하수일이 있다. 이들은 정식 군무를 수행했거나 의병을 일으켜 왜적과 맞섰는데, 당시의 우국 심경을 시로 진술하게 표출했다.

이 중 촉석루에 시판으로도 걸려 있는 학봉 김성일(1538~1593)과 만송 강렴(1544~1606)의 작품은 기존의 논의로 대신하고,14) 여기서는 다른 작가의 작품을 살펴보기로 한다.

언제 군악 울리며 신령한 고을 회복할까	何時笳鼓復神州
태양은 분명히 이마를 내리 쬐고 있는데	天日分明照下頭
이제야 남은 병사를 다시금 모집했나니	如今更募收餘卒
말끔히 못하면 누각에 오르지 않으리라	不得澄淸不上樓

우리 고을 홀로 보장 고을이니 얼마나 다행인가	何幸吾州獨保州
영남의 회복은 이 도투마리에서 비롯되나니	嶺南恢復此機頭
부디 그대 노력하여 늦더라도 공을 이뤄	憑君努力桑楡業
옥패 차고 경회루에서 다시 뵈옵기를	玉佩重瞻慶會樓

인용시의 제목은 「차문자신제루상운이수(次文子愼題樓上韻二首)」이다. 송정 하수일(河受一, 1553~1612)이 1592년 8월 소모유사(召募有司)로서

---

14) 하강진(2014), 278~298쪽 참조.

새로 확보한 곡식을 군량미로 비축하고 여러 곳에 흩어진 군사를 다시 불러 모은 뒤, 이보다 두 달 전 소모유사로서 손경례와 함께 직분을 수행한 문할(1563~1598)의 시를 차운한 것이다. 화자는 군병을 거느려 왜적을 남김없이 소탕하겠다는 당찬 결의와 더불어 문할이 앞으로 전공을 세워 어전에서 책훈을 받는 영광이 있기를 염원하고 있다. 한편 위에서 말한 강렴의 작품은 바로 문할의 시를 차운한 것이다.

임금은 위험에 닥쳐 장군을 잘 선택했거늘	聖鑑臨危擇將明
남으로 해역에 와서 물로 성을 삼았노라	南來海域水爲城
시름 깊은 종묘에 연기와 티끌이 넘쳐나며	憂深九廟烟塵漲
절절한 아픔 있는 요해처에 세월이 바뀌었지만	痛切三巴歲月更
개미 벌떼 같은 오랑캐를 전혀 겁내지 않으니	蟻聚蜂屯無足畏
용맹한 군사 전략을 그 누구인들 다투리오	熊圖虎略有誰爭
강산에 맹세하며 신묘한 비책을 갖추고서	盟山誓海神謀秘
아침저녁으로 병영에 전쟁 북소리 울리리	朝暮波營捷鼓鳴

위 시를 지은 송와 강칭(姜稱, 1544~1597)은 임진왜란이 일어나자 영남 각처의 의병을 모아 초유사 김성일 휘하에서 활약하다 정유재란 때 적에게 포위되어 순절한 인물이다. 시제는 「임란창의재촉석루차이여해순신기운(壬亂倡義在矗石樓次李汝諧舜臣寄韻)」이고, 그가 창의한 뒤 촉석루에 올라 이순신 장군이 부쳐온 시에 차운한 것이다. 연기와 티끌이 넘쳐나 깊은 시름에 잠겨 있는 종묘와 뜻하지 않게 세상이 바뀌어 아픔이 절절히 배어 있는 요해처라는 표현은 왜적의 만행으로 마구 짓밟힌 국토 산하의 제유이다. 한 치 앞을 내다볼 수 없는 절박한 시기에 용맹한 전략과 신묘한 비책으로 남해 연안에서 승전을 독려하는 장군의 의연한 풍모를 칭송하고 있다. 이순신의 구국 의지는 작중 화자의 전투 각오를 대변한 것으로도 읽을 수 있다. 불굴의 항쟁 의지를 다진 장소

가 다름 아닌 촉석루였다.

물새들이 다투어 평평한 거울을 나는데	鷗鷺爭飛鏡面平
비로소 강가에 피 엉겨 비린 줄 알았나니	始疑江上血凝腥
넋 뒤따르는 눅눅한 비에 죽은 병사 눈물 짓고	魂隨陰雨猿沙泣
기운 맺힌 시름겨운 구름에 성가퀴가 비꼈도다	氣結愁雲雉堞橫
그때는 노래와 춤이 명승지에 떠들썩했건만	歌舞當時喧勝地
지금은 우거진 쑥대만 황폐한 성을 뒤덮었네	蓬蒿此日沒荒城

　인용시는 영무성재 하응도(河應圖, 1540~1610)가 1597년 8월 사근도 찰방에서 진주판관으로 전임하고서 지은 「난후등촉석루유감(亂後登矗 石樓有感)」으로 미련이 결락된 형태로 전해져 온다. 창작 시점은 시제에 서 전란 뒤라고 한 것으로 보아 정유재란이 끝난 직후로 보인다. 촉석 루에 올라 평평한 거울처럼 펼쳐진 남강을 날아다니는 물새들 관찰하 다가 강가의 비린 냄새를 맡고는 즉각 임란 때 전사한 용사들의 피가 엉긴 것이라 연상하고 있다. 눅눅한 비, 시름겨운 구름의 배경 요소는 쑥대로 우거진 진주성과 중첩되어 처연한 심경을 증폭시킨다. 황폐한 공간의 침울한 분위기는 노래와 춤으로 흥성했던 전란 이전의 누각 광 경과 극단으로 대비되고 있으나 그렇다고 작가는 진주판관으로서 상실 감에 넋을 놓고 있지는 않았을 것이다. 이런 점에서 누락된 마지막 두 행은 전쟁으로 심각하게 상처를 입은 민심을 신속히 수습하고, 성대했 던 촉석루의 인문 경관을 회복하려는 화자의 염원을 담았으리라 본다.
　이상의 시들은 작가들이 임란 때 지휘관이나 의병으로서 직접 전장 에 참여했거나 진주 관리로서 당시의 처절한 현장을 목격한 뒤 사무친 심정을 강개하게 노래한 것이라는 점에서 의의가 있다. 곧 이들의 애국 충정은 임진왜란을 기억하는 터전이 된 촉석루 시로 면면히 이어져 다 른 누정시와의 변별성을 강화했다는 점이다.

5.3. 순국 영웅의 기억과 내면 성찰

두 차례의 진주성전투에서 걸출한 순국 영웅을 여럿 배출했다. 제1
차 진주성전투와 관련한 사적으로 1619년 '김시민장군전공비'를 촉석
루 경내에 세우고, 1652년 '충민사'를 건립했다. 그리고 전란 후 이내
삼장사(三壯士)인 경상우병사 최경회, 창의사 김천일, 충청병사 황진의
충혼을 기리는 제단을 쌓아 향사했다. 1607년에는 경상도 관찰사 정사
호가 우병사 김태허와 의논해 사당을 지어 치제하면서 나라에 즉시 사
액을 요청해 '창렬(彰烈)'을 하사받았다. 1686년 '촉석정충단비'와 1723
년 '정충단사우중수비'를 건립했다.

논개(論介)는 대외항쟁에서 보여준 충절의 전형이다. 그러나 미천한
기녀라는 이유로 공식 기록에 애초 배제되었다. 하지만 류몽인이 1621
년 『어우야담』을 찬술할 때 순국 사실을 기술함으로써 문헌에 비로소
정착하게 되었다. 이 무렵 농포 정문부의 차남 정대륭은 부친의 상중임
에도 유언을 받들어 진주로 남하한 지 5년째이던 1629년 남강 바위에
'의암(義巖)'을 전서체로 새겨 역사적 진실성을 부각시켰다. 그리고 20
여 년이 흐른 뒤 경상도사 오두인은 1651년 10월 「의암기」를 지어 논개
를 실재화하는 데 일조했다.

이뿐만 아니라 1722년 경상우병사 최진한은 진주 선비 정식이 찬술
한 「의암사적비명」을 비석에 새긴 뒤 이를 촉석루 곁에 세움으로써 논
개 순국의 선양과 국가 공인의 기틀로 삼았다. 그는 즉시 이 비석을
근거로 논개 정려를 계속 청원했지만 재임 중 성취하지 못했다. 또 경
상우병사 남덕하는 전임자의 뜻을 이어나간 끝에 1740년 가을에는 조
정으로부터 논개 순국 인정을 의미하는 '의기(義妓)'라는 정표를 받았
다. 이듬해 우병사 신덕하는 정려각을 창건하면서 '의기논개지문(義妓
論介之門)' 편액을 문미에 내걸었다. 논개 사당 '의기사'도 얼마 뒤 건립
되었고, 정약용은 1780년 「의기사기」를 지었다.[15]

이렇듯 구국 항쟁의 상징인 삼장사와 논개를 잊지 않으려는 민중의 간절한 염원과 충의지사들의 확고한 의지는 촉석루를 각별한 문화적 기억의 터전이 되도록 만들었다. 기억은 기록을 낳는 법이라 촉석루를 찾는 문인들에게 창작 의욕을 발동시켜 제영시의 확산과 주제 심화에 지대한 영향을 끼쳤다.

누각을 오늘날에 세웠으니	臺館今雖設
화려함은 진작 못 보던 것	繁華未見曾
흥망은 강물 따라 흘렀고	興亡隨近水
인생사는 바람 앞 등불 같은데	人世似風燈
쓸쓸한 가을날 수북한 살쩍이 시름겨워	愁鬢繁秋颯
아찔한 난간에 밤이 들도록 기댔노라	危欄入夜憑
세 충신이 한 날에 죽었거늘	三忠一日死
아이들도 지금까지 칭송하네	童稚至今稱

인용시는 경상감사 화곡 정사호(鄭賜湖, 1553~1616)가 1607년 동쪽 부속누각인 청심헌의 현판시에 차운한 「차판상운시김절도(次板上韻示金節度)」이다. 임란 때 소실된 청심헌은 우병사 이수일이 우병영을 진주로 이전한 이듬해인 1604년에 이미 중건해 놓은 상태였다. 화자는 예전의 화려한 규모를 회복한 모습에 안도하면서, '삼충(三忠)'의 순국 사실을 어린아이까지 인지할 정도로, 그들의 명성이 진주 지역에 자자했음을 알려준다.

진주성은 신라 이래 이름난 한 구역인데	菁城羅代一名區
몇 번이나 거친 곳에 누각을 다시 세웠나	幾度荒蕪更起樓

---

15) 하강진(2014), 149~233쪽.

용두사 옛터에 벼랑은 언제나 아찔하고	龍寺古基厓尙矗
의암 자취에 강물은 하염없이 흐르는데	義巖遺迹水空流
오랜 세월 흥폐에도 강산은 그대로건만	百年興廢江山在
만고의 부침 속에 속세는 덧없구려	萬古消沈塵世浮
아득한 옛 사적을 지금 물으니	往事茫茫今欲問
사람들은 옛 강주를 말할 따름	居人但道舊康州

인용시는 봉강 정유정(鄭有禎, 1611~1674)이 조부인 농포 정문부의 시에 차운한 「촉석루경차왕부충의공운(矗石樓敬次王父忠毅公韻)」이다. 진주성이 신라 이래로 경치가 빼어난 장소에 위치해 왔다는 사실을 전제한 뒤, 그곳의 용두사 옛터에 세워진 촉석루가 세월의 부침에 따라 영향을 받았지만 몇 차례 중수를 거쳐 여전히 건재함을 강조하고 있다. 진주의 장구한 역사가 고을 사람들이 말하는 '강주(康州)'라는 옛 명칭에 깃들어 있다는 정보를 얻고 있다. 이 진주 고호는 경덕왕 때 청주(菁州)에서 개칭된 것이다. 여기서 보다 중요한 것은 '의암(義巖)'이라는 시어가 사용되어 논개의 기억을 환기시키고 있다는 점이다. 의암 명칭은 그의 숙부 정대륭이 소위 논개 바위에 새김으로써 고유명사의 지위를 얻게 되어 그 뜻이 더욱 깊었다고 하겠다.

위의 촉석루 시에서 '三忠'(정충단, 창렬사 포함)이나 '義巖'(논개 사적 포함)이 최초로 등장했다는 사실이다. 다만 두 범주의 용어가 단독 시제로 활용된 것을 든다면, 삼장사는 박여량(1554~1611)의 시가, 의암은 배석휘(1653~1729)의 시가 각각 최초의 사례라 하겠다. 여하튼 임란 유적 관련 시어는 촉석루 제영시의 경향을 주도했으니, 무명재 권수대와 촉석루에서 자리를 함께 하며 지은 청천 신유한(1681~1752)의 시가 대표적이다.[16]

---

16) 시의 맥락과 사회문화적 해석은 하강진(2014), 331~340쪽 참조.

촉석루는 역사 반성의 현장이자 선비의 강직한 내면 의식을 함양하는 장소감을 지닌 심상 공간으로 두루 각인되었다.

몸은 죽었으되 마음은 살아 죽은 게 아니니	身死心生未是死
살아도 죽은 것 같다면 누가 살았다 말하랴	生而如死孰云生
남쪽 고을의 대지에 영웅들이 죽었고	南藩大地英雄死
북궐의 어진 하늘에는 비와 이슬 내렸지	北闕仁天雨露生
큰 절의로 당당히 죽음을 맞이하여 죽었고	大義堂堂當死死
높은 풍도로 매섭게 살려고 애쓰지 않았지	高風烈烈不生生
한 잔 술로 천추의 죽음 불러 위로하니	一盃招慰千秋死
넋이 돌아와서는 내 삶을 훈계하는구려	魂可歸來誓我生

인용 작품은 진주 금산 출신의 도곡 하재원(河載源, 1812~1881)이 지은 「촉석루여제우부생자(矗石樓與諸友賦生字)」 시이다. 특이하게도 홀수 행에는 '死'자를, 짝수 행에는 '生'자를 반복적으로 배치했다. 다소 낯선 시 형식을 통해 지식인이 삶과 죽음의 경계에 지향해야 할 가치를 사색하고 있다. 국난에 처했을 때 대의로 당당하게 죽는 것이 영원한 삶을 얻는 것이라는 교훈을 삼장사의 순국에서 찾았다. 구차한 생의 도모는 진정한 선비가 취할 길이 아니라는 결론에 이른다. 뒷날 사소 신병조(愼炳朝)는 이 시를 차운해서 유사한 시상을 반영했고, 그의 손자 신호성(愼昊晟)은 1971년 현재 논개 사당의 현판에 새겨진 「의기사중건기」를 지었다.

5.4. 유람의 진정성과 시대의식

촉석루에 등림한 시인들은 순국 영웅의 원한이 깊이 서려 남강도 처절히 흐느껴 울며 흐르지 못하는 것으로 감정을 이입했다. 이재 조우인

(1561~1625)의 시를 비롯해 조선 후기에 창작된 허다한 시를 통해서 충분히 알 수 있다. 이에 순국지사의 고귀한 넋이 깃든 곳이기에 방종한 유람을 경계하는 주제 의식의 표출이 주조를 이루었다.

난간 너머 남강은 목메어 못 흐르나니	檻外長江咽不流
지금도 사람들이 진양 물가 말하는구나	至今人說晉陽洲
세금을 집집마다 가중하게 걷지 말며	休把繭絲充斥戶
차마 풍악을 고루에 쌓이도록 할소냐	忍敎歌管貯高樓
남은 사당에 풀이 묵고 침침한 성은 한스러운데	遺祠草宿沈城恨
오래된 바위에 이끼 돋았고 지는 달이 시름겹다	古石苔生落月愁
백년토록 의열에 보고 느끼는 바 있거늘	義烈百年觀感在
바람 쐼은 등한히 노니는 것은 아니라네	臨風匪是等閒遊

위 시는 제목이 「촉석루차신주백판상운(矗石樓次申周伯板上韻)」으로, 전암 강정환(姜鼎煥, 1741~1816)이 지었다. 그는 함안 칠원에서 출생했으나 만년에 거창에서 살다 별세했는데, 남강에서 영웅의 원한을 상기하며 7언절구를 지은 용재 강덕부의 손자이다. 위 인용시처럼 관리들의 횡포로 가렴주구에 시달리는 진주 지역민을 포착한 사례는 매우 드물다. 충신을 제향하는 사당이 있는 진주성이 황폐하게 방치된 것을 한스러워하고, 이끼 돋은 의암에 비치는 달빛마저 시름겹게 느끼고 있다. 고을을 맡은 관리들은 촉석루에서 음주가무로 세월을 허송하기보다는 의열(義烈)을 가슴 깊이 새길 것을 당부하고 있다. 그런 만큼 화자 자신도 너절한 유람을 즐길 수 없다고 다짐한다. '등한(等閒)'이라는 시어가 이 작품에 처음 나온다.

관리로서 민생에 무관심하거나 나그네로서 풍광만을 그저 감상하는 잔망스러운 행위를 뜻있는 지식인들은 부끄러운 것으로 여겼다. 이때 '等閒'과 의미가 유사한 '한만(汗漫)'이라는 용어를 맨 마지막 시행에 배

치해 의경을 표현했다.17)

지난 전란 말하려니 분한 눈물 흘러　　　　　欲說前塵憤淚流

근심스레 옛 물가로 고개를 돌린다　　　　　悄然回首古汀洲

금수강산은 뉘 것이 되었나　　　　　　　　江山繡錯誰家物

비바람에 장사루가 황량토다　　　　　　　　風雨荒凉壯士樓

깃발 세워 호령한 일은 옛 꿈속에 아련하고　大纛號令迷舊夢

왜놈들 멋대로 날뛰어 새 시름을 자아내네　小酋橫突釀新愁

기녀 바윗가에 물결이 더욱 성내거늘　　　　娼娥岩畔波猶怒

우리들이 무슨 마음으로 너절히 놀겠나　　　我輩何心汗漫遊

　위의 시는 심산 김창숙(金昌淑, 1879~1962)이 1916년 2월에 지은 「촉
석루차판상운(矗石樓次板上韻)」인데, 당시 그는 남쪽 지역을 유람하던
길에 촉석루에 들렀다. 진주의 도시 경관은 일제의 의도대로 재편되었
고, 촉석루가 위치한 진주성은 해체된 뒤 반민족적 행위가 횡횡하는
얼룩진 장소로 변질되고 말았다.18) 화자에게 촉석루는 새로운 근심을
자아내는 존재이고, 기녀의 바위가 거세게 분노하는 물결을 끌어안고
있는 모습으로 다가온다. 일제의 지배에 대한 저항감은 올곧은 학자에
게 시대가 요청하던 의식이었다.

　시인들은 세상이 무탈할 때에는 촉석루를 제재로 낭만적 풍류를 노
래했다. 반면에 조선 후기로 접어들면서 시적 구도가 달라졌고, 이러한
창작 경향은 내내 촉석루 제영시를 주도했다. 누각에 깃든 충혼 의백을
호출해 지식인으로서의 결기를 다지거나 역사의식 없이 방탕한 유람을
즐기는 무리를 질타했고, 일제강점기 때에는 반역사적인 침탈을 준엄

---

17) 예컨대 이풍익, 강진규, 조시영, 구연호, 조경식, 하겸진, 성석근, 김창숙, 하정근, 권재성,
　　민인식 등의 작품이 있다.
18) 이와 관련해 하강진(2014), 32~47쪽에서 상세하게 다루었다.

하게 비판했다. 시적 제재로서 갖는 촉석루의 장소 심상은 국내의 여타 누정과 차별화되는 제영시의 특성을 확보하는 데 크게 기여했다.

촉석루 시는 중세시대 민족사의 대 전란이라는 특수한 역사적 배경을 담고 있다. 민심과 유리된 정쟁의 연속, 관리의 무능과 부패, 역사의식의 부재 등의 문제점을 일깨우는 소중한 자료이다. 또 양심의 회복과 올바른 시대의식의 함양 등 인문학적 가치를 내포하고 있다. 향후 촉석루 현판시를 번역해 누각에 게시하거나 이곳을 방문하는 이들에게 두루 제공하고, 대표적인 시를 책자로 꾸며 기관이나 일반인들에게 배포하는 노력이 절실히 요청된다. 지역정체성과 역사문화 콘텐츠 발굴에 기초 자료가 되기 때문이다.

목차

제1부 빼어난 경관과 강직한 기개를 노래하다

촉석루 제영 55

16세기

17 세 기

18세기

19세기

제2부 다기한 역사와 각별한 유람을 기억하다

촘석루 연혁 731

촘석루 유람 803

촘석루 제문 829

[부록]

진주 여행기 835

용어 일람 862

작가 색인 891

제1부 빼어난 경관과 강직한 기개를 노래하다

〈진주성도(晉州城圖)〉(128.5×88.0cm, 국립중앙박물관 소장)

촉석루 제영

13세기

○ 안축(安軸, 1282~1348) 자 당지(當之), 호 근재(謹齋)

본관 순흥. 시호 문정(文貞). 복주 흥녕현(현, 영주시 순흥면) 출생. 회헌 안향(安珦, 1243~1306)의 삼종손(9촌)이고, 동생은 안보(安輔, 1302~1357), 차남은 안종원이다. 1307년 급제했고, 1324년 원 제과에 급제했다. 아래 시는 병서에 의하면 백문보(白文寶)가 을유년(1345)에 관동존무사로 부임하게 되자 그 고을 선생을 생도와 함께 동남 명소를 대상으로 시를 지어 바쳤는데, 진부해 볼만한 것이 없다고 평하면서 삼한이적(三韓異迹)을 제재로 '신의(新意)'를 성취한 기거주 이공(李公)의 작품을 본받아 지은 「백문보안부상요(白文寶按部上謠)」 8수 중 마지막 작품이다. 나머지 7수는 상산 낙동강, 영가 문화산, 월성 첨성대, 영해 관어대, 동래 적취헌, 김해 칠점산, 주포 월영대이다. 문집 외에 『관동와주(關東瓦注)』가 있고, 경기체가 「관동별곡」·「죽계별곡」이 국문학사상 가치가 있다.

「晉陽矗石樓」〈안축, 『근재집』 권2, 4a~b〉 (진양 촉석루)

晉陽江水似潯陽	진양의 강물은 심양강과 흡사하고
金碧樓高映水明	높은 금벽루는 물에 환히 비치는데
送客秋風知有日	추풍 속에 나그네 전송할 날 있으리니
倚舟須賦琵琶行[1]	배 타고서 모름지기 비파행을 읊으리라

○ 정을보(鄭乙輔, 1285~1355) 자 중은(仲殷), 호 면재(勉齋)

본관 진양. 충장공파. 시호 문량(文良). 진주 비봉산 아래 출생. 부인은 안축(安軸)과 9촌인 안문개의 장녀이고, 사위가 경상도 안렴사와 우의정을 지낸 박가흥(朴可興)이다. 1320년 급제했고, 1341년

---

1) 백거이(白居易, 772~846)는 심양에서 좌천생활을 하던 815년 가을 "심양강두야송객(潯陽江頭夜送客)"으로 시작하는 7언 88행의 「비파행」을 지어주었다. 「비파인서」, 『백낙천시집』 권12.

진사시를 관장해 하윤원·이색 등을 선발했다. 정당문학(1343~1345), 제조, 대제학, 상호군, 청천군 피봉(被封) 등을 거쳐 1352년 10월 찬성사에 오른 지 3일 만에 조일신이 처형될 때 광양감무로 좌천되었다. 증손자가 정이오(1347~1434)이다. 아래 시는 『동문선』에서 제목을 취했는데, 배율시가 아닌 율시로 되어 있다. 하강진, 『진주성 촉석루의 숨은 내력』, 경진출판, 2014, 249~256쪽 참조. 이하 '하강진(2014)'.

「晉州矗石樓」1) 〈『신증동국여지승람』 권30 「진주목」 누정조〉 (진주 촉석루)

黃鶴名樓彼一時	황학루가 저 한 때 이름을 떨친 건
崔公2)好事爲留詩	최공이 일 좋아해 시를 남긴 덕분
登臨景物無增損	올라 본 경치는 가감이 없건만
題咏風流有盛衰	시 짓는 풍류는 성쇠가 있나니
牛壠3)魚磯秋草淺	밭두둑과 낚시터엔 가을 풀이 성글었고
鶖梁4)鷺渚夕陽遲	추량과 백로 물가에는 석양이 이윽하다
靑山四面皆新畵	사방의 청산은 모두 참신한 그림이요
紅粉三行唱古詞	세 줄의 기녀들이 옛 시를 읊조릴진대
玉斝5)高飛山月上	옥잔을 높이 드니 산 위엔 달이 돋으며
珠簾半捲嶺雲垂	주렴 반쯤 걷자 고개에 구름이 드리우네
倚欄回首乾坤小6)	난간 기대 고개 돌리니 천하가 작거늘
方信吾鄕特地7)奇	우리 고을 유달리 기이함을 이제야 믿노라

---

1) 『동문선』 권15(16a)를 보면 제5~8행이 생략된 형태이고, '崔公→崔君, 爲留→偶留'(2행), '風流→風儀'(3행), '山月上→江月出'(9행)로 각각 바뀌어 있다. 그리고 『경상도속찬지리지』 (259쪽)에는 '皆→開'(7행), '唱→昌'(8행), '回→廻'(11행)로 되어 있다.
2) 崔公(최공): 당나라 최호를 지칭하며, 용어 일람 '황학루' 참조.
3) 牛壠(우롱): 소가 잠자거나 풀을 뜯는 언덕, 밭두둑. '壠'은 언덕, 밭이랑.
4) 鶖梁(추량): '鶖'는 황새과에 딸린 물새인 무수리. '梁'은 다리.『시경』「소아」〈백화〉, "무수리는 다리에 있고 / 학은 숲에 있네[有鶖在梁, 有鶴在林]".
5) 玉斝(옥가): 옥잔. '斝'는 옥으로 만든 술잔.
6) 乾坤小(건곤소): 『맹자』「진심(상)」, "공자가 동산에 올라가서는 노나라를 작게 여기고, 태산에 올라가서는 천하를 작게 여겼다[孔子登東山而小魯, 登太山而小天下]".
7) 特地(특지): 특별히, 일부러. '地'는 어조사.

14세기

○ 백문보(白文寶, 1303~1374) 자 화보(和父), 호 담암(淡庵)·동재(動齋)

본관 대흥. 시호 충간(忠簡). 부친 백견(白堅)이 만년에 충청도 직산현에서 처향인 영해 인량리(仁良里, 현 경북 영덕군 창수면 소재)로 이사했는데, 그는 인근의 병곡 거무역리(居無役里) 외가에서 출생했다. 15세 때 권부(1262~1346)에게 수학했고, 18세 때 이제현이 주관한 수재과에 급제했으며, 1322년 백이정(1247~1323) 문인이 되었다. 춘추관 검열(1328)을 시작으로 우상시·경상도 제찰사, 관동 존무사(1345), 광주목사, 정당문학, 대제학(1362) 등을 역임했다. 1361년 홍건적 2차 침입 때 어가를 안동까지 호종했다. 1369년 동생 백문질과 함께 병곡에 보인당(輔仁堂, 현 운산서원)을 지어 후진을 양성했고, 공민왕이 피살된 지 석 달 만에 죽었다. 「척불소(斥佛疏)」(1363)에서 처음으로 단군기원을 언급했다. 아래의 시는 경상도 제찰사 때인 임오년(1342) 작으로 보인다.

「次矗石樓韻」[1] 樓在晉州城內 《『담암일집』 권1, 1a~b》 (촉석루 운을 따라 짓다)
　　　　　누각은 진주성 안에 있다

登臨偏憶舊遊時	등림하여 옛날 놀던 일 새삼 생각하며
強答江山更覓詩	강산에 애써 답하려 시구 다시 찾노니
國豈無賢戡世亂	나라에 어찌 난세 다스릴 현인 없겠냐만
酒能撩我感年衰	술이 나를 부추기에 연로함이 실감 나네
境淸易使塵蹤絶	지경 맑아 쉽게 세속 자취 끊게 하고
席濶[2]何妨舞手垂	자리 넓으니 춤사위 해봄이 어떠랴
點筆謾成春草句[3]	붓 들어 공연히 춘초구를 짓다가

---

1) 『신증동국여지승람』 권30 「진주목」과 『동문선』 권18(15b~16a)에도 실려 있는데, 후자의 경우 제목은 「촉석루」이다.
2) 濶(활): 闊(활, 트이다)의 속자. 이하 동일.
3) 春草句(춘초구): 멋들어진 봄 경치를 읊는 시.

停杯且唱竹枝詞⁴⁾	술잔 멈추고 또 죽지사 불러보거늘
妓從坐促爲歡密	기녀가 숙부드럽게 바싹 앉으니 더욱 즐겁고
人與時偕欲去遲	사람은 세월과 더불어 더디 가기를 바라도다
此地高懷眞不世	이곳의 고상한 회포는 진정 속세랑 다르니
赤城⁵⁾玄圃⁶⁾未全奇	적성산과 현포라도 온전히 기이하지 못하리

按河浩亭崙「矗石樓記」云名樓之義. 則淡庵白先生曰 江之中有石矗矗然, 故曰矗石. 始于淡庵公,⁷⁾ 而再成於安常軒, 皆壯元也, 故又有壯元之名. 호정 하륜의 '촉석루기'에 언급되어 있는 누각 명명의 뜻을 살펴본다. 곧 담암 백선생이 강 가운데 돌이 삐죽삐죽 나와 있으므로 '촉석'이라 하였다. 담암공에 의해 처음으로 착수되었고, 안상헌에 의해 다시 지어졌는데, 모두 장원이므로 또 '장원'의 이름이 붙여졌다.

○ 백미견(白彌堅, ?~?) 자 개부(介夫)

본관 수원. 백원식(白元軾)의 아들로, 1347년 9월 윤안지, 박중미와 함께 원나라 제과(制科)에 응시했다. 1350년 좌헌납으로 있을 때 야은 전녹생(田祿生, 1318~1375)·전 전객시승 김인관과 함께 정동행성 향시에 합격했고(『야은일고』 권6, 6b), 또 같은 해 9월 김인관과 더불어 원 과거에 다시 응시해 급제했다. 손위 처남 민사평(閔思平, 1295~1359), 정포(鄭誧, 1309~1345)와 절친했다. 정포의 「송백개부미견유하동(送白介夫彌堅遊河東)」(『설곡집』 상, 6b) 시로 보아 그는 하동현감을 지낸 듯하다.

「晉州矗石樓 次鄭勉齋韻」¹⁾ 〈『동문선』 권18, 15b〉 (진주 촉석루에서 정면재〈정을보〉 시에 차운하다)

遊賞非關不遇時	유상은 때를 만나지 못함과 상관없는 터

---

4) 竹枝詞(죽지사): = 죽지가(竹枝歌). 주로 남녀 연정이나 지방 풍속 등을 읊은 것이 많은데, 유우석(劉禹錫, 772~842)이 낭주에 귀양 가서 새 가사로 개작한 데서 비롯됨.

5) 赤城(적성): 아름다운 경치의 대명사. 도교의 전설 속에 나오는 선계의 하나인 적성산동(赤城山洞)으로, 진(晉)나라 손작(孫綽)의 「천태산부(天台山賦)」(『문선』 권11)에 "적성산이 노을처럼 솟아 이정표가 되고 / 폭포가 나는 듯이 흘러 길의 경계가 되네[赤城霞起以建標, 瀑布飛流以界道]"라는 구가 있다.

6) 玄圃(현포): 전설상 신선이 산다고 하는 곤륜산의 꼭대기로 아름다운 경치를 비유함.

7) 본서에 하륜의 「촉석루기」 전문이 번역문과 함께 실려 있는데, 여기에는 '담암공'이 아닌 '김공'으로 제대로 표기되어 있다.

1) 『신증동국여지승람』 권30 「진주목」〈누정조〉에는 제4행의 '年'이 '平'으로 바뀌어 있다.

湖山勝景要哦詩	강산의 좋은 경치가 내게 시 읊기를 바라네
窮誰眼力曾經始[2]	누가 안목 다해 일찍이 지은 누각이기에
誇我身年未及衰	내 몸과 나이 쇠하지 않음을 뽐내게 하나
倚柱乾坤無處斷	기둥에 기대니 하늘과 땅이 끊어짐이 없고
織波簾幕半空垂	물결로 짠 듯한 주렴은 중천에 드리웠나니
風流秋月謫仙詠	가을 달의 풍류는 하강한 신선이 읊을 만하며
欸乃[3]暮江漁父詞	저문 강의 노 젓는 소리는 어부의 뱃노래로다
談笑一杯聊自遣	담소하고 술잔 들며 애오라지 보내면서
碣來三日以爲遲	오가며 사흘 묵더라도 더디게만 여기는데
茂林脩竹西南岸	우거진 숲과 긴 대가 있는 서남쪽 언덕에
還恐吾亭分外奇	내 정자가 분수 밖으로 기이해 되레 걱정

○ 박융(朴融, 1347~1428) 자 유명(惟明)·수옹(粹翁), 호 우당(憂堂)

> 본관 밀양. 밀양시 삽포(鈒浦) 기산리(箕山里, 현 상남면 소재) 출생. 송은 박익(1332~1398)의 장남으로 정몽주 문인이다. 1408년 한 해에 생원시 장원과 문과 급제한 뒤 사간원 정언, 금산군수(1421), 이조정랑, 경상도 경력, 성균관 사예, 함안군수 등을 지냈다. 아래 시는 『경상도속찬지리지』(1469)의 "經歷成均司藝 朴融"이라는 정보를 참고할 때 그가 사예(1425.3)로 이동하기 전인 경력 시절(1424.2 ~1425.3)에 지은 것이 분명하다. 하강진(2014), 265~272쪽 참조.

「矗石樓」[1](가제) 〈조욱 외, 『경상도속찬지리지』「진주도」, 262~263쪽〉

晉山形勝冠南區	진주 형승은 남쪽 지역에서 으뜸이고

---

2) 經始(경시): 일을 시작함. 『시경』「대아」〈문왕〉, "經始靈臺, 經之營之".

3) 欸乃(애내): 노 젓는 소리, 곧 뱃노래. 원결(元結, 723~772)의 7언절구「欸乃曲」이 효시이다. 『동문선』과 『신증동국여지승람』의 '欸(관)'자는 오기라 '欸(애)'로 고쳤다. 참고로 '乃'가 뱃노래일 경우 '애'로 읽는다고 자전에 풀이되어 있으나 여기서는 『字學』(이형상 저, 김언종 외 역, 푸른역사, 2008, 134쪽)의 관점을 취해 '내'로 읽었다.

1) 지리서, 읍지, 여행기 등에 수록되어 있으나 그 시제를 알 수 없는 경우 일괄적으로 「촉석루」라는 가제를 붙였음.

況復臨江有此樓	게다가 다시 강가에는 이 누각 있나니
列出層2)巖成活畫3)	뭇 산과 험한 바위는 살아있는 그림 이루며
茂林脩竹傍淸流	우거진 숲과 대밭은 맑은 물을 곁에 두었네
靑嵐髣髴4)屛間起	푸른 이내는 아득히 담 사이로 피어나며
白鳥依稀5)鏡裏浮	백조는 어렴풋이 맑은 강에 떠다니거늘
已識地靈生俊傑6)	알겠노라 신령한 땅이 뛰어난 인물 낳아
盛朝相繼薛居州7)	태평성대에 이어지는 착한 선비들임을

○ 정이오(鄭以吾, 1347~1434) 자 수가(粹可), 호 교은(郊隱)·우곡(愚谷)

본관 진양. 충장공파. 시호 문정(文定). 진주 대안리(大安里, 현 상봉동) 출생. 정을보의 증손이고, 계유정난으로 사사된 정분(鄭苯, ?~1454)의 부친이다. 정몽주 문인으로 이색·이첨 등과 교유했고, 이제현·김륜과 같은 동네에 살아 '철동삼암(鐵洞三菴)'으로 불렸다. 1374년 급제해 예문관 검열·선산 부사·대사성·대제학 등의 관직을 지냈고, 1419년 판우군 도총제부사를 마지막으로 치사한 뒤 진주에 낙향해 지내다 졸했다. 참고로 아래의 시는 『신증동국여지승람』에도 전하며, 시제의 병서는 1469년 편찬된 『경상도속찬지리지』「진주도」(260~261쪽)에 유일하게 시와 함께 전하는데, 창작의 배경과 시기(1418.10)에 관한 귀중한 정보가 들어 있다. 하강진(2014), 257~264쪽 참조.

「題晉州矗石樓」〈『교은집』 권1, 12a〉 (진주 촉석루에 제하다) [序. 吾鄕形勝, 甲東南

諸州. 南有樓曰矗石, 盡得晉陽之勝. 洪武庚申, 燬于倭火, 邊將自任其咎, 盖欲重修. 然時多

難, 何暇顧樓臺哉? 入本朝, 四方無侮, 民樂昇平. 鄕中父老同力重修, 適監司禁工役. 賴晉山

---

2) 層(층): 원전에는 없으나 촉석루 현판시로 보완했음.

3) 活畫(활화): 생동하는 그림. 촉석루 주변의 경치가 매우 아름답다는 뜻.

4) 髣髴(방불): 희미하여 선명하지 않는 모양, 아득히 보이는 모양, 매우 비슷한 모양.

5) 依稀(의희): 어렴풋이 보이는 모양, 비슷한 모양. '稀'는 희미하다.

6) 地靈生俊傑(지령생준걸): 왕발(王勃, 650~676), 「등왕각서」, "사람이 준걸함은 땅이 신령 하기 때문이다[人傑地靈]".

7) 薛居州(설거주): 전국시대 송나라의 어진 신하. 『맹자』「등문공(하)」, "왕의 측근에 있는 사람이 나이가 많든 적든 지위가 낮든 높든 간에 모두 설거주와 같은 사람이 아니라면 임금이 누구와 선한 일을 하겠는가? 일개 설거주가 혼자서 송왕에게 어찌할 수 있겠는 가?[在王所者, 王幼卑尊, 皆非薛居州也, 王誰與爲善? 一薛居州, 獨如宋王何?]".

府院君浩亭先生事聞于上, 有以成之, 是永樂癸巳歲也. 公爲文以記之, 囑予詩之, 將求和於縉
紳間, 爲斯樓榮期.[1] 予同歸登覽, 公竟仙去. 永樂戊戌九月, 予奉使南來,[2] 與父老一登, 始得
以酬平日之志. 然王事有程期, 未暇復登. 噫, 胡山[3]如待造物, 何其靳耶? 因留此詩, 以爲後日
所徵云, 詩曰] 서. 내 고향의 형승은 동남의 여러 고을에서 으뜸이다. 남쪽에 있는 촉석루는
진양의 형승을 다 갖추었다. 홍무 경신년(1380)에 왜구 침입으로 불타버렸는데, 변장들이
그 잘못을 자기 책임으로 여겨 중수하고자 하였다. 그러나 어려운 시절이 많아 어찌 누대를
돌아볼 여가가 있었겠는가? 본조에 들어와 사방에서 얕보지 않고 백성은 태평함을 즐겼다.
고을 원로들이 힘을 합쳐 중수하고자 하니 마침 관찰사가 공역을 금지하였다. 진산부원군
호정[하륜] 선생이 임금에게 일을 말씀드린 덕분에 성취할 수 있었으니, 이 해가 영락 계사년
(1413)이었다. 공은 글을 지어 그것을 기록하고는 나에게 시를 부탁하였고, 장차 사대부들에
게 화운시를 구해서 이 누각의 훌륭한 글로 삼고자 하였다. 내가 함께 돌아가 등람하였거늘,
공은 결국에는 신선이 되어 떠나버렸다. 영락 무술년(1418) 9월에 내가 사신으로 남쪽에
와서 원로와 더불어 한번 올라 비로소 평소의 뜻을 응수할 수 있었다. 하지만 나랏일은 기한이
정해져 있어 다시 등람할 틈이 없었다. 아아, 호산(胡山)이 조물주를 기다리게 하는 듯이 하여
어찌 그것을 아끼겠는가? 그러므로 이 시를 남겨 뒷날 증거로 삼고자 하는데, 시는 이러하다.

俯仰人間成古今	잠깐 사이 인간사는 고금을 이루었고
奇觀不盡此登臨	이곳 등림하니 기이한 장관 다함 없네
西來二水藍光合	서에서 온 두 갈래 물은 쪽빛 어우러지며
南去羣峯黛色深	남쪽으로 뻗은 산들은 푸른빛이 짙도다

---

1) 榮期(영기): 진(晉)나라 때 범계(范啓)의 자로, 여기서는 훌륭한 시를 뜻한다. 손작이 「천태
산부」를 지은 후 그에게 보여주면서 이 작품을 땅에 던져보면 응당 금석 소리가 날 것이라
고 하자, 부의 뛰어난 구절을 읽고 기뻐했다는 고사가 있는데(『진서』 권56 「손작전」), 백
문보 시의 주에서 소개한 구절이 대표적이다.

2) 정이오는 태실증고사(胎室證考使)의 왕명을 받고, 진양에서 2달간의 임무를 마치고 태실
산도(胎室山圖)를 바쳤다. 『세종실록』(1418.8.29 / 1418.10.25).

3) 胡山(호산): 몽고 지방의 연연산(燕然山). 후한의 화제(和帝) 원년(89)에 총사령관 두헌(竇
憲)이 흉노를 격파한 뒤 연연산의 돌에 공적을 새길 때 중호군 반고(班固)에게 비명을
짓게 했다. 『후한서』 권23 「두헌전」.

隨世行藏工部歎[4]	세상 따라 진퇴함은 두보의 탄식이었고
與民憂樂范公心[5]	백성 더불어 고락함은 범공의 마음이었지
隔江舊里風煙在	강 건너 고향엔 풍광이 그대로 있나니
京輦[6]當年幾越吟[7]	서울 살 때 고향이 얼마나 그리웠던지

「其二」   (둘째 수)

興廢相尋[8]直待今	성쇠가 번갈아 이어져 지금을 기다렸다가
層巓高閣半空臨	층층 절벽의 높다란 누각이 중천에 있나니
山從野外連還斷	산은 들판 너머 이어지다 도로 끊겼고
江到樓前闊復深	강은 누각 앞으로 광활하고도 깊은데
白雪陽春仙妓唱	백설양춘곡은 어여쁜 기녀의 노래이며
光風霽月[9]使君心	맑은 바람과 갠 달은 목사의 마음일세
當時古事無人識	그때의 옛일을 아는 사람이 없는지라
倦客歸來空獨吟	지친 길손 돌아와 괜스레 홀로 읊는다

---

4) 行藏工部嘆(행장공부탄): '行藏'은 관리 생활에 있어서 진퇴의 바른 처신(『논어』「술이」, "用之則行, 舍之則藏"). '工部'는 두보(712~770)가 역임한 공부원외랑(工部員外郞) 벼슬. 두보, 「강상(江上)」, 『두소릉시집』 권15, "공훈을 생각하며 자주 거울을 보고 / 진퇴를 고민하며 홀로 누각에 기대었네[勳業頻看鏡, 行藏獨依樓]".

5) 范公心(범공심): 범공은 범중엄. 용어 일람 '범공' 참조.

6) 京輦(경련): =경사(京師). 대중이 사는 곳, 임금이 사는 궁성이 있는 곳. '輦'은 손수레.

7) 越吟(월음): 고향을 그리워함. 『사기』 권70 「장의열전」에 "월(越)에서 미천했던 장석(莊舃)이 초(楚)에 가서 고위직에 올랐는데, 고향을 잊고 지내는지 사람을 시켜 그의 말을 들어보게 했더니 여전히 월나라 말을 하고 있었다[猶尙越聲也]."했고, 왕찬(177~217)의 「등루부(登樓賦)」에 "장석이 출세했지만 월나라 노래를 읊조렸다[莊舃顯而越吟]."라는 시행이 있다.

8) 興廢相尋(흥폐상심): 흥폐가 번갈아 이어짐. '尋'은 이어지다. 소식(1037~1101), 「능허대기」, "멸망하고 부흥하고 짓고 무너지는 것은 끝없이 번갈아 이어진다[廢興成毁, 相尋於無窮]".

9) 光風霽月(광풍제월): 맑은 바람과 갠 달. 깨끗한 기상으로 존경받는 선비를 비유함. 황정견, 「염계시서」.

○ 하연(河演, 1376~1453) 자 연량(淵亮), 호 경재(敬齋)

본관 진양. 사직공파. 시호 문효(文孝). 진주 여사촌(餘沙村, 현 산청군 단성면 남사리) 출생. 원정공 하즙(河楫, 1303~1380)의 증손자로 정몽주의 문인이다. 1396년 문과 급제한 뒤 대사헌, 대제학, 영의정(1449) 등을 지냈다. 아래 시의 창작시기는 남지(南智)의 경상감사와 김문기(金文起)의 경력 벼슬이 겹치는 **경신년(1440)** 봄이고, 당시 그의 벼슬은 의정부 좌참찬이었다. 자세한 것은 하강진 (2014), 273~277쪽 참조.

「因金經歷1)寄監司南公智2)」 ○ **矗石樓懸板** 〈『경재집』 권1, 18a~b〉 (김경력이

감사 남지 공에게 부친 시에 따라) ○ **촉석루 현판**

高城絶壑3)大江頭	높은 성, 깊은 골의 큰 강 언저리에
冬柏梅花矗石樓	동백과 매화가 어우러진 촉석루로다
若也登臨留勝跡	누각에 올라 훌륭한 자취를 남긴다면
請題佳句記吾4)州	부디 좋은 시로 우리 고을 기록하게나

○ 배환(裵桓, 1379~?)

본관 흥해. 초명 환(絾). 고려 말 관직을 버리고 경기도 파주에서 안동부 금계촌(金溪村, 현 서후면 금계리)으로 이거한 백죽당 배상지의 차남이다. 김헌락(1826~1877)의 『금계지』에서 가져온 아래의 시는 내용으로 보아 판진주목사 시절(1446~1448)에 지은 것이 분명하고, 그가 1451년 창건한 남후 면의 낙암정(洛巖亭)에 현재 시판으로 걸려 있다. 하강진(2014), 343~348쪽 참조.

「題矗石樓」 〈김헌락 편, 『금계지』 「인물」, 16a〉 (촉석루에 제하다)

---

1) 金經歷(김경력): 백촌 김문기(1399~1456). 충청도 옥천군 사단동 백지리 출생. 1439년 12 월 경상도 경력(아사)에 제수되었고, 단종 복위 운동을 벌이다가 처형되었다. 사육신의 한 사람으로 현창되고 있으며, 섬계서원(경북 김천시 대덕면 조룡리 소재)에 아들 김현석 과 함께 배향되고 있다. 『백촌선생유사』, 『백촌집』 참조.

2) 南公智(남공지): 남지(南智, 1409~?)는 영의정 남재(南在, 1351~1419)의 손자로, 1439년 11월부 터 1440년 12월까지 경상도 관찰사를 지냈다.

3) 絶壑(절학): 깊은 골짜기. '壑'은 산골짜기.

4) 吾(오): 원전에 "어떤 본에는 청이다[一作菁]."라는 주석이 있다.

金章[1] 來守海邊區	금장 차고 와서 해변 지역 다스리며
衙罷時登矗石樓	관청 일 마치고 촉석루에 올랐더니
鳳岳峩峩盤作鎮	높고 높은 비봉산은 광대하게 진을 쳤고
菁川歷歷濟盈流	맑고 맑은 청천은 넘실대며 흘러가는데
千疇桑拓人居密	천 이랑 뽕밭 일구며 사람들 빼곡히 살며
萬壑烟霞日夕浮	만 골짝의 안개와 놀이 밤낮으로 떠 있다
形勝觀遊雖信美[2]	빼어난 경치는 유람하니 참으로 아름답지만
只嫌遙隔帝王州	제왕의 고을이 멀리 떨어져 아쉬울 뿐이네

○ 김구경(金久冏, ?~?)

본관 광산. 성균학유와 북청교수를 지냈고, 1410년 성균 주부로서 서장관 사행을 거부해 괴주(槐州)에, 1412년 영춘감무 때 요언을 만들었다는 이유로 함경도 길성(吉城)에 유배되었다. 1432년 호군으로서 회례부사에 차출되어 일본을 다녀왔다. 그의 출생 시기는 1405년 국자감시 동년인 류방선(1388~1443)의 「奉酬北靑敎授金同年久冏」(『태재집』 권3)을 통해 대략 가늠되고, 1434년까지 생존 사실이 확인된다. 한편 그는 1407년 친시문과 동년인 변계량(1369~1430)과의 불화로 크게 현달하지 못했다는 일화가 『동인시화』, 『필원잡기』, 『용재총화』 등에 전한다. 그리고 『신증동국여지승람』 「전라도」 〈광산현〉 인물조에서, 그를 "두 번이나 문과급제해 문명을 날렸으나 일찍 별세했다."라고 기술했다.

「矗石樓」[1] (가제) 〈『신증동국여지승람』 권30 「진주목」 누정조〉 (촉석루)

躋攀[2] 矗石住多時	더위잡고 촉석루 올라 한참 머무니
風物撩吾欲作詩	풍경이 나를 부추겨 시 짓게 하는데
靈運[3] 俊才那可及	영운의 뛰어난 재주에 어찌 미치랴만

---

1) 金章(금장): 금으로 만든 관인(官印). 대개 높은 벼슬아치를 뜻하는데, 여기서는 배환이 판진주목사 직에 있음을 나타냄.
2) 雖信美(수신미): 왕찬, 「등루부」, "참으로 아름다워도 내 고향이 아니거늘 / 어찌 잠간 머무는 곳 이상이 되랴?[雖信美而非吾土兮, 曾何足以少留]".
1) 『경상도속찬지리지』(262쪽)에도 수록되어 있는데, 작가를 "正郞 金久冏"이라 했다.
2) 躋攀(제반): 붙잡고 오름. 높은 곳에 기어오름. '躋'는 오르다. '攀'은 더위잡다.
3) 靈運(영운): 위진남북조시대의 산수시 작가로 저명한 사령운(謝靈運, 385~433).

元龍⁴⁾豪氣不全衰	원룡의 호기는 완전히 이울지 않았다

元龍⁴⁾豪氣不全衰　　원룡의 호기는 완전히 이울지 않았다
澄江絶壁魚跳數　　맑은 강 절벽 아래에 물고기 자주 뛰놀며
大野長林厲到⁵⁾遲　　큰 들판과 긴 숲엔 바람이 더디 이르는데
坐對金樽銷舊恨　　술독 마주 대하고서 묵은 한 삭이며
仍將銀筆⁶⁾寫新詞　　거듭 좋은 붓으로 새로운 시 쓰거늘
初逢白雪寒梅⁷⁾動　　처음 만난 흰 눈에 겨울 매화가 움 터고
又見靑春嫩柳垂　　푸른 봄날 드리워진 어린 버들을 또 보네
臨發徘徊還眺望　　떠나려다 머뭇거리며 다시 조망하니
眼前光景摠淸奇　　눈앞의 풍경 모두가 해맑고 참신할세

○ 함자예(咸子乂, ?~?) 자 입지(立之)

> 본관 강릉. 예조판서 함부실(咸傅實)의 아들이고, 난계 함부림(1360~1410)의 종조카이다. 1419년 율학(律學)으로 등과한 뒤 사직, 동부령(東部令), 문화현령 등을 지냈다. 한편 성여신 주편의 『진양지』를 보면 '검률 함자일(咸子一)'로 기재되어 있으며, 그리고 『문종실록』(1452.2.27)에는 '부령 함자예'가 등장한다. 그의 생애는 「현령공묘표」(『강릉함씨문헌고』, 59a~b)를 참고했다.

「題矗石樓」¹⁾ 〈권응인, 『송계집』 권4 「만록(상)」, 1a~b〉 (촉석루에 제하다)
山自盤環水自流　　산은 절로 둘러 있고 물은 절로 흐르는데
幾年興廢此江頭　　성쇠가 이 강가와 함께 한 지 몇 해이런고

---

4) 元龍(원룡): 위나라 진등(陳登, 170~208)의 자. 용어 일람 '원룡' 참조.
5) 厲到(여도): '厲(려)'를 여풍(厲風)의 뜻으로 새긴다. 하지만 대구(對句)를 보면 『경상도속찬지리지』(1469)와 『진주목읍지』(1832)에 표기된 대로 '안도(鴈渡)'가 더 합당하다.
6) 銀筆(은필): 은으로 장식한 붓.
7) 寒梅(한매): 매화는 겨울 눈 속에서 꽃을 피우기 때문에 생긴 이름.
1) 권응인(1517~?)은 같은 글에서 시를 평하며, "옛날에 검률 함자예가 「제촉석루시」를 지었다. (시 생략). 벽 위에 박아두어 사람들에게 회자가 되었다. 제3구는 기력이 더욱 없는데도 모두 절창이라 칭하니 어찌 된 일인가? 곧 미천한 자로서 이러한 작품을 지은 것이 없기에 대단하게 여겼을 것이다[昔有檢律咸子乂者,「題矗石樓詩」曰 (…中略…) 釘於壁上, 膾炙人口. 第三句尤無氣力, 而皆稱絶唱, 何歟? 無乃賤者而有此作, 爲多歟]."라 했다.

彷徨更惜曾遊處	서성대며 일찍이 놀던 곳을 더욱 사랑하노니
昨是春風今是秋	전에는 봄바람 불었다만 지금은 가을이로다

○ 조녕(趙寧, ?~?)

본관 함안. 공조전서를 지낸 금은 조열(趙悅)의 차남으로 1414년 식년시 급제했고, 의령현감을 지냈다. 아들이 김종직 시에 등장하는 안동교수 조욱(趙昱, 1432~?)이고, 생육신 어계 조려(趙旅, 1420~1489)는 둘째 동생 조안(趙安)의 아들이다. 아래의 시는 김해부사 이맹현·경주교수 주백손·성주교수 장계이·안동교수 조욱 등이 1469년 편찬한『경상도속찬지리지』(국립중앙도서관 소장)에는 아래 시를 수록하고, 그 작가를 "敎授官 趙寧"이라 기재했다. 한편 조임도(1585~1664)는 함안군 읍지인『금라전신록』(1639)을 편찬하면서 조녕의 시문이 전하지 않는다고 한 바 있다.

「矗石樓」(가제) 〈『경상도속찬지리지』「진주도」, 263쪽〉 (촉석루)

晉陽風物卽仙區	진양의 경치는 곧 신선 세계
江上高城城上樓	강가엔 높은 성, 성 위엔 누각
地坼東南通眼界	지형은 동남으로 트여 시계가 환하고
山橫西北接頭流	산세는 서북으로 질러 두류산과 접했네
隔林壁立奇如畫	숲 건너 절벽이 펼쳐져 그림 같이 기이하며
傍諸軒翔怳若浮	그 곁의 처마는 날렵해 뜬 것처럼 황홀하다
嶺外登臨知幾處	영남에서 등림한 곳은 몇 군데던가
此州方信是雄州	이 고을이 참으로 웅주임을 믿겠네

15세기

○ 이석형(李石亨, 1415~1477) 자 백옥(伯玉), 호 저헌(樗軒)

본관 연안. 시호 문강(文康). 서울 출생으로 장인은 설곡 정보(鄭保, 정몽주의 손자)이고, 5세손이 월사 이정구(1564~1635)이다. 1441년 잇달아 삼장(三場)에서 장원을 차지해 사간원 좌정언이 되었고, 1447년 문과급제 이후 직제학·전라도관찰사(1455)·판공주목사 등을 거쳐 중추부판사에 이르렀다. 한편 그는 **병술년(1466)** 8월부터 겨울까지 팔도체찰사로서 전국을 순시했는데, 진주 촉석루 시는 **9월 27일** 작이다.

「晉州矗石樓韻」 二十七日 『저헌집』 권상, 38a〉(진주 촉석루 운) 27일

嶺南行客屬秋時	영남에서 나그네 때마침 가을 맞으니
無數清光入我詩	맑은 빛이 무수히 내 시에 들어오네
千里遠蹄猶自逸	천리 먼 길을 달려왔으나 외려 평온하고
百年豪氣未曾衰	백년 호탕한 기운은 아직도 이울지 않았거니
香吹瀲灩1)傳觴急	향기가 물결에 불어대니 술잔 돌리기 급하고
影轉婆娑舞步遲	그림자 너울너울 옮겨가니 춤 걸음이 더디네
芳草晴川堪浩咏	향기로운 풀과 맑은 강은 크게 읊을 만하며
落霞孤鶩信前詞2)	저녁놀 외론 따오기는 옛 작품 알게 할진대
雲籠嶺樹噴常礙	구름은 고개 나무를 감싸며 퍼지다 뭉치고
雨過珠簾嬾下垂	비는 주렴 스치며 차분히 아래로 떨어진다

---

1) 瀲灩(염염): 물이 넘치는 모양. '瀲(렴)'은 넘치다. '灩(염)'은 출렁거리다.
2) 前詞(전사): 옛 작품, 곧 왕발의 「등왕각서」를 말함.

歷遍名區今幾許	두루 다닌 명승지는 지금까지 얼마나 되나
始看天地此中奇	온 세상에서 이곳 진기함을 처음 보노라

右 〈『저헌집』 권상, 38a~b〉 (또)

川回水抱作淸區	내가 휘돌며 물을 감싸 맑은 구역 이뤘는데
問孰中間敞是樓	묻노니 누가 중간에 이 누각을 지었나
俯視蓬瀛3)低地在	굽어보니 봉래와 영주가 땅 나직이 있고
仰看河漢近人流	쳐다보니 은하수는 사람 가까이 흐르구려
幾回雲雨尊4)前興	술독 앞에 운우의 흥을 몇 번이나 즐겼던가
盡似漂萍水上浮	부평초는 물 위에 뜬 것과 죄다 흡사하여라
半日登臨有餘趣	한나절 등림하니 넉넉한 흥취 있을진대
何如乘鶴下楊州5)	어찌 학을 타고 양주로 내려갈건가

○ 김종직(金宗直, 1431~1492) 자 계온(季溫), 호 점필재(佔畢齋)

본관 선산. 시호 문충(文忠). 강호산인 김숙자(1389~1456)의 5남으로 밀양부 대동리(大洞里, 현 부북면 제대리) 외가 출생. 1446년 과거에 낙방했으나 1459년 문과 급제해 승문원 권지부정자에 제수되었다. 이후 감찰, 영남병마평사(1465), 함양군수(1471~1475), 선산부사(1476), 예문관 제학 등을 거쳐 형조판서에 이르렀다. 시집 편차로 볼 때 아래의 「촉석루효교은」과 「촉석루잡시…」 시는 기축년(1469)에, 「화정경차…」는 갑오년(1474)에, 「제운루쾌청」은 을미년(1475) 6월에 각각 지은 것이다. 하강진(2014), 349~356쪽; 부산대학교 점필재연구소, 『역주 점필재집』, 점필재, 2010 참조.

「矗石樓 效郊隱」1) 〈『점필재집』 시집 권5, 7a〉 (촉석루에서 교은의 시를 본떠)

高樓明月梅花時	높은 누각 달은 휘영청 매화꽃이 필 제

---

3) 蓬瀛(봉영): 신선이 산다고 하는 봉래산과 영주산. 여기서는 풍광이 수려한 진주.
4) 尊(준): =樽(준). '尊(존)'이 술통 뜻일 때는 '준'으로 읽음.
5) 乘鶴下楊州(승학하양주): 여러 가지 간절한 소망을 겸함. 용어 일람 '학주' 참조.
1) 교은의 촉석루 시를 본떴다고 했지만 실은 제1수는 정을보의 시, 제2수는 박융의 시와 각각 운자가 동일하다. 자세한 것은 하강진(2014), 349~356쪽 참조.

造物撩我抃一詩	조물주가 나를 부추겨 시를 짓게 하도다
嗛巾靑鳥2)集錦筵	수건 문 파랑새가 성대한 자리에 모여
醉興未覺繁華衰	취흥에 번화함이 쇠한 줄도 못 느끼는데
光風泛溢蘼蕪3)渚	맑은 바람은 궁궁이 물가에 넘실대고
渚邊楊柳斜陽遲	물가의 수양버들엔 석양이 더딜진대
欄干倚遍望雲海4)	난간에 기대어 운해를 두루 바라보며
鐵笛暗和飛瓊詞5)	철적으로 비경사에 은근히 화답하노니
丹丘何處擬可到	단구는 어느 곳인들 이를 수 있는지라
鏡中不怕霜毛6)垂	거울 속 드리운 서리털도 두렵지 않다
牋與天公拍手笑7)	하늘에 전문 올리고 손뼉 치며 웃거늘
傍人爭遵8)一段奇	사람들이 한층 기이하다 다퉈 말하구려

海上曾聞第一區	바닷가 첫째가는 땅이라 일찍 듣다가
春風來倚仲宣樓	봄바람 불어올 제 촉석루에 기댔나니
自嫌塵土迷淸賞	속세 절로 꺼려 맑은 유람을 헤매지만
豈有湖山負勝流	어찌 강산에서 고상한 풍류를 저버리랴
故故梅花迎酒笑	매화는 자꾸자꾸 술을 마주해 미소 짓고
關關屬玉9)向人浮	촉옥새는 끼룩끼룩 사람 향해 뜨려 하는데
白雲東望庭闈10)近	동쪽 흰 구름 바라보니 부모님이 가깝거늘

---

2) 嗛巾靑鳥(함건청조): 수건을 문 파랑새로, 여기서는 촉석루의 미인들을 비유한 것임.

3) 蘼蕪(미무): 약으로 쓰이는 향초인 궁궁이. '蘪'는 궁궁이.

4) 雲海(운해): 구름 덮인 바다. 여기서는 구름과 맞닿은 듯이 보이는 먼 남강.

5) 飛瓊詞(비경사): 서왕모의 시녀인 허비경(許飛瓊)을 읊은 노래.

6) 霜毛(상모): 서리같이 빛깔이 흰 털.

7) 축원이나 감사를 표시하기 위한 상징적 행위로 보임. '牋(전)'은 전문, 장계. '천공(天公)'은 하늘의 의인화. 유호인의 시에도 유사한 표현이 있다. 유호인, 「유서호모입오정문(遊西湖暮入午正門)」(『뇌계집』 권4), "滄浪歌罷酒初醒, **拍手一牋與天公**".

8) 遵(도): 도(道)와 동자.

9) 屬玉(촉옥): 백로의 일종인 촉옥새. 이때 '屬(속)'은 '촉'으로 읽음.

10) 庭闈(정위): 부모님이 거처하는 방, 곧 부모님을 지칭함. '闈'는 작은 문.

不用閑愁滯遠州　　　괜한 시름으로 먼 고을 지체할 것 없어라

「矗石樓雜詩 寄贈安東趙教授旭[11] 曾任晉學[12]有所眄 嘗著香夢錄」
〈『점필재집』시집 권5, 7a~8a〉(촉석루 잡시를 안동교수 조욱에게 부치다. 그가
일찍이 진주학관으로 있으면서 기녀를 사랑하여 「향몽록」을 저술하였다.)

酒闌孤月下西廂[13]　　술 거나하자 달이 서쪽 곁채로 넘어가고
隔岸人看畫燭光　　　언덕 너머 인가에는 화촉 빛이 보이누나
恠底梅花更消瘦[14]　　매화가 더욱 파리해져 괴히 여겼더니
空階一夜有微霜　　　빈 섬돌에 밤새 서리가 살짝 내렸네

上渚下渚春水生　　　위아래 물가에 봄물이 불어나고
芳菲晴日滿簾旌　　　꽃향기는 맑은 날 주렴에 그득하다
漁翁欸欸鳴榔返　　　어부가 느릿느릿 노 저어 돌아오매
城裏人家盡月明　　　성안 인가엔 달빛이 완연히 밝았구려

長林藹藹[15]連蒼壁　　긴 숲은 무성히 푸른 절벽에 이어졌고
粧點[16]臺隍晚色新　　단장한 누대 해자엔 저녁 빛이 선명하다
倦客不知爲畫本[17]　　지친 길손은 그림본 되는 줄 모른 채
欄干獨立數行人　　　난간에 홀로 서서 행인을 세고 있네

---

11) 趙教授旭(조교수욱): 조욱(1432~?, 자 子明). 조녕의 아들로 1453년 급제해 진주교수·의
　　학훈도를 지냈고, 1469년 안동교수 때 『경상도속찬지리지』를 편찬했다. 조녕의 시 참조.
12) 晉學(진학): 진주학관. 향교에서 유생들을 가르치던 종6품의 벼슬.
13) 西廂(서상): '廂'은 행랑. 촉석루의 서쪽 부속누각으로 1481년 이전에 창건된 쌍청당.
14) 消瘦(소수): =소척(消瘠). 몸이 쇠약하여 수척해짐. '瘦'는 마르다, 여위다.
15) 藹藹(애애): 초목이 무성한 모양, 좋은 향기가 나는 모양, '藹'는 열매가 많이 열리다.
16) 粧點(장점): 부녀의 단장에서 유래한 말인데, 장식을 뜻하는 용어로 발전됨.
17) 畫本(화본): 그림의 모본. 그림 같은 풍경을 지칭함. 육유(陸游, 1125~1210), 「주중작(舟中
　　作)」, "마을은 모두 화본이요 / 곳곳마다 시재가 있네[村村皆畫本, 處處有詩材]".

小甁春色最繁枝[18]　　작은 병의 봄빛은 번화한 꽃가지가 으뜸이고
鐵面蒼髥[19]共一厄　　매화와 동백꽃이 동이에 함께 있는데
翡翠飛來欲偸眼　　　물총새가 날아와서 엿보려 하거늘
樓頭正是捲簾時　　　누각 난간에 주렴을 바로 걷을 때로다

　　　　時折梅花冬栢各一枝, 揷小甁, 置之案上. 당시 매화와 동백 한 가지씩 꺾어서 작은
　　　화병에 꽂아 책상 위에 두었다.

白白朱朱[20]兩女仙　　백백과 주주 두 여자 신선을
虞庠才子[21]故應憐　　태학의 재자는 짐짓 아꼈었지
依然當日春風面[22]　　그때 봄바람의 면목은 여전하겠거니
香夢年來幾度圓　　　단꿈을 근년에 몇 번이나 꾸었는가

江水江花還有情　　　강물의 강 꽃에도 외려 정이 있거늘
倚樓人[23]老永嘉城　　의루인은 영가성에서 늙어갈 터
蘇娘[24]絶嘆文章妙　　소랑이 찬탄한 절묘한 문장으로

----

18) 繁枝(번지): 번화한 가지, 탐스러운 꽃가지.
19) 鐵面蒼髥(철면창염): '鐵面'은 쇠를 깐 얼굴로, 추위를 잘 견디는 매화를 이른 말. '蒼髥'은
　　소나무 별칭인 창염수(蒼髥叟, 푸른 수염의 노인)의 준말로, 여기서는 동백을 비유함.
20) 白白朱朱(백백주주): 대개 흰 꽃과 붉은 꽃이 섞여 있는 봄 풍경을 말하나, 여기서는
　　조욱이 사랑한 두 기녀의 이름으로 쓰였음.
21) 虞庠才子(우상재자): '虞庠'은 순임금이 세운 학교의 이름인데, 여기서는 진주향교를 가
　　리킴. '才子'는 학관, 곧 조욱.
22) 春風面(춘풍면): 봄바람의 진면목. 온갖 꽃이 피고 새가 우는 봄의 경치.
23) 倚樓人(의루인): 당나라 조하(趙嘏)의 별칭. 여기서는 조욱(趙昱)의 성씨가 조하와 같으므
　　로 미칭으로 끌어다 쓴 것이다. 조하의 7언율시 「장안만추(長安晚秋)」의 제3~4행 "새벽
　　별 성기고 기러기는 변방을 가로지르는데 / 긴 피리 한 가락 소리에 사람은 누각에 기대
　　있네[殘星幾點雁橫塞, 長笛一聲人倚樓]"를 두목(杜牧, 803~852)이 좋아한 나머지 그를 '조
　　의루(趙倚樓)'라 불렀다고 한다. 신문방, 『당재자전』 권7.
24) 蘇娘(소랑): 남제(479~502) 때 전당(錢塘)의 이름난 기녀인 소소소(蘇小小). 일명 소소(蘇
　　小)인데, 태학생 조불민(趙不敏)이 아름답고 시에 능했던 그녀를 항상 잊지 못하다가 죽을
　　무렵에는 자신의 동생을 시켜 유산을 주도록 했다. 여기서 태학생 조욱의 성씨와 지위가
　　조불민과 같고, 백백과 주주 두 기녀[女仙]를 사랑했으므로 인용한 것이다.

曾見華牋[25)綵筆[26]鳴　　화전에 붓 휘둘러 심금을 진작 울렸다지

人老·筆鳴, 紀所昤者語. 인로와 필명은 사랑했던 기녀의 말을 적은 것이다.

「和鄭敬差永通[27] 矗石樓所寄 二首」〈『점필재집』 시집 권9, 7a〉(경차관 정영
통이 촉석루에서 부친 시에 화답한 두 수)

嘯咏聊同尹晉州子濚[28]　　진주목사 윤자영과 애오라지 읊조리며
白梅盧橘[29)况銷愁　　매실과 감귤로 게다가 근심을 삭였지
更携縹緲人遊賞　　다시금 아득히 미인 데리고 유람하면
姸唱應將玉軫酬　　고운 노래를 거문고로 응수하리라

遮眼頭流面面高　　눈앞을 가로 막은 두류산이 사방에 높으니
筠籠何異鏁山胡[30]　　대바구니에 갇힌 산호새와 무엇이 다르랴
寂寥短韵[31]纔投寄　　초라하게 짧은 시를 겨우 부쳐 보내자니
知我詩非一世豪　　알겠노라, 내 시는 일세의 호방함이 아님을

---

25) 華牋(화전): 꽃무늬가 든 좋은 종이로 시전지를 말함. '牋'은 종이.

26) 綵筆(채필): 멋진 붓, 곧 뛰어난 문재. 양나라 강엄(江淹)의 꿈속에 곽박이 나타나 "내
붓이 그대에게 있은 지 여러 해이니 나에게 돌려달라고 했다. 이에 강엄이 품속에서 오색
필을 꺼내 주었는데, 그 후로는 좋은 시문을 전혀 짓지 못했다[淹乃探懷中得**五色筆**一以授
之, 爾後爲詩絶無美句]."는 고사가 있음. 『南史』 권59「강엄전」.

27) 永通(영통): 1474년 경상도 경차관을 지낸 정영통(1420~?). 자 형지(亨之). 1459년 급했
고, 정랑·장령·군자감정·『세조실록』 편수관(1485) 등을 지냈다.

28) 子濚(자영): 진주목사 윤자영(1420~?). 자 담수(淡叟), 호 방헌(厖軒). 단성 출신. 윤택(尹
澤, 1280~1370)의 현손으로 1451년 급제함. 동갑인 서거정·강희맹과 평생지기로 검열·의
령현감·경상도 경력 등을 지냈다. 강희맹(1424~1483)은 그가 진주목사로 나가게 되자 3
수의 「송담수출목진주(送淡叟出牧晉州)」(『사숙재집』 권1) 시를 지어주었다.

29) 盧橘(노귤): 황금빛을 띤 감귤. 「이웅신귤이십매기선원(以熊神橘二十枚寄善源)」(『점필재
집』 시집 권9)에서 보듯이 창원 웅신현(현 진해구 웅천동)에서 생산되던 감귤을 말함.

30) 山胡(산호): 새 이름. 잘 우는 특성이 있어서 시름을 촉발하는 소재로 시에 자주 쓰임.

31) 寂寥短韵(적료단운): 변변치 못한 작품. 한유(韓愈, 768~824), 「송권수재서(送權秀才序)」,
"단장은 적요하고, 대편은 장중하다[**寂寥**乎**短章**, 春容乎大篇]".

「齊雲樓快晴」[32] 六月十六日 〈『점필재집』 시집 권10, 16a〉 (제운루가 쾌청하여)

6월 16일

雨[33])脚看看[34])取次收   빗발은 어느덧 차례차례 걷혀 가는데
輕雷猶自殷[35])高樓   가벼운 천둥이 아직도 누각에 절로 울리네
雲歸洞穴簾旌暮   구름이 골짜기로 돌아가니 주렴은 어둑하고
風颭[36])池塘枕簟秋   바람이 못에 살랑거리니 잠자리가 서늘하다
菡萏[37])香中蛙閣閣[38])   연꽃봉오리 향기 속에 개구리가 개굴개굴
鷺鵜[39])影外稻油油[40])   해오라기 그림자 너머로 벼 이삭이 번들번들
憑欄更向頭流望   난간에 기대어 다시 두류산을 바라보니
千丈峯巒湧[41])玉蚪[42])   천 길 중첩 산들은 옥룡이 솟은 듯하네

---

32) '齊雲樓'는 함양 객사 동쪽에 있던 누각. 허균의 『국조시산』 권5(8a)에 「촉석루우우후(矗石樓雨後)」라는 시제로 수록되어 있어서 여기에 가져왔고, 그는 이 시의 풍격을 "웅장하고 수려함이 넘친다[雄麗滔滔]."라고 비평했다.

33) 雨(우): 4간본에는 '日(일)'로 되어 있다. 일각(日脚)은 햇살의 뜻.

34) 看看(간간): 어느덧, 점차, 자세히 보는 모양.

35) 殷(은): 소리, 천둥소리. 『시경』「소남」〈은기뢰〉, "우르릉 천둥소리 / 저 남산의 남쪽에서 울리는데[殷其雷, 在南山之陽]". 『국조시산』에는 '隱(은)'이다.

36) 颭(점): 살랑거리다, 물결이 일다.

37) 菡萏(함담): 아직 피지 않은 연꽃봉오리. '菡'은 연봉오리. '萏'은 화려하다.

38) 閣閣(각각): 개구리의 울음소리. 단정하고 곧은 모양.

39) 鷺鵜(노사): 해오라기. '鵜'는 우아한 새이고, 『국조시산』에는 '絲(사)'로 되어 있다.

40) 油油(유유): 벼나 수수 따위가 윤이 나고 무성한 모양, 물이 서서히 흐르는 모양.

41) 湧(용): 샘솟다, 성하게 일어나다. 『국조시산』에는 '聳(용)'이다.

42) 玉蚪(옥두): =옥룡(玉龍). '蚪'는 원래 올챙이이지만 여기서는 규(虯, 규룡)의 뜻. 『초사』「이소」, "옥룡의 수레를 몰아 에를 타고 오르노라[駟玉蚪而乘鷖]".

○ 이륙(李陸, 1438~1498) 자 방옹(放翁), 호 청파거사(靑坡居士)

본관 고성. 서울 청파 출생. 용헌 이원(1368~1429)의 손자이고, 왕고모부가 양촌 권근이다. 1468년 급제해 직강을 시작으로 대사성·병조참판 등을 지냈다. 1462년 겨울 단속사에서 수업하던 중 과거 동년인 정극강·강자겸 등과 촉석루에서 '속난정회'를 열어 시축을 만들었고, 1여 년 뒤 지리산 유람록의 효시인 「유지리산록」을 지었다. 아래 첫째 시의 창작 시점은 단속사 시절 지은 시의 중간에 편차된 것으로 보아 계미년(1463)으로 짐작된다. 둘째 시는 6~7행의 내용과 『청파극담』의 "7년 만에 성균관 대사성으로서 다시 진주에서 놀았고, 또 11년이 지나 본도의 감사가 되었는데도 승모란(勝牡丹)이 아직 아무 탈 없었다."라는 기록으로 보아 경상감사(1484.7~1485.1) 때인 갑진년(1484) 작이 확실하다.

「矗石樓」〈『청파집』권1, 14b〉(촉석루)

菁川矗石舊山河	남강과 촉석루, 산하는 옛날 그대로
南望平原草色多	남쪽 바라보니 넓은 벌판은 풀빛이 짙고
日落波明天接水	해질녘 물결 맑아 하늘은 강물에 닿았는데
時聞漁笛隔烟霞	때마침 어부의 피리소리가 연하 너머 들리네

「次矗石樓韻」〈『청파집』권1, 25a〉(촉석루 운을 따라 짓다)

千載風流地	천년 두고 풍류의 땅
山河亦壯哉	산하 또한 장대하여라
波平天似水	물결 잔잔하고 하늘은 물같이 맑고
城古石爲臺	성은 오래되고 돌에 누대를 세웠네
四馬[1]昔曾約	수레 타고 오리라 진작 약속했건만
十年今始來	십년 만에 이제야 비로소 왔도다
登高饒得趣	높은 곳 오르니 정취가 넉넉하나
作賦愧非才	시 짓자니 못난 재주가 부끄러이

---

1) 四馬(사마): = 사마(駟馬). 수령을 지칭함. 『시경』「용풍」〈간모〉, "흰 실로 깃대를 꾸몄고 / 좋은 말 네 필이 끌고 있네[素絲紕之, 良馬四之]". 옛날 태수가 나갈 때 사마의 수레를 탔는데, 한나라 때 한 필을 더 붙였다. 이수광, 『지봉유설』권4「관직부」〈수령〉.

○ 홍귀달(洪貴達, 1438~1504)

자 겸선(兼善), 호 허백정(虛白亭)·함허정(涵虛亭)

본관 부계. 시호 문광(文匡). 함창현 양적리(羊積里, 현 문경시 영순면 율곡리) 출생. 김종직·성현·조위·남효온 등과 절친했고, 1467년 이시애 난을 평정한 공로로 공조정랑이 되었으며, 대사성·호조판서 등을 지냈다. 1498년 무오사화 때 좌천됐지만 곧 복직했고, 1503년 경기도 관찰사 때 손녀를 궁중에 들이라는 왕명을 거역해 경원에 유배되었다가 이듬해 6월 서울로 이송되던 중 단천에서 교살됐다. 현재 출생지에 신도비가 있다.

「題矗石樓圖二絶」〈『허백정집』 권1, 53b〉 (촉석루 그림에 붙인 절구 두 수)

矗矗樓臺勝	우뚝한 누대가 경치 빼어나고
悠悠節序1)回	계절은 유유히 순환하는데
紛紛仙侶集	마치 신선마냥 성대히 모여
日日錦筵開	날마다 화려한 잔치 벌이네

樓下長江水	누각 아래의 긴 강물이
東流幾日回	동으로 흐른 지 얼마던고
人生長役役2)	인생은 늘 허덕거리는데
尊酒及時開	술통이 때마침 열리도다

---

1) 節序(절서): 계절의 차례, 절기가 번갈아 바뀜.
2) 役役(역역): 심력을 수고로이 하는 모양, 일에 골몰한 모양.

○ 성현(成俔, 1439~1504) 자 경숙(磬叔), 호 허백당(虛白堂)·용재(慵齋)

서울 출생. 시호 문대(文戴). 부친은 경상도 관찰사(1442~1443)를 지낸 성념조(成念祖, 1398~1450)이고, 두 형이 성임(成任)과 성간(成侃)이다. 김안국의 스승으로 1462년 급제한 뒤 검열·대사간·강원감사(1483)·평안감사(1486)·대사헌·지중추부사 등을 역임했고, 사신으로 중국을 세 번이나 다녀왔으며, 『용재총화』를 지었다. 그는 계축년(1493) 8월 경상도 관찰사를 임명받고 악률(樂律) 찬정의 일로 한 달 만에 예조판서로 교체되었는데, 아래 시는 문집 권5~6의 작품 속 작가 행로를 볼 때 환조 귀경길에 지은 것이 분명해 보인다. 한편 『허백당집』을 편집한 그의 3남 둔재 성세창(成世昌, 1481~1548)도 1524년 6월부터 이듬해 12월까지 경상도 관찰사를 지냈다.

「次晉州矗石樓韻」 〈『허백당집』 권6, 5a~b〉 (진주 촉석루 시에 차운하다)

烟暗高城欲暮時	안개 짙은 높은 성에 땅거미가 지려할 제
登臨倦客獨吟詩	지친 나그네가 등림해 혼자 시를 읊조리니
江山勝槪探無盡	강산의 빼어난 경치는 탐미해도 다함 없고
翰墨淸談老不衰	문필로 나누는 청담은 늙어도 시들지 않네
古渡日斜人去遠	옛 나루터에 해 기울어 사람들은 멀어져 가고
長林雲捲鳥歸遲	긴 숲에 구름 걷히니 새는 더디 돌아가거늘
愧將篆刻雕虫[1]手	잔재주의 못난 솜씨가 부끄러우나
仰和陽春白雪詞	양춘백설곡을 우러르며 화답하노니
萬指[2]堂中歌管脆	방엔 악기 연주하는 만인 손가락이 가볍고
一雙樽外舞衫垂	술독 너머 한 쌍의 춤추는 적삼이 드리우네
恍然坐我神仙境	황홀케 신선 경지로 나를 빠져들게 하니
閬苑[3]瑤池未必奇	낭원과 요지만이 꼭 기이하지는 않으리

---

1) 篆刻雕虫(전각조충): =조충전각. 각부(刻符)를 전서체로 새기고 벌레 모양의 충서(蟲書)를 새김, 곧 미사여구로 시문을 꾸미는 기예에 비유함. '虫'은 충(蟲)의 속자. 진나라 때 고문을 없애고 팔체(八體)를 만들었는데, 허목의 「고문」(『기언』 권6 상편) 참조.
2) 萬指(만지): 만 손가락, 곧 여러 악공.
3) 閬苑(낭원): 곤륜산 꼭대기에 신선이 산다는 낭풍산(閬風山)으로 멋진 경치를 뜻함.

○ 허침(許琛, 1444~1505) 자 헌지(獻之), 호 나헌(懦軒)·이헌(頤軒)

본관 양천. 시호 문정(文貞). 경북 김천 출신으로 우의정 허종(許琮, 1434~1494)의 동생이다. 1475년 문과 급제했고, 이듬해 채수·조위·유호인·양희지과 함께 사가독서 문신으로 발탁되었다. 이후 감찰(1476), 수찬, 우승지, 전라도 관찰사, 대사헌, 경기도 관찰사(1502), 이조판서 등을 거친 뒤 1504년 우의정과 좌의정에 이르렀다(김안국, 『모재집』권14 「허문정공행장」). 아래 시는 매계 조위(1454~1503)의 차운시로 보아 경상도 관찰사(1498.10~1499.11 재임) 때의 작이 분명하다.

「矗石樓」(가제) 〈『신증동국여지승람』권30 「진주목」 누정조〉 (촉석루)

十年遊跡遍寰區	십년간 자취 남기며 세상 두루 다니다가
晚倚仙宮1)第幾樓	늦게야 선궁에 기댔거니 몇 번째 누각인가
多酗成狂非俗物	술 많이 마셔 미쳤으되 속물은 아니거늘
登高能賦2)是淸流	높이 올라 시를 읊으니 청아한 풍류로다
滿山松櫟笙鏞3)動	온 산의 솔과 참나무에 악기소리 퍼지고
半夜波濤雪月浮	한밤중 파도 위에는 밝은 달이 떠있는데
日透紅簾春睡4)足	붉은 주렴에 햇살 비쳐 봄 잠이 흡족하거니
不知身世滯南州	이 몸이 남쪽 고을에 체류하는 줄 모를레라

---

1) 仙宮(선궁): 신선이 사는 궁궐, 곧 경치 좋은 촉석루.
2) 登高能賦(등고능부): 군자의 풍류. 『한서』권30 「예문지」, "노래하지 않고 읊는 것을 부라 하니, 산에 올라 시를 읊을 줄 알아야 대부라 할 수 있다[不歌而誦謂之賦, **登高能賦**可以爲大夫]".
3) 笙鏞(생용): 악기의 종류인 생황과 큰 종.
4) 春睡(춘수): 봄날의 졸음. '睡'는 자다.

○ 유호인(兪好仁, 1445~1494) 자 극기(克己), 호 뇌계(㵢溪)

본관 고령. 호남 장수현에 살던 부친 유음(兪蔭, 1401~1482)이 이절(李節)의 딸에게 재취함으로써 이거하게 된 함양 성곡(省谷)에서 출생했고, 나중 함양읍 대덕리에서 살았다. 1462년 생원·진사시 합격했고, 1472년 8월 스승인 점필재 김종직·조위 등과 지리산을 유람했다. 1474년 문과 급제한 뒤 승문원 정자, 거창현감(1479~1482), 의성현령(1487), 교리, 장령(1494) 등을 지냈다. 1494년 2월 그가 노모 봉양을 위해 외직을 청하자 성종이 특별히 진주목사에 제수하려 했으나 절차상 문제로 무산되었고, 그 대신 합천군수에 임명되었다. 하지만 도임한 지 한 달 만인 4월 관사에서 병사했다. 1476년 사가독서의 일원인 조위·허침·채수·양희지 등과 절친했고, 손서가 임훈(林薰, 1500~1584) 이다.

「次佔畢齋矗石樓韻」〈『뇌계집』권2, 20a~b〉(점필재의 촉석루 시에 차운하다)

香銷金鴨¹⁾步東廂	향로의 연기가 사그라져 동쪽 곁채로 가고
渺渺湖波泛碧光	아득한 호수 물결에 푸른빛이 넘실거린다
喚起²⁾數聲啼破處	날 샐 무렵 새 우는 소리에 잠 깨었더니
隔簾花曉不禁霜	발 너머의 꽃은 새벽에 서리를 못 막았네

馬上光陰愁苒苒³⁾	말 위에서 세월 보내 근심이 잔뜩 많고
綠陰靑子⁴⁾轉頭新	우거진 감람나무는 어느새 새롭구려
誰敎六幅菁江水⁵⁾	누가 여섯 폭의 남강 물로 하여금
解做先生⁶⁾景裏人	선생을 경치 속 사람으로 만들었나

---

1) 金鴨(금압): = 보압(寶鴨). 향로의 별칭. 쇠붙이로 주조한 오리 모양의 향로.
2) 喚起(환기): 여기서는 환기조(喚起鳥)를 말함. 지빠귀 과에 속하는 새로 밤 오경부터 날이 샐 때까지 운다고 하는데, 잠이나 꿈을 깨움의 뜻으로 쓰임. 어숙권의 『패관잡기』권1에 '喚起'의 자세한 의미가 있음.
3) 苒苒(염염): 풀이 우거진 모양, 가볍고 가냘픈 모양, 세월이 덧없이 흐르다.
4) 靑子(청자): 감람나무.
5) 六幅菁江水(육폭청강수): '六幅'은 다홍치마 여섯 폭 같은 아름다운 남강. 당나라 이군옥(李群玉), 「동정상병가희소음인이증(同鄭相幷歌姬小飮因以贈)」(위곡, 『재조집』권9), "여덟 폭 긴 치마는 소상의 강물 같고 / 봉긋한 살쩍은 무산의 한 조각구름 같네[裙拖八幅湘江水, 鬢聳巫山一片雲]".
6) 先生(선생): 점필재 김종직을 가리킴.

謾坐江東太瘦生[7]　　강동에서 부질없이 지내다 파리해져
遊絲白日思懸旌[8]　　대낮 아지랑이에도 마음이 어지럽다
詩材正在無心處　　시의 소재는 바로 사심 없는 곳에 있나니
多事紅花幾樹明　　수선스러운 붉은 꽃은 몇 그루 나무에 피었나

緗桃明日欲空枝　　담황색 복숭아가 내일쯤 빈 가지 되려는 건
爲報休辞金屈巵[9]　　날 위해 술잔 그만두지 말기를 알려 줌일세
春盡絮飛愁客子　　봄 끝자락 버들개지에 나그네는 시름겹고
鷓鴣[10]啼斷酒醒時　　자고새 울음 그치자 술기운이 막 깨네

九原回首空春草　　황천으로 고개 돌리니 봄풀은 속절없고
儒雅風流也最憐　　고상한 선비의 풍류는 참으로 정겨운데
只有壯元樓上月　　다만 장원루 위의 달은
年年曾得幾回圓　　해마다 몇 번이나 둥글었나

竹枝凄斷[11]有餘情　　쓸쓸한 대 가지에 정겨움이 넉넉하고
花外笙歌鬧一城　　꽃 너머 풍악소리가 온 성에 떠들썩한데
午枕黑甜[12]人未起　　낮잠 달게 취한 사람은 일어나지 않았거니
渡頭鴉軋[13]櫓猶鳴　　나루터 까마귀 소리가 노 젓는 소리 같네

---

7) 太瘦生(태수생): 비쩍 마른 모양. '生'은 어조사. 이백, 「희증두보(戲贈杜甫)」, 『이태백집』
　　권25, "묻노니 작별한 뒤로 어찌 그리 수척한가 / 모두가 그동안 괴로이 시 지은 탓이라네
　　[借問別來太瘦生, 總爲從前作詩苦]".
8) 懸旌(현정): 바람에 나부끼는 깃발로, 동요하는 마음을 비유함. 멀리 출군하는 일. '懸'은
　　매달다. '旋'은 '정(旌)'과 동자.
9) 金屈巵(금굴치): 좋은 술잔의 별칭으로 시에 자주 쓰였음. '巵'는 술잔.
10) 鷓鴣(자고): 중국 남방의 따뜻한 곳에 사는 새. 원나라 정원우의 『수창잡록(遂昌雜錄)』에
　　의하면 "행부득야가가(行不得也哥哥)"라고 운다고 한다. 흔히 옛사람들은 자고의 울음소
　　리로 고향을 그리워하는 심정, 곧 객지의 서러움을 비유해 읊었다.
11) 凄斷(처단): =처단(悽斷). 너무 슬퍼하여 기절할 것 같음, 몹시 슬픔, 처량함.
12) 黑甜(흑첨): 캄캄하고도 맛이 달다, 곧 곤히 잠든 상태. 낮잠. '甜'은 달다, 잘 자다.

「矗石樓」14) 〈『뇌계집』 권3, 12a~b〉 (촉석루)

迢迢菁川樹	멀리 남강에 나무가 보이며
秋夜露光寒	가을밤 이슬방울이 차가운데
危樓有無際	아찔한 누각은 일망무제로 서 있고
月黑空江干	검은 달빛은 괜스레 강가에 비치네
平生漫浪遊	평소 부질없이 유람한 신세이거늘
浩歌還自寬	호탕한 노래로 스스로 마음 달랜다
風月如美人	풍월은 미인과 같아
遠之良獨難	멀리하기 참으로 어렵거늘
胡爲漸浸浸15)	무엇하러 차츰차츰 발을 담가
十載溺詩壇	십년 동안 시단에 빠졌던가
靜看萬籟闋	가만히 보니 온갖 소리 멎었으며
幸此機心16)安	다행히 세속 욕심이 다스려질 제
故人在座右	친구가 좌석 곁에 있으면서
恠我發浩嘆	나의 큰 탄식을 이상히 여기고는
細酌強慰我	천천히 술 부어 나를 진정 위로해주노니
待月聊盡歡	달이 뜨기를 기다리며 마음껏 즐겨보노라
書生本淡泊17)	서생은 본래 담박하여
隨處與天遊	곳곳마다 자유로이 즐겼지
風月爲知己	풍월로 지기로 삼고

---

13) 鴉軋(아알): 노 젓는 소리. '鴉'는 까마귀. '軋'은 삐걱거리다.
14) 둘째 수 제12행의 시어 '三年'과 이 시 바로 뒤에 수록된 문집의 「방아림향교연지유감(訪娥林鄉校蓮池有感)」 시로 보아 거창현감 때 지은 것으로 추정된다.
15) 浸浸(침침): 차츰차츰 나아감. '浸'은 담그다, 스며들다.
16) 機心(기심): 기계기심(機械之心)의 준말. 자신의 욕심에 따라 책략을 꾸미는 마음. '機'는 교묘하다.
17) 淡泊(담박): 욕심이 없고 마음이 깨끗함.

有酒驅吾愁	술로 근심을 몰아내어
得句如大官	시구 얻으면 대관이나 된 듯
能輕萬戶侯18)	만호 벼슬도 가벼이 여겼노라
幸此草草會	다행히 이 조졸한 모임으로
四座19)文字流	사람들의 시문이 펼쳐지고
紅裙集筵上	기녀들도 자리에 모여드니
物外繁華稠	탈속의 화려함이 넉넉하다만
相法20)無桃花	관상에 도화원은 없는지라
不肯三年留	삼 년을 머물고 싶지 않은데
唯有一奇事	오직 하나의 기이한 일이 있다면
雙鳥鳴相酬21)	새 두 마리가 울면서 응수함일세

「矗石樓 次郊隱韵」22) 〈『뇌계집』권4, 22a〉(촉석루에서 교은 시에 차운하다)

山茶23)半墮紅雨時	동백꽃 반이나 붉은 꽃비에 떨어졌는데
天公侑我鑾坡24)詩	하늘이 홍문관인 나에게 시를 권하누나

---

18) 萬戶侯(만호후): 높은 벼슬. 이백이 형주자사 한조종(韓朝宗)에게 보낸 편지 「여한형주서 (與韓荊州書)」에서 "세상을 살아가면서 반드시 만호후에 봉해짐을 바라지는 않지만, 다만 한 번이라도 한형주께 알려지기를 원한다[生不用封**萬戶侯**, 但願一識韓荊州]."고 한 말에 서 유래되었다.

19) 四座(사좌): 사방의 좌석, 곧 앉아 있는 모든 사람.

20) 相法(상법): 관상법을 말함.

21) 교유가 매우 두터움. 한유, 「쌍조시(雙鳥詩)」, 『창려집』권5, "두 마리 새가 바다 밖에서 와서 / 날고 날아서 중국에 이르렀네 / 한 새는 성내에 살았고 / 한 새는 깊은 바위에 이르 렀다네 / 서로 짝하여 울지 못한 채 / 벌써 삼천 년이 되었네 / (…중략…) / 삼천 년이 지난 뒤에는 / 다시 만나 울면서 서로 응수하리라[**雙鳥**海外來, 飛飛到中州, 一鳥落城市, 一鳥集 巖幽, 不得相伴鳴, 爾來三千秋 (…中略…) 還當三千秋, 更起**鳴相酬**]".

22) 교은(정이오)의 시를 본뜬 것이라 했지만, 실은 정을보의 시에 차운한 것이다.

23) 山茶(산다): 동백(冬柏)의 별칭. 강희안, 『양화소록』〈산다화〉.

24) 鑾坡(난파): 금란파(金鑾坡)의 약칭. '鑾(란)'은 란(鑾)의 속자. 당나라 한림학사들이 금란 전(金鑾殿)에 있었으므로 한림원의 별칭으로 쓰임. 유호인이 역임한 홍문관 벼슬을 들면 박사(1476), 수찬(1479), 교리 겸 경연시독관(1486), 교리(1492) 등이다. 「행장」을 보면, 홍 문관 재직 시 밤늦도록 경사를 토론하다 잠든 그를 성종이 보고 어의를 벗어 덮어 주었다

流蘇25)十二香夢斷	술 쳐진 열두 난간에서 향기로운 꿈은 깨어도
壽陽不許梅妝26)衰	수양공주는 매화 화장이 지워짐을 불허했지
江蘺漠漠向南浦	강가 왕골이 남쪽 포구를 따라 아득하며
採蓮步步凌波27)遲	연밥 따는 미인이 물결을 사뿐사뿐 걷는데
纏頭28)時得一束綾	머리 두를 비단을 때맞춰 한 다발 얻고서
玉軫細調秦娥詞29)	거문고로 진아 곡조를 섬세히 연주하네
乳燕呢喃30)白日晚	제비 새끼 지지배배, 해는 저물고
風光駘蕩31)簾旌垂	풍광이 무르익어 주렴을 드리운다
纖葱32)洒覺謫仙醉	곱고 산뜻해 이백도 취할 만하거니
百代喚作南中奇	대대로 남방의 절경이라 불리리라

「次矗石樓韻」33) 〈『뇌계집』 권6, 11a~b〉 (촉석루 운을 따라 짓다)

蒼茫湖海最名區　　　아득한 강호에 가장 이름난 고을

는 일화가 있다.

25) 流蘇(유소): 기(旗)·장막·수레에 매다는, 오색실로 만든 술.

26) 梅妝(매장): 매화꽃 화장. 여자의 고운 얼굴 화장이나 매화의 아름다움을 묘사할 때 사용됨. 송(宋) 무제의 딸 수양공주가 함장전의 처마 아래에 누었는데, 마침 매화꽃이 공주 이마에 떨어져 오색 꽃무늬를 이루어 매화꽃 화장[梅妝]이 되었으니, 뒷날 많은 사람들이 그것을 본받았다고 한다. 『태평어람』 권970.

27) 凌波(능파): 능파말(凌波襪)의 준말로 미인을 뜻함. 용어 일람 '능파말' 참조.

28) 纏頭(전두): 춤출 때 머리에 감던 비단을 말하는데, 뒤에는 기생에게 주는 막대한 비단이나 예물 등의 뜻으로 확장되었다. '纏'은 묶다, 얽히다.

29) 秦娥詞(진아사): 진아의 사조(詞調), 곧 악부시의 하나. '秦娥'는 농옥(弄玉)의 별칭인데, 아름다운 배필이나 선녀를 함축한다. 진(秦)나라 목공 때 소사(蕭史)가 퉁소를 잘 불어 봉황을 내려오게 할 정도였다. 딸 농옥이 그를 좋아하므로 시집보내 봉대(鳳臺)에 함께 머물게 했는데, 부부가 몇 해가 되도록 봉대에서 내려오지 않더니 어느 날 봉황을 타고 하늘로 올라가 신선이 되었다는 고사가 있음. 유향, 『열선전』 상권.

30) 呢喃(니남): 제비의 지저귀는 소리. '呢'는 지저귀는 소리. '喃'은 재잘거리다.

31) 駘蕩(태탕): 봄날의 화창한 모양, 넓고 큼. '駘'는 넓다, 공허하다.

32) 纖葱(섬총): 부드러운 파. '葱'은 총(蔥)과 동자. 파는 잔뿌리가 희고 속살이 매끈해 미인의 가녀린 손가락을 비유하기도 한다.

33) 『신증동국여지승람』 권30 「진주목」 누정조에는 '童童→重重'(4행), '舡→舡, 拍→泊'(6행)으로 조금 다르다.

天遣詞臣³⁴⁾着此樓 하늘이 사신 보내 누각에 당도하니

漠漠江花明似錦 넓디넓은 강 꽃은 화사해 비단 같고

童童³⁵⁾烟樹翠如流 겹겹 안개 숲은 푸르러 강물 같은데

百年風物誰驅使 장구한 풍경은 누가 부린 것이기에

一棹觥舡³⁶⁾任拍浮³⁷⁾ 배에 술을 싣고 둥둥 떠다니게 하나

落日流霞³⁸⁾睡美處 해질녘 신선 술에 잠들기가 좋으니

故敎身世滯南州 이 몸을 남쪽 고을에 머물게 했구려

「矗石樓夜飮」〈『뇌계집』 권6, 33a~b〉 (촉석루에서 밤새워 마시며)

十二樓中擁彩雲 화려한 누각 안에 고운 구름이 싸여 있고

絳紗燈裡倚微曛 비단 등불 안에 희미한 석양이 의지했구려

春風巧鬪簾旋捲 봄바람이 교묘히 다투니 주렴을 걷어 올리고

潭鼺偏愁鐵笛聞 못 짐승 유난히 시름겨울 제 철적 소리 들리네

鸚鵡調高花泱漭³⁹⁾ 꾀꼬리 소리 격조 높고 꽃향기 널리 퍼지며

鳳凰吟罷酒氤氲⁴⁰⁾ 봉황곡 그치자 술기운이 거나하게 오르거늘

鳴根遙想凌波襪 노 젓는 소리에 물결 미인을 아련히 생각건대

南浦蒼茫曉色分 아득한 남쪽 포구에 새벽 경치가 뚜렷하여라

---

34) 詞臣(사신): 시문이 능한 신하.

35) 童童(동동): 나무 그늘이 무성한 모양, 빛나고 깨끗한 모양. '童'은 성한 모양.

36) 一棹觥舡(일도굉강): 자유분방하게 마음껏 즐김. '觥舡'은 뿔잔 모양의 배로 큰 술잔을
비유함. 술 실은 배의 뜻으로도 풀이할 수 있다. 두목, 「제선원(題禪院)」, 『번천집』 권3,
"큰 술잔 한 번 휘저어 남김없이 비웠더니 / 십 년 청춘이 공도를 버리지 않는구려[觥船一
棹百分空, 十歲靑春不負公]".

37) 拍浮(박부): 대주가였던 필탁(畢卓)이 어떤 사람에게 말하기를, "술 실은 배에 둥둥 떠서
노닌다면 일생을 마치기에 넉넉할 것이다[拍浮酒船中, 便足了一生矣]."라고 한 데서 유래
함. 『진서』 권49 「필탁전」.

38) 流霞(유하): =유하주(流霞酒). 신선이 마신다는 술로, 한 잔을 마시면 몇 개월 동안 배가
고프지 않다고 함. 흔히 맛있는 술을 비유함. 왕충, 『논형』 「道虛」.

39) 泱漭(앙망): 넓고 광대한 모양, 어슴푸레한 모양. '泱'은 끝이 없다. '漭'은 넓다.

40) 氤氲(인온): 기운이 왕성한 모양, 부드러워진 기색. '氤'과 '氲'은 기운 성하다.

○ 남효온(南孝溫, 1454~1492) 자 백공(伯恭), 호 추강(秋江)·행우(杏雨)

시호 문청(文淸). 경남 의령 출생으로 김종직의 제자이다. 1478년 4월 단종 복위 상소가 수용되지 않자 이후 과거를 포기하고 전국 명승지를 유람하다가 39세 나이로 일생을 마친 생육신으로「육신전(六臣傳)」을 지었다. 김시습·김굉필·정여창 등과 교유가 두터웠고, 외증손 유홍(1524~1594)이 경상 감사 때 그의 문집을 간행했다. 한편 그는 정미년(1487) 9월 27일부터 10월 13일까지 지리산 일대를 유람했는데, 출발지와 도착지가 진주 여사등촌(餘沙等村, 현 단성면 남사리)이었다.「지리산일과(智異山日課)」,「추강집」권6 참조.

「晉州矗石樓」〈『추강집』권3, 4a〉(진주 촉석루)

樓壓大江面	누각이 큰 강의 수면을 짓누르니
奇觀甲海東	기이한 경관은 해동에서 으뜸이라
登臨一瓢水	높이 올라 한 바가지 물을 마시니
冷與禪僧同	서늘하기가 선승과 매 한가지로다

○ 조위(曺偉, 1454~1503) 자 태허(太虛), 호 매계(梅溪)

시호 문장(文莊). 김산 봉계리(鳳溪里, 현 김천시 봉산면 인의리 봉계마을) 출생. 10세 이후 자형 김종직의 문하에서 수학했다. 1472년 8월 김종직·유호인 등과 지리산을 유람했고, 1474년 급제한 뒤 여러 내직을 거쳐 함양군수(1484~1489)를 지냈고, 1493년 호조참판 때 스승의 시문을 편찬하면서「조의제문」을 읽고 첫머리에 수록했다. 1498년 9월 이복동생 조신(曺伸, 1454~1528)과 함께 성절사로 중국을 다녀오던 도중 사화에 연좌되어 의주로 귀양 갔고, 1500년 5월 순천에 이배된 뒤 이곳에 유배중이던 김굉필과 도의를 강론하며 생활하던 중 병사했다. 1504년 갑자사화 때 부관참시 되었고, 우리나라 최초의 유배가사인「만분가」가 유명하다. 아래의 시는「연행록」의 말미에 들어 있고, 허침(許琛)의 관찰사 재임 기간과 유배 이력을 고려할 때 적어도 경신년(1500) 5월 이후의 작이다.

「晉州矗石樓 戲次許獻之韻」〈『매계집』권3, 15b〉(진주 촉석루에서 허헌지〈허침〉의 시를 재미 삼아 차운하다)

夢騁鸞鶴[1]過塵區	꿈결에 난학을 타고서 속세 지나다가

---

1) 鸞鶴(난학): 신선이 타고 다닌다는 난새와 학, 곧 신선의 행차.

飛到菁川十二樓　　　　날아서 남강의 화려한 누각에 이르렀다

花壓雕欄紅影透　　　　꽃은 아롱진 난간을 눌러 붉은 그림자 스며들고

竹搖晴浪翠紋流　　　　대는 맑은 물결에 흔들려 푸른 무늬 흘러가는데

緗簾風動珮聲遠　　　　비단 주렴에 바람 일어 패옥 소리는 멀어져가며

寶篆烟[2]消香霧浮　　　향불 연기 사위어 가니 향긋한 안개 자욱해진다

追憶使華春睡處[3]　　사신이 봄잠 즐긴 곳을 떠올리니

還如杜牧在楊州[4]　　두목이 양주에 돌아온 듯하여라

○ 문경동(文敬仝, 1457~1521) 자 흠지(欽之), 호 창계(滄溪)

본관 감천. 영천(榮川) 초곡(草谷, 현 영주시 휴천3동〈조암동〉 소재) 출생. 부친이 문속명이고, 맏사위가 의령 출신의 허찬(許瓚, 1481~1535)이며, 외손서가 퇴계 이황이다. 1495년 문과 급제해 비안현감·강원도사·종부시 첨정을 지냈고, 양산군수(1508~1510 재임) 때인 1510년 4월 삼포왜란을 토벌해 공을 세웠다. 또 성균관 사성, 예천군수(1512.4~1516.10), 정선군수(1518), 사옹원 정(正)을 거쳐 1521년 청풍군수로 부임한 지 몇 달 만에 관아에서 병사했다. 한편 예천군수 때인 1515년 경상우도 의령에서 시행된 향시 도회(都會)의 시관이 되었는데, 당시 함께 갔던 고을 유생들이 난동을 부려 이듬해 파직되었다는 기록이 『중종실록』에 있다. 아래의 시들은 김영의 관력과 첫째 시제의 두 번째 작품 중 시어 '十載'로 보아 임신년(1512) 때의 작으로 짐작된다.

「晉州 用兪潘溪韻 書矗石樓 僕與金瑛[1]之 共和」六絶 〈『창계집』 권2,
22a~23a〉 (진주에서 유뇌계〈유호인〉의 운을 써서 촉석루 시를 지었는데, 내가 김영과
함께 화운한 것이다) 절구 여섯 수

---

2) 寶篆烟(보전연): 전서(篆書)처럼 꼬불꼬불한 모양으로 피어오르는 향로 연기. '寶'는 보압(寶鴨)의 준말로 오리 모양의 향로.

3) 허침(1444~1505)이 경상도 관찰사를 지낸 일을 지칭하는데, 그의 촉석루 시 제7행에 시어 '春睡'가 나온다. 사화(使華)는 임금의 사신.

4) 두목(杜牧)이 양주자사로 있으면서 청루(靑樓)의 미인들과 호화롭게 논 적이 있음.

1) 金瑛(김영): 1475~1528. 자 영지(英之), 호 삼당(三塘). 안동 풍산현 출생으로 종조부 김계행의 문인이며, 권맹손(1390~1456)의 외증손자이다. 1506년 급제한 뒤 대교(待敎)로서 무오사화로 희생된 김종직과 제현의 신원을 상소했고, 경상도 재상경차관(1512)·밀양부사(1517)·이조참의 등을 지냈다. 문집 『삼당집』이 있다.

暉暉[2]麗日轉西廂　　빛나고 곱던 해가 서쪽 곁채로 넘어가니
一碧晴川萬頃光　　온통 푸르고 맑은 강이 만 이랑 빛나도다
薄暮斷橋人去盡　　저물녘 끊어진 다리에 사람은 모두 사라지고
梅邊月冷襯寒霜　　매화 곁의 달빛은 서리 가까이 한 듯 차갑네

遠黛晴光開鏡匣　　먼 산과 맑은 빛은 거울집을 연 듯하고
江山圖畵望中新　　강산은 그림과 같아 볼수록 참신하도다
淸湘綠玉[3]風生韻　　맑은 강 푸른 대숲에 바람 불어 운치 있나니
抖擻[4]紅塵十載[5]人　　속세 떨쳐버리고 십년 만에 온 사람일세

樓前春水簟紋生　　누각 앞 봄물에 대 무늬 어른거리고
遠客登臨更駐旌　　나그네 등림하여 깃발을 다시 내거니
鐵篴[6]聲高雲捲盡　　피리 소리 드높고 구름은 다 걷히거늘
月華星彩透簾明　　밝은 달과 고운 별이 발에 밝게 비치네

江南春信入南枝[7]　　강남의 봄소식이 매화가지에 찾아들고
冉冉淸香落酒巵　　그윽이 맑은 향기가 술잔에 떨어지나니
欲識風流奇絶處　　청신하고 빼어난 풍류를 알려거든
須看覓句興酣時　　시구 찾아 홍 무르익을 때 봐야 하리

樓臺到處好風煙　　누각 곳곳마다 풍경이 좋을시고

---

2) 暉暉(휘휘): 하늘이 맑아 밝은 모양. '暉'는 빛, 빛나다.

3) 淸湘綠玉(청상녹옥): 맑은 상강에서 자라는 푸른 옥 빛깔의 대나무.

4) 抖擻(두수): = 두타(頭陀). 번뇌를 씻어 버림. '抖'는 떨다. '擻'는 버리다.

5) 十載(십재): 문경동은 1511년 6월 29일 성균관 사성에서 물러난 뒤 이듬해 예천군수에 제수되기 전 맏사위 허찬이 살던 의령을 방문한 것으로 보인다. 이 시제에 이어 수록된 「제의령정암정(題宜寧鼎巖亭)」에도 '十載重來'라는 시어가 있기 때문이다.

6) 鐵篴(철적): 신선이 부는 쇠 피리. '篴'은 적(笛)과 동자. 용어 일람 '철적' 참조.

7) 南枝(남지): 남쪽 가지의 뜻이나 매화를 가리키는 시어로도 쓰임.

性癖湖山抵死[8]憐	강산 찾는 성벽은 한사코 정답고야
午夜酒醒簾半捲	한밤에 술 깨어 주렴을 반쯤 걷으니
一江凉月政團圓	온 강엔 서늘한 달이 때마침 두둥실

司馬[9]山川養性情	사마천처럼 산천을 다니며 성정 기르고
遠遊湖海遍江城	멀리 강산을 유람하다 강성에 미쳤거늘
詩成政在無心處	시는 바로 사심이 없어야 이루어지나니
竹外春禽盡意鳴	대숲 너머 봄 짐승이 마음껏 우는구나

「次矗石樓韻」〈『창계집』 권2, 25b〉 (촉석루 운을 따라 짓다)

昔聞淸勝此名區	예부터 듣건대 맑은 경치로 이름난 이곳
今上危欄百尺樓	이제야 아찔한 난간 백 척 누각에 올랐다
王粲愁懷何齷齪[10]	왕찬의 근심은 무엇에 구애된 것이었으며
元龍豪宕儘風流	원룡의 호기는 풍류를 만끽한 것임이라
白鷗波靜機[11]渾斷	갈매기는 물결 잔잔해 기심을 다 끊었고
翠黛煙生氣欲浮	푸른 산은 안개 속에 기운이 뜨려 하거늘
報答江山應有意	응당 강산에 보답하려는 뜻이 생겨나
更尋詩料入靑州[12]	시 제재 다시 찾으러 진주에 들렀노라

---

8) 抵死(저사): 죽음에 이름. 한사코, 결사코, 끝까지, 힘을 다함. '抵'는 다다르다.

9) 司馬(사마): 태사공 사마천을 가리킴. 그는 20세 무렵부터 견문을 넓히고 호연지기를 키우기 위해 천하 사방을 널리 유람했다. 『사기』 권130 「태사공자서」.

10) 齷齪(악착): 작은 일에 구애하여 아득바득 다투는 모양. 도량이 좁고 억지스러움.

11) 機(기): 기심(機心)을 말함. 곧 무언가 자신의 욕심을 따라 일을 하려는 특별한 마음.

12) 靑州(청주): 청주(菁州)가 바른 표기. 진주의 옛 이름. 용어 일람 '청주' 참조.

○ 강혼(姜渾, 1464~1519) 자 사호(士浩), 호 목계(木溪)·동고(東皐)

시호 문간(文簡). 진주 월아산 아래의 목계(木溪, 현 진성면 동산리) 출생. 조부는 밀양부사를 지낸 강숙경(1428~1481), 부친은 강인범(姜仁範), 매부가 관포 어득강이다. 1478년 동갑인 김일손과 태학에서 지낼 때 신교(神交)를 맺었고, 1480년 김종직의 제자가 되었다. 1485년 유호인과 함께 원접사가 되었고, 1486년 문과급제 후 교리·주서·수찬·하동현감(1495)·부승지 등 연산군의 총애가 두터웠다. 1504년 갑자사화 때 김종직의 문인이라 하여 남원에 귀양 갔지만, 1506년 중종반정 이후 복귀 해 대제학·공조판서·경상도 관찰사(1508~1510)·판중추부사 등을 지냈다. 하강진(2014), 123~124쪽 참조.

「淸心軒」 軒在晉州涵玉軒東, 兵使李守一所建也. 〈『목계일고』 권1, 1a)[1] (청심헌) 헌은

진주 함옥헌 동쪽에 있는데, 병사 이수일이 건립하였다.

孤舟風定泊淸江	외로운 배를 바람 따라 맑은 강에 대니
潭影沈沈搖畫牕	못 그림자 고요히 아름다운 창을 흔드네
一帶長林橫薄霧	띠를 두른 긴 숲에 옅은 안개 비껴 있고
夕陽鷗鷺下雙雙	해질녘 갈매기와 백로가 쌍쌍이 내려앉네

浮查成汝信作「淸心軒重建上梁文」[2]曰 "壁裏紫崖元矗矗, 依舊梁松川玉吟; 夕陽鷗鷺下雙雙, 宛然姜東皐瓊韻. 敢采一州之善頌, 助擧六偉之短"云云. 부사 성여신이 지은 「청심헌중건상량문」에서 "'골짜기 붉은 벼랑은 본디 뾰족이 치솟았고'라는 송천 양응정의 옥음은 예전 그대로고, '해질녘 갈매기와 백로가 쌍쌍이 내려앉네'라는 동고 강혼의 경운은 눈에 선하다. 한 고을을 잘 찬미한 시로 감히 채택할 만하여 여섯 방위의 짧은 노래로 돕는다."라고 하였다.

---

1) 강혼은 본루인 촉석루 시도 지었을 법한데, 이시발(1569~1626)의 「만기(謾記)」(『벽오유고』 권7)에 등장하는 그의 시로써 확인된다. 이시발은 "辛巳望暮登晉陽矗石樓, 適値江雨始來, 欲詠一詩方搆思. 忽仰見壁上板詩, 有姜木溪詩中一句曰 '紫燕交飛風拂柳, 靑蛙亂叫雨渾山' 辛遂閣筆不作"이라 하여, 신응시(1532~1585, 자 君望)가 일찍이 진양 촉석루에 올라 시를 지으려다 강혼의 촉석루 현판시를 보고 너무나 감탄한 나머지 포기한 일화를 언급하였다. 그런데 여기에 인용된 강혼의 시구는 『목계일고』를 보면 7언율시 「성주임풍루(星州臨風樓)」 제2수의 3~4행에 해당되고, 권응인의 「송계만록(상)」에도 「성주조우(星州阻雨)」 시의 일부로 소개되어 있다. 두 곳 모두 공간 배경을 '성주'라 하여 이시발의 증언과는 다르다. 그가 성주목사를 지냈고(1599), 경상도 관찰사 겸 대구부사(1601~1604) 때 우병사 이수일과 상의해 창원의 우병영을 진주성으로 이전하는 등 임란 전후의 성주와 진주 사정을 비롯해 신응시의 촉석루 시화에 대해서도 잘 알았을 것이라는 점을 고려해본다면 재검토가 필요하다.

2) 본서에 수록된 성여신의 「청심헌중건상량문」 참조.

○ 이우(李堣, 1469~1517) 자 명중(明仲), 호 송재(松齋)

본관 진보. 예안현 온계리(溫溪里, 현 안동시 도산면 온혜리) 출생. 퇴계 이황의 숙부로 1498년 문과급제해 홍문정자·형조참판·강원도 관찰사 등을 지냈고, 안동부사 재직 중 별세했다. 특히 진주목 사로 있을 때 갑자사화 당시 피살된 지족당 조지서(1454~1504. 본관 임천)의 아내가 행한 절개를 파악해두었다가 1509년 특진관이 되고 나서 그 일을 임금에게 보고해 정려문을 세우도록 했다. 그의 『송재집』에는 이 시 자체가 없고, 또 『신증동국여지승람』에는 시는 있되 제목이 없으므로 『증보해동 시선』(이규용 편, 회동서관, 1919)의 시제를 취했다. 창작 시점은 시어 '三年'과 '雙鳧'로 보아 그가 진주목사 시절(1506.겨울~1509.7 재임)에 지은 것이 확실하다.

「晉州矗石樓」〈『신증동국여지승람』 권30 「진주목」 누정조〉 (진주 촉석루)

西連方丈眞仙區	서쪽에 이어진 지리산은 참으로 신선 구역이고
奇勝東輸江北樓	기이한 절경은 동쪽으로 강북 누각에 모였네
雲物長留鳳嶽在	풍경은 길이길이 비봉산에 남아 있고
繁華不逐菁川流	번화함은 남강 따라 흐르지 않았거니
三年風月做千首	삼년 동안 풍월 두고 일천 수나 지었건만
一笑身名知兩浮	신세와 명성이 다 덧없음을 일소에 부친다
向闕雙鳧1)不多遠	오리 향할 대궐이 그리 멀지 않거늘
夢魂渺渺迷中州2)	아득한 꿈결 속에 중주를 서성이네

---

1) 雙鳧(쌍부): 오리 한 쌍. 여기서는 진주목사 이우가 중앙직 벼슬을 희망함을 뜻하고, 실제 임기가 만료되자 동지중추부사에 제수되었음. 후한 때 왕교(王喬)가 섭현의 수령으로 내 려갔다가 매월 삭망의 어전 회의에 참석할 때마다 도술을 부려 수레 없이 한 쌍의 오리를 타고 오곤 했는데, 그 오리를 잡고 보니 상서랑 재직 시에 하사받았던 신발이었다는 고사 에서 유래함. 『후한서』 권82 「방술열전」〈왕교〉.
2) 中州(중주): 흔히 중국을 말하나, 여기서는 임금의 대궐이 있는 서울.

○ 어득강(魚得江, 1470~1550)

자 자유(子游)·자순(子舜), 호 관포장인(灌圃丈人)·혼혼장인(混渾丈人)

본관 함종. 경상도 고성 혼돈촌(混沌村, 현 대가면 갈천 부근)에 우거했고, 처남이 강혼(姜渾)이다. 진주 대여촌(현 금산면 가방리 관방마을)에 거주한 성안중(成安重, 성여신의 증조부)에게 수학했고, 1496년 급제했다. 산음현감(1502~1507), 함안군수(1513.1~11), 홍문관 부응교·교리(1521.9), 흥해군수(1523), 대사간, 곤양군수(1532~1534), 대사성, 밀양부사(1539), 상호군 등을 지냈다. 그가 '시통(詩筒)'으로 부른 조신(曺伸)과 절친했고, 김극성·김안국·정사룡·박상·주세붕·박세후와 교유가 두터웠다. 특히 1533년 3월 뒷날 문집의 발문을 쓴 퇴계 이황을 초청해 교분을 나누었다. 81세로 장수한 그는 고성 갈천서원에 배향되었고, 고소설 「어득강전」이 있다. 외손자가 밀양부사 하진보(1530~1585)이고, 외증손이 창주 하징(河憕, 1563~1624)이다. 아래 시는 둘째 수의 시어 '初見'과 문집 소재 다른 작품들로 보아 **신사년(1521)** 3월 홍문관 부응교를 병으로 사직하고 고성으로 귀향하던 중 촉석루에 들러 지은 것으로 짐작된다.

「宿矗石樓」 〈『관포집』, 10b~11a〉 (촉석루에 머물며)

廣寒樓下江流遠　　광한루 아래는 강물이 멀리로 흐르고

萬景臺1)西鳥度遲　　만경대 서쪽으로 새가 더디 지나더라

風物湖南盡雄偉　　경치는 호남에서 웅위를 다했다지만

菁川眞箇婦人姿　　남강이야말로 정말 부인의 자태로다

太守剗煩2)三昧手3)　　태수의 번잡한 사무 처리는 삼매 솜씨이고

重丹樓閣更增鮮　　겹겹 단청한 누각이 더욱 참신함을 더하네

東臯有句今初見4)　　동고의 시구를 이제야 처음 보거니와

西子湖5)光未是妍　　서시의 호수 경치인들 이보다 고울리야

---

1) 萬景臺(만경대): 전주 동남쪽의 10리쯤 고덕산(高德山) 북쪽에 있는 누대.

2) 剗煩(전번): 복잡하고 어려운 일을 잘 처리함. '剗'은 베다. '煩'은 번거롭다.

3) 三昧手(삼매수): '三昧'는 불교에서 말하는 마음속에 잡념이 없는 경지로, 오묘한 솜씨나 재능을 말한다.

4) 今初見(금초견): 어득강의 「배감사청라공 유조수사명홍정 정청라(陪監司青蘿公遊曺水使冥鴻亭呈青蘿)」(『관포집』, 5b) 시를 참고할 때 1521년으로 추정된다. '青蘿'는 김극성(1474~1540)의 호이고, 그는 경상감사(1520.5~21.4)를 지냈다. 또 '曺水使'는 경상좌도 수군절도사(1519.9.10~11.25)를 역임한 조윤손(曺潤孫, 1468~1547)이고, '冥鴻亭'은 그가 진주 금곡면 송곡리에 세운 정자로 「명홍정상량문」(『관포집』, 65b~67b)이 전한다. 명홍정 주위에 탁영대(濯纓臺), 조월대(釣月臺)가 있었다.

東皐有'日暮扁舟橫渡口, 不知身是鏡中人'之句.6) 동고〈제철손〉의 시에 "해 저물어 거룻배가 나루터에 비껴 있고 / 이 몸은 거울 속의 사람인 줄 모를레라"라는 구가 있다.

○ 김극성(金克成, 1474~1540)

자 성지(成之), 호 우정(憂亭)·청라(靑蘿)·나헌(蘿軒)

본관 광산. 시호 충정(忠貞). 충청도 보령(保寧) 출생. 1498년 문과 장원한 뒤 전적·수찬 등을 지냈고, 1506년 중종반정 때 공을 세워 군기시 정을 거쳐 판결사·의주목사(1515)·예조참판·경상우병사(1519)·이조판서·대사헌·병조판서(1530) 등을 지냈다. 1531년 좌찬성 재직 때 김안로의 모함을 받아 정광필과 함께 흥덕(興德)으로 유배되었고, 1537년 좌찬성으로 복귀한 뒤 우의정에 이르렀다. 한편 그는 1519년 11월 경상좌도 관찰사 겸 경주부윤에 제수되었고, 이어 경상도 관찰사 겸 수군절도사(1520.5~1521.4 재임)를 지냈다(『경상도선생안』과 『중종실록』 참조). 아래 시들은 용재 이행(1478~1534)과의 교유 시기, 특히 시어 '使君'이 있는 마지막 작품 전후로 배치된 문집의 시들로 보아 경상감사 때 지은 것이 분명하다.

「矗石樓小雨 寄擇之1)行軒2)」二首 〈『우정집』 권1, 36a~b〉 (촉석루에 가랑비가
　　내려 택지의 행차에 부치다) 두 수

---

5) 西子湖(서자호): 서시가 놀던 호수로 절강성 항주에 있음. 춘추시대 월왕 구천(句踐)의 신하인 치이자(鴟夷子) 범려(范蠡)가 미인 서시를 오왕 부차(夫差)에게 바쳐 그의 마음을 현혹되게 하여 끝내 오나라를 멸망시키고 난 뒤 이내 구천이 서시의 미모에 반해 국사를 등한시할 것을 염려해 오호(五湖)에 조각배를 띄워 고소대(姑蘇臺)에 있던 그녀를 싣고 가버렸다는 고사가 있음. 『사기』 권41 「월왕구천세가」.

6) 고성의 입향조 제철손(諸哲孫, ?~1510)의 호는 '東皐(동고)'이고, 그가 촉석루 시를 지은 사실은 오횡묵의 『경상도고성군총쇄록』(1893.3.19)에서 확인된다. 즉 그는 "학문과 선행이 뛰어났지만 과거에 힘쓰지 않고 정자 하나를 지었는데, 앞뒤로 대가 둘러 있지만 아쉽게도 천석의 빼어남은 없었다. 그리하여 관포 어(魚)선생이 지은 「명홍정상량문」에서 '동고 선생이 정원을 여니, 대는 있지만 물이 없다.'라 했다. 「촉석루시」에서 '해 저물어 거룻배가 나루터에 비껴있고 / 이 몸은 거울 속의 사람인 줄 모를레라'라 했다. 상량문 기록은 전하지 않고, 동고라 자호했다[學問善行, 不事科業, 搆一亭, 前後繞竹, 無泉石之勝. 故灌圃魚先生作「冥鴻亭上梁文」云 '東皐先生之開園, 但有竹無水'云云. 矗石樓詩云 '日暮扁舟橫渡口, 不知身是鏡中人'. 文記無傳, 自号東皐]."라고 기술해 놓았다. 참고로 전하지 않는다고 한 상량문은 『관포집』과 성여신의 『진양지』에 수록되어 있다. 한편 그의 손자가 임진왜란 때 순국한 제말(諸沫, 1553~1593)인데, 본서 부록에 수록된 오횡묵의 『경상도함안군총쇄록』 각주와 하강진(2014)의 234~245쪽 참조.

1) 擇之(택지): 이행(李荇, 1478~1534)의 자. 그는 1520년 가을 증고사로서 촉석루에 등림했다.

2) 行軒(행헌): 고관의 행차. '軒'은 수레.

小雨江樓洗軟紅³⁾   가랑비가 강가 누각에 내려 속세를 씻고

山增蒼翠水增洪   산은 더욱 푸르고 물도 더욱 불어나는데

蘆花楓葉催連夜   갈대꽃과 단풍잎이 밤새도록 재촉하거니

騷客今留數嶺東   시인은 지금 고개 동쪽에서 더 머물겠지

一生鍾子足知音   평생 종자기가 소리를 잘 이해하여

流水高山⁴⁾托意深   유수고산에 의탁한 뜻이 깊었는데

別後海平山上月   이별 뒤로 잠잠한 바다에 산달이 떠올라

竹窓分照恨難禁   죽창 환하게 비추니 슬픔을 막기 어렵네

「矗石樓」〈『우정집』 권3, 2a~b〉 (촉석루)

南北東西閱幾區   동서남북 몇몇 지역을 둘러보았나니

平生勝事在斯樓   평생 유쾌한 일은 이 누각에 있구려

風流不減山東興⁵⁾   풍류는 사안의 흥취에 뒤지지 않으며

意氣堪誇飮者⁶⁾流   의기는 술 잘 마시는 부류보다 자랑스럽네

秋日晚霞晴靄靄⁷⁾   가을날의 저녁노을이 해맑게 피어오르고

淸江群鷺靜浮浮   맑은 강에 해오라기 떼는 고요히 떠가는데

---

3) 軟紅(연홍): = 홍진(紅塵)·연홍진(軟紅塵). 부귀한 거리의 티끌로, 속세를 뜻함.

4) 流水高山(유수고산): 벗의 절친한 사귐. 초나라 백아(伯牙)가 높은 산에 오르는 데 뜻을 두고[志在登高山] 거문고를 타면, 종자기(鍾子期)가 "좋다, 높다란 것이 태산(泰山) 같구나." 하였고, 백아가 흐르는 물에 뜻을 두면[志在流水], 종자기가 "좋다, 광대한 것이 강하(江河) 같구나." 하였다. 백아가 생각한 것은 종자기가 반드시 이해했다고 한다(『열자』 제5 「탕문」). 그런데 종자기가 죽자 백아는 거문고를 부수고 줄을 끊어 버리고[伯牙破琴絶弦] 죽을 때까지 다시는 타지 않았다고 한다(『여씨춘추』 권14 「동계기」).

5) 山東興(산동흥): = 동산흥(東山興). 동산의 흥취. 진(晉)나라 사안(謝安, 320~385. 자 安石)은 젊은 시절 동산(東山)에 은거하며 벼슬자리에 나가지 않고 별장에서 기생과 함께 주연을 푸짐하게 베풀고 풍류를 한껏 즐겼다고 함. 『진서』 권79 「사안전」.

6) 飮者(음자): 술 잘 마시는 사람, 곧 풍류를 즐길 줄 아는 것. 이백, 「장진주」, 『이태백집』 권2, "예부터 현명하고 출세한 이들은 자취도 없지만 / 오직 술 마신 사람들만은 그 이름을 남겼네[古來賢達皆寂寞, 惟有飮者留其名]".

7) 靄靄(애애): 안개나 구름이 뭉게뭉게 피어오르는 모양. '靄'는 아지랑이.

朋簪[8]此日歡遊極	오늘 벗들과의 유람이 지극히 흥겨울지니
白首何須滯遠州	백발로 굳이 먼 고을에 지체할 것 뭐 있으랴

「矗石樓」 二首 〈『우정집』 권3, 42b~43a〉 (촉석루) 두 수

麗際東南天作區	수려함이 끝난 동남에 하늘이 만든 구역
架空縹緲雲爲樓	공중에 가로질러 구름 위로 누각 지었네
坡陁山結龍頭峻	비탈진 산들은 뭉쳐 용머리처럼 험준하고
繚繞江分燕尾流	빙 두른 강은 갈라져 제비꼬리처럼 흐르는데
啼鳥一簾紅雨散	새 지저귀는 온 주렴에 꽃비가 흩날리며
長江喬木綠烟浮	긴 강의 둥구나무에 푸른 안개 깔렸어라
此身曾到蓬萊頂	이 몸이 봉래산 꼭대기에 거듭 이른 뒤
笙鶴寥寥過海州	선학 타고 쓸쓸히 바닷가 고을 지나노라

男兒意氣溢寰區	남아의 의기가 온 누리에 넘치는데
翠壁白沙紅晩樓	푸른 절벽, 흰 모래밭, 석양 붉은 누각이라
萬點雲山皆北拱	점점이 구름 낀 산들은 죄다 북녘을 에워쌌고
一方星月盡東流	한 방면의 별과 달은 모두 동쪽으로 지나간다
芳時易過靑梅結	꽃다운 시절이 쉬이 지나자 청매가 열리며
勝事重期赤葉浮	좋은 일 거듭 기약할 제 단풍잎 떠다니는데
我倦欲留夜不厭	내 피곤하나 머묾에 밤인들 싫지 않나니
使君聲價[9]善爲州	사또 명성은 고을을 잘 다스림에 있으리

---

8) 朋簪(붕잠): 벗들의 모임. '簪'은 모이다. 『주역』 「예괘」 〈구사〉. "벗들이 모여 들리라[朋, 盍簪]".

9) 聲價(성가): 명성과 진가, 좋은 평판.

○ 조적(趙績, 1477~?) 자 공기(公紀)

생육신 조려의 장남 조동호(趙銅虎)의 4남이다. 1513년 문과급제해 주서·단성현감(1516~1519)·형조정랑(1519)·경상도사(1522~1523)·봉상시정·상주목사(1533)·장례원 판결사(1538) 등을 지냈고, 1541년 한 해 동안 경주부윤·선산부사·삼척부사를 역임했다. 단성현감 재직 시 친형 조순·조삼 등과 함께 『어계집』을 간행했다. 권벌·이현보와 교의가 돈독했고, 사위가 문익성(文益成, 1526~1584)이다. 아래 시는 조임도의 『금라전신록』(1639)에서 가져왔는데, 여기에 그의 관직을 '判決事'(정3품)로 기록한 것으로 보아 무술년(1538) 작으로 추정된다. 그리고 강혼의 시와 성여신 주편의 『진양지』에 근거할 때, 제재가 촉석루 '청심헌'임을 알 수 있다.

「晉州矗石樓題詠」 〈조임도 편, 『금라전신록』 하, 44b〉 (진주 촉석루 제영)

城上高樓城下江	성 위엔 높은 누각, 성 아래는 강
倦遊人倚月明窓	지친 나그네가 달 밝은 창에 기댔다
朝來斗覺機心斷	아침이 되자 어느새 욕심은 사라져
我與沙鷗共一雙	나와 갈매기는 한 쌍이 되었구려

○ 이행(李荇, 1478~1534) 자 택지(擇之), 호 용재(容齋)

본관 덕수. 시호 문헌(文獻). 서울에서 이의무(1449~1507)의 3남으로 태어났고. 둘째 형이 을사사화를 주동한 이기(李芑)이며, 동악 이안눌(1571~1637)의 증조부이다. 읍취헌 박은(朴誾, 1479~1504)과 절친했는데, 1495년 급제한 뒤 내직 벼슬하다가 1504년 갑자사화로 유배되었다. 중종반정 이후 이조판서·우의정 등을 역임했고, 1530년 김안로를 논박하다 중추부판사로 전직되었으며, 이어 1532년 평안도 함종(咸從)에 유배되어 그곳에서 운명했다. 아래의 시는 경진년(1520) 가을 증고사(證考使)로서 영호남을 순행하며 소회를 적은 「영남록」에 실려 있다.

「矗石樓 次韻」 〈『용재집』 권7 「영남록」, 43b〉 (촉석루에서 차운하다)

餘生幸不負名區	여생에 다행히도 명승지를 저버리지 않아
來倚維南第一樓	찾아와서 남쪽 제일의 누각에 의지하도다
華盖異方眞邂逅	벼슬살이하는 객지에서 참된 만남을 가져
綺筵終夕極風流	화려한 잔치 벌여 밤새 풍류를 다하노니
峯巒直爲長江擁	산봉우리는 곧바로 긴 강을 에워싸 있고

樹木遙連暮靄浮	수목 멀리 이어진 곳에 저녁놀이 깔렸네
平日飽門1)今快覩	평소 익히 들었던 곳을 지금 마음껏 보거늘
逢人吃吃2)說菁州	사람들 만나면 껄껄 웃으며 진주 얘기하리라

○ 김안국(金安國, 1478~1543) 자 국경(國卿), 호 모재(慕齋)

본관 의성. 시호 문경(文敬). 경기도 여주 주촌 출생. 한훤당 김굉필(1454~1504)의 제자이고, 하서 김인후(1510~1560)의 스승이다. 1503년 문과 급제해 부수찬·부교리 등을 지냈고, 1507년 급제한 뒤 지평·대사간·공조판서(1518) 등을 거쳤다. 1519년 기묘사화로 조광조가 실각하자 파직된 후 이천의 주촌(注村)에 퇴거했고, 1528년 여주의 천령(川寧) 별장으로 이사해 지내다가 1537년 간신이 물러나자 재기용되어 병조판서·대제학·판중추부사 등을 역임했다. 아래의 시들은 경상도 관찰사 겸 병마수군절도사(1517.3~1518.3) 때 지은 것으로 보이는데, 당시 영남의 풍속을 교화한 치적이 유명하다.

「次矗石樓韻」〈『모재집』 권1, 28b〉(촉석루 운을 따라 짓다)

金門1)側跡笑區區	대궐에 남긴 자취가 구차하리만큼 가소롭거늘
十載虛名負此樓	십 년간 헛된 이름으로 이 누각을 저버렸구나
滿壁詩留今古興	벽에 시가 빼곡하여 고금의 흥취를 전하고
憑闌目盡北南流	난간 기대 응시하니 북남의 강물 다 보인다
蘭檣桂棹懷空渺	목란 돛대와 계수 노에 마음이 괜히 야릇해지고
羅襪香塵2)夢已浮	비단 버선과 향긋한 먼지가 꿈결에 떠다니는데
半夜何人橫玉笛	한밤에 어떤 이가 옥피리를 비껴들고
春風一曲弄凉州3)	봄바람 속 양주곡 한 가락을 부는가

---

1) 飽門(포문): =포문(飽聞). '門'은 '聞'의 오기. 물리도록 들음.
2) 吃吃(흘흘): 웃는 소리를 형용. '吃'은 웃는 소리, 말 더듬다.
1) 金門(금문): 한나라 궁궐인 금마문(金馬門)에서 온 말로 대궐을 뜻함.
2) 羅襪香塵(나말향진): 미인을 비유함. 용어 일람 '능파말' 참조. 온정균(812~870), 「연화(蓮花)」, "분명코 물결 위에 낙신의 버선이라 / 지금껏 연꽃에 향기로운 먼지 묻어나네[應爲洛神波上襪, 至今蓮蕊有香塵]".
3) 凉州(양주): =양주곡(凉州曲). 당나라 때 악부의 이름. 본래 양주(현, 감숙성 무위현)에 출정을 나가 있던 병사들의 노래로, 전쟁의 비통함과 향수를 읊었다. 당나라 왕한(王翰,

「戲詠 矗石軒前小梅」〈『모재집』 권1, 31b〉 (촉석루 헌 앞의 작은 매화를 재미 삼아 읊다)

檻外稚梅一兩枝	난간 밖의 어린 매화 한두 가지
夜來和月要催詩	밤 되자 온화한 달이 시를 재촉하니
詩人已老渾無興	시인은 벌써 늙어 도무지 흥취 없다만
爲被渠4)牽睡自遲	매화에 끌려 잠조차 절로 미루적미루적

伴吟5)東閣6)賴梅枝	동각에서 따라 읊다가 매화 가지에 힘입어
懶客新裁兩首詩	게으른 나그네가 새로 시 두 수를 지었나니
自是楊州淸興動	절로 양주의 청아한 흥취 발동한 것일진대
莫嫌何遜7)較來遲	하손에 견주어 더디 왔다 탓하지 마오

○ **채소권(蔡紹權, 1480~1548)** 자 효중(孝仲), 호 졸재(拙齋)

본관 인천. 초명 수동(壽童). 최초의 한글소설 「설공찬전」을 지은 난재 채수(蔡壽, 1449~1515)의 차남으로 한양 명례방(明禮坊) 출생. 1506년 문과 급제해 정언·풍기현감·경상도사(1514~1515)·장령·창원부사(1519~1520)·부제학·영해부사·경기감사·형조판서 등을 지냈고, 매제 김안로와 갈등하다가 결국 벼슬을 용퇴한 뒤 1536년부터 외가인 상주 함창현(현 상주시 이안면)에 거주했다. 이현보·주세붕·황준량과 절친했고, 1518년 조광조·김정 등과 『속동문선』을 편찬했으며, 굶주린 백성을 제재로 집권자를 풍자한 「제유민도(題流民圖)」 시와 임금의 사치를 경계한 가전소설 「화왕전」이 주목된다.

「次矗石樓韻」〈『졸재집』 권1, 35a〉 (촉석루 운을 따라 짓다)

687~726)과 왕지환(王之渙, 688~742)의 「양주사(涼州詞)」가 널리 알려져 있다.

4) 渠(거): 그것. 곧 달에 비친 매화를 가리킴.

5) 伴吟(반음): 따라 읊조림. '伴'은 짝, 따르다.

6) 東閣(동각): 촉석루에 부속된 동각을 뜻하는데, 남조 양나라 하손(何遜)이 매화를 감상한 곳이 동각이라는 점에서 중의적 표현이다. 이 동각은 능허당, 곧 함옥헌을 지칭한다.

7) 何遜(하손, ?~517?): 양주자사로 부임해 관아의 동각(東閣) 앞에 있는 매화를 매일 감상했는데, 낙양에 돌아와서도 그 매화를 잊지 못해 다시 그곳으로 보내줄 것을 간청해 재차 부임한 뒤에 마침 활짝 핀 매화꽃을 보며 시를 읊은 고사가 있다.

地窮南紀作僊區	지세 막다른 남쪽 벼리에 선계 이루었고
千尺危巖況有樓	천 척 높은 바위에 누각 더구나 있구려
萬里長天飛鳥沒	만 리 먼 하늘에는 날던 새가 사라지며
半邊殘照暮江流	그 한쪽에 해 기울고 저문 강이 흐르는데
悠悠身世都無着	미미한 신세라 조금도 집착할 게 없거니와
納納乾坤亦是浮	넓고 넓은 천지는 또한 뜬구름과 같도다
收拾湖山渾不管	강산 거두는 일은 다 상관치 않는다만
岳陽何獨擅荊州[1]	악양루만 어찌 형주를 홀로 차지하랴

○ 김정국(金正國, 1485~1541) 자 국필(國弼), 호 사재(思齋)

> 본관 의성. 시호 문목(文穆). 형 김안국과 함께 김굉필에게 수학했고, 1509년 별시문과에서 장원했다. 승문원, 사간원, 홍문관, 황해감사(1518) 등의 요직을 지내다 기묘사화로 관직 삭탈되었다. 경기도 고양군 망동(芒洞)에 거주하던 중 1538년 복관되어 대호군·전라도 관찰사(1538.4~1539.5)·병조참 의·예조참판(1540.1)·형조참판·동지돈녕부사를 지냈으며, 저술로 문집 외 『촌가구급방』 등이 있다. 아래 시는 1행의 시어 '年前'과 '今', 그리고 문집의 전후 작품으로 보아 경상도 관찰사(1539.8~ 1540.1) 때 지은 것으로 보인다.

「次矗石樓韻」〈『사재집』 권2, 33a〉 (촉석루 운을 따라 짓다)

湖外年前[1]嶺外今	연전엔 호남 외지, 지금은 영남 외지에서
樓臺隨處恣登臨	누대 곳곳을 누비며 마음껏 등림했나니
斷崖巨浸嫌空濶	험준한 벼랑과 거대한 물결은 공활함을 저어했고
曲峽幽溪病奧深[2]	굽은 골짜기와 그윽한 시내는 구석짐을 꺼렸구나

---

1) 형주(荊州, 현 호북성과 호남성 일대)의 악양루만큼 촉석루의 경치가 빼어남을 뜻함. 형주 와 유비를 취하려는 오나라 손권의 명을 받은 대장군 노숙이 동정호 부근에서 유숙하며 성을 축조하고 망루를 세웠는데, 뒷날 이 망루는 악양루(岳陽樓)로 유명해졌다.
1) 年前(연전): 한두 해 전. 김정국이 1538년 4월부터 전라도관찰사 겸 병마수군절도사로 지내다가 이듬해 5월 병조참의로 전직되었다.
2) 奧深(오심): 깊숙하고 구석진 곳. '奧'는 속.

最愛江山粧別格　　강산이 특별한 품격을 단장하여 가장 사랑스럽고
更憐風景起余心　　풍경이 내 마음을 흥기시키니 더욱더 정겹거늘
世間寂寞如椽筆　　온 세상 적막하게 만들 훌륭한 문장가일지언정
草下寒蟄3)莫費吟　　풀 아래 쓰르라미처럼 쓸데없이 읊어선 안 되리

○ 황사우(黃士祐, 1486~1536) 자 국보(國輔), 호 용헌(慵軒)

본관 창원. 일명 사우(士佑). 풍기 백동리(白洞里, 현 경북 영주시 풍기읍 소재) 출생. 1514년 별시문
과 급제했고, 1516년 사헌부 감찰에 제수되어 서장관으로 중국을 다녀왔다. 정언, 대사간, 도승지,
대사헌, 우찬성 등을 거쳐 이조판서를 지내던 중 졸했다(김안로, 「숭정대부행이조판서황공묘지명」,
『희락당문고』 권7 참조). 김안로의 종매부(從妹夫)로서 권세를 누렸다 하여 사후 비판을 받았다.
아래 시는 그가 경상도 도사(1518.11~1520.2 재임)로서 관찰사 한세환과 문근(文瑾)을 수행하면서
있었던 업무를 낱낱이 기록한 『在嶺南日記』에 수록되어 있는데, 창작 시기는 기묘년(1519) 6월 26일
이다. 그리고 이 무렵에 강혼, 전 함안군수 관포 어득강, 단성현감 조적(趙績), 경상우병사 김극성,
창원부사 채소권, 퇴계의 장인이 될 허찬(許瓚), 밀양 진사 양담(梁澹)도 만났다. 한편 그의 문집
『용헌고』(『회산세고』 권1 수록)에는 이 시가 보이지 않는다.

「次雙淸堂絶句」1) 〈『재영남일기』, 101쪽〉 (쌍청당 절구에 차운하다)

月明漁棹泊空江　　달빛 아래 고기잡이배가 빈 강에 정박하고
天影潭光鎖霧窓　　하늘 그림자 못 빛이 안개 낀 창을 가리네
客到更尋奇絶處　　나그네가 와서 명승지를 다시금 찾았더니
碧山飛割白鷗雙　　푸른 산 가르며 날아가는 갈매기 한 쌍

---

3) 寒蟄(한장): 가을을 재촉하는 쓰르라미. '蟄'은 쓰르라미.
1) 원전을 보면 날씨가 덥고 비바람을 뿌린 이날 아침에 경상감사 문근(文瑾)이 촉석루에서
　　공무를 수행했고, 저녁에 자신은 병가를 얻어 오계응·김엄과 누워서 이야기하다 이 시를
　　지었다고 했다. 안음·함양·산음·단성을 거쳐 25일 경상감사와 함께 진주에 도착한 뒤 촉
　　석루에서 집무를 시작했으며, 그날 저녁 쌍청당(雙淸堂)에서 잤다. 당시 진주목사는 신숙
　　주의 손자 신영홍(申永洪)이었다.

○ 이언적(李彦迪, 1491~1553)

자 복고(復古), 호 회재(晦齋)·자계옹(紫溪翁)

본관 여주. 시호 문원(文元). 초명 적(迪). 외가인 경주부 양좌촌(良佐村, 현 강동면 양동리) 출생. 1514년 문과급제한 뒤 지평·인동현감(1524)·밀양부사(1528)에 잇달아 임명되었는데, 김안로의 재기용을 반대하다가 쫓겨나 1532년 안강 자옥산에 독락당(獨樂堂)을 짓고 학문에 열중했다. 1537년 김안로가 죽자 여러 내직을 거쳤고, 이후 노모 봉양을 위해 안동부사를 역임했으며, 1547년 양재역 벽서사건에 연루돼 강계(江界)로 귀양 가서 별세했다. 고손자가 이채(1616~1684)이다. 아래 시의 제재 '蠹石小軒'은 황준량의 시로 볼 때 '함옥헌'임을 알 수 있고, 시집의 편차상 경상도 관찰사 시절(1543.8~1544.5)인 갑진년(1544) 봄에 지었음을 알 수 있다.

「次蠹石小軒韻」 〈『회재집』 권3, 13b〉 (촉석루 소헌 운을 따라 짓다)

澄潭靈鏡一般淸	청징한 못은 신령한 거울처럼 한결 맑고
靜夜虛窓睡不成	고요한 밤 빈 창가에서 잠을 못 이루는데
俯仰浩然無點累	굽어보고 쳐다봐도 티 한 점 없이 넓거니와
獨憐山月滿江明	산달이 강 가득 비추니 더욱 사랑스러워라

○ 송순(宋純, 1493~1582)

자 수초(守初)·성지(誠之), 호 면앙정(俛仰亭)·기촌(企村)

본관 신평(홍성). 시호 숙정(肅定). 전라도 담양부 기곡면(錡谷面, 현 봉산면) 상덕리(上德里) 출생. 박상(朴祥)·송세림의 문인으로 1519년 상진·박세후 등과 함께 급제한 뒤 경상도 어사(1530)·개성부 유수·대사헌·선산부사 등을 거쳐 우참찬에 이르렀다. 김안로가 득세하자 1533년 고향에 면앙정을 신축해 임제, 김인후, 고경명, 임억령 등과 교유하며 '면앙정가단'을 형성했다. 한편 전라감사 때인 1542년 외종제 양산보(1503~1557)가 소쇄원을 확장할 때 도움을 주었다. 아래의 시는 시집 편차와 연보를 참고할 때 경상도 관찰사 시절(1540.9~1541.10)인 경자년(1540) 가을에 지었음을 알 수 있다.

「次晋州蠹石樓韻」 〈『면앙집』 권1, 35a〉 (진주 촉석루 운을 따라 짓다)

形勝千年擅一區	형승은 천년토록 한 지역의 으뜸
振衣1)今日快登樓	옷을 털고 오늘 장쾌히 누각 오르니

重烟亂岫2)圍平野	안개 자욱한 산들이 평야를 에워쌌고
高壁長林遠遠流	높은 절벽의 긴 숲은 먼 강을 둘렀는데
度竹淸風來欽欽	대숲 너머로 맑은 바람이 살랑살랑 불어오며
憑欄豪氣去浮浮	난간 기대니 호탕한 기운이 넘실넘실 넘친다
嶺南佳處曾遊遍	영남의 이름난 곳을 일찍 두루 유람했나니
始信湖山說此州	비로소 믿노라, 강산은 이 고을 두고 말함을

○ 박광우(朴光佑, 1495~1545)

자 국이(國耳), 호 필재(蓽齋)·잠소당(潛昭堂)

본관 상주. 경기도 파주 출생. 1519년 기묘사화가 일어나자 성균관 태학생으로서 항의하러 궁궐에 진입하다 상처를 입어 유혈이 낭자했다. 1525년 식년 문과급제한 뒤 권귀들을 탄핵하다 배척되어 황해도사(1530)와 영덕·재령(1536)·강릉(1543~1545.1) 등지의 수령을 지냈다. 승문원 교리로서 『신증동국여지승람』(1530) 편찬에 참여했으며, 사간 재직시 발생한 을사사화로 유배형을 받고 돈의 문을 나서던 중 장독(杖毒)으로 죽었다. 참고로 강릉 오죽헌에 친필시, 강릉향교 곁에 거사비가 있다. 아래 시의 창작 배경은 중형 박광좌의 경상도사(1533.12~1534.5) 활동과 관계있는 듯하다.

「夜宴矗石樓」〈『필재집』 권1, 5b〉 (촉석루의 밤 연회에서)

危樓倚淸江	우뚝한 누각이 맑은 강에 기대었고
夜露凝半宇	밤이슬은 지붕 반쯤이나 맺혀 있다
初月澹虛碧1)	초승달이 한가롭게 하늘에 떠서
隱暎高下柱	기둥 위아래를 은은히 비추노니
蒼然暮山靜	검푸른 저녁 산은 고요하기만 하고
灘下鳴客艫	여울 아래 나그네 뱃소리 울리는데
亹亹2)遠村烟	먼 마을에는 연기가 이어지며

---

1) 振衣(진의): 옷을 털다, 곧 속세를 초월함. '振'은 떨어지게 하다.
2) 亂岫(난수): 어지럽게 흩어져 있는 산봉우리. '亂(란)'은 여럿이 널려 있다. '岫'는 산굴.
1) 虛碧(허벽): 텅 비고 푸른 것, 곧 하늘.
2) 亹亹(미미): 그치지 않는 모양, 열심히 힘쓰는 모양. '亹'는 힘쓰다, 부지런하다.

夜語驚漁父	밤중 담화에 어부가 놀라는구려
坐久方寸3)靜	앉은 지 오래라 심장이 안정되더니
查4)盡心更古	배 닿자 마음은 더욱 예스러워지네
趂閒時乘飮	한가한 때를 맞아 술 마시며
敍此客中苦	이 나그네의 괴로움을 떨치고자
沙紅桂燭明	등촉을 밝히니 모래밭 붉어지고
影落江之滸	그림자가 강가에 드리워질진대
纖歌出雲扃5)	고운 노래는 구름 속에서 나오며
綠窓開朱戶	푸른 창은 부귀한 집에서 열리니
佳勝孰此比	멋진 경치는 무엇이 이곳과 비교될까
所以擅南土	바로 남쪽 땅에서 으뜸인 까닭이로다
盤游6)非所樂	마음껏 노는 것은 즐겨한 바 아니거늘
樂極7)豈所輔	극도의 즐거움이야 어찌 도움이 되랴
勉君須自重	권하건대 그대들은 의당 자중해야 할 터
此事聞大禹8)	이러한 일을 우임금이 경계했다오
堪矣滕王會	등왕각의 모임은 즐거워
日夕競歌舞	밤낮 가무를 다투었으되
湖山多小態	강산의 수많은 모습은
不可同此數	여기와 같을 순 없었지
空濛眼前興	드넓은 눈앞의 흥치는

---

3) 方寸(방촌): 사방 한 치의 넓이, 곧 심장. 마음.

4) 査(사): =사(槎). 뗏목.

5) 雲扃(운경): 구름 속의 문. 우뚝한 촉석루의 형용. '扃'은 扃(경, 빗장)과 같음.

6) 盤游(반유): 즐겁게 놀다. '盤'은 즐기다. 『서경』「하서」〈오자지가〉에 "즐기고 놀기를 한도 없이 하여[盤遊無度]" 구절이 있고, 『대학연의』의 '반유지계(盤游之戒)'편이 있다.

7) 樂極(낙극): 『회남자』「도응훈」, "어떤 존재이든지 성하면 쇠하고, 즐거움이 극에 이르면 슬픔이 따르기 마련이다[夫物盛而衰, 樂極則悲]".

8) 大禹(대우): 하나라 우임금의 경칭. 『서경』「우서」〈고요모〉, "자만하면 손해를 부르고, 겸손하면 이익을 얻으니, 이것이 곧 하늘의 도이다[滿招損, 謙受益, 時乃天道]".

歷歷可良覿	분명 참으로 보기 좋은데
沈吟坐待曙	골똘히 앉아 동틀 녘 기다리니
曉霧生舊府	새벽안개가 옛 고을에 퍼지네

○ 정환(丁煥, 1497~1540) 자 용회(用晦), 호 회산(檜山)

본관 창원. 전라도 남원(현, 장수군 산서면 하월리) 출생. 조광조의 문인으로 1528년 문과 급제해
전적·형조좌랑·서장관(1537)·경상도 도사(1538.11~1539.2)를 지냈으나 불과 44세에 별세했다.
아래의 시는 제주(題注)에 있듯이 경상도사 때인 기해년(1539) 1월 1일 촉석루에 올라서 지은 것이다.
그의 생애에 관해서는 김안국의 「고도정정군묘갈명(故都正丁君墓碣銘)」(『모재집』 권2) 참조.

「次矗石樓韻」 己亥 正月 初一日 〈『회산집』 권1, 4a~b〉 (촉석루 운을 따라 짓다)

기해년(1539) 정월 초하루

孕靈凝秀擅名區	신령을 품고 수려함을 모아 명소로 떨치고
江上新春靄畫樓	강가 새봄 드니 아지랑이가 누각에 자욱하다
淅瀝1)波聲宗海若2)	물결소리 찰랑대며 바다로 모여들고
巍峨山勢接頭流	산세는 우뚝하게 두류산에 잇닿는데
煙汀日晏鷗爭浴	안개 물가에 해 지자 갈매기들이 다퉈 몸 씻고
竹島風輕翠欲浮	대숲 섬에 바람 솔솔 부니 물총새 뜨려 하누나
自是天心萌動3)處	본디 하늘의 마음이 싹튼 곳이거늘
擬看王澤潤南州	임금 은택이 남쪽 고을 적심을 보는 듯

---

1) 淅瀝(석력): 물이 흘러가는 소리, 쓸쓸한 모양. '淅'은 쌀을 일다, 소리의 형용. '瀝'은 비바
람 소리, 물이 방울져 떨어지다.
2) 宗海若(종해약): 해신을 알현하듯이 바다로 모여들다. '宗'은 알현하다. '海若'은 해신(海
神)의 이칭. 『장자』 「추수」, 『서경』 「우공」 참조.
3) 萌動(맹동): 싹이 남, 시작함. '萌'은 싹, 싹트다.

16세기

○ 이황(李滉, 1501~1570) 자 경호(景浩), 호 퇴계(退溪)

본관 진보. 시호 문순(文純). 예안현 온계리(溫溪里, 현 안동시 도산면 온혜리) 출생. 태어난 지 7달 만에 부친 이식(李埴, 1463~1502)을 여읜 뒤 숙부 이우(李堣)에게서 가학을 계승했고, 초취 부인 허씨(1501~1527)의 외조부가 창계 문경동이다. 1534년 문과급제해 승문원 정자·단양군수(1548)· 풍기군수(1548~1549)·대사성 등을 역임했으며, 영의정에 추증되었다. 한편 그는 임진년(1532) 겨 울 곤양군수 어득강(魚得江)의 초청을 받고서 이듬해 계사년(1533) 1월 말 안동을 출발해 예천·성주· 상주·마산·창원·의령·함안을 거쳐 진주 관내에 도착한 때는 3월 26일이었다. 하강진(2014), 357~ 366쪽 참조.

「矗石樓」〈『퇴계집』 권1, 1b〉 (촉석루)

落魄[1]江湖知幾日	뜻을 얻지 못해 강호에 지낸 지 얼마던가
行吟時復上高樓	시를 읊다가 때때로 높은 누각에 올랐더니
橫空飛雨[2]一時變	하늘 비껴 뿌리던 비가 일시에 그치자
入眼長江萬古流	눈에 막 들어온 남강이 만고에 흐르도다
往事[3]蒼茫巢鶴老[4]	아득한 옛일은 둥지의 학처럼 오래되었고

---

1) 落魄(낙탁): 뜻을 얻지 못한 모양, 실의에 찬 생활. '魄(백)'이 영락하다의 뜻일 때는 '탁'으로 읽음. 류도원, 『퇴계선생문집고증』 권1, 40b 참조.

2) 飛雨(비우): 바람에 불려 날리는 비.

3) 往事(왕사): 숙부 이우(1469~1517)가 1506년 진주목사로 부임함에 따라 이듬해 셋째형 이의(李漪, 1494~1532)와 넷째형 이해(李瀣)가 숙부를 좇아 독서하기 위해 어린 퇴계와 헤어졌는데, 25년이 지난 당시 숙부와 셋째형이 세상을 떠나고 없음을 말함.

4) 鶴老(학로): 해가 지난 지 오래되었음. 유장경, 「심홍존사불우(尋洪尊師不遇)」, 『전당시』 권147, "학은 늙어서 나이를 알기 어렵고 / 매화는 추위에 아직 꽃이 피지 않았네[鶴老難知歲, 梅寒未作花]". 류도원, 앞의 책, 권1, 1b 참조.

羈懷搖蕩[5]野雲浮	요동치는 나그네 마음은 들판 구름 같아
繁華不屬[6]詩人料	번화함은 시인의 생각에 흡족치 않거늘
一笑無言俯碧洲	말없이 웃으며 푸른 물가를 굽어본다

○ 조숙(曺淑, 1504~1582) 자 선경(善卿), 호 죽헌(竹軒)

안음현 황산리(黃山里, 현 거창군 위천면 소재) 출생. 임억령과 김인후의 제자로 1540년 문과급제해 전적, 정언 등을 지냈다. 1543년 이황의 천거로 예조좌랑에 제수되었고, 이후 지평·흥양군수·광양현 감 등을 지냈다. 아래의 시는 제주(題注)에 있듯이 그가 무진년(1568) 가을 풍기군수에 임명되자 경상도 관찰사 정유길에게 인사하러 진주에 들렀다가 지은 것이다. 또 1570년 가을 정유길과 함께 영남루 시도 같이 지은 바 있다.

「矗石樓 與鄭林塘[1] 共賦」宣廟戊辰秋, 余初到豊基. 鄭林塘惟吉以觀察使, 駐節晉陽, 要余留, 五日同, 題懸板. 〈『죽헌집』 권2, 11a~11b〉 (촉석루에서 정임당(정유길)과 함께 짓다) 선조 무진년(1568) 가을 내가 처음으로 풍기에 당도하였다. 임당 정유길이 관찰사로서 진주에 주재하면서 나에게 머물기를 요청하여 5일간 함께 지내며 현판시에 따라 짓다.

晉陽從古一僊區	진양은 예로부터 한 신선 구역인데
盡日淹留獨倚樓	온종일 머물다가 혼자 누각에 기댔다
醉裏揮毫裁好句	취중에 붓 휘둘러 좋은 시구 지어보고
花前乘興俯淸流	꽃 앞에서 수레 타고 맑은 물 굽어보니
微茫廣野靑嵐嫩	광야는 가물가물 푸른 이내 어여쁘고
潋豔[2]金樽綠蟻浮	술독은 넘실넘실 동동주가 넘쳐나네

---

5) 搖蕩(요탕): 구속되기 싫은 상태. 『장자』 「내편」 〈대종사〉. "자네는 장차 어떻게 제멋대로 소요하면서, 마음 내키는 대로 행동하고, 끊임없이 변화하는 도의 세계에서 노릴 수 있겠는가?[汝將何以遊夫遙蕩·恣睢·轉徙之塗乎]". 류도원, 위의 책, 권1, 1b 참조.

6) 屬(속): 족하다, 흡족하다.

1) 林塘(임당): 정유길(1515~1588. 자 吉元)의 호. 정광필의 손자이고, 병자호란 때 순국한 김상용의 외조부임. 1543년 이황·김인후 등과 사가독서했고, 대사헌·예조판서·우의정 등을 지냈으며, 1568년 7월부터 1569년 2월까지 경상도 관찰사를 지냈다. 서예도 능해 송설체로 유명하고, 문집 『임당유고』가 전한다.

翠黛紅粧宜落日　　푸른 산 붉은 단풍이 석양과 어울리니
山川形勝冠南州　　산천의 형승은 남쪽 고장에서 으뜸일세

「矗石樓 與鄭林塘 共賦」戊辰秋 〈『죽헌집』 권2, 25a~25b〉 (촉석루에서 정임당
〈정유길〉과 함께 짓다) **무진년(1568) 가을**

登臨政値雨晴時　　등림함에 마침 비 갠 날을 만나
客裏閒吟幾首詩　　길손은 한가로이 시 몇 수 읊노라
萬里雲煙濃又淡　　만 리 구름 안개는 짙었다가 옅어지고
千年人事盛還衰　　천년토록 세상사는 성하다가 쇠하도다
風前移棹波光閃　　바람결에 배 가니 물결이 반짝이고
階上看花日影遲　　섬돌 위 꽃 보니 해 그림자 더딘데
智異煙霞饒勝賞　　지리산의 연하는 실컷 즐길 만하고
菁川景物鬪淸詞　　남강의 경치는 청아한 시를 다툰다
千竿脩竹緣江綠　　일천 가지 긴 대는 강가 따라 푸르며
百尺遊絲繞檻垂　　백 자 아지랑이가 누각 가를 둘렀는데
徙倚闌干春欲暮　　난간을 바장일 제 봄날이 저물려하니
碧潭靑嶂競呈奇　　깊은 못과 푸른 산이 기이함을 겨루네

○ 류경심(柳景深, 1516~1571) 자 태호(太浩), 호 구촌(龜村)

본관 풍산. 안동부 풍산현 구촌(龜村, 현 하회마을) 출신. 여대로(1552~1619)의 장인이고, 류성룡의 족숙이며, 그의 외손서가 진주목사 이상일이다. 1546년 문과 장원했으나 이듬해 양재역 벽서사건에 연루되어 파직되었다. 1551년 회인현감으로 재기용된 이후 여러 지방 장관과 호조참판·대사헌 등을 지냈으며, 1571년 3월 평안도 관찰사에 제수되었으나 병이 심하여 그만두고 서울로 오던 중 장단(長湍)에서 별세했다. 권응인·유홍 등과 친했다. 아래의 시들은 그가 **무오년(1558)** 교서관 교리일 때 경상도 도순찰사 김수문(金秀文)의 종사관으로서 기장·밀양·김해·함안 등 남방 일대의 방비 상태를 점검할 때 소회를 읊은 「南征藁」에 실려 있다.

---

2) 瀲灩(염염): =염염(瀲灩). 물결이 넘치는 모양. '瀲(렴)'은 넘치다.

「次矗石韻 呈巡相1)」〈『구촌집』 권1 「남정고」, 21a~b〉 (촉석루 시에 차운하여
　　순찰사에게 드리다)

此生牽尾笑區區	일생 동안 꼬리를 질질 끌어 우습거늘
白首橫戈倚戍樓	늘그막에 창 비껴두고 수루에 기대었다
矍鑠2)祗憐頻顧眄	기운차나 가엾게도 자꾸만 뒤를 돌아보노니
杯樽那得更風流	술로써 어떻게 풍류를 다시 얻을 수 있을까
窮來轉覺交遊少	궁하게 되자 사귐이 적음을 어느새 깨닫고
老去翻驚世事浮	늙어가니 문득 세상일이 덧없어 놀라운데
何幸吐茵3)元不問	술 토해도 근본 안 따지니 어찌나 다행인지
百年今日識荊州4)	오랜 세월 오늘에서야 형주에게 알려짐일세

　　是夜與君美,5) 作樂放狂, 故末句云. 이날 밤 군미와 질탕하게 놀았으므로 마지막 구에
서 언급했다.

「次淸心軒韻」〈『구촌집』 권1 「남정고」, 21b~22a〉 (청심헌의 시에 차운하다)

月照疎篁影半江	달빛이 성긴 대숲에 비쳐 그림자는 강 반쯤 지고
絮花風定霧溫窓	버들개지가 바람에 자니 안개가 창가에 다습한데
令人喚做驚人句	사람에게 남 놀라게 할 시를 짓도록 하나니

---

1) 巡相(순상): 순찰사. 당시 도순찰사는 동래현령(1546)·김해부사(1548)·제주목사(1555)를
　지낸 김수문(?~1568)이고, 1558년 2월 12일 도순찰사(都巡察使)에 제수되어 같은 해 8월
　한성부 판윤으로 갈려 갔다.

2) 矍鑠(확삭): 늙어서도 원기가 왕성하고 몸이 날쌘 모양. '矍'은 기운이 솟는 모양. '鑠'은
　녹이다.

3) 吐茵(토인): 술 취한 뒤의 실수나 다른 사람의 허물을 덮어 줌. 한나라 재상 병길(丙吉)의
　수레를 모는 사람이 그를 모시고 나가 술에 크게 취해 수레 위에 토했다[醉嘔丞相車上].
　그래서 서조(西曹)의 장관이 그를 쫓아내려고 하자, 병길은 "취중의 실수로 사람을 내쫓
　는다면 어찌하느냐? 이는 기껏해야 승상이 타는 수레의 앉는 자리를 더럽혔을 뿐이라네[此
　不過汚丞相車茵耳]."라 하였다. 『한서』 권74 「위상병길전」.

4) 識荊州(식형주): 뛰어난 인물을 처음으로 만남. 자세한 풀이는 유호인(1445~1494) 시의
　각주 '만호후' 참조.

5) 君美(군미): 김수문의 종사관 조군미(趙君美). 류경심은 김해에서 그와 한편이 되고, 김해
　부사 류충홍과 전 군수 박곤이 한편이 되어 활쏘기 내기를 한 적이 있다. 「김해동령승전
　(金海東嶺勝戰)」(『구촌집』 권1) 참조.

思在烟波白鷺雙	시상은 안개 물결에 짝지은 백로에 있구려
一般詩思倒澄江	모든 시상이 맑은 강에 기울여지는데
更有晴虹夜貫窓	게다가 등불이 밤 창가를 꿰뚫는도다
淸坐6)月明翻倒水	조용히 앉았더니 밝은 달이 강을 뒤쳐
水中樓上共成雙	물속 누각 위에서 함께 짝을 이루는구려
遊絮顚狂散碧江	버들개지가 이리저리 푸른 강에 흩날리고
興移隨意閉晴窓	흥이 옮겨감에 내키는 대로 창을 닫았더니
槎槎喚醒7)滄洲夢	까악까악 울어 대며 창주의 꿈을 깨운 건
樹杪巢傾鵲一雙	나무 우듬지에 기우뚱한 둥지의 까치 한 쌍
月入平湖一樣淸	달빛 물든 널따란 호수는 한결같이 해맑고
稀音8)隔竹自天成	드문 소리가 대숲 너머로 절로 이루어지네
倚窓謾費推敲手	창에 기대 퇴고 솜씨를 공연히 허비하여
空詠江船火獨明	무심히 읊조릴 제 강 배의 등불이 밝도다
百年心迹愧雙淸9)	평생의 마음과 자취는 쌍청에 부끄럽고
九轉燒丹藥10)未成	구전의 단약을 아직도 이루지 못했나니

---

6) 淸坐(청좌): 청아하게 앉아 있음. 무욕(無慾)하게 조용히 앉은 모양.

7) 槎槎喚醒(사사환성): 까치소리가 잠자는 사람을 깨움. '槎槎'는 까치의 울음소리.

8) 稀音(희음): =희음(希音). 사람이 들을 수 없는 큰 소리, 곧 위대한 연주라는 뜻임. 『노자』 41장에 "가장 큰소리는 들리지 않고, 가장 큰 형상은 모양이 없다[大音希聲, 大象無形]."고 한 말에서 유래함.

9) 雙淸(쌍청): 마음과 행적 둘 다 깨끗함인데, 인품이 고매한 두보를 지칭함. 두보, 「병적(屛迹)」 제2수, 『두소릉시집』 권10, "백발로 명아주 지팡이를 끄니 / 마음과 자취 둘 다 깨끗함이 기쁘구나[杖藜從白首, 心迹喜雙淸]".

10) 九轉燒丹藥(구전소단약): 도교에서 말하는 아홉 차례나 제련한 선약. 갈홍, 『포박자』 권4 「내편」〈金丹〉 "삼 년 먹으면 신선이 되는 일전지단(一轉之丹)에서부터 사흘만 먹으면 곧 신선이 되는 구전지단(九轉之丹)에 이르기까지 아홉 종류의 금단이 있다."

咄咄半生愁不寐	뜻밖에 반평생 수심으로 잠 못 이루는데
一篇殘月漏微明	시 한 편 짓자 새벽달이 어슴푸레 비치네

無涯托得有涯生11)	끝없는 세계에 의탁한 유한한 인생이거늘
眼底休輕酒一觥	눈앞의 술 한 잔이라도 가벼이 보지 마소
何日岸巾三逕12)暮	언제 두건 벗고 고향에서 저물어보나
淸風明月等閑行	청풍명월은 부질없이 지나가버리는데

水濶風輕浪自生	넓은 강물에 산들바람 부니 물결이 절로 생기고
夕陽搖影碧侵觥	석양 그림자 하늘거려 푸른빛이 술잔에 스며드네
憑欄細和13)澄江句	난간 기댄 채 징강구에 섬세히 화답하며
閑看遊魚鏡裡行	물속의 뛰노는 고기를 한가히 보노매라

○ 황준량(黃俊良, 1517~1563) 자 중거(仲擧), 호 금계(錦溪)

> 본관 평해. 경북 풍기 출생. 농암 이현보의 손서이고, 이황이 그의 행장과 제문을 지을 정도로 아꼈던 제자이다. 학관(學官) 시절에 권응인과 절친히 지냈고, 풍기군수 주세붕을 종유했다. 1540년 문과 급제해 성균관 학유를 시작으로 상주교수(1545)·지평(1551)·단양군수·성주목사(1560~1563) 등을 지냈다. 만년에 강학소인 금양정사(錦陽精舍, 현 영주시 풍기읍 금계리 소재)를 미처 이루지 못하고 별세하자 후인들이 그 유지를 받들어 지어 학문을 계승했다. 아래의 작품들은 신해년(1551) 2월 경상도 감군어사(監軍御史)에 제수되어 동남 해안을 순찰할 적에 촉석루에 들러 지은 것이다.

「次矗石」〈『금계집』 외집 권3, 25b〉 (촉석루 시에 차운하다)

---

11) 『장자』「양생주」, "우리 생명은 끝이 있으나 지식에는 끝이 없다. 끝이 있는 것으로 끝이 없는 것을 따르면 위태하다[吾生也有涯, 而知也無涯. 以有涯隨無涯, 殆已]".

12) 三逕(삼경): 은자의 처소를 상징하는데, 관직을 그만두고 고향으로 돌아가려는 생각을 나타내는 표현임. 한나라 장후(蔣詡)가 왕망 정권 때 낙향한 뒤 집안의 대나무 아래에 세 갈래 오솔길을 내고[舍中竹下開三逕] 은거하였다. 이한, 『몽구』(상) 〈장후삼경〉.

13) 細和(세화): 섬세한 감각으로 화운함.

三韓方丈號仙區	삼한 밖 지리산은 신선 땅이라 부르거늘
第一溪山起畫樓	제일가는 산수에 아름다운 누각 세웠네
風月八窓長灝氣1)	풍월이 팔방 창에 환하여 기운 드맑은데
詩尊2)千古幾名流	시와 술로 천고에 이름난 이는 몇몇인가
七年3)登眺成重憶	칠 년 만에 올라보니 거듭 옛일 떠오르건만
一笑身名誤兩浮	몸과 명예가 잘못되어 덧없음을 일소하노라
只領淸奇添潤色	맑고 기이함을 갖추고 윤색까지 더했으니
兼全何用鶴錢州4)	학·돈·양주를 겸비한들 무슨 소용 있으랴

簿領5)光陰坐上消	문서 처리로 앉은 채 세월을 보내다가
偸閑6)遊賞做逍遙	한가한 때에 유람을 즐기며 소요하거늘
揮毫海月虹光動	붓 휘두르니 바다 달에 무지갯빛 움직이고
倚釼邊風紫氣高	칼 기댈 제 변방 바람에 붉은 기운 드높다
物外烟霞蓬島夜	탈속의 안개와 노을은 봉래산의 밤이요
夢中雲雨楚天朝7)	꿈속의 구름과 비는 초나라의 아침일세
周南8)滯迹眞堪詫	주남에 머무는 자취는 정말로 자랑할 만한데

---

1) 灝氣(호기): 천지의 정대하고 강직한 기, 곧 넓고 맑은 기운. '灝'는 넓다.

2) 詩尊(시준): 시와 술, 곧 풍류. '尊(존)'이 술통 뜻일 때는 '준'으로 읽음.

3) 七年(칠년): 1551년 경상도 감군어사 되기 7년 전인 1545년 4월 상주교수에서 파직된 뒤 유자옥(兪子玉) 등 8~9인과 함께 지리산을 유람하고, 장편시 「유두류산기행편(遊頭流山紀行篇)」(『금계집』 외집 권1)을 지었다. 임훈(1500~1584)의 「서유자옥유두류록후(書兪子玉遊頭流錄後)」(『갈천집』 권3)를 보면, 당시에 유자옥도 유람록을 지었음을 알 수 있다.

4) 鶴錢州(학전주): 간절히 소망하는 것. 용어 일람 '학주' 참조.

5) 簿領(부령): 공무 처리로 분주함. '簿'는 장부. '領'은 통솔하다.

6) 偸閑(투한): 바쁜 중에도 한가한 시간을 냄. '偸'는 훔치다, 탐내다.

7) 남녀 사이에 합환의 정을 말함. 초나라 회왕(懷王)이 고당에서 낮잠을 자는데 꿈속의 한 신녀가 아침에는 구름이 되고 저녁에는 비가 되어 내린다고 말한 고사에서 유래함. 송옥, 『문선』 권19 「고당부서」.

8) 周南(주남): 변방 고을. 사마천의 아버지 사마담(司馬談)이 병으로 주남에 체류함으로써 무제(武帝)의 태산 봉선(封禪) 의식 때 참가하지 못한 것을 유감으로 여긴 고사에서 유래함. 『사기』 권130 「태사공자서」.

五采驚人散鳳毛9)　　　　사람 놀라게 하는 글이 봉모를 흩어지게 하네

「次矗石樓近體及長律」〈『금계집』외집 권4, 15a~b〉(촉석루 근체시와 장편 율시에 차운하다)

造物殫功剏一區　　　　조물주가 공을 다해 만든 한 구역인데
畫圖圍裏著仙樓　　　　그림 같은 주변에 신선 누각 지었도다
靑分方丈鬟如沐　　　　푸른빛 뚜렷한 지리산은 깨끗이 감은 쪽진머리 같고
寒瀉靈源鏡不流　　　　차갑게 쏟는 신령한 샘은 흐르지 않는 거울인 듯하네
瓊佩響從烟浦送　　　　옥패 소리는 안개 낀 물가 따라 보내지고
彩雲痕在竹林浮　　　　고운 구름 흔적은 대숲에 떠다니는데
東行山海窮奇壯　　　　동쪽으로 가면 강산이 기이한 장관 다할진대
淸絶應先晉一州　　　　맑은 절경은 진주 한 고을보다 응당 앞서리라

樓上風烟自四時10)　　　누각 위 바람과 안개는 절로 네 계절 이루고
英雄鳥過11)只留詩　　　영웅들은 새처럼 사라지고 그저 시만 남았네
名區物色無今古　　　　이름난 구역 경치는 고금에 다름없거늘
故國風流幾盛衰　　　　고향의 풍류는 몇 번이나 성쇠하였는지
晩泛桃花移棹緩　　　　저물녘 도화 뜬 물에 노를 느리게 젓고
春斟竹葉放杯遲　　　　봄날 죽엽주 따르며 잔을 더디게 놓나니
騷人解和澄江句　　　　시인은 징강구에 능히 화답하며
歌妓能調白雪詞　　　　기녀는 백설곡을 잘도 부르는데

---

9) 역대로 **빼어난** 촉석루 제영시가 많음을 뜻함. '五采(오채)'는 훌륭한 글재주를 뜻하고, 유래는 김종직 시의 각주 '채필' 참조. 그리고 '鳳毛(봉모)'는 오색 찬란한 봉황의 깃털로, 여기서는 뛰어난 작품을 뜻함. 진(晉)나라 명신 왕도(王導)의 아들 왕소(王劭)가 시중이 되어 대궐에 들어설 적에 환온(桓溫)이 그를 보고 "대노[왕소의 아명]는 절로 봉황의 깃털을 지니고 있네[大奴固自有**鳳毛**]."라는 구절에서 온 말이다. 『세설신어』 「용지」.

10) 自四時(자사시): 스스로 계절을 앎, 사계절을 따라 현상이 다름.

11) 鳥過(조과): 덧없는 인생. 이백, 「고풍」, 『이태백집』권1, "인생은 눈앞을 지나가는 새와 같은데 / 어찌 스스로 속박을 한단 말인가?[人生**鳥過**目, 胡乃自結束]".

憂樂范公心豈負	고락 함께 한 범중엄 그 마음을 어찌 저버리랴
行藏杜老[12]鬢空垂	진퇴 한탄한 두보처럼 귀밑털이 공연히 드리웠다
夜深誰捻回仙笛[13]	이슥한 밤이면 누가 신선 피리를 불어
添却江天一段奇	강 하늘에 한바탕 기이한 장관을 보탤까

「次涵玉軒李復古」〈『금계집』 외집 권4, 15b〉(함옥헌에서 이복고〈이언적〉의 시에
　　차운하다)

天豁雲消夜氣淸	넓은 하늘에 구름 사라지고 밤기운은 맑아
静中詩興偶然生	고요한 가운데 시흥이 우연히 솟아나네
何人襟宇[14]淸如許	어떤 사람인들 마음이 저처럼 맑을까
霽月澄潭上下明	갠 달이 청징한 못 위 아래에 밝도다

「三月晦日 送春矗石有感」〈『금계집』 외집 권4, 16a〉(삼월 그믐날에 촉석루에
　　서 봄을 보내는 느낌)

鳳山[15]落照江樓邊	비봉산의 지는 해가 강루 부근 비추는데
斷送[16]春光隨逝川	흐르는 내 따라가는 봄빛을 그저 보내네
拾取花香只綠葉	꽃향기를 주우려 해도 푸른 잎뿐이고
消殘顔赭[17]無靑年	붉은빛 얼굴은 쇠잔해 청년 모습 없도다
漫空風絮欲何向	하늘에 흩날리는 버들개지는 어디로 가려나
將老蠶絲徒自纏[18]	오래되면 명주실은 단지 스스로를 얽을지리라

---

12) 杜老(두로): = 노두(老杜). 두보의 별칭. 정이오(1347~1434) 시의 각주 참조.

13) 誰捻回仙笛(수념회선적): '回仙'은 당나라 때 선인인 여암(呂巖. 자 洞賓)의 별칭인데, '呂'
　　자가 구(口)가 두 개이므로 '回'라 바꾼 것이다. 한편 김종직의 「등민락정(登民樂亭)」(『점
　　필재집』 권22)에 "난간 기대니 황학 타고 싶은데 / 누가 여암의 쇠피리 들고 불어 줄런고
　　[靠欄擬欲騎黃鶴, 誰捻回仙鐵笛吹]" 시구가 있다.

14) 襟宇(금우): 가슴속, 마음. '襟'은 마음, 옷깃.

15) 鳳山(봉산): 비봉산(飛鳳山)의 약칭. 진주의 진산(鎭山).

16) 斷送(단송): 뜻 없이 세월을 보냄, 아무렇게나 보냄.

17) 顔赭(안자): 얼굴빛이 붉어짐. '赭'는 붉은빛.

慣聞方丈有仙府　방장산에 신선 고을 있다고 익히 들었다만

三十六峯何洞天[19]　서른여섯 봉우리 중 어디가 동천인지

○ 박승임(朴承任, 1517~1586) 자 중보(重甫), 호 소고(嘯皐)

본관 반남. 영천(榮川) 두서리(斗西里, 현 영주시 가흥동) 출생. 이황의 문인이고, 제자로 김륵·김중청·배응경 등이 있다. 1540년 문과 급제한 뒤 현풍현감·풍기군수·진주목사(1566.10~1568)·동지사·황해도 관찰사·도승지 등을 지냈고, 1583년에 대사간이 되었으나 선조의 미움을 사서 곧 창원부사로 좌천되었다. 첫째 연작시는 강혼(1464~1519)의 시로 볼 때 제재가 부속누각 '청심헌'임을 알수 있다. 둘째 시는 김뉴·박계현과 수창한 시로 그의 문집에 수록되지 않아 김뉴(1527~1580)의 『박재집』에서 가져 왔는데, 해당 「연보」 편차로 볼 때 진주목사 때인 정묘년(1567) 10~12월에 지은 것으로 판단된다.

「次蠹石樓韻九首」〈『소고집』 권2, 12a~13a〉 (촉석루 운을 따라 지은 아홉 수)

朗吟南嶽寫澄江　낭랑히 읊조리는 남쪽 산악은 맑은 강을 쏟아내고

筆下星芒[1]射畫窓　붓끝에 감도는 별빛은 그림 같은 창을 내리쏘는데

第一名區無間箍[2]　제일의 명승지라 견줄 곳이 없나니

風流雄渾始堪雙　웅혼한 풍류를 비로소 짝할만하구려

石城如虎臥層江　석성은 호랑이처럼 겹겹의 강가에 누워 있고

危檻橫虛護水窓　높은 난간은 허공에 비껴 물가 창을 지키는데

百里煙雲朝席下　백 리 안개와 구름이 자리 밑으로 깔리나니

一吟乾盡卯盃[3]雙　한 번 읊조리자 아침술 두 잔이 비어버리네

---

18) '蠶絲(잠사)'는 누에고치 실. 누에는 고치로 될 때 실을 토해[吐絲] 자신의 몸을 스스로 휘감는다. 전(纏)은 얽다, 얽히다.

19) 洞天(동천): ＝동부(洞府). 신선이 산다고 하는 명산, 곧 선경. 도가에서 인간 세상에는 10곳의 대동천(大洞天) 외에 36곳의 소동천(小洞天)과 72곳의 복지(福地)가 있다고 함.

1) 星芒(성망): 반짝이는 별빛. '芒'은 끝, 털.

2) 間箍(간추): 사이에 반열을 나란히 하다. '箍'는 가지런하다, 버금자리.

3) 卯盃(묘배): ＝묘주(卯酒). 묘시(卯時), 즉 새벽 5~7시경 마시는 술, 아침술.

虎符玉節4)集南江	지체 높은 관리들이 남강에 모여서
鼎坐5)高談振瑣窓6)	둘러앉아 나누는 고담이 격자창에 울린다
赤壁舊無樓可倚7)	적벽은 옛날에 누각 없이도 기댈 만했나니
黃泥今有客來雙8)	황니에 오늘 나그네가 쌍으로 온 격

爽氣侵肝怯近江	상쾌한 기운이 가슴 파고드니 근처 강이 두렵고
退燼冰背伏煙窓	사그라지는 연기가 등을 식히며 연창에 깔리거늘
淸遊已覺仙凡隔	청아한 유람에 신선과 범부의 격차 깨달아
擬律9)甘浮太白雙	규칙에 따라 벌주 두 잔을 달게 마시누나

潢潦涓微10)望淼江	도랑물 졸졸 흐르고 아득한 강이 보이는데
壎篪11)吹近接霄窓	훈지 부는 소리가 하늘 창 가까이 닿는구나
一家共被登門幸	한 집안이 함께 등용문의 행운을 얻었나니
蜾蠃螟蛉12)在側雙	나나니벌과 배추벌레 한 쌍이 곁에 있는 듯

---

4) 虎符玉節(호부옥절): '虎符'는 동호부(銅虎符)의 약칭. 군사를 통제하는 무인에게 주는 호랑이 모양의 구리 부절(符節)을 말하는데, 대개 지방 장관의 관인(官印)을 뜻함. 여기서는 경상우도 병마절도사. '玉節'은 박승임 자신을 비롯해 경상도 관찰사 겸 병마수군절도사 박계현과 곤산훈도 김뉴를 지칭한 것이다.

5) 鼎坐(정좌): 솥발처럼 세 사람이 둘러앉음. '鼎'은 솥.

6) 瑣窓(쇄창): 꽃무늬를 새긴 격자창. '瑣'는 옥의 부스러기, 자질구레하다, 예쁘다.

7) 소식이 1082년 7월 나그네와 함께 적벽 아래에서 뱃놀이를 즐겼는데, 누각이 없는 그곳의 아름다운 경치를 감상하며 「전적벽부」를 지은 일을 언급한 것이다. '舊'는 과거부터 적벽에 누각이 세워지지 않았음을 뜻함.

8) 소식이 1082년 10월 다시 적벽에서 노닐 때 두 나그네와 함께 황니(黃泥) 고개를 넘어가며 사방 경치를 감상하고 「후적벽부」를 지었다. '今'은 박승임, 박계현, 김뉴 등이 촉석루에서 함께 한 장면을 암시한다.

9) 擬律(의율): 정해 놓은 법에 따름. '擬'는 본뜨다.

10) 涓微(연미): =미연(微涓). 졸졸 흐르는 물. '涓'은 시내.

11) 壎篪(훈지): 화목한 형제 사이. '壎'은 질나팔. '篪'는 피리. 『시경』「소아」〈하인사〉, "맏형은 훈을 불고 / 둘째형은 지를 분다[伯氏吹壎, 仲氏吹篪]".

12) 蜾蠃螟蛉(과라명령): 후진 양성이나 양아들을 뜻함. '蜾蠃'은 나나니벌, '螟蛉'은 배추벌레. 『시경』「소아」〈소완〉, "배추벌레 유충을 / 나나니벌이 업고 가네[螟蛉有子, 蜾蠃負之]". 옛사람들은 나나니벌이 배추벌레의 유충을 물어다가 양자로 삼기 위해 항상 자기를

客裏腸回九曲江	나그네 창자가 아홉 굽이 강처럼 꼬이노니
夢魂長繞舊螢窓	꿈결에 옛날 글방 시절이 자꾸만 맴도는데
歲華吹盡霜糊鬢	세월이 서리를 불어 귀밑털을 도배했거늘
誰遣跳丸走坂13)雙	누가 도환과 주판을 쌍으로 보냈는가

瓊樓14)簾影枕平江	누각의 주렴 그림자가 편편한 강에 임하고
方丈螺鬟15)擁四窓	지리산의 봉우리들이 사방의 창을 에웠다
玆地足稽天上客	이곳이야말로 신선 머무르기에 흡족하니
昨來飛下繡鳧雙16)	어제 날아 내려온 한 쌍 비단 오리일세

飲轟17)周斗挹春江	큰 말로 봄 강물을 떠서 실컷 마시고는
吟暢晴虹貫夜窓	후련히 읊조리니 등불이 밤 창을 꿰뚫네
餘響隨風落塵土	남은 소리는 바람 따라 속세에 떨어지노니
玄花18)驚刮病眸雙	어른어른함에 놀라 병든 두 눈을 비벼본다

| 大邦吞納盡三江 | 세 줄기 강을 삼켜버리는 넓은 땅에서 |
| 襪線19)區區事覬窓20) | 얕은 재주로 구차히 못난 글을 일삼아 |

닭으라고 주문을 외워서 자기 새끼로 변화시킨다고 믿었다. 목사의 정사가 백성을 변화시키는 것을 이와 같은 이치로 본 것이다.

13) 跳丸走坂(도환주판): 세월이 눈 깜짝할 사이에 빨리 지나감. '跳丸'은 양손으로 던지고 받을 때 빠르게 도는 공. '走坂'은 비탈진 언덕길을 내달림. 한유, 「추회」, 『창려집』 권1, "근심 속에 세월을 보내노니 / 해와 달이 도환 같도다[憂愁費晷景, 日月如**跳丸**]".

14) 瓊樓(경루): 경루옥우(瓊樓玉宇)의 준말로, 신화에 나오는 월궁(月宮)의 누각을 말함.

15) 螺鬟(나환): 소라 모양처럼 쪽진머리로, 산이나 산색에 비유함. '螺(라)'는 소라. '鬟'은 옛날 여자들이 머리 위에 두 개의 고리 모양으로 만들어 얹었던 머릿단.

16) 鳧雙(부쌍): 박승임이 진주목사가 된 것을 뜻함. 유래는 이우(1469~1517)의 시 참조.

17) 飲轟(음굉): = 굉음(轟飲). 술을 많이 마심. '轟'은 요란한 소리.

18) 玄花(현화): 검은 꽃이 어른거리는 듯이 눈이 흐릿함.

19) 襪線(말선): 보잘것없는 재주. 촉의 한소(韓昭)가 거문고·바둑·글씨·활쏘기를 두루 섭렵했는데, 이대하가 "예부상서 한소의 재주는 떨어진 버선의 실밥과 같으니, 한 가지 장점도 없다[韓八座事藝, 如拆**襪線**, 無一條長]."라고 평했다. 손광헌, 『북몽쇄언』 권5.

| 濃抹淡粧饒態度 | 짙고 옅은 화장으로 자태를 꾸며봤지만 |
| 東家强蹙醜眉[21]雙 | 동쪽 집 여인이 두 눈썹을 애써 찡그린 격 |

「矗石樓」(가제) 〈김뉴, 『박재집』 부록 「연보」, 6b〉

一方山與水俱淸	한 방면의 산과 물이 모두 맑아
好看詩仙發善鳴[22]	시선이 시를 짓기 정말로 좋구려
眼界增恢孤鶩遠	시야는 더욱 넓어 외로운 따오기가 멀리 날고
筆杠[23]橫鶩暮雲平	긴 붓 멋대로 움직일 제 저녁 구름이 깔리네
風流尙帶名家樣	풍류는 늘 명가 모습을 띠고
形勝仍兼往昔情	형승은 곧 옛정을 아우르거늘
一味潛心遺緒[24]在	한결같이 현인의 시에 마음을 쏟으면 되지
莫耽吟弄使神驚	힘써 시 지어 귀신 놀라게 할 생각은 마오

---

20) 斲窓(착창): 글 짓는 재주가 부족함. '斲'은 깎다. "양도가 중서사인일 때 제칙의 명을 급히 받았는데, 사관이 서고 열쇠를 갖고 타지에 가 있어서 구본을 살필 수가 없었다. 이에 창문을 부수고 그것을 얻으니, 당시 사람들이 '착창사인'이라 불렀다[陽滔爲中書舍人時, 促命制勅, 令史持庫鑰他適, 無舊本檢尋. 乃**斲窓**取得之, 時人號爲斲窓舍人]". 『조야첨재』 권2.

21) 强蹙醜眉(강축추미): 무턱대고 남을 흉내 냄. '蹙'은 찡그리다. 월나라 미인 서시(西施)가 병을 앓아 얼굴을 찌푸리고 걸어가자 동쪽 집의 추녀들이 억지로 눈썹을 찌푸렸다는 고사에서 유래함. 『장자』 「추수」〈천운〉.

22) 善鳴(선명): 좋은 울림, 곧 훌륭한 시문.

23) 筆杠(필강): 장대 같은 큰 붓, 곧 특출한 문필력. '杠'은 깃대. 구양수가 여산에 은거하는 친구 유환(劉渙)을 칭송한 「여산고(廬山高)」 시에서 "장부의 장한 절개는 그대 같은 이 없으니 / 아, 내가 그걸 말하려 해도 어찌 장대 같은 큰 붓을 구할 수 있으랴[丈夫壯節似君少, 嗟我欲說安得巨**筆**如長**杠**]" 하였다.

24) 遺緒(유서): 선대의 입직, 곧 현인이 지은 시. '緖'는 실마리.

○ 권응인(權應仁, 1517~?) 자 사원(士元), 호 송계(松溪)

안동 출신. 이조참판 권응정의 서제(庶弟)로, 그의 몰년은 「아금암초당기(牙琴嚴草堂記)」(1586)(『송계집』 권3)로 보아 1590년 전후로 추정된다. 이황과 조식의 문인으로 문장이 뛰어나 퇴계 제문을 지었다. 사신으로 북경에 7회, 대마도에 3회 다녀올 정도로 유능한 외교관이었다. 김극일·황준량과 절친했으며, 배신·류경심·양응정·박승임·정유길 등과 두루 교유했다. 『대동시선』 권3(20쪽)에 시제가 「촉석루」인 아래 시의 창작 시점은 남봉 정지연의 경상도 관찰사 재임 기간을 고려할 때 무인년(1578)이거나 기묘년(1579)이다.

「矗石樓夜坐 鄭監司芝衍[1]呼韻 共賦」〈『송계집』 권1, 3a〉 (촉석루 밤중에 앉아 관찰사 정지연이 운을 불러 함께 짓다)

漏雲微月照平波	구름 틈새로 내민 초승달이 잔물결을 비추고
宿鷺低飛下岸沙	자던 해오라기가 나직이 모래밭에 내려앉는데
江閣捲簾人倚檻	강가 누각의 주렴을 걷고 난간에 기댔더니
渡頭鳴櫓夜聞多	나루터 노 젓는 소리가 밤이라 크게 들리네

○ 양응정(梁應鼎, 1519~1581) 자 공섭(公燮), 호 송천(松川)

본관 제주. 능주 월곡리(月谷里, 현 화순군 도곡면 소재) 출생이나 1565년 나주 박산(朴山, 현 광주시 광산구 어룡동 박뫼마을)으로 이사했다. 양팽손(1488~1545)의 아들이고, 동래부사 양응태의 동생이다. 진주목사 때 남명 조식을 자주 배알했고, 1570년 진주판관으로 부임한 신립(申砬)의 도량을 알아보고 제자로 삼았다. 제2차 진주성전투 때 3남 양산숙(梁山璹)이, 정유재란 때에는 부인 박씨·2남 양산룡·4남 양산축·딸·손녀·며느리 등 일족 6명이 순절했다. 아래의 첫째 시는 제주에 있듯이 진주목사 당시(1570~1571)에, 『대동시선』 권3(15쪽)에 「촉석루」 제목으로 실려 있는 둘째 시는 임열·유대수의 관력과 남명 사제(賜祭)를 고려할 때 그가 경주부윤으로 있던 임신년(1572) 2월에 지었음을 알 수 있다.

「矗石樓」 時爲牧使 〈『송천유집』 권1, 24a~b〉 (촉석루) 당시 목사였음.

少日常思歷九區	젊은 날 온 세상 다니기를 늘 생각했건만

---

1) 鄭監司芝衍(정감사지연): 정지연(1525~1583)은 임당 정유길의 조카로 이황의 문인이다. 1578년 11월부터 이듬해 5월까지 경상감사를 지냈다.

暮年來倚此江樓	늘그막에야 이 강가 누각에 기대어보노라
當筵唱咽雲留陣1)	자리에 어우러진 노래는 구름에 울려 퍼지고
滿壁詞雄水倒流	벽에 빼곡한 멋진 시들이 물에 비쳐 흐른다
峽裏紫崖元矗立	골짜기 붉은 벼랑은 본디 뾰족이 치솟았고
霜餘紅葉正飄浮	서리 든 단풍잎은 때마침 바람에 흩날리는데
無妨過景陶情性	지나온 경치야 성정 도야에 괜찮다지만
妙割應煩後作州	묘한 솜씨는 고을 다스린 뒤에 부려야지

「自矗石下 遊菁川」 棠伯任悅2)·都事兪大壽3)·南冥賜祭官鄭彦信4) 同舟.

《『송천유집』 권1, 9b》 (촉석루 아래로 내려와 청천에서 노닐다) 당백 임열, 도사

유대수, 남명 사제관 정언신이 함께 배를 탔다.

煌煌玉節下層臺	빛나는 관리들이 층층대 아래에서
不盡春心把一盃	끝없는 춘심 일어 술 한 잔 마실지니
今日江山知有力	오늘날 강산에 조화로움이 있음을 알거니와
南洲還向北涯廻	남쪽 모래톱에서 다시 북쪽 물가로 선회한다

---

1) 留陣(유진): 한 곳에 머물러 진을 치다.

2) 任悅(1510~1591): 1572.2~12 경상도 당백(관찰사)으로 재임했다. 이름자는 『조선왕조실록』, 『도선생안』, 현손인 임방의 「시장」(『수촌집』 권13)에서처럼 '說(열)'이 맞다.

3) 兪大壽(1546~1586): 1571.1~1572.2 경상도 도사로 재임했고, 그때 남명 조식에게 배웠다. 이름자는 『조선왕조실록』, 『도선생안』, 최립의 「유안동묘갈명(兪安東墓碣銘)」(『간이집』 권2) 등에 명시된 '脩(수)'가 바른 표기이다.

4) 鄭彦信(1527~1591): 사제(賜祭)는 임금이 제물을 내려주어 죽은 신하를 제사하는 것을 뜻하는데, 『선조실록』(1572.2.8)에 예조좌랑 김찬(金瓚)을 예관으로 보내 조식의 영전에 치제했다는 기록이 참고가 된다. 그는 1583년 회령에서 반란한 니탕개를 우찬성 겸 도순찰사로서 막료 이순신, 신립, 김시민과 함께 격퇴했다. 그 후 우의정에 올랐으나 삼종간인 정여립(1546~1589) 일파로 몰려 남해 유배되었다가 이배시 갑산(甲山)에서 졸했다.

○ 배신(裴紳, 1520~1573) 자 경여(景餘), 호 낙천(洛川)

본관 성산. 경상도 현풍현 출생. 세종대왕 막내아들인 영응대군의 외손자로 약관 때 조식에게 배웠고, 나중 이황과 임훈의 문인이 되었다. 1543년 국학에 들어가 교유한 백광홍·양응정을 비롯해 권응인·김뉴·이제신·정탁·정구·황준량 등과 절친했다. 모친의 명으로 1561년 진사 급제해 참봉을 거쳐 1571년 동몽교관으로서 학도들을 가르쳤다. 1573년 겨울 낙향하려던 차 우연히 얻은 병으로 졸했다. 「남명선생행록」을 찬술했으며, 정유재란 때 순절한 안음현감 곽준(1551~1597)과 의병장 박성(1549~1606)이 그의 제자이다. 아래의 시는 그가 1551년 전후로 지은 「촉석루서」(본서 수록)에서 가져왔기에 제목을 임시로 붙였고, 진작부터 성여신 주편의 『진양지』에 인용되었다.

「矗石樓」(가제)〈『낙천집』 권1, 20b〉(촉석루)

水碧桃紅別有區	물은 푸르고 복사꽃 붉은 별천지
武陵仙上玉皇樓[1]	무릉도원 선계에 옥황루가 있구려
霽空月出眞機靜	갠 하늘에 달 솟으니 참된 이치는 고요하며
芳渚風來寶鑑[2]流	방초 물가에 바람 부니 귀한 거울 흘러가네
名跡摠歸瓮裏[3]幻	이름난 자취가 모두 이상향인 양 신비롭고
雲烟都入眼中浮	구름과 안개는 죄다 시야 속에 떠다닐 제
一般飛泳[4]心天地	모든 새와 물고기도 천지에 한 마음이니
笙鶴何須戱十洲	선학이 무어하러 십주를 굳이 찾아 놀겐가

---

1) 玉皇樓(옥황루): 옥황상제가 거처하는 궁전.
2) 寶鑑(보감): 보배로운 거울, 곧 남강.
3) 瓮裏(옹리): =호중천지(壺中天地). 아름다운 경치를 뜻함. 후한 때 한 약장사 노인이 매달아둔 병으로 출입했는데, 당시 비장방(費長房)이 병 속에서 노인과 함께 술을 실컷 마신 뒤 그가 준 대지팡이를 타고서 귀가했다는 고사가 있다. 갈홍, 『신선전』 권9 「壺公」.
4) 飛泳(비영): 나는 새와 헤엄치는 고기, 곧 모든 생명체.

○ 박계현(朴啓賢, 1524~1580)

자 군옥(君沃), 호 관원(灌園)·근사재(近思齋)

> 본관 밀양. 시호 문장(文莊). 서울 숭선방(崇善坊) 출생. 1541년 단종의 묘를 찾아 수축한 영월부사 박충원(1507~1581)의 아들이고, 그의 손자 박승종은 광해군의 사돈으로서 영욕을 같이 하다 인조반정 때 자결했다. 양심당 조성(趙星)·용문 조욱(趙昱) 형제의 문인으로 1552년 급제해 내외직을 두루 거쳤고, 서장관과 성절사로 명나라를 두 차례나 다녀왔다. 경상도 관찰사(1567.10~1568.6) 때는 권벌과 이언적의 정포를 주장했고, 호남관찰사(1575)를 지내면서 백호 임제와 절친히 교유해 『관백창수록』을 남겼다. 아래 시는 김뉴(1527~1580)의 시에 화답한 것으로 『관원집』에는 없기에 『박재집』에서 가져왔는데, 해당 「연보」의 편차로 볼 때 정묘년(1567) 10~12월 무렵의 작품으로 판단된다.

「矗石樓」(가제) 〈김뉴, 『박재집』 부록 「연보」, 6b〉 (촉석루)

才似河之水更淸	재주는 하해의 물처럼 더욱 맑은데
南中見說以詩鳴	듣자니 남쪽에서 시로 울린다 하거늘
家傳義理知無盡	집안에 의리를 전함에 무궁함을 알겠고
詞出冲恬[1]去不平	시로 무욕을 표출함에 불평함이 없구려
願向長宵接高論	원하건대 긴긴 밤을 맞아 고담준론 이어가고
要須深酌道眞情	바라건대 깊은 술잔 나누며 진정을 말할지니
殷勤莫訝留君騎	그대 떠나감을 붙드는 은근한 뜻을 의아해 마소
芝宇[2]令人意便驚	얼굴이 사람 마음을 더욱 놀라게 하기 때문이라오

---

1) 冲恬(충념): 사심이 없고 편안함. '冲'은 비다. '恬'은 고요하다.

2) 芝宇(지우): =지미(芝眉). 상대방의 존칭. 당나라 재상 방관(房琯)이 원덕수(元德秀, 자 紫芝)를 보면 늘 감탄하며, "자지의 눈썹과 이마를 보면 사람들에게 명리의 마음을 다 녹게 한다[見紫芝眉宇, 使人名利之心都盡]."라고 했다. 『신당서』 권194 「탁행열전」.

○ 유홍(兪泓, 1524~1594) 자 지숙(止叔), 호 송당(松塘)·퇴우당(退憂堂)

본관 기계. 시호 충목(忠穆). 서울 서부 반송방(盤松坊) 출생. 정당(政堂) 유여림(兪汝霖, 1476~1538)의 손자로 남효온의 외증손이며, 1592년 신독재 김집(金集, 1574~1656)을 사위로 맞이했다. 1553년 문과 급제한 뒤 검열·장령 등의 청요직과 여러 곳의 관찰사를 역임했고, 1587년 사신으로 중국에 가서 종계변무에 관한 명나라의 오해를 풀었다. 임진왜란이 일어나자 선조를 호종했고, 1594년 좌의정으로서 왕비를 호종했다. 아래 시는 문집의 작품 편차로 볼 때 경상도 관찰사 시절(1577.8~1578.1)에 지은 것이 분명하다.

「次晉州矗石樓韻」〈『송당집』권1, 13a〉(진주 촉석루 시에 차운하다)

薄暮江天欲雪時	저물녘 강물 맞닿은 하늘에서 눈 내리려는데
憑欄高興正催詩	난간 기대니 고상한 흥취가 시를 막 재촉한다
酒消王粲憂難盡	왕찬처럼 술로도 근심은 모두 풀기 어렵고
霜入馮唐1)鬢已衰	풍당처럼 서리 들어 살쩍은 이미 세었거늘
野與天長雲去慢	들과 하늘에 긴 구름이 느릿느릿 지나가며
水兼山逈月來遲	강과 산에 아득한 달이 서서히 비춰오도다
笛床疎度龍吟2)曲	피리 들고 수룡음 곡조를 크게 부니
歌板3)淸調玉女詞	가판으로 옥녀 가락을 맑게 조율하네
遠樹烟迷歸翼急	안개 자욱한 먼 숲에 돌아가는 새 빠르고
寒潭風靜釣絲4)垂	바람 고요한 찬 못에 낚싯줄 드리워지는데
夜深晴靄濃還淡	깊은 밤 개어 놀이 짙다가 다시 옅어지니
西子5)新粧未足奇	서씨의 참신한 화장도 기이하지는 못하리

層崖千尺矗	깎아지른 절벽에 아스라한 촉석루

---

1) 馮唐(풍당): 일명 풍공(馮公). 늙음을 한탄하는 의미로 주로 쓰임. 한 무제가 현량을 구하자 풍당이 천거되었으나 90세가 넘어 더 이상 관직을 맡을 수 없다고 한 데서 유래함. 『사기』 권102 「장석지풍당열전」.
2) 龍吟(용음): 관악기로 부는 곡조명인 수룡음(水龍吟).
3) 歌板(가판): 널빤지를 치면서 절주를 맞추는 악기 이름.
4) 釣絲(조사): 낚싯줄을 이용한 고기잡이, 곧 견지낚시.
5) 西子(서자): 월나라 미인 서시(西施). 어득강(1470~1550)의 시 참조.

誰更看飛樓	뉘라서 높은 누각을 다시금 보는가
縱目牽詩興	눈 가는대로 시흥을 이끌어내고
開樽散旅愁	술독 열어 나그네 시름 삭이노니
珠絃長泛月	거문고 타는 소리에 뜬 달이 유장하며
檀板6)不驚鴎	단판 박자에 갈매기는 놀라지도 않네
鞍馬明朝遠	내일 아침에 말 타고 멀리 떠날 터
瑤池夢一遊	꿈속 요지에서 한바탕 노니노라

雕欄十二曲	아로새긴 난간은 열두 굽이인데
少倚興佳哉	잠깐 기대니 흥취가 아름다워라
野雪埋樵逕7)	들판의 눈은 나뭇길을 묻어버렸으며
江波濺釣臺	강 물결은 낚시터에 세차게 흐르는데
竹喧8)風乱颰	대숲은 수런수런 바람이 어지러이 불고
人靜月孤來	인적은 고요하고 달이 외롭게 비춘다
隨意題新句	마음대로 새 시구를 지으면 그만
何須患陸才9)	어이 육기 같은 재주 걱정하리오

---

6) 檀板(단판): ＝단조(檀槽). 박달나무로 만든 널빤지를 두드려서 박자를 맞추는 악기.

7) 樵逕(초경): 나무꾼이 다니는 길, 오솔길.

8) 竹喧(죽훤): 대숲이 떠들썩함, 곧 대나무 흔들리는 소리. '喧'은 떠들썩하다.

9) 陸才(육재): 육기(陸機, 260~303) 같은 재능, 곧 시문의 재주가 뛰어남을 뜻함. 양(梁)나라 종영의 『시품』에서 "육기의 재주는 바다와 같고, 반악의 재주는 강과 같다[**陸才**如海, 潘才 如江]."고 한 데서 유래함.

○ 정탁(鄭琢, 1526~1605) 자 자정(子精), 호 약포(藥圃)·백곡(栢谷)

본관 청주. 시호 정간(貞簡). 외가인 예천군 용문면 금당곡(金堂谷) 삼구동(三九洞) 출생. 이황의 문인으로 1558년 급제 후 정언·헌납·병조판서 등을 지냈고, 임진왜란 직전에 이순신·곽재우·김덕령 등을 천거했다. 이후 우의정(1595)·중추부영사(1603) 등에 올랐다. 저술로 문집 외 『용만문견록』이 있고, 1700년 사림에서 그를 향사하기 위해 도정서원(道正書院, 현 호명면 황지리 소재)을 건립했다. 아래의 시는 신유년(1561) 2월 그가 진주교수 때 유람을 온 금난수(1530~1604)와 함께 촉석루에 등림해 지은 것이다.

「與琴聞遠 遊矗石樓 書贈一絶」〈『약포집』 속집 권1, 14b〉 (금문원〈금난수〉과
　　함께 촉석루에서 놀다가 절구 한 수를 써 주다)

喜君攜得玉壺雙	기쁘게도 그대와 함께 술병 들고 짝하여
日日登樓俯碧江	날마다 누각에 올라 푸른 강을 굽어보았지
多病長卿1)無一事	병치레 잦던 장경처럼 한 가지 일도 못하니
只將詩筆詠幽牕	다만 시 붓 잡고 그윽한 창에서 읊조릴 뿐

○ 김뉴(金紐, 1527~1580) 자 순경(順卿), 호 박재(璞齋)

본관 선산. 밀양 대동리(大洞里, 현 부북면 제대리) 출생. 점필재 김종직의 손자이고, 김숭년(1486~1539)의 차남이다. 민구령과 신계성(1499~1562)의 문인으로 만년인 1568년 진사 합격한 뒤 류성룡·윤근수와 가야산을 유람했고, 배신·이제신·권응인·허봉 등과 교유했다. 곤산훈도(1567.6~1570.8)·밀양(1570)·고령(1577)·김해(1579) 등 4군의 교수를 역임했다. 아래의 시들은 저자가 곤산훈도로 재직하던 정묘년(1567) 10~12월에 경상도 관찰사 박계현, 진주목사 박승임과 함께 촉석루를 유람하면서 운을 내어 수창한 것이다. 자세한 것은 하강진(2014), 353~356쪽 참조.

「矗石樓 同使相朴灌圃1)君沃啓賢」〈『박재집』 권1, 18a〉 (촉석루에서 관찰사
　　관포 군옥 박계현과 함께)

---

1) 長卿(장경): 한나라 사마상여(B.C.179~B.C.117)의 자. 그는 평소 소갈병을 앓았는데, 탁문군과 결혼한 뒤에도 질병을 핑계 삼아 한가하게 살면서 높은 관직을 바라지 않았다. 「자허부」, 「상림부」, 「유렵부」 등의 부(賦) 작품이 있다. 『사기』 권117 「사마상여전」.

1) 灌圃(관포): 권벌의 『충재집』과 남기만의 『묵산집』에도 나오는데 관원 박계현의 별호로 짐작된다.

一帶長江繞晉淸	한 줄기 남강이 진주를 둘러 맑은데
美哉形勝古今鳴	아름다워라, 형승이 고금에 울리도다
溶溶抱野蛇腰曲	굼실굼실 들판을 안아 뱀 허리인 양 굽었고
浩浩吞天鏡面平	넓고 넓은 하늘 삼켜 거울 표면처럼 평평한데
破浪空懷宗慤志2)	물결 부숴지니 종각의 뜻이 부질없이 생각나며
揚舲還笑范公情3)	작은배 띄우니 범공의 마음이 도리어 우스워라
使華4)俯檻仍觀德	사신이 난간 굽어보며 이내 덕정을 살필진대
雷鼓鼕鼕5)宿鷺驚	둥둥하는 북소리에 자던 해오라기 놀라는구려

「使相見和 復用前韻 以謝」〈『박재집』 권1, 18a~b〉 (관찰사가 화답하기에 다시 앞의 운을 활용하여 사례하다)

河嶽儲精稟至淸	산하에 쌓인 정령이 지극한 맑음을 주거늘
朝陽幾作鳳凰鳴6)	산 동쪽에서 봉황새는 몇 번이나 울었던가
每將堯舜陳王道	매번 요나라 순나라 이어받아 왕도를 펼치고
欲挽殷周致太平	은나라 주나라 계승하여 태평함을 이루고자
察俗甘棠7)宣聖化	감당에서 풍속 살펴 임금의 교화를 베풀고
觀風原隰8)達民情	원습에서 민풍 보아 백성 마음을 꿰뚫었는데

---

2) 宗慤志(종각지): 원대한 뜻. '宗慤'은 남조(南朝) 송의 좌위장군으로 어릴 적에 숙부가 그에게 장래를 묻자 "장풍을 타고 일만 리 물결을 헤쳐 나아가고 싶습니다[願乘長風, 破萬里浪]."라고 대답했다. 『송서』 권76 「종각전」.

3) 范公情(범공정): 범공은 범중엄. 용어 일람 '범공' 참조.

4) 使華(사화): 사신 행차, 곧 경상도 관찰사 박계현을 뜻함.

5) 鼕鼕(동동): 북 소리 나는 모양. '鼕'은 북소리.

6) '朝陽(조양)'은 산의 동쪽, 곧 아침 해가 비추는 곳. '鳳凰鳴(봉황명)'은 현명한 신하의 출현이나 그 업적을 뜻함. 『시경』 「대아」 〈권아〉, "봉황새가 우니 / 저 높은 언덕이로다 / 오동나무가 자라나 / 저 산의 동쪽이로다[鳳凰鳴矣, 于彼高岡, 梧桐生矣, 于彼朝陽]".

7) 甘棠(감당): 팥배나무로, 관찰사의 훌륭한 치적을 뜻함. 주나라 소공(召公)이 방백으로서 남쪽의 여러 고을을 다스릴 때 팥배나무 밑에서 잠깐 쉰 적이 있었는데, 백성들이 소공이 죽은 뒤에도 그 덕을 사모하여 나무를 길이 보호한 데서 유래함. 『사기』 권34 「연소공세가」, 『시경』 「소남」 〈감당〉.

8) 原隰(원습): 언덕과 습지, 곧 강역 전체. 대개 왕명을 받든 사신의 행로. 『시경』 「소아」

鰌生[9]猥被瓊琚錫 소인이 외람되게 훌륭한 시를 내려받으니
非分恩光夢亦驚 분에 넘치는 영광이라 꿈에서도 놀란다

「晉州牧令朴嘯皐承任見和 復呈」〈『박재집』 권1, 18b〉 (진주목사 소고 박승임
이 화답하기에 다시 바치다)

風儀灑灑[10]玉壺淸 말쑥한 풍채와 거동은 옥병처럼 맑고
獨擅靑邱大雅鳴 우리나라에서 시 솜씨 혼자 드날리네
三接[11]嘗承恩澳渥 일찍이 임금의 두터운 은혜를 입었거늘
一麾[12]今見政和平 지금은 목사로서 화평한 정치 보이누나
每瞻北斗欽高躅 매번 북두 우러르듯 높은 행적 흠모했는데
偶上龍門慰下情[13] 우연히 급제하니 내 심사를 위로해주었지
滿把驪珠[14]吟盡日 시구를 잔뜩 얻어 온종일 읊조릴진대
袖中如有鬼神驚 소매 속에 귀신이 놀랄 만한 시가 있는 듯

〈황황자화〉, "아름다운 꽃들이여 / 저 언덕과 습지에 피었네[皇皇者華, 于彼**原隰**]".

9) 鰌生(추생): 소인(小人). 자신을 낮춰 부르는 말. '鰌'는 좁은 소견.

10) 灑灑(쇄쇄): 밝은 모양. '灑'는 맑고 깨끗하다.

11) 三接(삼접): 영예로운 대우. 『주역』 「진괘」 〈彖傳〉의 "하루에 세 차례나 접견한다[晝日三接]"에서 유래한 말로, 왕이 신하에게 융숭하게 대접함을 뜻함.

12) 一麾(일휘): 지방 장관으로 나감인데, 여기서는 진주목사 박승임을 뜻함. '麾'는 지휘하다. 남조 송나라 안연지(顔延之)의 「오군영오수(五君詠五首)」 중 완시평(阮始平)을 읊은 시에서 "여러 차례 천거되었어도 벼슬길에 못 오르다가 / 한 번 지휘함에 태수로 나갔지[屢薦不入官, 一麾乃出守]" 하였다. 『문선』 권21 〈詩史〉.

13) 下情(하정): 자신의 마음에 대한 겸칭.

14) 驪珠(여주): 탐려득주(探驪得珠)의 준말. 뛰어난 시문이나 그것의 요령을 얻는 것. '驪(려)'는 검다. 바닷속 검은 용[驪龍]의 턱밑에 있다고 하는 귀중한 구슬. 『장자』 「열어구」.

○ 금난수(琴蘭秀, 1530~1604) 자 문원(聞遠), 호 성재(惺齋)

본관 봉화. 안동 예안현 부라리(浮羅里, 현 예안면 부포리) 출생. 손위처남인 월천 조목(1524~1606)의 권유로 1550년 이황의 문인이 되었다. 문집의 「연보」와 「南征」 시의 병서에 있듯이, 아래의 시는 32세 때인 신유년(1561) 2월 향시 생원시에 합격한 뒤 평소 뜻을 두었던 지리산·가야산 유람길에 진주교수 정탁(鄭琢)과 함께 촉석루에서 지은 것이다. 그가 한 해 전 11월 조목에게 남유 결심을 아뢰었는데, 당시 정복시(1522~1595)가 단성현감, 류척의가 삼가현감, 황준량이 성주군수로 각각 재직 중이라 여정에서 이들을 만나볼 수 있었기 때문이다. 또 같은 해 4월 합천 뇌룡정의 조식을 배알했고, 동문인 배삼익(1534~1588)과 지리산을 유람했다. 제재가 촉석루이지만 '청심헌' 운을 활용했다.

「登矗石樓 與鄭子精 共賦一絶」〈『성재집』 권1, 8b〉 (촉석루에 올라 정자정〈정
　탁〉과 함께 절구 한 수 짓다)

第一樓中君我雙	첫째가는 누각에 그대와 나 둘이서
滿杯春酒倒菁江	잔 가득 봄 술을 남강에서 기울인다
居然領得[1]風流事	어느새 풍류의 좋은 일을 깨닫노니
水色山光照碧窓	물빛과 산 경치가 푸른 창에 비치네

○ 신응시(辛應時, 1532~1585) 자 군망(君望), 호 백록(白麓)

본관 영월. 시호 문장(文莊). 재취 부인의 조카가 동춘당 송준길(宋浚吉)이고, 백인걸의 문인이다. 1559년 문과급제해 병조좌랑, 집의, 전라도 관찰사, 대사간 등을 거쳐 홍문관 부제학에 이르렀다. 서울 백악산 아래 거주한 데서 호를 지었고, 저술로 문집 외 『주문문례』가 있다. 아래의 작품은 시어 '행대(行臺)'로 보아 경오년(1570) 영남어사의 명을 받고 가서 기근으로 고통에 빠져 있던 백성들을 살피던 중 촉석루에 올라 지은 것이 분명하다. 당시 그는 강혼(1464~1519)의 촉석루 현판시를 보고 너무나 감탄해 시 지을 엄두를 내지 못했다는 일화가 있는데, 자세한 것은 강혼의 시 각주 참조.

「晉州矗石樓韻」〈『백록유고』, 52a~b〉 (진주 촉석루 운)

| 急病[1]南民正及時 | 남쪽 백성이 위급해 때를 꼭 맞춰야 하거늘 |

---

1) 領得(영득): 터득함, 얻음, 느낌. '領(령)'은 깨닫다.
1) 急病(급병): 기근이나 질병 등 어려운 상황. "현자는 어려운 상황을 자기가 떠맡고 평탄한

行臺2)無暇廢吟詩	어사는 겨를 없어 시 짓기를 그만두었노라
三農3)得雨心方喜	농사철에 비 오니 마음이 비로소 기쁘고
百尺登樓氣不衰	높은 누각 올라서도 기운은 변함없을진대
習氏4)園中脩竹合	습씨의 정원 안처럼 대숲이 어우러지며
蘇娘5)門外綠楊垂	소랑의 집 밖처럼 푸른 버들이 드리웠다
繭絲保障誰非政	견사보장은 누구인들 다스리지 않겠냐만
芳草晴川捻入詞	방초와 맑은 강이 다 시로 들어오는구려
碧露海岑陰藹散	푸르게 내민 바닷가 산에 짙은 그늘 흩어지고
紅迷汀樹夕陽遲	붉게 물든 물가 나무에는 석양이 잦바듬할지니
晉陽信美安能久	진양이 참 좋다만 어찌 오래 머물 수 있으랴
北望丹衷耿自奇6)	임금 향한 충정을 스스로 기특하게 여김일세

○ 권호문(權好文, 1532~1587) 자 장중(章仲), 호 송암(松巖)

안동 송야리(松夜里, 현 서후면 교리) 출생. 1546년 이황의 문인이 되어 줄곧 모셨다. 1561년 진사시에 합격했으나 1566년 모친의 상을 마친 뒤로 학문에만 전념했고, 1581년 내시교관(內侍教官)에 제수되었으나 나가지 않고 지은 경기체가 「독락팔곡(獨樂八曲)」이 유명하다. 아래 시는 류성룡의 경상도 관찰사 재직 기간을 볼 때 갑신년(1584) 봄에 지었음을 알 수 있다.

일은 양보하며, 벼슬아치는 일을 맡아서 어려움을 피하지 않는다[賢者急病而讓夷, 居官者當事不避難]."라고 한 데서 유래함. 『국어』권4 「노어(魯語)상.

2) 行臺(행대): =분대(分臺). 지방관의 비위 사실을 조사하기 위해 파견한 행어사대(行御史臺)의 준말로, 신응시가 영남어사가 된 것을 말함.

3) 三農(삼농): 봄, 여름, 가을의 세 농사철.

4) 習氏(습씨): 후한의 양양태수였던 습욱(習郁). 그의 저택과 정원이 화려했는데, 특히 대나무와 개오동나무를 심어 놓은 양어지(養魚池)가 유명하여 습가지(習家池) 혹은 고양지(高陽池)로 불렸다. 『진서』권43 「산도전」〈산간〉.

5) 蘇娘(소랑): 기녀의 이름. 김종직(1431~1492)의 시 참조.

6) 耿自奇(경자기): '耿'은 마음 편치 않은 모양. 한유, 「귀팽성(歸彭城)」, 『창려집』권2. "상소문을 함봉하여 골수에 넣어 두고서 / 못내 잊지 못하며 괜히 혼자서 기특하게 여긴다[緘封在骨髓, 耿耿空自奇]".

「次晉州矗石樓區字四韻 寄柳監司而見1)」〈『송암집』속집 권5, 18b~19a〉

  (진주 촉석루의 '區'자 4운에 차운하여 관찰사 류이현〈류성룡〉에게 부치다)

矗矗江巖似豆2)區	강가 바위가 우뚝 솟아 두기 같은 구역인데
千年絶境起仙樓	천년의 수려한 지경에 신선 누각 세웠거니
龍頭南展雙崖削	남쪽으로 용머리처럼 펼쳐져 두 벼랑이 깎은 듯하며
燕尾西分二水流	서쪽으로 제비꼬리처럼 갈라져 두 갈래 물이 흐르리라
高眺不須山屐著3)	높이서 바라보려 등산 나막신 굳이 신을 필요 없고
危臨便勝海槎浮4)	내려다보면 바다에서 뗏목 탄 것보다 더 좋으리니
東風杖鉞憑瓊檻	봄바람 속 부월 짚고 멋진 난간에 기대고서
應是開襟隘九州	응당 흉금이 툭 트여 온 세상 좁게 여길 터

○ 권문해(權文海, 1534~1591) 자 호원(灝元), 호 초간(草澗)

> 본관 예천. 조부 권오상(權五常)이 무오사화 여파로 세거지인 예천군 용문문 금당곡에서 효자면 도촌에 이거했고, 그는 부친 권지(權祉)가 시거한 용문 죽림리(竹林里)에서 출생했다. 1556년 한서암의 이황을 배알했고, 1560년 급제해 학유·영천군수·정언·안동부사(1573~1574)·사옹원 정·공주목사(1580~1581)·사간(1591)·부호군 등을 지냈다. 1582년 초간정을 낙성했고, 대구부사(1584~1590)로 재직하면서 『대동운부군옥』(1589)을 완성했으며, 기축옥사의 추관을 맡았다. 외아들 죽소 권별(權鼈, 1589~1671)은 『해동잡록』을 편찬했고, 종조부가 무오사화 때 극형을 당한 수헌 권오복(權五福, 1467~1498)이다.

「次矗石樓韻 示金季純1) 2)」〈『초간집』권2, 9b〉(촉석루 시에 차운하여 김계순

---

1) 而見(이현): 서애 류성룡(1542~1607)의 자. 1583.12~1584.7 경상감사를 지냈다.

2) 豆(두): 두기(豆器). 제사나 예식 때 음식을 담는 데 쓰던 굽이 높은 그릇.

3) 屐著(극착): = 착극(著屐). 등산이나 유람. 용어 일람 '착극' 참조.

4) 海槎浮(해사부): 은둔 지향. '槎'는 작은 뗏목. 『논어』「공야」, "공자께서 도가 행해지지 않으니, 뗏목을 타고 바다에 둥둥 떠 있고 싶다 하였다[子曰 道不行, 乘桴浮于海]."

1) 季純(계순): 남악 김복일(金復一, 1541~1591)의 자. 학봉 김성일의 동생으로 권문해의 매제이고, 최현의 장인이다. 안동 임하 출생이나 중년에 예천군 용문면 금곡(金谷)으로 이사했고, 울산군수·창원부사·풍기군수 등을 지냈다.

2) 이 작품은 조위의 「촉석강」(『매계집』권3), 김극성의 「청천범주」(『우정집』권3), 이행의

에게 보이다)

高閣登來氣像淸	높은 누각에 오르니 기상이 맑아지고
下臨浮鷁3)鏡中行	아래를 굽어보니 배는 물속을 가누나
依依翠黛朝雲態	푸른 산에는 아침구름이 뭉게뭉게
浙浙脩林夜雨聲	긴 대숲에는 밤비소리가 부슬부슬
江勢遠通南海窟	강의 기세는 멀리 남해 굴로 통하며
地形遙接岳陽城4)	땅의 형세는 아득히 악양성에 이어진다
嶠南第一山河勝	영남에서 빼어난 산하로는 제일이거니
慚對波鷗點點輕	점점이 가볍게 뜬 갈매기와 짝하기 부끄럽네

○ 이제신(李濟臣, 1536~1583)

자 언우(彦遇)·몽응(夢應), 호 청강(淸江)·도구(陶丘)

본관 전의. 한양 청파동 출생. 상촌 신흠(1566~1628)의 장인이고, 영의정을 지낸 상진(尙震)의 손서이다. 10세 때 안주(安宙)와 17세 때 용문 조욱에게 배웠다. 뒷날 조식의 제자가 되었고, 배신·김뉴·최립·권응인 등과 교유했다. 1564년 급제 후 호조 좌랑·울산군수(1570~1572)·진주목사(1578.11~1579)·강계부사 등을 지냈고, 1583년 함경도 병마사로서 여진족에 패한 책임을 지고 의주 적거 중 장남 이기준(李耆俊)의 부음을 듣고 병을 얻어 졸했다. 한편 『도구선생실기』에는 본관은 철성, 생졸은 1510~1582년으로 되어 있다. 울산군수 때인 신미년(1571)에 지은 아래 시는 『진양지』·『정산지(鼎山志)』·『동시화』·『의춘지』 등에 양응정이 읽고 난 뒤 붓을 놓아버렸다는 일화가 전해진다.

「與梁使君應鼎 登矗石樓」〈『도구선생실기』 권1, 1a~b〉 (사군〈진주목사〉 양응정과

함께 촉석루에 오르다)

| 方丈陶丘1)老 | 지리산 도구의 늙은이 |

「차정선운(次亭舡韻)」(『용재집』 권7 「영남록」), 류경심의 「차청천누선운」(『구촌집』 권1 「남정고」), 류영길의 「차촉석누선운」(『월봉집』 권상) 등의 시로 볼 때 남강의 누선(樓船)을 제재로 한 시에 차운한 것임을 알 수 있다.

3) 浮鷁(부익): 강물에 떠 있는 배. '鷁'은 백로와 비슷한 큰 물새인데, 바람의 방향을 잘 알기 때문에 채색 비단으로 그 형상을 만들어 뱃머리에 달아 무사함을 기원한 데서 배를 뜻함.

4) 岳陽城(악양성): 악양루가 있는 하동을 말함.

來登矗石樓	촉석루에 올랐어라
天晴吟裏月	맑은 하늘의 달빛을 읊조리고
江闊飮邊秋	트인 강의 가을 기운을 마신다
浩蕩添新興	호탕하니 새로운 감흥 더하고
淸狂2)憶舊遊	청광하니 옛 놀이가 떠오르네
頹然一夢罷	쓰러져 한잠 자고 나면 그만
不必更遲留3)	꼭 오래 머물 필요는 없으리

○ 홍성민(洪聖民, 1536~1594) 자 시가(時可), 호 졸옹(拙翁)

본관 남양. 시호 문정(文貞). 병자호란 때 순국한 홍명구(1596~1637)와 홍명하의 조부로, 어린 나이
에 부모를 여의어 형 홍천민(1526~1574)에게 양육되었다. 서경덕·이황의 문인으로 1564년 급제해
이조판서·대제학·호조판서 등을 역임했다. 1572년 박계현의 서장관으로서, 또 1575년 사은사로서
중국을 다녀왔다. 그는 경상감사(1580.8~1581.9) 때 영남루·태화루·연자루·쌍벽루 등의 명승지를
유람하던 중 신사년(1581) 여름 촉석루에서 아래의 시들을 지었고(『졸옹집』 권7 「원유록」·「관해록」
참조), 시 형식으로 볼 때 「촉석루운」은 '함옥헌'을, 「진주촉석루운」은 '청심헌' 시를 각각 차운한
것이다. 한편 그는 1590년 6월부터 이듬해 7월까지 다시 경상도 관찰사를 지낸 바 있다.

「矗石樓韻」〈『졸옹집』 권4, 7b〉 (촉석루 운)

斯樓地位近三淸	이 누각 있는 곳은 신선 세계에 가깝고
滿洞濃烟畵不成	골짝의 짙은 안개는 그림으로도 그릴 수 없네
玉閤開來天更谿	옥 같은 곁문이 열리자 하늘은 더욱 드넓고
遙山宛轉一川明	먼 산을 굽이도는 한 줄기 강물이 환하여라

---

1) 陶丘(도구): 이제신이 만년에 덕산사(德山寺, 현 내원사) 아래에 은거하며 '陶丘'라 자호했
다. 뒷날 문인들이 그곳을 '陶丘臺'라 칭하고 그의 풍모를 높이 기렸다. 대개 도구대의
위치를 산청군 단성면 창촌리 구만마을 앞의 덕천강 언덕으로 비정한다.
2) 淸狂(청광): 지나치게 결백한 것, 너무 청렴하여 도리어 경원(敬遠)당하는 사람.
3) 遲留(지류): 오래 머물다, 배회하다. '遲'는 늦다, 더디다.

風露蕭蕭徹骨[1])淸	바람 이슬은 쌀쌀하여 뼛속까지 맑고
金丹[2])仙藥不須成	금단의 선약은 아직도 이루지 못했나니
珠簾捲盡西山近	주렴을 말아 올리자 서산이 가깝고
玉檻憑來南浦明	난간에 기대니 남쪽 포구가 밝구나

捲箔風從小閣淸	발을 걷자 바람 따라 작은 누각은 해맑고
採菱歌[3])向別灘成	연 따는 노래가 이별하는 여울에 퍼지는데
山雲漠漠春陰重	산 구름은 사방에 아득아득 봄기운이 침침하나
鷗下芳洲鳥道[4])明	갈매기 내려앉는 방주에는 산새 길이 선명하네

「晉州矗石樓韻」〈『졸옹집』 권4, 21b~22a〉 (진주 촉석루 운)

捲盡珠簾忽碧江	주렴을 말아 올리자 문득 푸른 강이 나타나고
水中雲度影先窓	물속에 구름 지나니 그림자가 먼저 창에 든다
臨風倚柱移時[5])立	바람 쐬며 기둥에 기대어 잠시 서 있으니
眠落鴛鴦巧作雙	고요한 물가에 원앙새가 예쁘게 짝을 짓네

寒月流光搖一江	서늘한 달빛은 온 강에 일렁이고
風生階竹語生窓	섬돌에 바람 부니 대 소리 창에서 난다
三更露下雲初凍	한밤에 이슬 내려 구름이 처음 엉겼나니
沙渚驚鷗不作雙	물가 놀란 갈매기는 짝을 짓지 못했구려

「晉州矗石樓韻」〈『졸옹집』 권4, 23a〉 (진주 촉석루 운)

風拖紅霞漾碧江	바람에 끌린 붉은 놀은 푸른 강에 일렁이고

---

1) 徹骨(철골): 뼈에 사무침. '徹'은 통하다, 뚫다.
2) 金丹(금단): 선인이나 도사가 만드는 장생불사약. 류경심(1516~1571)의 시 참조.
3) 採菱歌(채릉가): 악부의 청상곡(淸商曲) 이름. 맑고도 슬픈 곡조를 띰.
4) 鳥道(조도): 산이 험준해 새들만 날아 지날 수 있는 길. 여기서는 산새가 지나간 흔적.
5) 移時(이시): 잠깐, 때를 보냄, 시간이 많이 흐름.

殘花無數撲紗窓　　　남은 꽃잎이 수도 없이 비단 창에 부딪친다
看來漸覺年華6)晚　　　보아하니 한 해가 저묾을 점차로 느끼거늘
垂柳藏鴉不辨雙　　　수양버들에 깃든 까마귀는 짝 분간 못하네

○ 김성일(金誠一, 1538~1593) 자 사순(士純), 호 학봉(鶴峰)

> 본관 의성. 시호 문충(文忠). 김진(金璡)의 아들로 안동 임하현 천전리(川前里)에서 태어났으나 1582년
> 서후면 금계리(金溪里)로 이거했다. 1556년 형 김명일·동생 김복일과 함께 이황의 제자가 되었고,
> 1568년 급제해 여러 내직과 함경도 및 황해도 순무어사·나주목사 등의 외직을 거쳤다. 1591년
> 2월 통신사 부사로서 일본을 다녀와 복명할 때 왜적의 침략이 없을 것으로 보고했다. 1592년 4월
> 경상우병사로 재직 중 임진왜란이 일어나자 파직되었으나 다시 경상우도 초유사가 되어 의병을 규합했
> 는데, 5월 호남을 거쳐 함양에서 조종도·이로와 합류해 진주 촉석루에 함께 올랐다. 그리고 9월
> 경상우도 관찰사에 제수되어 영남 일대의 항전을 독려하다가 이듬해 4월 29일 진주 관아에서 병사했다.

「矗石樓一絶」1) 先生以招諭使, 初到晉陽, 牧使李璥竄在山谷, 城中寂無人影. 先生與趙宗

道·郭再祐, 擧目山河, 不堪悲痛. 宗道握先生手曰 "晉陽巨鎭, 牧使名官, 今若此, 前頭事勢,

更無可爲, 不如遄死爲得. 願與公同沈此江." 仍自引2)去. 先生笑曰 "一死非難, 徒死何爲, 匹夫

之諒,3) 吾不爲也. 先王遺澤尙未盡斬, 而主上已下罪己之敎, 天心方有悔禍之萌. 倘與諸君倡率

分據, 以遏橫突, 一旅足以興夏4)恢復之功, 不難辦也. 如其不幸, 張巡之死守可也, 杲卿之罵賊

---

6) 年華(연화): =세화(歲華). 세월, 한 해.

1) 「矗石樓一絶(촉석루일절)」: 『학봉집』「연보」(중간본, 1851; 한국문집총간 48)에는 이전 간
  본의 연보와 마찬가지로 김성일이 임진년(1592) 5월 초유사로서 조종도·곽재우와 함께
  촉석루에 올랐다고 했으나 1972년 원집을 영인하면서 곽재우를 이로(李魯)로 고쳤다. 삼
  장사의 자세한 논쟁 과정은 하강진(2014), 279~284쪽과 417~425쪽 참조.

2) 自引(자인): 자살함. 스스로 물러남. 자기 허물을 자기가 들어 말함. '引'은 죽다. 자살하다.

3) 匹夫之諒(필부지량): 하찮은 의리. '經'은 목메어 죽다. 『논어』「헌문」, "어찌 평범한 사람
  들이 작은 신의를 지키기 위해 도랑에서 목매달아 죽어 아무도 알아주지 않는 것과 같이
  하겠느냐?[豈若匹夫匹婦之爲諒也, 自經於溝瀆而莫之知也]".

4) 一旅足以興夏(일려족이흥하): 적은 수효로 나라의 중흥을 이룸. 남송의 육수부(陸秀夫)가
  1279년 원나라에 저항하던 중 천자가 죽자 대중을 독려하면서, "옛사람은 일려일성으로
  중흥을 이룬 이가 있었다. 지금 백관과 유사가 모두 갖추어져 있고 사졸이 수만이니, 만약
  하늘이 송나라를 끊어버리려 하지 않는다면 이 어찌 나라를 이룰 수 없겠는가?[古人有以
  一旅一成中興者. 今百官有司皆具, 士卒數萬, 天若未欲絶宋, 此豈不可爲國邪]" 말했다. 결국

可也, 君何遽也? 有如此江,[5] 吾非畏死者." 因詠一絶, 相與揮涕大慟而罷. 〈『학봉집』권2, 48a~b〉 (촉석루 절구 한 수) 선생이 초유사로서 처음 진양에 도착했을 적에 목사 이경(李璥)은 산골짜기에 숨었고, 성안에는 적막하여 인적조차 없었다. 선생이 조종도·곽재우(郭再祐)와 더불어 산하를 바라보고는 비통함을 이길 수 없었다. 조종도(趙宗道)가 선생의 손을 쥐고서, "진양은 거진이고 목사는 명관인데도 지금 이와 같으니, 앞으로의 사세는 어찌할 수 없으므로 빨리 죽느니만 못합니다. 공과 함께 이 강에 빠져 죽었으면 합니다." 하고는, 이에 자결하러 가려 했다. 그러자 선생이 웃으면서 말하기를, "한 번 죽는 것은 어렵지 않지만, 헛되이 죽는다면 무슨 소용이 있겠는가? 필부들의 작은 의리를 나는 따르지 않겠다. 선왕께서 남기신 은택이 아직 다 없어지지 않았고, 주상께서도 이미 자신의 죄를 책망하는 교서를 내리셨으며, 하늘은 바야흐로 화를 내린 것을 후회하고 있다. 제군들과 함께 군사를 모아서 나누어 점거하고 있다가 함부로 쳐들어오는 왜적을 막는다면, 적은 군사로도 충분히 나라를 다시 일으키고 회복하는 공적을 이룰 수 있음을 판단하기는 어렵지 않다. 만약 불행히도 그렇게 되지 않는다면 장순(張巡)처럼 지키다가 죽어도 괜찮고, 안고경(顔杲卿)처럼 적을 꾸짖는 것도 괜찮은데, 그대들은 어찌하여 서두르는가? 이 강이 있듯이, 나는 결코 죽음을 두려워하지 않는다." 하였다. 그리하여 절구 한 수를 읊으니 서로 눈물을 흘리며 크게 통곡하고는 그만두었다.

矗石樓中三壯士	촉석루 안의 삼장사
一杯笑指長江水	한 잔 들고 웃으며 남강 물 가리키네
長江之水流滔滔	남강 물은 넘실넘실 흐르나니
波不渴兮魂不死	물결 마르지 않는 한 넋은 죽지 않으리

　　一本, 笑指菁川水, 菁川萬古. 一本, 笑指淸江水, 淸江萬古. 어떤 본에는 '笑指菁川水, 菁川萬古'라 되어 있고, 어떤 본에는 '笑指淸江水, 淸江萬古'라 되어 있다.

최후 보루였던 애산(厓山, 현 광동성 신회시 남쪽)이 함락되자 그는 가족들을 바다에 몰아넣어 빠져 죽게 한 뒤 자신도 어린 왕을 업고 투신 자결했다. 『송사』권451 「충의열전」〈육수부〉.

5) 有如此江(유여차강): 적을 쳐부수겠다는 맹세를 비유함. 용어 일람 '격즙' 참조.

○ 류영길(柳永吉, 1538~1601) 자 덕순(德純), 호 월봉(月篷)

본관 전주. 영의정을 지낸 소북파의 영수 류영경(1550~1608)의 형이고, 강원도 관찰사를 지낸 류항 (柳恒)의 부친이다. 1559년 과거 급제해 한성부윤·예조참판 등의 관직을 두루 지냈고, 최립이 그의 시를 격찬한 사실이 류항의 발문(『월봉집』)과 신유의 류영경 묘갈명(『죽당집』 권14)에 전한다. 아래 시는 허균의 『국조시산』 권3에 「차촉석루운」, 장지연의 『대동시선』 권3(41쪽)에 「차촉석루」 제목으 로 각각 실려 있는데, 모두 원시 4수 중 첫째 수만을 수록했다.

「次韻矗石樓四時」〈『월봉집』 권하, 2b~3a〉 (촉석루 사계절 시에 차운하다)

玉窓烟暖小桃嚬	고운 창엔 안개 다스하고 작은 도화는 방긋한데
惆悵江梅已送春	슬프게도 강가 매화는 벌써 봄을 보내버렸구나
畫舸晚移芳渚泊	그림배는 해거름에 향기로운 물가로 옮겨가고
白鷗爭拂鏡中人	갈매기는 다투어 거울 속의 사람을 스쳐간다

風流此地比餘杭1)	풍류의 이 땅은 여항산에 비견되거늘
長夏樓臺枕簟香	긴긴 여름 누대에 잠자리가 향기롭다
鳥度蒼烟城路暗	새가 푸른 안개를 지남에 성의 길이 어둑한데
月中人語有歸航	달빛 아래 사람은 돌아가는 배가 있다 말하네

亭亭落日照寒蘆	뉘엿뉘엿 지는 해가 쓸쓸히 갈대를 비추고
南國烟波萬古餘	남국의 안개 물결은 만고에 남음이 있도다
深竹有情秋粉濕	대숲이 유정할사 가을 단장을 짙게 하였거늘
玉欄孤倚怨江魚	고운 난간에 홀로 기대 물고기를 슬퍼하노라

雪後華簷起獨巡	눈 내린 뒤 처마 밑에서 일어나 홀로 거니는데
鴈迷沙渚2)客愁新	기러기가 모래톱을 헤맴에 나그네 마음 새롭다

---

1) 餘杭(여항): 절강성 항주(杭州)의 여항산. 진나라 고승 지둔(支遁)이 이곳에서 수도함.
2) 鴈迷沙渚(안미사저): 새들이 옮겨 다니기 어려울 정도로 많이 내린 눈을 뜻함. 맹호연 (680~740), 「부경도중우설(赴京途中遇雪)」, "내려앉는 기러기가 모래밭을 헤매고 / 굶주

日暎梅花淸到骨 　　햇빛이 매화에 비쳐 맑은 기운이 뼈에 사무치니

此間端合3)玉爲人 　　이곳이야말로 옥 같은 사람 되기에 합당하네

○ 최립(崔岦, 1539~1612) 자 입지(立之), 호 간이(簡易)·동고(東皐)

> 본관 통천. 한미한 집안 출신으로 서울에 거주했으나 1601년부터 평양에서 첩을 취해 우거했다.
> 이이(李珥)의 문인으로 1561년 문과 장원한 뒤 내외직을 거쳤지만 크게 현달하지 못했다. 태학생
> 때 교유한 이제신의 신도비명을 지었고, 석봉 한호와 절친했다. 한편 그가 진주목사로서 기축년(1589)
> 3월 하수일의 생원시 합격을 축하해준 사실에 근거할 때 2월경 부임한 것으로 추정할 수 있고, 임기
> 종료 시점은 길게 잡아도 1591년 9월을 넘지 않는다. 이렇게 볼 때 아래 시의 창작 시기는 마지막
> 행의 시어 '三年'을 근거로 계산해보면 신묘년(1591)이다.

「矗石樓 次韻」〈『간이집』 권6 「진양록」, 52a~b〉 (촉석루에서 차운하다)

石老江空悄別區 　　돌은 늙고 강은 비어 고요한 별세계라

東南萬古有玆樓 　　동남 지역에 만고토록 이 누각 있었네

由來擅勝還平地 　　본디 좋은 경치는 되레 평지에 있거늘

莫去尋眞向上流 　　진경 찾는다고 상류를 향해 가지 마오

繡箔1)晴仍霞外捲 　　수놓은 발을 날이 맑으면 안개 너머로 걷고

蘭舟夜厭月中浮 　　멋진 배를 밤이 물리도록 달빛 속에 띄운다

一登定自非凡骨 　　한 번만 오른다 해도 필시 범인이 아닐진대

何況三年占鶴州2) 　　하물며 삼 년이나 학주를 차지하고 있음에랴

린 새들은 벌판에서 지저귀네[落雁迷沙渚, 飢鳥噪野田]".

3) 端合(단합): 알맞다, 어울리다. '端'은 바르다.

1) 繡箔(수박): 수놓은 발. '箔'은 대오리나 갈대 같은 것으로 엮어 만든 물건.

2) 鶴州(학주): 최립이 진주목사로서 지냄을 말함. 용어 일람 '학주' 참조.

○ 하응도(河應圖, 1540~1610) 자 원룡(元龍), 호 영무성(寧無成)

사직공파. 진주 대평면 신풍리(新豊里) 출생이나 1581년 하동군 고전면 신월촌(新月村)으로 이거했다. 1555년 조식의 문인이 되었고, 오건·최영경·정구·김우옹·조종도·정탁·하항 등과 교유했다. 1573년 사마시 합격했고, 1576년 덕천서원 건립 때 부지를 희사했다. 소촌도 찰방(1594), 능성현령(1599), 예산현감(1603) 등을 역임했다. 아래 시는 정유년(1597) 7월 이원익의 천거에 따라 사근도(沙斤道) 찰방에서 진주판관으로 전직해 전란 후의 흩어진 민심을 수습할 무렵에 지었다. 하강진(2014), 116쪽 참조.

「亂後登矗石樓有感」 〈『영무성재일고』 권1, 4a〉 (전란 뒤 촉석루에 올라 느낀 바 있어)

鷗鷺爭飛鏡面平	물새들이 다투어 평평한 거울을 나는데
始疑江上血凝腥	처음엔 강가에 피 엉겨 비리다고 여겼지
魂隨陰雨猿沙[1]泣	넋이 따르는 눅눅한 비에 죽은 병사 눈물 짓고
氣結愁雲雉堞橫	기운 맺힌 시름겨운 구름에 성가퀴가 비꼈는데
歌舞當時喧勝地	그때는 노래와 춤이 명승지에 떠들썩했건만
蓬蒿此日沒荒城	지금은 우거진 쑥대만 황폐한 성을 뒤덮었네
一句缺	한 구 빠짐

○ 김륵(金玏, 1540~1616) 자 희옥(希玉), 호 백암(栢巖)

본관 예안. 시호 민절(敏節). 영천(榮川) 백암리(현 봉화군 봉화읍 문단리) 출생. 처음에는 박승임과 황준량, 뒤에는 이황의 문인이 되었다. 조찬한·조정·이호민과 교유했고, 1576년 급제해 사간원·경상도 관찰사(1593.5~10)·안동부사·대사헌 등을 지냈다. 여기에 수록한 촉석루 시는 「증별이봉원차허미숙봉운(贈別李逢原次許美叔韻)」(『백암집』 권1, 16a)에 부기된 "下南征錄○爲護送官時"라는 원주에서 보듯이, 정축년(1577) 5월 대마도에서 장사하는 왜인들이 우리나라 해역에 표류하자 호송관으로 차출되어 영남을 순행할 무렵(10월 복명) 진주에 들러 촉석루에서 감회를 읊은 것이다. 하강진(2014), 121쪽 참조.

「晉州雙淸堂 遇裵同年晦甫[1]應聚」 〈『백암집』 권1, 18b〉 (진주 쌍청당에서 동

---

1) 猿沙(원사): 전쟁 때 죽은 병사. 용어 일람 '원학충사' 참조.

년인 회보 배응경을 만나)

曲塽臨長野	굽은 성가퀴는 긴 들판에 다다랐고
層欄出遠空	층층 난간은 먼 하늘에 돌출했도다
江寒能得月	차가운 강에는 달이 떠오르며
山近自生風	가까운 산에 바람이 절로 생기네
夢接三淸上	꿈결에 삼청 세계 위에 오르니
魂遊萬界中	마음은 온 세계에서 노니는 듯
朗吟秋已夕	낭랑히 읊으니 가을날 이미 저무는데
明日海山東[2]	내일이면 해산의 동쪽에 있으리라

「矗石樓韻」 〈『백암집』 권1, 18b〉 (촉석루 운)

立立[3]蒼崖控勝區	뾰족한 푸른 벼랑이 명승 구역 끌어당겼고
茫茫四海有高樓	사방 바다는 아득한데 높은 누각이 있구려
風光度峽雲霞動	바람과 빛이 지나는 골짝에 구름과 놀 움직이고
天影沈江日月流	하늘 그림자가 잠기는 강에 해와 달이 흘러간다
遐矚始知千界闊	멀리 보니 온 세상이 광활함을 처음 알겠고
高遊轉覺一生浮	고상한 유람에 생애 덧없음을 더욱 깨닫노니
雙眸領取湖山興	두 눈으로 강산의 흥취에 그저 취하면 되지
不必從今夢岳州[4]	이제부터는 악주를 꼭 꿈꿀 필요 없으리라

---

1) 晦甫(회보): 배응경(1544~1602. 호 安村)의 자. 경상도 성주 남산리에 살았으나 만년에 병란을 피해 영천 망동(望洞, 현 영주시 상망동)으로 이거했다. 박승임의 제자로 1576년 김륵 등과 함께 문과 급제해 전적, 청도군수, 나주목사, 대구부사 등을 지냈다.
2) 海山東(해산동): 해산의 동쪽, '海山'은 진주를 말함. 곧 다음날 진주를 떠나 다른 곳에 머물게 됨을 뜻함.
3) 立立(입립): 삐죽삐죽 솟은 모양, 우뚝하게 서 있는 모양.
4) 岳州(악주): 악양루가 있는 호남성 악양현.

○ 정경달(丁景達, 1542~1602) 자 이회(而晦), 호 반곡(盤谷)

본관 영광. 전남 장흥군 장동면 반산리(盤山里) 출생. 1570년 급제해 승평교수를 시작으로 병조정랑, 가평현감, 남원부사(1596), 청주목사 등을 지냈다. 류성룡의 천거로 선산군수를 지낼 때 임진왜란이 일어나자 의병을 모집해 금오산과 죽령 등지에서 크게 승리했고, 1594년 수군통제사 이순신의 종사관이 되어 전공을 세웠다. 그의 『난중일기』는 임란 연구에 귀중한 자료가 되고 있다. 아래 작품은 바로 앞의 시가 「차쌍벽정운도사시 양산루제(次雙碧亭韻都事時梁山樓題)」임을 볼 때 경상도 도사(1580.11~1581.7) 때 지었음이 분명하다.

「矗石樓題」晉州懸板 〈『반곡집』 권2, 17b〉 (촉석루에 제하다) 진주 현판.

飛樓橫枕大江淸	높은 누각이 맑은 장강에 비껴 누워 있고
天外羣峯削出成	하늘 밖 봉우리들은 깎아지른 듯이 솟았다
日莫芳洲生白霧	날 저문 방주에 흰 안개가 피어오르니
望中沙樹不分明	바라봄에 모래밭과 나무가 분명치 않네

○ 강칭(姜佾, 1544~1597) 자 사앙(士盎), 호 송와(松窩)

한양 출생. 경재 강공헌(姜公憲, 1523~1583)의 아들로, 사암 박순(朴淳)의 문인이다. 재기가 출중해 일찍이 윤두수에게 칭찬을 들었으며, 류영립에게 서신으로 배움을 질의했다. 임진왜란이 일어나자 창의해 초유사 김성일의 휘하에서 활약했고, 정유재란 때 적에게 포위되어 순절했다. 『송와유집』은 『경재유집』에 합편되어 있고, 차남이 정인홍의 문인인 백천 강응황(1571~1644)이다.

「壬亂倡義 在矗石樓 次李汝諧舜臣寄韻」 〈『송와유집』, 15b〉 (임진 창의 때 촉석루에서 여해 이순신이 부쳐온 시에 차운하다)

聖鑑臨危擇將明	임금은 위험에 닥쳐 장군을 잘 선택했거늘
南來海域水爲城	남으로 해역에 와서 물로 성을 이루었노라
憂深九廟烟塵漲	시름 깊은 종묘에 연기와 티끌이 넘쳐났으며
痛切三巴[1]歲月更	절절한 아픔 있는 요해처에 세월이 달라졌지만

---

1) 三巴(삼파): 지형이 험난한 곳, 여기서는 진주성을 말함. 대개 중국 사천성 일대인 파군(巴郡), 파동(巴東), 파서(巴西)를 가리킴.

蟻聚蜂屯無足畏	개미 벌떼 같은 오랑캐를 전혀 겁내지 않았으니
熊圖虎略有誰爭	용맹한 군사 전략을 그 누구인들 다투리오
盟山誓海2)神謀秘	강산에 맹세하며 신묘한 비책을 갖추고서
朝暮波營3)捷鼓鳴	아침저녁으로 병영에 전쟁 북소리 울리리

○ 이로(李魯, 1544~1598) 자 여유(汝唯), 호 송암(松巖)

본관 고성. 의령 부곡리(𥜽谷里, 현 부림면 경산리) 출생했고, 1583년 단성 송암촌에 우거했다. 조식과 최영경의 문인으로 1564년 김성일·이이·류성룡·이원익·김륵과 함께 진사시에 합격했고, 1590년 이정구·김상용 등과 함께 급제했다. 임진왜란이 일어나자 조종도와 창의를 계획한 뒤 삼가·단성에서 동생과 함께 의병을 일으켰고, 초유사 김성일의 휘하에서 왜적과 싸웠으며, 형조좌랑·비안현감(1594) 등을 역임했다. 1597년 문수산에 은거하며 학봉의 전투 활약상을 기술한 『용사일기』를 지었고, 이듬해 다시 정언에 제수되어 상경하다가 김산(金山, 현 김천) 객사에서 졸했다. 참고로 그의 서녀가 곽재우의 부실이다.

「晉陽淸心軒 次金藥峯1)克一韻 三首」〈『송암집』 권1, 9a~b〉 (진양 청심헌에
    서 약봉 김극일의 시에 차운한 세 수)

昔年控鶴騖菁江	옛날 학을 타고 남강을 쏜살같이 내달리며
一笑玲瓏扣碧窓	영롱한 웃음소리가 푸른 창을 두드렸으리라
半夜月明人不見	한밤에 달은 밝고 인적이 없나니
祇今誰識子喬2)雙	지금 자교랑 짝함을 누가 알겠는가

---

2) 盟山誓海(맹산서해): 우국충정의 결의. 이순신 장군의 5언율시 「진중음(陣中吟)」에 "바다에 맹서하니 어룡이 꿈틀대고 / 산에 다짐하자 초목이 알아듣네[誓海魚龍動, 盟山草木知]"라는 구절이 있다. 장군은 이 구절을 칼에 새겼고, 현재 통영 충렬사에 주련으로 걸려 있으며, 진해 남원로터리의 백범 김구 친필 비석에 이 시구가 새겨져 있다.

3) 波營(파영): 장군의 병영. '波'는 후한의 복파장군(伏波將軍) 마원(馬援)을 가리킴. 이와 관련해 김회연의 「촉석루신상량문」 각주 '동주' 참조.

1) 藥峯(약봉): 김극일(1522~1585. 자 伯純)의 호. 김성일의 백형, 이황의 문인. 1546년 문과 급제한 뒤 감찰·경상도사(1559.5~1562.2)·성주목사·밀양부사 등을 역임했고, 『약봉집』(『연방세고』 권2~4 수록)에는 이로가 차운했다고 한 원시를 찾을 수 없다.

2) 子喬(자교): 신선인 왕자교(王子喬)를 말함. 자세한 것은 용어 일람 '생학' 참조.

小軒跨碧凸澄江	소헌이 푸르고 볼록한 맑은 강에 걸쳐 있고
明月懸光欲墮窓	밝은 달의 먼 광채는 창문에 떨어지려는데
獨倚危欄思往事	높은 난간에 홀로 기대 지난 일을 생각하니
名區此日涕垂雙	명승지에서 오늘은 두 눈에 눈물이 주르륵

難升天險3)是長江	오르기 어려운 천연 요새는 남강인데
風雨如何入晚窓	비바람은 어찌 늦도록 창에 들치는가
忠義已幷樓櫓固	충의를 아우르고 망루 견고히 했다면
睢陽不必廟成雙	수양성에 쌍묘가 굳이 필요 없었으리

○ 강렴(姜濂, 1544~1606) 자 연락(沿洛), 호 만송(晚松)

사천시 곤명면 송림리(松林里)의 강씨 입향조. 약관에 산천재의 조식을 배알해 '경의명성(敬義明誠)'의 뜻을 익혔고, 1576년 덕천서원 창건 때 많은 일을 주선했다. 임진왜란이 일어나자 5월 하순일·김면·곽준·문위 등이 의병을 일으켰는데, 이때 강렴도 사재를 털어 앞장섰으나 힘이 부쳐 뜻을 이루지 못했다. 한편 이해 8월 하순일(1553~1612) 등이 다시 의병을 불러모으면서 소회의 시를 지었는데, 아래 작품은 당시 하순일의 시(본서 참조)에 차운한 것으로 만송 시로서는 유일하게 전한다. 하강진 (2014), 293~298쪽 참조.

「壬辰秋 次河松亭受一諸賢登樓作」 是歲四月倭寇至. 五月金松庵1)沔與玄風郭

趜2) 居昌文緯3) 通文于列邑, 定起兵有司. 意者, 其時同應是責. 〈『만송실기』, 8a〉 (임진년

---

3) 天險(천험): 천연으로 험난하게 생긴 땅.

1) 松庵(송암): 김면(1541~1593. 자 志海)의 호. 경북 고령 개진면 양전리 출생. 조식과 이황의 문인으로 조종도·곽준·문위 등과 함께 거창·고령 등지에서 의병을 일으켜 지례에서 대승을 거두어 8월에 합천군수가 되었다. 이듬해 1월 경상우병사에 제수되어 선산의 왜적을 격퇴하기 위해 준비하던 중 3월에 갑자기 죽었으며, 『송암유고』가 전한다.

2) 郭趜(곽준, 1551~1597. 호 存齋): 현풍 솔례(率禮) 출생으로 배신과 정구의 문인. 임진왜란 때 김면의 휘하에서 전공을 세워 1593년 자여도(自如道) 찰방에 제수되었고, 정유재란 때 안음현감으로서 황석산성에서 싸우다가 두 아들을 비롯하여 함양군수 조종도 등과 함께 전사했다. 『존재실기』가 전한다.

3) 文緯(문위, 1555~1631. 호 茅谿): 거창 가조 출생으로 조식·오건·정구의 문인. 임진왜란이

가을에 송정 하수일 등 여러 현인이 누각에 올라 지은 시에 차운하다) 이 해(1592) 4월 왜구가 침입하였다. 5월에는 송암 김면이 현풍의 곽준, 거창의 문위 등과 함께 여러 고을에 통문을 돌려 기병유사를 정하였다. 뜻있는 사람들은 당시 함께 호응하는 것을 책임으로 여겼다.

南烽日警陷諸州	남쪽 봉화는 날마다 여러 고을 함락을 경고하는데
釰語[4]秋燈對白頭	가을날 등불 아래 칼 얘기하며 흰머리를 마주했네
安得良籌除海祲[5]	어찌하면 좋은 계책 얻어 바다 요기를 제거한 뒤
君歌我酒更登樓	다시 누각 올라 그대들과 내가 노래하고 술 마시나

○ 정인함(鄭仁涵, 1546~1613)

자 덕혼(德渾), 호 금월헌(琴月軒)·우계(愚溪)

본관 서산. 합천군 가야면 사촌(蓑村) 출생이나 나중에 성주군 수륜면 수륜동(修倫洞)으로 이사했다. 내암 정인홍(鄭仁弘, 1535~1623)의 사촌동생으로 1601년 문과급제해 예조정랑과 영덕현감 등을 지냈다. 곽재우를 따라 창의해 화왕산성에서 공을 세워 선무원종 1등 공신에 녹훈되었고, 이후 이이첨의 미움을 받아 1612년 진주제독으로 좌천되어 이듬해 관아에서 졸했다. 정인함 4형제를 기리는 가남정(伽南亭, 합천 야로면 하림리 소재)이 있다. 아래의 시는 백형 정인기(1544~1617)의 『문암실기』가 합편된 『호산연방집』 하권에 수록되어 있는데, '동짓달' 표현과 윤선정의 경상우병사 겸 진주목사 재임 기간을 감안할 때 1612년 겨울에 지은 것이 확실하다. 하강진(2014), 117쪽 참조.

「矗石樓吟 贈晉牧尹侯先正[1]」〈『금월헌실기』, 2a~b〉(촉석루 시를 지어 경상우병사 윤선정에게 드리다)

일어나자 김면의 참모로서 종사관 임무를 맡아 공을 세웠고, 1604년 김우옹의 천거로 동몽교관이 된 뒤 여러 벼슬을 지내다 1609년 낙향했다. 1623년 인조반정 이후 고령현감을 지냈고, 『모계집』이 있다.

4) 釰語(검어): 비분강개한 지사들이 나누는 담화. 용어 일람 '검축' 참조.

5) 海祲(해침): 바다의 요사한 기운, 곧 왜구를 뜻함. '祲'은 요상한 기운.

1) 尹侯先正(윤후선정): 윤선정(1558~1614)은 의병장으로서 행주대첩의 전과를 거두었고, 위원군수·종성부사·부산첨사(1610) 등을 지냈으며, 1611년 9월부터 1613년 7월까지 경상우병사 겸 진주목사를 역임한 뒤 상주에서 졸했다. 현재 진주성 안에 1614년에 세운 선정비가 있다.

矗石千秋倚曲欄　　촉석에 천추토록 굽은 난간 의지했고

一天霜月正團團[2]　온 하늘엔 동짓달이 정히 둥글었는데

千般萬緖心中事　　천 가닥 만 갈래 마음속의 일을

說向吾君到夜闌　　우리 병사에게 말하니 벌써 한밤중

○ 여대로(呂大老, 1552~1619) 자 성우(聖遇), 호 감호(鑑湖)

본관 성산. 김산(金山) 기동리(耆洞里, 현 경북 김천시 구성면 금평리) 출생. 류경심의 사위로 조식의 문인이며, 임오년(1582) 사마시에 합격했다. 계미년(1583) 8월 증광별시에 허성 등과 함께 급제했고, 당시 무과에는 오정방과 류지신이 급제했다. 임란 때 김천에서 창의한 뒤 김면 휘하에서 공을 세워 초유사 김성일의 천거를 받아 지례현감 겸 의병장을 지냈다. 그리고 합천군수로 있던 1607년에 정인홍·이이첨과의 갈등으로 이듬해 벼슬을 내놓고는 향리에서 줄곧 은둔했으며, 김우옹·정구·장현광 등과 도의로 교유했다. 본서 신지제의 시를 참고할 때 첫 번째 시는 병진년(1616) 작임을 알 수 있다.

「題矗石樓榜會契軸[1]」〈『감호집』 권1, 30b~31a〉 (촉석루 방회계의 시축에 쓰다)

鴈塔[2]聯名三十秋　　과거 급제해 이름 함께 올린 지 삼십 년

一時才雋儘風流　　한 시대 뛰어난 인재들이 풍류를 다했지

浮沈有數星辰散　　부침은 운수가 있어 별들처럼 사라지고

離合無期勝地遊　　이합은 기약 없으니 승지에서 노니노라

龍虎[3]今朝萍水會　걸출한 인물들이 오늘 아침 객지에서 만남은

燕鴻[4]他日樹雲[5]悠　훗날엔 아득한 수운처럼 이루기 어려운 법이라

---

2) 團團(단단): 둥근 모양. '團'은 둥글다, 모이다.

1) 榜會契軸(방회계축): 사마시나 문과에 같이 합격한 사람들, 즉 동방(同榜)의 모임을 '방회'라 칭했다. 그는 급제 후 30여 년이 지난 1616년 봄 촉석루에서 동방인 류지신 등과 방회를 결성해 시축(詩軸)을 만들었고, 이해 2월 신지제와 함께 배를 타고 마산을 유람했다. 오봉 신지제(1562~1624)의 시 참조.

2) 鴈塔(안탑): 과거 급제함. 자세한 것은 용어 일람 '안탑' 참조.

3) 龍虎(용호): 흔히 진사시의 별칭으로 쓰였고, 여기서는 과거 급제를 의미함.

4) 燕鴻(연홍): 제비와 기러기. 제비는 여름 철새이고, 기러기는 겨울 철새라 서로 만날 수가 없으므로, 전하여 서로 거리가 멀거나 만나기 어려운 처지를 비유한다.

| 天涯更結金蘭契[6] | 먼 남쪽 타향에서 다시 금란계 결성했나니 |
| 芳躅應留矗石樓 | 향기로운 자취는 촉석루에 응당 전하리 |

「矗石樓」〈『감호집』권1, 43a〉(촉석루)

危欄徙倚俯長江	아찔한 난간에서 바장이며 남강을 굽어보고
百戰興亡吊石矼	온갖 전투의 흥망 겪은 돌다리를 조상하거늘
白髮龍鍾天地暮	백발 신세는 볼품없고 천지엔 땅거미 지는데
壯心無賴淚橫雙	큰 뜻 허탈하여 두 줄기 눈물이 마구 흘러라

○ 류영순(柳永詢, 1552~1632) 자 순지(詢之), 호 졸암(拙庵)·북천(北川)

본관 전주. 1579년 식년문과 급제 후 장령, 황해도 관찰사, 성주목사(1601), 동지중추부사(1628) 등을 역임했다. 『진양지』(성여신 주편)에서 벼슬을 '감사(監司)'라 했는데, 그는 1605년 9월부터 1607년 3월까지 경상도 관찰사를 지냈다.

「淸心軒」(가제)〈성여신 주편, 『진양지』권1 「관우」, 109쪽〉(청심헌)

我思古人[1]心如玉	내 사모하는 옛 임은 옥 같은 마음
音容杳杳思悠悠	아련한 음성과 용모가 간절히 그리워라
龍蛇舊跡憑誰問	용사 전란 옛 자취를 누구에게 물으리오
獨倚危樓無限愁	높은 누각에 홀로 기댔더니 시름이 끝없다

| 晉陽城中人已去 | 진양성 안의 사람들은 이미 가버렸고 |

5) 樹雲(수운): 구름 속에 치솟은 나무, 곧 벗을 그리워하는 마음. 두보, 「춘일억이백(春日憶李白)」, 『두소릉시집』권1, "위수 북쪽 봄날의 나무 한 그루 / 장강 동쪽 해 질 녘 구름이로다 [渭北春天樹, 江東日暮雲]"에서 연유함.

6) 金蘭契(금란계): 1489년 2월 촉석루에서 진주목사 경임(慶紐)이 주동이 되어 결성한 계회의 이름. 자세한 것은 본서 하수일의 「촉석루중수기」참조.

1) 古人(고인): 김성일을 지칭. 『진양지』(성여신 주편)를 보면, 이 시의 서두에 "김학봉을 그리워하다[憶金鶴峯]"라고 하여 작시 동기를 드러냈다.

晉陽城外水空流	진양성 밖에 강물만 부질없이 흐른다
往事茫然心悄悄	아득한 지난 일에 마음이 시름겨워
長歌一曲倚蘭舟	한 곡조 길게 뽑으며 뱃전에 의지하네

○ 하수일(河受一, 1553~1612) 자 태이(太易), 호 송정(松亭)

시랑공파. 진주 수곡리 정곡촌(井谷村, 현 수곡면 효자리 효동마을) 출생. 하면(河沔)의 장남으로, 조식의 문인 종숙부 하항(河沆, 1538~1590)과 최영경의 제자이다. 1589년 3월 생원시 합격하자 관찰사 김수의 명으로 진주목사 최립이 다회탄(多會灘)에서 축하연을 베풀어 주었고, 1591년 8월 문과급제했다. 임란 때 강렴 등과 사재를 털어 창의했고, 난리 중에도 선현 유적의 배알과 학문 연구를 그만두지 않았다. 1606년 상주교수 때 관찰사 류영순이 그의 언행을 높이 인정해 조정에 천거함으로써 이듬해 형조좌랑에 제수되었고, 이조정랑·경상도사(1608.6~1609.6 재임) 등을 지냈다. 아래의 첫 작품은 제주(題注)에서 보듯이 임진년(1592) 8월에 지었고, 둘째 시제는 내용으로 볼 때 제2차 진주성전투 때 소실된 네 채의 부속누각을 제재로 지은 시이며, 셋째 시제는 1583년 신점이 중수한 촉석루를 제재로 했다. 하강진(2014), 83쪽과 295~7쪽 참조.

「次文子愼題樓上韻 二首」[1] 并序[2] 是歲夏六月, 余與文劫子愼[3] 孫景禮士和[4], 爲

召募有司, 招集散亡纔數日, 幾得四百餘. 而軍不給資, 所募軍卒, 一朝潰盡, 事將垂成而不得

成. 文子愼先占一絶, 題其柱而罷. 越八月旣望, 新穀皆登, 自相備糧, 更事召募. 余追和其律.

---

[1] 시제 속의 누각을 수곡면의 다회탄(多會灘, 현 하동군 옥종면 대곡리 추동마을 앞의 덕천강)에 있었던 '다회루(多會樓)'로 보기도 한다. 김준형, 「문익성 가문의 학파적 전통과 충군·존주의식의 계승」, 『남명학연구』 26집, 경상대학교 남명학연구소, 2008, 9쪽 각주 참조.

[2] 시와 병서의 출처는 초간본(목판, 1788)인데, 이중 병서는 중간본(석판, 1939, 총간 61)과 몇 자가 다르다.

[3] 子愼(자신): 문할(1563~1598. 호 醒狂)의 자. 조식 제자인 옥동 문익성(1526~1584)의 아들로 합천 출생이나 부친 사후 처향인 진주로 이거했다. 1579년 진사시 합격했고, 임란 때 창의해 공을 세웠으며, 정유재란 때 하동의 섬진강 쪽으로 출진했다가 이듬해 4월 악양 진중에서 병으로 36세 나이로 순국했다. 그의 아들이 남명을 사숙하고 임란 때 자기를 따라 입공한 매촌 문홍운(1577~1629)이다. 『남평문씨가호세고』 참조.

[4] 士和(사화): 손경례(생몰년 미상)의 자. 진주의 선비로 문할·하수일과 함께 모병해 김덕령 휘하에서 활약했다. 이순신 장군이 백의종군하던 중 1597년 7월 27일부터 진주 운곡(雲谷, 현 수곡면 원계리)의 그의 집에 유숙하면서 군사를 훈련했고, 8월 3일 아침 삼도수군통제사의 재임 교서를 받고는 하동으로 떠났다(『난중일기』에서). 이와 관련해 손창수(1910~1988)의 시 참조.

〈『송정집』권2, 8b~9a〉(문자신이 지은 누상 시에 차운한 두 수) 병서. 이 해(1592) 여름 6월에 내가 자신 문함, 사화 손경례와 함께 소모유사가 되어 흩어져 도망한 자를 불러 모은 지 겨우 며칠 만에 거의 4백여 명이 되었다. 하지만 군량미가 충분히 공급되지 않아 모집한 군졸이 하루아침에 달아나고 말았으니, 일이 장차 성공되려다가 이룰 수 없었다. 문자신(文子愼)이 먼저 절구 한 수를 지어 그 기둥에 제하고는 파하였다. 달이 지나 8월 16일에 새 곡식이 모두 풍성하므로 서로 군량을 비축하고 다시금 군사를 불러 모으는 일을 하였다. 내가 그 운율에 따라 지었다.

何時笳皷復神州	언제 군악 울리며 신령한 고을 회복할까
天日分明照下頭	태양은 분명히 이마를 내리 쬐고 있는데
如今更募收餘卒	이제야 남은 병사를 다시금 모집했나니
不得澄淸不上樓	말끔히 하지 못하면 누각에 오르지 않으리

何幸吾州獨保州	우리 고을 홀로 보장 고을이니 얼마나 다행인가
嶺南恢復此機頭5)	영남의 회복은 이 도투마리에서 비롯되나니
憑君努力桑楡6)業	부디 그대 노력하여 늦더라도 공을 이뤄
玉佩重瞻慶會樓7)	옥패 차고 경회루에서 다시 뵈옵기를

「亂後過矗石舊基」〈『송정집』권2, 26b〉(전쟁 뒤 촉석루 옛터를 지나며)

樓上去年歌皷催	옛날 누각 위에 노래와 북소리가 울렸으나
滿城今日野烟灰	오늘은 온 성이 들판의 연기 재로 뒤덮였네

---

5) 機頭(기두): 날을 감아 베틀다리의 머리 위에 얹어 놓는 틀인 도투마리. 여기서는 요충지 진주를 말함.
6) 桑楡(상유): 인생의 만년. 『후한서』권17 「풍잠가열전」, "처음엔 날개를 늘어뜨린 채 골짜기로 돌아와도 끝내는 날개를 떨쳐 연못으로 날아가나니, 그야말로 젊은 시절 실패했다가 만년에 만회하는 것이라고 하겠다[始雖垂翅回谿, 終能奮翼澠池, 可謂失之東隅, 收之桑楡]". 여기서 '東隅'는 동쪽의 해 뜨는 곳으로 인생의 아침인 젊은 시절을, '桑楡'는 지는 해의 그림자가 뽕나무와 느릅나무 끝에 남아 있다는 뜻으로 인생의 노년기를 말함.
7) 慶會樓(경회루): 임금이 거처하는 곳을 상징. 하륜, 「경회루기」(1413), 『호정집』권2.

金章玉節隨刀槊　　높은 관리들은 칼과 창을 차고 왔지만
白叟黃童任草萊　　노인과 어린애는 잡초에 내맡겨졌나니
文藻菁川同浩浩　　시문과 남강이 함께 끝없이 펼쳐졌고
雕甍8)方丈幷崔9)　　용마루는 지리산과 나란히 우뚝했었지
可憐詞客西風到　　가련타, 시인이 가을바람 따라 와서
空向江南賦一哀10)　　하염없이 옛 강남부를 슬피 읊다니

「次矗石樓」〈『송정세과』 권1, 41쪽〉 (촉석루 차운시)

地生天作自成區　　땅이 낮고 천연으로 절로 이룬 구역에
桂閣重修襯玉樓11)　　아름다운 누각 중수하니 옥루와 가깝도다
朱檻曉蒸方丈霧　　새벽녘 붉은 난간은 지리산 안개로 덮여 있고
菁川春濶洛波流　　봄날 남강의 넓은 물이 낙동강으로 흘러가네
風前釰戟淸霜肅　　바람 앞에 창칼은 맑은 서리처럼 차가우며
雲外笙歌白雪浮　　구름 너머로 풍악소리가 백운처럼 퍼지거늘
何用別尋黃鶴去　　무엇하러 황학루를 별도로 찾아갈 겐가
岳陽方覺在吾州　　악양루가 우리 고을에 있음을 막 깨닫노라

---

8) 雕甍(조맹): 화려하게 장식한 용마루. '雕'는 새기다. '甍'은 용마루 기와, 용마루.
9) 崔崔(최최): 산이 우뚝 솟은 모양, 높고 큰 모양. '崔'는 높다, 크다.
10) 江南賦一哀(강남부일애): 북주(北周) 유신(庾信, 513~581)이 전란으로 고향을 떠나 유랑할 때 시국을 걱정하며 지은 「애강남부(哀江南賦)」(『유자산집』 권2)를 말함.
11) 玉樓(옥루): 전설상 신선의 거처인 곤륜산 꼭대기에 있다고 하는 누각.

○ 정사호(鄭賜湖, 1553~1616) 자 몽여(夢與), 호 화곡(禾谷)

본관 광주. 정이주(1530~1583)의 아들로 1577년 문과 급제했고, 1597년 안동부사 때 명군과 함께 왜적을 토벌했다. 황해도(1603)·평안도·경기도 관찰사를 거쳐 형조판서(1615)에 이르렀으며, 다섯 번이나 대사헌을 지냈다. 경상도 관찰사(1607.4~1608.1)로서 순행하던 중 6월 진양에 도착해 우병사 김태허와 함께 기존의 퇴락한 정충단(精忠壇)과는 별도로 성의 서북쪽 모퉁이에 삼대장(三大將: 김천일·최경회·황진) 위판을 모실 세 칸의 사우를 건립한 뒤 7월 조정에 사액을 요청했고(「請晉州彰烈祠賜額啓」, 『화곡집』 권1), 이보다 앞서 윤6월 24일에는 새로 지은 사당의 「치제문」(『화곡집』 권2)을 지었다. 하강진(2014), 195~199쪽 참조.

「次板上韻 示金節度」1) 太虛2)爲慶尙道巡察使時. 〈『화곡집』 권1, 2a〉 (현판시에 차운하여 김 절도사에게 보이다) 태허가 경상도순찰사일 때.

臺館3)今雖設	누각을 오늘날에 세웠으니
繁華未見曾	화려함은 진작 못 보던 것
興亡隨逝水	흥망은 물 따라서 가 버리고
人世似風燈	인생사는 바람 앞 등불 같은데
愁鬢繁秋颯	쓸쓸한 가을날 수북한 살쩍이 시름겨워
危欄入夜憑	아찔한 난간에 밤이 들도록 기대었노라
三忠一日死	세 충신이 한 날에 죽었거늘
童稚至今稱	아이들도 지금까지 칭송하네

金義千鎰 崔兵使慶會 黃兵使進, 同守是城. 賊逼城陷, 遂不屈死, 時癸巳六月二十九日4)也. 今余來此, 與金節度太虛令公, 同議建廟, 殺牲以享之. 因感慨于懷, 尾聯及之.

---

1) 시제의 '판상(板上)'은 청심헌(淸心軒)의 시판을 말한 것이다. 왜냐하면 성여신 주편의 『진양지』 권1「관우」〈청심헌〉조에 이 시가 실려 있고, 한준겸·황근중이 지은 청심헌 시와 압운이 동일하기 때문이다. 그리고 김태허가 절도사일 때 지었다 했으므로 창작 시기는 정미년(1607)이다.

2) 太虛(태허): 김태허(1555~1620. 호 博淵, 시호 襄武). 밀양 하남읍 귀명동(貴明洞) 출생. 울산가수(1592)·경상우도 병마절도사(1601)·경상좌병사 겸 울산부사(1602) 등을 지냈다. 1605년 선무원종 1등 공신에 올랐으며, 1606년 5월 다시 경상우병사에 제수되어 촉석성 시설을 중수하고 대변청(待變廳)을 설치한 뒤 1608년 6월 이임했다. 만년에는 밀양시 상동면 고정리 모정마을에 박연정(博淵亭)을 짓고 소요했으며, 문집 『양무공실기』가 있다. 김병권·하강진 역, 『역주 광주김씨세고』, 세종출판사, 2015 참조.

3) 臺館(대관): 누각, 망루. 여기서는 1604년경 진주목사 겸 경상우병사 이수일이 중건한 청심헌을 말함.

창의사 김천일, 병사 최경회, 병사 황진이 함께 이 성을 지켰다. 적이 들이닥쳐 성이 무너짐에 끝내 굴복하지 않고 죽었으니, 때는 계사년(1593) 6월 29일이다. 지금 내가 이곳에 와서 절도사 김태허(金太虛) 영공과 더불어 의논을 같이하여 사당을 세우고는 희생을 죽여 제사를 드렸다. 마음속으로 감개무량하여 미련(尾聯)에서 그것을 언급하였다.

○ 박선장(朴善長, 1555~1616) 자 여인(汝仁), 호 수서(水西)

> 본관 무안. 영해부 익동리(翼洞里, 현 영덕군 창수면 인량리) 출생. 4세 때 부친을 여의었고, 7세 때 외가인 울진현 구만리에 살면서 외삼촌에게서 『대학』을 배웠다. 10세 때 어머니를 따라 영천(榮川) 화천리(花川里, 현 봉화군 봉화읍 화천리)로 이거해 뒷날 장인이 된 남몽오(1528~1591)의 문하에서 수학했다. 1577년 류성룡의 제자가 되었고, 김륵·오운 등과 친했다. 1605년 급제해 전적·예안현감 (1608~1609)을 지냈고, 경상도사(1614.2~1615.봄)를 마치고 고향에 돌아와 있다가 별세했다. 한글시조 「오륜가」(1612)를 지었다. 아래의 두 작품은 최현(1563~1640) 시를 참고할 때 갑인년 (1614) 이후의 작으로 보이고, 첫째 시는 류우잠의 시로 보아 제재가 '청심헌'임을 알 수 있다.

「次崔季昇睍晉州壁上韻」〈『수서집』 권2, 6b〉(계승 최현이 진주성의 벽 위에 써 놓은 시에 차운하다)

城破三臣赴碧流	성 부서지자 세 충신이 나아간 푸른 강
雲閑水去共悠悠	구름 한가하고 물이 흘러 함께 유유한데
前人說在今人耳	옛사람들의 얘기가 지금도 귓전에 맴도나니
無此江山無此愁	이 강산 없다면야 이러한 시름도 없었을 걸

「矗石樓」〈『수서집』 권2, 8a~b〉(촉석루)

勝槩盡輸前輩詠	빼어난 경치는 선배들 시에 다 들어 있고
城池更待後人完	성 해자는 다시 뒷사람 기다려 완비되었네
寒風吹水時將晚	찬바람은 물에서 불고 때는 노년이 다가오거니
紅粉三行不欲觀	세 줄의 기녀를 보고픈 마음은 전혀 없노매라

---

4) 세 사람 모두가 6월 29일에 숙었다고 했으나 황진은 하루 전날 적탄에 맞아 숨졌다.

○ 조정(趙靖, 1555~1636) 자 안중(安仲), 호 검간(黔澗)

본관 풍양. 서울 혹은 상주 출생. 정구와 김성일의 제자이고, 약봉 김극일(1522~1585)의 사위이다.
임진왜란이 일어나자 상주에서 정경세 등과 의병을 조직했고, 왜적이 물러갈 때까지 토벌에 앞장섰다.
이후 호조좌랑·감찰·경주교수 겸 제독관(1607)·충청도사·청도군수(1611)·봉사시정 등을 지냈고,
저술로 문집 외 『진사일록(辰巳日錄)』이 있다. 아래의 시는 「득제후서감(得第後書感)」(1605)과 「만
류서애선생(挽柳西厓先生)」(1607)의 중간에 편차된 것으로 보아 을사년(1605)이나 병오년(1606)
작으로 추정된다.

「讀矗石樓韻 令人肝膽輪囷[1] 仍竊效嚬」〈『검간집』 권1, 13a〉(촉석루 시를
읽으니 간담을 착잡하게 하므로 곧 내가 본받아 짓다)

名與長江萬古流	명성은 남강이랑 만고에 흐르는데
一時成敗儘悠悠	한때의 성패는 모두가 아득하구나
至今義魄波心咽	아직도 의로운 넋이 물결 속에 흐느껴
添却騷人午夜愁	시인에게 깊은 밤 근심을 한층 더하네

○ 한준겸(韓浚謙, 1557~1627) 자 익지(益之), 호 유천(柳川)

한성 남부 훈도방(薰陶坊) 출생. 한백겸의 동생으로 1579년 진사시와 1586년 문과 급제해 내직의
검열·대사성·이조참판(1604)·대사헌 등과 경기·경상도(1599.2~1600.3)·평안도·함경도의 관찰사
등을 역임했다. 1623년에는 그의 딸이 인조의 인열왕후로 책봉되었고, 1627년 정묘호란 때 왕자를
전주에 모시고 갔다. 아래 시들은 을사년(1605) 4월부터 9월까지 도원수로서 종사관 조즙·강홍립과
함께 영남을 순찰할 당시 지었다. 그런데 두 편의 시가 묘하게도 시제가 동일한데, 당시 같은 제목으로
5언 율시와 절구 한 수씩을 지은 듯하다. 한편 첫째 시는 성여신 주편의 『진양지』 권1 「관우」〈청심헌〉
조에 들어 있고, 『교남지』 「누정」조에도 '청심헌'을 제재로 한 작품으로 소개되어 있다.

「矗石樓下 灘泛舟 題絶壁」〈『유천유고』, 12b〉(촉석루 아래의 물가에 배를
띄우고 절벽에 쓰다)

矗石臺隍古	촉석 누대와 옛 해자가
菁川景物增	남강의 경치를 보태도다

---

1) 輪囷(윤균): 굴곡진 모양. '輪(륜)'은 구불구불한 모양. '囷'은 꼬불꼬불 구부러진 모양.

龍蛇百戰地	용사년의 온갖 전투 벌어진 땅에
歌管一宵燈	풍악소리가 등불 켠 밤에 울리고
形勝名空在	형승의 명성은 그대로 있으나
興亡跡未憑	흥망 자취는 찾을 길 없나니
平生賢節度1)	평생 어진 절도사는
珍重負功稱	진귀한 공적으로 칭송되길

時以元帥視師, 與右兵使李守一, 同舟. 이때 원수로서 군사를 시찰했는데, 우병사 이수일과 함께 배를 탔다.

「矗石樓下 灘泛舟 題絶壁」〈『유천유고』, 40a〉(촉석루 아래의 물가에 배를 띄우고 절벽에 쓰다)

翠壁千年勝	푸른 절벽은 천년토록 빼어나고
滄江六月秋	유월 창강은 가을처럼 서늘한데
斜陽一聲笛	석양에 한 곡조 피리 소리가
寂寞送仙舟	쓸쓸히 신선의 배를 전송하네

○ 김지남(金止男, 1559~1631) 자 자정(子定), 호 용계(龍溪)

본관 광산. 1591년 별시문과 급제한 뒤 내외 관직을 두루 역임했다. 1617년 분병조참판(分兵曹參判)으로서 영월을 순시하다가 금강(현, 동강 청령포)에 이르러 아가씨들이 부르는 왕방연의 시조 "고운님 여의업고~"를 듣고 한역했다(『장릉지』 권1). 아래 시는 문집의 「마상유작 제우거창지아림관(馬上有作題于居昌之娥林館)」 시에 부기된 "以下壬戌年"이라는 원주, 또 체찰사 이경전과 체찰부사 남이공의 재직 기간으로 보아 그가 경상도 관찰사(1621.11~1623.7)때인 임술년(1622)에 지었음을 알 수 있다.

「矗石樓次韻」 體府1)正使李慶全 副使南以恭先到,2) 各次壁上韻, 要余次韻. 〈『용계유고』

---

1) 節度(절도): 진주목사 겸 경상우병마절도사 이수일(1554~1632)을 지칭함. 용어 일람 '이수일' 참조.

1) 體府(체부)는 체찰사가 주둔하는 본영이고, 체찰사는 지방에 군란이 있을 때 그곳에 나아

권3, 30b〉〈촉석루에서 차운하다〉 **체찰정사 이경전, 체찰부사 남이공이 먼저 도착하여 각자 벽 위의 시를 차운하고는 나에게 차운시를 요청하였다.**

俯看人世摠區區	인간사 굽어살피니 모두가 변변찮지만
此夕同登百尺樓	이날 저녁에 함께 높은 누각 올랐더니
前輩爲公留物色	선배가 우리를 위해 경치 남겨두어
坐中除我儘風流	좌중에 내 말고는 풍류를 다하는데
秋山草木今方麗	가을 산의 초목이 지금 한창 아름다우며
水國乾坤本自浮	강 마을의 천지는 본래부터 떠 있었으리
從古晉陽成保障	예부터 진양은 요충지를 이루었고
况玆形勝擅南州	게다가 형승이 남쪽 고을 주름잡네

○ **박경신(朴慶新, 1560~1626)** 자 중길(仲吉), 호 한천(寒泉)·삼곡(三谷)

> 본관 죽산. 16세 때 이항복·류몽인·윤섬 등과 교유했고, 임오년(1582) 3월 식년문과 급제해 밀양부사 (1594)·판결사·동래부사 등을 지냈으며, 1623년 인조반정 때 파직됐다. 윤훤의 후임으로 경상도 관찰사 겸 병마수군절도사 순찰사(1618.7~1619.11)를 지냈고, 당시 진주목사 남이흥과 상의해 진주 성의 참호인 대사지(大寺池)를 확장했다. 아래 시들을 경상감사 때인 기미년(1619) 6월 하순에 지었음 은 원전에 기록된 "萬曆己未季夏下浣 兼巡察使 寒泉朴慶新"이라는 주에서 알 수 있다.

「重建矗石 不煩民力 輪奐之美 實倍於前 聊次樑上留題之韻 錄奉 元戎南君士豪[1] 用擬張老之頌[2]」〈남익화 편, 『충장공유사』(상), 75a~b〉
(촉석루를 중건함에 민력을 번거롭게 하지 않았으니, 장대한 건물의 아름다움은

가 일반 군무를 두루 총찰하던 군직으로 정승이 겸임했다.
2) 이경전(1567~1644)은 1619년 2월부터 1623년 봄까지 오도(五道) 체찰사를, 남이공(1565~ 1640)은 1622년 6월 19일부터 이듬해 봄까지 체찰부사를 각각 지냈다.
1) 士豪(사호): 남이흥(南以興, 1576~1627)의 자. 고손자 남익화(1667~1733)가 1721년 간행 한 『충장공유사』(국립중앙도서관 소장)에 촉석루 시가 많이 수록되어 있다. 자세한 것은 용어 일람 '남이흥' 참조.
2) 張老之頌(장로지송): 건물 중수를 축하하는 노래. 용어 일람 '윤환' 참조.

실로 전보다 배가 되었다. 애오라지 대들보 위에 전하는 시를 차운한 다음에 우병사 남군 사호에게 적어 올렸는데, 장로의 송축 시를 본떠 활용하였다.)

雄圖心匠3)變仙區	웅대한 계획과 독특한 구상으로 변한 별천지에
搥碎俄新黃鶴樓4)	때려 부수어 어느새 황학루를 새로 지었도다
暑氣受風當午5)斂	더운 기운은 바람 받아 한낮에 거두어지더니
灘聲侵夢入宵流	여울 소리가 꿈 방해하며 밤들도록 흐르는데
山橫智異雲間盡	산들은 지리산을 비껴 구름 사이로 보이고
樹澗菁川檻外浮	숲은 청천에 가로막혀 난간 너머 떠 있거늘
深愧臺評6)妨客興	대간 평론이 매우 부끄러워 흥취가 저어되나
此生無分上楊州7)	이 생애에 분수 넘치게도 양주에 올랐어라

「再次樓中韻 簡寄節度南公士豪」〈남익화 편, 『충장공유사』(상), 75b〉 (촉석루 시를 거듭 차운하여 남공 사호에게 부치다)

晉陽從古擅名區	진양은 예로부터 이름 떨친 땅
重起元龍百尺樓	원룡의 백척루를 다시 세웠나니
誰種松林圍野直	그 뉘가 심은 송림은 들을 곧게 에워싸고
天生江水抱城流	하늘이 내린 강물은 성을 안고 흐르는데
南珍爭入銀刀8)細	남쪽 진귀한 건 다퉈 들어오는 작다란 은어
北海難空太白浮	북쪽 바다는 마셔도 비우기 어려운 큰 술잔
最愛竹風喧午枕	댓바람이 한낮 베개에 들레니 정말 좋거늘

---

3) 心匠(심장): 독특한 구상이나 설계.
4) 중건된 촉석루를 뜻함. '搥(추)'는 치다. '碎(쇄)'는 부수다. 이백, 「취후답 정십팔이시기여 추쇄황학루(醉後答丁十八以詩譏予搥碎黃鶴樓)」, 『이태백집』 권18, "높은 황학루를 이미 때려 부수었으니 / 황학 탄 선인이 의지할 곳 없어졌네[黃鶴高樓已搥碎, 黃鶴仙人無所依]).
5) 當午(당오): =정오(正午). 태양이 정남(正南)에 옴. 한낮.
6) 臺評(대평): 대간의 평론, 곧 관찰사의 직무 수행에 대한 평가.
7) 上楊州(상양주): 양주에 오름. 용어 일람 '학주' 참조. 여기서는 박경신이 경상도 관찰사로 서 촉석루가 중수된 직후 진주에 머물게 된 것을 뜻함.
8) 銀刀(은도): 빛은 희고 모양은 갈 같은 조그만 물고기. 은어.

平生睡足9)此雄州　　　평생 잠자기 넉넉한 곳은 이 웅주라네

○ 황근중(黃謹中, 1560~1633) 자 일지(一之), 호 월담(月潭)

본관 창원. 영의정 정태화(1602~1673)의 외조부로 1589년 류성룡이 주관한 생원시에 합격했다.
임란 때 의주 행재소를 찾아뵈어 전함사 별제에 제수되었고, 이후 호조정랑·송화현감 등을 지냈다.
1606년 문과 급제해 경상도사·안변부사·강원도 관찰사·좌부승지·춘천부사·전라도 관찰사 등을 지
냈으며, 인조반정 이후 강원도 철원 갈말읍 정연리에 창랑정을 짓고 은거하다 졸했다. 『진양지』(성여
신 주편)에서 그의 벼슬을 '도사(都事)'라 했는데, 그는 정미년(1607) 1~12월 경상도 도사를 역임했
다. 당시 관찰사는 류영순이었다.

「淸心軒」(가제) 〈성여신 주편, 『진양지』 권1 「관우」, 109쪽〉 (청심헌)

慷慨淸邊志	변방 맑게 하려는 강개한 뜻에도
龍泉1)試未曾	용천검은 시험조차 하지 못했어라
繁華十年夢	번화함은 십 년 그리워하던 꿈이고
寥落一宵燈	쓸쓸히 등불을 마주한 하룻밤인데
往事江無語	옛일은 강조차 말이 없고
羈懷月有憑	객수를 달에게 붙여보나니
英雄不盡恨	영웅의 다함 없는 한은
留與後來稱	뒷사람이 칭송하도록 남겨두었네

---

9) 平生睡足(평생수족): 두목의 「억제안군(憶齊安郡)」(『번천집』 권3)에, "평생 잠이 넉넉했던
　곳은 / 운몽택 남쪽 고을이었네[平生睡足處, 雲夢澤南州]"라는 구절이 있다.
1) 龍泉(용천): 보배로운 칼의 이름. 용어 일람 '자기' 참조.

○ 김정룡(金廷龍, 1561~1619) 자 시현(時見), 호 월담(月潭)

본관 의성. 경북 성주군 수륜면 윤동리(倫洞里, 현 수륜리) 출생. 부친은 서계 김담수(金聃壽, 1535~
1603)이고, 한강 정구의 문인이다. 1585년 급제해 박사·예안현감(1586)·병조좌랑·영월군수·풍기
군수(1611) 등을 지냈고, 임진왜란 때 군량미 공급에 공이 커서 선조가 특별히 황감(黃柑)을 하사했다.
『월담일고』는 동생인 국원 김정견(1576~1645)의 문집을 합편한 『月潭菊園兩先生聯芳逸稿』에 수록
되어 있다. 이들 삼부자는 낙암서원(洛嵒書院, 현 상주시 중동면 죽암리 소재)에 배향되고 있다.

「登矗石樓 三首」〈『월담일고』 권1, 8b~9a〉(촉석루에 올라 지은 세 수)

沙草寒煙沒舊闉	물가 풀의 찬 안개는 옛 성곽에 잠기었고
一時忠義盡埋魂	한 시대 충의는 죄다 묻힌 혼이 되었는데
可憐猿鶴歸何處	가여워라, 장수들 어디메 돌아갔는지
惟見塵沙滿水濱	먼지 모래 가득한 물가만 보일 뿐

樓臺歌舞已成空	누대에는 노래와 춤사위가 이미 텅 비었고
雉堞夷漫1)水自東	성가퀴 평평하고 물은 절로 동으로 흐르는데
最是千秋惱客處	오랜 세월 무엇보다 나그네 괴롭히는 건
凄凉月色野棠風2)	처량한 달빛과 교외의 팥배나무 바람

誰教鯨鯢3)墮金城	누가 오랑캐 시켜 금성탕지 무너지게 했나
天意難尋命不明	하늘 뜻 찾기 어렵고 운명은 밝지 않았으니
假使避雷安市主4)	설령 피해서 안시성 성주에게 머물렀던들
犯狁十萬詎輸贏5)	맹수 같은 십만 군대라 승패 어이 했겠나

---

1) 夷漫(이만): 갈리고 닳아져서 평평함, 평정하여 멸망시킴. '夷'는 평평하다.
2) 棠風(당풍): 감당지풍(甘棠之風)의 준말로, 지방관의 훌륭한 치적. 김뉴(1527~1580)의 시
   참조.
3) 鯨鯢(경예): 작은 물고기를 잡아먹는 숫고래와 암고래로, 악인의 우두머리에 비유함.
4) 安市主(안시주): 안시성의 성주, 곧 당 태종의 눈을 화살로 맞혀 대군을 물리친 양만춘.
   김시양(1581~1643)의 『부계기문』(『국역 대동야승』 권72, 570쪽) 참조.
5) 輸贏(수영): 짐과 이김, 곧 치열한 싸움. '輸'는 패배, '贏'은 승리.

○ 조우인(曺友仁, 1561~1625) 자 여익(汝益), 호 이재(頤齋)·매호(梅湖)

예천현 노포리(蘆浦里, 현 경북 예천군 개포면 경진리) 출생. 1605년 문과 급제해 내직을 지내다가 1609년 경차관으로서 금강산을 유람했다. 1616년 영창대군 옥사를 풍자하는 시를 지어 함경도 경성 판관으로 좌천되었고, 1621년 분승지(分承旨)로 있으면서 인목대비 유폐를 풍자했다가 필화를 입어 3년간 옥고를 치르던 중 인조반정으로 풀려났다. 곧 관직에 제수되었으나 그만두고 상주시 사벌면 매호리(梅湖里)에서 은거하다 여생을 마쳤다. 그의 『이재영언』에 수록된 「출새곡」(1616), 「자도사」, 「매호별곡」, 「관동속별곡」의 가사 4편은 국문학사에 귀중한 가치가 있다. 5촌 조카가 조정립(1583 ~1660)이다.

「矗石樓次」〈『이재집』 권1, 36b〉(촉석루 시에 차운하다)

探盡嶺外諸名區	영남의 여러 명승지를 두루 찾다가
晚登晉陽城上樓	늦게야 진양성 위 누각에 올랐어라
朔雪渾埋亂嶂暝	북녘에 눈이 온통 쌓여 산들은 어둑하고
壑氷正塞長河流	골짝에 얼음 꽁꽁 얼고 긴 강이 흐르는데
漫漫歧路客行遠	아득한 갈림길에 길손 행로는 멀고
莽莽1)宇宙吾生浮	드넓은 우주에 내 생애는 덧없나니
興酣更借如椽筆	흥취 무르익자 큰 붓을 다시 빌려
撼却洛西三十州	휘갈겨 보는 낙동강 서쪽 삼십 고을

「矗石樓」(가제)2) 〈성여신 주편, 『진양지』 권1 「관우」〉

此地曾爲百戰區	여기는 일찍이 수없이 전투 치른 곳
何時更此敞斯樓	언제 다시 여기에 이 누각을 세웠나
血塗野草腥猶在	피로 물든 들풀은 피비린 기운이 여전하며
怨入江波咽不流	원한 서린 강물은 목메어 흐르지 못하는데
滿目風烟成感慨	눈 가득한 바람과 안개는 감회에 젖게 하고
無心鷗鳥自沈浮	무심한 갈매기는 절로 잠기고 떴다 하는구려

---

1) 莽莽(망망): 장대한 모양, 들판이 넓은 모양, 풀이 무성한 모양. '莽'은 망(莽)의 속자로 크다, 우거지다.

2) 이 시는 촉석루 중건 뒤에 지은 것으로, 문집에는 없고 『진양지』에만 전한다.

登臨足洒新亭淚   등림하면 신정의 눈물을 뿌리게 될지니

莫道繁華古晉州   번화했던 옛 진주를 말하지 말게나

○ 신지제(申之悌, 1562~1624) 자 순부(順夫), 호 오봉(梧峯)·구로(龜老)

본관 아주(거제). 의성현 신례동(新禮洞, 현 경북 의성군 봉양면 풍리리 상리마을) 출생이고, 창원부사를 그만둔 뒤 구미촌(龜尾村, 봉양면 구미리)에 복거했다. 유일재 김언기(金彦璣)의 문인으로 기축년(1589) 증광별시에 김해(金垓, 1555~1593), 류몽인, 고인후, 이시발 등과 함께 급제했다. 예안현감 때 임진왜란이 일어나자 안동부사를 겸하면서 거의했으며, 또 정유재란 시 곽재우와 화왕산성에서 동맹 창의했다. 전라도사·예조정랑·경상도 군무안핵사(1603)·통제사 종사관 등을 지냈다. 여대로, 최현, 조임도, 이민성, 이민환, 손기양 등과 절친했다. 아래 시들은 모두 회산(檜山, 현 창원) 부사(1613.8~1618.3 재임) 때에 지은 것인데, 첫 번째 시제의 4수는 을묘년(1615)에, 두 번째와 세 번째 시제는 병진년(1616)에 각각 지은 것으로 보인다.

「晉州淸心軒上 次李調度[1] 用板上韻」 時調度以千秋使, 將赴京. 〈『오봉집』권2 「회산잡영(상)」, 27b~28b〉 (진주 청심헌에 올라 이 조도사가 용운한 현판시를 따라 짓다) 당시 조도는 천추사로서 연경에 갈 참이었다.

淸心軒影落滄江   청심헌 그림자가 푸른 강에 떨어지고

元氣浮春擁八窓   봄철 넘치는 원기는 온 창을 감싸는데

良覯暮年還萬里   늘그막에 좋은 경치는 만 리 다닌 덕분

異時消息鴈雙雙   훗날 소식은 쌍쌍의 기러기가 전하리라

「二」   (둘째 수)

韶陽[2]麗景媚淸江   화창한 봄날 경치 속에 맑은 강이 아름답고

綺席風來爽逗窓   비단 자리의 시원한 바람이 창가 머무는데

多賀相公寬禮數[3]   그대의 예법이 관대하여 깊이 하례하노니

---

1) 李調度(이조도): 누구인지는 확정할 수 없지만, 신지제와 나이가 같은 이욱(李稶)이 1615년 천추사로서 연경을 다녀온 일이 있다. 『광해군일기』〈1615.2.8, 1616.2.20〉

2) 韶陽(소양): 화창한 봄날. '韶'는 아름답다.

漫郎[4]疎宕本無雙　　만랑 같은 소탕함은 본디 둘도 없으리

「三」　　　　　　　　（셋째 수）

蘭橈直欲泝前江　　노를 저어 곧장 앞의 강을 거슬러 오르려다
却向華軒拓畵窗　　도로 화려한 누각에 가서 창문 열어젖히니
雲外雪山看矗聳　　구름 너머 설산에 우뚝한 촉석루 보이고
春明山杏樹千雙　　봄빛 화창한 산에는 살구나무가 수천 그루

初擬泛舟, 以風止. 처음에 배를 띄우려 했으나 바람 때문에 그만두었다.

「四」　　　　　　　　（넷째 수）

同年落地[5]轉相親　　같은 해 세상에 태어나 더욱 친해
歲晏相逢兩會神　　세밑에 서로 만나 마음을 합치노니
明月海天煩夢想　　달 밝은 바닷가라 꿈속이 뒤숭숭하지만
日邊偃馭岸烏巾[6]　　하늘가에서 신선 행차하며 오건을 벗네

公與我同年生, 公詩及此意, 因次其作. 공과 나는 같은 해에 태어났는데, 공의 시에서
이러한 뜻을 언급했으므로 그 작품에 차운하여 지었다.

「點化[7] 呂陜川聖遇大老 號鑑湖題癸未榜會矗石樓」[8] 〈『오봉집』 권2 「회산

---

3) 禮數(예수): 주객(主客)이 인사하는 예절, 사회적 신분이나 지위에 상응하는 예의.

4) 漫郎(만랑): 시속의 법도에 얽매이지 않고 방일하게 떠도는 문인을 말함. 당나라 원결(元
結)이 물가에 집을 짓고 자칭 '浪士'라 했는데, 뒤에 낭관(郎官)을 얻자 "사람들이 낭자도
부질없이 벼슬을 하는지를 되묻고 '만랑'이라 불렀다[人以爲浪者亦漫爲官乎, 呼漫郎]."
는 고사에서 유래함. 『신당서』 권143 「고원이위설최대왕서치신열전」 〈원결〉.

5) 落地(낙지): 세상에 태어남, 땅에 떨어짐.

6) 岸烏巾(안오건): 두건을 뒤로 젖혀 쓰다. '岸'은 이마를 드러낸다. '烏巾'은 벼슬하지 않고
은거하여 사는 자가 쓰는 검은색의 두건.

7) 點化(점화): =장점(粧點). 선인(先人)의 시문 격식을 취하되 원작보다 훌륭하게 짓는 것.
서거정, 『동인시화』 권상; 하겸진, 『동시화』 권1.

8) 그는 촉석루 방회가 결성된 1616년 2월에 여대로와 마산을 유람하면서(별집 「연보」, 13b)
「마포범주 봉정여성우장 겸시광문(馬浦泛舟奉呈呂聖遇丈兼示廣文)」(『오봉집』 권4) 시를
지었다. 시제 속의 '廣文'은 창원교수 박광문이다.

잡영(상)」, 45a~b〉(합천군수 성우 여대로 **호 감호**가 지은 계미방회의 촉석루 시를
점화하다)

鴈塔[9]題名儘勝流	과거 급제해 멋진 풍류를 다하며
聯翩[10]騰踏廣寒樓[11]	줄줄이 달려가 광한루를 밟았었지
一時龍虎幾人在	한 시대 웅걸 중에 몇이나 남았나
千古山河今夕遊	천고의 산하에서 오늘 밤 노닐거니
錦瑟風飄雲外響	비파소리가 바람에 날려 구름 밖에 퍼지고
蘭舟月朗鏡中秋	멋진 배에 달 밝으니 거울 속 가을이로다
從玆更結金蘭契[12]	여기에서 다시 금란계를 결성했나니
摸取新絹勝迹留	새 비단에 빼어난 자취 남긴 일을 본뜸이라

時兵使柳止信[13]兼晉牧 會同榜設宴 因爲契軸 呂丈以事過矗石 亦
同榜 因請題軸 有長律一篇 要余點化 附本作[14]于左 〈『오봉집』권2
「회산잡영(상)」, 45b〉[15] (이때 병사 류지신이 진주목사를 겸하면서 동방을 모아
잔치를 베풀었고, 이에 계축을 만들었다. 여대로가 어떤 일로 촉석루를 지나다가
또한 동방이므로 시축에 쓸 것을 요청받고는 칠언율시 한 편을 지었다. 나에게
점화를 요구하여 해당 작품을 아래에 덧붙인다.)

鴈塔題名三十秋	과거 급제로 이름을 올린 지 삼십 년
兵塵寥落曲江遊	병화로 적막한 굽어진 강에서 노니노라

---

9) 鴈塔(안탑): 과거 급제함. 용어 일람 '안탑' 참조.
10) 聯翩(연편): 잇달아 날아다님, 줄줄이 이어지는 모습. '翩'은 빨리 날다.
11) 廣寒樓(광한루): 달 속의 궁전인 광한궁(廣寒宮)의 누각. 흔히 대궐을 가리킴.
12) 金蘭契(금란계): 1489년 2월 진주목사 경임(慶紝)의 주동으로 결성된 촉석루 계회의 이
   름. 본서 하수일의 「촉석루중수기」 참조.
13) 柳止信(류지신): 1559년 출생. 류삼(柳參)의 아들로 계미년(1583) 증광별시 무과급제. 윤
   선정의 후임으로 경상우병사 겸 진주목사(1614.4~1616.3)를 지냈고, 삼도수군통제사
   (1616~1617)를 거친 뒤, 다시 남이흥의 후임으로 경상우병사(1619~1622)가 되었다.
14) 本作(본작): 여대로(1552~1619)의 시를 점화한 작품.
15) 원전을 보면 이 구절은 바로 위의 시 마지막 행인 "摸取新絹勝迹留" 끝에 세주 형태로
   붙어 있는데 시제로 보아도 무방하다.

一時龍虎幾人在　　　한 시대 걸출했던 이는 몇이나 남았는고
千古山河勝迹留　　　천고의 산하에 빼어난 자취가 남았도다
更結金蘭情惓惓　　　다시 금란계 결성하여 정취가 도타운데
還分雲樹夢悠悠　　　또 헤어지면 그리움에 꿈길 아련하리니
他年點撿輕綃畫　　　뒷날에 시 두루마리를 가볍게 살피면서
長憶風流矗石樓　　　촉석루의 풍류를 길이길이 기억하리라

「次矗石樓韻」〈『오봉집』권4 「회산잡영(하)」, 4b~5a〉 (촉석루 시에 차운하다)

細柳將軍16)按勝區　　　세류장군이 빼어난 땅을 살펴
兵餘披燼起華樓　　　병무 뒤에 재 파헤쳐 멋진 누각 세웠거늘
窓搖水影明如洗　　　창가에 일렁이는 물그림자는 씻은 듯 선명하고
簷動山光翠欲流　　　처마에 어른대는 산색은 푸른빛 흐르는 듯하네
霞鶩堪超滕閣勝　　　놀과 따오기는 등왕각의 형승을 초월하고
風流未道岳陽浮　　　풍류는 악양루보다 못하다 말하지 않는데
却歎物色分留少17)　　아쉽게도 되레 읊조릴 경치가 적은 것은
先被詞宗舊莅州　　　옛적에 고을 다녀간 시의 거장 때문일세

「二」　　　　　　　(둘째 수)

平居地誌數名區　　　평상시 지리지에 자주 거론된 명구인데
一一來輸海上樓　　　하나하나가 바다 위 누각에 모여들었네
別界東南元勝槩　　　별천지는 동남에서 으뜸가는 형승이거니
遊人今古幾風流　　　고금에 나그네는 몇이나 풍류를 즐겼던가
畫簷練淨波光動　　　베 마전한 듯한 단청 처마에 물빛 어른거리고
綺席霞飄爽氣浮　　　놀이 비치는 비단 자리에 상쾌한 기운 넘친다

---

16) 細柳將軍(세류장군): 군기가 엄정한 장군. 용어 일람 '세류장군' 참조.
17) 分留少(분류소): 선배들이 경치를 많이 읊어 뒤에 찾아오는 사람들은 새로운 내용을 추가
　　하기 어려움을 뜻함. 출처에 대해서는 용어 일람 '유물색' 참조.

堪笑昔賢虛宿債18)	가소로워라, 옛 현인이 헛되이 해묵은 소원으로
葡萄錯用換凉州19)	포도주를 잘못 써서 양주자사와 바꾼 것이

○ 임회(林檜, 1562~1624) 자 공직(公直), 호 관해(觀海)

본관 평택. 전라도 나주 송현(松峴, 현 송월동) 출신. 송강 정철(1536~1593)의 제자이자 그의 사위가
된 까닭에 당쟁에 휩쓸려 50세 때인 1611년 비로소 문과급제해 전적이 되었다. 하지만 이이첨,
정인홍 등 대북의 탄핵을 받아 곧 사직하고 귀향해 자적했다. 1613년 전적에 재기용되었으나 이듬해
이이첨의 모함으로 자신은 양산에, 아들 임득봉은 곤양에 유배되었다. 1623년 인조반정 후 신흠의
추천으로 광주(廣州) 목사로 지낼 때 도성을 침범한 이괄을 추격하다가 전사했다. 아래의 시는 양산
유배 시절(1614~1623)에 지었고, 해당 문집은 백부 임형수(1514~1547)의『금호유고』부록으로
실려 있다.

「過矗石樓」 倡義諸公所沒之地. 時危倍憶昔時事, 故末句及之.〈『관해고』, 8a〉(촉석루를

지나며) 창의한 제공이 순국한 곳이다. 위급한 때라 옛날 사건이 더욱 생각나 끝구에서 언급했다.

方丈群山秘勝區	지리산과 뭇 산으로 이루어진 비경 구역
雄藩材力占爲樓	웅장한 변방에 재주와 힘으로 세운 누각
鐵厓高捧朱甍出	견고한 벼랑이 붉은 용마루를 높이 받쳐 솟았고
峽水遙漫綠野流	산골짝 물이 푸른 들을 멀리 적시며 흐르는데
百戰忠魂餘舊恨	백전 충혼은 아직도 옛 슬픔이 남았으며
一時詞客辦豪遊	한 시대 시인이 호방한 유람을 힘썼나니
臨江更有澄淸志	강에 이르러 다시 맑게 평정하려는 뜻 생겨
却憶當年祖豫州1)	조적의 예주태수 시절이 대뜸 떠오르는구나

---

18) 宿債(숙채): 해묵은 소원, 묵은 빚, 전생의 부채. '宿'은 오래다, 오래되다.

19) 벼슬살이에 구애되어 풍류를 즐기지 못함. 후한 때 맹타(孟佗)가 조정을 전횡하던 환관
장양(張讓)에게 포도주 한 말을 뇌물로 바치고 양주자사(涼州刺史)에 제수되었다는 고사
가 있음. 『후한서』 권78 「환자열전」〈장양〉.

1) 祖豫州(조예주): 조적(祖逖)의 예수, 곧 적을 쳐부수려는 의지. 용어 일람 '격즙' 참조.

○ 최현(崔晛, 1563~1640) 자 계승(季昇), 호 인재(訒齋)

> 본관 전주. 시호 정간(定簡). 선산부 해평현 송산(松山, 현 구미시 해평면 창림리) 출생. 장인이 김복일
> 이고, 처숙부인 김성일과 정구의 문인이다. 임란 때 의병을 일으켜 노경임의 휘하에서 활약했고,
> 정묘호란과 병자호란 때에도 창의했다. 1606년 문과급제해 검열·정언·부제학·강원도 관찰사 등을
> 지냈다. 아래 시는 **신해년(1611)** 2월에 주사구관사(舟師句管司)의 종사관을 사임한 뒤 **4월** 진주
> 도착해 우병사 임득의(林得義)와 산천을 두루 구경할 무렵 지은 것인데, 류우잠의 시를 참고할 때
> 제재가 '청심헌'임을 알 수 있다.

「晉州城中 次壁上韻」 此城, 全於壬辰, 陷於癸巳. 鶴峰先生 以憂悴沒於前, 全羅義兵諸

公, 以城陷沒於後. 〈『인재집』 권1, 10a~b〉 (진주성에서 벽 위의 시에 차운하다) 이

성은 임진년(1592)에는 온전하다가 계사년(1593)에 무너졌다. 학봉 선생이 근심하다가 앞서

죽었고, 전라도 의병들은 성이 함락된 뒤에 죽었다.

說及龍蛇淚欲流	얘기가 용사년에 이르자 눈물 나려 하고
靑山無語水悠悠	청산은 말 없고 강물은 유유히 흐르는데
荒墟卄載今樓閣	이십 년 지난 황폐한 터에 지금의 누각
芳草烟花摠是愁	향긋한 풀과 꽃들 모두가 시름일레라

○ 박원갑(朴元甲, 1564~1618) 자 인백(仁伯), 호 도원(桃源)

> 본관 고령. 경북 고령군 우곡면 도진리(桃津里) 출생. 박정벽(1540~1580)의 아들로 한강 정구(1543
> ~1620)의 문인이다. 임란 때 의병장 김면·곽재우와 함께 창의하여 예빈시 주부에 제수되었다. 한편
> 이광윤(1564~1637)은 통영 선호어사를 마치고 2달 뒤인 **갑진년(1604)** 윤9월 홍문관 수찬으로 승진
> 해 1개월간 재임했는데(『연보』 참조), 그의 시에 차운한 아래의 시는 작품 내용으로 보아 같은 해
> 9월경으로 짐작된다.

「次李修撰矗石樓題巫山一段雲體 以贈之」 〈『도원집』 권상, 14쪽〉 (이수

찬(이광윤)이 무산일단운체로 지은 촉석루 시에 차운하여 주다)

唧命1)辞靑瑣2)   왕명을 받들어 궁궐로 떠나갈 터

---

1) 唧命(함명): 임금의 명령을 받듦. '唧'은 함(銜)의 속자로 받들다.

承綸出紫薇[3]　　　받잡은 조서는 홍문관에서 나왔지

星軺[4]遙訪白鷗磯　　사신 수레가 멀리 백구 물가를 찾으니

江路政熹微　　　　강가 길은 희미하게 밝아오는데

秀色驚眵眠[5]　　　고운 경치가 붙은 눈곱 놀라게 하며

淸光照末輝　　　　맑은 빛은 나무 끝을 밝게 비추거늘

同庚[6]毋使我心速　　동갑내기 그대는 내 마음 재촉하지 마오

溪湍緩言歸　　　　물가에서 천천히 얘기하며 돌아가면 되지

疑晤灯將迷　　　　마주한 등불이 가물거리는가 싶더니

傳盃夜報更[7]　　　돌리는 술잔 속에 오경 밤을 알리네

繡衣使者與田氓　　수의 입은 어사가 백성들과 더불어

惜別醉前楹　　　　석별의 정으로 대청에서 취하거니

雖有丈夫淚　　　　비록 대장부의 눈물일망정

還慚兒女情　　　　아녀자 정일까 되레 부끄럽다만

雍容[8]行色起秋風　　온화한 얼굴 행색에 서늘한 바람 일며

離恨滿江淸　　　　이별의 슬픔이 맑은 강물에 가득하구려

2) 靑瑣(청쇄): 청색 꽃무늬로 장식한 한나라 궁궐 문 이름, 곧 대궐.

3) 紫薇(자미): 자미화(紫薇花). 당나라 때 중서성의 별칭. 여기서는 홍문관 수찬을 말함.

4) 星軺(성초): 사신이 타는 수레. '星'은 사성(使星)의 준말. '軺'는 수레.

5) 眵眠(치면): 잠들다. '眵'는 눈곱, 눈초리를 상하다.

6) 同庚(동경): 동갑내기. '庚'은 나이의 뜻. 여기서는 이광윤을 지칭.

7) 報更(보경): 새벽 시간. 산새가 오경(五更)에 소리치며 깨어니는 깃에서 유래함.

8) 雍容(옹용): 온화하고 조용함, 또는 그런 용모. '雍'은 온화해지다, 기뻐하다.

○ 이광윤(李光胤, 1564~1637) 자 극휴(克休), 호 양서(瀼西)

본관 경주. 청주 석화촌(石花村, 현 청원군 강내면 석화리) 출생이나 1580년 처가가 있는 예천군 용문면 금곡(金谷)에 거처를 정하고 본가를 왕래했다. 조목(1524~1606)의 문인으로서 1585년 사마시 합격해 소촌도 찰방, 비안현감을 지냈다. 또 1594년 급제한 뒤로 서장관(1603), 초계군수(1613. 7~1618.8), 교리, 성주목사(1623), 우통례 등을 역임했지만 고위직에 오르지는 못했다. 아래의 시는 홍문관 부수찬 때인 갑진년(1604) 7월 통영 선호어사(宣犒御史)에 제수되어 진주에 머물 때 촉석루에서 이수일이 새로 중건한 청심헌을 보고 지은 것이다. 아울러 그는 초계군수 때인 정사년(1617) 7월 진주를 방문해 남이흥이 중건하고 있던 촉석루의 상량문을 지었다. 하강진(2014), 126~127쪽 참조.

「晉州淸心軒題詠」 巫山一段雲[1] 〈『양서집』 권3, 5b~6a〉 (진주 청심헌에 제하다)

　　　무산일단운

古郭烟空鎖	옛 성곽에 연기 부질없이 자욱하며
荒墟歲屢更	황폐한 터는 다시 세월이 바뀌었네
元戎[2]緩帶撫軍氓	장군이 허리띠 늦춰 병사와 백성을 위로하고
荊棘化軒楹	가시덤불은 처마와 기둥으로 바뀌었거늘
風月還多事	풍월이 다시 수선스러워지며
江山轉有情	강산은 더욱 정감이 가는도다
坐看霞鶩弄秋晴	놀 속 따오기가 맑은 가을 즐김을 보노라니
詩思十分淸	시상이 더없이 맑아지는구려

　　　甲辰秋, 以統營宣犒御史南下, 留住晉州. 갑진년(1604) 가을 통영 선호어사로서 남쪽으로 내려와 진주에 머물렀다.

飛棟臨丹壁	높은 용마루는 붉은 절벽에 다다랐고
脩篁間紫薇[3]	무성한 대숲 사이로 백일홍이 피었구려

---

1) 巫山一段雲(무산일단운): 당나라 때는 교방 가곡명이었는데, 뒤에 사패(詞牌)로 쓰였다. 5·5·7·5·5·5·7·5의 자수율로 총 44자가 지배적이고, 이질적인 경치를 통합적으로 표출할 때 채택되는 형식이며, 우리나라에는 이제현의 작품이 유명하다.
2) 元戎(원융): 병사 이수일(李守一)을 지칭함. 용어 일람 '이수일' 참조.
3) 紫薇(자미): 일명 백일홍(百日紅).

蘭舟移傍釣魚磯	조각배가 낚시터 곁으로 옮겨가며
江樹遠熹微	강가 나무는 저 멀리 어렴풋한데
咬嘎4)洲禽5)響	모래톱 물새들은 재잘거리며 울어대고
凄淸渚月輝	물가 뜬 달이 서늘하고도 맑게 비치도다
佳期不與賞心違	좋은 만남은 감상하는 마음과 어긋나지 않아
遙夜6)澹忘歸	밤이 깊도록 돌아감도 조용히 잊었노라

○ 정문부(鄭文孚, 1565~1624) 자 자허(子虛), 호 농포(農圃)

본관 해주. 시호 충의(忠毅). 서울 남부 반송방(盤松坊) 남소동(南小洞) 출생으로 1585년 생원시에, 1588년 3월 식년문과에 급제했다. 임진왜란 때 함경도 함경북도병마평사(정6품)로서 왜군을 연달아 격파했지만 전공을 보고해주는 사람이 없어 조정의 논공행상에서 제외되었다. 그가 창원부사로 주재하던 이듬해, 즉 기미년(1619)에 임진왜란의 참혹한 병화를 딛고 중건된 촉석루를 보고 이 시를 지었다. 또 이때 지은 「영사(詠史)」시가 빌미가 되어 5년 뒤 인조반정 이후 서인정권의 안정화 차원에서 필화(筆禍)를 당해 억울하게 희생되었다. 하강진(2014), 299~309쪽.

「次矗石樓韻」〈『농포집』 권2, 34b〉 (촉석루 시에 차운하다)

龍歲兵焚捲八區	임진년 전란의 불길이 온 땅을 휩쓸어
魚殃1)最慘此城樓	무고한 재앙으론 이 성루 가장 처참했지
石非可轉2)仍成矗	돌은 구르지 않아 촉석을 이루었고
江亦何心自在流	강이야 무슨 마음에 절로 흐르는가
起廢3)神將人共力	중수함에 신령이 사람과 함께 힘썼나니

---

4) 咬嘎(교알): 지저귀는 새 소리. '咬'와 '嘎'은 새 소리.
5) 洲禽(주금): =사금(沙禽). 모래톱 주변에 사는 물새.
6) 遙夜(요야): 긴 밤. '遙'는 길다, 멀다.
1) 魚殃(어앙): 앙급지어(殃及池魚) 준말로 무고한 재앙. 성문에 불이 났을 때 못물을 퍼서 불을 끄는 탓에 못의 고기가 다 죽었다고 함. 『태평광기』 권466 「수족3」〈池中魚〉.
2) 石非可轉(석비가전): 뜻대로 할 수 없음. 『시경』 「패풍」〈백주〉, "내 마음은 돌이 아니라서 / 굴리지도 못한다[我心匪石, 不可轉也]".
3) 起廢(기폐): 무너진 것을 다시 세움, 곧 누각 중수.

凌虛天與地同浮　　　허공에 치솟아 땅과 더불어 같이 뜬 듯

須知幕府經營手　　　막부가 경영한 솜씨를 모름지기 알겠거늘

壯麗非唯鎭[4]一州　　　장려함은 한 고을에만 한정되지 않으리

○ 남이공(南以恭, 1565~1640) 자 자안(子安), 호 설사(雪蓑)

> 본관 의령. 남이흥의 6촌 형으로 1590년 증광문과에 장원했다. 정인홍·이발 등과 함께 북인을 이끌다가 1599년 북인이 분열되자 류영경과 함께 소북의 영수가 되었고, 영창대군을 지지하고 인목대비의 폐위에 반대한 탓으로 권력의 부침이 있었다. 1622년 6월 19일 오도(五道) 체찰부사에 제수되어 이듬해 봄까지 체찰사 이경전을 도와 영남과 호남의 보장 일을 정비했다. 1637년 절친히 지낸 최명길의 천거로 이조판서가 되었고, 대사헌을 거쳐 공조판서를 지냈다. 아래 시는 앞의 김지남 시로 볼 때 **임술년(1622)** 작임을 알 수 있다.

「涵玉軒」(가제) 〈관찬, 『진주목읍지』 「제영」조, 1832〉 (함옥헌)

玉人[1]試弄南江曲　　　옥인이 남강곡을 시험 삼아 타니

流水高山[2]自在彈　　　유수고산의 뜻이 절로 연주되는데

塵海十年孤客耳　　　십년동안 세상 풍파를 겪은 나그네라

滿樓風露夜深寒　　　누각 가득한 이슬이 밤 깊도록 차갑다

---

4) 鎭(진): 한 지방이나 사회를 진정시킬 만한 권위나 덕망. 어루만져 편안하게 함.

1) 玉人(옥인): 옥같이 고운 이, 곧 성품이 온화하고 풍채가 멋있는 사람.

2) 流水高山(유수고산): 절친한 벗. 자세한 유래는 김극성(1474~1540)의 시 참조.

○ 김중청(金中淸, 1566~1629)

자 이화(而和), 호 구전(苟全)·반천자(槃泉子)

본관 안동. 봉화현 만퇴리(晩退里, 현 경북 봉화군 봉성면 봉성리) 출생. 3남 김주우(1598~1644)의 처조부가 오봉 이호민이다. 1608년 예안현 남양리(南陽里)로 이사했고, 1619년 8월 신안[성주]현감에서 파직되어 예천 구미당(九未堂, 현 명호면 풍호리 소재)을 짓고 은거했다. 외조부의 동생인 박승임·조목·정구의 문인이고, 정경세·김상헌·임숙영 등과 교유했다. 1610년 식년문과 급제해 감찰·천추사 겸 서장관(1614)·문학·정언·지제교(1621) 등을 지냈고, 인조반정 이후 출사하지 않았으며, 제자가 간송 조임도이다. 한편 그는 임진왜란 때 의병장 류종개(柳宗介)의 참모로 활약했으며, 또 1624년 이괄이 반란을 도모하자 의병을 일으켰다. 아래의 첫째 시는 각주의 『충장공유사』 기록에서 보듯이 기미년(1619) 2월에 지은 것이고, 둘째 시는 작품 편차로 보아 1622~1623년 분승지로서 선유사(宣諭使)에 차출되어 영남을 안찰할 때의 작으로 보인다.

「矗石樓韻」[1] 〈『구전집』 권2, 17b~18a〉 (촉석루 운)

將軍緩帶閑無事	장군이 띠 풀고 한가로이 공무가 없을 때
勝地重營煥大樓	승지에 병영을 중수하니 큰 누각 빛나도다
凌漢如今規更侈	하늘에 치솟아 지금 규모가 더욱 화려하고
漾巖依舊水橫流	바위에 출렁이며 예대로 물은 마구 흐르는데
忠魂尙咽黃昏近	충혼은 아직도 오열하고 황혼이 가까이 오니
殺氣行消紫靄浮	살기는 점차 가시고 자줏빛 노을이 떠오른다
安得春風一登睡	어찌하면 춘풍에 한 번 올라 편히 쉬면서
趾吾先正咏芳洲	우리 선현 뒤따라 꽃다운 물가를 읊어보나

退溪先生集中有是韻, 令柱宇[2]膳送晉牧, 仍有是作. 퇴계 선생 문집에 있는 이 시를

---

1) 남익화 편의 『충장공유사』 상(73b)에 상세한 작시 경위가 있는데, "전란 뒤 남영공[남이흥]이 부월을 쥐고 있던 때 누각을 다시 지어 규모를 더욱 크게 했다. 곧 평소 명현들의 제영 기록을 널리 찾아내어 다시 벽에 걸고자 했다. 그리고 선생 문집이 이곳에 있다는 것을 듣고 나에게 그 시를 뽑아서 베껴 부칠 것을 요청했는데 성심이 극진했다. 이에 주우가 그 뜻을 매우 기쁘게 여겨 도왔다. 때는 만력 기미년(1619) 춘은기망(2월 16일)으로 삼가 차운하여 촉석루의 우병사에게 부쳤다[兵火餘, 樓復成於南令公仗鉞之日, 而制尤宏. 仍欲廣索平時名賢題錄, 更揭于壁. 而聞先生文集在此, 請余拈出其詩謄寄, 頗致誠歟. 故柱宇深嘉其意, 以副焉. 時萬曆己未春旣朢, 敬次寄呈矗石樓節下]." 하였다.

2) 柱宇(주우): 봉화 만퇴리 출생이고, 부인은 이호민의 손녀이다. 조목의 문인으로 1624년 급제해 지평·전라도사·기장현감(1636~1638)·형조정랑·충청도사 등 하급직을 역임했고, 1644년 울진현령 한 달 만에 치소에서 병사했다. 초서와 예서에 뛰어나 그의 글씨를 얻은

주우로 하여금 베껴 진주목사에게 보내게 하면서 이 시를 지었다.

「矗石樓次韻 二首」〈『구전집』 권3, 18b~19a〉 (촉석루에서 차운한 두 수)

壁壓長湖凸作區　　　　　절벽이 긴 호수 짓눌러 볼록 나온 구역 되었고
棟凌危石抗成樓　　　　　기둥은 아찔한 바위에 세워져 누각을 떠받쳤다
初疑廣殿隣淸漢　　　　　처음에 넓은 전각이 은하수를 이웃한가 싶더니
却似輕舠泛碧流　　　　　도리어 경쾌한 배가 푸른 물 위에 뜬 것 같은데
林遠雨餘痕筆抹　　　　　비 그친 뒤 먼 숲은 붓으로 칠한 듯한 흔적이요
山低雲外勢鬟浮　　　　　구름 너머 나직한 산들은 쪽진머리가 뜬 형세라
嶺南形勝探來盡　　　　　영남의 명승지를 끝까지 찾아본들
伯仲於斯有幾州　　　　　이곳과 백중한 고을이 몇이나 있으랴

戰敗當年一廢區　　　　　그때 패전하여 황폐한 구역이 되었더니
登臨此日半空樓　　　　　등림한 오늘은 누각이 중천에 솟았구려
精忠幾逐江波逝　　　　　정충은 아마 강물 쫓아갔을 게고
寃恨還隨歲月流　　　　　원한은 다시 세월 따라 흐르도다
今古興亡天闔闢[3)]　　　고금 흥망은 하늘이 여닫히는 양
賢愚榮悴[4)]水沈浮　　　현우 성쇠는 물이 줄고 불어나듯
長吟獨吊三更夜　　　　　길게 읊조리며 한밤에 홀로 슬퍼할 제
新堞崢嶸繞舊州　　　　　새 성가퀴는 드높이 옛 고을을 둘렀네

자는 옥을 껴안는 듯 여겼으며, 어릴 때 대자(大字)의 촉석루 편액을 써서 이름이 회자되
었다. 본서 부록의 『도재일기』(1722)와 『진주목읍지』(1832)에는 12세 때, 이광정의 「역면
김공행기(易眠金公行記)」(『눌은집』 권19)에는 13세 때의 작으로 기술했다.
3) 闔闢(합벽): '闔'은 닫히다, '闢'은 열리다. 소옹(邵雍, 1011~1077), 『황극경세서』, 「관물」.
   "대개 하루의 밝고 어두운 것으로 한 해의 춥고 더운 것을 알고, 한 해의 춥고 더운 것으로
   일원(一元)의 닫고 열림을 안다.[蓋謂以一日之明暗, 而知一歲之寒暑; 以一歲之寒暑, 而知
   一元之闔闢]"
4) 榮悴(영췌): = 영고(榮枯). 성쇠. '悴'는 파리하다, 시들다.

○ 이경전(李慶全, 1567~1644) 자 중집(仲集), 호 석루(石樓)·서초(瑞草)

본관 한산. 아계 이산해(1539~1609)의 차남이고, 한음 이덕형의 처남이다. 1590년 증광시 급제 후 내직에 있으면서 사림과의 갈등으로 관작이 삭탈되었고, 1608년 광해군 즉위 후 복귀하여 형조판 서에 이르렀다. 그의 『석루유고』에는 아래 시가 전하지 않는데, 앞의 김지남과 남이공의 시로 볼 때 임술년(1622)에 지었음을 알 수 있다. 그는 1619년 2월 오도(五道) 체찰사에 임명되어 1623년 봄까지 지냈다.

「涵玉軒」(가제) 〈관찬, 『진주목읍지』 「제영」조, 1832〉 (함옥헌)

十指冷冷[1]藥珠曲[2]	열 손가락으로 청량하게 예주곡을
分明更爲客中彈	분명 다시 나그네를 위해 연주하거니
江樓入夜瑤絃急	강루에 밤 되자 거문고 줄 빨라지고
九月西風滿袖寒	구월 가을바람에 온 소매가 차갑구나

○ 조위한(趙緯韓, 1567~1649) 자 지세(持世), 호 현곡(玄谷)·소옹(素翁)

본관 한양. 서울 출생. 성혼(1535~1598)의 문인으로 권필·이안눌·허균·오숙·장유·신흠 등 학자들과 교유했다. 임진왜란 때 김덕령을 따라 종군했고, 1609년 문과 급제한 뒤 지평·장령·집의 등을 지냈으며, 1618년 2월 세상사를 잊기 위해 가족을 이끌고 외가인 남원에 내려가 있었다. 인조반정 이후 성균관 사성이 되었고, 1627년 정묘호란 때는 관군과 의병을 이끌고 항전했으며, 직제학 등을 거쳐 지중추부사(1647)에 이르렀다. 그는 1618년 4월 토포사였던 동생 조찬한(1572~1631)·남이 흥·양형우 등과 지리산을 유람한 적이 있다(『현곡집』 권14 「유두류산록」). 특히 남익화 편의 『충장공유사』에서 "戊午端陽過客弔詭子拜"라 했으므로, 이 시는 무오년(1618)에 지었음을 알 수 있다.

「矗石樓」[1] 〈『현곡집』 권6, 8a〉 (촉석루)

---

1) 冷冷(냉랭): 음운이 맑은 모양, 맑고 시원한 모양.
2) 藥珠曲(예주곡): 악곡의 이름으로 보이나 미상. '藥珠'는 예주궁(藥珠宮)의 준말로 도가의 경전에 나오는 선궁(仙宮)을 말함. '藥'는 예(蕊)의 속자.
1) 남익화 편의 『충장공유사』 상(71b)의 시제는 "남절도사 사호가 촉석루를 새로 지었는데, 형세가 매우 장려했다. 내가 마침 지나다가 등림하니 감개한 마음을 이길 수가 없어 애오 라지 써서 바쳤다[南節度士豪新構矗石, 勢甚壯麗. 余適過登臨, 不勝感慨之懷, 聊書以呈]." 라고 되어 있다. 아울러 문집과 『충장공유사』의 작품은 상호 간에 시어가 제법 다르다. 곧 2행은 편억(便憶)→억착(憶着), 3행은 육(六)→십(十), 5행은 즉간신구잉(卽看新構仍)→

高樓一上意悽悽	높은 누각 한 번 오르니 마음이 더욱 슬퍼
便憶孤城動皷鼙2)	외딴 성에 울려 퍼지던 북소리를 회상한다
六萬義兵同日死	육만 의로운 병사가 같은 날에 죽었나니
幾多冤鬼至今啼	원통한 귀신은 지금까지 얼마나 울었으랴
卽看新構仍形勝	보아하니 새로 지은 누각이 더욱 형승일진대
誰遣遊人更品題	누가 나그네를 보내 다시 우열 판정토록 하나
從此晉陽爲保障	이로부터 진양은 요충지가 되었거늘
將軍雄略古無齊	장군의 웅략은 옛날에도 갖춘 적 없었지

○ 조겸(趙珠, 1569~1652) 자 영연(瑩然), 호 봉강(鳳岡)

본관 임천. 진주 집현면 출신. 갑자사화 때 희생된 지족당 조지서(趙之瑞, 1454~1504)의 증손이고, 외사촌 동생이 태계 하진(河溍, 1597~1658)이다. 과거에 여러 번 응시했으나 불합격했고, 남명의 문인 성여신(1546~1632)·하혼(1548~1620)·정구 등을 종유했다. 1606년 하징(河憕, 1563~1624) 이 주도한 덕천서원 중건 때 외삼촌 하공효와 함께 유사로서 참여했다. 또 『진양지』 편찬에 동참했고, 1623년 가을에 성여신 등과 함께 지리산을 유람하고서 「유두류산기」를 지었다. 아래의 첫째 시는 문집 편차로 보아 1627~1633년의 작품이고, 둘째 시는 이경여의 관찰사 재직 기간으로 보아 1637~ 1638년에 지은 것으로 추정된다. 현재 진주성 내 있는 이수일 유애비의 비문(1606) 글씨를 썼다.

「矗石樓 次梁松川韻」〈『봉강집』 권2, 29쪽〉 (촉석루에서 양송천(양응정) 시에
　　차운하다)

古來居列1)擅名區	예부터 거열은 이름 떨친 구역인데
千尺巖頭起一樓	천 척 바위 끝에 누각 하나 세웠구나
遊覽騷人皆俊逸	유람 온 시인들은 모두 걸출했고
登臨詞客盡風流	등림한 문인들은 풍류를 다했거니

중첨쾌각개(重瞻快閣開), 6행은 갱(更)→감(敢), 7행은 진양위보장(晉陽爲保障)→강산증물
색(江山增物色), 8행은 웅략고무(雄略古無)→성예여지(聲譽與之)이다.
2) 皷鼙(고비): 말 위에서 두드리는 북. '皷'는 고(鼓)의 속자. 용어 일람 '고비' 참조.
1) 居列(거열): 진주의 옛 이름. 용어 일람 '거열' 참조.

中分二水吟邊涯　　가운데로 갈라진 강이 읊조릴 즈음 돌아들고
半落三山2)望裏浮　　하늘 밖 반쯤 떨어진 삼산이 눈앞에 떠 있네
時復琴歌明月下　　이따금 거문고 노래가 달빛 아래 나거늘
梅花曲罷按梁州3)　　매화곡 끝나자 양주곡을 튕기도다

「矗石樓 贈李監司敬輿4)」〈『봉강집』 권2, 37~38쪽〉(촉석루에서 감사 이경여에
　　게 보내다)

奇巖矗立晉陽東　　기암이 진양 동쪽에 곧게 서 있고
千尺高樓起半空　　천 척 높은 누각은 중천에 솟았는데
斷岳遠從方丈近　　높은 산은 멀리 지리산에서 뻗어내려 가까이 있으며
長江遙自德川通　　긴 강은 아득히 덕천강으로부터 흘러와 이어지구려
朱簾乍捲邀明月　　주렴을 잠깐 걷고서 밝은 달을 맞이하며
丹檻時憑引晩風　　난간에 때때로 기대어 저녁 바람 쐬거니
嶺外各區應第一　　영남 밖의 여러 곳에서 첫째로 치거니와
登臨詞客盡豪雄　　등림한 시인들도 모두 호방한 인물일세

---

2) 半落三山(반락삼산): 이백, 「등금릉봉황대」, 『이태백집』 권20, "삼산은 푸른 하늘 밖으로
　　반쯤 떨어져 있고 / 두 강물은 백로 모래톱에서 중간이 나뉘었네[三山半落青天外, 二水中
　　分白鷺洲]".
3) 梁州(양주): 양주곡(梁州曲). 슬픈 악곡의 이름.
4) 李監司敬輿(이감사경여): 이경여(1585~1657). 자 직부(直夫), 호 백강(白江)·봉암(鳳巖).
　　1609년 문과급제했고, 1637년 3월부터 이듬해 2월까지 경상감사를 지냈다. 선정비가 대구
　　경상감영 공원 안에 있다. 아들이 '촉석정충단비명'을 지은 이민서이다.

○ 윤훤(尹暄, 1573~1627) 자 차야(次野), 호 백사(白沙)

> 본관 해평. 오음 윤두수(1533~1601)의 아들로 성혼의 문인이다. 1597년 문과 급제해 동래부사
> (1605~1607)·경상도 관찰사(1617.4~1618.7) 등을 지냈고, 정묘호란이 일어나자 체찰 부사 겸
> 평안도 관찰사로서 적과 싸웠으나 성천으로 후퇴했다는 이유로 강화도에서 효수되었다. 『충장공유사』
> 의 원주를 보면 작가를 "萬曆戊午暮春兼巡察使尹暄"이라 소개했으므로, 아래의 시는 무오년(1618)
> 3월 작임을 알 수 있다. 참고로 『백사집』과 성여신 주편의 『진양지』에는 없고, 손서 박장원(1612~
> 1671)이 차운시를 지었다.

「南節度重建矗石樓 置酒高會 要余賦詩 若其江山之勝·樓觀之樂
　必有具眼大手者 鋪張之耳」〈남익화 편, 『충장공유사』(상), 71a~b〉(남절
도사〈남이흥〉가 촉석루를 중건하고 성대한 연회를 베풀어 내게 시 짓기를 청했는데,
저 강산의 빼어남과 누각의 즐거움은 반드시 안목 갖춘 대가가 있었기에 펼쳐진
것이다.)

南八男兒[1]節度雄	남팔 같은 대장부인 용맹한 절도사가
指揮能事架空中	능숙히 일을 지휘해 공중에 건너질러서
東南更起玆樓勝	동남 땅에 다시 이 빼어난 누각 세웠으니
物色長留萬古同	경치와 더불어 만고토록 길이 전하리로다
極望山川如夏口[2]	멀리 조망하니 산천은 하구와 같으며
滿城花柳又春風	성 가득한 꽃과 버들은 또 춘풍 속인데
落霞孤鶩滕王閣	저녁놀과 외론 따오기 보이는 등왕각에서
欲記重修語未工	중수 시 쓰려 하나 말이 공교롭지 않구려

---

1) 南八男兒(남팔남아): 당나라 안록산의 난 때 순절한 남제운(南霽雲)으로 충절의 상징. '南
八'은 남씨 가문의 형제 중 같은 항렬의 여덟째를 뜻함. 장순(張巡)이 수양성이 함락되자
그에게 "남팔아, 남아답게 죽으면 그만이니 불의에 굴복해서는 안 된다[巡呼雲曰南八, 男
兒死耳, 不可爲不義屈]."고 했다. 한유, 「장중승전후서」.
2) 夏口(하구): 중국 호북성 무창현의 지명. 소식, 「전적벽부」, "西望夏口, 東望武昌".

○ 조방직(趙邦直, 1574~1637) 자 숙청(叔淸), 호 수죽(修竹)

본관 풍양. 서울 반송방(盤松坊) 출생. 약포 이해수(1536~1599)와 성혼의 문인으로 1609년 문과급제했다. 벽사(碧沙) 찰방, 전적(1613), 병조정랑, 전라도사(1618), 장령, 사간, 집의, 청주목사, 우승지(1633) 등을 지냈다. 병자호란 때 신독재 김집(金集)과 함께 남한산성에 들어가 근왕하려 했으나 뜻대로 되지 않자 되돌아와 여러 고을에 격문을 보내어 의병을 모았으며, 병으로 죽는 순간까지 군량미 확보를 걱정했다. 아래 시는 작품 내용과 문집의 이 시 뒤 작품들로 보아 급제 후 승문원 재직 때 류희분(柳希奮)의 질투를 받아 장흥도호부의 벽사역 찰방으로 좌천되고 난 뒤에 지은 것으로 보인다.

「矗石樓」二首 〈『수죽유고』권1, 4a〉 (촉석루) 두 수

江閣登臨處	강가 누각에 올라
蒼茫對夕陰	아득히 석양빛 대하노라
風烟入短砌1)	바람 연기가 짧은 섬돌에 들며
物候費長吟	만물의 변화를 길게 읊조릴 제
古壘峰巒集	옛 성채에는 산들이 모여 있고
荒城歲月深	묵은 성에는 세월도 깊었거니
自然興感慨	자연히 사무치는 느낌 일어나건만
何以滌煩襟	무슨 수로 번뇌를 씻을 수 있으랴

「其二」 (둘째 수)

飛閣淸江上	높은 누각이 맑은 강가에 있고
殘春古壘間	늦은 봄은 옛 성 사이 남았거늘
良辰那可負	좋은 날을 어찌 저버릴 수 있으랴
高會共追攀	고상한 모임을 함께 따라잡을진대
對酒妨豪興	술 마셔보나 호탕한 흥취가 방해되며
臨銅愧暮顔	거울 대하자 세모의 얼굴이 부끄럽다
自嗟身更遠	신세 더욱 멀어짐을 스스로 탄식하거니
無夢到朝班	꿈속조차 조정 반열에 이르지를 못하네

---

1) 砌(체): 섬돌, 겹쳐 쌓다.

○ 류우잠(柳友潛, 1575~1635) 자 상지(尙之), 호 도헌(陶軒)

본관 전주. 안동시 임동면 수곡리(水谷里) 출생. 부친 류복기(柳復起, 1555~1617)가 임란 때 창의하자 19세 나이로 부대에 가담했고, 1594년 팔공산에서 왜적을 방어했으며, 정유재란 때는 곽재우가 지키고 있던 화왕산성에 달려가 부친을 따라 항전했다. 1627년 정묘호란 화의의 소식을 듣고 탄식한 뒤 오직 후진 양성에 매진했다. 한편 그는 화왕산성을 수비하던 중 숙부 류복립(柳復立, 1558~1593)이 순국한 진양성에 달려가 촉석루에서 치제하기도 했다. 여기에 수록한 시들은 작품 편차와 첫째 수의 시어 "干戈十載"를 참고할 때 정미년(1607) 작이 확실하다. 『도헌일고』는 『기양세고』 권3에 수록되어 있다.

「次晉陽淸心軒板上韻 奉呈兵相籌軒1)」〈『도헌일고』 권상, 5a~b〉(진양 청심헌 현판시에 차운하여 운주헌의 병상께 드리다)

往事茫然歲月流	지난 일은 아득히 세월 따라 흘렀고
人間地下恨俱悠	이승과 저승의 한이 모두가 유장토다
生憎2)江水深如許	한스러워라, 강물은 저렇게 깊어
未洗干戈十載愁	십 년 지나도 전쟁 시름 못 씻었네

「又次」〈『도헌일고』 권상, 5b〉(또 차운하다)

男兒涕泣亦區區	남아가 눈물 흘림이 구차하니
何忍登臨矗石樓	어찌 차마 촉석루에 등림하랴
骨肉3)念時心自割	골육 생각함에 심장이 절로 도려지고
亂離言處淚先流	난리 말하려니 눈물이 먼저 흐르는데
天陰猶聽寃魂哭	음침한 하늘에 아직도 원혼의 곡소리 들리는 듯하며
江濶空餘水鳥浮	넓게 트인 강에 부질없이 떠다니는 물새만 남았구려
誰道繁華添客興	번화함이 나그네 흥취를 보탠다고 누가 말했나
使人悲感是南州	서글픈 마음을 자아내는 남쪽 고을일 뿐이네

---

1) 兵相籌軒(병상주헌): '兵相'은 경상우병사 김태허인데, 정사호(1553~1616)의 시 참조. '籌軒'은 운주헌(運籌軒)으로, 병마절도사가 전략을 숙의하는 병영의 정청(正廳)을 말함.
2) 生憎(생증): 가증스럽다, 공교롭게도, 얄밉게도, 의외로. '憎'은 미워하다.
3) 骨肉(골육): 숙부 류복립을 말함.

○ 목대흠(睦大欽, 1575~1638) 자 탕경(湯卿), 호 다산(茶山)·죽오(竹塢)

본관 사천. 서울 청파리(靑坡里) 출생. 임란 때 강화도에 들어가 창의한 목첨(睦詹, 1515~1593)의 4남으로 고석 목장흠(1572~1641)의 동생이다. 1605년 급제 후 직강·정자를 지냈고, 매부인 김치(金緻, 1577~1625)·김상헌 등과 1608년 사가독서를 했다. 광주목사·동부승지·공조참의 등을 거쳐 1624년 이괄의 난 때 이원익의 종사관으로서 공을 세워 예조참의가 되었고, 강릉부사(1633)를 끝으로 벼슬살이를 마쳤다. 외교에도 능해 1616년 8월과 1618년 8월에 북경을 다녀왔다. 아래 시는 남익화 편의 『충장공유사』(상)(75a)의 "萬曆己未淸和節 督運使睦大欽"이라는 작가 소개로 볼 때 기미년(1619) 4월 독운어사를 지낼 때 지었음을 알 수 있다. 참고로 『충장공유사』에서의 시제는 「次示南節度」이고, 『대동시선』 권4(46쪽)에는 「矗石樓次示南節度以興」으로 되어 있다.

「矗石樓 次退溪先生韻」〈『다산집』 권2, 46b~47a〉 (촉석루에서 퇴계 선생 시에 차운하다)

大將[1]籌邊多暇日	대장이 변방 대비를 계획하다 틈나는 날
又從城土結層樓	다시 성 둑을 따라 높은 누각을 지었구나
地因人力埶方壯	지세는 인력으로 비로소 웅장하게 되었으며
江帶毅魂波不流	강은 굳센 넋을 품어 물결에도 아니 흐르네
疊石洪崖雲外立	첩첩 바위와 높은 절벽이 구름 위에 솟았고
落霞孤鷲望中浮	저녁놀과 외론 따오기가 눈앞에 떠다니는데
憑欄更待東林月	난간에서 동쪽 숲속 달을 다시 기다리니
笙鶴依然下十洲	선학이 변함없이 신선 세계에 내려앉네

---

1) 大將(대장): 경상우도 병마절도사 남이흥.

○ 조희일(趙希逸, 1575~1638) 자 이숙(怡叔), 호 죽음(竹陰)·팔봉(八峰)

본관 임천. 남명 조식의 생질인 이준민의 사위 조원(趙瑗, 1544~1595. 첩이 여류시인 이옥봉)의 3남이고, 며느리가 김상용의 손녀이다. 손녀의 아들이 창계 임영(林泳)이며, 종손자가 졸수재 조성기 (1638~1689)이다. 1608년 급제했고, 이조정랑 때인 1613년 5월 '칠서의 옥'에 연루되어 파직되었고, 또 김제남 역모 사건에 관련되어 추국을 당했다. 그 여파로 4년 뒤 평안도 이산(理山, 1617.1)~경상도 하동(1618.9~1619.5)으로 유배되었다. 사면된 그해 12월 모친상을 당해 장례를 치르고 충청도 덕산에 은거하다 인조반정 후 부수찬으로 복귀해 광주목사, 병조참판, 담양부사, 경상감사(1631) 등을 지냈다. 그리고 강릉부사 때인 1637년 11월 삼전도비문을 고의로 거칠게 지어 채택되지 않았다. 아래의 첫째 시는 **무오년(1618)** 하동 이배된 직후에 지었고(남익화 편, 『충장공유사』(상), "竹陰趙希逸怡叔 適 河東時作"), 둘째 시는 **기미년(1619)** 사면된 뒤의 작이다.

「晉陽節度南公以興重建矗石樓·城壕·樓櫓　百械修擧之餘　乃能留意好事　使古跡不泯　其志可尙也　且思死事之人　不覺愴然興懷適有誦得友人素灣翁詩韻　乃擬賦焉」〈『죽음집』 권6, 44b~45a〉(진양의 병마절도사 남이흥이 촉석루·성의 해자·망루를 중건하고 온갖 기구를 정돈하는 여가에 좋은 일에 마음을 두어 옛 자취가 인멸되지 않도록 했으니, 그 뜻이 가상하다. 또 나라 위해 죽은 사람을 생각함에 어느새 슬픈 마음이 일어나 마침 친구 소만옹〈조위한〉의 시를 얻어 읊었는데, 곧 그 뜻을 본떠 지었다.)

登臨不覺思悲悽	등림하니 어느새 비통한 일이 생각나거늘
義士當年死皷鼙	의사들은 그때 죽을 힘을 다해 북 울렸지
氣結風霆千古厲	기 맺힌 바람과 천둥은 천년토록 사납고
事傳書史幾人啼	변고 전하는 사서는 몇 사람을 울렸던가
江山如昨含餘恨	강산은 예처럼 남은 원한을 머금고 있는데
樓閣重新續舊題	누각 다시 지어짐에 옛 시를 이어가는구나
扃鐍1)倚公材力健	관문은 공의 재주와 든든한 힘에 의지했나니
莫論華構向時2)齊	건물 화려함은 접때와 똑같은지 따지지 마라

---

1) 扃鐍(경휼): 빗장과 자물쇠. 여기서는 남장대인 촉석루를 포함한 진주성.
2) 向時(향시): =향자(向者). 지난번, 전날. '向'은 嚮(향, 접때)의 뜻.

「矗石 再用素翁韻」〈『죽음집』권6, 50a~b〉(촉석루에서 소옹〈조위한〉의 운을 다시 써서)

灘聲咽咽復淒淒	여울물 소리는 흐느끼다 다시 철썩거리고
更皷3)仍聞第一鼚	밤중 북소리 나더니 군악소리 처음 들린다
戰鬼4)不堪當夜哭	전쟁 귀신은 감당치 못하도록 밤중에 곡하며
城烏何事向人啼	성채 까마귀는 무슨 일로 사람 향해 우는지
湖山滿目憑闌醉	강산이 눈 가득하니 난간에 기대 흥취 즐기고
風月盈襟放筆題	풍월이 가슴에 차서 붓 휘둘러 시 지어보는 터
宴罷莫收紅燭跋5)	잔치 끝났어도 붉은 촛불은 다 타지 않았는데
愛看霜竹與墻齊	서리 맞은 대가 담장과 나란하여 사랑스럽네

有烏千萬爲羣, 昏曉啼集, 『本草』所謂慈烏者也. 까마귀가 수없이 무리를 지어 새벽에 모여 울었는데, 『본초강목』에서 말한 자오(慈烏)이다.

○ 최연(崔葕, 1576~1651) 자 유장(孺長), 호 성만(星灣)

본관 삭녕. 남원부 출신. 1603년 문과급제해 출사했으나 대북파와 갈등하다가 파직되었다. 부친 미능재 최상중(1551~1604)이 이거한 구례 성계촌(星溪村＝성만)으로 귀향해 12년간 경사를 읽으며 두문불출했고, 인조반정 이후 사헌부 장령으로 복귀했다. 병자호란 때 좌승지로서 왕을 호종해 남한산성에 들어갔고, 이듬해 한성부 좌윤을 끝으로 산수에서 15년간 자적했다. 구례 산동면의 방산서원에 배향되고 있다. 아래 시가 실린 『성만집』은 『대방세고(帶方世稿)』권4~6에 들어 있다. 이 세고는 그의 부친, 동생 최온, 아들 최휘지(1598~1669)·최유지의 5인 시문을 합편한 것이다. 손자가 최계옹(1654~1720)이다.

「登矗石樓」〈『성만집』권상, 15b〉(촉석루에 올라)

城危徑側蒼厓陡1)　　우뚝한 성의 길가에 푸른 벼랑이 가파른데

---

3) 更皷(경고): 밤중에 시간을 알리기 위해 치는 북. '更'은 시각. '皷'는 고(鼓)의 속자.
4) 戰鬼(전귀): 임진년과 계사년의 진주성전투에서 죽은 장수와 병사.
5) 燭跋(촉발): 초가 밑동까지 다 탈 정도로 밤이 깊어감. '跋'은 밑동.
1) 陡(두): 험하다, 높이 솟다.

樓逈江深朱夏寒	누각 저 멀리 깊은 강은 한여름에도 차갑다
南接滄溟足雲霧	남쪽으로 이어지는 까마득한 바다에 운무 짙고
西隣方丈多峰巒	서쪽으로 이웃하는 지리산에 봉우리가 많구나
昔聞今上杜工部[2]	석문금상은 두공부가 노래했으며
興盡悲來王子安[3]	흥진비래는 왕자안이 읊었거니와
況復沙邊戰骨在	하물며 또 백사장에 전사자 유골 있거늘
忠魂欲弔摧心肝	충혼을 조상하려니 심장이 찢어지네

○ 신즙(申楫, 1580~1639) 자 여섭(汝涉), 호 하음(河陰)

본관 영해. 외가인 안동 송촌리(松村里) 출생. 청송 파천면 중평리에 살다가 청송 안덕면 만안(萬安)에 복거했다. 우복 정경세(1563~1633)의 문인으로 1606년 급제한 뒤 삼척교수·전적(1612) 등을 지내다가 문란한 조정을 보고 향리에 퇴거하여 10여 년간 명현들과 도의로 교유했고, 또 함창(咸昌) 율리에 별장을 지어 후진을 가르쳤다. 인조반정 후 구례현감(1623), 강원 도사(1626), 예안현감(1635), 사복시정(1639) 등을 지냈다. 한편 그는 병자호란 때 예천 용궁(龍宮)에서 거의해 의병장이 되어 문경의 김종일·강대수 등과 합세했다. 아래의 시는 정축년(1637) 7월 형조정랑으로서 경상도 점마(點馬)의 명을 받고 동래 절영도를 거쳐 진주 흥선도(興善島, 현 남해 창선도)에 들어가 계를 올린 것으로 볼 때(「행장」, 「묘지명」 참조), 그때 지은 것으로 짐작된다.

「矗石樓懷古」〈『하음집』 권1, 16a〉(촉석루에서 옛일을 떠올리며)

此地曾經百戰餘	여기는 일찍이 온갖 전투 벌어진 뒤라
悠悠往事但欷歔[1]	아득히 옛일 생각하며 그저 흐느낄 뿐
蟲沙猿鶴今何在	죽은 병사들은 지금 어디에 있는지
城郭山川摠自如[2]	성곽과 산천은 모두 예전 그대로인데

---

2) 工部(공부): 두보가 지낸 벼슬 이름. 두보, 「등악양루」, 『두소릉시집』 권22, "옛날 동정호를 듣고 / 지금 악양루에 올랐더니 / 오와 초는 동남으로 트였고 / 하늘과 땅이 밤낮으로 떠 있네[昔聞洞庭水, 今上岳陽樓, 吳楚東南坼, 乾坤日夜浮]".

3) 子安(자안): 당나라 왕발의 자. 「등왕각서」, "하늘은 높고 땅은 아득해 우주의 무궁함을 깨닫고, 흥이 다하면 슬픔이 오기에 차고 비는 운수를 알겠다[天高地逈, 覺宇宙之無窮; 興盡悲來, 識盈虛之有數]".

1) 欷歔(희허): = 희허(歔欷). 훌쩍거리며 울다. '欷'는 흐느끼다. '歔'는 흐느끼다.

哭泣已成歌舞日	곡읍했건만 이미 가무 즐기는 세월로 변했고
太平還憶亂離初	태평함에도 되레 난리 당시를 생각하게 되니
登臨忍把三盃酒	높이 올라 술 석 잔을 차마 들어볼지라도
恨入長江尙未除	남강에 서린 한은 여전히 지울 수 없구려

○ 조정립(曺挺立, 1583~1660) 자 이정(以正), 호 오계(梧溪)

조부 조몽길이 함창에서 처가로 이거한 합천군 묘산면 도옥리(陶沃里) 출생. 남명 제자인 도촌 조응인(曺應仁)의 아들로, 종숙부인 매호 조우인(1561~1625)과 정인홍의 제자이다. 1609년 문과급제했고, 1617년 인목대비 유폐를 반대하다가 북청판관으로 좌천되었다. 이듬해 영덕현령(1618~1624)으로 복귀한 뒤 평양서윤·성주목사(1641~1642)·정주목사(1646~1649)를 지냈다. 퇴휴해 합천 봉산면 김봉리의 봉서정(鳳棲亭, 1988년 압곡리 이건)에서 지냈고, 만년에는 덕천서원 원장(1657)이 되었다. 장남 조시량(曺時亮)은 1651년 진주판관을 지냈다.

「題矗石樓」〈『오계집』 권2, 12a~b〉(촉석루에 제하다)

畫野[1]當年占別區	경계 나누던 그때에 차지한 별세계
晉陽形勝此高樓	진양 형승은 이곳의 높은 누각이라
脩篁怳立三湘[2]岸	우거진 대는 어스레하게 삼상 벼랑에 섰고
巨浸疑從七澤[3]流	큰 물결은 아마도 칠택에서 흘러온 물일 터
薄暮漁歌烟外斷	해거름 어부 노래는 안개 밖에서 끊기며
淸宵商舶月中浮	맑은 밤 장사 배는 달빛 속에 떠 있는데
可憐未死英雄恨	가련토다, 죽지 않은 영웅의 원한이
化作寒波咽古洲	찬 물결 이루어 옛 물가에 흐느끼네

---

2) 自如(자여): =자약(自若). 종전과 같은 모양, 태연한 모양.

1) 畫野(획야): =획야분주(畫野分州). 고을을 구획함. 『한서』 권28 「지리지」, "옛날 황제가 배와 수레를 만들어 통하지 않던 곳을 다니게 했고, (…중략…) 들을 그어 고을을 나누니 백리의 나라가 1만 구였다[昔在黃帝, 作舟車以濟不通, (…中略…) 畫野分州, 得百里之國萬區]".

2) 三湘(삼상): 중국의 대나무 산지로 이름 있는 소상(瀟湘)·이상(離湘)·증상(蒸湘)을 가리킴. 흔히 상강 유역과 동정호 일대를 지칭하는 말로 쓰인다.

3) 七澤(칠택): 초나라의 일곱 연못. 오숙(1592~1634)의 시 참조.

○ 박돈복(朴敦復, 1584~1647) 자 무회(无悔), 호 창주(滄洲)

본관 무안. 영해 인량리(仁良里, 현 영덕군 창수면 소재) 출생. 외삼촌인 운악 이함(1554~1632)과 여헌 장현광의 문인이다. 1624년 급제 후 정언, 전라 도사, 장령, 김해부사(1644~5) 등 내외직을 두루 역임했다. 특히 갑술년(1634) 7월 형조정랑으로서 진주판관에 부임해 11월까지 4개월 동안 재직하면서 진주의 고질적 폐단을 혁파했다. 이는 1605년 우병사 오정방 때부터 시작된 둔전·조지(造紙)·도침(搗砧)·군급(軍給)·가포(價布) 등의 문제점을 조목조목 지적한「진주진폐장(晉州陳弊狀)」(『창주집』 권2)을 관찰사를 경유해 사헌부에 상신함으로써 가능했다. 그리고 병자호란 때에는 하음 신즙과 편지로 출진 전략을 의논했고, 이식(1584~1647, 자 汝固)과 도의로 교유했다.

「次矗石樓韻 贈李澤堂汝固植」〈『창주집』 권1, 18b〉(촉석루 시에 차운하여 택당 여고 이식에게 주다)

千古江山別作區	천고의 강산에 특별히 만든 구역
滿城風雨獨登樓	성 가득한 비바람에 홀로 등루했거늘
英雄有恨魂相吊	영웅은 한이 있는지 넋이 서로 조상하며
河漢無情水自流	은하수는 무정한지 물이 절로 흐르고야
三島飛仙丹竈[1]近	선경에 신선의 단조가 가까이 있는 듯하고
一林脩竹翠陰浮	온 숲에 뻗은 대의 푸른 그늘이 떠 있도다
至今盛事求遺老	지금 성대한 일로 원로를 찾아보니
說道人才半在州[2]	인재 반이 고을에 있다고 말한다네

---

1) 丹竈(단조): 도가에서 신선 되는 단약(丹藥)을 만들 때 사용하는 아궁이. '竈'는 부엌.

2) 이첨(李詹, 1345~1405)은 "수산물과 토산물을 해마다 나라에 바치는 것이 영남 여러 주의 반을 차지하고, 인물이 이 고을에서 난다. 도덕이 풍성하고 문장이 성대하여 나라에 도움이 되는 것이 더욱 많다[歲出氷土物以貢國者, 居嶺南諸州之半, 人物之生於是邑, 道德之豐, 文章之盛, 有補於國者, 尤多焉]."라고 평하였다. 『쌍매당집』 권22「잡저」〈진양평〉.

○ 손삼변(孫三變, 1585~1653) 자 덕혼(德渾), 호 추월헌(秋月軒)

본관 밀양. 경상도 창녕현 북리(北里) 출생. 조실부모해 과거를 그만두고 학문에 전념했고, 스승인 부용당 성안의(成安義, 1561~1629)가 1624년 제주목사로 부임하자 그곳에 따라가서 수년간을 함께 머물렀다. 또 스승이 도의로 교유한 백암 김륵과 족조인 오한 손기양(1559~1617)에게도 배웠다. 만년에는 성산면 연당리의 연화봉 아래 '추월헌'을 지어 영재를 길렀다. 아래의 시는 손붕원의 졸년과 문집의 다른 시로 보아 1628~1635년 작으로 추정된다.

「與楊拙軒1)許國·曹白巖2)光啓·孫迂叟3)鵬遠·成遯邨4)橿 登矗石樓」

〈『추월헌집』 권1, 7b〉 (졸헌 양허국, 백암 조광계, 오수 손붕원, 둔촌 성률과 함께 촉석루에 올라)

綠漲長江今古流	녹색 물결의 장강이 고금에 흐르고
晉陽城郭半汀洲	진양 성곽이 물가의 반을 차지했네
危巖花落佳人恨	아슬아슬한 바위의 떨어진 꽃은 가인의 한이요
戰壘雲沈壯士愁	전쟁 치른 성루의 검은 구름은 장사의 시름이라
風月常多無主地	풍광으로는 대개 주인 없는 곳이 많지만
乾坤第一有名樓	천지 사이에 제일로 이름난 누각 있구나
龍蛇浩惻還如昨	용사년 재난은 다시 엊그제 같아
惹起雄懷此日遊	영웅의 감회가 이는 오늘의 유람

---

1) 拙軒(졸헌): 양허국(1576~1660)의 호. 성안의의 문인으로 『졸헌집』이 있으며, 현재 창녕 유어면 광산리의 광산서당(光山書堂)에 그의 아들 양원(1597~1650)·손자 양도남(1624~1701)과 함께 배향되고 있다.

2) 白巖(백암): 조광계(1585~?)의 호. 자 내옥(乃玉). 부용당 성안의의 문인으로 한강 정구가 세운 백암정(白巖亭, 창녕 고암면 원촌리)에서 후진을 양성했다. 사위가 송지일(1620~1675)이다.

3) 迂叟(오수): 손붕원(1588~1635)의 호. 10여 년 성안의의 문하에서 식견을 깨우침.

4) 遯邨(둔촌): 성률(1588~?)의 호. 문학으로 유명했으나 과거에 급제하지 못함.

○ 권극중(權克中, 1585~1659) 자 정지(正之), 호 청하(靑霞)

전라도 고부(古阜) 송산(현, 정읍시 이평면 팔선리 서산마을) 출생. 처음에는 최명룡, 나중에는 김장생·김집의 문인이 되었다. 정두경·양경우·이식 등과 시주(詩酒)로 종유했고, 조찬한은 그를 "東方文宗"이라 칭했다. 1612년 진사시 합격해 잠시 태학에 머문 적이 있으나 1618년 인목대비 유폐 사건이 발생하자 고부와 순창 등지에 은둔하면서 삼교(三敎)를 관통하는 학문을 추구했고, 특히 단학에 일가를 이루어 『참동계주해』(1639)를 저술했다. 아래 두 편의 시는 우병사 남이흥이 촉석루 중건 낙성식을 개최한 무오년(1618) 7월 7일 작이다. 하강진(2014), 86~88쪽과 136~137쪽 참조.

「矗石樓夜宴」 七夕日 〈『청하집』 권4, 3a〉 (촉석루에서 밤잔치) 칠석날

銀漢星辰會	은하수와 뭇별이 모여들고
華筵酒饌雄	화려한 자리에 술안주 풍성한데
繡衣1)官督運	어사는 배 운송 감독을 관장하고
虎節2)位元戎	절도사는 병영을 담당하나니
水月南樓勝	강달 비치는 남쪽 누각 빼어나고
江山赤壁同	강산은 적벽과 한가지로다
紗籠翳明燭	사롱에 가려진 밝은 촛불은
不畏落梧風	오동잎 지게 하는 바람에도 끄덕 없네

「矗石篇 爲南兵相作」 七十句 〈『청하집』 권1, 20a~22a〉 (촉석편을 남병사(남이흥)를 위해 짓다) 칠십구(140행)

士有冠切雲3)	선비가 높다란 절운관을 쓰고
飄然湖海遊	초연히 강호 유람에 나서거니
久聞矗石好	촉석루 좋다는 말 들은 지 오래

---

1) 繡衣(수의): 수놓은 화려한 옷으로 어사(御使)의 별칭. 여기서는 조운을 감독하는 조도사 종사관으로서 철물경차관(鐵物敬差官)이던 천파 오숙(1592~1634)을 말함.
2) 虎節(호절): 병마절도사가 소지하던 부절(符節)로, 대개 구리로 호랑이 모양을 주조한 다음 뒷면에 명문을 새겼음.
3) 冠切雲(관절운): =절운관(切雲冠). 머리 위로 솟구친 모양의 관. 『초사』 「구장」 〈섭강〉, "눈부신 긴 칼을 허리에 차고 / 높다란 절운관을 머리에 썼네[帶長鋏之陸離兮, 冠切雲之崔嵬]".

今來登此樓	지금 와 이 누각에 올랐어라
兩南有三勝	영호남의 세 형승이
角立4)爭雄酋	자웅을 맞서 다투는데
廣寒水爲小	광한루는 물이 적고
嶺南山不優	영남루는 산이 못하다
山水兩相稱5)	산수 둘 다 어울리기로는
矗石居上頭	촉석루가 앞자리를 차지하나니
飛樓架赤壁	높은 누각이 적벽에 세워져
俯瞰澄江流	맑은 강물을 굽어보는데
觚稜6)倒水底	누각 모서리는 물에 거꾸로 비치고
金碧驚潛蛟	금벽 단청은 이무기를 놀라게 한다
氷簾揷簷吻7)	수정 주렴은 처마 끝에 매달렸으며
雨瀑生瓦溝	세찬 빗물이 기왓골에 흘러내리거늘
斯其大厦態	이야말로 웅장한 건물의 자태이고
軒敞實寡仇8)	처마는 높아 실로 비할 것 없어라
池臺好興廢	해자와 누대는 자주 성쇠하거니
天地幾春秋	천지는 몇 해를 지났느뇨
伊昔火雞歲9)	저 옛날 정유년에
島夷陷此州	왜구가 이 고을 무너뜨려
江水積京觀10)	강물은 시체 더미로 쌓이었고

---

4) 角立(각립): 빼어남, 서로 버티어 굴복하지 않음. '角'은 다투다.
5) 稱(칭): 어울리다, 적합하다.
6) 觚稜(고릉): 건물에서 가장 높고 뾰족하게 내민 모서리. '觚'는 모난 각. '稜'은 모서리.
7) 簷吻(첨문): 처마 끝. '吻'은 사물의 뾰족하게 내민 끝, 입술.
8) 왕찬, 「등루부」, "지붕이 처한 곳을 바라보니 / 정말로 높아서 비할 것이 없다[覽斯宇之所處兮, **實顯敞寡仇**]". '敞'은 높다. '仇'는 짝.
9) 火雞歲(화계세): '火'는 오행으로는 정(丁)이고, '雞'는 간지 유(酉)에 해당하므로 정유년 (1597)을 말함. 하지만 진주성이 무너진 해는 계사년(1593)임.
10) 京觀(경관): 큰 구경거리. 여기서는 전공을 보이기 위해 적의 시체를 높이 쌓고 크게

華堂成廢丘	화려한 집은 황폐한 언덕 됐지
干戈二十年	전쟁 끝난 지 이십 년 지났어도
海隅偏瘡疣11)	바닷가는 상처 난 곳 있지만
晉陽是雄鎭	진양은 강성한 번진이로다
擇牧得南侯	목사로 선택된 남병사는
中軍12)好男子	중군의 헌걸찬 남자인데
緩帶拖輕裘	군복 입지 않고 홀가분한 몸차림으로
征南不尙武	남쪽 다스릴 제 무예만 숭상하지 않고
鉅平13)專用柔	거평처럼 한결같이 부드러움을 베풀어
閭閻獲安堵	집집이 편안함을 얻게 되자
公館思重修	공관의 중수를 생각했도다
經營嗇民力	건물 지음에 백성의 힘을 아끼고
調度14)運神籌	일 처리함에 신묘한 꾀 발휘하며
眼前突兀15)勢	눈앞에 우뚝 솟는 형세를 갖추도록
胸中密勿16)猷	마음속으로 면밀한 계획을 세웠었지
楣間揭扁額	문미 사이에 편액을 내거노니
大字誇勁遒17)	큰 글자가 힘찬 필치 뽐내거늘
安得瓊琚文	어찌하면 주옥같은 문장으로
記事詳而周	상세하고도 골고루 기록할까
恨無霞鶩手18)	한스럽게도 하목 묘사하는 솜씨 없어

봉분한 것을 뜻함.

11) 瘡疣(창우): 상처가 나다. '瘡'은 부스럼, 상처. '疣'는 사마귀.

12) 中軍(중군): 주장(主將)이 거느리는 정예 군대.

13) 鉅平(거평): =거평자(鉅平子). 진나라 장군 양호(羊祜)의 봉호. 용어 일람 '완대' 참조.

14) 調度(조도): 일을 고르게 처리함, 생각하여 헤아림, 세금을 걷음.

15) 突兀(돌올): 우뚝 높이 솟은 모양. '突'은 불룩하게 나오다.

16) 密勿(밀물): 열심히 노력함, 간격이 없이 아주 밀접함. '勿'은 부지런히 힘쓰는 모양.

17) 勁遒(경주): 서화의 필세, 힘 있는 문장. '勁'은 굳세다. '遒'는 세다, 씩씩하다.

18) 霞鶩手(하목수): 놀과 따오기를 묘사하는 솜씨. 시어 '霞鶩'은 왕발의 「등왕각서」에 나오

美景難以酬	아름다운 경치를 부응하기 어렵노라
丹靑夏告訖	단청을 여름에 마치고서
落成秋卽謀	낙성식은 가을에 하기로 하고
問史諏[19]時日	사관에게 자문해 시일 택한 뒤
馳書戒賓儔	편지를 보내 손님들에게 알렸지
良辰屬重七	좋은 날은 바로 칠월 칠석이라
新月正如鉤	초승달은 꼭 갈고리 같은데
繡衣吳御史[20]	수의 입은 오어사가
不期住征騶	뜻밖에도 말을 멈추었고
寶城鄭太守[21]	보성 정태수도
同日下軒輶[22]	한날 수레에서 내렸다
賤子[23]踵而至	나도 뒤따라 도착해서
白面[24]謁靑油[25]	백면서생으로 막부 배알하니
二難[26]若符節[27]	주인과 손님이 한마음이고
四美不楯矛	네 가지 좋은 일은 모순되지 않아

는데, 여기서는 그와 같은 글재주가 없음을 뜻함. 용어 일람 '낙화고목' 참조.

19) 諏(추): 꾀하다, 의논하다.

20) 吳御史(오어사): 천파 오숙(1592~1634). 자세한 것은 본서의 오숙 시 참조.

21) 鄭太守(정태수): 양경우(1568~1629)의 「역진연해군현~(歷盡沿海郡縣~)」(『제호집』권11)에 의하면, 1618년 5월 4일 그가 해창에서 만난 보성군수는 정홍량(鄭弘亮)이다. 또 오숙이 보성에 머물 때 그와 더불어 지은 「보성관유별정사군(寶城館留別鄭使君)」・「차임거사운시정사군(次林居士韻示鄭使君)」(『천파집』권1) 시 두 편이 있다.

22) 軒輶(헌유): 사신이 타는 수레. '軒'과 '輶'는 수레.

23) 賤子(천자): 자신을 겸손하게 일컬을 말임.

24) 白面(백면): 연소하여 빛이 흰 얼굴, 곧 연륜이나 경험이 부족함.

25) 靑油(청유): = 청유막(靑油幕). 푸른빛의 유막인데, 장수가 거처하는 막부를 뜻함. '油幕'은 비바람이나 추위를 막기 위하여 장막 위에 덮는 기름을 먹인 베.

26) 二難(이난): 두 가지 함께 갖추기 어려운 것으로, 어진 주인[賢主]과 훌륭한 손님[嘉賓]이 흔히 않게 자리를 함께 하다. 왕발, 「등왕각서」, "四美俱, 二難幷".

27) 若符節(약부절): 부절을 합친 듯이 마음이 한 가지임. 『맹자』「이루(하)」, "나라 안에서 뜻을 얻으니 부절을 합한 듯하다[得志行乎中國, 若合符節]".

南侯發大嗃[28]	남병사가 큰 웃음을 터뜨리는구나
天與今夕休	하늘이 멋진 오늘 밤을 주었거니
登時設巨宴	오르는 즉시 큰 잔치를 베풀어
釃酒宰肥牛	술 거르고 살진 소를 요리했다
廣庭樹牙纛[29]	넓은 마당에는 대장의 깃발 서 있고
列校環貙貅[30]	늘어선 부대엔 용맹한 군사 에웠는데
妓圍[31]分行隊	기녀들이 여러 줄로 무리를 나눠
眄睐[32]射淸眸	곁눈으로 맑은 눈길을 보내더니
筵長便舞佾	자리에 늘어서서 곧장 춤추며
梁逈應歌喉	들보 멀리 노랫소리가 퍼진다
狂聲奏觱篥[33]	거침없는 소리는 피리의 연주이고
艶調語箜篌	농염한 곡조는 공후의 어음이어라
奇觀有角觝	기이한 구경거리로 씨름판이 있으며
雜戲看打毬[34]	잡스러운 놀이로 격구 벌임을 볼진대
校壯徵擊釼	씩씩함 견주려 칼싸움을 벌이게 하고
觀德[35]命抗帿[36]	성덕 관찰하러 과녁 걸어두게 명했네

---

28) 嗃(갹): 크게 웃다, 껄껄 웃다.

29) 牙纛(아독): 고아대독(高牙大纛)의 준말. 관찰사나 대장의 집무처에 설치한 깃발. '高牙'는 장상이 행차할 때 세우는 높다란 깃대로 상아로 장식함. '大纛'은 대장 깃발.

30) 貙貅(비휴): 용맹한 장수나 군대의 비유. 옛날에 길들여 전쟁에 썼다는 맹수의 이름.

31) 妓圍(기위): =육병풍(肉屛風). 기녀들을 둘러 세워서 병풍으로 삼는 일. 당나라 때 "신왕이 겨울철에 눈보라로 추위가 매서울 때 궁중 기녀들을 자기 좌석 곁에 빽빽이 둘러 세워 한기를 막고는, 스스로 '기위'라 불렀다[申王每至冬月, 有風雪苦寒之際, 使宮妓密圍於坐側以禦寒氣, 自呼爲妓圍]."는 데서 유래함. 왕인유, 『개원천보유사』 권2.

32) 眄睐(면래): 눈동자 굴리는 모양, 뒤돌아보는 모양. '眄'은 애꾸눈. '睐'는 한눈을 팔다.

33) 觱篥(필률): 가로로 부는 피리로 8개의 구멍이 있음. '觱'은 필률. '篥'은 피리.

34) 打毬(타구): =격구(擊毬). 막대기를 사용해 정해진 문에 나무로 만든 공을 넣는 놀이.

35) 觀德(관덕): 활쏘기는 성덕을 관찰하기 위한 의식.『예기』「사의」, "射者, 所以觀盛德也". 또 경상우병사의 집무청 이름이 '관덕당'인데, 자세한 것은 본서 성여신의「청심헌중건상량문」각주 참조.

36) 抗帿(항후): '抗'은 들다, 들어 올리다. '帿'은 후(侯)와 같음.『시경』「소아」〈빈지초연〉, "큰 과녁 이미 걸어두고 / 화살 먹여 잡아당기네[大侯旣抗, 弓矢斯張]".

團欒興方洽	단란한 흥취가 한창 흡족하거늘
晷景37)苦不脩	해그림자는 그다지 길지 않아
終宵旣秉燭	밤새도록 촛불을 밝혔으되
明日又縶鞦38)	내일이면 또 밀치끈을 매야 할 터
賓心欲休息	손님들 마음은 더 쉬고 싶었고
主意尙綢繆39)	주인의 정은 더욱 두터웠노라
叨陪40)大夫席	외람되이 대부 연석에 참석했고
濫厠神仙舟	분수 밖에 신선의 배를 탔었네
南江漲千頃	일천 이랑 남강이 불어나도
畫舸抛不收	배는 놔두고 거두질 않고서
上下十許里	위아래로 십여 리
泝洄41)恣夷猶42)	물 거슬러 가는 대로 배회하니
紆餘43)靑楓岸	푸른 단풍은 기슭에 우거지고
繚繞44)白蘋洲	흰 개구리밥은 물가에 둘렸는데
近灘波覺駛	여울 가까이선 물살이 빨라지며
尋源潭轉幽	근원 찾아드니 못은 한층 그윽하다
掠過浣紗女	빨래하는 여인을 스쳐 지나갈 제
衝起隨波鷗	물결 따라 뜬 갈매기들 화들짝 놀라네
饔人45)薦鮮膾	요리사가 신선한 회 올리도록
網師46)收罝罦47)	어부는 그물을 거두어들이노니

---

37) 晷景(구경): 햇빛, 해그림자. '晷'는 그림자, 햇빛.
38) 縶鞦(집추): 밀치끈을 매다, 곧 말을 타고 떠날 준비를 하다. '縶'은 매다. '鞦'는 밀치끈.
39) 綢繆(주무): 심원함, 그윽함, 서로 얽힘. '綢'는 얽히다. '繆'는 얽다.
40) 叨陪(도배): 분수 넘치게 자리에 함께 함, 외람되이 모심. '叨'는 외람되이.
41) 泝洄(연회): 물을 따라 거슬러 올라감. '泝'은 연(沿)의 속자로 따라 내려가다의 뜻.
42) 夷猶(이유): =이유(夷由). 배회함, 망설이는 모양. '猶'는 주저하다.
43) 紆餘(우여): 물이 꼬불꼬불 흐르는 모양, 재주가 뛰어나 여유작작한 모양. '紆'는 굽다.
44) 繚繞(요요): 둘러쌈, 소매가 긴 모양. '繚(료)'는 감기다, 얽히다.
45) 饔人(옹인): 요리하는 사람. '饔'은 조리하다.

鳴榔唱水調48)	노 저으며 수조곡을 부르고
擊汰歌棹謳	물결 헤치며 뱃노래 부른다
遐情似遺世	고상한 정취는 속세를 떠난 양하고
遠意悅乘桴49)	원대한 뜻은 뗏목 탄 듯 황홀하여라
艤船三忠廟	배를 세 충신 모신 사당에 댔거니
義魄今在不	의로운 혼백은 지금 어디 있는가
將軍蹈白刃50)	장군은 시퍼런 칼날을 밟았고
士卒赴淸湫	병사는 맑은 못에 뛰어들었지
身亡節不墜	몸은 죽었지만 충절은 계승되며
事敗名卽留	일은 실패했으나 명성은 남았거늘
當時設不死	그때 설령 죽지 않았더라면
今日已浮漚51)	지금 벌써 거품 되었으리라
捐生揭日月	버린 목숨은 일월처럼 빛나고
苟活同蜉蝣	구차한 삶은 하루살이 같을진대
拜手酹以酒	공손히 술을 부어 바치노라니
猿鶴疑喁啾	원학이 시끄러이 우는 듯하네
叢篁依古堞	수북한 대숲은 옛 성가퀴에 의지하며
栖鳥四方投	깃드는 새들은 사방에서 모여드는데
峽天近瞑色	골짝 하늘은 점차 어둑해지고
朔吹涼颷颲52)	북풍 불어 바람소리 서늘함에

---

46) 網師(망사): 어부. '網'은 그물질하다. '師'는 전문적인 기예를 닦은 사람.

47) 罝罦(저부): 새나 짐승을 잡는 그물. '罝'와 '罦'는 그물.

48) 水調(수조): 수나라 양제가 강도(江都)에 갔을 때 처음 지은 것을 당나라 때 새로운 사조로 발전시켰다고 한다. 곡조가 은근하면서도 애절한 음조를 띠는데, 소식의 「수조가두(水調歌頭)」가 널리 알려져 있다.

49) 乘桴(승부): 뗏목을 탐, 곧 은둔 지향. 유래는 권호문(1532~1587) 시의 각주 참조.

50) 蹈白刃(도백인): 위험을 무릅쓰고 용기를 내어 죽음. 용어 일람 '백인' 참조.

51) 浮漚(부구): 물결 위의 거품, 매우 덧없는 것. '漚'는 거품, 담그다.

52) 颷颲(표류): 거센 바람 소리. '颷'는 표(飆)의 속자. '颲'는 바람 소리.

鸒斯53)—萬族	갈가마귀가 무수히 무리 지어
叫噪54)天中浮	지저귀며 하늘을 날아간다
依然戰場態	여전한 전쟁터의 모습이
使我增旅愁	나에게 나그네 우수를 더하거늘
回橈順波去	노를 돌려 물결 따라 내려가자
蠟炬迎江陬	횃불이 강 모퉁이에서 맞이하네
再宿淸心閣55)	다시 청심각에서 묵을진대
風錚響琅璆56)	풍경이 울리는 옥 소리에
酒醒不成寐	술 깨고서 잠 못 이루는 건
中心如有憂	마음속 걱정이 있음이라
主公57)授我簡58)	주공이 내게 서간을 주었거니와
分韻59)已得尤	분운에서 '尤' 운을 이미 얻었으니
不命亦且承	명하지 않았더라도 받들면 되지
況復煩有求	어찌 다시 번거로이 구하리오
向者五言律60)	지난번의 오언율시는
詞意愧雕鎪61)	의경과 수식이 부끄러운데
當吟千百字	지금 천백 자로 읊조려서

---

53) 鸒斯(여사): 즐겁게 나는 갈가마귀. '鸒'는 갈가마귀, '斯'는 어조사. 『시경』 「소아」 〈소완〉,
  "저 즐겁게 나는 갈가마귀여 / 한가로이 노닐다 돌아가네[弁彼**鸒斯**, 歸飛提提]".
54) 叫噪(규조): 시끄럽게 지저귐. '叫'는 규(叫)의 속자. '噪'는 지저귀다. 떠들다.
55) 淸心閣(청심각): 촉석루 동각인 청심헌.
56) 琅璆(낭구): '琅(랑)'은 옥 이름. '璆'는 옥 소리.
57) 主公(주공): 낙성식 잔치를 베푼 경상우도 병마절도사 남이홍.
58) 授我簡(수아간): 시를 지어달라고 부탁함. '簡'은 시문을 적는 종이. 사령운의 족제인 사
  혜련(407?~433)의 「설부(雪賦)」에 의하면, 한나라 때 양효왕이 토원(兎園)에서 주연을 베
  풀고 놀면서 사마상여에게 서간을 주어[**授簡**於司馬大夫] 자신을 위해서 눈에 대한 시를
  짓도록 부탁한 고사가 있음. 『문선』 권13 〈물색〉.
59) 分韻(분운): 사람들이 어울려 수창할 때 운자를 나눈 뒤 각자 그 추첨한 운에 따라 시
  짓는 방식을 말함.
60) 五言律(오언율): 오언율시, 곧 앞의 「촉석루야연」 시를 말함.
61) 雕鎪(조수): 시문을 짓다. '雕'는 새기다. '鎪'는 아로새기다.

庶慰心繆悠[62)	얽힌 심사를 달래보거늘
一副主公願	한편으로 주공의 바람에 부응하고
一免江山羞	한편으로 강산의 수치는 면했으면
吾聞岳陽樓	내 듣자하니 악양루는
古今題詠稠	고금의 제영이 빼곡하다는데
東韓稱矗石	동국에서 칭송되는 촉석루
形勝共相述	형승을 함께 짝할 만할지니
恭題七十韻[63)	삼가 칠십 운을 지어
遠和韓與劉[64)	멀리서 한·유에게 화답하노라

○ 조임도(趙任道, 1585~1664) 자 덕용(德勇), 호 간송(澗松)

본관 함안. 초자 치원(致遠). 생육신 조려의 장남 조동호의 고손으로, 조부 조정언이 정착한 함안군 가야읍 검암리(劍巖里) 출생. 일찍이 김중청과 고응척에게 배웠고, 1607년 부친 조식(趙埴, 1549~1607)과 숙부 조방이 주선한 용화산 뱃놀이에서 스승 장현광, 정구, 곽재우 등 34명과 즐겼다(박상절, 『기락편방』〈1757〉 참조). 1611년 정인홍을 규탄하고는 은거했으며, 1618년 이후 칠원 내내(柰內, 현 칠서면 계내리)와 영산 용산촌(龍山村, 현 창녕군 남지읍 용산리)으로 옮겨 살았다. 인조반정 이후에도 벼슬을 끝내 사양한 징사(徵士)였고, 1633년 용화산 기슭에 합강정(合江亭, 현 함안 대산면 장암리 소재)을 지어 수양처로 삼았고, 김해 신산서원 원장(1634~1635)을 지냈으며, 문집 외 『금라전신록(金羅傳信錄)』(1639)이 있다. 아래 시의 창작 시기는 제주(題注)에 있듯이 기유년(1609)이다.

「矗石樓偶吟」 己酉 〈『간송집』속집 권1, 5b~6a〉 (촉석루에서 우연히 읊다) **기유년 (1609)**

夢落仙區久	신선 세계를 꿈꾼 지 오래
靑藜偶獨來	청려 짚고 우연히 홀로 왔더니

---

62) 繆悠(무유): '繆'는 얽다, 어긋나다. '悠'는 근심하다, 멀다.

63) 七十韻(칠십운): 이 시 전체의 길이는 70운, 곧 140행 700자의 5언 장편이다.

64) 韓與劉(한여유): 악양루를 제재로 지은 당나라 한유(768~824)의 5언 장편(46운) 「악양루 별두사직(岳陽樓別竇司直)」(『창려집』권2)과 유장경(劉長卿)의 7언율시 「악양루」(『전당시』 권151)를 말함.

江深千丈水	강은 깊어 천 길 물이요
石聳十層臺	돌은 솟아 십 층 누대로다
形勝名長在	이름난 형승이 길이 전하거늘
興亡世幾回	세상사 흥망은 몇 번이었나
高樓登眺處	높은 누각 올라 멀리 조망하다가
感歎一含哀	탄식하며 한바탕 슬픔에 잠기노라

○ 박희문(朴希文, 1586~1659) 자 자빈(子彬), 호 금은(琴隱)

본관 함양. 경상도 예천 개포리(開浦里) 금은동(현 개포면 금리) 출생. 추월당 한산두(韓山斗)의 제자로, 김응조·정윤묵·조정융 등과 교유했다. 부친 박환(朴瓛)이 별세한 이후 벼슬에 뜻을 접고 평생 처사로서 산수에 은거하며 가난하게 살았다. 그가 1647년 향리에 건립한 자연정(自然亭)이 남아 있다. 외증조부는 퇴계의 묘지명이 있는 구암 황효공, 외조부는 상주목사 황흠(黃欽, 1512~1590), 외삼촌은 농고 황언주(1553~1632)이다.

「次晋州矗石樓韻」 二首 〈『금은유집』 권1, 10b〉 (진주 촉석루 시에 차운하다) 두 수

平生性癖在名區	평생 굳어진 취미는 명승지에 있나니
此日沈吟獨倚樓	오늘 깊이 읊조리며 홀로 누각 기댔노라
景物雖佳多肉眼[1]	경치는 아름다우나 안목 없는 이가 많거늘
淸遊誰與話風流	누구랑 청아한 유람하며 풍류를 이야기할까
淸江老石傷心麗[2]	청강과 바윗돌은 마음 시리도록 아름답고
白鷺靑鳧滿目浮	백로와 청둥오리들은 눈에 잔뜩 떠다니네
可惜當年城失守	서러워라, 그때 성을 잘 지키지 못해
至今猿鶴哭蒼洲	지금도 죽은 장수들 통곡하는 물가여

---

1) 肉眼(육안): 속인의 평범한 눈, 곧 안목이 없는 사람.
2) 두보, 「등왕정자(滕王亭子)」 제1수, 『두소릉시집』 권13, "청강과 비단결 바위는 마음 아프도록 아름답고 / 고운 꽃술과 무성한 꽃이 눈 가득 아롱지네[淸江錦石傷心麗, 嫩蘂濃花滿月斑]".

矗石聞名久	촉석루 이름을 들은 지 오래되나
登臨恨未曾	등림의 한을 일찍 풀지 못했거늘
今來揩遠目	오늘에야 눈 문지르고 먼 곳 보며
長嘯倚風燈	길게 읊으면서 풍등에 의지하거니
形勝雖堪賞	형승은 기발하여 감상할 만한데
遺芳底處憑	사후 명성이 의거한 곳은 어디뇨
凄凉一片石	서늘한 한 조각 돌이
留與後人稱	후인의 칭송을 남겨 두었네

○ 박공구(朴羾衢, 1587~1658) 자 자룡(子龍), 호 기옹(畸翁)

본관 순천. 부친 용담 박이장(1540~1622)이 합천에서 이거한 영천(靈川) 용담리(龍潭里, 현 경북 고령군 쌍림면 소재) 출생. 재취 장인이 자암 이민환(1573~1649)이고, 사위가 동계 정온(鄭蘊)의 아들 정창모(鄭昌謨)이다. 스승 정구의 총애를 받았고, 1612년 진사시 합격했다. 음보로 출사했으나 1615년 임금에게 상소문을 올렸다가 미움을 받아 낙향한 뒤 성리학 연구에 몰두했다. 인조반정 후 학생으로 천거되어 교수관에 제수되었으나 얼마 지나지 않아 돌아왔다. 병자호란 화친 소식을 듣고는 낙동강 가에 은거해 '숭정처사(崇禎處士)'라 불렸다. 최동집(최흥원의 5대조)·이필행·이윤우·조경·강백년(1603~1681, 강세황의 조부) 등과 절친했다. 아래의 시들은 작품 내용, 심연과 오숙의 관련을 볼 때 사근도(沙斤道) 찰방(1630.1~1633.6) 때인 신미년(1631) 겨울에 지었음을 알 수 있다.

「矗石樓 別沈潤甫[1]」〈『기옹집』 권3, 3b〉 (촉석루에서 심윤보와 헤어지다)

驄馬[2]銀鞍細柳營	은제 안장에 총마 타고 온 진주성
石樓虛館有逢迎	촉석루 빈 관사에서 만나니 반가워
淸罇滿意空蛇影[3]	맑은 술을 실컷 먹으며 술잔을 비우다가

---

1) 潤甫(윤보): 심연(沈演, 1587~1646. 호 圭峰)의 자. 사헌부 지평(1630.7~1632.2 재임) 때인 1631년 9월부터 이듬해 1월까지 경상도 어사로 파견되어 무재(武才)를 시험하고, 수령의 군무를 순찰했다. 『기옹집』을 보면 이 시 앞에 「서순무어사심윤보연계축삼수(書巡撫御史沈潤甫演契軸三首)」가 있다.

2) 驄馬(총마): 청백색의 털이 뒤섞인 말로, 어사가 타고 다니던 말의 별칭.

3) 空蛇影(공사영): 뱀 그림자가 없음, 곧 술잔이 비었다는 뜻. 옛날에 두선(杜宣)이 술잔에 뱀이 있는 것을 보았으나 술자리 성격상 억지로 마셔 그날 바로 복통이 일어났다. 얼마

錦瑟[4]多情逐鳳聲[5]　　거문고를 다정히 뜯으며 신선 음악 좇는다

倚玉[6]自憐懷直道　　옥수를 의지해 곧은 도 품으나 스스로 가엾고

飮冰[7]無計緩嚴程[8]　　얼음물 마시니 빠듯한 일정을 늦출 수 없어라

柏臺[9]沙驛[10]還千里　　사헌부와 사근역은 또 천릿길이거니

兩地相思月共明　　두 곳을 생각할 땐 밝은 달이 함께 하리

「矗石雪後 吳天坡[11]」〈『기옹집』 권3, 3b〉 (촉석루에서 눈 온 뒤 오천파에게)

戰勝能肥[12]無策功　　싸움에서 이겨야 살찔 텐데 세운 공은 없으나

腰間龍劍[13]有雌雄　　허리춤에 찬 자웅의 두 보검이 있노매라

후 벽에 걸린 활 그림자[弩影]가 술잔에 뱀 모양으로 비친 것을 알고는 즉시 나았다 한다. 『태평어람』 권23 「시서부」.

4) 錦瑟(금슬): 옻칠에 비단 문양을 새긴 좋은 거문고.

5) 鳳聲(봉성): 봉소(鳳簫)의 소리, 곧 신선의 음악. 자세한 것은 유호인(1445~1494)의 「촉석루 차교은운(矗石樓次郊隱韵)」 각주 참조.

6) 倚玉(의옥): 변변치 못한 사람이 훌륭한 인물에게 의지함. 여기서는 심윤보를 높여 부른 말임. 위나라 명제가 왕후의 동생 모증(毛曾)과 하후현(夏侯玄)을 같은 자리에 앉히자, 하후현이 자신의 초라함을 매우 부끄러워했는데, 당시 사람들이 "갈대가 옥수에 기대어 있다[蒹葭倚玉樹]."라 평하였다. 『세설신어』 「용지」.

7) 飮冰(음빙): 얼음물을 마심, 곧 사신의 임무 수행을 뜻함. 『장자』 「인간세」, "오늘 아침에 내가 사신의 명령을 받고는 속이 달아올라 저녁때 얼음물을 마셨다[今吾朝受命, 而夕飮冰]".

8) 嚴程(엄정): 엄중한 여정. 곧 어사로서 기한 내에 임무를 마쳐야 하는 심연의 여행길.

9) 柏臺(백대): =백부(柏府). 심연이 지평으로 있던 사헌부의 별칭.

10) 沙驛(사역): 사근도에 속한 사근역(沙斤驛), 사근도는 사근역(현 함양군 수동면 화산리 소재. 찰방 주재)을 위시해서 소로에 위치한 임수[안음], 제한[함양], 유린[삼가], 벽계·신안[단성], 신흥[의령], 정곡[산음], 안간·정수·소남[진주], 마전·율원·횡포·평사[하동] 등 15개 역을 관할했다. 옛길박물관 편, 『1747년 사근도 역 사람들』, 민속원, 2017. 참고로 경상도 소촌도(召村道)에 관해서는 이소한 시의 각주에서 다루었다.

11) 天坡(천파): 경상도 관찰사(1631.10~1632.10)를 지낸 오숙(1592~1634)의 호. 『기옹집』을 보면 이 시 앞에 「여이사역승 병체횡포역 사상오천파숙여호백 동방두류산팔영루(余以沙驛丞病滯橫浦驛使相吳天坡翻與湖伯同訪瑣流山八咏樓)」가 있다.

12) 戰勝能肥(전승능비): 자기 자신을 이김. 극기복례. 자승(自勝). 자하(子夏)가 증자(曾子)에게 자기 마음속에서 치열하게 대결하는 선왕의 도의와 부귀의 즐거움을 승부 내지 못해 몸이 말랐다가 도의가 그 싸움에서 이제 마침내 이겨 몸이 살쪘다[戰勝故肥]고 말한 고사가 있다. 『한비자』 권8 「유로(喩老)」.

13) 龍劍(용검): 보검(寶劍)의 대명사. 춘추시대 오나라의 장인 간장(干將)이 아내 막야(莫邪)

身隨玉節14)歸何速 　　몸은 옥절 따라서 어이 빨리 돌아가려는지

心似靈犀15)意已通 　　마음은 영서와 같아 뜻이 벌써 통했나니

官閣對床燒燭夜 　　관청에서 상을 마주해 촛불 밝힌 밤이요

江城吹笛落梅16)風 　　강성에서 피리를 부니 낙매의 곡조로다

懸知別後相思處 　　이별 뒤의 그리움을 미리 알아서인지

微霰蕭蕭古驛中 　　싸락눈이 옛 역에 쓸쓸히 내리누나

「矗石 與諸賢 共賦二首」〈『기옹집』 권3, 4b〉 (촉석루에서 제현과 함께 지은 두 수)

何處人間有具區17) 　　인간 세상 어디에 큰 호수 있게 하여

元龍湖海臥高樓 　　호기로운 원룡을 높은 누각에 눕게 했나

披來繡闥朱塵爛 　　수놓은 문을 열어보니 붉은 티끌 선명하고

捲盡細簾綺霧流 　　비단 주렴 다 걷으니 멋진 안개 흐르고야

彩檻怳從天上坐 　　고운 난간 황홀하니 천상에 앉은 듯하고

仙舟宛在鏡中浮 　　신선 배는 완연히 거울 속에 떠 있구려

吟詩已得江山助 　　시 읊조릴 제 벌써 강산의 도움 얻었나니

何必燕公18)到岳州 　　장열인들 굳이 악주에 머물 필요 있으리오

와 함께 왕 합려의 명에 의해 3년 만에 음양법으로 자검(雌劍)과 웅검(雌劍) 두 칼을 제작
했다고 한다. 『태평어람』 권343, 『오월춘추』 권4 「합려내전」

14) 玉節(옥절): 지방관의 징표.

15) 靈犀(영서): =일점영서(一點靈犀). 신령스러운 서각(犀角)으로, 두 사람의 마음이 무언중
에 서로 잘 통하는 데 비유함. 무소의 두 뿔 속에 한 가닥의 흰 줄이 관통해 서로 감응하
는 전설이 있다.

16) 落梅(낙매): 악부 횡취곡(橫吹曲)의 하나인 〈낙해화(落梅花)〉. 이백, 「여사낭중음 청황학
루상취적(與史郎中飲聽黃鶴樓上吹笛)」. "황학루 위에서 옥피리 불어대니 / 강성 오월에 낙
매화 곡조로다[黃鶴樓中吹玉笛, 江城五月落梅花]."

17) 具區(구구): 오나라의 큰 호수. 초의 운몽(雲夢), 진(秦)의 양화(陽華), 진(晉)의 대륙(大陸),
양의 포전(圃田), 송의 맹제(孟諸), 제의 해우(海隅), 조의 거록(鉅鹿), 연의 대소(大昭) 등과
더불어 구수(九藪)의 하나. 『여씨춘추』 「유시」.

18) 燕公(연공): 현종 때 악양루를 중건한 장열(667~730)의 봉호. 용어 일람 '악양루' 참조.

翔天傑閣控眞區	먼 하늘 우뚝한 누각이 멋진 구역에 누른 것은
上界羣仙本好樓	천상계의 여러 신선이 본디 누각 좋아했음이라
萬古江山留物色	만고의 강산이 경치를 남겨 두었거늘
幾人吟詠擅風流	몇 사람이나 읊어 풍류를 독차지했나
憑欄靜夜灘聲急	고요한 밤에 난간 기댔더니 여울 소리 급하고
拄笏[19]淸晨爽氣浮	맑은 아침 홀로 턱을 괴니 상쾌한 기운 이는데
燕寢淸香森畫戟	침실엔 맑은 향내 나고 화려한 창들이 삼엄하니
閒情渾欲逼蘇州[20]	고아한 풍류는 모두가 소주와 방불한 것 같구려

○ 한몽삼(韓夢參, 1589~1662) 자 자변(子變), 호 조은(釣隱)·적암(適巖)

초명 몽인(夢寅). 진주 정수리(丁樹里, 현 이반성면 평촌) 출생. 한계(韓誡)의 차남으로 한준겸과는 삼종간이고, 매제가 조종도의 3남 조영혼(趙英混)이다. 정구·장현광의 문인으로 1613년 생원시 합격했지만 광해군의 폐모 소식에 분개해 출사를 포기했다. 병자호란 때 의병장으로서 거병했으나 화의가 성립되자 통곡한 뒤 함안 군북의 적암에 은거했으며, 당시 미수 허목(1595~1682)이 한번 그를 보고는 의기투합해 깊이 교유했다. 학행으로 천거되어 1639~1640(3개월) 경상도 자여도 찰방을 지냈고, 1658년 함안 칠북의 남양(南陽)에 이사했다가 3년 뒤 정수리로 돌아와 여생을 마쳤다. 서예가 뛰어나 1619년 7월 「고목사김후시민전성극적비」의 글씨를 썼으며, 그 무렵 촉석루 석벽의 각자 '一帶長江 千秋義烈' 글씨도 썼다. 하강진(2014), 310~315쪽과 429~436쪽 참조.

「矗石樓 次板上韻」 〈『조은집』 권1, 13b〉 (촉석루에서 현판시에 차운하다)

天地初開別一區	천지개벽 때 특별히 마련한 이곳에
何年好事起斯樓	그 언제 호사가가 이 누각 세웠나
層軒遠接靑山影	처마 저 멀리 이어진 청산은 그림자 지고

---

19) 拄笏(주홀): 진(晉)의 왕휘지가 자유분방하여 일찍이 환충(桓冲)의 참군으로 있을 적에 환충이 업무 볼 것을 요구하자 그는 대답조차 하지 않고 수판(手版)으로 턱을 괴고서 먼 곳을 바라보다가 말하기를, "서산이 이른 아침에 상쾌한 기운 불러온다[西山朝來, 致有爽 氣耳]." 했던 데서 온 말이다. 『세설신어』 「간오」.

20) 蘇州(소주): 위응물(737~804)을 가리킴. 그는 일찍이 소주자사를 지냈는데, 한아하고 담박한 _그의 시풍은 흔히 도연명에 비유된다. 이와 관련해 용어 일람 '화극' 참조.

彩檻低搖碧水流　　　　난간 아래로 일렁대는 푸른 물이 흐른다

斗覺登臨如羽化　　　　올랐더니 어느새 신선인 양 느끼다가

却疑身世等萍浮　　　　어느새 신세가 부평초 같은 생각 되네

求封萬戶[1]還非分　　　만호후 벼슬 구함은 외려 분수가 아니거늘

願夢三刀臥[2]此州　　　바라건대 영전한다면 이 고을을 다스리리

○ 곽천구(郭天衢, 1589~1670) 자 사형(士亨), 호 구봉(九峯)

서울 출생. 겨우 4세 때 임진왜란을 만나 가산이 탕진된 탓에 자력으로 공부해 1615년 식년시·1616년 증광시 급제했다. 가주서·예조좌랑·지평·필선 등을 역임했고, 외직으로 네 고을의 태수·경상도 도사(1625~1626)·진주판관(1630) 등을 지냈다. 한편 그는 1618년 서장관으로 중국을 다녀온 뒤 인목대비가 유폐되자 그 부당함을 상소함으로써 황해도의 신계와 호남의 순천에 유배되었다가 2년 뒤 복직했다. 아래의 시는 제주(題注)에 있듯이 **무자년(1648)** 봄에 지은 것이다.

「題晉州矗石樓」〈『구봉유고』, 8a〉 戊子春, 隨尉陽牧[1]登是樓, 盧思愼·李弘冑亦來.

（진주 촉석루에 제하다）**무자년(1648)** 봄에 위관 진양목사를 따라 이 누각에 올랐는데, 노사신과 이홍주 또한 왔다.

高樓百尺屹江濱　　　　백 척 높은 누각이 강가에 우뚝하고

萬景森羅眼底紛　　　　온갖 경치가 눈 아래 펼쳐져 어지럽다

沙渚晴光鷗刷玉　　　　빛깔 해맑은 모래톱에 갈매기가 고운 털을 털며

海天閑影鶴驅雲　　　　그림자 한가로운 바닷가에 학이 구름을 헤쳐가네

堪憐魚腹埋香粉　　　　고기 뱃속에 묻힌 향기가 정말 사랑스럽고

更把螭頭[2]刻籀文[3]　　더욱이 큰 비석에 전서가 새겨져 있음에랴

---

1) 封萬戶(봉만호): 높은 벼슬을 차지함. 자세한 풀이는 유호인(1445~1494)의 시 참조.

2) 臥(와): ＝와치(臥治). 누워서 다스림. 유래는 본서 배신의 「촉석루서」 각주 참조.

1) 陽牧(양목): 진양목사. 1648년 봄 당시 진주목사는 김소(金素, 1602~1666)였고, 이해 7월 11일 호조정랑 정호인(1597~1654, 호 양계)이 진주목사에 제수되었다.

2) 螭頭(이두): 용의 머리를 새긴 큰 비석. 여기서는 김시민 전공비. '螭(리)'는 교룡.

3) 籀文(주문): 사주(史籀)가 만든 대전(大篆). 대개 비문의 액자(額字)는 전서체로 새김.

喚取西隣無限酒　　서쪽 이웃에게 많은 술을 가져오게 하여

金杯滿酌屬諸君　　금잔에 술을 채워 그대들에게 권하노라

○ 이민구(李敏求, 1589~1670) 자 자시(子時), 호 동주(東州)·관해(觀海)

본관 전주. 지봉 이수광의 차남. 1612년 장원급제한 후 수찬·이조참판·대사간 등을 두루 거쳤고, 병자호란 때 검찰부사로서 강화도를 방어하지 못한 죄로 영흥(1637~1643)과 아산(1643~1647)에서 유배 생활하다가 1647년 사면되었으나 끝내 서용되지 못했다. 한편 경상도 관찰사(1624.3~1625.4)로 부임한 그해 8월 도내 관리와 선비들을 초청해 잔치를 베푼 광경을 화가에게 주문해 그린 〈촉석루연회도〉(『풍산김씨 세전서화첩』, 1860년대)가 전한다. 아래 시는 『충장공유사』의 '萬曆 戊午冬觀海 李敏求'라는 작가 정보로 보아 무오년(1618) 겨울 때의 작임을 알 수 있다. 성여신 주편의 『진양지』와 관찬 『진주목읍지』(1832)에도 이 시가 수록되어 있지만 정작 『동주집』(한국문집총간 94)에는 빠져 있다.

「王程1)出晉 屬樓2)新落 書奉南節度」〈남익화 편, 『충장공유사』(상), 73a~b〉(왕명을 받들고 가던 길에 진주에 가니 부속 누각이 새로 낙성되었으므로 남절도사〈남이흥〉에게 써서 드리다.)

重拓樓居抗彩虹　　중건한 누각에 고운 빛 무지개가 걸쳐 있나니

新驅造化奪神功　　새로 부린 조화는 신령한 공력 앗은 결과로다

鋪張傑構歸年少　　거대한 누각 꾸미는 일은 연소자에게 돌렸고

收拾雄觀屬歲窮3)　　웅장한 경관 담는 일은 세밑에 맡겨두었네

疊石雲烟憑檻外　　겹겹 바위의 구름 안개는 난간 밖에 깔렸고

長江氣勢捲簾中　　긴 강의 기세는 주렴을 걷어 올리게 하는데

早知登望從公日　　진작 공을 따라 그때 올라가 보았더라면

不記昌黎老禿翁4)　　창려의 몽당붓은 기억해내지 않았으리

---

1) 王程(왕정): 왕명을 받은 관리의 여정. 당시 어떤 직책이었는지는 미상.

2) 屬樓(속루): 부속 누각, 곧 함옥헌. 1618년 촉석루 본루에 뒤이어 중건함. '屬'은 따르다.

3) 屬歲窮(촉세궁): 한 해가 마무리되는 늦겨울에 시 지었음을 뜻함. '屬'은 맡기다.

4) 昌黎老禿翁(창려노독옹): 이민구가 남이흥의 촉석루 중건을 제재로 시를 옮게 된 일을 겸손히 표현한 말임. '昌黎'는 한유(768~824)의 호로, 그의 「모영전(毛穎傳)」에, "상이 모

○ 강대수(姜大遂, 1591~1658) 자 학안(學顏), 호 한사(寒沙)·추간(秋磵)

초명 대진(大進). 경상도 합천군 묘산면(구, 심묘면) 팔심리(八尋里) 출생. 당암 강익문(1568~1648)의 장남이고, 장현광 문인이다. 1612년 문과급제해 출사했으나 1614년 정온의 해배를 청하다가 강원도 회양에 유배되었다. 인조반정으로 복귀해 호조좌랑·남원부사(1638)·동래부사(1639~1640)·진주목사(1641.3~1643.11)·밀양부사(1647~1650)·전주부윤 등을 지냈다. 한편 1645년 덕천서원 원장을 지냈고, 이듬해 합천 이연서원을 창건했으며, 1654년 의령의 덕곡서원을 창건하는 데 앞장섰다. 하강진(2014), 316~323쪽 참조.

「亂後[1] 久廢鉛槧[2] 猝蒙使相錄示 不敢不刻畫唐突[3]」[4] 〈『한사집』 권1, 27b〉 (전란 이후 저술을 오랫동안 그만두었는데, 갑작스레 관찰사의 녹시를 입었기에 모자라지만 짓지 않을 수 없다.)

戰場無恙[5]只名區	전쟁터가 탈 없기로는 이 명구뿐이고
人世虧成[6]百尺樓	세상사 흥망이 배여 있는 백 척 누각이라
納納乾坤遙岳立	광대한 천지에 멀리 산들이 아득히 솟았고
溶溶今古大江流	예나 지금이나 큰 강이 넘실넘실 흐르는데

영의 머리가 빠진 것을 보았고, 또 써낸 것도 상의 뜻에 맞지 않았다. 상이 웃으며 '중서군이 늙어 머리털이 빠졌으니 내 일을 맡기지 못하겠구나.' 했다[上見其髮禿, 又所纂畵, 不能稱上意. 上嘻笑曰 中書君老而禿, 不任吾用]."라는 서술이 있다.

1) 亂後(난후): 『한사집』의 시제에서 '亂後'가 세 번 등장하는데, 모두 정축년(1637) 이후에 쓴 시이다. 따라서 '亂'은 임진왜란이 아닌 병자호란을 지칭한 것임을 알게 된다.

2) 鉛槧(연참): 문필이나 저술하는 일. '鉛'은 붓에 묻히는 납 가루, '槧'은 나무로 깎은 판때기로 문자를 기록하는 도구. 이익, 『성호사설』 권30 「시문문」 〈연참〉.

3) 刻畫唐突(각화당돌): 재주나 용모가 비교되지 않음. '刻畫'는 새기고 그림, 곧 아름답게 꾸미다. '唐突'은 범하다. 진나라 유량(庾亮)이 주의(周顗)를 악광(樂廣)에게 비유하자, 그가 "어찌 (추녀)무염을 단장시킨들 (미인)서시를 능가할 수 있으랴?[何乃**刻畵**無鹽, **唐突**西施也]" 했다는 고사가 있음. 『진서』 권69 「주의전」.

4) 『한사선생연보』(36a)에 의하면, **계미년(1643) 6월** 도승지 양파 정태화(1602~1673)가 경상도 관찰사 재임시(1642.6~10) 목격한 진주목사 강대수의 치적을 장계에 적어 조정에 보고했다고 한다. 이 시는 정태화의 녹훈 소식을 듣고 지었으므로 창작 시점은 이해 6월 이후로 추정되고, 현재 촉석루 시판으로 걸려 있다.

5) 戰場無恙(전장무양): 전장이 근심 없음, 곧 병자호란 때 참화가 진주를 비켜 갔다는 뜻임. 일각에서 임진왜란 때의 배경으로 보나 진주가 가장 참혹한 전쟁터였던 점에서 '無恙'이 될 수 없음. '恙'은 근심. 걱정.

6) 虧成(휴성): 성공과 실패. 이루어짐과 무너짐. '虧'는 이지러지다.

船橫官渡7)隨緣在　　　배는 관청 나루에 비낀 채 사연 따라 머물며
鷗占烟波得意浮　　　갈매기는 안개 물결 차지해 마음껏 떠다니네
景物有餘佳況少　　　경치 넉넉하나 좋은 일은 더욱 적어
詩情寥落晉康州　　　시의 정취가 쓸쓸한 진주 고을

○ 윤순지(尹順之, 1591~1666) 자 낙천(樂天), 호 행명(涬溟)

본관 해평. 조부가 윤두수이고, 외조부가 심의겸이며, 장인이 박동열이다. 종조부 윤근수에게서 가학을 계승했고, 1620년 급제해 가주서로 관로에 들어갔다. 1627년 정묘호란 때 부친 윤훤이 평안감사로서 적을 막지 못한 죄로 효수되자 파산(坡山) 별장에서 10년간 은거했고, 병자호란 때 남한산성으로 어가를 호종했다. 환도 후 복직해 1643년 병조참의 때 통신사 상사에 임명되어 일본을, 1658년 사은사 부사로서 연경에 다녀왔다. 1664년 좌참찬으로 지내던 중 경기도 관찰사(1653.7~1654.1) 때 옥사를 잘못 처리한 일이 다시 불거져 파직되었다. 참고로 그의 『행명재시집』에는 아래 시가 없고, 출처인 『진주목읍지』에서 신분을 '어사'로 기재했으나 정확한 시기는 미상이다.

「矗石樓」(가제) 〈관찬, 『진주목읍지』 「제영」조, 1832〉 (촉석루)

節鎭1)雄腴2)擅九區　　　웅장하고 비옥한 진영은 천하 으뜸이며
更臨蒼壁架層樓　　　게다가 푸른 벼랑에 층층 누각 임했네
淸都3)物色移眞界　　　고을의 경치는 신선 세계를 옮겨왔고
蓬島烟霞在上流　　　봉래산의 안개 노을이 상류에 머무는데
葉嶼花潭4)天半落　　　연잎 섬과 연꽃 못이 하늘 반쯤에 떨어져 있고
白沙芳草地偏浮　　　흰 모래와 향긋한 풀은 땅 외진 곳에 떠 있도다
依然身世參寥廓5)　　　본디 이 신세야 하늘 끝에 더불어 있거니와

---

7) 官渡(관도): 관청에서 설치한 나루.
1) 節鎭(절진): 절도사가 관할하는 진영.
2) 雄腴(웅유): 웅장하고 비옥함. '腴'는 살지다, 기름지다.
3) 淸都(청도): 옥황상제가 산다는 천상의 궁궐로, 진주를 가리킴.
4) 葉嶼花潭(엽서화담): 연잎 섬과 연꽃 못, 곧 아름다운 경치. 왕발, 「채련곡」(『전당시』 권 55), "연잎이 섬이 되고 연꽃은 못이 되어 시야 끝까지 너른데 / 강가에서 월나라 곡을 노래하니 그리움이 더욱 사무치네[葉嶼花潭極望平, 江謳越吹相思苦]".

忘却落蹤滯遠州　　쓸쓸한 자취를 망각한 채 먼 고을에 머무네

○ 오숙(吳翻, 1592~1634) 자 숙우(肅羽), 호 천파(天坡)

본관 해주. 경기도 안성시 양성면 덕봉리 출생. 1605~6년 경상우병사 겸 진주목사를 지낸 오정방(吳定邦)의 손자이고, 부친이 오사겸이다. 양자는 「의암기(義巖記)」를 지은 오두인(1624~1689)이며, 정대륭(정문부의 차남)의 처남이다. 1612년 문과급제한 뒤 승문원 권지정자를 시작으로 황해도 관찰사(1633.8~1634)에 이르기까지 내외직을 두루 거쳤고, 중국을 진주사(1619)·사은사(1624)로서 두 차례 다녀왔다. 또 정묘호란 때에는 동부승지가 되어 어가를 강화도까지 호종했다. 한편 경상도 관찰사(1631.10~1632.10)로 지낼 때 김성일의 「촉석루일절」을 시판으로 내걸어 훗날 극적으로 전하게 된 계기를 마련했다. 하강진(2014), 284~286쪽 참조.

「矗石 逢七夕」[1] 〈『천파집』 권1, 36b〉 (촉석루에서 칠석을 맞이하여)

近海蒸炎瘴[2]	가까운 바다의 장기가 무더워
憑高欲散愁[3]	높은 곳 올라 시름을 삭이려니
如何七夕雨	어찌 칠석에 비가 내려
又作一年秋	또 한 해 가을을 만드나
天上銀河水	천상에는 은하수요
人間矗石樓	세상에는 촉석루라

---

5) 寥廓(요확): 광대한 모양. '寥(료)'는 휑하다. '廓(곽)'이 텅 비다 뜻일 때는 '확'.

1) 이 「촉석봉칠석」과 다음의 「촉석증남절도이홍」 시는 오숙이 27세 때인 **무오년(1618)** 4월 조도사(調度使) 종사관으로서 철물경차관(鐵物敬差官)이 되어 충청과 전라도를 순찰하던 중 **7월 7일** 우병사 남이홍이 주최한 촉석루 낙성식에 참석해 지은 것이다. 남익화 편의 『충장공유사』에도 「同南節度士豪宴矗石有題」의 시제 아래 이 두 수가 나란히 실려 있고, "萬曆戊午七夕敬差官"이라 적어놓았다. 한편 조도사는 군량이나 세곡 운반을 감독하기 위해 파견했던 임시직인데, 당시 전라도 병영에서 포목으로 철을 무역해 올리지 않는 폐단을 바로잡는 임무를 띠었다(『광해군실록』〈1618.4.17/4.28〉). 이에 그는 봉성-쌍계사-신흥사-악양-섬진강-하동-곤양-노량-보성-순천 등지를 둘러봤는데(『천파집』의 시 참조), 7월 6일 곤양에 묵고 있을 때 우연히 낙성식 소식을 우연히 듣고는 이튿날 흔쾌히 참여한 것이다. 권극중(1585~1659)의 「촉석편위남병상작」 시 참조.

2) 炎瘴(염장): 열병을 일으키는 못의 독한 기운. 더위 먹음. '瘴'은 독기.

3) 『충장공유사』 상(72b~73a)에는 "빙고감객수(憑高減客愁)"(3행)로, 그리고 '又'(4행)는 '更'으로, '深'(7행)은 '闌'으로 되어 있다.

| 夜深烏鵲散 | 깊은 밤에 까치 흩어져 |
| 悄悄送牽牛 | 쓸쓸히 견우를 보내네 |

「矗石 贈南節度以興」4) 〈『천파집』권1, 36b~37a〉 (촉석루에서 절도사 남이흥에게 드리다)

勝地三韓最	승지는 남방의 으뜸
將軍一代雄	장군은 일대의 영웅
風流好看客	풍류로 손님 맞기를 잘하고
節制5)已專戎	규율로 병영을 이미 다스렸네
樓閣還興廢	누각이 폐했다가 다시 세워지니
江山豈異同	강산은 어찌하여 같고도 다른가
停盃撫遺迹	잔 멈추고 옛 자취 어루만지며
揮淚向西風	가을바람 향해 눈물을 뿌리노라

「矗石樓 次東皋韻」6) 〈『천파집』권3, 26b~27a〉 (촉석루에서 동고〈최립〉의 시에 차운하다)

終古三韓此一區	예부터 삼한에 이 한 구역 있었으니
試看方丈拱飛樓	지리산에 안긴 높은 누각 비로소 보거늘
巉巖矗出千層石	가파른 바위 뾰족 솟아 층층 돌을 이루고
澔汗駈來萬壑流	장대한 물이 내달려와 온 골짜기 흐르는데
人世悠悠眞幻妄	하고많은 인간사는 참으로 허망하며

---

4) 『충장공유사』상(72b~73a)을 보면 한 시제의 두 수인데, 앞의 「촉석 봉칠석(矗石逢七夕)」이 제2수이다. 그리고 제3행은 "유련위간객(流連爲看客)"으로 되어 있다.

5) 節制(절제): 지휘하고 통솔함, 규율이 있음. 절도사의 뜻도 있음.

6) 이 시는 그가 경상감사로 재직하던 **임신년(1632) 3월** 작이다. 이는 「三月十八上幸學取士弟翮中兵科第二名 余在矗石以二十四日聞喜 作詩志之」(『천파집』권3) 시를 통해서 짐작할 수 있는바, 그의 동생 오빈(吳翮, 1602~1685)이 급제한 때는 바로 1632년 3월이기 때문이다. 오빈은 진주목사(1645~1646 새임)로 시내년서 벽오낭과 채봉삭을 건립했다.

乾坤納納亦萍浮	넓고 넓은 천지는 또 부평초 같구려
登臨費盡東南眼	등림하니 동남쪽에 시계가 끝날진대
海外懸知更九州	멀리 바다 밖은 곧 중국이겠지

○ 하홍도(河弘度, 1593~1666) 자 중원(重遠), 호 겸재(謙齋)

사직공파. 진주 안계촌(安溪邨, 현 하동군 옥종면 안계리) 출생. 송정 하수일의 문인이고, 성여신과 조겸 등을 종유했으며, 태계 하진의 손자 하영(河泳)을 양자로 들였다. 성균관 유생으로 존경을 받았으나 광해군 실정에 낙담해 벼슬 뜻을 접었다. 정묘호란 때 의병을 일으켰고, 1635년 동생 낙와 하홍달(1603~1651)과 더불어 사림산 자락에 모한재(慕寒齋)를 창건해 강학했다. 남명학파의 중추로서 『산해사우연원록』 편찬에 참여했고, 1657년부터 2년간 진주목사로 지낸 성이성(1595~1664)에게 자문했다. 아래의 시는 강대수 시에 차운한 것이라 했지만 원시가 『한사집』에 보이지 않는다. 그리고 시체별로 분류된 초간본과는 달리 연대순으로 편차된 중간본(1910)에는 시제가 「촉석루관창」(『겸재집』 권2, 18a)이고, 기축년(1649)~계사년(1653)에 지은 작품들 사이에 들어 있다.

「次姜牧使大遠矗石樓觀漲八韻」 〈『겸재집』 권1, 37b〉 (목사 강대수가 촉석루
에서 불어난 물을 보며 지은 8운시를 따라 짓다)

高樓臨大江	높은 누각이 큰 강을 굽어보며
秋水沒橋矼	가을 물은 돌다리에 잠기거늘
河伯1)威靈漲	하백의 위령이 넘쳐나서
林坰次第降	숲과 들판에 차례로 내리네
雄城池許大	웅장한 성의 해자는 정말로 거대하니
雌守2)力要杠3)	유순함을 지키려면 큰 붓이 필요하지
岳牧4)詞爲伯	진주 목사의 시는 으뜸이고

---

1) 河伯(하백): 물을 맡은 신(神)의 이름.

2) 雌守(자수): 유순함을 지킴. 여기서는 문무 겸비를 지칭함. 『노자』 28장 「反朴」, "남성다움을 알고 여성다움을 지키면 모든 것을 받아들이는 천하의 계곡 된다[知其雄, 守其雌, 爲天下谿]". 글 속의 남성다움은 상무(尙武)를, 여성다움은 숭문(崇文)을 뜻한다.

3) 杠(강): 깃대, 곧 큰 붓. 박승임(1517~1586) 시의 각주 '필강' 참조.

4) 岳牧(악목): 순임금은 4악(岳)과 12목(牧)의 지방관을 두었는데, 이들이 여러 제후를 통치했다. 여기서는 진주목사를 뜻함.

元戎士鮮雙	병영 장사는 짝이 드물레라
將回弓馬習	장차 무예 숭상하는 습속을 되돌려
化作禮儀邦	예의 있는 고장으로 바꾸려 하도다
枯旱霖成澇	가뭄 뒤 장마는 큰 물결 이루었고
豪湍挾束撞	세찬 여울물이 이리저리 부딪치는데
浪舂掀5)載鱟	물결이 찧고 튀어 올라 파도를 실어가고
風簸6)卷麾幢7)	바람은 까불어서 대장기 말아 올리는구나
可與雲長8)便	관우와 더불어 한 편이 된다면야
收于又獲龐	우금을 사로잡고 방덕도 얻으리라

○ 강대적(姜大適, 1594~1678) 자 학중(學仲), 호 구주(鷗洲)

합천군 묘산면 관기리(館基里) 출생. 강대수(1591~1658)의 첫째동생으로 1612년 사마시에 합격해 태학에서 이경석·조경·조익·정태화 등과 도의로 강마했고, 이듬해 선릉참봉에 제수되었다. 병자호란 때 형과 함께 의병을 창의했고, 이후 세상에 뜻을 접고 시로써 분개함을 표출했다. 일찍이 학포 정원의 고산정(孤山亭, 현 진주 대평리 소재)에서 박인, 하진, 하홍도 등과 허물없이 교유했다. 1650년 내시교관, 또 1651년 세자 호위를 맡는 익위사 세마에 제수되었으나 끝내 부임하지 않았다.

「亂後久廢鉛槧 猝蒙使相錄示 不敢不刻畫」1) 〈『구주집』 권1, 19a〉 (전란 이후 문필을 오랫동안 그만두었는데, 갑작스레 관찰사의 녹시를 입었기에 짓지 않을 수 없다)

---

5) 舂掀(용흔): 거세게 출렁이는 물결 모양. '舂'은 절구질하다. '掀'은 치켜들다.

6) 簸(파): 까부르다, 까불리다.

7) 麾幢(휘당): 깃발. '麾'는 대장기. '幢'은 기.

8) 雲長(운장): 관우(關羽, 162~219)의 자. 관우가 219년 군사를 이끌고 조위(曹魏)의 형주 번성을 포위하자, 조조는 그를 구하기 위해 총대장에 우금(于禁)·선봉장에 방덕(龐德)을 내세워 맞서게 했으나 폭우로 군대가 수몰하여 패했다. 이때 방덕은 떳떳하게 죽었지만, 우금은 목숨을 구걸해 살아남았다.

1) 이 시의 제목은 '당돌(唐突)'이 빠졌을 뿐 형 강대수의 것과 일치한다. 원래 고유한 시제가 있었을 것이니 문집 편찬과정에서 깎아져 버렸다.

自宇宙來便此區	우주가 생긴 이래로 이 지역을 구분했으니
只應仙侶好居樓	오직 신선 거처하기 좋은 누각으로 부응했네
朝簾爽氣雲離嶂	아침 주렴 기운이 상쾌한데 구름은 산골 벗어나며
夜席寒光月湧流	밤 자리의 빛 차갑고 둥그런 달이 강물에 솟아난다
前輩分留猶物色	선배들이 남겨준 경치는 여전하고
殘生行止任沈浮	여생의 거취는 부침 따라 맡겼거늘
亂餘登眺多傷感	전란 뒤 등림하니 가슴 아픈 일이 많으며
況復嬰情有蟹州2)	더구나 게만 있는 고을이 마음에 걸리구려

○ 양훤(楊暄, 1597~1650) 자 이정(以貞), 호 어촌(漁村)

본관 청주. 경상도 창녕 남리(南里, 현 남지읍 아지리) 출생. 양허국의 아들. 동계 정온의 문인으로 1617년 진사시에 합격했지만 인목대비 폐모론이 일자 낙향해 은거하다가 인조반정 후 태학에 들어갔다. 병자호란 때 의병을 모아 상주를 거쳐 남한산성으로 출정하던 중 항복했다는 소식을 듣고 귀향해 낙동강 가에 오여정(吾與亭, 현 창녕군 남지읍 시남리 소재)을 짓고 종신토록 절의를 지키며 후진을 양성했으며, 뒷날 유림에서 유어면에 광산서원(光山書院)을 세워 배향했다. 『어촌유고』는 『청주세고』(권3~6)에 실려 있다.

「登矗石樓」 〈『어촌유고』 권3, 9a〉 (촉석루에 올라)

形勝千古最	형승은 천고에 으뜸
奇遊底不曾	기이한 유람은 한 적 없는데
睡遲山吐月	잠이 늘어지매 산은 달을 토하고
談久暈生燈	얘기가 길어져 달무리는 등불 켰다네
地濶看疑盡	땅이 막혀 보노라니 끝인가 의심되고

---

2) 蟹州(해주): 여기서는 1634년 이후로 판관 없이 목사만 둔 진주를 비유함. 진양연계재 편, 『진양속지』 권1에 "1630년 민원으로 다시 판관을 두었지만 1634년에 판관을 폐지하고 도로 목사를 두었다."라고 했다. 송나라 때 게를 좋아한 전곤(錢昆)이 늘 지방관을 원했는데, 사람이 어떤 고을인가를 묻자, 곤이 "단지 게는 있고 통판이 없는 곳이면 괜찮다[但得有螃蟹無通判處則, 可矣]."(구양수, 『귀전록』 권2)라고 한 데서 유래한다.

天虛醉欲憑	하늘 맑아 취한 김에 기대고 싶은데
樓名巖石聳	이름난 누각은 바위에 솟아
留與後人稱	뒷사람의 칭송을 남겨두었구려

「又」〈『어촌유고』 권3, 9b〉(또)

司馬1)遊余學	사마천의 유람을 내 배웠건만
於斯迹未曾	이곳에 여태 발걸음이 없었노라
納涼忙捲箔	날씨 서늘해 주렴 걷는 것도 잊은 채
娛夜驟回燈	밤을 즐기느라 등불 돌림이 빠르구나
歲月芳華晩	향긋한 꽃은 세월 따라 늦게 피었고
山河意氣憑	의기는 산하에 의지하고 있거늘
題詩慙造化	시 쓰려니 조물주에게 부끄러워
有景不容稱2)	경치가 있는들 어울리지 않구려

○ 하진(河溍, 1597~1658) 자 진백(晉伯), 호 태계(台溪)

사직공파. 진주 가귀곡리(加貴谷里, 현 내동면 귀곡동) 출생이나 4세 때 부친 하공효(1559~1637)를 따라 성태동(省台洞, 현 명석면 관지리)로 이거했다. 하응도와 성여신의 문인으로 1633년 문과 급제해 전적·정언·지평 등을 지냈고, 병자호란 때 의병장으로 추대되었으며, 하홍도와 함께 『남명집』 교정에 참여했다. 아래의 시가 수록된 중간본(1900)은 연대순으로 배열되어 있는데, 계미년(1643)에 지었음을 알 수 있다. 자세한 것은 하강진(2014), 324~330쪽 참조.

「登矗石樓 有感」〈『태계집』 권3, 8a〉(촉석루에 오르니 느낌이 있어)

| 滿目兵塵暗九區 | 눈에 가득한 전장 티끌로 온 세상 어두운데 |
| 一聲長笛獨憑樓 | 한 가닥 피리 길게 불며 홀로 누각 기대었다 |

---

1) 司馬(사마): 사마천을 가리킴. 그는 20세 무렵부터 견문을 넓히고 호연지기를 키우기 위해 천하 사방을 널리 유람했다. 『사기』 권130 「태사공자서」 참조.
2) 稱(칭): 어울리다. 적합하다.

孤城返照紅將斂	외딴 성의 지는 해는 붉은 빛이 가시려 하고
近市晴嵐翠欲浮	인근 저자의 맑은 이내는 푸른빛이 뜨려 하네
富貴百年雲[1]北去	백 년 부귀는 북으로 떠가는 구름 같고
廢興千古水東流	천고의 성쇠는 동으로 흐르는 물 같나니
當時冠盖今蕭索	그때의 높은 벼슬아치들 지금엔 적막할사
誰道人才半在州[2]	누가 인재의 반이 우리 고을에 있다 했던가

○ 문희순(文希舜, 1597~1678) 자 여화(汝華), 호 태고정(太古亭)

전라도 보성 우봉리(牛峯里, 현 미력면 도개리 우봉마을) 출생. 부친이 1637년 경상좌도 수군절도사를 지낸 휴헌 문재도(文載道, 1575~1643)이고, 1617년 부친 친구인 은봉 안방준(1573~1654)의 제자가 되었다. 1636년 병자호란이 일어나자 의병을 규합한 뒤 스승을 종군해 여산(礪山, 현 익산)에 이르렀을 때 남한산성의 항복 소식을 듣고는 통탄하며 되돌아왔다. 일찍이 벼슬을 단념했고, 1652년 암행어사 민정중(閔鼎重)의 천거에도 불응했으며, 도연명을 흠모해 1654년 천황대(天皇臺) 아래에 '태고정'을 지어 소요했다.

「登矗石樓」〈『태고정집』 권1, 7b〉(촉석루에 올라)

晉陽城外南江水	진양성 밖의 남강 물
水上有樓樓有人	물가에 누각 있고 누각엔 사람 있네
人死水流樓獨在	사람 죽고 물 흘러도 누각은 홀로 있나니
此樓可滅義難泯[1]	이 누각 사라진들 의리는 없어지지 않으리

---

1) 富貴百年雲(부귀백년운): 부귀가 덧없음.
2) 人才半在州(인재반재주): 이첨의 진양평. 유래는 박돈복(1584~1647) 시의 각주 참조.
1) 泯(민): 망하다. 원전에 "어떤 본에는 윤이다[一作淪]."라는 주석이 있다.

○ 이소한(李昭漢, 1598~1645) 자 도장(道章), 호 현주(玄洲)

본관 연안. 이정구(1564~1635)의 차남이고, 동리 이은상의 아버지다. 형 이명한과 함께 중국의 삼소(三蘇)에 비견되었다. 1621년 급제한 뒤 삼사의 관직을 두루 맡았다. 1628년 원접사 장유(張維)의 종사관이 되었고, 병자호란 때 강화도에 들어갔다가 부인 이씨가 순절했다. 1642년 2월부터 세자 우부빈객이 되어 심양에서 소현세자를 입시하다 1년 뒤 조정에 돌아와 형조참판이 되었다. 아래 시들의 창작 시기는 그가 조석윤(趙錫胤)의 후임으로 진주목사(1639.7~1641.3)로 재직하던 때이다. 참고로 김화준(1602~1644)의 「與李玄洲昭漢」(1640)〈『당계집』 권1, 한국문집총간 속29)에는 촉석루의 경치와 충신들의 자취를 마음껏 품고 싶은 마음을 토로하고 있다.

「將泛舟 兵相李令公1)設小宴于矗石樓上 口占錄示」2) 〈『현주집』 권2
「진양록」, 10b~11a〉 (배를 띄우려는데 병사 이영공〈이진경〉이 촉석루에서 작은 잔치를 베풀기에 즉석에서 지어 보이다)

霽色微茫欲隱洲	갠 하늘이 흐려져서 물가 어둑해지려 하며
泛鷗飛鷰晚悠悠	뜬 갈매기와 나는 제비가 늦도록 유유한데
閤公3)夜宴滕王閣	염공이 등왕각에서 밤 잔치를 벌인 양하고
元禮4)今同漢水舟	원례가 한수의 배에 지금 함께 탄 듯했노라
仗鉞5)褰帷6)歸節度	부월 들고 선정을 펼치는 절도영으로 돌아와
遙吟俯暢7)足風流	아득히 읊조리며 회포를 푸니 풍류 족하거니

---

1) 李令公(이영공): '令公'은 존칭. 1640년 12월 부산포 첨사에서 경상우병사로 부임해와 1642년 1월 21일 임소에서 갑자기 서거한 이진경(李眞卿, 1576~1642). 현재 진주성 내의 비석군에 유애비(1702년 건립)가 있음.
2) 『현주집』을 보면 이 시 바로 앞에 있는 작품의 시제에서 촉석루 아래의 정자선(亭子船)을 경진년(1640) 4월 복구했다고 했으므로 그 무렵에 지은 것이 분명하다.
3) 閤公(염공): 등왕각의 잔치를 베푼 염백서(閻伯嶼). 여기서는 경상우병사 이진경.
4) 元禮(원례): 후한의 장수 이응(李膺)의 자. 용어 일람 '선주' 참조.
5) 仗鉞(장월): =장월(杖鉞). 부월을 쥐다. 부월(斧鉞)은 조선시대 지방의 관찰사·병사·통제사 등을 제수할 때 임금이 내어주던 의장용 도끼로, 관할 지역의 지휘권을 상징함.
6) 褰帷(건유): 지방관의 선정을 가리킴. '褰'은 올리다. 후한의 가종(賈琮)이 기주자사로 부임할 때, "자사는 멀리 보고 널리 들어서 좋고 나쁨을 규찰하여야 마땅한데, 어찌 도리어 휘장을 드리워 앞을 가려서야 되겠는가?[刺史當遠視廣聽, 糾察美惡, 何有反垂帷裳, 以自掩塞乎]" 하고는 휘장을 걷게 했다. 『후한서』 권31 「가종전」.
7) 遙吟俯暢(요음부창): 먼 곳 바라보며 읊조리니 마음이 시원해짐. 왕발, 「등왕각서」, "遙吟俯暢, 逸興遄飛".

登臨前後知多少　　　전후로 등림한 사람이 꽤 많겠지만

幾箇男兒似我儔　　　나랑 짝할 만한 남아는 몇이나 되리

「燈夕8)夜 泛南江 至召村驛9)前 還登矗石樓 令李君周卿10)呼韻」

〈『현주집』권2「진양록」, 23a~b〉(정월 대보름 밤에 남강에서 배를 타고 소촌역

앞에 이른 뒤 다시 촉석루에 올라 이주경 군에게 운을 부르게 하여 짓다)

星月澄涵燈燭流　　　별과 달이 맑은 물에 비쳐 등잔 빛처럼 흐르고

暝中烟樹地疑浮　　　어둠 속 안개 낀 나무는 땅에 뜬 듯 의심되네

扁舟引我虛無11)路　　거룻배가 나를 허무의 길로 인도해

不覺身登矗石樓　　　어느새 이 몸이 촉석루에 올랐구려

8) 燈夕(등석): 일반적으로 정월 대보름. 4월 초파일의 뜻도 있음. 앞 시의 창작 시점을 고려
   할 때 이 해는 **경진년(1640)**이나 **신사년(1641)** 둘 중 하나이다.

9) 召村驛(소촌역): 조선시대 41개 역도(驛道) 중의 하나. 소촌도는 진주의 소촌역(현 문산읍
   소재, 찰방 주재)을 위시해서 소로에 위치한 영창·부다·평거[진주], 관율·동계·완사·문화
   [사천], 양포[곤양], 배둔·송도·구허[고성], 상령[진해], 지남[의령], 오양[거제], 덕신[남해]
   등 16개 역을 관할했다. 『영남읍지』(1871) 4책, 참조. 그리고 조선 후기 경상도에는 김천도
   [김천]·안기도[안동]·장수도[영천]·성현도[청도]·황산도[양산]·송라도[포항]·유곡도[문
   경]·창락도[영주]·사근도[함양]·자여도[창원]·소촌도[진주] 11개 역도가 있었고, 사근도
   (沙斤道)에 관해서는 박공구 시의 각주에서 다루었다.

10) 周卿(주경): 이문웅(李文雄)의 자. 1624년 이괄의 난 때 예성강 상류에서 맞서 싸우다가
    물에 빠져 죽은 방어사 이중로(1577~1624)의 아들로, 1634년 3월 동생 이문위 등과 함께
    당시 이괄에게 투항한 이수백(李守白)의 목을 베어 부친의 원수를 갚았다(이익, 『성호사
    설』권17「인사문」참조). 그는 소촌도 찰방으로서 이소한과 함께 쌍계사, 청곡사를 유람
    했다. 이소한, 「진양록」(7a, 17b)의 시 참조.

11) 虛無(허무): 운무가 낀 아득한 바다, 곧 신선세계. 두보, 「송공소보사병귀유강동겸정이백(送
    孔巢父謝病歸遊江東兼呈李白)」, 『두소릉시집』권1, "봉래산 직녀가 용이 끄는 수레를 돌려서
    / 손가락으로 허무를 가리키며 귀로를 인도하리라[蓬萊織女回龍車, 指點**虛無引歸路**]".

○ 진건(陳健, 1598~1678) 자 대중(大中), 호 명와(明窩)

본관 여양. 함안 우곡리(愚谷里, 현 군북면 하림리) 출생. 1617년 향시의 폐해를 보고 과거를 단념한 뒤 경학 연구에 힘썼다. 병자호란의 굴욕을 참지 못해 1638년 중국에 가서 명나라 의사(義士) 주지호(朱之顥)를 만나 거의를 도모했으나 그가 죽음으로써 뜻을 이루지 못했다. 고향에 돌아온 뒤 1640년 우계(愚溪)에 우곡정사를 지어 울분을 달래며 후진 양성에 정진했다. 아래 시의 창작 시점은 제주(題注)에 있듯이 1651년 2월이다.

「登矗石樓」辛卯 二月 〈『명와유고』권1, 9b~10a〉 (촉석루에 올라) 신묘년(1651) 2월

晉陽城下水	진양성 아래 강물은
日夜邁祖宗[1]	밤낮 먼 바다로 흘러가는데
何處齊連[2]海	제나라 노중련의 바다는 어디런가
蹈東我欲從	동해를 밟으며 내 기꺼이 따르리라

○ 오국헌(吳國獻, 1599~1672) 자 중현(仲賢), 호 어은(漁隱)

본관 해주. 충청도 금산군 옥계(현, 진산면 읍내리) 출생. 대사간 양사귀(梁思貴)의 외손으로, 향시에 여러 번 합격했으나 과거를 포기하고 평생 처사로 지냈다. 25세 때 김장생(1548~1631)의 문인이 되었고, 1659년 송시열에게서 당호 '漁隱'을 받았다. 병자호란의 치욕을 못 이겨 1651년 외가가 있던 단성 도천(道川) 위로 가족을 이끌고 이거해 학문에 전념했는데, 후인들이 그곳을 어은동(현, 산청군 생비량면 도전리 어은마을)이라 불렀다.

「矗石樓」〈『어은집』권1, 8b〉 (촉석루)

三數靑袍[1]客	서너 번 청포 입은 나그네
今登矗石樓	이제야 촉석루에 올랐더니

---

1) 朝宗(조종): 강물이 바다로 흘러 들어감. '朝'는 흘러들다. '宗'은 알현하다. 『서경』 「우공」, "장강과 한수의 물이 흘러 바다로 모여든다[江漢朝宗于海]".

2) 齊連(제련): 절의로 이름난 제나라 노중련(魯仲連). 용어 일람 '도사' 참조.

1) 靑袍(청포): 푸른 도포. 당나라 때 8~9품의 관복으로, 전하여 미관말직을 의미함. 오국헌은 1658년 이후로 음서로 침랑(寢郞) 등 여러 번 낮은 관직에 천거되었으나 사양한 사실이 있다.

臣忠爭白日	신하의 충혼이 태양처럼 쨍쨍하고
婦義烈千秋	여인의 절의는 천추에 열렬하도다
畵鳥斜陽郭	그림 같은 새가 해질녘 성곽에 머물며
哀鴻落木洲	슬픈 기러기는 낙엽 진 물가에 있는데
長江千里水	남강 천 리의 물길이
浩浩一源流	넓디넓게 한 줄기로 흐르네

○ 임유후(任有後, 1601~1673) 자 효백(孝伯), 호 만휴(萬休)·휴와(休窩)

본관 풍천. 서울 출생. 삼종형 소암 임숙영(任叔英, 1576~1623)의 고제자로 1626년 문과 급제했다. 1628년 숙부 임취정과 동생 임지후의 광해군 복위 사건 여파로 이듬해 벼슬을 그만두고 울진 백암산 아래에 주천대(酒泉臺, 현 근남면 행곡리)를 지어 학문 연구에 매진하다가 함경도 거산찰방(1634), 고산찰방, 강원도사(1638) 등을 지냈다. 이후 은거하며 제자를 양성하던 중 강릉부사(1655), 종성부사, 담양부사, 경기도관찰사, 호조참판, 경주부사(1672) 등을 역임했다. 저술로 「목동가」가 널리 알려져 있고, 야담집 『휴와잡찬』이 따로 있다. 이 시는 을유년(1645) 3월 28일 독운어사 황호를 만나 촉석루에 등림해 지은 것으로, 경상도사 시절(1645.3~1646.2)에 지은 시가 수록된 「영남록」에 있다.

「同御史 登矗石樓 次板上韻」〈『만휴당집』 권4 「영남록」, 61쪽〉 (어사와 함께
    촉석루에 올라 현판시에 차운하다)

晉陽佳麗擅南州	진양의 멋진 풍광은 남쪽 고을에서 으뜸이고
更有城頭百尺樓	게다가 성 꼭대기에 백 척 누각이 있는데
山勢漫漫圍大野	산세는 넓고 넓어 큰 들판을 에웠으며
江流曲曲抱長洲	강물은 굽이굽이 긴 물가를 안았구려
萍蓬1)偶爾成賓主	떠도는 신세나 우연히 손님과 주인이 되었나니
花柳無端惱去留	꽃 버들에 무단히도 떠날까 말까 망설여질진대
惆悵海門深不見	쓸쓸한 바다 어귀는 깊숙하여 뵈지 않고
征帆杳杳使人愁	떠나는 배가 아득히 시름 젖게 하는구나

御史黃子由, 督運燕京米舡,2) 竣事還朝, 末句云. 어사 황자유(황호)가 연경에 운반할

---

1) 萍蓬(평봉): 부평초와 쑥대. 떠돌아다니는 신세를 비유함. '萍'은 부평초. '蓬'은 쑥.

미선을 감독하고 일을 마친 뒤 조정에 돌아가므로 끝 구에서 말하였다.

○ 황호(黃㦿, 1604~1656) 자 자유(子由), 호 만랑(漫浪)

본관 창원. 서울 출신. 21세 때 문과급제해 출사한 뒤 직언으로 여러 번 파직되었고, 1637년 통신사 종사관으로 일본을 다녀왔다. 사간, 동래부사(1645.9~1646.9), 예조참의, 대사간 등을 거쳐 홍주목사 재직 때 별세했다. 김세렴·조경·조희일 등과 교유했고, 허목이 『만랑집』 서문을 지었으며, 이익의 「만랑황공묘갈명」(『성호집』 권62)이 있다. 아래 시는 을유년(1645) 2~4월 독운어사로서 영남을 시찰할 때 촉석루에 들러 지은 것이다.

「次矗石樓韻」〈『만랑집』 권4, 33a〉(촉석루 운을 따라 짓다)

嶺南惟晉古名區	영남에서 진주는 예부터 명구고
更有城頭矗石樓	게다가 성 위에 촉석루가 있도다
智異山回圍大野	지리산은 에돌아 큰 들판을 둘렀고
伽倻川散作長流	가야천은 흩어져 긴 강이 되었구려
營開細柳1)軍容重	세류에 병영 설치해 군사의 위용 엄하고
地近扶桑曙色浮	땅 가까운 부상에는 붉은 빛이 솟아나네
遲暮2)久無柯蟻夢3)	나이 든 지 오래라 헛된 꿈은 없으나
三刀應是爲斯州	영전하면 마땅히 이 고을이 될 터

---

2) 米舡(미선): 곡식을 싣는 작은 배. '舡'은 선(船)의 속자로 쓰였고, '강' 음도 있음.

1) 細柳(세류): 군기가 엄했던 지역 이름. 용어 일람 '세류장군' 참조.

2) 遲暮(지모): = 만모(晩暮). 쇠잔함. 점차 나이를 먹음. '遲'는 늦다, 더디다.

3) 柯蟻夢(가의몽): = 남가일몽(南柯一夢). 한때의 헛된 부귀영화를 뜻함. 당나라 순우분이 회나무[槐樹] 밑에서 잠이 들었다가 대괴안국에 이르러 임금의 딸을 아내로 삼고 남가군(南柯郡)의 태수가 되어 영화를 누리는 꿈을 꾸었는데, 깨고 보니 개미[螞蟻] 집이 곁에 있었다는 고사. 이공좌, 「남가태수전」.

○ 조석윤(趙錫胤, 1606~1655) 자 윤지(胤之), 호 낙정(樂靜)

본관 배천. 시호 문효(文孝). 경기도 금천현(衿川縣, 현 시흥시) 검양촌(黔陽村) 출생. 대제학 조정호(趙廷虎)의 외아들로, 부자간의 믿음에 대한 일화가 『성호사설』「인사문」에 전한다. 사위가 송준길의 장남 송광식(1625~1664)이고, 생질인 청계 홍위(1620~1660)는 그의 제자이기도 하다. 김상헌·장유·김집의 문인이다. 1628년 문과급제해 의정부 사인·이조참의·대사헌·동지중추부사(1654) 등의 벼슬을 지냈다. 아래의 첫째 시는 진주목사(1638.9~1639.7) 부임 직후인 무인년(1638) 가을에, 나머지 세 작품은 기묘년(1639) 여름에 지은 것이다. 그가 이임할 때 지은 한몽삼의 「조목사석윤유애비(趙牧使錫胤遺愛碑)」(『조은집』 권3), 비제가 똑같은 하홍도의 「조목사석윤유애비」(『겸재초』 권8)가 있다. 아울러 한유(韓愉, 1868~1911)가 창작한 「분양악부」의 제20편 〈송정초(訟庭初)〉는 진주목사 조석윤이 고을을 청렴하게 다스린 결과로 소송이 일어나지 않아 재판정에 풀이 돋았다는 사례를 제재로 삼았다.

「矗石樓」 〈『낙정집』 권3, 17a〉 (촉석루)

南來不喜作雄州	남쪽 큰 고을살이 그다지 기쁘지 않지만
只愛登臨矗石樓	다만 촉석루에 올라 굽어봄을 좋아할진대
江抱城隅層壁斷	강물 감도는 성 모퉁이에 층층 절벽이 가파르고
天低野外遠山浮	하늘 나직한 들판 밖에 먼 산들이 벌여 있는데
虹橋影動明沙岸	홍교의 그림자가 모래 맑은 언덕에 움직이며
畫舫光搖白鷺洲	그림배 광채가 백로 노니는 물가에 일렁이네
形勝有餘風致好	형승은 넉넉하고 풍경이 더욱 좋건마는
倚闌何事自生愁	난간 기대니 무슨 일로 근심이 절로 나는지

「矗石樓 示任使君有後[1]·申督郵恦[2]求和」 〈『낙정집』 권2, 11a~b〉 (촉석루에
　　서 사군 임유후와 독우 신상이 화운을 구하므로 지어 보이다)

吏道俱形役[3]　　　　관리 생활로 급급하던 차

---

1) 任使君有後(임사군유후): 사군 임유후(1601~1673). 앞의 시 참조.
2) 申督郵恦(신독우상): 독우 신상(1598~1662). 1629년 문과 급제해 벼슬길에 올랐으나 1636년 9월 정언으로서 주화파 최명길을 탄핵한 탓으로 결국 관직이 삭탈되었고, 1644년 함경도 고산찰방으로 복귀했다. 『은휴와집(恩休窩集)』이 있다. 참고로 '督郵'는 수령의 보좌관으로서 관할 고을을 감독하고 관리의 과실을 조사하던 찰방을 말함.
3) 形役(형역): 생활의 노예가 되어 사역당하는 일, 먹고 사는 데 급급한 일. '形'은 육체.

茲辰偶勝遊	이날의 우연한 정겨운 유람
淸風宜美竹	청풍은 아름다운 대숲에 어울리고
霽月可高樓	맑게 갠 달은 높은 누각에 알맞은데
往事江猶咽	지난 일로 강은 여전히 흐느끼며
時憂涕自流	시절 걱정에 눈물이 절로 흐르네
山中曾有約	산중 생활을 일찍 기약했건만
何日定歸休4)	언제쯤 돌아가 쉴 수 있을까

「矗石樓 示任使君·申督郵求和」己卯 〈『낙정집』 권3, 17b〉 (촉석루에서 임사군과 신독우가 화운을 구하므로 지어 보이다) **기묘년(1639)**

暑月樓居似地仙5)	여름철 누각에 있으니 지상 신선과 흡사하고
況逢佳客共留連	더구나 좋은 나그네 만나 함께 죽 머무노니
那妨飮酒傾三斗	세 말 술 기울여 먹어도 방해될 것 없으며
不厭題詩累百篇	시 짓기 물리지 않아 백여 편이나 되었는데
疎雨鳥歸烟外樹	가랑비에 새들은 안개 밖 나무로 돌아가며
夕陽人語渡頭船	해질녘 사람들은 나루터 배에서 속삭이네
倚闌何事偏惆悵	난간 기대니 무슨 일로 몹시도 슬퍼지나
萬疊靑山隔日邊	첩첩 청산이 태양 주변을 가려버렸구려

「疊用前韻 酬和任使君·申督郵」〈『낙정집』 권3, 17b〉 (앞의 운을 같이 써서 임사군과 신독우에게 화답하다)

滿袖泠風骨欲仙	소매 가득한 산들바람에 몸은 신선 되려하고
飛樓上與太淸連	높이 솟은 누각 위로는 선계와 이어지도다
孤雲落照心千里	외로운 구름과 낙조에 마음은 천리 길인데

---

4) 歸休(귀휴): 휴가를 얻어 집에 돌아가 쉼.
5) 地仙(지선): 지상의 신선. 산수에서 한가롭게 노니는 사람. 진나라 갈홍, 『포박자』 권4 「내편」〈金丹〉, "명산대천에 들어가는 것을 지선이라 한다[可以入名山大川爲**地仙**]".

芳草晴川賦幾篇　　방초와 맑은 강을 두고 읊은 시는 얼마인가
作吏已荒三逕菊6)　　벼슬살이로 거칠어진 삼경에 국화 피었을 터
謝時空憶五湖船7)　　속세 마다하고 괜스레 오호의 배 떠올리노니
元龍豪氣無人識　　원룡의 호기를 알아주는 사람은 없지만
一曲高歌倚劍邊　　한 곡조 높이 부르며 칼 가에 기대노라

○ 송경(宋炯, 1610~1694) 자 명원(明遠), 호 국암(麴巖)

본관 여산. 합천 가회면 구평리(龜坪里) 출생. 같은 동네에 거주한 추담 윤선(尹銑, 1559~1639)의
손서이다. 창주 허돈(許燉, 1586~1632)과 사천 정건(鄭謇)의 문인으로 학문이 뛰어났으나 과거에
뜻을 두지 않았다. 효성이 지극했고, 향리에 은둔하면서 고을 자제들을 많이 길렀으며, 중국의 두보
시를 즐겨 읽었다.

「登矗石樓」〈『국암집』 권1, 1b〉(촉석루에 올라)
行行終日困炎蒸　　하루 내내 오가다 찌는 더위가 괴로워
百尺危欄獨上憑　　백 척 아찔한 누각에 혼자 올라 기댔더니
兩腋淸風還颯爽　　두 겨드랑이의 맑은 바람이 더욱 상쾌하고
回頭方丈欲飛騰　　고개 돌리니 지리산이 높이 날아오를 듯하네

---

6) 荒三逕菊(황삼경국): 관직을 그만두고 고향으로 돌아가려는 생각을 나타내는 표현. 도잠
(365~427. 자 淵明), 「귀거래사」, "다니던 세 오솔길은 거칠어졌지만 / 소나무와 국화는
여전히 있네[三逕就荒, 松菊猶存]".
7) 五湖船(오호선): 오호(五湖)에 띄운 배로, 신하가 공적을 이루고 은퇴함. 유래에 관해서는
이득강(1470~1550) 시의 각주 '서자호' 참조.

○ 정유정(鄭有禎, 1611~1674) 자 형백(亨伯), 호 봉강(鳳岡)

본관 해주. 서울 수진방(壽眞坊) 출생. 정문부(1565~1624)의 장손으로 재예가 뛰어나 7세 때 「선부(扇賦)」를 지어 조부를 놀라게 했고, 12세 때 「매월당김공시습화상찬(梅月堂金公時習畵像讚)」을 지었다. 1624년 조부가 시화(詩禍)를 당하자 남하를 결행한 부친 정대영(鄭大榮, 1586~1658. 호 鳳谷)을 따라 진주에 정착했고, 평생 과거를 멀리한 채 집안의 법도를 세우고 우애를 다지며 시문을 즐겼다. 이 시가 수록된 『봉강유고』는 『봉곡봉강양세고』에 합편되어 있다.

「矗石樓宴飮 用前韻[1] 二首」〈『봉강유고』 권1, 8a〉 (촉석루 술자리에서 앞 운을
활용한 두 수)

層巖萬丈壓長汀	만 길 층층 바위가 긴 물가 눌렀으며
水到樓前更作渟	물은 누각 앞에 이르러 다시금 멈춘다
橫金淄上[2] 多淸宴	촉석루에는 고상한 잔치가 빈번하고
涵玉軒中蔽錦屛	함옥헌 안은 비단 병풍으로 가렸는데
侵人山氣衣如重	산기운이 스며드니 겹겹이 옷 입어야 하고
滿面江風酒欲醒	강바람이 얼굴에 가득하니 술이 깨려 할지니
烟波獨愛輕鷗泛	안개물결에 둥둥 뜬 갈매기가 유독 사랑스럽고
盡日晴洲占綠萍	온종일 맑은 물가는 우거진 부평초가 차지했네

曾聞此地舊辰韓	일찍이 이 땅은 옛 진한이라 들었나니
萬古江流帶碧巒	만고토록 강이 푸른 산을 둘러 흐르네
壁絶千尋山郭逈	천 길 절벽에 산성이 아득히 둘렀고
天炎五月石樓寒	날 더운 오월이나 촉석루가 서늘한데
風生玉麈[3] 淸談軟	옥주로 바람을 가르니 청담이 온화하며

---

1) 前韻(전운): 문집의 이 시 바로 앞에 실린 「범남호이수(泛南湖二首)」를 말함.
2) 橫金淄上(횡금치상): 촉석루에서의 잔치놀이를 비유한 것임. 노중련(魯仲連)이 제나라 장수 전단(田單)에게 "동으로 야읍의 봉양이 있고, 서로는 치상의 즐거움이 있다. 황금을 허리에 두르고 치수와 민수 사이를 다녀 사는 즐거움이 있고 죽으려는 마음이 없으니 이길 수 없는 까닭이다[東有夜邑之奉, 西有淄上之娛. 黃金橫帶, 而騁乎淄澠之間, 有生之樂, 無死之心, 所以不勝也]."라고 충고하였다. 『자치통감』 권4 「주기4」〈난왕 36년〉.

酒瀉金罍畫燭殘 　금잔으로 술을 따를 제 촛불이 다타간다
午夜欲歸還惜去 　한밤에 돌아가려니 떠나기가 도로 아쉬워
更牽餘興倚危欄 　다시 여흥에 끌려 높은 난간에 기대노라

「矗石樓 敬次王父忠毅公韻二首」〈『봉강유고』권1, 19b〉(촉석루에서 왕부
　충의공〈정문부〉의 시에 삼가 차운한 두 수)

嶠南諸郡此名區 　영남의 여러 고장에서 이곳이 명구인데
萬丈層岩仍架樓 　만 길 층층 바위에 누각이 걸쳐 있구나
平挹千峯翠黛色 　평지에 솟은 일천 산들은 검푸르며
俯看十里淸江流 　굽어보니 십 리 맑은 강이 흐르나니
山啣好月檻前吐 　산이 머금은 고운 달빛은 난간 앞에 토하고
水引寒烟沙際浮 　강이 끄는 찬 안개는 모래톱 가에 떠다니네
客子倚欄奇賞足 　누각 기댄 길손은 기이한 감상 흡족하거늘
海東何地勝菁州4) 　우리나라 어딘들 청주보다 나으리오

菁城羅代一名區 　진주성은 신라 이래 이름난 한 구역인데
幾度荒蕪更起樓 　황폐함이 몇 번 지나 누각을 다시 세웠네
龍寺古基厓尙矗 　용두사 옛터에 벼랑은 언제나 아찔하고
義巖遺迹水空流 　의암 자취에 강물은 하염없이 흐르는데
百年興廢江山在 　오랜 세월 성쇠에도 강산은 그대로나
萬古消沈塵世浮 　만고의 부침 속에 속세가 덧없구려
往事茫茫今欲問 　아득한 옛 사적을 지금 물으니
居人但道舊康州5) 　사람들은 옛 강주를 말할 따름

---

3) 玉塵(옥주): 백옥으로 자루를 장식하고 사슴이나 고라니의 꼬리털로 만든 솔을 매단 먼지
　떨이. '塵'는 먼지떨이. 『세설신어』「용지」, "왕이보는 용모가 수려한데다가 현담을 잘했
　다. 언제나 백옥 자루의 주미를 손에 들고 있었는데, 손의 색깔과 전혀 구별이 되지 않았
　다[王夷甫容貌整麗, 妙於談玄, 恒捉白玉柄塵尾, 與手都無分別]".
4) 菁州(청주): 신라 혜공왕 때 개칭된 진주의 옛 명칭.

「矗石樓」〈『봉강유고』 권1, 23a~b〉(촉석루)

舊時香剎是龍頭6)	그 옛날 사찰로 용두사가 있었나니
興廢千年有矗樓	천년 흥망성쇠에도 촉석루가 있구려
樓下蒼巖留義蹟	누각 밑의 푸른 바위에 의로운 자취 남아
遺芳不息古今流	꽃다운 명성을 쉼 없이 고금에 전해주네

○ 정필달(鄭必達, 1611~1693) 자 가행(可行), 호 팔송(八松)

본관 진양. 은열공파. 거창군 가북면 용산리(龍山里) 출생. 1659년 처가가 있는 호남 장계현으로 이사했고, 1673년 양양 금곡(金谷, 현 예천군 용문면 소재)에 복거했다. 13세 때 부친 정준(鄭浚)을 따라 진주의 능허 박민(1566~1630)에게 배울 때 정여령의 「진주산수도」(이인로, 『파한집』 제1화)를 차운한 「次鄭公以齡韻」(『팔송집』 권1)을 지었다. 16세 때 조정립(1583~1660)의 제자가 되었고, 1630년 정온과 조경에게도 수학했다. 1645년 별시문과 급제해 가주서, 사근도 찰방(1651.6~1652.6), 전적, 예조좌랑, 단양군수, 울진현령(1669~1673) 등을 지냈다. 아래 시는 문집 편차와 「자서」(『팔송집』 권5) 중 '촉석지락(矗石之樂)'의 협주 "己巳夏, 魁白日場于晉陽, 方伯李溪設酒樂于矗石樓, 與筵者十數人"을 참고할 때 기사년(1629) 여름에 지었음을 알 수 있다.

「矗石樓 次鄭郊隱以吾板上韻」〈『팔송집』 권1, 1a〉(촉석루에서 교은 정이오의
  현판시에 차운하다)

詩與名樓響古今	시와 명루가 고금에 울리는
嶠南形勝此登臨	영남 형승인 이곳에 등림하니
山如鳳翅當軒舞	봉황새 날개 같은 산들이 처마 마주해 춤추며
水蹴龍頭繞檻深	용두 벼랑을 내달린 물은 난간 감돌며 깊은데
戎馬猶餘工部恨1)	전쟁터는 아직도 두보의 한탄을 남겨 두었고
江湖遙想仲淹2)心	강호는 아득히 범중엄의 마음을 생각케 하거늘

---

5) 康州(강주): 경덕왕 16년(757)에 개칭된 진주의 옛 명칭.
6) 龍頭(용두): 원전을 보면 이 시행에 "古時龍頭寺基"라는 주가 있다. 하륜의 「촉석루기」와
   『세종실록』 「지리지」에 촉석루는 용두사 남쪽 석벽 위에 있다고 했다.
1) 工部恨(공부한): 두보의 한탄. 정이오(1347~1434) 시의 각주 참조.
2) 仲淹(중엄): 송나라 명신 범중엄(范仲淹). 용어 일람 '범공' 참조.

風光不老人何處　　풍경은 쇠하지 않았으되 사람은 어디로 갔는지
手撫華扁百遍吟　　화려한 편액 어루만지며 백 번을 읊조려보노라

○ 박장원(朴長遠, 1612~1671) 자 중구(仲久), 호 구당(久堂)·습천(隰川)

본관 고령. 병자호란 때 순국한 외할아버지 심현(沈誢, 1556~1637)의 집에서 출생. 장인이 윤원지(尹元之)이고, 어사 박문수의 증조부이다. 1636년 문과 급제하여 수찬·상주목사·강원도관찰사·대사헌·한성부판윤 등을 역임했고, 개성유수로 나갔다가 거기서 운명했다. 아래의 시는 부모를 봉양하기 위해 외직을 청해 계미년(1643) 2월부터 일 년 남짓 안음현감으로 재직하면서 지은 작품들을 편차한 「花縣錄」에 수록되어 있고, 이 중 둘째 수는 처조부 윤훤(1573~1627)의 시를 차운한 것이다.

「晉州矗石樓 次板上韻二首」〈『구당집』 권2 「화현록」, 25b~26a〉(진주 촉석
루에서 현판시에 차운한 두 수)

十載萍蹤遍八區　　십 년간 객지에서 팔방을 다니다가
晉康城上獨登樓　　진주성 위의 누각에 홀로 올랐어라
山圍大野參天立　　산들이 너른 들을 둘러싸 하늘에 치솟았고
水合諸溪赴海流　　물은 여러 시내를 합쳐서 바다로 흘러가는데
老病南征雙鬢換　　늙고 병든 남정 길에 양쪽 살쩍이 새었으며
家鄕北望片雲浮　　고향 생각에 북쪽을 보니 조각구름 떠 있다
眼前有景今難道　　눈앞의 경치를 지금에 말하기 어려움은
崔子1)當年已作州　　최립이 당시 고을을 벌써 읊은 탓일세

天豁西南地勢雄　　하늘 툭 트인 서남으로 지세가 웅장하고
蒼茫元氣倚樓中　　아득한 원기는 누각 속에 깃들어 있구려
從知仙界無多有　　종래로 별세계가 많지 않음을 알거니와
若比神州底處同　　신선 고을에 견준다면 어디와 같을까

---

1) 崔子(최자): 임진왜란 직전까지 3년간 진수복사를 지낸 최립(崔岦)을 지칭.

江抱古城虛夜月	강이 안은 옛 성에는 달빛이 공허하며
野連滄海易秋風	들판 잇닿은 창해에는 추풍이 평온한데
碣來三宿猶難別	오가며 사흘 묵더라도 외려 이별은 어렵나니
安得鮫綃[2]屬畫工	어찌하면 비단을 구해 화공에게 부탁하나

○ 심일삼(沈日三, 1615~1691) 자 성오(省吾), 호 월계(月溪)

합천 이사동(伊沙洞, 현 대양면 대목리 이계마을) 출생. 부친 심자휘(沈自輝)가 돈독히 교유한 진주목
사 강대수와 무민당 박인(朴絪, 1583~1640)의 문인이고, 하홍도·조임도·정훤(1588~1647) 등의
문하에도 출입했다. 참고로 중부(仲父) 송호 심자광(沈自光, 1592~1636)은 훈련원 정으로서 병자호
란 때 참전해 남한산성에서 순절했다. 『월계유집』은 『청기세고』 권3~5에 수록되어 있다.

「矗石樓滯雨 拈韵 贈同遊諸君」〈『월계유집』 권3, 24b~25a〉(촉석루에서
　비로 체류하게 되어 운을 내어 같이 유람하는 여러 사람에게 주다)

雨脚如麻[1]歸未得	줄기찬 작달비로 돌아갈 수 없어
客中惟有烟霞情	나그네는 연하에 마음 둘 뿐인데
當時巨筆[2]吟哦處	당시 걸출한 문인이 시 읊은 곳이니
矗石樓臺也不輕	촉석루 누대야말로 경시할 수 없구려

---

2) 鮫綃(교초): 교인(鮫人)이 짠 가볍고 얇은 비단. 교인은 물 속에 살다가 뭍으로 나와 인가에
　기거하다가 여러 날 비단[綃]을 짠 뒤 돌아갈 때이면 주인을 위해 눈물을 흘려 한 쟁반의
　진주를 만들어준다고 함. 장화, 『박물지』 권9.
1) 雨脚如麻(우각여마): 삼대같이 줄기차게 내리는 비, 작달비. '雨脚'은 빗발.
2) 巨筆(거필): 장대 같은 큰 붓, 곧 특출한 문장력. 자세한 유래는 박승임(1517~1586) 시의
　각주 '필강' 참조.

○ 이채(李埰, 1616~1684) 자 석오(錫吾), 호 몽암(蒙庵)

본관 여주. 이언적(1491~1553)의 고손자로 경주 양좌리(良佐里, 현 강동면 양동리) 출생. 과거보다는 학문에 전념하다가 50세 때 성균관 유생이 되었고, 영릉참봉(1676)과 빙고별검(1677) 등 여러 번 학행유일(學行遺逸)로 천거되었지만 모두 부임하지 않았다. 이후 처가가 있는 강동면 안계리(安溪里)로 이거해 초당을 짓고 향리 자제를 가르치다 별세했다.

「次矗石樓板上韻」〈『몽암집』 권3, 26b~27a〉(촉석루 현판시에 차운하다)

江右關防第一區	강우의 관방에 으뜸가는 구역이며
嶺南形勝最高樓	영남의 형승에서 최고의 누각일세
山容簇立圍平野	산 모습은 빽빽이 너른 들을 에워쌌고
水勢彎回控上流	물 형세는 굽이돌며 상류를 당기는데
雞鵠[1]戰場遺古迹	닭·고니와 싸운 곳에 옛 자취가 남았으며
龍蛇殺氣至今浮	용사년의 살벌한 기운이 지금도 떠있거늘
登臨豈但銷憂[2]地	등림함에 어찌 근심만을 해소하랴
終古玆邦保障州	길이길이 이곳은 요충 고을일지니

○ 이은상(李殷相, 1617~1678) 자 장경(長卿)·열경(說卿), 호 동리(東里)

본관 연안. 초명 원상(元相). 이소한의 장남이고, 서포 김만중(1637~1692)의 장인이다. 1655년 김수항·남용익·이단상 등과 사가독서했고, 이듬해 문과급제해 대사성·대제학·한성부윤·여주목사·도승지·형조판서 등을 역임했다. 부친이 기묘년(1639)부터 진주목사로 약 2년간 재직할 때 형제들과 함께 촉석루를 등림했다. 이소한, 『현주집』 권2 「진양록」.

「矗石夜飲 次舍弟[1]韻」〈『동리집』 권9, 13b〉(촉석루에서 술 마시며 동생의 시에

---

1) 雞鵠(계곡): =계목(鷄鶩). 닭과 고니, 곧 소인배나 간신배를 지칭함.
2) 銷憂(소우): 왕찬, 「등루부」, "이 누대에 올라 사방을 바라봄이여 / 애오라지 한가한 날 시름을 잊기 위함일세[登玆樓以四望兮, 聊暇日以銷憂]".
1) 舍弟(사제): 동생으로 홍상(弘相)·유상(有相)·익상(翊相)이 있다.

차운하다)

曲欄臨水出	굽은 난간이 강가 임해 삐죽이 나왔고
粉堞入雲開	분칠한 성가퀴에 맴돌던 구름 흩어지네
帆影樽前落	돛배 그림자는 술독 앞에 떨어지며
江聲枕上來	강물 소리는 베갯머리로 들려오는데
綺羅2)春共亂	비단옷 입고 봄날에 모두가 시끌벅적
歌舞夜相催	노래와 춤으로 밤을 서로 재촉하거니
無限登樓興	누각에 올라 끝없는 흥취를 즐기다
長街帶月廻	긴 거리를 달빛 안고 돌아가노라

○ **이안적(李安迪, 1621~1707)** 자 유원(猷遠), 호 구계(龜溪)

본관 흥양. 경상도 의흥현(義興縣, 현 군위군) 후평리(後坪里) 출생. 일찍이 『소학』의 가르침을 깨우쳐 효행이 특출했고, 20세 때 장인인 서재 도여유(都汝兪, 1574~1640)의 지도를 받았으며, 한강 정구를 사숙했다. 처남 죽헌 도신징(1604~1678) 등과 교유했고, 만년에는 노인 우대 정책에 따라 통정대부에 올랐다.

「登矗石樓」〈『구계유고』권1, 15a~b〉(촉석루에 올라)

矗石高樓是別區	촉석의 높은 누각이 별천지니
山南形勝更何求	산남 형승을 다시 찾아 무엇하리
朱甍縹渺連天聳	붉은 용마루는 아득히 하늘 높이 닿았고
粉堞逶迤匝地周	흰 성가퀴 구부구불 땅을 감아 둘렀는데
水鳥和煙波上起	물새가 이내와 섞여 물결 위를 날아가며
漁舟帶月檻前浮	고깃배는 달빛 띄고 난간 앞에 떠 있도다
偶然爲客窮遊覽	우연히 나그네 되어 끝에서 유람하거니
滿目風光肚裏收	눈에 가득한 풍광이 가슴속에 간직되네

2) 綺羅(기라): 기녀를 지칭. 유래는 정약용의 「중유촉석루」시의 각주 참조.

○ 이단상(李端相, 1628~1669)

자 유능(幼能), 호 정관재(靜觀齋)·서호(西湖)

본관 연안. 부친 이명한(1595~1645)의 임소인 경기도 남양부 관아에서 넷째 아들로 출생. 조부는 이정구이고, 숙부가 이소한이다. 성혼 문인으로 1649년 급제한 뒤 동부승지·병조참의·부제학 등의 벼슬을 역임했다. 사위 농암 김창협을 비롯해 김창흡·임영 등 걸출한 학자가 그의 문인이고, 송시열·김수항·박장원 등과 교유했다. 아래 시의 창작 시기는 경인년(1650) 11월이고, 아들 이하조(1664~1700)의 화운시가 있다.

「矗石歌走筆 送李使君尚逸¹⁾之晉陽」〈『정관재집』 권1, 14b~15a〉(촉석가를 주필하여 진양으로 가는 목사 이상일에게 보내주다)

巨鰲背負三山²⁾流	큰 자라가 삼신산을 등에 지고 흐르다가
一落東南滄海頭	동남의 창해 언저리에서 완전히 멈추었다
滄海茫茫接天地	창해는 아득히 하늘과 땅에 닿아 있고
海上山蟠五百里	바닷가 산들은 오백 리에 둘러 있나니
千峯秀色浮雙溪	천 봉우리의 수려한 빛이 쌍계에 떠 있고
劈峽流爲矗石水	골짜기를 가르는 물은 촉석강을 이루거늘
矗石之樓勢崔嵬	촉석의 누각 형세는 높디높고
將軍玉帳臨江開	장군의 군막은 강가에 펼쳤어라
樓頭曉月天王出	누각 꼭대기 새벽달은 천왕봉에서 떠오르며
樓下秋濤靑鶴廻	누각 아래 가을 물결은 청학동을 돌아드는데
太守時時宴於樓	태수는 때때로 누각에 잔치를 베풀고
登臨四望淸風來	등림하면 사방에서 청풍이 불어올진대

---

1) 李使君尚逸(이사군상일): 이상일(1600~1674. 자 汝休, 호 龍巖). 이맹전의 5대손으로 사계 김장생과 신독재 김집의 제자. 진주목사 시절(1650~1654)인 1651년 11월 경상도사 오두인과 지리산을 유람했고, 1653년 경상도사 남용익(1628~1692)은 그와 선유를 함께 즐기고 헤어질 무렵 선정을 당부하는 시를 지어 보냈다. 남용익의 「범주촉석루하…」(『호곡집』 권6), 「진양행송이사군상일」(『호곡집』 권9) 시 참조. 현재 진주성 내 선정비(1654년 건립)가 있다.

2) 三山(삼산): 신신 세세. 용어 일람 '삼도' 참조.

轅門壯士舞長劒	원문의 장사들은 긴 칼 빼 들어 춤추며
錦瑟佳人歌落梅	거문고 타는 가인은 낙매곡을 부르리라
舞長劒歌落梅	장검의 춤, 낙매의 곡조
梅花亂落琉璃盃	매화꽃은 이리저리 유리잔에 지고
太守3)行樂春復秋	태수는 봄 이어 가을에도 즐겼었지
昔年繁華今在不	옛 번화함은 지금도 그대로 있을까
李侯今爲太守去	이후께서 이제 태수 되어 가시니
公之去矣令人愁	공의 떠나감이 숫제 서글프게 하네
歲暮江南政風雪	세밑 강남에 마침 눈보라 흩날릴 제
惆悵都門五馬4)出	태수가 도성 문을 쓸쓸히 나서시니
自怜蘭臺5)病太史	난대의 병든 태사는 스스로 가련한데
風塵鬱鬱凌雲氣6)	세상사 답답하나 기운이 하늘 치솟네
爲余先吊古戰場	나보다 먼저 옛 전장에 조상하시면
江中尙哭千年鬼	강엔 여전히 천년 귀신이 곡하리라

---

3) 太守(태수): 이소한이 1639년부터 2년간 진주목사로 재직한 사실을 말함.

4) 五馬(오마): 사마(駟馬)와 곁말 한 마리를 합쳐서 다섯 마리의 말이 됨. 한나라 때 지방
태수가 다섯 필의 말이 끄는 수레를 탄 데서, 지방 장관을 지칭한다. 여기서는 이상일이
경상우병사로 나감을 뜻한다.

5) 蘭臺(난대): 한나라 때 궁중의 장서각에서 유래하는데, 여기서는 이단상이 1650년 10월
예문관 검열 겸 춘추관 기사관 직책을 맡은 것을 말한다.

6) 凌雲氣(능운기): 탈속한 기상. 한나라 사마상여가 「대인부(大人賦)」를 지어 바치니, 무제
(武帝)는 읽고서는 "휘날리고 휘날려서 구름 위를 치솟는 기개가 있고, 천지 사이를 자유
로이 노니는 것 같은 뜻이 있다[飄飄有凌雲之氣, 似游天地之間意]."고 하였다. 『사기』 권
117 「사마상여전」.

○ 이하진(李夏鎭, 1628~1682)

자 하경(夏卿), 호 육우당(六寓堂)·매산(梅山)

본관 여주. 서울 소정동(小貞洞) 출생. 조부는 이상의, 부친은 이지안(李志安)이다. 1666년 문과급제 후 가주서·전적·도승지 등을 역임했고, 글씨도 능해 10첩의 필적『천금물전(千金勿傳)』(보물 제 1673호)이 있다. 1680년 2월 경신환국 때 허적(許積)을 탄핵한 허목(許穆)을 두둔하는 소를 사헌부 대사간으로서 올렸다가 숙종의 미움을 받아 같은 달 25일 외직인 진주목사로 강등 전보되었다. 5월 경신대출척으로 삭탈관직되어 귀향해 마포 서호에 살다가 10월 김석주의 상소로 평안도 운산군(雲山郡)에 귀양 가서 2년 뒤 별세했다. 성호 이익(李瀷, 1681~1763)이 그곳 유배지에서 출생했고, 손서가 죽헌 신필청이다. 아래 시들은 그가 비봉루(飛鳳樓)를 건립한 진주목사 하곡 윤계(尹堦, 1622~1692, 자 泰升, 부 윤면지, 증조부 윤두수)를 뒤이어 재임하던 경신년(1680) 3~4월에 지은 것이다.

「登矗石樓有作」〈『육우당유고』책2, 93a〉(촉석루에 올라 짓다)

江雲漠漠雨霏霏[1]	강 구름 자욱하고 비는 부슬부슬
江鳥啣魚掠釣磯	물새가 고기를 물고 낚시터 스치는데
柳拂漁翁靑篛笠[2]	버들가지는 푸른 대삿갓 쓴 어부에게 한들대고
鷗迎楚客[3]綠荷衣[4]	갈매기는 초록빛 연잎 입은 나그네를 맞이하네
一旬瘴霧無淸曉	열흘 동안 독한 안개로 맑은 새벽은 없거니와
千里鄕山帶落暉	천리 먼 고향 땅에는 지는 해가 걸려 있구려
猶想仲宣心裡事	아직도 왕찬의 마음속 일을 상상하건대
危樓四望苦思皈[5]	누각에서 사방 보니 고향이 몹시도 그리워라

「登矗石樓」〈『육우당유고』책2, 93b〉(촉석루에 올라)

滄海東頭矗石樓	푸른 바다 동쪽 끝의 촉석루
浸波無語閱千秋	물결은 말없이 천년을 지났을 터

---

1) 霏霏(비비): 비나 눈이 몹시 내리는 모양, 잔잔한 것이 날아 흩어지는 모양. '霏'는 눈이 펄펄 내리다.
2) 篛笠(약립): 대나무 겉껍질로 만든 삿갓. '篛'은 대껍질.
3) 楚客(초객): 초나라 나그네, 곧 굴원(B.C.340~B.C.278).
4) 綠荷衣(녹하의): 초록빛의 연잎으로 만든 옷, 곧 은자가 입는 옷.
5) 思皈(사귀): 고향에 돌아가고자 하는 생각. '皈'는 귀(歸)와 동자.

龍湫雨過清仍漱	남강에 비 지나가자 맑은 물이 넘실대며
鳳峀[6]雲移翠欲流	비봉산에 구름 옮겨가니 푸른빛 흐르려네
長路膓因子規斷	머나먼 길에 창자는 소쩍새 때문에 끊어지고
他鄕春爲使君留	타향에서 맞는 봄은 사또 위해 남겨 두었거니
仲宣未就消憂賦	왕찬의 뜻 못 이뤄 근심 삭이는 부를 지으며
且共元規[7]月下遊	잠깐 원규와 함께 달빛 아래 노닐어 보노라

「蠹石 次石樓韻」〈『육우당유고』 책2, 94b〉 (촉석루에서 촉석루 시에 차운하다)

江山終古護神區	강산은 여태도록 신령스러운 땅을 보호하고
脩竹千竿擁畫樓	천 줄기 뻗은 대는 그림 같은 누각을 에웠네
入夢雲烟迷太白	꿈결 속 구름 안개는 태백산인 듯 헷갈리며
接天蒼翠認頭流	하늘에 잇닿은 푸른빛은 두류산임을 알겠거늘
歌姬巧學黃鸎囀	노래하는 계집은 꾀꼬리 소리를 잘도 배웠고
醉客偏憐綠蟻浮	취객은 넘치는 동동주를 유달리 좋아하누나
向夕興酣詩意足	저녁 무렵 흥취 무르익어 시상이 흡족하니
不知身世落炎州	이 신세 남쪽 고을에 떠도는 줄 모를레라

「再次」〈『육우당유고』 책2, 94b~95a〉 (둘째 차운시)

水抱山圍自一區	산수가 감싸 안아 절로 이룬 한 구역에
神施鬼設敞[8]飛樓	귀신같은 솜씨로 날듯한 누각을 지었네
沙邊宿鷺依踈竹	모래톱에 잠자던 백로가 성근 대밭에 의지하고
烟外閑鷗占上流	안개 밖의 느긋한 갈매기는 상류에 터 잡았노니

---

6) 鳳峀(봉수): 비봉산의 골짜기. '峀'은 산굴. 이 시의 네 번째 뒤, 곧 「촉석차촉루운」 시 앞에 「비봉산」 시가 있음.

7) 元規(원규): 진(晉)나라 장군 유량(庾亮)의 자(字). 여기서는 회포를 나누는 동지를 뜻함. 유량은 태위로서 무창(武昌)을 다스리던 어느 가을날, 막료인 은호·왕호지 등과 함께 남루(南樓)에 올라가 달구경을 하며 회포를 마음껏 풀었다. 『세설신어』 「용지」.

8) 敞(창): 높다. 원문에는 '폐(敝)'로 되어 있는바 바로 잡았다.

絲柳長時誇細細	실버들은 언제나 야들야들함을 과시하며
虗舟終日任浮浮	빈 배는 온종일 마음껏 둥둥 떠다니구려
紅裙小妓煩相報	어린 기녀들이 분주히 서로 응수하거늘
佳麗東南獨此州	아름다움은 동남에서 이 고을의 독차지

「三次」〈『육우당유고』 책2, 95a〉 (셋째 차운시)

水竹雲山景物區	강가 대와 구름, 산으로 경치를 이루었고
凌波駕石結層樓	강물이 넘실대는 바위에 높은 누각 세웠구려
簷間乳燕飛還止	처마 사이로 새끼 제비는 날아가다 도로 멈추며
花底嬌鶯語暫流	꽃 아래 고운 꾀꼬리가 지저귀다 이윽고 떠나는데
北望可堪9)香案10)隔	북쪽 보건대 벼슬길 막힌 것을 어이 견딜쏘냐
南來偏覺此生浮	남쪽에 와 부질없는 이 생애를 새삼 느끼노라
不緣方丈留仙債	인연 없는 지리산에 신선의 빚을 남길 뿐이니
卿月11)終難照遠州	조정 달은 끝내 먼 고을을 비추기 어려울까

---

9) 可堪(가감): =나감(那堪). 감명이 깊어 견딜 수 없음. '堪'은 견디다.

10) 香案(향안): 조회하는 날 전상(殿上)에 설치해 놓는 향로인데, 여기서는 임금을 가까이 모심을 뜻함.

11) 卿月(경월): 조정의 벼슬아치, 귀족이나 대신. 『서경』 「주서」〈홍범〉, "왕은 해를 살피고, 귀족과 대신들은 달을 살피며, 낮은 관리들은 날을 살펴야 한다[王省惟歲, 卿士惟月, 師尹惟日]".

○ 심달하(沈達河, 1631~1699) 자 통경(通卿), 호 만계(晚溪)

초명 지한(之韓). 의령군 의령읍 만천리(萬川里) 출생. 용계 심이문(1599~1671)의 아들로 일찍이 과거를 분경(奔競)의 일로 여겨 포기한 채 산수를 오가며 즐겼다. 1638년부터 의령에 우거하던 미수 허목(1595~1682)의 제자가 되었고, 일헌 하해관(1634~1686)·김정태·심일삼 등과 도의로 교유했다. 1667년 뜻밖의 재앙으로 황해도 해주에 유배되어 5년간 지냈고, 1691년 의령현감으로 부임해온 갈암 이현일의 동생 이숭일과 자주 시를 수창했다. 아래 시의 창작시기는 계해년(1683) 7월에 지은 「진양오재연구(晉陽梧齋聯句)」(『만계시집』, 35b~37b)로 짐작해 볼 수 있다. 참고로 『만계시집』은 후손 심지택이 편집한 『용계만계양세유고(龍溪晚溪兩世遺稿)』(경상대학교 문천각 소장)에 합편되어 있다.

「登矗石樓」〈『만계시집』, 10b〉 (촉석루에 올라)

天闢層樓柁石洲	하늘 트인 층루가 바위 물가에 있는데
登臨可滌世間愁	등림하니 세상 근심을 씻을 수 있구나
雙雙野鴨窺魚沒	짝지은 들오리가 물고기 노리며 자맥질하고
點點楊花撗水流	점점이 버들 꽃은 강물에 비쳐 흘러가는데
篁帶玉聲風萬古	대숲은 옥소리 머금고 바람은 만고에 불며
波噴瓊屑月千秋	물결은 옥가루 내뿜고 달은 천추에 빛나네
箇中吟興無人識	그 사이에 흥 읊조리되 아는 이 없나니
獨得芳辰[1]物外遊	홀로 봄철에 즐기는 물외의 유람일세

○ 이지걸(李志傑, 1632~1702) 자 계부(季夫), 호 금호(琴湖)·만은(晚隱)

본관 벽진. 서울 거주. 모친이 청강 이제신 손녀임. 1654년 진사시 합격해 성균관에 들어가 촉망받았으나 예송논쟁으로 조정이 혼란하자 1675년 벼슬을 버리고 은거하던 중 경신환국으로 복귀해 의금부도사·공조좌랑·감찰·첨지중추부사(1701) 등을 지냈다. 한편 1688년 영덕현감 재직 시 남형(濫刑)한 죄로 이듬해 교체되었고, 당시 일이 거듭 불거져 신미년(1691) 곤양으로 유배되어 3년을 지내다가 1694년 갑술환국으로 해배되었다. 아래 시는 곤양 귀양 시기의 작품을 모은 「行吟錄」에 실려 있다.

「次矗石樓題詠韻」〈『금호유고』 권4 「행음록」, 20a〉 (촉석루 제영시에 차운하다)

---

1) 芳辰(방신): 향기로운 봄철. '辰'은 때.

不忍登臨瞰碧流　　등림함에 푸른 물을 차마 볼 수 없나니
想來當日動悲愁　　그 시절 상상할 제 슬픈 마음 일렁이네
何狀翠娥能節義　　도대체 어떤 미인이 절의를 했기에
芳名猶帶水雲秋　　방명은 구름 그윽한 가을에 아직도 남았나

○ 김석주(金錫冑, 1634~1684) 자 사백(斯百), 호 식암(息庵)

본관 청풍. 서울 회동(현, 회현동) 출생. 영의정을 지낸 김육(金堉, 1580~1658)의 손자고 1662년 장원급제해 전적을 거쳐 이조좌랑을 지냈다. 1674년 제2차 예송 때 남인 허적 등과 결탁해 송시열·김수항 등을, 1680년 병조판서로 있으면서 허적·윤휴 등을 역모 혐의로 고발해 숙청했다. 1682년 우의정으로서 호위대장이 되었고, 1689년 기사환국 때 공신의 호를 박탈당했다. 아래 시는 안방준의 「진주서사」를 읽고 지은 연작시 6수 중 제6수인데, 나머지 작품의 제재는 김시민, 김천일, 황진·양산숙, 최경회·장윤·이종인, 고종후이다.

「矗石樓」〈『식암유고』 권5, 10a, 「讀安牛山¹⁾晉州記事有感」〉(촉석루)

危欄千尺淸江上　　천 척 아찔한 누각이 맑은 강가에 있는데
義骨沈來恨未銷　　의로운 넋이 깊이 서려 원한은 삭지 않았네
尙記英豪爭戰地　　영웅호걸의 전쟁터를 여태 기억하는지
有時樓撼五更潮　　이따금 누각이 밤새 물결에 흔들린다

---

1) 牛山(우산): 안방준(安邦俊, 1573~1654. 호 隱峯)의 별호. 전라도 오야동(梧野洞, 현 보성읍 우산리) 출생으로 성혼의 문인이다. 임진왜란이 일어나자 의병을 일으켰고, 1614년 우산(牛山)에 들어가 학문에 매진하다가 정묘·병자호란 때 다시 의병을 일으켜 항쟁했다. 한편 그는 1596년에 진주성 함락의 시말을 적어두었는데, 1627년 겨울 그것을 산삭하고 가필한 뒤 「진주서사」(『은봉전서』 권7)라 명명했다.

○ 권태시(權泰時, 1635~1719) 자 형숙(亨叔), 호 산택재(山澤齋)

안동시 서후면 금계리(金溪里) 출생. 조상의 별장이 있던 진성현(眞城縣)의 산택재에서 은거하던 중 1690년 이현일에 의해 학행으로 천거되어 장악원 주부가 되었고, 이어 회덕현감을 5년 동안 지내면서 선정을 베풀었다. 1694년 갑술옥사 후 벼슬을 그만두고 고향에서 여생을 보냈으며, 예학에 특히 밝아 『가례전주』를 저술했다. 이 시는 갑인년(1674) 조상의 산소를 손보는 일로 단속사(斷俗寺)로 갈 때 진양에 들러 지은 것이 확실해 보인다.

「泛月 矗石得天字 歸示宅彦」 〈『산택재집』 권1, 16b〉 (달밤에 뱃놀이하다가
　　촉석루에서 '天'자 운의 시를 지은 뒤 돌아가 택언에게 보여주다)

踏盡平沙上小船	백사장을 두루 밟고 조그만 배에 올라
蘭槳桂楫[1]義嚴前	목란 삿대와 계수나무 노로 이른 의암 앞
箇中自有眞消息	그 가운데 절로 참된 소식이 있거니와
風滿長洲月滿天	바람 가득한 긴 모래톱에 달은 휘영청

○ 경일(敬一, 1636~1695) 법명 태허(太虛), 호 동계(東溪)

속성 이씨(李氏). 태허당대사. 인동부 약목촌(若木村, 현 칠곡군 약목면 약목리) 출생. 관동의 유점사 벽암대사(碧岩大師) 문하에서 공부했고, 사대부들과 교유가 많았으며, 1694년 해인사 법회 때 수백 명의 불자들이 참석했으며 얼마 후 그곳에서 입적했다. 『동계집』(1711)은 밀양 표충사에서 간행되었고, 국문학사에서 한문소설 「가야진용왕당기우록(伽倻津龍王堂奇遇錄)」(『동계집』 권4)이 널리 알려져 있다.

「次矗石樓韻」 〈『동계집』 권1, 17b~18a〉 (촉석루 시에 차운하다)

江上嵯峨百尺樓	강변에 아스라이 백 척 누각 있는데
吟鞭[1]來倚玉闌頭	말 타고 읊조리며 와서 난간 끝에 기대노라
清歌不是秦淮夜[2]	맑은 노랫소리는 진회의 밤은 아니지만

---

1) 蘭槳桂楫(난장계즙): 배를 저어 감. 용어 일람 '난장계도' 참조.
1) 吟鞭(음편): 말이나 나귀를 타고 채찍질하면서 시를 읊조림. '鞭'은 채찍.
2) 秦淮夜(진회야): 진회의 밤. 두목(803~852), 「박진회(迫秦淮)」, 『번천집』 권4, "안개는 찬

逸興還同赤壁秋3)　　　고상한 흥치는 어쩌면 그리 적벽 가을 같은지
風引落霞歸極浦　　　바람은 저녁놀을 몰아서 먼 포구로 돌아나가고
雁拖疎雨過長洲　　　기러기는 성긴 비를 끌어 긴 물가를 지나가네
一聲晚笛從何處　　　한 가락 저물녘 피리 소리가 어디서 들려와
驚起騷人旅泊愁　　　소스라치게 시인의 타향살이 시름겹게 하나

○ 이수언(李秀彦, 1636~1697)

자 미숙(美叔), 호 농계(聾溪)·취몽헌(醉夢軒)

본관 한산. 청주 출신. 우암 송시열(1607~1689)의 문인으로 1660년 사마시에, 1669년 문과 급제했다. 1689년 기사환국 때 평안도 이산군(理山郡, 현 자강도 위원군)의 우장촌(牛場村)에 유배되었다가 1694년 갑술옥사 때 풀려나 형조판서, 대사헌, 한성판윤, 지중추부사 등을 지냈다. 스승과 각별한 사이였던 동향의 만주 홍석기(1606~1680)를 종유했고, 만년에 도봉서원 원장을 지냈으며, 국계서원(현 청주시 청원구 내수읍 소재)에 배향되었다. 이 시는 경상도 관찰사(1681.8~1682.9 재임) 때 지은 것으로 보인다.

「宿矗石樓 口占」〈『농계유고』, 76쪽〉(촉석루에 묵으며 즉석에서 짓다)
冬夜沈沈不肯明　　　겨울밤 어둑하여 밝을 기미는 없고
滿天霜氣釀凄淸　　　온 하늘에 서리 기운 뒤섞여 싸늘한데
樓中宿客偏無寐　　　누각 속 나그네는 도무지 잠 못 이루어
臥聽寒江細雨聲　　　누워서 찬 강의 가랑비 소리 듣노매라

술에 자욱하고 달빛은 백사장에 쏟아지는데 / 밤에 진회에 정박하니 술집이 바로 곁이네 [煙籠寒水月籠沙, **夜泊秦**淮近酒家]".
3) 赤壁秋(적벽추): 적벽의 가을. 소식이 7월 16일 적벽 아래에서 풍류를 즐긴 일을 말함.

○ 남노명(南老明, 1642~1721) 자 태서(台瑞), 호 만취헌(晩翠軒)

본관 영양. 세거지가 영해부 원고리(元皐里, 현 영덕군 영해면 원구리)이나 영양군 일월면 주곡리(注谷里) 외가에서 출생. 임진왜란 의병장인 난고 남경훈(1572~1612)의 증손자로 1675년 생원·진사, 1684년 문과에 급제했다. 1691년 출사해 유곡 찰방·병조좌랑·예조좌랑 등을 지냈고, 거창현감 (1693.8~1702 재임) 때인 1695년 혹심한 기근이 들자 농민 구휼에 힘을 쏟아 칭송이 자자했다. 거창현감을 그만두고 향리에 '만취헌'을 지어 은거했고, 『만취헌유고』는 『익양연방집(益陽聯芳集)』 권2(한국국학진흥원 소장)에 수록되어 있다. '益陽'은 영양의 고호이다. 참고로 조운도의 조부 조덕린 (1658~1737)이 외사촌 동생이다. 아래 시는 문집의 「진양습조차우병상필한운(晉陽習操次禹兵相弼 漢韻)」 시와 그 전후 작품으로 보아 거창현감 때 지은 것으로 짐작된다. '우필한'은 본서 기문 참조.

「登矗石樓」〈『만취헌유고』, 11b〉 (촉석루에 올라)

晋陽城外客初回[1]	진양성에 외부 나그네가 처음 와
千古江山酒一盃	천고 강산에서 술 한 잔 마시노라
地險若玆天不助	땅 험하기가 이 같되 하늘은 돕지 않았나니
壬辰年事說堪哀	임진년 변고를 말할진대 참으로 서글퍼지네

○ 홍만조(洪萬朝, 1645~1725) 자 종지(宗之), 호 만퇴당(晩退堂)

본관 풍산. 시호 정익(貞翼). 증조부 홍이상(1549~1615), 부친 홍주천, 외사촌 김수증·김수흥·김수항 형제. 1678년 증광문과 급제한 뒤 검열, 도승지, 대사간, 한성판윤, 형조판서, 판돈녕부사 등을 역임했다. 이 시의 창작배경으로 보이는 경상도 관찰사(1708.3~1709.11)를 비롯해 5도의 관찰사를 지냈다. 신몽삼·이형상과 수창한 시가 많고, 『만퇴당집』이 있다.

「矗石樓」〈장지연 편, 『대동시선』 권5, 74쪽〉 (촉석루)

奇巖千尺起高樓	천 척 기암 위에 높은 누각 치솟았고
下有長江咽不流	아래로 장강은 울먹이며 못 흐르는데
今日經過征戰地	오늘 전쟁 치렀던 땅을 지나노라니
暮雲殘雪入邊愁	저문 구름과 잔설이 변방 근심으로 들어오네

---

1) 初回(초회): 첫 번. '回'는 번. 횟수.

○ 이민기(李敏琦, 1646~1704) 자 경징(景徵), 호 만수재(晩守齋)

본관 인천. 전남 장흥군 장흥읍 건산리(巾山里) 출생이나 39세 때 용계방(龍溪坊, 현 장동면) 만수동에 이사했다. 1679년 장흥 연곡에서 귀양살이하던 노봉 민정중(1628~1692)에게서 깊은 가르침을 받았고, 1699년 책문으로 동당시에 합격했다. 장흥 연곡서원에 배향되고 있고, 존재 위백규(1727~1798)가 그의 묘지명을 지었다.

「矗石樓」〈『만수재집』 권1, 12a〉 (촉석루)

風雨何年鎭一區	비바람은 어느 해 한 구역에 몰아쳤나
人亡百載獨餘樓	사람 떠난 지 백년 홀로 남은 누각이라
孤忠矗石層層屹	외로운 충성 깃든 촉석루가 층층으로 우뚝하고
冤恨長江滾滾流	억울한 원한 맺힌 긴 강은 이엄이엄 흐르는데
事與睢陽前後並	그때 일은 수양성과 전후로 병칭되며
雲隨殺氣古今浮	구름은 살기 따라 고금에 떠다니도다
登臨却使英雄淚	등림하니 영웅의 눈물짓게 하거늘
更忍將身過此州	이 신세 어이 차마 이 고을 지나가랴

○ 신필청(申必淸, 1647~1710) 자 청지(淸之), 호 죽헌(竹軒)·하곡(夏谷)

본관 고령. 청주 묵정리(墨井里, 현 충북 청원군 낭성면 관정리) 출생. 1671년 이후 하곡(夏谷, 현 낭성면 호정리)에 거주했고, 딸이 성호 이익(1681~1763)의 첫째 부인이었다. 1684년 문과 장원했으나 광해군을 찬양했다는 이유로 과거 명부에서 삭제되었다. 6년 뒤 지평으로 복귀 후 정언·경상도사(1691.7~8)·남원현감(1696)·경상도사(1699)·고산찰방(1700)·파주목사(1703) 등을 역임했으며, 순흥부사(1708) 재직 중 별세했다. 「을병록(乙丙錄)」에 수록된 아래의 시는 「연보」(『죽헌집』 권8)의 "壬子正月, 往晉州, 歷覽山水, 遊矗石樓, 有題詠數十篇"이라는 기록으로 보아 임자년(1672) 1월 작임을 알 수 있다.

「矗石樓次板上韻」〈『죽헌집』 권5 「을병록」, 44b〉 (촉석루에서 현판시에 차운하다)

倦遊南北遍名區	지치도록 남북 명승지를 다니다가
矗石春風更倚樓	봄바람에 다시 촉석루에 기댔더니

萬里波連三島合	만 리 물결은 삼도로 이어져 합쳐지고
千秋恨入大江流	천추의 한은 큰 강에 잠겨서 흐르구나
雲歸極浦天將暮	구름이 먼 포구로 돌아가고 날은 저물려는데
臺接重霄1)勢若浮	누대는 높은 하늘에 닿아 형세가 뜬 듯하네
一笑乾坤無語立	천지를 한바탕 웃다가 말없이 섰나니
明朝匹馬又西州	내일 아침 필마로 또 서쪽 고을로 갈 터

千里嶺南別一區	천릿길 영남에 한 구역이 특별하고
江頭縹緲有高樓	강 언저리에 아득히 높은 누각 있구려
堂堂壯節三元帥	세 원수의 장한 절의는 떳떳하고도 번듯하며
咽咽寒波萬古流	만고 강의 찬 물결은 흐느끼며 슬퍼하노니
人倚朱欄愁日暮	사람은 누각에 기대 지는 해를 근심하고
山橫翠黛見雲浮	산은 검푸르게 비껴 뜬구름을 드러내네
醉中却把睢陽號	취중에 문득 수양성을 불러보다가
分付傍人喚此州	옆 사람에게 이 고을 외치게 해본다

○ 김창집(金昌集, 1648~1722) 자 여성(汝成), 호 몽와(夢窩)

본관 안동. 서울 출생. 김상헌의 증손자이고, 김수항(1629~1689)의 장남이다. 1673년 동생 김창흡
과 함께 진사시 합격했고, 기사환국 때 부친이 사사되자 영평 산중에서 은거했다. 후에 영의정까지
올랐으나 탄핵을 받고 관직에서 물러났으며, 성주에서 후명(後命)으로 사사되었다. 아래의 시는 신축
옥사로 거제도에 유배되었다가 이듬해 다시 입대(入對)하러 가면서부터 4월 29일 성주 당도까지의
감회 등을 읊은 시를 모은 「南遷錄」에 수록되어 있는데, 시의 편차로 볼 때 **신축년(1721) 12월**
진주에 들러 지었음을 알 수 있다.

「過矗石樓有感」〈「몽와집」 권4 「남천록」, 2a~b〉 (촉석루를 지나며 느낀 바 있어)

保障從來說晉陽　　　　요충지로 예부터 진양을 말해왔거니와

---

1) 重霄(중소): 가장 높은 하늘로, 황제의 거처를 가리키는 말임. '霄'는 하늘.

百年形勝控南荒　　백년토록 형승이 남쪽 변경 제압하는데
樓臨絶壁闌干逈　　누각은 절벽에 임하여 난간이 아득하고
城帶深江睥睨長　　성은 깊은 강을 띠 둘러 성가퀴도 길구나
忠節飽聞三壯士1)　충직한 절개의 삼장사를 익히 들었으며
義聲多說一佳娘　　의로운 명성의 가인을 숱하게 말할지니
停舟指點當時迹　　배 대고서 그때 자취를 손으로 가리키며
自是騷人感國殤　　시인은 절로 순국 일을 감격해 하노매라

○ 조광세(趙光世, 1649~1721) 자 원명(元明), 호 오재(梧齋)

본관 함안. 조종도의 5세손으로 세거지가 산청 소남리이나 의령 가례면 가례리(嘉禮里) 외가에서
출생했다. 태어난 지 7일 만에 모친을 여의고 조모[강대적의 딸]의 보살핌 아래에서 자랐고, 삼촌
묵재 조석규(1648~1710)와 수창한 시가 많으며, 평생 의리와 충효의 정신을 중시했다. 아래 시가
실린 『오재집』은 『함안조씨세고』 권12~13에 합편되어 있다.

「次矗石樓韻 示吳尙繼」〈『오재집』, 21b〉(촉석루 시에 차운하여 오상계에게
　　보이다)

保障南州有勝區　　남쪽 고을 요충지에 명승 구역이 있나니
瓌觀特絶見高樓　　진기한 경관 탁월한 곳에 고루가 보이도다
軒前矗石參天屹　　처마 앞 촉석은 하늘에 닿을 듯 솟았으며
楣下長江掠地流　　서까래 아래 남강은 땅을 스치며 흐르구려
人事百年多變幻　　인간사는 백 년 동안 많이도 변해왔고
世紛千古任沈浮　　분분한 세속은 천고에 부침을 내맡겼나니
傷心朝暮峭巖畔　　높은 바위 가에 마음이 조석으로 아프거늘

---

1) 동생 김창협(1651~1708)은 1684년 8월부터 10월까지 경상도 암행어사로서 활동하던 중
　진주를 둘러본 뒤 호지부지된 창렬사의 제사 거행을 조정에 건의했고, 임란 신열을 추념
　하는 「진주유감」(『농암집』 권2) 시를 지은 바 있다.

歷歷行人幾問洲　　　　분명 나그네는 몇이나 물가를 물었던고

○ 김창흡(金昌翕, 1653~1722) 자 자익(子益), 호 삼연(三淵)

본관 안동. 서울 명례방(明禮坊) 출생. 김수항의 3남으로 이단상의 문인. 부친이 사사되자 형들과
함께 영평에 은거했다. 후에 관직이 내려졌으나 모두 사양했다. 「영남일기」(『삼연집』「습유」 권28)를
보면, 무자년(1708) 2월부터 윤3월까지 영남의 영양·울진·청송·경주·언양·밀양·하동·지리산·가야
산·성주·안동 등지를 유람했는데, 진주 촉석루는 3월 12일에 올랐다고 했다. 그리고 이 시 바로
앞의 작품이 곽재우의 활약상과 충절 정신을 노래한 「홍의장군가」(『삼연집』 권8)이다.

「晉州矗石樓」〈『삼연집』 권8, 27b~28a〉 (진주 촉석루)

春日愁雲滿晉陽　　　봄날의 시름겨운 구름이 진양을 뒤덮고

登樓倚劍劍光長　　　누각 올라 칼 짚으니 칼 빛이 번득인다

高灘迅若黃間1)激　　　높은 물결은 빠르게 황간처럼 부딪쳐 흐르며

悍壁環如赤幟張　　　치솟은 절벽이 에워싸 붉은 깃발 펼친 듯하거니

勢有必爭2)嗟地險　　　형세는 필쟁의 요지라 지형이 험난함을 개탄했고

人能捨命惜天亡3)　　　사람들 목숨 버리며 하늘이 망침을 안타까워했지

江流不盡魚龍活　　　강물은 끝없이 흐르고 물고기는 활발한데

注目深潭詠國殤　　　깊은 못 주시하며 순국한 일을 읊조린다

「其二」　　　　　　　(둘째 수)

雲梯4)百道5)殺盈城　　백 갈래 운제 공격으로 성엔 주검이 찼었고

---

1) 黃間(황간): = 황견(黃肩). 매우 강한 쇠뇌로, 여기서는 화살처럼 빨리 흐른다는 뜻이다.
　한나라 때 장수 이광(李廣)이 쇠뇌로 화살을 쏘아 맹수들을 격살했다고 한다.
2) 必爭(필쟁): = 필쟁지지(必爭之地). 싸움해서라도 반드시 지켜야 할 땅.
3) 天亡(천망): 항우가 고조에게 패해 쫓겨 갈 무렵, "하늘이 나를 망하게 한 것이지, 싸움을
　잘못한 탓이 아니다[此天亡我, 非戰之罪]."라 했다. 『사기』 권7 「항우본기」.
4) 雲梯(운제): 높은 성을 공격하기 위해 올라가도록 만든 사다리.
5) 百道(백도): 여러 갈래, 여러 가닥.

斂盡英豪與共平6)	영웅호걸 모두가 더불어 망해 사라졌노라
玉貌7)在圍彰義使	절의로 성에 갇혔던 창의사
白袍從事復讐兵8)	백의로 종사한 복수 의병장
拜辭黃屋9)龍灣震	임금께 절하고 하직하자 의주가 진동했고
腋挾靑衣10)水府11)驚	왜적을 겨드랑이에 끼니 해신도 놀랐었지
大事黃公先去矣	큰일 이룬 황진은 먼저 떠났거늘
自天雷礮太無情	천뢰와 대포가 절로 무정했도다

「其三」　　　　　　(셋째 수)

灘聲野色七哀生	여울 소리와 들 빛에 온갖 슬픔이 생겨나
淚洒龜頭12)倚晚城	비석에 눈물 뿌리며 저문 성에 기대었다
面水樓譙仍舊壁	강물에 맞댄 누각 망루는 옛 절벽에 그대로요
揷雲旌纛13)亦新營	구름 속 솟은 대장기가 새 병영에 또한 있구려
淸樽豈乏登樓用	누각 오르니 맑은 술이 어찌 없겠나마는
雄劒惟堪弔古鳴	웅검은 다만 옛일을 슬퍼하여 울 뿐일세
多事遊人閑弄筆	수선스러운 나그네들이 한가로이 붓 휘둘러

---

6) 平(평): =평이(平夷). 평평함, 곧 멸망을 당함.

7) 玉貌(옥모): 춘추대의를 굳게 지킴. 용어 일람 '도사' 참조.

8) 復讐兵(복수병): 고종후(1554~1593)를 말함. 용어 일람 '고종후' 참조.

9) 黃屋(황옥): 임금이 타는 수레로, 대개 임금을 가리킴.

10) 腋挾靑衣(액협청의): '靑衣'는 하인이 입는 푸른 옷. 여기서는 왜적을 지칭함. 이종인 (1550~1593)은 김해부사 재직 때 임진왜란이 일어나자 김성일 휘하에서 활약했고, 1593 년 6월 29일 진주성 동문이 무너져 몰려드는 왜군과 처절히 맞서다가 최후에는 두 왜적을 겨드랑이에 끼고 물속으로 뛰어들며 "김해부사 이종인이 여기에서 죽는다[金海府使李宗 仁, 死於此]."라고 크게 외치면서 죽었다.

11) 水府(수부): 해신(海神)이나 용왕(龍王)이 산다고 하는 바다 속의 궁전.

12) 龜頭(귀두): 거북 머리 모양을 한 비석의 받침돌. 여기서는 어영대장 서문중(徐文重)이 경상도 관찰사로 재직할 때인 1686년 경상우병사 이기하(李基夏)에게 지시하여 건립한 '촉석정충단비'를 말함.

13) 旌纛(정독): 지체 높은 관리의 수레 장식으로 쓴 깃발인데, 여기서는 경상우병사를 가리 킴. '旌'은 기(旗), '纛'은 큰 기.

風流鬪却嶺南名　　　풍류를 다투니 영남에서 더욱 이름 났구려

○ 배석휘(裵碩徽, 1653~1729) 자 미여(美汝), 호 겸옹(謙翁)

본관 성주. 경북 성주군 사뢰촌(思瀨村, 현 가천면 중산리) 출생. 약관 시절에 재종형인 고촌 배정휘(1645~1709)에게 배웠다. 조부인 등암 배상룡(1574~1655)의 유명을 받들어 과거에 응시하지 않고 성리학을 절차탁마하면서 지방관의 천거에도 일절 부응하지 않았다. 그가 지은 『가범(家範)』(1723)에 전하는 증조부 배설(裵楔, 1551~1599)의 시조 2수는 시가문학사적 의의가 있고, 7세손이 배상근(1868~1936)이다.

「登矗石樓」〈『겸옹집』 권1, 29b~30a〉(촉석루에 올라)

危樓百尺聳淸湍　　　아찔한 백 척 누각이 맑은 여울에 솟아
宜作南州第一關　　　의당 남쪽 고을의 으뜸 관문 되었도다
宇宙綱常昭揭處　　　세상 인륜이 밝게 내걸린 곳인지라
空敎志士淚汍瀾[1]　　하염없이 지사에게 눈물 줄줄 나게 하구려

○ 이현조(李玄祚, 1654~1710) 자 계상(啓商), 호 경연당(景淵堂)

본관 전주. 지봉 이수광(1563~1628)의 증손, 이성구의 손자, 이석규의 아들이다. 15세 전후로 양친을 잇달아 여의었고, 백부 이동규에게 수학했다. 1682년 문과급제해 검열, 경기도사(1687), 지평(1687), 대사간, 강원도 관찰사, 안동부사(1695), 통진부사(1710) 등을 지냈다. 아래의 시들이 실린 「消憂錄」은 출사 이후 1687년까지 지은 시들을 모은 것으로 보아, 창작 시점은 병인년(1686) 4~9월 경상도사 재직 때로 보인다.

「次矗石樓韻」〈『경연당집』 권1 「소우록」, 7b〉(촉석루 시에 차운하다)

天作金湯控一區　　　하늘이 만든 금성탕지가 한 구역에 버텼고
晴虹百尺駕層樓　　　백 척 무지개가 높은 누각에 걸쳐 있구나

---

1) 汍瀾(환란): 눈물을 줄줄 흘리며 울다. '汍'과 '瀾'은 눈물 흐르는 모양.

鰲頭[1]暝色知殘照　　신선 구역 어둑어둑하니 석양인 줄을 알겠고
枕外寒聲聽碧流　　베갯머리 찬 소리는 푸른 강물이 흘러감이라
正氣尙干南斗紫[2]　　정기가 아직도 남쪽 두우성과 자미성을 찌르며
陰雲時傍古城浮　　음산한 구름은 때때로 옛 성 곁을 넘나드는데
千秋幾箇英雄在　　천추에 영웅은 몇이나 있더냐
惟有睢陽較此州　　수양성과 견줄 곳은 이 고을뿐

「題矗石樓」〈『경연당집』 권1 「소우록」, 7b〉(촉석루에 제하다)

嵯峨白雉倚層空　　들쭉날쭉 흰 성채가 높은 하늘 기댔는데
客子登臨思不窮　　나그네가 등림하니 생각이 하염없어라
樓與岳陽論伯仲　　누각은 악양루와 백중지세를 논할 만하고
地將江浙[3]較雌雄　　지세는 강절 지방과 자웅을 견줄만하거니
石留寃血千年碧[4]　　돌은 원혈을 머금어 천년 뒤에도 푸르며
花帶殘愁百日紅　　꽃은 남은 근심을 띠어 백일이나 붉구나
何處最堪揮感涕　　어디에 정말 느꺼운 눈물 뿌릴만한가
古祠寥落夕陽中　　해질녘 쓸쓸한 옛 사당일세

---

1) 鰲頭(오두): 신선의 거처. '鰲'는 자라. 전설상 신선이 사는 산은 바닷속의 큰 자라 머리 위에 얹혀 있다고 한다.
2) 斗紫(두자): 두우성과 자미성. 용어 일람 '자기' 참조.
3) 江浙(강절): 중국의 강소성과 절강성.
4) 血千年碧(혈천년벽): 강직한 충정을 뜻함. 용어 일람 '화벽' 참조.

○ 최계옹(崔啓翁, 1654~1720) 자 내심(乃心), 호 우와(迂窩)·동량(幢梁)

본관 삭녕. 남원 둔덕리(屯德里, 현 전북 임실군 오수면 소재) 출생. 최연(1576~1651)의 손자이고, 병자호란 때 창의한 오주 최휘지(崔徽之)의 아들이다. 1681년 문과급제해 제원도 찰방·자여도 찰방 (1688~1690)·설서를 지냈으며, 1696년 3월 서장관으로서 청을 다녀왔다. 이후 정언·장령·사간·무 안현감·승지·제주목사(1709~1710)·양양부사(1714~1715) 등을 지냈다. 참고로 최휘지의 자여도 찰방 선정비(1635)가 현재 창원시 동읍 자여민원센터 앞에 있다. 장인이 효자로 이름난 이문주(李文胄, 1623~1657)이다.

「矗石樓 次先子韻」《『우와유고』 권1, 13a》 (촉석루에서 선조(최연)의 시에 차운하다)

獨立縹渺之飛閣	아득히 날 듯한 누각에 홀로 서니
江雲蒼慘江水寒	강 구름은 스산하고 강물이 차갑구려
碧瓦千家壓平陸	푸른 기와의 일천 가옥이 평지를 눌러있고
粉垣萬雉1)因岡巒	단장한 담의 일만 성벽은 산등에 기댔는데
義岩宛在魂應泣	완연한 의암에서 혼백이 응당 흐느끼며
烈廟屹然神可安	우뚝한 창렬사에 신령은 가히 편안하다
俯仰乾坤我白首	세상에서 부침하던 내가 백발이 되었거늘
感時拊古空愁肝	시절 느꺼워 옛 자취 더듬으니 시름이 하염없네

○ 권두경(權斗經, 1654~1725) 자 천장(天章), 호 창설재(蒼雪齋)

경북 봉화읍 유곡리 닭실마을 출생. 충재 권벌(1478~1548)의 5세손이고, 권두인의 6촌동생이며, 조카가 양산군수를 지낸 강좌 권만(權萬, 1688~1749)이다. 이현일의 문인으로 이재·김성탁과 절친 했다. 1679년 사마시 합격해 태릉 참봉(1694)·형조좌랑(1699.6)·영산현감(1700~1703)을 지냈고, 1710년 문과 급제한 뒤 정언·수찬(1724) 등을 역임했다. 아래 시들이 실린 「笁仕錄」은 1694~9년에 지은 작품을 모은 것이다. 첫째와 둘째 시는 무인년(1698) 7월 사옹원 직장으로서 진주·곤양 취토관 (取土官)에 차출되어 활동할 때, 셋째 시는 기묘년(1699)에 각각 지은 것이다.

「矗石樓卽事」《『창설재집』 권2 「서사록」, 23a》 (촉석루 즉흥시)

---

1) 萬雉(만치): 치(雉)는 길이가 삼장(三丈), 높이가 일장(一丈)의 담.

東南矗石樓	동남의 촉석루가
高枕大江頭	큰 강가에 베개 높이 누웠다
城壓地形壯	성은 지세를 압도하여 장대하고
水從天際流	강물은 하늘가를 따라 흐르고야
微雲低薄暮	흐릿한 구름이 해질녘에 나직하더니
小雨過淸秋	가랑비 지나가자 가을하늘이 해맑네
欲問消沈事	의기소침한 일을 물으려니
沙邊有白鷗	백사장엔 갈매기 있을 뿐

「泛月 還登矗石樓」〈『창설재집』 권2 「서사록」, 23a~b〉 (달밤에 배를 띄웠다가
　다시 촉석루에 오르다)

蘭舟載月下中流	배에 달을 싣고 강 중심을 내려갔다가
醉後扶輿上石頭	취한 뒤 수레 타고 바위 언저리 오르니
萬里一輪方滿夜	만 리 뜬 둥근달이 한밤중 환히 비치고
九秋千仞最高樓	늦가을 천 길 절벽에 높은 누각 최고로다
詩成彩筆風雲變	좋은 붓으로 시 짓자 풍운이 급변하며
唱徹金衣1)翠黛愁	꾀꼬리 울어제치니 청산도 시름겨운데
不盡英雄遺恨在	다함 없는 영웅의 여한이 있거니와
角聲吹起古雄州	뿔피리 소리가 옛 웅주에 울린다

「晉陽牧伯尹遠仲2)悠期 寄示矗石樓感古之作 次韻却寄」〈『창설재집』
　권2 「서사록」, 28b~29a〉 (진양목사 원중 윤유기가 촉석루 회고시를 지어 보내왔으
　므로 차운하여 즉시 부치다)

---

1) 金衣(금의): = 금의공자(金衣公子). 꾀꼬리의 이칭.
2) 遠仲(원중): 윤유기(1645~1701)의 자. 경기도 과천 출생. 류성룡의 외증손으로 1687년 문
　과 급제한 뒤 지평, 장령(1693) 등의 벼슬을 지냈다. 권두경·이현조와 교유했으며, 1697년
　부터 1699년까지 2년간 진주목사를 지냈다.

樓上琴歌百感生	누각 위 거문고 가락에 온갖 감정 생겨나
樽前意氣未能平	술독 마주하고서는 의기가 누그러지지 않았지
江山千古鎭雄府	강산은 천고에 웅대한 고을을 눌러있으며
事業3)幾人留大名	사업 이룬 몇 사람은 큰 이름을 남겼는데
轉憶風塵昏九縣4)	병란이 온 천하 어둡게 해 더욱 사무쳤고
偏傷月暈壓孤城	달무리가 외딴 성 눌러 새삼 마음 아팠네
忠貞不獨諸公在	충정은 유독 남자들에게만 있지 않았거니
別有巖頭一女英	특별히 바위 끝에 한 여성 영웅이 있었노라

○ 이재(李栽, 1657~1730) 자 유재(幼材), 호 밀암(密菴)

본관 재령. 영해 수비촌(首比村, 현 영양군 수비면) 출생. 갈암 이현일(1627~1704)의 3남으로 1694년 부친이 함경도 종성에 유배될 때 따라가서 시봉했다. 또 1697년 5월 전라도 광양현으로 이배되자 배종했으며, 1700년 2월 해배된 부친을 모시고 안동의 금수(錦水)에서 살았다. 벼슬은 주부에 이르렀으나 사직하고 학문에만 몰두하여 성리학의 대가가 되었다. 중부 이휘일과 숙부 이숭일의 가학을 계승했고, 권두경·김태중 등과 친했다. 외손자인 대산 이상정(1711~1781), 소산 이광정(1714~1789)이 그의 제자이다. 이 시는 **정축년(1697)** 5월 이후 광양에서 부친을 모신 뒤 백운산 아래 우거할 무렵에 지었다.

「登晉陽矗石樓」〈『밀암집』 권1, 20b~21a〉 (진양 촉석루에 올라)

大陸蟠成壘	큰 땅이 빙 둘러 이룬 성채
長川繞作池	긴 강이 둘러싸서 만든 해자
關防天設險	관방은 하늘이 설치한 요새이고
形勝地呈奇	형승은 땅이 드러낸 기이함이라
健筆空題壁	힘찬 시문은 덩그러니 벽에 쓰여 있고
旌忠尙有祠	정충은 아직도 사당에 남아 있는데

---

3) 事業(사업): 길이 남을 만한 큰 일. 『주역』 「계사전(상)」, "천하의 백성에게 시행하여 따르게 하는 것을 일러 사업이라고 한다[擧而措之天下之民, 謂之**事業**]".

4) 九縣(구현): 온 천하.

| 登樓易多感 | 누각 오르니 감정이 쉬이 북받쳐 |
| 懷古更堪悲 | 옛일은 생각할수록 더욱 서글퍼라 |

○ 정석달(鄭碩達, 1660~1720) 자 가행(可行), 호 함계(涵溪)

본관 연일. 세거지가 영천(永川)이나 칠곡부 고평리(高平里, 현 대구시 북구) 외가 출생. 아들이 정중기 (1685~1757)이며, 족질이 정만양·정규양 형제이다. 1677년 과거에 응시했으나 혼탁함을 보고서 그만두었다. 1699년 임고면 선원리 함계(涵溪)에 서재를 지어 강학했고, 1700년 이현일의 문인이 되었으며, 특히 이형상과 평생 학문적 교분을 쌓았다. 아래 시는 「산당청견」(1680)과 「춘망」(1681) 사이에 편차되어 있고, 또 시제를 아울러 고려하면 21세 때인 경신년(1680) 가을에 지었음을 알 수 있다. 당시 여수 돌산의 방답(防踏)첨제사로 부임하던 부친 정시심(鄭時諶, 1641~1690)을 좇아 촉석루에 올랐다.

「晉陽矗石樓夜吟」秋向昇平, 歷路登是樓, 忽憶壬辰之亂, 遂感慨賦之. 〈『함계집』권1, 2b~3a〉 (진양 촉석루에서 밤에 읊조리다) 가을 승평(순천) 가는 길에 이 누각에 올랐는 데, 문득 임진란이 떠올라 마침내 감개하여 짓다.

黃鶴樓[1]風催笛吹	황학루 바람이 피리소리를 재촉하고
瀟湘江[2]月起猿呼	소상강 달은 원숭이 울음을 자아내네
萬古山河今不變	만고토록 산하는 지금도 변함없건만
英雄精爽[3]往來無	영웅의 혼백은 왕래조차 없구려

---

1) 黃鶴樓(황학루): 촉석루를 말함. 자세한 것은 용어 일람 '황학루' 참조.
2) 瀟湘江(소상강): 동정호로 흘러 들어가는 강으로, 초나라 굴원이 추방되어 빠져 죽음.
3) 精爽(정상): =정령(精靈). 신령이 밝거나 정한 모양. 또는 그러한 신령이나 혼백을 뜻하기 도 함. '精'은 혼백. '爽'은 밝음.

○ 이하조(李賀朝, 1664~1700) 자 낙보(樂甫), 호 삼수헌(三秀軒)

본관 연안. 정관재 이단상(1628~1669)의 차남이자 지촌 이희조(1655~1724)의 동생이다. 부친의 제자이자 자형인 김창협의 문인으로 1682년 사마시 합격했으나 벼슬을 단념하고 송시열의 제자가 되었다. 양주(楊州) 영지동(현 남양주시 진접읍 내곡리)에 '삼수헌'을 짓고 10여 년간 성리학 연구에 몰두했다. 1694년 갑술옥사 이후 음보로 관직에 나아간 뒤 1698년 부평현감으로서 치적을 남겼지만 37세 때 병사했다. 아래의 시는 작품 편차와 범허정 송광연(宋光淵)의 진주목사 재임기간(1691년 겨울~1692)을 고려할 때 임신년(1692)에 지었음을 알 수 있다.

「汝奎1)兄在晉陽 用先君子矗石樓韻2) 作長古以寄之 不敢不和呈」

〈『삼수헌고』 권2, 9a~b〉 (여규 형이 진양에 있으면서 선천의 촉석루 운을 써서 장편고시를 지어 부쳐왔음으로 화답하지 않을 수 없다)

方丈三韓有頭流	삼한의 방장산은 두류산이고
伽倻一號爲牛頭3)	가야산은 일명 우두산이라네
故人別我遊此地	그대는 나와 이별해 그곳에 노니니
嶺路迢迢幾千里	영남의 먼 길은 대관절 몇천 리냐
知君自是有仙分	알겠도다 그대는 본디 신선 연분 있어
一生飽見名山水	평생 이름난 산수를 실컷 보아겠구려
家近蓬壺4)望崔嵬	인가 근처 봉래산에서 기세 우뚝함을 보았고
行經瑞石5)吟眸開	길 가다 서석산에서 눈 활짝 열림을 읊었었지
孤竹6)仍窺石潭遍	해주에서 석담을 두루 살펴보았으며

---

1) 汝奎(여규): 이하조 자형인 송징오(宋徵五)의 자. 그는 양부인 송광연(1638~1695)이 진주 목사로 재직하던 1692년 촉석루에 들른 것으로 보인다.

2) '선군자'는 부친인 이단상을 말하고, '촉석루운'은 이단상이 1650년에 지은 「촉석가주필송 이사군상일지진양(矗石歌走筆送李使君尙逸之晉陽)」을 가리킴.

3) 牛頭(우두): 가야산의 이칭. 『신증동국여지승람』 권30 「합천군」.

4) 蓬壺(봉호): 삼신산(三神山)의 하나. 여기서는 오대산을 지칭함. 송광연은 부친 삼년상을 마치고 1675년 강릉 오대산 학담으로 이거했고, 이듬해 9월 이 산을 유람했다.

5) 瑞石(서석): 광주 무등산의 이칭. 송징오가 1679년 부친을 따라 순천으로 가던 길에 무등 산을 올랐음을 말한 것이다.

6) 孤竹(고죽): 황해도 해주의 옛 이름. 송광연이 1682~1683년 황해도관찰사를 지냈다. 한편 이하조는 1700년 2월 해주의 석담구곡을 방문하여 율곡과 주자를 흠모하는 시를 읊었다.

春州7)更泛昭陽廻	춘천에서 소양강 돌며 뱃놀이 했었지
嶠南今又作主人8)	영남에서 지금 또 주인 되었으니
道流神僧與往來	도가 선승들이 더불어 왕래하겠구려
睢園9)翠色萬竿竹	수원처럼 만 가지 대는 비취 빛깔이고
大庾10)淸香千樹梅	대유처럼 천 그루 매화는 향기 맑으리
雙溪谷11)裡住輕策	쌍계사 계곡 속에 가벼운 지팡이 세워두고
武陵橋12)邊滌塵盃	무릉교 언저리에서 때 묻은 잔을 씻으리라
孤雲13)笙鶴杳千秋	구름 속 생학은 천년토록 아득하거니
巖上瑤鐫14)猶在不	바위 위 귀중한 각자는 그대로 있는지
矗石樓瞰古戰場	촉석루에서 옛 전쟁터를 내려다볼진대
寒月凄風夜自愁	찬 달 처량한 바람에 밤은 절로 근심되리
漲海洪濤若噴雪	넓은 바다에 물결이 일면 눈발 뿜는 듯하며
帆檣合沓15)魚龍出	돛단배 여럿 모이면 어룡이 출현한 듯하리라
丈夫瓌觀有如此	장부의 진기한 구경이 이와 같을지니
胷襟浩浩增奇氣	호탕한 마음에 기이한 기운을 더하리라

「세경진이월초이부병작근행향해아」(『삼수헌고』 권2) 시 이하 참조.

7) 春州(춘주): 춘천의 옛 이름. 송광연이 1684~1686년 춘천부사를 지냈다.

8) 主人(주인): 송광연이 진주목사가 된 것을 말함. 그는 1692년 치적이 뛰어났음에도 경상우병사의 미움을 받아 부평에 유배되었다가 이듬해 풀려났다.

9) 睢園(수원): 한나라 양효왕 유무(劉武)가 문사들을 초청해 주연을 베풀던 토원(兎園). 일명 양원(梁園)으로 대나무가 우거져 원림을 이루었다고 한다. '睢(휴)'가 지명일 때는 '수'로 읽음. 왕발, 「등왕각서」, "수원의 푸른 대는 그 기상이 팽택 현령의 술잔을 능가하고[睢園綠竹, 氣凌彭澤之樽]".

10) 大庾(대유): 매화의 명소로 알려진 중국 강서성 대유현의 대유령(大庾嶺).

11) 雙溪谷(쌍계곡): 하동 지리산 쌍계사 계곡.

12) 武陵橋(무릉교): 합천 가야산 해인사 홍류동 계곡에 있는 다리. 송광연의 「무릉교증주쉬(武陵橋贈主倅)」 시가 있다.

13) 孤雲(고운): 최치원(857~?)의 호.

14) 瑤鐫(요전): 귀중히 새긴 글자. '鐫'은 새기다, 쪼다. 쌍계사 앞 바위에 새겨진 최치원의 '雙磎'와 '石門' 글씨와 홍류동 계곡 암반에 새겨진 「제가야산독서당」 시를 말함.

15) 合沓(합답): 겹쳐짐. '沓'은 겹치다, 합하다.

它日歸示錦囊作　　　다른 날 돌아와 시주머니 속 작품을 보인다면
應使驚人更泣鬼　　　응당 사람 놀라게 하고 귀신을 울리게 할 터

○ 이만부(李萬敷, 1664~1732) 자 중서(仲舒), 호 식산(息山)

본관 연안. 한양 출생. 이옥(李沃, 1641~1698)의 차남으로 모친이 이수광의 증손녀이고, 부인은 류성룡의 증손녀이다. 부친이 1678년 송시열의 극형을 주장하다가 유배된 갑산(甲山)에서 학문의 기초를 마련했다. 1689년 기사환국으로 부친이 해배되자 한양 서호에 복거했다. 1697년부터는 식산(息山) 노곡(魯谷, 현 상주시 동문동)에 이거한 뒤 인근 북곽(北郭)에 시습재(時習齋)를 지어 정주학에 몰두하면서 밀암 이재, 이형상 등과 교유했다. 만년인 1729년 명성이 조정에 알려져 장릉참봉·빙공별제에 천거되었으나 사양했다. 아래의 시는 전국의 명승고적을 유람하고 지은 시문을 수록한 「地行錄」의 일부인데, 갑진년(1724) 여름 지리산 덕천사(德川祠)를 방문하는 길에 촉석루에 등림한 바 있다.

「自德川 轉上矗石樓」〈『식산집』 별집 권3 「지행록」 7, 34b~35a〉 (덕천에서
　　옮겨와 촉석루에 오르다)

天意分明貸我優　　　하늘 뜻은 분명 나에게 넉넉함을 베푼 것이라
南來東去汗漫遊　　　남으로 오고 동으로 가며 우줄우줄 유람 했지
潤襟碧霧頭流嶽　　　두류산의 푸른 안개가 옷깃을 적시고
飽袖淸風矗石樓　　　촉석루의 맑은 바람이 소매에 가득한데
恨咽長江環百里　　　원한으로 울먹이는 긴 강은 백 리에 둘렀으며
魂招遺廟儼千秋　　　넋을 부르는 남은 사당은 천년토록 의젓하구려
提攜晚倚朱欄望　　　몸 이끌고 해질녘 난간에 기대 바라보니
高興居然更惹愁　　　고상한 흥취는 어느새 근심을 일으키네

「又」〈『식산집』 별집 권3 「지행록」 7, 35a〉 (또)

百歲人生苦不優　　　백세 인생은 괴롭고 넉넉지 못하니
如何不冐作奇遊　　　어찌 기묘한 유람을 하지 않을겐가
任吾天地悠悠者　　　아득한 천지에 나를 내맡겼더니
滿眼江湖處處樓　　　눈 가득한 산천엔 곳곳마다 누대인데

芳草綠陰方首夏	꽃다운 풀과 푸르른 그늘은 바야흐로 초여름이고
爽懷高興却淸秋	상쾌한 회포와 고상한 흥취는 되레 맑은 가을일세
野雲漠漠北歸路	들판 구름이 북으로 가는 길에 자욱하니
可耐殘僮羸馬愁	쇠잔한 아이와 파리한 말이 견뎌낼까 걱정

○ 강덕부(姜德溥, 1668~1725) 자 성원(聖源), 호 용재(慵齋)

부친 강석지(姜錫祉)가 합천 팔계 갑산에서 이거한 함안 칠원에서 출생했다. 종증조부가 병자호란 때 강화도 수군을 지휘한 강진흔(姜晉昕)이고, 손자가 강정환(1741~1816)이다. 극진히 봉양하던 부친의 별세로 과거를 포기했고, 17세 때 「대설편(大雪篇)」을 지어 합천군수 조정만의 칭찬을 들었다. 한수재 권상하(1641~1721)의 문인으로 이인좌 난 때 공을 세운 주재성, 하석징 등과 친했다. 뛰어난 학식과 사림의 신망으로 여러 고을의 누정 시문과 상량문이 그의 손에서 나왔고, 특히 진주병사 이태망(李台望)은 1724년 촉석루를 중수한 뒤 그에게 기문을 청해 문미에 내걸었다. 하강진(2014), 91~92쪽 참조.

「題矗石樓」[1] 〈『용재집』 권1, 22a〉 (촉석루에 제하다)

第一湖山第一樓	제일 강산, 제일 누각
數聲漁笛客登遊	어부 피리소리에 길손이 올라 유상하니
堪嗟當日英雄恨	아아, 슬프게도 당시 영웅의 원한이
留與長江咽不流	긴 강에 머물러 흐느끼며 못 흐르네

---

1) 강덕부(보)는 「답족질대휴주우(答族姪大麻柱宇)」(『용재집』 권2)에서 남유를 계획하고 있던 족질 강주우에게 촉석루에 등림하면 임진왜란 자취를 보고 비분강개함이 있을 것이고, 의기(義妓)의 꽃다운 이름은 삼장사에 뒤지지 않음을 알게 될 것이라 했다.

○ 이의현(李宜顯, 1669~1745) 자 덕재(德哉), 호 도곡(陶谷)

본관 용인. 한양 북부 진장방(鎭長坊) 소격동 출생. 1694년 급제해 정언·예조판서 등 여러 관직을 거쳤고, 신임사화 때 유배된 적이 있으나 후에 영의정까지 올랐다. 이 작품은 임진년(1712) 6월 경상도 관찰사(1711.8~1712.6 재임)를 마치고 귀향하면서 영남의 산천·풍속·인물 등에 대해 읊은 연작시인데, 총 92수 중 제73수가 촉석루를 제재로 한 것이다.

「余來南經年 而以時宰之斥 連章乞免 不得巡行列邑 今將遞歸 漫
賦七絶 歷叙一路山川風俗 以替遊覽」〈『도곡집』권1, 30b〉〈내가 남쪽
에 와 해를 보내다 당시 재상들의 배척으로 글을 잇달아 올려 면직을 청했다. 여러
고을을 순행하지 못했는데, 지금 체직되어 돌아가면서 부질없이 칠언절구를 지어
지나온 산천과 풍속을 두루 서술하여 유람을 대체한다〉

矗石樓高壓大江	촉석루는 높고 높아 큰 강을 짓눌러 있고
天敎奇勝殿南邦	하늘은 기이한 경치를 남쪽 고을에 펼쳤네
危城毅魄今何處	가파른 성에 굳센 기백은 지금 어디 있는지
惟見空洲白鳥雙	빈 물가에 쌍쌍이 노니는 흰 새만 보일 뿐

> 矗石樓臨大江, 築城於其中. 壬辰倭亂城陷, 金千鎰等皆死之. 촉석루는 큰 강에 임했
> 는데, 그 사이에 성을 쌓았다. 임진왜란 때 성이 함락됨에 김천일 등이 모두 그곳에서
> 죽었다.

○ 하세응(河世應, 1671~1727) 자 응서(應瑞), 호 지명당(知命堂)

시랑공파. 진주 수곡리(水谷里, 현 수곡면 효자리) 출생. 하필청(1701~1758)의 부친으로 1699년 사마시에 합격했으나 문과에 몇 번 낙방하자 향리에 자적했다. 절친했던 이만부와 이광정을 비롯해 신유한·신명구·박태무·손명래 등과 교분을 쌓았고, 당시 진주목사 권시경(1713~1716)과 우병사 최진한 등의 자문에도 응했다. 또한 갑자사화 때 희생된 조지서(趙之瑞)를 모신 '신당사(新塘祠)'의 편액을 조정에 청하고, 남명 문인을 배향하는 대각서원을 중창하는 일에 앞장섰으며, 창렬사의 위패 차례를 개정하는 등 진주유림 사업을 자임했다. 저술로 『지명당집』(목판본)과 『지명당유집』(필사본)이 있다. 아래의 첫째 시는 최진한의 경상우병사 기간(1721.2~1723.5)으로 볼 때 임인년(1722) 전후에, 둘째 시는 이만부의 시로 보아 갑진년(1724)에 지은 것으로 추정된다. 하강진(2014), 159~165쪽 참조.

「和崔兵使鎭漢矗石樓詩」〈『지명당집』권1, 15b〉(병사 최진한의 촉석루 시에
　　화운하다)

石老波寒遺恨長　　　늙은 돌엔 물결 차고 한이 길이 맺혔는데
高樓千載倚斜陽　　　높은 누각이 천년토록 석양에 의지해왔구려
那聞壯士一杯笑1)　　삼장사 한 잔 들며 웃던 음성은 어이 듣나
謾釀英雄淚數行　　　속절없이 두어 줄기 영웅의 눈물을 자아내네

「次李息山矗石樓韻」〈『지명당유집』상, 18~19쪽〉(이식산〈이만부〉의 촉석루 시
　　에 차운하다)

猥荷平生見待優　　　외람되이 평소 도타운 대우를 받았기에
不辭山海遠追遊　　　강산을 가리지 않고 먼 곳까지 찾아놀았지
方丈昔年趍大院2)　　옛날 지리산에선 대각서원에 나아갔고
菁川今日上高樓　　　오늘은 청천에서 높은 누각에 올랐어라
龍蛇勝敗朝而暮3)　　임진란 승패는 아침저녁으로 바뀌었으며
猿鶴飛吟春復秋　　　원학의 울음소리는 봄가을로 이어지는데
醉誦出師篇4)感慨　　술 취해 외는 「출사편」이 감개무량하여
空令志士惱深愁　　　속절없이 지사를 깊은 시름 젖게 하도다

---

1) 김성일의 「촉석루일절」시의 제2행 **"一杯笑指長江水"**를 말한 것임.
2) 趍大院(추대원): 1718년 선비들과 대각서원(大覺書院, 현 수곡면 사곡리 소재)의 중창을
　　의논한 것을 뜻한다. '趍'는 추창(趨蹌)의 준말로 예의에 맞게 허리를 굽혀 종종걸음으로
　　빨리 걸음. 한편 대각서원은 원래 각재 하항을 모시기 위해 1610년 세운 대각원(大覺院)이
　　었는데, 1724년 8월 중창해 손천우·하응도·이정·류종지·김대명·하수일을 추가로 배향했
　　다. 하세응,『지명당집』권3「대각서원중수기」.
3) 朝而暮(조이모): 아침저녁으로 바뀜, 빈번하게 일어남, 일정치 않음.
4) 出師篇(출사편): 제갈량(181~234)의 「출사표」를 말함.

○ 권수대(權壽大, 1671~1755) 자 성능(聖能), 호 무명재(無名齋)

의령 신번리(新蕃里, 현 부림면 신반리) 출생. 만년에 함안으로 이사했고, 외조부는 진주목사(1677~
1678)를 지낸 최진남이다. 학문을 두루 섭렵하고 의리를 중시했는데, 신유한·박사량이 한번 보고는
친교를 허여했다. 1713년 생원시에 합격해 혼란한 정국을 바로잡고자 노력하다가 1728년 이인좌
난 이후 뜻을 버리고 산천을 유람하며 성령을 도야했다. 신유한과 함께 이 시를 지은 사실로 볼
때 창작 시점은 **임진년(1712) 가을**이다.

「矗石樓 與申靑泉維翰 共賦」〈『무명재집』 권1, 19b〉 (촉석루에서 청천 신유한
    과 함께 짓다)

矗石城邊水自流	촉석성 주변에 물은 절로 흐르고
夕陽歸客到煙洲	석양에 나그네가 안개 낀 물가 당도하니
龍蛇遺跡餘孤堞	용사년 자취가 외로운 성가퀴에 남았으며
鷗鷺閑情付小樓	갈매기는 한가로운 정을 소루에 붙였도다
擡眼勝區聊賞景	눈을 드니 명승지는 애오라지 감상할 만하고
回頭時事更生愁	고개 돌리니 세상사에 더욱 수심이 생길진대
今來制閫1)何如者	지금 다스리는 우병사는 어떤 사람인지
只設華筵恣逸遊	화려한 술자리 벌여 방자하게 노닐 뿐

○ 신익황(申益愰, 1672~1722) 자 명중(明仲), 호 극재(克齋)

본관 평산. 인동부 약목리(若木里, 현 경북 칠곡군 약목면 소재) 출생. 경기수군절도사 겸 삼도통어사
를 지낸 신명전(1632~1689)의 넷째 아들로 1693년 복시에 실패하자 과거를 포기했다. 평생 성리학
연구에 정진했고, 여러 번 관직에 제수되었으나 일절 응하지 않았다. 아래의 시는 경상우병사(1698.
3~1700.5 재임)로 있던 백형 신익념(申益恬, 1654~1702)을 무인년(1698) 5월 방문하면서 촉석루
에 등람해 지었고, 이때 광양 배소에 있던 스승 이현일(1627~1704)도 찾아뵈었다. 하강진(2014),
137~138쪽 참조.

---

1) 制閫(제곤): 곤외(閫外), 즉 지방을 책임지는 장군. '閫'은 궁궐의 성문. 당시 경상도우병사
   는 윤우진(1711~1713 재임)이었다. 옛날 장군을 출정시킬 때 임금이 그 수레를 밀어 주며,
   "궁궐의 성문 안쪽은 내가 통제하고, 성문 밖은 장군이 통제하라[閫以內者寡人制之, 閫以
   外者將軍制之]." 한 것에서 유래함. 『사기』 권102 「장석지풍당열전」.

「矗石樓」〈『극재집』 권1, 12b〉(촉석루)

暎湖涵碧摠區區	영호루 함벽루는 모두 보잘 것이 없었나니
南國雄觀獨此樓	남쪽의 웅대한 경관은 이 누각 독차지일세
簾外水聲奔渤海	주렴 너머의 물소리가 발해로 내달리고
檻前山勢接頭流	난간 앞의 산세는 두류산에 이어지는데
天晴草樹臨城動	하늘 개니 초목이 성곽 따라 드러나며
日暮煙霞繞岸浮	날 저물자 안개 놀이 벼랑 감싸 떠구려
更愛月明人散後	인적 사라진 뒤 밝은 달빛이 더욱 좋고
白鷗飛點蓼花洲	갈매기는 날아서 여뀌꽃 물가에 점찍네
人間何處是仙區	세상 어느 곳이 신선 구역인가
三伏凉風矗石樓	삼복에도 서늘한 바람 부는 촉석루
靈蜃巧粧間架出	신령한 신기루는 단장한 채 시렁에서 나오고
彩虹高拂棟樑流	비단 무지개는 높이 스치며 대들보를 지난다
鸎穿曲檻雙雙度	꾀꼬리는 굽은 난간을 스치며 쌍쌍이 질러가며
鷺戲晴波兩兩浮	백로는 맑은 물결 즐기며 짝지어 건너다니는데
乘興有時開夜宴	흥에 겨워 때맞춰 밤잔치를 벌일 제
月明簫鼓動汀洲	달빛 아래 풍악이 물가에 덜썩거리네

○ 하석징(河碩徵, 1672~1744)

자 회일(會一), 호 광은자(狂隱子)·민수(閔叟)

사직공파. 창녕 옥야리(沃野里, 현 이방면 거남리 옥야마을) 거주. 강개한 뜻을 지녀 광인(狂人)으로 지목되었고, 전국의 유명 산수와 선현 자취를 홀로 유람하면서 기백을 드러냈다. 나중에 화왕산이 보이는 곳에 경곽정(景郭亭)을 짓고서 곽재우의 풍도를 흠모했다. 밀암 이재(1657~1730)의 문인으로 이만부·권두경·권덕수·정식 등은 그를 '기사(奇士)'로 대우했다. 조긍섭이 1906년 묘갈명(『심재집』 권25)을 지었다. 이 시는 고체시 형식이고, 『광은고』는 『진양세고』(권3~4)에 수록되어 있다.

「矗石樓」〈『광은고』상, 1b〉(촉석루)

偶登古城上	우연히 옛 성 위에 오르니
城上有高樓	성 위에 높은 누각 있거늘
檻帶紅蔘月	난간은 붉은 여뀌꽃 같은 달 품었고
簷壓白鷺洲	처마는 백로주를 짓누르는데
呼兒換酒酒將進	아이 불러 사온 술로 장차 술을 마시자니
慷慨如何起余愁	강개함은 어찌해 내 시름을 불러일으키나
三壯士一佳人	삼장사와 한 가인은
力竭身死恨何悠	힘 다해 죽어 그 한이 어찌나 유장한지
長江之水	긴 강의 물은
至今滔滔不盡流	지금도 이엄이엄 다함 없이 흐르고야

○ 권덕수(權德秀, 1672~1759) 자 윤재(潤哉), 호 포헌(逋軒)

안동 기천현 우곡리(愚谷里, 현 경북 영주시 풍기읍) 출생. 1709년 청성(靑城, 현 안동시 풍산읍 막곡리)으로 이거했고, 만년에도 수차례 이사했다. 어려서 가학을 전수했고, 1690년 동당시(東堂試)에 응시하려 했으나 족형이 시관임을 알고 단념한 뒤 이현일의 문인이 되었다. 1728년 일어난 이인좌 난의 경험을 토대로 쓴 「황원일기(黃猿日記)」(『포헌집』권3)를 남겼다.

「題矗石樓」〈『포헌집』권1, 13b〉(촉석루에 제하다)

菁江嗚咽向東流	남강은 오열하며 동으로 흐르나니
樓上遊人不耐愁	누각 위 나그네는 근심 못 견디노라
義士盡殲知得所	의사가 모조리 죽음 당한 바를 알겠거니와
孤城此築果無謀	고성의 이곳 축대에는 과연 계책 없었겠나
山河百里方隅1)壯	백 리 산하에는 변경이 웅장하고
人物千年氣像留	천년토록 인물은 기상이 전해지네

---

1) 方隅(방우): 한 귀퉁이, 곧 국경. '隅'는 모퉁이.

鶴老有詩懸日月　　　학봉의 시가 일월처럼 걸려 있거늘

世間餘子莫啁啾　　　세상 나머지야 떠들썩해서 무엇하리

○ 김명석(金命錫, 1675~1762) 자 여수(汝修), 호 우계(雨溪)

본관 의성. 안동 출생. 적암 김태중(金台重, 1649~1711)의 아들로 6촌 동생 김성탁과 함께 갈암 이현일(1627~1704)의 문하에서 수학했다. 일찍이 향시에 여러 번 장원했으나 성시(省試)에 실패하자 가학 진작과 유학 실천에 전념했으며, 1755년에 노인을 우대하는 예에 따라 통정대부 첨지중추부사에 제수되었다. 시를 잘 지어 청천 신유한에게 칭찬받았고, 포헌 권덕수(1672~1759)와 절친했다.

「登矗石樓」〈『우계집』 권2, 4a~b〉 (촉석루에 올라)

江上高樓近碧空　　　강변의 높은 누각은 푸른 하늘에 가깝고

海門斜日起悲風　　　해문에 해 기울 제 슬픈 바람이 일어나네

孤城壯迹山河在　　　고성엔 장한 자취와 산하가 여전하며

雙廟忠魂祭祀同1)　　쌍묘에서 충혼을 함께 제사를 드리거니

磊落2)已能成氣節　　활달한 기상으로 이미 기개와 절조를 이루었으며

艱危方信仗豪雄　　　험난한 때는 영웅호걸을 비로소 믿고 의지했거늘

于今聖代無爭伐　　　지금은 태평성대 전쟁이 없는지라

長使煙波屬釣翁　　　안개 물결을 낚시꾼에게 길이 맡겼군

「矗石樓 次板上韻」〈『우계집』 권2, 4b〉 (촉석루에서 현판시에 차운하다)

形勝南州第一區　　　형승은 남쪽 고을에서 제일가는 구역인데

百年陳迹有高樓　　　오랜 세월 묵은 자취에 높은 누각 있구려

---

1) 祭祀同(제사동): 창민사와 창렬사에서 임란 순국열사를 제향하는 것을 뜻함. 두보, 「영회
　고적(詠懷古跡)」 제4수, 『두소릉시집』 권17, "무후의 사당이 인근에 늘 있는데 / 한 몸
　같은 군신이라 제사도 함께 하네[武侯祠屋常隣近, 一體君臣祭祀同]". 촉나라 유비의 옛 사
　당에 제갈량 사우를 세워 같이 제향하고 있다.
2) 磊落(뇌락): 기상이 활달한 모양, 높이 쌓인 모양. '磊(뢰)'는 큰 돌의 모양.

詩傳三士孤忠在	시는 삼장사의 외로운 충혼을 전하고
水帶羣雄遺恨流	물은 영웅의 남은 원한을 품고 흐르거니
南浦日高兵坌散	한낮 남포엔 병사들이 줄지어 흩어지며
西山秋盡海雲浮	가을 다한 서산엔 바다 구름이 떠 있네
遊觀會有供吟處	두루 구경하다 함께 읊조린 곳을 만났거늘
風動蘆花雪滿洲	바람이 갈대꽃 흔들고 눈은 물가 가득하네

○ 하응운(河應運, 1676~1736) 자 여등(汝登), 호 습정재(習靜齋)

시랑공파. 초명 응룡(應龍). 진주 단지동(丹池洞, 현 대곡면 단목리) 출생. 창주 하징(河憕, 1563~ 1624)의 현손으로 향시에 응했으나 신임사화를 목격하고 향리에서 성리학에 전념하면서 절친했던 명암 정식과 산수를 유람했다. 한석봉의 서체를 학습하여 한때 금석문을 도맡았으며, 「제창렬사정충단문」(1728)(『습정재집』 권1)을 지었다.

「過矗石樓 聞歌聲」〈『습정재집』 권1, 21a~b〉 (촉석루 지나가다 노랫소리를 듣고)

畫閣東頭接翠樓	단청 누각 동쪽 끝에 멋진 다락 이어졌고
綠楊枝外盡汀洲	푸른 버들가지 너머로 물가가 끝나도다
緗簾十二人何許	열두 난간 주렴 속 사람은 누구이기에
落日征鞭故故留	해질녘 가던 길을 짐짓 멈추게 하나

○ 조하위(曺夏瑋, 1678~1752) 자 군옥(君玉), 호 소암(笑菴)·우헌(迂軒)

밀양 초동면 오방리(五榜里) 출생. 한강 정구와 사돈을 맺은 취원당 조광익(1537~1578)의 5세손으로 1723년 생원시 합격해 태학에서 방회계를 조직했고, 귀향해서는 김종직의 향약을 본떠 퇴폐한 풍속을 변화시켰다. 지수 정규양(鄭葵陽, 1667~1732)에게 예학을 질의했고, 만년에는 제동(堤洞, 현 부북면 제대리)에 복거하면서 제현들과 도의로써 교유했다. 진주와 관련해 촉석루 시 외에 남강 득인(得印)과 창렬사 치제에 관한 시가 다수 있다.

「登矗石樓」〈『소암집』권1, 16b〉(촉석루에 올라)

晉陽城外大江流	진양성 너머 큰 강 흐르고
秋日來登矗石樓	가을날 촉석루에 올랐나니
牛背有聲知牧笛	소 등의 소리는 목동의 피리소리임을 알겠고
波心動響記漁謳	물결에 퍼지는 음향은 뱃노래를 떠올리게 하네
賓僚[1]幕府爭呼博	빈료들이 막부에서 다투어 놀음을 외치나
元帥戎壇默運籌	장수는 융단에서 묵묵히 전략을 세우거늘
往事休從辰巳說	옛일은 임진 계사년을 좇아 말하지 마오
劍歌增慨卻回頭	검가 더욱 감개해 되레 뒤돌아보게 하나니

○ 김중원(金重元, 1680~1750)

자 응삼(應三), 호 퇴장암(退藏菴)·관어재(觀魚齋)

본관 용궁. 하동부 양곡면 청천리(淸川里, 현 양보면 운암리) 출생. 제2차 진주성전투 때 수문장으로서 싸우다 순국해 창렬사에 배향된 낭선재 김태백(金太白, 1560~1593)의 5세손으로 경학에 통달한 한편 병법서나 『좌전』을 좋아해 무예가 출중했다. 1728년 4월 이인좌의 난 때 의병장으로서 진주영장 이석복·곤양군수 우하형과 합세해 거창 소사고개에서 정희량 부대를 격파했다. 양무 1등 공신에 녹훈되었지만 향리 우계동(愚溪洞)에 '퇴장암' 정자를 지어 은거하며 후진 양성에 힘썼다. 명암 정식·죽계 오우(吳佑)와 도의로 교유했다. 효자로 이름난 정창시(鄭昌時)가 제자이고, 운암리의 관어재에 사당 경의사와 관련 유물이 보관되어 있다. 한편 「세적 약록」(『퇴장암유집』권3)을 보면 그가 당시 반란을 평정한 뒤 진주 창렬사(彰烈祠)에 제향한 다음 촉석루에 올라 이 시를 지었다고 했다.

「題矗石樓」〈『퇴장암유집』권1, 1a〉(촉석루에 제하다)

矗石樓上月	촉석루 위의 달
矗石樓下水	촉석루 아래의 물
樓中三壯士	누각 안 삼장사의
滔滔心不死	도도한 마음은 죽지 않으리

---

1) 賓僚(빈료): 빈객과 막료.

「矗石樓感古」〈『퇴장암유집』 권1, 3b~4a〉 (촉석루에서 감회가 일어)

杖劍西來興不窮	칼 짚고 서쪽에서 오니 흥취는 다함 없고
百年經坂一樓空	오래전에 전란 겪은 한 누각이 텅 비었다
孤城鍊石逗寒雨	외딴 성의 다듬어진 바위는 찬비를 머금었으며
秋水揚靈御冷風	가을 물의 신령한 기운은 찬바람을 타고 가는데
壯士臺前芳草綠	장사의 누대 앞에 방초는 푸르고
佳人巖上落花紅	가인의 바위 위에 낙화가 붉도다
歌姬解唱昇平頌	가희는 태평 노래를 잘도 부르거니
緩舞低回1)玉帳中	사뿐히 춤추다 군막 안을 서성이네

○ 강원일(姜元一, 1680~1757) 자 여약(汝約), 호 오여재(吾與齋)

안동 법전리(法田里, 현 봉화군 법전면 소재) 출생. 부친은 송시열의 문인인 강재필(姜再弼, 1654~1730)이고, 부인은 장암 정호(鄭澔, 1648~1736)의 질녀이다. 평소 송시열의 대의정신을 존모했고, 1728년 이인좌 난 때 영천에서 나학천과 더불어 창의했다. 평생 사표로 삼은 김상헌(1570~1652)의 절의를 기리기 위해 고을 서쪽에 사우를 건립했다.

「晉州矗石樓」 樓下有論介義烈碑 〈『오여재집』 권1, 15a〉 (진주 촉석루) 누각 아래 논개
의열비가 있다.

宇宙無男子	세상에는 남자 없고
滄海有此樓	창해에 이 누각 있네
樓前一片石	누각 앞의 한 조각돌은
能使二心1)羞	두 마음 품은 자를 부끄럽게 하리라

---

1) 低回(저회): 머리를 숙이고 사색에 잠겨 서성거림, 빙 돌아 거닒. '回'는 빙빙 돌다.
1) 二心(이심): 두 마음 먹다, 딴 생각하다, 배신자. 『사기』 권86 「자객열전」〈예양〉.

○ 신유한(申維翰, 1681~1752) 자 주백(周伯), 호 청천(青泉)

본관 평해. 밀양 죽원리(竹院里, 현 산외면 다죽리) 출생이나 1713년 장원급제한 뒤 이듬해 봄에는 고령 개진면 양전리(量田里)로 이거했다. 1719년 제술관으로서 일본을 다녀와 「해사동유록」과 「해유견문잡록」을 지었다. 이후 평해군수(1727), 연천현감, 봉상시 첨정, 부안·연일 현감(1745) 등을 지냈다. 만년에는 최치원을 흠모해 고령에 경운재(景雲齋)를 지어 후학을 양성하다가 세상을 떠났다. 최성대와 시교(詩交)가 두터웠고, 제자로 농수 최천익·함광헌 이미·창하 원경하·창해 정란(鄭瀾) 등이 있다. 임진년(1712) 가을 권수대와 함께 지은 아래의 시를 뒷날 진양목사가 시판으로 내걸었고, 뒤에 그 명성이 중국에까지 알려졌다. 현재 촉석루 남쪽 주련으로 걸려 있다. 하강진(2014), 331~340쪽 참조.

「題矗石樓」〈『청천집』 권1, 27a〉(촉석루에 제하다)

晉陽城外水東流	진양성 너머 강물이 동쪽으로 흐르고
叢竹芳蘭綠映洲	대숲과 난초는 물가에 푸르게 어렸다
天地報君三壯士	천지에는 임금에게 보답한 삼장사요
江山留客一高樓	강산에는 길손 붙잡는 높은 누각일세
歌屛日照潛蛟舞	가병에 해 비치자 숨었던 교룡이 춤추며
劍幕霜侵宿鷺愁	병영 막사에 서리 치니 자던 백로 근심하네
南望斗邊[1]無戰氣	남쪽 바라보니 두우성에 전쟁 기운 없는지라
將壇笳皷半春遊	장단에서 풍악 울리며 봄날마냥 노니는구나

---

1) 斗邊(두변): 두우성(斗牛星) 주변. 두우는 북두성과 견우성.

○ 정식(鄭栻, 1683~1746) 자 경보(敬甫), 호 명암(明庵)

본관 해주. 진주 옥봉촌(玉峯村, 현 진주시 옥봉동) 출생. 의병장 정문부가 종증조이고, 정대형(鄭大亨)의 손자이다. 13세 때 삼종형 정구(鄭構)에게서 학문을 배웠고, 19세 때 합천 과장에 나아가 우연히 남송의 충신 호전(胡銓)이 금나라와의 굴욕적 화의를 비판하며 지은 「무오상고종봉사(戊午上高宗封事)」를 읽고 비분강개해 출사를 단념하고는 40여 년간 전국 산수를 유람하면서 대의충절을 추구했다. 「두류록」(1724), 「가야산록」·「금산록」·「월출산록」(1725), 「관동록」(1727), 「청학동록」(1743)의 유람기가 이를 대변하고 있다. 1728년 가족을 이끌고 지리산의 무이구곡으로 들어가 무이정사(시천면 원리 국동마을 중건, 1933)와 와룡암을 짓고 은거했으며, 평생 명나라의 재조지은을 생각하면서 '대명처사(大明處士)'임을 자부했다. 특히 1722년 의암사적비 비문을 지어 18년 뒤 임금으로부터 논개 정려 특명을 받는 데 크게 기여했다. 하강진(2014), 158~160쪽 참조.

「次崔兵使鎭漢矗石韻」〈『명암집』 권1, 15b~16a〉(병사 최진한의 촉석루 운을
　　따라 짓다)

蒼嵒不轉翠樓危	푸른 바위 아니 구르고 비취 누각 아찔한데
壯士仙娥往蹟奇	장사와 선녀의 옛 자취는 기이하나니
恨入長江層浪碧	한 맺힌 긴 강은 층층이 푸른 물결로
至今嗚咽夕陽時	여태도록 석양에 오열하고 있구나
明月南樓罷詠詩	달 밝은 남쪽 누각에서 시 읊기 그치고
指揮雄略六花[1]奇	웅략으로 지휘하니 육화진법 기이했건만
當年未遂劗鯨[2]志	그때 고래 베려는 큰 뜻을 이루지 못해
爵爵龍光[3]夜吼時	답답한 용천검이 밤중에도 슬피 우네

---

1) 六花(육화): = 육화진(六花陣). 당나라 이정(李靖)이 제갈량의 팔진(八陣)을 변형시켜 만든 진법으로, 군사가 적어 구군(九軍)을 만들기 곤란할 때 육진(六陣)을 만들고 가운데에 중군(中軍)이 들어가는 형태의 칠군(七軍)으로 만드는 것임. 『송사』 권195 「兵志9」.

2) 劗鯨(전경): 고래를 벰, 곧 왜적을 무찌름. '劗'은 베다. 이백, 「임강왕절사가(臨江王節士歌)」(『이태백집』 권3), "장사가 분노하여 / 큰바람이 이니 / 어이하면 의천검을 얻어 / 바다 걸터앉아 큰 고래를 베겠나?[壯士憤, 雄風生, 安得倚天劍, 跨海斬長鯨]".

3) 龍光(용광): 용천검의 빛. 용어 일람 '자기' 참조.

「次退溪先生矗石樓韻」〈『명암집』권1, 20b〉(퇴계 선생의 촉석루 시에 차운하다)

城下長江江上石　　　성 아래는 남강이요, 강 위에 돌 있나니

人間知有架空樓　　　사람이 누각을 하늘에 걸칠 줄 알았구려

漁翁獨釣西巖畔　　　어부는 서쪽 바위 곁에서 홀로 낚시하고

商女4)爭喧北渚流　　　장사꾼 아낙은 북쪽 물가에서 떠들썩하다

壯士不還春草碧　　　장사는 안 돌아오고 봄풀은 푸르며

貞娥無跡浪花浮　　　정녀는 자취 없고 물보라만 떠 있거늘

沈吟不禁龍蛇恨　　　깊이 읊조리니 용사년 한을 견딜 수 없어

悄坐黃昏月湧洲　　　황혼녘 달이 솟는 물가에 쓸쓸히 앉았노라

○ 김성탁(金聖鐸, 1684~1747) 자 진백(振伯), 호 제산(霽山)

본관 의성. 6대조 김진(金璡)의 별장이 있던 영양현 청기리(靑杞里) 출생. 10세 때 부친 통덕랑 김태중 (金泰重, 1661~1725)을 따라 세거지 안동 천전리(川前里)로 돌아왔다. 이듬해 종숙부 적암 김태중에 게 수학했고, 17세 때 6촌형 김명석과 함께 갈암 이현일(1627~1704)의 제자가 되었다. 1728년 이인좌 난 때 의병에 참여한 공로로 참봉이 되었고, 1735년 증광시 급제 후 지평·수찬 등을 차례로 지냈다. 1737년 5월 갈암의 신원소를 올렸다가 9월 제주도 정의(旌義)에 유배되었고, 이듬해 6월 광양의 섬진(蟾津)으로 이배되었다. 또 1745년 해남 신지도로 이배된 뒤 1746년에 다시 광양으로 옮겨 생활하다 세상을 떠났다. 두 아들이 김낙행(1708~1776), 김제겸(1716~1792)이다. 아래의 시는 「차종손시원기행시(次宗孫始元紀行詩)」 3수 중 제2수로 병서에서 보듯이 계해년(1743) 종손 김시원이 보내온 촉석루 율시에 화답해 지은 것이다.

「次矗石樓韻」 幷序 宗君景仁,1) 訪余于澤畔, 留旬日, 往觀智異山. 歸路, 又登臨晉陽之矗
石樓, 過星州, 入伽倻山, 訪紅流洞, 宿海印寺. 所到, 輒有吟. 旣歸, 錄一律三絶, 投寄要和.
余爲之再三諷詠, 足見其風流韻致有所自來, 不但詩句之可賞而已. 老拙雖枯落, 不可無報, 一
覽之後, 覆瓿可也.〈『제산집』권2, 13a~b, 「次宗孫始元紀行諸詩」 3수 중 제1수〉

---

4) 商女(상녀): 망국의 한을 알지 못하는 사람. 출처는 최병식(1867~1928)의 시 참조.

1) 宗君景仁(종군경인): '宗君'은 종손의 이칭. '景仁'은 김시원(1716~1747)의 자. 생부는 김덕 하이고, 양부는 김민행(1673~1737)이다. 소산 이광정의 「김경인자설(金景仁字說)」과 구 사당 김낙행의 「제종질경인시원문(祭宗姪景仁始元文)」이 있다.

(촉석루 시에 차운하다) 병서. 종군 경인(景仁)이 강가에 있는 나를 찾아와 열흘 머물다 지리산을 보러 갔다. 돌아오는 길에 진양 촉석루에 올랐고, 성주를 지나다가 가야산에 들러 홍류동을 방문하고 해인사에서 잤다. 이르는 곳마다 번번이 시를 지었다. 귀가한 뒤 율시 한 편과 절구 세 편을 써서 보내와 화답시를 청하였다. 내가 그것을 재삼 읊조리니 풍류 운치의 유래한 바가 불만하여 시구 감상 정도로만 그치지 않았다. 늙어서 비록 기운의 약해졌지만 답하지 않을 수 없었으니, 한 번 보고 난 뒤에는 항아리 뚜껑으로 씀이 좋을 것이다.

鶴老遺詩在石樓	학봉이 남긴 시가 촉석루에 있거니와
晉陽東望使人愁	진양 동쪽 바라보니 시름이 사무친다
菁川落日君能去	남강에 해질 무렵 그대가 떠나가고
蟾水寒天我獨留	추운 날 섬진강에 나 홀로 머무노니
壯士有魂猶凜凜	장사는 넋이 있어 여전히 늠름하며
長江不渴自悠悠	긴 강은 마르지 않고 절로 흐르구려
平生謾讀龍蛇錄	평소 임진 기록을 허투루 읽은 탓에
頭白如今負一遊	백발이 된 지금도 유람을 저버렸어라

○ 심육(沈鎔, 1685~1753) 자 화보(和甫)·언화(彦和), 호 저촌(樗村)

영의정 심수현(沈壽賢)의 아들이자 홍양호의 외삼촌으로 1705년 사마시에 합격했다. 이종숙(姨從叔) 인 하곡 정제두(1649~1736)의 문인으로서 강화학파의 중심인물이다. 왕자사부·사재감 주부·지평· 찬선(1736) 등을 역임했으며, 여러 차례 대사헌에 제수되었지만 끝내 사양했다. 이 시는 을축년 (1745) 3월 영동을 거쳐 안음 등 영남의 여러 지역을 유람할 때 진주에 들러 지은 것이다.

「矗城樓」〈『저촌유고』 권10, 13a〉 (촉성의 누각)

風烟擁護地	바람과 안개가 에워싼 곳
今古一高樓	고금에 한 높은 누각 있는데
戰伐猶餘氣	싸움터는 기운이 아직도 남아 있으며
山河不盡羞	산하는 부끄러움이 다 가시지 않았네

百年增緬想1)	백 년 세월 거듭 멀리 상상하고
千古獨閑愁	천고에 혼자 조용히 생각할진대
取醉非難事	억병 취하는 것 어려운 일 아니지만
歌吟苦未休	노래조차 괴로움이 그치지 않는구려

○ 윤봉오(尹鳳五, 1688~1769) 자 계장(季章), 호 석문(石門)

> 본관 파평. 서울 차동(車洞〈수렛골〉, 현 중구 순화동 일대) 출생. 윤봉구(1683~1767)의 아우로 일찍이 세자익위사로서 영조를 보필했다. 1746년 문과 급제한 뒤 부수찬·교리·대사헌 등을 역임했고, 1742년 영천군수로 있을 때 조양각을 중축했다. 아래의 첫 번째 작품은 원전의「甲申孟夏之念六自靈川發向海山…」시에서 보듯이 갑신년(1764) 4월 26일부터 정사익, 송성휴, 소대겸 등과 더불어 합천·고성·통영 등지를 유람할 때 지은 것이다.

「矗石樓 次板上韻」〈『석문집』 권3, 23b〉 (촉석루에서 현판시에 차운하다)

第一休言名勝區	제일가는 명승지라고만 얘기 마소
憑欄感慨此高樓	난간 기대니 이 높은 누각 느껍다
危衷白日猶留照	간절한 충정 서린 태양이 여태 남아 비추고
幽憤長江不盡流	깊은 분노 품은 남강은 다함 없이 흐르는데
幾箇忠同杲卿死	안고경처럼 충절로 죽은 이가 몇이나 되나
諸君罪1)比賀蘭2)浮	제군의 죄는 하란에 비해선 가벼웠을 뿐
山河百載昇平業	산하가 백 년 동안 태평함은
終賴東南有是州	동남쪽의 이 고을 덕분일세

---

1) 緬想(면상): 먼 곳에 있는 일을 헤아림. '緬'은 멀다. 아득히.
1) 諸君罪(제군죄): 임진왜란 때 성을 버리고 도망간 진주목사 이경(李璥)이나 정유재란 때 황석산성 전투에서 몰래 빠져나간 수성장 백사림(白士霖) 등을 지칭함.
2) 賀蘭(하란): 안록산 난 때 임회절도사였던 하란진명(賀蘭進明)을 말함. 장순(張巡)이 남제운을 보내 그에게 구원을 요청했으나 거절당해 수양성이 적장 윤자기(尹子琦)에게 함락되고 두 사람은 피살되었다.

「矗石樓」(가제) 〈관찬, 『진주목읍지』「제영」조, 1832〉 (촉석루)

方丈西頭大火流[3]　　　지리산 서쪽으로 대화성이 내려갈진대
晉南秋思動蘋洲　　　진주 남쪽 이르니 가을 생각이 물가에 미치네
長江濯熱循靑壁　　　더위 씻겨주는 긴 강이 푸른 벼랑을 둘러있고
遠岫浮空入畫樓　　　공중에 뜬 먼 산은 화려한 누각으로 들어오는데
海氣全收天外祲　　　바다 기운이 하늘 밖 요기를 온전히 거두었지마는
嶺雲猶作日邊愁　　　고개 구름은 여전히 하늘가 근심을 띠고 있구려
欲奉黃花羞毅魄　　　국화꽃을 바치려니 굳센 기백에게 부끄러울사
戈欄遙憶露梁遊　　　전쟁 치른 난간에서 노량의 유람을 떠올린다

「又」〈상동〉　　　(또)

龍蛇回薄到如今　　　용사년은 돌고 돌아 지금에 이르렀는데
釃酒空汀秋日臨　　　술 걸러 빈 물가에서 가을날을 맞이하니
萬竹挺霜[4]壁壘古　　　일만 댓가지는 언덕에 뻗고 성채 오래되었으며
孤霞抱石江潭深　　　외로운 노을이 돌을 감싸며 강물은 시퍼렇구려
捐軀烈士猶生氣　　　몸을 던진 열사는 여태 기상이 넘쳐나고
殲賊佳人亦壯心　　　적을 죽인 가인 또한 비장한 마음이었지
獨立危欄感時運　　　홀로 높은 난간에 서서 시절 운수 느끼다가
寒天倚劒更長吟　　　찬 하늘 아래 칼 짚고 다시 길게 읊조리누나

---

3) 大火流(대화류): '大火'는 동쪽의 일곱 개 별 중의 하나. 일명 심성(心星)인데, 이 별이 서쪽
으로 내려가면 더위가 가고 가을이 오기 시작한다고 한다. '流'는 하(下)의 뜻이다. 『시경』
「빈풍」〈칠월〉, "칠월이면 화성이 내려가고 / 구월에는 두꺼운 옷을 준비한다네[七月流火,
九月授衣]".
4) 挺霜(정상): 서리 내린 언덕에 솟아 있음. '挺'은 정립(挺立), '霜'은 상강(霜崗)의 뜻.

○ 강공거(姜公擧, 1689~1732) 자 성해(聖海), 호 백석(栢石)

함양 거평(巨坪, 현 지곡면 창평리) 출생. 종조부 소치재 강명세(1632~1708)에게 수학했고, 1699년 부친 강지후를 따라 화현(花縣, 현 달성군) 성북으로 이사했다. 1706년 권집(1665~1716)의 문인이 되었으며, 모친상을 당한 뒤 처향(妻鄉)인 남원 옥산리(玉山里)로 다시 이거했다. 1721년 생원시 합격했고 성리학에 힘써 문리가 대성했으나 44세에 요절하고 말았다. 이 시는 촉석루 중수 연혁을 볼 때 1724년 이후 지었음을 알 수 있다.

「矗石樓」〈『백석유고』 권상, 1b〉 (촉석루)

謂是胡戎地	군사 지역 일컫는 곳에
何爲矗石樓	어이하여 촉석루를 세웠나
初搆非緊略	처음 세움에 소략하지 않았거늘
重葺1)亦閑幽	중수 또한 여유롭고 그윽하도다
城上人爭倚	성 위에는 사람들이 다투어 기대었고
江中旅獨愁	강 복판에서 나그네 홀로 근심할진대
羞渠古尹鐸2)	부끄러워라, 어찌 옛 윤탁이
未作子京3)儔	등자경의 짝이 되지 않았는지

○ 권석규(權錫揆, 1689~1754) 자 백익(伯翼), 호 표음(瓢陰)

안동 송파(松坡, 현 서후면 교리) 출생. 족부 포헌 권덕수(1672~1759)에게 엄격한 교육을 받아 1725년 생원시 합격했다. 매사에 사려가 깊었고, 스승의 명으로 족제 권몽규와 함께 6대조 권호문이 1566년 건립한 연어헌(鳶魚軒, 안동시 풍산읍 막곡리 소재)을 중수했다. 강좌 권만(1688~1749)과 주요 정책을 의논했고, 이경익·류진현·권운대 등과 절친했다.

---

1) 重葺(중집): 중수. '葺'은 지붕 잇다, 수리하다. 우병사 이태망이 병마우후 박황과 함께 1724년 촉석루를 중수했다. 하강진(2014), 90~92쪽 참조.
2) 尹鐸(윤탁): 춘추시대 진양을 잘 다스린 진나라 사람. 용어 일람 '견사보장' 참조.
3) 子京(자경): 악양루를 중수한 등종량(990~1047)의 자. 용어 일람 '악양루' 참조.

「矗石樓」〈『표음유집』 권1, 5b~6a〉(촉석루)

戰場無處不生愁	전쟁터에 근심 생기지 않는 곳 없고
況復斜陽矗石樓	게다가 또 석양이 촉석루에 비치누나
說到龍蛇頭欲白	얘기가 용사년에 이르자 머리카락 세려 하는데
檻前幽咽滿江流	난간 앞으로 그윽한 흐느낌이 강물에 가득차네

○ 하윤천(河潤天, 1689~1755) 자 구장(九章), 호 연정(蓮亭)

사직공파. 의령 화정면 덕교리(德橋里) 출생. 원정공 하즙(1303~1380)의 후예로 효성이 지극하여
『속수삼강록』과 『진양속지』에 실렸다. 참판 이재형(李再馨)의 문인으로 향시에 잇달아 합격했으나
과거를 접고 성리학 연구에 전념했다. 부친 하진한(河晉漢)의 상을 치른 후 향리에 연정(蓮亭)을 짓고
서 선비들과 경사를 토론했고, 명산을 유람하며 시문을 즐겨 지었다. 효행으로 이름난 고조부 어은
하응회(1574~1643)가 하응도(1540~1610)의 종제이자 제자이다.

「矗石樓 用寧無成先生韻」〈『연정유고』 권1, 8a〉(촉석루에서 영무성〈하응도〉
선생의 시에 차운하다)

藍江風靜怒濤平	남강에 바람 고요하니 성난 물결 잔잔하고
回憶龍蛇猶有腥	용사년을 회상할 제 피비린내가 여전하다
疎雨陰陰冤鬼哭	어둑어둑 가랑비로 원귀가 통곡하며
明沙寞寞1)沈戈橫	쓸쓸한 모래밭에 묻힌 창이 비꼈는데
烟波千載悲騷客	안개 물결은 천년토록 시인을 섧게 하고
花鳥三春弔故城	꽃과 새는 삼춘 내내 옛 성을 위로하거니
報國丹忠三節士	나라에 보답한 충신 삼절사는
知應百世擅名聲	응당 백세에 명성 떨치리라

---

1) 寞寞(막막): 쓸쓸하고 괴괴한 모양. '寞'은 쓸쓸하다.

○ 황학(黃㙫, 1690~1768) 자 백후(伯厚), 호 농고(聾瞽)

본관 창원. 함안 칠원 출생. 만년에 '박(㺩)'으로 개명. 평생 산림에서 성현의 학문을 공부했고, 명나라 멸망을 통분하며 지은 「차황화집운」이 유명했으며, 효행으로 1905년 정려각이 세워졌다. 갑자년 (1744) 8월 하순에 황학을 비롯한 이빈망·황도익·안경직(1721~1787) 일행은 5년 전부터 광양에 유배와 있던 김성탁(1684~1747)을 위문하러 가던 중 촉석루에서 이 시를 지었다. 참고로 「두류일록」 (『농고집』 권상) '8월 30일'조에 "촉석루에 오르니 삼장사의 죽지 않은 혼이 강 물결에 오열하며 길이 울고, 강상을 붙든 의기의 자취가 조각 바위에 여전히 얼룩덜룩했다. 나그네와 시인들이 이곳에 올라 옛일을 조상하며 슬퍼하는 마음을 읊조렸는데, 그 시판이 비늘처럼 걸려 있다[登矗石樓, 三壯士 不死之魂, 嗚咽長鳴於江流之波, 義妓扶綱之蹟, 斑斑猶在於片巖之上. 遊客詞人登於斯, 詠於斯弔古 傷今, 詩板鱗揭]." 하였다. 이때 황도익은 제산을 9월 2일 처음으로 만났고(「두류산유행록」, 『이계집』 권3), 중간에 길을 약간 달리한 황학과 안경직은 9월 4일에 제산을 비로소 만난다.

「矗石樓」〈『농고집』 권상, 16a~b〉 (촉석루)

矗石樓高古戰場	촉석루가 옛 전쟁터에 높다란데
登臨擊劒意全狂	올라서 칼 두드리니 온 마음이 미어지네
江流尙咽千秋恨	강물은 천추의 한으로 아직도 오열하거늘
毅魄堪酬一瓣香1)	군센 기백이 향 심지 하나로 어찌 갚아지리
相國巡幡戎幕外	상국의 순시 깃발은 군막 너머 펄럭이고
太平秋色鴈聲長	태평한 가을빛은 기러기 소리에 유장한데
從敎墨壘2)爭君子	시단에서 군자들이 멋대로 다투든 말든
竹影波光納晩凉	대 그림자 물빛 보며 밤바람을 쐬노라

---

1) 一瓣香(일판향): 향 한 심지. '瓣香'은 꽃잎 모양으로 생긴 향. '瓣'은 꽃잎. 선승(禪僧)이 남을 축복할 때 쓰던 것인데, 흔히 스승이나 고인을 존경하는 장면에서 사용한다.
2) 墨壘(묵루): 붓이 이어짐, 곧 시단. '壘'는 포개다, 쌓다.

○ 김석일(金錫一, 1694~1742) 자 수언(壽彦), 호 허주와(虛舟窩)

본관 청풍. 서울 출생. 윤증(1629~1711)의 제자인 김두명(1644~1706)의 아들로 1731년 문과 급제했다. 1734년 황산도 찰방에 임명되었으나 나아가지 않았고, 전적·지평·정언·순천현감 등을 지냈다. 관리들의 부정행위를 거침없이 규탄했고, 탕평책 시행을 주장했다. 동래부사 부임 이듬해인 1742년 동헌 앞에 '망미루(望美樓)'를 세웠고, 동래부사 송상현의 순절을 기리는 '송공단(宋公壇)'을 건립했다. 아래 시는 경상도 도사 때인 병진년(1736)에 지은 것이다.

「晉州矗石樓 次板上韵」〈『허주와유고』 권3, 79a〉(진주 촉석루에서 현판시에
　　차운하다)

大嶺南頭得異區	조령 남쪽 끝에 기이한 곳 얻었나니
城中形勝說玆樓	성내의 형승으로 이 누각을 말하구려
千尋峭壁撐城立	천 길 절벽이 성을 버티어 서 있으며
一帶長江劃地流	한 줄기 긴 강이 땅을 갈라 흐르는데
殺氣已將荒磧古	살기는 이미 거친 자갈밭에 오래되었고
愁雲偏向亂山浮	근심 구름이 유달리 첩첩 산에 떠다니네
試看四尺豊碑1)屹	사척 우뚝한 공적비를 비로소 보거늘
厲鬼終應膊2)馬州	여귀가 끝내는 대마도를 찢어 죽이리라

○ 정기안(鄭基安, 1695~1775) 자 안세(安世), 호 만모(晩慕)

본관 온양. 초명 사안(思安), 시호 효헌(孝憲). 경기도 광주 용진리(龍津里) 출생이고, 6대조가 성재 정순붕(1484~1548)이며, 아들이 정만석(1758~1834)이다. 1728년 문과급제한 뒤 지평(1738)·경상도 도사(1739.9~11)·정언·대사간·한성부 우윤(1766)·지중추부사 등을 지냈고, 1752년 동지사 겸 사은사의 서장관으로 청나라를 다녀왔다. 아래 시는 원전의 편차를 참고할 때 그가 경상도사로 재직하던 기미년(1739)에 지었음을 알 수 있고, 당시 월영대·통영·한산도·함양 학사루 등도 둘러보았다. 참고로 「제승당유허기」(『만모유고』 권5)가 『이충무공전서』(1795) 편찬 시 부록으로 실렸다.

---

1) 豊碑(풍비): 공적을 기려 세우는 큰 비석.
2) 膊(박): 책형(磔刑)하다, 찢어 죽이다.

「矗石樓 次板上韻」〈『만모유고』권1, 28b〉(촉석루에서 현판시에 차운하다)

蔽遮湖甸[1]以區區	호남 경기 막느라 허겁지겁했었나니
戰地蕭條獨此樓	쓸쓸한 전쟁터에 이 누각 홀로 있네
壯節遙臨方丈翠	비장한 절의는 푸른 지리산에 아득히 다다르고
純誠不盡大江流	순수한 충성은 흐르는 큰 강에 다함이 없구려
秖今嶺外風雲怒	지금껏 고개 너머로 풍운이 분노하며
從古波心日月浮	예로부터 물결 속에 일월이 떠 있거늘
欲吊英魂飜灑淚	영웅 넋 조상하려니 눈물이 북받칠진대
當時正氣萃玆州	그때의 정기가 그득한 이 고을이로다

「其二」 (둘째 수)

晉陽從古號名區	진양은 예부터 명구라 불리는데
暇日登臨矗石樓	한가한 날 촉석루에 등림했나니
可是金湯雄保障	정말로 금성탕지 웅장한 요충지에
秖應山水擅風流	응당 산수가 풍류를 독차지하는데
澄波滿檻天光動	맑은 물결은 난간을 채워 하늘빛 반짝이고
曠野圍筵地勢浮	너른 들이 자리를 에워싸 지세가 떠 있구려
自哂吾行同泛梗[2]	내 행차가 덧없는 신세라 절로 가소롭지만
明朝走馬入何州	내일 아침 말을 타고 어느 고을에 들어갈까

---

1) 湖甸(호전): 호남과 경기 지방.

2) 泛梗(범경): 표류하는 신세나 덧없는 인생을 가리킴. '梗'은 도경(桃梗)의 준말. 옛날 진흙
   으로 빚은 인형[土偶人]이 복숭아나무로 만든 인형[桃梗]에게, 폭우가 내리면 자신은 흙으
   로 돌아가면 되지만 도경은 탁류에 휩쓸려 어디로 갈 알 수가 없다고 한 고사에서 유래한
   다. 『전국책』권10 「제책3」, 『태평어람』권37 「지부2」.

○ 이언근(李彦根, 1697~1764) 자 회보(晦甫), 호 만촌(晩村)

본관 광산. 세거지가 광산 니장촌(泥場村, 현 광주광역시 남구 이장동)이고, 해남에서 10년을 우거하다가 나주 남평(南平)으로 환향했다. 6세 때 부친을 여읜 뒤 모친을 극진히 모시면서 20년간 학문을 두루 섭렵했고, 특히 사부와 책문을 잘 지어 이름났다. 석북 신광수(1712~1775)는 약관 때부터 그를 잘 알고 지냈는데, 해금 오달운(1700~1747)·춘암 소응천(1704~1760)과 더불어 강남의 '호걸지사'라 평했다. 1740년 진사가 된 뒤 성균관에서 10여 년 유학하며 호남의 행정 폐단을 지적하고 그 대책을 논한 「어고책(御考策)」을 지어 소신을 펼쳐보였으나 결국 신세불화로 낙향하 1,200자의 「남귀사(南歸辭)」를 지어 회포를 달랬고, 만년인 1763년 과거에 낙방하자 귀향하면서 절필시를 지었다. 그의 『만촌집』은 1986년 전라남도에서 『모청당유고』와 영인 합편해서 간행했다.

「次矗石樓板上韻」1) 〈『만촌집』 권1, 317~318쪽〉 (촉석루 현판시에 차운하다)

戟折沙沈漲血2)流	창이 부러지고 묻힌 곳에 피가 넘쳐 흐르고
英魂毅魄葬寒洲	영혼과 의백이 차가운 모래톱에 잠들었구려
長虹氣射千年廟	긴 무지개는 천년 사당을 꿰뚫으며
烈日光臨百尺樓	뜨거운 해가 백척 누대를 비추는데
江石嶙峋3)留往迹	우뚝 솟은 강 돌은 옛 자취를 전하고
山雲黯淡4)惹閒愁	침침한 산 구름은 무단한 시름 일으키네
斜陽倚釰欄頭立	저물녘 칼에 기댄 채 난간 끝에 섰노라니
感慨何心作娛遊	가슴 사무칠진대 무슨 마음으로 놀이를 즐기랴

「矗石樓」 〈『만촌집』 권1, 346쪽〉 (촉석루)

縹緲高樓傍古城	높은 누각이 아스라이 옛 성의 곁에 있고
華甍5)聳起入雲平	우뚝 솟은 건물은 편평한 구름 속에 들어 있네

---

1) 이 시는 그가 **계유년(1753)**에 서울에서 내려와 안극권(1704~1770. 자 **仁仲**)과 함께 지리산을 유람하던 차 진주 관아에 들러 열흘을 머물면서 등림해 지은 것이다. 당시 안극권의 형 백강 안극효(1699~1762)는 진주목사(1751~1753.6 재임)로 있었다. 「유방장록(遊方丈錄)」(『만촌집』 권2, 440쪽) 참조.

2) 漲血(창혈): '漲'은 창(漲)과 동자로 넘치다의 뜻.

3) 嶙峋(인순): 충충대 모양을 이루어 높이 솟은 모양. 벼랑이 겹겹이 솟아 한없이 깊은 모양. '嶙(린)'은 가파르다. '峋'은 깊숙하다.

4) 黯淡(암담): 구름이 끼어 어두운 모양. 실망한 모양. '黯'은 어둡다.

龍蛇忍說邦家運　　용사년 때 우리나라의 운수를 차마 말하랴만
星日留懸烈士名　　별과 해에 열사의 명성이 높이 걸려 있구려
荒岸竹疎寒靄薄　　대 성긴 황폐한 언덕에 찬 안개 옅게 깔렸으며
斷碑苔蝕夕陽明　　이끼 낀 조각난 비석에 석양이 밝게 비추는데
江流幽烟江花發　　강물에 연기 그윽하고 강 꽃은 피었거니
不盡男兒感慨情　　남아의 느꺼운 마음이 다함 없어라

「再疊矗樓韻」〈『만촌집』 권1, 346~347쪽〉 (촉석루 시에 다시 차운하다)
春風客倚晉陽城　　봄바람 속에 나그네가 진양성에 의지했거니
城上樓高翼瓦平　　성 위 높은 누각은 기와지붕이 평평하도다
形勝地分湖嶺界　　경치 빼어난 땅은 호남과 영남의 경계를 나누고
文章板揭古今名　　문장 뛰어난 현판은 고금의 명성을 게시해놓았는데
荒園栗6)徑林容澹　　거친 동산과 단단한 지름길에 숲 모양은 산뜻하며
翠壁丹崖石色明　　푸른 절벽과 붉은 비탈에 바위 빛깔이 선명하여라
最是斜陽多少恨　　정말로 석양에 한이 하도 많거니와
國殤歌罷有餘情　　선열을 위한 노래 그쳤어도 남은 정이 있구나

「次矗石樓板上韻 贈李仲素7)兄弟」〈『만촌집』 권1, 348쪽〉 (촉석루 현판시에
　　차운하여 이중소 형제에게 주다)
袞袞8)天機水共流　　끊임없는 천기 속에 물이 함께 흐르나니
坐思離合對長洲　　가만 앉아 이합 생각하며 긴 물가 마주했는데
秋風洛北祥雲寺9)　　가을바람 부는 낙북에는 상운사요

---

5) 華甍(화맹): 화려한 용마루. '甍'은 용마루.
6) 栗(률): 단단하다.
7) 仲素(중소): 이상리(李尙履)의 자. 과거 낙방한 이언근이 그 형제와 헤어진 뒤 귀향하던
　　도중에 지은 시가 있다. 『만촌집』 권2, 325쪽.
8) 袞袞(곤곤): 연속하여 끊이지 않는 모양. 강물 따위의 큰물이 흐르는 모양. '袞'은 크다.
9) 祥雲寺(상운사): 경기도 고양시 북한산 원효봉에 있는 절.

芳草江南矗石樓	향긋한 풀 자란 강남에는 촉석루라
白髮可堪靑眼10)喜	백발이나 다정한 눈길을 반길 만하건만
逢場先惹別時愁	만났더니 먼저 이별의 시름이 일어나네
人生自古悲衰暮	인생은 예로부터 노쇠함을 슬퍼했거니
簪盍何年續此遊	어느 해 친구들 함께 모여 이 유람을 이어가나

○ 하대관(河大觀, 1698~1776)

자 관부(寬夫), 호 괴와(愧窩)·괴전와(愧全窩)·계재(溪齋)

사직공파. 태계 하진의 손자인 하영(河泳)의 손자. 하동군 옥종면 안계리 출생. 어려서부터 증조부인 겸재 하홍도(1593~1666)의 가학을 바탕으로 박태무(1677~1756)·신명구(1666~1742)의 문인이 되었고, 밀암 이재의 문하에도 출입했다. 이만부, 이익, 오광운, 채응일(채제공의 부친), 김성탁(1684~1747) 등과 두루 교류했다. 그의 유고는 1748년부터 1759년까지 10년 남짓한 원고만 수습한 것이다. 아래 시들은 진주목사 임경관(任鏡觀)의 재임 기간으로 볼 때 창작 시점은 **계유년(1753)~병자년(1756)**이다.

「文孝公矗石題咏 官欲刻懸 今書送集海東明迹字 而不佳 故請更
書之 仍次其韻」〈『괴와유고』 권3, 333쪽〉 (문효공〈하연〉의 촉석루 제영을 관에
서 새겨 걸고자 하여 이번 해동명적에서 집자해 글씨를 써 보냈으나 아름답지
않다고 다시 써달라고 하므로 거듭 그 시에 차운하다)

奇觀盡出一毫頭	기이한 경관이 붓끝 하나에서 다 나왔거늘
誦咏如登百尺樓	외고 읊으니 백 척 누각에 오른 듯하여라
仰荷1)神明雕餙義	삼가 신명에 힘입어 뜻을 아름답게 새겼더니
請揮新筆勝吾州	새 글씨로 빼어난 우리 고을 묘사하길 청하네

---

10) 靑眼(청안): 다정한 눈길. 진(晉)나라 완적(阮籍)이 반가운 사람을 만나면 청안(靑眼)을
뜨고 속된 선비를 만나면 백안(白眼)을 떴다고 한다. 『진서』 권49 「완적전」.
1) 仰荷(앙하): 남에게서 받은 은혜를 삼가 고맙게 느낌. '荷'는 하권(荷眷), 하패(荷佩).

「矗石題咏 集字官家書 以字樣甚少 不合高懸 改書以刻」〈『괴와유고』
　　권3, 334쪽〉(촉석루 제영을 관가의 글씨로 집자했으나 자형이 매우 작아 높이
　　걸기에는 적합하지 않아 글씨를 고쳐 써서 새겼다)

天下奇觀幻筆頭　　　천하의 기이한 경관이 붓끝을 희롱하고
人間寶玩[2]映高樓　　　한 세상의 보배가 높은 누각을 비추네
況兼太守[3]加雕餙　　　게다가 태수가 아름답게 새김을 더했으니
勝迹留看擅一州　　　멋진 자취 남아 한 고을 드날림을 보게 하리

○ 김도수(金道洙, 1699~1733) 자 사원(士源), 호 춘주(春洲)

본관 청풍. 현종의 장인인 김우명의 서손(庶孫)으로 이덕수 문하에서 수학했다. 홍세태·정래교·이하
곤·유척기 등과 교유했으며, 35세의 젊은 나이에 세상을 떠났다. 아래의 시는 정미년(1727) 9월
경양(景陽, 현 금산) 군수에서 파직된 직후 전라도를 거쳐 속리산·가야산 등지를 유람할 때 지은
것인데, 촉석루는 9월 18~19일 이틀에 걸쳐 등림했다. 본서 부록의 「남유기」 참조.

「矗石樓 書示李節度[1]」〈『춘주유고』 권1, 38a~b〉(촉석루에서 시를 지어 이절도
　　사에게 보여주다)

矗石高樓天畔起　　　촉석의 높은 누각이 하늘가에 솟았고
下有長江萬里水　　　아래로 긴 강 있어 일만 리 물길이다
玲瓏畵桷[2]橫秋色　　　영롱한 단청 서까래에 가을빛 가득하며
落日欲沒千山紫　　　석양이 잠기려니 온 산에 자줏빛 물드네
却顧浮雲生塞態　　　대뜸 되돌아보건대 뜬구름은 뭉게뭉게

---

2) 人間寶玩(인간보완): 호정 하륜(1347~1416)이 하연(1376~1453)의 시와 글씨를 칭찬한 말.
　　서거정, 『필원잡기』 권1, "河浩亭嘆曰 河文學作而河文學寫, 亦一人間寶玩也".
3) 太守(태수): 1753년부터 1756년까지 재임한 진주목사 임경관(1693~1761)을 말함. 하대관,
　　「답진주목사임후경관서」(『괴와유고』 권4) 참조.
1) 李節度(이절도): 절도사 이사주(李思周). 경상도병마절도사(1726.12~1728.3)를 지냈고,
　　1728년 이인좌 난에 연루되었으나 곧 혐의를 벗고 좌포도대장·평안 병사 등을 역임했다.
2) 畵桷(화각): 화려한 서까래. '桷'은 마룻대에서 도리 또는 처마 끝까지 건너지른 나무.

爲君高歌攬劍佩	그대 위해 목청껏 부르며 패검을 뽑거니
淸邊自有李牧3)在	변방 다스림에 절로 이목 명장이 있었다면
苦戰何必張巡輩	힘든 전쟁인들 굳이 장순 부대 필요했겠나
邐迆4)雉堞百丈高	비스듬한 성벽은 백 길이나 높거늘
將軍醉看紅粉隊	장군은 취중에 미인 무리를 쳐다보네
燭影歌聲斷人腸	촛불 그림자 속 노랫소리가 사람 애를 끊나니
一夜羈愁生鬢霜5)	하룻밤 나그네의 시름으로 귀밑털이 세었구려
行人更惆東路長	길손은 동쪽 행로가 길어 더욱 두려운데
月輪高高城上望	달은 높고도 높이 솟아 성 위에 보이누나

○ 하응명(河應命, 1699~1769) 자 성휴(聖休), 호 치와(痴窩)

> 시랑공파. 진주 단동(丹洞, 현 대곡면 단목리) 출생. 인재 하윤관(1677~1754)의 차남으로 고조부가 단지공 하협(河悏, 1583~1625)이다. '효경충신(孝敬忠信)'의 가학 전통을 잘 이어받아 향시에 여러 번 합격했으나 조용히 학문을 연마하면서 이름을 드러내지 않았다. 평소 도연명 시와 명나라 때의 시를 좋아했다. 이만도가 그의 행장을 지었다.

「登矗石樓 次申菁泉1)維翰韻」〈『치와유고』 권1, 12b~13a〉(촉석루에 올라 청천
   신유한 시에 차운하다)

菁川不盡向東流	청천은 다함 없이 동쪽으로 흘러가는데
畫棟高飛壓古洲	단청 누각이 높이 솟아 옛 물가 짓누른다
佳人義烈江留石	가인의 의열은 강가의 남은 돌에 전하며
壯士精神月上樓	장사의 정신은 달 비치는 누각에 서렸네

---

3) 李牧(이목): 조(趙)나라 말기 북쪽 변방을 지키던 명장. 뛰어난 전략으로 여러 차례 흉노족과 진(秦)나라를 막았으나 진의 이간책으로 그가 죽고 조나라도 망했다. 『사기』 권81 「염파인상여열전」.

4) 邐迆(이리): =이이(邐迤). 비스듬히 이어진 모양. '邐(리)'는 비스듬히 이어지다.

5) 鬢霜(빈상): =상빈(霜鬢). 서리처럼 하얗게 센 귀밑머리. '鬢'은 鬢(빈, 살쩍)의 속자.

1) 菁泉(청천): '菁'은 靑(청)의 오기.

殘城鼓角空添淚　　낡은 성의 고각 소리가 괜스레 눈물을 더하고
暮岾歸雲謾結愁　　저녁 산의 돌아가는 구름이 공연히 시름겨운데
白鷺不知興廢事　　백로는 흥폐의 일을 알지 못한 채
翩翩飛下晚沙遊　　훨훨 내려와서 늦도록 물가 노닌다

18세 기

○ **하필청(河必淸, 1701~1758)** 자 천기(千期), 호 태와(台窩)

> 시랑공파. 진주 구태(九台, 현 수곡면 대천리 구태마을) 출생. 하세응(1671~1727)의 장남이고, 하수
> 일의 5세손이다. 1738년 문과급제해 여러 내외 관직을 역임하다 세상과 합치되지 않아 낙향했다.
> 각봉재(覺峯齋)를 수곡면 사곡(士谷)의 낙수암(落水庵)으로 이전한 뒤 학문과 교유의 처소로 삼았고,
> 김성탁·김낙행 부자와 도의로 허여하며 지냈다. 참고로 각봉재는 진주목사 박승임이 1566년 교육을
> 진흥하기 위해 진주 이하리(籬下里, 현 수곡면 일원)에 설치한 서면서재(西面書齋)였는데, 당시 하수일
> 의 부친 하면(河沔)이 재장(齋長)을 맡았다. 후손은 양자로 이어져 4세손이 하재문(1830~1894)이다.

「矗石樓」[1] 〈『태와집』 권1, 14b~15a〉 (촉석루)

歲月如何易轉環[2]	세월은 어쩌자고 쉽게도 바뀌는지
亂離欲說淚先潸	난리 말할진대 눈물이 먼저 흐르네
波心寃血千年紫	강물 속 원통한 피는 천년 불그스레하고
城上靈颷六月寒	성 위 신령한 바람은 유월에도 차갑도다
猿鶴莫愁埋野磧	장수들이 들판 자갈밭에 묻혔다 걱정 마오
朝家曾爲設忠壇[3]	조정에서 일찍이 정충단을 설치했음이라
椒漿筒飯[4]招招處	제삿술과 통밥 차려 넋을 부르게 되면

---

1) 『태와유고』(필사본)에서의 시제는 「유월회일등촉석루(六月晦日登矗石樓)」이다.

2) 轉環(전환): 둥근 고리를 돌림, 곧 둥근 고리를 쉽게 돌리듯 세월이 빠름을 뜻함.

3) 忠壇(충단): =정충단(旌忠壇). 2차 진주성전투에서 순국한 삼장사와 장군들의 영령을 배
   향하기 위해 1618년 촉석루 서쪽의 산 중턱에 설치한 제단. 원래는 제단만 있고 비석과
   비각은 없었는데, 1686년 8월에 비로소 「진주촉석정충단비」가 세워졌고, 1722년 최진한
   이 그 사우를 중수했다. 현재 촉석루 북쪽 광장에 단비가 세워져 있다.

4) 椒漿筒飯(초장통반): '椒漿'은 초장주(椒漿酒)의 준말로 산초를 넣어 만든 제삿술. '筒飯'은

魂逐南方楚些5)還　　　혼백은 남방 초혼가를 좇아 돌아올 터

○ 안처택(安處宅, 1705~1775) 자 인백(仁伯), 호 동오(桐塢)

본관 순흥. 신녕 오산리(梧山里, 현 경북 영천시 화북면 소재) 출생. 안향(安珦)의 후손으로 영천
입향조인 안우곤(安遇坤)의 9세손이다. 1725년 인근의 횡계서당(橫溪書堂)을 찾아 훈수 정만양
(1664~1730)·지수 정규양(1667~1732) 형제의 문인이 되었고, 매산 정중기(1685~1757)·명고
정간(1692~1757)과 절친했다. 향시에 여러 번 합격했으나 회시에 실패했고, 부모상을 당한 후로는
출사를 포기했다. 1728년 이인좌 난 때에는 스승 정규양과 함께 의병을 일으켜 대항했다. 1765년
향리의 동산(桐山) 아래 동오당(桐塢堂)을 짓고 자제 교육과 학문에 진력했다.

「登矗石樓」〈『동오집』 권1, 2a~b〉 (촉석루에 올라)

黃葉秋風裡	누런 잎이 가을바람에 날리고
憑眸矗石樓	난간 기대 촉석루를 바라보며
追思三壯士	삼장사를 돌이켜 생각해볼진대
嗚咽水東流	오열하는 물이 동으로 흐르네

「矗石樓 次板上韻」〈『동오집』 권1, 20b〉 (촉석루에서 현판시에 차운하다)

雄州南畔大江流	웅장한 고을의 남쪽 가에 큰 강 흐르며
獨立朱欄暎碧洲	우뚝한 붉은 난간이 푸른 물가에 비친다
爲國殉身眞壯士	나라 위해 목숨 바쳤으니 진정한 장사였고
得人生色是名樓	인재 얻어 빛이 드러났으니 이곳 명루로다
詩歌轉處游魚聽1)	시가를 읊조림에 물고기가 나와서 듣고

죽통에 담거나 죽통 모양으로 만든 밥으로, 초(楚)나라 사람들은 단옷날에 이를 물에 던지
며 제사 지냈다 한다.

5) 楚些(초사): 초혼가를 말함. '些'는 『초사』 「초혼」의 구절 끝마다 사용한 어조사로, 기막힌
초혼의 주문을 뜻한다. 「초혼」은 송옥(宋玉)이 스승 굴원(B.C.340~B.C.278)이 죄 없이 조
정에서 쫓겨나 원통히 죽은 것을 몹시 슬퍼하여 부른 노래이다.

1) 游魚聽(유어청): 뛰어난 힉딕이나 훌륭한 작품을 뜻함. 『순자』 「권학」, "옛날에 호파가
비파를 타니 물속 고기가 나와서 들었고, 백아가 거문고를 연주하자 여섯 필의 말이 꼴을

畫角哀時陣馬愁　　나팔소리 구슬플 제 군마가 근심하거늘
借問何人題上去　　묻노니 누가 현판에 시 써놓고 떠나서
後來無意辦淸遊　　뒷날에 뜻 없이 맑은 놀음 벌이게 하나

○ 김우한(金宇漢, 1705~1783) 자 광천(光天), 호 인재(忍齋)

본관 의성. 안동 임하현 분포리(汾浦里) 출생. 약봉 김극일(1522~1585)의 6세손으로 어릴 때부터 기재라 불렸으나 평생 과거를 멀리했고, 친동생 김정한·동문수학한 삼종제 김낙행 등과 많은 시문을 창화를 했다. 아래의 「촉석루차판상운」과 「차류자운」 두 편은 갑인년(1734) 함안군수로 있던 큰외삼촌 류승현(1680~1740)을 방문했을 때 지은 것이고, 「등촉석루유감」은 계해년(1743) 3월 말 당시 광양에서 유배 생활하던 재종숙부이자 스승인 제산 김성탁(1684~1747)을 배알하러 가는 도중 촉석루에 등림하고 지은 시이다.

「矗石樓 次板上韻」〈『인재유집』 권1, 8b〉 (촉석루에서 현판시에 차운하다)

行行暮入晉陽區　　가고 또 가다 저물녘 진양 땅에 들어와
千里關河獨倚樓　　천리 변방에서 혼자서 누각에 기댔노라
宇宙無窮人幾箇　　세상은 무궁한데 몇 사람이나 있었던가
存亡有恨水空流　　흥망은 한스럽고 강물은 속절없이 흐른다
地兼山海風雲變　　대지 아우른 강산에 풍운이 변하고
天盡東南日月浮　　하늘 끝난 동남쪽에 일월이 높아라
怊悵鶴翁成就事　　학봉이 이룬 일이 너무나도 슬퍼서
獨留雙廟俯汀洲　　홀로 쌍묘에 머물며 물가를 굽어본다

「次流字韻」〈『인재유집』 권1, 8b〉 ('流'자 운을 따라 짓다)

往事傷心水自流　　지난 일 마음 아픈데 물은 절로 흐르고
孤城一片枕汀洲　　한 조각 외딴 성이 물가에 임해 있다
寒天落日雲橫郭　　찬 하늘에 해 지고 구름은 성곽에 걸렸는데

먹다가 고개를 들었다[昔者瓠巴鼓瑟而游魚出聽, 伯牙鼓琴而六馬仰秣]".

古國殘秋客上樓	옛 고을 가을 끝자락에 길손이 누각 올랐더니
豪傑百年扶正氣	백년토록 호걸은 바른 기상을 떠받치며
山河千里帶閒愁	천 리 산하는 한가한 시름을 띠고 있구려
旁人怪我沈吟久	사람들이 내 읊조림이 길어짐을 이상히 여겨
誤道詩翁恨遠遊	"시인이 원유를 언짢게 여긴다" 잘못 말하네

「登矗石樓有感」〈『인재유집』권1, 21a〉 (촉석루에 오르니 느낌이 있어)

翼然高閣倚城皋	날 듯한 높은 누각이 성 언덕에 의지해 있는데
孤客登臨氣自豪	외로운 나그네가 오르니 기운이 절로 호탕커니
矗石號因鶴老大	촉석 이름은 학봉 덕분에 크게 되었고
義巖名得介娥高	의암 명성은 논개 미인으로 높아졌구려
晉陽保障從來壯	진양의 성채는 예로부터 튼튼하여
海外蠻夷此可鏖1)	바다 밖 오랑캐를 여기서 무찌를 만했네
往事追思多感慨	지난 일 생각하니 감정이 북받쳐 올라
欲題詩句淚沾毫	시구 지으려 하자 눈물이 붓을 적시네

○ 최흥원(崔興遠, 1705~1786)

자 태초(太初)·여호(汝浩), 호 백불암(百弗菴)·칠계(漆溪)

본관 경주. 세거지는 대구부 해안현 칠계(漆溪 현, 동구 둔산동 옻골마을)이나 대구부 원북리(院北里) 외가에서 출생. 대암 최동집(1586~1611)의 5세손으로, 25세 이후 과거를 포기하고 '경(敬)'을 수행 방편으로 삼아서 사창(社倉) 제도와 부인동(夫仁洞) 향약을 시행하는 등 실사구시 학문을 추구했다. 류형원의 『반계수록』 가치를 높이 평가해 필사해 읽었고, 1770년 대구감영에서 그 교정본을 발간할 때 공로가 컸다. 대산 이상정, 소산 이광정, 정종로(1738~1816, 증손자 최효술의 외조부) 등과 도의로 교유했다. 제자로 조덕신, 정위, 윤동야, 최흥벽, 이동항, 박광보 등이 있다. 아래의 시는 경신년(1740) 12월 산수를 좋아해 유람하던 중 촉석루에 올라 학봉 시를 차운한 것이고, 당시 하동에서 제산 김성탁의 모친이 별세했다는 소식을 듣고 광양 배소에 가서 그를 조문했다.

---

1) 鏖(오): 무찌르다, 모조리 죽이다.

「登矗石樓 次三壯士韻」〈『백불암집』권1, 4a〉(촉석루에 올라 삼장사 시에
　　차운하다)

我縱龍鍾猶志士　　　내 설령 노쇠하나 아직도 지사라네
來登矗石臨淸水　　　올라보니 촉석루가 맑은 물에 임했는데
江樓勝賞何須論　　　강 누각의 절경 감상을 논해서 무엇하랴
只憶三賢共誓死　　　세 현인이 함께 죽음 맹세한 일만 떠올려야지

○ 조덕상(趙德常, 1708~1784) 자 여오(汝五), 호 저호(樗湖)

본관 임천. 증조부가 조암 조창기이고, 종조부가 죽음 조희일이다. 순흥부사(1753~1757), 파주목사
(1764~1766), 간성군수(1774~1775) 등을 지냈다. 특히 진주목사 재임(1759.9~1761) 중 객사
의봉루(儀鳳樓)와 조창을 중건한 그는 부임 직후 경상우도의 남인을 약화시키기 위해 하동 옥종의
'종천서원 원변(院變)'을 주도했다. 즉 하홍도가 "이이와 송시열을 비방하고, 윤선도와 허목을 존경했
다."는 것을 죄목으로 삼아 위패를 서원에서 출향(黜享)한 것이다. 겸재의 증손 하대관과 유림의 노력
으로 22년 뒤 복향되기는 했으나 지역사회는 상당한 타격을 입었다. 그리고 1762년 5월 '나경언
사건' 때 오위장으로서 영조의 친국에 배석해 왕을 진노하게 하는 말을 함으로써 남해로 정배되었고,
또 간성군수 당시 아전들의 포흠(逋欠)을 살피지 않은 탓으로 1777년 7월 진주 단성현에 유배되어
이듬해 11월 풀려났다. 아래 시는 『진주목읍지』에 그의 직책을 '목사'로 기재한 대로 진주목사 때의
작이다.

「矗石樓」(가제)〈관찬, 『진주목읍지』「제영」조, 1832〉(촉석루)

江山不盡舊兵塵　　　강산에 옛 전란 자취가 다함 없고
畫閣秋陰物態新　　　누각은 스산한 가을날 풍경이 새롭다
花落層巖悲義妓　　　꽃 떨어지는 높은 바위에 의기가 비통하고
雲愁殘郭憶忠臣　　　구름 수심 겨운 잔성에는 충신이 생각나는데
寒潮有恨鳴蒼壁　　　차가운 조수는 한을 품어 푸른 벼랑에 울리며
明月無心暎綠蘋　　　밝은 달은 무심히 초록빛 개구리밥에 비치누나
南土昇平今百載　　　남녘 땅 태평한 지가 지금 백 년
分留歌管屬遊人　　　남은 시와 노래를 나그네에게 맡겼네

○ 허휘(許彙, 1709~1762) 자 진경(晉卿), 호 표은(豹隱)·호은(湖隱)

본관 양천. 병자호란 때 순절한 충장공 허완의 4세손인 부친 허원(許源, 1671~1731)이 재직 중이던 강원도 김화현(金化縣, 현 철원군 김화읍) 관아에서 6남으로 출생했다. 학식이 풍부해 1743년 정시문과 급제했지만, 벼슬은 전적·좌랑·지평·정랑·강진현감 등에 머물러 당쟁 속에서 크게 현달하지는 못했다. 이 시는 정사년(1737) 작이다.

「上矗石樓 次板上韻」〈『표은유고』 권상, 33b〉 (촉석루에 올라 현판시에 차운하다)

南遊千里得名區	천 리를 남유하다 이름난 지역 만나
躡盡層梯又此樓	층계를 다 오르니 또 이 누각 있거늘
彰烈祠前秋葉下	창렬사 앞에 가을낙엽이 떨어지며
旌忠碑下大江流	정충비 아래로 큰 강이 흐르는데
傷心古壘愁雲結	마음 서글픈 옛 성에는 시름겨운 구름이 뭉치고
極目遙天灝氣浮	시야 가득히 아득한 하늘에 맑은 기운 떠 있구려
往蹟至今傳矗石	지난 자취가 지금껏 촉석루에 전해지며
輕舟傍晚泛中洲	가벼운 배는 늦도록 강 가운데 떠 있네

「又感吟」〈『표은유고』 권상, 33b〉 (다시 느껴 읊조리다)

龍蛇往事說堪悲	용사년 옛일을 말하자니 가슴 아파
十二朱欄獨上時	열두 붉은 난간에 혼자서 올랐어라
義妓芳名留短碣	의기의 꽃다운 이름은 작은 비석에 전하며
將軍忠烈屹雙祠	장군의 매서운 충성은 두 사당에 우뚝하다
百年恨入江流咽	백 년 원한이 흐느끼는 강물 속에 들어 있고
千里愁憑石堞危	천 리 먼 수심이 가파른 석성에 깃들었나니
保障奇才須慎揀	요충지는 기발한 재주로 신중히 단속하여
妓州形勝鎭南維[1]	이 고을 형승이 남방에서 지켜져야 하리

---

1) 南維(남유): 남방. '維'는 구석의 뜻.

○ 황경원(黃景源, 1709~1787) 자 대경(大卿), 호 강한유로(江漢遺老)

본관 장수. 도암 이재(李縡, 1680~1746)의 문인이고, 이천보·남유용 등과 교유했다. 1740년 증광시 급제해 예문관 검열에 등용된 이후 동래부사(1749~1750), 경주부윤(1751~1752), 대사간(1752), 이조참판, 대사헌, 대제학, 판중추부사(1786) 등의 관직을 두루 거쳤다. 이 시는 편차로 볼 때 임신년 (1752)에 지었음을 알 수 있다.

「矗石樓」〈『강한집』 권2, 19a〉 (촉석루)

矗石江流怨古今	촉석강은 고금에 원한 품고 흐르는데
將軍戰處獨登臨	장군의 싸움터에 혼자서 등림했노라니
孤城向暮旅鴻叫	날 저무는 외딴 성에 기러기떼 울어대고
遙岸無人叢竹深	인적 없는 먼 언덕에는 대숲이 수북하다
印篆1)依微空對紐	희미한 인장 글씨는 속절없이 인끈을 짝했고
鐃歌悲壯秖2)傷心	비장한 군악 소리가 그저 마음 아프게 하는데
晉陽遺老猶鳴劍	진양의 원로들이 여전히 칼을 울리진대
樓上時聞出塞吟3)	누각 위에 때마침 출새곡이 들리는구려

「矗石樓」(가제) 〈관찬, 『진주목읍지』 「제영」조, 1832〉 (촉석루)

石壁岧嶢4)得一區	높디높은 돌벼랑이 한 구역 차지하고
寒沙脩竹映飛樓	찬 모래밭 대숲이 누각에 어울리는데
乾坤百戰江雲在	온갖 전투 치른 천지에 강 구름 머무르고
鐘皷三更海月流	한밤의 종과 북소리에 바다 달이 흘러간다
方丈影臨孤郭逈	방장산 그림자는 비쳐 외딴 성곽에서 멀어지고

---

1) 印篆(인전): 인장에 새겨진 전서. 자세한 것은 이 책에 수록된 서명서(1711~1795) 시의 세주를 비롯해 조천경(1695~1776)의 「차창렬사치제관운」(『이안당집』 권1)과 한우동의 「남 강고인(南江古印)」(『후암유고』 권1) 시 병서 참조.

2) 秖(지): 정말로.

3) 出塞吟(출새음): =출새곡(出塞曲). 옛날에 종군할 때 부르던 노래로, 흔히 변경 지방으로 나가면서 부르는 노래를 뜻한다. '塞(색)'이 변방의 뜻일 때는 '새'로 읽음.

4) 岧嶢(초요): 산이 높은 모양. '岧'는 산 높다. '嶢'는 높은 모양.

扶桑光動半簾浮	동해 햇빛은 일렁이며 반쯤 걷힌 발에 떠오른다
睢陽巡遠今何處	수양의 장순과 허원은 지금 어디에 있나
畫角依然繞晚州	나팔소리가 여전히 저문 고을 둘러싸구려

○ 이인상(李麟祥, 1710~1760)
자 원령(元靈), 호 능호(凌壺)·보산자(寶山子)·뇌상관(雷象觀)

본관 전주. 서울 출생이나 부친 사후 경기도 양주로 이거. 백강 이경여의 고손자. 1735년 진사시 합격 후 음보로 관직에 진출했지만 증조부 이민계가 서자인 탓에 현달하지 못했으며, 1752년 음죽(陰竹)현감 때 관찰사와의 갈등으로 관직을 버리고 단양 구담(龜潭)에 은거하다 졸했다. 김정희는 그의 전각(篆刻)을 높이 평가했는데, 그림과 서첩 『원령필(元靈筆)』(보물 제1679호)이 있다. 그는 사근도 찰방(1747.7~1749.8) 부임 직후 마정(馬政)에 전념하기 위해 자신의 그림을 불태웠고, 『사근도형지안(沙斤道形止案)』(박공구 시 참조)을 편찬했다. 아래 시는 찰방 때인 무진년(1748) 8월 29일 상관인 경상감사 남태량을 따라 촉석루를 시작해서 남해의 금산, 음성굴 등을 유람할 때(「錦山記」, 『능호집』 권3) 지은 것으로 보인다. 참고로 이덕무 또한 사근도 찰방(1782.2~1783.11)을 지냈다.

「向矗石樓紀行」〈『능호집』 권1, 41a~b〉 (촉석루 기행에 나서다)

野菊斑斑木實紅	들국화는 알록달록, 나무 열매는 붉은데
驛亭荒竹起秋風	역정의 황량한 대숲에 가을바람 부는도다
丹城郡遠煙沙合	단성군은 먼 안개와 백사장이 어우러지고
白馬山1)孤草樹空	백마산은 외로운 풀과 나무가 횅한데
寒壁溫雲鎔積鐵	찬 절벽에 일렁이는 구름은 무쇠 녹이는 듯하며
長波閃日臥晴虹	긴 물결에 반짝이는 해는 무지개 걸친 듯하구려
行尋矗石樓前水	촉석루 앞의 강을 찾아가노라니
征馬悲鳴入晉中	말이 슬피 울며 진주로 들어가네

---

1) 白馬山(백마산): 산청군 신안면에 위치한 해발 286m의 산. 임진왜란 전적지로 남쪽의 적벽산·경호강과 어우러져 절경으로 이름났다. 서상훈(1849~1881)의 시 각주 참조.

○ 최천익(崔天翼, 1710~1779) 자 진숙(晉叔), 호 농수(農叟)

본관 흥해. 흥해군 용전리(龍田里, 현 포항시 북구 흥해읍 소재) 출생. 대대로 아전 집안이었으나
홀로 분발하여 과거에 응시해 진사가 되었는데, 이에 만족하고는 교수로서만 30년을 보냈다. 운와
채구장(1684~1743)에게 배웠고, 병와 이형상(1653~1733)은 어린 그를 '신동'이라 불렀으며, 흥해
군수 권엄(1729~1801)은 '용전옹(龍田翁)'이라 경칭했으며, 연일현감 신유한은 제자의 예를 갖춘
그를 '외우(畏友)'로 인정했다. 문인으로는 최기대·류인복 등이 있고, 승려 의민·원중거 등과 절친했으
며, 유재건의 『이향견문록』에 일화가 수록되어 있다. 하강진(2014), 338~339쪽 참조.

「自統營還路 登矗石樓 有作」〈『농수집』(상), 19b〉 (통영에서 돌아오는 길에
　　촉석루에 올라 짓다)

去歲玆樓爲勝會	작년 이 누각에서 멋진 모임 가져
居然今夕感懷新	분명 오늘 밤에 감회가 새로운데
江山倘識重來客	강산은 다시 찾은 길손을 알아주려나
天地曾無久視人	천지에는 오래도록 본 사람이 없어라
石出汀空殊意態	바위 드러나고 물가 쓸쓸해 심경이 다르고
霜淸月白更精神	서리 맑고 달빛 희어 정신을 바루게 하는데
停盃更奏相思曲	잔 멈추고 상사곡을 다시 연주하니
多少紅娥爲我矉	몇몇 기녀가 나를 보고 눈짓하네

「矗石樓 次靑泉韻」1) 〈『농수집』(상), 22a〉 (촉석루에서 청천〈신유한〉의 시에 차운
　　하다)

| 咽咽寒江不肯流 | 흐느껴 우는 찬 강은 흐르려 아니하고 |
| 獨留三碣頫2)虛洲 | 세 비석에 홀로 머물며 빈 물가 보건대 |

---

1) 성대중이 흥해군수(1782~1786 재임)를 지낼 때 류인복이 스승 최천익 사후에 시집을 간행
　하면서 산정을 요청해오자 원작의 제5행 '斗月光爭當日事'가 마음에 들지 않는다고 말했
　다. 류인복이 꿈속에 스승을 만나 그 사실을 알렸더니 최천익은 자신도 마음에 들지 않아
　본시 5행처럼 지었으나 미처 원고에 쓰지 못했다고 하는 일화를 소개하며 시인의 퇴고
　관습을 강조하였다. 성대중, 『청성잡기』 권4 「성언」.
2) 頫(부): 머리를 숙이다, 보다.

男兒騈死睢陽堞	남아들이 나란히 죽은 수양성이요
宇宙仍高矗石樓	천지에 더욱 높디높은 촉석루라
日月光爭張眷[3]怒	일월의 광채가 다투며 쇠뇌를 당기듯이 분노했고
山河氣作亘雲愁	산하의 기운 일어나 구름까지 뻗쳐 시름겨워했거늘
滿襟衰淚憑欄久	쇠한 눈물 옷깃 적신 채 난간에 한참 기대노니
佳節無心辦勝遊	시절 좋다만 성대한 유람은 힘쓸 마음 없도다

○ 의민(毅旻, 1710~1792) 법호 오암(鰲巖)

속성 김씨(金氏). 오암선사. 남해현감 김석경의 손자로 경상도 오두촌(현 포항시 북구 청하면 월포리) 출생. 22세 때 모친 별세 후 보경사로 출가해 각신스님으로부터 구족계를 받은 뒤 통도사에서 불경을 연구했고, 팔공산 운부암(雲浮庵)의 쌍운선사에게 화엄교리를 배웠다. 생애 대부분을 보경사 대비암에서 지내면서 수도와 후학 양성에 전념했고, 최천익·원중거(1719~1790)와 절친했으며, 시문에도 뛰어나 『오암집』을 남겼다. 사명대사의 7세손이며, 보경사에 영정과 탑비가 있다.

「矗石樓」〈『오암집』, 38b〉 (촉석루)

節士淸名水共流	절의 선비의 맑은 이름은 강물이랑 흐르며
白鷗來弔綠蘋洲	갈매기가 와서는 개구리밥 물가에 조상하네
干戈忍說當年事	전쟁 벌어진 그 해의 일을 차마 말하랴만
歌舞堪羞此日樓	가무 벌이는 이날 누각이 정말 부끄러운데
宇宙無人天欲怒	세상에 사람 없으니 하늘도 분노하려 하고
江山有跡月空愁	강산에 남은 자취에 달마저 괜히 시름겨워라
英雄志氣甘殉國	영웅은 지사 기개로 순국을 달게 여겼나니
千古盟壇[1]作勝遊	옛날 맹세한 누각에서 멋진 유람을 즐긴다

---

3) 張眷(장권): 쇠뇌를 발사함. '眷'은 쇠뇌.
1) 盟壇(맹단): 삼장사가 같은 날에 죽기를 맹세한 장단(將壇), 곧 촉석루.

○ 손사익(孫思翼, 1711~1794) 자 백경(伯敬), 호 죽포(竹圃)

본관 밀양. 밀양 산외면 죽원(竹院) 출생. 오한 손기양의 5세손으로 9세 때부터 작은할아버지 문암 손석관(1670~1743)에게 수학했다. 1740년 진사시 합격했으나 부친 손수민(孫壽民)을 모시기 위해 귀향했다. 1754년 성호 이익의 문인이 되었으며, 1759년 급제했으나 후진들과 경쟁하기를 꺼려 전시를 포기하고 성리학 공부에 전심하는 한편 재실을 건립해 가학 집성과 종사(宗社) 일에 힘을 쏟았다. 일찍이 신유한과 신광수가 그의 귀은(歸隱)을 칭찬한 바 있고, 안인일·손병로(1747~1812)· 이관길 등이 그의 제자이다. 아래의 시는 작품 편차로 보아 정미년(1787)~경술년(1790)에 지은 것으로 짐작된다.

「矗石樓」〈『죽포집』 권2, 6b〉 (촉석루)

節度營開萬雉雄	절도영에 설치된 온갖 성첩 웅장하고
晉陽形勝古今同	진양의 형승은 예나 지금 한가지로다
峯巒遠近殘霞外	쇠잔한 놀 너머로 산들이 멀다가 가까워지고
樓觀高低落照中	지는 햇빛 속에 누각이 높다가 낮기도 하는데
天欲完名嗟有死	하늘이 명성 온전히 하려고 안타까운 죽음 있게 했고
城非不鞏奈無功	성이 견고하지 못한 게 아니었지만 어찌 공이 없었으랴
傷心爲問東流水	마음 아파 동으로 흐르는 강물에 물을진대
的歷江楓獨染紅	선명한 강가 단풍이 유독 붉게 물들었네

○ 서명서(徐命瑞, 1711~1795) 자 백오(伯五), 호 만옹(晚翁)

본관 대구. 함재 서해(徐嶰, 1537~1559)의 6세손. 음보로 출사한 뒤 북부 봉사, 정조의 세손위종사 우종사 및 장사(1759~1760)·세자익위사 사어(1773), 문효세자의 익위사 익위(1784)를 지냈다. 이외 호조좌랑·정선군수(1775.12~1780)·도총관(1794) 등을 역임했다. 한편 그는 1761년 1월 의 령현감에 제수되자 애민헌(愛民軒)을 동헌 편액으로 내건 뒤 5년 남짓 재임하며 선정을 베풀었고, 1762년 3월 진주목사를 겸직할 때 경상감사 황인검과 영남어사 김종정에게 기민(飢民) 구휼을 요청해 시행한 바 있다(「종환실기」, 「만옹집」 권4). 이외 「관동별곡」의 시적 가치를 부여한 「제정송강관동별 곡후」와 학습 단계를 그림으로 제시한 초학도(初學圖), 학약도(學約圖) 등이 주목된다. 아래의 시들은 문집의 다른 작품으로 보아 동생 서명규가 산음현감(1763~1766 재임)으로 있던 갑신년(1764) 전후 에 지은 것으로 짐작된다.

「登矗石樓」故兵使崔錫漢,[1] 以營婢論介死節事, 乃狀聞,[2] 賜名'義巖', 載『荷潭日錄』[3]・『眉
叟記言』.[4] 今丁卯兵營江渚, 獲古印章, 卽右兵使崔慶會死節時所佩也, 背刻萬曆年號. 至於
狀聞,[5] 御製銘銀字塡匣, 送置本營, 遂有致祭之命. 而三士中一人,[6] 尙未聞褒揚之擧, 及於次
聯.〈『만옹집』권1, 14a〉(촉석루에 올라) 옛날 병사 최진한은 병영에 딸린 여종 논개(論
介)가 절의를 지키려다가 죽은 일로써 장계를 올려 '의암'의 이름을 하사받았는데, 『하담일록』
과 『미수기언』에 실려 있다. 당대인 정묘년(1747) 병영의 강가에서 옛 인장을 얻었는데,
곧 우병사 최경회가 절의를 지키며 죽을 당시에 찼던 것으로 등 부분에 만력 연호가 새겨져
있었다. 이에 장문을 올렸더니 어제의 명(銘)을 은으로써 글씨를 상자에 새겨 본영에 보내
보관토록 하고, 마침내 치제하라는 명령이 있었다. 그러나 삼장사 중 한 사람에 대해서 아직도
표창하여 선양하라는 움직임은 들리지 않음으로 이에 아래 시에서 언급하였다.

春城遊跡柳河州	봄날 성에 노닐 곳은 버들 강가인데
未易題詩矗石樓	촉석루 시를 짓기란 쉽지가 않구려
亂後誰知三壯士	전란 뒤 그 누가 삼장사를 알려나
時平惟見大江流	시절 태평하니 큰 강물만 보일 뿐
官娃貞石波心屹	관아 기녀의 곧은 돌은 물결 속에 우뚝하고
節度金章水面浮	절도사의 황금 인장이 강물 위로 떠올랐지
賴有龍蛇餘錄[7]在	다행히도 용사년의 남은 기록 있거니
憑欄讀罷下汀洲	난간 기대 읽고 나서 물가로 내려간다

---

1) 崔錫漢(최석한): '錫'은 진(鎭)의 오기. 용어 일람 '최진한' 참조.
2) 狀聞(장문): 지방관이 장계(狀啓)를 올려 임금에게 보고하는 일.
3) 『荷潭日錄(하담일록)』: 김시양(1581~1643)이 지은 수필집으로 논개 이야기는 보이지 않는
   다. 다만 그의 『부계기문』(『국역 대동야승』권72)에 한 늙은 기녀가 창의사 김천일에게
   군기 문란함을 걱정스레 말한 탓에 참수된 이야기가 전한다.
4) 『眉叟記言(미수기언)』: 허목(1595~1682)이 지은 문집. 저자의 학문적 성향과 당시 시대상
   을 파악할 수 있는데, 논개 이야기는 미상이다.
5) 당시 장계를 올린 이는 경상우병사 김윤(金潤, 1745.11~1747.9 재임)이다.
6) 의령 출신의 송암 이로(李魯, 1544~1598)를 말함.
7) 龍蛇餘錄(용사여록): 이로가 지은 『용사일기』(1597). 서명서는 1762년 이로(李魯)의 후손
   이일화, 이신신 등이 『용사일록』을 간행하면서 서문을 부탁하자 「김학봉용사일록서」(『만
   옹집』권2)를 지었다.

「次惠之8)矗石樓韻」〈『만옹집』권1, 14b〉(혜지의 촉석루 시에 차운하다)

丹艧遙分曲曲楹	단청은 멀리 굽이굽이 기둥에 뚜렷한데
南州鎖鑰說孤城	남쪽 고을 자물쇠로는 외딴 성을 말하지
江山半是忠臣氣	강과 산에 태반이나 충신의 기개가 서려 있고
雲月空餘義妓名	구름과 달에 속절없이 의기의 명성 남았는데
十里臺隍兼水石	십 리의 누대 해자는 물과 돌을 아울렀으며
一營皷吹雜琴笙	온 병영의 피리소리는 관현악과 뒤섞인다
聞君昨日登臨處	듣자니 그대는 어제 등림했다는데
千古誰眞畫有聲9)	천고에 누가 진정 시인이던고

瞥眼曾經復矢場	별안간 다시 회복한 활 쏘는 터
雪中遊賞渾茫茫	눈 속에 감상하니 온통 아득하여라
邇來勝地勞魂夢	요사이 좋은 경치가 꿈속까지 괴롭혔거니
此去名樓只莽蒼10)	이제 떠날 제 명루는 단지 근교에 있을 따름
巖月橫江疑白馬	바위에 뜬 달은 강에 비껴 백마인 듯 의심되고
篁風吹碣憶睢陽	대숲 바람이 비석에 불어 수양성 생각나게 하네
君詩引我千秋淚	그대 시가 나를 끌어 천추의 눈물짓게 하거늘
太半招招詠國殤	태반은 순국 영령 불러내어 읊은 것이구려

---

8) 惠之(혜지): 서적수(徐迪修, 1733~1773)의 자. 서명범의 아들로 서명서와는 당질 사이다. 1762년 진사시에 합격해 의금부 도사를 지냈고, 영암의 해월루와 대월루 시가 전한다.
9) 畫有聲(화유성): =유성화(有聲畫). 소리 있는 그림, 곧 시를 말함.
10) 莽蒼(망창): 근교. 『장자』「소요유」, "가까운 교외에 가는 자는 세끼 밥만 가지고 갔다가 돌아와도 배가 여전히 부르다[適莽蒼者, 三飡而反, 腹猶果然]".

○ 김도혁(金道爀, 1713~1784) 자 사장(士章)

본관 강릉. 천안시 동남구 병천면 도원리(桃源里) 출신. 16세 때 선전관으로 있던 부친 김성구(金聖耉)가 원통하게 강릉부로 유배되자 오백 리나 떨어진 배소에 10년간 쌀을 져다 날랐고, 또 손가락을 깨물어 혈서를 써서 탄원한 끝에 부친을 신원해 효자로 이름났다. 현재 마을에 정려각이 있다. 60세 때 기로과(耆老科) 급제해 대정현감(1776.9~1778.6)과 서산군수(1780)를 지내면서 치적을 남겼고, 율시를 잘 지었다. 아래의 시는 대정현감에서 진주영장(晉州營將)으로 옮긴 무술년(1778) 7월 1일 이후의 작이 분명하다.

「題矗石樓」〈조국인 편, 『목천현지』 권하, 46a〉 (촉석루에 제하다)

抱郭長江滾滾流	성을 감싸며 긴 강이 이엄이엄 흐르고
千年不變白鷗洲	천년토록 변치 않은 백로 노니는 물가로다
風雲鬱結1)三忠廟	풍운이 세 충신 사당에 엉겨 있고
山水高低百尺樓	산수는 백 척 누각에 높고도 낮네
老竹久班殉國淚	늙은 대나무의 오래된 반점은 순국의 눈물이요
亂烟猶濕近邊愁	어지러운 놀이 여태 습한 것은 변방의 근심일세
斜陽獨倚孤欄坐	석양에 홀로 외로운 난간에 기대었다 앉고서는
一曲菱歌2)倦客遊	한 곡조 마름 노래 부르며 지친 길손이 노닌다

○ 강세진(姜世晉, 1717~1786) 자 사원(嗣源), 호 경현(警弦)

서울 출생. 진주목사를 지낸 부친 모헌 강필신(姜必愼, 1687~1756)을 따라 칠곡 석전리(1734), 상주의 소지(1749)·대지(1752)로 이거했다. 서책이 가득한 집안에서 성장했고, 1753년 사마시에 합격했으나 벼슬길에 나아가지 않았다. 족대부 강박(姜樸)과 종대부 강해(姜楷)의 제자이고, 첫 외손자가 정상리(1774~1848, 『제암집』, 한국문집총간 속115)이며, 둘째사위가 입재 정종로의 이복동생 정재로(鄭宰魯)이다. 참고로 정종로(1738~1816)는 지헌 최효술(최흥원의 증손자)의 외조부이다.

---

1) 鬱結(울결): 기운이 막혀 펴지 못하는 모양, 마음이 울적하고 답답함. '鬱'은 막히다.
2) 菱歌(능가): =채릉가(採菱歌). 연밥 따는 노래. '菱(릉)'은 마름, 물풀의 이름.

「登矗石樓」〈『경현재집』 권2, 19a~b〉(촉석루에 올라)

黃茅秋色上危冠[1]	가을빛 누런 띠풀이 지붕에 뒤덮었고
矗矗孤城厲石[2]斑	우뚝한 고성엔 거친 돌들이 아롱지네
兵火休言前代事	전란으로 당한 전대의 일을 말하지 마오
江波猶帶壯夫顔	강물이 여전히 장부의 얼굴 띠고 있으니
將雲客[3]到伽倻國	장차 은자는 가야 고을에 이른 뒤
駕鶴仙歸智異山	선학 타고 지리산으로 돌아갈 텐데
更向鎭南樓上望	다시 진남루를 찾아 올라가 바라보니
柳營[4]深閇綵旗間	병영은 채색 깃발 속에 깊이 닫혔구려

○ 조운도(趙運道, 1718~1796) 자 성제(聖際), 호 월하(月下)

본관 한양. 경북 영양군 일월면 주곡리(注谷里) 출생. 조부 옥천 조덕린(1658~1737)이 소론으로서 당쟁에 휘말려 제주로 귀양 가던 도중 강진에서 80세로 졸하자 출사를 포기하고 학문에 매진했다. 1773년 마을에 월록서당(月麓書堂)을 지어 셋째동생 조술도(趙述道, 1729~1803)와 함께 강학했다. 참고로 조부의 고종형이 남노명(1642~1721)이다. 아래 시는 그의 행장과 자신의 권유로 지리산 여행에 동참한 조술도의 「남유록」(본서 수록)을 참고할 때 병신년(1776) 3월 작임을 알 수 있다.

「登矗石樓」〈『월하집』 권1, 23b〉(촉석루에 올라)

南國名藩此晉州	남쪽 지방에서 이름난 지역은 이곳 진주
落鍪[1]沈戟古沙洲	투구 떨어지고 창이 잠긴 옛 모래톱 물가
荒城日照將軍堞	해 비치는 황성에 장군의 성가퀴가 있고
流水春寒義士樓	봄기운 썰렁한 강물에 의사의 누각 임했네

---

1) 危冠(위관): 높은 관. 곧 촉석루 지붕을 비유함.
2) 厲石(여석): 조잡한 무늬가 있는 돌. '厲(려)'는 숫돌, 거칠다, 갈다.
3) 雲客(운객): 선인이나 은자의 미칭.
4) 柳營(유영): 군기가 엄정한 병영. 용어 일람 '세류영' 참조.
1) 鍪(무): 투구, 갓모자.

元鎭²⁾山河應壯國　　　원진의 산수는 응당 고을에 장대하며
睢陽保障並輪頭　　　수양의 성채가 함께 꼭대기에 모였는데
于今萊海蠻烟熄　　　지금까지 바다 오랑캐의 연기가 잠잠하거늘
北客³⁾登臨散百憂　　　북쪽 나그네가 등림하니 온갖 걱정 사라진다

○ 조의양(趙宜陽, 1719~1808) 자 의경(義卿), 호 오죽재(梧竹齋)

본관 한양. 예천군 감천면 유동리(幽洞里, 현 유리) 출생. 산곡 조원익(趙元益)의 4남으로, 눌은 이광정 (1674~1756)과 청벽 이수연(1693~1748)의 문인이다. 그리고 해좌 정범조(1723~1801)·간옹 이 헌경(1719~1791)과 깊이 교유했다. 중년에 향산동(香山洞)에 살면서 봉황성 아래에 오죽재(현 감천 면 관현리 소재)를 짓고 자호로 삼았다. 53세 때인 1771년 사마시에 합격했으나 출사하지 않고 평생 경전을 연구하며 후진 양성에 전력했고, 만년인 1807년에 동지중추부사가 되었다. 주자와 이황 을 흠모해 차운한 시가 많고, 90세에 별세했다. 외손이 호고와 류휘문(1773~1832)이다.

「登矗石樓」〈『오죽재집』권1, 11b〉(촉석루에 오르다)

長嘯乾坤意不平　　　천지에 휘파람 길게 부나 마음 편치 않고
朔風吹雪滿寒城　　　북풍이 눈을 날려 쓸쓸한 성에 꽉 차도다
雕題¹⁾十萬曾充斥　　　십만 왜적들이 깊숙이 들어찼을 때
猿臂²⁾三千惣血誠³⁾　　　삼천 궁사들 모두 혈성을 바쳤나니
北斗垂天騰釼氣　　　하늘 드리운 북극성은 칼 기운 비등하게 하며
南江繞壁象軍聲　　　절벽을 에워싼 남강은 군대 위세를 본떴는데
登樓不盡英雄恨　　　누각에 오르니 영웅의 원한은 끝도 없어

---

2) 元鎭(원진): 원나라 예찬(倪瓚, 1301~1374)의 자. 호는 운림거사(雲林居士). 산수화를 잘
　　그려 세상에 이름을 날렸다. 이유원, 『임하필기』권30 「춘명일사」〈운림편양도〉. 여기서
　　는 예찬의 그림 소재가 된 산수처럼 진주의 빼어난 경치를 의미함.
3) 北客(북객): 조운도의 거주지가 경북 영양이므로 북쪽 나그네라 일컬음.
1) 雕題(조제): 이마에 무늬를 새기던 오랑캐 풍습. '雕'는 새기다.
2) 猿臂(원비): 원숭이처럼 긴 팔로, 활의 명인을 지칭함. '臂'는 팔. 한나라 명장 이광(李廣)이
　　원숭이처럼 팔이 길어 활을 잘 쏘았다는 고사가 있음. 『사기』권109 「이장군전」.
3) 血誠(혈성): 진심에서 나오는 정성.

擊破華筵白玉觥[4]　　　화려한 자리의 백옥 술잔을 때려 부순다

「次申靑泉維翰韻」〈『오죽재집』 권1, 11b~12a〉 (청천 신유한 시에 차운하다)

長江之水向東流　　　긴 강의 물은 동쪽으로 흐르며

雉堞峨峨俯碧洲　　　높다란 성가퀴가 푸른 물가 굽어본다

表裏山河東晉國[5]　　　산하 안팎은 동진 같은 요해처 고장이요

古今日月北辰[6]樓　　　일월이 고금에 북극성처럼 비치는 누각이라

睢陽城窄孤軍泣　　　수양성이 협소하여 고립된 군사들은 울었고

五丈原[7]空萬古愁　　　오장원은 속절없이 긴 세월 동안 시름겹다

怊悵布衣書釼老　　　슬프게도 포의 신세로 책과 칼이 늙어만 가는데

憑欄還似仲宣遊　　　난간에 기대니 왕찬의 유람과 더욱 흡사하구나

「回至矗石樓 次李仲誠詠義巖韻」〈『오죽재집』 권1, 12a〉 (돌아와 촉석루에
　　이르러 이중함이 읊은 의암 시에 차운하다)

雪後澄江深不流　　　눈 온 뒤의 맑은 강은 깊어 흐르지 않고

竹枝歌咽動幽愁　　　죽지가 소리 목메어 깊은 근심 일으키는데

珠沈玉碎[8]何年事　　　구슬 잠기고 옥 깨진 건 어느 해의 일이던고

高江酸風射客眸　　　큰 강의 시린 바람이 나그네 눈을 찌르네

---

4) 玉觥(옥굉): =옥두(玉斗). 옥으로 만든 술잔. '觥'은 뿔잔. 홍문의 잔치에서 범증은 항우에게
　유방을 죽이라고 눈짓을 했으나 끝내 따르지 않아 실패로 돌아간 뒤, 장량이 유방을 대신해
　옥두를 선물로 바치자 그것을 땅에 놓고 칼로 때려 부쉈다. 『사기』 권7 「항우본기」.

5) 表裏山河(표리산하)는 요해처, 용어 일람 '표리산하' 참조. 383년 동진(東晉)의 사안(謝安)
　이 이끄는 8만 군대가 전진(前秦)의 3대왕인 부견(符堅)의 80만 군대를 비수(淝水)에서
　격파함. 『진서』 권79 「사안전」.

6) 北辰(북신): 북극성. 용어 일람 '북공' 참조.

7) 五丈原(오장원): 촉한의 제갈량이 죽은 곳. 그가 군사를 이끌고 오장원에서 위나라 사마의
　(司馬懿, 179~251. 호 仲達)와 대전하던 중 어느 날 큰 별이 병영에 떨어졌는데, 얼마 뒤
　병들어 죽었다. 병사들이 그의 죽음을 감추고 싸웠더니 사마의가 겁에 질려 도망쳐버렸
　다. 그래서 "죽은 제갈량이 산 중달을 달아나게 한다[死諸葛走生仲達]."라는 말이 생겼다.
　『삼국지』 권35 「촉서」〈제갈량전〉.

8) 玉碎(옥쇄): 공을 세우고 죽거나 충성을 다하고 깨끗이 죽음.

「矗石樓」 用龍蛇事. 〈『오죽재집』 권4, 1a~b〉 (촉석루) 용사년 사건을 활용함.

陶翁9)過後鶴翁按	퇴계 다녀간 뒤 학봉이 머물렀고
三壯士高矗石樓	삼장사의 명성이 높은 촉석루라
已向素屛10)傳道脉	이미 소박한 병풍에 도맥이 전해져
能摧漆齒11)障洪流	왜놈 물리치고 큰 물결을 막아냈지
力全湖嶺登欄壯	힘써 영호남 온전케 한 웅장한 난간 오르니
事去睢陽浸郭浮	사변 겪은 수양성처럼 잠겼던 성곽이 떠있다
若使營中星不隕12)	병영에 별이 떨어지지 않았더라면
寧看義血溢蒼洲	어찌 의혈이 창주에 넘침을 보았으리

○ 유일(有一, 1720~1799) 자 무이(無二), 법호 연담(蓮潭)

속성 천씨(千氏). 연담대사. 전라도 능주 적천리(跡泉里, 현 화순읍 향청리) 출생이나 7세 때 부친을, 13세 때 모친을 여의었다. 18세 때 무안 법천사(法泉寺) 성철(性哲)스님의 권유로 출가해 이듬해 비구계를 받은 뒤 보흥사·해남 대둔사 및 미황사·합천 해인사·순천 송광사·장흥 보림사 등지에서 수행했으며, 사후 그의 선지(禪旨)가 초의선사(1786~1866)를 통해 계승되었다. 그는 1778년 11월 화순 동림사에서 독서하고 있던 17세의 정약용을 만났다. 아래 시의 창작 시기는 "丁酉(1777)春, 受嶺南宗正之差, 往參春享, 居海印寺(『임하록』 권4 부록 「자보행업」)라는 기록으로 추정해볼 수 있다. 하강진(2014), 374~375쪽; 박석무, 『다산 정약용 평전』, 민음사, 2014, 105~107쪽 참조.

「次矗石樓詩」〈『임하록』 권2, 21a~b〉 (촉석루 시에 차운하다)

憶昔南夷犯海區	생각건대 옛날 왜적이 바다 지역 침범하여
千羣戎馬擁城樓	수많은 오랑캐 말들이 성루에 떼로 모였거늘
七年爲亂天應厭	칠 년간 휩싸인 전란은 하늘도 응당 싫어했고

---

9) 陶翁(도옹): 퇴계는 1560년 도산서원이 완공된 뒤 이 호를 썼다.
10) 素屛(소병): 서화를 붙이지 않고 흰 종이만 바른 소박한 병풍. 이황이 제자 김성일에게 「제김사순병명(題金士純屛銘)」(『퇴계집』 권44)을 지어주었다. 이 명에는 요임금부터 주자에 이르기까지 도학의 연원이 기술되어 있다.
11) 漆齒(칠치): 이를 검게 만들고 이마에 새기는 오랑캐 풍속, 곧 왜놈. '漆'은 검고 칠하다.
12) 星不隕(성불운): 충의지사의 죽음. '隕'은 떨어지다. 앞의 주 '오장원' 참조.

三將投江水不流	삼장사가 투신한 강은 물조차 흐르지 않았었지
落日轅門笳鼓咽	원문에 해 저물자 군악 소리 울리며
中霄釰氣斗牛浮	칼 빛 찌른 하늘에 두우성이 번뜩인다
登臨却喜昇平久	등림하니 태평세월 오래되어 되레 기쁠진대
滿地烟波似十洲	땅에 가득한 안개 물결은 선계와 흡사하네

> 崔慶會·金千鎰等投江時, 崔公吟詩云, "矗石樓上三將士, 一盃笑指長江水, 長江之水流滔滔, 波不竭兮魂不死." 최경회와 김천일 등이 강에 투신할 때, 최공이 시 읊기를, "촉석루 위의 삼장사 / 한 잔 들고 웃으며 남강 물 가리키네 / 남강의 물이 넘실넘실 흘러가나니 / 물결이 마르지 않는 한 넋도 죽지 않으리"라 하였다.

○ 채제공(蔡濟恭, 1720~1799) 자 백규(伯規), 호 번암(樊巖)·번옹(樊翁)

> 본관 평강. 충청도 홍주(洪州, 현 청양군 화성면 구재리) 출생. 처백부 오광운과 종조부 채팽윤(1669~1731)의 문인으로 해좌 정범조·순암 안정복 등과 교유했다. 1743년 10월 급제해 우의정과 영의정을 지냈고, 청남(淸南) 계열의 지도자로 정조의 탕평책을 추진했다. 아래의 시는 과거 급제 직후인 11월 단성현감으로 부임하는 부친 채응일(蔡膺一, 1686~1765)을 따라 3년간 머물면서 지은 작품들을 편찬한 「단구록(丹丘錄)」에 수록되어 있는데, 바로 다음 작품이 「甲子(1744)上元風雨終夕旣望晴甚率爾出新安江遣興有吟」임을 고려할 때, 계해년(1743) 12월경에 지은 것이 확실하다.

「題矗石樓」〈『번암집』권3「단구록(상)」, 10a〉(촉석루에 제하다)

飛樓孤絶欲愁生	높은 누각 외로이 솟아 시름 생기려 하고
城上哀笳氣不平	성의 애잔한 피리소리에 마음이 편치 않네
遺廟泠風神鬼立	사당에 서늘한 바람 부니 귀신이 임한 듯하며
畫船晴日綺羅明	놀잇배에 맑은 해가 비치니 비단처럼 선명한데
雲嵐鳥沒菁川野	구름 안개 속 날던 새는 남강 들판으로 사라지고
天地江廻節度營	천지의 강물은 절도사 병영을 휘돌아 흐른다
南紀百年津燧[1]靜	오랫동안 남쪽 벼리엔 망진봉수 고요하거니

---

1) 津燧(진수): 진주시 망경동의 망진산(望津山. 해발 172m) 정상에 설치된 봉수대. 망진산은 대개 '望晉山'으로 표기한다.

異鄕歌酒卽新榮　　타향에서 즐기는 가무는 참신한 영광이러라

樓之對岸, 有望津烽燧, 故云. 누각의 맞은편 언덕에 망진봉수가 있으므로 이른 것이다.

○ 안경직(安慶稷, 1721~1787) 자 덕문(德文), 호 쌍매당(雙梅堂)

본관 순흥. 근재 안축(安軸)의 후손으로 기묘사화 이후 시흥에서 함안[가야읍 신음리 도음마을]으로 이거한 취우정 안관(1491~1553)의 7세손이다. 군북면 안도리(현 덕대리)에 거주한 이계 황도익 (1678~1753)에게 일찍이 수학했다. 15세 이후 김성탁(1684~1747)에게 성리학의 요점을 배웠고, 당시 스승이 준 '강용독실(剛勇篤實)' 넉 자를 학문과 수양의 근거로 삼았다. 용와 류승현, 곡천 김상 정, 흘봉 이빈망, 자고 박상절과 친하게 지냈다. 한편 1739년 광양 유배지의 스승을 찾아가 위문했고 (「從師日記」,『쌍매당유집』권2), 5년 뒤인 갑자년(1744)에 스승을 다시 위문하러 가던 중 9월 4일 촉석루에 올라 아래의 시를 지은 것으로 보인다. 황학(1690~1768)의 「두류일록」(『농고집』권상, 27b) 참조.

「矗石樓」〈『쌍매당유집』권1, 23a〉(촉석루)

矗石高樓會一場　　촉석의 높은 누각에 한바탕 모여
探眞浪跡任顚狂　　진취 찾는 방랑의 자취를 광기에 맡겼네
一娥義躅千年恨　　한 미인의 의로운 행적은 천년의 한이요
三士英名百世香　　삼장사의 영예로운 명성은 백세의 향기라
江水至今流不盡　　강물은 지금까지 흐르며 다함이 없고
男兒到此感偏長　　남아는 이곳 느낌이 새삼 유장하거니
危欄徙倚閒吟罷　　아찔한 난간 바장이다가 느긋이 읊고 나서
秋日蕭蕭納晩凉　　쓸쓸한 가을날 서늘한 저녁 바람을 쐬노라

○ 김상정(金相定, 1722~1788) 자 치오(穉五), 호 석당(石堂)

본관 광산. 김장생의 6대손, 김만채의 증손자, 박세채의 외증손자. 성균관에서 수학하며 여섯 차례 일등을 차지했음에도 진사가 되지 못했다. 1762년 음보로 선공감 감역이 되었고, 1771년 의성현령 재직 중 장원급제해 대사간에 이르렀으며, 1788년 울진현령으로 부임한 지 두 달 만에 세상을 떠났다. 아래 시는 부친 김영택(1699~1766)이 삼가현감 시절(1759.6~1761.8)인 경진년(1700) 4월 사근역

겸무로 하동을 가게 되자 동행하여 남해를 유람하며 지은 「금산관해기」(『석당유고』 권2)와 관련 시들의 편차를 고려할 때 그 무렵 촉석루에 들러 지었음을 유추할 수 있다.

「矗石樓」〈『석당유고』 권5, 25b〉 (촉석루)

玆樓顯敞稱其聲	이 누각 실로 높아 그 명성을 칭송하거늘
落日登臨壯氣橫	석양에 등림하니 씩씩한 기운이 거침없구려
檐雨滴江連大野	처맛비 떨어지는 강이 넓은 들판에 이어져 있고
棟雲1)縈石出層城	기둥 구름이 두른 바위는 겹겹 성에 돌출했는데
時平日月元多暇	태평한 세월이라 원래 여유가 많으며
人去山河更有名	사람 떠난 산하이나 더욱 명성 있도다
好是男兒明白死	남아는 명백히 죽는 것을 좋아하는 바이니
凭欄何必淚沾纓	난간 기대 어찌 눈물로 갓끈 적실 것 있나

○ 조덕신(曹德臣, 1722~1791) 자 직부(直夫), 호 돈암(遯庵)

영천 창수리(蒼水里, 현 영천시 금호읍 삼호리) 출생. 지산 조호익의 6세손으로 1733년 의령 과거에서 장원을 차지했다. 부친 조선적(1697~1756)의 지우인 최흥원의 제자가 되어 이광정·임필대·이천경 등과 동문수학했으며, 세상 공명과는 거리를 둔 채 성리학 연구에 전념했다.

「次洪喆猷矗石樓韻」〈『돈암집』 권1, 6b~7a〉 (홍철유의 촉석루 시에 차운하다)

樓臺天地壯	누대는 천지에 장관이고
落日錦城1)曛	석양은 금성에 저무는데
江海悲無極	강해는 끝없이 슬퍼하고
猿蟲2)咽不言	원충은 말없이 오열한다

---

1) 棟雲(동운): 기둥, 곧 건물을 두른 구름.
1) 錦城(금성): 아름다운 성, 곧 진주성.
2) 猿蟲(원충): 원학충사(猿鶴蟲沙)의 준말. 임진왜란 때 죽은 병사들.

丹靑叢竹裏	단청은 대숲 속에 비치며
馨馥半巖存	향기는 바위 한쪽에 그윽하거니
安得招雲劒3)	어찌하면 운검을 불러내어
斷鰲4)溟渤翻	자라를 잘라 푸른 바다 번드치게 할까

「登矗石樓 次板上韻」〈『돈암집』 권1, 19a〉(촉석루에 올라 현판시에 차운하다)

麗譙5)南嶺狼烟6)生	남쪽 고개의 높은 망루에 봉홧불이 피어나고
沔水7)東流繞古城	넘실대는 물이 동으로 흘러 옛 성을 에워싸네
瘦竹影侵飛鳳浦	야윈 대 그림자가 드리운 비봉산의 강가요
胡笳聲咽驃騎8)營	피리소리 흐느끼는 병마절도사의 병영이라
時危壯士山河氣	시국 위태함에 장사는 산하의 기운을 내었고
義決佳人劒珮鳴	의로 결단함에 가인은 칼과 패옥 소리 울렸지
馬島波纖鯨不起	대마도 물결은 잔잔하고 고래가 날뛰지 않나니
江淮保障擅雄名	강회의 요해지로 웅대한 이름을 드날리노라

○ 홍재연(洪在淵, 1722~1801) 자 약여(躍汝), 호 오의재(五宜齋)

본관 풍산. 전라도 나주 금안동 수각리(水閣里, 현 노안면 금안리) 출생. 어려서부터 기개가 남달랐으나 여러 번 과거에 실패하자 성리학 연구에 침잠했다. 고을에서 행의(行義)로 누차 천거하려 했지만 그만두게 했고, 조부 홍대우(洪大猷, 1654~1725)를 흠모해 그 유지에 송죽매국(松竹梅菊)을 심고 편액을 '五宜'라 했다. 아래의 시는 『행정세고』에 합편된 『오의재유고』에 수록되어 있고, 그의 졸년은 만사의 정보를 바탕으로 추정했다.

---

3) 雲劒(운검): 의장에 쓰는 칼로 임금을 호위하는 무사가 사용함.

4) 斷鰲(단오): 거북이 다리를 자름. 민재남(1802~1873)의 시 참조.

5) 麗譙(여초): 높다란 누각, 곧 적을 살피기 위해 세운 망루. '麗(려)'는 높은 누각.

6) 狼烟(낭연): 낮에 이리 똥을 태워서 내는 봉홧불 연기. '狼(랑)'은 이리.

7) 沔水(면수): 『시경』 「소아」 〈면수〉, "넘실대며 흐르는 저 물은 / 바다로 모여들도다[沔彼流水, 朝宗于海]".

8) 驃騎(표기): 한 무제 때 전공을 많이 세워 큰 명성을 얻은 표기장군 곽거병(霍去病)을 말하는데, 여기서는 병마절도사를 가리킴.

「見矗石樓事蹟 感吟」二首 〈『오의재유고』권1, 17a~b〉(촉석루 사적을 보고
  느낌) **두 수**

英魂欲喚矗樓江　　　　영웅의 넋을 촉석루 강가에서 불러내거니
憶昔諸公矢不降　　　　저 옛날 공들은 맹세하며 항복하지 않았지
瞻尙1)罔專忠義節　　　　제갈 첨과 상은 충의 절개를 독차지하지 않고
遠巡奚獨保障邦　　　　허원과 장순만이 어찌 나라의 울타리 되었으랴
排旻壯氣爭歸死　　　　하늘 밀친 장한 기개는 사지로 돌아감을 다투었고
沈水貞心摠滿腔　　　　강물에 잠긴 곧은 마음은 온 뱃속을 지배했었지
回首南天增慨惋　　　　고개 돌리니 남쪽 하늘이 더욱 개탄스러워
遙麗血淚倚明窓　　　　아득히 피눈물 뿌리며 밝은 창에 기대노라

何年義將投南江　　　　의로운 장수가 남강에 몸 던진 때는 그 언제
視死如歸2)也不降　　　　죽음을 집에 돌아가듯 여겨 항복하지 않았지
大節難泯沈斗印3)　　　　높은 절개 사라지지 않아 큰 관인을 가라앉혔고
孤城莫保奠偏邦　　　　외딴 성은 지키지 못했으되 고장에서 제향하는데
水聲流帶招魂泣　　　　강물 소리는 흐르면서 초혼의 울음을 띠었으며
石面磨堅瀝血腔　　　　돌 표면은 닳았으되 혈성 쏟은 마음은 견고하네
崇報聖恩聳一代　　　　성은에 높이 보답하여 한 시대에 높았으니
終敎志士記書窓　　　　마침내 지사에게 서재에서 적도록 하는구려

---

1) 瞻尙(첨상): 촉나라 제갈량의 아들 제갈첨(諸葛瞻)과 그의 손자 제갈상(諸葛尙)의 합칭.
   제갈첨이 위나라의 등애(鄧艾)와 면죽(綿竹)에서 싸우다가 제갈상과 함께 전사했다.『삼
   국지』권35「촉서」〈제갈량전〉.
2) 視死如歸(시사여귀): 죽음을 전혀 두려워하지 않음. "군자는 절의를 지키기 위해 난리에
   목숨 바치는 것을 마치 자기 집에 돌아가는 것처럼 여긴다[君子以義死難, **視死如歸**]".『사
   기』권79「채택전」.
3) 斗印(두인): 말[斗] 만한 도장, 곧 최경회 인장. 서명서(1711~1795) 시의 세주 참조.

○ 김상집(金尙集, 1723~?) 자 사능(士能)

본관 강릉. 1755년 문과급제해 사관을 거쳐 정언, 대사간, 경상도 관찰사 겸 병마수군절도사 순찰사 (1786.9~1787.5), 형조판서, 우참찬, 대사헌, 공조판서(1797) 등을 지냈다. 한편 그는 1779년 경주 부윤 때 경상도 관찰사 겸 순찰사 이재간(李在簡, 1733~1789)·경상좌병사 이문덕(李文德. 1730~1790)과 함께 불국사를 중창했으며(남경희,「불국사복역공덕기(佛國寺復役功德記)」, 서울대학교 중앙도서관 소장), 아울러 1783년 봄 도승지 때에 성균관에서 유학 중이던 진사 정약용의 '중용강의'를 크게 칭찬했다. 아래 시는『진주목읍지』에 그의 신분을 '순사(巡使)'라 기재한바, **경상도 관찰사** 때의 작임을 알 수 있다.

「矗石樓」(가제) 〈관찬,『진주목읍지』「제영」조, 1832〉 (촉석루)

高樓嶺外兩爭雄	높은 누각은 영남에서 자웅을 다투거니
仁智人人[1]見不同	인과 지는 사람마다 견해가 같지 않으나
形勝可能分伯仲	형승은 가히 백중을 가릴 수 있기에
聲名各自擅西東	명성은 각자 동서에서 떨치고 있구려
三良[2]有血沈江碧	세 현인의 흘린 피는 푸른 강에 잠겨 있으며
一女傳芳入石紅	한 여인의 전하는 명예는 붉은 돌에 새겨졌는데
四十年前經過跡	사십 년 전에도 자취를 거닐었던 터
畫欄朝日倚春風	아침 햇살 비치는 난간에서 봄바람을 맞노라

○ 권제응(權濟應, 1724~1792) 자 원박(元博), 호 취정(翠亭)

한수재 권상하의 증손자, 권양성(1675~1746)의 아들, 오희상의 장인, 남득관의 사위이다. 보은현감과 면천군수를 지냈고, 진주목사 재임(1782.8~1784) 중 객사를 중수했다. 이 시는 원전 편차에서 보듯이 **계묘년(1783)**에 지었고, 이때 논개비·진남루·보장헌 시도 남겼다. 참고로 손자 권돈인(1783~1859)은 영의정 때 김대건 신부 처형을 주도했다.

---

1) 仁智人人(인지인인): 똑같은 사물이나 입장에 따라서 견해가 다름.『주역』「계사전(상)」, "인자가 보면 인이라고 하고, 지자가 보면 지라고 한다[仁者見之謂之仁, 智者見之謂之智]".

2) 三良(삼량): 순국한 세 사람, 곧 삼장사. 진(秦) 목공을 위해 순사한 신하로 자거씨(子車氏)의 세 아들인 엄식(奄息)·중항(仲行)·침호(鍼虎).『춘추좌씨전』「문공」6년.

·

「矗石樓 與兵使南憲喆1) 飮酒張樂 三首」〈『취정유고』권4, 1b~2a〉(촉석
루에서 병사 남헌철과 함께 술을 마시며 풍악을 벌인 세 수)

嶠南矗石聞名曾　교남의 촉석루 명성은 일찍 들었건만
垂光淸遊遠未能　햇빛 속 맑은 유람은 멀어 이룰 수 없었네
忽被天恩分竹2)至　갑자기 임금 은혜 입어 수령으로 당도해
偶逢春色佩壺登　우연히 봄날을 맞아 술병 차고 올랐더니
江光獨抱危城轉　강물 빛은 가파른 성을 외로이 감돌고
樓勢渾如去鳥騰　누각 형세는 떠나는 새가 활개 치듯하네
邊塞可忘羈旅苦　변방 요새는 길손의 괴로움을 잊게 할만하거늘
公餘時就畵欄憑　공무 여가에 잠시나마 화려한 난간에 기댔노라

南江如帶擁孤城　남강이 띠처럼 외로운 성을 껴안았고
樓出懸崖占地淸　누각은 벼랑에 돌출해 맑은 땅을 차지했네
岸竹自成空檻色　언덕 대는 절로 빈 난간에 빛깔을 이루며
汀禽時和遠灘聲　물새는 때때로 먼 여울 소리에 화답하는데
笙謌夕動花圍席　저녁 생황노래가 꽃 에운 자리에 퍼져나가고
鼓角春閒柳掩營　봄날 피리소리가 버들 우거진 병영에 한가하거늘
醉飽渾忘尊體皃3)　억병 취해 존귀한 체모는 완전히 잊은 체
共將春興樂昇平　춘흥을 함께 하며 태평한 시절을 즐기노라

層城百尺聳岩丘　겹겹 성은 백 척 높이의 바위 언덕에 솟았고
影倒滄江閃遠洲　푸른 강에 비친 그림자가 먼 물가에 일렁인다
已謂固深徒勝地　명승지를 진실로 심오한 곳으로 이미 여겼다만
豈知明敞更高樓　높은 누각 더욱 밝고 탁 트였음을 어이 알았으랴

---

1) 南憲喆(남헌철): 1782년 6월 13일 경상우병사로 도임한 뒤 1784년 5월 별군직으로 전임했다.
2) 分竹(분죽): 죽사부(竹使符)를 나누어줌, 곧 지방관으로 나감. 진주목사 부임을 말함.
3) 皃(모): 모(貌)와 동자.

憑欄野勢圍千戶　　　난간 기대니 들판 형세는 일천 가옥 둘러있고
捲箔山光納數州　　　주름 걷으니 산빛이 여러 고을을 물들이는데
酒罷步隨流水去　　　술자리를 그친 뒤 강물 따라 걸어가니
夕陽餘興在蘭舟　　　석양의 여흥이 작은 배에 남아 있네

「登樓懷古」〈『취정유고』 권4, 3a〉 (누각에 올라 회고하다)

塞氣蒼然古戰場　　　변방 기운이 창연한 옛 전장이라
樓前流水抱城長　　　누각 앞 강물이 긴 성을 감도는데
荒沙白骨索春草　　　거친 모래 속 백골이 봄풀에 쓸쓸하고
廢壘黃雲遙夕陽　　　무너진 성채의 구름이 석양을 떠돌구려
無奈英雄時不利　　　어쩔 수 없이 영웅은 시운이 이롭지 못해
未應忠節死同亡　　　충절로 부응치 못하고 죽음을 함께 했거늘
千秋志士登臨恨　　　천추의 지사가 등림하니 원한이 사무쳐
撫釖悲謌一激仰　　　칼 만지며 부르는 슬픈 노래에 가슴이 벅차네

「涵玉軒」〈『취정유고』 권4, 3b〉 (함옥헌)

餘地樓東又起亭　　　누각 동쪽 빈 땅에 정자를 또 세웠나니
坐來咳唾落沙汀　　　앉아서 나누는 말소리가 물가에 떨어진다
窓臨壁勢欄依堞　　　창은 절벽을 굽어보고 난간은 성첩에 의지하며
簾納江光水滿庭　　　주렴은 강 빛을 들이고 강물은 뜰에 가득한데
今古絃謌凡幾奏　　　예나 지금 노랫소리는 무릇 얼마나 울렸던고
送迎冠盖此頻停　　　오가는 벼슬아치들은 이곳에 자주 머물렀거늘
白鴎亦解風流否　　　해오라기도 풍류를 알았음인지
飛迎華筵聽不驚　　　빛난 자리에 날아와서 듣고도 놀라질 않네

○ 허박(許鎛, 1724~1794) 자 성중(聲仲), 호 국천(菊泉)

본관 김해. 9대조 허추(許錘)가 합천 삼가 평구에서 이거한 진주 지수면 승산리(勝山里) 출생. 임진왜란 의병장인 관란 허국주(許國柱, 1548~1608)의 6세손으로, 4대조가 연당 허동립(許東岦, 1601~1662)이다. 양정재 한식(韓烒, 1723~1805)·무첨재 정계(鄭垍)·단사 하복호(1726~1805, 하응명 차남)·강재수·배동락·전세항과 금란계를 맺고 도의로써 학문을 강마했으며, 특히 기우문(祈雨文)에 능해 널리 회자되었다. 아들이 전암 허양(許瀁), 7촌 조카가 염호 허회(1758~1829)이다.

「次矗石樓韻」〈『국천난고』 권3, 3a〉(촉석루 시에 차운하다)

嶠南節氣鍾頭流	영남의 절기가 지리산에 모이나니
烈日寒霜汾晉洲	태양 따갑고 서리 차가운 진양 물가라네
取義芳名留片石	의리를 취한 꽃다운 이름은 조각돌에 전해지고
報君忠跡記高樓	임금 보답한 충성 자취는 높은 누각에 적혔는데
江神尙恨前塵恥	강 귀신은 여전히 옛 전란의 치욕을 한스러워하며
志士空煩小國愁	지사는 하염없이 작은 나라의 근심을 번뇌하도다
瞻彼遺祠多感慨	저 옛 사당 바라보니 느꺼움이 많거늘
欲將盃酒醉斯遊	술잔 들고서 이번 유람에 흠뻑 젖고 싶네

○ 전구(全球, 1724~1806) 자 사정(士正), 호 반암(半巖)

본관 전주. 초명 상정(尙貞). 영천(榮川) 휴천리(休川里, 현 경북 영주시 휴천동) 출생. 1777년 사마시 장원하여 장의(掌議)에 천거되었으나 거절하고는 산수에 은거했고, 사회 병폐에 대해서도 비판적 안목을 지녔던 지사였다. 아래 시는 김이계(金履銈)의 진주목사 재임을 고려할 때 무신년(1788) 전후에 지은 것으로 추정된다.

「矗石樓 贈主倅金聖瑞[1]履銈」〈『반암집』 권2, 15b〉(촉석루에서 목사인 성서 김이계에게 써주다)

---

1) 聖瑞(성서): 김이계(1736~?)의 자. 김매순(1776~1840)의 숙부로 1768년 진사시 합격해 직산현감·충주목사 등을 거쳤다. 담양부사 때인 1798년 의병장 금계 노인(魯認, 1566~1622)의 『금계집』 원고를 처음 정리했으며, 1787~1789년 진주목사를 지냈다.

南嶺保障號晉陽	영남의 요충지로 진양을 일컫는데
安危須仗濟時良	안위는 진실로 세상 구제에 달린 법
黑龍舊刧江含怒	과거 임진년 일로 강은 분노를 머금었으며
三士英靈月弔腸	삼장사 영령에 달이 지극히도 위문하거늘
嫩柳新花仍霽景	어린 버들 새로 핀 꽃은 더욱 개운한 경치이고
錦筵綺瑟復華觴	비단 자리 비단 거문고에 다시 화려한 술잔이라
百年書劒終何用	평생의 책과 칼이 끝내는 어디에 쓰일까
愧我行裝劇傖儴²⁾	부끄러워라, 내 행장이 천하고 헐거움이

○ 이미(李瀰, 1725~1779) 자 중호(仲浩), 호 함광헌(含光軒)

본관 덕수. 용재 이행(1478~1534)의 후손. 신유한의 문인으로 1757년 급제해 정언·대사간·부제학 등을 지냈다. 이조참판 때인 1771년에 문익점(1331~1400)의 위업을 기리기 위해 「삼우당문선생신 도비명」(1834년 추비)을 지었고, 1772년에는 난재 채수(蔡壽, 1449~1515)가 여생을 보낸 쾌재정 (快哉亭, 현 상주시 이안면 가장리 소재)의 중수 기문을 지었으며, 문집 『함광헌고』가 있다. 아래의 시는 『진주목읍지』에 직책이 '순사(巡使)'라 되어 있듯이 경상도 관찰사(1769~1771)의 작이고, 그는 재임 당시 신유한의 『청천집』과 류형원의 『반계수록』을 간행했다.

「矗石樓」(가제) 〈관찬, 『진주목읍지』「제영」조, 1832〉 (촉석루)

削壁森然¹⁾升樹區	깎아지른 절벽 늘어서고 나무 우거진 곳 오르니
翬飛雲揷最高樓	새가 나는 듯이 구름에 꽂힌 누각이 으뜸이라
端倪²⁾地拆東南野	하늘 끝난 땅에 확 트인 동남쪽 벌판
形勝城圍曲折流	형세 빼어난 성을 둘러 굽이도는 강물
旌鼓百年兵氣息	백 년 동안 깃발과 북은 전쟁 기운이 잠잠하고
蘋菰³⁾三月浪花浮	삼월이라 마름과 줄풀은 물결 위를 떠다니는데

---

2) 傖儴(창낭): 천하고 헐거움, 곧 벼슬살이가 신통하지 못했음을 뜻함. '傖'은 천하다. '儴'은 늘어지다.
1) 森然(삼연): 죽 늘어선 모양, 수목이 무성한 모양.
2) 端倪(단예): 천지의 처음과 끝. '倪'는 끝.

傷心彰烈遺祠近　　　마음 쓰라린 창렬사가 가까이 있거니와
詎但孤城捍一州　　　어찌 외딴 성만으로 한 고을을 지켰으랴

○ 이상정(李尙靖, 1725~1788) 자 자후(子厚), 호 창랑정(滄浪亭)

본관 광주. 초명 상정(尙鼎). 둔촌 이집(李集, 1327~1387)의 후손으로, 동고 이준경의 8세손이다.
거창 출생이나 5세 때 부친을 여읜 뒤 창원에서 외가인 의령군 낙서면 정곡리(井谷里)로 이사해
살다가 그곳에서 졸했다. 생원시에서 장원했지만 주위의 시기로 과거를 단념한 채 성현의 학문에
전념해 명망이 높았다. 산청군 단성면 소남에 거주한 동와 조휘진(1729~1796)과 절친했고, 의령현감
서명서(1711~1795)의 송덕비명(『창랑정유고』 권6)을 지었다. 외현손이 노백헌 정재규이다.

「次太素[1]蠹石樓韻 四首」〈『창랑정유고』 권1, 37a~38a〉 (태소〈이상리〉의 촉석루
　　시에 차운한 네 수)

龍蛇往蹟混驚波　　　용사년 자취라 물결이 온통 거센데
從古傷心此地多　　　예부터 마음 아픈 일이 이곳에 많았지
躍水寒精金鑄印[2]　　출렁이는 물의 싸늘한 정기는 인장에 서렸고
化蟲[3]遺恨骨縈蘿[4]　　죽은 병사의 맺힌 한은 뼛속까지 엉기는도다
詞人漫和登樓賦[5]　　시인은 부질없이 등루부에 화답하거니
江女猶知節士歌[6]　　강가 여인은 아직도 절사가를 알고 있네
向晚烟汀眠白鷺　　　저물녘 안개 낀 물가에 백로가 잠들고
滿船篝火[7]暎漁簑　　만선 등불은 어부 도롱이를 비추는구려

---

3) 蘋菰(빈고): 마름과 줄풀. '蘋'은 개구리밥. '菰'는 줄.
1) 太素(태소): 이상리(李尙履. 1726년생)의 자. 「분진동유소기(汾津同遊小記)」(『창랑정유고』
　　권4) 참조.
2) 金鑄印(금주인): 최경회가 남강에 투신할 때 지녔던 인장. 본서의 서명서 시를 비롯해 조천경의
　　「차창렬사치제관운」(『이안당집』 권1), 한우동의 「남강고인」(『후암유고』 권1) 시 참조.
3) 化蟲(화충): 전쟁 통에 원통하게 죽은 병사. 용어 일람 '원학충사' 참조.
4) 縈蘿(영라): 이리저리 얽힌 넌출. '縈'은 얽히다.
5) 登樓賦(등루부): 위나라 왕찬이 지은 작품. 용어 일람 '왕찬' 참조.
6) 節士歌(절사가): 이백의 「임강왕절사가(臨江王節士歌)」(『이태백집』 권3)를 뜻함.

暮壘蒼茫起七哀	저녁 성루에 아득히 온갖 슬픔이 여울지고
南關保障此雄哉	남쪽 관문의 요충지 이곳은 웅장도 하여라
徒聞猿鶴留全節	죽은 장수들이 온전한 충절을 남겼다 들었다만
不許金陽8)遇上才9)	진양은 마상재 만나기를 허락하지 않구려
終古綱常悲壯士	길이길이 강상으로 장사가 비장하며
秪今淮海有空臺	지금 강가에 빈 누대만이 있을진대
須看烈日淸如許	뜨거운 해가 이토록 맑은 것을 보거니
宛是靈英氣像來	완연히 신령한 영웅 기상이 도래한 듯

金碧樓明壓水湄	단청 찬란한 누각이 물가를 압도하는데
關防元是國安危	관방은 원래 국가 안위를 맡고 있음이라
奇巖立地渾蒼壁	땅에 우뚝한 기암이 푸른 벼랑에 정연하고
脩竹臨江蘸10)綠漪	강가 임한 대숲이 초록빛 물결에 잠겨 있네
草檄文章松老11)句	격문 초안한 기발한 문장은 이로의 글귀요
傳家12)忠孝霽翁13)兒	집안 대대로의 충효는 제옹의 자손이로다
山河不盡英雄恨	산하에는 영웅의 원한이 다함 없는지라
强半牢騷洩不平14)	쓸쓸한 마음 토로해도 도무지 편치 않다

---

7) 篝火(구화): 등불, 모닥불, 호롱불, 화롯불. '篝'는 모닥불.

8) 金陽(금양): 금성탕지의 진양.

9) 上才(상재): =마상재(馬上才). 기병이 말 위에서 부리는 무예.

10) 蘸(잠): 담그다, 물건을 물속에 넣다.

11) 松老(송로): 의병장 송암 이로(李魯, 1544~1598)의 경칭이고, 임진왜란과 격문과 관련해 「통유열읍창기의려문(通諭列邑倡起義旅文)」(1592), 「격왜장청정문(檄倭將淸正文)」(1593) (『송암집』 권2) 등이 있다.

12) 傳家(전가): 대대로 가문에 전함.

13) 霽翁(제옹): 제산 김성탁(1684~1747)을 지칭하는 듯함.

14) '强半(강반)'은 절반 이상, 곧 3/4을 뜻함. '牢騷(뇌소)'는 쓸쓸하거나 우울한 마음을 뜻함. '牢(뇌)'는 쓸쓸하다. 채팽윤(1669~1731)의 「송파이참판서우만」(『희암집』 권13)에도 "非無潤色酬元化, **强半牢騷洩不平**"이라는 표현이 있다.

霜落滄江水氣寒	푸른 강에 서리 내려 물 기운은 차가운데
荒臺斗截15)瀼西欄	누대는 높고 물빛이 서쪽 난간에 일렁인다
巖頭遠立何名樹	바위 끝에 이름 모를 나무가 아련히 서 있고
雲外橫分一色巒	구름 너머로 한 색깔의 산들이 가로질렀거니
浩劫虫沙悲往蹟	전란 때 죽은 병사로 옛 자취 슬프다만
名區樓閣供奇觀	명승지 누각은 기이한 경치를 자아내네
秋風意氣頻抽劒	가을바람에 의기로 칼을 자주 뽑아보거늘
休說書生是懶殘	"서생이 게으르고 잔약하다" 말하지 말게나

○ 남경룡(南景龍, 1725~1795) 자 자첨(子瞻), 호 소은(小隱)

본관 영양. 영덕군 영해면 원구리 거주. 만취헌 남노명의 종제인 남하명(1658~1715)이 증조부이고, 부친은 남도만(南圖萬)이다. 증숙조인 수약당 남제명(1668~1751)에게 수학했으며, 10촌 동생이 치암 남경희(1748~1812)이다. 1783년에 비로소 급제해 승문원 정자, 예조정랑, 종부시 주부(1792) 등을 지냈다. 1793년 윤대관(輪對官)으로서 정조의 아낌을 받아 관북 도사가 되었으나 늦게 출사한 탓에 현달하지 못했다. 정범조·목만중과 절친했고, 재종숙인 인와 남대만(1721~1797)·묵산 남기만(1730~1796)과 경사를 토론하며 스스로 즐겼다. 『소은유집』은 『익양연방집(益陽聯芳集)』 권5에 수록되어 있다.

「矗石樓 次崔簡易韻」〈『소은유집』, 9b〉 (촉석루에서 최간이(최립)의 시에 차운하다)

天作東南一勝區	하늘이 지어낸 동남의 빼어난 한 구역인데
英魂不返有高樓	영명한 넋 돌아오지 않고 높은 누각 있구려
如今亞使1)湖南自	이제야 전라도 도사로서 왔거니와
從古長江檻外流	예부터 긴 강은 난간 너머 흘렀을 터
戰氣已空鷗夢穩	전쟁 기운 공허하고 갈매기는 단잠을 자는데

---

15) 斗截(두절): 매우 험준함, 멀리 떨어짐. '斗'는 깎아지른 듯이 서 있다. '截'은 끊다.

1) 亞使(아사): =아영(亞營). 관찰사를 보좌하는 도사(都事)를 말하는데, 남경룡은 1786년 전라도사가 되어 이듬해 10월경에 그만둔 것으로 보인다. 『일성록』(1787.12.15)과 김홍락 (1827~1899)의 「예조정랑남공묘표」(『서산집』 권20) 참조.

羈愁忽散笛聲浮　　나그네 시름 문득 흩어지고 피리 소리 퍼진다
繭絲保障誰輕重　　세금 경감과 민생 안정 무엇이 가볍고 무거운가
此意應知守此州　　이 고을 맡은 이는 응당 이 뜻을 알지어다

○ 이도현(李道顯, 1726~1776) 자 치문(穉文), 호 계촌(溪村)

본관 전주. 안동 내성현(奈城縣, 현 봉화군 봉화읍) 삼계리(三溪里) 출생. 눌은 이광정의 문인. 1776년 정조가 즉위하자 1762년에 사사된 사도세자의 무고를 논하다가 고문 끝에 처형되었고, 그의 두 아들도 동시에 피살되었으며, 유족은 풍천(豊川) 초도(椒島)에 유배되었다. 본래 산수를 천성적으로 좋아하여 강화 마니산(1757)·소백산과 태백산(1760)·금강산(1767)·지리산과 가야산(1769)·속리산(1772) 등 전국 산천을 유람하며 심회를 달랬다. 아래의 시는 하동과 합천의 명승유적지를 읊은 시들 사이에 편차되어 있어 기축년(1769)에 지은 것으로 판단된다. 한편 1913년 간행의 『계촌집』(국립중앙도서관 소장)에는 이상하게도 이 시가 빠지고 「東都月夜聽新羅玉笛有感」이 대신 수록되어 있다.

「矗石樓」〈『계촌집』 권2, 34b〉 (촉석루)

擁節1)元戎壓晉城　　절도사의 병영은 진주성을 눌러있으며
高樓形勝大江橫　　빼어난 경치의 높은 누각이 큰 강에 비껴있네
魚鰕出沒軒簷影　　물고기의 출몰 모습은 높은 처마에 비치며
鼓角高低洴澼2)聲　　고각의 높낮이 소리가 빨래 소리처럼 들리노라
誓水氣衝牛斗壯　　강물에 맹세한 기개는 견우성을 찌르듯 씩씩하고
沈倭義映日星明　　왜놈 가라앉힌 절의는 해와 별 비추듯 빛나는데
只今聖代無兵革　　지금은 성대한 시절이라 전란 소식 없나니
四野農歌入太平　　사방 들판 농부노래가 태평 속에 들어가네

---

1) 擁節(옹절): 부절을 안음, 곧 병마절도사가 됨. '擁'은 안다, 쥐다.
2) 洴澼(병벽): 솜을 물에 빨다, 빨래하다. '洴'은 솜을 씻다. '澼'은 빨다.

○ 홍화보(洪和輔, 1726~1791) 자 경협(景協), 호 오창(梧窓)

본관 풍산. 홍이상의 5세손으로 정약용의 장인이고, 홍의호와는 숙질간이다. 1771년 훈련초관으로
국자시에 1등 했고, 죽산부사·동부승지(1775)·경상우병사(1779.6~1780.12)·강계부사(1785)·북
병사(1788) 등을 거쳐 황해병사 재직 중 황주(黃州)에서 졸했다. 한편 다산은 「촉석루연유시서」에서
경자년(1780) 봄에 장인이 비분강개한 심정에서 7언절구를 지어 누각에 내걸었다고 했다. 하강진
(2014), 287쪽과 379~380쪽 참조.

「矗石樓」〈장지연 편, 『대동시선』 권7, 20쪽〉(촉석루)

名高一代汾河帥	한 시대 명성 높은 진주 장수들
地勝千年矗石樓	천년토록 지세가 빼어난 촉석루
此夜登臨弔三士	오늘밤 등림해 삼장사를 조문하니
滿天星月照吳鉤[1]	온 하늘의 별과 달이 칼을 비추네

「矗石樓」(가제)〈관찬, 『진주목읍지』 「제영」조, 1832〉(촉석루)

憶昔汾城三壯士	옛 진양성의 삼장사 생각건대
至今波怒南江水	지금도 물결이 분노하는 남강 물
男兒不死可無窮	남아는 죽지 않아 끝이야 없거늘
死則如君方得死	죽는다면 그대처럼 기꺼이 죽으리

「又」〈상동〉　　　　　　　　(또)

全忠報主人臣節	온전한 충심으로 임금께 보답함은 신하의 절의
捨命從夫女子宜	목숨 버리고 남편을 따름은 여자의 당연한 일
不失其時殲賊將	때를 놓치지 않고 적장을 죽였나니
千秋一片義娘碑	천추에 빛나는 한 조각 의랑 비석

---

1) 吳鉤(오구): 오나라 왕 합려(闔閭, B.C.514~B.C.496 재위)의 명으로 만든 칼 이름인데, 칼끝
이 갈고리 모양이고 칼날이 잘 섰다고 함.

○ 하재곤(河載坤, 1728~1773) 자 선징(善徵), 호 산재(山齋)

사직공파. 합천 용주면 평산리(坪山里) 출생. 만포 하한명의 손자이고, 부친 하윤구(河潤九)의 명으로 과거 공부를 하여 이름을 장옥(場屋)에 떨쳤다. 학문이 박식해 우승지 이병태로부터 크게 인정받았으며, 최남두·하정익·권상경 등과 막역했다. 1762년 역천 송명흠(1705~1768. 송준길의 현손)을 배알해 '山齋' 글씨를 받았고, 석문 윤봉오를 종유하며 식견을 넓혔다. 아래의 둘째 작품은 심용(沈鏞)의 합천군수 재임 기간으로 볼 때, 창작 시기는 임오년(1762)~갑신년(1764)으로 추정된다.

「矗石樓 謹次敬齋先祖韻」〈『산재유고』 권1, 10b〉(촉석루에서 경재〈하연〉 선조
　　의 시에 삼가 차운하다)

旋精碑1)下義巖頭　　정충 표창하는 비석 아래, 의암의 꼭대기

感古悲今獨倚樓　　옛일이 이내 슬퍼 홀로 누각에 기대었다

先祖當年留傑句　　선조께서 그때 뛰어난 시구 남겨

風聲增重海東州　　명성이 해동 고을에서 더욱 중하네

「與沈侯2)登矗石樓」〈『산재유고』 권1, 35a〉(심군수와 촉석루에 올라)

斜陽立馬晉陽城　　석양에 말 세운 진양성

遠峀秋生宿雨3)晴　　간밤의 비 개어 먼 산은 가을 기운

一帶烟江流澹蕩4)　　띠를 두른 안개 강물은 누긋이 흐르고

千層畫閣起崢嶸　　천 층의 멋진 누각은 가파르게 솟았는데

螭頭5)月弔忠臣魄　　용머리에 뜬 달이 충신의 넋을 위로하며

石面風淸義妓名　　바위에 부는 바람은 의기 이름 맑게 한다

---

1) 旋精碑(정정비): 정충(精忠)을 표창하기 위해 세운 비석. '旋'은 정(旌)과 동자.

2) 沈侯(심후): 군수 심용(沈鏞, 1711~1788). 파주 출생으로 1762년부터 3년간 합천군수로 지내면서 선정을 베풀었고, 송명흠·이민보 등과 교유했다. 특히 그의 자유분방한 풍류미담이 회자되었는데, 계섬·이세춘 등의 기예인과 시조 가단을 후원했고, 파주 시곡촌(柴谷村)에 살다가 죽자 계섬만은 무덤을 떠나지 않았다고 한다. 『청구야담』 권1 「유패영풍류성사(遊浿營風流盛事)」 참조.

3) 宿雨(숙우): 지난밤에 내린 비, 간밤의 비, 연일 오는 비. '宿'은 오래 되다, 묵다.

4) 澹蕩(담탕): 조용히 움직임, 누긋하고 한가한 모양. '澹'은 조용하다.

5) 螭頭(이두): 용 머리를 새긴 큰 비석. 여기서는 김시민 전공비를 뜻함. '螭(리)'는 교룡.

天地昇平歌聖德　　　천지가 태평하여 성덕을 노래하나니
綺筵笑拂玉人箏　　　비단 자리에는 웃으며 거문고 뜯는 미인들

○ 조술도(趙述道, 1729~1803) 자 성소(聖紹), 호 만곡(晚谷)

> 본관 한양. 경북 영양군 일월면 주곡리(注谷里) 출생. 대산 이상정(1711~1781)과 구사당 김낙행(김성탁의 장남)의 문인이다. 1759년 향시 합격했으나 조부 조덕린(1658~1737)의 원사(寃死) 여파로 복시에 선발되지 못하자 과거의 뜻을 접었다. 1768년 관동 지역을 유람했고, 만년에는 도산서원장을 역임했다. 아래 시는 '남유기행제작(南遊記行諸作)' 중 하나로 병신년(1776) 3월 1일에 지은 것이다. 당시 둘째형 조운도(1718~1796), 저명한 여행가인 창해(滄海) 정란(鄭瀾, 1725~1791)이 여정을 함께 했다. 자세한 것은 본서의 「남유록」 참조.

「矗石樓 次壁上韻」 《만곡집』 권1, 10a〉 (촉석루에서 벽 위의 시에 차운하다)

未愜龍門[1]遊　　　용문의 유람이 흡족치 않던 터

徑尋尹鐸州[2]　　　윤탁의 고을을 곧장 찾았노라

江山幾壯士　　　강산에 장사는 몇이런가

落日有高樓　　　고루에 해가 막 떨어지는데

遠峀旗竿出　　　먼 산봉우리에 깃대가 솟았고

晴川劍氣浮　　　갠 강물에 칼날 기운 떠있구려

卽今靑海晏　　　지금에 푸른 바다 조용하나니

笳鼓總漁舟　　　풍악소리는 모두 고깃배의 것

---

1) 龍門(용문): 명망이 높은 사람. 용어 일람 '선주' 참조.
2) 尹鐸州(윤탁주): 진나라 윤탁이 다스린 고을, 곧 진양. 용어 일람 '견사보장' 참조.

○ 박치원(朴致遠, 1732~1783) 자 근보(近甫), 호 설계(雪溪)

본관 밀양. 전북 무주군 설천면 소천리 출생. 두 살 때 부친을 잃고 조부의 훈육을 받았다. 약관에 역천 송명흠(1705~1768)의 문인이 되었고, 운평 송능상에게도 배웠다. 조부가 별세하자 백운산에 흙집을 지어 '무성와(無聲窩)'라 편액한 뒤 반평생 은거했는데, 불교와 제자백가까지 통달했다. 현재 마을에 박치원과 문중 효자를 향사하는 설호사(雪湖祠)가 있다. 발문을 쓴 서유영(1801~1874)은 그의 저술을 『반계수록』에 견주었고, 박성양(1809~1890)은 「서설계수록요어후」(『운창집』 권11)에 서 내용 일부를 발췌해 수록했다.

「矗石樓」 〈『설계수록』 권19, 291쪽〉 (촉석루)

忍上矗樓千仞城	촉석루 겨우 오르니 천 길의 성
龍蛇餘迹尙堪驚	용사년 남은 자취 아직도 놀랄 지경
黙雲高結精靈聚	어두운 구름 높이 뭉침에 정령이 모이며
赤暈橫侵釰氣生	붉은 햇무리 침노하매 검기가 이는도다
士也隕身猶考籍	선비는 몸 바쳐 아직도 서적에 뚜렷하고
女能殉國獨留名	아가씨는 순국해 홀로 이름을 전하네
回看東海星槎泊	돌아보니 동쪽 바다에 뗏목이 매여 있거늘
羞尔勤尋1)綵絮盟	부끄러워라, 비단과 면포로 맹세 애써 다지려함이

○ 정동환(鄭東煥, 1732~1800) 자 낙첨(洛瞻), 호 노촌(魯村)

본관 연일. 봉주(蓬州) 공당리(孔堂里, 현 포항시 남구 동해면 소재) 출생. 1760년 서울에 올라가 초시에 합격했으나 명리보다는 도학을 공부하라는 부친 정사하(鄭師夏)의 명에 따라 귀향해 이언적과 이황의 저술을 중심으로 성리학 연구에 힘썼다.

「次矗石樓韻」 〈『노촌유집』 권2, 8a~b〉 (촉석루 시에 차운하다)

龍蛇遺恨大江流	용사년의 남은 원한이 큰 강에 흐르고
嗚咽寒聲起暮洲	오열하는 찬 소리가 저녁 물가에 나도다

---

1) 燖(심): 燖(심, 따뜻하게 하다)의 뜻.

誰以風光稱矗石	누가 경치를 두고서 촉석루라 일컬었던가
苟非節義等閒樓	진실로 절의 아니었다면 등한한 누각일 뿐
三韓壯蹟山河憤	삼한의 장한 자취는 산하의 분개함이요
千古貞魂宇宙愁	천고의 곧은 넋은 세상의 근심일진대
聖代昇平今百載	태평한 성대는 지금 일백 년 흘렀기에
水軒還屬管絃遊	물가 누각은 다시 풍악 놀음으로 귀속되었네

「又」〈『노촌유집』 권2, 8b〉(또)

岸樹蒼凉水自流	벼랑 나무 스산하고 물은 절로 흐르는데
依然烈魄在中洲	매서운 기백이 물 가운데 의연히 서렸다
朝鮮大義惟三士	조선의 큰 절의는 오직 삼장사요
天地高名此一樓	세상의 높은 이름은 이 누각이어라
今俗勿論形勝地	요즘 풍속은 형승의 고장을 논하지 않지만
古巖猶帶國家愁	옛 바위는 나라의 근심을 여전히 띠고 있네
登臨是日偏多感	등림한 이날에 새삼 감정이 북받치노니
擊劍秋風不肯遊	가을바람에 칼 두들길 뿐 놀고 싶지 않구나

○ 김수민(金壽民, 1734~1811) 자 제옹(濟翁), 호 명은(明隱)·두문(杜門)

본관 부안. 남원부 진전방(眞田坊, 현 전북 장수군 산서면 하월리) 출생. 미호 김원행(金元行, 1702~
1772)의 문인으로 평생 출사를 단념하고 향리에서 주자와 송시열을 흠모하며 학문에 전념했고, 성대
중·박제가·이서구·신위 등과 교유했다. 한편 그는 1795년 9월 안의 삼동을 유람한 바 있고, 몽유록계
소설인 「내성지(奈城誌)」를 지었다.

「矗石樓」〈『명은집』 권1, 4쪽〉(촉석루)

| 城下長江水 | 성 아래 남강 물 |
| 城上矗石樓 | 성 위엔 촉석루 |

忠臣烈士氣   충신열사 기개가
留在一千秋   머문 지 일천년

○ 이선(李愃, 1735~1762) 자 윤관(允寬), 호 의재(毅齋)

본관 전주. 제21대 영조의 차남인 사도세자이다. 아들 정조가 장헌(莊獻)으로 시호했고, 1899년
다시 장조(莊祖)로 추존했다. 『능허관만고』는 사도세자의 비극적 생애와 정치이념을 엿볼 수 있는
기초자료이다. 「제병」의 연작 8수는 예안 도산서원, 선산 월파정, 밀양 영남루, 진주 촉석루, 남해
금산, 하동 불일암, 합천 해인사·학사대, 언양 반구대 등 병풍 그림을 보고 칠언절구로 묘사한 것이다.

「晉州矗石樓」〈『능허관만고』권1, 20b, 「題屛」8수 중 제4수〉(진주 촉석루)

晉陽節度臨江樓   진양 절도영이 강가 누각에 임했는데
蕩㶁1)江聲掀矗石   거센 강물 소리가 촉석에 들썩들썩
莫說龍蛇雲水同   용사년이 구름과 물처럼 흘렀다 하지 마오
斜陽一抹牧兒箋   해질녘 들리는 한 가락 목동의 피리 소리

○ 안인일(安仁一, 1736~1806) 자 정첨(靜瞻), 호 죽북(竹北)

본관 광주. 밀양시 상남면 예림리(禮林里) 출생. 부친은 안명언(安命彦)이고, 7세 때 재종숙부 안명하
(1682~1752)에게 『소학』을 배웠고, 또 죽포 손사익을 종유하며 학문을 넓혔다. 중년에 청천 신유한
이 살던 산내면 죽원(竹院)으로 이거해 그의 시문을 많이 읽었고, 과거에 실패하자 학문 연구에 전념했
다. 해좌 정범조, 죽리 손병로, 태을암 신국빈, 만각 이동급, 불미 손상룡, 칠실 최화진, 치암 남경희
(1748~1812), 전암 강정환 등과 교유했다.

「次申靑泉矗石樓韻」〈『죽북집』권1, 53a〉(신청천의 촉석루 시에 차운하다)

南江之水至今流   남강의 강물은 지금껏 흐르며
白雲1)高調有鳳洲2)   격조 높은 백운가가 신선 고을에 울리구려

---

1) 蕩㶁(낭훨): 치솟으며 흐르는 거센 물결. '㶁'은 샘솟다, 물이 흐르는 모양.

天地恩恩幾過客	바쁘고 바쁜 세상에 나그네 몇이나 있었던가
江山井井3)尙名樓	질서 정연한 강산에 누각 명성 오래되었거니
漫留風月無邊興	풍월의 끝없는 흥취가 부질없이 남았으되
猶積英雄不盡愁	영웅의 다함 없는 시름은 아직도 쌓여 있네
三壯登時分物色	삼장사가 등림한 때처럼 경치가 분명할진대
新秋4)杯酒屬吾遊	초가을에 술잔 들며 내 유람을 이어가노라

○ 이양오(李養吾, 1737~1811) 자 용호(用浩), 호 반계(磻溪)

본관 학성. 울주 신경리(新庚里, 현 온산읍 덕신리) 출생. 1776년 부친상에 이어 1786년 모친이 별세하자 웅촌면 석천리(石川里)로 이사해 시조 이예(李藝)를 배향하는 석천서원을 근거지로 삼아 주리학과 예설(禮說) 연구에 정진했다. 문사로 표현한 것이 모두 이치에 맞았고, 제가의 학문도 통달했다. 10촌 동생인 죽오 이근오는 그를 '吾家先生'이라 칭했으며, 경주 보문리 출생의 치암 남경희(1748~1812)·안인일과 친했다. 특히 소설비평문「제구운몽후」,「사씨남정기후」와 세태를 고발한 사회시가 주목을 받고 있다.

「次申靑泉維翰矗石樓韻」〈『반계집』 권1, 13a~b〉 (청천 신유한의 촉석루 시에 차운하다)

古城蒼翠壓長流	푸른 빛 외딴 성이 긴 강물 눌렀는데
二百年前血滿洲	이백 년 전에는 피가 물가 가득했지
大戰乾坤人報國	건곤일척의 대전 때 사람은 나라에 보답했고
太平時節客登樓	시절이 태평할 제 나그네가 누각에 올랐더니
巖花落水游魚散	바위 꽃이 물에 떨어지자 놀던 고기 흩어지며
野燐穿林宿鳥愁	들판 불빛이 숲을 뚫으니 깃든 새가 근심한다
我劒如霜無用地	서릿발 같은 내 칼은 용처가 없는지라

---

1) 白雲(백운): = 백운가(白雲歌). 곧 은사(隱士)의 시를 뜻함.
2) 鳳洲(봉주): = 봉린주(鳳麟洲). 십주(十洲)의 하나로 신선 세계를 뜻함.
3) 井井(정정): 질서정연한 모양, 왕래가 끊이지 않는 모양. '井'은 가지런하다.
4) 新秋(신추): 초가을, 음력 7월.

一罇明月足閒遊　　　　명월 속에 술 들며 느긋한 놀이할 만하네

○ 이동급(李東汲, 1738~1811) 자 진여(進汝), 호 만각재(晩覺齋)

본관 광주(廣州). 경북 칠곡 상지리(上枝里, 현 지천면 신리) 출생. 대산 이상정과 백불암 최흥원의 사숙인(私淑人)으로 자처했고, 김성탁의 외손자인 이만운·정종로와 교유했다. 과거에 여러 번 실패하자 벼슬을 접고 학문에 정진했으며, 1799년 달성 파산(巴山, 현 대구시 달서구 파호동)의 이락서당(伊洛書堂) 창건을 주도했다. 사위로 노포 박광석(1764~1845), 지헌 최효술(1786~1870) 등이 있다. 아래의 시는 경술년(1790) 3월 말부터 5월 초까지 가형 지암 이동항(1736~1804) 등과 함께 가야산·지리산 일대를 유람하던 중 4월 24일 촉석루와 의기암을 둘러보고 지었다. 윤동야(1757~1827)의 시 참조.

「矗石樓」〈『만각재집』 권1, 6a〉(촉석루)

郭外長江萬古流	성곽 밖의 긴 강은 만고에 흐르고
碧欄干下白沙洲	푸른 난간 아래에 흰 모래섬 있네
晴春畫角元戎幕	맑은 봄날에 나팔소리가 울리는 장수 막부
落日悲歌壯士樓	해질녘 슬픈 노래가 울려 퍼지는 장사 누각
極目雲烟迷遠望	시야 끝까지 구름 안개가 먼 조망을 가리며
滿城花柳動春愁	온 성의 꽃 버들이 봄날 수심을 일으키는데
書生幸際昇平世	서생은 다행히 태평한 세상을 만나
詩酒溪山得倦遊	시와 술로 산천에서 지치도록 노닌다

○ 조진관(趙鎭寬, 1739~1808) 자 유숙(裕叔), 호 가정(柯汀)

본관 풍양. 시호 효문(孝文). 경기도 포천 출신. 부친이 대마도에서 고구마를 들여온 조엄(趙曮, 1719~1777)이고, 아들이 조인영(趙寅永)이다. 1775년 구현시(求賢試)에 장원으로 뽑혀 홍문관 제학으로 발탁되었으며, 같은 해에 광주부윤이 되었다. 1776년 평안감사로 있던 부친이 홍국영의 무고로 평안도 위원에 귀양갔다가 다시 이배된 김해에서 죽었다. 이 과정에서 부친의 신원을 위해 갖은 노력을 다했고, 1794년 비로소 뜻을 이루었다. 손녀가 효명세자의 빈(헌종의 어머니)으로 책봉되었다. 아래의 시는 문집의 작품 편차로 보아 기묘년(1759) 작임을 알 수 있고, 임진왜란 때 순국한 김시민·김천일·고종후·장윤·이종인을 제재로 한 「제장(諸將)」 시가 바로 다음에 실려 있다.

「矗石樓」〈『가정유고』 권1, 2a~b〉 (촉석루)

書生悲憤此登臨	서생이 비분하여 여기 등림하노니
流水浮雲變古今	강물과 뜬구름은 고금에 변했으되
彰烈祠前猶殺氣	창렬사 앞은 여전히 살기가 등등하고
落花巖下尙春陰	낙화암 아래는 아직도 봄 그늘 짙은데
誓師[1]古渡飛鴻亂	맹세한 옛 나루에 기러기 떼 난무하며
沈戟寒沙苦竹[2]深	창 묻힌 찬 모래밭에 참대가 무성하다
莫向江干吹暮笛	강기슭에서 저녁 피리를 불지 마오
無端風浪起波心	괜스레 풍랑이 물결을 일게 하거늘

○ 정위(鄭煒, 1740~1811) 자 휘조(輝祖), 호 지애(芝厓)

본관 청주. 초명 집(㙫). 경북 성주군 수륜면 수성리 지촌(枝村) 출생. 1771년 대상 이상정, 이듬해 백불암 최흥원(1705~1786)의 제자가 되었다. 1796년 학행으로 천거되었으나 극구 사양했다. 선조인 한강 정구(鄭逑)를 추모하기 위해 1797년 향리에 숙야재(夙夜齋)를 중건해 학문을 연마했고, 이상정이 마치지 못한 『가례휘통』을 마무리해 간행했다. 아래의 시는 **계해년(1803) 9월** 금헌 장주·남고 이지용(1753~1831) 등 6인과 함께 노량, 남해, 금산을 유람할 때 촉석루에 올라서 지은 것이다. 「유금산기」(『지애집』 권4) 참조.

「矗石樓前 留別張仁如[1]鑄」〈『지애집』 권2, 10b〉 (촉석루 앞에서 인여 장주를 남겨두고)

誰憐翁白頭	누가 백발의 늙은이를 동정하여
攜到海山秋	손잡고서 가을날 해산에 이르렀나
林壑淸疎客	산수에서 소탈했던 나그네들

---

1) 誓師(서사): 출정할 때 군사들에게 하는 맹세. 여기서는 삼장사의 촉석루 맹세.

2) 苦竹(고죽): 참대.

1) 仁如(인여): 장주(1764~1821)의 자. 호는 금헌(嗛軒). 장현광의 6세손으로 달성군 현풍면 오산리 출생. 정위와 이동급(1738~1811)을 종유하며 기품을 닦았고, 약력이 장복추의 묘지명(『사미헌집』 권9)에 서술되어 있다.

湖洲放浪遊	바다와 강 유람하며 노닐었지
歸程鴈北去	돌아가는 길에 기러기는 북으로 가고
別意水東流	이별할 제 강물은 동쪽으로 흐르는데
不必臨歧悵	갈림길에 꼭 슬퍼할 것까진 없을지니
催君獨上樓	그대 혼자라도 누각 오르길 재촉하노라

○ 강정환(姜鼎煥, 1741~1816) 자 계승(季昇), 호 전암(典庵)

> 함안군 칠원면 무기리(舞沂里) 출생. 강덕부(1668~1725)의 손자로 1761년 미호 김원행(1702~1772)의 제자가 되어서 받은 '심시(尋是)' 두 자를 언행의 표준으로 삼았다. 문예와 식견을 겸비하여 정조가 규장각에서 강의를 교정하도록 했으며, 1811년 홍경래 난 때 정로(鄭魯)·정시(鄭蓍) 부자가 순국한 소식을 듣고 충의의 마음을 다졌다. 만년에 산수를 좋아하여 거창 가조의 석강리(石岡里)에서 살다가 별세했다.

「矗石樓 次申周伯板上韻」〈『전암집』권2, 12b~13a〉(촉석루에서 신주백〈신유한〉의 현판시에 차운하다)

檻外長江咽不流	난간 밖의 긴 강은 목메어 못 흐르나니
至今人說晉陽洲	지금도 사람들이 진양 물가를 말하는구나
休把繭絲1)充下戶	세금을 빈민에게 가중하게 걷지 말며
忍敎歌管貯高樓	차마 풍악을 고루에 쌓이도록 할쏘냐
遺祠草宿沈城恨	남은 사당에 풀이 묵고 침침한 성은 한스러운데
古石苔生落月愁	오래된 바위에 이끼 돋았고 지는 달이 시름겹다
義烈百年觀感在	백년토록 의열에 보고 느끼는 바 있거늘
臨風匪是等閒遊	바람 쐼은 등한히 노니는 것은 아니라네

---

1) 繭絲(견사): 세금을 가혹하게 거둠. 용어 일람 '견사보장' 참조.

○ 최광삼(崔光參, 1741~1817) 자 도원(道源), 호 만회당(晚悔堂)

본관 전주. 경남 고성 마암(馬巖) 거주. 학문에 뛰어나 벗들과 유상하면서 많은 시를 지었고, 고금의 사리에 밝아 향리에서의 신망이 두터웠다. 『만회당유집』은 『산남세고』 권1에 수록되어 있는데, 이 세고에는 부친인 은재 최명대(1713~1774)·아들 제광헌 최상각(1762~1843)·손자 눌건와 최필태의 시문이 합록되어 있다. 고손자가 경산 최한승(1844~1916)이고, 사촌동생이 죽파 최광남이다. 아래의 시는 문집 편차로 볼 때 임술년(1802) 작으로 보인다.

「矗石樓 次板上韻」 〈『만회당유집』, 11b〉 (촉석루에서 현판시에 차운하다)

水從方丈繞城流	물은 지리산에서 달려와 성을 둘러 흐르는데
烟柳明沙綠竹洲	안개 버들과 맑은 모래, 푸른 대 자란 물가라
義妓芳名留在石	의기의 꽃다운 이름은 바위에 전하고
忠臣往蹟屹如樓	충신의 옛 자취는 누각마냥 우뚝하다
江山月白詩人興	강산에 달빛 밝으니 시인의 흥취 일며
天地塵晴壯士愁	천지에 먼지 씻겼으니 장사의 마음일세
時有將壇笳皷響	이따금 장단에서 군악 소리 들리거늘
太平和氣滿筇遊	태평한 화기에 나그네는 한껏 노니네

○ 윤기(尹愭, 1741~1826) 자 경부(敬夫), 호 무명자(無名子)

본관 파평. 서울 냉천동(冷泉洞) 출생. 1760년 성호 이익(1681~1763)의 제자가 되었고, 1773년 생원시에 합격했으나 20년간 일개 성균관 유생으로 지냈다. 만년인 1792년 문과 급제한 뒤 비로소 관직에 나아가 전적, 강원도사, 장령(1798), 호조참의(1820) 등을 거쳤다. 아래의 시는 황산도 찰방 (1800.8~1801.겨울) 때인 신유년(1801) 가을에 영남루, 통도사, 해인사 등의 영남 명승지를 둘러보고 지은 작품의 하나이다.

「矗石樓」 樓在晉州 〈『무명자집 시고』 책4, 16a〉 (촉석루) 누각은 진주에 있다.

矗石危樓倚沈寥[1]　　　촉석의 높은 누각에 기대니 하늘 아득한데

---

1) 沈寥(혈료): 공활해 끝이 없는 모양. '沈'은 비다. '寥'는 쓸쓸하다. 초나라 송옥, 「구변」, "공허하도다, 하늘은 높고 기상은 맑은데[沈寥兮天高而氣淸]".

客懷何事劇蕭條　　　　길손 마음은 무슨 일로 이다지도 쓸쓸한가

靑靑竹色橫今古　　　　푸릇푸릇 대나무는 고금에 비껴 있고

決決2)江聲咽晝宵　　　　콸콸 강물 소리가 밤낮으로 흐느낀다

絶壁有心千仞峙　　　　절벽은 아찔하게 천 길 높도록 버티었고

浮雲無跡一天遙　　　　뜬구름은 자취 없이 하늘 끝 멀리 있네

遺碑3)屹立猶生氣　　　　우뚝 선 옛 비석은 여전히 생기가 남아

義妓忠魂若可招　　　　의기의 충혼을 마치 부르는 듯

壬辰晉州城陷時, 妓名論介者, 盛容飾, 坐於臨江絶壁上. 羣倭悅而爭赴之. 妓曰若非
而上將來者, 吾不從也. 於是其上將聞之, 喜卽來. 乃與之對舞, 遂抱其腰, 轉于絶壁
而死. 倭旣失上將自潰, 晉州得復. 樓卽其地也, 樓下竪碑, 記其忠烈功績. 임진왜란
으로 진주성이 함락될 때 논개라는 기녀가 용모를 잘 꾸며 강에 임한 절벽 위에 앉았는
데, 여러 왜놈이 좋아하여 다투어 나아갔다. 기녀가 "상장이 오지 않는다면 나는 따르지
않겠다." 하였다. 이에 그 상장이 듣고서 기뻐하며 왔다. 곧 그와 함께 마주 서서 춤추다
가 드디어 그의 허리를 껴안고 절벽으로 옮겨가 굴러떨어져 죽었다. 왜놈들이 이미 상장
(上將)을 잃어 절로 궤멸하니 진주가 회복되었다. 누각은 그 지점에 있는데, 누각 아래에
비를 세워서 그녀의 충렬 공적을 기록하였다.

○ 조홍진(趙弘鎭, 1743~1821) 자 관보(寬甫), 호 창암(窓巖)

본관 풍양. 서울 출신. 조석명(1674~1753)의 손자이고, 사위가 『동국세시기』(1849)를 지은 홍경모
(1774~1851. 홍양호의 손자)이다. 1783년 문과급제해 강원도 암행어사가 되었고, 갑진년(1784)
윤3월 이조좌랑 재직 중 소명을 여러 번 어겨 산청현감으로 전보되었다. 이후 지제교(1785)·대간·
강원감사(1813)·대사헌 등을 지냈고, 1809년 동지 부사로서 중국을 다녀왔다. 아래의 시는 『진주목
읍지』에서 신분을 "회계재(會稽宰)로 기재했는바, 산청현감 때의 작임을 알 수 있다. 현재 산청읍
차탄리에 불망비가 있다.

「矗石樓」(가제) 〈관찬, 『진주목읍지』 「제영」조, 1832〉 (촉석루)

右嶺東南最勝區　　　　영남 우도의 동남쪽에 가장 아름다운 곳

---

2) 決決(결결): 물이 넘쳐흐르는 모양. '決'은 결(決)의 속자로, 물이 넘치다의 뜻.

3) 遺碑(유비): 명암 정식의 비명이 새겨진 의암사적비(1722)를 말함.

江回石老有高樓	강물 휘도는 늙은 돌에 높은 누각 있거니
佳人恨結花空落	가인의 한 맺힌 꽃은 속절없이 떨어지며
壯士名傳水自流	장사의 명성 전하는 물이 절로 흐르는데
畫舫笙歌聲近遠	그림 배의 생황과 노래 소리는 가깝다가 멀어지며
別營旗戟影沈浮	별도 병영의 깃발과 창 그림자가 잠기다 떴다 하네
淸時遷客還多感	청명한 시대 좌천된 객은 되레 감회가 많기에
傾盖[1]西風倚暮洲	처음 만나 서풍 맞으며 저녁 물가 의지하도다

○ 민승룡(閔升龍, 1744~1821) 자 홍언(弘彦), 호 오계(梧溪)

산청 면우리(眠牛里, 현 오부면 양촌리) 출생. 도암 이재(1680~1746)의 수제자인 사촌 박효삼(朴孝參)의 문인이고, 1780년 식년문과 급제해 전적·예조좌랑·장령 등을 지냈다. 그가 보안역승(保安驛丞)으로 있을 때인 1784년 심환지가 정치의 요체를 묻자, 그것을 말 기르는 이치에 비유함으로써 재능을 크게 인정받았다.

「矗石樓懷古 二首」〈『오계유집』 권1, 5b~6a〉 (촉석루 회고 두 수)

報國輸忠三壯士	나라 위해 충성을 바친 삼장사
從容[1]殉節有如水	태연한 순절은 물 흐르듯 하였지
波聲日夜嗚嗚咽	물결 소리가 밤낮으로 오열하나니
中有英魂也不死	그 가운데 영웅의 넋은 죽지 않았구려

長江一帶抱城流	긴 강 한 줄기가 성을 감싸며 흐르고
忠義名傳白鷺洲	충의의 명성은 백로 노니는 물가 전하도다
千古湖山稱重鎭	천고 강산은 중진으로 일컬어지며

---

1) 傾盖(경개): 경개여고(傾蓋如故)의 준말로, 한번 만나고는 의기투합한 사이. 『사기』 권83
「추양열전」, "백발이 되도록 오래 사귀어도 처음 사귄 듯하고, 수레 덮개를 기울이고 잠깐
만났어도 오래 사귄 듯하다[白頭如新, 傾蓋如故]".

1) 從容(종용): 자연스럽고 태연한 모양, 떠돌지 않고 유유한 모양, 행동거지.

三南形勝擅高樓	삼남 형승은 고루가 독차지하는데
龍蛇蹟沒滄桑變	용사년 자취는 상전벽해 속에 잠겼고
猿鶴寃留宇宙愁	원학의 원한은 세상의 근심을 전하네
向晚登臨多感慨	저물녘 등림하니 느꺼움이 많아져
憑欄把酒半春遊	난간 기대 술 들고 중춘을 즐겨본다

○ 최광남(崔光南, 1747~1814) 자 경여(景汝), 호 죽파(竹坡)

본관 전주. 경남 고성군 구만면 당산리(堂山里, 현 화림리 당산마을) 출생. 부친 최성대(崔成大)의
명을 받들어 누차 과거에 응시했으나 뜻을 이루지 못하자, 마침내 임천(林泉)에서 즐거움을 찾아
독서하면서 후진 양성을 일생의 소임으로 여겼다. 최광삼의 사촌동생이고, 외손자가 황암 이요묵
(1809~1852)이다. 아래 시가 수록된 『죽파집』에는 아들인 자암 최상익(1772~1839)·평와 최상가
(1782~1857) 형제, 손자 약하 최필하(1804~1867)의 문집이 합편되어 있다.

「矗石樓 別同榜[1]諸友」〈『죽파집』 권1, 2쪽〉 (촉석루에서 같이 급제한 벗들과
　헤어지다)

親朋分手後	벗들과 헤어진 뒤
落日向江頭	해는 강 언저리에 지는데
餘興猶無已	남은 흥취가 끝나지 않아
更上矗石樓	촉석루에 다시금 올랐어라

「登矗石樓 次板上韻」〈『죽파집』 권1, 5쪽〉 (촉석루에 올라 현판시에 차운하다)

東南天設險	동남쪽에 하늘이 험준함 베풀어
雄鎭晉陽城	웅장한 요해지가 된 진양성
樓閣千層屹	누각은 천 층 높이나 솟았으며
滄江一帶長	푸른 강 한 줄기가 유장하도다

---

1) 同榜(동방): 함께 급제한 사람. 「묘갈명」(『죽파집』 권2)에 과거 급제한 사실이 없다고 했으
　므로 향시 합격한 적이 있는 듯하다.

當時三壯士	당시 삼장사 있었거늘
今日一書生	오늘은 일개 서생이
悵念龍蛇蹟	용사 전란 자취를 슬퍼하며
停盃倚夕陽	잔 멈추고 석양에 기대었다

○ 노국빈(盧國賓, 1747~1821) 자 숙장(叔章), 호 만헌(晚軒)

본관 광주. 합천 초계 하산리(霞山里) 출생. 김성탁 문인인 조부 노찬과 부친 노경후에게서 가학을
엄정히 배웠고, 평생 주자학을 연구했으며, 만년에 『대학』을 특히 좋아했다. 1780년 서울에 올라가
석북 신광수·광하 형제와 교유했고, 1796년 정동우 등과 함안 합강정을, 1802년 지애 정위(1740~
1811) 등과 함께 안의 삼동을 유람했다.

「矗石樓 次板上韻」 〈『만헌유고』 권1, 20b〉 (촉석루에서 현판시에 차운하다)

棟壓層巖俯碧流	기둥이 층층 바위를 눌러 푸른 강 굽어보고
叢篁綠樹繞芳洲	수북한 대숲과 푸른 나무가 방주를 둘러쌌네
名高北斗旌忠閣	북두처럼 이름 높은 정충각
形勝南州矗石樓	남쪽 고을의 형승은 촉석루
溯遑自然吼劍氣	거슬러 가자 자연스레 검기 내뿜더니만
登來不覺喚詩愁	등림할 제 어느새 시상을 자아내는구려
嗟三壯士今安在	아, 삼장사는 지금 어디에 있느뇨
把酒傷心此日遊	술잔 잡으니 마음 아픈 오늘의 유람

○ 이명오(李明五, 1750~1836) 자 사위(士緯), 호 박옹(泊翁)

본관 전주. 경기도 김포 출생. 서얼 출신인 부친 이봉환(1710~1770)에게 시를 배웠고, 1770년 부친의 '최익남옥사' 사건 때 연루되어 강진의 매산(梅山)으로 유배되었다. 2년 뒤 해배되어 귀향한 뒤 아버지 복권을 위해 노력했다. 1809년 아버지가 신원이 됨에 따라 음관으로 진출해 1811년 통신사 종사관으로서 대마도를 다녀왔다. 정약용·정학연 부자, 김노경·김정희 부자, 조수삼, 원재명 등과 교유했다. 아래 세 편의 시는 그가 진주(晉州) 감목관 때인 **무자년(1828)** 진주목사 이노준(李魯俊)과 남해 금산을 유람하던 차 촉석루에 등림해 지은 것이다. 문집의 이 작품 앞에 수록된 「嘗물晉陽 使君李次叟魯俊約遊錦山」 시 참조. 그는 이해 8월 도망친 노비의 살옥(殺獄)에 연루되어 수감된 바 있다.

「矗石樓 次板上韻 晚兒[1]同作」〈『박옹시초』 권8, 28a〉 (촉석루에서 현판시에
　차운하여 만아와 같이 짓다)

脫然臨亂不區區	초연히 전란에 임해서 허둥대지 않고
壯士佳人過此樓	장사와 가인이 이 누각을 떠나갔거늘
磊落[2]義腸爲巨石	활달하고 의로운 마음은 큰 돌이 되었고
嬋娟[3]香魄化淸流	아리땁고 향기로운 넋은 맑은 물 되었구려
已迷塵刼落花岸	벌써 세월은 아득하고 언덕에 꽃이 지며
遂有笙歌明月舟	드디어 풍악이 울리니 배에 달도 밝은데
八十老翁餘禿筆[4]	팔십 노인은 남은 몽당붓으로
薄遊[5]千里記南州	천 리 떠돌다 남쪽 고을 적어본다

「又次李次叟[6]韻」〈『박옹시초』 권8, 28b〉 (또 이차수의 시에 차운하다)

---

1) 晚兒(만아): 저자의 아들 이만용(李晚用, 1792~1863. 호 東樊). 1858년 문과 급제했고, 자여
　도 찰방(1858~9), 우통례를 거쳐 병조참지에 이르렀다. 정약용·정학연·윤정현·조두순 등
　과 교유했고, 김택영의 도움으로 간행된 『동번집』(총간 303)이 있다.
2) 磊落(뇌락): 높고 큰 모양, 기상이 활달한 모양. '磊(뢰)'와 '落'은 사물의 모양을 뜻함.
3) 嬋娟(선연): 아름답고 예쁜 모양. '嬋'은 곱다.
4) 禿筆(독필): 몽당붓. 솜씨가 그다지 뛰어나지 못함을 비유. '禿'은 붓이 모지라지다.
5) 薄遊(박유): 정처 없이 떠돌다. 마음 내키는 대로 유람하다. '薄'은 가볍다, 천하다.
6) 李次叟(이차수): '次叟'는 진주목사(1827~1828)였던 이노준(1769~1849)의 별자로 보임. 그
　의 자는 중현(仲賢), 호는 천수재(千秀齋)이다. 1805년 생원이 되었고, 진주목사 부임에
　앞서 합천군수(1822~1823)·거창군수(1823~1826)·공주판관(1826)을 지냈다. 환재 박규수

頭邊歲月遽如流	머리 가의 세월은 강물처럼 빠르게 흘러
今古茫茫始欲愁	과거와 지금 아득한 시간이 시름 젖게 하는데
矗石義聲千丈屹	촉석루의 의로운 명성은 천 길 높이 우뚝하고
菁川浩氣萬波收	청천의 넓은 기상은 온 물결에 거두어지누나
靑春騁目7)無它勝	젊을 적부터 눈 돌렸으되 빼어난 곳 없더니
浩刦傳名有此樓	오랜 세월 명성을 전하는 이 누각 있어라
好事淸宵吹鐵笛	좋을시고 맑게 갠 밤에 쇠피리를 불거니
浮雲盡捲散鳧鷗	뜬구름 다 걷히고 오리 갈매기 흩어지네

「再和」〈『박옹시초』권8, 28b〉(다시 화운하다)

滔滔不息大江流	이엄이엄 긋지 않고 큰 강이 흐르는데
到此浮生未暇愁	이곳에서 뜬 인생은 근심할 겨를 없네
已落花枝空自住	꽃 진 가지는 하염없이 절로 살아있나니
將歸春色被誰收	장차 돌아간다면 봄빛은 누가 거둘 겐가
百年踈雨常懷友	오래도록 비 흩뿌려도 벗을 늘 그리워할 터
萬慮斜陽獨倚樓	만 가지 생각에 저물녘 홀로 누각 기댔노라
自去自來機性8)少	절로 가고 절로 오니 욕심이 없거늘
吾無媿色對閒鷗	창피한 기색 없이 한가한 갈매기 짝한다

(1807~1877)는 1822년 그가 합천군수로 부임하자 16세 나이로 「강양죽지사」(『환재집』권 1) 13수를 지어주었다.

7) 騁目(빙목): 먼 곳을 두루 유람하다. '騁'은 내키는 대로 하다, 달리다.

8) 機性(기성): =기심(機心). 책략을 꾸미는 마음.

○ 조문언(趙文彦, 1750~?) 자 군박(君博)

본관 풍양. 임인옥사에 연루되어 죽은 조성복(1681~1723)의 손자이다. 1784년 무과 급제해 참봉, 황해도수군절도사, 삼도통어사(1814) 등을 역임했다. 부친 조정세(趙靖世)가 홍계희·홍계능 일에 연루되어 받은 처벌이 무죄임을 북을 치며 호소하다가 1782년 유배된 적이 있다. 한편『진주목읍지』에서 조문언의 신분을 '병사'라 했는데, 그는 갑자년(1804) 4월부터 병인년(1806) 2월까지 경상우도 병마절도사를 지냈다.

「矗石樓」(가제) 〈관찬, 『진주목읍지』「제영」조, 1832〉 (촉석루)

嗟我男兒晚世生	아, 내가 남아로서 늦게 태어나
徒然今日倚孤城	그저 오늘 외딴 성에 의지했더니
蒼蒼月照三忠廟	해맑은 달빛이 삼충 사당에 비치고
漠漠雲愁百戰營	아득한 구름이 백전 병영에 시름겹네
半夜寃懷叢竹語	한밤중 원통한 마음으로 대숲이 속삭이며
千秋憤氣怒濤鳴	천추에 분한 기운으로 성난 파도가 우는구려
昇平老帥還無用	태평한 세상 노련한 장수도 다시 소용없는지라
嶺外虛傳壯士名	영남에 부질없이 전하는 장사의 이름이로다

○ 강주호(姜周祜, 1754~1821) 자 수천(受天), 호 옥천(玉泉)

안동 출생. 동생 부지옹(不知翁) 강주우(1757~1816)와 함께 족조인 법천 강윤(1711~1782)·류천 강한(1719~1798) 형제에게 배웠다. 1783년 성균관 유생이 되었으나 과거를 단념하고 동생이 건립한 사익재(四益齋, 현 북후면 옹천리 소재)에서『심경』과『근사록』을 깊이 탐구했다. 산수를 좋아해 7살 아래지만 사사한 종인(宗人) 강시환과 함께 1804~1811년 태백산, 속리산, 금강산을 여행하고 기행문을 남겼다. 아래 시는 경오년(1810)에 가야산, 덕유산, 진주, 밀양, 동래, 양산, 언양, 경주 등지를 유람할 때의 작이다. 동생의 시문을 분권 없이 합편한『옥천연방고』권2의「남유록」(20b)의 2월 28일자 기록에 퇴계 현판시를 보고 감탄했다는 내용이 나오고, 「유금강산록」(24a)에도 당시 촉석루에서 시를 지어 삼장사를 조상했다고 명시되어 있다.

「矗石樓 謹次退溪先生板上韻」 〈『옥천연방고』권1, 2b~3a〉 (촉석루에서 퇴계 선생 현판시에 삼가 차운하다)

狂醉江山任奔放	잔뜩 취해서 강산을 마음대로 분방하다가

下笻三洞[1]更登樓 막대 짚고 삼동을 내려와 다시 누각 오르니

潮通渤海[2]魚游濶 조수 드나드는 발해에는 고기가 뛰놀고

春滿塞城鳥語流 봄빛 한창인 변방 성채에 새 지저귀는데

壯士杯前波不渴 장사가 술잔 들던 앞 물결은 마르지 않았으며

忠娥手下石猶浮 미인이 손잡고 내려간 바위는 여전히 떠 있네

騷人幸老太平世 시인은 다행히 태평한 세상에서 늙어갈진대

謾作悲歌吟暮洲 부질없이 저녁 물가에서 슬픈 노래로 읊조린다

○ 도우경(都禹璟, 1755~1813) 자 경승(景升), 호 명암(明庵)

본관 성산. 경상도 성주 명암방(明巖坊) 행촌리(杏村里, 현 벽진면 수촌리) 출생. 암곡 도세순(都世純, 1574~1653)의 6세손. 입재 정종로(1738~1816)의 문인으로 향시에 여러 번 합격했지만 1803년 비로소 진사시 합격했다. 소산 이광정의 아들 이우(李㙖)가 1792년 소두로서 사도세자의 억울함을 상소한 만인소가 다시 불거져 1806년 고금도로 유배되자 만여 자의 소초(疏草)를 지었으나 올리지 못했다. 이후 학문에 전념하며 시폐 개혁에 관한 글을 다수 지었고, 남한명·이헌유·김한동 등과 절친히 지냈다.

「矗石樓」〈『명암집』 권1, 2b〉 (촉석루)

暮泊晉陽洲 저물녘 머문 진양 물가

朝登矗石樓 아침에 촉석루 오르고서

我思三壯士 삼장사를 생각해보니

今閱百年秋 지금 백년도 지났어라

竹影幽脩碧 대 그림자 푸른 숲에 그윽하고

江聲嗚咽流 강물 소리 오열하며 흐르는데

書生多感慨 서생은 느꺼움이 많아

橫劍倚欄頭 칼 비껴두고 난간에 기대었다

---

1) 三洞(삼동): 함양 안의의 세 명소인 화림동(花林洞), 심진동(尋眞洞), 원학동(猿鶴洞).

2) 渤海(발해): 물결 출렁이는 바다. 여기서는 남강을 말함. '渤'은 물이 용솟음치는 모양.

○ 전령(展翎, 1755~1826) 자 천유(天游), 법호 해붕(海鵬)

해붕대사. 전라도 순천 출생. 순천 선암사로 출가해 최눌선사의 제자가 되었고, 문장과 인품이 뛰어나 이삼만·초의선사 등 6인과 더불어 "호남칠고붕(湖南七高朋)"으로 유명했다. 당시까지 미상으로 남아 있던 해붕대사 출생연도의 최초 고증, 해붕대사와 추사 김정희의 '공각(空覺)' 논쟁 경과 등에 관해서는 하강진(2014), 367~375쪽 참조.

「題矗石樓」〈『해붕집』, 107쪽〉(촉석루에 제하다)

長城橫地威風動	긴 성 가로지른 곳에 거센 바람 몰아치고
大將倚天1)壯氣浮	대장 기댄 하늘에 씩씩한 기운이 넘치는데
功德千秋山共遠	공덕은 천추토록 산과 함께 아득하며
芳名萬古水同流	꽃다운 이름이 만고에 물이랑 흐르네

○ 김휘운(金輝運, 1756~1819) 자 치화(穉和), 호 아호(鵝湖)

본관 의성. 초명 희운(熙運). 진주 압현(鴨峴, 현 지수면 압사리) 출생. 남명 조식의 외손서인 동강 김우옹(1540~1603)의 8세손이다. 1795년 상경해 정약용과 교유한 이후 해남 유배지까지 편지를 왕래했다. 1804년 사마시 합격했지만 벼슬을 단념하고 종신토록 향리에 초당을 짓고서 학문에 전념했다. 1818년 4월 장사랑 허술(1773~1846)·치암 최상우(1779~1859) 등의 진주 사람과 김성일 후손들이 삼장사를 배향하기 위해 경림서원(慶林書院, 옛 금산면 장사리 소재) 건립을 청원하는 소장을 경상감영에 올릴 때 그 문안을 작성했다. 1838년 진주성의 「서장대중수기」·「신북문중수기」(『오연집』 권4)를 지은 오연 김면운(1775~1839)의 백형이고, 고손자가 중재 김황이다.

「雪中 登矗石樓」〈『아호유고』 권1, 19b〉(눈 맞으며 촉석루에 올라)

矗石曾無遇雪時	촉석루에서 일찍이 눈을 만난 적 없지만
尋常風月亦稱奇	언제나 풍월 또한 기이하다며 칭송하지
忽乘一夜山陰興1)	하룻밤 새 산음 같은 흥이 문득 솟아나

---

1) 倚天(의천): 송옥, 「대언부(大言賦)」, "모난 대지를 수레로 삼고 / 둥근 하늘을 덮개로 삼고 서 / 번쩍이는 장검을 쥐고 하늘가에 기대겠다[方地爲車, 圓天爲蓋, 長劍耿耿倚天外]". 또 아주 큰 칼의 이름이기도 하다. 명암 정식의 시 각주 참조.

1) 山陰興(산음흥): 왕희지가 산음에 살고 있을 때 밤중에 많은 눈이 내리자 흥에 겨워 문득

惹動寒江獨釣思　　찬 강에서 홀로 낚시할 마음이 이끌리네

「全州鄭茂才[2]經秋於洛左[3] 至冬登矗石樓 其遊壯矣 其文章亦富
矣 心甚欽豔 但聞其與人贈別之詩 每多憂愁不平之意 可慨也
聊以拙句解之」二絕 〈『아호유고』 권1, 22a~b〉 (전주의 정무재가 낙좌에서
가을을 지내다 겨울이 되어서야 촉석루에 올랐다. 그 유람은 장쾌했고 문장도 풍부
하여 마음속으로 매우 부러워했다. 다만 그가 사람들과 작별하면서 지어준 시에
매번 근심과 불평의 뜻이 많다고 알려진 것은 유감이다. 애오라지 졸렬한 시구로
그것을 해명한다.) **절구 두 수**

男兒能事四方遊　　남아가 사방의 유람 일삼을 수 있다지만
言志[4]何須一字愁　　뜻을 말함에 어찌 '愁' 한 자에만 있겠나
可惜康州離別席　　진주에서 이별하는 자리 못내 아쉬워
深情論說大江流　　깊은 정 논하며 큰 강물 얘기했으리

舋恢眼闊快茲遊　　마음 넓어지고 안목 트이는 장쾌한 이 유람
嶺雪關霜不是愁　　고개 눈발과 관문 서리라도 걱정이 안 되네
南國豈無知己友　　남쪽 고을에 어찌 알아주는 벗 없으랴
相逢應說好風流　　다시 만나면 응당 멋진 풍류 얘기하리

배를 타고 대규(戴逵)를 찾아갔는데, 막상 그의 집 앞에 이르자 들어가지 않고 그냥 돌아
왔다. 어떤 사람이 까닭을 묻자 "나는 그저 흥에 겨워서 왔을 뿐 흥이 다했으므로 돌아가
는 것이다[吾本乘興而行, 興盡而返]." 하였다. 『세설신어』(하) 「임탄」.

2) 鄭茂才(정무재): 미상. '茂才'는 수재(秀才)나 지방관이 추천한 선비. '茂'는 훌륭하다.

3) 洛左(낙좌): 낙동강 동쪽 지역. 예전에는 동쪽을 '左'로, 서쪽을 '右'로 표기했다.

4) 言志(언지): 시를 말함. 『서경』 「우서」 〈순전〉, "詩**言志**, 歌永言".

「矗石南樓 贈李子昂景白」〈『아호일고』,[5] 2b〉(촉석 남루에서 자앙 이경백에게
　주다)

矗江新月喜逢秋　　초승달 뜬 촉강에서 가을 만나 기쁜데

形勝南州有此樓　　남쪽 고을의 형승은 이 누각에 있도다

渡口逢人仍說舊　　나루터에서 사람 만나면 옛일을 곧장 말하고

舟中留客更消憂　　배 안에서 길손 붙들면 근심이 다시 녹고말고

萬事艱關與誰語　　고생스러운 만사를 누구와 이야기 하나

長途顚沛[6]共君謀　　어려운 장도를 그대와 함께 꾀할진대

試向蘆洲歌一曲　　시험 삼아 갈대섬 향해 한 곡조 노래하니

青襟[7]相對白鷗浮　　유생은 떠다니는 갈매기를 짝하는구려

○ 윤동야(尹東野, 1757~1827) 자 성교(聖郊), 호 현와(弦窩)·소심(小心)

본관 파평. 거창 남하면 양항리(梁項里) 출신. 최흥원·정종로·이만운 등에게 배워 문명이 났으나,
과거에 여러 번 낙방한 뒤로 이름난 산수와 영남 지역 고적을 오가며 시문을 짓고 경전 연구에 정진했
다. 백불암 최흥원의 고제 최흥벽(1739~1812), 정위, 이동항(1736~1804) 등과 평생 도의로 교유했
다. 지암 이동항은 경술년(1790) 4월 24일 동생 이동급·윤억·최인화 등과 진주성 촉석루에 오른
뒤 삼장사의 비가(悲歌), 김천일의 유풍(遺風), 의기암에 대한 소감 등을 적고 있다(「방장유록」, 『지암
집』 권3, 28a). 이를 참고하면 그가 이동항의 남유시를 읽고 난 뒤 지은 아래 시의 창작시기는 바로
그 무렵으로 보인다.

「矗石樓」[1]〈『현와집』 권1, 12b〉(촉석루)

────────────────

5)『아호일고』는 아호 김휘운, 승람 김영기(1781~1850)·자성 김양기(1789~1834) 부자(父子)
　의 문집『아호교재집(鵝湖喬梓集)』(1965) 권상에 들어 있다. '喬梓'는 부자의 뜻.

6) 顚沛(전패): 허둥거림, 짧은 시간. '顚'은 넘어지다. '沛'는 자빠지다. 『논어』「이인」, "황급
　한 때에도 반드시 인(仁)과 더불어 하며, 낭패할 때에도 반드시 인과 더불어 할 일이다[造
　次必於是, 顚沛必於是]".

7) 青襟(청금): 유생(儒生)을 말함. 여기서는 이경백. 『시경』「정풍」〈자금〉, "푸르고 푸른
　그대의 옷깃 / 내 마음에 아득하여라[青青子衿, 悠悠我心]".

1) 이 시는「봉증이지암동항남유제영(奉贈李遲庵東沆南遊諸詠)」중 제4수이다. 나머지 세 작
　품은「방장」,「백운교」,「천왕봉」이다. 이동항(1736~1804)은 최흥원의 문인이고, 허목의

元戎臺榭揷天豪	병영의 누각은 하늘에 꽂혀 웅장하며
檻外長江萬古濤	난간 너머 남강이 만고에 물결치노니
佳人舞袖山河重	가인이 춤추던 소매는 산하처럼 무거웠고
壯士歌樽日月高	장사가 노래하던 술잔은 일월처럼 높았으리
三版孤城餘此地	삼판의 외로운 성은 이곳에 남았다만
一年佳節屬吾曹	한 해 좋은 시절이 우리를 불러모았네
南藩花柳昇平久	꽃 버들 늘어진 남쪽 고을은 태평한 지 오래
何事登臨彈大刀	어인 일로 등림해 큰 칼을 두드렸는지요

○ 홍의호(洪義浩, 1758~1826) 자 양중(養仲), 호 담녕(澹寧)

본관 풍산. 시호 정헌(正憲). 강원도 원주 출신. 홍수보의 차남이고, 숙부가 홍화보(洪和輔, 정약용의 장인)이다. 1784년 문과 급제해 초계문신에 선발되었고, 지평·승지·청송부사(1796~1798)·의주부윤·대사간(1807)·한성부 판윤·공조판서 등을 지냈다. 사신으로 중국을 세 차례(1803, 1815, 1823) 다녀왔고, 신해박해와 신유박해 때 공서파 남인에 속했다. 형 홍인호(洪仁浩, 1753~1799)가 편교한 『형옥결안』을 보완한 『심리록(審理錄)』(1801)을 편찬했고, 저술로 『담녕부록』·『노암고(魯庵稿)』가 있다.

「矗石樓」(가제) 〈관찬, 『진주목읍지』 「제영」조, 1832〉 (촉석루)

奇巖矗立大江鳴	기암이 곧추서 있고 큰 강은 울어예는데
智異東頭兀一城	지리산 동쪽 언저리에 한 성이 우뚝하다
當日英雄成節義	그때 영웅은 절의를 이루었으며
百年樓閣得崢嶸	백년 누각은 빼어남을 갖추었네
沙村歷歷榴花晚	강변 마을에는 선명한 석류꽃이 한창이고
帥府深深行樹淸	원수 막부에는 깊숙한 가로수가 청신하네
滄海不驚南斗[1]霽	푸른 강은 쾌청한 남두성으로 놀라지도 않기에

대전(大篆)을 사숙해 당대 제일이라는 평을 받았으며, 유람을 좋아해 「유속리산기」(1767)·「해산록」(1791) 등을 지었다.

錦筵歌曲樂昇平　　　비단 자리에서 노래하며 태평함을 즐기누나

○ 허회(許澮, 1758~1829) 자 관지(灌之), 호 염호(濂湖)

> 본관 김해. 10대조 허추(許錘)가 합천 삼가 평구에서 이거한 진주 지수면 승산리(勝山里) 출생. 임란 의병장인 관란 허국주(1548~1608)의 7세손으로, 허박(許鏄)의 재종질이다. 1784년 성담 송환기 (1728~1807)의 문인이 되었고, 이해 10월 무과 급제해 부사맹을 시작으로 해서 병조참지에 이르렀 다. 무관이나 순조 때 수차례 경연에 참석해 진강할 정도로 학문 조예가 깊었고, 홍경래 난 때 순국한 정시(1768~1811)·송치규(1759~1838)와 절친했다. 그의 가계는 증손자 지신정 허준(許駿, 1844~ 1932)→효주 허만정(許萬正, 1897~1952)→①허정구→허동수, ②허학구, ③허준구→허창수, ④허 신구, ⑤허완구→허용수로 각각 이어진다. 아래의 시는 작품 내용과 「연보」(『염호집』 권5)를 보건대 지리산을 유람하던 무술년(1778) 봄에 지은 것으로 짐작된다.

「矗石樓 次板上韻」 〈『염호집』 권1, 4a〉 (촉석루에서 현판시에 차운하다)

往塵欲問水東流	옛 전란을 동으로 흐르는 강물에 물으려니
只見沙鷗立暮洲	해 저무는 물가에 서 있는 갈매기만 보이네
世亂忠臣蹈死地	세상 어지러울 때 충신이 사지를 밟았건만
時平騷客倚高樓	시절 태평할 제 시인은 높은 누각 기대었다
巖花紅落鍾雷[1]血	붉은 바위 꽃은 충직한 뇌만춘의 피 떨어짐이요
江草靑留義妓愁	푸른 강가 풀은 의로운 기녀의 근심을 전할진대
聖代居然書劍老[2]	성대에 어느덧 책과 칼이 늙어만 가노니
浩歌一曲恣遨遊	호탕한 노래 한 곡조로 마음껏 노니노라

---

1) 南斗(남두): 남극 가까이에 있는 국자 모양의 별. 형혹성(熒惑星)이 남두성을 침범하면 국난의 징조를 나타냄. 이익, 『성호사설』 권2 「천지문」.

1) 鍾雷(종뢰): '鍾'은 자애롭다, 한결같다. '雷'는 뇌만춘(雷萬春, ?~757)으로, 당 현종 때 안록 산이 반란을 일으키자 장순(張巡)의 편장으로서 수양성을 지키다가 순절했다. 『당서』 권 196 「뇌만춘전」; 『신당서』 권192 「뇌만춘열전」. 용어 일람 '장순' 참조.

2) 書劍老(서검로): 뜻을 이루지 못한 채 늙어감. '書劍'의 풀이는 용어 일람 '서검' 참조. 고적 (707~765), 「인일기두이습유(人日寄杜二拾遺)」, "한 번 동산에 은거하여 지낸 삼십 년 / 어찌 책과 칼이 풍진 속에 늙어갈 줄 알았으랴?[一臥東山三十春, 豈知書劍老風塵]".

○ 정만석(鄭晩錫, 1758~1834) 자 성보(成甫), 호 과재(過齋)·죽간(竹磵)

본관 온양. 정기안(1695~1775)의 아들. 1783년 문과 급제해 자여도 찰방(1783~5)을 거쳐 호남어사
(1794), 전적, 동래부사(1803.2~1806.1), 경상감사(1809~1810), 평안감사, 호조판서, 우의정 등
을 지냈다. 1801년 서장관과 1818년 정사로 중국을 각각 다녀왔고, 남공철과 친했다. 『진주목읍지』
에서 작가의 직책을 '어사'라 했는데, 그는 임술년(1802) 6월 연일현감 재직 시 경상우도 암행어사로
활약한 바 있다. 참고로 찰방선정비(1785)가 현재 마산회원구 석전동에 있다.

「矗石樓」(가제)〈관찬,『진주목읍지』「제영」조, 1832〉(촉석루)

大嶺以南東海區	조령 이남의 동쪽 바다 지역
天晴野曠倚高樓	하늘 맑고 땅 넓은 곳에 높은 누각 의지했네
四時落木星槎漂	항상 낙엽 지는 물가에 사신의 배가 떠 있고
百戰老城雲水流	백전 치른 옛 성에는 구름과 물이 흘러가는데
霄漢放歌秋近遠	하늘 향해 노래하니 가을은 가깝다 멀어지며
關河擊劍月沈浮	변방 강에서 칼 두드리니 달이 잠겼다 떠오른다
昇平未暇疎戎務	태평세월이나 쉼 없이 군무를 소통하는 건
自古要衝七十州	예로부터 칠십 고을의 요충지 때문이라네

○ 정회찬(鄭悔燦, 1759~1831) 자 회숙(晦叔), 호 계당(溪堂)

본관 진양. 충장공파. 초명 형기(亨基). 무장현 괴령(槐嶺, 현 전북 고창군 성송면 괴치리) 출생이나
인근의 계당리로 이거했다. 과거에 실패하자 분연히 포기하고 산수에서 소요하며 후진을 양성했다.
'십무(十毋)'와 '십필(十必)'의 교훈을 몸소 실천했고, 평생 족보 편수에 힘을 쏟았으며, 만년에는
송치규(1759~1838)와 토론 문답하며 절친히 지냈다. 『동문선』에 실린 정을보의 시를 차운해 7언율
시가 되었으나 실제 원시는 7언배율이다.

「見東文選 追次先祖文良公矗石樓遺韻」〈『계당집』권3, 9a〉(『동문선』을
　　보다가 선조 문량공(정을보)의 촉석루 유시에 뒤따라 차운하다)

矗石高樓問幾時	촉석에 고루 있은 지 얼마이런가
嗟吾先祖詠而詩	아, 우리 선조는 읊으며 시 지었네

山河氣勢曾何壯　　　산하 기세가 어이 그리도 웅장한지
月露精神尙不衰　　　달 이슬에 마음은 여태 줄지 않았어라
抱檻江聲千頃汪　　　난간에 감도는 강물소리가 천 이랑 왕성하고
落巖花影一枝垂　　　바위에 지는 꽃 그림자가 한 가지에 드리웠다
故鄕雲水蒼茫地　　　고향의 풍경이 아득하노니
敢把遺章和絶奇　　　남긴 시에 절경을 감히 화답해보노라

○ 이근오(李覲吾, 1760~1834) 자 성응(聖應), 호 죽오(竹塢)

본관 학성. 언양 석천리(石川里, 현 울주군 웅촌면 소재) 출생. 반계 이양오의 10촌 동생으로, 활산 남용만(1709~1784. 류의건의 사위)의 문인이다. 대사헌을 지낸 이정규, 정약전과 교유했다. 1790년 급제해 승문원 부정자(1791), 전적, 병조좌랑, 지평(1819) 등을 지낸 뒤 귀향해 석천정(石川亭)을 지어 후진 양성에 힘썼다. 아래의 시는 그가 경신년(1800) 4월 말 석천을 출발해 5월 초순까지 연자루, 월영대, 세병관, 지리산, 삼랑진, 곡강정, 영남루 등 명승지를 유람하던 중 촉석루에 올라 지은 것이다. 「남유기행」(『죽오유집』 권1, 34b) 참조.

「次洪上舍偉矗石樓韻」〈『죽오유집』 권1, 23b〉 (상사 홍위의 촉석루 시에 차운하다)

嶠南無與此樓齊　　　영남엔 이 누각과 견줄 것 없나니
十里長江十里堤　　　십 리 긴 강과 십 리 제방이 있구려
古碣臨洲多剝落1)　　옛 비석은 물가 임해 많이도 닳았으며
遠山當檻半高低　　　먼 산은 난간 마주해 반쯤 높고 낮은데
脆2)絃軟舞供娛樂　　낭랑한 음악과 사뿐한 춤사위가 즐거움 주고
叢竹寒松入品題　　　빼곡한 대숲과 찬 소나무는 제재로 들어온다
邇事如今增感慨　　　지난 일이 지금도 사무치는 마음 보태거늘
雄心直欲吐虹霓3)　　웅장한 마음은 곧장 무지개를 뱉을 듯하네

---

1) 剝落(박락): 떨어져 나감, 이지러짐. '剝'은 벗겨지다.
2) 脆(취): (목소리 등이) 맑다, 낭랑하다, 무르다, 가볍다.
3) 吐虹霓(토홍예): 무지개를 뱉어 냄. 흔히 강개한 기개를 떨치거나 훌륭한 문장을 지어내는 것을 비유함. '虹霓'는 무지개.

○ 남공철(南公轍, 1760~1840)

자 원평(元平), 호 금릉(金陵)·영옹(潁翁)·사영(思潁)

시호 문헌(文獻). 서울 명례방(明禮坊) 출생. 뇌연 남유용(1698~1773)의 아들이고, 고조부가 남용익이다. 1780년 승보시 합격했고, 음보로 익위사 세마(1784)가 된 후 감찰·임실현감(1790)·사복시 첨정을 지냈다. 그리고 1792년 급제해 여러 요직을 거친 뒤 영의정(1833)을 끝으로 치사했다. 참고로 그는 경상감사(1802~1804) 때 명암 정식을 흠모해 「증사헌부지평정공묘갈명(贈司憲府持平鄭公墓碣銘)」(『금릉집』 권16)을 지었다. 관찬 『진주목읍지』(1832) 「제영」조에서 작가의 신분을 사명태수(四明太守)라 했는바, '四明'이 곧 산청의 별호임을 참작할 때, 아래 시는 산청현감(1786.6~1788) 때의 작이 분명하다.

「矗石樓夜宴」1) 〈『금릉집』 권1, 15a〉 (촉석루에서의 밤잔치)

百尺樓臺上將營	백 척 누대 위 장군의 병영에 올랐더니
夜筵張燭鬧歌笙	밤잔치 촛불 밝혀 풍악소리 떠들썩한데
佳人舞劍星沈水	가인이 칼춤 추니 별은 물속으로 잠기며
壯士吹笳月滿城	장사가 피리 불자 달빛이 성에 가득하다
霸業山河皆北拱	패업 이룬 산하는 모두 북쪽을 에워쌌고
亂時兵甲2)憶南征	전란 때의 무기는 남정 생각나게 하거늘
卽今藩鎭無烽火	지금 번진에는 봉화불이 없는지라
詞客登臨賦太平	시인은 등림하여 태평히 읊조린다

---

1) 그의 시첩 『금릉시』(서울대학교 규장각 소장)에는 이 시가 「촉석루연석 차운정안사김공(矗石樓燕席次韻呈按司金公)」 제목으로 수록되어 있는데, 당시 경상도 관찰사인 김상집(1723~?)에게 준 작품임을 알 수 있다. 한편 『진주목읍지』 「제영」조에는 '百尺→第一'(1행)로, '笙→屛'(2행)으로 되어 있다.

2) 兵甲(병갑): 병기와 갑주, 곧 무기.

○ 강시환(姜始煥, 1761~1813) 자 유종(有終), 호 백록(白麓)·백치(白痴)

잠은 강흡(姜恰, 1602~1671)의 6세손으로 안동 북후면 출신. 법천 강윤(1701~1782)의 손자로 11세 때 부친을 여읜 뒤 삼산재 김이안(金履安, 1722~1791)의 제자가 되었다. 1786년 진사시 합격했고, 1805년 첫 벼슬인 제릉참봉이 되었으나 곧 그만두고 향리에서 은거하며 송시열을 평생 존모하며 주자학 연구에 전념했다. 장남이 유하 강태중(姜泰重, 1778~1862)이다. 그의 생애는 송근수의 「백치강공시환행장」(『입재집』 권18)에 약술되어 있다. 아래의 시는 강주호(1754~1821)의 시에서 보듯이 **경오년(1810) 2월** 말에 지었음을 알 수 있다.

「矗石樓」 〈『백록가고』 권1, 30b〉 (촉석루)

往蹟悠悠共水逝	옛 자취가 아련히 물과 함께 흘렀고
江山終古有高樓	강산에는 예로부터 높은 누각 있었지
雲愁鸛陣[1]凝如結	구름도 관진을 걱정해 엉겨 맺힌 듯하며
波撼龍宮湛不流	파도가 용궁을 뒤흔드나 깊어서 잠잠한데
無數樽前脩竹影	무수한 술통 앞으로 긴 대 그림자가 비치며
至今巖下落花浮	지금도 바위 아래로 떨어진 꽃이 떠다니누나
遊人到此能無感	나그네가 이곳에 이르러 감회가 없을 순 없기에
倚釰悲歌下暮洲	칼 짚고 슬픈 노래 부르다 저녁 물가로 내려간다

○ 박광보(朴光輔, 1761~1839) 자 맹익(孟翼), 호 금서헌(錦西軒)

본관 순천. 대구 묘동리(妙洞里, 현 달성군 하빈면 소재) 출신. 박팽년 후손으로 동생이 노포 박광석이고, 모친은 홍여하(1620~1674)의 증손녀이다. 약관에 백불암 최흥원(1705~1786)의 문인이 되었다. 경전 요지를 잘 알았으며, 사학(史學)에도 심취해 역사·인물·법제·지리 등에 두루 해박했다. 아래의 시는 「제사제중익남유록겸차제운(題舍弟仲翼南遊錄兼次諸韻)」의 일부인데, 정해년(1827) 단양절을 맞이해 동생 박광석 등 예닐곱 동지들이 남유했다는 병서의 기록으로 볼 때 창작 시점이 드러난다.

---

1) 鸛陣(관진): 학진(鶴陣)의 한 종류. '鸛'은 황새.

「矗石樓」 二首 〈『금서헌집』권1, 14b〉 (촉석루) 두 수

東南形勝舊藩屏	동남의 형승은 옛 변경인데
極目蒼茫曠感生	시야 끝까지 아득해 드문 감회 생기네
盃水1)魂歸塵㥹淚	강물로 넋 돌아가 오랜 세월 눈물 흘렸고
義巖花落姓名香	의암에 꽃 떨어져 그 이름이 향기롭다
鳥蹄古堞迷雲樹	새 발자국 찍힌 옛 성엔 구름과 나무 희미하며
鷺宿虛汀倒月星	백로 서식하는 빈 물가에 달과 별이 떨어지는데
關防今爲遊賞地	관방은 지금에 유람하는 곳이 되었나니
太平休運幸生丁2)	태평 시절 좋은 운세에 다행히 태어났네

層崖橫亘外環川	가로 뻗친 절벽 너머로 내가 빙 둘렀는데
氣執雄藩鐵甕堅	기세 웅장한 번진은 철옹성처럼 견고하다
保障西河3)聞尹鐸	서하를 지킨 이로 윤탁을 들어서 알거니와
蔽遮南虜憶張巡	남쪽 오랑캐 막은 이로는 장순을 기억하지
至今不渴長江水	지금까지도 긴 강물은 마르지 않고
撫古難忘癸巳年	옛일 생각하니 계사년 잊기 어렵다만
幸値昇平無事世	다행히 태평 시절을 만나 세상에 일 없기로
花樓歌酒臥戎臣	술 마시고 노래하는 누각에 장수가 누워 있네

---

1) 盃水(배수): 삼장사가 술잔 들며 맹세한 강물을 뜻함.
2) 丁(정): 당하다, 조우하다, 일을 만나다.
3) 西河(서하): 춘추시대 윤탁이 선정을 베푼 진양성이 있던 곳.

○ 정약용(丁若鏞, 1762~1836)

자 미용(美鏞)·송보(頌甫), 호 다산(茶山)·여유당(與猶堂)·사암(俟菴)·탁옹(籜翁)

본관 나주. 시호 문도(文度). 광주 초부면 마현리(현, 경기도 남양주시 조안면 능내리) 출생. 모친은
윤두서(1668~1715)의 손녀이고, 1776년 2월 홍화보의 사위가 되었다. 1783년 회시 합격했고,
1789년 문과 급제한 후 초계문신·지평(1790)·수찬(1792)·경기도 암행어사(1794)·병조참의(1795.
2)·충청도 금정찰방·곡산부사·형조참의(1797) 등을 역임했다. 1801년 2월 신유사옥으로 포항 장기
현에 유배되었다가 이해 10월 질녀 남편인 황사영 백서사건에 연루되어 전남 강진으로 이배된 뒤
18년간 머물렀다. 하강진(2014), 376~391쪽 참조.

「矗石懷古」[1] 三月也. 樓在晉州兵馬營, 壬辰之亂, 三壯士殉節於此 〈『여유당전서』 제1집
권1, 11b〉 (촉석루에서 옛일을 생각하며) 3월이다. 누각은 진주 병마영에 있고, 임진왜란
때 삼장사가 여기서 순절하였다.

蠻海東瞻日月多	오랑캐가 해동을 노려본 지 얼마런가
朱樓迢遞枕山阿	붉은 누각이 아스라이 산허리에 임했다
花潭舊照佳人舞	꽃 핀 못가에 가인 춤사위가 예처럼 비치고
畫棟長留壯士歌	화려한 누각에는 장사 노래가 길이 전하거늘
戰地春風回艸木	전쟁터의 봄바람은 초목을 휘돌며
荒城夜雨漲煙波	황성의 밤비가 안개 물결에 넘치네
只今遺廟英靈在	지금껏 사당에 영령은 그대로 있나니
銀燭三更酹酒過	한밤에 촛불 켜고 술 올리러 가노라

「重游矗石樓」[2] 〈『여유당전서』 제1집 권2, 2a〉 (촉석루를 다시 유람하며)

黃鶴三登[3]興未窮　황학루 세 번 올라도 흥취는 끝없나니

---

1) 이 시는 시집 편차상 화순현감에서 예천군수로 전임된(1780.2.22) 부친 정재원(丁載遠,
　1730~1792)을 뵈러 가는 길에 아내와 함께 먼저 우병영이 소재한 진주에 들러 장인 홍화
　보에게 인사드린 이후부터 지은 작품들 속에 들어 있는 바, 시제의 주석 '3월'은 당연히
　경자년(1780)에 해당한다. 본서의 「촉석루연유기」 참조.
2) 원제는 「重游矗看樓」이나 시제의 '看'은 '石'의 오기라 바로잡았다. 이 시는 울산부사
　(1789.4~90.11)에서 진주목사로 전직해 있던 부친에게 인사를 드리려고 신해년(1791) 2월
　말 경 촉석루를 11년 만에 다시 방문해 지은 것이다. 본서의 「재유촉석루기」 참조.

玄都4)再過又春風	현도관을 재차 지나자 또 봄바람 부네
畫船依柳新添碧	놀잇배 기댄 버들은 푸른빛을 새로 더하나
歌妓如花半褪紅	꽃 같던 기녀는 붉은 빛이 반이나 바랬다
尚有紗籠懸壁上5)	아직도 깁에 싼 시는 벽 위에 걸려 있고
且將羅襪弄波中6)	다시 비단 버선이 물결 속을 희롱하는데
欲知節度分符7)處	절도사 갈려 간 곳을 알고자 할진대
正在黃州8)錦綺叢9)	바로 황주의 비단 더미에 계신다네

「凌虛堂」10) 〈장지연 편, 『대동시선』 권7, 32쪽〉 (능허당)

烈士碑11)前開矗石	열사의 비석 앞으로 촉석루 통하고
義娘祠外流菁川	의랑의 사당 너머로 남강이 흐른다
劒幕酒闌壯心裂	군막에 술판 거나하니 굳센 마음이 찢어지고
舞筵花落芳魂翩	춤 자리에 꽃 떨어져 향기로운 넋 떠다니는데

---

3) 黃鶴三登(황학삼등): 이백이 759년 3월 귀주성 야랑 유배지에서 풀려난 뒤에 지은 166행의 장시 「경란리후천은류야랑억구유서회증강하(經亂離後天恩流夜郎憶舊遊書懷贈江夏)」(『이태백집』 권9)에 "한 부끄러운 청운객이 / 세 번째로 황학루에 올랐네[一忝靑雲客, 三登黃鶴樓]"(제109~110행)라는 구가 있다.

4) 玄都(현도): 당나라 때 장안에 있던 도교 사원인 현도관(玄都觀). 유우석이 유배에서 풀려 이곳을 10년 만에 재차 찾을 때 만발한 복사꽃을 시로 지어 당시의 권신들을 풍자한 바 있다. 여기서는 촉석루를 11년 만에 두 번째 방문했음을 뜻한다.

5) 홍화보의 촉석루 시를 지칭한 것이고, 다산이 진주를 재차 방문하기 5년 전에도 장인의 시판이 누각에 여전히 걸려 있었음을 알 수 있다.

6) 기녀의 화려한 춤사위를 말함. 용어 일람 '능파말' 참조.

7) 分符(분부): 부절을 나눠 받음. 옛날에 천자가 제후를 봉할 때 부절을 나누어 한쪽은 자신이 가지고 한쪽은 제후에게 주어 뒷날에 신표로 삼았다. 여기서는 홍화보가 황해도 병마사가 된 것을 뜻함.

8) 黃州(황주): 홍화보는 다산이 진주에서 남양주로 귀향한 지 1개월 만에 병영이 있던 이곳에서 별세했다.

9) 錦綺叢(금기총): 화려한 비단 더미로, 아름답게 치장한 기녀들을 뜻함. 소식, 「답진술고(答陳述古)」 제2수, 『소동파시집』 권13, "작은 복숭화가 봄을 못 이겨 봉우리 터뜨리니 / 비단 옷 무더기 속에 단연코 으뜸일세[小桃破萼未勝春, 羅綺叢中第一人]".

10) 이 시는 『여유당전서』에는 수록되지 않았고, '능허당'은 함옥헌의 옛 이름이다.

11) 烈士碑(열사비): 삼장사를 추모하기 위해 세운 비석. 일명 삼충비(三忠碑).

朧朧¹²⁾樹色自春郭	나무 빛깔 흐릿하고 성곽은 절로 봄빛이며
渺渺烟波空暮天	안개 물결 아득하고 저문 하늘이 속절없구려
戰地留爲遊宴處	전쟁터는 남아서 잔치하는 곳이 되었거늘
客情風物共悽然	나그네 마음과 경치가 모두 처량하여라

○ 최상각(崔祥珏, 1762~1843) 자 희여(稀汝), 호 제광헌(霽光軒)

> 본관 전주. 초자 명옥(明玉). 경남 고성군 마암면 과동리(瓜洞里) 출생. 만회당 최광삼(1741~1817)의 장남으로 효심이 지극했고, 선비들과 도의로써 강마했으며, 만년에 산수를 유람하며 풍류를 즐겼다. 『제광헌유집』은 『산남세고』 권2에 수록되어 있다.

「矗石樓 次鶴峰先生三壯士韻」〈『제광헌유집』, 19a〉(촉석루에서 학봉 선생의 삼장사 시에 차운하다)

龍蛇往蹟壯三士	용사년 옛 자취는 삼장사
百尺樓前萬丈水	백 척 누각 앞은 만 길의 강물
水擊石頭鳴不平	물은 돌부리에 부딪쳐 소리 고르지 않나니
想人忠憤死於死	사지에서 충분으로 죽은 이가 진정 사무치네

「和申菁川¹⁾維翰韻」〈『제광헌유집』, 19a~b〉(청천 신유한의 운을 따라 짓다)

登臨矗石俯長流	촉석루 등림하여 긴 강을 굽어보니
滿目風烟十里洲	눈에 충만한 풍경은 십리의 물가로다
今代文章崔顥筆	오늘날 최호 같은 걸출한 문장가 있고
吾東大觀岳陽樓	우리나라엔 악양루 같은 장관이 있거니
巖高一妓千秋義	바위 우뚝함은 한 기녀의 천추 절의요
波咽三忠萬古愁	물결 오열함은 세 충신의 만고 시름일세

---

12) 朧朧(농롱): 사물이 분명치 않은 모양, 달빛이 흐린 모양. '朧(롱)'은 흐릿하다.
1) 菁川(청천): 원래 남강의 이름. 신유한의 호 '靑泉'과 혼동한 것임.

| 到此雄懷多慷慨 | 큰 포부로 이곳 이르니 강개함이 많아져 |
| 强將詩酒作淸遊 | 애써 시와 술로 맑은 유람을 즐겨보노라 |

○ 조수삼(趙秀三, 1762~1849)

자 지원(芝園)·자익(子翼), 호 추재(秋齋)·경원(經畹)

본관 한양. 전주 출생. 시문에 천부적 재능이 있어 여섯 차례 중국 연경을 내왕하면서 이름을 날렸다. 을유년(1825)에 경상도 관찰사 조인영(1782~1850)의 기실참군(記室參軍)이 되어 수년간 영남에 체류할 때 이 시를 지었다. 김정희, 박제가, 이지연, 권돈인, 장혼, 박윤묵, 조희룡 등과 폭넓게 교유했다.

「矗石樓」〈『추재집』 권4, 21b〉 (촉석루)

表裏山河[1]在	안팎의 산하는 그대로
從來晉莫强	예부터 진양은 막강했지
樓臺高矗石	누대는 촉석에 높다랗고
烟祲靜扶桑	안개 요기는 동쪽 바다에 잠잠하다
廟腏[2]忠魂壯	사당에는 씩씩한 충혼을 배향하며
碑傳妓子香	비석에는 향기로운 기녀를 전하네
漁翁家戰址	어부는 전쟁의 남은 터에서
閒坐釣斜陽	한가히 앉아 석양에 낚시질

名樓如好女	이름난 누각이 고운 여인 같아
三宿尙餘情	사흘 묵어도 외려 정이 남았는데
夜月江中出	밤 달은 강 속에서 솟아나고
秋烟竹外生	가을 안개는 대숲 가에 끼도다

---

1) 表裏山河(표리산하): 요해처. 용어 일람 '표리산하' 참조.
2) 廟腏(묘체): '廟'는 창렬사. '腏'은 위패를 나란히 하여 한꺼번에 제사 지내는 체식(腏食)의 준말. 腏(철)이 강신 잔의 뜻일 때는 '체'로 읽음.

佳辰無酒過	좋은 날이나 술 없이 지내며
游子獨吟行	길손이 홀로 시를 읊조리나니
應有東籬菊3)	응당 동쪽 울 아래 국화 있을 터
寥寥笑遠征	갈 길이 멀기에 쓸쓸히 웃을 뿐

○ 박광석(朴光錫, 1764~1845) 자 중익(仲翼), 호 노포(老圃)

본관 순천. 대구시 달성군 하빈면 묘동리(妙洞里) 출생. 형이 금서헌 박광보이고, 장인이 만각재 이동급이다. 1795년 문과급제 이후 전적·지평·호조참의·의금부 경연특진관 등을 역임했고, 외직으로 남포현감과 안변부사(1830~1802)를 지냈으며, 1819년에는 채제공의 신원을 주장했다. 1822년 북도병마사에 제수되어 임지로 가던 중 금강산을 유람하며 많은 시를 지었고, 이 작품의 창작 시점은 앞의 박광보 시로 볼 때 정해년(1827) 5월이다.

「登矗石樓」〈『노포집』 권1, 38b〉 (촉석루에 올라)

環壁狂瀾斲作屛	사방 벽은 거센 물결에 깎여 병풍 되었고
鎭樓聲勢不威生	웅진의 누각 형세는 위엄스럽지는 않다만
一杯逝水魚龍動	한 잔 들던 강물에 고기들이 뛰놀고
雙妓流名貝闕1)香	일개 기녀 이름 날려 누각에 향기롭다
潮勇春江如昨日	조수가 봄 강에 출렁이니 마치 엊그제 같으며
人歸古壘似晨星2)	사람이 옛 망루를 돌아가니 새벽별과 흡사한데
將壇高處歌鍾起	장단 높은 곳에서 노래와 쇠북소리 울리나니
堪賀明時泰運丁3)	밝은 시절 태평 운수의 만남을 축하하는 듯

---

3) 東籬菊(동리국): 동쪽 울타리 밑의 국화. 도연명, 「음주」 제5수, "동쪽 울타리 아래에서 국화꽃을 따다가 / 멀리 남쪽 산을 바라본다[採菊東籬下, 悠然見南山]".

1) 貝闕(패궐): 조개껍질로 장식한 궁궐, 곧 용궁의 별칭. 여기서는 촉석루를 말함.

2) 晨星(신성): 새벽에 드문드문 보이는 별. 전하여 희소함을 비유.

3) 丁(정): 당하다, 조우하다. 일을 만나다.

○ 문상해(文尙海, 1765~1835) 자 성용(聖庸), 호 창해(滄海)

> 세거지가 진주 가호(嘉湖, 현 금산면 가방리)이나 미천면 독천리(禿川里)에서 출생. 조식의 제자인 문익성(1526~1584)과 임란 때 공을 세운 문홍운(1577~1620) 부자의 후예로 평생 처사로서 존명대의를 추구하며 정주학 연구와 수신에 치중했다. 만년에는 산수를 유람하며 두류산을 구경하고 산천재(山天齋)에서는 남명의 시를 차운했다.

「題矗石樓」〈『창해집』, 22b〉 (촉석루에 제하다)

晉陽城郭鎭南州	진양성은 남쪽 고을을 압도하고
昔在龍蛇殺氣秋	옛날 용사년의 살기로 오싹하다
壯士擧盃盟水咽	장사가 술잔 들었거니 맹세한 물은 흐느끼며
佳姬蹈刃1)落花愁	가인이 칼날 밟았기로 지는 꽃이 시름겨운데
客舍衣冠終日出	객사의 벼슬아치가 온종일 출입하고
將壇笳鼓伴春遊	장단의 풍악소리는 봄놀이와 짝하네
說到貞忠愈慷慨	얘기가 정충에 이르자 강개함이 더할지니
白雲流水共悠悠	백운과 유수 모두가 아득히 흐르고야

○ 이약렬(李若烈, 1765~1836) 자 겸회(謙會), 호 눌와(訥窩)

> 본관 성주. 단성현 강루리(江樓里, 현 산청군 단성면 소재) 출생. 1804년 식년 문과급제해 전적, 이조좌랑, 지평, 금정찰방 등을 역임했다. 아래의 시는 작품 편차로 볼 때 신미년(1811)에 지었음을 알 수 있다. 하강진(2014), 95~96쪽 참조.

「次矗石樓重修韻」〈『눌와집』 권2, 15a〉 (촉석루중수 시에 차운하다)

萬古關防第一區	만고토록 관방에서 제일의 구역이거늘
晉陽郡可無妓樓	진양군에 이 누각이 없을 수 있으리오
風沙過眼山河在	바람 모래가 눈앞을 스치되 산하는 그대로고

---

1) 蹈刃(도인): 칼날을 밟음, 곧 순국함. 용어 일람 '백인' 참조.

陰雨關心歲月流	음침한 비가 마음에 걸리나 세월은 흐르나니
興廢由來時運繫	흥폐는 예로부터 시절 운수에 매였거늘
奐輪依舊半空浮	화려한 누각이 예처럼 중천에 떠 있구려
將軍豈爲遊觀美	장군이 어찌 아름다움을 보려고 유람하랴
專閫[1]餘籌保障州	군무 여가에 요해지 고을을 헤아림일세

○ 김영(金瑩, 1765~1840) 자 의겸(義兼), 호 괴헌(槐軒)

> 본관 연안. 영천 두월리(斗月里, 현 영주시 이산면 소재) 출생. 1804년 등과해 병조좌랑·지평(1821)·장령(1829) 등을 지낸 뒤 고향에 월은정사(月隱精舍)를 짓고 후진을 양성했다. 아래 시는 자여도 찰방으로서 구황에 힘쓰던 정해년(1827) 11월부터 기축년(1830) 12월 사이에 지은 것이다. 그의 찰방 재직 사실은 「자여도」(『영남읍지』 4책, 1871, 서울대학교 규장각 소장)에서 확인되고, 경상도 역원제에 대해서는 이소한 시의 각주 참조.

「矗石樓 同郭君壽翼[1]拈韻」〈『괴헌집』 권2, 5a~b〉(촉석루에서 곽수익과 함께 운을 뽑다)

晉陽江水咽千秋	진양의 강물이 천추토록 오열하고
矗石樓中極目愁	촉석루에 머무니 시야 끝까지 시름겹다
壯士遺篇嗟往蹟	장사의 남긴 시는 옛일을 개탄하게 하며
義娘奇績問中流	의랑의 기이한 공적은 강 가운데 묻노매라
宦遊將倦客持酒	벼슬하며 떠돌다 지쳐 나그네는 술잔을 들었고
戰氣全消人繫舟	전쟁 기운 다 사라짐에 사람은 배를 매어두었네
昇平賴有吾君在	태평한 세월은 우리 임금에게 힘입었나니
征鞍乍解故淹留	말안장 잠시 풀고 짐짓 한동안 머무노라

---

1) 專閫(전곤): 지방의 군무를 전적으로 통괄함. 당시 병마절도사는 촉석루를 중수한 원영주 장군이었음. '閫'에 대한 자세한 풀이는 권수대(1671~1755)의 시 참조.
1) 郭君壽翼(곽군수익): 곽수익(1785~1847, 자 鶴擧). 구체적인 생애는 미확인.

「矗石樓 次申靑泉維翰韻」〈『槐軒集』 권2, 13b〉(촉석루에서 청천 신유한 시에
　　차운하다)

晉陽襟帶一江流	진양에 띠를 둘러 한 강물이 흐르며
城郭人家控晚洲	성곽과 인가가 저녁 물가를 차지했네
大嶺要衝成保障	조령 이남의 요충지에 성채를 이뤘고
南州都會擅名樓	남쪽 고을 도회지에 명루가 으뜸일세
相君鍾氣千年勝	재상이 모은 정기는 천년에 빼어나고
壯士留盟萬古愁	장사가 남긴 맹세는 만고에 근심이라
申老文章如可倣	신유한의 문장처럼 지을 수 있다면야
攜詩來日續前遊	시 들고서 날마다 옛 놀이 이을 텐데

○ 김려(金鑢, 1766~1821)

자 사정(士精), 호 담정(藫庭)·담원(藫園)·담옹(藫翁)·해고(海皐)

본관 연안. 서울 출생으로 1780년 성균관에 들어가 패사소품체를 익혀 명성이 자자했다. 하지만
1797년 강이천 유언비어 사건에 연좌되어 부령으로 유배되었다. 또 1801년 신유사옥에 연루되어
다시 진해로 유배되었다가 6년 뒤 풀려났다. 1812년 의금부 도사를 시작으로 황성과 연산 현감
등을 지냈고, 1821년 9월 함양군수 재직 중 졸했다. 이상겸의 우병사 재직 기간을 감안할 때 아래
시의 창작 시기는 신사년(1821) 3~9월이다.

「登矗石樓 呈李節度尙謙[1] 口號」〈『藫庭遺藁』 권12, 14b~15a〉(촉석루에 올라
　　절도사 이상겸에게 드린 구호)

二十年前[2]矗石樓	이십 년 전에 올랐던 촉석루
重來依舊大江流	다시 오니 예대로 큰 강 흐르고
浮生賸[3]倣南柯夢[4]	뜨내기 인생은 헛된 꿈 더할 뿐인데

---

1) 李節度尙謙(이절도상겸): 1821년 3월부터 1823년 1월까지 경상우병사를 지냈다.
2) 二十年前(이십년전): 1801년 진해 유배 시 촉석루에 등림한 적이 있음을 언급한 것임.
3) 賸(잉): 남다, 늘다.

腰佩銅符⁵⁾過此州 　　허리에 병부 차고 이 고을을 지나네

○ 김학순(金學淳, 1767~1845) 자 이습(而習), 호 화서(華棲)

본관 안동. 김상헌의 7세손으로 외가에서 출생. 1805년 문과 장원해 전적·안동부사(1819~1821)·이
조참의·대사간·예문관 제학·공조판서 등을 역임했다. 손자 김병주가 순조의 둘째딸 복온공주와 결혼
해 창녕위에 올랐고, 현손 김석진(1843~1910)은 경술국치 때 아편을 먹고 자결했으며, 그의 양자는
항일운동가 동강 김녕한(1878~1950)으로 저명 서예가 김충현의 조부이다. 아래 시는 시제 속의
'公事' 단어로 보아 경상도 암행어사 때인 계유년(1813)에 지었음이 분명하다. 하강진(2014), 140~
141쪽 참조.

「留晉州矗石樓 三日連 因公事無登覽閒曠之趣 笑而有吟」〈『화서집』
권1, 32b〉 (진주 촉석루에서 사흘 동안 죽 머물렀는데, 공무로 등람의 넉넉한 흥취
를 즐기지 못해 미소 지으며 읊조리다)

行關推閱¹⁾事方張 　　공문 처리와 심문할 일이 한창 많아져
營邑中間鬧一場 　　군영과 고을 사이에 한바탕 야단스럽다
堆案儒單²⁾忠孝烈 　　충효열에 관한 유림의 청원서는 책상에 쌓였고
塡街民牒³⁾吏農商 　　이농상에 대한 백성의 호소문이 거리를 메웠네
從知露跡非豪快 　　머무는 자취가 호쾌하지 않음을 진작 알았건만
還笑勞神⁴⁾被滾忙 　　수고로운 일로 바쁘게 되니 도리어 우습고야
未有佳詩酬勝賞 　　훌륭한 시로 좋은 경관을 응수하지 못하면
名樓孤負好風光 　　명루에서 멋진 경치 홀로 저버린 격일 터

---

4) 南柯夢(남가몽): 남가일몽(南柯一夢)의 약칭. 황호(1604~1656)의 시 참조.
5) 銅符(동부): 동호부(銅虎符)의 약칭인데, 이와 관련해서는 박승임(1517~1586)의 시 참조.
　여기서는 우병사 이상겸을 말함.
1) 行關推閱(행관추열): '行關'은 공문 혹은 공문을 보냄. '推閱'은 관원이나 죄인을 심문함.
2) 儒單(유단): ＝유장(儒狀). 유림의 진정서. 충·효·열의 정려에 대한 청원을 뜻함.
3) 民牒(민첩): 백성들이 올린 송첩(訟牒), 곧 백성들의 호소문. 일반 행정·농업·상업에 대한
　민원을 뜻함.
4) 勞神(노신): 정신을 수고롭게 하다, 애태움.

「涵玉亭5)」二首 〈『화서집』 권1, 33a〉 (함옥정) 두 수

江光月色一樓明	강 비추는 달빛이 온 누각을 밝히는데
倚遍緗簾十二楹	주렴 쳐진 열두 기둥의 누각에 기대었다
坐待水仙6)淸不寐	수선을 앉아 기다리매 정신 맑아 잠 못 들 제
瑤琴7)彈出步虛聲8)	거문고를 타며 나오더니 보허 소리를 울리구나

英雄湖上浪淘沙	영웅은 강물에 씻기는 모래처럼 사라졌고
義妓巖前怨落花	의기의 바위 앞으로 원통히 꽃이 진다
往事百年如夢過	과거 백 년이 꿈처럼 흘러갔다만
一江烟月屬漁家	온 강의 연월은 어부의 차지네

○ 김재화(金在華, 1768~1841) 자 공서(公西), 호 번천(樊泉)

본관 광산. 김장생의 8세손으로 경기도 광주 거주. 국내의 명산을 주유하며 호방한 기상을 시로 나타냈고, 당나라 이의산(李義山)의 시법을 좋아했다. 장편 금강산 기행가사인 「봉래곡」(1824)이 있고, 『번천시략』은 동생인 유유옹(悠悠翁) 김재곤(金在崑)의 시문을 합편한 『번유합고(樊悠合藁)』 권1에 실려 있다. 아래 시는 연도가 명기된 원전의 제주(題註)에 있듯이 무자년(1828)에 지은 것이다.

「矗石樓二首」 〈『번천시략』, 23b~24a〉 (촉석루 두 수)

百尺樓臨百雉垣	백 척 누각이 긴 성첩에 임했는데
西風獨立悄無言	서풍에 홀로 서서 말없이 근심하노니
巖花血漬佳人恨	바위 꽃의 물든 피는 가인의 한이요
江水雷鳴壯士寃	강물의 우레 소리는 장사의 분노라

---

5) 涵玉亭(함옥정): 부속누각 함옥헌의 이칭. 본서에 수록된 송병선의 「단진제명승기」에도 촉석루 동쪽 누대의 이름으로 '함옥정'이 나옴.
6) 水仙(수선): 물의 신선. 풍이(馮夷), 빙이(氷夷)라고도 함.
7) 瑤琴(요금): 옥으로 장식한 거문고.
8) 步虛聲(보허성): '步虛'는 신선이 허공을 밟고 돌아다님, 곧 이상적 경지를 상징함. 이를 소재로 한 당나라 고병(高駢)과 조선조 허난설헌의 「보허사(步虛詞)」가 대표적이다.

忍說龍蛇難洗恥	용사년 차마 말할진대 치욕을 씻기 어렵고
劇愁猿鶴未招魂	원학이 너무나 슬퍼 넋조차 부르지 못하겠다
遠遊撫劒空頭白	원유하며 칼 어루만지다 공연히 머리 희었거늘
慷慨憑欄到夕曛	난간 기대 비분강개하니 저녁나절 되었구려

矗石名樓迥出空	촉석 명루는 멀리 하늘에 솟았고
嶺南名勝此爲雄	영남 명승은 이곳이 으뜸이어라
幾重城堞關防固	몇 겹 성첩은 변방을 견고히 하고
百里山河表裏1)同	백 리 산하는 안팎이 한 가지로세
隔岸篁林疎雨響	언덕 너머 대숲에 성긴 빗소리 나며
連江蒲帆夕陽風	강가에 부들 돛에 저물녘 바람 부는데
塵淸海晏昇平久	먼지 씻기고 바다 고요해 태평한 지 오래
今古誰專保障功	고금에 누가 요충지 다스려 공을 세웠던가

○ 이가순(李家淳, 1768~1844) 자 학원(學源), 호 하계(霞溪)

본관 진보. 안동 출생. 1813년 급제 이후 성현도(省峴道) 찰방(1820~21)·시강원 설서·실록기주관·
정언·수찬·교리 등을 역임하면서 시폐를 없애는 일에 노력했다. 1826년과 1842년 소수서원의 동주
(洞主)가 되어 유생들을 면려했다. 1839년 순흥 와란촌(臥蘭村, 현 봉화군 봉성면 동양리)으로 이거해
만년을 보내던 중 도산서원에 가서 퇴계문집을 교정하기도 했다. 아래의 시는 작품 편차로 보아 기축년
(1829) 작임을 알 수 있다.

「矗石樓 謹次鶴峰金先生韻」〈『하계집』 권3, 36a~b〉 (촉석루에서 학봉 김선
생의 시에 삼가 차운하다)

當日强名1)三壯士	당시 억지로 이름 붙인 삼장사

---

1) 山河表裏(산하표리): 요해지. 용어 일람 '표리산하' 참조.
1) 强名(강명): 『노자』 25장, "나는 그 이름을 알지 못한다. 글자를 억지로 말해 도라 한다[吾
不知其名, 强字之曰道]".

千秋無語南江水	천추토록 말 없는 남강 물
下有河岳上星辰	아래엔 강과 산, 위로는 별들 있나니
誰識先生心不死	누가 선생의 마음 죽지 않았음을 알랴
江淮保障風多士	강회 요해지에 풍모의 선비 많고
城上蒼天城下水	성 위엔 푸른 하늘, 성 아래엔 물
登臨慨古幾多人	등림하여 옛일에 감개한 이는 몇이런가
須把熊魚辨生死	모름지기 웅어로 생사 분별할 줄 알아야지
晉陽城中有三士	진양성에 삼장사 있었거늘
晉陽城外惟江水	진양성 밖의 강물이 생각나네
山無南北蘭臭同[2]	산은 남북 없이 난초 향기가 같을지니
畢竟黃石城中死	필경 황석산성에서 죽었으리라
獨有松巖[3]舊幕士	옛 막하의 장사로 송암 홀로 있었거늘
忍淚濡筆城前水	눈물 참으며 붓을 적신 성 앞의 물이로다
詳略公私誤看多	상세하거나 간략한 공사의 기록에 오류가 많나니
誰能喚起家奴死[4]	그 누가 가노가 죽었다고 함부로 지껄이나

---

2) 蘭臭同(난취동): 『주역』 「계사전(상)」, "같은 마음에서 나온 말은 향내가 난초와 같다[同心之言, 其臭如蘭]".

3) 松巖(송암): 『용사일기』를 저술한 이로(1544~1598)의 호. 삼장사에 대한 의견이 분분한 가운데 이로를 한 사람으로 내세울 것을 이 시에서 주장하고 있다.

4) 家奴死(가노사): 알지도 못하면서 함부로 기록했다가 뒷날 그 일을 잘 아는 사람을 만났을 때 낭패를 보게 될까 걱정된다는 말이다. 『주자어류』 권83 「춘추」 참조.

○ 남주헌(南周獻, 1769~1821) 자 문보(文甫), 호 의재(宜齋)

본관 의령. 서울 출생. 남유용(南有容)의 증손자이고, 종조부가 남공철이다. 사돈이 약암 오연상과 풍고 김조순이다. 1798년 사마시 합격해 호조좌랑·감찰 등을 거쳐 무주·남원(1809)·임천의 수령을 맡았다. 특히 함양군수(1806~1808) 때인 1807년 3월 24일~4월 1일 관찰사 윤광안·진주목사 이낙수·산청현감 정유순과 함께 지리산을 유람했고(「지리산행기」, 『의재집』 권10), 이듬해 8월 경상우도 암행어사 여동식의 치적 보고에 따라 승서(陞敍)했다. 또 1814년 급제한 뒤 정언, 장령, 교리, 동부승지 등을 역임했다(남공철, 「종손승지군묘표(從孫承旨君墓表)」, 『영옹재속고』 권3). 아래의 시는 문집 편차와 「지리산행기」(60b)에 "잠시 촉석루에 쉬면서 옛사람들의 제영시와 내가 신해년에 내건 시판을 보았다."라는 기록을 볼 때 신해년(1791) 작임을 알 수 있다. 참고로 이들 일행보다 늦게 따로 산행한 하익범(1767~1813)의 「유두류록」(『사농와집』 권2)과 비교해 읽어볼 만하다.

「晉州矗石樓」[1] 〈『의재집』 권2, 20a~b〉 (진주 촉석루)

百戰餘塵是晉城	백전 치른 뒤에 티끌 남은 진양성인데
畫樓浮在大江聲	화려한 누각 뜬 곳에 큰 강물 소리 나도다
川霓定結佳人恨	물 위 무지개는 가인의 한이 단단히 엉겼고
嶺石同高壯士名	산마루 바위는 장사의 명성과 함께 높아라
敗堞吹笳雲不去	무너진 성첩에 피리소리 울릴 제 구름은 맴돌며
錦筵傳斝[2]月初明	화려한 자리에 술잔 전하자 달이 갓 떠오르는데
淸風夜動幽篁谷	맑은 바람이 밤중 고요한 대숲 골짜기에 불거니
怳似當年出塞兵	어슴푸레 그 시절 변방 나서던 군인과 흡사한 듯

---

1) 장남 남태순(南太淳, 1786년생)도 7언율시의 촉석루 제영시를 지었으나(관찬, 『진주목읍지』 「제영」조) 구체적인 생애를 알 수 없어 본서에 수록하지 않음.

2) 斝(가): 옥으로 만든 술잔.

○ 이학규(李學逵, 1770~1835)

자 형수(亨叟), 호 낙하(洛下)·문의당(文猗堂)

본관 평창. 서울 황화방(黃華坊) 외가에서 유복자로 출생. 외조부 이용휴의 문인이고, 이가환의 사위이며, 정약용·신위(1769~1845) 등과 절친히 교유했다. 1801년 신유박해 때 전라도 능주에 유배되었다가 내종제인 황사영 백서사건으로 1801년 김해(金海)에 이배된 뒤 20여 년이 지난 1824년 4월에 풀려났다. 아래의 시가 있는 『卻是齋集』(『낙하생집』 책19)은 그가 해배되고 나서도 서울 생활에 적응하지 못해 영남지방을 왕래하던 갑신년(1824)~정해년(1827) 사이에 지은 시문을 수록했다.

「矗石樓」〈『각시재집』, 40a〉(촉석루)

五月南江雨散絲	오월 남강에 비가 실처럼 날리고
虛欄一角看淪漪[1]	빈 난간 모퉁이로 잔물결 보인다
義巖波沒佳人迹	의암 물결에 가인의 자취 잠겼으며
傑筆風生壯士詩	힘찬 필치에 장사의 시가 생동하는데
蓮葉酒濃淹晝景	연잎과 구수한 술로 낮 경치에 빠지고
菜花魚嫩適春時	나물 꽃과 싱싱한 물고기로 봄을 만났네
我家曾是絃歌地	우리 집은 일찍이 예악의 땅에 있을진대
欲別名區意更遲	명승지를 떠나려니 마음이 더욱 미적미적

○ 이재의(李載毅, 1772~1839) 자 여홍(汝弘), 호 문산(文山)·약암(約菴)

본관 전주. 서울 공동(公洞) 외가 출생. 경상우병사(1755~1756)를 지낸 이주국의 증손이고, 외조부가 김약행이다. 근재 박윤원(1734~1799)과 성담 송환기의 문인으로 1801년 생원시에 합격했고, 평생 처사로서 경학을 깊이 연구했으며, 특히 『주역』에 능했다. 장남 이종영이 영암군수로 있을 때인 1814년 3월 다산초당의 정약용을 찾아가 주고받은 시를 모은 『二山唱和集』이 있으며, 다산 해배 후에도 남양주를 오가며 줄곧 학문적 교유를 지속했다. 그리고 동문수학한 매산 홍직필(1776~1852)과 막역한 사이였다. 아래 시는 정축년(1817) 10월 제수와 함께 하동 관아에 갔다가 심두영(1767~?)을 만나 지리산 유람 중 촉석루에 올라 지은 것이다. 당시 하동군수로 있던 넷째동생 이재형은 1836년 5월 경상우병사 재직 중 병사했다. 여종엽, 『하동지속수』(1930) 참조.

---

1) 淪漪(윤의): 잔물결. '淪(륜)'과 '漪'는 잔물결.

「題矗石樓」〈『문산집』권5, 2b~3a〉(촉석루 시에 제하다)

嶺南天地晉陽浮	영남의 천지 사이에 진양이 떠 있는데
矗矗亭亭見石頭	삐죽삐죽 아스라한 바위 끝에 보이네
不盡風來江上竹	끝없는 바람이 강가 대숲에 불어올 제
無聊客立雪中樓	무료한 나그네가 눈 속 누각에 섰노라니
蒼茫過刼龍蛇夢	아득한 옛 용사년은 꿈같이 지나가버렸고
怊悵前盟鷗鷺1)羞	슬프게도 갈매기와의 옛 맹세가 부끄럽다
白首狂歌今夜酒	늙은이가 오늘밤 술로 미친 듯 노래할진대
義巖寒月使人愁	의암의 찬 달이 근심을 자아내는구려

○ 최상익(崔祥翼, 1772~1839) 자 맹유(孟儒), 호 자암(紫庵)

본관 전주. 경남 고성 출신. 재기가 뛰어났으나 출사하지 않은 채 세상의 명리에는 마음을 두지 않았다. 고성향교에 양사재(養士齋)를 열어 학동들을 가르쳤고, 문중의 도산서원(道山書院, 현 구만면 화림리 소재)에 흥학재(興學齋)를 창설한 뒤 벽에 잠(箴)을 걸어 유생들이 성찰하도록 했다. 진주목사나 관찰사로부터 칭찬을 들었고, 당시 묘문(墓文)이나 상량문은 그의 손에서 많이 나왔으며, 『철성지(鐵城誌)』 편찬에도 참여했다. 『자암집』은 부친 최광남(1747~1814)의 문집인 『죽파집』에 합편되어 있고, 아들이 약하 최필하이다. 아래 시는 그의 「촉석루서」(본서 참조)에서 가져왔으므로 임시 제목을 붙였다.

「矗石樓」(가제)〈『자암집』권1, 105쪽〉(촉석루)

歸然矗石臨江渚	우뚝한 촉석루가 강가에 임했는데
珮玉鳴琤1)對歌舞	패옥 소리 울리면서 가무를 짝하구나
繡棟朝凝黃浦2)雲	화려한 용마루에 아침 되니 남강 구름이 엉기더니
畫簾暮掛晴川3)雨	아름다운 주렴에 날 저물어 청천의 비 떨어질 제

---

1) 盟鷗鷺(맹구로): 관직을 멀리하고 산수에서 은거함. 용어 일람 '구맹' 참조.
1) 佩玉鳴琤(패옥명쟁): 지체 높은 관리나 사대부. '佩玉'은 허리에 차는 옥으로 걸을 때마다 서로 부딪쳐 소리가 난다. '琤'은 옥 소리.
2) 黃浦(황포): 남강(南江)을 말함.
3) 晴川(청천): 남강 상류인 청천(菁川)을 말함.

忠魂義魄夜啾啾　　충혼과 의백이 밤중에 구슬피 울어댈지니
叢竹芳蘭幾閱秋　　대숲과 향긋한 난초는 몇 해나 지나왔나
樓中壯士今安在　　누각 안의 장사는 지금 어디 있는지
軒外長江不盡流　　난간 밖의 장강이 다함 없이 흐를 뿐

○ 류휘문(柳徽文, 1773~1832) 자 공회(公晦), 호 호고와(好古窩)

본관 전주. 안동 임하현 삼현리(三峴里, 현 예안면 주진리 삼산마을) 출생. 1819년 금포(錦浦)로,
1825년 대평(大坪, 임동 수곡)으로 이거했다. 조부가 류정원(1702~1761), 외조부가 조의양(1719~
1808)이다. 족조 류장원의 문인이다. 관찰사나 어사가 그의 학행을 높이 사서 천거했으나 사양하고
평생 처사로 지냈다. 명승고적을 좋아해 개성, 관동, 경주 등지를 유람했다. 정해년(1827) 9월 어떤
일로 남쪽에 갔다가 「유영남루기」(『호고와집』 권18)를 지은 사실로 볼 때, 그 무렵 아래 시를 지은
것으로 추정된다.

「次申青泉矗石樓韻」 〈『호고와집』 권1, 41b〉 (신청천의 촉석루 시에 차운하다)

南國英風水長流　　남국엔 꽃바람 불고 물은 길이 흐르는데
惟見空江月滿洲　　빈 강을 바라보니 달빛 가득한 물가로다
春近花開1)芳草野　　화개동에 봄이 오고 방초 우거진 들이요
雲晴智異夕陽樓　　지리산엔 구름 개며 석양 속의 누각이라
千秋壯蹟朝鮮重　　천추의 장한 사적을 조선에서 중히 여기고
一夜腥氛2)大地愁　　하룻밤 비린 기운을 대지가 시름겨워하도다
謠俗至今多慷慨　　세상 풍속에 지금도 강개한 마음 많나니
山河不獨壯吾遊　　산하의 내 유람이 장쾌하지만 않구려

---

1) 花開(화개): 지리산 아래의 하동 화개마을.
2) 腥氛(성분): 비릿한 기운. '腥'은 비리다. '氛'은 기운. 조짐.

○ 계오(戒悟, 1773~1849) 자 붕거(鵬擧), 법호 월하(月荷)

속성 권씨(權氏). 월하화상. 경주 천태산 아래에서 출생. 11세 때 부모의 뜻을 좇아 팔공산에 출가하여 경교(經敎)에 정진했고, 여가에는 선비들과 시를 즐겼으나 뒷날 스스로 없애버렸으며, 가지산 연등정사(燃燈精舍)에서 면벽 수도를 하다가 입적했다. 이학규·홍직필 등과 교유했다.

「矗石樓」〈『가산고』 권2, 11a〉(촉석루)

臺松岸竹抱江流	누대 솔과 언덕 대숲을 돌아 강물 흐르고
白鷺無心去夕洲	백로는 무심히도 저문 물가를 떠나가네
天下人同歌壯士	천하 사람들이 장사를 다같이 노래하나니
嶺南誰不感斯樓	영남에 누군들 이 누각을 감격치 않으리오
箭刀仰膽1)嘗孤墳	병기로 복수하려다 외로운 무덤이 되었거늘
斗酒招魂解斛愁	말술로 혼을 불러 한 섬 시름을 풀어보노라
矗石昇平烽火靜	촉석루는 시절 태평하고 봉홧불 고요하건대
虎賁2)公暇飽淸遊	장수는 공무 여가에 고상한 놀음 실컷 즐기네

○ 여동식(呂東植, 1774~1829) 자 우렴(友濂), 호 현계(玄溪)

본관 함양. 헌적 여춘영(1734~1812)의 아들. 1795년 급제해 수찬·이조참의·대사간(1827) 등을 지냈고, 사은부사로 청나라를 다녀오던 중 유관참(楡關站)에서 병으로 객사했다. 이 시는 경상우도 암행어사 시절인 무진년(1808) 6월 촉석루를 등림해 지은 것인데, 현재 촉석루 현판으로만 전한다. 한편 암행어사로 활약하면서 시절 탐관오리 척결과 민생 구제에 치적을 남겼는데, 진주에서의 일화 「여수의이화접목(呂繡衣移花接木)」(『청구야담』 권5)이 전한다. 참고로 다산은 강진 해배 이후 양근(楊根, 현 양평)에 살던 여동식 형제와 아주 가깝게 지냈다. 박석무, 『다산 정약용 평전』, 민음사, 2014, 511쪽과 544~546쪽 참조. 그리고 노비 시인으로 유명한 정초부(1714~1789)가 여동식 집안의 종이었다.

---

1) 仰膽(앙담): 원수를 갚으려고 칼날을 세움. 월왕(越王) 구천이 오나라 부차에게 패한 뒤 "쓸개를 잠자리 옆에 두고 눕거나 앉을 때면 쓸개를 쳐다보았고, 음식 먹을 때도 쓸개를 맛보면서 '너는 회계의 치욕을 잊었느냐?' 말하며[置膽於坐, 坐臥即仰膽, 飮食亦嘗膽也. 曰女, 忘會稽之恥邪]" 자신을 채찍질한 고사에서 유래. 『사기』 권41 「월왕구천세기」.
2) 虎賁(호분): 천자를 호위하는 군사로, 용감한 병사를 뜻함. '賁'은 달리다.

「次原韻」〈촉석루 현판〉(원운을 따라 짓다)

往蹟欲攀三壯士	옛 자취에서 삼장사 더위잡으려니
祇今惟見南江水	지금은 남강의 물만 보일 뿐인데
江波可渴石磨殘	강물은 마르고 돌이 닳고 깨질지라도
壯士義魂長不死	장사의 의로운 넋은 길이 죽지 않으리

癸巳後四戊辰, 以嶺右繡衣, 偶從宜春邸, 悉聞矗石樓故事矣. 天坡巡相所識·三壯士詩懸板,[1] 而中撤不設者, 且數十年. 來今見果然. 而州有題詠謄書冊, 詩識俱載, 始知昔聞之非虛也. 遂重刊而尾題, 以識中間滅毀之數云爾.

六月上浣 繡衣 呂東植 識.

계사년 이후 네 번째 무진년(1808)에 영남우도 암행어사로서 우연히 의춘(현 의령)의 여관에 머물며 촉석루 고사를 모두 전해 들었다. 천파(오숙) 관찰사의 지(識)와 삼장사의 시를 적은 현판이 중간에 훼철되어 새로 설치되지 않은 지가 또한 수십 년이 되었다는 것이다. 와서 지금 보니 과연 그러했다. 하지만 고을에 제영시를 베껴 둔 서책이 있었는데, 시와 지가 함께 실려 있어 비로소 옛 소문이 빈 말이 아님을 알았다. 드디어 다시 판각하며 말미에 기록함으로써 중간의 훼멸된 운수를 알려주고자 한다.

유월 상순 암행어사 여동식 지.

○ 하진현(河晉賢, 1776~1846) 자 사중(師仲), 호 용와(容窩)

시랑공파. 진주 대각리(大覺里, 현 수곡면 사곡리 대각마을) 출생. 함와 하이태(1751~1830)의 장남이다. 방조(傍祖) 하필청의 제자인 남계 이갑룡(1734~1799)의 제자로 일찍 관리가 뇌물을 요구하자 과거를 포기했다. 선조들의 유사(遺事)를 정리하는 한편, 정종로·류치명·남고 이지용·오연 김면운 등 원근의 인사들과 교유하면서 학문에 정진했다. 이 시는 작품 편차로 볼 때 정해년(1827)에 지었음을 알 수 있다. 손자가 동료 하재문(1830~1894)이다.

「矗石樓 用申靑泉維翰韻」〈『용와집』 권1, 28b~29a〉(촉석루에서 청천 신유한 시에 차운하다)

雲向南城水自流	구름이 성 남쪽 향하고 물은 절로 흐르는데
爲誰歸帆故停洲	누가 배를 돌려 짐짓 물가에 멈추었는가

---

1) 촉석루의 현판으로 내건 과정에 대해서는 김성일과 오숙의 시 참조.

人能報國聞三士	나라에 보답한 이로 삼장사 소문났고
地是名區見一樓	경치 좋은 이곳에 누각 하나 보이구려
日夜乾坤浮1)浩刼	천지는 밤낮으로 오랜 세월 떠 있건만
江湖廊廟2)動新愁	조정은 강호에 새 시름을 자아내는구나
男兒老去心猶壯	남아가 늙었지만 마음은 오히려 장대하여
重上層欄感舊遊	높은 난간 거듭 올라 옛 유람을 느껴본다

○ 이지연(李止淵, 1777~1841) 자 경진(景進), 호 희곡(希谷)

본관 전주. 1806년 문과 급제해 승문원에 들어간 뒤 지평, 한성부 판윤, 호조판서, 우의정 등을
거쳤다. 많은 천주교인을 사형시킨 기해박해(1839)의 장본인이며, 1840년 탄핵을 받고 함경도 명천에
유배되어 그곳에서 세상을 떠났다. 1823년 11월부터 1825년 4월까지 지낸 경상도 관찰사의 선정비
(1825.10 건립)가 함양 역사인물공원에 있고, 우의정 때 동생인 이조판서 이기연과 함께 그 공적이
새겨진 불망비(1939.5 건립)가 통도사 부도원에 있다. 현재 진주 의기사의 편액 '義妓祠'(1824)
글씨는 바로 그가 쓴 것으로 되어 있다.

「矗石樓」〈『희곡유고』 권2, 19b~20a〉 (촉석루)

憶曾兵燹以前時	일찍이 전란 이전 때를 생각건대
誰復登臨作恨詩	누가 다시 등림해 한스러운 시 지었나
宇宙無郍1)三士去	세상사 어쩔 수 없이 삼장사는 떠나갔고
樓臺如許百年遲	누대를 이렇게 백년이나 뒤늦게 찾았어라
良籌始有金湯固	좋은 계책으로 비로소 성곽이 견고해졌고
危節終歸竹帛垂	높은 절개로 끝내 돌아가 역사에 전하거늘
若不男兒同一死	만일 남아가 같이 죽지 않았더라면
睢陽孤堞便非奇	수양의 외딴 성은 기이하지 않으리

---

1) 日夜乾坤浮(일야건곤부): 광대한 자연. 두보, 「등악양루」, 『두소릉시집』 권22, "오와 초는
   동남으로 트였고 / 하늘과 땅이 밤낮으로 떠 있구나[吳楚東南坼, 乾坤日夜浮]".
2) 廊廟(낭묘): 조정의 정사를 의논하는 건물을 뜻하는 말로, 곧 의정부.
1) 無郍(무나): 어쩔 수 없음. '郍'는 나(那)와 동자.

○ 하진달(河鎭達, 1778~1835) 자 영서(英瑞), 호 역헌(櫟軒)

시랑공파. 진주 단목(丹牧) 출생. 창주 하징(河憕, 1563~1624)의 6세손으로 예학에 밝았고, 오현[이준민·성여신·강응태·하징·한몽삼]을 배향하는 금산면 가방리의 임천서원(1702년 건립) 중건을 주도했다. 특히 하륜의 학덕을 계승하는 데 열의를 갖고 그가 지은 촉석루, 봉명루, 진주객사의 기문을 다시 제작해 원위치에 내걸었다.

「矗石樓 重懸河文忠公舊記 感吟」〈『역헌집』 권1, 5b〉 (촉석루에 하문충공
〈하륜〉의 옛 기문을 다시 내걺에 감격하여 읊다)

文可爭雄矗石樓	문장으로 으뜸을 다투는 촉석루
汾陽千載水雲秋	진양은 천년토록 수운처럼 흘렀네
君臣契合三朝1)券	군신 간에 뜻 맞았던 세 조정의 증표요
鷗鷺盟2)深十里洲	물새와의 맹세가 깊었던 십리 물가라
久廢龍蛇風雨後	용사년 비바람 친 뒤 오랫동안 버려져
重懸暈鳥3)奐輪頭	화려한 누각 끝에 기문을 다시 걸었다
太平烟月聊爲樂	태평연월을 애오라지 낙으로 삼으면서
回憶當年父老遊	그때 원로들 유람하던 일을 회고하노라

「登矗石樓」〈『역헌집』 권1, 14a~b〉 (촉석루에 올라)

倚釰登樓客意悠	누각 올라 칼 짚으니 객수가 아련하며
蒼茫往事宛中洲	까마득한 옛날 일은 물가에 완연하다
萬古綱常三壯士	만고토록 사람의 도리는 삼장사에 있고
千家烟月百層樓	온 마을 흐린 달빛이 백층 누각 비치는데
能爲保障東南遠	먼 동남의 성채를 능히 보좌하러
留與乾坤日夜浮	천지와 함께 남아 밤낮으로 떠있구려

---

1) 三朝(삼조): 하륜이 섬겼던 세 임금, 곧 태조·정종·태종을 뜻함.
2) 鷗鷺盟(구로맹): 은거 약속. 용어 일람 '구맹' 참조.
3) 暈鳥(훈조): 현기증 날 정도로 높이 나는 새, 여기서는 현판. '暈'은 눈이 어지럽다.

壁上題詩凡幾首　　　벽 위 쓰인 시는 무릇 몇 수인가
嶠南形勝擅吾州　　　영남 형승은 우리 고을 독차지일세

○ 최림(崔琳, 1779~1841) 자 찬부(贊夫), 호 외와(畏窩)

본관 경주. 초명 형(瀅). 경주 구산리(龜山里, 현 현곡면 하구리) 출생. 5세 때 모친상을 당했고, 1823년부터 강재 송치규(1759~1838)의 제자가 되었다. 1840년 선공감 가감역(假監役)에 제수되었으나 나아가지 않았다. 매산 홍직필(1776~1852)·정시우(鄭是愚)와 도의로 교유했고, 만년에 운문산 공암(孔巖)에 정사를 지어 후학을 양성했다.

「矗石樓懷古」1) 〈『외와집』 권1, 15b~16a〉 (촉석루 회고)

晉陽灰刼2)石無言　　　병화 겪은 진양에 돌은 말이 없는데
江左遺民尙有村　　　강좌 유민은 여전히 마을을 이루었네
古巖月吊佳人面　　　옛 바위 슬퍼하는 달은 가인의 얼굴이고
秋水霜寒壯士魂　　　가을 물의 찬 서리는 장사의 넋이로다
鳥啼花落斜陽盡　　　새 울고 꽃 떨어질 제 석양은 넘어가며
風嘯城高白日昏　　　바람 부는 높은 성에 밝은 해가 어둑한데
登樓萬象森如昨　　　누각 등림하니 삼라만상은 어제 같나니
看釰男兒酒一樽　　　칼날 살펴보며 남아가 술 한 잔 드노라

---

1) 원전을 보면 이 시제 아래 세 편의 시가 실려 있다. 첫째 수는 촉석루를, 둘째 수는 삼장사를, 셋째 수는 의기(義妓)를 제재로 삼았다.

2) 灰刼(회겁): =겁회(刼灰). 전쟁으로 일어나는 화재, 곧 병화(兵火)를 말함.

○ 이지수(李趾秀, 1779~1842) 자 계린(季麟), 호 중산(重山)

본관 연안. 서산 고양곡리(高陽谷里, 현 충북 서산시 대산읍 기은리) 출생. 이소한의 후손으로 1793년 부모를 따라 송시열의 생장지인 옥천 구룡촌(九龍村, 현 충북 이원면 용방리)에 이거했고, 1812년 화재를 당해 항곡(恒谷, 현 옥천군 군북면 소재)으로 옮겼다. 19세 때 상경해 족부 이병원에게 수학했고, 송치규·이도재 등을 종유했다. 1813년 급제해 정언, 옥구현감, 회양부사 등을 역임했다. 1816년 과 1822년 두 차례 경상도 도사를 지내면서 시험을 주관했는데, 이 시는 작품 편차를 고려할 때 임오년(1822)에 지은 것으로 보인다.

「矗石樓 次壁上申靑泉韻」〈『중산재집』권1, 3b〉(촉석루에서 벽 위의 신청천 시에 차운하다)

脩竹千莖漾碧流	천 가지 긴 대숲은 푸른 물에 출렁이고
孤城一面夾長洲	외로운 성 한쪽이 긴 물가를 끼고 있다
山河不盡英雄淚	산하는 영웅의 눈물 다함 없고
日月長懸矗石樓	일월은 촉석루에 길게 걸렸어라
劍舞珠簾風雨至	검무 추는 주렴에 비바람 몰려오며
詩題畫壁鬼神愁	시 쓰인 벽에는 귀신도 근심하는데
古今何限登臨客	고금에 등림객이 어찌 한정 있겠는가마는
應數吾行第一遊	응당 내 행차 헤아리니 제일의 유람일세

○ 최상원(崔尙遠, 1780~1863) 자 경운(景雲), 호 향오(香塢)

본관 양천. 고령 학동리(鶴洞里, 현 경북 고령군 쌍림면 하거리 학골마을) 출생. 아들이 송애 최호문 (1800~1850)이다. 일찍이 송천 박문국의 문하에 들어가 배웠고, 이후 입재 정종로(1738~1816)의 문인이 되어 더욱 감발했다. 1816년 송천의 아들인 학양 박경가(朴經家, 1779~1841. 우리말 어원서 『동언고략』의 저자)와 함께 마을에 학음서당(鶴陰書堂)을 건립해 후진을 양성했다. 또 박경가, 김상 직, 박경구와 함께 고령향교에 빈흥재(賓興齋)를 창건해 유생들의 강학소로 삼았다.

「矗石樓」〈『향오집』권1, 21b〉(촉석루)

晉陽江上一高樓	진양 강가 한 높다란 누각이

迥出南方地盡頭　　남방의 땅 끝난 곳에 우뚝 솟았네
往刧龍蛇風雨暗　　옛 용사년은 비바람으로 어두웠는데
貞忠宇宙日星留　　정충은 우주에 해와 별처럼 머물렀지
將軍古堞生衰草　　장군의 옛 성채엔 시든 풀이 살아나고
志士悲歌動暮秋[1]　지사의 슬픈 노래가 늦가을에 울리도다
晟代卽今無警急　　지금은 태평시대라 다급한 경보 없거늘
登臨竟日興悠悠　　등림하니 온종일 흥취가 그지없구려

○ 황윤중(黃允中, 1782~1855) 자 성집(聖執), 호 운학(雲鶴)

본관 평해. 경북 청송군 청송읍 송생리(松生里) 출생. 부친의 명으로 과거 공부에 전력하여 명성이 높았고, 전국을 주유하다가 주방산(周房山, 통칭 주왕산) 부근에 '운학서사(雲鶴書社)'를 지어놓고 찾아온 선비들과 풍류를 즐겼다. 만주 권이복(1740~1819)의 문인으로 특히 회재 이언적을 흠모했다.

「矗石樓 次板上韻」〈『운학집』 권1, 28b〉 (촉석루에서 현판시에 차운하다)
丈夫烈氣水同流　　장부의 매서운 기개는 물과 함께 흐르고
釰血餘痕宿暮洲　　칼의 피 남은 흔적이 저녁 물가에 묵었는데
日月爭光三碣面　　일월이 빛을 다투어 세 비석 표면에 비치고
山河帶恨百層樓　　산하가 원한을 품어 백 층 누각에 서렸구나
當今不盡將軍怒　　지금까지 다함 없는 장군의 분노
懷古無窮遠客愁　　옛 생각에 끝없는 나그네의 근심
攜酒凭欄淸嘯罷　　술 갖고 누각 기대어 맑은 휘파람 그치노니
秋風慷慨幾人遊　　가을바람에 강개한 마음으로 몇이나 노닐었나

---

1) 暮秋(모추): 늦가을, 음력 9월.

○ 한철호(韓哲浩, 1782~1862) 자 명로(明老), 호 보산(寶山)

전라도 고부 보강리(현, 정읍시 소성면 보화리) 출생. 일찍이 가학을 계승했고, 1825년 급제해 지평·이조정랑·해주진관·자여도 찰방(1844.2~1846.6) 등을 지냈으며, 노사 기정진(1798~1879)과 절친했다. 이 시는 제주(題注)에 있듯이 을사년(1845) 2월 자여도 재직 때 지었다. 자여도 찰방 사실은 「자여도」(『영남읍지』 4책, 1871, 서울대학교 규장각)에서 확인되고, 경상도 역원제에 관해서는 이소한 시의 각주 참조.

「矗石樓懷古」乙巳 二月〈『보산집』 권2, 19b〉(촉석루 회고) 을사년(1845) 2월

長江滾滾抱城流	긴 강은 넘실넘실 성을 안아 흐르며
壁立危巖聳一樓	절벽의 높은 바위에 누각이 우뚝하다
忠義有光三壯士	충의로 빛나는 삼장사요
關防爲重兩南州	관방으로 소중한 영호남 고을이라
沙汀倒浸千層嶂	모래톱 물가에 높은 산이 거꾸로 잠겼고
霧壑浮來萬斛舟[1]	안개 낀 골짝에서 커다란 배가 떠 오는데
往事傷心因撫釰	지난 일에 마음 아파 칼을 어루만지노니
霎然[2]憑眺未閒遊	잠시 기대어 조망하되 너절히 놀 것 아니네

○ 권정휘(權正徽, 1785~1835) 자 이용(利用), 호 원계(元溪)

산청군 신등면 단계리(丹溪里) 출생이나 만년에 면내 원계촌으로 이거했다. 임란 때 창의한 권세춘의 후손으로 문사에 능력이 있었으나 실패하자 학문 연구에 전념해 이름을 얻었고, 삼가현령 정선교를 위시해서 지방 수령과 유림에서 그를 예우했다.

「矗石樓 次申青泉韻」〈『원계유고』 권1, 14b〉(촉석루에서 신청천의 시에 차운하다)

長城之下大江流	긴 성 아래로 큰 강이 흐르며

---

1) 萬斛舟(만곡주): 일만 곡의 곡식을 실을 수 있는 배. 용어 일람 '만곡' 참조.
2) 霎然(삽연): 갑작스러운 모양. '霎'은 가랑비. 잠시.

采采[1]芳蘭白鷺洲	난초 흐드러지고 백로 노니는 물가로다
地閱干戈餘畵堞	땅은 전쟁 치러 그림 같은 성첩 남겨 두었으며
天敎山水護丹樓	하늘은 산수에게 붉은 누각을 보호하게 하는데
緗簾月引三秋色	비단 주렴에 비친 달은 가을빛을 길게 끌고 있고
漁浦烟消萬古愁	고기 잡는 갯가 연기는 만고의 근심을 삭이네
聖世如今無遠警	지금은 성세라 먼 곳의 경고가 없거늘
好將詩酒辦淸遊	시와 술로 맑은 유람 벌이기에 좋구려

○ 조희룡(趙熙龍, 1789~1866)

자 치운(致雲), 호 호산(壺山)·우봉(又峯)·매수(梅叟)

본관 평양. 추사 김정희(1786~1856)의 문인으로 시·서·화에 능통했다. 1813년 문과 급제해 여러 관직을 거쳤다. 문집 외 『석우망년록』, 『호산외사』 등이 있다. 아래의 시는 『증보해동시선』(이규용 편, 회동서관, 1919, 307~308쪽)에도 수록되어 있다.

「矗石樓」〈『고금영물근체시』, 104쪽〉(촉석루)

極目平蕪夕照遲	시야 끝까지 평야에 석양은 잦바듬하고
丹樓湧出碧琉璃	단청한 누각이 푸른 강에 높이 솟았도다
湖雲祠樹留今日	호수 구름과 사당 나무는 지금도 남아 있고
鼕鼛艨艟[1]撫昔時	북소리와 전함이 분주하던 옛날을 더듬어보건대
帷幄[2]勝圖誰國士	군막에서 뛰어난 전략 발휘한 국사는 누구며
江山靈貺[3]到娥眉	강산의 신령한 복은 미인에게 이르렀었지
臨風落落[4]孤懷在	쓸쓸한 바람결에 외로운 마음 여전하거니

---

1) 采采(채채): 따고 따다. 『시경』에 용례가 많이 보인다. '采'는 따다. 캐다.

1) 艨艟(몽동): =몽충(艨衝). 좁고 긴 싸움배의 일종. '艨'은 병선.

2) 帷幄(유악): 군영에 설치한 휘장으로, 대장이 작전 계획을 세우는 곳.

3) 貺(황): 주다.

4) 落落(낙락): 쓸쓸한 모양, 적은 모양, 뜻이 높고 큰 모양.

惟有晴虹掛水湄　　　　맑은 무지개만이 물가에 걸려 있구나

○ 권수(權洙, 1789~1871) 자 사원(士源), 호 오곡(梧谷)

> 밀양 부북면 위량리(位良里) 출생. 1815년 양친 상을 당한 뒤로 과거를 그만두고 향리에 서재를 지어 학문을 강론했다. 일찍이 정재 류치명(1777~1861)을 종유했고, 성재 허전(1797~1886) 및 그 문인들과 도의로 교유했으며, 밀양부사나 인근 고을 원들에게 학문을 권장하도록 소를 올렸다.

「登矗石樓有感」〈『오곡유고』권1, 6a〉(촉석루에 오르니 감개함이 있어)

吾亦文中傑　　　　내 또한 문단에서 뛰어나

丹衷欲畫樓　　　　참된 충정으로 누각 그리려

所懷三壯士　　　　삼장사를 가슴에 품은즉

烈氣凛千秋　　　　매서운 기개가 천추에 늠름하다

○ 남이목(南履穆, 1792~1858) 자 순지(純之), 호 직암(直菴)

> 본관 의령. 함창 도곡리(道谷里, 현 상주시 공성면 소재) 출생. 강재 송치규(1759~1838)의 고제(高弟)로 1819년 향공 진사가 되었으나 출사의 뜻을 접었다. 중년 이후 가난했지만 청렴하게 생활했으며, 동문수학한 극재 허규(1807~1842)·서호 심자택(1812~1871)·조규 등과 도의로 강마했다. 일찍이 전국의 산수를 주유하면서 심성을 수양했고, 문집 외에 해박한 지식으로 경전을 해석한 『삼관수록』이 있다. 아래 시 바로 앞에 수록된 작품을 기해년(1839)에 지은 것으로 보아 창작 시기를 짐작할 수 있다.

「矗石樓聯句[1] 次退溪韻」〈『직암집』권1, 9b~10a〉(퇴계 시에 차운한 촉석루 연구)

晉陽風物冠南州　　　　진양 경치는 남쪽 고을의 으뜸

矗石城頭壯一樓 純之[2]　　　　촉석성 위에는 웅장한 한 누각

---

1) 聯句(연구): 여러 사람이 각각 지은 시구를 하나로 합쳐 만든 시.

城外名香巖共語 亘遠 성 밖엔 꽃다운 이름이 바위와 함께 말해지고
樓中太白水空流 乃用 누각 속 큰 결백은 물 따라 하염없이 흐른다
烟收脩竹晴如洗 秀而[3] 연기 걷힌 대숲은 씻은 듯이 깨끗하며
雲盡平原翠欲浮 景中[4] 구름 다한 평원은 푸른 빛 뜨려하거늘
鼓角一聲山更寂 允明[5] 한 가락 고각소리에 산은 더욱 적막하거니
樵船多少下長洲 龜瑞[6] 나무 실은 배가 많이도 긴 물가를 내려가네

○ 이원조(李源祚, 1792~1871) 자 주현(周賢), 호 응와(凝窩)

본관 성산. 초명 영조(永祚), 시호 정헌(定憲). 성주군 월항면 대포리 출생. 부친은 이형진(李亨鎭)이고, 장조카가 이진상이며, 백부 이규진에게 출계했다. 1809년 문과 급제했고, 1813년 입재 정종로의 문인이 되었다. 가주서를 시작으로 벼슬을 두루 역임했고, 1841년 제주목사 때 추사 김정희를 만나 주민 교학을 당부하기도 했다. 1850년 경주부윤을 그만두고 이듬해 만귀정(晩歸亭, 가천면 신계리 소재)을 지어 강학을 이어갔으며, 1866년 공조판서를 끝으로 치사했다. 아래 시는 임자년(1852) 8월 신지정(辛志鼎, 1800~1865)과 함께 남도를 유람할 때 지은 것으로, 당시 도동서원·이충무공사당·남해 금산을 여행했다.

「次矗石樓板上韻」〈『응와집』 권2, 33a~b〉 (촉석루 현판시에 차운하다)

義巖月白水空流 의암에는 달빛 환하고 강물은 속절없이 흐르는데
城樹無風漾碧洲 성 나무에 바람 없고 푸른 물은 물가에 출렁이네
伊昔圍中多烈士 그 옛날 포위되어 열사가 많았거니
至今江上有高樓 지금껏 강변에는 높은 누각 있구나
元戎徜念繭絲[1]重 장수가 배회하며 세금 중함을 생각하거늘
過客休爲花鳥愁 길손은 화조의 근심거리 되지 말아야지

---

2) 純之(순지): 남이목의 자.
3) 秀而(수이): 조규(趙逵)의 자이고, 호는 순재(循齋). 송치규, 「순재설」(『강재집』 권6); 임헌회, 「답조수이규(答趙秀而逵)」(『고산집』 권5) 참조.
4) 景中(경중): 조낙규(曺洛奎)의 자. 송치규, 「답조경중낙규」(『강재집』 권3) 참조.
5) 允明(윤명): 허규(許煃)의 자.
6) 龜瑞(구서): 김종락(金宗洛)의 자.
1) 繭絲(견사): 세금을 가혹하게 거둠. 용어 일람 '견사보장' 참조.

一醉官醪[2]驢背去　　흠뻑 취토록 술을 나귀 등에 싣고 가서

清秋又作錦山遊　　맑은 가을날 또 금산에서 즐기리라

○ 손영광(孫永光, 1795~1859) 자 일부(逸夫), 호 설송당(雪松堂)

본관 경주. 경주 양좌촌(良佐村, 현 강동면 양동리) 출생. 용와 이언순(李彦淳)을 사사했고, 1810년 도시(道試) 별과에 급제해 동몽교관·의빈부 도사·돈녕부 도정 등을 지냈고, 이연상·이효순·김용락 등과 교유했다.

「矗石樓」 晉州 〈『설송당일고』 권1, 10a〉 (촉석루) 진주

晉陽城外最高樓　　진양성 너머 높은 누각이 으뜸인데

石自層層水自流　　돌은 절로 층층, 물도 절로 흐른다

三士精忠人有慕　　삼장사의 정충은 사람들이 흠모하고

一娘義烈世無儔　　한 낭자 의열은 세상에 견줄 이 없네

島夷暴行千秋恨　　섬 오랑캐 만행은 천추의 한이요

太守冤魂萬古愁　　태수의 원혼은 만고의 시름이라

騷客登臨多慷慨　　시인이 등림하니 강개한 마음 하도 많아

正襟不敢放歌遊　　옷깃을 여밀 뿐 크게 노래하며 놀지 못하겠다

○ 임정원(林正源, 1795~1860) 자 성관(聖觀), 호 창연(蒼然)

본관 은진. 거창군 북상면 갈계리(葛溪里) 출신. 첨모당 임운(1517~1572)의 후손으로 외삼촌 윤면흠(尹勉欽)에게 학문을 배워 일취월장했다. 공명을 위한 학문을 배척한 채 수양에 정진했으며, 만년에 덕유산 남쪽에 은거하다 일생을 마쳤다.

---

2) 官醪(관료): 녹봉으로 받은 술. '醪'는 막걸리. 술.

「次矗石樓板上韻」〈『창연집』권1, 13b~14a〉(촉석루 현판시에 차운하다)

悄然無語頫1)長流　　　근심스레 말없이 긴 강 굽어보니

極目平沙十里洲　　　시야 끝까지 평사 십리 물가로다

宇宙悲歌男子漢2)　　　세상의 슬픈 노래는 대장부의 기개요

東南形勝晉陽樓　　　동남의 빼어난 경치는 진양 누각이라

有詩莫說三春景　　　시로써 봄날 경치 굳이 말할 것 없지만

無酒難消萬古愁　　　술 없이는 만고 근심을 삭이기 어렵구나

不識崔嵬江山閣　　　모르겠노라, 높디높은 강산의 누각

至今迎送3)幾人遊　　　이제까지 나그네 몇이나 영송했는지

○ **김종락**(金宗洛, 1796~1875) 자 기언(耆彦), 호 삼소재(三素齋)

본관 안동. 초명 영락(英洛). 안동시 풍산읍 소산리(素山里) 출생. 학서 류태좌(柳台佐, 1763~1837)와 일우 류상조(柳相祚, 1763~1838)의 문인. 1836년 향시 폐단에 분개해 향리에 지곡서당(芝谷書堂)을 짓고서 성리학을 궁구했고, 고매한 성품으로 유림들에게 크게 인정받았다. 세상을 떠나기 2개월 전에 수직(壽職)으로 통정대부 직첩이 내려졌으나 늦게 도착해 관아로 교지를 환납했다. 호 '三素'는 거소산(居素山), 행소리(行素履), 식소찬(食素餐)의 뜻이다.

「登晉州矗石樓 次板上韻」〈『삼소재집』권1, 8b~9a〉(진주 촉석루에 올라 현판
　시에 차운하다)

城門立馬問長洲　　　성문에 말을 세우고 긴 물가에 묻건대

何事澄江咽不流　　　어이타 맑은 강은 오열하며 흐르지 않나

四郭雲橫環陸海　　　온 성곽에 비낀 구름이 육지와 바다를 둘렀고

一盃風凜壯高樓　　　술잔 들던 늠름한 풍모는 높은 누각에 굳세도다

---

1) 頫(부): 머리를 숙이다, 보다.

2) 男子漢(남자한): 사나이 중 사나이. 박지원, 「여성백(與成伯)」(『연암집』권5 「영대정잉묵」), "이 시는 당나라 때 큰 호걸 사나이가 지은 시입니다[此, 唐時大豪傑**男子漢**]".

3) 迎送(영송): 마중과 배웅.

東溟赤日忠魂在	동쪽 바다 붉은 태양에 충혼이 서린 듯하고
南斗靑虹劍氣愁	남쪽 하늘 푸른 무지개에 칼 기운 수심겨워라
野老梢工1)皆俗輩	마을 노인과 사공은 모두 저속한 무리인지
無心看我等閒遊	무심히 나를 쳐다보며 너절한 놀이 즐기네

○ 이제영(李濟永, 1799~1871) 자 내홍(乃弘), 호 동아(東阿)

본관 벽진. 경북 칠곡군 왜관읍 석전리(石田里) 출생. 약관 전후로 양친을 모두 여읜 뒤 과거를 접었다. 중년에는 종숙부 이화(李鏵, 1769~1830)와 이현(李鉉)을 뒤따라 처향(妻鄕)인 밀양 산내면 죽원(竹院)에 거처를 마련해 '동아거사(東阿居士)' 편액하고는 학문 연구에 매진했다. 1846년에는 도산서원을 방문했고, 경상도 관찰사 신석우가 문행(文行)으로 천거했으나 응하지 않았다. 조긍섭의 묘갈명(1927)이 있다.

「矗石樓」〈『동아집』 권1, 11a〉(촉석루)

義魄千年地	의로운 기백 서린 천년의 땅
凝雲不肯秋	구름이 엉겨 가을답지 않은데
江山今使盖1)	강산에는 지금도 사신 행차
風雨古譙樓	비바람이 몰아치는 옛 망루
鳥度寒空沒	새들은 차가운 하늘을 건너 사라지고
花分仄壁留	꽃잎은 비탈진 절벽에 떨어져 쌓이네
昇平歌舞樂	태평한 가무악은
若輩是淸流	이들의 맑은 풍류

---

1) 梢工(소공): =초공(梢公). 사공, 뱃사람. '梢'는 나무 끝, 곧 배의 고물로 소(艄)와 동자.
1) 使盖(사개): 사신이 들고 가는 일산(日傘), 곧 사신.

○ 신좌모(申佐模, 1799~1877) 자 좌인(左人), 호 담인(澹人)

본관 고령. 문의현 청룡리(青龍里, 현 충북 청원군 가덕면 소재)에서 쌍둥이 중 맏이로 출생했다.
1824년 과거를 위해 서울로 이사했으며, 1862년 낙향했다. 1835년 문과 급제하기 전부터 문장으로
이름을 날렸고, 사간·서장관(1855)·이조판서 등을 지내면서 흥선대원군의 측근으로 활동했다. 아래
의 시는 아들의 병서에서 보듯이 나이 71세 때인 기사년(1869) 3월 영남 유적을 여행하다가 촉석루에
등림하고서 지은 것이고, 『대동시선』 권9에도 실려 있다. 당시 사돈인 정현석(鄭顯奭)이 진주목사로
재직하고 있었다. 한편 백후 김기수(1818~1873)는 1871년 10월 촉석루에 들러 이 현판시를 보고
신유한 시와 함께 천고의 절창이라 평했다. 참고로 그때 지은 '진남루 차판상운'(『담인집』 권8)이
현재 북장대 주련(글씨: 성파 하동주)으로 걸려 있다.

「矗石樓 次板上韻」〈『담인집』 권8, 10a, 「교남기행」 시 중 제44수〉 (촉석루에서
현판시에 차운하다) [往歲己巳, 先君退老于文山之鄕廬. 于時也, 家國太平. 一日詔家人曰
"余自少好游覽, 壬辰入金剛, 乙卯之燕, 盡中國之觀. 至若諸名勝, 亦屢屢搜覽, 皆有紀行日
史, 殆若前生事. 惟嶺南儒賢之鄕, 常欲溯餘韻而挹遺風者久矣. 迨此無事, 余將行之". 遂以三
月卄一日戒駕, 族人鼎求號靑居, 命與之偕. 所過地風流照耀, 諸奇壯瑰麗. 壹發之爲詩, 殆數
百篇. 行次多忙, 未之盡錄, 往返日史亦闕焉, 秪記若干篇. 今方編次于原集, 而遺漏者, 當次第
收補焉. 不肖孤昇求[1]謹識.][2] 옛날 기사년(1869)에 선군께서 문산의 고향집으로 은퇴하셨다.
그때 나라는 태평했다. 하루는 집안사람을 불러 말하기를, "내가 젊을 때부터 유람을 좋아해
임진년(1832) 때 금강산에 들어갔고, 을묘년(1855) 때 연경에 가서 중국의 경관을 다 보았다.
여러 명승지도 두루 찾아보았으니 모두 '기행일사(紀行日史)'에 있는데 마치 전생의 일과 같다.
오직 영남 유현의 고을은 늘 풍류를 따르고 싶었지만 유풍을 느낀 지가 오래 되었다. 요즘
일이 없어 내가 가려고 한다."고 하셨다. 드디어 3월 21일 조심스레 말을 탔는데, 호가 청거인
족인 정구(鼎求)가 명을 받고 함께 했다. 지나는 곳은 풍류가 밝게 빛나고, 경관들이 기이하고
장려했다. 한번 내뱉으면 시가 되어 거의 수백 편이다. 행차가 매우 바빠 다 적지 못했고,
다녀 온 뒤 쓴 '일사(日史)'에도 빠진 채 약간의 작품만 기록하셨을 뿐이다. 지금(1896) 원집에

---

1) 昇求(승구): 신승구(1850~1932)는 신좌모의 차남으로, 호가 석헌(石軒)이다. 1876년 생원
   시 합격했고, 1896년 향리 고택에서 신채호(1880~1936)를 가르쳤다. 손자 신영우(申榮雨)
   는 조선일보 기자로서 1931년 여순감옥의 단재를 면회하고 와서 '단재옥중회견기'를 6회
   에 걸쳐 연재했다. 자형이 정현석의 아들 정헌시(鄭憲時, 1847~1905)이다.
2) 병서는 「교남기행」 시 전체의 서문인데, 이 시 이해를 위해 여기에 부기했다.

엮어 넣으려고 하는데, 누락된 것은 마땅히 다음에 보완할 것이다. 아들 승구(昇求)가 삼가 쓰다.

晉陽城下大江流	진양성 아래로 큰 강이 흐르며
極目萋萋芳草洲	시야 끝까지 방초 이들이들한 물가로다
百戰山河餘曠野	백전 겪은 산하에 넓은 들판 남아 있고
萬家烟雨一高樓	온 마을 안개비 속에 높은 누각 있구려
繭絲保障由來重	세금 경감과 민생 안정은 예부터 중한데
猿鶴沙虫過去愁	전쟁 때 죽은 병사는 오랜 시름 되었구나
吾輩幸生無事日	우리들은 다행히도 태평한 시대에 태어나
畫船簫皷作春遊	놀잇배에서 풍악 울리며 봄놀이 즐기네

○ 최호문(崔虎文, 1800~1850) 자 성안(性安), 호 송애(松厓)

> 본관 양천. 경북 고령군 학동리(鶴洞里, 현 쌍림면 하거리 학골마을) 출생. 향오 최상원(1780~1863)의 아들로 뒷날 백부에게 입양되었다. 16세 때 스승 박경가(朴慶家)를 모시고 상주 대산루(對山樓)에 가서 입재 정종로(1738~1816)의 제자가 되었다. 마을의 학음서당(鶴陰書堂)을 중심으로 강학 활동을 하며 문인들과 교유하다가 1841년 정시문과 급제했다. 승문원 정자를 시작으로 전적·예조좌랑·정언·봉화현감(1848) 등을 지냈고, 상소를 통해 과거제도의 개선과 사회 개혁을 주장했다. 아래의 시는 이명윤의 관력으로 볼 때 경자년(1840)에 지은 것임을 알 수 있다.

「與趙典籍昌敎[1]·李別檢命允[2] 次矗石樓韻」〈『송애집』 권1, 9a〉 (전적 조창교, 별검 이명윤과 함께 촉석루 시에 차운하다)

三壯士墟水打洲	삼장사 유허지, 물결치는 모래톱
無心駐馬聽東流	무심히 말 멈추고 동쪽 물소리 듣노매라
江山不換三韓面	강산은 삼한의 면모를 바꾸지 않았고
風物留傳一古樓	경치는 한 옛 누각을 남겨 전해왔는데
短堞瓦灰經幾慟	짧은 성첩의 기와는 몇 번이나 전란을 겪었나
長天星月繫寒愁	넓은 하늘의 별과 달이 찬 근심을 매달았도다

---

1) 趙典籍昌敎(조전적창교): 전적 조창교(1800년생). 1827년 문과 급제해 찰방·도사·장령(1851)·교리 등을 지내고 통훈대부 사간원 정언에 이르렀다.

2) 李別檢命允(이별검명윤): 별검 이명윤(1804~1863). 진주 내평 출생. 1838년 문과 급제해 휘릉별검(1840), 전적(1841), 감찰, 부교리를 지냈고, 1856년 교리에 임명되었으나 부임하지 않고 향리로 은거했다. 1862년 진주농민항쟁 때 류계춘과 협력한 탓에 환재 박규수로부터 주동자로 지목되어 강진 고금도로 유배되었다. 『피무사실(被誣事實)』을 지어 억울함을 호소했으나 특별 사면 문서가 배소에 도착하기 전에 별세했다.

衝寒踏雪南來客 　추위 뚫고 눈을 밟으며 남쪽에 온 길손은
猶恨名區早不遊 　명소에서 일찍이 놀지 않았음이 한이어라

○ 도석행(都錫行, 1800~1867) 자 호여(浩汝), 호 송포(松圃)

경상도 위성(渭城, 현 함양) 출생. 평생 향리의 세거지에서 거주하다가 만년에는 수동 연화산(蓮花山) 자락에 밭을 가꾸어 여유를 즐기며 살았다. 이 시는 덕유산을 유람하고 산청, 안의, 함양, 거창, 삼가 등 경상도 일대를 둘러보며 읊은 시 중의 하나이다.

「步前韻 題矗石樓韻」〈『송포집』, 2쪽〉(앞 시의 운에 따라 촉석루 시를 짓다)

南州天作此江山 　남쪽 고을에 하늘이 이 강산을 만들었나니
從古名樓暫不閒 　예부터 명루는 잠시도 한가롭지가 않았지
多少風烟千載事 　천년을 두고 경치가 하고많은데
却看前迷畫樑間 　멋진 대들보 사이의 옛 시를 보노라

○ 민재남(閔在南, 1802~1873)

자 겸오(謙吾), 호 회정(晦亭)·청천(聽天)·자소옹(自笑翁)

초명 수일(壽一). 세거지는 산청군 삼장면 대포리(大浦里)이나 함양 외가에서 민이헌(閔以瓛, 1784~1822)의 장남으로 출생했다. 외삼촌인 물재 노광리(盧光履)에게 배웠으나 세 차례 과거 낙방한 후 벼슬을 단념하고 산수를 유람하면서 사우들과 교유했고, 「유두류록」(1849)·「동유록」을 지었다. 노사 기정진(1798~1879)을 만난 뒤 학문에 더욱 정진했고, 1851년 모산(茅山)에 정자를 지어 '회정(晦亭)'이라 한 까닭에 세상에서 그를 '회정거사'라 불렀다. 조카가 민치량(1844~1932)이며, 제자가 김현옥(1844~1910)이다.

「次申靑泉矗石樓韻」〈『회정집』 권1, 6b〉(신청천의 촉석루 시에 차운하다)

龍蛇一刧洗淸流 　용사년 옛 전란은 맑은 물에 씻겼을 터
南訪汾城暮泊洲 　남쪽 진양성 찾아 저문 물가에 배 대었다

壯士先歸1)兼義妓 　 장사는 먼저 귀의해 의기를 아울렀으며

大江東注又高樓 　 큰 강은 동으로 흐르고 또 고루가 있거늘

三盃起舞秋風動 　 세 순배 들다 춤추니 가을바람 불어오고

萬事長歌夜月愁 　 만사 길게 노래할 제 달밤마저 수심겨워라

盡日彷徨多慷慨 　 온종일 서성이니 강개한 마음 하도 북받쳐

書生時復擊壺遊 　 서생이 이따금 술병을 두드리며 노닐어본다

「月夜登矗石樓 有客誦或人2)詩曰"慷慨悲歌士 相逢矗石樓 浮雲
迷短堞 落葉下長洲 素志違黃卷 童心已白頭 明朝南海去 江月
五更秋"詩意可賞 故戲次其韻〈『회정집』 권2, 34a~b〉 (달밤에 촉석루
에 오르니 나그네가 어떤 사람의 시를 외는데, "비분강개한 선비들 / 촉석루에서
서로 만났네 / 뜬구름은 짧은 성첩에 자욱하고 / 낙엽은 긴 물가에 떨어지구르구려
/ 평소의 뜻 서책 공부에 어긋났거늘 / 마음은 한결같지만 벌써 백발이로다 / 내일
아침이면 남해로 가리니 / 강달이 비치는 새벽가을일세" 하였다. 시의 뜻이 감상할
만하므로 재미삼아 그 시에 차운하다)

十載竆山客 　 십년 산림을 방황한 나그네

南登壯士樓 　 남쪽에서 장사루에 올랐어라

擊壺風動葉 　 술병 두드리니 바람이 잎새 흔들며

撫劒月沈洲 　 칼 어루만지자 달이 물가로 잠기네

勝地羞狂跡 　 명승지는 미친 발길을 부끄럽게 만들고

明時笑禿頭3) 　 밝은 시대가 대머리를 웃음 짓게 하는데

---

1) 先歸(선귀): 저 세상으로 먼저 돌아감. 의기 논개보다 먼저 죽음.

2) 或人(혹인): 김삿갓으로 널리 알려진 김병연(1807~1863)을 말하는데, 해당 시를 비교해보
면 몇 글자가 다르다.

3) 禿頭(독두): 정계에서 실권이 없음을 자조적으로 말한 것임. 한나라 때 전분(田蚡)이 두영
(竇嬰)의 눈치를 보던 내사 정당시(鄭當時)의 태도를 힐난하며 "장유와 함께 똑같은 대머
리 노인으로 어찌 수서양단처럼 망설이는가?[與長孺共一老禿翁, 何爲首鼠兩端]" 하였다.
장유(長孺)는 당시 좌고우면하던 어사대부 한안국(?~B.C.127)의 자이다. 『사기』 권107 「위
기무안후열전」.

浩歌還自答 　　마음껏 노래하다 도로 자답하노니

天意更高秋 　　하늘의 뜻이 더욱 높은 가을이로다

○ 박희전(朴熙典, 1803~1888) 자 문칙(文則), 호 유간(酉澗)

본관 밀양. 송은 박익(1332~1398)의 4남인 졸당 박총(1353~1439)의 후예로 거창군 남하면 양항리 (梁項里) 출생. 현와 윤동야의 제자로서 예닐곱 살 때부터 해서, 전서, 비백(飛白) 글씨를 잘 썼다. 만년인 1873년 사마시에 합격했고, 향리에 줄곧 은거하면서 백후 김기수(1818~1873) 등의 선비들 과 시문을 즐겼으며, 가문의 풍도를 확립하는 데 힘썼다. 손서가 우천 김회석(1856~1932)이다.

「矗石樓 次申靑泉韻」〈『유간집』 권1, 16a~b〉 (촉석루에서 신청천 시에 차운하다)

三百年光水自流 　　삼백년 오랜 세월, 강물은 절로 흐르고

矗營依舊枕長洲 　　촉석 병영은 예처럼 긴 물가에 임해 있네

干戈寂寞人耕野 　　방패 창칼이 적막하고 사람은 밭을 가는데

宇宙空虛客上樓 　　우주는 텅 비었고 길손은 누각에 올랐어라

大酒初傾如使氣 　　큰 잔 처음 기울이니 호기 부리는 듯하더니만

危欄久坐欲生愁 　　높은 난간에 한참 앉았으니 근심이 생기려네

英雄往事那堪說 　　영웅의 지난 일을 어이 다 말할 겐가

今夕詩歌亦壯遊 　　시 있는 오늘 저녁 또한 장대한 유람

○ 정종덕(鄭宗悳, 1804~1878) 자 덕응(悳膺), 호 운곡(篔谷)

본관 동래. 거창 대아리(大雅里, 현 남하면 대야리) 출생. 효성이 지극했고, 만년에 세상사를 끊고 백후 김기수(1818~1873)·소천 이재정과 함께 시사를 결성해 심회를 읊으며 자적했다. 아들 긍재 정지선(1839~1897)이 성재 허전의 제자이다.

「矗石樓」〈『운곡유고』 권1, 21a〉 (촉석루)

彩鳳山[1]前碧玉流 　　비봉산 앞에 벽옥 같은 물 흐르고

木蘭舟艤野棠洲	목란 배를 대니 해당화 핀 물가라
腥塵忍說壬辰歲	임진년 비린 먼지를 차마 말하랴만
壯士名高矗石樓	장사 이름이 드높은 촉석루로다
春雨莫添沈竈[2]水	봄비는 부엌 잠기게 하는 물 보태지 않고
陰雲未駁戰場愁	검은 구름은 전장의 근심을 뒤섞지 않거니
聖朝無事三邊靜	성명한 조정에 일 없고 세 변방은 고요해
幸得騷人此日遊	고맙게도 시인이 오늘 유람을 맛보네

○ 이풍익(李豊翼, 1804~1887)

자 자곡(子穀), 호 육완당(六玩堂)·우석(友石)

본관 연안. 서울 건덕방(建德坊) 어의동(於義洞) 출생. 1829년 급제해 승문원에 들어갔고, 대사간·예조판서 등을 지냈으며, 1844년 경상좌도 시관으로 있을 때 감식이 공평해 칭송을 받았다. 문집 외에 1825년 금강산을 두루 유람하고 지은 시문에다 화공을 시켜 그린 실경산수화 28점을 함께 엮은 서화첩 『동유첩(東遊帖)』이 있다.

「矗石樓」〈『육완당집』 권1, 21b〉 (촉석루)

一劍無功萬矢流	한 칼의 공도 없이 쏜살같이 세월 흐르고
孤城風雨過長洲	외딴 성의 비바람이 긴 물가에 몰아쳤나니
昇平世久沙沈戟	태평세월 길고 길어 창은 모래밭에 묻혔고
古戰場空月滿樓	옛 전장은 텅 비고 누각은 달빛에 물들었다
白日吞聲江水逝	울음을 머금은 강물이 대낮에 흘러만 가고
靑春經刼岸花愁	난리 겪은 언덕 꽃이 푸른 봄날 시름겨운데
畵船簫皷芙蓉國[1]	연꽃 핀 곳에서 놀잇배 타고 풍악 울리며

---

1) 彩鳳山(채봉산): 아름다운 비봉산. 혹은 진주관아 내 채봉각(彩鳳閣)과 그 뒷산인 비봉산을 아울러 지칭한 것으로도 보임.
2) 沈竈(침조): 전쟁의 피해. '竈'는 부엌. 용어 일람 '삼판' 참조.
1) 芙蓉國(부용국): 온갖 꽃이 어우러진 진주성 북쪽의 대사지(大寺池)를 지칭한 것으로 보임.

易老浮生汗漫遊 　　　쉬이 늙는 덧없는 인간들이 너절히 노니네

○ 신석우(申錫愚, 1805~1865) 자 성여(聖如)·성예(聖睿), 호 해장(海藏)

본관 평산. 시호 문정(文貞). 서울 안국방(安國坊) 출생. 홍석주의 문인이고, 환재 박규수·옥수 조면호 등과 절친했다. 1834년 문과 급제해 정언·우승지·대사헌·동지정사(1860) 등을 지냈다. 김삿갓에 관해 가장 오래되고 풍부한 기록으로 알려진 「기김대립사(記金簦笠事)」(1852)(『해장집』 권17)를 지었다. 한편 경상도 관찰사(1855.11~57.6)로 재직하던 1856년 영남에 대홍수가 일어나자 다방면으로 민생 구제에 힘을 쏟았으나 이듬해 여름 근무 고과 평가에서 낮은 점수를 받자 스스로 사직했다. 현재 양산 통도사 부도원에 그의 불망비(1857.2 건립)가 있다. 아래의 시는 병진년(1856) 3월26일 촉석루에 등림해 지은 것이고, 그 배경은 서문 격인 본서의 「촉석루연유기」에 자세하다.

「矗石樓讌遊」〈『해장집』 권5, 50b〉(촉석루에서의 잔치 유람)

縠羅皺[1]碧晉江流	비단 주름처럼 푸른 남강이 잔잔히 흐르고
兒女紅粧映綠洲	아녀자의 화장이 초록빛 물가에 비치는데
刼後關防留舊堞	전란 뒤의 관방에는 옛 성가퀴가 남았으며
嶺南佳麗盡妓樓	영남의 수려함으로는 이 누각이 다하구려
居人久識昇平樂	사람들은 태평의 즐거움을 안 지 오래다만
志士還饒吊古愁	지사는 도리어 옛일 슬퍼함이 많아서
日暮催舟城下泛	저물녘 서둘러 배를 성 아래 띄워놓고
衣香露浥徹宵遊	옷 향기 이슬에 젖도록 밤새껏 노닌다

옛날 이곳에 놀잇배를 띄워놓았다.

1) 縠羅皺(곡라추): 주름진 비단. '縠'은 주름 비단. '皺'는 주름 잡히다.

○ 박문규(朴文逵, 1805~1888)

자 제홍(霽鴻), 호 천유자(天游子)·운소자(雲巢子)

본관 순창. 경기도 개성 출신. 창강 김택영이 지은 「전」(『천유시집』 서두)을 요약하면 다음과 같다. 그는 어릴 때 벌써 『서경』의 「상서」·「우공」을 능히 외웠고, 장성해서는 과거에 구애되지 않고 시가를 좋아해 조정에서부터 민간에 이르기까지 알려졌을 뿐만 아니라 고종 초에 교리 정현덕이 중국에 사신으로 가서 그의 시를 보여주었더니 학자들이 극찬했다고 한다. 만년인 1887년 문과 급제해 병조 참의에 등용되었고, 저술로 『天游詩集』·『天游集古』·『雲巢山房集』이 있다. 제자로 윤진우, 김재희 등이 있다.

「登晉州矗石樓」〈『천유시집』, 25a〉 (진주 촉석루에 올라)

城上危闌控上游[1]	성 위 높은 난간이 요해처 눌렀는데
偈來吟嘯晉陽秋	오가면서 진양의 가을을 읊조리누나
山河形勝維南徼[2]	산하의 형승은 남쪽 변방에 메였으며
尊酒登臨最上頭	술 들고 등림함은 꼭대기가 최고로다
戰地沙虫哀往事[3]	전장의 죽은 병사들이 옛일을 슬프게 하고
空江星月掛清流	빈 강의 별과 달은 맑은 강물에 걸렸는데
一聲畵角霜風裡	나팔소리가 서릿바람 속에 들리나니
觸忤[4]行人分外愁	길손의 분수 넘치는 시름이 저어되네

「寄題晉州矗石樓」〈『천유집고』 권2, 65b〉 (진주 촉석루 시를 지어 부치다)

迢遞高城百尺樓 李商隱[5]	아득히 높은 성에 백 척의 누각
蒹葭白水繞長洲 李嘉祐[6]	갈대와 맑은 강물이 두른 긴 물가

---

1) 上游(상유): 중요한 곳, 상류, 높은 지위.

2) 南徼(남요): 남쪽 변방. '徼'는 변방의 경계, 막다, 순찰하다.

3) 원전을 보면 이 시행 끝에 "壬辰金千鎰等三壯士殉節, 戰士六萬人俱沒"의 주석이 있다.

4) 觸忤(촉오): =촉노(觸怒). 웃어른의 마음을 거슬러서 성을 벌컥 내게 함. 또는 그렇게 될까 저어됨. '觸'은 닿다. '忤'는 거스르다.

5) 李商隱(이상은, 812~858): 26세에 진사에 급제했으나 지방 관리로 전전하면서 불행한 생애를 보냈는데, 두목과 함께 만당을 대표하는 시인이다. 인용한 구절은 7언율시 「안정성루(安定城樓)」(『전당시』 권540)의 제1행임.

人聲曉動千門闢 元稹[7]	인기척이 새벽에 분주해 인가마다 문 열리고
湖色晴分半檻流 刀干[8]	강물 빛이 맑게 갈라져 난간 반쯤 흘러가네
雲雨時驚歌舞伴 趙嘏[9]	운우는 가무 짝함을 이따금 놀라게 하며
江山不盡古今愁 葉顒[10]	강산은 예나 지금 시름을 다함이 없는데
太平朝野歡娛在 張翰[11]	태평한 시절이라 기쁘고도 즐겁지만
還擬蹉跎訪舊游 杜甫[12]	넘어질까 조심하며 옛 친구 찾노라

○ 임응성(林應聲, 1806~1866) 자 종휴(鍾休), 호 국은(菊隱)

> 본관 예천. 안동 출신. 일찍이 과업에 종사했지만 실익이 없음을 깨닫고 정재 류치명(1777~1861)에게 나아가 학문을 배웠으며, 평생 처사로 살면서 성리학 연구에 심취했다. 소와 김진우(1786~1855), 암후 이만각(1815~1874), 만산 류치엄(1810~1876) 등의 명사들과 교유했다. 문집 외에 이황의 예설을 가려 뽑은 『계서예집(溪書禮輯)』이 있고, 책판이 세복당(世馥堂, 안동시 임하면 금소리 소재)에 보존되고 있다.

---

6) 李嘉祐(이가우, 719~781?): 748년 진사 급제 뒤 비서정자·원주자사 등을 지냈고, 전기(錢起, 710~782)와 더불어 별도로 한 시체를 형성했다. 인용한 구절은 7언율시 「동황보염등중현각(同皇甫冉登重玄閣)」(『전당시』 권207)의 제2행임.

7) 元稹(원정): 원진(元稹, 779~831)의 오기. 백거이와 우의가 두터웠는데, 여기에 인용한 구절은 7언율시 「중과주택단모경색겸수전편말구(重誇州宅旦暮景色兼酬前篇末句)」(『전당시』 권417)의 제5행임.

8) 刀干(도간): 인물 미상. 이와 비슷한 표현으로 조태억(1675~1728)의 「집구우차舟자(集句又次舟字)」(『겸재집』 권20) 제2행 "湖色寒分半檻流"가 있는데, 조하(趙嘏)의 시에서 집구한 것이라 했다. '半檻(반함)'은 강물이 난간 반쯤 보이게 흘러가는 모양.

9) 趙嘏(조하, 9세기경): 해당 시는 미상. 그는 당나라 선종(847~859 재위) 때 위남위(渭南尉)를 지냈는데, 이와 관련하여 김종직(1431~1492)의 시 참조.

10) 葉顒(섭옹, 1100~1167): 해당 시는 미상. 1132년 진사 급제 후 여러 벼슬을 거쳐 재상까지 올랐다. 청렴한 생활을 유지했고, 큰일을 당해도 의연하게 대처했다.

11) 張翰(장한, 약 258~319): 해당 시는 미상. 동진 때 사람으로 낙양에서 벼슬살이를 하던 중 가을바람이 불어오자 고향의 순채국[蓴羹]과 농어회[鱸魚膾]가 생각이 나서 곧장 벼슬을 그만두고 귀향했다고 한다. 『세설신어』 「식감」.

12) 두보의 해당 시는 미상이나 두목(杜牧)의 7언율시 「자선성 부관상경(自宣城赴官上京)」(『번천집』 권3)의 8행 "終把蹉跎訪舊遊"와 유사하다. '蹉跎(차타)'는 발을 헛디뎌 넘어짐, 곧 세상과 어긋나 불우하게 지냄을 비유함.

「謹次矗石樓韻」〈『국은유고』권1, 37b〉(촉석루 시에 삼가 차운하다)

當年遺事久成空	당시의 옛일은 허사가 된 지 오래
勝地東南擅一樓	동남의 승지는 한 누각의 독차지라
壁立層巖千古色	깎아지른 층층 바위는 천고의 빛깔이고
紺靑寒水萬頃流	감청색 찬 물은 만 이랑으로 흐르는데
儒仙[1]筆下烟雲濕	선비들의 붓 끝에 안개구름이 아롱지며
壯士杯前波浪浮	장사 잔 든 곳 앞으로 물결이 일렁이네
赫世忠魂猶不死	세상에 빛나는 충혼은 아직 죽지 않았나니
淸風吹送白蘋洲	맑은 바람이 흰 마름 물가에 불어대는구려

○ 허규(許熉, 1807~1842) 자 윤명(允明), 호 극재(克齋)

본관 김해. 진주 지수면 승산리(勝山里) 출생. 27세 때 부친의 명을 받고 송치규의 제자가 되었는데, 동문수학한 남이목·조규·조원 등과 도의로 강마하며 매년 봄가을이면 산수를 주유하면서 풍류를 즐겼다. 원대한 뜻이 있었으나 불과 36세 때 요절하고 말았다. 권재규가 문집의 서문을, 조용극이 발문을 지었다. 증손이 허찬구이다. 여기서 소개하지 않은 연구(聯句)를 지은 시인들의 정보는 앞의 남이목(1792~1858) 시 참조.

「矗石樓聯句」〈『극재유고』권1, 8b~9a〉(촉석루 연구)

晉陽風物冠南州	진양 경치는 남쪽 고을의 으뜸
矗石城頭屹一樓 南純之	촉석성 위의 우뚝한 한 누각
檻外名香巖共語 李亙遠	난간 밖에 고운 이름과 바위가 함께 말해지고
樓中大白[1]水空流 許乃用	누각 속의 큰 결백과 강물이 하염없이 흐른다
煙收脩竹晴如洗 趙贊叔[2]	연기 걷힌 대숲은 씻은 듯이 깨끗하며

---

1) 儒仙(유선): 신선 같은 선비.

1) 大白(대백): 결백. 『노자』 41장, "크게 결백하면 오욕을 지닌 듯하고, 넓은 덕은 마치 부족한 듯 보인다[大白若辱, 廣德若不足]".

2) 贊叔(찬숙): 조규(趙逵)의 별도 자로 보임. 「답조찬숙규(趙贊叔逵)」(『극재유고』권1).

雲盡平原翠欲浮 曹景中	구름 다한 평원은 푸른 빛 뜨려하거늘
鼓角一聲山更寂 許允明	한 가락 고각소리에 산은 더욱 적막하거니
樵船多少下長洲 金龜瑞	나무 실은 배가 많이도 긴 물가를 내려가네

○ 김병연(金炳淵, 1807~1863) 자 성심(性深), 호 난고(蘭皐)

본관 안동. 흔히 김삿갓 혹은 김립(金笠)으로 불리고, 우전 정현덕(1810~1883)·녹차 황오(1816~?) 등과 교유했다. 아래 시의 전반부 1~4행은 당나라 전기(錢起)의 「봉협자」(『전당시』권239)의 "燕趙 悲歌士, 相逢劇孟家, 寸心言不盡, 前路日將斜"와 유사하다. 진주와 관련해 「원당리(元堂里)」시 한 수가 더 있는데, 그가 언제 촉석루에 머물렀는지는 뚜렷하지 않다. 한편 민재남(1802~1873)은 촉석 루에서 한 나그네가 어떤 사람의 시를 외는 것을 듣고 차운시를 지었다고 했는데, 그 '어떤 사람'은 김병연을 지칭한다.

「矗石樓」〈장지연 편, 『대동시선』권9, 50~51쪽〉(촉석루)

燕趙悲歌士[1]	비분강개한 선비들이
相逢矗石樓	촉석루에서 서로 만났네
寒烟凝短堞	찬 연기는 짧은 성첩에 엉기고
落葉下長洲	낙엽은 긴 물가에 떨어지는구려
素志違黃卷[2]	평소의 뜻이 서책 공부에 어긋났거니
同心已白頭	마음은 한결같아도 벌써 백발이로다
明朝南海去	내일 아침이면 남해로 갈 터
江月五更秋	강 달이 비치는 가을 새벽

---

1) 비분강개한 선비. 전국시대 형가나 고점리가 대표적인 예이다(『사기』권86 「자객열전」〈형가〉). 한유가 「송동소남서」에서 "연과 조 지방에는 예로부터 격앙하여 슬피 노래한 지사가 많았다고 일컫습니다[燕趙古稱多感慨悲歌之士]."라고 한 바 있다.

2) 黃卷(황권): 서책. 옛날에 책이 좀먹는 것을 방지하기 위해 황색으로 염색한 종이를 썼던 데서 유래함.

○ 김희영(金熙永, 1807~1875) 자 희로(熙老), 호 청초(聽蕉)

본관 경주. 인동 약목리(若木里, 현 경북 칠곡군 약목면 소재) 출생. 1630년 4월 진주판관으로 도임해 10월까지 머물며 구폐 12건을 혁파한 노암 김종일(1597~1675)의 6세손이다. 10세 때 경주 사리동(沙里洞, 현 월성동 사리마을)으로 이거해 양좌촌(良佐村, 현 경주시 강동면 양동리)에서 스승을 좇아 학문을 넓혔고, 1858년 음직으로 제릉참봉이 된 뒤 의금부 도사·감찰·의흥현감 등을 지냈다. 아래의 시는 마지막 행의 내용으로 볼 때 1874년 전후에 지은 것으로 추정된다.

「矗石樓 次板上韻」〈『청초집』 권1, 18b〉(촉석루에서 현판시에 차운하다)

晉陽江水抱城流	진양 강물이 성을 감싸며 흐르며
翠竹紅林暎古洲	푸른 대 붉은 숲은 옛 물가 비치네
往跡寒烟百戰地	찬 연기 낀 옛 자취는 백전의 땅이요
逈空飛鳥一高樓	새 나는 먼 하늘에 높은 누각 있구려
佳人恨唱紅花落	가인의 한 많은 곡조에 붉은 꽃 떨어지고
壯士忠魂白日愁	장사의 충혼으로 밝은 해조차 시름겨운데
歷覽何如司馬氏[1]	두루 구경함이 어이 사마천 같으랴마는
衰翁七十愧南遊	일흔 된 늙은이의 남쪽 유람이 부끄러이

○ 강인회(姜寅會, 1807~1880) 자 태화(太和), 호 춘파(春坡)

전북 고창군 성송면 암치리(岩峙里) 출생. 1824년 가족을 이끌고 장성으로 이거해 기정진(1798~1879)의 문하가 된 뒤로 줄곧 50여 년 동안 모신 고제이다. 1862년 삼정(三政) 개혁에 관한 소를 올렸고, 이희석·조성가·정재규 등과 교유했다. 그리고 1889년 학행으로 조산대부 동몽교관에 추증되었다.

「次矗石樓韻」 晉州 〈『춘파유고』, 5b〉(촉석루 시에 차운하다) 진주

龍蛇往蹟付東流	임진 옛 자취는 동으로 흐르는 강물에 맡기는데

---

1) 司馬氏(사마씨): 사마천을 가리킴. 그는 20세 무렵부터 견문을 넓히고 호연지기를 키우기 위해 천하 사방을 널리 유람했다. 『사기』 권130 「태사공자서」 참조.

毅魄誰招落葉洲	굳센 기백을 누가 낙엽 지는 물가에서 부르나
烈氣千秋撑義石	천추토록 매서운 기상이 의암에 버텨있고
名區萬象載高樓	삼라만상 경치는 높은 누각에 실려 있네
飜醒風月由來興	잠 깨게 하는 풍월은 원래 흥취 있거니와
如夢江山過去愁	꿈같은 강산은 오래전에 마음을 두었지
無事因爲歌舞地	일 없는 까닭에 가무를 즐기나니
烟花聖世剩淸遊	봄꽃 핀 성세라 청유가 넉넉할세

○ 김재육(金在堉, 1808~1893) 자 우홍(宇洪), 호 운고(雲皐)

본관 김해. 경북 청하 출생. 도학적인 시를 많이 지었고, 서원의 유래를 다룬 작품이 상당수를 차지한다. 평생 학문 연구와 후진 양성에 전념했고, 80세에 이르러 동지중추부사에 증직되었다. 한때 서유영의 호 '운고'와 동일해 한문소설 『육미당기』의 저자로 알려지기도 했다.

「次矗石樓板上韻」〈『운고집』 권2, 6a~b〉 (촉석루 현판시에 차운하다)

嗚咽鳴波萬古流	흐느껴 우는 물결이 만고토록 흐르는데
河淸海晏[1]勒功洲	해안은 평온하고 공적 새겨진 물가로다
局上[2]英雄皆往蹟	국지 위 영웅의 모든 옛 자취 남아 있고
洛西[3]天地一高樓	낙서에는 천지간의 한 높은 누각 있나니
月露[4]江山文藻麗	달빛 이슬과 강산은 시문으로 빛나지만
龍蛇風雨釰花[5]愁	용사년 비바람에 칼날 빛이 수심겨워라

---

1) 河淸海晏(하청해안): 황하의 물이 맑고 창해의 파도가 고요해짐. 곧 나라 안이 안정되고 천하가 태평한 것을 형용하는 말.
2) 局上(국상): 한정된 지역 위. '局'은 국지(局地).
3) 洛西(낙서): 낙동강 서쪽 지역, 곧 진주.
4) 月露(월로): 풍화월로(風花月露)의 준말로 네 계절의 경치.
5) 釰花(검화): 칼을 휘두를 때 일어나는 광채. 이백의 「호무인행(胡無人行)」에 "유성 같은 백우전(白羽箭)은 허리춤에 꽂혀 있고 / 가을 연꽃 같은 검화는 칼집에서 나온다[流星白羽腰間揷, 劍花秋蓮光出匣]." 하였다.

| 又有奇巖名不轉 | 기이한 바윗돌 있어 명성은 변치 않았거늘 |
| 詩歌慷慨暫登遊 | 시가를 강개하게 부르며 잠시 올라 노닌다 |

○ 이학의(李鶴儀, 1809~1874) 자 구일(九一), 호 운관(雲觀)

본관 전주. 초명 문익(文翊). 영천 성동(城東, 현 경북 영천시 청통면 성내동)의 호연정(浩然亭)에서 출생. 병와 이형상(1653~1733)의 6세손으로 일찍부터 과거에 관심을 두지 않았고, 자하 신위·종산 심영경·우촌 남상교 등 유명한 문사와 교유했다. 저술로 시집 외『금편집(錦片集)』(1873)이 있다. 또 이형상의『악학습령(樂學拾零)』(이정옥 주해, 경진출판, 2018)을 완성했는데, 일명『병와가곡집』으로 잘 알려진 이 시조집은 국문학사적으로 귀중한 가치가 있다. 한편 친구 정현덕(1810~1883)이 1864년 사신으로 중국에 갈 때 그의 시고 한 책을 갖고 가서 한림 용정(蓉亭) 조순(趙循)에게 평을 부탁하자, 구양수의 '삼다(三多)'를 실천한 시인으로 극찬하면서 나라가 달라 서로 만나 이야기할 수 없는 것을 한스러워했다고 한다.

「次矗石樓韻」〈『운관시집』 권1, 25b〉 (촉석루 시에 차운하다)

滄江曉漲沒平沙	창강이 새벽에 불어나 모래밭을 뒤덮고
蘆荻初生落柳花	갈대가 갓 자랄 제 버들 꽃이 떨어진다
百戰遺墟春雨霽	온갖 전투 벌어진 남은 터에 봄비가 그치니
舟人閒唱返漁家	뱃사공은 느긋이 노래하며 어가로 돌아가네

「矗石樓」〈『운관시집』 권2, 15a~b〉 (촉석루)

飛鳳山前漲碧流	비봉산 앞으로 푸른 물이 넘치는데
客船初繫竹蘭洲	나그네 배가 죽란 물가에 막 닿았다
士名留似長江水	장사의 명성은 남강 물처럼 전하고
妓義高於矗石樓	기생의 절의는 촉석루보다 높구나
人物年增兼地利	인물은 해마다 늘고 땅의 이로움도 겸하며
將營春闢絶塵愁	병영에 봄 펼쳐질 제 세속 시름이 끊어지네
書生分外仙區約	서생은 분수 넘게 멋진 곳에서 약속하여
盡日笙歌作壯遊	하루 내내 노래하며 장쾌한 유람 즐긴다

「又」〈『운관시집』 권2, 15b〉 (또)

城臨楚尾接吳頭[1]	성이 동서로 흐르는 넓은 남강에 이어졌고
形勝南來卽此樓	형승이 남으로 내려온 곳에 이 누각 있구나
邦國奠盤[2]山北轉	고을은 반석 같고 산은 북으로 굽어지며
風塵如夢水東流	풍진은 꿈 같을사 물은 동쪽으로 흐른다
千家曉雨重關樹	온 인가의 새벽비가 관문 나무를 무겁게 하고
三月歸愁一客舟	삼월에 돌아가는 마음은 나그네 배에 있는데
遙望前程雲漠漠	멀리 앞길 바라보니 구름은 가물가물
幾時西渡渭川[3]洲	언제 서쪽의 위천 물가를 건너나

○ 하달홍(河達弘, 1809~1877) 자 윤여(潤汝), 호 월촌(月村)

시랑공파. 하동군 옥종면 종화리(宗化里) 출생. 정재 류치명(1777~1861)의 제자로서 부친 하석홍의 뜻에 따라 과거공부를 했지만, 1847년 모친 진양강씨를 여읜 후 과거는 선비의 길이 아니라고 여기며 주자서(朱子書)를 배움의 요체로 삼았다. '경의(敬義)'를 중시해 조식과 하홍도를 존모하는 한편 노사 기정진과 서신을 왕래하며 수창했다. 안계의 모한재(慕寒齋)를 거점으로 강학을 수시로 펼쳐 조성가·하 재문·강병주(1830~1909)·정돈균·하응로(하우선의 조부) 등을 가르쳤고, 죽파 양식영(1816~1870) 과 절친했다. 진주목사의 자문에 성실히 응대했으며, 위정척사의 입장을 취했다.

「謹步地主[1]矗石樓韻」〈『월촌집』 권1, 2a〉 (목사의 촉석루 시를 삼가 따라 짓다)

永日懷人未敢言	긴긴날 사람이 그리워도 말하지 못했는데
秋煙蕭瑟繞江村	가을 안개 쓸쓸히 강 마을 에워싸고 있네

---

1) 楚尾接吳頭(초미접오두): 초나라와 오나라 끝 사이의 땅. 곧 두 나라의 경계에 있던 예장 (豫章, 현 강서성 남창현)을 지칭하는데, 위아래 지역에 물이 있어서 강에 떠 있는 것처럼 인식되었다. 여기서는 진주성이 넓은 남강 가에 자리하고 있음을 비유함.
2) 奠盤(전반): 반석처럼 안정되다. '奠'은 정하다, 정해지다.
3) 渭川(위천): 경북 군위군, 의성군, 상주시 등을 흐르는 하천. 낙동강의 제1지류.
1) 地主(지주): 고을의 주인, 곧 수령. 당시 진주목사는 정현석(1817~1899). 하달홍은 그에게 진주의 윤리 기강을 바로잡도록 서신을 보냈고, 대원사(大源寺)를 함께 유람하면서 시를 짓는 등 교유가 깊었다.

危巖矗矗將軍劒	아찔한 바위는 위풍당당 장군의 칼 빛 뻗쳤고
芳草萋萋義妓魂	향기로운 풀은 이들이들 의기의 혼이 서렸도다
荏苒2)千年如過鳥	덧없는 천년 세월은 새 날아가듯 흘렀으며
留連行客到黃昏	오래 머뭇거린 나그네는 황혼에 들었구려
憑欄頓忘書生拙	난간 기대 서생의 졸렬함을 잠깐 잊은 채
郢雪3)高歌滿滿尊4)	격조 높은 노래 부르며 억병 마셔보노라

「矗石樓 次鄭國喬5)奎元韻 贈別奇上舍現道6)」〈『월촌집』 권4, 8b〉 (촉석루
　에서 국교 정규원의 시에 차운하여 상사 기현도와 작별하며 주다)

秋日登臨矗石臺	가을날 촉석루에 등림하여
襟懷搖落向君開	쓸쓸한 회포를 그대에게 펴노라
孤城往事千年去	외딴 성에 지난 일은 천년이나 흘렀고
南國遊人九月來	남쪽 고을에 나그네가 구월에 왔더니
滿眼風煙俱是勝	눈 가득한 바람과 안개 모두가 승경인데
老年離別莫相催	노년의 이별이거늘 다그칠 것 없노매라
知君異日相思夢	다른 날 그대가 날 그리워 꿈꾼다면
長在汾陽水一隈	진양강 한 모퉁이에 언제나 있을 터

---

2) 荏苒(임염): 세월을 끄는 모양, 세월이 느즈러짐. '荏'과 '苒'은 세월이 흐르다.
3) 郢雪(영설): 격조 높은 노래. 용어 일람 '양춘백설' 참조.
4) 尊(준): ＝樽(준). '尊(존)'이 술통 뜻일 때는 '준'으로 읽음.
5) 國喬(국교): 정규원(1818~1877. 호 芝窩)의 자이고, 나중에 '면교(冕敎)'로 이름을 바꾸었
　다. 정문부의 장남인 정대영의 8세손이다. 진주 기곡리(基谷里, 현 금산면 가방리) 출생으
　로 홍직필(1776~1852)의 고제인데, 여러 번 과거에 실패했으나 학문이 해박하고 신망이
　두터워 진주목사 정현석(1817~1899)의 치도(治道) 자문에 자주 응했다. 조성가를 비롯해
　하달홍·김인섭·정재규 등과 교유했으며, 『지와집』이 있다.
6) 現道(현도): 기봉진(1809~1886. 호 晩圃·黎村)의 자. 의병대장 기삼연(1851~1908)의 부친
　으로 기정진과는 6촌이다.

○ 김정린(金廷麟, 1810~1879) 자 중연(仲淵), 호 삼산(三山)

본관 의성. 합천군 봉산면 노파리(魯坡里) 출생. 5세 때 부친을 여의고 백형의 보살핌을 받았으며, 향시에 여러 번 합격했으나 과거를 포기하고 성재 허전(1797~1886)을 종유하며 경례(經禮)의 요지를 들었다. 1869년 거창 가조로 이거해 산수를 유람하며 당대의 명사들과 교유하다가 4년 만에 환향했다. 그의 『삼산집』은 백형 김정봉(1808~1851)의 『노구집』이 합편된 『노하연방집』 권3~4에 들어 있다. 아래 시의 창작 시점은 신미년(1871) 10월 9일로 추정되는데, 백후 김기수(1818~1873)의 「남유록」에 구체적인 정보가 들어 있다.

「矗石樓 次申靑泉維翰韻」〈『삼산집』, 6a〉 (촉석루에서 청천 신유한의 시에 차운하다)

龍蛇往事水東流	용사년 옛일 간직한 물이 동으로 흐르고
三版城邊萬折洲	삼판성 주변으로 만 번 꺾이는 물가로다
宇宙中間留巨鎭	우주의 중간에는 거진이 남았으며
江山南北最高樓	강산의 남북에서 고루는 최고인데
荒祠月吊佳人魄	황폐한 사당의 달이 가인의 넋을 조상하고
極浦雲消壯士愁	아득한 포구의 구름은 장사의 근심을 삭이네
寄語汾陽歌鼓地	한마디 붙이노니 진양의 풍악소리 나던 곳에
至今賴作太平遊	지금 힘입어 태평한 놀음 일삼아 보시라

「矗石樓」〈『삼산집』, 12a~b〉 (촉석루)

大江東注晉陽寒	큰 강이 동으로 흐르고 진양은 차가운데
遠客登臨矗石欄	먼 나그네가 촉석루 난간에 등림하였네
壯士生前誓日本	장사는 생전에 일본 격파를 맹세했고
佳人死去望長安	가인은 죽으면서 장안을 바라보았지
閭閻在昔沈城地	저 옛날 함락된 성지에 마을이 들어섰고
旗鼓[1]如今擊楫灘	지금도 노 젓는 여울에 깃발 북이 있구려
說破龍蛇板蕩事	용사년의 어지러웠던 일을 말하려니

---

1) 旗鼓(기고): 전장에서 군대를 지휘하고 명령을 전달하는 데 쓰이는 기와 북.

秋霜義氣怒衝冠²⁾　　추상같은 의기가 격노하여 관을 찌르네

○ 신헌(申櫶, 1811~1884)

자 국빈(國賓), 호 위당(威堂)·금당(琴堂)·동양(東陽)·우석(于石)·양석(養石)

본관 평산. 충북 진천 출생. 초명은 관호(觀浩)이나 1868년 3월말 '헌(櫶)'으로 고쳤다. 전라우수사로 재직할 때(1843) 정약용을 사숙하고 김정희의 문하에서 학문을 배웠으며, 초의선사·허련·정학연(丁學淵)·강위 등과 사귀면서 폭넓은 식견을 갖추었다. 1876년 2월 강화도조약 체결 때 박규수의 천거로 접견대관에 임명되었고(김종학 역, 『심행일기』, 푸른역사, 2010 참조), 1882년에는 대관 겸 총융사로서 조미수호통상조약을 체결했으며, 임오군란 이후 고향에서 은거하다 별세했다. 서화에도 능해 1861년 8월 제작한 통영 충렬사의 팔사품(八賜品) 병풍 그림이 있고, 충렬사·옥천사·대흥사·표충사·해인사 등에 현판 글씨가 전한다. 이 시는 편차로 보아 계해년(1863) 1월 삼도수군통제사(1861.1~1862.12)를 그만두고 병조판서로 조정에 복귀할 때 촉석루에 들러 지은 것이 확실하다.

「次兒子¹⁾矗石樓板上韻」〈『신헌전집』 권6 「금당초고(琴堂艸藁)」, 90쪽〉 (아들이 지은 촉석루 현판시에 차운하다)

晉陽西日大江流	진양에 해지는데 큰 강물 흘러가고
戰地風雲古柳洲	풍운 감도는 격전지에 묵은 버들 있도다
忽憶龍蛇三百載	문득 삼백 년 전 임진왜란이 생각나거니
寂憐猿鶴一高樓	장수 넋이 사뭇 가여운 높은 누각이어라
烽烟千里曾無警	봉화연기 천릿길에 아직은 경고 없지만
租戶²⁾三方³⁾更有愁	징수세로 삼남은 다시금 시름에 잠겼네
悄立紅闌詩欲就	붉은 난간에 근심스레 서서 시 지으려니

---

2) 怒衝冠(노충관): 적개심을 뜻함. 『사기』 권81 「염파인상여열전」, "성난 머리칼이 곤두서서 관을 찌른다[怒髮直上衝冠]".

1) 兒子(아자): 그는 정희·석희·낙희와 서남(庶男) 찬희를 두었는데, 문집에서 이 시 뒤의 작품을 볼 때 아들은 정희 혹은 석희이다. 한편 신석희의 장남 신팔균(1882~1924)은 구한국군 정위였고, 경술국치 후 만주로 망명하여 항일운동을 펼치다 전사했다.

2) 租戶(조호): 지조호세(地租戶稅)의 준말. 전정·군정·환곡의 삼정이 대표적 조세.

3) 三方(삼방): =삼도(三道). 충청·전라·영남, 곧 삼남을 말함. 임술년(1862) 2월 진주농민항쟁이 도화선이 되어 연쇄적으로 발생한 삼도민란을 지칭함.

| 官娥錯認作淸遊 | 관기는 청아한 유람으로 잘못 아는구려 |

○ 심규택(沈奎澤, 1812~1871) 자 치문(穉文), 호 서호(西湖)

경북 선산 감호(甘湖, 현 김천시 감호동) 서쪽 출생. 과거를 포기하고 경전 공부에 뜻을 두다가 1830년 오희상의 문인이 되었고, 이듬해에는 송치규와 홍직필의 문하에 들어가 성리학 서적을 폭넓게 익혔다. 남이목(1792~1858)·유신환·족숙 심의덕·자형 강진(姜鎭)과 도의로 강마하며 경학 이치를 깨우쳤다. 이황과 이이의 이기설에 조예가 깊었고, 문집 외 『개심록』이 있다. 한편 추세문이 『명심보감』의 간행을 앞두고 발문을 요청해오자 1868년 「명심보감발」(『서호집』권16)을 지어주었다.

「矗石樓 次板上韻」〈『서호집』권6, 31a~b〉(촉석루에서 현판시에 차운하다)

淸江映帶畫欄流	맑은 강이 그림 같은 난간을 비추며 흐르고
曠感徘徊碧艸洲	세상 드문 감정에 푸른 풀 물가를 배회한다
把筆東南無數客	붓 잡은 동남의 무수한 나그네들이
題詩今古有名樓	고금에 지은 시로 이름난 누각 있는데
良宵明月登臨興	좋은 밤의 밝은 달이 등림 흥취 일으키나
殘郭寒烟戰伐愁	남은 성곽의 찬 연기는 전쟁 근심이로다
想見江頭一片石	강 언저리 한 조각돌을 상상하니
精靈猶在水中遊	정령이 아직도 물속에 노니는 듯

○ 하재원(河載源, 1812~1881) 자 덕언(德彦), 호 도곡(道谷)

시랑공파. 경상도 진주 금산리 청천동(현, 금산면 중천리) 출생. 운수당 하윤의 13세손인 청계 하우현(河愚顯)의 아들로 11세 때 부친을 여읜 뒤 평생 편모를 극진히 모시다 모친보다 3년 앞서 별세했다. 1861년 사마시에 합격했지만 봉양을 위해 출사하지 않았고, 1905년 조정에서 효자(孝子) 정려를 내렸다. 황계 하긍호(1846~1928)의 부친이다. 진주시 금곡면 검암리 오도곡에 정려비와 묘소가 있다. 최익현이 정려비 음기를, 기우만이 묘갈명을, 정재규가 정려 상량문과 행장을 지었다.

「登矗石樓」〈『도곡유고』 권1, 1a〉 (촉석루에 올라)

登臨歌咏望江流	등림하여 노래하며 강물을 쳐다보니
擊劒男兒誓彼洲	칼 치며 남아들 맹세한 그 물가로다
詩句空留來往客	내왕한 나그네는 시구를 속절없이 남겼으며
丹靑不變古今樓	고금에 걸친 누각은 단청이 변치 않았는데
城沈三版忠臣淚	삼판으로 잠긴 성에 충신의 눈물 배여 있고
巖屹千秋義妓愁	천추토록 우뚝한 바위에 의기의 근심 서렸네
吾輩幸生無事世	우리들은 다행히 일 없는 세상에 태어났기에
公然剩得太平遊	공공연히 태평한 유람을 넉넉히도 얻는구려

「矗石樓 與諸友 賦生字」〈『도곡유고』 권1, 4b〉 (촉석루에서 벗들과 '生'자 운을 짓다)

身死心生未是死	몸은 죽었으되 마음은 살아 죽은 게 아니니
生而如死孰云生	살아도 죽은 것 같다면 누가 살았다 말하랴
南藩大地英雄死	남쪽 고을의 대지에 영웅들이 죽어갔고
北闕仁天雨露生	북궐의 어진 하늘에는 비와 이슬 내렸지
大義堂堂當死死	당당하고도 큰 절의로 죽음을 맞이해 죽었으며
高風烈烈不生生[1]	매섭고도 높은 풍도로 살려고 애쓰지 않았거늘
一盃招慰千秋死	한 잔 술로 천추의 죽음 불러 위로하니
魂可歸來警我生	넋이 돌아와서는 내 삶을 훈계하는구려

---

1) 生生(생생): 생에 집착하여 살려고 애쓰다.

○ 성채규(成采奎, 1812~1891) 자 천거(天擧), 호 회산(晦山)

진주 덕산동(德山洞, 현 산청군 시천면) 출생. 1875년 진주목사 이태진(李泰鎭)의 요청으로 새로 마련한 학당의 강장이 되어 백록동 학규를 모방 제정해 학동을 가르쳤으며, 1889년 청곡사 동쪽의 용천재(龍天齋)에서 제자들에게 강회를 베풀었다. 평생 처사로 지내면서 남명 조식을 흠모하고 정주학 연구에 전력했고, 박치복(1824~1894)·정현석·하재문(1830~1894) 등과 교유했으며, 「晉陽樂府二十章」(『회산집』 권2)을 읽어볼 만하다.

「矗石樓 次板上韻」〈『회산집』 권1, 3b〉 (촉석루에서 현판시에 차운하다)

菁川春水拍山流	남강의 봄물은 산을 쳐대며 흘러가고
芳草殘烟欲暮洲	방초엔 옅은 안개 끼고 날 저무는 물가라
江山日送騷人屐	강산은 날마다 시인의 유람을 전송하고
猿鶴秋寒壯士樓	죽은 장수는 가을날 장사루를 서늘케 하네
笙歌且答昇平事	생황과 노래로 태평한 일을 또 화답할진대
雲物猶知過去愁	경치는 옛 시름을 오히려 깨닫게 하는구나
回首鷗洲堪涕淚	갈매기 물가로 고개 돌리니 눈물이 주르륵
西風倚劍强登遊	가을바람에 칼 짚고서 애써 올라가 거닌다

○ 진정범(陳正範, 1813~1864) 자 사거(士擧), 호 만오(晩悟)

본관 여양(홍성). 경상도 창녕 출생. 부친을 따라 거창 예곡(禮谷, 1832)·삼가 고정(考亭, 1841)에 우거했고, 향시에 여러 번 합격했으나 부친 사후로 그만두었다. 1859년 산수를 좋아해 가족을 이끌고 거창 가조면 마상리(馬上里)에 들어가자 사우들이 종유했고, 3년 뒤 위천면 역동리(嶧洞里, 현 강천리)로 이주했다. 사위가 노백헌 정재규(1843~1911)이고, 손서가 수산 이태식(1875~1951)이다.

「矗石樓 用板上韻」〈『만오유고』 권1, 19b〉 (촉석루에서 현판시 운을 써서)

長江一帶抱城流	긴 강이 띠를 둘러 성 감싸며 흐르고
暮泊扁舟宿鷺洲	날 저물어 백로 깃는 물가에 정박하니
八載干戈征戰地	팔 년 전쟁 격전을 치른 곳이요

三南忠義獨專樓	삼남의 충의는 누각의 독차지라
荒臺葉下騷人感	잎 지는 황량한 누대를 시인이 느꺼워하며
頹堞雲沈壯士愁	구름 잠긴 무너진 성첩을 장사가 걱정하거늘
政値太平無事日	마침 태평하게도 일 없는 날을 맞이해
剩收風景賦遨遊	마음껏 경치를 담아 시 지으며 노닌다

○ 이상두(李尙斗, 1814~1882) 자 공직(孔直), 호 쌍봉(雙峯)

본관 인천. 함안 평광리(平廣里, 현 군북면 명관리) 출생. 7세 때 한시를 지을 정도로 총명했으나
일찍 과거를 포기했다. 정재 류치명과 성재 허전(1797~1886)의 문하에서 수학했고, 1858년 백이산
아래 다시 지은 쌍봉정(雙峯亭)에서 성리학의 요체를 필생 강마하면서 지냈다. 둘째 시는 병서에
있듯이 29세 때인 임인년(1842)에 지은 것이다.

「矗石樓觀樂」〈『쌍봉집』 권1, 10a〉(촉석루에서 풍악을 보고)

九月江南菊已秋	구월 강남은 국화 벌써 핀 가을이고
太平歌皷動高樓	태평한 풍악소리가 누각을 울리도다
書生袖裏靑龍劒	서생의 소매엔 청룡검이 들어 있나니
直吐長虹壓海流	곧게 뻗친 무지개가 강물을 짓누르네

「矗石樓同遊詩」 並少序 東方古有三壯士, 當龍蛇亂, 登矗石樓有詩曰 "矗石樓中三壯士,
一盃笑指長江水, 長江之水流滔滔, 波不渴兮魂不死." 其後二百餘年壬寅秋, 晉之士因陞補時,
齊會于此, 不速而至者凡三十人. 遂匏其酒, 炭其肉, 隨量輒止作歌, 嗚嗚然. 時江水滔滔環義
巖之下, 激若千兵萬馬蹴踏衝突之狀, 令人慷慨有忘利發憤之意. 有言于列者曰 "吾輩之生斯
世也, 四方無虞, 國家安寧, 今夕之遊, 誠樂矣. 不幸而置猖獗之日, 則能起白衣‧倡義旅, 忘身
殉國, 使後來者, 稱之爲三十壯士, 否乎?" 予應之曰 "士君子, 平日讀古人書, 熟究義理, 臨難
而不苟免者, 是分也." 乃各拈靑泉詩, 以寓其志尙云爾.〈『쌍봉집』 권1, 27b~28b〉(촉석
루에서 함께 놀며 지은 시) 병소서. 동방에 옛날 삼장사가 있었는데, 임진왜란을 당하여

촉석루에 등림하고는 "矗石樓中三壯士, 一盃笑指長江水, 長江之水流滔滔, 波不渴兮魂不死."라는 시를 지었다. 그 뒤 이백여 년이 지난 임인년(1842) 가을에 진주의 선비들이 승보시(陞補試) 때문에 모두 이곳에 모였는데, 초청하지 않았지만 도착한 이가 무릇 삼십 명이었다. 드디어 술을 바가지에 담고 안주를 구워 주량대로 마시다가 문득 그치고서 가사를 지었는데 매우 구슬펐다. 당시 강물이 의암(義巖) 밑을 이엄이엄 돌아나가는 것이 마치 천병만마가 내달리며 충돌하는 모습과 같아 사람들로 하여금 강개함에 명리를 잊고 충분을 일으키는 뜻이 있도록 하였다. 대오에 있던 자가 "우리들이 이 세상에 태어나서 사방에 걱정거리가 없고 국가가 안녕하니, 오늘 밤 놀이는 참으로 즐겁다. 불행하게도 창궐의 날을 당해 백성을 일어나게 하고 의병을 일으켜서 제 몸을 잊고 순국하게 한다면, 후세 사람들이 삼십 장사로 일컫지 않겠는가?" 하였다. 내가 응답하기를 "선비는 평소 고인의 글을 읽고 의리를 상세히 탐구하며 국난에 임해서는 구차히 면하지 않는 것이 본분이다." 하였다. 곧 각자 청천(신유한)의 시를 가져와 그 고상한 마음을 담았다.

澄江一脉發頭流	맑은 강 한 줄기가 지리산에서 달려와
東入滄溟不見洲	동쪽 바다로 흘러드나 물가에선 뵈지 않네
從古晉陽都會地	예로부터 진양은 도회지
至今矗石最名樓	지금껏 촉석은 가장 이름난 누각
得朋適有歌吟樂	벗들이 마침 노래하고 즐거움을 읊조리지만
生國誰無保障愁	나라에 태어나 누군들 요충지 걱정 없으랴
酒盡盤空秋夜晚	술은 소반에 비어 허전하고 가을밤 깊어갈 제
夢中忠魄說前遊[1]	꿈속에서 충혼이 예전의 유람 말하는구려

---

1) 前遊(전유): 삼장사의 촉석루 등림을 말함.

○ 이유원(李裕元, 1814~1888) 자 경춘(景春), 호 귤산(橘山)·묵농(墨農)

본관 경주. 초자 육희(六喜). 서울 남부 생민동(生民洞) 출생. 1841년 문과 급제했고, 1845년 서장관으로 청에 다녀온 후 의주부윤·함경도 관찰사·영의정 등을 지냈다. 1881년 7월 개화에 반대하는 유생들의 상소로 평안도 중화부(中和府)에 유배되었다가 한 달 뒤 거제로 이배된 뒤 12월에 석방되었다. 1882년 7월 전권대신이 되어 일본공사 화방의질(花房義質)과 제물포조약을 체결했다. 1871년 12월 우거지인 양주 가오곡(嘉梧谷)에서 『임하필기』를 완성했다. 이 시는 「기성죽지사」("晉陽城下水東流, 矗石碓盛一巨樓, 波激義岩紅不泐, 乍看靑黛雨中愁", 『가오고략』 책5, 40a)에서 보듯이 신사년(1881) 8월 거제도로 유배 갈 때 촉석루와 의암을 보고난 뒤 감회를 읊은 것임을 알 수 있다.

「矗石樓」〈『가오고략』책5, 35a〉(촉석루)

天下名聞有此樓	천하에 이름난 이 누각
晉陽風月一江秋	진양 풍월은 한 줄기 가을 강
祠傳義妓朱巖立	의기 전하는 사당은 붉은 바위에 버텨 있고
筆健文人墨板留	문인들의 웅건한 필치는 검은 시판에 전하는데
村落無家不種竹	촌락에 인가 없는지 대조차 심지 않았으며
汀洲底處盡眠鷗	물가 도처에 갈매기들은 죄다 잠들었도다
孤舟欲渡敲黃葉	외딴 배로 건너려니 단풍잎이 뱃전을 두드림에
眉睫[1]偏凝去國愁	눈썹에 두루 엉기는 건 고을 떠나는 근심일세

○ 성종극(成鍾極, 1816~1869) 자 덕오(德五), 호 석계(石溪)

창녕 성산면 석정리(石亭里) 출생. 의병장인 부용당 성안의(1561~1629)의 9세손으로 어릴 적 부용정(芙蓉亭, 현 성산면 냉천리 소재)에서 학문을 익혔고, 1843년 석계서사(石溪書舍)를 지어 성리학 연구에 매진했으며, 1859년 봄 안동 일대의 선현 유적을 답사하는 길에 류치명의 제자가 되었다. 이가순·이원조·이휘준·권연하 등과 교유했고, 1868년 모친상을 너무 슬퍼한 나머지 병을 얻어 이듬해 별세했다.

---

1) 眉睫(미첩): 눈썹과 속눈썹, 매우 가까움이나 절박함을 비유함. '睫'은 속눈썹.

「矗石樓」〈『석계집』권1, 2b〉(촉석루)

嶠南名勝水邊樓	영남 명승지는 물가의 누각
忠義當年壯士遊	당시 충의 간직한 장사가 노닐었지
行人淚積長江水	나그네 눈물은 장강 물에 누적되거니
木落天寒夕照流	잎 지고 날씨 차가운 데 석양이 물에 비친다

○ 이종준(李鍾俊, 1816~1886) 자 사영(士英), 호 성암(惺菴)

본관 전주. 서울 남부 필동(筆洞) 출생. 부친은 전라좌수사와 길주목사를 지낸 이형재이고, 그의 아들은 현계 이민승(1841~1912)이며, 손자가 을사오적인 이근택(1865~1919)이다. 1839년 어영청 권무과(勸武科)에 합격해 훈련원 주부·흥해군수(1853~1854)·대구진 토포사(1856)·훈련원 정·다대진 첨사(1874.1~1874.6)·광양현감(1883)·병조참판·호군 등을 지냈다. 아래의 시들은 원전 편차와 「연보」(『성암시고』 권5 부록)에서 알 수 있듯이 경신년(1860) 4월에 지은 것이다. 그는 상주진 토포사로서 경상우병영을 방문하는 길에 달성·합천·단성·산청·거창 등지를 둘러보았고, 진주에서는 정충단·서장대 시를 아울러 지었다.

「矗石樓 謹次李退溪先生板上韻」〈『성암시고』권1, 40a〉(촉석루에서 이퇴계 선생의 현판시에 삼가 차운하다)

千里嶠南已經歲	천 리 영남에서 벌써 해를 넘겼는데
遨遊山水復登樓	산수에서 즐거이 놀다 다시 누각 올랐더니
檻前列岫排天立	난간 앞 늘어선 산들이 하늘 밀치며 둘렀고
城下長江割地流	성 아래의 긴 강이 땅을 가르며 흐르는데
野色茫茫微雨過	아득한 들판에 가랑비 지나가며
春光淡淡片雲浮	산뜻한 봄빛에 조각구름 떠가네
傍人莫嘆詩難就	사람들은 시 이루기 어렵다 탄식마오
特逐白鷗下遠洲	먼 모래톱에 앉은 갈매기 따르면 되는걸

「矗石樓 次板上韵」〈『성암시고』권1, 40a〉(촉석루에서 현판시에 차운하다)

晉陽物色儘佳哉	진양의 경치는 기막히게 좋거니와

高閣層城一望開 높은 누각 겹겹 성이 한눈에 펼쳐지네
百里南江如鏡水 백 리 남강은 거울 같은 물이고
千年智異似天台 천년 지리산은 천태산과 흡사하다
風生野外歸雲疾 바람 부는 들 밖에 돌아가는 구름 빠르며
日落山頭暮角哀 해 지는 산마루에 저녁 피리소리 구슬픈데
愛景徘徊還有興 경치 즐기며 배회하다가 그래도 흥이 있어
岸巾倚檻更添盃 두건 젖히고 난간 기대 다시금 술잔 따른다

「與本鎭將¹⁾ 更登矗石樓 次板上韵 二首」〈『성암시고』 권1, 40a〉(본진의
  영장과 함께 다시 촉석루에 올라 현판시에 차운한 두 수)

矗石嶺南第一樓 촉석루는 영남에서 제일이라
滿天風物入雙眸 온 천하 경치가 두 눈에 들어오네
山邊宿霧濛濛起 산기슭에 묵은 안개가 자욱이 피어나며
檻外長江滾滾流 난간 밖에 긴 강이 이엄이엄 흐르는데
忠烈祠前雲影淡 충렬사 앞엔 구름 그림자가 옅고
元帥臺²⁾後樹陰幽 원수대 뒤로 나무 그늘 그윽하다
佳人莫唱陽關曲³⁾ 가인은 양관곡을 부르지 말게나
客子方今待月遊 나그네는 곧 달을 기다려 놀지니

半日登樓徒倚望 한나절 누각 올라 그저 기대어 바라보니
水光雲影與天長 강물 빛 구름 그림자가 하늘과 함께 유장하다

---

1) 本鎭將(본진장): 진주진 영장 이홍수(李興洙)를 말함. 1860년 병사 윤수봉이 지휘하던 경
  상우병영은 진주진, 상주진, 김해진의 세 속진을 거느림.
2) 元帥臺(원수대): 원수가 지휘하는 장대, 곧 촉석루의 이칭인 남장대(南將臺).
3) 陽關曲(양관곡): 양관은 곡조명. 왕유(王維)의 시 "위성의 아침 비는 가벼운 먼지 적시고
  / 객사의 푸른 버들 빛이 참신하도다 / 그대에게 술 한 잔을 권하노니 / 서쪽으로 양관을
  나서면 아는 친구 없으리[渭城朝雨浥輕塵, 客舍青青柳色新, 勸君更盡一杯酒, 西出陽關無
  故人]"라는 「송원이사안서(送元二使安西)」를 악부에 실어 송별곡으로 삼았다.

才無崔顥題黃鶴	재주로는 최호의 황학루 시처럼 지을 수 없다만
興逐杜陵上岳陽	흥취로는 두보가 악양루에 오른 것처럼 따랐는데
海岫炎炎[4]同馬耳	기세 좋은 강가 산들은 말의 귀 같이 쭈뼛하고
營程矗矗似羊腸	우뚝한 병영 길은 양의 창자처럼 꾸불꾸불하다
南來千里初開眼	천 리 남쪽에 와 처음으로 눈이 열리거니
散盡客愁醉酒觴	객수 흩어버리고자 술잔 속에 취해 보네

「樓上感古」〈『성암시고』권1, 40b〉 (누각 위에서 감회가 일어)

登樓回憶壬辰事	누각 오르니 임진년의 일이 떠오를진대
陷戮此州最慘悲	무너져 도륙됨에 이 고을 가장 비참했지
仗義[5]諸公忠貫日	정의에 기댄 제공의 충심은 해를 꿰뚫었나니
名垂竹帛國人咨	이름이 역사에 드리움을 나라 사람 탄식하네

○ 강진규(姜晉奎, 1817~1891) 자 진오(晉五), 호 역암(櫟菴)

경북 봉화 출신. 1845년 정시문과 급제했고, 장령·예조참판 등을 지냈다. 불교에 관심이 깊어 금산사·태고사 등 사찰에 관한 시가 많다. 천주학을 강하게 배척해 1881년 척사소(斥邪疏)를 올렸고, 개화정책을 반대하다가 이만손과 함께 유배되었다.

「矗石樓 次板上韻」〈『역암집』권2, 26a〉 (촉석루에서 현판시에 차운하다)

百戰城頭恨水流	백전 치른 성 위에 한 많은 강물이 흐르는데
客來吊古俯長洲	나그네가 옛일 조상하며 긴 물가를 굽어보니
壬辰以後昇平日	임진년 이후로 태평한 시절이요
大嶺之南第一樓	조령의 남쪽에 제일의 누각이라
塞柳尚傳孤角怨	변방 버들은 외론 나팔소리의 원한을 여태 전하고

---

4) 炎炎(염염): 기세 좋게 나아가는 모양, 더위가 심한 모양. '炎'은 성한 모양.

5) 仗義(장의): 정의로써 일을 행함. '仗'은 의지하다, 기대다.

江楓如帶烈魂愁	강가 단풍은 매서운 넋의 근심을 띤 듯하네
蒼茫往事憑誰問	아득한 옛일을 누구에게 물으랴
惟有沙鷗浩蕩遊	물새들만이 거침없이 노닐 뿐

將軍粉堞枕寒流	장군의 성첩은 싸늘한 강물에 접해 있고
古木荒烟十里洲	고목에 황량한 연기 깔린 십 리 물가라
自昔晉陽多烈士	예부터 진양은 열사가 많았나니
至今矗石重孤樓	지금도 외로운 촉석루 중하도다
山河過刼令威1)恨	산하가 겪은 재앙을 정령위가 한탄하며
風雨前塵杜宇愁	비바람 몰아친 전란을 두견새가 근심하리
毅魄應憐魚腹小	의백은 응당 고기 뱃속 작음을 가여워했거늘
不知何處汗漫遊	어떤 곳임을 모르고서 너절히 노닐겐가

○ 정현석(鄭顯奭, 1817~1899) 자 보여(輔汝), 호 박원(璞園)

본관 초계. 『心史』(일명 『천군본기』)를 지은 정기화(1786~1840) 아들로 1844년 진사시 급제했고, 울산부사(1864.9~1865.6)·삼가현감(1866)·김해부사·공조참판·황해도 관찰사 등을 지냈으며, 1883년 덕원부사 때에는 우리나라 최초의 근대학교인 원산학사를 설립했다. 한편 1868년 의기사를 중건하고 의암별제를 거행했으며, 이후 김해부사로 전직한 뒤 『교방가요』(1872) 편찬을 완료했다. 아래의 시는 진주목사 때인 정묘년(1867) 2월부터 경오년(1870) 6월 사이에 지은 것이 분명하고, 김시한(1896~1932)의 차운시와 이호대(李好大)의 일기로 볼 때 당시 촉석루 시판으로 걸렸음을 알 수 있다.

「矗石樓」(가제) 〈이호대, 『남유일록』,1) 2~3쪽〉(촉석루)

絶地兵家2)戒不休　막다른 땅을 병가에서 쉼 없이 경계했거늘

---

1) 令威(영위): 한나라 때 요동 사람으로 신선이 되었다는 전설상의 인물.
1) 『남유일록』(한국국학진흥원 소장): 중재 이호대(1901~1981)의 여행기인데, 을축년(1925) 1~2월 박세환·홍재하 등과 함께 마산, 밀양 등의 남쪽 지역을 여행하고 지은 유람기이다. 특히 1월 18일 진주에 들어가 촉석루·창렬사·호국사·서장대·의기사를 둘러보았고, 영남의 거유 하겸진·김황 둥도 만났다. 당시 촉석루에 빼곡히 내걸린 현판시 중 정현석과 신유한의 두 시를 언급하면서 이 시를 유람기에 인용했다.

如何六萬此城留	어쩌다 육만 병사가 이 성에 머물렀나
至今猶有長江水	지금까지 남강 물은 여전히 남아
嗚咽千秋帶恨流	천추토록 흐느끼며 한 품고 흐르네

○ 김기수(金基洙, 1818~1873) 자 치원(致遠), 호 백후(柏後)

본관 상산. 경남 거창 부산리(釜山里, 현 거창군 가조면 일부리) 출생. 1850년 정재 류치명(1777~1861)의 문인이 되었고, 정종덕 등과 시사를 결성해 시문을 즐겼다. 아래 시의 창작 정보는 김정린(1810~1879)·강세순과 함께 약 한 달간 노량진, 금산, 사천, 진주, 산청 등의 기행 여정을 적은 「남유록」(『백후집』권6, 20a)이 참고가 된다. 그는 신미년(1871) 10월 9일 촉석루에 올라 신유한과 신좌모의 촉석루 시판을 본 뒤 두 사람을 '이신(二申)'으로 칭했으며, 작품은 등왕각의 '삼왕(三王)'에 비견될 정도로 천고의 절창이라 평했다.

「矗石樓 次板上韻二首」〈『백후집』권1, 33a~b〉(촉석루에서 현판시에 차운한 두 수)

屈曲江身[1]背郭流	굽이 진 강줄기는 성곽 등져 흐르며
白雲黃葉蒲汀洲	흰 구름과 단풍잎이 물가에 가득하네
八年風雨餘三版	팔 년 비바람으로 삼판성만이 남았었지만
萬戶笙歌擁一樓	집마다 생황 노래가 온 누각에 들레누나
方丈山寒豹虎嘯	추운 지리산에서 호랑이 울부짖고
朝陽館[2]古鳳凰愁	옛 조양관엔 봉황새가 근심하는데
時平壯士無功老	시절 태평해 장사는 공도 없이 늙어감에
笑把金樽賦遠遊	웃으며 술 잔 잡고 유람 시를 지어보노라

| 城根直入大江流 | 성 바닥을 곧장 드나들며 큰 강 흐르는데 |

---

2) 『손자병법』「구변」에 "출로 없는 지역에서 머무르지 말라[絶地無留]"는 구절이 있다.

1) 身(신): 줄기.

2) 朝陽館(조양관): 일명 조양각. 진주객사 남루였던 봉명루의 동각. 중종(1506~1544 재위) 때 진주목사 정백붕(鄭百朋)이 세웠는데 임진왜란 때 불타버렸다.

雲斷烟橫不見洲	구름 걷히자 안개 가득해 물가 뵈지 않네
萬曆[3]諸賢同死國	만력 연간에 현인들이 함께 순국했거늘
重陽過客獨登樓	중양절에 나그네 홀로 누각에 올랐더니
山河不絶佳人種	산하에 가인의 후예는 끊이지 않고
陰雨無窮志士愁	눅눅한 비에 지사의 근심은 끝없다
紅樹黃花都屬我	단풍나무 국화꽃이 모두 나를 뒤따를진대
匹驢明日又南遊	노새 타고 내일 또 남쪽을 유람할 터

○ 최일휴(崔日休, 1818~1879) 자 경보(敬甫), 호 연천(蓮泉)

본관 경주. 전남 해남군 해남읍 남천리(藍川里) 출생. 스승 매산 홍직필(1776~1852)에게서 호를 받았다. 1846년 함평군 지호리(芝湖里, 현 손불면 학산리 지호마을)로 이거해 양정헌(養正軒)을 지어 학문을 도야했고, 7년 뒤에는 전북 장성군 황룡리(黃龍里, 현 황룡면 소재)로 옮겨 선비들과 교유하며 후진을 양성했다. 또 만년에는 영광의 감호(鑑湖)에 우거하면서 은일했다.

「矗石樓 謹次退溪先生韻」〈『연천유고』 권1, 48a~b〉 (촉석루에서 퇴계 선생 시에 삼가 차운하다)

此地從來多感慨	이곳은 예부터 사무친 마음 많았거니
夕陽長嘯獨登樓	석양에 휘파람 불며 홀로 누각 올랐다
靑山寂寞雲何去	청산은 적막하고 구름은 가는 곳 어디며
芳草芊綿[1]江自流	방초가 우거지고 강물은 절로 흐르누나
萬木森森忠院[2]出	온갖 나무 빽빽하고 충원이 솟았으며
孤城矗矗義巖浮	외딴 성은 우뚝하고 의암이 떠있는데
沙禽亦認當時恨	물새도 당시의 한을 아는지

---

3) 萬曆(만력): 명 신종(1573~1619 재위)의 연호. 만력 20년(1592)과 만력 21년(1593)에 진주 성전투가 벌어짐.
1) 芊綿(천면): 우거진 모양. '芊'은 풀이 무성하다. '綿'은 이어지다.
2) 忠院(충원): 충혼이 깃든 집, 곧 촉석루를 말함.

盡日啼呼上下洲　　　온종일 울며 물가를 오르내리네

○ 이진상(李震相, 1818~1886) 자 여뢰(汝雷), 호 한주(寒洲)

본관 성산. 성주군 월항면 대포리(大浦里) 출생. 부친은 이원호(李源祜)이고, 숙부인 응와 이원조 (1792~1871)의 학문을 계승했다. 1866년 국가 개혁 방안을 제시한 「무충록(畝忠錄)」을 지었고, 1871년 서원철폐령을 반대했으며, 1876년 운요호사건 소식을 듣고 의병을 일으키려 했으나 화의 성립으로 그만두었다. 1881년 2월 이만손이 주도한 영남만인소에 아들 이승희·동생 이운상 (1829~1891)과 함께 가담했으며, 문인으로는 '주문팔현(洲門八賢)'이라 칭하는 허유·김진호·곽종 석·윤주하·이정모·이승희·장석영·이두훈 등이 있다. 아래의 시들은 정축년(1877) 가을에 합천의 제자 허유를 방문하고 단성 남사리에서 박치복·하겸락(1825~1904)·곽종석·김인섭 등과 향음주례를 한 뒤 두류산~금산~함안 등지를 유람하며 지은 남행시 52수 중 일부이다. 『한주집』 부록 권1 「연보」 참조.

「矗石樓次板上韻」 〈『한주집』 권2, 20a~b〉(촉석루에서 현판시에 차운하다)

儵然[1]風袂下頭流　　　바람에 소매 펄럭이며 두류산을 내려와서
輕棹遙穿落木洲　　　가벼이 노 저어 멀리 잎 지는 물가 이르렀다
熊虎新營誰壯士　　　웅호 같은 새 병영에 장사는 누구인가
龍蛇過刧此高樓　　　용사년 지났으되 이 높은 누각 있구려
江光盪日城生暈　　　강 빛이 해를 흔드니 성에는 햇무리가 드리우고
野色籠烟草喚愁　　　들 빛이 안개에 잠기니 풀에서 근심이 환기되네
形勝不如風景好　　　형승은 경치 좋은 것만 못하거니
只堪歌鼓月中遊　　　노래하고 북 치며 달빛에 노닐 만하도다

「感三壯士故事 次板上韻二絶」 〈『한주집』 권2, 20b〉(삼장사 고사를 생각하

며 현판시에 차운한 절구 두 수)
世亂眞儒爲壯士　　　세상 혼란하니 참된 선비는 장사가 되었고
時平逞蹟皆流水　　　시절 태평하니 지난 일 모두 물처럼 흘렀다

---

1) 儵然(유연): 사물에 얽매이지 않은 모양. '儵(소)'가 빠른 모양의 뜻일 때는 '유'로 읽음.

流水中間更着眼	흐르는 물 사이를 다시금 살필진대
淸流猶活濁流死	맑은 물은 살고 흐린 물은 죽었구나
欲酌淸流酹壯士	청류를 잔 담아 장사에게 올리려니
壯士之靈洋乎水	장사의 영령이 물 위에 충만하구려
草間求活棄城者	풀 섶에서 목숨 구하러 성 버린 자들은
有耳聞詩氣便死	귀로 시 기운을 듣자마자 이내 죽으리라

○ 배극소(裵克紹, 1819~1871) 자 내휴(乃休), 호 묵암(默庵)

본관 분성. 하양군 낙산리(樂山里, 현 경산시 진량읍) 출생. 일찍이 동향의 직재 김익동(1793~1860)
에게 배웠고, 1845년 이후 류치명의 문인이 되었으며, 1850년 생원시에 장원했다. 1855년 스승
류치명이 지도(智島)에 유배되자 그곳에 가서 학문을 연찬했으며, 문행(文行)이 높아 영남의 사우들로
부터 신망이 두터웠다. 한편 밀양 아랑전설과 관련해 과시(科詩)로 널리 애송된 「영남루추월야봉이상
사설전생원채(嶺南樓秋月夜逢李上舍說前生寃債)」의 작가로 알려졌지만 실은 해당 시는 그 이전부터
존재했다. 하강진, 「밀양 영남루 제영시 연구」, 『지역문학연구』 13호, 부산경남지역문학회, 2006,
57~68쪽 참조.

「矗石樓 敬次老先生板上韻」〈『묵암집』권1, 14a〉(촉석루에서 노선생(이황)의
   현판시에 삼가 차운하다)

拾馥[1]東來又採勝	유풍 찾으러 동쪽에 와 또 형승을 찾건대
乾坤快眼放高樓	활짝 트인 천지에 높은 누각 방대하구려
城數百年經屹屹	성채는 수백 년 지났어도 우뚝 버텨 있고
海三千里接源流	강물은 삼천 리 물길을 이어서 흐르는데
壯蹟摩挲懷慷慨	장엄한 자취 어루만지니 강개함이 떠오르며

---

1) 拾馥(습복): 선인의 유풍을 찾음. '拾'은 줍다. '馥'은 향기의 뜻으로 선인이 남긴 시문을
   비유함. 『신당서』권126 「두보열전찬(杜甫列傳贊)」, "다른 사람은 부족하지만, 두보는 넉
   넉하여 그 잔고잉복이 후인들에게 많은 은택을 끼쳤다[他人不足, 甫乃厭餘, 殘膏剩馥, 沾
   丐后人多矣]".

天時閱盡運沈浮	유구한 세월 거치면서 부침은 돌고 돌았어라
憑欄一詠臨風送	난간에 기대 한 수 읊어 바람 따라 보내거니
白鷺無心下晚洲	백로는 무심히도 저물녘 물가를 떠내려가네

○ 강문오(姜文俉, 1819~1877) 자 성언(成彦), 호 수죽정(水竹亭)

> 진주 추동리(樞洞里, 현 명석면 왕지리) 출생. 죽오 하범운(1792~1858)의 문인으로 과거 급제의 뜻을 이루지 못했다. 향리에 수죽정(水竹亭)을 짓고서 학문에 전념하면서 장석오, 이수렬과 깊이 교유했다.

「矗石樓」〈『수죽정유고』 권1, 6a~b〉(촉석루)

城下長江滾滾流	성 아래로 남강이 넘실넘실 흐르며
汾陽勝狀擅南州	진양 승경은 남쪽 고을에서 으뜸인데
菁川野送前塵感	청천 들은 옛 전란의 감회를 보내오고
望鎭峯[1] 含舊日愁	망진봉은 지난날의 근심을 머금었구나
一妓姱節[2] 留巖石	한 기녀 절개는 바윗돌에 남았으며
三壯丹忠傍矗樓	삼장사 충혼은 촉석루 곁에 머무나니
吾輩幸生無事日	우리들은 다행히 일 없는 때에 태어나
空呼盃酒伴春遊	공연히 술을 청해 봄날을 짝하여 노닌다

---

1) 望鎭峯(망진봉): 촉석루 맞은편의 산봉우리로, 이곳에 봉수대가 있었음.

2) 姱節(과절): 아름다운 절조. '姱'는 아름답다. 『초사』「이소경」, "듬뿍 혼자만 이 고운 절개 지녔나[紛獨有此**姱節**]".

○ 강위(姜瑋, 1820~1884)

자 중무(仲武)·위옥(韋玉), 호 고환(古歡)·추금(秋琴)·자기(慈屺)

은열공 강민첨의 후손으로 경기도 광릉 복정리(福井里, 현 성남시 수정구 복정동) 출생. 일찍 상경해 정건조 집에서 기숙하며 과거에 뜻을 두었지만 24세 때 포기했다. 이윽고 민노행의 제자가 되어 4년간 경서를 배웠고, 1846년 제주에 유배 중이던 김정희를 배알한 이후로 1852년 8월 북청에서 재차 해배될 때까지 5년간 경학을 배웠다. 1881년에야 겨우 선공감역(종9품)에 제수됐지만 병인양요와 강화도조약 때 신헌을 보좌했으며, 수차례 중국과 일본 여행을 바탕으로 개화파에 영향을 주었다. 제자로는 지운영과 지석영 형제·방치요·유길준·변수·황현 등이 있으며, 특별히 이건창(1852~1898)은 시제자(詩弟子)임을 자처했다. 아래의 첫째 시는 그가 전국을 유람하던 임자년(1852)에 지은 것으로 추정되고(『고환당수초』「自序」참조), 둘째 시의 창작 시점은 신유년(1861) 통영에 가서 통제사 신헌을 방문하고 그의 아들 신정희와 신낙희·박계석·서응우 등과 수창하던 때로 보인다.

「矗石樓」〈『고환당수초』 권2 「발미여초(潑弭餘草)」, 13b~14a〉 (촉석루)

雨鳴竹樹水揚波	비가 대숲 울리고 물결은 출렁일 제
落日憑闌感慨多	석양에 난간 기대니 감개무량하구려
宇宙蕭疏1)雙鬢晚	세상살이 쓸쓸하고 귀밑털은 더부룩한데
秋風鴈影滿汾河	추풍 속 기러기 그림자가 남강에 가득하네

「矗石樓 和朴晚醒2)致馥」〈『고환당수초』 권7 「유양만상집(柳洋漫賞集)」, 4b〉
(촉석루에서 만성 박치복에게 화답하다)

紅樹參差碧玉流	단풍나무는 들쭉날쭉 벽옥이 흐르고
晉陽城郭泛長洲	진양성 성곽은 긴 물가에 떠 있네
團圓華月秋來夢	둥그런 밝은 달이 가을날 꿈결에 빛나고
嬝娜3)西風水上樓	산들산들 가을바람이 물가 누각에 불거니

---

1) 蕭疏(소소): 나뭇잎이 성기고 쓸쓸함, 나뭇잎이 깔려 맑은 풍치가 있는 모양.

2) 晚醒(만성): 박치복(1824~1894)의 호. 자는 훈경(薰卿). 함안군 산인면 안인리(安仁里) 출생. 류치명과 허전의 제자로 1889년 산청 이택당 건립을 주도했다. 1860년 합천 삼가현 대전촌(大田村)에 이사한 뒤 백련재를 건립해 후학을 길렀고, 1876년 이후 가회 연동(淵洞)에 거주하면서 명유들과 폭넓게 교유했다. 성리학에 조예가 깊었고 사회개혁에도 일정한 식견을 표출했다. 처질(妻姪)이 이정모(1846~1875)이다.

3) 嬝娜(요나): 바람에 사들사들 흔들리는 모양, 낭창낭창함. '嬝(뇨)'는 '嫋'의 속자로 간들거리다. '娜'는 아리땁다.

海外應傳東國勝	해외까지 동국의 명승지가 응당 전하고
我來重起故鄕愁	내 왔더니만 고향 생각 거듭 여울지는데
虜塵一掃歸來好	오랑캐 먼지를 일소하고 잘 돌아온
殷烈[4]英靈此地遊	은열공의 영령이 이곳에 노니는구려

渺渺平沙澹澹流	아득한 모래밭에 맑디맑은 강물이 흐르고
霜楓烟柳共汀洲	서리 맞은 단풍과 안개 버들이 물가 어울리네
殘秋風雨餘雙屐[5]	늦가을 비바람에 나막신 한 쌍이 남았지만
大嶺東南第一樓	조령 동남쪽에 제일가는 누각이러라
僕本恨人多舊怨	내 본래 한 품은 사람이라 묵은 원망이 많고
每逢佳處換新愁	매번 만나는 승경은 새로운 시름으로 바뀌나니
蟲沙往刦何須說	옛날 전쟁에 죽은 병사를 말해 무엇하랴만
且取江山壯我遊	잠깐 강산에 몸 붙이니 내 유람 장쾌할세

○ 각안(覺岸, 1820~1896) 자 환여(幻如), 법호 범해(梵海)

> 속성 최씨(崔氏). 전라도 완도 출생으로 흔히 범해선사로 불린다. 14세에 해남 대둔사(일명 대흥사)로 출가해 16세 때 하의(荷衣)에게서 사미계를, 초의(艸衣, 1786~1866)로부터 구족계를 받았다. 『범해선사유고』 외에 역대 승려 199명의 전기를 저술한 『동사열전』은 한국 불교사 연구에 귀중한 사료이다. 그가 갑진년(1844) 사방을 유람하던 도중 촉석루에 올라 김천일·황진·최경회·논개의 혼을 조문했다는 기록("甲辰---入晉陽, 登矗石樓, 吊金將軍[千鎰子象乾]·黃牧使[進]·崔兵使慶會及忠妓論介之魂, 今'一盃笑指長江水'之句, 不勝感慨", 『동사열전』 권4 「자서전」, 128쪽)에 의거해 창작 시기를 추정해 볼 수 있다.

「晉州矗石樓」〈『범해선사유고』 「보유」, 20a〉(진주 촉석루)

營南江水向東流	병영 남쪽에는 강물이 동으로 흐르고

---

4) 殷烈(은열): 강민첨(963~1021)의 시호. 용어 일람 '은열공' 참조.

5) 餘雙屐(여쌍극): 날씨가 고르지 않아 충분히 유람을 하지 못했다는 뜻임. 용어 일람 '착극' 참조.

矗石穹窿1)影落洲	촉석성은 활꼴이고 그림자 물가에 지네
嶺湖勝境知何處	영호남에서 멋진 경치는 그 어딘가
郡國名區見此樓	나라의 승지에서 이 누각을 보나니
歌聲高出龍兒2)舞	노랫소리는 드높아 어룡의 춤을 끌어내고
將氣超浮海耉愁	장수 기개 뛰어나 늙은이 시름을 드는데
晉陽一域人民樂	진양 한 구역에서 사람들이 즐거워하며
更把餘懷竟日遊	다시금 남은 회포로 온종일 노니구나

○ 김상례(金商禮, 1821~1898) 자 희윤(熙潤), 호 삼묵재(三黙齋)

본관 경주. 산청군 차황면 철수리(鐵水里) 출생. 엄정한 가학을 바탕으로 명리를 추구하지 않아 향리에서 신망이 높았고, 『삼묵재유고』가 전한다.

「登矗石樓」〈『삼묵재유고』, 3a~b〉 (촉석루에 올라)

形勝名聲萬古流	형승의 명성은 만년토록 전해지고
佳人烈士洗兵洲	가인과 열사, 병기 씻은 물가로다
龍蛇釰戟英雄跡	용사년 칼과 창은 영웅의 자취거니
半島江山有此樓	반도 강산에 이 누각 있구려

---

1) 穹窿(궁륭): 활 모양으로 되어 가운데가 가장 높고 주위는 차차 낮아진 형상. '穹'과 '窿'은 활꼴.

2) 龍兒(용아): 물속에 사는 어룡(魚龍).

○ 권상적(權相迪, 1822~1900) 자 율원(聿元), 호 해려(海閭)

산청군 신등면 단계리(丹溪里) 출생. 뒤에 합천 가회면 덕촌(1849), 산청의 오부면 대현촌·생비량면 송계촌(1874) 등지로 이사했다. 동계 권도(權濤, 1575~1644)의 후손으로 조부 권영범에게서 과거 문장을 열심히 익혀 이름이 인근에 알려졌고, 정규원·이상모·허전의 칭찬을 받았다. 평생 재야 선비로서 고을 문풍을 진작시키는 데 힘썼는데, 특히 삼우당 문익점(1331~1400)의 학덕을 계승하기 위해 1891년 당시 훼철된 상태로 있던 신안 안봉리의 도천서원을 대체한 노산정사(蘆山精舍) 건립을 주도했다. 초간본 『해려집』(1908)에는 아래와 같이 두 수로 되어 있으나 중간본 『해려집』(1946)에는 「矗石樓用板上韻」의 시제로 첫째 수만 실려 있다.

「次矗石樓板上韻二首」〈『해려집』 권2, 13b〉 (촉석루 현판시에 차운한 두 수)

斗南[1]元氣晉陽流	천하의 원기가 진양으로 흐르는데
石上孤城城下洲	바위 위엔 외딴 성, 성 아래는 물가
不死千秋俱壯士	천년토록 함께 한 장사는 죽지 않았거니
浮生一日此登樓	뜨내기 인생이 하루는 이 누각 올랐어라
江山自在丹綃畵	강산은 절로 붉은 비단 그림을 이루고
宇宙能消白髮愁	우주는 능히 백발 근심을 녹게 하는데
節使轅門深似海	절도영 원문은 바다처럼 깊숙할진대
泳恩[2]長事太平游	임금 은혜 길이 섬겨 태평히 노닐리라

大城浮在大江流	큰 성이 큰 강물 위에 덩그렇게 떠 있고
南紀滔滔繞作洲	남쪽 벼리를 넘실넘실 감도는 물가로다
一心忠義壬辰史	일심으로 충의 다한 임진 역사
萬古崢嶸矗石樓	만고토록 빼어난 촉석루
長時歌管名園富	긴 세월 풍악은 이름난 동산에 풍성하고
極處風烟造物愁	가는 곳마다 풍광은 조물주 마음이러라
徨徨[3]丹藜湖海客	이따금 붉은 지팡이 짚고 강호 떠도는 길손이

---

1) 斗南(두남): 두우성의 남쪽, 곧 천하를 의미함.
2) 泳恩(영은): ＝함영은파(涵泳恩波). 은혜 물결에 헤엄침, 곧 임금의 은혜를 두루 입음.
3) 徨徨(왕왕): ＝왕왕(往往). '徨'은 왕(往)의 본자.

猗欄回笑枉前遊　　　난간 기대 어긋난 옛 유람 돌아보며 웃어보노라

○ 김기호(金琦浩, 1822~1902) 자 문범(文範), 호 소산(小山)

본관 김녕. 창원 파정리(芭亭里, 현 성산구 사파동) 출생. 1859년 창원 용화암(현 성주사) 아래의
계곡에서 요천시사(樂川詩社)를 결성해 시회를 열었고, 1861년 비음산 아래 소산재(小山齋, 1995년
사파동에 이건)를 지어 문생들과 강학했다. 1865년 김해 관아의 허전(1797~1886)을 찾아가 제자가
되어 그를 줄곧 모시면서 학문에 전념했다. 1901년 창원향교 훈장을 지내는 등 평생 강학과 풍속교화
에 앞장섰고, 김만현·허유·조병규 등과 교유했으며, 특히 만성 박치복(1824~1894)과 절친했다.

「矗石樓」〈『소산집』 권1, 21b〉 (촉석루)

天塹長城枕碧流	천연 요새의 장성이 푸른 물에 임했고
龍蛇往跡在虛洲	용사년 옛 자취는 빈 물가에 그대로다
三千里國汾陽府	삼천 리 나라에 진양부
第一江山矗石樓	제일의 강산에 촉석루
壯士佳姬當日死	장사와 가인이 그때 죽었나니
行人詞客至今愁	나그네와 시인은 지금껏 수심이네
若知安不忘危[1]策	편안할 때 위태함 잊지 않는 계책 안다면
莫作笙歌鎭日遊	풍악으로 온종일 노닐어서는 안 되리

○ 이병전(李秉銓, 1824~1891) 자 치평(致平), 호 이고(离皐)

본관 벽진. 경북 칠곡군 양동리(良洞里, 현 동명면 금암리) 출생. 1879년 칠곡부사 윤석인·죽계
조극성 등과 함께 마을에 연암재(淵巖齋)를 지어 고을 수재들에게 강학소를 제공했는데, 부친 사후
과거를 접고 후학 양성을 소임으로 여긴 결과였다. 특히 사미헌 장복추(1815~1900)와 칠곡부사
우성규가 그 업적을 높이 평가했다.

---

1) 安不忘危(안불망위): 『주역』「계사전(하)」, "그러므로 군자는 편안할 때에도 위태함을 잊
지 않고, 보존될 때에도 망하는 일을 잊지 않는다[是故君子安而不忘危, 存而不忘亡]".

「登矗石樓 次板上韻」〈『이고집』권1, 25b〉(촉석루에 올라 현판시에 차운하다)

一帶長江萬古流	한 줄기 긴 강이 만고에 흐르고
斜風興感白蘋洲	비낀 바람에 감흥 이는 흰 마름 물가라
貞娥義魄凝苔石	아리따운 아가씨 의백은 이끼 낀 돌에 서렸고
壯士高名壓水樓	장사의 고매한 명성이 물가 누각을 압도하네
隊隊[1]寒魚應識恨	떼 지은 가을 물고기는 한을 응당 알게 되며
悽悽芳草喚生愁	처량한 방초는 근심을 불러일으킬진대
晚年筇屐南爲日	늘그막에 여행하며 남쪽에서 나날을 보내노니
此地風光最壯遊	이곳 풍광은 장쾌한 유람을 하기에 가장 좋아라

○ 조극승(曺克承, 1824~1899) 자 성도(聖度), 호 죽계(竹溪)

경북 칠곡군 가동리(可洞里, 현 동명면 구덕리) 출생. 칠곡부사 우성규(1889~1892 재임)와 함께 학교를 진흥하고 향약을 실시해 풍속을 권징했고, 1879년 이병전과 더불어 연암재를 지었다. 서찬규·이명구와 도의로 교유하며 강학에 힘썼고, 주자의 치가훈(治家訓)을 본받아 근검절약을 장려했으며, 백운산 자락의 죽계재(竹溪齋)에서 자적했다.

「矗石樓」〈『죽계유고』권1, 9b〉(촉석루)

往事長江日夜流	옛일 간직한 긴 강은 밤낮 흐르고
明沙歷歷渡頭洲	맑은 모래가 뚜렷한 나루터 물가로다
翻風天地驚千古	천지 뒤집는 바람은 천고에 놀랄 만하더니
霽月東南泛一樓	갠 달이 동남쪽 한 누각 위로 떠 가는도다
壯士城邊芳草結	장사의 성 주변에는 방초가 엉겼고
佳人巖上落花愁	가인의 바윗가엔 낙화의 근심 있네
名區自是多遺蹟	명승지에 원래부터 유적이 많아
能使詩人賦遠遊	시인에게 원유부를 짓게 하는도다

---

1) 隊隊(대대): 무리를 지은 모양. '隊'는 떼.

○ 이지용(李志容, 1825~1891) 자 상언(尚彦), 호 소송(小松)

본관 성주. 전라도 보성 가천리(可川里, 현 문덕면 용암리 가천마을) 출생. 1880년 충청도 구자곡(九子谷, 현 논산시 연무읍 금곡리)으로 이사한 뒤 이름을 '금양(錦陽)'으로 고치고 호를 '소송(小松)'이라 지었다. 몇 년 뒤 환향한 뒤 의금부 도사·사헌부 감찰·웅천현감에 천거되었으나 나아가지 않았다. 60세가 넘은 1888년 연풍·흥덕·석성 현감을, 이듬해 칠원현감을 지냈다. 이 시는 편차와 바로 앞의 「송인귀진주(送人歸晉州)」 시 내용으로 볼 때 칠원현감에서 파직된 뒤 산청 유배(1889.5~1890.2) 때 지은 것으로 보인다. 한편 그의 생질이 독립운동가 서재필(1864~1951)이고, 아들이 일봉 이교문(1846~1914)이다.

「次矗石樓韻」〈『소송유고』 권4, 10a〉 (촉석루 시에 차운하다)

晉陽城外路如流	진양성 밖으로 길은 강물 같은데
往事東南問水洲	동남의 지난 일을 물가에 물어 본다
美人花落千尋石	미인이 꽃 지듯 떨어진 천 길의 바윗돌
壯士芳名百尺樓	장사가 꽃다운 이름을 남긴 백 척 누각
竈烟寂寞沈蛙[1]冷	부엌 연기 적막하고 개구리는 들끓어 사늘했으니
塞月蒼茫畫角愁	변방 달은 아득한데 나팔소리가 시름겨워라
吊古傷今登覽地	옛일 조상하고 지금을 슬퍼하며 등람하니
平生奇絕有玆遊	평생 기이한 풍류는 이곳의 유람일세

○ 문상질(文尙質, 1825~1895) 자 사진(士眞), 호 회산(晦山)

합천군 용주면 고품리(高品里) 출생. 어릴 적부터 족숙 문영록에게 배웠고, 1843년에는 부친의 명으로 거창의 도은 이상모(李尙模)에게 집지했다. 부모를 여읜 뒤 1855년 과거 시험의 극심한 폐단을 느껴 벼슬을 포기하고는 이듬해 황계폭포 위에 거처를 마련해 처사로 자처하며 학문을 연마했으며, 류주목·이진상·허유 등과 종유했다. 만년에는 '성성자(惺惺子)'라는 조그만 방울을 차고 스스로 경계했다.

「矗石樓 次申靑泉維翰韻」〈『회산집』 권2, 12b〉 (촉석루에서 청천 신유한 시에 차운하다)

---

1) 沈蛙(침와): 전쟁의 참화. '蛙'는 개구리. 용어 일람 '삼판' 참조.

城下長江滿地流	성 아래 남강이 대지 가득히 흐르나니
行行儃客倚空洲	가고 가다 천한 길손이 물가에 의지했다
千閣地闢元戎府	땅에는 번화한 원수의 막부 열었고
百尺天齊壯士樓	하늘에는 백 척 장사루가 나란하다
新物快心非與語	새 경관이 마음 우쭐케 해도 함께 말할 게 아니고
前塵如夢謾生愁	옛 전란은 꿈같아 부질없이 시름을 만드는데
繁華士女逢時幸	호사스러운 남녀는 좋은 때 만나서
歌舞春風事宴遊	춘풍에 가무하며 잔치 놀음 일삼네

○ 이민식(李敏植, 1825~1897) 자 영여(英汝), 호 회수(悔叟)

본관 성산. 함안군 칠원면 선동리(善洞里) 출생. 성재 허전(1797~1886)의 문인으로 조병규(1846~ 1931)·조정규(1853~1920) 등과 절친했고, 일찍이 『논어』를 읽다가 학문에 감발했다. 경사자집을 비롯해 천문음양 서적에도 능통했음에도 출세에 연연하지 않았다.

「矗石樓」〈『회수집』 권1, 21a~b〉 (촉석루)

晉水泱泱1)萬斛流	남강은 깊고 넓어 만 섬이나 흐르고
重城一面倚長洲	겹겹 성의 한쪽 면이 물가에 기댔네
文章有感沈沙戟	문장마다 감회 있는 전쟁터요
風月無邊矗石樓	경치로는 끝이 없는 촉석루라
醉舞狂歌聊與樂	실컷 취해 가무하며 함께 즐기지만
春猿秋鶴謾相愁	봄가을 원학이 부질없이 근심하는도다
誰人能撰龍蛇史	그 누가 용사년 역사를 편찬하여
遙憶三長2)壯觀遊	능숙한 솜씨로 장한 유람을 기억하게 할고

---

1) 泱泱(앙앙): 물이 깊고 넓은 모양. '泱'은 깊다.
2) 三長(삼장): 사관이 겸비해야 할 재(才)·학(學)·식(識)의 자질을 말하는데, 대개 훌륭한 문 장을 짓는 능력을 뜻함. 『신당서』 권132 「유지기전」.

○ 하경칠(河慶七, 1825~1898) 자 성서(聖瑞), 호 농은(農隱)

시랑공파. 진주 수곡면 효자리(孝子里) 출생. 삼수헌 하우범의 아들로 송담 하두원의 부친이며, 운석 하용환(1892~1961)의 증조부이다. 외손자가 정곡 성환부(1870~1947)이고, 손서가 계재 정제용(1865~1907)이다. 평생 학문에 정진하면서 고을의 문풍 진작과 자제 교육에 앞장섰다. 용와 하진현의 조카 하협운(1823~1906), 하진현의 손자 하재문, 하겸락(1825~1904), 조성가, 박치복, 허유, 곽종석 등과 절친했다. 『농은유집』은 『농은송담양세합고(農隱松潭兩世合稿)』에 수록되어 있다.

「矗石樓 用申靑泉韻」〈『농은유집』 권1, 8b〉(신청천의 촉석루 시에 차운하다)

長江一帶抱城流	긴 강 한 줄기가 성을 감싸며 흐르고
畫閣嵬臨折戟洲	단청 누각은 창 묻힌 물가에 우뚝하다
春深義妓凝粧石	봄은 의기가 곱게 단장했던 바위에 깊어가고
日晏將軍誓死樓	해는 장군이 죽음을 맹세한 누각에 저물어가네
由來勝地風烟美	예부터 승지라 바람 안개가 아름다웠다니
無復南州士女愁	남쪽 고을에 남녀의 근심이 다시금 없구려
幸我昇平老烟月	다행히 태평 시절이라 연월 속에 늙어갈진대
逢人談古每登遊	사람 만나면 옛 얘기하며 매번 올라 노닐 터

○ 최형식(崔馨植, 1825~1901) 자 주서(周瑞), 호 추계(秋溪)

본관 전주. 성주 지산리(池山里, 현 경북 고령군 대가야읍 소재) 출생. 향시에 여러 번 낙방하자 뜻을 접고 경전 연구에 전념했고, 만년에는 고을의 강사(講師)로 추천되어 후배 양성을 자임하며 지냈다. 이 시는 시집 편차상 기해년(1899)에 지었음을 알 수 있다.

「登矗石樓 次申晴泉¹⁾韻二首」〈『추계유고』 권2, 34b〉(촉석루에 올라 신청천의 촉석루 시에 차운한 두 수)

百折澄江萬古流	백번 꺾어지며 맑은 강이 만고에 흐르고

---

1) 晴泉(청천): '晴'은 靑(청)의 오기. 신유한의 호.

登高遙望杳難洲	높이 올라 멀리 보니 아득해 분간키 어렵네
源惟碧海三千里	원류는 푸른 바다 삼천리이고
景是靑邱第一樓	경치는 청구 제일의 누각이로다
朝日方昇丁午2)世	아침 해가 정오년에 바야흐로 떠올랐으되
州人猶說壬辰愁	고을 사람은 임진년 시름을 여전히 말하네
岳陽勝像寧過此	악양루의 승경도 이보다 더할 수 없겠지만
憂樂3)當先達士遊	우락을 앞세워야 통달한 선비의 유람이리라

大野平鋪積水流	들판이 넓게 펼쳐지고 깊은 물 흐르는데
斜陽歸客立芳洲	석양에 돌아가는 나그네가 방주에 섰더니
檀箕古國千年地	단군과 기자의 옛 나라에 천년의 땅이요
湖嶺名區百尺樓	영호남 명승지로는 백 척의 누각이로다
赤手孤城受賊日	적수공권의 외로운 성이 적을 맞이하던 날에
紅顔兒女戀君愁	얼굴 고운 아녀자가 임금을 그리며 근심했지
滿堂歌舞昇平樂	강당엔 가무로 태평의 즐거움이 가득하거니
留待文章此地遊	문장가의 이곳 유람을 기다렸어라

○ 배치규(裵致奎, 1826~1891) 자 여용(汝容), 호 죽초(竹樵)

본관 달성. 초명 응주(應周). 창원 귀산리(貴山里, 현 성산구 웅남동 삼귀) 출생. 일찍이 진양 도시(都試)에 나아가 아래의 촉석루 시를 지었는데, 당시 진주에 머물고 있던 고환당 강위로부터 제3~4행이 좋다는 칭찬을 받았다. 누차 향시에서 두각을 나타냈지만 과거 폐해를 보고 그만두었는데, 1865년 왕명에 의해 교궁(校宮)의 수임(首任)으로 천거되었다. 50세 이후 구촌(龜村)에 은거하며 주자학 연구와 후진 양성에 힘썼으며, 김기호·박치복·배진희 등과 사이가 막역했다. 진해구 웅천 북부동에 있는 경상도관찰사 남일우 불망비(1886)의 비문을 그가 도감(都監)으로서 지었다.

---

2) 丁午(정오): 갑오년(1894)과 정유년(1897). 갑오경장과 대한제국의 선포를 의미함.

3) 憂樂(우락): 백성의 근심과 즐거움. 자세한 풀이는 용어 해석 '범공' 참조.

「矗石樓」〈『죽초일고』권1, 2b〉(촉석루)

天作長江日夜流	하늘이 빚은 긴 강이 밤낮 흐르나니
晉陽三版出汀洲	진양성은 삼판만 물가에 드러냈었지
大明萬曆壬辰歲	명나라 만력 임진년
壯士佳人矗石樓	장사 가인의 촉석루
細柳春閑羣馬放	병영의 봄날은 한가롭고 말들 뛰노는데
寒波秋激老龍愁	찬 물결은 격렬하고 노룡이 근심하도다
晚來書劍登臨客	늦게사 책과 칼을 들고 등림한 나그네가
吳楚東南1)唱遠遊	동남으로 트인 곳에서 원유부를 읊노라

○ 변영규(卞榮奎, 1826~1904) 자 사응(士應), 호 효산(曉山)

거창 병산리(屛山里, 현 가조면 사병리 병산마을) 출생. 춘당 변중량(1345~1398)의 후손으로 과거에
여러 번 낙방했고, 1874년 부친 사망 이후로 운창 박성양(1809~1890)과 계운 김낙현을 종유하면서
학문에 매진했다. 만년인 1902년 비로소 통정대부에 올랐고, 1903년에 중추원 의관에 제수되었다.
행장은 송병순, 묘지명은 곽종석이 각각 지었다.

「次申靑泉矗石樓韻」〈『효산집』권1, 1a〉(신청천의 촉석루 시에 차운하다)

城外長江咽不流	성 너머 남강은 오열하며 흐르지 않는데
居民尙說産蛙1)洲	사람들은 지금도 난리 겪은 물가 말하네
天光上下開金鏡	위아래 햇빛은 금 거울을 펼쳐놓았고
地勢參差起石樓	들쭉날쭉한 지세에 촉석루를 세웠구나
義女孤魂明月恨	의녀의 외로운 넋에 밝은 달조차 한스럽고
英雄宿抱2)暮雲愁	영웅의 묵은 소원에 저문 구름도 근심 되니

---

1) 吳楚東南(오초동남): 두보, 「등악양루」, 『두소릉시집』권22, "오와 초는 동남으로 트였고
／ 하늘과 땅이 밤낮으로 떠 있구나[吳楚東南坼, 乾坤日夜浮]".

1) 産蛙(산와): 개구리가 알을 낳음, 곧 전쟁의 참화. 용어 일람 '삼판' 참조.
2) 宿抱(숙포): 묵은 소원, 오래된 회포. '宿'은 오래되다.

千秋浩劫緣何滌　　천추의 큰 전란은 무엇으로 씻나

寧可無詩有酒遊　　시가 없을지라도 술놀음은 안 되리

「矗石樓」3) 〈『효산집』권1, 8a〉(촉석루)

萬古三韓第一樓　　만고에 남방 제일의 누각인데

男兒到此轉生愁　　남아가 여기 오니 되레 수심 깊어진다

無邊落木蕭蕭下　　한없이 지는 잎은 우수수 떨어지고

不盡長江滾滾流　　다함 없는 긴 강이 이엄이엄 흐르네

城上來人澆義烈　　성 위 오른 사람은 의열에 흠뻑 젖고

世間有地讀春秋　　세상에는 『춘추』읽을 땅이 있는고야

沈吟欲敍當年事　　시상에 잠겨 그때 일을 펴보려니

歌半凝聲哭半留　　노래 절반에 통곡 소리가 절반

「次人題矗石樓韻」〈『효산집』권3, 21a〉(어떤 사람이 지은 촉석루 시에 차운하다)

弔古澆盃客淚流　　옛일이 슬퍼 술 따르니 눈물이 흘러

斜陽立馬逗長洲　　석양에 말 세워두고 긴 물가 머문다

尹鐸城4)邊那有水　　윤탁 성 주변에는 저처럼 강물이 있고

張巡去後此餘樓　　장순 떠난 뒤나 여기에 누각 남았는데

蛾眉墮壁能成義　　미인이 절벽으로 떨어져 절의를 이루었고

狼子驚心不禁愁　　오랑캐가 심장 놀래키니 시름 금치 못했지

二百年今山海晏　　이백 년 지난 지금에 산과 바다 고요하니

笙歌謾付畫船遊　　풍악 울리며 느긋이 붙여보는 놀잇배 유람

---

3) 이 시의 3~4행은 두보의 「등고(登高)」(『두소릉시집』권20)에서 가져왔다.

4) 尹鐸城(윤탁성): 윤탁이 다스린 진양 고을. 용어 일람 '견사보장' 참조.

○ 김인섭(金麟燮, 1827~1903) 자 성부(聖夫)·성부(聖符), 호 단계(端磎)

본관 상산. 세거지가 산청군 신등면 법물리이나 함양군 목동(木洞, 현 휴천면 목현리) 외가에서 출생. 류치명과 허전의 문인. 조부 김문한을 따라 1832년 병곡면 송평리로 이거했다가 7년 뒤 부친 김령(1805~1865)과 함께 신등면 단계리(丹溪里)로 복거했다. 1846년 문과 급제해 벼슬하다 시국에 환멸을 느껴 1854년 낙향해 학문을 연찬하면서 이진상·박치복·곽종석·허유 등과 교유했다. 1861년부터 관찰사와 현감에게 단성의 환곡 폐단을 파헤친 편지를 여러 번 보냈는데, 이 때문에 이듬해 단성농민항쟁을 부추긴 주동자로 지목되어 부친과 함께 의금부에 갇히는 고초를 겪었다. 1864년 재기용되어 사헌부 지평이 되었으나 이내 사직했고, 3년 뒤 어사 박선수에 의해 무단 토호로 지목되어 강원도로 유배되었다. 문집의 시들과 연보를 참고할 때 아래의 첫째 시는 기사년(1869)에, 둘째와 셋째 시는 계미년(1883)에 지었음을 알 수 있다. 한편 중간본(속집 부록 포함 전18권, 1966)은 초간본(전28권, 1909)에 비해 분량이 크게 달라져 둘째 시와 셋째 시가 누락되었다.

「矗石樓 次板上韻」[1] 〈『단계집』 권2, 21b~22a〉 (촉석루에서 현판시에 차운하다)

孤城迢遞大江流	외딴 성 저 멀리에 큰 강이 흐르고
極目萋萋芳草洲	시야 끝까지 방초 이들이들한 물가라
大義百年臣死地	백 년 대의로 신하가 이곳에서 순국했거늘
扁舟五月客登樓	오월에 거룻배 타고 길손이 누각 올랐더니
魚龍有識應添怒	물고기들이 아는지 응당 분노를 더하고
鷗鷺無心摠欲愁	갈매기 백로도 무심히 다 시름겨워하는데
曠感徘徊旋發去	세상 드문 감회로 서성이다 되돌아가는 건
吾生不是等閒遊	내 생애에 너절한 유람은 못하기 때문이라

「登矗石樓 題一絶」 〈『단계집』 권3, 12b~13a〉 (촉석루에 올라 지은 절구 한 수)

招招舟子[2]艤仙舟	손짓하며 부르는 사공이 신선 배 띄웠는데
立馬題詩矗石樓	말을 세워둔 채 촉석루 시를 짓노라
不妨春醪呼一醉	봄 술을 청해 취해봄도 괜찮거니

---

1) 중간본의 제목은 「矗石樓用板上韻」이고, 차이가 나는 자구가 여럿이다. 예컨대 3행(地→節), 5행(有識→水底), 6행(無心→沙頭), 7행(旋發→仍不), 8행(不→非)이다.

2) 招招舟子(초초주자): 『시경』 「패풍」 〈포유고엽〉, "손짓하며 부르는 뱃사공 / 남들은 건너도 나는 건너지 않노니 / 내가 나의 벗을 기다려서이다[招招舟子, 人涉卬否, 卬須我友]".

倚欄俯視大江流　　　　난간에 기대 큰 강을 굽어본다

「渡南江 用退陶先生矗樓板上韻」〈『단계집』권3, 18a〉(남강을 건너서 퇴계
　　선생의 촉석루 현판시 운에 따라 짓다)

路出名區知幾次　　　　명승지 찾아 나선 길이 몇 번이던가
歸然江上有高樓　　　　아찔아찔한 강변에 높은 누각 있구려
令人卻憶龍蛇事　　　　용사년 일을 불현듯 생각하게 할진대
此地偏多猿鶴流　　　　이곳에 원학 부류가 유달리 많았어라
滿目風烟橫野在　　　　눈 가득히 바람 안개가 들판에 비껴 있고
擡頭雲物駕空浮　　　　머리를 드니 구름은 하늘 타고 떠다니는데
輕舟搖蕩時來往　　　　가벼운 배가 흔들흔들 때때로 오가거니
爲住軒車傍小洲　　　　수레를 멈춘 곳은 작은 물가 곁일세

○ 초엄(草广, 1828?~?) 법명 채오(采五)

경남 고성 출생으로 속성은 박씨(朴氏). 박치복과 강위의 문인으로 고성 옥천사에서 득도했고, 세속을
오가며 이름났으나 뜻을 얻지 못해 전국 산천을 주유하며 대 자유를 즐기다가 1880년대 이후 고비사
막에서 입적했다. 하강진, 「초엄선사 〈삼화전〉의 작중인물과 공간의 실체」, 『한국문학논총』 59, 한국
문학회, 2011 참조. 이 시는 두 수 중 제2수인데, 촉석루 시와 동일한 운이어서 수록했다.

「泛舟矗石樓下」〈『초엄유고』권2, 1~2쪽〉(배를 타고 촉석루 아래서)

城下烟波一帶流　　　　성 아래 안개 물결이 띠처럼 흐르고
城前雲雨似湘州[1]　　　성 앞의 구름 비는 상주와 흡사하다
客路夕陽懷故事　　　　나그네 가는 길의 석양이 옛일 회상케 하고
靑山暮色過名樓　　　　청산의 저문 빛은 이름난 누각을 지나가네
元戎摠廢神仙技　　　　장수는 신선 기예를 다 폐기했거니와

---

1) 湘州(상주): 중국 호남성에 있었던 고을.

行旅那知嶺海愁	여행객들 어찌 영남 바다의 시름 알랴
藤杖慙余尋五岳	지팡이 짚은 내 부끄럽지만 오악을 찾아
軟塵2)隨處作淸遊	티끌 자욱한 곳마다 맑은 유람 즐긴다

○ 허원식(許元栻, 1828~1891)

자 순필(舜弼), 호 삼원당(三元堂)·백암거사(白巖居士)

본관 하양. 초명 식(栻). 함양군 정취동(井聚洞, 현 지곡면 보산리 정취마을) 출생. 1848년 장복추와 1855년 허전의 문인이 되었다. 1864년 문과 장원하자 고종이 호 '三元'을 하사했다. 전적, 정언, 이조좌랑, 자여도 찰방(1868~1870), 지평, 장령 등을 역임했다. 1866년 병인양요 때 영남에 격문을 돌려 군량미를 확보해 보냈고, 1873년 대원군 섭정을 비판한 최익현을 탄핵하는 상소를 올려 평안도 중화군에 유배되었다가 이듬해 풀려났다. 『조선책략』을 비판하는 등 시종 위정척사 입장을 견지했다. 문집 권말의 「동간록(同刊錄)」을 보면 1915년 발간 당시 이도추를 위시해서 지역 명유 128명의 시가 대거 수록되어 있다.

「矗石樓」〈『삼원당집』권1, 1a〉(촉석루)

長江一帶抱城流	긴 강 한 줄기가 성을 감싸 흐르는데
想像龍蛇古戰洲	용사년의 옛 전쟁터를 상상해 보노라
世亂忠臣蹈白刃1)	세상 혼란할 때 충신은 시퍼런 칼날 밟았고
時平騷客上丹樓	시절 태평한 때 시인이 단청 누각 올랐더니
雨磨郭樹荒凉刦	빗줄기가 성곽나무 후려치니 서늘히 겁나고
潮打巖花寂寞愁	조수가 바위 꽃을 때리니 쓸쓸히 시름겹거늘
寄語南州諸牧伯	남쪽 고을의 여러 수령에게 말씀 부치건대
登臨莫作等閒遊	등림하면 빈둥대며 유람하지 말기를

---

2) 軟塵(연진): 연홍진(軟紅塵)의 준말. 거마의 왕래로 시끄러운 도회지를 뜻함.
1) 蹈白刃(도백인): 위험을 무릅쓰고 용기를 내어 죽음. 용어 일람 '백인' 참조.

○ 안찬(安鑽, 1829~1888) 자 경안(景顔), 호 치사(癡史)

본관 탐진. 세거지가 의령이나 거창 수월동(水月洞, 현 가조면 수월리) 출생. 임진왜란 때 창의한 지헌 안기종(安起宗)의 후예로 수파 안익제의 종숙부이다. 1867년 진사시에 합격했으나 벼슬은 하지 않은 채 성리학에 심취했고, 만년에 의령 설산(雪山, 부림면 입산리)의 강가에 조양재(朝陽齋)를 지어 학자들과 시문을 즐겼다. 이원조·허전·장복추·이진상·최효술 등을 종유하며 학문에 정진했고, 만성 박치복(1824~1894)과 절친했다. 또 의령현감 서유영(1801~1874)의 장편시 「의암가」를 읽고 감동해 「荅徐明府有英」(『치사집』 권2)을 보냈다. 아래의 시는 편차로 볼 때 갑신년(1884)에 지은 것으로 추정된다. 작가 정보와 관련해 하강진의 「백산 안희제의 가학전통과 유람시」, 『역사와 경계』 102호, 부산경남사학회, 2017.3 참조.

「過汾陽 登矗石樓」〈『치사집』 권1, 23a〉 (진양을 지나며 촉석루에 올라)

往事滔滔水共流	옛일은 도도히 강물과 함께 흐르는데
流波不動白鷗洲	물결 고요하고 백구 노니는 물가로다
存亡古堞餘三板	존망 달렸던 옛 성은 삼판만 남았었고
坐臥元戎有一樓	앉으나 누우나 병영에 한 누각 있구려
極目山河芳草遠	시야 끝까지 산하에는 방초가 아득하며
傷心風雨落花愁	애달픈 비바람에 지는 꽃이 시름겨워라
方丈歸來登矗石	지리산에서 돌아와서 촉석루에 올랐거니
白頭何事學南遊	백발로 뭐 하러 남쪽 유람에서 배우는가

○ 이운상(李雲相, 1829~1891) 자 여림(汝霖), 호 담와(澹窩)

본관 성산. 성주군 월항면 대포리(大浦里) 출생. 친형 이진상(1818~1886)에게서 수학했고, 천성이 담박해 명리에 마음을 쓰지 않았다. 과거에 수차례 실패한 후 향리에 은거하면서 경학에 전념했고, 명승지와 산수를 유람하며 시를 읊었다. 형과 함께 1881년 2월 영남만인소에 동참해 위정척사를 주장하고 황준헌의 『조선책략』을 논박했다.

「矗石樓 次原韻」〈『담와집』 권2, 3a~b〉 (촉석루에서 원운을 따라 짓다)

勝地同來揔勝流	승지에 함께 왔더니 모두가 승경인데
短筇飄拂夕陽洲	지팡이 날리며 석양 물가에 이르렀다

百年往事長江水　　백 년 전의 옛일은 남강에 있고
九月奇觀矗石樓　　구월 기이한 장관은 촉석루일세
壯士杯1)空寒葉弔　　쓸쓸한 장사 술잔을 싸늘한 잎이 위로하고
義妓祠古暮雲愁　　오래된 의기사를 저문 구름이 근심하는구려
今行幸償平生債　　이번 행차로 평소의 빚을 다행히 갚을진대
快眼山河快意遊　　산하에 눈 상쾌해지고 마음도 유쾌한 유람

鳴咽長江不盡流　　오열하는 장강이 다함 없이 흐르고
忠魂血淚灑汀洲　　충혼의 피눈물이 뿌려진 물가로다
飄零却憶憑公樹2)　떠도는 신세라 풍이장군 나무가 문득 생각나고
嘯咏同登庾子樓3)　읊조리다가 유량 장군의 누각에 함께 올랐더니
葉脊4)丹靑添畵意　울긋불긋한 산은 그림 생각을 보태고
山眉5)蒼翠鎖詩愁　푸르른 산등성이는 시상을 가둬놓네
座中都是烟霞伴　　좌중이 모두 안개 노을과 짝하면서
擊鋏高歌6)歌遠遊　칼 치고 노래하다 원유부를 부르노라

木落寒天鴈影流　　낙엽 진 찬 하늘엔 기러기 그림자 지나가고
漁歌互答水中洲　　뱃노래를 물속 모래톱에서 서로 주고받는데
孤城不沒纔三版　　외로운 성은 겨우 삼판만 잠기지 않았거니

---

1) 壯士杯(장사배): 촉석루에서 삼장사가 죽음을 맹세하며 들던 술잔.
2) 憑公樹(풍공수): 전공을 양보함. '憑(빙)'은 빙(馮)과 동자로도 쓰이고, 성씨일 때는 '풍'으로 읽음. 후한의 명장 풍이(馮異)가 본디 겸손하여 승전하고 난 뒤 논공이 벌어질 때마다 혼자 나무 아래로 몸을 피하곤 했으므로, 군인들이 '대수장군(大樹將軍)'이라고 칭하며 칭송한 데서 유래함. 『후한서』 권17 「풍잠가열전」.
3) 庾子樓(유자루): 유량(庾亮) 장군의 누각. 이하진 시의 각주 '元規(원규)' 참조.
4) 葉脊(엽척): 나뭇잎 우거진 산등마루. '脊'은 등골.
5) 山眉(산미): 눈썹처럼 구부스름한 산등성이.
6) 擊鋏高歌(격협고가): 재주가 쓰이지 못하는 것을 탄식하는 노래. '鋏'은 장검. 『사기』 권75 「맹상군전」.

危石空留此一樓	아찔한 바위에 이 누각 덩그러니 남아 있네
劍削山容餘戰氣	칼로 깎은 듯한 산세에 전쟁 기운 감돌고
鏡開波面洗塵愁	거울을 간 듯한 물결에 세상 시름 씻거늘
飛霞孤鶩[7]君能賦	저녁놀과 외론 따오기를 그대가 지으니
復踵南昌九月遊	남창을 뒤따라 즐기는 구월의 유람일세

○ 하재문(河載文, 1830~1894) 자 희윤(羲允), 호 동료(東寮)

시랑공파. 하필청(1701~1758)의 4세손. 진주 수곡리(水谷里, 현 수곡면 대천리 구태마을) 출생. 8세 때 조부 하진현의 3남인 생부 하경운을, 15세 때 양조부 하필룡을 잇달아 여의었다. 하동 안계(安溪)로 이사했다가 1871년 모친이 별세하자 상을 치른 뒤 수곡으로 돌아와 '동료(東寮)'를 편액 이름으로 내걸었다. 방조(傍祖)인 월촌 하달홍(1809~1877)과 이진상의 제자이고, 평생지기 조성가(1824~1904)를 비롯해 박치복·김인섭·허유 등과 깊이 사귀었다. 양자가 극재 하헌진이고, 처질(妻姪)이 정돈균이다. 그리고 손서로 조용건(조성가의 종손자), 일재 정연준(1891~1961)을 두었다. 이 시는 그의 「임진유월등촉석루조임진장사문(壬辰六月登矗石樓弔壬辰壯士文)」(『동료유고』 권2)으로 볼 때 임진년(1892)에 지은 것으로 보인다.

「矗石樓」〈『동료유고』 권1, 17a〉〈촉석루〉

城下寒江萬折流	성 아래 찬 강물은 만 번이나 꺾여 흐르고
平郊漠漠帶長洲	평야는 아득히 띠처럼 긴 물가를 둘렀는데
東人忍說龍蛇變	우리나라 사람이 용사년 변고를 차마 말하랴만
南國皆稱矗石樓	남쪽 고을에서는 모두 촉석루를 칭송하는구려
縹緲山川開畫境	까마득한 산천은 그림 같은 경지 펼쳐놓았고
登臨襟珮喚詩愁	등림함에 옷깃 패옥이 시 생각 불러낼진대
南州形勝知多少	남쪽 고을의 형승은 하고많지만
到此方能辦壯遊	여기서 비로소 장쾌한 유람 할 만하네

---

7) 飛霞孤鶩(비하고목): 왕발이 「등왕각서」에서 묘사한 남창의 아름다운 경치. 승경을 묘사하는 전형적인 표현이고, 유래는 용어 일람 '낙하고목' 참조.

○ 류도발(柳道發, 1832~1910) 자 승수(承叟), 호 회은(晦隱)

본관 풍산. 안동시 풍천면 하회리 출생. 류성룡의 10세손으로 삼종숙부 계당 류주목(1813~1872)의 제자이다. 효성이 지극했고, 몸가짐이 근엄했다. 중간의 여러 번 이사를 거쳐 만년에는 비안현 신평면 덕암리(현 의성군 신평면 덕봉리)로 이사해 농사를 짓고 살았는데, 경술년 망국 시 통분함을 참지 못하고 안동으로 귀향해 집안일을 당부하고 단식한 지 17일 만에 순국했다. 한편 장남 류신영(柳臣榮, 1853~1919)도 고종 인산일에 독약을 먹고 자결했다. 이 시는 내용으로 볼 때 임진년(1892)에 지은 것으로 보인다.

「登矗石樓 次原韻」〈『회은유고』 권1, 32b〉 (촉석루에 올라 원운에 따라 짓다)

城下澄江深不流	성 아래 맑은 강이 깊어서 흐르지 않는데
至今閑說晉陽洲	지금껏 진양 물가를 한가로이 이야기하네
綱常五百年雄府	백 년간 인륜이 이어지는 큰 고을이요
形勝三千界[1]矗樓	온 천하에 경관이 빼어난 촉석루로다
古堞烟晴畫角語	옛 성첩에 안개 개자 나팔소리 울리고
長堤草沒行人愁	긴 둑에 풀 우거져 나그네 마음 슬퍼라
辦餘日月重回甲	남은 세월 헤아리니 회갑이 중한 터
歌詠良辰汗漫遊	좋은 날 노래하며 느긋이 노니네

○ 하재구(河在九, 1832~1911) 자 치백(致伯), 호 위수(渭叟)

사랑공파. 함양 우동리(愚洞里, 현 병곡면 도천리) 출생. 하맹보의 후손으로서 1873년 효자로 정려된 하필명(1783~1841)의 손자이다. 약관에 상경함에 김세균(1812~1879)이 한번 보고는 '국사(國士)'로 허여했다. 1861년 진사시 합격한 뒤 경상도 관찰사 겸 대구부사(1888~1890 재임) 김명진의 천거로 효력부위(效力副尉)가 되었고, 뒤에 용양위 부사과로 승직했으며, 1902년 고종이 중추원 의관에 제수했으나 응하지 않았다. 조성가(1824~1904)·최숙민(1837~1905)과 절친했고, 마을 앞 위천 송림에 지은 그의 하한정(夏寒亭)을 최익현이 1902년 방문하고는 '夏'를 '歲'자로 개명했다. 그리고 「낙육재창건기」(『위수집』 권4)가 참고가 된다.

---

1) 三千界(삼천계): 불교에서 말하는 삼천대천세계(三千大千世界)의 준말로, 곧 온 세상.

「次矗石樓」〈『위수집』권1, 26a〉(촉석루 차운)

西風依劍俯淸流	서풍 속 칼 기대 맑은 물 굽어보니
此是龍年折戟洲	이곳은 용사년 때 창 묻힌 물가로다
千古英靈諸葛廟[1]	천고 영령이 제갈량 사당에 머물진대
幾人詞賦仲宣樓	몇 사람이나 중선루에서 시 지었던가
閑雲野渡孤帆逈	구름 한가한 나루터에 외론 돛대가 아련하며
落日江城一笛愁	해지는 강성에 한 가락 젓대소리 시름겨운데
桴鼓[2]不驚村酒大	북소리에도 넉넉한 술자리는 놀래지 않거니와
眼前煙景供吾遊	눈앞 안개 경치 모두가 내 유람에 이바지하네

○ 조우식(趙祐植, 1833~1867) 자 경능(敬能), 호 금계(琴溪)

본관 함안. 함안군 함안면 괴산리 괴항(槐項)마을 출생. 생육신인 어계 조려(1420~1489)의 후손으로 쌍봉 이상두(1814~1882)의 문인이다. 특출한 재능을 보였으나 과거에 여러 번 불합격하자 후학 양성을 필생의 소임으로 여겼다. 향당에 신망이 깊었으나 불행히도 35세 나이로 요절하고 말았다.

「矗石樓」〈『금계집』권1, 3b~4a〉(촉석루)

矗石城前江水流	촉석성 앞으로 강물이 흐르거니
霽天歸帆下芳洲	하늘 개자 돌아가는 배가 물가를 내려가네
貞魂磅礴[1]佳人石	곧은 넋은 가인의 바위에 가득하며
烈氣崔嵬壯士樓	매운 기개는 장사 누각에 우뚝한데
花柳千家歌管鬧	꽃 버들 늘어진 온 인가에 풍악소리 시끄럽고
湖山萬古灌沈愁	강산에는 만고토록 근심이 깊이 잠겨 있지만

---

1) 諸葛廟(제갈묘): 창렬사를 지칭함. 김명석(1675~1762)과 홍재연(1722~1801) 시의 각주 참조.
2) 桴鼓(부고): 비상시에 치는 북. '桴'는 북채. 한나라 때 도적이 나타나면 북을 두드려 사람들에게 경보를 알렸음.
1) 磅礴(방박): 충만함. 뒤섞어 하나로 만듦. '磅'은 가득 차서 막히는 모양. '礴'은 뒤섞이다, 가득 차다.

吾儕幸値昇平世　　우리들은 다행히 태평세월을 만나

第一名區得意遊　　제일의 명승지에서 마음껏 노닌다

○ 허유(許愈, 1833~1904) 자 퇴이(退而), 호 후산(后山)·남려(南黎)

본관 김해. 합천군 가회면 오도리(吾道里) 출생. 창주 허돈(許燉, 1586~1632)의 8세손으로 1872년 곽종석·이정모와 함께 이진상의 제자가 되었다. 1885년 정재규와 함께 삼가의 뇌룡정(雷龍亭) 중건을 주도했고, 이듬해 스승이 별세하자 「속출사표」를 지어 극기복례의 마음을 굳게 다졌다. 1895년 산청 이택당의 강장으로서 거창 원천정(原泉亭)의 『한주집』 간행을 감독했고, 1899년 청곡사에서 『남명집』을 교정했다. 1902년 경남관찰부가 창설한 진주 낙육재(樂育齋)의 훈장으로 초빙되었고, 문집 외 『성학십도부록』(1903)이 있다. 당대 명유인 박치복, 조성가, 김인섭, 김진호, 이승희, 하겸락(1825~1904) 등과 교유했다. 제자로 허정로·하겸진·김영시·권상찬 등이 있고, 셋째사위가 초산 심학환(1878~1945)이다. 아래 작품의 창작시기는 시어 '전선(電線)'과 원주로써 대략 추정해볼 수 있다.

「矗石樓 次退溪先生板上韻」〈『후산집』 권2, 25a〉(촉석루에서 퇴계 선생 현
　　판시에 차운하다)

靑年曾誦退陶句　　청년 시절 일찍이 퇴계 시를 읽었으나

白首今登矗石樓　　늘그막인 이제서야 촉석루에 올랐어라

烈士壇前春草合　　열사 제단 앞은 봄풀이 어우러지고

義娘巖下大江流　　의랑 바위 아래는 큰 강이 흐르는데

名都庶見絃歌盛　　이름난 도성에 예악이 성대함을 보게 되었지만

頹堞還愁電線[1]浮　　무너진 성가퀴에 뜬 전선이 되레 시름겹도다

俯仰人間嗟老甚　　세상에 부침하다 가엾게도 몹시 늙어버려

風光虛負夕陽洲　　풍광마저 헛되이 저버린 석양의 물가일세

　　　　觀察使[2]要余興學, 而余以老病固辭故云. 관찰사가 나에게 학풍 진작을 요청했는데,
　　　　내가 늙고 병들어 굳이 사양했으므로 언급하였다.

---

1) 電線(전선): 진주의 전기 선로는 1902년 1월 7일 개통되었고, 이에 따라 진주전보사가
　　개국했다. 김경현 편, 『진주이야기 100선』, 금호출판사, 1998, 290~293쪽.

2) 觀察使(관찰사): 20세기 초기의 경상남도 관찰사를 들면 이재현(1901.9~1903.6), 이윤용,
　　민형식(1903.8~1904.2), 김학수(1904.2~4), 성기운(1904.4~1905.2)이다.

○ 최익현(崔益鉉, 1833~1906) 자 찬겸(贊謙), 호 면암(勉菴)

본관 경주. 초명 기남(奇男). 경기도 포천 출생이나 1900년 충청도 정산(定山, 현 청양군 목면 송암리)으로 이거했다. 이항로 문인으로 1855년 문과 급제한 뒤 지평·공조판서 등을 역임했고, 시국을 격렬히 성토하다 제주도(1873)와 흑산도(1876)에 유배되었다. 1906년 전북 태인에서 의병을 일으켰으나 4월 체포되어 서울로 압송된 뒤 다시 7월 대마도 엄원(嚴原. 이즈하라)으로 이송·구금되어 있다가 11월 17일(양 1907.1.1) 감방에서 별세했다. 아래의 시는 그가 70세 때인 임인년(1902) 4월 하동 횡천에 최치원 사당을 다시 세우고 영정을 봉안하는 행사에 참석차 내려왔다가 6월 26일 촉석루를 둘러보고 창렬사에 배례할 때 지었는데, 김영조·이택환·남호 강영지·박태형·하우식·최병선·서암 조계승(1880~1943) 등이 그를 종유했다. 하강진(2014), 392~404쪽 참조.

「矗石樓 次退溪先生韻」〈『면암집』 권2, 21b〉 (촉석루에서 퇴계 선생 시에 차운하다)

晉陽三節垂靑史	진양의 삼장사 절의는 청사에 드리우고
寓地淸芬[1]有此樓	객지의 맑은 향기는 이 누각에 남았구려
社稷貞忠星北拱	나라 위한 정충은 뭇별이 북극 옹위하듯
祖宗大義水東流	임금 위한 대의는 강물이 동으로 흐르듯
層欄壓石微凉動	높은 난간이 짓누른 바위엔 서늘함이 감돌고
曠野連天積翠浮	너른 들판 잇닿은 하늘에 푸른 산들 떠 있네
從古用兵多不效	예로부터 군사를 쓰기에 효과가 적었나니
浩歌一曲對芳洲	한 곡조 목청껏 부르며 마주한 꽃다운 물가

○ 김우(金玗, 1833~1910) 자 경진(景振), 호 학남(鶴南)

본관 영광. 전남 장흥 원등(院嶝, 현 용산면 덕암리) 출생. 만졸재 강우영(姜禹永)이 그의 장인이다. 중년에 기정진(1798~1879)의 문인이 되었고, 1884년 지도(智島)에서 유배 생활하던 김평묵(1819~1891)의 제자가 되어 성리학을 심화했으며, 최익현·송병선과도 교우했다. 향리에서 은둔하다가 기우만 의병 봉기에 참여했고, 경술국치의 분노를 참지 못한 끝에 별세하고 말았다. 아울러 「원유부(遠遊賦)」·「과조공영규비감읍장구(過趙公英圭碑感泣長句)」(『학남집』 권1)에도 촉석루, 삼장사, 의암, 논개 등이 언급되어 있다.

---

1) 淸芬(청분): =청향(淸香). 맑은 향기, 맑고 향기로운 덕행. '芬'은 향기롭다.

「夢登矗石樓」〈『학남집』 권1, 11a〉(꿈속에 촉석루를 오르고서)

矗石江山兩絶奇	촉석루와 강산은 둘 다 절경이나
其中第一義巖危	그중에 제일은 우뚝한 의암이로다
國家培養誠如此	나라가 배양함은 진정 이와 같거니
絶代佳人論介碑	절세가인 논개의 비 있구려

「登矗石樓」〈『학남집』 권1, 15a〉(촉석루에 올라)

城尖石矗水東流	성은 뾰족, 돌은 우뚝, 물은 동으로 흘러
南國江山第一洲	남쪽 고을 강산에서 으뜸가는 물가로다
巖花寥落佳人廟	바위 꽃이 쓸쓸히 지는 가인의 사당이요
竹月空明壯士樓	대숲 달이 하염없이 밝은 장사 누각인데
英雄有限當年跡	영웅은 유한하나 그때 자취 남아 있고
宇宙無窮此日愁	우주가 무궁한들 이날에도 수심겨워라
醉倚層欄回首望	술 취해 층층 난간에 기대어 고개 돌려 보니
滿汀漁子夢浮遊	물가의 많은 어부가 꿈속에서 떠도는 듯하네

○ 강지호(姜趾皞, 1834~1903) 자 양여(揚汝), 호 봉암(鳳菴)

산청군 산청읍 묵곡리(默谷里) 출생. 사호 오장(吳長, 1565~1617)의 맏사위가 되면서 산청 덕천(현 지리 덕촌마을)에 정착한 강대연(1606~1655. 강대수의 둘째동생)의 6세손이다. 일찍 과거를 단념했고, 1876년 산청 정곡리(正谷里)에 돌아가 민심을 바로잡는 한편 복정재(復正齋)를 지어 수양에 매진했다. 불의와 타협하지 않고 허원식·허유·최숙민(1837~1905) 등과 교유했고, 1900년 중추원 의관에 제수되었다. 이 시의 출처인 『봉암유고』는 경호 강대연, 죽봉 강휘정, 우송정 강이기, 계려 강기팔(1858~1920), 우산 강기주 등의 시문을 편집한 『호상지미록(湖上趾美錄)』 권4에 수록되어 있다.

「矗石樓」〈『봉암유고』, 5a〉(촉석루)

長江嗚咽不成流	남강은 오열하며 못 흐르는데
此是東方忠義洲	이곳은 우리나라 충의의 물가로다

爲國當時臣死節	당시에 나라 위해 신하들이 순절했나니
尋眞今日客登樓	오늘은 진경 찾아 나그네가 누각 올라서는
禽魚1)自得三春樂	새와 물고기로 삼춘의 즐거움을 절로 얻고
詩酒同銷萬古愁	시와 술로써 만고의 시름을 함께 삭일진대
盡日徘徊難舍去	온종일 배회하며 떠나기가 어렵거늘
更期佗日再吾遊	다른 날 재차 유람을 꼭 기약하노라

○ 오횡묵(吳宖默, 1834~1906) 자 성규(聖圭), 호 채원(茝園)·채인(茝人)

> 본관 해주. 경기도 영평 출생. 1860년부터 30여 년 존속한 '칠송정시사'의 중심인물이다. 1874년 무과 급제해 수문장, 정선군수(1887), 자인현감, 함안군수(1889.3~1893.2), 고성부사(1893~1894. 10), 공상소 감동(1895), 지도군수, 여수군수, 진보군수, 익산군수, 평택군수(1902~1906) 등 20년 간 주로 지방관을 지냈다. 틈틈이 문필에 종사해 『채원시초』, 『영남구휼일록』(1886), 『이수정시총(二樹亭詩叢)』(1890), 『여재촬요』(1894), 『총쇄록』 등 방대한 저술을 남겼다. 아래 시의 원전인 『경상도함안군총쇄록시초』는 『경상도함안군총쇄록』 중 시 부문만을 추려서 따로 편집한 것이다. 첫수부터 「登矗石樓」까지는 기축년(1889) 5월 23일 하루 동안에, 「矗石樓」는 경인년(1890) 3월 21일에 각각 지은 것이다.

「馬峙1)途中 望矗石樓」〈『경상도함안군총쇄록시초』 권4, 59a〉(말티고개에서
　　　가던 중 촉석루를 바라보며)

第一江山第一樓	제일의 강산, 제일의 누각
三年不見思悠悠2)	삼 년 동안 보지 못해 마음이 아련했는데
至今浮在圖鵬3)背	지금에 붕새가 하늘 지고 떠나가는 마음으로
約莫來呈去馬頭	약속은 안 했어도 가는 말 머리를 따라 왔더니

---

1) 禽魚(금어): 자연과 더불어 한가롭게 소요함. 『장자』 「추수」편의 내용을 원용한 것임.
1) 馬峙(마치): = 말티고개. 옥봉동 삼거리 위에서부터 초장동으로 넘어가는 고개.
2) 1886년 3월부터 3개월간 그가 영남구휼사로 활동할 때 촉석루를 찾은 적이 있다. 하강진, 「19세기말 오횡묵이 저술한 밀양 관련 시문과 그 의미」, 『밀양문학』 22, 밀양문학회, 2009 참조.
3) 圖鵬(도붕): 보통 영웅호걸의 원대한 포부를 뜻하며, 『장자』 「소요유」에 나옴.

水氣射寒長夏襤4)	강 기운이 한여름 남루한 옷에 차갑게 스며들고
簾紋活動夕陽鉤5)	주렴 무늬가 해질녘 현판 고리에 활발히 일렁인다
只緣慣眼曾經地	다만 일찍이 눈에 익었던 곳인지라
不待登臨半已收	등림하기도 전에 반을 벌써 담았네

「矗石樓 次申維翰詩」6) 〈『경상도함안군총쇄록시초』 권4, 59b~60a〉 (촉석루에
　　서 신유한 시에 차운하다)

十二紅欄俯碧流	열두 붉은 난간이 푸른 강을 굽어보거니
無邊光景似汀洲	끝없이 펼쳐진 광경은 모래톱과 흡사하다
龍蛇閱刼餘三版	용사년 전란 겪은 뒤로 삼판만 남았었는데
天地浮空起一樓	천지가 공중에 떠 있는 듯한 누각을 세웠네
公退可乘庾亮興7)	공무에서 물러나면 유량의 흥을 탈 수 있지만
客來還有仲宣愁	나그네로 왔더니 되레 왕찬의 시름 이는구려
古今壯士逢時異	고금의 장사들은 만난 때가 달랐으니
只合登臨恣意遊	누각 올라 마음껏 노닒이 어울릴 뿐

桂醑招招三壯士	향기로운 술 올리며 삼장사를 부를진대
魂來魂去長依水	오가는 혼백은 언제나 물가 의지해 있도다
芳名不入魚龍呑	꽃다운 이름은 물고기인들 삼키지 못했나니
萬古波宮榮一死	만고토록 물속 궁궐에 한 번 죽음이 영예로우리

---

4) 襤(람): 누더기. 『경상도함안군총쇄록』 권1(48b)에는 '襤(함)'.
5) 鉤(구): 현판을 매다는 갈고리. 여기서는 촉석루에 걸린 큰 현판을 말함.
6) 이 시제 아래의 두 작품은 즐비한 촉석루 시판을 보고 지었다. 이 중 둘째 시는 김성일의
　　「촉석루 일절」에 차운한 것이다. 본서의 『경상도함안군총쇄록』 참조.
7) 庾亮興(유량흥): 유량의 흥취. 이하진(1628~1682) 시의 각주 참조.

「登矗石樓」〈『경상도함안군총쇄록시초』 권4, 60a〉(촉석루에 올라)

矗矗石樓湧半天	우뚝한 촉석루가 중천에 솟구쳤는데
吾人快到又今年	우리는 또 올해 유쾌하게 올랐어라
棹歌乍歇江心寂	뱃노래가 잠시 뜸해지자 강 복판은 고요하며
樵斧暮翻野色玄	도끼자루 저물도록 번드치니 들 빛 어둑하거늘
妙妓當樽多澁處	아리따운 기녀는 술 마주해 자주 껄끄러워하고
遠賓覓句倍凄然	먼 나그네가 시구 찾으니 슬프기 배나 더하도다
晉陽城上竪三片8)	진양성 위에 기껏 세 조각이 꽂혀 있나니
趙孟9)何時賴萬全	언제 힘센 관리 덕분에 온전하게 되는지

「矗石樓」 迥出於烟雲杳靄之際, 欣然有作.10) 〈『경상도함안군총쇄록시초』 권6, 1a〉(촉석루) 아득히 안개 낀 구름과 자욱한 놀 사이로 우뚝 솟아 있기에 흔쾌히 지었다.

重山簇立大江環	중첩한 산들이 늘어서서 큰 강을 둘렀으며
落日半沈水氣寒	지는 해 반쯤 잠기자 물기운이 차기도 해라
望裏濃淡渾入畵	바라보니 짙고 옅음이 다 그림 속에 들어오는데
樓臺迥出樹中間	누대는 저 멀리 숲 가운데 아득히 치솟아 있구려

「次晉州矗石樓板韵」11) 〈『채인총쇄록시초』, 1a〉(진주 촉석루 판상시에 차운하다)

雄鎭南州是矗營	남쪽 고을의 웅진은 촉석성 병영인데
一堂高出晉陽城	높은 건물 하나가 진양성에 우뚝하다

---

8) 竪三片(수삼편): 성돌이 서너 조각 박혀 있음, 곧 퇴락한 모습. '竪'는 서다, 세우다.

9) 趙孟(조맹): 『맹자』「고자(상)」, "조맹이 귀하게 한 것은 조맹이 천하게 할 수 있다[趙孟之 所貴, 趙孟能賤之]". 춘추시대 말기 진(晉)나라를 삼분했던 한(韓)·위(魏)·조(趙) 중에서 대 대로 대부가 된 조순, 조무, 조앙 등을 일컬어 '조맹'으로 불렀다. 그들은 막강한 권력으로 벼슬과 녹을 마음대로 주고 빼앗았다.

10) 『경상도함안군총쇄록시선』 권6(1a, 국립중앙도서관 소장)에도 이 시가 실려 있는데, 다 만 세주가 제목의 일부로 되어 있으며, 1행의 '重山'이 '衆山'으로 바뀌었다.

11) 이 시는 『경상도함안군총쇄록시초』 권5에도 실려 있는데, 다만 시제가 「운주헌차판상운 (運籌軒次板上韻)」으로 다르다.

無雙將帥登頗牧[12]	둘도 없는 장수는 누각 오른 파목이요
第一江山冠蜀荊[13]	천하제일 강산은 촉형에서 으뜸이거니
夜冷淸霜凝畵戟	쌀쌀한 밤의 맑은 서리가 아로새긴 창에 맺히며
時平白日照竿旌[14]	태평 시절의 밝은 해는 장대 위 깃발에 비치네
繞欄流水橫弓樣	난간 두르며 흐르는 물이 가로놓인 활 모양 같은데
猶向旄頭[15]學射精	아직도 모두성 향해 활쏘기를 정밀하게 익히는구려

○ 전극규(全極奎, 1834~1911) 자 응재(應宰), 호 모암(慕庵)

본관 정선. 경북 고령 출생. 임진왜란 때 의병장 김면(1541~1593) 휘하에서 기실(記室)로 활약한 전홍립(全弘立)의 8세손이다. 약관 때 족형 전석오를 따라 문사를 익혔고, 송병선·최익현과 함께 의리를 강론하며 시국을 개탄했다. 만년에 만대산 선영 아래 모암(慕庵)을 지어 일찍 돌아가신 부모를 기렸으며, 경술국치 후 망국을 통탄하다 이듬해 별세하다.

「次矗石樓韻」〈『모암유고』 권1, 56b〉 (촉석루 시에 차운하다)

城外長江不盡流	성 밖엔 긴 강이 다함 없이 흐르고
萋萋芳草滿汀洲	이들이들한 방초가 물가에 무성하다
山下有恨佳人石	산하에는 원한 깃든 가인의 바위 있고
天地轍忠壯士樓	천지에는 충심 깃든 장사 누각 있구려
勝敗無常嗟世事	무상한 승패에 세상사가 개탄스럽거니
登臨不敢動詩愁	감당치 못하는 등림이나 시상이 떠오른다
龍蛇往慨渾成夢	임진년의 옛일은 모든 게 꿈같을진대
幸値昇平作此遊	다행히 태평세월 만나 이번 유람해보네

---

12) 頗牧(파목): 조나라 명장 염파(廉頗)와 이목(李牧). 『사기』 권81 「염파인상여열전」.

13) 蜀荊(촉형): 사천성의 촉주(蜀州, 현 숭주시)와 호북성의 형주(荊州).

14) 竿旌(간정): =간모(竿旄). 장대 위에 검은 소의 꼬리를 꽂아 장식한 기.

15) 旄頭(모두): =호성(胡星). 28수(宿) 중의 묘성(昴星)으로, 이 별이 환하게 빛나면 오랑캐가 전쟁을 일으키고, 떨어지면 그 장수가 죽는다고 한다. 『사기』 권27 「천관서」.

○ 권헌기(權憲璣, 1835~1893) 자 여순(汝舜), 호 석범(石帆)

초자 천익(天翊). 산청군 진성(珍城, 현 단성면) 입석리 출생. 부친 권여추(權興樞)의 명으로 과거
문장을 공부했지만 세도가 점차 타락을 보고 성리학 서적을 읽는 데에 전심했다. 단계 김인섭(1827~
1903)과 도의로 교유했고, 만성 박치복(1824~1894)과는 이백의 시를 토론했다. 성채규·권상적·쌍
강 하홍운(1822~1895)·하재문·권재규 등의 추중(推重)을 받았다. 또 소계 류도기(柳道夔)가 단성현
감 재임(1890.10~1892.1) 때 그의 초청을 받고 향교에서 유생들에게 강론했다. 그는 안분당 권규
(1496~1548)의 10세손이고(본서 신석우의 「촉석루연유기」 참조), 손자가 척와 권택용(1903~1987)
이다.

「登矗石樓 次板上韻」〈『석범유고』 권1, 5b〉 (촉석루에 올라 현판시에 차운하다)

萬折蒼波背郭流	푸른 물이 만 번 꺾이며 성곽 등져 흐르고
草深煙靄滿虛洲	풀이 무성하고 안개와 놀이 물가에 그득하네
判熊[1]天地留三士	천하에 의리로 순국하여 삼장사가 전해지고
浮蜃東南奠[2]一樓	동남쪽 신기루 위에 누각 하나 차지했구려
明月佳娥紛度曲[3]	밝은 달 아래 가인은 분주히 곡조 맞추고
夕陽詞客遠生愁	저물녘 시인이 아득히 시름에 빠져들거니
閤鈴[4]四壁渾無事	온 병영에는 도무지 일이 없기로
盡日隨風自作遊	온종일 바람 따라 절로 노닌다

○ 이지호(李贄鎬, 1836~1892) 자 동현(東賢), 호 지남(芝南)

본관 광산(光州). 전라도 능주 신산리(薪山里, 현 화순군 춘양면 대신리) 출생. 시문의 기교를 배격하고
성리학 연구에 침잠했다. 최익현 문하에 나아가 그 문도들과 종유했고, 정의림(1845~1910)·기우만
(1846~1916)과 깊이 사귀었으며, 1892년 화순에서 조광조의 문집을 중간해 배포할 때 힘을 쏟았다.

---

1) 判熊(판웅): 순국. 용어 일람 '웅어' 참조.
2) 奠(전): 정하다. 전접(奠接)의 뜻. 머물러 있을 곳을 정함.
3) 度曲(도곡): 노래 박자, 노래를 불러서 음악에 맞춤.
4) 閤鈴(합령): =영합(鈴閤). 장수가 일을 보는 곳. '鈴'은 적의 접근을 탐지하는 방울.

「題矗石樓」〈『지남집』 권1, 1b〉 (촉석루에 제하다)

矗石江之水	촉석루 강물은
爲誰日夜鳴	누굴 위해 밤낮 우나
千秋三壯士	천추의 삼장사로
無限不平情	편치 않은 마음 끝없어라

○ 송병선(宋秉璿, 1836~1905) 자 화옥(華玉), 호 연재(淵齋)

본관 은진. 시호 문충(文忠). 회덕현 석남리(石南里, 현 대전시 동구 성남동) 출생. 송시열의 9세손으로 동생 송병순(1839~1912)과 함께 백부 송달수에게 배웠다. 빼어난 학행으로 천거되어 서연관·경연관·대사헌 등을 지냈다. 1905년 을사늑약이 체결되자 상소하려다가 경무사 윤철규에게 속아 일본 헌병대에 잡혀 고향으로 이송되자 울분을 참지 못해 음독 자결했고, 문집 외 『동감강목』(1900)이 있다. 옥천 원계(遠溪)를 중심으로 강학을 전개했고, 정봉기·박태형·한유·하우식·조계승(1880~1943) 등이 그의 제자이다. 참고로 송병선과 송병순의 문인록으로 『계산사복록(溪山思服錄)』(1927)이 있다. 아래의 시는 임신년(1872) 9월 촉석루·의기사·의암·창렬사·서장대·호국사 등 임란 유적지를 방문하고 지은 것으로, 본서의 「단진제명승기」(『연재집』 권21)에 자세히 소개되어 있다.

「矗石樓 次板上韻」〈『연재집』 권1, 25b〉 (촉석루에서 현판시에 차운하다)

水抱孤城也自流	강물은 외로운 성을 감싸며 절로 흐르고
秋風立馬夕陽洲	가을바람 맞으며 석양 물가 말 세웠더니
長江不盡英雄淚	남강은 영웅의 눈물이 다함 없고
白日高懸矗石樓	태양이 촉석루에 높이 떠 있구려
天畔烟雲開野色	하늘가 안개구름은 들 빛을 펼쳐내고
月中歌吹摠詩愁	달빛 속 노랫가락이 시 생각 돋우는데
吾生幸際昇平世	내 생애 다행히도 태평세월 만났기에
千里南來作勝遊	천 리 남쪽에서 명승지 유람 즐기노라

○ 장석기(張錫基, 1836~1918) 자 사원(士元), 호 청초(聽蕉)

수동 죽곡리(竹谷里, 현 경북 칠곡군 북삼읍 인평리) 출생. 장현광의 손자로 1665~6년 진주목사를 지낸 난옥 장건(張鍵, 1626~1666)의 7세손이다. 족숙 장복추(1815~1900)의 문인으로 족형이 유헌 장석룡(1823~1908), 족제가 장석신이다. 19세 때 향시에 합격했으나 과거를 포기하고 부모를 극진히 모셨다. 동학혁명이 일어나자 선산의 원당·헌덕리로 이사했다가 1916년 환향했다. 담옥 장승원(1826~1900, 응와 이원조의 사위), 방산 허훈(1836~1907), 강촌 허식, 금산 이능학과 절친했다.

「**矗石樓**」〈『청초집』 권1, 7b〉 (촉석루)

高樓迢遞大江頭	높은 누각이 큰 강가에 높이 솟았고
芳草幽禽喚客愁	숲속 새들이 나그네 근심을 일으킬진대
一代英雄何處去	한 시대의 영웅은 어디로 갔는가
雲空潮落月橫洲	달이 구름 없고 물살 빠진 모래톱에 비꼈어라

○ 권봉희(權鳳熙, 1837~1902) 자 성강(性岡), 호 석오(石梧)

의령군 부림면 신번리(新番里, 현 신반리) 출생. 중부 권병덕(1788~1858)의 엄격한 가르침을 받았고, 처삼촌이 지와 정규원이며, 면암 최익현과 도의로 교유했다. 1870년 급제해 전적·지평·사간 등을 지냈고, 1893년 국정을 농단하던 무녀 진령군을 탄핵하다가 흑산도에 유배되었다. 이때 함께 상소한 안효제(安孝濟)는 추자도로 귀양을 갔다. 이듬해 수찬과 김제군수에 제수되었지만 응하지 않고 낙향한 뒤 가족을 이끌고 삼가 가산(可山)으로 들어가 은거했다. 1896년 신암 노응규(盧應奎)가 함양 안의에서 의병을 일으켜 진주성으로 진격할 때 정재규(1843~1911)와 함께 가담했다. 하강진(2014), 33~34쪽 참조.

「**登矗石樓**」〈『석오집』 권1, 28b〉 (촉석루에 올라)

矗石名何壯	촉석루의 이름난 장사는 누구인가
三忠世所欽	세 충신은 세상의 흠모 대상이어라
春秋吾道大	역사에서 우리 유학은 지대하고
宇宙此江深	우주에서 이 강물은 깊고 깊도다
花落臺巖古	꽃 떨어진 누대와 바위는 오래되었고
城圮[1]歲月侵	성곽 무너진 세월은 빨리도 흘렀나니

巡宣2)與保障	관찰사는 요해처보다
要在結人心	민심 결집에 요점 두네

○ 이헌영(李鑛永, 1837~1907) 자 경도(景度), 호 경와(敬窩)·동련(東蓮)

본관 전주. 서울 출생으로 1870년 급제해 여러 내직과 경기도·경상우도(1882.9~1883.6)의 암행어사, 경상도(1890.12~1893.2)·충청도·평남·경북(1902) 관찰사 등의 외직을 지냈다. 1881년 동래부 암행어사 직함을 갖고 신사유람단 일원으로 일본을 시찰해 1886년 초대 주일공사로 발탁되었고(미실행), 부산항 감리를 지내는 등 개화기 대일 외교에 깊이 관여했다. 당시 시판으로 내걸었다고 한 아래 시는 계미년(1883) 2월 26일 경상우도 암행어사로서 촉석루에 올라 진주 영장·우후, 창원부사·단성현감 등과 풍악을 즐긴 사실(『교수집략』「일기」, 53쪽)과 시집 편차로 보아 그때 지은 것으로 보인다. 한편 한 해 전인 1882년 11월 14일에도 촉석루에 올라 감회를 토로한 적이 있다(『교수집략』「일기」, 19쪽).

「登晉州矗石樓」**揭板** 〈『경와만록』권2, 133쪽〉 (진주 촉석루에 올라) **시판을 걸다.**

晉陽一帶碧江流	진양에 띠를 둘러 푸른 강이 흐르고
江上高樓最勝樓	강가 고루는 가장 빼어난 누각이라
多少風光人莫道	하고 많은 풍광은 말하지 말지어다
忠臣義妓併千秋	충신과 의기가 천추에 나란하거니

○ 이병화(李秉華, 1838~1892) 자 능실(能實), 호 소호(小湖)

본관 함안. 경남 고성군 대가면 송계리(松溪里) 출생. 약관에 이미 향리에서 문명을 떨쳤고, 과거 폐단으로 출사의 뜻을 접은 뒤 은거해 학문을 연마하면서 1889년부터 송병선(1836~1905)과 깊이 교유했다.

---

1) 圮(비): 무너지다. 圯(이, 흙다리)와 다른 자임.
2) 巡宣(순선): 관찰사가 지방에 왕정을 두루 펼침. 『시경』「대아」〈강한〉 참조.

「題矗石樓」〈『소호유고』권1, 37~38쪽〉 (촉석루에 제하다)

滾滾長江萬古流	이엄이엄 남강은 만고에 흐르고
東南形勝晉陽洲	동남의 형승은 진양의 물가로다
孤城往刦餘三版	외딴 성은 옛 전쟁 때 삼판만 남았고
壯士危忠有一樓	장사의 높은 충성은 한 누각에 있었지
嬉戲歌娥終夜樂	노래하는 미인은 장난치며 밤새도록 즐기나
登臨詞客送春愁	시인은 등림하고서 봄을 보내며 근심하는데
眠花啼鳥昇平世	꽃이 잠들고 새 우는 태평한 세상이라
都屬笙筎日日遊	생황 피리에 모두 내맡기고 날마다 노니네

○ 김시후(金時煦, 1838~1896) 자 내화(乃和), 호 오우재(五友齋)

본관 선산. 거창군 가조면 대초리(大楚里) 출생. 홍직필의 제자인 조성태(趙性泰)의 사위이자 문인이고, 아들 김회석(1856~1932)의 처조부인 박희전(1803~1888)에게도 배움을 질정했다. 도산서원에서 오랫동안 우거했고, 박식한 학문으로 고을의 향음주례와 유림 모임을 주도해 명망이 높았다.

「矗石樓 次三壯士韻」〈『오우재집』권1, 1a~b〉 (촉석루에서 삼장사를 차운하다)

嗟晚吾生未四士	아, 내 늦게 태어나 제4의 장사 아니나
昔江之水尙今水	옛 강물은 지금도 강물 그대로다
停盃淚說當年事	잔 들다가 눈물로 그때 일을 말하노니
千古斯樓有一死	천고의 이 누각에 한 번 죽음이 있었네

○ 이태현(李泰鉉, 1838~1904) 자 원서(元瑞), 호 춘탄(春灘)

본관 강양(합천). 합천군 초계면 무릉리(武陵里) 출생. 16세 때 「오륜가」를 지어 스스로 권면해 명성이 알려졌고, 1876년 막내동생 시암 이직현(1850~1928)과 함께 기정진의 문인이 되었으며, 동문인 조성가·정재규 등과 절친했다. 1898년 진주 선화당과 낙육재의 기문을 지었고, 1902년 『노사집』을 재간해 당시 삼가에 머물던 최익현으로부터 축하를 받았다. 이 시의 창작 시점은 조시영의 경상남도 관찰사 재임(1897~1899) 때이다. 아울러 진주성 경내의 조시영 선정비(1899) 비명은 그의 작품이다.

「同曺觀察始永·權校理鳳熙 登矗石樓」〈『춘탄집』 권1, 3b〉(관찰사 조시영,
　　교리 권봉희와 함께 촉석루에 올라)

濫水溶溶萬古流	맑은 강물이 넘실넘실 만고에 흐르고
晉陽形勝此中洲	진양의 빼어난 경치는 이곳 물가일지니
西風長灑英雄淚	서풍에 영웅의 눈물을 길게 뿌리고
南國尤高矗石樓	남쪽 고을에 촉석루가 더욱 높아라
大野平浮芳草色	너른 들에는 꽃다운 풀빛이 평평하게 떠 있고
危巖猶帶落花愁	아찔한 바위에는 낙화 근심이 아직도 띠었는데
曲江嘯詠令公1)事	곡강에서 영공의 일 읊조리고는
徙倚欄干賦遠遊	난간 바장이며 원유부를 지어보네

○ 손상호(孫相浩, 1839~1902) 자 경우(敬佑), 호 경암(敬菴)

본관 월성. 울주군 두동면 삼정리(三政里) 출생. 생업은 두 형에게 의지하고서 부지런히 공부했으나 일그러진 과거 시험의 병폐를 개탄하고는 뜻을 접었다. 1891년 연재 송병선에게 집지하고서 배알했다. 이해 3월에 송병선이 경주·반구대 등지를 유람할 때 동행했고, 또 스승이 지어준 당호 '敬'을 평생 학문과 수양의 요체로 삼았다. 특히 구양수의 시를 좋아했다.

「矗石樓」〈『경암일고』 권상, 2b〉(촉석루)

水抱孤城也自流	물이 외딴 성을 감싸며 절로 흐르는데

―――――――――

1) 令公(영공): =영감(令監). 경상도 관찰사 조시영(1843~1912)을 지칭함.

秋風立馬夕陽洲	가을바람 맞으며 석양 물가에 말 세웠다
昔時戰亂臣殉國	옛 전란 때 신하들이 순국했고
今日昇平客上樓	오늘 태평한 때 나그네가 누각 오르니
滿眼烟霞開遠野	눈 가득한 안개와 놀은 먼 들판에 깔려 있고
當樽筎皷滌塵愁	술자리 어울리는 풍악이 세상 근심 씻어주네
吾生晩到龍蛇後	내 늦게 태어나 용사년 뒤에 당도했거늘
曠感悠悠未勝遊	아련히 세상 드문 감회로 멋진 유람 못하겠다

○ 최경한(崔瓊漢, 1839~1908) 자 천익(天翼), 호 삼어(三於)

본관 흥해. 거창군 가조면 부산리(釜山里, 현 일부리 부산마을) 출생. 중부 최도기에게 수학했고, 1887년 이후 안의 삼청동에서 자연을 벗하며 시국에 대한 강개한 마음을 달랬으며, 변영규·곽종석(1846~1919)·허유 등과 교유했다. 이 시가 수록된 『삼어유고』(『곡강세고』 권4 수록) 중 「답진주통문」은 명성황후 시해와 단발령 조치로 국권이 무너짐을 개탄하면서 삼장사와 의기의 순국 정신을 본받아 의병 봉기를 촉구하는 내용을 담고 있다.

「矗石樓 次申菁川1)韻」〈『삼어유고』, 3b〉 (촉석루에서 신청천의 시에 차운하다)

晉陽江水向東流	진양 강물은 동쪽을 향해 흐르고
日暮長天鷺下洲	해 지자 하늘에서 백로가 내려앉네
萬古貞忠三壯士	만고에 곧은 충정이 빛나는 삼장사
八年風雨一高樓	팔 년간 비바람 몰아친 한 높은 누각
至今不絶佳人恨	지금껏 가인의 원한은 끊이질 않고
從古常多遠客愁	예부터 나그네 근심이 늘 많았도다
第觀湖山詩思發	다만 강산을 볼 제 시 생각이 떠오르나니
男兒五十始南遊	남아 쉰 살에 처음으로 해 보는 남유일세

---

1) 菁川(청천): 남강의 원래 이름이고, 신유한의 호 '靑泉'과 혼동한 것임.

○ 송병순(宋秉珣, 1839~1912) 자 동옥(東玉), 호 심석재(心石齋)

본관 은진. 충청도 회덕현 석남리 출생. 을사늑약 때 순절한 형 송병선과 함께 백부 송달수(1808~
1858)에게 학문을 배웠으며, 그 뒤 송근수와 외할아버지에게 배웠다. 1903년 고종이 홍문관서연관으
로 임명했으나 친일파의 반대로 등용되지 못했고, 1905년 을사늑약이 체결되자 11월 「토오적문(討五
賊文)」을 지어 전국 유림에게 배포했다. 이후 영동군 학산면에서 문인들에게 독립사상을 고취시켰고,
1912년 일제가 경학원 강사로 천거하자 거절한 뒤 유서를 남기고 음독 자결했다. 이 시는 임인년
(1902) 2월 16일부터 41간 김회석·정록겸 등과 지리산 일대를 유람하던 중 3월 11일 진주성에
들러 고적을 둘러볼 때 지었다. 송병순, 「유방장록」(『심석재집』 권12)과 「연보」(『심석재집』 권35,
8b) 참조.

「矗石樓 次板上韻」〈『심석재집』 권3, 40a~b〉 (촉석루에서 현판시에 차운하다)

抱郭長江曲折流	성곽 안고서 긴 강물이 굽이쳐 흐르고
一邊錦障1)一邊洲	한쪽은 비단 병풍, 한쪽은 모래톱이네
痛洗兵塵開巨鎭	전란을 말끔히 씻은 뒤 거진을 열었고
可攀天柱出高樓	하늘 기둥 매단 듯이 높은 누각 솟았다
烈廟爭看懸日炳	창렬사는 다투어 창공의 해처럼 빛나고
義巖尙帶落花愁	의암은 여전히 낙화의 근심을 띠었거늘
龍蛇往迹憑誰問	용사년 옛 자취는 누구에게 물어보나
但有漁翁伴鷺遊	어부만이 갈매기를 벗하며 노닐 뿐

○ 조성인(趙性仁, 1839~1925) 자 계맹(繼孟), 호 만절당(晚節堂)

본관 함안. 경남 함안군 군북면 우계리(愚溪里) 출생. 대소헌 조종도의 후손으로 친족 간에 우애를
중시했고, 성리학에 매진하여 가학(家學) 밝히는 것을 소임으로 여겼다. 은병 조규에게 수학하면서
성재 허전(1797~1886)에게 예를 물었다. 이근지, 안정한, 조정규 등과 절친했다.

「矗石 次板上韻」〈『만절당유집』 권1, 8b~9a〉 (촉석루에서 현판시에 차운하다)

長江一帶抱城流	긴 강 한 줄기가 성을 감싸며 흐르고

---

1) 錦障(금장): 비단 장막. 병풍처럼 둘러싼 아름다운 산들을 말함.

鷗鷺浮沈洗劍洲	갈매기 백로가 칼 씻은 물가 출몰하네
三壯大名留此地	삼장사 큰 이름은 이곳에 전해지고
千秋形勝最高樓	천추에 형승으로는 높은 누각 으뜸이라
管聲暖動昇平像	풍악소리는 은은히 태평한 모습 자아내고
巖色凄含舊日愁	바위 색깔은 처량히 옛 슬픔을 머금었네
岸竹汀蘭遙入望	언덕 대와 물가 난초가 멀리 보이는데
幾人到此作遨遊	몇 사람이나 이곳에서 즐거이 노닐었나

○ 안종덕(安鍾惪, 1841~1907) 자 태로(兌老), 호 석하(石荷)

본관 광주. 초명 언택(彦澤). 세거지가 밀양 초동면 금포리(金浦里)이나 산외면 금곡리(金谷里) 교제
(僑第)에서 출생. 청송군수 재직 중 관아에서 별세했으며, 묘는 초동 금포리 두암(斗巖)마을에 있다.
성재 허전의 문인으로 1882년 진사시 합격해 선공감 감역을 시작으로 평리원 검사, 영덕현감, 흥해군
수(1891), 울산부사(1894.9~1895.9), 비서원 승, 전남 순찰사(1904), 청송군수(1905~1907) 등
내외 요직을 거쳤다. 특히 중추원 의관으로서 1904년 6월 대한제국의 관료 부패 현상을 광범위하게
지적하며 시국에 대한 임금의 안일한 태도를 문제 삼는 만여 자의 소를 올렸다. 『고종실록』에 상소문
전문이 실려 있고, 황현은 『매천야록』 권4에 간추려서 수록했다. 하강진, 「밀양고전문학사의 전개」,
『밀양문학사』(밀양문학회 엮음), 두엄, 2018, 86~88쪽 참조.

「矗石樓 次板上韻」〈『석하집』 권1, 4a〉(촉석루에서 현판시에 차운하다)

江水悠悠不肯流	강물은 유유히 흐르려 아니하고
孤城猶對古汀洲	고성은 아직도 옛 물가 마주했는데
北風忽起張巡廟	북풍이 장순 사당에 갑자기 불어오고
明月長留庾亮樓[1]	밝은 달이 유량 누각에 길이 머물도다
太守有情頻勸酒	태수가 정이 있어 자주 술을 권할진대
恨人無事自生愁	한스러운 사람은 일없이 절로 수심겨워라
芳蘭叢竹知何處	향기로운 난초와 대숲은 어드메냐

---

1) 庾亮樓(유량루): 유량(庾亮) 장군의 누각. 이하진(1628~1682) 시의 각주 '元規(원규)' 참조.

四十年來此一遊   사십 년 만에 찾아온 이곳 유람일세

○ 백봉수(白鳳洙, 1841~1911) 자 순서(舜瑞), 호 경야(經野)

전북 완주군 비봉면 출생. 백인걸 후손으로 10세 때 부친을 여읜 뒤 농사와 공부를 병행하다가 1871년 전주 공도회시에 합격했다. 1875년 서울 회시에서 낙방한 뒤 이듬해 고산 임헌회(1811~1876)를 찾아가 사숙했다. 1882년 봄 진사시에 겨우 합격했으며, 또 가을에는 「삼정책」이 채택되었다. 제중원 주사·부사과·감찰·형랑·비서원 승(1905) 등을 지냈고, 일찍이 한장석(1832~1894)과 시폐를 논하기도 했으며, 곽종석이 신도비문을 찬했다.

「登晉州矗石樓」〈『경야당유고』, 44b〉(진주 촉석루에 올라)

不盡長江滾滾流	다함 없는 긴 강이 넘실넘실 흐르고
登臨使我感千秋	등림하니 천추의 감회 불러일으키는데
將軍佳句空悲壯	장군의 훌륭한 시는 하염없이 비장하고
烈妓香詞更絶幽	기녀의 향기로운 말은 한층 그윽하구려
殘日依山明古堞	석양이 기댄 산에 옛 성가퀴 뚜렷하고
寒雲滿地逈孤樓	찬 구름 가득한 땅에 외딴 누각 멀진대
風塵往刼多遺恨	지난 풍진으로 남은 한이 많거늘
欲向虛洲問白鷗	빈 물가 향해 백구에게 물어보련다

○ 이상돈(李相敦, 1841~1911) 자 내희(乃熙), 호 물재(勿齋)·남총(南叢)

본관 재령. 진주 사봉면 봉대리(鳳坮里) 출생. 여러 번 과거에 응시했으나 자신의 뜻에 합당하지 않자 곧바로 허전(1797~1886)의 문인이 되었다. 곽종석(1846~1919)·윤주하(1846~1906) 등과 교유했고, 특히 예학에 밝았다.

「矗石樓」〈『물재집』 권1, 1a〉(촉석루)

晉陽城石嵬	진양의 성벽 돌은 높다랗고

飛閣半空開	높은 누각은 중천에 통하나니
戰跡隨雲捲	전쟁 자취는 구름 따라 걷혔고
江聲帶月來	강물 소리는 달빛 띠고 들려오네
紅塵四海展	홍진의 온 세상을 유람하며
黃菊九秋盃	황국 피는 가을에 마시는 술
最是多情者	참으로 정겨운 건
沙鷗去復回	가다가 다시 돌아오는 갈매기

○ 장석신(張錫藎, 1841~1923) 자 순명(舜鳴), 호 과재(果齋)·춘관(春觀)

인동 각산리(角山里, 현 칠곡군 기산면 소재) 출생. 장석영(1851~1926)의 형이고, 장남이 장희원 (1861~1934)이며, 족대부 장복추(1815~1900)에게 학문을 배웠다. 1894년 급제해 여러 내직을 거친 뒤 1901년 중추원 의관 때 흉년 대책을 상소했으며, 1905년 을사늑약 철회와 5적 처형을 상소했다. 경술국치 후 이름을 '동한(東翰)'으로, 호는 '일범(一帆)'으로 고치고는 가야산과 신안의 파곡(巴谷) 등지에서 은거했다. 또 김천 진흥산 속으로 이주해 소요하다가 1923년 고향으로 돌아온 뒤 별세했다. 아래의 첫째 시는 계묘년(1903) 봄 남명집 출간 일로 진주에 들렀다가 지었고, 둘째 시는 계묘년(1903) 10월 4일 지리산을 유람하고 귀가하던 중 이도묵·이상규·안희제 등과 함께 촉석 루에서 이황 시를 차운해 지은 것이다. 하강진, 「백산 안희제의 가학전통과 유람시」, 『역사와 경계』 102호, 부산경남사학회, 2017.3 참조.

「矗石樓」〈『과재집』 권1, 14a~b〉 (촉석루)

滾滾長江不盡流	넘실대는 긴 강은 끝없이 흐르고
層城萬屋泛汀洲	겹겹 성과 가옥들 물가에 떴는데
千重關隘1)開新府2)	천 겹 요충지에 새로운 관부 열었고
百戰山河有古樓	백전 산하에 고풍의 누각이 있구려
廟栢雲沈留毅魄	구름 음침한 사당의 잣나무엔 굳센 기백 머물고
嵒花雨打濕紅愁	비 몰아치는 바위 꽃에는 붉은 수심이 서려 있다

---

1) 關隘(관애): 군사 요충지, 곧 옛 우병영. '關'은 관문. '隘'는 성채.
2) 新府(신부): 1896년 설치된 경상남도 관찰부. 이순용(1869~1933)의 시 각주 참조.

| 晉陽佳麗平生夢 | 아름다운 진양은 평생의 꿈이었거늘 |
| 白首東風此一遊 | 늙은이가 봄바람 부는 이곳에서 즐기네 |

「矗石樓」(가제) 〈『남유록』, 106쪽〉 (촉석루)

退陶夫子曾題咏	퇴계 선생이 일찍이 시를 읊어
東國皆知此一樓	동국에서 이 누각 모두 알고 있지
又有佳人壯士死	또 가인과 장사가 순국하였나니
無窮藍水菁川流	남수와 청천이 끝없이 흐르구나
城頭暮角鳴相應	성 위에 저녁 나팔소리가 호응하고
海畔群山細欲浮	강가에는 산들이 가물가물 떠 있는데
踏盡江南三百里	남방 삼백 리를 차례차례 밟아왔더니
西風長簜下汀洲	서풍이 대자리 아래 물가로 부는도다

○ 김영조(金永祚, 1842~1917) 자 오겸(五兼), 호 죽담(竹潭)

본관 김해. 초명 정오(正五). 산청 장계리(長溪里, 현 차황면 장위리) 출생. 일찍이 부친 김하서(金河瑞)의 명으로 과거 시험에 나간 적 있으나 뜻을 접고 학문에 정진했다. 임인년(1902) 여름 최익현을 종유해 해인사, 쌍계사를 유람하면서 시문을 창화했다. 1905년 송병선이 순국하자 아들을 보내 대신 조문했고, 1912년 송병순이 순국하자 그의 유집 간행을 적극 주선했다. 만년에 죽담정사를 지어 제자들을 길렀다.

「登矗石樓 次板上韻」 〈『죽담집』 권1, 9b~10a〉 (촉석루에 올라 현판시에 차운하다)

晉陽江水古今流	진양의 강물은 고금에 흐르나니
頹堞荒涼洗劒洲	헐린 성가퀴는 황량하고 칼 씻은 물가라
文明日月三千里	문명의 일월이 삼천리를 밝히고
大觀風煙第一樓	누관의 경치가 제일인 누각인데
忠魂不死碧波咽	충혼은 죽지 않아 푸른 물결이 흐느끼고
義魄如啾芳草愁	의백이 슬피 우는 듯 방초가 시름겨워라

晚怯胡笳多感慨　　저물녘 두려운 피리소리에 느꺼움이 많거늘
傍人休說得優遊　　사람들은 마음 편히 논다고 말하지 마오

○ 정재규(鄭載圭, 1843~1911)

자 후윤(厚允), 호 노백헌(老栢軒)·애산(艾山)

본관 초계. 합천 삼가현 물계리(勿溪里, 현 쌍백면 육리 묵동마을) 출생. 이후 가회면 감암동(1876), 율곡면 방동(1877), 삼가면 송곡(1883)·토동·구목동(1895)으로 이거했다. 22세 때 기정진(1798~1879)의 제자가 되었고, 을미사변·단발령 등 국난을 목격하면서 위정척사를 실천했으며, 1896년 의병을 일으킨 뒤 호남으로 피신했다. 스승의 손자 기우만, 허유, 이진상, 곽종석, 이승희, 최익현 등과 교유했다. 제자로 정면규(1850~1916), 권운환, 권재규, 권봉현, 이교우, 최병식, 최덕환, 정기, 남창희, 류원중, 전기주, 민용혁, 이정수, 이인호 등이 있다. 초취 장인이 진정범(1813~1864)이다. 아래의 시는 작품 편차와 연보를 참고할 때 기해년(1899) 2월에 지은 것이 확실하다. 당시 금산에 들어가기 전 촉석루와 진주 와룡동에서 묵은 사실이 다른 시를 통해 확인되기 때문이다.

「登矗石樓」〈『노백헌집』 권2, 18a〉(촉석루에 올라)

矗石千年尙有樓　　촉석루는 천년토록 언제나 그대로
汾陽江水至今流　　진양 강물은 여태 흐르고 있나니
臨流底事深深[1]見　　물에 이르면 어째서 깊이 보게 되는가
化碧忠魂洗未休　　강직한 충혼은 씻겨도 사라지지 않나니

---

1) 深深(심심): 깊고 깊은 모양.

○ 조시영(曺始永, 1843~1912) 자 치극(稚克), 호 후계(後溪)

김산(金山) 봉계리(鳳溪里, 현 김천시 봉산면 인의리 봉계마을) 출신. 매계 조위(1454~1503)의 12세 손으로 조진만의 아들이나 백부 조진구에게 입양되었다. 1882년 문과 급제 후 내직인 수찬·동부승지·중추원 의관 등과 여산부사·고령군수 등의 외직을 역임했고, 갑오농민전쟁 때 경상도 소모사로 활약했다. 또 경상남도 관찰사(1897.4~1899.7 재임) 때 진주에 약령(藥令)을 설치했고, 1898년 가을에는 진주 낙육재(樂育齋)를 창건했다. 아래 시들은 관찰사 당시에 지은 것이다. 이 중 정광현이 편찬한 『진양지속수』 권1 〈촉석루〉조에 수록되어 있는 첫 번째 시는 이태현(1838~1904)의 「차촉석루판상운」(『춘탄집』 권1, 3b)과도 같은데, 단지 제5행의 '營'이 '城'으로 다를 뿐이다. 이태현은 해당 시의 제목 끝에 관찰사 조시영을 대신해 지은 것이라는 주석을 부기해두었다.

「矗石樓韻」〈『후계집』 권4, 102쪽〉(촉석루 운)

灆水澄澄抱郭流	맑은 물이 넘실대며 성곽 안아 흐르며
沙鷗翔集洗兵洲	갈매기 모여드는 병기 씻은 물가로다
東方休運於千歲	우리나라 좋은 운세로는 천년이고
南國名區第一樓	남국의 명승지로 제일의 누각이라
依舊營中垂柳色	예대로 병영에 수양버들 빛 드리우고
至今江上落花愁	지금도 강가에 지는 꽃이 근심스럽다
繭絲保障皆吾責	견사보장은 모두 내 책임이거니와
肯作詩人汗漫遊	어찌 시인되어 너절한 놀이 즐기랴

「矗石樓 與泗川郡守宋徽老[1]賦」〈『후계집』 권4, 105~106쪽〉(촉석루에서 사천군수 송휘로와 함께 짓다)

檻外長江日夜東	난간 밖에 긴 강이 밤낮에 동으로 흐르고
汾陽形勝見聞同	진양의 빼어난 경치는 소문대로 한가지로다
條條[2]巷柳饒新綠	골목 버드나무는 가지마다 신록이 우거지며
朵朵[3]城花戀舊紅	성내 꽃은 송이마다 옛 붉음을 잊지 않았는데

---

1) 宋徽老(송휘로): 충북 음성현감(1889.6~1892.8), 경남의 곤양군수(1892.8~1895.3)와 사천 군수(1895.3~1900.3)를 역임했다. 『고종실록』〈1899.4.11〉에 관찰사 조시영이 사천군수 송휘로의 치적을 살핀 뒤 그의 유임을 건의해 허락을 받았다고 했다.

2) 條條(조조): 가지마다. 질서가 잡힌 모양. '條'는 가지. 조리.

刺史故留看夜月	관찰사는 짐짓 머물며 밤하늘 달을 구경하고
使君遲發賦春風	군수는 늦게 떠나면서 봄바람 시를 짓노라
汾陽卽事斯爲盛	진양의 눈앞 일들이 이렇듯 성대하노니
繕寫⁴⁾琅玕⁵⁾示不忘	시를 잘 지어 잊지 말라는 뜻을 보이네

「與趙茂朱⁶⁾^{性熹} 登矗石樓」〈『후계집』 권4, 106쪽〉 (무주부사 조성희와 더불어
　　촉석루에 올라)

春城物色過淸明	봄날 성의 풍물은 청명절이 지난지라
花信從今恐或輕	꽃 소식이 이제부터 혹 적어질까 두렵네
汾上樓臺逢故友	진양 누대에서 옛 친구를 만났더니
湖南州郡有治聲	호남 고을에서 치적 명성이 있었네
風前術樹扶持立	바람 앞에 가로수가 꿋꿋이 버티고 섰으며
雨後原菲狼藉生	비 온 뒤 언덕 채소는 흐드러지게 자랐는데
强進行盃歌不侑	억지로 술잔 건네되 노래는 권하지도 않고
緣吾髮白妓無情	내 백발 때문인지 기녀조차 뜻이 없구려

「登矗石樓」〈『후계집』 권4, 108쪽〉 (촉석루에 올라)

官妓纖歌曖小屛	관기의 섬세한 노래가 병풍을 다스하게 하고
汀洲樹色忽生冥	물가 나무 빛깔에 갑자기 어둠이 생겨나는데
抱郭東流一水白	성을 감싸며 동으로 한 줄기 흰 물이 흐르며
當軒南出數峯靑	처마 마주해 남쪽으로 두어 푸른 산이 솟았네
故人筇屐優遊地	친구는 여행하며 한가함을 즐기노니

---

3) 朶朶(타타): 꽃이 많이 모인 모양. 많은 가지. '朶'는 늘어지다. 나뭇가지.

4) 繕寫(선사): 잘못을 바로잡아 다시 베껴 쓰는 것.

5) 琅玕(낭간): 아름다운 문장. 옥 비슷한 아름다운 돌. '琅'과 '玕'은 옥돌.

6) 茂朱(무주): 조성희는 1894년 3월부터 9월까지 무주부사(茂朱府使)를 지냈다. 이보다 앞서
　　동복현감, 임실현감, 태인현감, 목천현감, 옥천군수(1892.10~1894.3)를 거쳤다.

幾處風烟名勝亭　　경치 빼어난 누정은 얼마나 있던고

鄕里親知罕相見　　고향 친지도 거의 서로 보지 못할진대

浮生落落等晨星[7]　뜨내기 인생은 뚝 떨어져 새벽별과 같구려

○ 최기룡(崔基龍, 1843~1913) 자 찬서(贊瑞), 호 죽파(竹坡)

본관 경주. 광주광역시 유등곡(현 대촌면) 지산리 출생. 소담 최유환(1825~1896)의 장남으로 기우만 (1846~1916)과 절친했다. 주자(朱子)의 글을 즐겨 읽었고, 갑신정변을 계기로 과거를 접었으며, 동학도를 반대했다. 1902년 화순 백운산으로 이거한 뒤 1906년 스승 면암 최익현이 순창에서 의병을 일으키자 가담했다. 이 시는 저자가 면암을 배종해 촉석루에 등림한 사실로 볼 때 임인년(1902)에 지은 것이 분명하다.

「矗石樓 陪勉菴先生 用退溪先生韻」〈『죽파유고』 권1, 7a〉 (촉석루에서

　　면암〈최익현〉 선생을 모시고 퇴계 선생의 운을 쓰다)

陪從杖屨趁高秋　　선생을 모시고 나선 늦가을

千里初登矗石樓　　천릿길 처음 촉석루에 이르렀나니

壯士名高星北極　　장사의 명성은 북극성보다 높으며

佳人淚和水東流　　가인 눈물은 물과 함께 동으로 흐르고야

長江滿地瀨光積　　긴 강이 대지에 가득 차 맑은 빛 쌓여 있고

老木參天黛色浮　　늙은 나무는 하늘 찔러 검푸른 빛 떠 있거늘

仰古俯今無限恨　　고금을 회고할 제 끝없는 한으로

龍蛇往蹟問空洲　　용사년 옛 자취를 빈 물가에 물어본다

---

7) 새벽에 별이 드문드문 보이는 것처럼 친구가 점차 적어짐을 비유하는 '신성낙락(晨星落落)'이라는 성어가 있다. '落落'은 드문드문한 모양. 쓸쓸한 모양. 뜻이 큰 모양.

○ 오계수(吳溪洙, 1843~1915) 자 중함(重涵), 호 난와(難窩)

본관 나주. 노사 기정진(1798~1879)의 문인이다. 처음부터 벼슬을 마다하고 학문에 전념했고, 1896년 기우만(1846~1916)이 나주에서 의병을 일으키자 가담했으며, 경술국치 이후 두문불출하던 중 일제의 은사금을 거절해 일본 헌병에게 붙잡혀 갖은 고초를 겪으면서도 끝내 굴하지 않았다. 시제의 '原韻'은 김성일의 「촉석루일절」을 말한 것이다.

「次矗石樓原韻」〈『난와유고』 권2, 13a〉 (촉석루 원시에 차운하다)

憶昔龍蛇三壯士	옛 용사년 삼장사를 생각건대
將身一擲長江水	몸을 일제히 던진 장강 물이어라
試看白馬寒潮漲	백마 타고 불어난 찬 물결을 보노니
萬古忠魂凛不死	만고에 충혼이 늠름하여 죽지 않았네

○ 이도묵(李道默, 1843~1916) 자 치유(致維), 호 남천(南川)

본관 성주. 경순공주(태조 3녀) 남편인 개국공신 이제(李濟)의 후손으로 진주 남사리(南沙里, 현 산청군 단성면 소재) 출생. 월연 이도추의 친형으로 일찍이 재종조부 월포 이우빈(1792~1855)에게 수학했고, 양친을 여읜 뒤 성리학에만 몰두했다. 1904년 진주 낙육재 재장(齋長)이 되어 대원암에서 『주자어류』 중간을 주도했고, 1914년에는 혜산 이상규(1846~1922) 등과 진주 대평에 도통사(道統祠, 1995년 내동면 유수리 이건)를 창건했다. 이 작품은 계묘년(1903) 10월 4일 지리산을 유람하고 귀가하던 중 장석신·이상규·안희제 등과 함께 이황의 촉석루 시를 차운한 것으로, 그의 『남천집』에는 수록되지 않았다.

「矗石樓」(가제) 〈장석신, 『남유록』, 106~107쪽〉 (촉석루)

錦囊卅六1)掛空壁	이치 담긴 시 주머니가 빈 벽에 걸렸고
第一江山第一樓	제일강산에 누각도 제일이어라
方丈神仙來下界	지리산 신선이 속세에 내려왔으며
汾陽城郭泛中流	진양 성곽은 강 가운데 떠 있거늘
紛紅萬落肩相接	왕래 빈번한 온 촌락은 어깨 서로 잇대었고

---

1) 삽륙(卅六): =36궁(宮). 『주역』 64괘와 같고, 대자연의 순환하는 이치를 뜻함.

羅絡羣巒勢欲浮	얽히고설킨 뭇 산은 형세가 뜨려는 듯한데
指点斜陽無限意	석양을 가리키며 끝없는 생각에 젖을지니
數聲漁笛起長洲	몇 가닥 어부의 피리소리 물가에서 나도다

○ 육용정(陸用鼎, 1843~1917) 자 치우(致禹), 호 의전(宜田)

초명 재곤(在坤). 충북 옥천군 청성면 능월리 출생. 고산 임헌회(1811~1876)의 문인이고, 김윤식·김택영·정교·황필수 등과 교유했다. 1894년 입양한 조카 육종윤(1863~1936, 갑신정변 가담)의 주선으로 서오릉 참봉에 제수되어 상경했다. 2년 뒤 아관파천으로 육종윤이 유길준, 박영효 등과 함께 일본으로 망명하자 관직을 접고 서울에서 은거했다. 경술국치 이후 향리에 머물며 그간의 시문을 정리한 것을 1912년 보성사에서 『의전시고』, 『의전속고』, 『의전문고』, 『의전기술』 이름으로 간행했다. 참고로 육종윤의 막내동생 육종관(1893~1965)은 옥천 대지주였고, 박정희 전 대통령의 장인이다.

「次晉州矗石樓懷古韻」〈『의전속고』, 49b〉(진주 촉석루 회고시에 차운하다)

晉陽城外大江流	진양성 너머로 큰 강이 흐르는데
萬古長歌此古洲	만고의 유장한 노래 있는 옛 물가라
三將英魂鳴急瀨	삼장사의 꽃다운 넋은 거센 여울에 울어대고
一姬特節競高樓	한 미인의 우뚝한 절개는 높은 누각과 다투네
名區縱使今人樂	이름난 땅이 오늘날 사람을 즐겁게 할지라도
志士猶含往事愁	지사는 오히려 옛일로 근심에 잠기거늘
生長太平何所識	태평한 시절 생장하여 무엇을 알까마는
等閒不絶載樽遊	끊임없이 술통 싣고 와서 너절히 노니네

○ 나영성(羅永成, 1843~1926) 자 찬겸(讚謙), 호 죽우(竹宇)

본관 나주. 합천군 대양면 양산리(陽山里) 출생. 김낙운 문하에서 사랑을 받았고, 부모의 병 구환을 위해 의술을 직접 배우는 등 평생 효성을 자신의 임무로 삼았다. 또 때때로 명현인 노백헌 정재규(1843~1911)·시암 이직현(1850~1928)과 도의로 강마했다.

「矗石樓有感」〈『죽우유고』권1, 8b〉(촉석루에 느낌이 있어)

晉陽千載大江流　　　진양에 천 년 동안 큰 강이 흐르는데

壯士佳人歷歷洲　　　장사와 가인의 자취가 물가에 뚜렷하네

野夫磨洗沈沙戟　　　농부는 모래에 묻힌 창을 갈고 닦고

騷客徘徊化碧樓　　　시인은 충정어린 누각을 배회하노니

東國衣裳顚倒[1]恨　　　동국의 의복이 뒤바뀌어 한스러우며

南方豹虎古今愁　　　남방 승냥이는 고금에 걱정거리로다

伊昔元戎馳馬處　　　저 옛날에 장군이 말 달린 곳이건만

春深芳草鹿麋遊[2]　　　봄 깊어가는 방초에 사슴이 노니네

○ 김현옥(金顯玉, 1844~1910) 자 풍오(豐五), 호 산석(山石)

본관 김해. 진주 문산읍 갈곡리(葛谷里) 출생. 18세 때 부친 김칠식(金七植)을 따라 산청 아촌(鵝村) 봉리(鳳里), 현 금서면 신아리)로 이거했다. 1857년 부친 사후 삼장면 대포리로 이사해 민재남(1802~1873)을 따르며 경학과 예학에 침잠해 칭찬을 들었다. 이 무렵 기정진(1798~1879)의 제자가 되어 '수지이우(守之以愚)' 넉 자를 받았고, 임헌회·송병선·최익현도 배알했다. 또 조성가, 정재규, 최숙민, 민치량, 농산 정면규, 권운환, 정의림 등과 강학계를 맺어 학문을 심화했다. 갑신정변 이후 하동 적량의 율곡(栗谷)마을에 우거하면서 남호 강영지·이병헌 등의 동지들과 소학강회(小學講會)를 결성해 1901년 4월 덕은리에 악양정을 중건했다. 『악정지(岳亭誌)』(1909); 문진호, 「화악일기」; 하강진, 「백산 안희제의 가학전통과 유람시」, 『역사와 경계』102호, 부산경남사학회, 2017, 258쪽 참조.

「矗石樓 次板上韻」〈『산석집』권1, 3b〉(촉석루에서 현판시에 차운하다)

英雄名與大江流　　　영웅의 명성은 큰 강과 더불어 흐르는데

俯仰傷心折戟洲　　　바라보니 마음 아프게도 창 부러진 물가로다

至今不轉佳人石　　　지금도 가인의 바위는 구르지 않고

---

1) 衣裳顚倒(의상전도): 의상을 바꿔 입음. 해괴망측한 사건이 발생했다는 말인데, 여기서는 일본 문화의 침투를 뜻함. 명나라 유기(劉基), 「양보음(梁甫吟)」, "귀 밝은 이를 귀먹었다 하고 미친 자를 지혜롭다 하며 / 의상을 거꾸로 입고서 가시밭길을 걷는다네[以聰爲聾狂作聖, 顚倒衣裳行荊藜]".

2) 鹿麋遊(녹미유): 사슴들이 뛰놂. 인걸이 사라진 슬픈 현장을 비유함. '麋'는 큰 사슴.

終古相傳壯士樓	예부터 장사의 누각을 서로 전하네
范老1)先憂天下事	범중엄은 천하의 일을 먼저 걱정했으며
漆婺2)空作世間愁	칠실 여인은 세상 근심 쓸쓸히 나타냈지
吊戰場文3)誰復續	조고전장문을 누가 다시 이어가랴만
晚風簫鼓作仙遊	저녁 바람에 풍악 울리며 선유 즐긴다

○ 문성호(文成鎬, 1844~1914) 자 응칠(應七), 호 규재(奎齋)

장흥부 용계방(龍溪坊) 내동리(內洞里, 현 전남 장흥군 부산면 금자리 효자마을) 출생. 정유재란 때 전라병사 이복남의 중군(中軍)이 되어 남원성전투에서 순절한 농재 문기방(文紀房) 장군의 9세손이다. 11세 때 동향의 미천 이권전(1805~1887)에게 경전을 배웠고, 이후 학남 김우의 장인인 만졸재 강우영(1808~1873)의 문인이 되었으며, 1899년 연재 송병선(1836~1905)에게도 배움을 청했다. 25세 때 처음으로 서울에 올라가 십여 년 동안 명사들과 교유하며 과거 시험에 아홉 번을 응시했으나 실패했고, 만년인 1900년 이후 헌릉참봉과 중추원 의관에 제수되었다. 선조 삼우당 문익점(1331~1400)과 문기방을 현창하는 일에 열정을 쏟았다. 「이력일기」(『규재집』 권1) 참조.

「登矗石樓吟」〈『규재집』 권2, 16a〉 (촉석루에 올라 읊다)

晉陽城下水東流	진양성 아래는 강물이 동으로 흐르는데
往刼烟塵落遠洲	옛날 전란 먼지가 휩쓴 아득한 물가로다
義氣誰歸三壯士	의기는 삼장사 아니면 누구와 함께 하랴
春風客到一高樓	봄바람 속 나그네가 높은 누각에 이르니
江山不盡浪吟處	강산에는 속절없이 읊조리는 장소 끝없고

---

1) 范老(범로): 송나라 명신 범중엄. 용어 일람 '범공' 참조.
2) 漆婺(칠무): =칠리(漆嫠). 신분이 낮은 사람이 나라 일을 걱정함인데, 한편으로는 자신의 분수에 넘치게 행동하는 것을 비유함. 노나라 칠실(漆室) 고을의 출가 못한 여인[嫠]이 기둥에 기대 흐느껴 우는 것을 보고 이웃 부인이 그 까닭을 묻자, 그녀는 시집을 못가서가 아니고 임금이 늙고 태자가 나이 어린 것을 걱정해서[憂] 슬퍼한 것이라 했다. 과연 삼년 뒤 노나라가 외적의 침략을 받았다. 유향, 『열녀전』 권3 〈魯漆室女〉.
3) 吊戰場文(조전장문): 당나라 이화(李華)가 지은 「조고전장문(弔古戰場文)」(『고문진보』 후집 권5). 옛 전쟁터에 당도하여 전란의 비참함과 백성들의 고통을 탄식하고, 임금의 선정을 당부하면서 전사자의 혼령을 위로한 글임.

天地無依薄暮愁	세상에는 저녁 시름조차 의지할 곳 없구려
論介忠心如節彼[1]	논개의 충심이 깎아지른 남산과 같을사
履巖[2]特立度千秋	바위는 우뚝 서서 천년토록 건재하리

○ 강영지(姜永墀, 1844~1915) 자 내형(乃亨), 호 수재(睡齋)

> 진양 분상촌(汾上村, 현 진주시 하촌동 추정) 출생이나 하동군 북천면 사평리(沙坪里) 거주. 청빈한 가정에서 자력으로 부친 강두황(1811~1873)의 가학을 계승했고, 곽종석·이도묵·이택환·정규석·조호래·권상빈과 친분이 있었다. 만년에는 부친의 하동 강학소였던 지암서소(止巖書巢)를 복원해 학문에 전념했다. 저술로 문집 외 성리학의 주요 개념을 정리한 『심학집략(心學輯略)』이 있다.

「次矗石樓板上韻」〈『수재집』권1, 3a〉(촉석루 현판시에 차운하다)

萬古長江不盡流	만고의 긴 강은 끝없이 흐르고
晉陽城郭倒中洲	진양성이 물가에 거꾸로 비치네
三千餘里東方國	삼천여 리 동방의 나라
五百斯年矗石樓	오백 년 세월 버틴 촉석루
壯士碑前秋月白	장사 비석 앞에 가을 달이 환하며
佳人巖上落花愁	가인 바위 위로 낙화가 시름겨운데
幾多鋟板登臨客	시판에 새긴 등람객은 얼마나 많은지
秪是當年記勝遊	마침 당시 빼어난 유람을 적어놓았구려

---

1) 節彼(절피): '節彼南山'의 준말. '節'은 높고 험한 모양. 『시경』「소아」〈절남산〉, "우뚝 솟은 저 남산이여 / 바윗돌이 겹겹이 쌓여 있도다[節彼南山, 維石巖巖]".
2) 履巖(이암): 신발 모양의 바위. '履(리)'는 신, 신다, 밟다.

○ 최한승(崔翰升, 1844~1916) 자 창가(昌可), 호 경산(景山)

본관 전주. 최상각(1762~1843)의 증손이고, 1888년 고성 화촌(花村, 현 영현면 연화리)으로 이거했다. 불과 13세 때인 1856년 영남관찰사 신석우가 진주를 순찰할 당시 개최한 촉석루 백일장에서 지은 시로 크게 칭찬받았다. 1862년 삼가 백련암에서 박치복·곽종석·이정모 등과 교유했고, 1866년 허전의 문인이 되었으며, 이돈우·김흥락에게도 배웠다. 1891년 용양위 부사직에 제수되었고, 경술국치 이후 두문불출하며 통분하다 생을 마쳤다.

「矗石樓 次板上韻」〈『경산유집』권1, 9b〉 (촉석루에서 현판시에 차운하다)

晉水滔滔日夜流	진양 강물은 넘실넘실 밤낮 흐르며
孤城一片泛長洲	한 조각 외딴 성이 긴 강에 떠 있다
從古國中多烈士	예부터 나라에 열사가 많았거니와
至今江上有危樓	지금도 강가에 아찔한 누각 있는데
岩畔殘花餘舊恨	바위 언덕의 시든 꽃에 옛 한이 남았다만
樽筵高髻1)壓春愁	술자리 고운 미인이 봄날 마음을 압도한다
笙簫賁餙2)昇平樂	생황과 통소로 태평의 즐거움 고조시키니
緩帶元戎鎭日遊	허리띠 늦춘 장수가 온종일 노니는구나

○ 민치량(閔致亮, 1844~1932) 자 주현(周賢), 호 계초(稽樵)

산청 삼장면 대포리(大浦里) 출생. 백부 민재남(1802~1873)에게서 가학을 전수했고, 나중에는 기정진(1798~1879)의 문인이 되었다. 1870년 전시에 장원한 뒤 전적·감찰·정언·장령·사간 등을 지냈다. 외세에 보신만을 꾀하는 조정 풍토를 개탄한 뒤 금강산을 비롯해 명승지를 돌아보며 선현의 자취를 찾았고, 귀가해서는 조성가·정재규·정의림·김현옥 등과 도의로 교유했다. 일제강점 하에서는 세상과 절연했다.

---

1) 高髻(고계): 상투를 튼 듯이 머리털을 정수리 위로 끌어 올려 맨 것, 곧 쪽머리. 양귀비의 고계가 유명했다. '髻'는 상투.

2) 賁餙(비희): 아름답게 장식함. '賁(비)'가 크다, 달리다의 뜻일 때는 '분'으로 읽음. '餙'는 꾸미다.

「與鄭玉洲邦鎔·趙月山1) 登矗石樓 次板上韻」〈『계초집』 권1, 28b〉(옥주

　　정방용, 월산 조성주와 함께 촉석루에 올라 현판시에 차운하다)

登臨不必淚長流	등림해 긴 강에 꼭 눈물 흘릴 필요 없지만
大嶺東南此一洲	문경새재 동남쪽 여기에 한 물가가 있도다
家國安危餘保障	나라의 안위로 넉넉한 요충지요
江淮節義最高樓	강회의 절의로 으뜸인 누각인데
芒鞋布襪2)非耽景	짚신과 버선 차림으로 경치 즐길 건 아닌 터
野鳥巖花摠入愁	들새와 바위 꽃이 모두 근심 속으로 파고드네
萬事悠悠堪可醉	만사가 아득히 흘러 술에 취할 수 있다지만
悲歌四海共誰遊	온 세상은 슬픈 노래이니 뉘와 함께 노닐고

○ 정달석(鄭達錫, 1845~1886) 자 백춘(伯春), 호 호은(湖隱)

> 본관 해주. 진주 가곡리(佳谷里, 현 내동면 귀곡동) 출생. 엄격한 가학을 바탕으로 약관이 되기 전에
> 성현의 서적과 백가의 글을 폭넓게 섭렵했다. 성리학의 근원을 궁구하는 데 매우 영민함을 보였으나
> 연거푸 당한 부모상을 통탄한 나머지 천수를 누리지 못하고 42세 나이로 별세했다. 1884년 4월
> 국포 전기주(1855~1917)와 함께 지리산 대원사를 유람했다.

「矗石樓詩會」〈『호은시고』 권1, 46쪽〉(촉석루 시회)

| 登斯樓也淡忘形 | 이 누각 오르면 산뜻하게 형체 잊나니 |
| 大嶺山川萃地靈 | 큰 재와 산천에 땅의 신령함이 모였네 |

---

1) 月山(월산): 조성주(1841~1919)가 만년에 사용한 호. 자는 계호(季豪), 별호는 남주(南洲).
　　1872년 백형 월고 조성가와 함께 기정진의 제자가 되었다. 1902년 단성 신안정사에서
　　정재규 등과 스승의 문집을 간행했고, 최익현이 남유할 때 그와 동행했으며, 『월산유고』
　　가 전한다. 사위가 우산 한유(1868~1911)와 이재하이다.

2) 芒鞋布襪(망혜포말): 짚신과 베로 만든 버선, 곧 은자나 평민의 차림. 두보, 「봉선유소부신
　　화산수장가(奉先劉少府新畫山水障歌)」, 『두소릉시집』 권4, "나만 홀로 어이 진흙 속에 묻
　　혀 있으랴 / 푸른 짚신과 베 버선 차림이 지금부터 시작일세[吾獨胡爲在泥滓, 靑鞋布襪從
　　此始]".

壯士功名爭日月	장사의 공명은 해와 달처럼 다투고
佳人歌舞共雲星	가인의 가무는 구름과 별을 함께 하는데
江波蕩漾東流白	강물은 출렁이며 동쪽으로 희게 흐르며
烽燧平安北望靑	봉수는 평온하여 북쪽이 푸르게 보이네
留作汾陽遊覽勝	진양에 빼어난 유람처를 남겨두었거늘
風光不讓鍊光亭	풍광은 연광정에 양보하지 않으리

○ 노근수(盧近壽, 1845~1912) 자 순오(舜午), 호 위고(渭皐)

본관 풍천. 함양군 함양읍 죽곡리(竹谷里) 출생. 성재 허전과 계당 류주목(1813~1872)의 문인으로 일찍이 진주 시험장에서 알게 된 곽종석(1846~1919)과 절친했고, 19세 때 부친의 명으로 상경해 이건창·이남규 등과 종유했다. 1903년 중추원 의관에 제수되었으나 나아가지 않았다. 만년에 마을 인근의 사곡(沙谷)에 칠리정(七里亭)을 짓고 선비들과 소회를 읊었다. 아래의 시는 문집 편차로 볼 때 정해년(1887)에 지었음을 알 수 있다. 아들이 신정 노흥현(1875~1943)이다.

「次矗石樓板上韻」〈『위고집』권1, 4b~5a〉(촉석루 현판시에 차운하다)

江氣空濛積翠流	강 기운 어둑하고 푸른 물이 깊은데
晉陽形勝此汀洲	진양의 빼어난 경치는 이곳 물가로다
輕生隻手能扶國	목숨 가볍게 여겨 한 손으로 나라 붙들었나니
弔古悲風忽滿樓	옛일 아파할 제 슬픈 바람이 누각에 가득하네
春濤擊石潛蛟起	봄날 물결이 바위를 치니 잠룡이 일어나고
西日沈城遠客愁	석양이 성에 잠기니 먼 길손은 시름겨운데
節度1)南來何所事	절도사는 남쪽에 와서 어인 일로
太平歌管盡情遊	태평한 음악으로 멋대로 노니는지

---

1) 節度(절도): 당시 절도사는 정기택이고, 그는 1886년 3월부터 1888년 2월까지 재임했다.

○ 이규채(李圭彩, 1845~1914) 자 성백(性白), 호 묵와(黙窩)

본관 경주. 무장 나산리(羅山里, 현 전남 담양군 수북면 소재) 출생. 9세 때 부친 이도영(李道榮)을 여의어 평생 한으로 느끼고는 학문에 전념했다. 생계가 어려워 가족을 이끌고 문학향(文學鄕)이라 불리던 고창 고소(高素, 현 전북 고창군 고수면 예지리)로 이사했고, 그곳의 사물재(四勿齋)에서 매월 열린 강회의 강장으로 추대되어 문풍을 진작시켰다. 초야에 있었지만 어려운 시국에 관심을 갖고 대책문을 지었다.

「次矗石樓板上韻」〈『묵와유고』 권1, 32b〉 (촉석루 현판시에 차운하다)

巖花落盡水空流	바위꽃 다 지고 물은 하염없이 흐르는데
勁草萋萋綠草洲	억센 풀이 이들이들 풀빛 짙은 물가로다
晉人尙說城三坂	진주 사람은 삼판만 남은 성을 아직도 말할진대
節士安歸石一樓	절의 선비가 한 누각 바위에서 편안히 귀의했지
可憐風景山河淚	가련히 산하 풍경에 눈물 흘리는 건
正是南兒慷慨愁	바로 남아의 비분강개한 마음이라
砥柱千年江不轉	지주는 천년토록 강에서 구르지 않나니
莫敎詩酒恣遨遊	시와 술로 방자한 놀음 하지 말지어다

○ 권준하(權準河, 1845~1915)

자 성도(聖圖)·해경(海卿), 호 정거재(正居齋)·청사(晴簑)

안동 출생. 1880년 향시에 합격했지만 과거에는 합격하지 못했고, 평생 처사로 살면서 학문에 정진했다. 아래 시들은 「남유일록」(『정거재유고』 권하, 538~556쪽)을 볼 때 56세이던 경자년(1900) 9월 19일 촉석루에 올라 지은 것임이 확인된다. 『정거재유고』는 『국역 소곡세고』 제2편에 수록되어 있다. 참고로 손자 권오설(權五卨, 1897~1930)은 1926년 6·10만세운동의 추진 총책으로서 검거되어 옥중에서 순국한 항일 열사이다.

「登矗石樓 次板上韻」〈『정거재유고』 권상, 358~359쪽〉 (촉석루에 올라 현판시에 차운하다)

欲問前塵歲月流	옛 전란의 지난 세월을 물을진대

長江激激下芳洲	긴 강이 꽃다운 물가로 콸콸 흐르네
賴誰扶得滄溟國	누구 덕분에 바다 고을 부지했던가
幸我登臨矗石樓	다행히도 내가 촉석루에 등림했더니
富貴資娛兼有美	부귀로 즐거움을 돕되 미덕을 겸비했고
梯航[1)安業摠無愁	교역으로 생업을 안정시켜 근심 없구려
高秋義氣爭蕭颯[2)	늦가을 의로운 기백이 쓸쓸함을 다투거늘
寄語遊人莫浪遊	이르노니 나그네는 너절히 놀지 말지어다

雄於雄府俯長流	웅부에서 씩씩하게 긴 강을 굽어보니
四面靑山十里洲	사방의 푸른 산과 십 리의 물가로다
壯蹟已多司馬史[3)	장한 사적은 역사서에 숱하게 실렸고
大觀非獨岳陽樓	거대한 경관은 악양루만이 아니로다
當時義烈兼遺美	당시 의열은 아름다움을 겸하여 남겼기에
此國君民氷解愁	이 나라 군민은 얼음 녹듯 근심을 삭이는데
五十六年巖穴[4)客	오십육년을 은거하던 나그네가
曠開心眼一登遊	한번 유람하니 마음과 눈이 활짝 열리네

「再拈一絶」〈『정거재유고』 권상, 359쪽〉 (다시 절구 한 수를 짓다)

晉陽城在水南天	진양성은 남쪽 하늘 물가에 있나니
底事芒鞋石徑穿	무슨 일로 짚신 신고 돌길을 밟았나
名樓壯蹟駭人矚	명루와 웅장한 자취가 눈을 놀래키니
却恨流光屬暮年	늘그막에 이른 세월이 마냥 한스럽네

---

1) 梯航(제항): 제산항해(梯山航海)의 준말. 험한 산길은 사닥다리를 놓아 넘고, 물에는 배를 타고 가서 조공을 바침. 여기서는 먼 곳으로부터 물건을 실어 옴.
2) 蕭颯(소삽): 쓸쓸한 바람소리. 쓸쓸한 모양. '颯'은 쌀쌀하다.
3) 司馬史(사마사): 한나라 사마천의 『사기』, 곧 역사서.
4) 巖穴(암혈): 유유자적하는 은자의 삶.

○ 윤택규(尹宅逵, 1845~1928) 자 인재(仁載), 호 설봉(雪峯)

본관 파평. 합천군 묘산면 화양리(華陽里) 출생. 사미헌 장복추(1815~1900)의 문인으로 만구 이종기 (1837~1902), 곽종석, 이승희, 윤주하 등과 두루 교유했다. 아래 두 편의 시는 무술년(1898)에 종제 윤영규, 박은서와 함께 바닷가를 유람하던 중 촉석루에 등림해 지었다. 「가장」(설봉집) 권2, 36a) 참조.

「矗石樓」〈『설봉집』권1, 13a〉 (촉석루)

晉陽江水古今流	진양 강물은 예나 지금 흐르고 흐르는데
極目烟波十里洲	시야 끝까지 안개물결 이는 십리 물가로다
慷慨前塵三壯士	옛 전란 때 삼장사는 강개했고
繁華此地一高樓	여기 한 높은 누각이 화려할진대
閭閻簇簇1)笙歌咽	인가는 빼곡하고 생황 노래는 애절하며
楊柳搖搖鷗鷺愁	버드나무는 하늘하늘 물새들이 시름겹다
落日登臨惆悵立	해질녘에 등림하여 서글피 섰노라니
諸君何以答淸遊	제군은 무엇으로 청아한 유람에 답할 건가

「更上矗石樓」〈『설봉집』권1, 14a~b〉 (다시 촉석루에 올라)

江草萋萋江水流	강풀이 이들이들하고 강물은 흘러
行人曠感晉陽洲	나그네의 감회 깊은 진양의 물가라
我醉巴陵2)無限酒	내 파릉에서 끝없는 술로 취하거니
誰題黃鶴最高樓	누가 우뚝 솟은 황학루를 읊조릴까
萬家烟月昇平像	온 마을에 연월 비쳐 태평한 모습이나
百戰山河過去愁	백전의 산하에는 옛 시름이 잠겨 있네
壯士佳人何處在	삼장사와 가인은 어디 있느뇨
綠槐時節3)更登遊	초여름에 다시금 올라 노닌다

---

1) 簇簇(족족): 빽빽하게 많이 모인 모양. '簇'은 떼 지어 모이다.
2) 巴陵(파릉): 호남성 악양현. 이곳 동정호에 악양루가 있음. 여기서는 진주를 비유함.

○ 이정모(李正模, 1846~1875) 자 성양(聖養), 호 자동(紫東)

본관 철성(고성). 의령군 정곡면 석곡리(石谷里) 출생. 1853년 의령 유곡(柳谷)으로 이거한 뒤 부친의 명에 따라 고모부 만성 박치복(1824~1894)의 제자가 되었고, 이후 한주 이진상의 문인이 되었으며, 고향 선배인 치사 안찬(1829~1888)에게도 배웠다. 1867년 자미산의 도당곡(陶唐谷)에 자도재(紫陶齋, 현 오방리 행정마을 소재)를 지어 정진하다 불행히도 불과 30세에 요절했고, 허유를 비롯해 김진호·윤주하·장석영 등과 교유했다. 이 시는 편차로 보아 정묘년(1867)에 지었음을 알 수 있다.

「矗石樓 次退陶先生韻」〈『자동집』 권1, 6b〉 (촉석루에서 퇴계 선생 시에 차운하다)

秋盡江南鴈下渚	늦가을 강남엔 기러기가 물가에 내려앉고
行人薄暮獨倚樓	나그네는 해거름에 홀로 누각에 기댔노라
襟懷坐待三更月	깊은 회포로 앉아서 한밤 달을 기다릴 제
心目遙憑萬里流	마음과 눈은 멀리 만 리 강물에 붙여보거니
風鷁¹⁾無期終歇泊	물새는 기약 없이 온종일 쉬거나 머무르며
沙鷗何事亦沈浮	갈매기는 어이해 또한 잠기다 떴다 하는지
胷中自有臨危處	마음속에 절로 위태로운 곳 있을진대
不是層欄聳碧洲	푸른 물가 우뚝한 층층 난간은 아닐세

○ 배장준(裵章俊, 1846~1883) 자 준려(俊麗), 호 남강(南岡)

본관 분성. 고조부 때 청도에서 이거한 군위현 장수리(長壽里, 현 경북 군위읍 수서리) 출생. 11세 때 부친을 여의었고, 조부 배균원(1802~1862)에게서 수학하다가 동래부사를 지낸 강로(姜㳣, 1809~1887, 강세황의 증손)의 문인이 되었으며, 38세로 요절했다.

「登矗石樓 拜瞻慕堂¹⁾先祖金蘭稧板上韻」〈『남강집』 권1, 1b~2a〉 (촉석

---

3) 綠槐時節(녹괴시절): =괴하(槐夏). 홰나무에 꽃피는 시절. 음력 4월.
1) 風鷁(풍익): 바람을 타고 하늘 높이 나는 물새. '鷁'은 새 이름.
1) 慕堂(모당): 배계후(裵季厚)의 호. 1489년 2월 칠원현감 시절에 진주목사 경임, 전 진주교

루에 올라 모당〈배계후〉 선조의 금란계 판상시를 삼가 우러러보다)

昔吾先祖與諸賢	옛날 우리 선조가 여러 현인과 함께
稧合金蘭板上懸	금란계로 뜻 모아 현판을 내걸었지
此日登樓多曠感	이날 누각 올랐더니 세상 드문 느낌 많은데
拜瞻無語轉悽然	절하고 우러르자 말 없어도 더욱 슬퍼지는구려

○ 안언무(安彦繆, 1846~1897) 자 경여(敬汝), 호 식호당(式好堂)

본관 광주. 초명 언직(彦直). 밀양시 초동면 금포리(金浦里) 출생. 오휴자 안신(安玒, 1569~1648)의 9세손으로 태어나던 해에 부친 안명원(安鳴遠)을 여의었다. 백형인 소강 안언장(1830~1895)의 지도를 받았고, 30세 때 모친의 명으로 종숙모의 후사가 되었다. 족형 안종덕·안언순과 함께 공부하며 명승지를 찾아 풍류를 즐겼다. 평생 향리에서 학문 연구와 후진 양성에 매진했는데, 1927년 아들 농서 안하진(安廈鎭, 1876~1935) 형제와 장손 안병운이 선대 유지를 받들어 금포 소캐[涑河]에 '식호당'을 건립했다. 아래 시는 정유년(1897) 5월 17일 『남명집』을 중간하는 일로 족질 안화수와 함께 산청 산천재(山天齋)에 가던 중 촉석루에 들러 신유한 현판시를 차운한 것이다. 『식호당유고』 권상 「진양기행」 참조. 한편 조긍섭의 묘지명(『암서집』 권28)에는 생졸년이 1년씩 늦게 되어 있다.

「矗石樓 次板上韻」〈『식호당유고』 권상, 8a~b〉 (촉석루에서 현판시에 차운하다)

矗石巍巍碧水流	촉석루는 높디높고 푸른 물이 흐르며
疎篁綠草滿汀洲	성긴 대숲과 푸른 풀이 물가 가득하다
騷人今日愴前刼	시인은 오늘 옛 전란에 마음 아프고
壯士百年高一樓	장사는 백년토록 한 누각에 고명한데
諸公閣裏霜風凜	제공의 누각 속에 서릿바람 싸늘하며
義妓巖邊寒月愁	의기암 가에 싸늘한 달이 시름겨워라
此外森羅多勝景	이외 삼라만상의 빼어난 경치 많거니와
晚來書劍做閒遊	늦게 온 서생이 느긋한 유람을 해 보네

수 김일손 등과 함께 금란계를 결성함. 본서 하수일의 「촉석루중수기」 참조.

○ 윤주하(尹冑夏, 1846~1906) 자 충여(忠汝), 호 교우(膠宇)

본관 파평. 거창 전촌(箭村, 현 남하면 양항리) 출생. 사미헌 장복추(1815~1900)의 제자가 되어 위기지학의 방도를 깨쳤고, 한주 이진상(1818~1886)과 성재 허전 등에게도 배웠다. 평생 초야에 묻혀 허유·이종기·곽종석·이승희 등과 도의로 교유하며 향리 문중의 심소정(心蘇亭)에서 학문 강마에 전념했다. 을사늑약이 체결되자 매국 5적을 처결할 것을 주장하러 서울로 가던 중 세상을 떠났다. 현와 윤동야(1757~1827)의 족현손이다.

「矗石樓」〈『교우집』 권2, 14b〉 (촉석루)

嶠南襟帶晉江流	영남의 요충지에 진주 남강이 흐르는데
征櫂西凮[1]泊晚洲	노 저어 가을바람 따라 저물녘 물가에 배대니
孤軍浩劫秋聲壁	외롭던 군사 아득하고 절벽에 가을소리 울리며
長笛新齁月影樓	긴 피리는 곡조 새롭고 누각엔 달빛이 비치도다
知君胷裏千年緒	아노라, 그대 가슴속에 맺힌 천년의 회포를
看我眉端萬國愁	보노라, 내 눈썹 끝에 서린 온 고을 근심을
自笑狂心[2]未全化	미친 마음은 완전 동화되지 않음을 스스로 웃고는
畫欄飛上任天遊	나는 듯한 멋진 누각에서 자유로운 놀이 맡겨 보네

○ 류두영(柳斗永, 1846~1907) 자 상견(詳見), 호 농은(聾隱)

본관 문화. 진주 대평면 당촌리(堂村里) 출생. 규오 류인길(柳寅吉, 1554~1602)의 10세손인데, 오직 자력으로 경사에 능통했으나 과거에 여러 번 불합격했다. 갑오경장 이후 쇠퇴해가던 향교의 기능을 되살리도록 전국의 유림에게 호소했다. 덕천서원의 『주자어류』 간행 추렴, 하동 옥산서원의 『포은집』의 중간, 하동 청암의 경천묘(敬天廟) 창건(1902), 평해의 노동서원(魯洞書院, 울진군 기성면 황보리 소재) 복구에 힘을 쏟았다. 그리고 진주향교, 낙육재, 창렬사의 여러 업무를 맡아보았다.

「矗石樓 與韓季賢·姜國文·河大允重洛 次元韻」〈『농은유고』 권1, 8a〉 (촉 석루에서 한계현, 강국문, 대윤 하중락과 함께 원시에 차운하다)

---

1) 西凮(서풍): 가을바람, 서쪽에서 부는 바람. '凮'은 '風'과 동자.
2) 狂心(광심): '狂'은 "뜻이 크고 진취적인 기상[狂者進取]"(『논어』 「자로」)을 말함.

大野茫茫水自流	넓은 들이 아득하고 물은 절로 흐르는데
孤城半面泛長洲	외딴 성의 반쪽 면이 긴 물가에 떠 있다
千年節義惟三士	천년토록 절의로는 오직 삼장사요
百戰遺墟但一樓	백전 남은 터엔 한 누각만이 있구려
營柳靑垂依舊色	병영 버들은 예전 그대로 푸르게 드리웠고
巖花紅落至今秋	바위 꽃잎은 지금 가을이라 붉게 지는구려
臨風回憶前朝事	바람 맞으며 옛 왕조 일을 떠올리고는
強飮酒盃暫借遊	억지로 술 마시며 잠시나마 유람함이여

○ 차석호(車錫祜, 1846~1911) 자 응원(應元), 호 해사(海史)

초계군 덕진면 삼학동(三鶴洞, 현 합천군 청덕면 삼학리) 출생이나 1868년 인근의 운동동(雲峰洞)으로 이거했다. 14세부터 소심정 전규환(1832~1893) 문하에서 공부했고, 29세 때 서울에서 허전(1797~1886)을 배알해 호를 받았으며, 이듬해 기정진의 문인이 되었다. 1901년 울산에 가서 죽오 이근오의 문집을 교정함과 아울러 재천정(在川亭, 현 울주군 웅촌면 석천리 소재) 중수 기문을 지었으며, 경술국치 이후 두문불출했다. 아래 시들의 창작 시기는 제주(題注)에 있듯이 **병오년(1906)**이다.

「矗石樓 次申靑泉板上韻」 四首 丙午 〈『해사집』 권2, 11a~b〉 (촉석루에서 신청천의 현판시에 차운하다) 네 수. 병오년(1906)

斗南城下大江流	북두성 남쪽 성 아래 큰 강이 흐르는데
節度轅門俯壓洲	절도영 원문이 굽어보며 물가를 짓누르네
千秋一妓巖前廟	천추토록 한 기녀는 바위 앞 사당에 있고
萬古三人水上樓	만고토록 삼장사는 강물 위 누각에 있도다
落花繞帆書生帳	지는 꽃이 돛대를 에워싸니 서생이 슬퍼하며
鳴葉飄樽劍客愁	들레는 낙엽이 술잔에 날리니 검객이 시름겹다
回首蓬萊山底島	머리를 돌리니 봉래산 밑의 섬에는
長鯨無數噴瀾遊	무수한 고래가 물 뿜어가며 노니네

城下長江江自流	성 아래 긴 강이 절로 흐르나니
壬辰年事問芳洲	임진년 일을 방주에게 묻노매라
南州義重佳人廟	남쪽 고을에서 의리가 중한 가인의 사당
北斗忠高壯士樓	태산북두처럼 충절이 높은 장사의 누각
柳絮歌臺黃鳥弄	버들개지 날리는 가무 누대엔 황조가 희롱하고
蘆花鈒幕白鷗愁	갈대꽃 핀 병영 막사에는 흰 갈매기가 시름겹다
居民尙解鏖兵1)恨	사람들은 아직도 죽은 병사의 한을 알아
未忍呼樽向瀨遊	차마 술 시켜놓고 여울 향해 놀지 않구려
尹鐸城2)邊江水流	윤탁의 성 주변에 강물이 흐르고
峨峨楹桷3)枕長洲	높다란 누각이 긴 물가에 임했다
麗人一墮歌餘石	한 미인이 떨어져 바위에 노래 넉넉하며
壯士三投詠後樓	삼장사가 투신해 누각에 시가 이어져 왔거늘
地接鳳山晴日晏	땅에 맞닿은 비봉산에 맑은 해 뉘엿뉘엿하고
天低馬島暮雲愁	하늘 나지막한 대마도에 저녁 구름 시름겹다
秋來載酒英雄吊	가을날 술 차려 영웅을 조상하노니
客帆渾如競渡遊	나그네 배가 온통 다투듯이 건너가네
萬古長江滾滾流	만고토록 긴 강이 넘실넘실 흐르고
蒼茫折戟露虛洲	아득히 묻힌 창이 빈 물가에 드러나네
三千騎步元戎壘	장수의 성채는 삼천 기병을 거느리며
七十關防矗石樓	촉석루는 칠십 고을의 관방이 되었는데
壯士樽前寒葉語	장사의 술독 앞에 차가운 잎 바스락거리고
佳人巖上落花愁	가인의 바윗가에는 지는 꽃이 수심 겨워라

---

1) 鏖兵(오병): 사상자가 많이 발생하는 격렬한 전투. '鏖'는 무찌르다.
2) 尹鐸城(윤탁성): 윤탁이 다스린 진양 고을. 용어 일람 '견사보장' 참조.
3) 楹桷(영각): 촉석루. '楹'은 기둥, '桷'은 서까래.

| 西風撫釼悲歌發 | 서풍에 칼 어루만질 제 슬픈 노래 나올지니 |
| 羅綺朱欄强設遊 | 비단자리 붉은 누각에서 억지로 놀이해 보네 |

○ 박의집(朴義集, 1846~1913) 자 양직(養直), 호 직재(直齋)

본관 함양. 경북 예천군 용문면 금곡리(金谷里) 출생. 부친을 일찍 여읜 뒤 족부 박주종(朴周鍾)에게 배워 박람강기했으나 회시에 실패한 뒤 학문에 전념했다. 맹자 성선설을 자득했으며, 퇴계의 「성학집도」를 모사해 걸어두고 정신을 다졌다. 구한말 법부대신 이유인(李裕寅, ?~1907)이 금곡에 물러나 살 때 예천 향약을 제정하면서 그와 함께 의논하기도 했다.

「登矗石樓」〈『직재집』권1, 13b~14a〉 (촉석루에 올라)

南江古今不變流	남강은 예나 지금 변함없이 흐르는데
房午1)看他濯泳洲	관청 남쪽에 씻고 헤엄치는 물가 보이네
短麓凄凉論妓廟	낮은 산기슭에는 논개의 사당 처량하며
懸崖寥落趙城2)樓	깎아지른 절벽에 충신의 누각 쓸쓸한데
靑霞鬱鬱英男氣	푸른 안개 자욱하니 영웅의 기상이고
白丑3)陰陰故國愁	나팔꽃 음침하니 옛 고을의 근심이라
六噫歌4)終西望去	육희가 노래 끝나면 서쪽 너머로 떠날 터
不如方丈挾仙遊	지리산에서 신선 끼고 노는 것보단 못하리

---

1) 房午(방오): '방'은 집, 관청. '午'는 정남.
2) 趙城(조성): 임금을 위해 살신성인한 한나라 조성(趙城) 사람 기신(紀信)을 말함. 기신은 유방이 형양에서 초의 항우에게 포위를 당했을 때 유방으로 변장해 그를 무사히 탈출시켰는데, 항우는 그에게 속은 것을 알고 분노해 불태워 죽였다. 『한서』권1 「고제본기(상)」; 장유, 「한조불록기신론(漢祖不錄紀信論)」(『계곡집』권3) 참고.
3) 白丑(백축): 흰 나팔꽃의 종자.
4) 六噫歌(육희가): =육가(六歌). 송나라 말기의 충신 문천상(文天祥)이 지은 노래인데, 『고문진보』「전집」에도 실려 있다. 김시습, 『매월당집』권20 「문천상전」참조.

○ 이교문(李敎文, 1846~1914) 자 예백(禮伯), 호 일봉(日峯)

본관 성주. 전남 보성 출생. 이지용(1825~1891)의 아들로 1863년 기정진(1798~1879)의 문인이 되었고, 1872년 성균관 서재의 장의(掌議)로 추대되었다. 스승의 손자 기우만과는 동갑으로 절친했고, 조성가·정재규·이건창 등과 시서로 교유했다. 1907년 화순에 호남의병창소를 설치하고 항일 투쟁을 주도하다 체포되어 고문으로 숨졌다. 생전에 조부 이기대의 『가은실기』와 부친의 『소송유고』를 간행했고, 장남이 이일(1868~1927)이며, 고종 동생이 서재필이다. 이 시는 작품 편차로 볼 때 기해년(1899)에 지었음을 알 수 있다.

「獨上矗石樓」〈『일봉유고』 권3, 17b~18a〉 (홀로 촉석루에 올라)

長江一曲抱城流	긴 강 한 굽이가 성을 감싸며 흐르고
芳草萋萋十里洲	꽃다운 풀 이들이들한 십 리 물가로다
歌姬殉國名留石	가인이 나라에 목숨 바친 명성은 돌에 남았고
壯士酬君氣滿樓	장사가 임금께 보답한 기개는 누각에 가득한데
的歷平沙沈戟冷	선명한 모래밭에는 묻힌 창이 싸늘하며
蒼茫古壘暮雲愁	아득한 옛 성채에 저녁 구름은 시름겹다
晉陽歌舞繁絃外	진양에는 가무와 현악 소리 시끌시끌하거니
我有新詩獨自遊	내 새로운 시를 지으며 홀로 노닐어보노라

○ 여건상(余健相, 1846~1915) 자 영서(永瑞), 호 호정(湖亭)·덕계(德溪)

본관 의령. 하동군 하동읍 화심리(花心里) 출생. 생부가 여형(余瀅)이나 10세 때 여익(余瀷)의 양자가 되었고, 차남이 여경엽(1890~1969)이다. 1891년 무과 장원해 의금부 도사가 되었고, 수성도(輸城道, 함북 경성군 용성천 소재) 찰방으로 나아가 인혜(仁惠)를 베풀어 칭송을 받았으며, 갑오농민전쟁 때에는 향병을 모아 그 예봉을 막았다. 일찍이 화개동에 머물며 인근 율곡(栗谷)에 우거하고 있던 산석 김현옥(1844~1910)과 조석으로 왕래하며 토론했고, 1906년 향리로 돌아와서 호상정(湖上亭)을 지어 학문을 지속했다. 아래 시의 창작 시기는 제주(題注)에 있듯이 무신년(1908)이다.

「矗石樓 次板上韻」戊申〈『호정유고』 권2, 22b~23a〉 (촉석루 현판시에 차운하다) 무신년(1908)

登臨此處幾淸流	이곳 등림하니 어찌나 물이 맑은지

東國名區第一洲	동국의 명승 중 제일의 물가로다
晉陽城下南江水	진양성 아래는 남강이요
飛鳳山前矗石樓	비봉산 앞은 촉석루라
義妓至今猶有恨	의기는 지금껏 통한을 머금고 있고
詩豪感舊不勝愁	시인은 옛 생각에 근심을 못다 삭였네
克復貞忠三壯士	정충을 회복한 삼장사이거니
靈魂應有日來遊	영혼은 응당 날마다 노니리라

○ **기우만(奇宇萬, 1846~1916)** 자 회일(會一), 호 송사(松沙)

전라도 장성부 탁곡(卓谷, 현 황룡면 아곡리) 출생. 1853년 조부인 노사 기정진(1798~1879)을 따라 황룡면 하사(河沙)로, 1875년 진원면 월송(月松)으로 이사했다. 동학에 반대했고, 1895년 명성황후 시해 이듬해 나주에서 '호남창의' 대장으로 추대되었다. 1906년 광주에서 거의를 모의했다 하여 옥고를 치렀으며, 1907년 을사오적 암살을 교사한 혐의로 영광경무소에 투옥되었다. 1908년 순천에서 거사를 꾀하던 중 고종의 강제 퇴위에 통곡한 뒤 은둔했으며, 1911년 남원의 사촌에 이거해 살다가 별세했다. 제자로 이일, 조우식(1869~1937), 위계룡, 김상혁, 권봉현, 민노식, 정영하, 이교우, 위홍량, 정대수, 고익주, 한우동 등이 있다. 아래의 시는 을유년(1885) 진주의 조성가를 방문했을 때 지었다.

「**矗石樓有感**」〈『송사집』 권1, 19b~20a〉(촉석루에서 느낌이 있어)

三百年來今壯士	삼백 년 지난 지금도 전해오는 삼장사
臨風寄淚長江水	바람결에 눈물을 남강 물에 뿌리노니
長江去去無窮期	남강은 흐르고 흘러 다할 기약 없거늘
爲問忠魂死不死	묻노라 충혼은 죽었느냐 살았느냐

○ 이중하(李重夏, 1846~1917) 자 후경(厚卿), 호 이아당(二雅堂)

본관 전주. 별호 규당(圭堂)·탄재(坦齋). 1882년 장원급제한 뒤 교리, 경상도 경시관, 토문감계사(1885, 1887), 대구부 관찰사(1895.5~1896.6), 외부협판, 경상북도 관찰사(1905/1906), 규장각 제학(1910) 등을 역임했다. 일제의 은사금을 거절하고 1911년 아들 이범세(1874~1940)를 비롯한 일가를 데리고 경기도 양평으로 낙향했다. 아래의 시는 동학혁명이 일어난 갑오년(1894) 8월 영남선 무사로서 남방을 순시하던 중 촉석루에 올라서 지은 것이다. 하강진(2014), 449~450쪽 참조.

「矗石樓 次板上韻」〈『이아당집』권2, 20쪽〉(촉석루에서 현판시에 차운하다)

晉陽城郭枕寒流	진양성 성곽이 찬 강물에 임해 있으며
翠竹蕭蕭日暮洲	푸른 대밭 쓸쓸하고 물가에 해가 진다
慷慨誓心誰擊楫	강개한 마음으로 맹세하며 누가 노로 쳤던가
風塵懷古客登樓	풍진의 옛일 회상하며 나그네가 누각 올랐더니
劍歌舊恨秋江咽	칼 노래의 묵은 원한으로 가을 강이 흐느끼고
環珮歸魂夜月愁	옥 소리 내며 돌아가는 넋에 달빛이 시름겹다
萑澤[1]而今民事急	도둑 설쳐대는 지금 민생 사무가 급한지라
山河信美不成游	산하는 참으로 아름답건만 노닐지 못하겠네

○ 이석관(李石瓘, 1846~1921) 자 희백(羲伯), 호 석우(石愚)

본관 여주. 경남 고성군 마암면 석마리(石馬里) 출생. 이규보 후손으로 중부 이은필에게 배우다가 1860년 촉석루에서 열린 진주 공도회(公都會) 시험에 합격했으며, 1880년 상경해 허전의 제자가 되었다. 1890년 무과 급제했고, 1907년 흥해군수 재직 시 정미조약이 체결되자 관인을 봉송하고 낙향해 은둔했다. 교유 인물로는 박치복, 김인섭, 허유, 이종기, 장승택(1838~1916), 이상규 등이 있다.

「次矗石樓韻」 晉州 〈『석우집』권1, 9b〉(촉석루 시에 차운하다) 진주

抱郭長濤碧玉流	성을 안고 긴 물결이 벽옥처럼 흐르나니

---

1) 萑澤(환택): 도둑 소굴. 춘추시대 정나라의 환부(萑苻). 이 늪지대에 도적들이 많이 은신했다고 한다. 『춘추좌씨전』「소공 20년」.

至今人道晉陽洲	지금까지도 사람들이 진양 물가를 말하네
落花啼鳥巖間廟	바위 사이 사당에 꽃 지고 새 울며
明月淸風江上樓	달 밝고 바람 맑은 강가 누각이어라
一日報君臣有節	한 날에 임금께 보답했으니 신하에게 절개 있었고
萬年存社國無愁	만년토록 사직을 보존하니 나라에는 근심이 없구려
將壇歌皷昇平地	장군 지휘소는 풍악소리 울리는 태평한 곳이거늘
慷慨當樽憶舊游	강개한 마음으로 술통 마주해 옛 유람을 떠올린다

○ 이상규(李祥奎, 1846~1922) 자 명뢰(明賚), 호 혜산(惠山)

본관 함안. 경남 고성군 고성읍 무양리(武陽里) 출생. 1870년 회시 낙방하자 학업에 전념했다. 1872년 김해부사 허전의 문인이 되었고, 박치복·권상적·김인섭에게도 배웠다. 여러 번 이사를 거쳐 1880년 단성 엄혜산 아래의 묵곡리(黙谷里)에 정착한 이후 일가들이 모여들어 집성촌을 이루었다. 1902년 학이재(學而齋)를 설립했고, 1911년 중국 역사를 5언 200구로 엮은 『역대천자문』을 지었다. 1914년 이도묵·조호래 등과 진주 대평에 도통사(道統祠)를 창건한 뒤 공교지회(孔敎支會) 회장으로서 유교부흥운동을 펼치며 끝까지 '숭정학(崇正學)'을 고수했다. 아래의 첫째 시는 계묘년(1903) 10월 4일 장석신의 지리산 유람단에 합류해 안희제·이도묵 등과 촉석루에 올라서 지은 것인데, 이때 지은 「진양죽지사」(『혜산집』 권2)와 진양 고적을 통합적으로 형상화한 장편시(『혜산집』 권3) 등도 있다. 둘째 시는 무신년(1908) 이후 진양에 우거할 때 지은 것으로 추정된다.

「登矗石樓 敬次退溪先生韻」 〈『혜산집』 권3, 2a〉 (촉석루에 올라 퇴계 선생 시에 차운하다)

後人看識題名處	후인은 이름 적어둔 곳을 보고 알지니
退老當年上此樓	퇴계 선생이 당시 이 누각에 오르셨구나
猿鶴寒愁天日暮	죽은 장수의 시름이 차가운데 해는 저물며
龍蛇浩怯水雲流	용사년의 큰 재난은 물 구름처럼 흘렀도다
沙平戰馬尋常臥	모래펄 드넓은 곳에 전쟁 말은 늘 누워있고
野曠孤煙的歷浮	넓은 들판에 외로운 연기 선명히 깔렸는데
回首西風遙點指[1]	가을바람에 머리 돌려 멀리 가리킨 곳은
樵歌漁笛滿汀洲	목동 노래와 어부의 피리 소리 가득한 물가

「矗石樓」〈『혜산집』권3, 11a〉(촉석루)

立馬西風攬涕流	말 세워 가을바람에 눈물을 훔치나니
龍蛇往蹟在汀洲	용사년의 옛 자취가 물가에 남았구나
後人指點藍江水	뒷사람이 남강 물을 가리킬진대
此地空餘矗石樓	이곳에 촉석루만 덩그러니 남았는데
睥睨天寒鼓角語	날씨 차가운 성가퀴에 고각 소리 울리고
濠梁2)日暮魚龍愁	해 지는 강가 다리에 어룡이 근심하도다
兵家自有安危策	병가에 안위의 계책이 본래 있다지만
何事年年浪作遊	뭐 하러 해마다 부질없이 놀단 말인가

○ 신병조(愼炳朝, 1846~1924) 자 국간(國幹), 호 사소(士笑)

본관 거창. 진주 정곡리(正谷里, 현 산청군 산청읍 소재) 출생. 1873년 무과 급제해 도정(都正)이 되었지만 이내 벼슬을 접었고, 1884년 가족을 이끌고 덕산 횡계동에 들어가 겸산당(兼山堂)을 짓고 후학을 양성했다. 1892년 용양위 부사과가 되었으나 사직한 뒤 진주 문산에서 강개한 처사로 지내면서 허유·최숙민·박치복과 시문으로 교유했고, 조호래(1854~1920)와는 40여 년 지기였다. 아래의 첫째 시는 하재원(1812~1881)의 시를 차운한 것으로 편차로 볼 때 1880년대 후반의 작품으로 추정된다. 둘째 시는 문집에 수록된 이 시 전후의 작품에 "지리산에 머문 지 약 10년"이라는 표현과 진주영장 박희방(1893.3~1894.7 재임)의 임명 날짜 등이 나오는 것으로 보아 계사년(1893)에 지었음이 확실하다. 「의기사중건기」를 지은 신호성(1906~1974)이 그의 손자이다.

「次矗石樓死生字韻」〈『사소유고』권1, 17a〉(촉석루 '死'·'生'자 운을 따라 짓다)

生而死也死而生	산 것도 죽음, 죽음도 산 것
盖有人生一死生	대개 인생은 한 번 있는 죽음과 삶
死當得地何辭死	죽음이 당당하다면 어찌 죽음을 사양하며
生必由天是好生	삶이 필시 천명이라면 살리기를 좋아할 터
死不無名方可死	죽음에 명분 있으면 바야흐로 죽어도 괜찮고

---

1) 點指(점지): =지점(指點). 용어 일람 '지점' 참조.
2) 濠梁(호량): 호수(濠水) 위의 다리. 여기서는 강가 다리. 유래는 『장자』「추수」참조.

生爲非義豈云生　　　살아도 의로움이 아니라면 어찌 살았다 하리오
報君節死¹⁾汾陽死　　　임금께 보답한 절사로는 진양에서의 죽음이니
一死堂堂死亦生　　　한 번 죽음에 당당히 죽었으니 또한 산 것인걸

「過晉陽 登矗石樓 次板上韻」〈『사소유고』 권2, 9a~b〉(진주를 지나며 촉석루
　에 올라 현판시에 차운하다)

龍蛇古刼晉陽城　　　용사년 전란이 아득한 진양성
三百年間大義明　　　삼백 년간 대의가 뚜렷하도다
山河撫釰長歌發　　　산하에서 칼 만지니 긴 노래 나오고
宇宙携樽斗膽²⁾傾　　우주에서 술통 잡으니 간담이 커지네
壯士佳人當死地　　　장사와 가인이 당당히 죽었으니
來風去雨不朽楹　　　비바람 들친들 기둥은 썩지 않구려
滔滔一帶南江水　　　넘실넘실 띠를 둘러 흐르는 남강에
無事漁舟盡日橫　　　태평한 고깃배가 온종일 비껴있네

○ 이근문(李根汶, 1846~1931) 자 문참(文參), 호 백파(白坡)

본관 신평. 김제 백석방 석제촌(石堤村, 현 김제시 백산면 상정리 돌제마을) 출생. 임오군란 때 지리산
에 우거했고, 도학이 깊고 문장이 뛰어났다. 매천 황현, 석정 이정직(1841~1910), 운정 최보렬
(1847~1922, 서예가 최규상의 부친)과 절친했다.

「和矗石樓韻」〈『백파유고』 권1, 17b〉(촉석루 시에 화운하다)

輕風短棹溯中流　　　가벼운 바람에 노 저어 중류를 거슬러
夜泊晉陽城外洲　　　밤 되어 진양성 밖의 물가에 배 대니

---

1) 節死(절사): = 사절(死節). 목숨을 바쳐 절개를 지킴. 여기서는 촉석루 삼장사를 말함.
2) 斗膽(두담): 담력이 큼, 또는 그 사람. 촉나라 장수 강유(姜維)가 죽었을 때 보니 쓸개의
　크기가 말통 만하였다는 데서 유래한 말이다. 『삼국지』 권44 「촉서」〈강유전〉.

千尺寒濤鳴絶壁	천 척의 찬 물결이 절벽에서 울어대며
四時凉月在空樓	네 계절 써늘한 달이 빈 누각에 있구려
佳人舞罷魚龍冷	가인의 춤이 끝나자 물고기들이 움츠렸고
壯士歌終草木愁	장사의 노래 마치자 초목이 근심스러워했지
寄語南中踈放客	남방에서 방탕한 나그네에게 전하노니
登臨莫作等閒遊	등림하면 너절히 노닐어서는 안 되리

○ 조병규(趙昺奎, 1846~1931) 자 응장(應章), 호 일산(一山)

본관 함안. 함안군 산인면 입곡리(入谷里) 출생. 연계 조열제(1895~1968)의 양조부로 1864년 김해부사 허전(1797~1886)을 배알해 제자가 되었고, 1891년 단성 이택당에서 박치복·김진호·노상직 등과 함께 『성재집』을 간행했다. 향리의 일산정에서 학문 정진과 후진 양성에 전념하면서 당시 시정 폐단을 지적했고, 1929년 조삼(趙參, 1473~?, 조려의 손자)을 추모하기 위해 세운 무진정(無盡亭, 현 함안면 괴산리 소재) 중수에 앞장섰다. 월고 조성가(1824~1904)·단계 김인섭을 종유했고, 이상규·정은교 등과 절친했다.

「矗石樓」〈『일산집』 권1, 8b〉 (촉석루)

晉康城外水東流	진양성 너머 강물이 동으로 흐르는데
義魄貞魂宛在洲	의롭고 꽃다운 혼백이 물가에 완연하다
睢陽不下凌烟閣[1]	수양성은 능연각에 비해 공훈 밑돌지 않고
方丈難高矗石樓	지리산은 촉석루보다 명성이 높기 어렵나니
斗牛夜夜嘘雄氣	두우성이 밤마다 웅건한 기운을 내뿜으며
花鳥年年喚客愁	꽃과 새는 해마다 나그네 시름을 자아내네
曾待挽河淸九宇[2]	맑은 강물이 온 천하에 굽이치는 날
與君同樂太平遊	그대와 함께 태평한 유람 즐기리라

---

1) 凌烟閣(능연각): 공신각의 이름. 당 태종이 643년에 국가에 큰 공로를 세운 신하로 장손무기·두여회·위징·방현령·이정 등 훈신 24명의 초상화를 그려서 여기에 걸어 놓게 했는데, 전하여 공신에 녹훈된 것을 의미한다. 『신당서』 권2 「태종황제본기」.

2) 九宇(구우): 천하, 온 세상.

○ 정전기(鄭銓基, 1847~1920) 자 현필(賢弼), 호 회산(晦山)

> 본관 경주. 초명 전기(典基). 단성 상청(上靑, 산청군 신안면 소재) 출생. 만성 박치복(1824~1894)과
> 후산 허유(1833~1904)의 문인이다. 평생 의리의 학문을 추구했고, 1890년 허전 문집인 『성재집』
> 간행 일을 맡아 여러 지역의 명승고가(名勝古家)를 방문하면서 그곳과 관련된 시문을 많이 남겼다.
> 일제 치하의 나라를 비통해하다 일생을 마쳤다.

「登矗石樓有感」〈『회산유고』권1, 6b〉(촉석루에 올라 느낌이 있어)

昔在龍蛇島夷變	옛 용사년에 섬오랑캐의 변고가 있었나니
晉陽城郭雄鎭東南七十州	진양성은 동남의 칠십 고을 중에서 웅장한 요새였지
爰有一樓臨城上	여기 한 누각이 성 위에서 굽어보고 있나니
城中壯士高節凜凜耀千秋	성안 장사의 높은 절의가 천추토록 늠름히 빛나도다
後有高山千層拱北立	뒤로는 높은 산이 겹겹이 북녘을 에워싸고 있으며
下有長江萬折必東流[1]	아래로 긴 강이 만 갈래 꺾이며 동으로 흐르는데
百戰孤軍捍强虜	백전의 외로운 군사가 강포한 오랑캐를 막아냈고
一盃誓死君恩酬	술잔 잡고 죽음을 맹세하며 임금 은혜에 보답했지
自後昇平三百載	이후 태평세월 삼백 년
萬丈矗矗高此樓	만 길 높디높은 이 누각
嗟爾鞭驢杖鳩[2]登斯者	아, 나귀 채찍하며 지팡이 짚고 여기 오르는 자여
莫作江山風月等閒遊	강산의 풍월을 빈둥거리며 즐기지 말지어다

---

1) 萬折必東流(만절필동류): 변함이 없음. 굳센 의지. 용어 일람 '동류(東流)' 참조.
2) 杖鳩(장구): 손잡이에 비둘기 모양을 새긴 노인의 지팡이. '鳩'는 비둘기.

○ 이도추(李道樞, 1848~1922) 자 경유(敬維)·경유(擎維), 호 월연(月淵)

본관 성주. 진주 남사리(현, 산청군 단성면 소재) 출생. 남천 이도묵(1843~1916)의 아우로 1783년 과거 응시로 상경한 차 성재 허전(1797~1886)에게 집지했다. 학파를 가리지 않고 영호남 선비들과 폭넓게 교유했으며, 『남명집』·『기언』·『일두집』 중간에 간여했다. 1877년 이도묵·허유·김진호·곽종석과 천왕봉 일출을 보았고, 1879년 남쪽 지역을 유람했으며, 1883년에는 곽종석·박규호·하용제(1854~1919)와 함께 금강산을 유람했다.

「登矗石樓」 〈『월연집』 권3, 38b〉 (촉석루에 올라)

落日荒城裏	해 지는 황량한 성
巋然矗石樓	우뚝 솟은 촉석루
忠魂應不死	충혼은 응당 죽지 않았고
今古大江流	예나 지금 큰 강물 흐르네

○ 최성규(崔性奎, 1847~1924) 자 대규(大圭), 호 장와(藏窩)

본관 경주. 대구 출신. 백불암 최흥원의 첫째동생인 최흥점(崔興漸)의 6세손으로 조부 최운한과 부친 최재현의 가르침을 평생 따랐다. 효성이 지극했고 의리를 중시했다. 계당 류주목(1813~1872)의 문인으로 임재 서찬규(1825~1905), 만구 이종기, 족대부 경산 최시술(1839~1923) 등을 종유하며 절차탁마했다. 경술국치 후 팔공산 아래 도장동(道藏洞, 현 대구시 동구 도학동)에서 은거했다. 아래 시의 창작시기는 문집 편차로 보아 국권피탈 한 달 전인 경술년(1910) 7월이다.

「次族祖觀察使廷德[1]矗石樓韻」 〈『장와집』 권1, 20a〉 (족조인 관찰사 최정덕의 촉석루시에 차운하다)

忠魂不與水同流   충혼은 물과 더불어 같이 흐르지 않았는데

---

1) 廷德(정덕): 최정덕(1865~?). 호는 석천(石泉), 일본명 석천청(石泉淸). 초기 독립협회의 주요 인물로 1899년 수구파 대신들을 암살하려 했으나 실패해 일본으로 망명했다. 1907년 귀국 이후 친일로 전향해 이듬해 충청남도 관찰사 겸 재판소 판사가 되어 경술국치 때까지 재직했다. 1911년 2월부터 경상남도 참여관을 지냈고, 이듬해 8월 일본 정부로부터 한국병합기념장을 받았다. 한편 규원 정병조(1863~1945)의 「제최석천정덕시고후(題崔石泉廷德詩稿後)」(『녹어산관집』 권3)로 보아 시집이 있었음을 알 수 있다.

千古傷心此一洲	천고에 마음 쓰라리게 하는 이곳 물가로다
至今義烈遺餘躅	지금껏 의열의 여러 자취가 남았으니
奚但江山擅名樓	어찌 강산에 누각만 이름 떨치겠는가
荒城日暮砧何急	황성에 해 지는데 다듬이 소리는 어찌나 급한지
遠浦春晴草自愁	먼 포구에 봄은 화창하나 풀은 절로 수심겨워라
豈意風光今忽變	풍광이 지금 갑자기 변할 줄을 어찌 알았으랴만
當年恨未早南遊	그때 일찍이 남쪽 유람하지 못한 것이 한스럽네

○ 하용표(河龍杓, 1848~1921) 자 대견(大見), 호 월담(月潭)

사직공파. 진주 백곡리(柏谷里, 현 산청군 단성면 호리) 출생. 1888년 무과 급제하고 이듬해 용양위 부사과(副司果)에 제수된 뒤 병법 외에 술수(術數)의 학문을 연마하여 시국 변화에 대비하려 했다. 하지만 점차 국운이 기울자 관직 현달을 포기하고 낙향해 산수에 은둔했다. 경술국치 이후 향리 계곡에 백한정(柏寒亭)을 지어 망국을 통탄하다가 별세했다. 독립운동가 족제 하용제(1854~1919, 사헌·두 남 하겸락의 장남)와 절친했고, 종형 하용성(河龍聲)의 차남 천규(天逵)를 입양했다.

「矗石樓感懷」〈『월담유고』 권1, 3a〉 (촉석루에서의 감회)

南江涵碧檻前流	남강의 푸른 물결이 난간 앞에 흐르며
俯瞰迷茫十里洲	굽어보니 멀리 아득한 십 리 물가로다
壯士高名乘國史	장사의 높은 이름은 역사에 올라 있고
雄州形勝在斯樓	웅장한 고을 형승은 이 누각에 있구려
昇平曲角來新語	태평곡의 나팔소리가 새롭게 들리건만
浩刧餘城帶舊愁	큰 전란 뒤의 성은 옛 시름 띠고 있네
蕩子何知時事變	나그네가 어찌 당시 변고를 알랴마는
千家歌舞伴春遊	온 민가엔 가무로 봄놀이 짝하구나

○ 황찬주(黃贊周, 1848~1924) 자 양중(襄仲), 호 기원(綺園)

본관 장수. 경상도 상주 출신. 백하 황반로(黃磻老, 1766~1840)의 증손으로 족숙 황난선에게서 가학을 잘 계승해 사림의 신망을 얻었다. 만년에 옥동서원에 초대되어 수년간 강학하면서 질의에 응했고, 장석영(1851~1926) 등과 도의로 상마했다. 정동철(1859~1939)은 행장(『의당집』 권11)에서 황찬주의 촉석루 시가 비분강개한 기상으로 세상을 감동하게 한다고 평했다.

「矗石樓 次板上韻」 〈『기원집』 권1, 35a〉 (촉석루에서 현판시에 차운하다)

層城迢遞壓長流	층층 성은 아스라이 긴 강을 짓누르고
春水連空不辨洲	봄물이 하늘 닿아 물가를 분간 못하는데
戰地烟雲餘舊竈[1]	연기구름 낀 전쟁터에 옛 부엌이 남아 있고
海天風雨有高樓	비바람 치는 바닷가에 높은 누각이 있나니
江寒壯士當年誓	강물 차가워 장사들의 그때 맹세가 생각나며
花落佳人曠代愁	꽃잎 지니 가인의 세상 드문 근심이 떠오르네
極目平蕪傷往蹟	시야 가득 들어오는 평원과 옛 자취에 마음 아파
一舸怊悵獨南遊	배를 타고서 쓸쓸히 홀로 남쪽에서 노닌다

○ 서상훈(徐尙勳, 1849~1881) 자 경옥(褧玉), 호 화곡(華谷)

본관 부여. 충남 청양군 조곡리(造谷里, 현 남양면 봉암리) 출생. 홍주에서 의병을 일으켜 순국한 채광묵(蔡光默, 1850~1906)의 부친인 채동식(蔡東軾)에게서 과거 공부를 익혔다. 약관 때 서울에 올라가 홍대중(洪大重, 1831~1883)의 눈에 띄어 칭찬을 들었으나 불행하게도 33세 나이로 요절했다. 이 시는 병자년(1876) 여름에 경상도 암행어사로 제수된 홍대중을 따라 여러 명승지를 유람할 때 지었다.

「登晉州矗石樓二首」 〈『화곡유고』 권1, 39b~40a〉 (진주 촉석루에 올라 지은 두 수)

樓在灆江. 在昔龍年, 城陷于賊, 十七義士, 次第殉節. 營妓論介, 誘引敵將, 坐于屹巖, 手擠足躓, 與之墜巖下而死. 後立祠於其處. 누각은 남강에 있다. 옛날 용사년 때 적에게 성이 함락되었는데, 27명 의사들이 차례로 순절하였다. 병영의 기녀 논개가 적장

---

1) 舊竈(구조): 전쟁의 참화. 용어 일람 '삼관' 참조.

을 유인하여 높은 바위에 앉았다가 손으로 밀치고 발로 넘어뜨려 그와 함께 바위 아래로
떨어져 죽었다. 뒷날 그곳에 사당을 세웠다.

晉州城外水東流	진주성 너머로 물이 동으로 흐르고
獵獵[1] 秋篁綠映洲	살랑거리는 가을 대가 물가에 푸르게 비치네
毯地浪聲掀[2] 翠壁	땅을 빙 도는 물결 소리가 푸른 벽 뒤흔들며
羃天山色聚紅樓	하늘 덮은 산빛이 붉은 누각에 모여드는데
娘魂寂寞巖花鎖	아가씨 넋은 쓸쓸한 바위 꽃에 잠겨 있고
戰鬼凄凉野草愁	전쟁 귀신은 처량한 들풀 속에 시름겨워라
歎息當年經百刦	당시 온갖 풍상 겪은 일을 탄식하건대
後來猶作畫船遊	뒷사람들은 오히려 뱃놀이 즐기는구나
層城圓折曲江流	층층 성 언저리를 꺾어 굽어지는 강 흐르나니
回憶丹城赤壁[3] 洲	단성의 적벽 물가를 생각나게 하는구려
大抵城南多矗石	무릇 성 남쪽에 우뚝한 바위가 많이 있고
元來江北有高樓	본래부터 강 북쪽에는 높은 누각 있었지
平沙雪白迷人渡	모래밭이 백설 같아 건너는 사람 흐릿하며
落日昏黃動客愁	해가 져 어둑하니 나그네 시름 발동하는데
正是月明秋七夜	그야말로 달 밝은 가을 칠월의 밤이거니
一聲玉笛采眞遊	한 가닥 피리소리가 참된 놀이 분별케 하네

---

1) 獵獵(엽렵): 바람 부는 모양이나 그 소리, 바람에 나부끼는 모양. '獵(렵)'은 바람, 피리
   등의 소리.
2) 掀(흔): 치켜들다, 높이 들어 올리다.
3) 丹城赤壁(단성적벽): 단성현(현 산청군 신안면) 적벽산 아래 경호강(남강 상류) 가의 절벽.
   학호 김봉조(1572~1630)가 1611년 7월 16일 벌인 뱃놀이를 후대에 상상하며 그린 〈범주
   적벽도(泛舟赤壁圖)〉(『풍산김씨 세전서화첩』, 1860년대)가 있고, 채제공은 1743년 부친
   채응일이 단성현감에 부임하자 동행해 「적벽가」를 지었으며, 송병선은 「단진제명승기」
   (1872)에서 적벽 경치와 송시열의 '赤壁' 각자(刻字)를 인상 깊게 서술했다.

○ 신동영(辛東泳, 1849~1906) 자 일첨(一瞻), 호 동미(東湄)

본관 영월. 초명 동하(東河). 전북 부안군 부안읍 동중리(東中里) 출생. 부친인 동강 신학조(辛鶴祚, 1807~1876)의 명으로 재종숙부에게 배웠고, 문예와 필법이 뛰어나 당대에 회자되었다. 1898년 전주관찰부 주사가 되었으나 1905년 봄에 사직하고 향리로 귀은했다. 이 시는 문집 편차상으로 볼 때 별세한 해인 병오년(1906)에 지었음을 알 수 있다.

「和林芝隱[1] 晉陽矗石樓韻」〈『동미유고』 권3, 25b〉(임지은이 지은 진양 촉석
루 시에 화운하다)

石矗臨危樓	뾰족한 바위에 높은 누각 임했고
江長不見洲	강은 길어 끝난 곳 보이질 않네
樓前江水急	누각 앞 강물은 거세거늘
日赴汨灑流[2]	그때 멱라수에 나아갔지

○ 이대형(李大馨, 1850~1921) 자 경오(慶五), 호 난포(蘭圃)·금화(金華)

본관 성주. 초명 석환(錫煥). 합천 묘산면 봉곡리(鳳谷里) 출생이나 1878년 부친인 죽파 이한철(1809~1878)을 따라 천곡리(泉谷里, 현 율곡면 본천리)로 이거했다. 성재 허전의 문인으로 1885년 사마시에 합격해 순국지사 조병세(1827~1905)에게 인정을 받았다. 경술국치 후 일제의 은사금을 거절하고는 태엄산에 원천재(源泉齋)를 짓고 수천 권의 서적과 「무이구곡도」·「성학십도」를 병풍으로 삼아 의리의 학문에 매진하면서 때로는 산수를 유람하면서 울분을 표출했다. 참고로 「함벽루기」(1895)(『난포집』 권4)가 있다.

「登矗石樓」〈『난포집』 권1, 38a〉(촉석루에 올라)

往事傷心涕自流　옛일에 마음 아파 눈물이 절로 흘러
謾將春酒酹虛洲　괜스레 봄 술을 빈 물가에 부어본다

---

1) 芝隱(지은): 임문서(林文瑞, 1679~1740)의 호. 자 윤정. 안의 출신으로 갈천 임훈의 후손. 최훈교(1882~1956), 「지은임공묘갈명」(『동산집』 권7) 참조.

2) 汨灑流(멱라류): 초나라 굴원이 투신 자결했다는 장사의 멱라수(汨羅水). '灑'는 '羅'의 본자. 『상희자전』〈水〉부 19획.

當年賴有忠臣節	그때 다행히 충신의 절의 있었기에
舉世皆知矗石樓	세상 모두가 촉석루를 알고 있지만
四望山河非舊態	사방의 산하 보니 옛 모습은 아니고
一江風雨送詩愁	온 강의 비바람이 시상을 자아내는데
金鞭白馬誰家子	황금 채찍 들고 백마 탄 이 뉘 자식인지
日擁笙歌只好遊	날마다 피리 끼고 노래하며 잘도 노나

○ 김택영(金澤榮, 1850~1927)

자 우림(于霖), 호 창강(滄江), 당호 소호당주인(韶護堂主人)

본관 화개. 경기도 개성 동부 자남산(子男山) 출생으로 1880년부터 황현과 교분이 두터웠다. 1891년 진사 이후 편사국 주사·중추원 서기관·학부 편집위원 등을 지냈다. 을사늑약 체결을 통분하다 1907년 황현에게 보낸 편지에서 "늙어 섬놈들의 종이 되기보다 차라리 강소·절강의 교민이 되어 여생을 보내겠다."(『매천야록』 권4)라고 결심한 대로 1908년 중국 남통주(南通州)로 망명해 일생을 마쳤으며, 『소호당집』 외 많은 저술이 있다. 이 시들은 무인년(1878) 8월부터 두 달 동안 삼남 지방을 유람할 때 촉석루에 들러 지은 것이다. 혜당 김탁동(1894~1942)이 이 시를 차운했다. 참고로 『호영건연록(湖嶺巾衍錄)』(서울대학교 규장각 소장)에도 두 시가 실려 있다. 다만 첫째 시의 제1행 중 '晉陽'은 '菁州'로 되어 있고, 제목이 '登矗石樓'인 둘째 시의 제1~4행은 '我行忽天末, 黃竹晉陽秋, 官長東臯子, 江流矗石楸'로 문집과 조금 다르다.

「矗石樓」〈『소호당시집』 권2 「戊寅稿」, 6a〉 (촉석루)

晉陽氣色曉紛紛	진양의 기운과 물색은 새벽부터 성대하고
形勝南連統制軍1)	형승은 남쪽으로 통제군에 이어져 있는데
翠幕千家烟灑竹	푸른 장막 쳐진 집마다 연기가 대숲에 흩어지며
澄江三折水蒸雲	맑은 강 세 번 꺾이면서 물은 구름으로 증발되네
樓高懷遠紆秋望	누각 높아 아련한 감회로 가을 풍경조차 우울하고
兵後碑殘易夕曛	병란 뒤의 부서진 비석에 땅거미가 쉬 깔리거늘

---

1) 統制軍(통제군): 현 통영인 삼도수군(三道水軍) 통제영(統制營)을 말함. 일제강점기에 훼철되어 오랫동안 세병관(洗兵館, 국보 제305호)만 남아 있었으나 2013년 8월 주요 건물과 시설 복원을 완료했다.

義妓岩前波正綠	의기암 앞의 물결은 정말로 푸르러
西風猶似颺²⁾紅裙	가을바람이 붉은 치마에 부는 듯하구려

黃竹蕭蕭雨	누런 대숲의 추적추적한 비가
催余到晉州	나를 재촉해 진주에 당도하니
滄江天上落	푸른 강은 하늘 위에서 떨어진 듯
飛閣鏡中浮	높은 누각은 거울 속에 떠있는 듯
戰苦雲垂地	전쟁 고달플 땐 구름이 땅에 깔리었고
時平月在舟	시절 태평하니 달은 배에 실려 있는데
所思方未足	마음이 그리 흡족하지 않아
寒日下空洲	추운 날 빈 물가로 내려간다

○ 강시형(姜時馨, 1850~1928) 자 주형(周亨), 호 농은(聾隱)

경북 칠곡군 지천면 상지리(上枝里) 출생. 향리 선비로부터 학문을 배웠고, 1900년 장릉 참봉에 제수되었다. 이 시는 정미년(1907) 촉석루에 등림해 지었다.

「矗石樓 次板上韻」 〈『농은집』권1, 21a~b〉 (촉석루에서 현판시에 차운하다)

保障東南碧水流	동남의 요충지에 푸른 물이 흐르고
落花風雨義巖洲	낙화의 비바람이 부는 의암 물가로다
江城依舊汾陽郡	강성이 의구한 진양군
粉板¹⁾猶今矗石樓	시판도 여전한 촉석루
天寒壯士當年節	차가운 날씨 속의 장사는 당시의 절의요
地盡文章萬古愁	대지 끝자락의 문장은 만고의 근심이로다

---

2) 颺(양): 날리다, 날다.
1) 粉板(분판): 가루 칠한 판, 곧 촉석루 현판.

過法龍蛇三百載	용사년 재난이 삼백 년 지났나니
後人歌管太平遊	뒷사람은 노래하며 태평히 노니네

○ 성일준(成一濬, 1850~1929) 자 관겸(貫兼), 호 계와(桂窩)

의령군 궁류면 계현리(桂峴里) 출생. 일찍부터 자동 이정모(1846~1875)와 절친히 지내면서 향약계를 조직했고, 1877년 허전(1797~1886)의 제자가 되었다. 신두선이 1883년 삼가현감으로 부임하고 2년이 지난 뒤 허유·정재규(1843~1911)가 유림의 중의를 모아 합천 뇌룡정을 중건해 학풍을 진작시키자 적극 참여했다.

「次矗石樓韻」〈『계와유고』권1, 41a〉(촉석루 시에 차운하다)

百劫山河水自流	온갖 풍상 겪은 산하에 물은 절로 흐르고
秋風立馬晉陽洲	가을바람 맞으며 진양 물가에 말을 세웠다
今人不省龍蛇蹟	오늘날 사람은 임진란 자취 살피지 않건만
此地空餘矗石樓	이곳에는 하염없이 촉석루만 남아 있구려
義魄忠魂應不死	의백과 충혼은 응당 죽지 않았거니
白雲黃葉總關愁	흰 구름과 누런 잎이 다 시름겨워라
如何更得昇平世	어찌하면 태평한 세월을 다시 얻어
歌酒欄干復一遊	노래와 술로 난간에서 다시 즐겨보나

○ 박규호(朴圭浩, 1850~1930) 자 찬여(瓚汝), 호 사촌(沙村)

본관 밀양. 진주 사월리(沙月里, 현 산청군 단성면 소재) 출생. 니계 박내오(1713~1785)의 4세손으로 다섯 살 때 생모를 여의고 이듬해 족조 박재호에게 배웠고, 1866년 종숙부 박수덕(朴受悳)의 양자가 되었다. 1875년 남사리 초포마을에 돌아와 있던 곽종석(1846~1919)과 절친히 지냈고, 1878년 이진상(1818~1886)을 배알했으며, 1883년에는 곽종석·이도추·하용제와 함께 금강산을 유람했다. 1919년 '파리장서'에 서명해 성주감옥에 수감되었다. 4종손이 박원종(1887~1944)이다.

「登矗石樓」〈『사촌집』권1, 17a〉(촉석루에 올라)

龍蛇一劫[1]後	용사년 큰 전란 겪은 뒤지만
南國最高樓	남쪽 고을에서 최고 누각이라
花落巖猶屹	꽃 떨어진 바위는 여전히 우뚝하고
城沈水自流	성 가라앉힌 강물은 절로 흐르는데
幾回遊賞處	몇 번이나 감상하며 놀아보건만
還笑此生浮	덧없는 이 생애가 되레 가소로워
怊悵欄頭坐	비통히 난간 끝에 앉았다가
夕陽又下洲	석양에 또 물가로 내려간다

○ 정은교(鄭闇敎, 1850~1933) 자 치학(致學), 호 죽성(竹醒)

본관 해주. 농포 정문부(1565~1624)의 9세손으로 진주 북평리(北坪里, 현 하동군 옥종면 대곡리) 출생. 10세 전후 부모를 여의어 백형을 따라 충청도 병천과 영동으로 이거했다. 이때 운창 박성양(1809~1890)과 인산 소휘면을 종유하며 학문을 연마했다. 1874년 진주 단동(현 단목)에 다시 돌아왔고, 8년 뒤 용암(龍巖)으로 이사했다. 1900년 진주 낙육재의 강장(講長)으로 추대되어 후학을 가르쳤고, 1901년 면암 최익현에게 집지했다. 1911년 가곡(佳谷, 일명 까꼬실)으로 가족을 이끌고 들어간 뒤 황학산 계곡에 후심정(後潯亭)을 짓고 은거하며 제갈량의 「출사표」와 선조 정문부의 격문을 외며 비분함을 달랬다.

「登矗石樓 伏次先祖農圃先生板上韻」〈『죽성집』권1, 14a〉(촉석루에 올라 선조 농포〈정문부〉 선생의 현판시에 삼가 차운하다)

古戰場今擅勝區	옛 전장은 지금도 명승지로 이름 날리는데
重城南畔出高樓	겹겹의 성 남쪽 언덕에 높은 누각 솟았다
魚龍不敢呑巖字[1]	물고기들은 바위 글씨를 감히 삼키지 못하였고

---

1) 一劫(일겁): 오랜 세월. 불교에서 하늘과 땅이 한 번 개벽할 때부터 다음 개벽 때까지의 기간을 뜻함.

1) 巖字(암자): 1629년 논개 바위에 새긴 정대륭(1599~1661)의 전서체 '義巖' 글자를 말함. 하강진(2014), 156~158쪽 참조.

猿鶴無因問水流	원학은 강물에게 물어볼 길조차 없노매라
日晏戎壇歌皷偃	날 저문 장군 거처에 노랫소리 잠잠하나
春闌畵舫管絃浮	봄 무르익은 그림배에 음악소리 요란하네
登臨獨有悠然感	등림함에 특별히 아득한 감개 있나니
吾祖2)當年過此州	우리 선조는 그때 이 고을 지나셨겠지

○ 변효석(卞孝錫, 1851~1906) 자 사영(士永), 호 수가(守可)

거창 병산리(屛山里, 현 가조면 사병리 병산마을) 출생. 원래 이름은 기옥(祺鈺)·자는 성수(聖叟)였으나 1890년 송병선(1836~1905)의 제자가 되면서 이름과 자, 호를 새로 받았다. 아울러 심석재 송병순(1839~1912)은 그에게 자설(字說)을 지어주면서 학문을 권면했는데, 1905년 스승이 순국하자 너무나 비통해한 나머지 이듬해 갑자기 졸했다.

「登矗石樓」〈『수가재유고』권상, 16b~17a〉(촉석루에 올라)

來自灆源方丈流	맑은 물은 방장산에서 흘러내리고
東風歸客立長洲	동풍 속 돌아온 길손이 물가 섰더니
三千大地汾陽堞	삼천리 대지에는 진양성
第一名區矗石樓	제일의 명구로는 촉석루
崖屹雙祠爭日色	절벽에 우뚝한 두 사당은 햇빛을 다투며
沙沈古戟1)喚塵愁	모래에 묻힌 옛 창은 세상 근심 부르는데
行人且莫歸裝趣	길손은 여장 챙겨 돌아가지 마오
到此何妨作此遊	여기서 이런 유람인들 무엇이 해로우랴

---

2) 吾祖(오조): 창원부사 때 촉석루에 올라 시를 지은 정문부를 지칭함. 자세한 것은 정문부 (1565~1624)의 시 참조.

1) 古戟(고극): 전란의 자취. 용어 일람 '절극' 참조.

○ 전상무(田相武, 1851~1924) 자 순도(舜道), 호 율산(栗山)·우경(寓耕)

본관 담양. 의령 유곡면 칠곡리(七谷里) 출생. 을미사변과 단발령 조치에 반발해 정재규와 만나 창의를 서로 약속했고, 노응규(1861~1907)가 1896년 함양 안의에서 창의하자 가담해 관군과 싸웠다(『율산집』 권3 「적원일기」). 을사늑약 후 의령 자굴산에 들어갔다가 감시가 심해 고향에 돌아와 자정(自靖)했다. 경술국치 이후 일제가 회유하자 "사람의 나라를 빼앗기는 쉬우나 사람의 뜻은 빼앗기 어렵다[奪人之國易, 奪人之志難]"하며 거절해 곤욕을 치렀다. 1913년 계화도의 전우(田愚)를 뵙고 제자가 되었으며, 같은 해 관서를 거쳐 청국에 들어가 안효제·노상익·이승희 등과 시국을 논하고 돌아왔다. 존현 사업에 앞장서 '삼은선생유허비각'을 담양향교 앞에 건립했고, 『도구선생실기』 간행을 주도했다.

「六月晦日 見兒子輩作矗石樓詩 因感書示」〈『율산집』 권1, 47b〉 (유월 그믐 아이들이 촉석루 시 짓는 것을 보고 느낌이 있어 써 보이다)

抱郭澄江滾滾流	성을 안고 맑은 강이 이엄이엄 흐르는데
長歌鰥亍下[1]空洲	노래 부르며 홀아비가 빈 물가 내려간다
三晉[2]山河非好地	삼진의 산하는 호감 가는 곳은 아니지만
百番風雨獨餘樓	잦은 비바람에도 홀로 남은 누각이어라
壯士佳人榮一死	장사와 가인은 한 번 죽음을 영예롭게 여겼고
落花啼鳥喚千愁	지는 꽃과 우는 새가 천 가지 근심을 일으키네
咄咄斜陽無語立	혀를 차며 석양에 말없이 서 있을진대
忍聽羌笛作遨遊	차마 오랑캐 피리소리 들으며 마음껏 즐기랴

○ 배성호(裴聖鎬, 1851~1929) 자 경로(景魯), 호 금석(錦石)

본관 분성. 함양군 유림면 장항동(獐項洞) 출생이나 1870년 산청군 초곡(草谷, 현 생초면 어서리)으로 이사했다. 1872년 상경해 허전의 제자가 되었고, 송병순·정재규를 배알했으며, 기우만·곽종석·민치량·권운환·이택환 등과 교유했다. 그의 「유금산록」(『금석집』 권5)을 보면 무오년(1918) 9월 초순 민용혁·양재선 등과 함께 촉석루와 의기사를 구경하고는 현판시를 차운했다고 했는데, 뒤에 수록된 민용혁(1856~1935)의 시와 흡사하다.

---

1) 亍下(촉하): 비틀거리며 내려감. '亍'은 자축거리다.
2) 三晉(삼진): 춘추시대 때 진(晉)나라를 삼분하여 제후가 된 위(魏)·한(韓)·조(趙)를 말함. 여기서는 나라가 참란한 지경에 빠진 것을 비유함.

「登矗石樓有感」1) 〈『금석집』권3, 3b~4a〉 (촉석루에 올라 느낌이 있어)

千舳浮橋2)駕碧流 　　일천 배의 부교가 푸른 물을 부리며

晉陽無郭有長洲 　　진양은 성곽 없고 긴 물가만 있구려

飛車電線3)橫行路 　　자동차와 전깃줄은 도로에 널려 있고

壯士佳人不朽樓 　　장사와 가인이 누각에 사라지지 않았건만

百年保障佗人室4) 　　오랜 세월 요충지는 타인 집 되었거니

九月秋風遠客愁 　　구월 가을바람 속 나그네는 시름겨운데

誰把南江千丈水 　　그 누가 천 길의 남강 물로

名城一洗復來遊 　　이름난 성을 말끔히 씻어내 다시 노닐게 하랴

○ 오세로(吳世魯, 1852~1900) 자 성국(聖國), 호 인산(仁山)

본관 함양. 경북 청송군 감련리(甘蓮里) 출생. 9세 때 나은 심계(沈銈)의 문하에서 수학했다. 1896년 1월 청송에서 의병을 일으킨 심성지(沈誠之)의 참모가 되어 인근 지역을 근거로 의성 의병장 김상종(金象鍾)·이천 의병장 김하락(金河洛)의 부대와 연계해 일본 병사 7~8명을 사살했으며, 1997년 건국 포장에 추서되었다. 『인산집』외 김승진·심의식·서효격 등과 공저한 창의록 『적원일기(赤猿日記)』가 있다. 아래의 시는 제목이 흡사한 농수 최천익(1710~1779)의 작품과 비교할 때 56자 중 단지 여섯 자만 다른데, 이 문집에 수록된 이유를 구체적으로 알 수 없다.

「自統營回路 登矗石樓」〈『인산집』권1, 16a〉 (통영에서 돌아오는 길에 촉석루
　　에 올라)

過歲此樓爲勝會 　　지난해 이 누각에서 멋진 모임 가져

---

1) 그는 진주부의 모습을 "배를 이어 다리를 만들었고, 남강은 평지와 같으며, 성을 훼철해 길을 닦았다. 기차는 질주하고, 전선이 이리저리 엮었으며, 화려한 집들로 눈이 휘둥그레져 똑바로 볼 수 없다."고 묘사했다. 「유금산록(遊錦山錄)」, 『금석집』권5, 13a.

2) 浮橋(부교): = 선교(船橋). 1912년 봄에 가설되어 1925년까지 존속한 남강의 배다리. 서부 경남 주민들이 건너보려고 일부러 이곳까지 찾아왔을 정도로 대대적인 관심을 끌었다. 김경현 편, 『진주이야기 100선』, 진호출판사, 1998, 61~63쪽.

3) 電線(전선): 진주의 전기 선로는 1902년 1월 7일 개통되었음. 허유의 시 참조.

4) 佗人室(타인실): 당시 촉석루가 호국사 승려를 위한 학교가 되었음을 말한 것이다. 「유금산록」, 『금석집』권5, 13a.

居然今夕感懷新	분명 오늘 밤의 감회가 새롭구나
江山倘識重來客	강산은 다시 찾은 길손을 알아주려나
天地曾無久視人	천지에는 오래도록 본 사람이 없는데
石出汗¹⁾空殊意態	바위 드러나고 물가 쓸쓸해 심경이 다르고
霜淸月白更精神	서리 맑고 달빛 희어 정신을 바루게 하거늘
停杯復奏相思曲	잔 멈추고 상사곡을 다시 연주하니
多少情朋爲我顰	정 많은 벗들이 나를 위해 눈짓하네

○ 양상엽(梁相曄, 1852~1903) 자 치삼(致三), 호 포운(圃雲)

본관 제주. 능주 쌍봉리(雙峯里, 현 화순군 이양면 소재) 출생. 1891년 김평묵과 최익현을 배알해 제자가 되었고, 1897년 송병선과 송병순의 문인이 되어 기우만·정재규와 시종 교유했으며, 규당 정범조(1833~1897)·이건창 등을 내왕했다. 삼종손이 희암 양재경(1859~1918)이고, 족증손이 정재 양회갑(1884~1961)이다. 뛰어난 재능과 활달한 기질로 시국을 개탄했으며, 이 시는 「연보」(『운포유집』 권6 부록, 4a)에도 나타나 있듯이 기묘년(1879) 3월 창렬사와 촉석루를 둘러보고 지은 것이다.

「次矗石樓韻」〈『포운유집』 권1, 6b〉 (촉석루 시에 차운하다)

晉陽千載水東流	진양은 천년토록 물이 동으로 흐르며
矗石頭頭¹⁾兩岸洲	촉석은 양쪽 언덕 물가에 삐죽삐죽하네
意者人間雖有地	생각건대 인간에게 땅이 있을지라도
眼諸天下更無樓	천하를 볼진대 누각이 다시 있으리오
暖風醉鷺飛餘夢	따스한 바람에 취한 해오라기가 꿈속에 날아가고
暮雨哀猿起遠愁	저녁 비에 애절한 원숭이는 깊은 시름 잠기는데
回憶當年三壯士	당시 삼장사를 회상하니
浮生於此愧虛遊	뜨내기의 이곳 허툰 유람이 부끄러이

---

1) 汗(한): 정(汀)의 오기.

1) 頭頭(두두): 쫑긋쫑긋 솟은 모양, 남김없이, 전부, 제각기.

○ 서천수(徐天洙, 1852~1911) 자 백윤(伯潤), 호 하산(霞山)

본관 달성. 달성 남산리(南山里, 현 대구시 중구 남산동) 출생. 중년 이후 청도의 깊은 골짜기에 은거하다 곽당리(藿塘里, 현 각남면 신당리)로 이거해 시국을 걱정하며 지냈다. 일찍부터 경서의 요체를 익혀 실제 생활에 실천하려 했고, 청도군수 최현달(1867~1942)과 교유가 깊었다.

「和矗石樓韻」〈『하산유고』권1, 20a~b〉(촉석루 시에 화운하다)

郭外長江日夜流	성곽 너머 긴 강이 주야로 흐르는데
淘沙歷歷滿汀洲	씻긴 모래 또렷하게 가득한 물가로다
天晴萬里扶桑國[1]	하늘은 만 리의 부상 나라에 쾌청하며
人倚東風矗石樓	사람은 봄바람 부는 촉석루에 기댔는데
營柳春深黃鳥語	봄 깊어가는 병영 버들에 꾀꼬리가 지저귀고
巖花雨浥翠蛾愁	비에 젖은 바위 꽃에 미인 수심이 가득하다
最憐十二紅欄月	사랑스럽게도 열두 붉은 난간의 달빛이
留照花箋[2]記壯遊	시전지를 비춰 장쾌한 유람을 기록하게 하네

○ 노응호(盧應祜, 1852~1913) 자 익중(益仲), 호 죽오(竹塢)

본관 광주. 초명 응섭(應燮). 초계 중방리(中方里, 현 합천군 적중면 황정리) 출생. 성재 허전(1797~1886)의 문인으로 박치복, 노상익, 이종기, 이만도(1842~1910), 안효제 등을 종유했다. 1885년 성균관 진사가 되었으나 부모의 잇따른 별세로 향리에서 학문에 정 진했다. 1896년 가족을 이끌고 지리산 의승동(義勝洞)으로 둔세했다가 1903년 상기(上沂, 현 율곡면 기리)로 이사해 후진을 양성했다.

「矗石樓」〈『죽오집』권2, 7b〉(촉석루)

| 晉陽風雨過江淸 | 진양의 비바람이 맑은 강에 몰아치는데 |
| 一片孤城保障成 | 한 조각 외딴 성은 보장 지역 이루었네 |

---

1) 扶桑國(부상국): 동쪽 바닷속에 있다는 전설상의 나라. 여기서는 아름다운 진주를 지칭함.
2) 花箋(화전): 무늬가 있는 편지지, 곧 시전지.

| 人去樓空三百載 | 인걸 떠난 누각은 횅한 지 삼백 년 |
| 至今冤恨獨分明 | 지금도 원한이 유독 선명하구려 |

○ 윤우학(尹禹學, 1852~1930) 자 장여(章汝), 호 사성재(思誠齋)

본관 칠원. 합천군 묘산면 팔심리(八尋里) 출생. 윤영석의 아들로 가학을 전수하다가 박치복에게 배웠고, 1883년 송병선(1836~1905)의 문인이 되었다. 일찍이 과거 시험을 접은 채 향리에서 실학을 추구했고, 쇠퇴하던 국운에 통분함을 이기지 못해 송명(宋明) 말기 충신열사의 전기를 책상 위에 두고 분개하며 눈물을 흘렸다. 아래의 시는 작품 편차로 보아 기유년(1909)에 지었음을 알 수 있다. 족질이 윤병형(1891~1967)이다.

「次矗石樓板上韻」〈『사성재집』 권1, 11a〉 (촉석루 현판시에 차운하다)

晉城江水不平流	진양성 강물은 평온히 못 흐를진대
此是三賢蹈義洲	이곳은 세 현인이 의를 실천한 물가라
一朝勢潰睢陽障	일조에 기세가 무너졌던 요충지이나
萬古名存矗石樓	만고에 명성이 남아 있는 촉석루로다
日日潮生磨釰恨	날마다 물결에 칼을 가는 원한이 생동하고
年年春結落花愁	해마다 봄철에는 낙화의 근심이 맺히는데
升平百歲伊誰力	오랜 세월 태평함은 그 누구의 힘이더뇨
散吏騷人謾作遊	한산한 관리와 시인이 고작 너절히 노닐다니

○ 안방로(安邦老, 1852~1938) 자 치강(穉康), 호 연파(淵坡)

본관 탐진. 의령군 부림면 입산리(立山里) 출생. 곽재우 휘하에서 전공을 세운 지헌 안기종의 후손으로 만구 이종기(1837~1902)를 사사했다. 농산 장승택(1838~1916), 회당 장석영, 소눌 노상직(1855~1931) 등 당대 거유들과 도의로 교유했으며, 천문과 도수 말고도 예학에 조예가 깊었다.

「登矗石樓」〈『연파집』 권1, 26a〉(촉석루에 올라)

百年浩愓付長流	옛날 큰 전란은 강물에 붙여져 있고
泂溯蒼葭白鷺洲	푸른 갈대의 백로주를 거슬러 오르니
一詞題去詞雄筆	시 한 수 짓고 떠났으나 시호의 필치요
千古名留壯士樓	명성이 천고에 걸쳐 전하는 장사루로다
山河大勢南州鎭	산하의 큰 지세는 남쪽 고을의 중진이나
風雨餘塵北闕愁	비바람 뒤의 티끌은 임금의 근심이거늘
今人不識佳娥恨	지금 사람들은 가인의 원한을 모른 채
歌舞登筵事謾遊	가무로 잔치 벌여 공연한 놀이만 일삼네

○ **권운환(權雲煥, 1853~1918)** 자 순경(舜卿), 호 명호(明湖)

단성 내마촌(內麻村, 현 산청군 단성면 강루리) 출생. 조성가(1824~1904)의 둘째동생인 조성우의 사위이고, 종동서가 우산 한유이다. 정재규와 기정진의 제자이며, 1881년 서울에 가서 최익현의 가르침을 받았다. 신안면 월명산 아래의 구역촌·산청 지곡·진주에 거처를 옮기다가 1891년 단성 향리로 돌아온 뒤 강루리의 상양재(上陽齋)에서 후학을 양성하며 말년을 보냈다. 제자로는 이정수, 이교문, 이교우, 이교면 등이 있다. 「여정주윤(與鄭周允)」(『명호집』 권5)을 보면 임진년(1892) 윤6월 29일 촉석루에 올랐다는 기록이 있다.

「登矗石樓」〈『명호집』 권1, 17b〉(촉석루에 올라)

矗石樓高藍水碧	촉석루 높고 남강 물 푸른데
蒼茫往劫已千春[1]	아득한 옛 전란은 이미 천년
也知義魄不隨滅	의백이 물 따라 죽지 않은 줄을 알고말고
百到猶能感慨新	백 번을 와 봐도 오히려 감개는 새로우리

---

1) 千春(천춘): 천 번의 봄, 즉 봄을 천 번 맞이함. 많은 세월이 흘렀음을 뜻함.

○ 권상빈(權相彬, 1853~1925) 자 주약(周若), 호 천후(川后)

산청군 신등면 단계리 출생. 과거 폐단을 목격한 뒤 출사를 포기하고 성재 허전의 제자가 되었으며, 이상규(1846~1922)·권운환·이택환 등과 절친하게 지냈다. 이 시는 편차로 볼 때 병진년(1916)에 지은 것으로 추정된다.

「矗石樓懷古 次板上韻」〈『천후유집』 권1, 12a〉 (촉석루에서 옛일을 떠올리며 현판시에 차운하다)

山自峨峨水自流	산은 절로 높고 물도 절로 흐르는데
行人立馬倚長洲	길손은 말 세워 긴 물가에 기댔노라
蒼天有厄吾王國	하늘이 우리나라에 액운을 있게 하여
白日無光古戰樓	대낮에도 빛이 없던 옛 전쟁 누각인데
虎踞龍盤1)難可恃	지세 험하고 웅장해도 믿기 어려웠거니
忠魂義魄惣含愁	충혼과 의백은 근심을 다 머금고 있네
蚩2)渠城市紛紜客	어지러운 도시에 마음 혼란한 나그네라
此地何心作好遊	이곳에서 무슨 마음으로 유람을 즐기랴

○ 노정훈(盧正勳, 1853~1929) 자 경진(敬珍), 호 응초(鷹樵)

본관 광주. 의령군 화정면 화양리(華陽里) 출생. 함안 군북의 와룡정(臥龍亭)에서 황기영, 조정규와 강마했다. 1921년 의령읍 만상리에 구양재(龜陽齋)를 건립해 자제들의 강학소로 삼았다. 족숙 노응호·족제 노상직(1855~1931) 등과 협심해 보첩 간행과 재각 중수에 힘써 신망이 두터웠다. 전상무(1851~1924)·허찬·이태식(1875~1951) 등과 교유했다.

---

1) 虎踞龍盤(호거용반): '虎踞'는 범이 무릎을 세운 것처럼 지세가 웅대함을 뜻하고, '龍盤'이 용이 서린 듯이 산세가 험함을 뜻함. 당나라 옹도(雍陶), 「하음신성(河陰新城)」, "높은 성을 새로 쌓아 긴 강을 눌렀으니 / 험하고 웅장한 기상이 온전하네[高城新築壓長川, **虎踞龍盤**氣色全]".

2) 蚩(치): 어지럽다. 『광아(廣雅)』, "蚩, 亂也".

「登矗石樓」〈『응초유집』권1, 8b~9a〉 (촉석루에 올라)

靑巒聳後大江前	푸른 산 뒤로 솟고 앞은 큰 강
浩怯已經三百年	큰 전란 이미 지난 지 삼백 년
十里長城非舊樣	십 리 장성이 옛 모습은 아니지만
一輪孤月自先天	두둥실 외로운 달은 예부터 그대로네
義妓芳名銘矗石	의기의 고운 이름은 촉석에 새겨져 있고
將軍往跡印菁川	장군의 옛 발자국은 남강에 찍혀 있구려
登臨不可閒遊樂	등림한들 한가한 유람을 즐길 수 없노니
緬憶龍蛇涕泫1)然	용사년의 아련한 생각에 눈물이 줄줄

○ 서상두(徐相斗, 1854~1907) 자 순거(舜擧), 호 심정(心亭)

본관 대구. 함양군 유림면 웅평리(熊坪里) 출생. 서거정의 14세손으로 3세 때 모친을 여읜 그는 약관에 향시와 경시에 뽑혔고, 1881년 유생들과 연대해 위정척사의 상소문을 올렸다. 1891년 진사시 합격했으나 곧 낙향했다. 1902년 4월 남해 금산을 유람했고, 부친 서인순(徐璘淳, 1827~1898)의 뜻을 받들어 이복동생 서상엽·서상건(1865~1911)과 함께 화정산의 관화대 곁에 화심정(華心亭)을 지어 강학했다. 아들을 송병순의 제자가 되게 했고, 정재성(1863~1941)과 절친했다. 이 시는 작품 편차로 볼 때 신축년(1901) 작임을 알 수 있다.

「矗石樓 次板上韻」〈『심정유고』권2, 2b〉 (촉석루에서 현판시에 차운하다)

晉陽城郭泛長流	진양 성곽이 길고도 긴 강물에 떠 있고
極目萋萋芳草洲	시야 끝까지 방초가 이들이들한 물가라
驚風驟雨曾何代	세찬 바람과 소낙비는 그 언제던고
壯士佳人萃此樓	장사와 가인 이 누각에 모였었거늘
節度繁華還醉夢	절도영은 번화하여 도로 취생몽사한다만
黎元1)憔悴復塵愁	백성은 초췌하여 다시 속세 근심 띠었네

---

1) 涕泫(체현): 눈물을 흘림. '涕'는 눈물. '泫'은 눈물 흘리는 모양.
1) 黎元(여원): =여민(黎民). 백성. '黎'는 검다. 많다. '元'은 머리, 백성.

回看雲月留吟墨　　구름 달을 돌아보며 시를 남겨봄은
認是昇平舊日遊　　태평한 시절의 옛 놀이를 알기 때문

○ 이희로(李熙魯, 1854~1915) 자 성첨(聖瞻), 호 동암(東庵)

본관 성산. 경북 영천시 천미리(泉味里, 현 동부동) 출생. 척암 김도화(1825~1912)의 문인이다. 과거 시험을 준비하면서 영민함을 보여 집안사람들의 칭찬을 받았고, 『중용』과 『대학』을 기본으로 하여 성리학 요체를 체득해 사림의 추중(推重)을 받았다. 경전을 강학하여 후진을 양성했다.

「矗石樓 次申靑泉韻」〈『동암집』 권1, 4b~5a〉 (촉석루에서 신청천 시에 차운하다)

悠悠往事水東流　　옛일 아득하고 강물은 동쪽으로 흐르는데
欲問無憑立古洲　　물으려 한들 물을 곳 없어 옛 물가에 섰노라
不有當年三壯士　　당시의 삼장사는 없지마는
尋常此地一空樓　　이곳엔 덩그런 누각 늘 있네
歌笙舞鶴官娥樂　　풍악소리에 춤추는 학은 관기의 즐거움이요
落日眠鷗客子愁　　석양에 잠든 갈매기는 나그네의 마음이러라
塵肚繡歸風景好　　속된 배에 비단옷 입고 돌아가는 풍경도 멋지니
逢人輒說晉陽遊　　사람 만나면 진양의 유람을 곧장 말하리라

○ 조호래(趙鎬來, 1854~1920)

자 태극(泰克)·태긍(泰兢), 호 하봉(霞峯)·연재(連齋)

본관 함안. 대소헌 조종도의 후손으로 진주 소남리(召南里, 현 산청군 단성면 소재) 출생. 족조 조용택을 따라 상경해 허전(1797~1886)의 문인이 되었고, 그곳에서 때마침 박치복을 만나 제자의 예를 갖추었다. 1877년 남사리 향음주례에 참석한 이진상에게 칭찬을 들었다. 이후 임오군란이 일어나자 과거를 포기하고 오산(梧山, 관정리 덕동마을)의 호곡산방(壺谷山房)에 거처하며 학령을 만들어 제자를 육성하고 종약을 제정해 향리 교화에 매진했다. 또 1914년 도통사(道統祠, 1995년 내동면 유수리 이건) 건립에 참여했다. 곽종석, 이도묵, 이상규, 조원순, 권상찬과 교유했다.

「矗石樓有感」〈『하봉집』권1, 6b〉 (촉석루에 느낀 바 있어)

逝水滔滔不盡流	강물은 넘실넘실 끝없이 흐르는데
秋風客渡晉陽洲	추풍에 길손이 진양 물가를 건넜다
一詩誓死金夫子1)	시 한 수로 죽음 맹세한 김성일
萬古銷魂矗石樓	만고에 걸쳐 넋 녹이는 촉석루
宇宙逢人堪把酒	세상에서 사람 만나면 술잔 잡을 만하지만
煙波滿地易爲愁	안개 물결이 꽉 찬 땅은 쉬이 시름 되나니
莫敎塵慮來相逼	속된 생각으로 서로 다그치지 말고
鎭日憑欄賦遠遊	온종일 난간 기대 원유 시 읊조려보길

○ 최원숙(崔源肅, 1854~1922) 자 형권(衡權), 호 신계(新溪)·남파(南坡)

본관 전주. 진주 소남리(召南里, 현 산청군 단성면 소재) 출생. 박치복(1824~1894)과 김인섭의 문인이다. 외세 침입을 문약한 탓으로 보고는 병서를 탐독한 뒤 1893년 무과 급제해 부사과(副司果)에 천거되었고, 1902년 중추원 의관이 되었다. 을사늑약이 체결되자 사대부로서 치욕을 느껴 향리에 줄곧 은둔했다. 권두희·권봉현·하종식 등과 친했으며, 조긍섭의 묘갈명이 있다. 아래의 시는 권두희(1859~1923)와 권봉현(1872~1936)의 작품에 비추어볼 때 신유년(1921) 8월 17일에 지었을 것으로 추측된다.

「矗石樓 次板上韻」〈『신계집』권2, 26a〉 (촉석루에서 현판시에 차운하다)

三版城頹一水流	삼판성 허물어지고 한 줄기 강이 흐르는데
蒹葭鷗鷺滿長洲	갈대와 물새들이 긴 모래톱에 가득하구려
何人不弔義娘廟	누군들 의랑 사당에 마음 아프지 않으리오
此地空餘壯士樓	이곳에 장사 누각이 덩그러니 남아 있거니
春酒行歌如過夢	봄 술 마시고 노래한 일은 꿈같이 지났고
秋風懷古不勝愁	가을바람에 회고하니 수심을 가눌 길 없네
蒼茫故國迷千里	아득한 고향 땅에서 천릿길은 아련하여

---

1) 金夫子(김부자): 김성일의 경칭.

悄倚斜陽賦遠遊　　　해질녘 쓸쓸히 원유 시를 읊조린다

○ 이택환(李宅煥, 1854~1924) 자 형락(亨洛), 호 회산(晦山)

본관 성주. 단성 송계리(松溪里, 현 산청군 생비량면 가계리 송계마을) 출생. 최익현의 제자이고, 최숙민(1837~1905)·정재규·기우만 등을 종유했다. 1882년 급제해 정언·지평 등 10여 년 관직에 있었다. 을사늑약이 체결되자 하동군 북천면 화정리에 초옥을 지어 은둔했다. 1915년 인근의 지사들과 '화계십일사(花溪十逸社)'를 결성해 망국의 울분을 달랬고, 같은 해 6월 옥종 월횡의 함월정(涵月亭)에서 정은교·정봉기 등과 '무릉팔선(武陵八仙)' 모임을 가졌다. 아래의 시는 최익현이 임인년(1902) 여름 진주에 들렀을 때 그를 종유하면서 지은 것으로, 당시의 지리산 유람 동정은 「유두류록(遊頭流錄)」(『회산집』 권9)에 상세히 기록되어 있다.

「矗石樓 次退陶先生韻」〈『회산집』 권1, 12a~b〉(촉석루에서 퇴계 선생 시에
　　차운하다)

退陶夫子行吟處　　　퇴계 선생이 시 읊은 곳

壯士佳人矗石樓　　　장사와 가인의 촉석루라네

三版孤城依舊在　　　삼판의 외딴 성은 예전처럼 그대로고

一盃江水至今流　　　한 잔 들며 가리킨 강물이 여태 흐르는데

書生不合紅裙醉　　　서생으로서 기녀와 어울려 취할 수 없어

往事惟看白鳥浮　　　옛일 생각하나 떠다니는 백조만 보일 뿐

浩刼悠悠三百載　　　큰 전란 지난 지 어언 삼백 년

勉翁[1]千里趁芳洲　　　면암옹이 천릿길 좇아 방주에 오셨구려

---

1) 勉翁(면옹): 면암 최익현의 경칭.

○ 김재인(金在仁, 1854~1930) 자 진경(晉卿), 호 윤산(輪山)

본관 의성. 성주 윤동리(倫洞里, 현 경북 성주군 수륜면 수륜리) 출생. 어릴 때부터 백부와 족부에게서 배웠다. 1885년 사마시에 합격했으나 관직 진로가 공정하지 못함을 개탄하고 낙향한 뒤 허전(1797~1886)의 문인이 되었다. 경술국치 이후 두문불출하며 지냈다.

「矗石樓」〈『윤산집』 권1, 8a〉 (촉석루)

從古晉陽擅上流	예부터 진양은 높은 지위를 독차지하고
東南形勝此汀洲	동남의 빼어난 경치는 이곳의 물가로다
一佳人碧長江水	한 가인은 남강 물보다 푸르며
三壯士高矗石樓	삼장사는 촉석루보다 높아라
滿地煙雲留戰跡	자욱한 연운은 전쟁 자취를 전하고
四時笳管解人愁	사철의 풍악소리는 근심을 풀어주거니
太平生長還堪笑	태평성대 생장해 되레 우습게도 보이지만
五十書生八月遊	쉰 살의 서생이 팔월에 노닐어보네

○ 최호림(崔顥琳, 1854~1935) 자 윤직(允直), 호 덕초(德樵)

본관 전주. 의령 가례면 갑을리 봉림마을 출생. 과거에 연연하지 않고 경사 섭렵에 힘썼다. 서산 김흥락(1827~1899)에게 배우지 못한 것을 한스러워했다. 이에 서산 문하생인 족조(族祖) 최정기(1846~1905)·최정우(1862~1920)·최동익(1868~1912) 등을 찾아가 학문을 심화했다. 경술국치 이후 두문불출하며 향리 자제들을 교육했다.

「矗石樓」〈『덕초고』 권1, 10a〉 (촉석루)

登樓回首憶前時	누각 올라 고개 들어 옛날을 떠올리고는
俯仰乾坤浩歎遲	천지 위아래를 쳐다보며 한참 탄식하건대
宇宙大名三壯士	세상에 큰 명성은 삼장사이거니
江山留迹幾男兒	강산에 사나이 몇이나 자취 남겼나

一天雲雨悲歌筑[1]　　　　온 하늘 구름비가 슬픈 노래 자아내고
異國衣冠對酒詩　　　　낯선 나라 관리들이 술과 시로 짝하네
汾水自流軒獨立　　　　진양 강물은 절로 흐르고 처마가 우뚝한데
吾人遺恨復傾卮　　　　우리들은 한이 남아 술잔을 다시 기울인다

○ 황현(黃玹, 1855~1910) 자 운경(雲卿), 호 매천(梅泉)

본관 장수. 광양현 서석촌(西石村, 현 전남 광양시 봉강면 석사리) 출생. 1886년 12월 구례군 간전면 만수동(萬壽洞)으로 이사했고, 1902년 11월 이후로 구례군 광의면 월곡리(月谷里)에서 줄곧 살았으며, 이곳에 위패를 모신 매천사(梅泉祠)가 있다. 1888년 성균관 생원시에 장원했으나 벼슬을 마다한 채 쓰러져가던 국운을 바로잡으려 노력하던 중 1910년 8월 29일 국권이 침탈되자 「절명시(絶命詩)」 4수를 남긴 뒤 아편을 먹고 9월 10일 자결했다. 한 달 뒤인 10월 11일 『경남일보』 1면〈사조〉란에 그 절명시와 장지연의 시평이 곧바로 게재되었으며, 문집 외 『매천야록』·『오하기문』 등의 저술이 있다. 첫째 시는 정축년(1877)에, 둘째 시는 신묘년(1891)에 지었다. 하강진(2014), 405~416쪽 참조.

「矗石樓」〈『매천전집 속집』 권1 「丁丑稿」, 131~132쪽〉 (촉석루)

三百年來月影流　　　　삼백 년 이래로 달그림자 비추었을 터
依依蘭社見中洲　　　　그윽한 사당이 아련히 물가에 보이네
南征壯士無墳墓　　　　남쪽에 왔던 장사들은 무덤조차 없는데
古意行人上水樓　　　　옛 뜻 품은 나그네가 물가 누각 올랐더니
釖氣橫空星斗錯　　　　칼 기운이 하늘 비겨 북두성과 섞이고
角聲連夜海山愁　　　　뿔피리 소리가 밤에 이어져 강산이 근심스럽다
秋光萬里增怊悵　　　　가을빛 만 리에 슬픔이 보태지거늘
厭逐烟霜賦遠遊　　　　안개 서리 분주히 좇으며 원유 시 짓노라

---

1) 悲歌筑(비가축): 비분강개한 노래를 부름. 유래는 조용헌의 시 각주 '검축' 참조.

「矗石樓 次板上韻」〈『매천 후집』권2 「辛卯稿」, 519~520쪽〉(촉석루 현판시에 차운하다)

水咽城根未肯流	물은 성 밑에서 오열하며 못내 흐르고
淡烟寒日古汀洲	안개 뿌옇고 날씨 차가운 옛 물가로다
蠻酋不過成諸老	오랑캐 두목은 다 쇠해버린 노인에 불과한데
汾晉無容認我樓	진양은 내가 누각 알아봄을 허용하지 않구려
彝鼎1)丹靑空自好	공적 새겨진 기물과 단청이 속절없이 절로 좋다만
雲沙魚鳥至今愁	구름 깔린 모래톱과 새 물고기는 지금도 시름겹구나
漫天風雪梅花發	하늘 뒤덮은 눈보라 속에 매화가 피었나니
鐵笛橫江詑遠遊	쇠피리 들고 강 횡단하며 원유를 뽐내본다

孤城依舊枕寒流	외로운 성은 변함없이 찬 강물 굽어보고
折戟沙平不見洲	창 묻힌 모래밭은 물가에 보이지 않구려
關塞蕭然悲去國	변방이 쓸쓸하여 고을 떠나기가 슬프고
江山如此悔登樓	강산도 이러하매 누대 올라 뉘우칠진대
梅花遠驛生春夢	먼 역참의 매화꽃에는 봄꿈이 생겨나나
竹雨2)虛汀起夜愁	빈 물가의 대숲 비에 밤 수심이 일도다
寄語昇平諸將帥	태평한 시절 여러 장수에게 말하노니
莫專謳皷管遨遊	노래하고 풍악 울리며 마음대로 놀지 마소

---

1) 彝鼎(이정): 종묘에 쓰는 술 단지와 솥. 옛날 공로가 있는 신하의 이름을 이 제기에 새기기도 했음.
2) 竹雨(죽우): 대숲에 떨어지는 빗방울.

○ 안승채(安承采, 1855~1915) 자 회경(繪卿), 호 동계(東溪)·지산(芝山)

본관 순흥. 초명 보순(輔淳). 충북 영동 출신. 안향의 후손으로 경서를 비롯해 천문지리 분야도 두루 섭렵했고, 송병선·박성양(1809~1890) 등을 종유하면서 칭찬을 들었다. 1895년 내부주사에 천거되었고, 다음 해 충주주사에 제수되었지만 얼마 되지 않아 사직했다. 1905년 을사늑약 이후로 초동목부와 어울려 방랑하며 세월을 쓸쓸히 보냈다. 당시 비분강개한 시문이 회자 되었는데, 아래 시는 문집 편차로 볼 때 무자년(1888)에 지었음이 분명하다.

「登晉州矗石樓 次板上韻」〈『동계유고』 권3, 26b〉(진주 촉석루에 올라 현판시에 차운하다)

萬古灠江滾滾流	긴 세월 맑은 강은 이엄이엄 흐르고
有巖矗矗鎭長洲	우뚝 솟은 바위가 긴 물가를 압도하는데
滔天風雨餘孤堞	하늘 뒤덮던 비바람 속에 외로운 성이 남았으며
滿地烟霞控一樓	땅에 꽉 찬 연기와 놀 속에 한 누각 버티고 있네
壯士忠肝紅日出	장사의 충정 어린 마음은 붉은 해처럼 솟았고
佳人義魄碧波愁	가인의 의로운 기백은 푸른 물결에 시름겨웠지
邇來三百年無事	삼백 년 이래로 별다른 일이 없거니
獨倚欄干賦遠遊	혼자 난간에 기대 원유부를 지어본다

○ 전기주(全基柱, 1855~1917) 자 방언(邦彦), 호 국포(菊圃)

본관 전주. 진주 율곡(栗谷, 현 내동면 신율리 율곡마을) 출생. 회시에서 낙방하자 과거 공부를 포기하고 위기지학(爲己之學)에 전념했다. 1895년 노백헌 정재규(1843~1911) 문하에 나아가 수학했고, 1903년에는 최익현을 배알했으며, 기우만에게도 배움을 청했다. 갑오경장 이후 집 뒤에 율리정사를 짓고 도연명의 은일을 추구했다. 참고로 1884년 4월 호은 정달석(1845~1886)과 지리산을 유람하고 지은 「유대원암기(遊大源菴記)」(『국포속고』 권2)가 있다.

「矗石樓 次板上韻」〈『국포유고』 권1, 2a〉(촉석루에서 현판시에 차운하다)

滾滾長江石齒[1]流	긴 강은 이엄이엄 돌부리를 따라 흐르고
危城千尺壓空洲	아스라이 높은 성이 빈 물가를 짓눌렀다

西風灑淚悲三士	가을바람에 눈물 뿌리며 삼장사 슬퍼하며
南國題詩有一樓	남쪽 고을에서 시 쓰자니 한 누각 있거늘
月下笙歌開樂府	달빛 아래 풍악으로 악부 노래를 펼치고
夕來烽火備邊愁	저녁에는 봉화로 변방의 근심을 대비하네
吾生幸際昇平世	내 생애에 다행히도 태평한 세월 만나
暇日壺觴作勝遊	한가한 날 술 따르며 명승 유람 즐긴다

○ 황희수(黃熙壽, 1855~1923) 자 명여(命汝), 호 덕암(德菴)

본관 창원. 초명 헌수(憲壽). 칠원 영동리(榮洞里, 현 함안군 칠북면 소재) 출생이나 1906년 주자를 흠모해 칠원면 운곡리(雲谷里) 덕암마을로 이사했다. 농고 황학(1690~1768)의 후손이고 허전의 문인이다. 1891년 관찰사 이헌영이 도내에 향약을 베풀 때 칠원의 약정(約正)이 되었다. 1895년 5월 관찰사 조병호와 판관 지석영이 대구향교에서 행한 향음주례의 서문을 지었으며, 1898년 가을 경상남도 관찰사 조시영(1843~1912)이 진주 낙육재를 창건할 당시 학규 제정 등에 참여했다. 곽종석, 이만도, 김도화, 정은교, 장석영 등과 교유했다. 이 시는 조시영의 관찰사 시절인 1897~1899년에 지었다.

「曺觀察始永次矗石樓原韻 求和」〈『덕암집』권1, 7b〉(관찰사 조시영이 촉석
루 원시에 차운하고서는 화운을 구하다)

爲溯前塵俯碧流	옛 전란 회고하며 푸른 물을 굽어보니
亭臺星列滿汀洲	누대 위 줄지은 별들이 가득한 물가여
山南大鎭汾陽郡	영남의 거진은 진양군이요
江右名區矗石樓	강우의 명승지는 촉석루라
壯士佳人同赴義	장사와 가인이 절의로 함께 나아갔고
落花垂柳倍生愁	낙화와 수양버들이 근심을 배가할진대
南來刺史宣恩日	남쪽에 당도한 관찰사가 은택을 베풀어
攜酒登軒辦一遊	술 들고 누각에 올라 한판 벌이는 유람

---

1) 石齒(석치): 돌 이빨, 곧 돌부리.

○ 강사영(姜士永, 1855~1932) 자 인약(仁若), 호 무성(无惺)

진주 봉리(鳳里, 현 정촌면 관봉리) 출생. 가문의 사업에 전력하면서도 학문을 게을리하지 않았다.
처사로 일생을 마쳤으며, 『무성유고』가 전한다.

「登矗石樓」〈『무성유고』 권1, 24b〉(촉석루에 올라)

晉陽形勝最吾東	진양 형승은 우리나라에서 최고이고
矗石千秋名不空	촉석루는 천추에 이름 헛되지 않았네
百尺樓高層壁上	백 척 누각이 절벽 위에 높이 솟았으며
三叉江折大坪中	삼차강은 널따란 평야 속을 꺾여 흐른다
忠魂壘下波聲咽	충혼 깃든 성채 아래로 물결이 오열하고
彰烈祠前落照紅	창렬사 앞쪽으로 지는 해가 붉도다
欲問鼎平1)怊悵立	저승의 형편을 묻고자 비통히 섰더니
荻花楓葉又秋風	갈대꽃과 단풍잎에 또 다시 가을바람

○ 정인채(鄭仁采, 1855~1934) 자 문항(文恒), 호 지암(志巖)

본관 하동. 능주 효우리(孝友里, 현 화순군 한천면 소재) 출생. 1890년 연재 송병선(1836~1905)의
문인이 되어 심성론을 질의했고, 정석채·안성환·김재홍 등과 우의로 사귀면서 금강산을 유람한 뒤
『해산지(海山誌)』를 지었다. 또한 향약을 제정해 유풍을 진흥시켰고, 경술국치 이후 은사금을 단호히
거절한 채 은둔하며 의리 학문을 고수했다.

「登矗石樓」〈『지암유고』 권1, 3b〉(촉석루에 올라)

| 矗石樓高枕大江 | 촉석루는 큰 강을 베개 높이 누웠는데 |
| 賴誰名勝擅吾邦 | 누구 덕분에 우리나라에 명소로 드날리나 |

---

1) 鼎平(정평): 인정평안(茵鼎平安)의 준말. '茵鼎'은 높은 벼슬에 올라 넉넉한 생활을 누린다
는 말로, 여기서는 저승에서 평안히 생활함을 뜻함. 옛날 자로(子路)가 고위관리가 되어
자리를 포개어 앉고[累茵而坐], 여러 개의 솥을 늘어놓고 먹은[列鼎而食] 데서 유래함. 유
향의 『설원』 권3, 이한의 『몽구』〈자로부미〉.

熊魚一辦詩成後　　웅어를 판가름하여 시를 짓고 나자

掀動耳雷闢八窓　　귓전 뒤흔든 우뢰가 팔방 창을 열게 했지

○ 이병수(李炳壽, 1855~1941) 자 복일(福一), 호 겸산(謙山)·석전(石田)

본관 양성. 광산군 삼도면 송산리(현 광주시 광산구 삼도동) 출생. 1918년 함평 동암리를 거쳐 1931년 나주 노안면 용산리로 이거. 성리학에 조예가 깊었고, 다독다작하며 제자들을 길렀으며, 고전번역가로 저명했던 우전 신호열(1914~1993)의 스승이다. 1895년 을미사변 후 나주향교에 의소를 설치하고 상소문을 올리는 한편 전국에 창의격문을 발송했다. 문집의 「금성정의록」(권19, 20)은 나주목사 민종렬의 측근에서 나주와 장흥 등지의 동학군 활동과 단발령 항거를 기록한 것으로 사료적 가치가 높다. 이 시는 「교남일기」(『겸산유고』 권17)를 보면 그가 제자 정우홍·이운연과 함께 정사년(1917) 4월 9일 촉석루, 의기사, 창렬사를 둘러보고 난 뒤 감개한 심정을 읊은 것임을 알 수 있다.

「次矗石樓板上韻」〈『겸산유고』 권1, 29a〉 (촉석루 현판시에 차운하다)

檻外羣山勢欲流　　난간 밖 산들 형세는 물에 떠내려갈 듯하고

瓦縫影倒滿汀洲　　줄을 지은 기와 그림자는 온 물가에 비치네

此日寧無三壯士　　오늘날 편안해 삼장사는 없지마는

孤城空有一高樓　　외론 성에는 높은 누각 덩그렇다

凝眸營廨渾非舊[1]　　병영 건물 응시하니 모두 옛 모습이 아니며

聒耳[2]胡笳遠惹愁　　귓가 때리는 피리소리가 깊은 시름 자아낸다

羞渠市巷婆娑女　　부끄러워라, 어찌 시정의 춤추는 여자가

謾向義巖巖上遊　　너절히 의암 찾아 바위 위에서 노니는지

---

1) 그는 「교남일기」(『겸산유고』 권17, 29b)에서 촉석루 옛 병영이 경상남도 도장관 관청으로 사용되고 있고, 또 의기사 출입문을 폐쇄하고 논개 치제를 단절한 그들의 악행에 대해 음주(陰誅)가 더해질 것이라 경고하고 있다.

2) 聒耳(괄이): 귀가 따갑도록 시끄러움. '聒'은 떠들썩하다.

○ 정돈균(鄭敦均, 1855~1941) 자 국장(國章), 호 해사(海史)

본관 진양. 지후공파. 하동군 옥종면 안계리(安溪里) 출생이나 1901년 면내의 병천리 원해(遠海)마을로 이사했다. 일찍이 월촌 하달홍(1809~1877) 문하에서 학문을 배웠고, 후산 허유·면우 곽종석(1846~1919)·조성가·최숙민·김진호 등을 종유했으며, 회봉 하겸진·심재 조긍섭 등과 교유했다. 그의 고모부가 동료 하재문(1830~1894)이다.

「登矗石樓」〈『해사유고』 권1, 22b〉 (촉석루에 올라)

晉陽城外有名樓	진양성 밖에 이름난 누각 있거늘
此日登臨搔白頭	오늘 등림하고서 백발을 긁적인다
義魄忠魂殉節地	의백과 충혼이 순절한 곳
歌人騷客感傷秋	시인 묵객이 감상에 젖나니
山環曠野周遭立	산은 넓은 들을 둘러 주위에 솟았고
江抱空營寂寞流	강은 빈 병영 안고서 고요히 흐르네
近日繁華非舊面	근래 번화함은 옛 모습 전혀 않거니와
杖藜望北恨難收	막대 짚고 북녘 보니 한을 거두기 어려워라

○ 김회석(金會錫, 1856~1932) 자 봉언(奉彦), 호 우천(愚川)

본관 선산. 세거지가 거창이나 안의 면호(眠湖, 현 산청군 오부면 소재) 외가 출생. 김시후(1838~1896)의 장남이고, 부인은 박희전(1803~1888)의 손녀이다. 연재 송병선의 고제로 을사늑약 후 두문불출하며 성리학 연구에 침잠했다. 임인년(1902) 2월 16일부터 40일간 스승을 모시고 해인사, 환아정, 산천재, 지리산, 진주, 광풍루, 수승대 등지를 유람했다. 「지리산유상록」(『우천집』 권4)을 보면 그가 3월 11일 진주부에 들어가 촉석루 현판시에 차운했음을 알 수 있다.

「次矗石樓板上韻」〈『우천집』 권1, 25b〉 (촉석루 현판시에 차운하다)

晉陽歸客駕風流	진양에 돌아온 객이 풍류를 찾았거니
極目凄凄芳草洲	시야 끝까지 방초가 무성한 물가로다
義娘無愧東方史	의랑은 동방 역사에 부끄럽지 않고

壯士如生矗石樓　　　장사는 촉석루에 살아 있는 듯하네

城郭惟全襄子[1]保　　성곽은 조양자가 지킨 것처럼 온전하나

山川猶帶歲辰愁　　　산천은 아직도 임진년의 근심 띠었는데

今來但聞升平曲　　　지금은 단지 승평곡이 들려올 뿐

歌舞春燈蕩者遊　　　봄밤 등불 속 가무는 탕자의 놀음

○ 민용혁(閔用爀, 1856~1935) 자 방서(邦瑞), 호 장산(樯山)

산청군 삼장면 대포리(大浦里) 출생. 숙부 민백충(1835~1885, 호 국파)이 매우 아꼈고, 부친 민백필 (1831~1906, 호 쌍송)에게서 가학을 전수했다. 1875년 인근의 장동(樯洞)으로 분가했다. 애산 정재 규의 문인으로 합천 뇌룡정에서 후산 허유에게 학문을 질정했고, 단성 신안정사에서 최숙민·권운환· 정규·이택환과 함께 향음주례를 했으며, 척당인 삼산 권기덕(1856~1898)과 절친했다. 이 시는 임인년(1918) 9월에 지은 것으로, 앞의 배성호(1851~1929) 작품과 비교하면 4행과 7·8행의 시어가 조금 다를 뿐이다.

「矗石樓有感」〈『장산유고』 권1, 9b〉 (촉석루에 느낌이 있어)

千舳浮橋駕碧流　　　일천 배의 부교가 푸른 물을 부리며

晉陽無郭有長洲　　　진양은 성곽 없고 긴 물가만 있는데

飛車電線縱橫路　　　자동차와 전깃줄은 도로에 널려 있고

傑士佳姬次第樓　　　장사와 가인이 누각에 차례로 있구나

百年堡障他人室　　　오랜 세월 요충지는 타인의 집이 되어

九月秋風遠客愁　　　구월 추풍 속 나그네가 시름겹다

誰抱大江塵一洗　　　그 누가 큰 강물로 티끌을 씻어내어

名城依舊復來遊　　　이름난 성에서 예대로 다시 노닐게 하랴

---

1) 襄子(양자): 춘추시대 말기 패권국가였던 당진국(唐晉國)의 대부로, 조간자의 아들 조양자 (趙襄子, ?~B.C.425)를 말함. 세력이 강성해진 지백(智伯)이 조씨에게 영지 할양을 강요하 자 산서성 태원의 진양에 들어가 저항했다.

○ 이현구(李鉉九, 1856~1944) 자 우건(禹建), 호 웅계(熊溪)

본관 연안. 거창군 웅양면 동호리(東湖里) 출생. 종조숙부 병와(病窩) 이종신(李宗臣)에게 수학했고, 1890년 송병선(1836~1905)의 문인이 되었다. 승훈랑을 지낼 당시인 1904년 일본인이 철도를 부설하고 전선을 설치하는 일로 국내 정치가 어지러워지자 귀향을 결심했고, 도중에 심석재 송병순을 찾아가 시국을 토론했다. 곽종석이 그의 시를 칭찬했다.

「次矗石樓」〈『웅계유집』 권1, 26a~b〉 (촉석루 시에 차운하다)

江城危堞俯長流	강성의 높은 성첩이 긴 강을 굽어보는데
冷雨冥冥[1]倚棹洲	찬비로 어둑하여 돛대를 물가에 맡겼다
安在山中皇帝國[2]	산중 어디에 황제의 나라가 있는지
可憐南下晉陽樓	가련하게 남쪽의 진양 누각에 왔더니
月沈官府笙歌咽	달빛 물든 관아에는 풍악소리가 흐느끼고
草沒戎壇戰鼓愁	잡초 무성한 장단에 북소리까지 시름겹네
壯士佳人今不見	장사와 가인은 지금에 보이지 않고
等閑文酒日登遊	너절히 시와 술로 날마다 올라 노닐 뿐

○ 강영지(姜永祉, 1857~1916) 자 낙중(洛中), 호 남호(南湖)

진주 대초리(大草里, 현 정촌면 예하리) 출생. 계남 최숙민(1837~1905)의 제자로 동문인 수당 최경병(1865~1939), 권운환, 이택환 등과 교유했다. 산석 김현옥(1844~1910)이 주도한 소학강회에 동참해 1901년 4월 하동 악양정을 중건했으며, 고을 문풍 진작을 위해 곤학계(困學契) 강회를 동지들과 수시로 개최했다. 어릴 때부터 효성이 지극했고, 향리에 은둔하면서 학문에 전념한 처사였다. 아래의 시는 시제에서 짐작하듯이 그가 임인년(1902) 여름 최익현을 따라 지리산 일대와 진주를 유람할 때 지은 것이다.

「陪勉菴崔尙書益鉉 登矗石樓 謹次退溪先生板上韻」〈『남호유고』 권1, 7a~b〉 (면암 최익현 상서를 모시고 촉석루에 올라 퇴계 선생 현판시에 삼가 차운하다)

---

1) 冥冥(명명): 어두컴컴하다, 그윽하다, 막막하게 넓은 하늘. '冥'은 어둡다. 깊숙하다.
2) 皇帝國(황제국): 주권이 미치는 대한제국을 지칭함.

此日南鄕陪杖屨	이날 남쪽 고을에서 어른을 모심에
儒冠盛集晉陽樓	선비들이 진양 누각에 성대히 모였어라
孤城寥落烟初斂	외딴 성은 쓸쓸하고 이내가 갓 걷히니
往蹟蒼茫水自流	옛 자취 아득하고 물은 절로 흐르는데
壯士祠前白日照	장사의 사당 앞으로 태양이 비추고
佳人巖下落花浮	가인의 바위 밑에 낙화가 떠다니도다
英魂不返天將暮	영웅의 넋은 돌아오지 않고 하늘이 저물 제
怊悵無言俯碧洲	하도 슬퍼 말없이 푸른 물가를 굽어보노라

○ 정관원(鄭官源, 1857~1920) 자 명현(明賢), 호 용오(龍塢)

본관 진양. 충장공파. 전북 고창군 대산면 매산리(梅山里) 출생. 1894년 진사시 합격했고, 1896년 기우만(1846~1916)이 장성에서 의병을 일으키자 합세해 군기와 군량미를 조달했다. 경술국치 이후 정침 곁에 용오재(龍塢齋)를 지어 선비들과 우국의 마음을 달래고 학문을 강마했다. 그리고 서재 인근의 산림에 별장을 지어 은거하려 했으나 묘의(墓儀) 문제로 주저하던 중에 갑자기 별세했다. 아들 정방규가 1921년 여름 용오정(龍塢亭, 현 무장면 덕림리 소재)을 건립해 부친의 유지를 받들고 아울러 영정을 봉안했다.

「題晉州矗石樓」〈『용오집』권1, 18a〉(진주 촉석루에 제하다)

一帶長江抱檻流	띠를 두른 장강이 난간 안고 흐르는데
古來矗石擅名洲	예부터 촉석루가 이름 날리는 물가로다
壯士美人同沒地	장사와 미인이 함께 죽었나니
文章豪傑幾登樓	문장가와 호걸은 몇이나 등루했나
歷歷風烟如昨日	뚜렷한 경치는 어제와 같고
堂堂忠義炳千秋	당당한 충의는 천추에 빛나는데
慘憺遑事問何處	참담한 지난 일을 어디에 물어보나
白鳥尋常只自遊	백조가 예사로이 절로 노닐 뿐

○ 권상찬(權相纘, 1857~1929) 자 경칠(慶七), 호 우석(于石)

산청군 단성면 입석리 출생. 중부(仲父) 권헌기(1835~1893)의 제자로 1877년 후산 허유와 면우 곽종석을 덕천에서 배알한 뒤 함께 지리산을 유람했다. 동학란으로 1896년 거창에 잠시 우거할 때 사미헌 장복추에게 찾아가 집지했고, 고향에 돌아와 김인섭·정재규·김진호·김인섭·이도추·조호래·권운환(1853~1918) 등과 종유하며 도의로 강마했다. 『남명집』 간행, 경의당 중건, 도통사 건립 등에 시종 참여했다. 아래 시의 창작 시기는 제3~4행으로 보아 1910년 이후로 짐작된다.

「矗石樓 次板上韻」〈『우석유고』 권1, 6b~7a〉 (촉석루에서 현판시에 차운하다)

百劫山河水自流	온갖 풍상 겪은 산하에 물만 절로 흐르고
秋風南渡晉陽洲	추풍 부는 남쪽에서 진양 물가 건너도다
今人未識長城處	지금 사람들은 장성 터조차 모르는데
此地空餘矗石樓	이곳엔 촉석루만 속절없이 남았어라
義魄芳魂應不死	의롭고 꽃다운 혼백은 응당 죽지 않았으니
白雲黃葉總爲愁	흰 구름과 단풍잎 모두가 근심이 되는구려
如何復得昇平世	어찌하면 다시 태평한 세월을 만나
歌酒闌干快一遊	노래와 술로 어우러져 장쾌히 노닐까

○ 조성락(趙性洛, 1857~1931) 자 중오(仲五), 호 만포(晚圃)

본관 함안. 조삼(趙參, 생육신 조려의 손자)의 장남 조정백(趙庭柏)이 정착한 경북 청송 안덕리(安德里), 현 안덕면 덕성리)에서 출생했고, 아들이 고암 조현규(1874~1958)이다. 과거에 누차 실패해 향리에서 주자서를 종신토록 학문의 근거로 삼았다. 만년에는 곽종석(1846~1919)과 도의로 강마했고, 경술국치 이후 두문불출한 채 제갈량·도잠·문천상의 전(傳) 등을 지어 우의했다. 기해년(1899) 진양에 들러 조성가와 더불어 「어계집」을 교감하고 돌아가던 차 촉석루에 올라 삼장사 자취를 소회하는 아래 시를 지었으며, 함안 무진정에서 일산 조병규(1846~1931) 등과 강론한 뒤 돌아왔다. 「유사」(『만포집』 부록) 참조.

「登矗石樓」〈『만포집』 권1, 25a〉 (촉석루에 올라)

大地鋪張一大流	대지는 매우 넓고 큰 강 흐르는데
明沙漠漠晉陽洲	맑은 모래 아득한 진양의 물가로다

倚斗留痕三壯躅	북두성 의지해 흔적 남겼으니 삼장사 자취요
撐霄危勢一高樓	하늘 찔러 형세 우뚝하니 한 높은 누각일세
始覺風煙今古異	경치가 고금에 다름을 비로소 느낄 제
晚來騷客夕陽愁	늦게사 온 시인은 석양에 시름겹나니
傍人莫笑無語立	옆 사람은 말없이 서 있는 것을 비웃지 마오
不是江湖浪跡遊	그냥 강호에 방랑 자취 남기는 유람이 아니라네

○ 조장섭(趙章燮, 1857~1934) 자 성여(成汝), 호 위당(韋堂)

본관 옥천(순창). 전남 곡성군 오곡면 오지리 출신인데, 생애는 친조카인 성암 조우식(1869~1937)의 「제숙부위당선생문」(『성암집』 권12)과 권창현의 「위당조공묘갈명」(『심재집』 권7)을 참고했다. 그는 일찍이 외삼촌인 임리헌 신명희(申命熙)에게서 수학하다가 1884년 송병선과 송병순의 제자가 되어 성리학의 요점을 체득했다. 왜정을 피해 지리산 등지에 자취를 옮겨 '잠계(潛溪)' 호를 새로 썼고, 존양대의의 정신으로 끝내 절의를 굽히지 않아 사림들에게 '원우완인(元祐完人)'의 큰 선비라는 평을 들었다. 한편 의병장 배헌 조영선(1879~1932)이 10촌 동생이며, 제자가 호석 류영(1888~1958)이다.

「登矗石樓 次申菁川[1]韵」〈『위당집』 권2, 22a~b〉 (촉석루에 올라 신청천의 시에 차운하다)

靑邱萬事付東流	우리나라 온갖 일은 동쪽 유수에 부쳐졌고
千古悲歌落木洲	천고의 슬픈 노래는 낙엽 지는 물가에 있도다
烈氣驅人曾墮水	의열 기개가 사람 몰아쳐 일찍이 물속 떨어졌거니
長風送客暫登樓	거센 바람이 나그네를 보내 잠시 누각에 올랐어라
當時史籍猶餘淚	당시 사적에 여태 눈물이 남았으며
此地江山又起愁	이곳 강산은 또 시름을 일으키는데
海上蛇龍揮去日	바닷가의 뱀과 용이 휘두르고 떠나자
無邦人作有邦遊	고을엔 사람 없고 고을엔 놀음뿐이네

---

1) 菁川(청천): 남강의 별칭. 신유한의 호 '靑泉'과 혼동한 것임.

○ 김상욱(金相頊, 1857~1936) 자 인숙(仁叔), 호 물와(勿窩)

본관 상산. 창원 석산리(石山里, 현 의창구 동읍 소재) 출생. 진주목사 겸 병마절도사를 지낸 동산 김명윤(1565~1609)의 10세손으로 1888년 김흥락과 1892년 이종기·장복추(1892)의 문인이 되었고, 김병린·노상직·조긍섭·조병규·하겸진·안효제·이병희 등과 두루 친했다. 1894년 의령 두곡, 1896년 창녕군 이방면 노동리(魯東里)로 이사했고, 1913년 원대한 뜻을 품고 북경의 공자묘를 참배했다. 또 1917년 창녕 계산에 이거했다가 1931년부터 진주 내동면 내평리(內坪里)로 거처를 옮겨 살다 임천각(臨川閣)에서 세상을 마쳤다. 이 시는 작품 편차와 편년(『물와집』 권8)을 볼 때 을해년(1935) 전후로 지었음을 알 수 있다. 동생이 김상수(1875~1955)이고, 외종동생이 신영규(1873~1958)이다.

「矗石樓 用退溪先生韻」〈『물와집』 권1, 38a〉(촉석루에서 퇴계 선생의 운을 써서)

晉陽從古擅名勝	진양은 예부터 이름 떨친 승지
嶺海東南此一樓	영남 바닷가 동남의 이 한 누각
懸崖矗石重重立	가파른 절벽에 뾰족 돌이 겹겹 늘어섰고
繞砌¹⁾長江滾滾流	굴곡진 돌담에 남강이 이엄이엄 흐르누나
往跡蒼茫多感慨	옛 자취가 아득하여 느꺼움이 많거늘
新潮汎溢肯沈浮	새 물결 넘치며 가라앉다 떴다 하네
惟有烟霞依舊色	안개 노을만은 예전 그대로의 모습일진대
孤舟獨坐夕陽洲	외로운 배에 홀로 앉았더니 물가 해 저문다

○ 정태현(鄭泰鉉, 1858~1919) 자 여칠(汝七), 호 죽헌(竹軒)

본관 하동. 세거지가 함양군 지곡면 개평리(介坪里)이나 외가인 수동면 서평리(瑞坪里)에서 출생. 1883년 동몽교관이 된 후 한성부 주부·충북 관찰사 등을 지냈고, 동학혁명 때 두동(杜洞)에 은거하며 400석 토지를 족당과 가난한 자들에게 나눠주는 등 민생구제에 앞장섰다. 관직에 있으면서 공무를 엄정히 처리함으로써 신망이 두터웠고, 을사늑약 이후 지곡면 덕암에 숭양정(崇陽亭)을 짓고 후진을 양성하며 국권 상실을 통탄하다가 별세했다. 그리고 『매천집』 간행 때 출연했다.

---

1) 繞砌(요체): 둘러싼 섬돌. '繞'는 두르다. '砌'는 섬돌, 쌓이고 얽히는 모양.

「登矗石樓」〈『죽헌집』 권1, 3b〉 (촉석루에 올라)

晉陽城下大江流	진양성 아래로 큰 강이 흐르고
壯士佳人萬古愁	장사와 가인은 만고의 근심이라
思量往事無窮恨	지난 일 생각에 한이 끝없어
落日登臨矗石樓	해질녘 촉석루에 등림하였네

○ 조태승(曺泰承, 1858~1922) 자 도현(道賢), 호 춘암(春庵)

창녕 고암면 대암리(大巖里) 출생. 일찍부터 향리의 도암재(道巖齋)에서 족장(族丈) 소리재 조병의(曺柄義, 1842~1911, 조긍섭의 부친)로부터 학문을 배웠다. 20세 넘어 상경해 명필로 이름난 종장(宗丈) 참판 조인승(曺寅承, 1842~1896)의 집에 유숙하면서 붓글씨를 익혔고, 체류 5~6년 동안 과거의 뜻을 이루지 못했다. 경향을 오가며 때때로 의령, 산청 등 6개 군의 수령을 지낸 종장(宗丈) 조유승(曺有承)의 책객(冊客)이 되어 그에게 선정을 베풀도록 했고, 한편으로는 경내의 명승고적을 유람하며 시를 지었다.

「登矗石樓」〈『춘암유고』 권1, 4a〉 (촉석루에 올라)

大江東注抱城流	큰 강이 동으로 쏟아지다 성을 감싸며 흐르고
野色平連綠草洲	들판이 푸른 풀 우거진 물가에 고루 이어지네
四百年來忠義地	사백 년 이래 충의의 땅
三千里內壯雄樓	삼천리 안에 웅장한 누각
淸笳畫皷昇平樂	청아한 피리와 북 소리는 태평의 음악이나
老柳殘花送別愁	늙은 버들과 시든 꽃잎은 송별의 근심이라
沙島烟雲前述備	모래섬과 안개구름은 예전에 묘사하였거니
酣歌一曲賦吾遊	한 곡조 취토록 노래하며 유람을 읊조린다

○ 최영년(崔永年, 1858~1935) 자 성일(聖一), 호 매하(梅下)

본관 경주. 서울 출생. 종산 심영경의 제자이고, 1896년부터 독립협회 활동에 동참하면서 1897년 경기도 광주에 시흥학교를 설립했으며, 1906년 9월 한어학교 교관을 역임했다. 1907년 일진회 총무원으로 선임된 뒤 의병을 폭도로 매도했고, 1909년 이후 일진회 기관지『국민신보』4대 사장을 지내는 등 적극적인 매국 행위를 보였다. 친일 문단을 주도했으며, 저술로『실사총담』(1918, 설화집)·『해동죽지』(1925, 악부 시집)·『시 금강』(1926, 합편 시집)이 있다. 아들이 신소설『추월색』의 작가 최찬식이고, 친일 언론인인 물재 송순기(宋淳夔)가 제자이다. 작가의 기초 정보는『매일신보』, 1935. 8.31 참조.

「矗石樓」在晉州三壯士殉節處, 下有義妓論介碑 〈『해동죽지』 하편, 2a~b〉 (촉석루) 진주
  삼장사가 순절한 곳에 있고, 그 아래에 의기논개비가 있다.

晉陽江水接天流	진양 강물은 하늘에 잇닿아 흐르며
漠漠蟲沙百戰洲	아득히 병사들이 백전 치른 물가라
人去悲風鳴落木	사람 떠나버려 슬픈 바람이 나뭇잎에 울리고
秋高明月滿空樓	가을 깊어 밝은 달이 텅 빈 누각에 휘황하다
寒潮夜怒金陵[1]恨	차가운 물결이 밤에 성내니 금릉의 원한이요
熱淚田空玉米[2]愁	뜨거운 눈물이 밭에 공허하니 굴원의 근심이라
一片義岩千古碧	한 조각 의암은 천년토록 푸를진대
神龍長護水仙遊	용왕이 신선 유람을 길이 지키리

---

1) 金陵(금릉): 두목(803~852)이 금릉의 진회(秦淮)에서 수나라에 망한 진(陳)나라에 빗대어 망국을 개탄하는 시를 지었다. 최병식(1867~1928) 시의 각주 참조.

2) 玉米(옥미):『동주열국지』제93회에 "굴원이 농사짓던 밭에서 백옥 같은 쌀을 수확했다고 하여 옥미전이라 불렀다[屈原所耕之田, 獲米如白玉, 因號曰 玉米田]."라는 고사가 있는데, 옥미(玉米)는 굴원의 충성심에 감응해서 소출된 것이라는 주석이 있다.

○ 이병운(李柄運, 1858~1937) 자 덕칠(德七), 호 긍재(兢齋)·창계(蒼溪)

본관 인천. 대구 북구 무태리(無怠里) 출생. 1879년 서울에 머물 때 민영목에게 재기를 인정받았고, 1888년 진사시에 합격했으나 동학혁명 때 낙향했다. 1898년 송병선의 제자가 된 뒤로 학문을 적극 계승했으며, 1900년 최익현의 문인이 되었다. 만년에 채국정(採菊亭)을 지어 후진 양성과 학문에 전념했고, 1925년 『송자대전』을 중간할 때 적극 참여했다. 참고로 「답중제(答仲弟)」(『긍재집』권7)에 촉석루를 둘러본 감회를 적어놓았다.

「與族叔能祥魯祥·族兄柄春 登矗石樓」〈『긍재집』권1, 41b〉 (족숙 이능상·이노상, 족형 이병춘과 함께 촉석루에 올라)

鰲背靑山此落流[1]	자라가 청산 지고 이곳에 떠내려왔고
雲根[2]況復壓江洲	바윗돌이 더구나 강가를 눌러 있구려
千家畫箔梧桐月	집마다 주렴은 화려하고 오동에 달 뜨는데
極浦漁檣竹樹秋	먼 포구에 어선이 보이고 대숲은 서늘하다
今日區寰無壯士	오늘날 세상에는 장사가 없거니와
當年形勝有高樓	그때 형승으로 높은 누각 있을 뿐
邇來謾作風流地	요사이 풍류를 너절히 즐기거늘
幾箇騷人賦遠遊	원유부 지은 시인은 몇이나 되나

○ 최병선(崔柄善, 1858~1940) 자 대익(大翼), 호 송계(松溪)

본관 경주. 하동군 양보면 운암리 지내(池內)마을 출생으로 최익현에게서 호를 받았다. 1901년 사림들과 횡천(橫川)에 최치원 사당을 건립하여 영정을 봉안했고, 일제가 사당의 토지를 국유화하자 7년간 소송 끝에 돌려받았으며, 1924년 사재를 털어 그 사당을 양보면으로 이건했다. 1906년 면암이 체포되자 한걸음에 달려가 선생을 따라 대마도에 가려했으나 뜻을 이루지 못했다.

---

1) 전설상 바다 속의 큰 자라가 등으로 삼신산(三神山)을 지고 있다고 한다. 여기서는 지리산 권역의 진주를 말함.

2) 雲根(운근): 구름이 산 위의 바위에 부딪쳐 일어난다고 해서 벼랑이나 바윗돌을 뜻하는 시어로 쓰임.

「登矗石樓」〈『송계유고』 권1, 8b〉 (촉석루에 올라)

乾坤南坼大江流	천지가 남으로 트였고 큰 강이 흐르는데
畵棟雕樑俯碧洲	아름다운 대들보가 푸른 물가를 굽어보네
萬古遺名人死國	만고에 이름 남긴 사람은 나라 위해 죽었나니
一筇浪跡客登樓	막대 짚고 방랑하던 길손이 누각에 올랐어라
風濤不盡英雄恨	파도는 영웅의 원한을 다하지 않았고
春草長含義妓愁	봄풀은 의기의 시름을 길이 머금었다
擧目山河非舊樣	산하를 바라보니 옛 모습이 아니거늘
把樽今日與誰遊	술잔 들며 오늘은 누구랑 유람할까

○ 양재경(梁在慶, 1859~1918) 자 여정(汝正), 호 희암(希庵)

본관 제주. 능주 쌍봉리(雙峯里, 현 화순군 이양면 소재) 출생. 학포 양팽손의 13세손으로 1890년 기우만·김평묵·최익현 등을 배알했고, 아관파천 이후 기우만이 창의하자 아들 양회인(梁會寅)을 보내 도왔다. 1897년 종증조부 양상엽(1852~1903)과 함께 송병선을 배알해 학포 신도비명을, 최익현에게서 서원과 학포당 유허지 비문을 받았다. 1902년 정월 『노사집』 간행을 위해 단성 신안정사에 갔을 때 창렬사에도 들러 양산숙(1561~1593)의 위패를 개제(改題)했다는 기록으로 볼 때 그 당시이 시를 지은 것으로 보인다.

「矗石樓 次韻」〈『희암유고』 권1, 17a〉 (촉석루에서 차운하다)

南江水碧抱城流	남강 물은 푸르게 성 안아 흐르고
湖嶺中間第一洲	영호남 가운데 제일의 물가로다
地擁群山連舊堞	땅이 옹위하는 뭇 산에 옛 성첩이 이어졌고
天劖[1]危石起高樓	하늘이 깎은 듯한 우뚝한 돌에 고루가 섰구려
春花秋月將軍樂	봄꽃과 가을 달은 장군들의 즐거움이요
寒雨悲風壯士愁	찬비와 구슬픈 바람은 장사의 시름이라
徙倚層欄多舊感	층층 난간에 바장이니 옛 감회가 많은데

---

1) 天劖(천참): 자연적으로 만들어짐. '劖'은 깎다, 새기다.

幾人擊釖此先遊　　　　몇 사람이나 칼 치며 여기서 먼저 노닐었나

○ 민치홍(閔致鴻, 1859~1919) 자 운거(雲擧), 호 농운(農雲)·화강(華岡)

초명 치은(致殷). 본가가 산청 삼장면 대포리이나 진주 가곡리(佳谷里, 현 내동면 귀곡동) 외가 출생. 정재규(1843~1911)와 최익현의 문인이며, 정면규(1850~1916)·권운환 등과 친했다. 1891년 문과 급제해 전적·지평·비서원 승·자인군수 등을 지냈고, 1904년 이후 안의현 니구평(尼丘坪)에 은둔하며 자정했다. 종숙부가 민용혁(1856~1935)이다.

「矗石樓　次板上韻」〈『농운유고』권1, 10a〉(촉석루에서 현판시에 차운하다)

危軒千尺壓淸流　　　천 척 아찔한 누각이 청류를 눌러있는데

立馬斜陽碧草洲　　　해질녘 풀 우거진 물가에 말을 세웠더니

從古江山爲勝地　　　예부터 강산이 빼어난 곳이요

至今風月滿高樓　　　지금도 풍월이 넉넉한 높은 누각이라

龍蛇往刼無人間　　　용사년 옛 전란 때 사람은 없었고

猿鶴忠魂抱國愁　　　원학의 충혼이 나라 걱정 떠안았지

聖世吾生多壯觀　　　성세에 내 태어나 장관이 퍽도 많아

南來又作化中遊　　　남쪽에서 조화로운 유람을 또 즐기네

○ 류현수(柳絢秀, 1859~1920) 자 치경(致絅), 호 천우(川愚)

본관 진주. 단성 정태리(丁台里, 현 산청군 신안면 하정리 상정마을) 출생. 부친은 식호당 류원휘(1820~1886)이고, 9세 때 모친을 여의어 숙모 우씨에게 양육되었으며, 아들이 류잠(1880~1951)이다. 처가에서 학문을 익혔고, 1877년부터는 외종숙부 곽종석(1846~1919)에게서 배움을 심화했다. 을사늑약 이후 여러 명승지와 이순신 장군의 남해 전적지를 둘러보며 울분을 쏟아냈다. 만년에 다시 '돈료(遯寮)'라 자호(自號)하고서 쇠퇴한 세상에 대한 뜻을 의탁했다. 『川愚稿』는 『청천사세연방록(菁川四世聯芳錄)』권4의 말미에 수록되어 있다. 이 세록은 4대조 이하의 일족인 죽계 류증서(1728~1769)·물재 류증만(1736~1797) 형제, 인묵재 류효민(류증서의 장남), 류효신(류증만의 장남), 서계 류의문(1788~1843. 류효민의 장남), 류원휘·성암 류원조 형제의 시문을 합편한 것이다.

「矗石樓偶題」〈『천우고』 권1, 1b〉 (촉석루에서 우연히 짓다)

鳥弄晴光林外去　　　새가 밝은 빛 희롱하며 숲 너머 날아가고
花傳春色浪頭開　　　꽃은 봄빛을 전하며 물결 언저리에 피었네
我來無限滄桑感　　　내가 왔더니만 상전벽해의 느낌이 끝없어
破涕1)斜陽撫古回　　　눈물 거두고 석양에 옛일 회고하며 서성인다

○ 권두희(權斗熙, 1859~1923) 자 도민(道敏)·추경(樞卿), 호 석초(石樵)

산청군 단성면 강루리 출생. 금재 권습(1740~1805)의 5세손으로 1888년 연재 송병선의 문인이
되었고, 송병순과 최익현에게도 학문을 배웠다. 스승들의 순국을 통분해 하며 정재규, 기우만, 정면규
(1850~1916), 권운환, 권재규(1870~1952) 등의 명유와 노사학파를 이끌었다. 1915년 선유동 계곡
에 수월정(水月亭, 현 신안면 안봉리 소재)과 1917년 마을의 적벽 연안에 읍청정(挹淸亭)을 각각
건립해 선비들과 두루 교유했다. 아래의 첫째 시는 1921년 8월 17일에 지은 것인데, 그는 이날
오후 원지(院旨)에서 권봉현(1872~1936)과 자동차를 타고 진주 여관에 도착한 뒤 촉석루에 올랐다.
이와 관련해 권봉현의 시 참조.

「辛酉仲秋 與河小洲1)宗植·崔新溪·族孫梧岡 同作北遊會於矗石樓
　　次板上韻」〈『석초유집』 권1, 7b~8a〉 (신유년(1921) 중추에 소주 하종식, 최신계
　　〈최원숙〉, 족손 오강〈권봉현〉과 더불어 촉석루에서 북쪽 유람 모임을 함께 가져 현판시
　　에 차운하다)

澄江萬折必東流2)　　　맑은 강은 만 번 꺾여 언제나 동으로 흐르고
頹堞參差壓古洲　　　들쭉날쭉한 낡은 성첩이 옛 물가를 눌러 있다
取義貞忠幾報國　　　의리 취한 정충으로 언제 나라의 은혜에 보답했나
悲秋孤客獨登樓　　　가을 슬퍼하며 외로운 나그네가 홀로 누각 오르니

---

1) 破涕(파체): 눈물을 거둔다는 뜻으로, 슬픔을 기쁨으로 돌려 생각함. '破'는 다하다, 남김이
　 없다.
1) 小洲(소주): 하종식(1865~1931)의 호. 자는 종락(宗洛). 창주 하징(1563~1624)의 11세손으
　 로 송병선의 문인이다. 1897년 하계태, 하우식 등과 『창주집』(1897)을 간행했다.
2) 萬折必東流(만절필동류): 변함이 없음. 굳센 의지. 용어 일람 '동류(東流)' 참조.

千年尙說當時蹟　　천년토록 당시의 자취를 지금도 말할진대
此地難堪志士愁　　이곳에서 지사의 근심을 감당하기 어렵구나
行旅不知興廢事　　여행객은 흥폐한 일을 모르는지
含盃謾作等閒遊　　술 들고 너절한 유람을 빈둥대며 즐기네

「與諸友 登矗石樓」〈『석초유집』 권1, 29b~30a〉(벗들과 촉석루에 오르다)
日長江郭午風輕　　해가 강성에 길고 한낮 바람은 산들산들
與子聯衿3)有此行　　그대들과 옷깃을 나란히 한 이번 기행이라
入眼繁華依昔日　　눈에 들어오는 번화함은 옛날과는 다름없지만
椎胷慷慨惱人情　　가슴 사무치는 강개함이 사람 마음을 괴롭힌다
古樓迢絶多涼氣　　아찔한 옛 누각에 서늘한 기운이 밀려들고
大市迷茫動遠聲　　어슴푸레한 시가지에 멀리 소리가 나는데
芳草斜陽歸去晩　　방초에 해 저물어 돌아갈 길 늦었나니
晞微前路月初生　　희미한 앞길에 달이 갓 돋는구려

○ 정문섭(鄭文燮, 1859~1929) 자 주성(周聖), 호 아석(我石)

본관 동래. 함양군 안의면 니전(泥田) 출생. 지극한 효성으로 향리에 이름났고, 1894년 갑오농민전쟁 때 조원식(趙元植) 안의현감(1893~1894 재임)을 도와 고을을 안정시켰다. 1901년 궁내부 주사에 제수되었고, 1903년 통훈대부에 올랐다.

「登矗石樓」〈『아석유고』 권1, 3a〉(촉석루에 올라)
秋風孤棹泝蒼流　　가을바람에 외론 배가 푸른 물 거스르고
沙鳥雙飛折戟洲　　물새들이 쌍쌍이 나는 창 꺾인 물가로다
事去汾陽要害地　　일은 지나갔으되 진양은 요충지요

---

3) 聯衿(연금): 옷깃을 나란히 함, 곧 함께 지냄. '聯(련)'은 잇닿다.

客來矗石最高樓　　　나그네 왔더니 촉석루는 최고 누각이라
名花落處巖猶凜　　　이름난 꽃 떨어진 곳에 바위는 여태 늠름하며
壯魄招時浪亦愁　　　장엄한 혼령을 불러봄에 물결조차 근심하구나
回首東寰殊昔日　　　우리나라 돌아보니 옛날과 너무나 달라
擊壺彈劒且狂遊　　　병 두들기고 칼 치면서 미친 듯 노닌다

○ 김효찬(金孝燦, 1859~1930) 자 대겸(大兼), 호 남파(南坡)

본관 김녕. 순천 출신으로 매천시파의 한 사람이고, 그의 출생연도는 『남파시집』 권5에 수록된 「자조(自嘲)」(1921) 시의 "人間六十又三年" 구절과 「원단(元旦)」(1928) 시에 의거했다. 남원부 주사(1894~6)와 중추원 의관을 지냈고, 신식 학문을 거부한 채 매천 황현과 해학 이기(1848~1909)의 학풍 계승을 자처했으며, 『매천집』 간행에 동참했다. 1913년 윤종균·이병휘 등과 함께 '난국사(蘭菊社)' 시사를 결성했고, 김윤식·여규형·정만조 등이 『남파시집』의 서문을 썼다. 이 시는 편차로 볼 때 정해년(1887)에 지은 것이다.

「過矗石樓 次板上韻」〈『남파시집』 권1, 1a~b〉(촉석루를 지나며 현판시에 차운하다)

峭壁崚嶒1)碧玉流　　　아찔한 산 벼랑에 벽옥 같은 물 흐르며
晉陽城外盡汀洲　　　진양성 너머로는 물가가 이어져 있도다
虫沙漠漠雲垂地　　　죽은 병사들은 아련하고 구름은 땅에 드리웠고
絲竹紛紛月在樓　　　관현악 소리는 요란하고 달은 누각에 떠있는데
壯士義娘皆往事　　　장사와 의랑은 모두가 지나간 일이지만
征鴻落木又新愁　　　기러기 떠나고 잎 지니 또 새 근심이라
愧吾生值昇平日　　　부끄러워라, 내 생애 태평한 때를 맞아
醉筆尋常賦遠遊　　　술에 취해 예사로이 원유부를 짓는 게

---

1) 崚嶒(능증): 산이 높고 험준한 모양. '崚(릉)'은 험준하다.

○ 류인석(柳寅奭, 1859~1931) 자 춘백(春伯), 호 수당(睡堂)

본관 문화. 나주 신촌리(莘村里, 현 광주광역시 광산구 본량동) 출생. 대곡 김석구(1835~1885)에게서 문리를 깨우쳤다. 1898년 최익현의 제자가 되었으며, 기정진·송병선을 종유했다. 스승 면암이 거의할 때 신병으로 동참하지 못한 일을 통분하다가 경술국치 이후로는 부친을 따라 한 때 우거한 우산(牛山)에 산서재(山西齋)를 짓고 자정했다. 오계수·오준선·정경원·이병수(1855~1941) 등과 교유했고, 광산구 대산동의 대산사(大山祠)에 최익현과 함께 배향되고 있다.

「登矗石樓」〈『수당유고』 권1, 5a〉(촉석루에 올라)

晉陽城下水東流	진양성 아래 물이 동으로 흐르나니
慷慨男兒一問洲	강개한 남아가 물가에서 한 번 물을진대
千秋香火佳妓廟	천추의 향불은 아리따운 기녀 사당에 타오르고
百世高名壯士樓	백세의 높은 명성이 장사의 누각에 전하는구려
抵今花柳長連色	지금도 꽃과 버들은 색깔이 죽 이어져 있건만
憶昔風烟不盡愁	옛날 생각나게 하는 경치는 시름 다함 없어라
忠魂義蹟多于此	충혼의 의로운 자취가 여기에 많건만
却放詩歌汗漫遊	도리어 시가 읊조리며 너절히 노니네

○ 이병희(李炳憙, 1859~1938) 자 경회(景晦)·응회(應晦), 호 성헌(省軒)

본관 여주. 밀양시 단장면 무릉리(武陵里)에서 출생해 1890년 부북면 퇴로리(退老里)로 이거했다. 허전의 문하에서 수학한 부친 항재 이익구의 학문을 계승해 성호학파 문적을 주도적으로 간행했고, 만구 이종기(1837~1902)와 면우 곽종석(1846~1919)에게 평생 학문을 질정했다. 국채보상운동에 적극 참여했고, 일제탄압이 심해지자 정진의숙(正進義塾)을 설립하여 지방교육발전에 앞장섰으며, 저술로 『성헌집』·『조선사강목』이 있다. 국학계의 거목이었던 벽사 이우성(1925~2017) 교수의 조부이다.

「矗石同盟」〈『성헌집』 권1, 30b~31a, 「題家弟景箕[1]畫屏十二帖(동생 경기의 열두 첩 그림 병풍에 제하다)」 중 제9수〉(촉석루의 동맹)

---

1) 景箕(경기): 동생인 화하(華下) 이병수(李炳壽, 1861~1930)의 자.

登樓一笑俯長江	누각에 올라 한바탕 웃으며 남강을 굽어보고
酒一杯巡血一腔	술 한 잔 돌릴 제 혈성이 몸속에 지극했었지
分付江神同聽誓	강신에게 맹세를 함께 듣자고 부탁했던지
洪濤巨浪自舂撞2)	큰 파도와 거센 물결이 절로 찧고 부딪친다

○ 정동철(鄭東轍, 1859~1939) 자 성환(聖環), 호 의당(義堂)

> 본관 진양. 어사공파. 우복 정경세의 후손으로 경상도 상주 기산리(箕山里, 북문동 기산마을) 출생.
> 성리학에 조예가 깊어 족제 정동순이 김천에서 거질의 『조선역대명신록』(1932)을 발간할 때 사림의
> 천거로 교감을 맡았다. 당쟁사화를 다룬 『무은록(無隱錄)』(1933)을 저술했으며, 평소 산수벽이 있어
> 전국 명승지를 둘러보고 지은 시가 많다. 이 시는 편차에 있듯이 신축년(1901)에 합천, 진주 등지를
> 유람하던 중 지었다.

「矗石樓 次板上韻」〈『의당집』권1, 21b〉(촉석루에서 현판시에 차운하다)

孤城水落塞鴻流	물 줄어든 고성에 변방의 기러기 나는데
立馬西風遠遠洲	가을바람에 말 세우니 멀고 먼 물가로다
宇宙綱常三壯士	세상의 떳떳한 인륜은 삼장사요
江淮保障一高樓	강회의 요해지는 높은 누각이거니
忠君報國皆天性	충군보국은 모두 타고난 천성이었고
逝水浮雲摠客愁	흐르는 물과 뜬구름은 다 객수이어라
四海如今笳鼓靜	나라는 지금 피리와 북 소리 고요하거늘
誰人不到晉陽遊	그 누군들 진양에 와서 노닐지 않으리

---

2) 舂撞(용당): 찧고 부딪침, 이리저리 부딪침. '舂'은 찧다. '撞'은 부딪치다.

○ 심의정(沈宜定, 1859~1942) 자 중여(中汝), 호 남강(南岡)

의령군 화정면 보천리(寶川里) 출생. 어려서부터 재기가 남달라 약관에 사서를 통독했다. 과거에 한번 응시했으나 뜻을 이루지 못하자 성리학 공부에 오직 전념했다. 후산 허유(1833~1904)의 문하에서 학문의 요체를 깨우쳤으며, 우산 이훈호(1859~1932)·소산 이수필(1864~1941) 등과 절친했다. 만년에 아천정(我泉亭)을 짓고 소일했다.

「矗樓懷古」〈『남강유고』권1, 6b~7a〉(촉석루 회고)

大江嗚咽抱城流	큰 강이 오열하며 성을 안아 흐르는데
義魄忠魂陟降洲	의백과 충의의 넋이 오르내리는 물가라
從古兵官留鎭地	예부터 병마사가 머물며 땅을 다스렸고
至今人士過登樓	지금껏 인사들은 지날 적 누각에 올랐거니
可憐東土槿花恨	우리나라에 무궁화의 원한이 서려 안타깝고
不勝南州芳草愁	남쪽 고을에서 방초의 근심을 이길 수 없구려
禽跡獸蹄那忍見	새 자취와 짐승 발자국을 차마 어찌 보자스랴
後來怊悵異前遊	뒤에 왔더니 예전 놀음과 달라 자못 서글퍼지네

○ 문진호(文晉鎬, 1860~1901) 자 국원(國元), 호 석전(石田)

하동군 북천면 직전리(稷田里) 출생. 20대 초반에 양친을 여의고 뒤이어 백부와 중부마저 별세해 곤궁하게 지냈다. 30세 이후 다시 성리학 연구에 몰두해 사표가 될 정도였으나 불과 42세 나이로 세상을 떠났다. 동생 문철호와 함께 직하재(稷下齋)를 중심으로 곤학계(困學契) 강회를 열어 문풍을 진작시켰다. 별세하던 해의 4월에 조성가, 최숙민, 기우만, 박규호, 이택환, 최경병(1865~1939), 이도묵 등의 명유들과 지리산을 유람하고서 「화악일기(花岳日記)」(『석전유고』권2)를 지었다. 아래의 시는 편차로 볼 때 경자년(1900)에 지었음을 알 수 있다.

「登矗石樓」〈『석전유고』권1, 14a〉(촉석루에 올라)

千秋矗石晉陽城	천추토록 함께 할 진양성 촉석루
死國三忠義獨明	순국한 삼장사 충의가 유독 빛나도다
樓下至今江水白	누각 아래 지금도 강물이 반짝이는데

一盃慷慨若爲情　　　잔 들자 강개해지니 이 심정 어찌할꼬

○ 정규영(鄭奎榮, 1860~1921) 자 치형(致亨), 호 한재(韓齋)

본관 진양. 은열공파. 곤양 대현리(大峴里, 현 하동군 금남면 대치리) 출생. 정해영의 형으로 1879년 장인 조용주를 따라 상경해 성재 허전을 배알했다. 부친상을 마친 이듬해인 1885년 가족을 이끌고 합천 황매산 자락으로 이거했고, 거기서 부인이 죽자 치상한 뒤 다시 정방숙의 딸에게 장가들고는 10년 만에 귀향해 금오산 자락의 우천정(愚泉亭)에서 기거했다. 1901년 스승 곽종석을 모시고 남해 금산 등지를 유람했고, 1909년 고향에 현산학교(김양초등학교 전신)를 설립했다. 1919년 '파리장서' 에 서명하는 등 우국 일념으로 후진을 양성하다 별세했다. 장남 물헌 정재완(1881~1964)은 안희제의 백산상회 경영에 참여하면서 상해 임시정부에 독립자금을 제공하다가 투옥되었다. 아래의 3수 중 첫째 시는 작품 편차와 금산 유람으로 볼 때 신축년(1901)에 지었음을 알 수 있고, 둘째와 셋째 시는 편차와 장지연의 진주 복거를 감안할 때 신해년(1911) 전후 지은 것으로 짐작된다.

「矗石樓 憶三壯士」〈『한재집』권1, 16b~17a〉(촉석루에서 삼장사를 그리며)

劍燈淚讀龍蛇誌[1]	싸늘한 등불 아래 『용사지』를 눈물로 읽었나니
宇宙崢嶸矗石樓	천지 사이에 빼어난 촉석루가 있도다
昔日戰場芳草色	옛날 전쟁터엔 향기로운 풀빛이 짙은데
夕陽峭壁落花愁	저물녘 가파른 절벽에 낙화가 시름겹다
晉陽名勝形依舊	진양의 이름난 형승은 예전과 같다마는
夏日登臨氣肅秋	여름날 등림하니 쌀쌀한 가을 기운이구려
飛鳳山高磨劍磧	비봉산은 드높고 자갈돌에 칼을 갈았지만
産蛙竈[2]漲壅沙洲	진양성 부엌에 물 붇고 모래섬은 막혔었지
運耶鰈域援兵小	운명이런가, 조선의 지원병은 적었으며
時則龍灣[3]大駕留	그때 의주에 임금 수레 머물고 있었거늘
尹鐸孤城生不保	윤탁이 외딴 성에 살았어도 못 지켰을 게고
張巡厲鬼死寧求	장순이 여귀로 죽었다 한들 어찌 구했을쏜가

---

1) 龍蛇誌(용사지): 이로(1544~1598)의 『용사일기』를 지칭한 것으로 보임.
2) 産蛙竈(산와조): 개구리가 알을 낳은 부엌, 곧 전쟁의 참화. 용어 일람 '삼판' 참조.
3) 龍灣(용만): 평안북도 의주의 옛 이름인데, 임진왜란 때 선조가 이곳에 머물렀음.

心頭4)天日寃應泣　　생각건대 하늘도 원통해 응당 울었을 것이며
誓後江波咽不流　　맹세한 이후로 강물조차 목메어 못 흐르네
丹荔黃蕉5)將薄奠　　여지와 바나나로 약소하게 제사를 드릴 제
哀絲濫竹6)動淸遊　　관현악의 슬픈 곡조가 맑은 정취 돋궈주네
鴻毛7)大義何難辨　　홍모의 대의를 판별하기 그리 어렵지 않나니
魚腹孤忠可與儔　　고기 뱃속에 든 외로운 충혼은 짝할만하도다
更酌一杯歌浩浩　　다시 술 한 잔 들고서 호탕하게 노래하지만
腥塵滿目不堪酬　　눈에 가득한 비린 먼지를 견딜 수가 없구려

「次蠹石諸詞伯韻」〈『한재집』권2, 16a〉(여러 시인의 촉석루 시에 차운하다)

詩爲風8)也不同吹　　시가 바람이로되 동시에 불지는 않는 법
啼鳥哈蟲各一時　　지저귀는 새와 우는 벌레도 저마다 한 철
宋玉9)蕭條偏意氣　　송옥 같은 의기가 새삼 쓸쓸하니
浪仙10)瘦削奈容儀　　가도처럼 용모가 수척한들 어쩌랴
鵬圖大海11)翔初奮　　붕새가 바다 꾀할 때는 날개를 처음부터 훨쩍 펴며
驥展12)長途步輒奇　　천리마가 장도를 향할 땐 발걸음이 곧장 기이하지

---

4) 心頭(심두): ＝염두(念頭). 생각의 시작, 마음, 생각.

5) 丹荔黃蕉(단려황초): 제향(祭享)을 올리는 일. 당나라 한유의 「유주나지묘비(柳州羅池廟碑)」의 명(銘)에 "붉은 여지 열매와 노란 바나나에 / 갖가지 고기요리와 채소요리를 자사의 사당에 바칩니다[荔子丹兮蕉黃, 雜肴蔬兮進侯堂]"라는 표현이 있음.

6) 哀絲濫竹(애사남죽): 슬픈 음조를 내는 현악기와 호기(豪氣) 소리 내는 관악기 연주.

7) 鴻毛(홍모): 국가를 위해 몸을 과감하게 바침. 사마천, 「보임소경서(報任少卿書)」(『문선』권41), "사람이 진실로 한번은 죽게 마련이거늘 어떤 때는 태산보다 귀중히 여기고, 어떤때에는 기러기 털보다 가볍게 여긴다[人固有一死, 或重于泰山, 或輕于鴻毛]".

8) 詩爲風(시위풍): 시가 풍이 됨. '風'은 민요를 뜻하고, 이를 수록한 것이 『시경』의 반을차지한다. 백성이 부르는 노래를 여러 곳으로 부는 바람에 비유한 것임.

9) 宋玉(송옥): 초나라 굴원의 제자. 가을의 쓸쓸한 정취를 그린 「구변(九辯)」과 「비추부(悲秋賦)」를 지었으므로 가을을 말할 때 흔히 송옥을 일컫는다.

10) 浪仙(낭선): 가도(賈島, 779~843)의 자이며, 호는 갈석산인(碣石山人)이다. 무본(無本)의이름으로 승려 생활을 하다가 환속했으며, 고고(孤高)한 시풍으로 이름을 떨쳤다.

11) 鵬圖大海(붕도대해): 원대한 계획. 자세한 것은 오횡묵(1834~1906)의 시 참조.

12) 驥展(기전): ＝전기(展驥). 뛰어난 재능을 펼침. 오나라 장수 노숙(魯肅)이 촉 임금에게

誰識經綸多市隱　　시장의 은자에게 경륜이 많음을 그 누가 알랴마는
如儂堪愧百無爲　　나 같은 사람은 전혀 한 일 없어 그저 부끄러울 뿐

「次張舜韶志淵登矗石樓詩」[13] 〈『한재집』 권2, 18b〉 (순소 장지연이 촉석루에
　　올라 지은 시에 차운하다)

聞昔仲宣不俗流　　듣건대 옛날 왕찬은 속된 부류가 아니거늘
登高淚洒洞庭洲　　높이 올라 동정호 물가에서 눈물 뿌렸다네
風塵往衈壬辰禩[14]　풍진 오래 지난 임진년 사당이요
宇宙高名矗石樓　　세상에서 이름 드높은 촉석루라
世冑[15]應多喬木恥　대대로 명가에 부끄러운 신하 많았고
丈夫那及落花愁　　장부인들 어찌 낙화의 근심에 미치랴
乘風願逐嵩陽子[16]　바람 타고서 숭양자 쫓아가고 싶다만
把酒憑欄賦一遊　　술 들고 난간 기대 유람 시를 짓노라

○ 이봉희(李鳳熙, 1860~1926) 자 시준(時俊), 호 송암(松菴)

> 본관 경주. 전남 영광 출신. 집안이 가난해 직접 농사를 지으며 근검하게 생활했고, 신학문을 철저히
> 배격했다. 평소 시를 좋아하되 기교보다는 '언지(言志)'를 중시했다. 1907년 후은 김용국과 함께
> 영광에서 항일 의거한 국사 정희면(1867~1944), 농은 이경섭(1870~1948)과 절친히 지냈다.

「登晉州矗石樓」[1] 〈『송암시고』 권1, 32a〉 (진주 촉석루에 올라)

　　방통을 천거하면서 "방사원은 백 리를 다스릴 재능이 아니니, 치중·별가의 직임을 수행하
게 해야만 비로소 준마의 발을 펴게 될 것이다[龐士元非百里才也, 使處治中別駕之任, 始當
展其驥足耳]."라고 한 데서 온 말이다. 『삼국지』 권37 「촉서」 〈방통법정전〉.
13) 이 시는 장지연의 촉석루 시를 차운한 것이라 했지만 장지연의 문집에서 원시를 확인하
　　지 못했다.
14) 壬辰禩(임진사): '禩'는 사(祀)의 옛 글자. 임진왜란 때 순국한 영령을 제향하는 사당.
15) 世冑(세주): 대대로 국록을 받는 가문, '冑(肉부)'는 혈통. 참고로 '冑(冂부)'는 투구.
16) 嵩陽子(숭양자): 장지연의 호.

峽門南坼水東流	협곡 지나 남쪽 트인 곳에 물이 동으로 흐르고
斷岸長城近映洲	가파른 절벽의 긴 성이 물가 가까이 비치네
新府2)舊營能幾戶	새 관부 들어선 옛 병영에 몇 호나 있는가
明沙矗石又高樓	맑은 모래밭의 촉석에는 높은 누각 있구려
芳蘭靑帶佳人恨	향기로운 난초는 가인의 한을 푸르게 띠었고
落木寒生壯士愁	낙엽은 장사의 근심을 쓸쓸히 일게 하는데
我思悠悠多感古	내 마음속 아련히 회고의 감정 많아짐에
謾將詩酒付遨遊	일부러 시와 술로 마음껏 유람을 부쳐보네

○ 이회로(李繪魯, 1860~1928) 자 공첨(孔瞻), 호 춘초헌(春初軒)

> 본관 전의. 세거지인 의령 유곡면 세간리(世千里) 출생. 13세 때 지은 시로 자동 이정모(1846~1875)에게 칭찬을 들었다. 1882년 진주 석남촌(石南村, 현 산청군 삼장면 석남리)으로 이거해 만성 박치복(1824~1894)의 가르침을 받았다. 또 외삼촌 심의규를 따라 상경해 십 년쯤 머물면서 여러 번 초시에 뽑혔으나 회시에 끝내 급제하지 못하자 분경(奔競)에 염증을 느껴 귀향했다. 이후 십 수 연간 덕산·만암·묵곡 등지를 옮겨 다녔고, 허유·이종기·곽종석·조호래·하겸진·조긍섭 등의 명유들과 소요했다.

「矗石樓 次板上韻」 〈『춘초헌유고』 권1, 10a〉 (촉석루에서 현판시에 차운하다)

曠感悠悠涕泗流	세상 드문 감회로 눈물이 줄줄 흐르나니
西風立馬晉陽洲	가을바람 맞으며 진양 물가에 말 세웠다
百年南土懷前惻	긴 세월 지난 남녘에 옛 전란 떠오르고
萬事東方有此樓	온갖 일 겪은 동방에 이 누각이 있구려
埤堄1)周遭迷眼界	에워싼 성가퀴가 시계를 흐리게 하고

---

1) 바로 이어진 「과진주비봉산종묘원(過晉州飛鳳山種苗院)」 시를 참고할 때 이 시의 창작 시기를 가늠해 볼 수 있다. 진주종묘장은 1908년 함흥종묘장과 함께 전국 최초로 설치되었고, 경술국치 이후 경남종묘장으로 개칭되었다. 1923년 칠암동으로 이전한 뒤 그 자리에 현재의 진주여고가 들어섰다. 김경현 편, 『진주이야기 100선』, 금호출판사, 1998, 98~100쪽; 숭전이조 지음, 진주신문사 역, 『진주대관』, 금호인쇄, 1995, 178~179쪽.

2) 新府(신부): 옛 우병영 자리에 1896년 설치된 경상남도 관찰부를 말하고, 1910년부터 1925년까지 경남도청으로 쓰였다. 이순용(1869~1933)의 시 각주 참조.

煙雲縹緲摠詩愁	어스름한 연기구름이 시심을 자아낸다
盛代治安還不易	태평한 때 치안은 오히려 쉽지 않거늘
使君且莫任遨遊	사또는 마음대로 태평히 노닐지 마소

○ 안광진(安光鎭, 1860~1935) 자 치형(致亨), 호 임천(臨川)

본관 순흥. 함양군 유림면 장항리(獐項里) 출생. 안향의 후손인 졸헌 안석로(安碩老)의 5세손으로 일찍이 스승 없이 학업에 심취했다. 향시의 폐단을 보고 과거의 뜻을 접었고, 진주 도통사(道統祠, 1995년 내동면 유수리 이건) 창건의 주역인 종형 지산 안효진(安孝鎭, 1855~1943)과 함께 경전을 연구하면서 때때로 산수를 찾아 소요했다.

「登矗石樓有感」〈『임천유고』 권1, 15a〉 (촉석루에 올라 느낌이 있어)

萬山中坼大江流	첩첩 산 가운데로 툭 터져 큰 강이 흐르며
寂寞頹城逈枕洲	적막해라, 무너진 성이 멀리 물가를 베고 있네
扶義千年留介石[1]	의리를 붙들어 천년토록 단단한 바위에 전해지고
殉忠當日共高樓	충심으로 순국해 이날도 높은 누각과 함께 하건만
如今區域爲誰物	지금 이 구역은 누구의 물건이 되었는고
依舊風烟動客愁	예전 그대로의 풍경이 객수를 자아내는데
保障南方無覓處	요충지를 남방에서 찾을 곳이 없다마는
將臣何在愧斯遊	장군은 어딘가에서 이 유람을 부끄럽게 여기리

---

1) 埤堄(비예): 성 위에 낮게 쌓은 담, 곧 성가퀴.

1) 介石(개석): 절개가 굳음.『주역』「예계」〈六二〉에 "절개가 돌과 같아 어찌 하루가 다하기를 기다리겠는가? 결단함을 알 수 있다[介如石焉, 寧用終日? 斷可識矣]."하였다.

○ 최현필(崔鉉弼, 1860~1937) 자 희길(羲吉), 호 수헌(脩軒)

> 본관 월성. 월성 종하(鍾河, 현 경주시 현곡면 남사리) 출생. 1891년 등제해 승문원 부정자(副正字)가
> 되었으나 1894년 갑오경장 이후로 세도가 타락하자 낙향했다. 경술국치 때 음식을 제대로 먹지 않고
> 「출사표」를 외며 피를 토한 뒤 두문불출했다.

「登矗石樓 次板上韻」〈『수헌집』, 76쪽〉(촉석루)

晉水千年不盡流	진양 강물은 천년토록 다함 없이 흐르고
芳魂義魄宛中洲	꽃다운 의로운 혼백이 물속에 완연한데
南方賴有睢陽堞	남방에 다행히 수양성이 있고
東國仍高矗石樓	동국에 곧 촉석루가 드높도다
却怪寒花1)黃未吐	국화가 노랗게 피지 않아 되레 괴이쩍고
偏憐叢竹綠生愁	푸른 대숲이 시름 만들어 더욱 가련해라
淸波一掬揮雙淚	맑은 물결에 두 줄기 눈물을 손으로 뿌리노니
老大徒悲晩此遊	늙은이가 늦게사 이곳 유람함이 슬플 뿐이네

○ 정인휘(鄭寅暉, 1861~1910) 자 국명(國明), 호 구계(龜溪)

> 본관 동래. 초명 인석(寅錫). 양산시 상북면 신전리 출생. 1902년 경북관찰부 주사에 임용되었고,
> 1905년 통정비서 감승(監丞)으로 있을 때 을사늑약을 분개하며 낙향한 뒤 소석리에 구계정사를 짓고
> 학문에 매진했다. 아들 정순모(鄭舜謨)는 안희제와 함께 독립운동을 벌였다. 참고로 9대조는 임란
> 당시 양산향교 교임으로서 성현의 위패를 지키다가 일본에 끌려가 굴복하지 않고 9년 만에 돌아온
> 소산 정호인(鄭好仁, 1554~1624)인데, 양산군수·진주목사 등을 지낸 양계 정호인(1597~1654,
> 본관 연일)은 동명이인이다.

「矗石樓」〈『구계집』 권1, 9b〉(촉석루)

矗樓聳出晉陽城	촉석루가 우뚝 솟은 진양성에
客馬徘徊曠感生	나그네 말 배회하니 옛 감회 일어나네

---

1) 寒花(한화): 늦가을이나 겨울에 피는 꽃. 대개 국화를 일컬음.

豈惟嶺右江山勝	어찌 영남 우도의 빼어난 강산에
爲有壬辰壯士名	임진년 장사의 명성을 있게 했나
綺羅1)疊出笙歌溢	비단이 거듭 나와 노랫가락이 넘치며
釖戟平收戰氣晴	창칼은 거두어져 전쟁 기운은 말끔한데
回首芳蘭叢竹岇	고개 드니 난초가 대숲 길가에 빼곡하고
巍然聖廟耀文明2)	드높고도 거룩한 사당에 덕성이 빛나도다

○ 정봉기(鄭鳳基, 1861~1915) 자 응선(應善), 호 수재(守齋)·회계(晦溪)

본관 연일. 초명 효기(孝基). 진주 북평리(北坪里, 현 하동군 옥종면 대곡리) 출생. 1891년 옥천에 가서 송병선을 뵙고 사사(事師)의 예를 갖추었다. 또 우산 한유(1868~1911) 등과 함께 최익현의 제자가 되었으며, 권운환·이택환 등과 깊이 교유했다. 명성황후 시해 후 1896년 노응규가 안의에서 창의하자 노백헌 정재규와 함께 가담해 격문과 상소 작성의 임무를 수행했다. 별세하기 5개월 전 월횡의 함월정에서 정은교·이택환 등과 '무릉팔선(武陵八仙)' 모임을 가졌다. 이 시는 제주(題注)에서 보듯이 병신년(1896)에 지었다.

「矗石樓 次板上韻」丙申 〈『수재집』 권1, 9a〉 (촉석루에서 현판시에 차운하다)

병신년(1896)

一上雕欄涕泗流	화려한 누각 한번 오르니 눈물이 줄줄 흐르고
千秋義氣此長洲	천추의 의로운 기백이 이곳 긴 물가 서렸구나
寒鴉去噪貞娥石	갈까마귀 날며 지저귀는 정녀의 바위
落日斜明壯士樓	지는 해 뉘엿뉘엿 비치는 장사의 누각
濁酒滿樽須盡醉	탁주를 술통에 가득 채워 애써 억병으로 취해보고
高歌擊劒不禁愁	목청껏 노래하며 칼 두들기나 시름은 견딜 수 없네
行人莫省當年事	나그네가 그때 일을 헤아릴 수 없지만

---

1) 綺羅(기라): 기녀를 지칭. 유래는 정약용의 「중유촉석루」 시의 각주 참조.
2) 文明(문명): 영령의 숭고한 덕성. 『서경』 「순전」, "깊고 명철하고 문채 나고 밝으며, 온화하고 공손하고 성실하고 독실하다[濬哲**文明**, 溫恭允塞]".

只把江山作勝遊　　단지 강산에서 명승 유람을 즐길 뿐

○ 최상준(崔尙濬, 1861~1930) 자 국현(國鉉), 호 연암(淵菴)

본관 전주. 경상도 고성 동림(東林, 현 동해면 봉암리) 출생. 어릴 적 향시에 여러 번 합격했고, 1883년 가을에는 만성 박치복(1824~1894)과 후산 허유(1833~1904)의 제자가 되었다. 1903년 경상남도 관찰사 민형식에게 크게 칭찬받았으나 관직을 구하지 않고 향리에 머물며 후학을 양성했다.

「登矗石樓 次板上韻二首」〈『연암집』 권1, 14b~15a〉 (촉석루에 올라 현판시에 차운한 두 수)

晉水滔滔不捨流　　진양 강물은 넘실넘실 쉼 없이 흐르고
龍蛇往㤼洗前洲　　옛날 용사년 전란은 앞 물가에 씻겼네
冠七十州形勝地　　칠십 고을에서 으뜸인 형승의 땅
後千萬世感懷樓　　천만 년까지 이어질 감회의 누각
蕩板方知勁草節[1]　　나라 어지러워지자 비로소 굳센 절개 알았고
片巖可語落花愁　　한 조각 바위에서 낙화의 근심을 말할 만한데
笙歌此日伊誰力　　생황 노래를 요즈음 그 누가 힘쓰기에
慷慨吾心不在遊　　내 마음 북받쳐 유람을 못하게 하는가

晉陽江水鏡中流　　진양 강물은 거울 속을 흘러가고
飛鳳山前宿鷺洲　　비봉산 앞은 백로 깃드는 물가로다
炳日千秋人死國　　사람들 순국하여 천추에 밝은 해가 빛나고
生氷五月客登樓　　나그네 등루하니 오월인데도 얼음이 생기는 듯
沙田竹立秋霜凛　　모래밭에 뻗은 대는 가을 서리처럼 늠름하고
巖畔花殘暮雨愁　　바윗가에 남은 꽃은 저녁 비에 시름겨운데

1) 굳센 절개. 용어 일람 '판탕' 참조.

升此悵然多曠感　　　이런 슬픔에 고조되어 세상 드문 느낌 많아져
謾將樽酒做淸遊　　　속절없이 술잔 들고 맑은 유람 벌여 보노라

○ 장희원(張憙遠, 1861~1934) 자 중휘(重徽), 호 위당(韋堂)

인동 각산리(角山里, 현 경북 칠곡군 기산면 소재) 출생. 과재 장석신(1841~1923)의 아들로 만구 이종기(1837~1902)의 문인이다. 신기선, 이중하로부터 출사를 권유받았으나 사양했다. 경술국치 이후 부친의 뜻을 이어받아 김천의 진흥산(眞興山, 현 구성면 흥평리 소재)에 은거하며 비분강개함을 달래다가 1923년 귀향했다.

「矗石樓 次板上韻」〈『위당집』권1, 5a〉(촉석루에서 현판시에 차운하다)

楊柳春陰綠似流　　　버드나무는 봄 그늘 짙어 물처럼 푸른데
遲遲孤舫下空洲　　　외로운 돛배가 느릿느릿 빈 물가 내려가네
靑山歲遠餘殘郭　　　세월 아득한 청산에 허물어진 성곽 남았고
白鳥天晴有一樓　　　갈매기 나는 맑은 하늘에 누각 하나 있구려
壯士招招寒水在　　　장사 부르고 또 부르니 찬 물가에 있는 듯
佳人寂寂落花愁　　　가인이 쓸쓸할사 지는 꽃조차 시름겹거늘
雲飛雨洗干戈地　　　구름 날고 비 뿌려대던 전쟁터이건만
任作浮生暇日遊　　　뜨내기 인생은 한가한 날 제멋대로 즐기네

○ 손봉상(孫鳳祥, 1861~1936) 자 의문(儀文), 호 소산(韶山)

본관 밀양. 경기도 개성 출신. 1887년 부친 별세로 가산이 기울자 가족을 이끌고 유랑하다가 합천 봉성(鳳城)에 우거하면서 수년간 성리학을 익히고 환거했다. 동지들과 삼업조합(蔘業組合)을 결성해 30년간 수석 직책에 있으면서 인삼 재배 기술과 품종을 개발해 막대한 이익을 거뒀다. 1928년에는 성균관 사성으로서 개성의 문묘와 숭양서원 동서재를 중수했다. 그리고 1928년 김택영의 제자인 춘포 공성학(1879~1957)·공성구 형제와 대만을 다녀온 뒤 『향대기람』(1931)을, 1929년 공성학 등과 금강산을 유람하고 『봉래연상록』(1930)을 펴냈다. 아래의 시는 공성학·공성초 종형제와 함께 남부지방을 기행하고 기록한 1924년의 「남유록서」(『소산집』권2)와 시어 '부교(浮橋)'를 통해 창작 시점을 어느 정도 가늠해 볼 수 있다. 공성학 저, 박동욱·이은주 역, 『중유일기』, 휴머니스트, 2018 참조.

「矗石樓」〈『소산집』 권1, 106a〉 (촉석루)

藍水遠從方丈流	남강이 멀리 지리산에서 흘러 내려오고
晉陽氣勢在芳洲	진양의 기세는 꽃다운 물가에 있구려
名花酬國香留石	이름난 꽃이 나라 보답해 향기가 돌에 남았고
脩竹連江翠入樓	대숲이 강가 이어져 푸른빛이 누각에 드리웠네
馬渡浮橋日斜影	말 타고 부교를 건너니 해는 기울어 그림자 지고
人登荒堞暮年愁	나그네가 황량한 성에 오르니 늘그막이 시름겹다
將臺鼓角今寥寂	장대의 북 나팔 소리가 지금은 적막하기만한데
樵牧相尋自在遊	나무꾼과 목동이 찾아와 자유롭게 노니는구나

○ 정동명(鄭東明, 1861~1939) 자 순민(舜民), 호 매서(梅西)

본관 진양. 우곡공파. 곤양 만화곡리(萬花谷里, 현 사천시 곤양면 무고리 만점마을) 출생. 1922년 상경해 친구들을 만나 공명을 구하고자 했으나 세상인심을 보고 귀향해 상업계에 투신해 돈을 모았다. 가난한 자를 힘써 돕는 한편 선영이 있는 백엄산 아래에 조그마한 백하정(白下亭)을 지어 정원을 가꾸며 벗들과 학문을 논했다.

「登矗石樓」〈『매서유고』 권1, 8a〉 (촉석루에 올라)

舊國傳來汾上樓	옛 나라 때부터 전해지는 강가 누각이라
晉陽歸客每回頭	진양에 온 길손은 매번 머리를 돌리나니
三節士高風百世	삼절사가 고매하여 유풍이 백세에 전하고
一佳人死月千秋	한 가인이 죽어 달이 천추에 비추도다
靑山無語長江去	푸른 산은 말이 없고 긴 강이 흘러가며
大陸全沈刧海1)流	온 땅 모두 잠기고 고통의 바다 흐르네
孤烟白鷺蓮塘雨	안개 속 백로가 노닐고 연당에 비 내리는데

---

1) 刧海(겁해): 고통으로 가득 찬 바다. 『화엄경』 「세주묘엄품」, "부처가 무변광대한 겁해에서 중생을 위하여 깨달음을 구하였다[佛於無邊大**刧海**, 爲衆生故求菩提]".

獨有簑翁釣不收　　　홀로 도롱이 어부는 낚시하길 거두지 않구려

「矗石樓 次板上韵」〈『매서유고』 권1, 18a〉 (촉석루에서 현판시에 차운하다)

壯士不還水自流　　　장사는 안 돌아오고 물은 절로 흐르는데
寒風蕭瑟過虛洲　　　찬바람은 쓸쓸히 텅 빈 물가를 스쳐간다
飛鳳山深藏老刹2)　　비봉산엔 깊숙이 유서 깊은 사찰 숨었고
晉陽城古出高樓　　　진양성엔 예대로 높다란 누각 솟아 있네
往蹟猶傳千古義　　　옛 자취는 여전히 천고의 의로움을 전하거니
行歌難泄一時愁　　　노래 부른대도 단박에 근심 풀기는 어렵구나
可憐盛代繁華地　　　가엾어라, 태평성대의 번화한 땅에
營柳岩花證舊遊　　　병영 버들과 바위 꽃만 옛 유람 알려줄 뿐

○ 구연호(具然鎬, 1861~1940) 자 봉규(奉圭), 호 만회(晩悔)

본관 능성. 6대조 성재 구반(具槃)이 1710년 서울에서 이사와 세거지를 이룬 진주 지수면 승산리(勝山里) 출생. 허전(1797~1886)·최익현·곽종석에게 수학했고, 류도경·안효제와 도의로 교유했다. 1883년 문과급제해 가주서·정언(1890)·시독관 겸 기주관(1891) 등을 지냈다. 1893년 시국을 개탄하며 벼슬을 과감히 던지고 낙향해 애군우국(愛君憂國)의 마음을 견지했다. 경술국치 이후 통분 속에 외부 출입을 극도로 삼간 채 30여 년을 지내다가 별세했다. 그의 가계는 외아들 구재서(具再書)→①연암 구인회(1907~1969)→구자경(具滋璟. 담산 하우식의 손서), ②구철회→구자원, ③구정회, ④구태회→구자홍, ⑤구평회→구자열, ⑥구두회→구자은으로 각각 이어진다.

「矗石樓」〈『만회유고』 권1, 3a〉 (촉석루)

檻外長江日夜流　　　난간 너머 긴 강은 밤낮으로 흐르고
晉陽城郭泛芳洲　　　진양 성곽이 꽃다운 물가에 떠 있다
千秋不朽忠臣節　　　천추에 썩지 않는 충신의 절개
萬古常存矗石樓　　　만고토록 늘 그 자리인 촉석루

---

2) 老刹(노찰): 오래된 사찰, 곧 비봉산 자락에 있는 의곡사.

巖上殘花添舊恨 　　바위에 남은 꽃은 묵은 원한을 보태고
雨中靑草喚新愁 　　빗속의 푸른 풀은 새로운 근심 부르는데
義娘祠畔寒雲結 　　의랑 사당의 주변에 찬 구름이 뭉쳤나니
却愧書生汗漫遊 　　문득 부끄러운 건 서생의 너절한 유람

「同嚴議官錫周 登矗石樓」〈『만회유고』 권1, 8a〉 (의관 엄석주와 함께 촉석루에
　　올라)

故人千里不勝愁 　　천 리의 친구가 슬픔을 못 이겨
要我同登矗石樓 　　나를 청해 촉석루에 함께 올랐더니
孤帆茫茫歸遠浦 　　외로운 배가 아득히 먼 포구로 돌아가고
白鷗一一下長洲 　　흰 갈매기는 하나하나 긴 물가 내려앉는데
芳樽有酒深如海 　　꽃다운 술통에 술 있거니 깊이가 바다와 같으며
虛檻開衿爽欲秋 　　빈 난간에서 옷깃 여니 상쾌함이 가을인 듯하다
此地元來多感慨 　　이곳은 원래부터 느꺼움이 많을진대
海天風雨恨難收 　　강가 비바람에 원한 가누기 어렵구나

○ 류원중(柳遠重, 1861~1943) 자 희여(希汝), 호 서강(西岡)·우헌(愚軒)

본관 진주. 삼가 창동리(倉洞里, 현 합천군 대병면 회양리) 출생. 20세 때 정재규에게 집지했고,
단발령 선포 뒤 최익현의 문인이 되었다. 1905년 11월 을사늑약이 체결되자 스승 정재규와 함께
5적을 성토하려고 상경 차 공주까지 갔으나 뜻을 이루지 못했다. 이내 정산(定山)으로 가서 스승
최익현과 함께 노성(魯城)에서 거의를 도모했지만 실패했다. 이에 가족을 이끌고 용주면 가호리(佳湖
里)로 이거했다. 1919년 아들 류근수(柳瑾秀)가 삼일운동에 가담한 것에 연루되어 합천 경찰서에
구속되었다. 권운환, 권재규, 최병식, 정기(1879~1950), 한유 등과 절친했다. 이 시는 작품 편차로
볼 때 무신년(1908) 전후에 지은 것으로 보인다.

「過矗石樓 傷懷」〈『서강집』 권1, 37a~b〉 (촉석루를 지나며 슬픈 마음이 일어)

汾水沈沈漲綠流 　　남강은 깊고 깊어 검푸른 물결이 흐르는데
海氣1) 千里暗長洲 　　바다 요기가 천 리에 깔려 강가가 어둑하네

鳥鳴落日佳人石	새 울고 날 저무는 가인의 바위요
樹老孤城壯士樓	나무 늙고 성 외로운 장사 누각이라
雨滴千家黔首[2]淚	일천 집에 비 떨어지니 백성들의 눈물이고
雲深萬壑舊邦愁	일만 골에 구름 깊으니 옛 고장의 근심일진대
可憐伊昔元戎地	가련토다, 저 옛날 병영의 땅에서
滿座驕酋擊劍遊	교만한 오랑캐 득실대며 칼 치고 노닒이

○ 최윤모(崔允模, 1862~1900) 자 경효(景孝), 호 월교(月僑)

본관 전주. 진주 사월(沙月, 현 산청군 단성면 남사리) 출생. 향시에 합격했으나 1894년 과거 시험의 부패상을 체험한 뒤 독서에 전념했고, 1898년 부친상을 당한 뒤 병을 얻어 애석하게도 39세 나이로 요절했다. 최필간의 증존자로 육촌 동생이 최홍모(1878~1959)이다. 이 시는 기묘년(1879)으로 시작하는 작품이 맨 끝에 있고, 그 바로 뒤의 시가 신사년(1881)에 지어진 사실을 고려할 때 20세 이전인 기묘년(1879) 혹은 경진년(1880)에 창작된 것임을 알 수 있다.

「矗石樓 次板上韻」〈『월교집』 권1, 4b〉 (촉석루에서 현판시에 차운하다)

光陰冉冉水同流	세월은 이럭저럭 강물과 함께 흘렀고
三百年中矗石洲	삼백 년간 촉석루가 건재한 물가인데
斑斑[1]血落佳人石	가인의 돌은 피 떨어져 얼룩덜룩하고
凜凜風寒壯士樓	장사의 누각은 바람 찬데도 늠름하구려
逢時好把無何酒	좋은 날 만났으니 어찌 술이 없겠냐마는
感古還多慷慨愁	옛일 느낌에 되레 강개한 시름 깊어지네
龍蛇風雨憑誰問	용사년의 비바람을 누구에게 물어보나
長笛高歌日夜遊	피리 불고 목청껏 노래하며 밤낮 노닌다

---

1) 海氛(해분): =해침(海祲). 바닷가 요기, 곧 왜적 침입. '氛'은 재앙, 조짐.

2) 黔首(검수): 검은 머리, 곧 백성. '黔'은 검다. 『사기』 권6 「진시황본기」, "이에 선왕의 도를 없애고 백가의 경전을 불태워 백성을 바보로 만들었다[於是廢先王之道, 焚百家之言, 以愚黔首]".

1) 斑斑(반반): 얼룩무늬가 있는 모양. 여기저기 흩어져 있는 모양. '斑'은 얼룩.

○ 최정우(崔正愚, 1862~1920) 자 순부(純夫), 호 건재(健齋)

본관 전주. 최광삼의 5세손으로 진양 가천리(佳川里, 현 사천시 사남면 소재) 출생. 서산 김흥락(1827 ~1899)의 문인으로 장복추·박치복·곽종석 등을 종유했으며, 권상찬·하겸진·성채규·송준필과 친했다. 을사년 이후 출사를 단념하고 고금의 순충(殉忠) 자취를 벽에 기록하고서 강개한 마음을 토로했다. 송준필, 「건재최공행장」(『공산집』 권20) 참조. 이 시의 창작 시기는 제주(題注)에 있듯이 18세 때인 기묘년(1879)이다.

「矗石樓 次板上韻」 己卯 〈『건재집』 권1, 2b〉 (촉석루에서 현판시에 차운하다)

기묘년(1879)

晉陽江水滔滔流	진양 강물은 이엄이엄 흐르고
往事依依羃䍥[1]洲	옛일이 아련히 묻힌 물가로다
壯士千秋魂不死	장사는 천추토록 혼이 죽지 않아
魂去魂來江上樓	혼이 가고 혼이 오는 강가 누각이라
樓下危巖標獨立	누각 아래 아찔한 바위가 홀로 서 있고
日慘慘[2]兮暮雨愁	햇빛은 깜깜하고 저물녘 비가 시름겨워
理我蘭枻[3]載我壺	내 다스리는 배에 내 술병 싣고서는
後三百年昇平遊	삼백 년 뒤 태평히 유람함일세

○ 반동락(潘東雒, 1863~1930) 자 구견(龜見), 호 회산(晦山)

본관 기성(거제). 경북 청도군 늑평리(勒坪里, 현 이서면 구라리) 출생. 1506년 중종반정으로 정국공신 4등에 책훈된 옥계 반우형(潘佑亨)의 13세손이다. 집안이 가난해 십리 밖에 있던 외가의 대곡리(大谷里) 서당을 왕래하며 학문을 배웠다. 일찍이 과거의 뜻을 접고 1897년 만구 이종기(1837~1902)의 문인이 되어 심학의 요체를 얻었으며, 경술국치 이후 자정(自靖)했다. 복암 장화식(1871~1947)과 절친했고, 문인으로는 덕천 성기운(1877~1956)이 있다.

---

1) 羃䍥(멱력): 연기가 뒤덮은 모양. '羃'은 덮다. '䍥'은 끼다.
2) 慘慘(참참): 암담한 모양. 참담한 모양. '慘'은 어둡다. 비참하다.
3) 蘭枻(난예): 목란으로 만든 노. 배의 키. '枻'가 도지개의 뜻일 때는 '설'로 읽음.

「登矗石樓」〈『회산집』 권1, 4b~5a〉 (촉석루에 올라)

無恙江頭泛泛[1]舟	탈 없는 강가에는 배가 둥실둥실
晉陽歌舞幾人遊	진양에서 가무를 몇이나 즐겼는지
英雄一去空留迹	영웅은 한 번 떠나 속절없이 자취를 남겼고
遠客遲回謾倚樓	원객이 머뭇거리다 공연히 누각에 기댔더니
古郭煙生沈怡夢	옛 성곽에 피는 이내가 오랜 꿈속에 잠기게 하고
虛江月白送涼秋	빈 물가에 밝은 달빛이 서늘한 가을 기운 보내오네
回頭欲問前塵事	고개 돌려 옛 전란의 일을 물어보려 하건만
鷗鷺閒眠十里洲	갈매기 백로가 십 리 물가에 한가히 졸고 있구려

○ 권녕호(權寧鎬, 1863~1932) 자 경서(慶瑞), 호 쌍석(雙石)

합천군 대병면 양리 송정마을 출생. 이조좌랑 권극찬의 10세손으로 권석수의 아들이다. 젊은 적의 호탕한 생활을 접고 계산 송재락·서강 류원중·의재 송호완(1863~1919)·겸산 문용(1861~1926)·삼외재 권명희(1865~1923) 등과 벗으로 교유하며 학문에 매진했다. 아울러 선현을 규범으로 삼아 집안의 화목과 향촌 사회의 질서 체계를 다지는 데 힘을 쏟았다.

「登矗石樓」〈『쌍석유고』 권1, 36b〉 (촉석루에 올라)

晉陽城下大江流	진양 성 아래에 큰 강이 흐르고
形勝南州第一樓	남쪽 고을 형승에서 제일의 누각이라
憶昔龍蛇人不見	옛적 용사년 생각함에 사람이 뵈지 않으니
浮雲落日摠閒愁	뜬구름과 지는 해는 다 부질없는 근심일세

---

1) 泛泛(범범): 표류하는 모양, 가득 차는 모양. '泛'은 뜨다.

○ 정재성(鄭載星, 1863~1941) 자 취오(聚五), 호 구재(苟齋)

본관 진양. 은열공파. 가조 다전(茶田, 현 거창군 가북면 중촌리) 출생. 정필달의 후손으로 일찍이
동향의 윤주하(1846~1906)에게서 배웠고, 21세 이후 이진상을 비롯해 거유들의 가르침을 받았다.
또 1896년 다전에 은거하던 곽종석(1846~1919)의 제자가 된 뒤 줄곧 그를 모셨다. 1903년 고종으
로부터 참봉에 임명되었고, 이후 시사에 대한 견해가 받아들여지지 않자 귀향했다. 국채보상운동
때 의연금을 모아 서울로 보냈고, 경술국치 후 절의를 지키면서 1938년 금강산을 유람했다. 이 시는
편차상으로 보아 **병자년(1936)** 작이다.

「矗石樓 二首」〈『구재집』 권4, 13a~b〉(촉석루 두 수)

靑邱矗石最名樓	청구에서 촉석루는 가장 이름난 누각인데
倦屐遙臨始擧頭	지친 나그네 멀리서 와 처음 고개를 드니
壯士盃心昭揭日1)	장사의 잔 든 마음은 높은 해처럼 밝게 빛나며
佳人巖面凜生秋	가인의 바위 표면은 오싹한 가을같이 늠름하다
山如拱北千重屹	산은 북녘을 조아린 듯 첩첩이 솟아 있고
水爲朝2)東萬折流	물은 동쪽을 향해 일만 번 꺾이며 흐르네
形勝有餘天不管	형승 넉넉함은 하늘이 관여치 않는다만
世間風浪幾時收	속세의 풍랑은 언제쯤 거두어질는지

重來那忍賦登樓	다시 왔으되 어찌 차마 등루부 지을꼬
悄倚江干矗石頭	근심스레 강기슭 촉석루 난간에 기댔노라
盛代名公憐晝錦3)	태평성대에 명사들이 금의환향을 어여삐 여겼고
危邦壯士凜陽秋4)	나라 위기 때의 장사들은 『춘추』에 늠름하건대

---

1) 昭揭日(소게일): 『장자』「달생」, "지금 당신은 지식을 꾸며 어리석은 사람을 놀라게 하며,
   몸을 닦아 남의 잘못을 밝혀 저 높이 매달린 해와 달처럼 분명히 드러내려고 행동하고
   있습니다[今汝飾知以驚愚, 修身以明汚, 昭昭乎若揭日月而行也]".

2) 朝(조): ~을 향하다.

3) 晝錦(주금): 의금주행(衣錦晝行)의 준말. 비단옷을 입고 낮 길을 감, 곧 출세해 고향으로
   돌아감. 금의환향. 『사기』 권7, 「항우본기」.

4) 陽秋(양추): 『춘추(春秋)』의 별칭. 시비를 판단하는 기준. 동진(東晉)의 대신 환무륜(桓茂
   倫: 桓彝)이 저부(褚裒)를 지목하여 "저계야는 뱃속에 『양추』가 있다[褚季野皮裏陽秋]."
   하였다. 『세설신어』「상예」.

週遭雉堞旋平路	빙 두른 성가퀴에 평탄한 길이 둘렀으며
迢遞虹橋又下流	아득한 홍교 아래로 또 강물이 흐르거니
滿目繁華人自醉	눈에 가득한 번화함에 사람들은 절로 취해
夜闌歌管不知收	밤이 이슥토록 노랫소리를 그칠 줄도 모르네

○ 김홍락(金鴻洛, 1863~1943) 자 우경(羽卿), 호 모계(某溪)

본관 의성. 외가인 군위군 도개면 신곡(鈡谷) 출생. 서산 김흥락(1827~1899)과 척암 김도화(1825~1912)의 문인으로 1889년 사마시에 합격했다. 1894년 문과 급제한 뒤 비서감랑, 홍문관 시독, 선교관 등을 거쳐 통정대부에 올랐다. 1910년 경술국치 이후 안동시 서후면 금계리(金溪里)에서 강학하다 생을 마쳤다.

「矗石樓 次板上韻」〈『모계집』 권1, 15b〉(촉석루에서 현판시에 차운하다)

往蹟蒼茫一涕流	아득한 옛 자취에 한 줄기 눈물이 흐르고
夕陽倚檻望長洲	해질녘 난간에 기대 긴 물가를 바라보나니
巒煙繞樹迷殘堞	산안개 나무에 끼여 이울어진 성이 헷갈리고
江氣噓空爽古樓	강 기운이 공중에 퍼지니 옛 누각 상쾌하다
天地於今多浩刦	천지는 지금껏 큰 재난 많이도 겪었는데
山河依舊帶深愁	산하 그대로나 깊은 근심을 띠고 있구려
沙鷗似解當年事	갈매기도 마치 그때 일을 아는지
飛下淸波伴我遊	맑은 물에 내려와 내 유람을 짝하네

○ 정병조(鄭丙朝, 1863~1945) 자 관경(寬卿), 호 규원(葵園)

본관 동래. 서울 출생. 강위·이건창 등과 절친했던 정기우(1832~1890)의 3남이고, 조부는 『자류주석』(1856)을 편찬한 정윤용(1792~1865)이다. 1895년 동궁시종관으로 있으면서 명성황후 시해를 방관한 죄로 탄핵을 받아 이듬해 맏형 정만조(鄭萬朝, 1858~1936)는 전라도 진도로, 자신은 종신형에 처해져 제주도로 유배되었다. 이후 위도에 이배되었다가 1907년 고종 퇴위 뒤 특사로 풀려나 관계에 복귀했고, 1909년 이후로 친일 행적을 두루 이어갔다. 시·서·화에 능했고, 이응로 화백에게 '고암(顧菴)'이라는 호를 지어주었다. 한편 1925년 강필효의 『해은선생연보』(법계서숙 간행)를 발행했다.

「矗石樓 次申靑泉韵」〈『녹어산관집』 권3, 12b~13a〉 (촉석루에서 신청천 시에
　　차운하다)

晉陽城勢遏江流	진양성 형세는 강 흐름을 막았고
金碧崔嵬影半洲	아스라이 단청 누각 반쯤 비치는데
鏡水蕩搖千頃月	맑은 물에 천 이랑의 달빛이 일렁이며
天雲呼吸八窓樓	하늘 구름에 팔방 창의 누각이 호흡하네
殉魂招返家家淚	순국 영령을 불러 돌아오게 하니 집집이 눈물이요
戰史翻吟字字愁	전란 사적을 거슬러 읊조리니 글자마다 수심이라
歷遍東南佳麗跡	동남의 빼어난 자취를 두루 다니다가
始登矗石壯吾遊	처음 촉석루에 오르니 장쾌한 내 유람일세

畵舫簫鼓盪安流	멋진 배가 풍악 울리며 순한 물결에 움직이고
一碧琉璃上下洲	한 줄기 푸른 강이 모래섬 상하로 흐르는데
翠黛天低霞外峀	검푸른 빛이 하늘에 닿은 노을 밖의 산들이요
紅欄雨映水邊樓	붉은 난간이 빗속에 비치는 물가 누각이로다
別來春草空誰怨	이별 뒤 봄풀이 허전함에 누굴 원망하며
日暮烟波始欲愁	날 저무니 안개 물결이 막 시름겨우려네
聞說方壺仙路近	듣건대 지리산 신선길이 가깝다고 하니
此行擬與赤松[1]遊	이번 여행은 적송자를 따라 노니는 듯

---

1) 赤松(적송): 고대 전설상의 신선인 적송자.

「矗石樓口號」〈『녹어산관집』권4, 18a〉(촉석루 구호)

晉陽山水夢猶淸	진양의 산수는 꿈속에서까지 청신했는데
千里重遊得自輕	천릿길 거듭 유람오니 절로 홀가분하도다
壯士魂還江矗石	장사의 넋이 돌아오는 강가의 촉석루
詩人腸斷雨淸明	시인의 애가 끊어지는 빗속의 청명절
登臨今昔誰無感	등림하면 예나 지금 누군들 감동이 없으랴
形勝東南此最名	형승으로 동남에서 이곳이 가장 이름났거니
只爲衰翁吟筆小	다만 늙은이가 읊조릴 필력이 짧아서
遽難黃鶴一椎[2]鳴	몽치 하나로 황학루 울리기 어려울 뿐

「詠矗石樓」代人作〈『녹어산관집』권6, 26b〉(촉석루를 노래하다) **어떤 사람을 대신해 짓다.**

倚遍西風矗石樓	두루 다니다가 가을바람 따라 촉석루에 이르니
戰雪[3]猶壓畵欄頭	전쟁 설욕 뜻이 그림 같은 난간을 여태 눌러 있도다
詩人淚洒辰年史	시인이 임진 역사로 눈물을 뿌릴지니
壯士魂還鐵笛秋	장사의 넋은 철적 소리에 돌아오겠지
玉蝀[4]暈明浮野霽	다리는 햇무리에 환히 빛나 갠 들에 떠 있고
瓦鴛[5]澄碧浣江流	기와는 맑고 푸르게 비춰 흐르는 강에 씻기는데
只堪一博紅裙醉	기껏 한바탕 기녀들에게 취할 뿐이거늘
繡罽[6]銀燈夜冷收	용단의 은빛 등불이 싸늘한 밤을 거두네

五雲天護八窓樓	오색구름 하늘이 팔창 누각 감싸고

---

2) 一椎(일추): 하나의 몽둥이. 여기서는 최초의 황학루 시를 능가하는 뛰어난 작품을 비유.
유래와 관련해서는 박경신(1560~1626) 시의 각주 참조.

3) 戰雪(전설): 전쟁을 설욕하려는 마음.

4) 玉蝀(옥동): 연경(燕京)의 서화문(西華門) 서쪽에 있는 다리. 여기서는 진주교.

5) 瓦鴛(와원): →원와(鴛瓦). 원앙새 모양으로 만든 기와, 곧 촉석루 지붕.

6) 繡罽(수계): 수놓은 융단. '罽'는 담, 모직물의 한 가지.

一片空明7)野渡頭　　　한 조각 강물 빛이 나루터 비치는데

壯士殉忠8)如在昨　　　충심으로 순국한 장사는 어제처럼 있는 듯하며

江聲閱劫9)易爲秋　　　전란 겪은 강물 소리는 쉬이 가을기운 되도다

倚歌桃葉10)飛彤管11)　노래를 복사꽃에 의탁해 붓을 빨리 움직이고는

載月蘭舟溯玉流　　　달빛을 난주에 실어 옥류를 거슬러 오르니

烟景東南無第二　　　경치는 동남에서 둘도 없거니와

畫楣題詠盡情收　　　처마 제영시가 온갖 뜻을 담았네

嶠陽12)第一此名樓　　영남에 제일은 이 이름난 누각

金碧玲瓏矗石頭　　　영롱한 단청이 촉석 끝에 있는데

曠絶佳人輕一死　　　희대의 가인은 한 번 죽음을 가벼이 여겼고

當年壯士重千秋　　　그때의 장사들은 천추토록 존중을 받네그려

冶春歌管哀猶艷　　　봄을 즐기는 노래는 슬퍼다가도 아름다우며

閱戰江波咽不流　　　전쟁 겪은 강물은 흐느껴 흐르지 못할진대

愛讀古今題詠好　　　고금의 멋진 제영시를 즐겨 읽노라니

天涯風物坐中收　　　하늘 끝의 먼 풍경을 좌중이 담았구려

---

7) 空明(공명): 달빛이 부서져 내리는 투명한 강물 빛.

8) 殉忠(순충): 진충순국(盡忠殉國)의 뜻.

9) 閱劫(열겁): 전란을 겪다. '劫'은 겁화(劫火), 곧 전쟁으로 일어나는 화재.

10) 桃葉(도엽): 진(晉)나라 왕헌지(王獻之)의 애첩(愛妾)으로 논개를 비유함. 왕헌지는 자색
이 뛰어난 그를 매우 사랑해 「도엽가(桃葉歌)」를 지었다.

11) 彤管(동관): 붓대를 붉게 칠한 붓. 대개 여사(女史)가 그런 붓을 갖고 후비(后妃)의 일을
기록한 데서 유래함. 『시경』「정녀(靜女)」. '彤'은 붉다.

12) 嶠陽(교양): =교남(嶠南). '陽'은 남쪽의 뜻.

○ 김병립(金炳立, 1863~1946) 자 재형(在衡), 호 우석(愚石)·관회(灌晦)

본관 용궁. 하동군 양보면 우복리(愚伏里) 출생. 임란 의병장 낭선재 김태백의 11세손으로 계남 최숙민 (1837~1905)을 사사했으며, 1889년 송병선의 문인이 되었다. 동학혁명 이후 덕산 대포리(大浦里, 현 삼장면 소재)에 이사했다. 이 무렵 최경병(1865~1939)이 주관한 인천(仁川, 현 북천면 서황리) 영사재(永思齋)의 곤학계(困學契) 강회에 참석했고, 특히 요산재(樂山齋)를 중심으로 학문을 하면서 현재 조용상(1870~1930)과 풍류를 즐겼다. 이후 다시 우계의 옛집으로 돌아와 학문을 심화하면서 김현옥, 이택환, 최제겸과 교유했다. 또 송사 기우만이 청금대(聽琴臺)라 명명한 집 뒤 큰 바위에 청금정(聽琴亭)을 지어 강학하다가 국권 피탈 후 서너 동지들과 이곳에서 시를 수창하며 우울한 심회를 피력했다. 족조가 김낙희(1881~1960)이다.

「矗石樓有感」 〈『우석집』 권1, 22a~b〉 (촉석루에 느낌이 있어)

四面周遭拱一樓	사면이 두루 에워싸 한 누각을 껴안았고
危欄逈壓大江頭	아찔한 난간이 멀리 큰 강 언저리 눌러있네
扁名遠播三千域	편액 이름이 삼천리 땅에 멀리 퍼진 건
浩刼曾經百六秋	오래 전 불행한 해를 이미 겪었음이라
壯士祠前山似揖	장사 사당 앞으로 산이 읍하는 듯하며
佳人巖下水空流	가인 바위 아래로 물이 하염없이 흐르도다
登臨愧乏長杠筆1)	등림하나 부끄럽게도 큰 붓 없으니
勝狀無邊豈盡收	끝없는 멋진 경치 어찌 다 담으리오

○ 장지연(張志淵, 1864~1921)

자 순소(舜韶), 호 위암(韋庵)·숭양산인(嵩陽山人)

상주 내동면 동곽리(東郭里, 현 상주시 동문동) 출생. 1900년 설립된 광문사 편집원으로서 정약용의 저술을 간행했고, 1901년 주필로 있던 『황성신문』의 사장이 되었으며, 1905년 11월 20일 이 신문에 '시일야방성대곡(是日也放聲大哭)'을 게재해 3개월간 투옥되었다. 1908년 러시아·중국을 둘러보았고, 1909년 10월 『경남일보』 주필로 취임했다. 1911년에는 임시로 머물던 진주에 복거(卜居)했고, 1913년 5월 마산으로 이거해 별세할 때까지 살았다. 한편 진주에 거주할 때인 1912년 7월 권도용 (1877~1963)을 만나 「진양잡영」 12수를 지어 응수했으며, 이듬해 3월에는 정규석·정규영 등 41명 과 함께 진양계를 맺고서 퇴락 일로에 있던 누각과 임진 사적을 수리하는 자금을 모으기도 했다.

---

1) 長杠筆(장강필): 훌륭한 솜씨. 박승임(1517~1586) 시의 각주 '필강' 참조.

「矗石樓」〈「사조」,『경남일보』제4호, 1면, 1909년 11월 7일〉(촉석루)

江上巍巍矗石樓	강가 우뚝한 촉석루
晉陽因此擅名州	진양은 이로써 고을에 이름 떨쳤지
當年將士今安在	그때의 장사는 지금은 어디에 있느뇨
江水滔滔不渴流	강물은 넘실넘실 마르지 않고 흐르네

「秋月矗石樓」〈「사조」,『경남일보』제152호, 1면, 1910년 10월 29일〉(가을밤의
　　촉석루)

落日無端獨上樓	석양에 무단히 홀로 누각에 오르니
西風黃葉使人愁	가을바람에 날리는 낙엽이 시름겨운데
大江東流何時返	큰 강은 동으로 흘러 언제 돌아오려나
淘盡英雄[1]尚不休	영웅을 다 쓸어갔지만 반드시 그치지 않으리

「月夜 登矗石樓」[2]〈『위암문고』권2, 56~57쪽〉(달밤에 촉석루 올라)

獨上高樓夜已中	홀로 누각 오르니 밤은 이미 깊어
山光水色正朦朧[3]	산빛과 물빛이 바야흐로 흐릿하다
梅天[4]久旱江腰細	장마철 가뭄이 길어서 강은 가는 허리 되었고
麥月[5]微陰野影空	보리철 기운이 음침해 들판은 그림자 비었는데
城寺村烟籠樹碧	산성사의 마을 연기가 나무에 서려 푸르며
射亭[6]漁火徹波紅	사정의 고깃배 등불이 물결에 비쳐 붉도다

---

1) 淘盡英雄(도진영웅):『삼국지연의』제1회 서두, "장강이 이엄이엄 동으로 흘러가고 / 하얀
　물보라를 일으켜 영웅을 다 쓸어갔네[滾滾長江東逝水, 浪花淘盡英雄]".
2) 이 시는 진주에 5년간(1909~1913) 살면서 지은 작품 대부분을 수록한 「분상취예(汾上醉
　囈)」30편 중 제9편이다.
3) 朦朧(몽롱): 분명하지 않고 흐릿한 모양. '朦'은 흐리다. '朧'은 흐릿하다.
4) 梅天(매천): 매우기(梅雨期)의 하늘, 곧 장마철. 음력 5월의 이칭.
5) 麥月(맥월): ＝맥추(麥秋). 보리가을, 보리를 거두어들이는 철. 음력 4월의 이칭.
6) 射亭(사정): 활터에 세운 정자. 본서 수록의 〈진주성도〉를 보면, 동장대를 기준으로 맨
　아래쪽의 남강 가에 홍교(虹橋)가, 그 서쪽에 사정이 있다.

| 賒來濁酒兼靑菜 | 외상으로 마련한 탁주와 푸른 채소뿐인데 |
| 賴有相隨一尺童 | 다행히 어린 한 아이가 덩달아 왔구려 |

○ 박태형(朴泰亨, 1864~1925) 자 윤상(允常), 호 간암(艮嵒)

본관 함양. 초명 태충(泰充), 초자 문행(文幸). 진주 용고동(龍顧洞, 현 진성면 동산리 용고미마을) 출생. 26세 때 부친 박덕성(朴德成, 1834~1892)의 명으로 연재 송병선(1836~1905)의 문인이 되었고, 자와 명을 고쳐 받을 정도로 스승의 총애를 받았다. 갑오년 이후로 과거를 포기하고는 1902년 여름 최익현이 진주에 왔을 때 그를 흠모해 배움을 청했다. 1916년 봄 마을에 모로정(慕魯亭)을 중수해 후학 양성과 학문에 전념했다. 또 중국 절강성 부양(富陽)에 은거하던 영봉 하진무(1854~1930)가 지은 『인도대의록(人道大義錄)』(1922)에 대한 국내 학자들의 이견을 조목조목 비판했다. 동문인 독립운동가 오당 조재학(1861~1943)과 막역했고, 독립운동가 서암 조계승(1880~1943)이 제자이다. 생질이 정재 남정호(1898~1948)이고, 질서가 강태수(1872~1949)이다.

「六月晦 懷矗石樓」〈『간암집』 권1, 29a〉(유월 그믐날 촉석루를 그리며)

雷雨時時感舊天	천둥비가 이따금 옛 하늘에 감응해
也應來自烈祠前	응당 창렬사 앞쪽으로 내리는도다
三千地沒全無堞	삼천 리 땅이 침몰하니 온전한 성가퀴 없었고
六萬人殉炊絶烟	육만여 명이 순절하니 밥 짓는 연기 끊어졌지
畏勢藏鋒非義勇	두려운 형세에 예봉 감춤은 의용이 아닌지라
忘身報國是忠賢	제 몸 잊고 보국하니 실로 충정어린 현인이었네
靈魂此日如臨上	신령한 넋이 이날 위에서 임한 듯
血淚懸空赤水連	피눈물이 허공에 걸렸다가 붉은 물가에 닿네

「矗樓懷古」〈『간암집』 권1, 36a〉(촉석루에서 옛일을 생각하며)

龍歲海寇至	임진년 때 바다 오랑캐 닥쳐
烽火千里傳	봉화가 천릿길에 전해졌나니
豈惟侵我地	어찌 우리 땅을 침범하고자
奸謀在射天[1]	간사한 꾀 내어 천명 어길 줄이랴

堂堂三節士	당당한 삼절사는
誓心掃塵烟2)	먼지 쓸어버릴 것을 맹세했었지
城沈百戰餘	백 번을 싸운 끝에 성 무너질 제
雖死義猶專	비록 죽더라도 절의는 한결같았고
有妓亦慕烈	기녀 또한 의열을 받들어
落花忽飄然	꽃처럼 떨어지나 홀연 태연했었지
椒酒3)秩秩4)享	초주로 정숙히 제향 드리도록
詔降九重仙	구중궁궐에서 조서를 내렸나니
昇平日已久	태평한 세월이 이미 오랜지라
酋馬却驕鞭	늙은 말은 채찍에도 듣지 않고
況又西浪淹	게다가 서쪽에 물결이 불어나
誰人克濟川	누군들 내를 건널 수 있으리오
登斯追古跡	이곳에 올라 옛일을 떠올리니
熱淚若懸泉5)	뜨거운 눈물이 폭포처럼 흐를진대
江流人不見	강가에 사람은 뵈지 않지만
我懷寫一篇	내 회포를 시 한 편에 담아본다

○ 김영의(金永儀, 1864~1928) 자 봉경(鳳卿), 호 희암(希菴)

본관 광산. 전남 화순군 춘양면 석정리(石亭里) 출생. 백부에게 학문을 배우다 1894년 백형 김영필과 함께 입재 송근수·연재 송병선·심석재 송병순의 제자가 되었고, 호 '希菴'은 심석재에게서 받은 것이다. 『근사록』을 소책자로 만들어 늘 휴대하며 본원을 익혔고, 스승들의 잇따른 순국과 망국의 슬픔 속에 자정(自靖)의 세월을 보냈다. 아래의 시는 문집 편차상 정유년(1907) 이후에 지어진 것임을 알 수 있다.

---

1) 射天(사천): 천명을 거역함인데(『사기』권3 「은본기」), 여기서는 왜놈의 조선 침략.

2) 塵烟(진연): 연기처럼 일어나는 먼지.

3) 椒酒(초주): 새해 아침 다례(茶禮)를 지내고 웃어른에게 바쳐 축수하며 올리는 술.

4) 秩秩(질질): 정숙하고 근신하는 모양, 생각이 깊은 모양, 질서가 정연한 모양.

5) 懸泉(현천): =비천(飛泉). 폭포. '懸'은 매달다.

「矗石樓 次板上韻」〈『희암유고』권1, 5b~6a〉(촉석루에서 현판시에 차운하다)

戰壘塵晴水自流	싸움터 먼지 씻기고 물은 절로 흘러
春風依杖立汀洲	봄바람 속 막대 짚고 물가에 섰더니
天地綱常輝左海	천지의 인륜은 우리나라에서 빛나며
江淮保障鎭南樓	강회의 요해지는 남루에 압도되누나
花殘古渚佳人恨	꽃이 진 옛 물가는 가인의 한이고
雲暗斜陽壯士愁	구름 짙은 석양은 장사의 시름이되
蒼凉陳迹依如夢	스산했던 지난날 자취가 꿈인 양 아련하여
謾使浮生一勝遊	괜히 뜨내기 인생에게 멋진 유람 부추기네

○ 이수필(李壽弼, 1864~1941) 자 정윤(廷允), 호 소산(素山)

본관 재령. 진주시 대곡면 마진리(麻津里) 출생. 모은 이오(李午)의 후예로 소암 이덕관의 6세손이고, 삼종형이 매당 이수안(1859~1928)이다. 재기가 출중해 약관이 되지 않아 사서육경을 통달했고, 생계를 위해 집현산 아래로 이사했다가 도중에 경북 영해로 옮겨 7~8년간 머물렀다. 그때 그의 감화를 받아 배움을 청한 이가 수십 명이었고, 만년에는 삼천포에 이거해 몇 년을 살다가 별세했다. 남강 심의정(1859~1942)과 친했다.

「矗石樓」〈『소산집』권1, 62a〉(촉석루)

形勝東南第一樓	형승이 동남에서 제일인 누각
巋然特立大江頭	아스라이 큰 강 언저리 우뚝 섰나니
朱欄畵1)閣千層勢	화려한 누각은 천 층의 형세요
義魄忠魂百世秋	의백 충혼은 백세토록 추상이라
折戟沙平人不見	창 묻힌 너른 물가에 사람은 뵈지 않고
變桑海闊水空流	상전벽해에는 강물이 속절없이 흐르네
撫古思今多感慨	예와 지금을 생각하니 느꺼움이 많아져

---

1) 畵(화): 원전에는 '盡(진)'으로 되어 있음.

斜陽回首淚難收　　　석양에 머리 돌리니 눈물 거두기 어려워라

○ 서상건(徐相建, 1865~1911) 자 순오(舜五), 호 해사(海史)

본관 대구. 함양군 유림면 웅평리(熊坪里) 출생. 서거정의 14세손으로 부친은 서인순이다. 심석재 송병순의 제자로 어려서부터 효우(孝友)의 도리를 알았다. 일찍이 백형 서상두(1854~1907)와 서울에 올라가 유학할 때 자신이 먼저 태학에 선발되었으나 양보했고, 이내 귀향하고서는 초심으로 성리학에 침잠했다. 서상두·서상엽(1862~1914) 두 형과 함께 화심정(華心亭)을 지어 부친 유지를 받들었다. 『해사유고』는 서상엽(1862~1914)의 『화하유고』가 합편된 『화음연방고(華陰聯芳稿)』 권2에 수록되어 있다.

「次矗石樓板上韻」〈『해사유고』, 20a〉(촉석루 현판시에 차운하다)

壬辰年事水空流　　　임진년 일 겪은 물이 하염없이 흐르고

往往沙鷗泣暮洲　　　왕왕 갈매기는 저문 물가에서 우누나

海以東無加勝地　　　해동에 명승지는 더 없을 터

嶺之南有一高樓　　　영남에 한 높은 누각 있는데

佳人壯士堪爲淚　　　가인과 장사로 눈물 나기가 십상이고

往古來今摠是愁　　　예부터 지금까지 일 모두가 근심되네

擧目山河嗟異矣　　　산하 쳐다보매 달라진 게 가엾나니

再來何日得歡遊　　　언제 다시 즐거운 유람을 해보려나

○ 왕수환(王粹煥, 1865~1926) 자 여장(汝章), 호 운초(雲樵)

전남 구례군 광의면 지천리 출생. 왕사각(1836~1895)의 장남으로 동생 왕경환과 함께 조부 왕석보의 제자인 매천 황현 문하에서 수학했고, 매천과 향리의 유지들이 민족자각 운동을 위해 1908년에 세운 호양학교(2006년 복원)의 한문 교사와 2대 교장을 역임했다. 1911년 『매천집』 간행을 주도했고, 1913년 선대 문집인 『개성가고(開城家稿)』를 발간했으며, 『운초시고』·『운초경여록』 등의 저술이 있다. 이 시의 원전은 왕수환이 1921~1922년에 지은 시를 엮은 『백운자이(白雲自怡)』(순천대 박물관 소장)이다.

「矗石樓弔古」〈『매천시파 연구』, 133~134쪽〉(촉석루에서 옛일을 슬퍼하다)

西風蕭瑟劍氣寒　　쓸쓸한 서풍에 칼 기운은 차가운데
矗石樓中吊國殤　　촉석루에서 순국 영령을 조상하노라
憶昔龍蛇事可哀　　옛 용사년 떠올리니 애달픈 일들뿐
八域氛祲士裏瘡　　온 나라의 요기로 선비들 상처 입었지
江淮保障不可失　　강회의 요충지를 잃을 수 없기에
諸公義氣與存亡　　제공의 의기는 생사를 같이했으니
倡義金公兵使崔　　창의사 김천일과 병사 최경회는
忠義堂堂兩相當　　당당한 충의가 서로 부합했고
勇氣無雙黃大將　　용기가 무쌍했던 황진 대장은
斬伐群胡如屠羊　　오랑캐들을 양 도륙하듯 베었지
危城百匝虎狼圍　　백 겹의 가파른 성이 호랑이로 포위되었으나
列屯不救將奈何　　여러 진영을 구하지 못하니 장차 어찌하리오
死傷過半勇氣奪　　사상자가 절반을 넘자 용기가 없어지고
勢將畏如奔波¹⁾走　형세 두렵게 되니 거센 물결처럼 내달렸지
大事將成黃公逝　　큰일을 이루려다 황공은 서거하고
滿城人民化鬼魔　　온 성의 백성은 귀신으로 변했다네
年年士女薦²⁾稻果　해마다 남녀가 제수를 올릴진대
彰烈祠中名姓芳　　창렬사 안에 성명이 꽃다워라
又拜城南義妓祠　　또 성 남쪽 의기사에 배례하노니
香魂寂寞沈水湄　　향기로운 넋은 고요히 물가에 잠겨 있네
晉山嵯峨晉水碧　　진양 산은 우뚝하고 진양 물은 푸른데
晉陽父老說往跡　　진양의 원로들이 옛 자취를 말하지만
吁嗟如錦如茶之山河　아아, 비단 같고 찻잎 같던 산하는

---

1) 奔波(분파): 앞다투어 내달리는 거센 물결, 어지러운 모양.
2) 薦(천): =천신(薦新). 시절에 새로 나온 곡식이나 과실을 먼저 신에게 올리는 일.

| 如今竟是誰家物 | 지금은 끝내 뉘 물건이 되었나 |
| 英靈有知當忿艴3) | 영령이 안다면 응당 분노하리라 |

○ 김용선(金容璿, 1865~1927) 자 재형(在衡), 호 성암(省菴)

본관 상산. 전라도 함평 출신. 4세 때 부친을 여읜 뒤 모친과 할아버지의 엄한 가르침을 받았고, 1908년 군인들이 향교 대성전에 활보하자 위험을 무릅쓰고 막아내어 향인의 칭송을 얻었으며, 1916년 봄에 부안 계화도의 간재 전우(1841~1922)를 찾아가 제자가 됨으로써 유학을 심화했다. 55세 때 고종 승하를 통곡하며 제자들과 함께 우국연군(憂國戀君)의 심정을 토로했다. 제자가 춘파 이성구(1905~1967)이다. 이 시는 문집 편차에서 알 수 있듯이 임자년(1912)에 지었다.

「矗石樓 次板上韻」〈『성암유고』, 11b〉(촉석루에서 현판시에 차운하다)

菁川春水向東流	청천의 봄물은 동쪽을 향해 흐르고
上下天光十里洲	하늘빛 상하로 비치는 십 리 물가인데
日月貞忠三壯士	해 달처럼 빛나는 정충은 삼장사요
風塵古跡一層樓	풍진의 옛 자취는 한 고층 누각이라
巖花飛落佳人舞	바위 꽃은 가인이 춤추듯 날려 떨어지며
江草喚生遠客愁	강풀은 먼 나그네의 근심을 불러일으키니
回首神京何處是	고개를 돌리건대 서울은 어디에 있는가
迢迢蓬闕五雲1)收	대궐이 아득한 오색구름 속에 가려 있네

---

3) 忿艴(분불): 분개함. '忿'은 성내다. '艴'은 발끈하다.

1) 蓬闕五雲(봉궐오운): 서울 도성을 가리킴. '봉궐'은 봉래산의 궁궐. '오운'은 상서로운 오색
    구름으로 신선이 머무는 곳.

○ 조경식(趙敬植, 1865~1932) 자 윤흥(允興), 호 만포(晩圃)

본관 함안. 어계 조려의 후손으로 함안군 군북면 하림리(下林里) 출생. 집안일을 책임진 백형 조인식(趙仁植)의 후원 아래 학문에 전념했다. 과거 공부가 실학(實學)이 아님을 개탄한 뒤 조병규·조정규·안유상(1857~1929)·이훈호 등을 종유하며 의리를 강마했고, 만년에 방어산 아래 은거하며 생도들을 가르쳤다.

「次矗石樓韻」〈『만포유고』 권1, 2b~3a〉 (촉석루 시에 차운하다)

矗江嗚咽抱城流	촉강이 오열하며 성 안고 흐르는데
此日登臨弔古洲	이날 등림해 옛 물가를 슬퍼하노니
上洛1)巍勳三大捷	김시민의 큰 공훈이 빛나는 삼대첩이요
文忠2)往蹟一高樓	김성일의 옛 자취가 남은 높은 누각이라
有花寂寂春無盡	자란 꽃은 고요하여 봄날은 다함 없으나
衰草萋萋日喚愁	시든 풀이 무성하여 날마다 시름 부르네
宜歌宜哭傷心地	응당 노래하고 곡하니 마음 아플진대
肯作詩人汗漫遊	시인되어 너절한 유람을 기껏 즐길 수야

○ 최여완(崔汝琬, 1865~1936) 자 극문(克文), 호 벽계(碧溪)

본관 경주. 개명 주언(周彦). 의령군 화정면 석천리(石泉里) 출생. 최익현의 제자가 되어 학문에 분발했다. 친족과 더불어 의령읍 벽화산(碧華山) 기슭에 삼희재(三希齋)를 지어 강학에 전력했으며, 정은교·김평묵·기우만(1846~1916) 등과 교유했다.

「登矗石樓」〈『벽계유고』 권1, 9b〉 (촉석루에 올라)

斜陽登坐捲簾鉤1)	석양에 올라 앉아 주렴 고리를 걷으니
一片孤城水上浮	한 조각 외로운 성이 물 위에 떠 있다

---

1) 上洛(상락): 김시민(1554~1592) 장군의 봉호.
2) 文忠(문충): 학봉 김성일의 시호.
1) 簾鉤(염구): 발을 거는 갈고리. '鉤'는 갈고랑이.

名節長存風西海　　　명예로운 절개 길이 있고 바람은 서해로 불며

忠魂不死月千秋　　　충정어린 넋은 죽지 않고 달이 천추에 비치는데

峨峨石立沈珠2)處　　높다란 바위가 구슬 잠긴 지점에 서 있고

咽咽波鳴洗劍洲　　　흐느끼는 물결은 칼 씻은 물가에 우는구려

滿目囂3)烟那對面　　눈앞에 득실대는 안개를 어이 마주 대하며

深愁難禁此高樓　　　깊은 근심 막기 어려운 이 높은 누각일세

○ 여구연(呂九淵, 1865~1938) 자 여극(汝極), 호 노석(老石)

본관 성산. 성주군 벽진면 수촌리 출신. 평생 선비정신이 투철했고, 문중의 향약 강회소인 월회당(月會堂)을 중심으로 전통을 고수하면서 망국을 개탄하고 민족주체 의식이 반영된 시문을 많이 지었으며, 경상대학교 교수를 지낸 짐계 여증동의 조부이다. 아래 시의 창작 시기는 제주(題注)에 있듯이 무진년(1928)이다.

「登矗石樓」 ○ 五言二絶 ○ 戊辰 ○ 與族叔伯謙共賦.〈『노석집』 권1, 104b~105a〉(촉석루에 올라) ○ 5언절구 2수 ○ 무진년(1928) ○ 족숙 백겸과 함께 짓다.

奇巖絶壁處　　　기암절벽인 곳

江水一靑流　　　강물 한 줄기 푸른데

往昔龍蛇亂　　　옛 용사년 전란 때

投身義魄留　　　몸 던진 의백이 머무네

頭流山下水　　　두류산 아래로 물이 내려오며

曲曲載忠銘　　　굽이굽이 충성 명문 실었나니

倭亂傷心泣　　　왜란에 마음 아파 울 제

銀河亦有惺　　　은하수 또한 깨어 있네

---

2) 沈珠(침주): 옥구슬을 연못에 빠뜨림, 곧 명리나 부귀를 탐하지 않음.

3) 囂(효): 들레다. 왁자하다.

○ 이정규(李正奎, 1865~1945) 자 치심(致心), 호 항재(恒齋)·옥산(玉山)

본관 평창. 충북 제천시 화산동(花山洞) 출생. 의암 류인석(柳麟錫, 1842~1915)의 문인으로 양기탁·최익현 등과 교유했다. 1895년 을미사변이 일어나자 스승과 함께 제천 장담에서 의병을 일으켰고, 1896년 고종에게 「의병정사(義兵情事)」를 올려 의거의 정당성을 주장했으며, 1904년 일진회에 대처하고자 제천향약을 조직했다. 이후 국내외를 오가면서 의병 활동을 했고, 1911년 '105인 사건' 이후 향리에서 강학에 전념했으며, 저술로 문집 외 초기 의병전투에서 장렬한 최후를 마친 6명의 용사를 입전한 『육의사열전』이 있다.

「矗石樓」〈『항재집』 권1, 1a〉 (촉석루)

晉陽城外水迴流	진양성 너머 물이 돌아 흐르고
千載高高矗石樓	천년 두고 높디높은 촉석루로다
開濶野容眞勝地	드넓은 들판 모습은 참으로 승지이고
繁華邑屋是雄州	번화한 고을 가옥은 그야말로 웅주인데
義娼聲迹層巖在	의기의 명성 자취는 층층 바위에 전하며
烈士貞忠白日浮	열사의 곧은 충절은 태양처럼 빛나도다
歸來欲訪金公廟1)	돌아오다가 김공의 사당을 찾으려 하니
宿艸荒烟不禁秋	묵은 풀 황량한 연기에 쓸쓸함만 쌓였네

○ 김학순(金學純, 1865~1948) 자 찬문(贊文), 호 후송(後松)

본관 경주. 전북 익산시 이제리(梨堤里, 현 용제동) 출생. 7세 때 모친을 여의어 양조모 아래서 양육되었다. 의방(義方)으로써 자질들을 교육했고, 곤궁한 주위 친척들을 알뜰히 보살폈다. 경술국치 이후 초야에 묻혀 울분을 삭이면서 때로는 시를 지어 심회를 풀었다. 만년에 제주부터 만주에 이르기까지 명산대천과 도회지를 두루 다니면서 식견을 넓혔다.

「登矗石樓」〈『후송시고』, 37b〉 (촉석루에 올라)

南土屈指著名樓	남쪽 땅에서 굴지의 저명한 누각

---

1) 金公廟(김공묘): 김시민의 사당, 곧 창렬사.

矗石知應最上頭	촉석루가 맨 꼭대기에 있음을 알겠네
挾岸陰陰芳草合	언덕 끼고 무성하게 수풀이 어우러지고
抱城滾滾大江流	성을 안고 늠실늠실 큰 강이 흐르는데
義巖一片成名日	의암 한 조각은 명예를 이루었으며
壯士三人報國秋	장사 세 사람은 나라에 보답했었지
追憶壬辰當日事	임진년 그때의 일을 떠올리니
西風揮淚不勝收	서풍에 흘리는 눈물 거둘 수 없구려

○ 김제흥(金濟興, 1865~1956) 자 달부(達夫), 호 송계(松溪)

본관 의성. 안동 개일리(開日里, 현 청송군 현동면 소재) 출생. 초명이 영수(榮洙)였으나 경술국치 이후 개명했다. 1887년 척암 김도화(1825~1912)의 문인이 되었고, 1896년 의성에서 거의한 의병장 김상종(金象鍾)의 종사관으로서 군무를 도왔다. 또 서북 간도에 지사가 많다는 소식을 듣고서 윤일박·김호직과 함께 그곳에 가려했으나 선행한 지사들이 있음을 알고 남행을 대신 결의했다. 을사년(1905) 정월 진주에 들어가 7월 초 촉석루에 올라 이 시를 읊었고(『송계집』 권11 「유사」), 아울러 의기암 시도 지었다. 경술국치 이후 호남 무계의 대덕산 아래 우거하다 만년에 귀향했고, 사서(四書)를 초략한 『언인록(言仁錄)』으로 자제들을 교육했다.

「次矗石樓板上韻」 〈『송계집』 권1, 11b〉 (촉석루 현판시에 차운하다)

傑構巍然俯碧流	웅장한 건물이 아스라이 푸른 물을 굽어보는데
東風歸客立虛洲	동풍 속에 돌아온 나그네가 빈 물가에 섰더니
烟埃不盡長江水	연기와 티끌은 긴 강에 다함 없고
日月高懸矗石樓	해와 달이 촉석루에 높이 매달렸네
三壯士魂霜釰氣	삼장사 넋은 서릿발 칼의 기상이요
一佳人恨露花愁	가인의 한은 이슬 꽃의 근심이로다
秖今忍說當年事	지금도 그때 일을 차마 말할 수 없건만
謾唱詩歌作勝遊	너절히 노래 부르며 좋은 놀이 벌이는구나

「矗石樓」再到〈『송계집』권1, 60a〉(촉석루 현판시에 차운하다) 다시 찾아옴.

晉陽名勝有斯樓	진양 명승으로 이 누각 있나니
樓在長江第一頭	누각은 긴 강가 제일 끝에 있는데
拍地閭閻1)烟樹外	지상에 집들 빼곡하고 연기 낀 숲은 저 밖에 있으며
滿天風雨暮雲秋	하늘에 비바람 가득하고 저녁 구름 짙은 가을이구려
佳人壯士今何在	가인과 장사들은 지금 어디 있느뇨
積恨深愁萬古流	쌓인 한과 깊은 근심이 만고에 전할진대
往事蒼茫無問處	아득한 옛일을 물을 곳조차 없기에
倚欄斜日淚空收	해질녘 난간 기대 하염없이 눈물 거둔다

○ 최덕환(崔德煥, 1866~1909) 자 경회(敬晦), 호 강재(强齋)

본관 경주. 합천군 봉산면 출신으로 종숙부가 옥간 최병식(1867~1928)이다. 약관에 노백헌 정재규(1843~1911)를 사사해 20여 년간 줄곧 모시면서 주리(主理)의 요체를 들었고, 또 면암 최익현 문하에 들어가 존양대의(尊攘大義)를 깨우치면서 「면암어록」을 수집했다. 허유·곽종석·기우만·조재학(1861~1943)·류원중 등을 종유하며 풍전등화의 시국을 비분강개했으나 불행하게도 44세 나이로 요절했다.

「登矗石樓 謹次勉菴先生韻」〈『강재집』권1, 20a〉(촉석루에 올라 면암〈최익현〉 선생 시에 삼가 차운하다)

洗刦1)滄桑滿目愁	전란 이후 격변한 세상이 온 눈에 시름겨워
斜陽來坐晉陽樓	해가 넘어갈 무렵 진양의 누각에 앉았노라
信國何嫌燕北死2)	신국공이 북녘 연옥의 죽음인들 무엇을 꺼렸으며
仲連寧蹈海東流3)	노중련은 동해 물결을 밟으며 어찌하여 죽었겠나

---

1) 拍地閭閻(박지여염): 지상에 들어선 빽빽한 집들. 용어 일람 '여염박지' 참조.

1) 洗刦(세겁): 겁회(劫灰), 즉 병화를 씻음.

2) 남송의 충신 문천상(文天祥, 1236~1282)이 원나라 침입 때 군사를 일으켜 근왕해 신국공(信國公)에 봉해졌고, 그 후 원나라에 패해 3년 동안 연옥(燕獄, 원나라 감옥)에 갇혀 있으면서 굴복하지 않다가 끝내 순절했다. 『송사』권418 「문천상전」.

三韓竟是誰家物	삼한은 끝내 누구의 소유물이 될는지
萬古昭然白日浮	만고에 쩡쩡 비치는 태양이 떠 있거늘
沙鷗不識興亡感	갈매기는 흥망의 마음을 모르는지
依舊翩翩下暮洲	예전처럼 저문 물가에 훨훨 내려앉네

○ 허만박(許萬璞, 1866~1917) 자 명국(鳴國), 호 창애(蒼崖)

본관 김해. 진주 지수면 승산리 출생. 고조부는 염호 허회(1758~1829)이고, 부친은 초은 허혁(1841~1904)이며, 8촌 동생이 효주 허만정(1897~1952)이다. 1901년 송병선의 제자가 되었고, 송병순·최익현·전우를 차례로 모셨다. 1891년 무과 급제해 효력부위 수문장이 되었으나 갑오농민전쟁 이후 시국을 개탄하며 낙향하고서는 기호학맥을 이었다. 우산 한유(1868~1911)와 매우 절친히 지냈고, 정은교·박태형·하계룡·민치량·이도복·조재학(1861~1943)·하우식·권봉현·전기진 등과 두루 교유했다. 아래의 시 중 두 번째 작품은 1907~1910년에 지은 「분양잡영」 5수 중 제1수이다.

「矗石樓 用退溪先生韻」〈『창애유고』 권1, 3b〉 (촉석루에서 퇴계 선생의 운을 써서)

逢秋感慨壬辰史	가을 되니 임진란 역사가 느꺼운데
理屐[1)]南江矗石樓	유람 길에 남강 촉석루에 이르렀다
歎古忠臣懷不見	옛일 개탄 속에 충신은 그리워도 뵈지 않고
至今志士淚空流	지금도 지사들이 눈물을 하염없이 흘리는데
羣山北拱天涯遠	뭇 산은 북쪽으로 에워싸 하늘 끝이 멀고
大野東橫地勢浮	넓은 들은 동쪽 가로질러 지세가 떠 있다
百戰干戈成往蹟	일백 번 전쟁 치러 지난 자취가 전하거니와
長吟盡日對芳洲	길게 읊조리며 온종일 꽃다운 물가 마주함이라

---

3) 노중련의 높은 절개에 관해서는 용어 일람 '도사' 참조.
1) 理屐(이극): 나막신을 신음, 곧 여행. '理(리)'는 손질하다. '屐'은 나막신.

「矗石樓」〈『창애유고』 권1, 24b~25a〉 (촉석루)

第一江山矗矗峨	천하제일의 강산이 우뚝 높은데
飛欄壓水泛笙歌	난간 눌러있는 강물에 생황 노래 퍼지네
樓中萬古英雄事	누각에는 만고의 영웅 고사가 있거늘
把酒臨風激感多	술 들고 바람 쐬니 격한 감정 많도다

○ 권재고(權載皋, 1867~1905) 자 여갱(汝賡), 호 유연헌(悠然軒)

창원시 진해구 죽곡동(竹谷洞) 출생이나 1895년 가족을 이끌고 무주 백운산에 들어갔다. 어릴 때부터 비범해 1890년 상경했을 때 재상들인 정기회·규당 정범조(1833~1897)·이헌영·이성렬로부터 예우를 받았고, 1894년 동학혁명이 일어나자 백의로 전주를 지켜 의금부 도사에 제수되었으나 고사하고 귀향했다. 1897년 장복추(1815~1900)의 문인이 되었고, 이어 곽종석에게도 배웠으며, 최익현·허위·기우만과 교유하며 시국을 논했다.

「次矗石樓原韻」〈『유연헌집』 권1, 22b〉 (촉석루 원운을 따라 짓다)

天地無窮江自流	천지는 끝없고 강은 절로 흐르거늘
浪花風雨舊汀洲	비바람에 물보라 치는 옛 물가로다
晴沙折戟人耕野	맑은 모래밭에 창 묻혔고 사람들은 밭을 가는데
落日寒笳客倚樓	저물녘 호드기가 차갑고 길손은 누각에 기대었다
熊掌1)快爲男子事	웅장을 쾌히 정하는 건 남아들의 일이었고
蛾眉猶上國家愁	미인 눈썹엔 아직도 나라의 근심 서렸어라
淸明酒熟春無限	청명한 날 술은 익고 봄은 끝도 없나니
洗劍登高賦遠遊	칼 씻고 누각에 올라 원유부를 짓노라

---

1) 熊掌(웅장): 의연히 결단함. 용어 일람 '웅어' 참조.

○ 최병식(崔秉軾, 1867~1928) 자 맹거(孟車), 호 옥간(玉澗)

본관 경주. 초명 병연(秉淵)·병종(秉鍾). 삼가 남은리(南隱里, 현 합천군 봉산면 일원) 출생. 모려 최남두(1720~1777)의 현손으로 종질인 강재 최덕환(1866~1909)과 지기였고, 『논어』·『대학』·『맹자』를 학문 방도로 삼았다. 1884년 쌍백의 물계(勿溪)에서 강학하던 노백헌 정재규(1843~1911)를 찾아가 제자가 되었고, 만년에 스승으로 모신 최익현이 대마도에서 순국하자 치종(治終)하고서 귀국했다. 경술국치 이후 마을에 포금정(抱琴亭)을 지어 자제들을 가르쳤고, 함양 상림숲에 세워져 있는 최치원 신도비의 비문을 지었다.

「登矗石樓」〈『옥간집』 권1, 29b〉(촉석루에 올라)

十載重尋矗石樓	십 년 만에 다시 찾은 촉석루
長江獨自擁城流	남강이 홀로 성을 안고 흐르는데
古邱寂寞啼山鳥	적막한 옛 언덕에 산새들이 울어대고
浩刦蒼茫恨岸鷗	아득한 옛 전장에 갈매기도 한탄한다
壯士三杯松栢節	삼장사의 술잔은 송백 같은 절의요
義妓一石雪霜秋	의기의 바위는 눈서리 같은 절개라
忍聽商女庭花曲[1]	상녀의 정화곡을 차마 듣고 있노라니
往事蒼茫憶舊遊	지난 일 아득하여 옛 유람 생각나네

○ 이연회(李淵會, 1867~1939) 자 내실(乃實), 호 물재(勿齋)

본관 광주. 전북 남원 출생. 1890년 송근수(1818~1903)를 배알해 당호를 받았고, 이어 송병선의 문인이 되었다. 1898년 농산 신득구(1850~1900)에게 집지했고, 4년 뒤부터 간재 전우의 제자가 되어 스승으로부터 '덕옥재(德玉齋)'라는 서재명을 받았다. 기우만, 곽종석, 이정직(1841~1910)을 종유하는 등 영호남에 걸쳐 사우 관계가 폭넓었다.

---

1) 商女庭花曲(상녀정화곡): 망국의 한을 알지 못하는 사람에 비유함. 진(陳)의 마지막 임금인 후주(後主) 진숙보(陳叔寶, 553~604)가 「玉樹後庭花」를 지어 궁녀들에게 부르게 하며 질탕하게 놀았는데 결국 수나라에 정복되고 말았다. 그 뒤 두목(杜牧)이 금릉[남경]에서 "장사하는 계집은 망국의 한도 알지 못하고 / 강 저쪽에서 지금도 후정화를 부른다[商女不知亡國恨, 隔江猶唱後庭花]"(「박진회(泊秦淮)」「번천집」 권4)라며 읊었다.

「登矗石樓」〈『물재유고』 권1, 13b〉(촉석루에 올라)

南州佳勝擅晉陽	남쪽 고을 승경으로 진양을 손꼽는데
訪古登臨我自愁	옛 자취 찾아 등림하니 내 절로 슬퍼지네
樓上留名人不見	누각에 이름 전하나 사람은 안 보이고
義巖之下南江流	의암 아래로 남강이 흘러만 가는구려

○ 하봉수(河鳳壽, 1867~1939) 자 채오(采五), 호 백촌(柏村)

시랑공파. 하동군 옥종면 월횡리(月橫里) 출생. 곽종석(1846~1919)의 제자로 1901년 계재 정제용(1865~1907)이 백곡에 지은 구산서실(龜山書室)에서 하겸진(1870~1946)·한유 등과 시사를 결성해 활동했다. 1919년 '파리장서'에 서명했고, 진주 일대의 기미독립 만세운동에도 적극적으로 참여했다. 특히 총 17편으로 구성된 「분양악부」(『백촌집』 권3)는 신라 이래로 진주의 역사적 인물이나 사적과 관련된 일화를 제재로 삼았다.

「矗石樓 重次板上韻」〈『백촌집』 권1, 33b〉(촉석루에서 현판시를 거듭 차운하다)

有山回首水停流	산으로 고개 돌리니 물이 멈췄다 흐르며
雄鎭東南獨一洲	동남의 웅장한 요해지에 유독 한 물가로다
是處汾州[1]悲古堞	이곳 진양에는 옛 성가퀴가 서글프고
當時矗石撫空樓	그때의 촉석에 빈 누각이 사랑스럽지만
我行豈以登臨快	내 여정이 어찌 등림했다고 유쾌하겠으며
物色皆爲指顧愁	경치는 모두가 순식간에 걱정거리 되는데
壯士殉忠今遇地	장사의 순국 충혼을 이제야 만났으니
深潭誰復肯從遊[2]	깊은 못에서 누가 다시 즐겨 종유할는지

---

1) 汾州(분주): 분양(汾陽) 고을, 곧 진주.
2) 從遊(종유): 따라서 놂. 학덕이나 덕행이 있는 사람을 좇아 그에게서 배움.

○ 최현달(崔鉉達, 1867~1942) 자 성내(聖鼐), 호 일화(一和)·만정(晩靜)

본관 경주. 대구부 남산리(南山里, 현 중구 남산동) 출생. 1894년 주사를 지냈고, 1903년 경남시찰사
로서 지방 관리의 비리를 색출했으며, 칠곡군수(1905~1907)와 대구판관을 거쳐 1908년 청도군수를
지내다 나라가 망하자 사임했다. 당시 국권 피탈을 항거해 자결하려 했지만 노모의 만류로 그만두고
평생 두문불출한 채 시로 울분을 달랬다.『주역』을 좋아해 여러 해설서를 남겼고,『시해운주(詩海韻
珠)』(1937)를 편찬했다. 한문학자, 언론인, 한의사로 이름을 떨친 최해종(1898~1961)과 대구대학을
설립한 최해청(1905~1977)의 부친이다. 처남이 독립운동가 서상일(1887~1962)이다.

「和玉山[1] 次矗石樓原韻」〈『일화집』권1, 29a~b〉(옥산과 함께 촉석루 원시에
  차운하다)

晉陽之水滔滔流	진양의 강물이 이엄이엄 흐르며
城郭依然對暮洲	성곽은 예처럼 저녁 물가 마주했네
不見當時三壯士	당시 삼장사는 뵈지 않건만
空餘此地一高樓	이곳에 고루가 속절없이 남았구려
魚龍寂寞[2]孤舟夢	물고기 적막할사 외론 배는 꿈 꾸고
日月銷沈[3]古劍[4]愁	해달은 사라지고 옛 칼이 시름겨운데
聞說往年兵馬使	얘기 듣자니 옛날에 병마사가
落花巖上鬪春遊	낙화암에서 봄놀이 즐겼다지

---

1) 玉山(옥산): 친구 현상학(玄相鶴)의 자. 호는 목산(牧山).
2) 魚龍寂寞(어룡적막): 망국의 모습을 비유함. 두보,「추흥(秋興)」제4수,『두소릉시집』권17,
   "어룡이 적막해져 가을 강은 썰렁하기도 해라 / 고국 장안은 평소에 사모한 바이로다[魚龍
   寂寞秋江冷, 故國平居有所思]".
3) 銷沈(소침): 쇠퇴함. 의기나 기세 따위가 사그라지고 까라짐. '銷'는 모습을 감추다.
4) 古劍(고검): 칼날이 번쩍번쩍한 명검(名劍)을 말하는데, 삼장사가 쓰던 칼을 비유함.

○ 이일(李鎰, 1868~1927) 자 익여(益汝), 호 소봉(小峯)

본관 성주. 전남 보성군 가천리(可川里, 현 문덕면 용암리 가천마을) 출생. 일봉 이교문(1846~1914)의 장남으로 조부 이지용의 사랑을 받았고, 기우만 문하에 출입했다. 서적을 읽다가 충의 열사의 대목에 이르러서는 격하게 시국을 통탄했고, 정미조약 이후 보성에서 의거한 의병장 담산 안규홍(1879~1911)에게 많은 도움을 주었다. 조부의 『소송유고』와 부친의 『일봉유고』를 간행했으며, 아들 이용순(1891~1965)도 항일운동을 펼쳤다. 참고로 안규홍의 일생에 대해서는 김문옥의 「안의장전(安義將傳)」(『효당집』 권16) 참조.

「登矗石樓 次板上韻」〈『소봉유고』 권2, 18b〉 (촉석루에 올라 현판시에 차운하다)

南江一帶向東流	남강 한 줄기가 동쪽 향해 흐르는데
幾使英雄淚灑洲	몇이나 영웅의 눈물을 물가에 뿌렸나
耀世義巖千丈壁	세상 빛내는 의암은 천 길 절벽이요
臨臺矗石百層樓	누대 오르니 촉석은 백 층 누각이라
花紅冤血佳人恨	꽃이 원통한 피같이 붉은 건 가인의 원한
波咽悲聲壯士愁	물결이 슬픈 소리로 오열함은 장사의 근심
萬古忠魂應不死	만고의 충혼은 마땅히 죽지 않아
洋洋1)陟降舊祠遊	옛 사당을 활발히 오르내리며 노니네

○ 배상근(裵相瑾, 1868~1936) 자 장오(章五), 호 금강(琴岡)

본관 성주. 경북 성주군 후포리(後浦里, 현 대가면 도남리) 출생으로 겸옹 배석휘(1653~1729)의 7세손이다. 1905년 선릉 참봉에 제수되었으나 을사늑약이 체결되자 「귀전원부(歸田園賦)」를 짓고는 미련 없이 귀향했다. 도연명을 본받아 가천(伽川) 위의 삼정동(三正洞)에서 문인들과 소요하면서 평생 권문에 발을 들여놓지 않았다.

---

1) 洋洋(양양): 성대한 모양. 훌륭한 모양. 득의한 모양. '洋'은 사물의 모양. 넘치다.

「矗石樓感吟」〈『금강유고』 권1, 14a〉 (촉석루 감회)

晉陽歸路把高樽	진양 돌아오는 길에 큰 술통 들었더니
卽事江天秋正昏	이즈음 강 하늘이 바야흐로 저무는구나
依舊樓臺明月笛	누대는 옛 그대로 밝은 달 속의 피리소리 들리고
至今水國落花魂	남쪽 고을은 지금도 꽃 떨어진 넋이 서려 있네
風濤緩急魚龍吼	완급을 이루는 파도에 어룡이 울어대며
夕樹參差鳥雀喧	들쭉날쭉한 저녁 숲에 새들 지저귀는데
蕩後殘城誰保障	요동친 뒤로 쇠잔한 성은 누가 지키나
後孫[1]追感淚潺湲	후손이 추억하니 눈물이 줄줄

○ 오진영(吳震泳, 1868~1944) 자 이견(而見), 호 석농(石農)

본관 해주. 세거지가 안성시 양성면 덕봉리이나 충북 진천군 백곡면 갈월리(葛月里) 외가에서 출생했다. 이후 진천 미호~충주 봉천~진천 석탄(石灘)~음성 강리(講里) 등 여러 곳으로 이거했다. 1886년 간재 전우(1841~1922)의 제자가 되어 평생 모셨고, 1894년 이후 과거를 접은 뒤 학문에 전념했으며, 동문인 흠재 최병심(1874~1957) 등과 함께 스승의 문집 간행을 주도했다. 또 「기분(記憤)」을 지어 3·1운동을 탄압한 일제의 잔인함에 대해 울분을 터뜨렸고, 1938년 만동묘 제향 및 간재의 『추담별집』(1929)을 상해에서 간행한 일로 괴산경찰서에 잡혀가 문초를 당했다. 아래의 시는 계유년(1933) 9월 촉석루에 올라 남강과 의암을 구경할 때 지은 것이다. 『석농재선생연보』 권3, 26b 참조.

「矗石樓 三絶」〈『석농집』 권32, 18b~19a〉 (촉석루 절구 세 수)

一碧長江雨乍晴	푸르른 긴 강에 비가 잠시 개어
矗樓登望客愁生	촉석루 올라 바라보니 객수가 생기네
空欄麗送秋風淚	쓸쓸한 난간에서 추풍의 눈물 보내거늘

---

1) 원전을 보면 이 시행 끝에 "十代祖壬辰宰晉州故云"이라는 주가 있는데, 그의 10대조는 서강 배설(1551~1599)이다. 임란이 일어나자 경상우도방어사 조경(趙儆)을 종군했고, 정유재란 때 경상우수사가 되어 웅천전투에서 큰 공을 세웠다. 하지만 수군통제사 이순신의 지휘를 받다 도망갔다가 2년 뒤 권율에게 체포되어 서울에서 처형되었고, 뒤에 무공이 인정되어 선무원종공신 1등에 책록되었다. 1594년 가을 진주목사(晉州牧使)를 지냈다. 정종호(1875~1954), 「신도비명」, 『뇌헌집』 권9 참조.

汀竹沙鷗識我情	물가 대숲의 갈매기는 내 마음 알리라

憶曾海晏又山晴	기억컨대 바다 고요하고 산 맑을 때
治賦觀風我祖生	시 지으며 풍류 즐기던 우리 선조들
此是吳家[1]樓慶宴	이곳에 오씨 선조가 잔치 베푼 누각 있나니
孱孫[2]登覽若爲情	못난 자손이 등람하매 이 마음을 어찌 가누나

論介祠前慧日[3]晴	논개 사당 앞으로 지혜의 태양 화창하고
芳魂烈烈至今生	꽃다운 영혼은 매섭게 지금도 살아있는데
世間髥婦[4]人千萬	세상에 비겁한 자들이 셀 수 없이 많나니
衾抱穹廬[5]沒愧情	왜놈 밑에 살면서 부끄러운 마음조차 잊었군

○ 안식원(安植源, 1868~1945) 자 복초(復初), 호 성암(惺菴)

본관 탐진(강진). 의령 구산리(龜山里, 현 의령군 부림면 경산리) 출생. 미동 안종락(安鍾洛, 1826~1892)의 5남으로, 1897년 만구 이종기의 문인이 되었다. 1902년 스승의 별세 후 안동을 찾아가 척암 김도화(1825~1912)와 향산 이만도의 가르침을 받았다(「유선복록(遊宣福錄)」, 『성암집』 권4). 1908년 향리에 구산정사(龜山精舍)를 짓고 학문에 매진했고, 1928년 남해 금산을 유람했다. 노상직, 허채(1859~1935), 김병린(1861~1940), 송준필, 조긍섭 등의 제현과 교유했다.

---

1) 吳家(오가): 오진영은 진주목사를 지낸 오정방(1552~1625)과 오빈(1602~1685)의 후손이다.
2) 孱孫(잔손): 못한 후손. '孱'은 잔약하다, 나약하다.
3) 慧日(혜일): 태양처럼 밝고 만물을 비추는 불보살의 지혜.
4) 髥婦(염부): 수염 달린 여자, 곧 비겁한 남자를 낮춰 부르는 말. 이유장(李惟樟, 1625~1701), 「영덕사족신성인(盈德士族申姓人)」, 『고산집』 권2, "열 남자 현명한 한 여자만도 못해 / 규중의 정성이 대궐에 미쳤네 / 어지러운 이 세상 비겁한 남자 많으니 / 아리따운 여인을 빌려 온갖 냇물 막으려 했구나[十子不如一女賢, 閨中誠澈九重天, 滔滔此世多髥婦, 欲借嬋姸障百川]".
5) 穹廬(궁려): 유목민이 거주하는 장막. 곧 왜놈이나 오랑캐. '穹'은 활 모양.

「矗石樓」〈『성암집』 권1, 12a~b〉 (촉석루)

不盡長江抱郭流	다함 없는 긴 강이 성을 감싸며 흐르는데
想看當日戰爭洲	당시에 전쟁 치른 물가를 상상해 보노라니
東方壯蹟稱三士	동방의 장한 자취로 삼장사를 칭하고
南國名區第一樓	남국 명승지로 제일가는 누각이로다
往往遊人談古事	이따금씩 나그네들이 옛일을 말하며
年年春草喚新愁	해마다 봄풀은 새 근심 일으키는데
如今便是龍蛇慟	지금도 문득 그때의 용사년 전란이
愧我登斯只浪遊	내 이곳의 너절한 유람을 부끄럽게 하네

○ 정해영(鄭海榮, 1868~1946) 자 치일(致一), 호 해산(海山)·노강(魯岡)

본관 진양. 은열공파. 곤양 대현리(大峴里, 현 하동군 금남면 대치리) 출생. 1885년 친형 정규영이 합천 황매산에 은거할 때, 그는 처가인 봉산면 노파리(魯坡里)로 이사해 10년을 살다가 귀향했다. 1902년 재행(才行)으로 천거되어 의릉참봉·승훈랑이 되었으나 곧 사직하고 곽종석(1846~1919)의 문인이 되었다. 1930년 진주 옥봉동으로 이거해 선비들과 '촉석음사'를 결성한 한편 금강산과 지리산을 유람했다. 1937년 다시 향리로 돌아와 학문에 전념했으며, 이건방·하겸진·권재규·김영시·류잠·조긍섭 등과 도의로 교유했다. 이 시들은 진주에 살 때(1930~1936) 지었다.

「矗石樓 次板上韻」〈『해산집』 권1, 13b〉 (촉석루에서 현판시에 차운하다)

一帶藍江不盡流	띠를 두른 쪽빛 강이 다함 없이 흐르며
舊營頹堞泛長洲	옛 병영의 무너진 성채가 물가에 떠 있네
春秋日日登臨客	봄가을이면 날마다 나그네들이 등림하며
風雨年年自在樓	해마다 비바람에도 누각은 그대로 있는데
指水盃深[1]懷古恨	강 가리키며 큰 잔 들던 일은 회고하니 한스럽고
落花巖屹至今愁	꽃 떨어진 높은 바위는 지금에도 근심스러워라
憑軒擧目山河異	난간에 기대 눈을 드니 산하가 다르거늘

---

1) 指水盃深(지수배심): 삼장사가 촉석루에 올라 술잔 들던 일. 김성일의 시 참조.

忍看無心蕩子遊　　무심한 나그네의 유람을 차마 보리오

「矗石樓」〈『해산집』 권2, 7b〉(촉석루)

立馬上斯樓　　말 세우고 이 누각 올랐더니

斷崖百尺頭　　깎아지른 벼랑은 백척간두로다

堂堂指水節　　강 가리키던 절의가 당당하며

烈烈落花秋　　꽃 떨어지던 절개는 열렬한데

石勢盤還矗　　돌 형세는 넓고도 우뚝 솟았고

波聲咽更流　　물결은 목매다가 다시 흐르구려

此間吟復嘯　　이곳에서 읊조리다 휘파람 부니

不覺夕陽收　　어느새 석양빛에 물들었네

○ 신철우(申轍雨, 1868~1948) 자 성유(聖由), 호 소미(蘇眉)

본관 고령. 신숙주 후손으로 증조부가 사우(四愚) 신윤모(申允模, 1784~1853)이며, 종조부 신수(申
㙇)에게 수학했다. 명승 산수를 즐겨 금강산을 물론 일본까지 유람을 다녀왔다. 아래의 시는 제목에
있듯이 경진년(1940) 4월에 지었고, 「유교남일지(遊嶠南日誌)」 권하에 작시 동기가 상세히 서술되어
있다.

「往晉州 次矗石樓板上韻」 庚辰四月 〈『소미유고』 권상, 3b〉 (진주에 가서 촉석
　　루 현판시에 차운하다) 1940년 4월

俯瞰長江萬折流　　장강을 내려다보니 만 번 꺾여 흐르며

蒼山秀色映汀洲　　푸른 산의 고운 빛깔이 물가를 비추네

十里聞歌無恙帆[1]　　십 리에 노래 들리노니 배는 아무 탈 없고

---

1) 無恙帆(무양범): 진(晉)나라 고개지(顧愷之)가 은중감(殷仲堪)의 참군이 되었을 때 그에게
　서 배를 빌려 타고 집으로 귀환하다가 파총이란 곳에서 풍랑을 만나 크게 낭패를 당했는
　데, 고개지가 글을 보내면서 "지명이 파총이란 곳에서 정말 파총처럼 되어 빠져나왔는데,
　행인도 안온하고 포범도 아무 탈이 없다.[地名破塚, 眞破塚而出, 行人安穩, 布帆無恙]"라고

千年過劫有名樓	천년 세월 지났으되 누각이 이름나 있건만
沈戟沙頭雲氣暮	창 묻힌 모래언덕에 구름 기운 저물며
落花巖畔雨聲愁	꽃 떨어진 바위 가에 빗소리 서글프다
如何勝地同爲客	어떤 명승지가 나그네와 함께 할겐가
始逐晉陽此日遊	비로소 진양에서 이룬 이날 유람일세

○ 김영학(金永學, 1869~1933) 자 경가(敬可), 호 병산(甁山)

본관 의성. 경북 성주군 수륜면 수륜동(修倫洞) 출신. 태어난 지 8개월 만에 모친을 여의어 조모에게 자랐고, 종족향당을 추숭하는 일에 성의를 다했다. 일찍이 이종기(1837~1902)의 제자가 되었다. 경술국치 이후 '곡은(谷隱)'으로 호를 고치고 문도 교육을 낙으로 삼았고, 만년에 금강산·계림·금산 등의 명승고적지를 유람하며 망국의 울분을 달랬다.

「矗石樓」〈『병산집』 권1, 11a~b〉 (촉석루)

晉陽城外大江流	진양성 너머로 큰 강이 흐르며
千古芳名在此洲	천고의 꽃다운 이름이 이 물가에 있나니
壯士登吟邦有鎭	장사는 누각에 올라 나라 지킬 것을 읊었고
文章輝暎世高樓	문장은 찬란히 세상의 고명한 누각 빛내도다
煙沙處處來商曲1)	안개 백사장은 곳곳에 슬픈 노래 불러들이고
春草年年喚客愁	봄풀은 해마다 나그네의 시름을 자아내거늘
白髮書生何事業	백발 서생은 무슨 업적을 이루었더뇨
却慚節屐等閒遊	등한히 유람하는 여행이 도리어 부끄럽네

했다. 『진서』 권92 「문원열전」〈고개지〉. '布帆'은 베로 만든 돛. 작은 배.
1) 商曲(상곡): = 청상곡(淸商曲). 악부의 하나로 상성(商聲)의 맑고도 슬픈 노래.

○ 이순용(李淳鎔, 1869~1933) 자 경칙(敬則), 호 지산(止山)

본관 강양(합천). 초계 성산리(城山里, 현 합천군 쌍책면 소재) 출생. 어릴 때 족숙 이채수로부터
배웠고, 만구 이종기에게 편지로 질정했다. 김영학(1869~1933)·공석규·송종술·노상직 등과 친했
고, 세상이 급변하자 오도산 동쪽 덕암(德巖, 현 야로면 소재)에 지산정(止山亭)을 짓고 은거했다.
제4행의 '관찰부'를 통해 이 시의 창작 시기가 가늠된다.

「矗石樓」〈『지산집』 권1, 6b~7a〉(촉석루)

南州形勝大江流	남쪽 고을의 명승인 큰 강이 흐르며
魚鳥煙雲十里洲	물고기와 새, 구름의 십 리 물가인데
晉陽城外千尋壑	진양성 너머로는 천 길 골짝이요
觀察府[1]中第一樓	관찰부 가운데 제일가는 누각이라
佳人巖屹捐身義	가인은 우뚝한 바위에서 목숨을 바쳤고
壯士盃深報國愁	장사는 깊은 잔을 들며 나라에 보답했지
依檻幾多騷客恨	난간에 기대 얼마나 많은 시인들이 한을 읊었던고
數聲漁笛荻蘆秋	몇 가닥 피리소리가 갈대밭에서 들리는 가을이구려

○ 조우식(趙愚植, 1869~1937) 자 종안(宗顔), 호 성암(省菴)

본관 옥천(순창). 초명 진식(進植), 초자 사용(士勇). 전남 곡성군 오곡면 오지리(梧枝里) 출생. 숙부
조장섭(1857~1934)에게 엄한 가르침을 받았고, 송병선·송병순·기우만의 문인이 되었다. 1900년
충청도 정산의 최익현을 찾아가 제자가 되었고, 면암이 1906년 체포될 때 최후까지 남은 12인 중의
한 명이었으며, 대마도에 함께 압송되어 면암이 별세하자 시신을 운구해왔다. 한편 부친인 금파 조용섭
(1847~1924)의 주도로 1909년 향리에 면암을 향사하는 오강사(梧岡祠)를 건립했는데, 일제탄압으
로 결국 사우가 훼철되자 항거 표시로 그 곁의 잣나무에 목을 매어 자결했다. 문집 외 은봉 안방준
(1573~1654)의 『항의신편(抗義新編)』을 본떠 최익현의 척화에 관한 글을 모은 『일성록(日星錄)』이
있다. 아래의 작품은 시제에 있듯이 임인년(1902) 6월 스승의 남유를 동행하면서 지은 것이다.

---

1) 觀察府(관찰부): 갑오개혁 일환으로 1895년 5월 종래의 전국 8도제를 23부로 개편하면서
감영을 '관찰부'로 개칭했고, 영남권에는 진주·동래·대구·안동의 4개 관찰부를 두었다.
1896년 6월 다시 13도제로 개편하고 경상도는 남북으로 분리해 관찰부를 두었다.

「歲壬寅六月 陪先生 登矗石樓」〈『성암집』 권3, 1a〉 (임인년(1902) 6월 선생을
　　　모시고 촉석루에 오르다)

南邊保障晉陽府　　　남쪽 변방 요새는 진양부
大觀無如矗石樓　　　촉석루만한 장관은 없어라
退老當年留勝迹　　　퇴계는 그때 빼어난 자취 남겼으며
勉翁今日更風流　　　면암은 오늘 풍류를 새롭게 하건대
一娘蹈義蒼巖在　　　한 아가씨가 절의 실천했으니 푸른 바위 그대로고
三士成仁赤日浮　　　세 장사가 살신성인했나니 붉은 태양이 떠 있도다
醉倚欄干瞻玉宇[1)]　　취한 채 난간에 기대 하늘을 바라보니
荷花秋露滿汀洲　　　가을 이슬 젖은 연꽃이 물가 가득하네

○ 김재형(金在瀅, 1869~1939) 자 성극(聖極), 호 남정(南汀)

본관 김녕. 성주 부산리(鳧山里, 현 경북 성주군 수륜면 오천리 부산마을) 출생. 백촌 김문기의 후손으로 효행 정려된 돈와 김동권(1816~1877)의 손자이다. 중학교 교관으로 제수되었고, 성현의 서적으로 자질과 종족들을 가르쳤다. 아래의 시는 「남유록」(『남정유고』 권1, 32b)에 근거할 때 을축년(1925) 4월에 지은 것임을 알 수 있다. 이때 그는 진주성에 들어가 창렬사, 의기사 등도 아울러 둘러보았다.

「次矗石樓板上韻」〈『남정유고』 권1, 11b〉 (촉석루 현판시에 차운하다)

晉陽城下水橫流　　　진양성 아래로 물이 가로질러 흐르거니
嶺國江山分一洲　　　영남 고을 강산이 한 물가에서 구별되네
開戶萬千都會地　　　방문을 여니 천태만상의 도회지인데
行年六十始登樓　　　내 나이 육십에 처음 누각 올랐더니
壯士英名前後烈　　　장사의 훌륭한 명망은 전후로 매섭고
佳人事蹟古今愁　　　가인의 사적은 예나 지금 근심이로다
聊知豪健南州子　　　알겠노라, 힘 있는 남쪽 고을 사람들이

---

1) 玉宇(옥우): 넓고 맑은 하늘, 신선들이 사는 옥으로 지은 궁전.

歌管聲中日日遊　　　풍악소리에 빠져 날마다 노닐고 있음을

○ 송준필(宋浚弼, 1869~1943) 자 순좌(舜佐), 호 공산(恭山)

본관 야성(冶城). 경북 성주군 초전면 고산동(高山洞) 출생. 야계 송희규(1494~1558)의 11세손으로 사미헌 장복추와 서산 김흥락의 문인이고, 당대 석학들에게도 학문을 배웠다. 국권 피탈 후 향리에 서당을 열어 후학을 양성했다. 1919년 기미독립운동 이후 곽종석·장석영 등과 더불어 '파리장서사건'을 주도했다가 대구복심법원에서 1년 6개월 형을 선고받아 4개월간 옥고를 치렀다. 일제 감시를 피해 1933년 김천시 황학산(일명 황악산) 아래의 원동(遠洞, 현 부곡동 음지마을)에 은거했고, 1942년 마을에 원계서당(遠溪書堂, 현 원계서원)을 지어 강학하다가 이듬해 별세했다. 아들이 은포 송수근(1896~1970)이다.

「矗石樓懷古」〈『공산집』 권1, 41a~b〉(촉석루에서 옛일을 그리며)

登眺令人眼欲明	등림해 조망하니 사람 눈을 훤하게 하고
光華一一遞相迎	광채 하나하나가 번갈아가며 맞이해주네
江流不盡英雄恨	흐르는 강물에 영웅의 한이 다함 없고
巖古惟餘義妓名	옛 바위에 의기의 명성 오직 남았는데
夕氣蒼蒼生遠嶼	저녁 기운이 푸릇푸릇 먼 섬에서 생겨나며
秋聲浙浙攪孤城	가을바람 소리가 쏴쏴 외로운 성에 어지럽다
南關鎖鑰雄如許	남쪽 관문 자물쇠는 웅장하기 이와 같건만
何事蠻烟驀地1)橫	어찌하여 오랑캐 먼지가 갑자기 횡행하는지

「登矗石樓」〈『공산집』 권2, 42a〉(촉석루에 올라)

郭外長江接海流	성곽 밖의 남강이 바다 접해 흐르고
一樓迢遞泛如舟	높은 누각 아스라이 배처럼 떠 있나니
日星千古佳人義	해와 별은 천년토록 가인의 절의요
風雨當時壯士愁	바람과 비는 당시 장사의 근심이라

---

1) 驀地(맥지): 쏜살같이, 한눈을 팔지 않고, 곧장. '驀'은 갑자기. '地'는 어조사.

滿地宮墻非舊色	땅에 빼곡한 담장은 예전 모습이 아니며
梯山[2]車軸摠新謳	산을 넘는 수레는 새 노래를 거느리는데
嗚乎四十年前事	아아, 사십 년 전의 일이건만
雲水蒼茫不記遊	구름 물처럼 아득하여 유람 기억 안 나네

○ 황병관(黃柄瓘, 1869~1945) 자 학여(學汝), 호 석우(石愚)

본관 창원. 진해 임곡(林谷, 현 창원시 마산합포구 진전면 소재) 출생. 일찍 시부(詩賦)에 소질이 있었으나 세도가 크게 변하자 산림에 은거해 경의(經義) 연구와 후학 양성에 일생을 보냈으며, 정은교·이태식(1875~1951) 등과 교유했다.

「矗石樓 次板上韻」〈『석우유고』 권1, 7b〉 (촉석루에서 현판시에 차운하다)

石不轉[1]兮江自流	돌은 구르지 않고 강은 절로 흐르는데
晉陽形勝俯長洲	진양 승지에서 긴 물가를 굽어보노라
佳人一死今留廟	가인은 한 번 죽어 지금도 사당에 전하고
壯士同盟昔上樓	장사는 함께 맹세하러 옛적 누각에 올랐지
風景依依餘舊蹟	무성한 경치는 옛 자취에 넉넉하나
山河歷歷惹新愁	뚜렷한 산하가 새로운 근심 만드니
繭絲保障休須問	견사보장 질문은 그만두고서
髮白書生賦遠遊	백발 서생은 원유부를 짓네

---

2) 梯山(제산): =제산항해(梯山航海). 험한 산에 사닥다리를 놓고 올라가고 배를 타고 바다를 건넌다는 뜻으로, 아주 먼 곳으로 가거나 먼 곳에서 오는 것. '梯'는 사다리.

1) 石不轉(석부전): 변함이 없음. 두보의 「팔진도」 시에 "강물 흘러도 돌들은 구르지 않았고 / 남은 한은 오나라를 병탄하지 못한 것이로다[江流石不轉, 遺恨失吞吳]"라는 구절이 있다. 제갈량은 강가 돌들을 사용해 군사 배치 형태의 팔진도를 만들었다고 한다. 한편 조선 후기 전주의 아전들이 '江流石不轉'을 애송했다고 한다. '江流'는 사또이고, '石'은 자신들을 비유한 것이다.

「讀松岩李先生龍蛇日記 用申靑泉矗石樓韻 書感」〈『석우유고』 권1,
　14a〉(송암 이선생〈이로〉의 『용사일기』를 읽고 나서 신청천의 촉석루 운을 써서
　감회를 쓰다)

三壯芳名水共流　　삼장사 명성은 물과 함께 흐르고
一盃指處但長洲　　술잔 들며 가리키던 긴 물가로다
英雄去後餘孤堞　　영웅 떠난 뒤 외로운 성이 남았고
天地嵬然有此樓　　천지에 우뚝하게 이 누각 있구려
鯨溟2)風雨波濤急　　고래 바다의 폭풍우로 파도가 거세어
鰈域江山日夜愁　　우리나라 강산은 밤낮으로 근심스러우니
誰能復續先生筆　　누가 선생의 글을 다시 이어받아
草檄除氛擊皷遊　　격문 지어 요기 제거해 북 치며 노닐까

○ 남정우(南廷瑀, 1869~1947) 자 사형(士珩), 호 입암(立巖)

본관 의령. 의령군 유곡면 칠곡리 판곡(板谷)마을 출생. 추강 남효온의 후예로 일찍이 친형 소와(素窩)
남정섭(1863~1913)의 동서인 홍와 이두훈(1856~1918)에게 배웠다. 1886년 정재규·정면규 종형
제의 문하에 나아가 일취월장했고, 권운환·류원중·이교우 등과 뜻이 맞았다. 을사늑약 체결로 스승
정재규가 노성 궐리사에서 거의를 계획할 때 참여했다. 일제 치하에서 지조를 굳게 지키며 학문을
연마했다. 노주 남구원(南龜元)의 3남으로 이천 남창희(1870~1945)의 숙부이고, 종손자가 남상봉
(1903~1948)이다.

「登矗石樓」〈『입암속집』 권1, 34a〉(촉석루에 올라)

晉陽名勝擅南州　　진양 명승은 남쪽 고을에 이름 떨치고
爲有巍然江上樓　　강가에는 누각이 우뚝하게 서 있나니
到處名樓奚獨爾　　도처의 명루 중에서 어찌 홀로 남아
龍蛇義蹟說千秋　　용사년의 의로운 자취를 천년토록 말하나

---

2) 鯨溟(경명): 적국의 바다. 바다에는 고래가 제일 크고 사나우므로 적국의 바다를 흔히
　경파(鯨波), 즉 고래 물결이라 한다. '溟'은 바다.

○ 송주승(宋柱昇, 1869~1947) 자 옥서(玉瑞), 호 사헌(思軒)

본관 여산. 영주(瀛州) 남양리(南陽里, 현 전남 고흥군 남양면 소재) 출생. 어려서부터 영특했으나 등과의 뜻을 접고 오직 성리학 연구에만 몰두했다. 송병선·신기선의 문인이며, 조성가(1824~1904)·기우만(1846~1916)을 종유하며 식견을 넓혔으며, 만년에는 용재 정석채(鄭奭采)의 제자가 되었다. 또 1926년 중국 절강성의 영봉 하진무(夏震武, 1854~1930)에게 서신을 보내 성리학의 주요 개념에 대해 의론을 펼쳤다.

「登矗石樓」〈『사헌유고』 권1, 14a~b〉(촉석루에 올라)

晉陽城外秋風早	진양성 너머 가을바람이 벌써 불고
獨上嶠南第一樓	홀로 영남 제일의 누각에 올랐더니
重重遠樹圍雄府	빽빽한 먼 나무숲이 웅부를 에웠으며
兩兩漁舠立晩洲	쌍쌍의 고깃배가 저녁 물가에 대었다
古巖波灑佳人淚	옛 바위의 물결은 가인의 눈물을 흩뿌리고
短堞雲含壯士愁	짧은 성첩 구름은 장사의 근심 머금었는데
旅客渾忘千載怨	나그네는 천년의 원한을 다 잊은 채
尋常經過作優遊	그냥 지나며 한가한 유람을 즐기노라

○ 조용헌(趙鏞憲, 1869~1951) 자 가헌(可憲), 호 치재(致齋)

본관 함안. 사천시 곤양면 환덕리(還德里) 출생. 우서 조면규(1846~1917)의 장남으로 종조숙부 조직규의 총애를 받았다. 과거 실패로 고향에서 학문을 연구하던 중 1896년 후산 허유(1833~1904)와 1901년 면우 곽종석(1846~1919)의 문인이 되었고, 하봉수·조긍섭·한유·하겸진(1870~1946) 등 명유들과 교유했다. 경술국치로 비분강개하다가 1925년 이후에 관동, 송도, 경주, 금강산 등지를 유람했다.

「過汾城 次矗石樓板上韻」〈『치재집』 권1, 22b〉(진양성을 지나며 촉석루 현판 시에 차운하다)

半世那堪歲月流	반평생 세월 감을 어떻게 견뎠는지
六年今日過長洲	육 년 만에 오늘 긴 물가 지나노라

劇條穿入波斯市[1]	번잡한 길을 뚫고 시장에 들어가니
丹臒猶存矗石樓	단청 색이 아직도 여전한 촉석루라
肝膽忽生盃酒誓[2]	마음속에 술잔 맹세가 문득 떠오르고
山河不盡夕陽愁	산하에는 저물녘 시름이 다함 없는데
飛花啼鳥渾無賴	흩날리는 꽃과 지저귀는 새가 모두 편치 않거니
獨對春風莫謾遊	봄바람을 혼자 짝하여 그저 너절히 노닐지 말기를

「矗石樓二首」〈『치재집』권2, 26b~27a〉 (촉석루 두 수)

因人與地是名樓	사람과 땅으로 누각이 이름남에
月榭風亭[3]總讓頭	누각과 정자는 지위를 다 양보했지
片石能言殲賊日	조각돌에서 적 섬멸한 일을 말할 수 있고
一盃留誓報君秋	술잔에 임금께 보답한 맹세를 남겨두었나니
郊坰繡錯無邊闊	얼기설기 펼쳐진 들판은 끝없이 넓으며
江水藍淸不盡流	푸르고 맑은 강물은 다함 없이 흐르도다
板上前賢鳴巨擘[4]	현판의 옛 현인은 거장으로 쟁쟁할진대
而今何用別尋收	지금에 무엇 하러 시를 따로 찾을 겐가

城下長江江上樓	성 아래는 장강, 강 위에는 누각
江涵樓影枕城頭	강물에 그림자 비치는 누각이 성 위에 임했네
橋虹飮水飛千尺	다리는 무지개가 물 마시는 듯 천 길에 뻗쳐 있고
印月沈沙閱百秋	달은 창 묻힌 모래를 비추며 백 년을 지나왔거니
釖筑逢人酬意氣	강개한 지사가 사람 만나 의기를 응수하며

---

1) 波斯市(파사시): 페르시아의 시장으로 화려함을 비유함.
2) 盃酒誓(배주서): 삼장사가 촉석루에서 술잔을 들며 왜적 방어를 굳게 맹세한 일.
3) 月榭風亭(월사풍정): 풍류를 즐기기 좋은 곳. '月榭'는 달빛 비치는 누각. '風亭'은 바람
   질 통하는 정자.
4) 巨擘(거벽): 어떤 분야에서 남달리 뛰어난 사람의 비유. '擘'은 엄지손가락.

管絃留客博風流	관현악이 나그네를 붙들어 풍류를 넓히는데
豈惟王粲傷時賦	어찌해 왕찬은 시절 슬퍼한 부를 지었나
我思搖搖未易收	내 마음이 요동쳐 걷잡기가 쉽지 않구려

「矗樓友會」〈『치재집』권2, 38a〉(촉석루에서 친구와 만나)

卜我淸遊適此時	내 맑은 유람을 가려서 이곳에 들렀는데
日長不覺晝陰移	해가 길더니 어느새 낮은 그늘로 바뀌었다
詩書負爾芳年讀	시서는 네가 젊은 시절에 읽고는 저버렸고
稼圃非吾老力治	텃밭은 내 늙은 기력으로 가꿀 것은 아니지
江艇渡人驚白鳥	강 배로 사람들 나르니 백조를 놀라게 하며
城醪5)喚客榜靑旗6)	막걸리로 길손 부르려 깃발 내걸었거늘
外來譽毀何須說	외부의 칭찬과 비방은 굳이 말해 무엇하랴
落紙雲烟最看奇	종이 위에 쓰는 경치가 정말로 기이한 걸

○ 조용상(曹庸相, 1870~1930) 자 이경(彝卿), 호 현재(弦齋)

산청군 삼장면 대포리(大浦里) 출생. 남명 조식의 10세손인 부친 복암 조원순(曺垣淳, 1850~1903)의 유지를 받들어 1910년 『남명집』을 간행해 반포했다. 1924년에는 부친의 학덕을 기리기 위해 소천서당(小川書堂)을 건립했다. 최숙민과 곽종석의 문인이 되어 학문을 계발했고, 정재규·이승희·기우만 등을 종유했으며, 조긍섭·하겸진·권재규·정제용·김병립 등과 두루 교유했다. 특정 사안에 따라 지역 유림과 다른 입장을 견지하면서 남명 학덕을 숭모하는 일에 평생을 바쳤다. 3종제가 조상하(1887~1962)이다.

「矗樓有感」〈『현재집』권1, 13b〉(촉석루에서 느낀 바 있어)

壯士千年客上樓	나그네가 유구한 장사의 누각에 오르니

---

5) 城醪(성료): 의성료(宜城醪)의 준말로 막걸리. 맛이 들면 밥알이 동동 뜨는 술. 이익, 『성호사설』권4 「만물문」〈회주〉참조.

6) 靑旗(청기): 푸른 깃발, 곧 술파는 집.

江山歷歷望中浮	해맑은 강산이 강물에 떠 있는 듯 보이네
西迷方丈三韓色	서쪽으로 아득한 지리산은 삼한 밖의 경치요
東袤[1]駕羅五國[2]愁	동쪽으로 뻗은 가야는 오국성의 시름이라
臺觀盡爲新面目	누각이 새 면목을 다 갖추었지만
城池無復舊風流[3]	성 해자는 다시금 옛 멋이 없는데
醉歌浩蕩誰能識	취하고서 마음껏 노래한들 누가 알아주랴
獨對波心萬里鷗[4]	강가에 만 리 나는 갈매기를 홀로 짝할 뿐

○ 양종락(楊鍾樂, 1870~1941) 자 예중(禮仲), 호 유재(裕齋)

> 본관 밀양. 창녕군 유어면 광산리(光山里)에서 출생했으나 9세 때 부친을 따라 영산 니곡(尼谷)으로 이사했으나 얼마 되지 않아 환거했다. 족숙 양찬규(梁燦奎)에게서 학문을 배우다가 만구 이종기 (1837~1902) 문인이 되었고, 심재 조긍섭(1873~1933)과 막역했으며, 종신토록 불의를 멀리했다.

「矗石樓」〈『유재유고』 권1, 7b~8a〉 (촉석루)

晉陽從古說佳麗	진양은 예부터 수려하다 일컫는데
第一南州矗石樓	남쪽 고을에서 제일은 촉석루라
壯士功名垂竹帛	장사의 공명은 역사에 드리우며
義巖魂魄付江流	의암의 혼백은 강물에 깃들었다
空留珠玉[1]人先去	주옥을 쓸쓸히 남겨두고 사람은 떠났고

---

1) 袤(무): 동서의 연장, 길이.
2) 五國(오국): 남송의 황제 휘종과 흠종이 금나라 오국성(五國城)에 유배되었다가 죽었다.
3) 진주성 북쪽의 대사지(大寺池)는 해자 역할을 했으나 일제는 1910년 이후 이곳을 매립해 여러 건물을 신축했다.
4) 萬里鷗(만리구): 화자의 심정을 대변하는 객관적 상관물. 두보가 「봉증위좌승장이십이운 (奉贈韋左丞丈二十二韻)」(『두소릉시집』 권1)에서 자신을 갈매기에 비유하면서 "흰 갈매 기가 호탕하게 출몰하니 / 만 리 밖의 누구인들 길들일 수 있으리오[白鷗沒浩蕩, 萬里誰能 馴]."라고 했다.
1) 珠玉(주옥): 훌륭한 시문을 말함.

爲惜風烟月又浮　　　경치를 아쉬워할 제 달이 또 떠오르니
季世書生尤慷慨　　　말세의 서생은 더욱 비분강개하며
百回終日俯長洲　　　온종일 백번을 배회하다 긴 물가 굽어본다

○ 류만형(柳萬馨, 1870~1943) 자 자선(子善), 호 천려(川黎)

본관 진주. 단성 정태리(丁台里, 현 산청군 신안면 하정리 상정마을) 출생. 삼가 기성(歧城, 현 합천 가회)의 후산 허유(1833~1904)를 배알해 학문의 기초를 수립했다. 중풍에 걸린 중부 류치서(柳致瑞)를 극진히 모셔 마을 어른들의 칭찬이 자자했고, 경술국치 후 어렵게 생활하면서 권력에 편승한 자들을 꾸짖었다. 지기였던 족제 류잠(1880~1951)을 비롯해 이도복, 김진문 등과 교유했다. 『천려고』는 『호상세고(湖上世稿)』 권4에 수록되어 있다. 참고로 '湖上'은 정태마을이 양천강 위에 있어 붙여진 별칭이다.

「登矗石樓」〈『천려고』, 7a~b〉(촉석루에 올라)

劒氣橫生星斗夜　　　칼 기운이 밤중 북두성에 가로질러 생겨나고
角聲搖落海山秋　　　뿔피리 소리가 가을 강산에 쓸쓸하기만 한데
浩浩爲歌天地老　　　호탕하게 노래해보나 천지는 늙었으며
滄桑餘淚未堪收　　　상전벽해라 남은 눈물조차 못 거두겠네

○ 황원(黃瑗, 1870~1944) 자 계방(季方), 호 석전(石田)

광양현 서석촌(西石村, 전남 광양시 봉강면 석사리) 출생. 형 매천 황현을 따라 구례 만수동과 월곡리로 차례로 이사했다. 경술국치 이후 '江湖旅人'으로 자호하고 매천의 항일 유지를 계승했으며, 1944년 2월 형처럼 절명시를 써놓고 수은을 음독한 뒤 월곡리 저수지에 투신 자결했다. 저술로 『강호여인시고』, 『강호여인문고』, 『경여초(耕餘鈔)』 등이 있다. 아래의 첫째 시는 병자년(1936) 3월 『동아일보』 진주 지국 후원으로 진주 촉석루음사가 '촉석루' 시제로 주최한 전국 한시 공모전에 아들 황양현(黃亮顯)의 이름으로 출품해 2등 수상한 작품으로서, 마지막 시행이 문제가 되어 구속되었다. 하강진(2014), 413~416쪽 참조.

「矗石樓吟社元韵」〈『강호여인시고』, 311쪽〉 (촉석루음사의 원운)

匹馬東風上水樓	봄바람에 필마로 물가 누각 오르니
龍蛇浩刧古城頭	용사년 일이 아득한 옛 성 언저리로다
荒祠落日鴉翻樹	묵은 사당에 해질 제 까마귀는 숲에서 날고
折戟平沙月似秋	창 묻힌 모래밭엔 달빛이 가을처럼 싸늘한데
繡幕毬灯¹⁾燃夜雨	장막 등불은 밤비 속에 사위어가며
畫船歌鼓任春流	놀잇배 풍악은 봄 강물에 맡겨두었네
楊花如雪江聲咽	버들 꽃은 눈 같고 강물소리 흐느끼니
白首遺民恨未收	백발 유민은 한을 가누지 못하겠구려

「和矗石樓韵」〈『경여초』, 426쪽〉 (촉석루 시에 화운하다)

羣山慘淡大江流	뭇 산은 참담하고 큰 강 흐르는데
壯士遺魂在古洲	장사의 유혼이 옛 물가에 남았도다
暮雨寒烟人渡水	저녁 비와 찬 연기 속에 사람은 물을 건너고
西風落日客登樓	서풍 부는 석양에 나그네가 누각에 오르니
天涯蕭瑟難爲夢	먼 타향이 쓸쓸하여 꿈꾸기도 어려울사
城上涵虛却起愁	성 위의 하늘이 대뜸 근심을 자아내네
使我南來魂欲斷	내 남쪽에 왔더니 넋조차 끊어질 듯
千秋誰復續前遊	천추에 누가 다시 옛 유람 지속할까

---

1) 毬灯(구등): 모양이 둥근 등. '毬'는 공 모양을 한 것. '灯'은 등(燈)의 속자로 등불.

○ 남창희(南昌熙, 1870~1945) 자 명부(明夫)·명중(明重), 호 이천(夷川)

본관 의령. 의령군 유곡면 칠곡리 판곡(板谷)마을 출생. 1885년 부친인 니산 남정찬(1850~1900)을 따라 묵동에 우거함으로써 정재규·정면규 종형제의 문인이 되었다. 1905년 동생 남태희와 함께 청양 장구동의 최익현에게 집지했다. 1929년부터 진주에 우거하다가 수년 뒤 다시 환향했다. 숙부가 남정우(1869~1947)이고, 6대조 농와 남붕익(1684~1742)이 의령현감 관아재 조영석(1686~1761)의 지시에 의해 엮은 『정곡지』(1735)를 보완해 『정곡면지(定谷面誌)』를 편찬했다. 조카가 남상봉(1903~1948)이다.

「矗石樓」〈『이천집』 권1, 43b~44a〉 (촉석루)

世事滔滔水自流	세상사 시세만 좇으나 물은 절로 흐르거니
客來無語佇空洲	나그네 와서는 말없이 빈 물가 어정거린다
英豪間氣[1]遼三士	영웅의 특별한 정기 받은 삼장사가 아련하며
寥落窮寰立一樓	적막하고 궁벽한 곳에 한 누각이 서 있는데
簷角日溫新雀戲	처마 끝에 햇볕 따사로워 새끼 참새가 장난치고
江頭雨暗老鷗愁	강 언저리 어둑한 비로 늙은 갈매기가 근심하네
晉陽樽酒今無力	진양에서의 음주는 지금에 활력 없고
只供騷人日上遊	시인의 하루 유람에만 이바지할 뿐

○ 하겸진(河謙鎭, 1870~1946) 자 숙형(叔亨), 호 회봉(晦峯)·외재(畏齋)

시랑공파. 진주 대각면(현 수곡면) 사곡리(士谷里) 출생. 조부는 하학운(1815~1893, 하이태의 손자), 부친은 하재익, 며느리가 뇌산 허신(1876~1946)의 딸이다. 6세 때 능히 시를 지어 박치복의 칭찬을 들었고, 17세 때 스승 허유를 배알했으며, 27세 때부터 곽종석(1846~1919) 제자로서 학문을 계승했다. 장복추·김진호·윤주하·이승희·이도추·장석영·박규호·하봉수 등과 사우(師友)로 지냈고, 1931년 향리에 덕곡서당(德谷書堂)을 세워 제세희·정덕영·정연returns·도현규·성환혁·이일해 등 수많은 급문제자를 길렀다. 1919년 '파리장서'에 서명하여 수개월간 투옥되었고, 1926년 제2차 유림단사건에 동참해 다시 달성감옥에서 옥고를 치르는 등 항일운동에 적극 앞장섰다. 저술로 문집 외 『동유학안』(1938), 『동시화』(1942) 등이 있다. 그의 「연보」에 의하면 정묘년(1927)에 내방한 이건방과 함께 촉석루를 유람하고 아래 시를 지었다고 했다.

---

1) 英豪間氣(영호간기): 영웅호걸이 품부 받은 천지의 특수한 정기. '間氣'는 여러 세대를 통하여 보기 힘든 뛰어난 기품을 말함.

「餞李春世[1]字蘭谷矗石江上」〈『회봉유서』권4, 13a〉(난곡 이춘세를 촉석루 강 가에서 전별하며)

不省山巖淸泚流	산골짜기 가리지 않고 흘러 온 맑은 물
一帆携我到灜洲[2]	돛배 한 척이 나를 싣고 촉석성에 이르자
玄蟬曳曳[3]江吹座	매미소리 늘어지고 강바람이 좌중에 불며
黃竹蕭蕭雨瞑樓	누런 대숲 쓸쓸하고 빗발이 누각을 스치네
王粲登臨思作賦	왕찬은 등림하여 부 지을 생각했고
隱侯[4]離別始知愁	심약은 이별함에 비로소 시름을 알았지
黃娘[5]廟下生殘草	황랑 사당 아래로 시든 풀만 있을 뿐이니
汗漫何心作戲遊	무슨 마음에 너절히 장난하며 노닐 겐가

○ 성환부(成煥孚, 1870~1947) 자 인술(仁述), 호 정곡(正谷)

일명 환실(煥實). 진주 수곡면 사곡리(士谷里) 출생. 성여신의 6세손으로 일찍이 부친 성락주(成駱柱)를 여의어 인근의 정곡(井谷, 현 효자리)으로 이거했다. 천성이 맑고 굳세었으며, 학문과 식견이 넉넉했다. 1931년에 외종형 옥봉 하계락(1868~1933, 하경칠의 손자)·하겸진·하영태(1875~1936)·한우석·이용(1868~1940) 등과 함께 면내의 창촌리 조계산(潮溪山)에 만수당(晚修堂)을 짓고 도의로 교유했고, 하동군 옥종면 청룡리로 이거해 살다 타계했다.

「矗石樓 次板上韻」〈『정곡유집』권1, 19a〉(촉석루에서 현판시에 차운하다)

頹城迥壓大江流	퇴락한 성이 멀리 큰 강을 압도하거니와
歷歷孤懷俯晚洲	외로운 마음이 역력해 저녁 물가 굽어보니

---

1) 春世(춘세): 이건방(李建芳, 1861~1939)의 자. 시제에서 '난곡(蘭谷)'을 자라 했으나 실은 호임.

2) 灜洲(영주): 촉석성. 이 시행에 달려 있는 원전의 주석 "春世訪余一宿, 以未見落水巖奇勝爲 恨. 灜洲, 矗石一名"에서 보듯이, 영주는 촉석성의 다른 이름이다.

3) 曳曳(예예): 길게 뻗치는 모양. '曳'는 끌다.

4) 隱侯(은후): 양나라 심약(沈約, 441~513. 자 休文)의 시호.

5) 黃娘(황랑): 논개를 명기 '황진이'에 버금가는 기녀로 보고 이렇게 표현한 것으로 보인다. 삼수 이사영(1885~1960)도 회봉 시에 차운하면서 마찬가지로 '黃娘'이라 했다.

東土淪沈1)非舊日	우리나라 침몰하여 옛 모습 아니며
南州形勝獨斯樓	남쪽 고을의 형승은 이 누각뿐인데
烈士義娘名不死	열사와 의랑은 명성이 죽지 않았을진대
騷人豪客樂還愁	시인과 길손은 즐거움이 도로 수심되네
滄桑往刼無從話	상전벽해라 옛 전란은 말할 수조차 없거늘
大酒何年作勝遊	어느 때 큰 술잔 들고 멋진 유람을 해보나

○ 위계룡(魏啓龍, 1870~1948) 자 운여(雲汝), 호 오헌(梧軒)

전남 장흥군 관산읍 호곡리 출생. 1897년 연재 송병선(1836~1905)을 배알해 학문의 요체를 들었고, 최익현과 기우만(1846~1916)의 문하에도 나아가 칭찬을 받으며 성리학 연구를 심화했다. 족질이 위홍량(1881~1961)이다.

「登矗石樓 謹次淵齋先生板上韻」〈『오헌유고』 권1, 29b〉(촉석루에 올라 연재〈송병선〉 선생의 현판시에 삼가 차운하다)

南江抱郭向東流	남강이 성 감싸며 동쪽으로 흐르는데
白雪斜暉客渡洲	백설이 비낀 석양에 물가를 건넜더니
炳日忠魂三壯士	삼장사의 충혼은 밝은 해처럼 빛나고
凌雲危勢一高樓	높은 누각의 기세는 구름 찌를 듯하다
先天消息憑誰問	먼 옛일의 소식은 누구에게 물어볼 것이며
滿地腥塵使我愁	온 땅의 비린 티끌이 내게 시름 짓게 하거늘
擧目要收多少景	눈 들어 보니 몇몇 경치를 담고 싶어
盃醪相屬暫乘遊	술잔을 권하며 유람을 잠깐 꾀함일세

---

1) 淪沈(윤침): =침륜(沈淪). 침몰함, 고통스러운 처지에 빠짐. '淪'은 빠지다.

○ 김상혁(金相爀, 1871~1921) 자 회숙(晦叔), 호 회곡(晦谷)

본관 김해. 진주시 금곡면 두문리(杜門里) 출생. 1897년 합천 삼가의 부곡(釜谷)에 이거해 허유(1833~1904)와 정재규의 가르침을 받았고, 1900년 산청 가은리(可隱里)로 이사한 뒤 영호남 선비와 교유했으며, 1902년 사천읍 금곡(琴谷)에 다시 이사했다. 1906년 담양에 가서 기우만(1846~1916)의 제자가 되었고, 경술국치를 당하자 시를 지어 통분했다.

「矗石樓」〈『회곡유고』 권1, 3b〉 (촉석루)

雙魂[1]古有睢陽廟	예부터 두 넋이 수양성 사당에 있거니
三節今高矗石樓	오늘날은 삼절사가 촉석루에 드높은데
百戰千爭無限恨	백 번 천 번 전쟁으로 끝없는 원한은
滔滔長與大江流	큰 강과 함께 넘실넘실 길이 흐르리

○ 황병중(黃炳中, 1871~1935) 자 정유(靜有), 호 고암(皷巖)

본관 창원. 초자 정유(正宥). 전남 광양시 옥곡면 대죽리 외가에서 태어나 3세 때 세거지인 진상면 비평리 비촌(飛村)마을로 이거했다. 농산 신득구(1850~1900)와 연재 송병선의 제자이며, 항일의병장 황병학(1876~1931)의 종형이다. 향리에 운수장(雲水莊)을 지어 은거하면서 황현·송근수·송병순·전우 등을 종유하며 학문을 넓혔고, 한유·하우식과 절친했다. 이 시는 편차 상으로 볼 때 병진년(1916)에 지었음을 알 수 있다.

「登矗石樓」〈『고암집』 권1, 20a〉 (촉석루에 올라)

朝來秣馬晉陽城	아침에 와서 진양성에서 말 먹이나니
物色新奇觸目驚	신기한 경치는 어딜 봐도 놀라워라
爲報樓中三壯士	이르노니 누각 안의 삼장사는
當年不是死功名	당시 공명 때문에 죽은 게 아닐세

---

1) 雙魂(쌍혼): 중국 수양성의 사당에 모신 장순과 허원의 넋. 용어 일람 '수양' 참조.

○ 안정려(安鼎呂, 1871~1939) 자 국중(國重), 호 회산(晦山)

본관 순흥. 함안군 대산면 하기리 기동(基洞)마을 출생. 입향조인 취우정 안관의 고손자인 안부(安俯)의 7세손이다. 21세 때 곽종석(1846~1919)의 제자가 되어 호를 받았고, 허유·이승희 등에게도 학문을 질정했다. 1912년 산청군 금서면 서하(西河)마을로 이거해 엄강서당(嚴江書堂)을 짓고 강학하다가 1930년 향리로 환거해 선조의 덕을 기리는 취우정(聚友亭)에서 만년을 보냈다. 저술로 문집 외 『오서석의(五書釋義)』, 『상변요의(常變要義)』 등이 있다. 이 작품의 창작 시기는 제주(題注)에 있듯이 **무진년(1928)**이다.

「**矗石樓**」 戊辰 〈『회산집』 권1, 16b〉 (촉석루) **무진년(1928)**

兵馬營空水自流	병영은 텅 비었으나 물은 절로 흐르고
虛舟晚泊此汀洲	늦게사 빈 배를 이곳 물가에 대었더니
山川猶載汾陽誌	산천은 아직도 『진양지』에 실려 있으며
今古長存矗石樓	예나 지금 촉석루가 그대로 존재하구려
東國更無三壯士	동국에는 다시금 삼장사가 없거니와
西風獨抱萬邦愁	서풍에 홀로 온 나라 근심을 안고서
樽筵一讀龍蛇錄	술자리에서 『용사록』을 한 번 읽을진대
白首元非賦浪遊	늙은이가 원래 부질없이 유람한 게 아니로다

○ 장화식(蔣華植, 1871~1947) 자 효중(孝重), 호 복암(復菴)

본관 아산. 경북 청도군 신계리(新溪里, 현 이서면 신촌리) 출생. 1898년 화산(華山) 아래에 청천재(聽泉齋)를 지어 위기지학에 몰두하면서 그해 겨울 김흥락에게 집지했고, 또 1901년에는 이종기를 배알했다. 1907년부터 가곡리(可谷里, 현 이서면 대곡리)에 은거하면서 곽종석에게 배웠고, 1917년 오천리(吾川里, 현 화양읍 신봉리)로 이거했다. 반동락(1863~1930)과 함께 향교 교육을 주도했고, 김동진·이후·송준필 등과 도의로 사귀었다. 그는 『면우집』 발간 차 열리는 사월리 니동서당 도회(道會)에 참석하기 위해 을축년(1925) 1월 18일 화양을 떠나 함안에 머문 뒤 19일 촉석루에 올랐고, 오후에 산청행 차편을 놓쳐 부득이 진주 여관에 숙박하면서 이 시를 지었다(「강우일기」, 『췌옹속고』 권4 외집 〈잡저〉). 현재 오천서당(화양읍 유등리 소재)에 그와 관련된 전적이 소장되어 있다.

「次矗石樓板上韻」[1] 〈『복암집』권2, 4a~b〉(촉석루 현판시에 차운하다)

山不敢高水仰流	산은 그리 높지 않고 물은 성내며 흐르는데
思窮眼界渡南洲	시계 끝난 곳이라 생각하고 남쪽 물가 건너니
圍風散月留千狀	사방 바람에 달빛 흩어져 천태만상을 남기며
遠地親天出一樓	먼 땅 하늘 가까운 곳에 누각 하나 솟았구려
壯士佳人無繼作	장사와 가인이 더 이상 나타나지 않을지라도
如吾何客任今愁	어이해 나 같은 길손에게 오늘 시름을 맡겼나
西征未及邦全日	서행 길이라 고을에 종일 머물 수 없었지만
卻媿蠻兒認是遊	오랑캐가 이번 유람을 알까 봐 문득 부끄럽네

○ 우하구(禹夏九, 1871~1948) 자 영서(永敍), 호 백괴(百愧)

대구광역시 달서구 상인리(上仁里) 출생. 만구 이종기(1837~1902)의 제자가 되어 칭찬을 들었다.
일찍이 가난하다고 배우지 않으면 선조들에게 죄인이 되고 만다는 신념으로 평생 공부에 정진했다.
나라가 망하자 두문불출하며 출세를 구하지 않았고, 심재 조긍섭(1873~1933) 등 향리 석학들과
교유하며 지냈다.

「次矗石樓韻」〈『백괴집』권1, 36b~37a〉 斯樓, 卽我東名勝. 且壬辰之亂, 三壯士之殉義,
如彼宏壯. 以此樓之名, 盒擅於世, 而騷人韻士無不登覽唫賞. 顧我汨沒塵臼[1], 有意未姑. 次
元韻以著未遂之意, 可謂詩成屋未就[2]也. (촉석루 시에 차운하다) 이 누각은 우리나라의
명승지이다. 또 임진왜란 때 삼장사가 순국하여 저처럼 굉장하다. 이로써 누각 명성이 세상에
더욱 알려졌고, 문장가와 시인들이 등람하여 감상하지 않음이 없다. 돌이켜보건대 나는 속세에
골몰한 나머지 뜻이 있었음에도 틈을 내지 못하였다. 차운시를 지어 이루지 못한 뜻을 나타내었

---

1) 원전에 "乙丑正月, 以俛宇先生文集事, 赴晉州道會, 時登此作"이라는 협주가 있다.

1) 塵臼(진구): 먼지 구덩이, 곧 속세. '臼'는 절구.

2) 詩成屋未就(시성옥미취): 주자, 「답진동보(答陳同甫)」, 『주자대전』권36, "다만 근래에 형
편이 너무 군색하여 시는 이루었으나 집은 아직 완성하지 못했는데, 또한 인력이 왕래하
지 않음을 매번 염려하고 있을 따름입니다[但午來窘束殊甚, **詩成屋未就**, 亦無人力可往來,
每以爲念耳]".

으니, 시는 이루었으나 집은 아직 완성하지 못한 격이라 할 만하다.

一帶長江萬古流	한 줄기 긴 강이 만고에 흐르는데
行人爭說此汀洲	사람들은 이 물가를 다투어 말하지
風塵百戰餘雙淚	백전 풍진 겪어 두 줄기 눈물 흐르고
雲物千秋有一樓	천추토록 경물로는 한 누각 있을진대
咽咽波聲忠膽沸	흐느끼는 물결 소리에 충성심이 솟구치며
恢恢3)魚腹義魄愁	드넓은 고기 뱃속에 의로운 기백 시름겹다
生平未遂臨觀願	평소 구경하려는 소원을 못 이루고 있거니
樽酒何時屬我遊	동이 술은 그 언제 내 유람을 뒤따를꼬

○ 허정로(許正魯, 1871~1949) 자 치가(致可), 호 학가(學稼)

본관 김해. 합천 삼가 덕촌리(德村里, 현 가회면 소재) 출생. 후산 허유(1833~1904)의 문인이 되어 지극한 사랑을 받았고, 스승 사후 문집을 간행할 때 대소사를 성심껏 처리했다. 곽종석에게도 배움을 질정했으며, 후산 동문인 문용·김극영·김영시·김진문·심학환 등과 교유가 깊었다. 아래의 시는 문집 편차를 보면 **계축년(1913)**에 지은 것으로 되어 있다. 한편 그는 1920년 2월 26일 매형(妹兄) 민치무와 함께 황폐화된 창렬사, 무너진 성첩을 둘러보고 개탄한 바 있다. 「남유록」(『학가유고』 권2) 참조.

「矗石樓 次板上韻」〈『학가유고』 권1, 7a〉 (촉석루에서 현판시에 차운하다)

如夢靑邱歲月流	꿈처럼 우리나라는 세월 따라 흘러
三年重到晉陽洲	삼 년 만에 거듭 진양 물가 왔더니
至今爭道義娘事	지금도 의랑의 일을 다투어 말하고
依舊尙存矗石樓	예대로 촉석루가 여전히 존재하는데
虛壇霽夜烏空噪	빈 제단과 달밤에 까마귀가 하염없이 울어대며
頹堞殘花鳥亦愁	무너진 성가퀴와 시든 꽃들을 새조차 시름한다
叔季1)人心多反復	말세라 인심은 짜장 엎치락뒤치락하건만

---

3) 恢恢(회회): 넓고 큰 모양, 여유 있는 모양. '恢'는 넓다, 크다.

聲聲物物作娛遊　　　소리마다 사물마다 즐거운 놀이가 되네

○ 권봉현(權鳳鉉, 1872~1936) 자 응소(應韶), 호 오강(梧岡)

세거지가 산청군 단성면 강루리나 외가인 의령 화정면 상정(上井) 출생. 송산 권재규(1870~1952)의 조카로 일찍이 계남 최숙민에게 배웠고, 17세 때 조성가(1824~1904) 손녀들 장가들어 그의 제자가 되었으며, 정재규·기우만·권운환 등에게도 배웠다. 한유·하겸진·하우식과 절친했고, 단성 신안정사를 중심으로 도의를 강마했다. 평생 '동방의리종주(東方義理宗主)'로 흠모한 최익현의 1902년 지리산 유람 때 그를 모셨고, 1930년 장성에서 『송사집』을 교정했다. 아래의 첫째 시는 편차상 을사년(1905)에 지었음을 알 수 있다. 둘째 시는 신유년(1921) 8월 17일~9월 9일 족조 권두희·최원숙·하종식과 마산을 거쳐 한양·개성·평양 등지를 유람하며 지은 연작시 「관서기행」(『오강집』 권9) 중 첫 번째 작품인데, 8월 17일 오후 촉석루에 올라 현판시에 차운한 뒤 다음날 자동차로 마산에 갔다.

「登矗石樓 謹次勉庵先生板上韵」〈『오하산록』 권1, 27b〉 (촉석루에 올라 면암선생의 현판시에 삼가 차운하다)

晉陽從古擅名勝　　　진양은 예부터 명승으로 이름 날리노니
萬念悠悠獨上樓　　　온갖 생각 아련하여 홀로 누각 올랐어라
壯士孤忠山屹立　　　장사의 충혼 외로운데 산들 우뚝하게 서 있고
書生寒膽水空流　　　서생의 간담 서늘한데 물은 속절없이 흐르는데
城中歌舞聲聲苦　　　성안의 가무는 소리소리 괴로우며
野外風塵漠漠浮　　　야외의 풍진이 자욱이 끼어 있네
此日登臨多感慨　　　이날 등림하니 감정이 더욱 북받쳐
斜陽深醉俯長洲　　　석양에 몹시 취해 긴 물가 굽어본다

「登矗石樓」1) 〈『오강집』 권1, 37b〉 (촉석루에 올라)

萬古長江一色流　　　오랜 세월 긴 강은 한결같이 흐르는데
秋風人立夕陽洲　　　가을바람 맞으며 석양의 물가에 섰도다

---

1) 叔季(숙계): =말세(末世). 막내아우의 뜻도 있음. '叔'은 끝. '季'는 끝, 말년.
1) 『오하산록』(권8, 13a)에는 3~4행이 "英雄有恨餘殘堞, 日月無光獨一樓"로 다르다.

英雄已去空留恨	영웅은 이미 떠나 속절없이 원한을 전하고
日月高懸獨有樓	일월이 높이 떠 홀로 있는 누각을 비춘다
極目繁華非舊態	시야 끝까지 번화하여 옛 모습 아니니
佳人杯酒散新愁	가인의 술잔에 새 시름을 풀어보노라
行期渺渺關西在	떠나는 기약을 아득한 관서에 두었거니
先到汾陽半餉遊	진양에 먼저 이르러 잠시 유람함일세

○ 곽태종(郭泰鍾, 1872~1940) 자 앙여(仰汝), 호 의재(毅齋)

단성 수월리(水月里, 현 산청군 신안면 안봉리 수월마을) 출생. 10세 때 부친 곽치복과 절친했던 후산(厚山) 이도복(1862~1938)의 제자가 되었고, 십수 년간 과거 공부 대신 경학에 전념해 스승에게 칭찬을 들었다. 조성가·정재규·최숙민(1837~1905)·권운환·한유 등을 종유했고, 송병선·최익현·전우(1841~1922) 등을 두루 찾아가 학문을 심화했다. 특히 간재의 영향을 많이 받았고, 일암 문봉호(1878~1950)와 절친했다. 창씨개명이 강요되자 그 충격으로 쓰러져 얼마 뒤 별세했다. 참고로 1922년 기행문 「순두류록(順頭流錄)」(『의재유고』 권3)을 지었다.

「登矗石樓有感」〈『의재유고』 권1, 19a〉 (촉석루에 올라 느낌이 있어)

往事蒼茫水自流	지난 일 아득하고 물은 절로 흘러
羈懷搖蕩白鷗洲	나그네 마음이 요동치는 백로주라
傷心觸目三升淚	눈길마다 마음 아파 석 되의 눈물 흐르며
悼古悲今半日愁	고금의 세월에 애달파 한나절 시름겨운데
佳娥無跡千尋浪	가인은 천 길 물결에 자취를 감추었고
壯士飛魂百尺樓	장사는 백 척 누각에 영혼을 날리도다
自笑江湖潦倒¹⁾客	강호에서 노쇠해진 모습이 절로 우스우나
謾隨諸子學優遊	공연히 사람들 따라 한가한 유람 배워보네

---

1) 潦倒(요도): 늙고 병든 모양, 우아하고 그윽한 모양. '潦(료)'는 사물의 형용, 큰 비.

○ 민노식(閔魯植, 1872~1942) 자 문약(文若), 호 면산(眠山)

산청군 오부면 면호리(眠湖里) 출생. 쌍매헌 민제연(閔齊淵, 1632~1720)의 9세손으로 일찍이 연재 송병선, 노백헌 정재규, 송사 기우만, 명호 권운환에게서 가르침을 받았다. 송산 권재규(1870~1952), 동강 김녕한(1878~1950)과 함께 명승지를 유람하며 성정을 도야했다.

「矗石樓賦懷」〈『면산유고』 권1, 4a~b〉 (촉석루에서 회포를 펴다)

縹緲枕城矗石樓	아득히 성을 배에 삼은 촉석루
南州勝蹟此爲頭	남쪽 고을의 빼어난 자취는 이곳이 으뜸
飛花浩劫佳人恨	오랜 세월 흩날리는 꽃은 가인의 여한이요
落木寒聲壯士秋	찬 소리 나는 잎 진 나무는 장사의 슬픔이라
塵雨至今壘不霽	먼지 비는 지금도 내려 성채는 개지를 않고
山河異昔水空流	산하는 옛날과 다르며 물은 하염없이 흐르는데
堪憐多少登臨子	가엾게도 많은 사람이 올라가 굽어보면서
謾抱新愁瀉未收	속절없이 품은 새 시름을 쏟아내나 거두질 못하네

○ 강태수(姜台秀, 1872~1949) 자 극명(極明), 호 우재(愚齋)

진주 수곡면 원당리(元堂里, 현 원내리) 출생. 18세 때 간암 박태형(1864~1925)의 질녀를 아내로 맞이했다. 1889년 진주목사를 지낸 뒤 1891년 단성에 유배 온 승지 이성렬을 찾아가 의리를 논하며 미래를 기약했다. 1896년 동생 강필수와 함께 진주 사곡(士谷)의 낙수암(落水庵)에서 하겸진(1870~1946)·한유(1868~1911) 등을 만난 뒤 도의와 시문으로 교유했고, 1900년 곽종석(1846~1919)이 곤양에 있을 때 배알한 뒤 제자가 되었다. 학행뿐만 아니라 어려운 형편에 처한 고을 사람을 구휼하는 등 온정이 넘친 처사였다. 이 시는 편차상 임진년(1892)에 지은 것임을 알 수 있다.

「次韻湖客遊矗石樓」〈『우재집』 권1, 3b〉 (강호의 나그네가 촉석루에서 유람한
시에 차운하다)

矗石城高汾水流	촉석에 성 높고 진양 강이 흐르는데
晉陽淑氣尙空洲	진양의 맑은 기운은 빈 물가에 여전하네

天開南國文章府	하늘 트인 남쪽 땅은 문장의 고을이요
月滿千秋壯士樓	천년토록 달빛이 가득한 장사루로다
官娥慣唱昇平曲	관기가 승평곡을 익숙히 부르거늘
遠客那無覽物愁	나그네 어찌 경치 구경할 마음 없으랴만
此地奇緣知有數	이곳 기이한 인연은 운수 있음을 알겠으니
塵筇休負作遨遊	속세에 지팡이 짚고 헛되이 놀지 말지어다

○ 송명회(宋明會, 1872~1953) 자 남일(南一), 호 소파(小波)

본관 여산. 전남 보성군 율어면 원당리(元堂里, 현 금천리) 출생. 송수면 아들로 1893년 겨울 이건창이 보성에 유배 오자 동생 설주 송운회(1874~1965)와 함께 제자가 되었고, 1898년 송병선 남유 때 배알했다. 1900년 충청도 정산의 최익현에게 집지했으며, 1901년 황현의 배려로 명사들의 시회에 참석했다. 이건방·김효찬·안규용(1873~1959)·박영철 등과 친했고, 동강 김녕한과 위당 정인보는 문집 서문에서 근세 호남 시단에서 황현을 잇는 큰 시인으로 평가했다. 참고로 동생 송경회(1877~1916)는 의병장으로 활약했다.

「登矗石樓」〈『소파시문선고』 권2, 18a~b〉(촉석루에 올라)

滿江楊柳滿山花	온 강엔 버들개지, 온 산엔 꽃들
花柳中間一逕斜	꽃과 버들 사이로 비탈길 나 있네
三百年前人殉國	삼백 년 전에 사람들이 순국했고
半千里外客思家	오백 리 밖 길손은 고향 그리운데
已生白髮悲何益	벌써 백발이니 슬퍼한들 무슨 소용 있겠냐만
未死黃金酒1)可賒	아직 죽지 않아 황금주는 사 먹을 수 있으며
今日新亭2)風景好	오늘의 새 정자는 경치도 좋을지니
休將往刼說蟲沙	옛 전란 들추어 죽은 병사 말하지 마오

---

1) 黃金酒(황금주): 멥쌀과 찹쌀을 섞어 두 번 발효시켜 빚은 황금빛 술.

2) 新亭(신정): 국보촉석루중수위원회가 1949년 3월 8일 중수한 누각을 말함.

「**矗石樓**」〈『소파시문선고』 권3, 6b〉(촉석루)

晉陽歸客賦登樓	진양의 나그네가 등루부 지을진대
樓在藍江矗石頭	누각은 남강의 촉석 언저리에 있구려
雲外山靑巫俠[3]曉	구름 너머 산 푸르러 무협의 새벽이고
月中湖白洞庭秋	달빛 속 호수 희어 동정호의 가을인데
義娘祠暖[4]花猶落	의랑 사당에 다사로운 꽃은 여전히 지며
壯士營寒水自流	장사 병영에 쌀쌀한 물이 절로 흐르나니
把酒難禁懷古意	술로써도 회고하는 마음을 막기 어려운 건
至今戰氣未全收	지금껏 전쟁 기운 완전히 걷히지 않았음이라

○ 고헌진(高憲鎭, 1872~1954) 자 경장(敬章), 호 초남(楚南)

초명 태진(泰鎭), 초자 문약(文若), 초호 석운(石雲). 전북 고창군 성내면 옥제리 출생이나 초산(楚山, 정읍의 고호)으로 이거했다. 어릴 때부터 영특했으나 가난해 따로 스승을 모시지 못했다. 집안 어른을 통해 최익현의 학문을 계승했고, 만년에 정밀한 시문으로 두각을 나타냈다.

「**過晉州矗石樓**」二首〈『초남시집』 권1, 29b〉(진주 촉석루를 지나며) 두 수

晉陽城外水東流	진양성 너머 물이 동으로 흐르는데
幾使男兒淚灑洲	몇 번이나 남아가 물가에 눈물 뿌렸나
天地氣來人死國	천지 기운이 도래해 사람들은 순국했나니
風塵事去月當樓	풍진의 일 사라지고 달은 누각에 비치도다

其二 (둘째 수)

酒盡西風淚數流	술 다하고 서풍부니 두어 줄기 눈물 흐르고
白雲黃葉滿汀洲	흰 구름과 누런 잎새가 모래톱에 가득하구나

---

3) 巫俠(무협): 중국 양자강 상류에 있는 세 협곡의 하나. '俠'은 협(峽)의 오기.
4) 暖(난): 다사롭다, 온순하다.

| 國亂當年臣死節 | 국란을 당한 그때 신하들이 절의로 순국했나니 |
| 世平今日客登樓 | 세상사 태평한 오늘 나그네가 누각에 올랐어라 |

○ 조긍섭(曺兢燮, 1873~1933) 자 중근(仲謹), 호 심재(深齋)·암서(巖棲)

초명 인섭(麟燮). 창녕군 고암면 원촌리(元村里) 출생. 1914년 달성 정산(현 가창면 정대리), 1928년 현풍 쌍계(현 달성군 유가면 소재)로 이거했다. 소리재 조병의(曺柄義, 1842~1911)의 아들로 17세 때 곽종석(1846~1919)의 제자가 되었다. 이후 이종기·장복추·김흥락 등에게도 배웠으며, 당대 문장 가였던 창강 김택영과 교유하면서 전국적으로 문명을 알렸다. 1896년 하겸진·조병규·한유 등의 소장 학자와 더불어 『남명집』을 중간할 때 이 일을 주도적으로 추진했다. 아래의 시는 제주(題注)에 있듯이 계해년(1923)에 지은 것이고, 정묘년(1927)에도 하겸진을 방문한 뒤 조현규(1874~1958)가 베푼 촉석루 연회에서 제영시를 지었다. 이일해·성환혁 편, 『회봉선생연보』(45a) 참조.

「矗石樓」 癸亥 〈『심재집』 권4, 18a〉 (촉석루) 계해년(1923)

三十年間重到[1]時	삼십 년 사이에 다시 이르고 보니
江山依舊物華非	강산은 여전하나 경치는 아니어라
可憐義妓祠前字	가련하구나, 의기사 편액의 글자가
猶自煌煌照碧磯	푸른 물가에 절로 반짝반짝 비칠 뿐

○ 하장식(河章植, 1873~1941) 자 문휴(文休), 호 모산(某山)

사랑공파. 증조부 때부터 거주한 삼가현 안정동(安靜洞, 현 합천군 가회면 안불리) 출생이나 1888년 부친인 월호(月湖) 하계효(1846~1907)를 따라 진주 단목(丹牧)으로 돌아왔다. 4세 때 생모 이씨를 여의었고, 20세 때 양육해주던 계모마저 여의었다. 어릴 때 송천재(松泉齋)에서 수업하는 동안 재기가 출중해 박치복과 허유로부터 큰 칭찬을 받았다. 곽종석과 윤주하(1846~1906)의 문인이 되었으며, 이수필·강수환·하진원·이현욱·삼종숙 하계휘(1874~1943) 등과 명승지를 소요하며 수창했다. 만년에 일본에 있던 아들 하만룡을 보러 갔다가 나고야에서 졸했다. 하정근(1889~1973)의 이복형이다.

---

1) 重到(중도): 조긍섭은 계사년(1893) 봄에 이도용과 함께 하겸진이 독서를 하던 진주 낙수 암을 찾아간 적이 있다. 이일해·성환혁 편, 『회봉선생연보』, 3b~4a.

「與尹東川[1]昌洙及數三友人 作觀海 遊登矗石樓」〈『모산시고』권1, 6쪽〉

(동천 윤창수, 두서너 벗들과 「관해」 시를 짓고는 촉석루에 오르다)

藍水澄澄抱郭流	푸른 물이 넘실대며 성곽 안고 흐르고
長沙翠竹杳然洲	모래밭과 푸른 대가 아득한 물가로다
西風遠客同三友	서풍에 먼 길손이 세 벗과 함께 했나니
南國名區此一樓	남국에서 명승지는 여기 한 누각일세
壯士忠魂寒月吊	장사의 충혼을 서늘한 달이 위로하며
佳人芳跡暮雲愁	가인의 자취를 저녁 구름이 근심하는데
孤城落日彷徨立	해질녘 외로운 성에 바장이며 섰거늘
堪笑吾生汗漫遊	가소롭구나, 나의 너절한 유람이

○ 신익균(申翊均, 1873~1947) 자 현필(賢弼), 호 동화(東華)

본관 밀양. 밀양 부북면 삽포리(鈒浦里) 출생이나 중년에 무안면 신법리(新法里)에 우거했다. 송계 신계성(1499~1562)의 12세손으로 가정에서 성실히 수학해 학문의 일가를 이루었다. 1905년 낙빈 강회에 참석해 알게 된 화강 장상학(1872~1940)·박해철과 절친했다. 그의 시문은 자연스러운 성정과 의리, 우국경세의 뜻을 깊이 표출했다. 참고로 화서학파로 독립운동을 펼친 과암 신익균(申益均, 1879~1939)은 한자명이 다르다.

「登矗石樓 次板上韻」〈『동화집』권1, 16b~17a〉 (촉석루에 올라 현판시에 차운하다)

晉水悠悠日夜流	진양의 남강이 넘실넘실 밤낮으로 흐르고
敗梧衰柳散汀洲	메마른 오동과 시든 버들이 물가 흩날리네
居民尙說壬辰史	사람들은 아직도 임진 역사를 말하거늘
遠客初登矗石樓	나그네가 처음으로 촉석루에 올랐더니
從古山河難恃險	예처럼 산하는 믿기 어려운 험지이며

---

1) 東川(동천): 윤창수(1871·?)의 호. 하계효의 사위이자 하장식의 자형이나. 윤주하의 조카로 허유와 곽종석의 문인이고, 거창 남하면 양항리에 거주했다.

至今風雨更關愁　　　지금도 비바람에 다시 마음 쓰이거니

白雲靑鶴何邊是　　　백운과 청학은 어디에 있는지

直欲尋仙一往遊　　　곧장 신선 찾아 한번 놀아보련다

○ 신영규(辛泳圭, 1873~1958) 자 예경(禮卿), 호 건재(健齋)

본관 영산. 창녕군 계성면 지동리(池洞里) 출생. 천성이 강직하고 의리를 좋아했다. 가난했지만 후진
교육에 남다른 열정으로 1920년 계전 신영승(1883~1945) 등과 함께 계성리 양성재(養成齋)를 개조
해 신식학교인 동명의숙(東明義塾)을 설립해 민족의식을 고취했다. 소눌 노상직(1855~1931)의 문인
으로 신기식·하재기 등과 교유했고, 고종 형제가 김상욱(1857~1936)·김상수이며, 벽사 이우성 교수
의 스승이기도 하다.

「登矗石樓」〈『건재집』 권1, 31a〉 (촉석루에 올라)

郭外長江滾滾流　　　성곽 너머로 장강이 넘실넘실 흐르노니

行人說是洗兵洲　　　사람들은 이곳이 병기 씻은 물가라 하네

綱常南國歸三士　　　남쪽 지방의 인륜은 삼장사에게 귀결되고

風雨千場有一樓　　　천 마당 휩쓴 비바람에도 누각 하나 있거늘

海岱峰靑都督[1]起　　강가 산의 푸른 봉우리는 도독의 분기인 듯하며

荒祠花落美人愁　　　황량한 사당에 지는 꽃은 미인의 시름인 양하다

風寒月冷波聲咽　　　바람 차갑고 달빛 썰렁하며 물결소리 흐느끼는데

六萬精靈下上遊　　　육만 정령이 위아래를 오르내리며 노니는구려

---

1) 都督(도독): 임란 때 싸우다 순국한 장군들을 지칭하는 듯. 한편 도독은 용감한 장군을
　　상징하는 직책인데, 사안(謝安, 320~385)이 정토대도독(征討大都督)으로서 전진(前秦) 부
　　견(符堅)이 이끈 80만 대군을 격파함으로써 널리 알려졌다. 『진서』 권79 「사안전」.

○ 배중환(裵重煥, 1874~1934) 자 공백(公伯), 호 하정(荷汀)

본관 흥해. 안동시 풍산읍 매곡리(梅谷里) 출생. 선초에 황해도 관찰사(1437)·전라도 관찰사(1442)·진주목사(1446~8)를 지낸 배환(1379~?)의 16세손이다. 8세 때 재종숙 배근모(裵近模)에게 『소학』을 배웠고, 15세 때 동생 배도환과 더불어 석천 김정식(1862~1929)의 문인이 되었다. 1897년 제릉참봉에 제수되었고, 이듬해 종묘 춘향 때 차비관으로 임명되었으나 곧 낙향해 북후면 연곡(蓮谷)에 복거했으며, 1919년 동생과 함께 달성 대현(大賢)으로 이거해 시은(市隱)을 실천했다. 하강진 (2014), 343~ 348쪽 참조.

「伏次先祖觀察府君矗石樓韻」〈『하정시고』권1, 22a〉(선조 관찰사 부군〈배환〉의 촉석루 시에 삼가 차운하다)

玉笛當年按海區	옥피리 들고 당시 바다 지역 안찰하다가
北辰[1]遙處倚危樓	조정에서 먼 곳인 우뚝한 누각에 올라셨지
羣山逈抱孤城出	뭇 산은 아득히 외로운 성을 안아 솟았고
一水橫分大野流	한 갈래 물이 큰 들판을 갈라서 흐르는데
往事蒼茫殘月在	지난 일은 자취 없고 희미한 달만 있으며
羈懷搖蕩片雲浮	나그네 마음 요동치고 조각구름 떠다니거니
何當乘取蘭舟去	어떻게 하면 목란 배를 타고 가서
觀盡江南第一洲	강남 제일의 물가를 다 보려나

○ 박규복(朴奎福, 1874~1937) 자 경수(景受), 호 축암(畜庵)

본관 밀양. 합천군 송지촌 부암리(傅巖里, 현 대병면 성리) 출생. 박효영(1827~1905)의 손자이고, 1919년 파리장서사건으로 합천감옥에 구속된 죽포 박익희의 아들이다. 스승 허유(1833~1904) 사후에 면우 곽종석(1846~1919)의 문인이 되었으며, 심두환·하겸진과 절친했다. 참고로 조부의 윤산정 (輪山亭)과 부친의 사적비가 면내 역평리에 있다. 시집 편차로 보아 이 시는 신축년(1901)에 지었다.

---

1) 北辰(북신): 북극성. 용어 일람 '북공' 참조.

「登矗石樓」 〈『축암유고』 권1, 6b〉 (촉석루에 올라)

嶠南晉陽最名勝	영남 진양은 최고 명승지
萬古崢嶸有此樓	만고토록 빼어난 이 누각 있거니
三川海波雲外接	세 줄기 물결이 구름 밖 이어지고
十里城郭鏡中浮	십 리 성곽이 거울 속에 떠 있도다
今上高樓心還感	오늘 고루에 오르니 마음이 더욱 감격스러워
賞咏烟波迹暫留	안개 물결 읊조리며 자취를 잠시 남겨둘 제
一時麗景來野色	일시에 고운 경치가 들판에 도래하고
百年前塵餘渡頭	백 년 옛 티끌이 나룻가에 남았는데
物色鮮明惹人思	산뜻한 경치가 사람의 심사 건드리며
雄懷斗起萬斛愁	솟구치는 큰 포부는 만 섬 시름이러라
追憶龍蛇當日事	용사년 그때의 일을 추억하건대
人去樓存水自流	사람 떠난 누각에 물만 절로 흐르나니
炳炳1)忠烈一義妓	빛나는 충렬은 일개 의기요
堂堂勇略三壯士	당당한 용략은 삼장사이로다
蕭蕭竹樹月黃昏	쓸쓸한 대숲은 달이 갓 뜬 황혼인데
陟降精靈宛在此	오르내리는 혼령이 이곳에 완연하구나
煌煌大筆揭軒楣	휘황한 큰 글씨가 처마에 걸려 있을진대
千古令名永不死	천고토록 훌륭한 명성은 길이 죽지 않으리

---

1) 炳炳(병병): =병연(炳然). 환한 모양. 명확한 모양. '炳'은 빛나다.

○ 이병주(李秉株, 1874~1946) 자 근부(根夫), 호 미파(薇坡)

본관 재령. 함안군 산인면 갈전리(葛田里) 출생. 26세 때 부친상을 당하고 상기가 끝나자 김해 진례면 시례리(詩禮里)로 이거해 외삼촌인 예강 안언호(1853~1934)에게 수년간 수학하다 돌아왔고, 30여 세에는 족숙 이훈호에게 독실하게 배웠다. 1912년 한천서사(寒泉書舍)에서 조병규·조정규·이준구를 종유하며 유풍을 진작시켰다. 1933년 이병재와 함께 서울과 개성을, 1939년 이병재·이현욱과 금강산을 유람했다. 이 시는 경진년(1940) 8월 18일 이현섭(1879~1960) 등과 지리산 유람 도중 촉석루에 올라 지었다.

「登矗石樓」〈『미파집』 권1, 20b〉(촉석루에 올라)

秋水澄澄碧玉流	가을 물은 맑디맑아 벽옥이 흐르는 듯
沈吟日晚俯長洲	하루 내 읊조리며 긴 물가 굽어본다
尋眞更欲遊方丈	진경 찾아 다시 지리산 유람하려니와
壯觀非徒矗石樓	장관은 촉석루뿐만 아니겠지

○ 김호직(金浩直, 1874~1953) 자 맹집(孟集), 호 우강(雨岡)·현재(弦齋)

본관 안동. 경북 의성 사진리(沙眞里, 현 점곡면 사촌리) 출생. 향산 이만도(1842~1910)의 문인으로, 1896년 3월 의성 의진(義陣)의 의병장인 백부 김상종(金象鍾, 1848~1909)을 종군하면서 전과를 올렸다. 1899년 이후로 제주·금강산·통영·경주·평양 등지를 유람했다. 1913년 가족을 이끌고 문경 주흘산에 은둔했다가 얼마 뒤 아들을 따라 전전했으며, 광복 후 향리로 돌아왔다. 아래 시는 문집 원주에 있듯이 그가 갑진년(1904) 남부 지역을 유람할 때 지었고, 그의 장편가사 『한양가』와 『동천자(東千字)』도 주목받고 있다.

「矗石樓 次板上韻」〈『우강집』 권1, 4b〉(촉석루에서 현판시에 차운하다)

春江膩綠[1]抱欄流	봄 강은 초록빛 짙게 난간 감싸며 흐르고
遠客登臨步晚洲	먼 나그네가 등림해 저문 물가 내려가노니
壬辰以後今何世	임진년 이후 지금은 어떤 세상인가
大嶺之南此一樓	조령 남쪽의 이곳에 한 누각 있는데

---

1) 膩綠(이록): 초록빛이 짙음. '膩'는 살찌다, 반들반들하다.

千里孤懷王粲賦	천 리 외로운 심사는 왕찬의 등루부요
萬方多亂杜陵愁	온 나라 숱한 난리는 두보의 근심이라
保障繭絲皆此地	견사보장이 모두 이곳에서 중하건만
諸公其奈敢遑遊	제공은 그 어찌 감히 허둥대며 노니는가

○ 최병심(崔秉心, 1874~1957) 자 경존(敬存), 호 흠재(欽齋)

본관 전주. 전북 전주 옥류동(玉流洞, 현 완산구 교동) 출생. 석농 오진영(1868~1944)과 함께 간재 전우(1841~1922)의 대표적 문인이다. 1905년 옥산정사를 짓고 많은 항일지사를 배출했는데, 1917 년 일제가 이 정사 일대를 매수하려고 하자 결사적으로 투쟁했다. 이후 몇 차례 옥고를 치르고 창씨개 명을 거부하는 등 유학 정신을 지키면서 일제에 저항했고, 만년에는 옥류동 염수당(念修堂)에서 후학 양성과 학문 연구에 매진했다.

「次矗石樓韻」〈『흠재집』 권1, 11b〉 (촉석루 시에 차운하다)

江上一高樓	강가에 한 높은 누각 있고
芳名百世流	꽃다운 이름 백년토록 전하는데
忠魂今不返	충혼은 지금껏 돌아오지 않으니
盃酒共誰酬	술잔 들고 뉘와 함께 마시리

○ 이갑종(李甲鍾, 1874~1958) 자 성률(聖律), 호 국파(菊坡)

본관 재령. 진주 지수면 청원리(淸源里) 출생. 어려서부터 족숙 이희섭에게 배웠고, 척암 김도화(1825 ~1912)의 문인이다. 과거 시험의 불공정함을 느껴 단념한 뒤 성현의 학문에 전념했으며, 서예 필법에 도 능통했다. 향산 이만도를 종유하면서 만구 이종기의 제자가 되었고, 최동익·조긍섭·김창숙·하경락 과 도의로 교유했다. 동암 이현욱(1879~1848)의 족질이다.

「矗石樓會吟」〈『국파유집』 권1, 28a〉 (촉석루에서 모여 읊조리다)

回首乾坤正路微　　온 세상 돌아보니 바른길이 희미해

依阿[1]奔走一生肥	분주히 아부하며 일생을 살찌웠구려
懸燈處處光明佛	곳곳마다 내건 등불로 부처를 밝히며
醉墨[2]家家色染衣	집집이 취한 먹으로 승복을 물들이는데
壯士樓前流水咽	장사 누각 앞으로 흐르는 물이 오열하고
義娘巖下落花飛	의랑 바위 아래로 지는 꽃잎 흩날리도다
不知今世如何世	지금 세상이 어떤 세상임을 모르는지
共對高樽也忘歸	술통 마주하면서 돌아감도 잊고 있네

○ 박형동(朴亨東, 1875~1920) 자 보경(輔卿), 호 서강(西岡)

본관 순천. 초명 우동(瑀東). 기옹 박공구(1587~1658)의 후예로 산청군 신등면 단계리(丹溪里) 출생. 12세 때 모친을, 5년 뒤에는 부친 박해종마저 여읜 뒤 계모 박씨를 극진히 봉양했다. 숙부 박해익의 자상한 보살핌과 지도 아래 학업을 이어가다가 1904년 곽종석(1846~1919)의 문인이 되었다. 『중용』에 심취하고 식견이 뛰어났으나 천수를 누리지 못했다. 외삼촌이 월호 하계효(1846~1907)이고, 아들이 운재 박노철(1904~1979)이다.

「矗石樓 次板上韻」 〈『서강집』 권1, 4a~b〉 (촉석루에서 현판시에 차운하다)

檻外長江抱郭流	난간 너머로 긴 강이 성 안고 흐르는데
畫船來泊夕陽洲	놀잇배가 와서는 석양 물가에 머무노니
壯忠百世無雙士	굳센 충성으로는 백세에 둘도 없는 선비고
形勝南州第一樓	형승으로는 남쪽 고을에서 으뜸인 누각이라
雲屯頹堞笙歌咽	구름 덮인 낡은 성첩에 풍악소리가 느껍고
花落空巖杜宇愁	꽃잎 지는 빈 바위에서 두견새가 시름 깊어
登臨幾惹騷人恨	등림함에 시인의 한을 몇 번이고 자아내건만
謾賦東風汗漫遊	부질없이 읊조리며 봄바람 속에 너절히 노닌다

---

1) 依阿(의아): 비위를 맞추고 아부함. '阿'는 아첨하다.
2) 醉墨(취묵): 취중에 시를 짓거나 그림 그리는 것.

○ 노흥현(盧興鉉, 1875~1943) 자 공우(公宇), 호 신정(愼庭)

본관 풍천. 함양군 함양읍 죽곡리(竹谷里) 출생. 청백리 노숙동(1403~1463)의 후예로 생부는 위고 노근수이고, 숙부 노영수에게 입양되었다. 1891년 진사시 합격했고, 1893년 곽종석의 문하에 들어갔다. 갑오개혁으로 설치된 법관양성소를 졸업한 뒤 1909년 한 해에 거창구재판소 서기, 홍산구재판소 판사를 잇달아 지냈다. 또 진주구재판소 판사(1910~1911), 진주·목포지청 판사(1911~1921), 부산 지방법원 판사(1921~1924)를 역임해 친일인명사전에 수록되었다. 한편 하재구, 안효진, 노두현 등 함양 유림 18인과 수계해 1933년 일명 '19인정'으로 부르는 초선정(樵仙亭, 2012년 상림에서 지곡 개평마을로 이건)을 건립했다.

「矗石樓伏日」〈『신정유고』권1, 12a〉(촉석루에서 복날에)

炎蒸不入藍城西	무더위는 쪽빛 성의 서쪽을 침범하지 못하고
竹挺千竿柳滿堤	천 가지 대숲 특출하고 버들이 무성한 제방이라
掠過晴坡廻語鷰	갠 언덕을 스쳐 지난 제비가 선회하면서 지저귀며
穿來紅藥唱時雞	작약을 헤집고 다니는 닭들이 소리를 주고받을 제
江心樓出無三夏	강가 우뚝한 누각에 한여름의 더위는 없고
酒力愁銷美五齊¹⁾	술 힘으로 근심을 녹임에 갖은 술이 좋도다
河朔飮²⁾歸憑遠眺	피서 잔치 끝낸 뒤 먼 곳을 바라보니
芳洲風起草萋萋	방주에 바람 일어 풀들이 이들이들

---

1) 五齊(오제): 다섯 가지 술 종류. 곧 범제(泛齊), 예제(醴齊), 앙제(盎齊), 제제(緹齊), 침제(沈齊)가 있다. 『주례』권2 「천관」〈酒正〉. '齊'는 술의 청탁 도수.

2) 河朔飮(하삭음): 피서 목적으로 벌이는 잔치. 후한 유송(劉松)이 하삭, 즉 하북 지방에 있으면서 원소(袁紹)의 자제들과 술을 마시며 삼복더위를 피함. 『초학기』권3 「事對」.

○ 하우식(河祐植, 1875~1943) 자 성락(聖洛), 호 담산(澹山)·목재(木齋)

시랑공파. 진주 대곡면 단목리 출생. 부친은 창주 하징(河憕, 1563~1624)의 10세손 하계룡(河啓龍)이다. 우병사 정기택(1886~8 재직)이 개설한 촉석루 백일장에서 지은 시가 주위를 놀라게 했고, 1891년 향시 병폐를 접한 뒤 뜻을 접었다. 송병선(1897)·전우(1906)의 제자로 예학에 정통했고, 기호학파 정재규·조성가·조용상·조용헌·정봉기 등과 교유했다. 동문수학한 사돈 한유(韓愉, 1868~1911)의 『우산집』 간행을 주도했다. 장남이 해성 하순봉(河栒鳳, 1901~1970)이고, 사위로 한승(韓昇)·권옥현 등이 있으며, 손서가 LG그룹 창업자 구자경(具滋暻)이다. 문집 편차로 볼 때 아래의 첫째 시는 기해년(1899)에, 둘째 시는 임인년(1902) 6월 진주에 들른 최익현을 모시고 유람할 때 지은 것이다.

「矗石樓」〈『담산집』 권1, 3a, 「汾陽懷古十二首」 중 제9수〉 (촉석루)

十二危欄接半天	아찔한 열두 난간이 중천에 이어졌고
樓中白日長如年	누각 안의 태양은 일 년 같이 길도다
鯨波不動將軍醉	고래 물결이 일지 않아 장군은 술에 취하며
仙樂風飄世外傳	신선 풍악은 바람에 실려 세상 밖에 전해지네

「矗石樓 陪崔勉菴益鉉先生 謹次退溪先生板上韵」〈『담산집』 권1, 12a〉

　(촉석루에서 면암 최익현 선생을 모시고 퇴계 선생 현판시에 삼가 차운하다)

盛夏苦炎熱	한여름 찌는 더위로
行登矗石樓	촉석루에 걸어 올랐어라
山河多歲月	산하에 많은 세월이 흘러
士女自風流	남녀는 절로 풍류 즐기는데
仍懷千載恨	이내 천년의 한을 떠올리자
却忘此生浮	문득 이 생애 부질없음을 잊을진대
戰壘絃歌動	전쟁 벌어진 성루에 풍악이 울리니
魚龍聽1)下洲	물고기들도 아래 물가에서 듣네그려

---

1) 魚龍聽(어룡청): 훌륭한 음악. 유래는 안처택(1705~1775) 시의 각주 참조.

○ 이태식(李泰植, 1875~1951) 자 자강(子剛), 호 수산(壽山)

본관 철성(고성). 의령군 정곡면 행정리(杏亭里) 출생. 1896년 족부 이정모의 『자동집』(1908)을 편간하는 일로 곽종석을 배알해 집지했고, 허유와 처고모부 정재규에게도 배웠다. 1900년 안효제와 함께 가례에 퇴계를 기리는 덕곡서원(德谷書院)을 중건했으며, 이어 선조 이제신의 자골산 유허지를 발굴해 한천정(寒泉亭)을 세움과 동시에 1907년 유문을 수습해 『도구선생실기』를 간행했다. 1·2차 유림단사건에 가담해 고초를 겪었고, 1928년 정곡면 오방리에 임천정(臨川亭)을 짓고 만년을 보내면서 『의춘집』(1930) 간행 때 큰 역할을 했다. 이 시는 편차로 볼 때 **신축년(1901)** 전후로 지었음을 알 수 있다.

「矗石樓 次板上韻」〈『수산집』권1, 8b〉(촉석루에서 현판시에 차운하다)

背郭江天秋氣淨	성 등진 강 하늘엔 가을 기운 해맑고
南州形勝此高樓	남쪽 고을의 형승은 이 높은 누각일세
義娘髻落岩逾屹	의랑 쪽머리 떨어진 곳에 바위가 우뚝하며
壯士盃空水自流	장사 술잔 비운 곳에 물은 절로 흐르는데
垂柳靑煙迷遠眺	수양버들에 푸른 안개 끼어 아득히 보이고
孤舟斜日掛同浮	외론 배에 석양이 걸려 함께 떠다니는구려
偏憐吾祖[1]當年事	새삼 그리운 건 우리 선조의 그때 풍류
晚坐層軒俯荻洲	늦도록 층층 난간에 앉아 갈대섬 굽어본다

○ 김영시(金永蓍, 1875~1952) 자 서구(瑞九), 호 평곡(平谷)

본관 상산. 초명 영숙(永淑). 산청군 신등면 평지리 법물(法勿)마을 출생. 이택당에서 강학을 열고 있던 만성 박치복(1824~1894)에게 수학했고, 스승 사후 강학을 맡은 족숙인 물천 김진호(1845~1908)의 제자가 되었다. 1901년 면우 곽종석을 모시고 남해 금산을 유람하며 시문을 창화했다. 기미년 삼일운동 때 고을 시가지에서 만세를 선창해 진주감옥에 구금되었고, 또 1차 유림단사건에 연좌되어 달성감옥에서 1년 남짓 복역했다. 권재규·하경락·김창숙·하겸진 등과 두루 교유했으며, 장남이 남파 김상준(1894~1971)이다. 아래의 둘째 시는 이사영(1885~1960)의 시로 보아 **무자년(1948)**에 지었음을 알 수 있다.

---

1) 吾祖(오조): 촉석루 감회를 읊은 선조 이제신(1536~1583)을 말함.

「四月八日 **矗石樓會飮**」〈『평곡집』권2, 31~32쪽〉 (사월 초파일에 촉석루에서
　모여 마시다)

綠樹繁陰滿地垂	녹수의 짙은 그늘이 온 땅에 깔리고
輕風拂拂1)日遲遲	실바람이 살랑살랑, 석양은 뉘엿뉘엿
名樓正合逢君處	이름난 누각에 걸맞게 그대들을 만났으니
佳節又當浴佛2)時	아름다운 계절, 게다가 초파일 때이로다
往事傷心須縱酒	지난 일이 상심케 하여 모름지기 억병 취해보는데
殊音3)驚耳若爲詩	진귀한 가락이 귀를 놀래키니 어찌하면 시 지을꼬
老年勝集誠非易	늘그막에 좋은 모임은 참으로 쉽지 않지만
惟願來頭4)更卜期	바라건대 장차 다시 만날 날을 기약하세

「**矗石樓會遊 用板上韻**」〈『평곡집』권3, 31쪽〉 (촉석루에서 모여 놀며 현판시에
　차운하다)

十里長江抱郭流	십 리 긴 강은 성곽 안아 흐르고
悠悠往事夕陽洲	옛일이 아득한 석양의 물가로다
英雄今古無雙士	영웅으로는 고금에 둘도 없는 선비
形勝東南第一樓	형승으로는 동남쪽 제일가는 누각
醉后堪歎容易老	취한 뒤라 쉬이 늙음을 한탄해보지만
吟邊不作等閑愁	읊조리면서 너절히 근심할 것 없어라
與君更待昇平日	그대들과 다시 태평한 시절을 기다려
好把笳簫續此遊	피리 퉁소 쥐고서 이런 유람을 이어가리

---

1) 拂拂(필필): 바람이 살랑살랑 부는 모양이고, 이때 '拂(불)'은 '필'로 읽음.

2) 浴佛(욕불): = 욕불일(浴佛日). 불상을 관욕(灌浴)하는 의식을 거행하는 초파일.

3) 殊音(수음): 진기한 음악. '殊'는 다르다, 뛰어나다.

4) 來頭(내두): 지금부터 다가오게 될 앞날.

○ 김상수(金相壽, 1875~1955) 자 회숙(晦叔), 호 초려(草廬)

본관 상산. 창원시 의창구 동읍 석산리(石山里) 출생. 맏형이 김상욱(1857~1936)이고, 1911년 인근의 마룡동(馬龍洞)에 초려정사를 지어 학문을 심화하고 조상의 사적을 정리하는 데 심혈을 쏟았다. 1936년 진주에 이거한 뒤 선비들과 함께 촉석루, 비봉산에 올라가 울분을 달래는 한편 전국의 명승고적을 답사했으며, 특히 『주역』에 능했다. 외종형이 신영규(1873~1958)이고, 손자가 민주화 운동에 헌신한 전 서울대학교 교수 김진균(1937~2004)이다. 첫째 시는 문집의 입전(立傳)을 볼 때 정축년(1937)에 지었음이 확인되고, 둘째 시는 이사영(1885~1960)의 시로 보아 무자년(1948)에 지었음을 알 수 있다.

「陪坪上杖屨 登矗石樓 二首」〈『초려집』권1, 28a~b〉(평상에 사는 맏형을 모시고 촉석루에 올라 지은 두 수)

弟兄常苦別離間	형제는 헤어져 있어 늘 괴로웠는데
此日登高共醉顏	이날 높이 올라 함께 잔뜩 취하도다
飛鳳山西雲渺渺	비봉산 서쪽에는 구름이 아득하고
菁川江上水漫漫	청천강 강물은 끝없이 넓게 흐르나니
桐鄕1)舊閥懷吾祖	진주에서 옛 공적 이룬 우리 조상을 생각한대
梅閣2)遺墟孰漢官3)	관아의 옛터에서 선정 베푼 분은 누구셨나
滄桑自古何須問	예부터 세상의 큰 변화를 물어본들 무엇하리
一首新詩亦自寬	새로운 시 한 수로 스스로 마음 달래면 되지요

十代祖判書公4)曾爲晉牧故云. 십대조 판서공이 일찍이 진주목사가 되었기에 이른 말이다.

山川勝地晉陽州	산천이 빼어난 진양 고을

---

1) 桐鄕(동향): 지방 수령이 정치 교화를 베푼 고을을 뜻함. 한나라 주읍(朱邑)이 동향(桐鄕)의 관리로서 선정을 베풀었다. 『한서』권89 「순리전」〈주읍〉.

2) 梅閣(매각): 동각(東閣)과 같은 말로, 지방 수령이 집무하는 정청(正廳)을 뜻함.

3) 漢官(한관): 한나라 주읍(朱邑). 여기서는 김상수의 10대조 판서공을 뜻함.

4) 十代祖判書公(십대조판서공): 김명윤(金命胤, 1565~1609. 호 東山). 파주·충주 목사로 재직하면서 왜적 토벌에 큰 공을 세워 1605년 선무원종 1등 공신의 녹권을 받았고, 선조에게서 받은 쌍검이 현재 석산리 도봉서원에 보관되어 있다. 한편 단계 김인섭은 그가 1599년 3월 진주목사 겸 병마절도사에 제수되어 병란 뒤의 민심을 수습하고 1602년 7월 제주목사로 전직되었다고 했다. 「족선조동산선생김공행장」, 『단계집』권26.

今古繁華度幾秋　　　고금에 번화한지 대관절 몇 해던가
感慨風流三壯士　　　감개무량한 풍류는 삼장사
遺傳影像一高樓　　　후세 전하는 그림본은 한 높은 누각
轅門鼛鼓荒雲散　　　원문의 북소리는 황운처럼 사라지고
刺史旌旗逝水流　　　자사의 깃발은 강물처럼 흘러갔구려
痛飮狂歌聊暫爾　　　실컷 마시며 미친 듯 노래함도 잠시
殘城斜日滿空洲　　　잔성에 지는 해가 빈 물가 가득하네

「矗石樓 與金瑞九永著·金致行鎭文·李輔景5)鉉郁·李孔三士榮·河子
圖6)龍煥 共遊」〈『초려집』권1, 54a~b〉 (촉석루에서 서구 김영시, 치행 김진문,
보경 이현욱, 공삼 이사영, 자도 하용환과 함께 노닐며)

吾人到處拙風流　　　우리들 가는 곳마다 풍류가 서투르나
淡淡冠衣暎古洲　　　의관이 옛 물가에 아른아른 비치는데
幷世7)良朋同一席　　　같은 시대의 좋은 벗들이 자리를 같이하여
先天刼夢弔孤樓　　　선천의 오랜 꿈으로 외로운 누각 슬퍼하다가
題詩故作淸閑趣　　　시 지어 짐짓 청한한 정취 즐기고
把酒方除曠漠愁　　　술로 광막한 시름을 갓 없애노니
惟有心期留歲晏　　　다만 세밑까지 머물기를 바랄 뿐
區區何必盡情遊　　　어찌 굳이 속정 다하도록 노니랴

---

5) 輔景(보경): 동암 이현욱(1879~1948)의 별자. 진주 진성면 동산리(東山里) 출생. 곽종석·장
　석영의 문인으로서 하겸진과 최동익(1868~1912)을 종유했다. 성현의 학문에 힘쓰다가 해
　방 전후로 전국 명승지를 유람하며 선현의 자취를 찾았고, 『동암집』이 있다.
6) 子圖(자도): 하용환(1892~1961. 호 雲石)의 자. 진주 수곡면 효자리(孝子里) 효동마을 출생.
　하경칠의 손자인 옥봉 하계락(1868~1933)의 장남이고, 모친이 박규호 6촌 형인 박인호
　(1810~1868)의 딸이다. 곽종석과 하겸진의 문인으로, 『운석유고』가 있다.
7) 幷世(병세): 동시대에 태어난 존재. 이를 서명으로 쓴 사례로 이규상(1727~1799)이 『병세
　재언록(幷世才彦錄)』, 윤광심(1751~1817)의 『병세집(幷世集)』이 있다.

○ 이용우(李用雨, 1875~1963) 자 몽필(夢弼), 호 경산(耕山)

본관 경주. 전북 무주군 안성면 출신. 김종직 문인인 이원(李黿)의 후손으로 백부에게서 가학을 전수하다가 원통사(圓通寺)에 들어가 수년간 독서했다. 1896년 송병선·송병순 형제를 배알했다. 1924년 향약을 제정하고 8년 뒤 두람재(斗藍齋, 금평리 소재)를 지어 미풍양속을 진작시켰다. 1937년에는 송병순이 규약을 만든 관선계(觀善契)에서 건립한 만벽정(晩碧亭, 덕산리 소재)을 유림과 함께 중건했다. 이곳을 중심으로 동지들과 관선속계(觀善續契)를 결성해 모임을 지속했다.

「矗石樓」〈『경산유고』 권3, 7b〉 (촉석루)

晉州全境此高樓	진주 한눈의 경치로는 이 높은 누각
萬折長江保障頭	만 갈래 꺾이는 장강이 성채 끝에 있는데
地勝冠名三百郡	지리 빼어나 명성이 삼백 고을에서 으뜸이고
國殤垂烈一千秋	나라에 목숨 바쳐 의열은 천년토록 드리웠네
義岩春晩殘花泣	봄 저문 의암에 남은 꽃이 눈물 흘리며
兵壘1)天寒落葉流	날씨 찬 전쟁 성채에 낙엽이 흩날리노니
嶺右行人懷古蹟	영남 우도에서 나그네가 옛 자취 생각할진대
風前熱淚不堪收	바람 앞에 뜨거운 눈물을 거두지 못하겠노라

○ 이승만(李承晩, 1875~1965) 호 우남(雩南)

본관 전주. 초명 승룡(承龍), 황해 평산 출생. 1894년 배재학당 입학. 1898년 독립협회 간부들과 투옥되어 복역 중 1904년 민영환의 주선으로 석방된 뒤 도미해 1910년 프린스턴대학에서 철학박사를 취득했다. 해방 후 귀국해 1948년 초대 대통령에 취임했고, 4.19혁명으로 하와이로 망명했다. 1959년 공보실에서 펴낸 『우남시선』에 실린 아래의 시는 "1946년 늦은 봄 진주에서" 지은 것이라는 주가 붙어 있다. 당시 그는 남부지방을 순회하면서 반탁강연회를 열었는데, 특히 진주에서는 군정청의 후원을 받았다. 박찬표, 『한국의 국가형성과 민주주의』, 고려대학교 출판부, 1997, 131쪽.

「登矗石樓」〈『우남시선』, 8쪽〉 (촉석루에 올라)

彰烈祠前江水綠	창렬사 앞으로 강물이 푸르고

---

1) 兵壘(병루): =전루(戰壘). 병란이 벌어진 보루, 곧 진주성. '壘'는 작은 성.

義巖臺下落花香	의암대 아래에 낙화가 향기롭다
苔碑留得龜頭字[1]	이끼 낀 비석 거북 머리에 글씨 전해지니
壯士佳人孰短長	장사와 가인, 누가 그 길고 짧음을 재리오

○ 박해창(朴海昌, 1876~1933) 자 자극(子克), 호 정와(靖窩)

본관 죽산. 전북 남원시 수지면 호곡리 출생. 항일운동으로 일경에 체포되어 고문 여독으로 순국한 송곡 박주현(1844~1910)의 차남이다. 1894년 문과 급제했지만 1896년 이후 송병선과 최익현의 문인이 되어 10년간 독서에 전념하다가 출사해 홍문관 시강·비서랑을 역임했다. 1912년 가족을 이끌고 삼천포 선구리(仙龜里, 현 사천시 선구동)로 이사해 7년간 살다 환거했고, 의병활동을 적극 지원했으며, 『매천집』 간행 때 재원을 출연했다. 그의 차남 박천식(朴天植)은 원불교의 정립과 교단 확장에 큰 역할을 했다. 아래의 시는 작품 편차로 보아 삼천포 우거 때인 정사년(1917)에 지었음을 알 수 있다.

「登矗石樓 因吊古傷今」〈『정와집』 권2, 12b~13a〉 (촉석루 올라 옛일 생각에 오늘이 서글퍼)

晉陽江水向東流	진양 강물은 동쪽 향해 흐르는데
立馬彷徨靑草洲	말 세워 푸른 풀의 물가를 방황하니
風景不殊今古日	풍경은 다름없이 예나 지금 한가지고
山川呈彩義忠樓	산천에 충의의 누각이 밝게 드러나네
荒城落照神鳥[1]返	황성에 해 지자 까마귀 떼가 돌아가며
故國殘花杜宇愁	옛 고을에 꽃 시드니 두견새 시름겨운데
終是九原難起作	끝내 저승 가면 다시 살아오기 어렵거늘
忍看蹄跡任情遊	차마 금수 자취를 보며 마음대로 노니랴

---

1) 남강 가의 '의암사적비'를 가리킴. 이백, 「양양가(襄陽歌)」, 『이태백집』 권6, "그대여 보지 못했는가, 진나라 양공의 한 조각 비석은 / 거북머리 이지러져 이끼가 끼었네[君不見晉朝 羊公一片石, 龜頭剝落生莓苔]".

1) 神鳥(신오): 사당이나 신전 등의 제물을 찾아 먹으려고 날아드는 까마귀.

○ 심종환(沈鍾煥, 1876~1933) 자 맹뢰(孟雷), 호 수강(守岡)

합천군 대양면 대목리 이계마을 출생. 심자광의 8세손으로 계부 심상길(1858~1916)에게 배우다가 외가인 묵동(墨洞, 현 쌍백면 육리)에 가서 정재규·정면규 종형제에게 수학했다. 또 재종제 심학환(1878~1945)의 장인인 후산 허유에게 집지해 자사(字辭)를 받았다. 1896년 거창 가조에서 은둔하고 있던 장복추, 곽종석, 이승희로부터도 배웠다. 1915년 암천 옛터에 합천 삼일운동의 산실 수암정(修巖亭)을 중건해 선비들과 학계(學契)를 조직했다. 이 정자는 증조부 수암 심능백(1783~1862)이 창건한 것이다. 한편 1905년 9월 심학환, 안희제 등과 더불어 장석신이 주도한 황계폭포 유람에 동참했다. 하강진, 「백산 안희제의 황계폭포 시 발굴과 그 의의」, 『근대서지』 제14호, 근대서지학회, 2016 참조.

「同鄭上舍杓煥[1] 登矗石樓二首」 〈『수강집』 권1, 7b〉 (상사 정표환과 함께 촉석 루에 올라 지은 두 수)

藍水滔滔不盡流	푸른 물은 이엄이엄 다함 없이 흐르는데
悠悠往刦鷺眠洲	아득한 옛 전 란 물가에 백로가 잠들었네
輕陰滿地村依郭	구름이 땅에 잔뜩 끼고 마을은 성에 의지했는데
芳草連天客倚樓	방초는 하늘에 이어지고 나그네는 누각 기댔나니
烈士祠前餘戰氣	열사의 사당 앞에는 전쟁 기운이 남아 있고
佳人巖下帶香愁	가인의 바위 아래에 향기로운 근심 띠었다
名區風月皆吾有	명승지의 풍월은 모두 나의 것
十載重來又一遊	십 년 만에 거듭 와서 또 노니네

百折南湖滾滾流	백번 꺾인 남쪽 호수가 넘실넘실 흐르고
我來疏雨滿汀洲	내 왔더니 성긴 빗발이 물가에 흩날리누나
佳人去後巖千尺	가인이 떠난 뒤 남은 일천 척 바위
壯士危時劍一樓	장사가 위급한 때 칼 뽑은 한 누각
此地江山依舊色	이곳에 강산은 옛 모습 그대로인데
孤城歌管動新愁	외론 성의 풍악이 새 근심 일으킨다

---

1) 鄭上舍杓煥(정상사표환): 계모를 지극히 모셔 향리에 알려졌고, 매서(妹壻) 이용복이 그의 「효행록」을 지었다. 조병규, 「鄭進士杓煥孝行錄後敍」(『일산집』 권16) 참조.

如何多恨靑袍子　　어이해 도포 입은 사람은 한이 많아
强把朋樽鎭日遊　　친구와 애써 잔 들며 온종일 노니나

○ 심렬(沈洌, 1876~1941) 자 찬규(贊奎), 호 신암(愼菴)

진주 미천면 향양리(向陽里) 출생. 1897년 단성 용흥(龍興, 현 산청군 신안면 외고리 용흥마을)으로 이거했고, 중년에는 집현면 장흥리로 옮겼다. 16세 때 향시에서 크게 칭찬을 받았으나 과거가 폐지됨에 따라 심성 공부에 주력했다. 최숙민(1837~1905)의 문인으로 이교우 형제와 친했고, 1903년 이후 전국의 명승고적을 둘러보며 선대의 유풍을 함양했다.

「矗石樓」〈『신암유고』 권1, 2b〉 (촉석루)

黑龍年後更修樓　　임진년 뒤 누각을 다시 지었는데
形勝東南最上頭　　형승은 동남에서 최상의 자리 차지하네
檻外長江天一色　　난간 너머 긴 강에는 하늘이 한 빛깔이요
壘邊古廟月千秋　　성채 주변 옛 사당에 달이 천추에 비치는데
將軍臺屹餘陳迹　　우뚝한 장군 지휘대에는 묵은 자취 남았고
義妓巖高不轉流　　높다란 의기암은 굴러 떠내려가지 않았도다
登斯莫道前人述　　여기 오르거든 앞사람의 작품을 말하지 마오
歷歷風光未盡收　　눈에 보이는 풍광을 다 담아내지는 않았으니

○ 류도승(柳道昇, 1876~1942) 자 순경(舜卿), 호 과재(果齋)

본관 풍산. 9대조 수암 류진(柳袗, 1582~1635, 류성룡의 4남)이 1618년 정착한 이후 세거지가 된 경북 상주 가사리(佳士里, 현 중동면 우물리) 출생. 생부는 직재 류휴목(1843~1898)이고, 양부는 삼종숙 류원목이다. 장인인 농암 이상석에게 수학해 일취월장했고, 처향인 칠곡으로 이사한 뒤 명승지를 유람하면서 지은 제영시가 많다. 문집 외 기축옥사를 상술한 『동사척실』(1932)과 예송논쟁을 다룬 『방례대의』(1932)를 지었고, 1941년 『수암선생연보』를 간행했다. 아래 작품은 시어 '유민(遺民)'으로 보아 경술국치 이후에 지은 것임을 알 수 있다. 참고로 한글명이 같은 죽강 류도승(柳道升, 1866~1945)이 있다.

「次矗石樓板上韻」〈『과재집』권1, 35a〉(촉석루 현판시에 차운하다)

一片孤城枕碧流	한 조각 외딴 성이 푸른 물에 임했는데
慘雲淡淡洗兵洲	먹장구름이 사라져 병기 씻은 물가로다
佳人烈魄長留石	가인의 매서운 넋은 바위에 길이 전하고
壯士高名揭在樓	장사의 높은 명성은 누각에 걸려 있거늘
天地無窮餘義氣	무궁한 천지는 의기를 남겨 두었으며
江山有恨帶塵愁	한 많은 강산은 세상 근심을 띠었구려
懷吾保障今何事	생각건대 우리 성채에 요즘 무슨 일 있기에
舊國遺民賦遠遊	옛 나라의 남은 백성들이 원유부를 짓는가

○ 허신(許信, 1876~1946) 자 덕예(德輗), 호 뇌산(雷山)·송산(松山)

본관 양천. 5대조가 충북 충주에서 단성 파지리(巴只里)로 이거한 귤원 허존(許存, 1721~1781)이다. 진주 금만리(金萬里, 현 산청군 단성면 창촌리)에서 출생한 이후 파지, 하동의 두양(斗陽)·운곡(雲谷, 현 옥종면 청룡리)으로 이사했다. 이도추·박규호·한유 등의 지역 명유들을 종유했고, 1939년 동지들과 지리산·남해 등지를 유람했으며, 1940년 사돈 하겸진(1870~1946) 등과 함께 금강산·관동·개성을 둘러봤다. 1946년 7월 평생 지기였던 하겸진이 타계하자 슬픔을 이기지 못하다 9월 운곡의 곡은정(谷隱亭)에서 별세했다. 이 시는 편차로 볼 때 신축년(1901) 작으로 추정된다.

「矗石樓 次板上韻」〈『뇌산유고』권1, 8b〉(촉석루에서 현판시에 차운하다)

空江深碧日東流	빈 강은 검푸르게 날마다 동으로 흐르고
往刼蒼茫折戟洲	옛일 아득하고 부러진 창 묻힌 물가로다
東國貞忠三烈士	우리나라 정충은 세 열사
南州形勝一名樓	남쪽고을 형승은 한 명루
峭巖不沒墜花跡	우뚝한 바위에 꽃 떨어진 자취가 사라지지 않았고
古堞猶傳沈竈愁	옛 성에는 부뚜막 잠겼던 근심이 아직도 전하지만
斜日虛汀來去客	해가 비긴 빈 물가에 나그네들이 오가며
無端歌酒任閒遊	까닭 없이 노래와 술로 제멋대로 노니네

「矗石樓 再用板上韻」〈『뇌산유고』권1, 22a〉(촉석루에서 다시 현판시에 차운하다)

江水吞聲咽不流	강물은 울음을 삼키며 목메어 흐르지 못하고
叢林暮雨灑空洲	빽빽한 숲에 내리는 저녁 비가 빈 물가 뿌리는데
復誰竹帛垂名士	다시 역사서에 이름 남긴 선비는 그 누구던가
獨有桑溟1)證古樓	동해에 옛일을 증명하는 누각이 홀로 있나니
繞地寒烟焚蕙歎2)	대지에 깔린 찬 연기는 지초 타자 탄식한 혜초요
滿城凄笛落梅愁	성안 가득 처연한 피리소리는 근심어린 낙매곡이라
靡靡行邁心如醉3)	힘없는 발걸음 더디고 마음은 취한 듯
風景渾非昔日遊	풍경은 모두 예전에 놀던 모습 아닐세

○ 하경락(河經洛, 1876~1947) 자 성권(聖權), 호 제남(濟南)

사직공파. 태계 하진의 8세손으로 진주 성태리(省台里, 현 명석면 관지리) 출생. 1903년 단성면 남사리로 이거했다가 만년에 중풍으로 다시 환거했다. 17세 때 이택당의 박치복에게서 시문(時文)을 배웠고, 스승 사후 김진호·허유를 사사했다. 또 1898년 면암 곽종석(1846~1919)의 제자가 된 이후 평생 그를 극진히 모셨으며, 단성의 니동서당 건립(1920)과 『면우집』(1925) 간행을 주도했다. 매제가 이일해(1905~1987)의 부친인 정산 이현덕이다. 작품 편차로 볼 때 이 시는 임인년(1902)에 지었음을 알 수 있다.

「矗石樓 次退溪先生板上韻」〈『제남집』권1, 11b〉(촉석루에서 퇴계 선생 현
판시에 차운하다)

一片孤城千仞壁	한 조각 외로운 성, 천 길 절벽

---

1) 桑溟(상명): 부상(扶桑)의 바다, 곧 동해. 우리나라를 가리킴. '溟'은 바다.

2) 焚蕙歎(분혜탄): 동료의 불행을 슬퍼함. 여기서는 훌륭한 호걸을 잃음. 육기(陸機, 261~303),「탄서부(歎逝賦)」, "참으로 소나무가 무성하면 잣나무가 기뻐하고 / 아! 지초가 불타면 혜초가 탄식하도다[信松茂而栢悅, 嗟芝焚而蕙歎]".

3) 『시경』「왕풍」〈서리〉에 "힘없이 가는 걸음 더디기도 해라 / 마음은 취한 듯하네[行邁靡靡, 中心如醉]" 했는데, 종묘와 궁실의 옛터에 기장과 피가 자란 것을 보고 얼른 떠나지 못한 채 망국의 슬픔에 젖은 모습이다. 여기시는 퇴락한 신주성 모습이 안타까움. '靡靡'는 느릿 느릿 가는 모양.

山南形勝晉陽樓	영남의 빼어난 풍경은 진양의 누각
三韓方丈干霄出	삼한의 지리산이 하늘 찌르듯 솟았고
萬古長江入海流	만고의 긴 강은 바다 향해 흘러드네
士女芳名靑史在	장사와 가인의 고운 이름은 청사에 남았으며
龍蛇浩刼白雲浮	임진 계사년 옛 세월은 백운처럼 흘러갔거늘
吾州未信人才府[1]	우리 고을이 인재 창고라 함을 믿지 못하게도
蹄跡交橫折戟洲	금수 자취가 창 묻힌 물가에 여기저기 찍혀 있네

○ 김세흠(金世欽, 1876~1950) 자 경천(景天), 호 소와(笑窩)

본관 풍산. 경북 영주시 부석면 노양리(魯陽里, 현 노곡리) 출생. 4세 때 부친을 여의어 백형의 도타운 보살핌을 받았고, 정산 송상옥과 노양 이종갑의 문인이 되었다. 중년에 관북 육진의 명산대천을 답사하며 호연지기를 길렀다. 1904년 탁지부 주사가 되었으나 세상사가 그릇됨을 보고는 곧 그만둔 뒤 인근의 우계(愚溪) 위에 집을 짓고 세월을 보냈다.

「登矗石樓」〈『소와집』 권1, 3a~b〉 (촉석루에 올라)

南鮮歷史有名樓	남쪽의 조선 역사에 유명한 누각 있나니
與國同終此石頭	나라와 더불어 이 바위에서 끝을 보았지
間七十州悲壯處	칠십 고을 중 비장한 곳인데
前三百載亂離秋	삼백 년 전에 전란을 만났거늘
佳人效節岩惟證	가인이 절의 받쳤으니 바위가 오직 증명하고
烈士投身水敢流	열사가 몸을 던졌기에 강물이 굳세게 흐른다
縱遂平生登覽願	평생 등람하는 소원을 마음껏 이루었으나
無心風景不堪收	무심하게도 경치를 제대로 담지 못하겠다

| 百刼風霜矗石樓 | 온갖 풍파 겪은 촉석루 |

---

1) 人才府(인재부): 진양이 성대한 고을임을 나타냄. 하진(1597~1658)의 시 각주 참조.

爲誰猶在古城頭	누굴 위해 아직도 옛 성에 있나
忠臣氣節江聲夜	충신의 기개는 밤중 강물 소리요
義妓精魂月色秋	의기의 정혼은 가을 달빛 색인데
一片靈光餘舊制	한 조각 신령한 빛이 옛 자취에 남았고
千年砥柱屹中流	천년토록 지주가 중류에 우뚝이 섰거늘
登臨別有非吾感	등림하니 특별히 나를 탓하는 느낌 있거니와
歷歷雲山散不收	역력한 구름 산속에 흩어져 거두질 못하겠네
七十南州第一樓	칠십 남쪽 고을에서 제일의 누각
登□如得更搔頭	등림 기회를 얻어 머리를 긁적인다
朝廷半在懸詩板	조정 인재가 반쯤이나 시판에 걸렸고
地勢宜爭有事秋	지세는 응당 일이 있는 듯이 다투는데
義妓岩前花自落	의기암 앞쪽으로 꽃은 절로 떨어지며
忠臣祠下水空流	충신 사당 아래로 물이 속절없이 흐른다
晉乘興廢爲誰問	진주 역사의 흥폐를 누구에게 물어볼꼬
樑鷰喃喃暮雨收	들보 위 제비는 지지배배, 저문 비가 걷히네

○ 정규석(鄭珪錫, 1876~1954) 자 성칠(聖七), 호 성재(誠齋)

본관 해주. 진주 금만(金巒, 현 산청군 단성면 창촌리) 출생이나 1917년 산청 단계로 이거했다. 1901년 쌍백면 물계(勿溪)의 정재규(1843~1911)를 배알했고, 곽종석과 전우에게도 학문을 질정했다. 1933년 문중 및 사림들과 협의해 폐허가 된 선조 정식(1683~1746)의 '무이정사(武夷精舍)'를 제1곡 북쪽(현, 시천면 원리 국동마을)으로 터를 옮겨 중건했다. 하겸진·한유·김극영·권재규·이교우 등과 교유했다.

「次矗石樓詩社1)韻」〈『성재집』 권1, 60a〉 (촉석루시사 시에 차운하다)

欲消愁悶强登臺	근심을 삭이려 애써 누대에 올랐거늘
滿地晴光豁眼開	온 땅이 청량한 빛이라 눈이 활짝 열리네
危石嵬嵬2)千嶂立	아스라이 높은 바위에 산들이 둘러 있고
長江瀲瀲3)白鷗來	찰랑찰랑 흐르는 강에는 갈매기 오가는데
舊國精神春草碧	옛 고장의 정신은 봄풀과 같이 푸를지나
荒城落日角聲哀	묵은 성의 석양은 뿔피리 소리처럼 애잔하다
往蹟依依多曠感	옛 자취 아련해 세상 드문 느낌이 많거니
幾人到此爲停盃	몇이나 이곳에서 술잔 멈추었던고

○ 한규환(韓圭桓, 1877~1952) 자 경화(敬化), 호 성암(性菴)

전남 곡성군 곡성읍 장선리(長善里) 출생. 위당 조장섭(1857~1934)을 종유하며 질의해 크게 칭찬을 들었고, 유학의 도를 실천궁행하여 그를 따르는 학자들이 많았다. 경술국치 이후 은거하면서 선현의 학문을 고수해 사림(士林)의 표준이라 불렸다.

「矗石樓吟」〈『성암유고』 권2, 31a〉 (촉석루에서 읊조리다)

忠波萬斛觸城流	만 섬의 충성 물결이 성을 부딪쳐 흐르는데
落日歸笻接古洲	석양에 막대 짚고 돌아가다 옛 물가 접하니
詩上復生三義魄	시판 위에는 삼장사 의백이 다시 약동하고
雲中逈出一高樓	구름 속에 한 높은 누각이 우뚝 솟았구려
安將客子方春樂	어찌 나그네를 방춘의 즐거움으로 이끌어
敢忘皇家不世愁	감히 황실 잊고서 세상 근심하지 않은 채

---

1) 矗石樓詩社(촉석루시사): 일명 촉석음사. 1930년 정해영(1868~1946)이 진주 유림과 함께 결성한 시회로, 1960년 『촉석루지』를 간행했다. 1936년 제1회 공모전에서 2등 수상한 황원은 시 내용이 문제가 되어 옥고를 치렀다. 하강진(2014), 414~416쪽 참조.

2) 嵬嵬(외외): 높고 높은 모양. '嵬'는 높다.

3) 瀲瀲(염렴): 물이 넘치는 모양. '瀲'은 넘치다.

岸柳汀蘭明月夕　　언덕 버들과 물가 난초, 달 밝은 밤에

繁華絲竹作遨遊　　떠들썩한 풍악소리로 태평한 놀음 벌이네

○ 이정수(李定洙, 1877~1957) 자 안보(安甫), 호 호재(浩齋)

본관 성주. 단성현 목계리(牧溪里, 현 산청군 단성면 방목리) 출생. 권운환과 정재규(1843~1911)의 제자이고, 권재규(1870~1952)·이교우와 우의가 매우 돈독했으며, 단성면 강루리의 신안정사를 중심으로 저명한 선비들과 학문을 강마했다. 이 시는 편차상 무인년(1938)에 지은 것임을 알 수 있다.

「登矗石樓 與止齋李敎文共吟」〈『호재집』 권1, 18a〉(촉석루에 올라 지재 이교
　　문과 함께 읊다)

山河擧目百懷來　　산하 바라보니 온갖 회포가 밀려와

悄坐無言矗石臺　　말없이 촉석루에 쓸쓸히 앉았노라

憐爾當年尋主鷰　　갸륵하구나, 그때 주인을 찾아온 제비는

喃喃好語向誰開　　지지배배 고운 소리를 누구에게 털어놓나

○ 권도용(權道溶, 1877~1963) 자 호중(浩仲), 호 추범(秋帆)·오은(吳隱)

함양군 병곡면 우천리(愚川里) 출생으로 곽종석과 김진호의 문인. 1913년 장지연의 후임으로 『경남일보』 2대 주필이 되었지만, 사정이 여의치 않아 그해에 사직한 뒤 귀향해 후진을 길렀다. 삼일운동 때 함양 지곡면에서 독립선언서를 제작해 배포하다 일경에 체포되어 옥고를 치렀으며, 안의 유림에서 세운 한문강습소의 강장으로 있을 때인 1922년 '조선독립창가사건'으로 다시 투옥되었다. 제자 도현규와 성재기가 방대한 문집 『秋帆文苑』을 펴냈다. 참고로 계축년(1913) 3월에 촉석루에서 영남의 선비 50여 명과 '난정계기념회'를 열었다. 아래 시들 중에서 앞의 두 시의 창작 시기는 제주(題注)에 있듯이 계유년(1933)과 갑신년(1944)이고, 끝의 시는 그 내용과 본서의 중건 기문을 참고할 때 경자년(1960)이다. 아들 권병탁은 진주에서 발행된 신문 『남선공론』 기자를 지냈다.

「矗石樓 次申菁川¹⁾韻」癸酉 〈『추범문원』 외집 권1, 4b〉 (촉석루에서 신청천

   시에 차운하다) **계유년(1933)**

滔滔南紀晉江流	남쪽 벼리에 진양 남강이 이엄이엄 흐르고
畵閣層欄俯遠洲	화려한 누각 층층 난간이 먼 물가 굽어본다
義烈輝光三國史	의열은 우리나라 역사에 밝게 빛나며
風烟浮動一高樓	풍연은 높은 누각에 떠서 움직이는데
天涯日沒孤帆慢	하늘 끝엔 해지고 외로운 돛배는 느릿느릿
曠野雲橫落雁愁	너른 벌엔 구름 비끼고 기러기가 시름겹다
把酒坐來重有感	술 들고 앉았더니 거듭 감개함이 있거늘
幾人今古等閑遊	고금에 몇이나 너절히 유람했나

「題矗石樓」三首. 甲申 〈『추범문원』 「원집」 권15, 20a〉 (촉석루에 제하다) **세 수.**

   갑신년(1944)

形勝東南第一樓	형승이 동남에서 으뜸인 누각
層欄俯壓古城頭	층층 난간이 고성 위를 굽어보네
笙歌不歇環成市	풍악소리가 쉼 없이 도시를 에워싸고
義烈爭光皛²⁾若秋	의열이 빛을 다퉈 가을날처럼 쨍쨍하다
鳳峀千重祥霧合	겹겹 산봉우리에 상서로운 구름 모이며
菁川十里大江流	십 리 청천에는 큰 강이 흐르는데
正當春草芳菲節	마침 봄풀이 향기로운 계절에
幾個登臨恨未收	몇 번 등림해보건만 한을 못 걷잡겠네
伊昔疇成百尺樓	저 옛날 둔덕에 백 척 누각 지었나니
潛龍一夜放開頭	잠룡이 밤새 머리를 드러내는 듯하다

---

1) 菁川(청천): 신유한의 호 '靑泉'의 오기.

2) 皛(작): 희다, 맑은 모양.

麗詞同唱箕城³⁾月　　　　고운 노래가 달 뜬 진주성에서 함께 불려지며
晴燧遙連合浦秋　　　　맑은 봉화는 가을날 합포까지 멀리 이어지는데
碧嶂皺回⁴⁾排闥入　　　　푸른 산들은 둘러싸여 문을 밀치며 들어오며
滄波怒湧穿濠流　　　　넓은 물결이 거세게 솟으며 해자를 파고 흐른다
詠懷古跡眞吾事　　　　옛 자취에서 진정 우리 일을 회고하며 읊으니
十景⁵⁾還須取次收　　　　온갖 경치가 모름지기 차례로 거두어지는구려

龍蛇往蹟擅斯樓　　　　용사년 옛 자취는 이 누각의 차지라
薄采⁶⁾風謠晉水頭　　　　진양 강가에서 민요를 잠깐 채집하노니
環珮歸來常驗兩⁷⁾　　　　패옥 차고 돌아와서 늘 양단을 증험했거니와
干戈淘盡又悲秋　　　　전쟁 자취는 다 쓸려가 더욱 슬픈 가을이로다
浦雲冉冉酸⁸⁾鴻沒　　　　갯가의 포근한 구름 속에 가련한 기러기 사라지고
城樹重重畫角流　　　　성채의 우거진 나무숲에 나팔소리가 울려 퍼진다
到得今回吟社⁹⁾起　　　　지금에 와서 시사 결성한 덕택에
雄州物色可全收　　　　큰 고을 경치가 온전히 거두어지네

「矗石樓重建」〈『추범문원』 후집 권1, 10b〉 (촉석루 중건)

名樓迢遞冠吾東　　　　아스라한 명루는 우리나라 으뜸이니
重創何須舊制同　　　　중창함에 어찌 옛 모습과 같음을 구하랴

---

3) 箕城(기성): 키 모양의 성, 곧 진주성.
4) 皺回(추회): 주름이 둘러 있음, 곧 굴곡진 산이 둘러싼 모양. '皺'는 주름.
5) 十景(십경): 정해영(1868~1946)은 「진양십경」(『해산집』 권2) 시에서 촉석제월(矗石霽月), 의암낙화(義巖落花), 산사모종(山寺暮鍾), 적벽귀범(赤壁歸帆), 수정홍수(水晶紅樹), 망경백운(望京白雲), 홍교춘수(虹橋春水), 성지추연(城池秋蓮), 봉산낙조(鳳山落照), 명사낙안(明沙落雁) 등 10곳의 경관을 들었다.
6) 薄采(박채): 잠깐 캐다. '薄'은 어조사로 잠깐의 뜻. 『시경』 「노송」〈반수〉.
7) 驗兩(험량): 양단(兩端)을 증험함. 몸은 도성에 있으나 마음은 향리에 있다.
8) 酸(산): 쓸쓸하다, 괴롭다.
9) 吟社(음사): 진주 촉석루음사. 정규석(1876~1954) 시의 각주 참조.

義烈爭輝登國史	쟁쟁히 빛나는 의열로 국사에 등재되었고
歌謠晚唱採民風	저물녘에 부르는 가요에서 풍속을 채집한다
千峯澄淨隨江轉	맑디맑은 산들은 강을 따라 움직이며
萬木蕭涼撲地通	써늘한 나무들은 땅에 가득 이어졌는데
代表琴尊10)今日會	대표들이 거문고와 술로 오늘 함께 했나니
滿城騰賀樂無窮	온 성에 울려 퍼지는 축하 음악이 한량 없네

○ 성석근(成石根, 1878~1930) 자 옥여(玉汝), 호 금고(琴皐)

> 성여신의 11세손. 세거지가 진주 수곡면 대천리 금동마을이나 하동 고현리(古縣里, 현 고전면 고하리) 외가에서 출생. 3세 때 부친을 여의고 9세 때 숙부 성경승(1855~1903)에게 배웠고, 가난한 족인들의 생계와 학업을 도와 문중 회복을 진작시켰다. 경술국치 이후 마을 부근의 서천(西泉) 위에 초옥을 짓고 '자우거사(自愚居士)'라 칭하며 벗들과 울분을 달랬다. 자부가 단계 김인섭의 손녀이며, 손자가 성재기(1912~1979)이다.

「矗石樓懷古」〈『금고유집』권1, 23a〉(촉석루 회고)

矗城俯壓大江流	촉성이 굽어보며 큰 강을 눌러있고
形勝南方第一洲	남방의 형승으로 제일가는 물가로다
此日登臨多感慨	오늘 등림하니 느꺼움이 많거늘
肯敎汗漫事遨遊	어찌 너절히 한가한 유람 일삼으랴

---

10) 琴尊(금준): 거문고와 술로, 여기서는 축하 여흥을 돋우는 도구. '尊(존)'이 술통 뜻일 때는 '준'으로 읽음.

○ **박해묵(朴海黙, 1878~1934)** 자 내관(乃觀), 호 근암(近庵)

본관 밀양. 박하담의 후손으로 부친은 후송 박정호(1861~1910)이고, 청도군 운문면 대천리에 거주했다. 이종기(1837~1902)의 서락서당(西洛書堂, 경북 고령)을 찾아가 제자가 되었다. 김도화·곽종석·장석영·노상직(1855~1931)·장화식 선배들과 교유했고, 특히 조긍섭과 절친히 지냈다. 그의 생몰년은 문집의 서와 발문에 의거해 추정했고, 『반만년 조선역사』(덕흥서림, 1923)를 편찬한 박해묵(1875~1934)은 동명이인이다.

「**矗石樓**」〈『근암유집』권상, 20a〉(촉석루)

危欄迢遞俯長流	높은 난간이 아득히 긴 강을 굽어보는데
客馬斜陽渡石洲	길손 태운 말이 석양에 촉석 물가 건너니
保障今無三板郭	성채는 지금 삼판의 성곽조차 없고
風光獨立一層樓	경치로는 한 고층 누각 홀로 있구려
秋江水落魚龍冷	가을 강은 물 줄어들어 물고기들이 움츠리며
古木霜高鳥雀愁	고목은 서리 높아 새들도 근심스러워할진대
壯士孤魂招不得	장사의 외로운 넋은 불러도 대답 없거늘
傷心盃酒幾人遊	상심으로 술잔 들며 몇이나 노닐었던고

○ **오기홍(吳基洪, 1878~1938)** 자 성규(聖奎), 호 계강(稽岡)·뇌암(雷岩)

본관 함양. 산청 지산리(芝山里, 현 금서면 지막리) 출생. 11세 때 모친상을, 21세에 부친상을 당했다. 경술국치 이후 항일의 뜻으로 아들 오정식을 신식학교에 들이지 않은 대신 이 무렵 만암에 이거해 있던 매서 김극영(1863~1941)에게 보내어 가르침을 받게 했다. 1917년 선조 오건(1521~1574)의 학덕을 기리기 위해 족인들과 뜻을 모아 서계서원(西溪書院, 산청읍 지리 덕우촌 소재)을, 또 산청향교 교임으로서 명륜당을 중건했다. 평생 『중용』을 애독했고, 하겸진(1870~1946)과 절친했다.

「**過晉陽矗石樓**」〈『계강유집』권1, 4b〉(진양 촉석루를 지나며)

靑藜暮入晉陽州	막대 짚고 저물녘 진양 고을에 들어서자
燈火熒空水自流	등불 빛이 하늘에 빛나고 물은 절로 흐른다
無限風塵悲感地	끝없는 풍진에 슬픈 마음이 생길진내

江山依舊一高樓　　　　　옛 그대로인 강산에 한 높은 누각 있구려

○ 최기량(崔基亮, 1878~1943) 자 인수(寅修), 호 서암(瑞菴)·산사(山史)

본관 경주. 광주시 유등곡면(현 대촌면) 광곡리 출생. 송사 기우만과 현와 고광선(1855~1934)의 문인. 효제(孝悌)를 근간으로 하면서 맹사성(1360~1438)이 남의 단점을 말하지 않은 교훈을 마음 깊이 새겼고, 경술국치 후 두문 자정하면서 후진을 양성했다.

「次李進士郁矗石樓殉節韻」〈『서암유고』, 16a~b〉(진사 이욱의 촉석루 순절
　　시에 차운하다)

江抱恨聲尙自流	강은 한스러운 음성 안아 여태껏 절로 흐르며
山含慘色亦垂頭	산은 부끄러운 빛깔 품고 또한 고개를 숙였네
死於當死眞知節	죽을 때를 당해 죽었으니 참다운 절의를 알았고
生不苟生已決籌	살아서는 구차히 살지 않기로 이미 결심했었지
眼下可憎秦日月	눈앞은 가증스럽게도 진나라 일월이라
胸中尙帶魯春秋	가슴속에 노나라 춘추를 품고 있거니
晉陽往事誰無證	진양의 옛일을 누가 증명하랴마는
千古如今有一樓	천고토록 지금도 누각 하나 있구려

○ 문봉호(文鳳鎬, 1878~1950) 자 선명(善鳴), 호 일암(一菴)

경남 함안 출신. 병자호란 때 남한산성 항복을 통곡하며 의령 화정에서 방어산으로 은거한 문학용(文學庸)의 8세손인 서계 문재환(1853~1921)의 장남이다. 간재 전우와 후산 이도복의 문인으로 조병규·이준구·조정규·이직현·권운환·정은교를 종유했다. 의재 곽태종(1872~1940)을 비롯해 권재규·이태식과 절친했다. 만년에 함안군 군북면 방어산 기슭에 학계정(鶴溪亭)을 지어 후학을 양성했다. 참고로 창원시 진전면 여양리 옥방마을에 있는 「박씨효열비각상량문」(1931)을 지었다.

「矗石樓 與朴松雲熙瑛·吳蒙齋學璣 暢懷」〈『일암집』 권1, 34a〉 (촉석루에서 송운 박희영, 몽재 오학기와 더불어 회포를 풀다)

矗樓煙羃日沈昏　　촉석루에 안개 덮여 일기는 매우 어두운데
聯屐[1]登臨覓舊痕　　함께 유람하며 등림하고서 옛 흔적 찾으니
龍戰遺墟圍野樹　　임진년 남은 자취는 들녘 나무로 에워싸였고
翬飛峻閣接山村　　높은 처마 큰 누각이 산촌에 이어져 있구려
靑萍[2]無用長舒嘯　　청평검은 소용없어 휘파람 길게 불다가
白首相分可贈言　　늘그막에 서로 헤어지며 말을 건넬진대
憐爾草玄揚執戟[3]　　가련하게도 초현정의 양집극이
滿城風雨獨關門　　온 성의 비바람 속에 홀로 문을 닫고 있네

「登矗石樓」〈『일암집』 권1, 34b〉 (촉석루에 올라)

大江矗石倚高樓　　큰 강가 촉석에 높은 누각이 기대어 있고
天外羣峯盡出頭　　하늘 밖의 산들은 죄다 꼭대기 드러내었네
風雨餘生懷百感　　풍진세상의 남은 생애라 만감이 교차하며
龍蛇往刼凜千秋　　용사년의 옛일은 천추에 늠름하도다
淡雲暮靄浮朱栱　　엷은 구름과 저녁놀이 붉은 두공에 떠 있고
脩竹芳蘭繞碧流　　대숲과 향기로운 난초가 푸른 물을 둘렀는데
把酒登臨歌浩浩　　술통 들고 올라서 호탕하게 노래하여 보건만
烟波沙日恨難收　　연파가 모래밭에 끼인 날 한을 거두기 어렵네

---

1) 聯屐(연극): 나막신을 잇댐, 곧 유람 길을 동행함. '屐'은 나막신.
2) 靑萍(청평): 전국시대 월나라 왕 구천(句踐)이 소유했다는 명검(名劍).
3) 草玄揚執戟(초현양집극): 한나라 양웅(揚雄)이 간난신고를 무릅쓰고 저술함. '草玄'은 초현정(草玄亭)의 준말로 양웅이 칩거하며 『태현경(太玄經)』을 저술하던 장소. '揚執戟'은 양웅이 창을 쥐고 숙위(宿衛)하는 황문시랑(黃門侍郞)을 지낸 데서 연유한 그의 별칭인데, 보통 관직이 높지 않은 관원을 가리킴. 『한서』 권87 하 「양웅전」.

「矗石樓 用退溪先生板上韻」〈『일암집』 권1, 40b~41a〉 (촉석루에서 퇴계 선
생의 현판시에 차운하여)

大嶺之南汾水上	조령의 남쪽, 남강 가에
千年形勝一高樓	천년토록 형승인 한 높은 누각 있는데
樓頭浩劫龍蛇去	누각 위에 용사년 일은 아득한 과거이고
樓下長江日夜流	누각 아래로 긴 강이 밤낮으로 흐르도다
江國寒聲秋雨滴	강가 고을에 소리는 차갑고 가을비가 떨어지며
荒城蕭氣暮雲浮	황폐한 성에 기운 쌀쌀하고 저녁구름은 짙은데
退翁芳躅尋無處	퇴계의 향기로운 자취는 찾을 곳이 없지마는
三復淸詩俯碧洲	청아한 시를 거듭 읽으며 푸른 물가 굽어본다

○ 김노수(金魯洙, 1878~1956) 자 광언(光彦), 호 경암(敬菴)

본관 울산. 일명 명수(明洙). 전남 장성군 황룡면 필암리(筆巖里) 출생. 7세 때 전북 고창군 평촌(현,
고수면 황산리)으로 이사했고, 만년에 부안에서 우거하다 졸했다. 김인후(1510~1560)의 가학을 전수
했고, 13세 때 송병선의 문인이 되었으며, 26세 이후 성균관과 규장각의 도서관을 출입하며 식견을
넓혀 방대한 저술을 남겼다. 그 중 고종과 순종 때의 시사를 다룬 『조선사』(해방 후 『韓鑑綱目』으로
개명)를 편술함으로써 일경에 체포되어 심한 고문을 당해 8개월 동안 입원했다. 이 작품의 지은 시기는
편차로 보아 병자년(1936) 혹은 정축년(1937)이다.

「次晉州矗石樓韻」〈『경암집』 권1 상편, 18b〉 (진주 촉석루 시에 차운하다)

第一江山矗石樓	제일강산의 촉석루
喟然興感倚欄頭	탄식하다 감흥 일어 난간 끝에 기댔더니
煙寒故祠忠貫日	연기 차가운 옛 사당엔 충정이 해를 뚫고
花落峭巖義凜秋	꽃 지는 가파른 바위엔 의기가 늠름하다
翠竹千叢風已靜	푸른 대 천 가지엔 바람이 잦아들고
白沙十里水空流	백사 십 리엔 물이 하염없이 흐르는데
九原安得諸公起	어찌하면 저승의 제공을 일으켜

廓掃乾坤穢祲1)收   천지의 더러운 기운을 말끔히 쓸어 담게 할까

○ 정영하(丁永夏, 1878~1957) 자 명중(明仲), 호 기헌(杞軒)

본관 영광. 전남 순천시 별량면 우산리 출생. 불우헌 정극인(1401~1481)의 후손으로 약관에 황현을 배알해 근체시를 배워 칭찬을 들었고, 23세 때는 기우만의 문인이 되었으며, 황현의 제자 윤종균·김효찬·송명회 등과 절차탁마했다. 수필가·서예가 운포 정병철이 그의 손자이다. 아래의 시는 「己卯稿」에 수록되어 있으므로 1939년 작임을 알 수 있다.

「矗石樓」〈『기헌집』권1「기묘고」, 37b~38a〉(촉석루)

大嶺南州矗石樓	조령 남쪽 고을의 촉석루
忠祠相對義岩頭	충신 사당이 의암 꼭대기 마주했는데
名高東國千年史	동국 천년의 역사에 명성이 높고
腸斷西風一笛秋	서풍에 피리소리가 애간장을 녹인다
劒氣橫空星斗碎	칼날 기운이 비낀 하늘에 별들이 흩어지며
丹心投水浪花流	붉은 마음 던져진 물에 물보라가 흐르나니
佳人壯士今安在	가인과 장사는 지금은 어디에 있느뇨
落日看碑淚不收	해질녘 비석 보니 눈물 감추지 못하겠네

○ 이교문(李敎文, 1878~1958) 자 명선(鳴璇), 호 지재(止齋)

본관 전의. 초명 교관(敎爟). 단성 내고리(內古里, 현 산청군 신안면 소재) 출생. 부친은 이희란이고 과재 이교우의 중형이며, 스승 권운환(1853~1918)에게서 호를 받았다. 정재규·최익현·최숙민·기우만 등을 스승의 예로 섬겼으며, 한유·권재규·하겸진·정기 등을 두루 종유했다. 앞의 이정수(1877~1957) 시로 볼 때 무인년(1938)에 지었음을 알 수 있다.

---

1) 穢祲(예침): 더러운 기운. '穢'는 더럽다. '祲'은 요상한 기운.

「六月晦日 與諸友 登矗石樓二首」〈『지재유고』 권1, 15a〉 (유월 그믐날 벗들
　　과 촉석루에 올라 지은 두 수)

汾陽爲客拾星霜　　　진양에서 나그네 생활 십여 년
適値將君死國日　　　마침 임금 위해 순국한 날 맞아
欲弔忠魂登古樓　　　충혼을 위로하러 옛 누각에 오르니
滿江波碧野蘭秘　　　온 강물 푸르고 들 난초가 향기롭네

滿城士女立如堵1)　　온 성에 남녀가 담장처럼 늘어섰더니
一陣狂風忽地生2)　　한 바탕 광풍이 갑자기 땅을 휩쓸었지
擧目傷心無限淚　　　눈을 드니 마음 아파 눈물이 끝없이 흐르고
添作寒波夜夜鳴　　　게다가 차가운 물결은 밤마다 울어지치구려

○ 최홍모(崔弘模, 1878~1959) 자 문거(文擧), 호 심천(心泉)

본관 전주. 경남 고성군 하일면 학동리(鶴洞里) 출생. 경술국치 후 1915년 서울~개성~평양~안동현을
둘러보며 강개함을 달랬다. 1941년 금산과 1942년 금강산을 유람했으며, 김진문·김황 등과 교유했
다. 최필간의 증손자로 최윤모(1862~1900)의 육촌 동생이다. 이 시는 삼수 이사영(1885~1960)의
마지막 시로 볼 때 경인년(1950) 10월에 지었음을 알 수 있다.

「矗石樓故墟 用舊板韵 志感」〈『심천집』 권1, 41a~b〉 (촉석루 옛 터에서 옛
　　시판의 운을 써서 느낌을 나타내다)

無復江南第一樓　　　강남 제일의 누각은 복구되지 않았는데
悠悠往跡水空流　　　옛 자취 아득하고 강은 속절없이 흐른다
繽紛1)落葉堆荒逕　　우수수 떨어진 낙엽은 거친 길에 쌓였고

---

1) 如堵(여도): 늘어선 담장과 같음, 곧 사람들이 많이 모여 든 모양. '堵'는 담장.
2) 원전을 보면 이 시행 끝에 "당시 왜놈이 제사를 금했다[時倭虜禁祭]."라는 주가 있다.
1) 繽紛(빈분): 많고 성한 모양, 꽃 따위가 어지럽게 떨어지는 모양. '繽'은 어지럽다.

寂寞斜陽抹遠洲　　쓸쓸히 지는 해가 먼 물가를 물들이누나

一世安危果誰任　　한 세상 안위는 과연 뉘 소관이던가

百年興廢正堪愁　　백 년 흥폐가 정말로 시름겨울진대

城陰獨影2)徘徊久　　성곽 북쪽에서 홀로 배회한 지 오래

蕭瑟難成半日遊　　쓸쓸하여 한나절도 노닐기 어렵구나

○ 박영철(朴榮喆, 1879~1939) 호 다산(多山)

본관 충주. 전주 출생. 익산 이리와 서울 소격동 거주. 미곡상으로 시작해 전북의 '토지왕'이 된 박기순
(1857~1935)의 장남이다. 대한제국 유학생으로 도일해 육군사관학교를 졸업한 뒤 러일전쟁에 참전
했고, 일제강점기에는 익산군수, 강원·함북 도지사, 함북·전북 참여관, 중추원 참의, 경성 주재 만주국
명예총영사 등을 지냈다. 또 삼남은행·조선상업은행 행장도 맡았으며, 반민족 밀정 배정자(裵貞子)의
세 번째 남편이다. 용강정시회의 정만조·심환진·이범세·송지헌·송명회 등과 친했다. 시집 외 『백두산
유람록』(1921), 『아주기행』(1925), 『구주음초』(1928), 『50년의 회고』(1929)가 있다. 한편 수장가
로서 전통문화에 대한 남다른 안목으로 『근역화휘』·『근역서휘』를 펴냈고, 『연암집』(1932)을 발간했
다. 아래의 시는 『다산시고』(1939)의 편차로 보아 계유년(1933) 작임을 알 수 있다.

「晉州矗石樓」〈『다산시고』 권하, 47b〉 (진주 촉석루)

重陽風雨獨登樓　　중양절 비바람 속에 누각 올랐더니

義妓祠高矗石頭　　의기사가 촉석 끝에 높다란데

壯士佳人千古恨　　장사와 가인은 천고토록 한스럽고

晉陽江水碧悠悠　　진양 강물이 푸르게 흘러만 가네

---

2) 獨影(독영): 외로운 그림자, 곧 혼자.

○ 정기(鄭琦, 1879~1950) 자 경회(景晦), 호 율계(栗溪)

본관 서산. 초명 재혁(在爀). 합천군 율곡면 율진리(栗津里, 현 제내리) 범구주(泛龜洲) 출생. 1899년 정재규(1843~1911)의 문인이 되었고, 1905년 을사늑약이 체결되자 최익현을 도와 동지를 규합했으며, 1914년 대양면 무곡리의 대암산에 무산정사(武山精舍)를 지어 학문 연구에 몰두했다. 1921년 동지들과 요동·간도 일대를 세 차례나 방문해 시국을 개탄하는 한편 돌아오는 길에 금강산과 지리산을 유람하며 울분을 달랬다. 1927년 제자들을 이끌고 구례군 토지면 오미리 내죽마을로 이거해 덕천정(德川亭)을 짓고 후진을 양성했다. 참고로 촉석루 편액을 쓴 유당 정현복(1909~1973), 효당 김문옥, 고당 김규태가 그의 제자이다. 이 시는 문집 편차로 볼 때 **기사년(1929)**에 지었음을 알 수 있다.

「矗石樓 次板上韻」〈『율계집』 권2, 5b〉(촉석루에서 현판시에 차운하다)

晉陽城古大江流	진양의 옛 성에는 큰 강이 흐르고
往刼蒼茫夕氣洲	옛일 아득하고 밤기운 깔린 물가로다
碧血千年人指水	푸른 피 흐른 지 천년, 사람은 물을 가리키고
丹楓九月客登樓	단풍이 물든 구월에 나그네가 누각 올랐더니
平蕪日落羣狐舞	거친 평원에 해 지자 여우 떼가 활개를 쳐대며
頹堞風悲獨鳥愁	무너진 성에 바람 슬퍼 한 마리 새도 시름겹다
最是臨場多少恨	무엇보다 현장에 이르니 원한 많거니와
將壇寥寥付閒遊	쓸쓸한 장단에서 느긋한 유람 붙여보네

○ 조성민(趙成珉, 1879~1952) 자 건함(建咸), 호 심산(心汕)

본관 한양. 전북 남원시 주천 내촌(현 주천면 은송리 내송마을) 출생. 임진왜란 의병장인 산서 조경남(1570~1641)의 10세손으로 6세 때 부친을 여의자 종의(宗議)에 따라 조임형에게 입양되었다. 1920년 상해에서 임정 요인들과 거사를 도모하다가 남만주 안동에서 체포되어 서대문 감옥에서 2년간 옥고를 치렀다. 1923년 4월 다시 북경에 건너가 공자교회(孔子敎會)의 주석 진환장(陳煥章)과 합심해 반일 활동을 했다. 국내에 돌아와 경향 각처의 벗들과 후일을 기약하던 중 광복을 맞이했으나 감옥에서 얻은 병환으로 별세했다. 아래의 시는 중국에 가려다 뜻을 이루지 못하고 돌아온 직후인 **임술년(1922)**에 지었다.

「過矗石樓」〈『심산유고』 권1, 7a〉 (촉석루를 지나며)

矗石樓頭月	촉석루 꼭대기의 달
南江壁上風	남강 절벽 가의 바람
淸風與明月	맑은 바람과 밝은 달
天老義靡窮	하늘 늙었으나 절의는 무궁

○ 이현섭(李鉉燮, 1879~1960) 자 태중(泰仲), 호 인재(仞齋)

본관 재령. 창원시 의창구 북면 북계리(北桂里) 출생. 눌재 김병린과 소눌 노상직(1855~1931)의 문인이다. 족인 이병주·이병재 등과 함께 1933년에 서울~개성~평양을, 1940년에는 지리산의 명승고적을 유람했다. 만년에 백월산 아래 연촌(蓮村, 현 북면 마산리 연동마을)에 우거하며 저명인들과 시국을 슬퍼하며 소요했다. 그의 「두류기행」(『인재집』 권2)을 보면, 경진년(1940) 8월 18일 지리산 유람에 앞서 촉석루에 올랐는데 동행한 미파 이병주(1874~1946) 요청으로 시를 지었다고 했다.

「登矗石樓」〈『인재집』 권1, 21b〉 (촉석루에 올라)

一脉長江萬古流	한 줄기 긴 강은 만고토록 흘러
至今遊客滿汀洲	지금도 유람객이 물가에 빼곡하다
吾生此路尋方丈	내 이번에 지리산 찾아 나섰더니
壯觀始妶矗石樓	장관은 이 촉석루에서 시작되네

○ 김창숙(金昌淑, 1879~1962) 자 문좌(文佐), 호 심산(心山)·벽옹(躄翁)

본관 의성. 경북 성주군 사월리(沙月里, 현 대가면 칠봉리) 출생. 이종기·곽종석·이승희·장석영(1851~1926)의 문인. 을사늑약이 체결되자 역적 처단을 요구하는 상소를 올려 옥고를 치렀다. 1919년 전국 유림 137명이 서명한 '파리장서'를 상해로 갖고 가서 김규식을 통해 프랑스에 제출했다. 이 사건으로 곽종석·하용제(1854~1919)·김복한(1860~1924) 등이 고문 여독으로 연이어 순국했다. 이후 그는 중국에서 항일운동을 전개하다 1927년 체포되어 국내에 압송되었고, 감옥에서 광복을 맞았다. 1921년 이후 줄곧 이승만 반대 투쟁에 앞장섰다. 『심산유고』의 시 편차 외에 건가 이정기(李貞基)의 「연보」(『제서집』 부록)에 병진년(1916) 2월 김창숙, 이종호 등과 함께 촉석루·의기암·충무공 사당을 둘러볼 때 시를 지었다고 했으므로 이 시의 창작 시점이 드러난다.

「矗石樓 次板上韻」〈『심산유고』 권1, 18쪽〉 (촉석루에서 현판시에 차운하다)

欲說前塵憤淚流	옛 전란 말하려니 분한 눈물이 흘러
悄然回首古汀洲	근심스레 옛 물가로 고개를 돌린다
江山繡錯[1]誰家物	금수강산은 뉘 것이 되었나
風雨荒凉壯士樓	비바람에 장사루가 황량한데
大纛號令迷舊夢	깃발 세워 호령한 일은 옛 꿈처럼 희미하고
小酋橫突釀新愁	왜놈들이 멋대로 날뛰어 새 시름을 자아내네
娟娥岩畔波猶怒	기녀 바윗가에 물결이 더욱 성내거늘
我輩何心汗漫遊	우리들 무슨 마음으로 너절히 놀겠나

○ 김진권(金珍權, 1879~1967) 자 백언(伯彦), 호 간산(艮山)

본관 용궁. 하동군 양보면 우복리 비파(琵琶)마을 출생. 임란 의병장 낭선재 김태백의 10세손으로 7세 때 향리의 요산재(樂山齋)에서 수학했고, 효행으로 이름났다. 최익현의 제자인 습재 최제학(崔濟學)과 평생 의기투합했고, 왜경과의 충돌로 구금된 적도 있다. 해방 후 이택환·권재규·이교우·허혁 등의 명사들과 교유하면서 문중 선양과 후학 양성에 매진했다. 손자가 서예 국전초대작가로 부산시문화재위원인 석정 김성균(金晟均)이다.

「矗石樓 步柱聯韻」〈『간산유고』, 수고본〉 (촉석루에서 주련시를 따라 짓다)

映碧長江日夜流	푸르게 비치는 긴 강이 밤낮으로 흐르고
晉陽城外綠楊洲	진양성 너머에 초록 버들 짙은 물가가 있는데
龍蛇列幕遺芳蹟	임진·계사년의 여러 군막은 꽃다운 자취 남겼으며
鳳鶴薦巢入畫樓	비봉·선학산의 새 둥지가 멋진 누각으로 들어오네
烈女祠前朝暮恨	열녀 사당 앞은 아침저녁으로 한스럽고
忠臣壇下古今愁	충신 제단 아래는 예나 지금 근심일지니
浮雲一片浮雲去	뜬구름 한 조각이 구름 속에 사라질 제

---

1) 繡錯(수착): '繡'는 수놓다. '錯'은 무늬, 섞이다.

吾輩登臨憶昔遊　　　　우리가 등림해 옛 유람을 떠올려봄일세

「矗石樓」〈『간산유고』, 수고본〉(촉석루)

許身報國晉陽城　　　　몸 바쳐 나라 은혜에 보답한 진양성
大義亘天死亦生　　　　대의가 하늘에 뻗쳐 죽어도 살아있나니
誓水丹心靑汗發　　　　강물에 맹세한 충성심이라 식은땀이 흐르고
盟山正氣白虹明　　　　산에 맹세한 바른 기운이라 무지개가 밝도다
千秋竹帛能無恨　　　　천년의 역사는 한할 것이 못 되지만
萬古綱常賴有聲　　　　만고의 강상은 다행히 명성을 지녔네
東土由來文武溢　　　　우리나라는 예부터 문무가 넘쳐날진대
只今慷慨滿腔情　　　　지금도 강개한 마음이 뱃속에 가득하구려

○ 이방환(李邦桓, 1880~1935) 자 유중(惟中), 호 회산(晦山)

본관 성산. 경북 고령군 쌍림면 고곡 등지를 전전하다가 만년에 향리인 대가야읍 관동리(館洞里, 현 본관1리)로 환거했다. 집이 매우 가난해 독학하다가 관례를 한 뒤 족대부 홍와 이두훈(1856~1918)을 찾아가 '주리설(主理說)'을 섭렵했다. 전영철, 남정우, 하겸진 등과 가까이 지냈다. 별세할 당시 아들 이성조(李惺祚)는 겨우 10세였고, 족질인 진와 이헌주(李憲柱, 1911~2001)가 그의 제자이다. 아래의 시는 갑자년(1924) 6월 28월 진주를 방문하고 지은 것이다. 「남유일기」(『회산집』 권2, 79a) 참조.

「次矗石樓板上韻」〈『회산집』 권1, 19a〉(촉석루 현판시에 차운하다)

矗城之外大江流　　　　촉성 너머로 큰 강이 흐르며
脩竹危巖泛暮洲　　　　대숲과 높은 바위가 저녁 물가 떠 있는데
佳娥立義名千古　　　　가인이 세운 절의는 천고에 이름이 났고
壯士盟心碧一樓　　　　장사 맹세한 충심은 한 누각에 푸르르다
樓中筆跡驚人眼　　　　누각 속 필적은 사람 눈을 놀라게 하건만
海外蠻音惱客愁　　　　강 밖 오랑캐 소리가 객수를 괴롭힐지니

異日重謀來此地	다른 날 다시 계획하여 이곳에 온다면
前行應說惜淸遊	예전 여행은 응당 청유가 아까웠다 말하리

○ 조정래(趙正來, 1880~1945) 자 형진(亨進), 호 화헌(和軒)

본관 함안. 함안군 군북면 안도리(安道里, 현 덕대리) 출생. 조종도의 13세손으로 조부는 파서 조용진(曺鏞振), 부친은 성와 조영제(趙瑩濟)이다. 가야읍의 인산재(仁山齋)에서 족대부인 서천 조정규(1853~1920)로부터 학문을 익혔고, 눌재 김병린(1861~1940)의 문인이 되었다. 국권 피탈 후 1914년 조정규를 따라 요동으로 가서 지사들과 울분을 달래다 이듬해 귀국했다. 부모상을 치른 뒤 향리에서 후진을 기르다가 한때는 창원 도곡 산중에 은거했고, 만년에 동지 6인과 더불어 함안 방어산에 중산정(中山亭)을 지어 둔세했다.

「次矗石樓板上韻」〈『화헌집』 권1, 4a〉(촉석루 현판시에 차운하다)

層城矗石壓江流	층층 촉석루가 강물을 압도하는데
迢遞騁望百戰洲	아스라이 멀리 보니 백전의 물가라
白日昭明1)三壯士	태양처럼 밝게 드러나는 것은 삼장사
靑邱名勝一高樓	우리나라에서 이름난 형승은 높은 누각
波濤古窟蛟龍伏	물결 일렁이는 옛 굴에 교룡이 숨어 있으며
風雨殘林鸛鶴愁	비바람 치는 숲속에는 황새가 시름겨운데
宇宙孤懷人未識	세상의 외론 마음을 사람이 몰라주니
秋天空費賦南遊	가을날 괜스레 남유시를 지어보노라

---

1) 白日昭明(백일소명): 주자(1130~1200)의 「주회암희찬관공시(朱晦菴熹讚關公詩)」(『역대제왕기년』 권1) 중, "푸른 하늘의 해처럼 / 확고하게 밝은 것이 / 장부의 마음이다[靑天**白日**, 確乎**昭明**, 丈夫心境]".

○ 류잠(柳潛, 1880~1951) 자 회부(晦敷), 호 택재(澤齋)

본관 진주. 초명 해엽(海曄). 진주 정태리(丁台里, 현 산청군 신안면 하정리 상정마을) 출생. 부친이 류현수(1859~1920)이고, 양자가 류기형(1914~1980)이다. 1897년 김진호(1845~1908)에게 수학했고, 4년 뒤 거창 다전의 곽종석을 배알해 집지했다. 1926년 시은(市隱)을 위해 진양 비봉산 아래로 이사해 이도묵, 조현규, 허혁 등의 제현을 종유했다. 또 1934년 단성 백마산 아래로 복거한 뒤 도연명을 흠모해 '潛'으로 개명했다. 당시 기숙(耆宿)인 류원중·하겸진·권재규·하봉수 등과 교유했고, 선조들의 행적을 알리는 데 열성을 다했다. 아래의 시들은 편차로 볼 때 무진년(1928) 작으로 추정된다.

「矗石樓 用退溪先生韻」〈『택재집』 권1, 108쪽〉 (촉석루에서 퇴계 선생 시에 차운하다)

眼前收得晉陽府	눈앞에 진양 고을이 확 들어오고
天際還從矗石樓	하늘 끝의 촉석루가 다시 따라오네
把酒欲論千古事	술잔 들며 오랜 세월의 일을 논할진대
汾山脉脉[1]汾江流	진양 산들은 끝없고 진양 강이 흐르도다
滿城日夜輸氛祲	온 성에 주야로 요상한 기운 모여들거니
落筆淸香一炷[2]浮	붓 들자 한 심지 맑은 향이 물씬 풍기네
儈客[3]那知隱几[4]意	상인들이 그 초연한 뜻을 어찌 알랴마는
任他[5]簫皷鬧春洲	개의치 않은 채 풍악이 봄 물가에 떠들썩하다

「矗石樓 同李泰玉[6]·舍弟善夫[7]」〈『택재집』 권1, 129쪽〉 (촉석루에서 이태옥, 동생 선부와 함께)

---

1) 脉脉(맥맥): 끊이지 않는 모양. '脉'은 맥(脈)과 동자이고, 잇닿음의 뜻.
2) 香一炷(향일주): = 일주향(一炷香)·일판향(一瓣香). 향 한 심지. 스승의 연원을 계승할 때 피우는 향을 말하는데, 어른을 존경할 때 자주 사용됨.
3) 儈客(쾌객): 시장의 중개 상인. '儈'는 거간꾼.
4) 隱几(은궤): 안석에 기댐, 곧 만사를 잊은 채 초연히 있는 모습. 『장자』「제물론」, "今之隱机者, 非昔之隱机者也".
5) 任他(임타): = 수의(隨意). 조금도 개의치 않음.
6) 泰玉(태옥): '泰玉'은 이병래(李炳來, 1892~1956)의 자. 권도용, 「이태옥묘표」(『추범문원』 외집 권4) 참조.
7) 善夫(선부): 동생 류식(柳湜, 1889~1944)의 자. 그의 아들 류기형이 류잠에게 출계.

海門秋思一時齊	바다 어귀 가을날 회포가 일시에 가지런한데
樓上飛雲近欲梯8)	누각 위로 지나던 구름이 가까이 닿으려 하네
滿面江光吹不散	온 얼굴 비추는 강물 빛은 불어도 흩어지지 않나니
三人扶醉過長堤	세 사람이 취한 몸 가누며 긴 둑을 지나노라

○ 임양호(林讓鎬, 1880~1952) 자 명언(明彦), 호 남파(南坡)

본관 평택. 전북 부안군 행안면 진동리(眞洞里) 출생. 병자호란 때 순국한 임득춘의 후예로 간재
전우(1841~1922)와 병암 김준영(1842~1907)의 제자이고, 만년에는 변산 장동(長洞) 남쪽에 초당
을 지어놓고 거처했다. 간재 문하의 선후배인 열재 소학규(1859~1948)·흠재 최병심·후창 김택술
(1884~1954)과 교유했다.

「次矗石樓詩」〈『남파문고』 권1, 35a〉 (촉석루 시에 차운하다)

東輸絕勝起高樓	동으로 모인 빼어난 경치에 높은 누각 세워
名鎭嶠南第一頭	명성은 영남에서 제일 앞자리를 차지하거니
白浪1)人歸雲萬古	사람 돌아가는 흰 물결에 구름은 만고 그대로
翠岩花落月千秋	꽃잎 지는 푸른 바위에 달은 천추에 빛나는데
日星皎皎2)天長在	해와 별은 밝고 밝아 하늘은 영원하나
宇宙寥寥水獨流	우주는 적막하고 물은 홀로 흐르도다
壯士不來時事又	장사는 오지 않으니 시사는 또
大都運氣有誰收	대관절 그 운수를 누가 거두리

---

8) 梯(제): 기대다, 의지하다.
1) 白浪(백랑): 흰 물결 이는 강, 곧 남강.
2) 皎皎(교교): 밝은 모양. '皎'는 희다, 밝다, 깨끗하다.

○ 나상숙(羅相淑, 1880~1957) 자 진원(震遠), 호 정산(靖山)

본관 나주. 초명 상숙(翔淑). 함안군 군북면 소포리 국곡(菊谷)마을 출생. 국암 나익남(1558~1646)의 후예로 동생 나경숙과 우애가 두터웠다. 과장의 폐단을 목격한 뒤 출사를 포기하고 조병규·조정규·이훈호를 배알해 질의했다. 또 문봉호·이병주·조정래·조용극과 도의를 강마하며 시문을 즐겼다. 경술국치 이후로 망국의 통분함을 이기지 못해 산수를 즐겨 찾았고, 시류에 영합하지 않았다.

「次矗石樓韻」〈『정산집』권1, 2b〉(촉석루 운을 따라 짓다)

一帶南江不盡流	한 줄기 남강이 끝없이 흐르나니
晉陽形勝此汀洲	진양 형승은 바로 이곳 물가로다
沙明十里開平野	십 리 맑은 모래에 너른 벌이 펼쳐졌고
石老千秋出巨樓	천년 늙은 바위에 큰 누각이 솟아 있는데
車笛來時煩客耳	차 경적소리 들릴 제 나그네 귀가 번거롭고
庵鍾落處遠塵愁	암자 종소리 나는 곳에 속세 근심 멀어진다
佳人壯士遺芳在	가인과 장사가 남긴 명성이 여전하거늘
還愧吾生謾作遊	내 생애 너절한 유람이 되레 부끄럽구려

○ 정형규(鄭衡圭, 1880~1957) 자 평언(平彦), 호 창수(蒼樹)

본관 초계. 삼가현 마협(馬峽, 현 합천군 쌍백면 평구리) 출생. 17세 때 삼외재 권명희(1865~1923)에게서 수학했고, 20세 때 송병선·송병순 형제의 제자가 되었으며, 30세 때 간재 전우(1841~1922)를 배알하고 호를 받았다. 중년 이후 향리의 모원재(慕遠齋)에서 강학했고, 성리학과 예학에 밝았다. 스승의 항일정신을 이어받아 임란 유적지의 시를 비롯해 「을사순국제공전(乙巳殉國諸公傳)」, 「정미삼밀사전(丁未三密使傳)」, 「경술순의제공전(庚戌殉義諸公傳)」, 「한말순국열사제공전(韓末殉國烈士諸公傳)」(『창수집』권10)을 지어 애국지사들을 현양했다. 매년 평구의 직수사(直樹祠)에서 제향하고 있다.

「矗石樓懷古」〈『창수집』권1, 10b〉(촉석루 회고)

西風策馬入汾營	서풍에 말 달려 진주 병영 들어오니
矗石樓前江水明	촉석루 앞의 강물이 하도나 맑은데

壯士佳人無限恨　　장사와 가인이 끝없이 한스럽고

蛟龍時有不平鳴[1]　　교룡은 때때로 원망스레 우는구나

○ 박현모(朴賢模, 1880~1963) 자 능여(能汝), 호 완재(緩齋)

> 본관 상주. 전남 광양시 봉강면 봉당리 조양마을 출생. 송병선과 전우의 문인으로 황원·황병중·송하섭·이돈모(1888~1951) 등과 사귀었고, 문중의 강학소 양파정(陽坡亭)에서 후진 양성하는 일을 소임으로 여겼으며, 만년에는 역학을 깊이 연구했다. 매천 황현의 장남 황암현(黃巖顯, 1880~1946)과 동서지간이다.

「矗石樓 次板上韻」〈『완재집』 권1, 31b〉(촉석루에서 현판시에 차운하다)

晉陽江水不禁流　　진양 강물은 흐름을 멈추지 않는데

環佩[1]如雲過碧洲　　구름 같은 관리들이 푸른 물가 지났으리

數箇叢篁城上屋　　두어 무더기 대숲과 성 위의 집들이며

四時筇鼓月中樓　　철마다 군악소리와 달빛 속의 누각이라

登高最有人間恨　　높이 오르니 참으로 인간사 원한이 남아 있고

憑古遠思天下愁　　옛일 의거하니 아련히 천하의 시름 생각날진대

不是尋常[2]佳麗地　　늘 아름다운 곳을 찾는 건 아닐지라도

停盃今日戒遨遊　　오늘은 잔 놓고 한가한 유람 경계하련다

---

1) 不平鳴(불평명): 불평스러워 짓는 시문. 한유, 「송맹동야서」, "무릇 만물은 평온하지 못하면 웁니다[大凡物, 不得其平, 則鳴]".

1) 環佩(환패): 허리에 차는 고리 모양의 옥(玉). 조정의 신하들이 차고 다니는 패옥. '佩'는 차다. 노리개.

2) 尋常(심상): 곧 상심(常尋). '尋'은 찾다.

○ 감기현(甘麒鉉, 1880~1964) 자 영팔(英八), 호 동미(東湄)

초명 태현(泰鉉). 창원부 남면 내동리(內洞里, 현 의창구 팔룡동 내리) 출생. 부인은 금계 조석제 (1848~1925)의 딸이고, 종제 감제현과 함께 회당 장석영(1851~1926)의 제자가 되었다. 1899년 부친의 명에 따라 상경한 뒤 민영환의 천거로 내부주사가 되었고, 이어 중추원 의관·혜민원 참서관·초계군수·김해군수(1910)를 지냈다. 경술국치 이후 군수를 그만두고 고향의 만게정(晩憩亭)에서 자정하며 곽종석, 조병규(1846~1931), 김상욱, 노상직, 김도화, 노근용 등을 종유했다.

「登矗石樓」〈『동미집』권1, 38b〉 (촉석루에 올라)

第一名區第一樓	제일 명승지에 제일의 누각이
凌空浮在晉陽頭	하늘 치솟아 진양 끝에 떠 있는데
繭絲保障雙全地	견사보장 둘 다 온전한 땅이요
風月汀洲萬古秋	물가 풍월은 만고의 가을이로다
壯士雄歌盟白逝	장사의 웅대한 시가는 흰 강에 맹세했고
佳人貞恨漲紅流	가인의 곧은 한은 붉은 물에 넘쳐나거늘
登臨忍說興亡事	등림하고서 흥망의 일을 차마 말하려니
古壘愁雲鬱未收	옛 성의 수심 구름은 엉겨서 걷히질 않네

○ 제세희(諸世禧, 1881~1943) 자 도원(道源), 호 월곡(月谷)

초명 세호(世鎬). 동고 제철손의 후예로 경상도 고성 명월촌(明月村, 현 대가면 척정리) 출생이고, 이곳은 빈민운동가 제정구 전 국회의원의 고향이다. 어릴 적 조부 제경근(諸慶根, 1842~1918)으로부터 학업을 전수했고, 장석영·하겸진·권재규 등을 종유하며 학문을 연마했으며, 개성의 숭양서원 등 명승고적을 주유하며 망국의 한을 달랬다.

「登矗石樓」〈『월곡집』권1, 21b~22a〉 (촉석루에 올라)

晉陽城堞壓江天	진양성 성가퀴가 강 위 하늘을 짓누르고
兩岸流波逼檻前	양쪽 기슭의 물결이 난간 앞에 밀려든다
八載腥塵添憤淚	팔 년의 비린 먼지가 분한 눈물을 보태며

一樓明月散晴烟	한 누각의 밝은 달이 푸른 연기 흩어놓는데
汀蘭秀色方春際	물가 난초는 한창 봄철에 빛깔이 고우나
營柳含愁暮雨邊	병영 버들은 저녁 비에 시름을 머금었네
晚到書生多感古	늦게야 당도한 서생은 옛 느낌이 많아져
徐呼樽酒作遊筵	찬찬히 술 불러놓고 노는 자리 벌여본다

○ 권재호(權載浩, 1881~1950) 자 양언(養彦), 호 외헌(畏軒)

> 산청군 단성면 입석리 출생. 물천 김진호(1845~1908)의 문인이다. 신위·김택영·황현 등을 사범(師範)으로 삼아 정력을 기울였고, 제자로 도현규(1905~1995)가 있다.

「矗石懷古」〈『외헌유고』권2, 207쪽〉 (촉석루에서 옛일을 회고하며)

南紀名州矗石岡	남쪽 벼리 이름난 고을의 촉석 절벽
英豪往刼正蒼茫	옛날 영웅호걸은 정말로 아득하여라
胡歌徹夜琉惚冷	젓대노래 밤새도록 이어져 유리창이 서늘하고
汽笛橫秋驛路長	기적소리 가을 하늘에 가득하고 역로는 긴데
西法[1]滔天淪聖哲	서학이 하늘 뒤덮어 높은 덕을 잠기게 하며
東邦無地[2]護金湯	우리나라는 더 이상 요새 지킬 수가 없나니
片巖惟有佳人跡	한 조각 바위에는 가인의 자취만 있거늘
頂禮[3]荒祠舉一觴	황량한 사당에 절하고 술 한 잔 올린다

「矗石樓詩社二首」〈『외헌유고』권2, 220~221쪽〉 (촉석루시사 두 수)

名區勝賞擅斯樓	명승지의 절경은 이 누각의 독차지
樓在南方地盡頭	누각은 남쪽 땅이 다한 곳에 있는데

---

1) 西法(서법): 서양의 학문이나 기술.
2) 無地(무지): 더 이상 ~할 수 없음.
3) 頂禮(정례): 이마를 땅에 대고 하는 절.

壯士悲歌掀半島	장사의 슬픈 노래는 반도를 뒤흔들며
佳人寃恨咽千秋	가인의 원한은 천추에 흐느끼게 하는구나
峯遙野勢軒前濶	산에서 멀어진 들판 형세는 난간 앞으로 광활하고
陸斷江聲郭外流	육지와 끊어진 강의 물소리가 성곽 밖에 퍼지거니
安得長康4)名畫手	어찌하면 고개지 같은 이름난 화가를 얻어
湖山取次一毫收	강산을 차례차례 붓으로 담아내게 해볼까

山河異昔悔登樓	산하는 옛날과 달라 한탄하며 누각 올랐거니
幾個經邦惣5)白頭	몇몇이나 고을을 다스리며 백발이 되었을까
搖落忠魂懷故國	쓸쓸한 충혼이 옛 고을을 생각나게 하며
徘徊哀怨遶淸秋	굽이치는 애원은 맑은 가을을 에워싸는데
烟籠遠峀依俙6)出	안개는 먼 산을 두르며 어렴풋이 피어나고
潮打空城也自流	조수는 빈 성에 짓쳐들며 절로 흐르고야
浩浩歌終樽日暮	호탕하게 노래하며 날 지새도록 술 마셔보나
滄桑往刼正難收	격변한 세상 아득하여 참으로 걷잡기 어렵네

○ 이교우(李敎宇, 1881~1950) 자 치선(致善), 호 과재(果齋)

본관 전의. 단성 내고리(內古里, 현 산청군 신안면 소재) 출생. 지재 이교문의 동생으로 정재규·김진호·기우만의 문인이다. 1936년 후산서당(後山書堂)을 지어 후학을 길렀으며, 조카가 이인호(1892~1949)이다. 우산 한유(韓愉, 1868~1911)의 악부를 본뜬 「분양악부」(『과재집』권2)가 있고, 아래 시는 남해 금산을 유람할 때인 을사년(1905)에 지었다.

---

4) 長康(장강): 진(晉)나라 고개지(顧愷之)의 자. 박학하고 재기가 있었으며, 특히 인물화에 뛰어났다. 『세설신어』 「교예」.
5) 惣(총): 모두, 지배하다. 총(摠)과 동자.
6) 依俙(의희): 어렴풋이 보이는 모양, 비슷한 모양. '俙'는 희미하나.

「矗石樓」〈『과재집』 권1, 29b〉(촉석루)

黃花九月到汾陽	국화꽃 피는 구월, 진양에 당도하니
一片孤城萬仞岡	한 조각 외로운 성, 만 길의 절벽
壯士樓前秋草沒	장사 누각 앞쪽에는 가을 풀이 시들었고
佳人巖下藍江蒼	가인의 바위 아래는 쪽빛 강이 푸르도다
烟塵出沒人如夢	전장 먼지는 옅었다가 짙으니 인생사 꿈같고
水國初晴鴈欲翔	남쪽 고을 처음 개자 기러기가 비상하려는데
魚腹忠魂何處在	고깃배 속의 충혼은 어디메 있는가
沈吟終日竟難忘	온종일 읊조리나 끝내 잊기 어려워라

○ 박희순(朴熙純, 1881~1952) 자 문일(文一), 호 건재(健齋)

본관 밀양. 단성 안봉리(安峯里, 현 산청군 신안면 소재) 출생. 송은 박익의 4남인 졸당 박총의 후예로 만년에 인근 진태리의 신계정사(新溪精舍)에서 거처하며 제자를 기르고 유학의 풍도를 부흥시켰다. 후산 이도복(1862~1938)의 문인으로 정재규·권운환·권재규(1870~1952)를 종유했으며, 이교우· 이교면 등과 교유했다. 이 시는 작품 편차상 경자년(1900)경에 지었음을 알 수 있다.

「登矗石樓 次板上韻」〈『건재유고』, 65쪽〉(촉석루에 올라 현판시에 차운하다)

夢魂頻到南江流	꿈결에 자주 남강 물에 이르다가
此日始來矗石州	오늘 비로소 촉석 고을에 왔더니
山水勝形開廣堞	산수 형승은 넓은 성가퀴에 펼쳐졌고
貞忠遺跡雕高樓	정충 유적은 높은 누각 새겨져 있구려
飛花細草詩人料	흩날리는 꽃잎과 어린 풀은 시인의 소재요
穢氣腥塵烈士愁	더러운 기운과 비린 티끌은 열사의 시름이라
蒼黃世事何須說	다급한 세상사야 말할 것이 뭐 있으랴
一曲浩歌獨自遊	한 곡조 드높은 노래로 홀로 유상함일세

○ 안종두(安鍾斗, 1881~1954) 자 상부(尙夫), 호 긍암(兢庵)

본관 광주. 함안군 칠북면 영동리(榮洞里) 출생. 아들 병 치료를 위해 1943년 부산 수정동으로 이사했다가 광복 후 환거해 정침과 서실을 지어 강회(講會)의 바탕으로 삼았다. 안방걸의 12세손으로 족제 안종화(1885~1937) 등과 더불어 삼종형 안종창(1865~1918)에게 배워 큰 성취를 이루었고, 1905년 거창 다전의 면우 곽종석(1846~1919)을 배알해 질정했으며, 장석영·노상직 등을 종유하며 식견을 넓혔다.

「次矗石樓板上韻」〈『긍암집』 권1, 1b〉 (촉석루 현판시에 차운하다)

一帶長江抱郭流	한 줄기 진 강이 성 안아 흐르는데
龍蛇往劫此汀洲	용사년 전란이 벌어진 이곳 물가라
東方雄鎭汾陽郡	동방의 웅진은 진양군
南國名區矗石樓	남국의 명구는 촉석루
壯士營中眠柳1)暗	장사 병영 속에는 버드나무 우거지고
佳人巖下落花愁	가인 바위 아래로 지는 꽃이 시름겹다
登斯覽物情相異	여기 등림해 경치를 보면 정이 서로 다를진대
或慨前塵或賦遊	전란을 분개하거나 유람을 즐기기도 하는구려

○ 김진문(金鎭文, 1881~1957) 자 치행(致行), 호 홍암(弘菴)

본관 상산. 산청군 신등면 평지리 법물(法勿)마을 출생. 일찍이 종형인 물천 김진호(1845~1908)에게 독실하게 배웠다. 스승 사후 허유와 곽종석을 종유하며 한주학맥을 이었다. 1901년 정규영·김영시·김재수(1878~1962) 등과 곽종석을 모시고 남해 금산을 유람했다. 1954년 덕천서원의 「경의당중건기」(『홍암집』 권3), 「물천선생행록」(『홍암집』 권4) 등을 지었다. 이 시는 편차상 정해년(1947)에 지은 것으로 되어 있지만, 그의 생질 이사영과 김상수 시를 참고하면 무자년(1948)에 지었을 가능성이 더 높다.

---

1) 眠柳(면류): 삼면류(三眠柳)의 준말. 『한서』 「효무제기」 〈삼보고사(三輔故事)〉, "한나라 동산에는 버드나무가 있는데 사람 모양 같아서 인류라고 부른다. 하루에 세 번 자고 세 번 일어난다[漢苑中有柳, 狀如人, 號曰人柳. 一日三眠三起]".

「矗石樓會遊 用板上韻」〈『弘庵集』권1, 27a〉 (촉석루에서 모여 놀며 현판 운을 써서)

江水滔滔萬古流	강물은 넘실넘실 영원토록 흐르고
白沙蒼竹護長洲	흰 모래와 푸른 대가 긴 물가를 에웠다
辰年風雨無前劫	임진년 비바람은 예전에 없던 전란이요
南國繁華第一樓	남쪽 고을 번화함이 제일가는 누각인데
往跡蒼茫雲已逝	지난 일은 아득히 구름처럼 흘러 가버렸으며
荒祠搖落草添愁	황폐한 사당 쓸쓸하니 초목마저 시름 보태네
烟霞滿目風塵靜	안개 노을은 눈에 가득하고 풍진은 고요하다만
堪愧騷人漫浪遊	시인의 부질없는 유람을 부끄럽게 만드는구려

○ **안훈(安壎, 1881~1958)** 자 자정(子精), 호 분암(憤庵)

> 본관 순흥. 전남 곡성 출신. 안향(安珦, 1243~1306)의 후손으로 1901년 완계정사(浣溪精舍, 현 곡성군 오곡면 덕산리 소재)를 지어 많은 제자를 길렀다. 일제 탄압에 맞서 1919년 스승 곽종석 (1846~1919)이 주도한 '파리장서'에 서명했고, 또 군자금을 모금해 상해 임시정부에 제공했다. 1941년에는 의병장 이석용(李錫庸, 1878~1914)의 추모비를 임실에 세우려다 일경에 검거되어 임실 형무소에서 넉 달 넘게 옥고를 치렀다. 아래의 시는 내용으로 보아 한국전쟁 이후에 지은 것임을 알 수 있다.

「登矗石樓」〈『분암집 속』권1, 6a〉 (촉석루에 올라)

此身此世此江頭	이 신세, 이 세상, 이 강 언저리에서
吊死悲生淚未收	죽은 자 조상하고 산 자 슬퍼하니 눈물 걷히지 않네
自恨疎才兼命薄	재주 적고 기구한 운명을 스스로 한탄할지니
人間矗石亦無樓	인간 머무는 촉석에는 누각조차 없구려

○ 김낙희(金洛熙, 1881~1960) 자 백경(伯敬), 호 간암(艮菴)

본관 용궁. 하동군 북천면 사평리(沙坪里) 출생. 임란 의병장 김태백의 9세손으로 일찍이 수재 강영지(1844~1915)에게 수학했고, 약관 때에는 계남 최숙민(1837~1905)의 문인이 되었다. 1902년 남유한 최익현을 사평에서 만나 지리산행을 배종하며 경서를 질의했고, 집 근처에 지산재(止山齋)를 건립해 강학을 지속했다. 또 동지들과 함께 곤학계(困學契)를, 1915년 이택환 등과 '화계십일사(花溪十逸社)'를 결성해 우의를 다지며 망국의 한을 달랬다. 족종손이 김병림(1863~1946)이다.

「次矗石樓韻」〈『간암유고』 권1, 3a~b〉 (촉석루 시에 차운하다)

一帶長江萬古流	한 줄기 긴 강이 만고토록 흐르는데
酸雲腥霧謾凝洲	스산한 구름과 비린 먼지가 물가에 엉겼네
樓前不老千年石	누각 앞에 천년 바위는 늙지 않았고
石上空留百尺樓	바위 위에 백 척 누각 덩그러니 있구려
慷慨男兒安所適	강개한 남아는 어디로 걸거나
毀頹城郭惹生愁	무너진 성곽이 시름 자아낸다
車塵馬跡爭奔道	수레 먼지와 말발굽이 길에 분주하거니
掃却何時更設遊	언제 쓸어버리고서 다시 유람을 해보나

○ 위홍량(魏洪良, 1881~1961) 자 낙범(洛範), 호 중와(重窩)

초명 학량(鶴良). 전남 장흥 출신으로 족숙이 위계룡(1870~1948)이다. 가학을 계승하다 약관에 송사 기우만(1846~1916)을 배알한 뒤로 평생 사사했다. 송병순·최영조·오준선(1851~1931) 등을 종유했고, 위씨종약을 만들어 향리와 문중의 교화에 힘썼다. 아래의 시는 내용으로 보아 1930년대에 지었음을 알 수 있다.

「矗石樓 謹淵齋先生板上韻」〈『중와유고』 권1, 54a~b〉 (촉석루에서 연재〈송병선〉 선생의 현판시에 차운하다)

江瘞[1]忠魂幾載流	강에 묻힌 충혼은 몇 해를 유전했던가

---

1) 瘞(예): 묻다, 무덤.

斜陽立馬下長洲	석양에 말 세우고 긴 물가를 내려가서
半千里外一孤客	오백 리 밖의 한 외로운 나그네가
五十年來初見樓	오십 년 만에 와서 누각을 처음 보거니
巖石廟祠留舊蹟	암석 위의 사당에는 옛 자취가 남았고
笙歌鼓吹喚時愁	생황 노래 북소리가 시절 근심을 환기한다
第乘他日閑無事	만일 뒷날 기회를 얻어 한가해 일이 없다면
斗酒載舟更傲遊	말술을 배에 싣고 다시 마음껏 유람하리라

○ 여규철(呂圭澈, 1881~1964) 자 경함(景涵), 호 송담(松潭)

본관 함양. 옥과 용산(현 전남 곡성군 오산면 용계리) 출생. 호는 여기섭(呂驥燮)의 아들로 간재 전우의 제자이다. 어려서부터 재능이 있었으며, 나날이 성취가 있어 군 주관의 시험에서 재능을 인정받았다. 장성해서도 줄곧 고법을 따라 예의를 중시했다. 안중근, 민영환, 최익현의 의거 소식을 듣고 발분해 지은 시가 있다.

「登晉州矗石樓」 二首 〈『송담유고』 권2, 2b~3a〉 (진주 촉석루에 올라) 두 수

晉陽江水抱孤城	진양 강물이 외로운 성을 감싸 도는데
矗石樓前感復生	촉석루 앞에서 감회가 다시 이는구려
山嶽奇形從古屹	산악의 기이한 형세는 예부터 우뚝하며
龍蛇往蹟至今明	용사년의 옛 자취는 지금도 뚜렷하여라
佳人慤烈能傳世	가인의 순박한 의열은 세상에 전해지고
壯士忠魂大有聲	장사의 충혼은 명성을 크게 울릴진대
籩豆1)年年多士會	해마다 제사지내러 여러 선비가 모이나니
凜然如在降臨精	늠연한 정령이 강림해 곁에 계신 듯하도다

---

1) 籩豆(변두): 제기. '籩'은 과일이나 포를, '豆'는 식혜나 김치 등을 담음. 『시경』 「소아」 〈빈지초연〉, "변두가 나란히 놓이고 / 안주와 과일이 진열되었네[籩豆有楚, 殽核維旅]".

晉陽城裡一高樓　　진양성 안에 한 높은 누각이 있는데
風月雙淸滿古洲　　바람과 달의 맑은 기운이 옛 물가 가득하다
壯士令名山亦重　　장사의 아름다운 명성에 산 또한 막중하거니와
佳人義蹟水空流　　가인의 의로운 자취에 강물이 하염없이 흐르네
登臨曠感千秋事　　등림하니 천추의 일에 세상 드문 느낌이 들고
嘯詠還消遠客愁　　읊조리다가 먼 나그네의 근심을 다시 삭일진대
望眼恢恢多慷慨　　넓고 넓은 시야에 강개한 마음이 많다만
個中煙景畵難收　　그중 경치는 그림으로도 담기가 어렵구려

○ 이교면(李敎冕, 1882~1937) 자 주여(周汝), 호 내산(內山)

본관 전의. 단성 내고리(內古里, 현 산청군 신안면 소재) 출생. 불과 12세 때 부친인 쌍송 이희찬(1854~1893)을 여의어 중부인 우송 이희장의 보살핌을 받았고, 족형인 과재 이교우와 함께 절차탁마했다. 명호 권운환에게서 학문의 근본을 배웠고, 또 정재규와 권재규를 스승으로 모셨다. 병와 박동혁(1829~1889)과 눌암 이지영(1855~1931)의 사위이다. 아래의 시는 편차상 을사년(1905) 8월 스승 권운환을 위시한 22인과 금산을 유람할 때(『내산유고』 권1, 「숙다솔사」 시의 협주 참조) 지은 시들의 맨 끝에 배열된 것으로 보아, 창작 시점은 이때로 가늠된다.

「登矗石樓」〈『내산유고』 권1, 15b~16a〉 (촉석루에 올라)
百刼烟塵古晉陽　　백 겁 치른 전쟁터인 옛 진양인데
一樓高出鎭東岡　　누각 높이 솟아 동쪽 언덕을 눌러있네
長洲花落秋空熟　　긴 물가에 꽃 지고 가을은 부질없이 짙어가며
野渡人歸水自蒼　　들 나루로 사람이 돌아오고 물은 절로 푸른데
蹄跡成都新歲月　　짐승 발굽에 짓밟힌 도읍지는 세월이 새롭거늘
衣冠何處得翶翔1)　　벼슬아치들은 어디에서 떠돌고 있는가
戒語蚩蚩2)緇髮子3)　　어리석은 승려들에게 경고하건대

---

1) 翶翔(고상): 방황하는 모양, 새가 높이 나는 모양. '翶'는 날다. '翔'은 빙빙 돌며 날다.
2) 蚩蚩(치치): 어리석은 모양. '蚩'는 어리석다.

先王遺澤忍能忘　　　　선왕이 남긴 은택을 차마 잊지는 말길

○ 안충제(安忠濟, 1882~1939) 자 군오(君五)

본관 탐진. 의령군 부림면 입산리 출생. 안문로(1833~1921)의 손자로 족제 안희제와 절친했다. 이 시는 계묘년(1903) 10월 4일 지리산을 유람하고 귀가하던 중 과재 장석신(1841~1923)·이상규·이도묵 등과 함께 촉석루에서 퇴계시를 차운해 지은 것이다.

「矗石樓」(가제)〈장석신, 『남유록』, 107쪽〉(촉석루)

天下名區奇絶處　　　천하 명승지의 기이한 장소이거니
郡東門外一高樓　　　군 동문 밖에 한 높은 누각 있구려
佳人往蹟長江咽　　　가인의 옛 자취는 긴 강이 오열하며
壯士餘風落葉流　　　장사의 유풍은 지는 잎 따라 흐르는데
孤郭千林飛鳥沒　　　외로운 성곽 숲으로 새들이 사라지고
明沙十里白鷗浮　　　명사십리에는 흰 갈매기가 떠 있거늘
覽物傷心今古事　　　사물을 살피니 고금의 일에 마음 아파
棹歌晚發下空洲　　　저물녘 뱃노래 부르며 빈 물가 내려간다

○ 홍재하(洪載夏, 1882~1949) 자 경우(敬禹), 호 우석(愚石)·석헌(石軒)

본관 남양. 부림현 청계리(淸溪里, 현 경북 군위군 부계면 대율리) 출생. 가학을 충실히 계승했고, 천성이 명산대천을 좋아해 전국을 주유했으며, 도중에 명사들을 만나 널리 교유했다. 이 시는 1911년부터 스승으로 모신 곽종석의 문집을 단성 니동서당에서 간행할 때인 을축년(1925) 1월 18일 자동차를 타고 촉석루에 들러 지었고(「남유록」, 『우석집』 권4, 1a~b), 당시 동행한 이호대(李好大, 1901~1981)도 「남유일록」을 남겼다.

---

3) 緇髡子(치곤자): 승려. '緇'는 검은 옷. '髡'은 머리 깎다. 배성호(1851~1929)의 「유금산록」(1918)(『금석집』 권5)에 "촉석루가 승려를 양성하는 학교로 되었다."라고 했다.

「矗石樓 次板上韻」〈『우석집』권2, 10a〉(촉석루에서 현판시에 차운하다)

卄年重到此江流　　이십 년 만에 이 강가에 다시 왔노니
綠竹依然白鷺洲　　푸른 대나무는 백로주에 옛날 그대로
古郭堪憐三變海　　옛 성곽은 가련케도 세 번이나 변했지만
靈區獨擅一高樓　　신령한 구역에 높은 누각이 독차지하는데
苔荒碑沒當時蹟　　이끼 낀 비석에 그때의 자취가 묻혔고
花落巖空遠客愁　　꽃 떨어지는 바위에 객수는 하염없네
爲問軒頭舊風月　　묻노니, 처마 끝의 옛 풍월은
倘能容我更來遊　　내 거듭 노닒을 용납해주려나

○ 이우삼(李愚三, 1882~1958) 자 화영(華永), 호 운초(雲樵)

본관 벽진. 합천 목계(木溪, 현 가회면 목곡리) 출생. 집안이 가난해 수차례 이거하다 중년 이후에 산청 덕산의 천평(川坪, 현 시천면 소재)에 정착했다. 5세 때 부모를 잃어 숙부 이규화에게 특별한 사랑을 받았다. 만년에 벗들과 시를 지으며 자락했으며, 이태식(1875~1951)·이사영·조상하 등과 친했다. 절구 1행의 시어 "樓墟"로 볼 때 한국전쟁 이후에 이 시를 지었음을 짐작할 수 있다.

「矗石樓感吟」—絶一首〈『운초실기』권1, 12a~b〉(촉석루에서 감개하여 읊다) **절구 한 수와 율시 한 수**

樓墟草沒水流東　　누각 터 풀 무성하고 물은 동으로 흘러
往事蒼茫一夢中　　아득한 옛일이 한바탕 꿈속 같아라
暫憩朱娘祠1)下石　　주낭자 사당 아래의 바위에서 잠시 쉬노라니
芳香來自落花風　　향기가 꽃잎 지게 하는 바람 따라 절로 오네

憶昔龍蛇歲月流　　옛 용사년 회고컨대 세월은 흐르고 흘러
至今嗚咽夕陽洲　　지금까지도 오열하는 석양의 물가로다

---

1) 朱娘祠(주랑사): 의기사. 그는 논개 성을 주(朱)씨로 보았다.

三千里內無雙景	삼천리 안에서 둘도 없는 경치요
七十州中第一樓	칠십 고을 중에 제일의 누각이라
城堞城池餘古跡	성첩과 해자엔 옛 자취가 남았거니
江花江草喚新愁	강꽃과 강풀이 새 시름을 불러내네
佳人壯士魂應在	가인과 장사의 넋이 응당 머무를진대
戒爾緇兒[2]莫浪遊	경고하노니 승려는 함부로 놀지 말길

○ 정대수(丁大秀, 1882~1959) 자 사중(士中), 호 양천(陽泉)

본관 영광. 무장 해룡리(海龍里, 현 전북 고창군 대산면 소재) 출생. 1906년 박사 초시에 합격했으나 마침 동생이 졸하자 벼슬을 버리고 주경야독했다. 1904년 기우만의 문하에 들었고, 1910년 조부의 명을 받들어 고군도를 찾아가 전우(田愚)의 문하에 든 이후 왕등도·계화도를 왕래하면서 경전을 배웠으며, 「다산초당중건기」(『양천유고』권5)를 지었다. 1926년 동문수학한 류영선·권순명·하우식·오진영·정형규·모종관 등과 진주에서 스승 문집을 간행했다. 서암 김희진(1918~1999)의 『양재선생연보』(52쪽)에 "乙丑九月赴晉州刊所"라는 기록을 볼 때, 시제 중 '10월'의 해당 연도는 을축년(1925)임을 알 수 있다.

「登矗石樓 次板上韻」十月與柳禧卿[1]·權顧卿,[2] 入鷄龍, 奉審先師祠版, 赴晉州刊所. 〈『양천유고』권1, 40a〉(촉석루에 올라 현판시에 차운하다) 10월 류희경, 권고경과 함께 계룡산에 들어가 선사의 위패를 삼가 살피고 진주 간행소에 가다.

城下長江萬古流	성 아래로 긴 강이 만고에 흐르고
風塵往事戢沈[3]洲	풍진 몰아친 옛적 창 묻힌 물가라
南州保障汾陽府	남쪽 고을 요충지는 진양부
東國綱維矗石樓	동국의 기강을 지킨 촉석루

---

2) 緇兒(치아): 승려. 자세한 것은 이교면(1882~1937)의 시 참조.
1) 禧卿(희경): 류영선(1893~1961, 호 玄谷)의 자. 고창군 고창읍 출신. 12세 때 전우의 제자가 되었고, 1936년 권순명과 함께 간재 연보를 작성했으며, 『현곡집』이 있다.
2) 顧卿(고경): 권순명(1891~1974, 호 陽齋)의 자. 전북 고부 출신. 경술국치 이후 스승 전우를 따라 서해의 여러 섬에 들어가 15년 동안 학문에 몰두했고, 『양재집』이 있다.
3) 戢沈(극침): 전란의 자취. 용이 일람 '절극' 참조.

壯士佳人同日死　　　장사와 가인이 한 날에 죽어

玄猿4)蒼鶴至今愁　　　원숭이와 청학이 지금도 시름겨운데

師恩未報親5)年老　　　선사께 보답 못하고 부친은 연로하시니

愧我登臨作遠遊　　　등림해 원유부 지음을 부끄럽게 만드네

○ 고익주(高翊柱, 1883~1941) 자 윤보(允輔), 호 규암(圭菴)·우신(又新)

전남 화순군 도암면 봉하리 출생. 고경명의 후손으로 만년에 화순 청풍으로 이거했다. 집안 형편이
어려웠으나 공부를 게을리하지 않았고, 18세 때 일신재 정의림(1845~1910)을 찾아가 수학한 뒤
최익현과 기우만을 스승으로 섬겼으며, 중헌 황철원(1878~1932)·설주 송운회(1874~1965)와 절친
했다. 경술국치 이후 울분 속에 향리에 머물며 제자들을 육성했고, 1926년경 광양 지역의 '희양음사
(曦陽吟社)' 결성을 주도했다.

「登矗石樓」〈『규암유고』 권1, 12b〉 (촉석루에 올라)

聞名已久始登樓　　　이름난 지 오래나 비로소 누각 오르니

峭壁危欄百尺頭　　　아찔한 절벽 난간이 백 척 끝에 있는데

擧目山河非昔日　　　눈에 들어온 산하는 옛 경치가 아니고

悲歌燕趙1)不平秋　　　지사 노래는 불평하는 기색조차 없구나

義巖花落春空在　　　의암의 떨어진 꽃에 봄빛이 쓸쓸히 남았으며

烈祠風淸水自流　　　창렬사의 맑은 바람에 강물은 절로 흐르거니

勝景挽留多少客　　　빼어난 경치가 나그네를 많이도 붙잡을진대

滿江明月夕煙收　　　온 강의 밝은 달빛에 저녁 안개 사라지네

---

4) 玄猿(현원): 검은 빛깔의 원숭이. 두보, 「구일(九日)」, 『두소릉시집』 권18, "타향에 해 저무
　니 검은 원숭이 울어대고 / 옛 고향엔 서리 앞서 흰 기러기 찾아오네[殊方日落玄猿哭, 舊國
　霜前白鴈來]".

5) 親(친): 작가의 부친 정영희(1865~1927)는 당시 61세였다.

1) 悲歌燕趙(비가연조): 강개한 지사의 노래. 자세한 풀이는 김병연의 시 참조.

○ 이수민(李壽敏, 1883~1943) 자 자홍(子弘), 호 농와(農窩)

본관 재령. 밀양시 초동면 검암리(儉巖里) 출생. 인근 서당에서 학문을 익혀 식견을 갖추었고, 조상 선양에 힘을 쏟아 검산재와 망추재를 건립했으며, 하남 남수정(攬水亭)에서 '삼구계(三九契)'를 결성해 풍류를 즐겼다.

「矗石樓」〈『농와유고』 권1, 28a~b〉(촉석루)

晉陽城古水空流	진양성은 오래되고 물이 하염없이 흐르는데
曠感悠悠佇暮洲	아련히 세상 드문 감회로 저녁 물가에 섰도다
百里曾聞眞勝地	백 리 밖에서 진정 명승지라 일찍 들었으되
幾年無暇此登樓	몇 년간 틈 없다가 이제야 누각에 올랐더니
義巖霜冷佳人跡	의암의 차가운 서리는 가인의 자취요
戰壘雲沈壯士愁	전쟁터의 잠긴 구름은 장사의 근심이라
第俟[1]山河風雨定	그저 산하에 비바람이 잦아지길 기다려
更將歌酒作清遊	노래와 술로 청아한 유람 다시 해보련다

○ 한우동(韓右東, 1883~1950) 자 국명(國鳴), 호 후암(厚菴)·회산(晦山)

진주 정수리(丁樹里, 현 이반성면 평촌) 출생. 일찍이 이남(夷南) 박규환과 신암 이준구(1851~1924)의 제자가 되었고, 족당인 우산 한유(1868~1911)에게 칭찬을 들어 학문 연구에 분발했다. 1901년 『노사집』 간행일로 단성에 와 있던 정재규(1843~1911)·기우만을 뵙고 배움을 청했고, 1902년 최익현이 남유하면서 진주 용암리에 당도하자 배알해 질의했다. 정은교, 오진영, 박태형, 구연호, 이종홍(1879~1936), 허혁 등 원근의 명유들을 종유했다. 1920년 부안 계화도의 전우를 배알해 제자가 되었고, 일제강점기 내내 성현의 학문을 고수하며 울분을 달랬다.

「矗石樓 次板上韻」〈『후암유고』 권1, 34a〉(촉석루에서 현판시에 차운하다)

往事汾陽涕泗流	진양의 옛일에 눈물이 줄줄 흐르고
秋天肅氣滿汀洲	가을날 엄한 기운이 물가 가득하네

---

1) 第俟(제사): 그저 기다림. '第'는 다만. '俟'는 기다리다.

忠臣載在龍蛇錄　　　　충신이 『용사록』에 실려 있거니
詩客空登矗石樓　　　　시인은 쓸쓸히 촉석루 올랐어라
烟鎖城中垂柳色　　　　연기 자욱한 성안에 버들 빛 짙푸르며
雨添江上落花愁　　　　빗물 더한 강가에 낙화 근심 있을진대
時人不識當年恨　　　　세상 사람은 그때의 한을 알지 못하고서
歌皷無端盡日遊　　　　풍악을 까닭 없이 울리며 온종일 노니네

「河晦峯謙鎭·河柏村鳳壽·許雷山信 邀余 遊矗石樓」〈『후암유고』 권2, 7b〉
　　(회봉 하겸진, 백촌 하봉수, 뇌산 허신이 나를 초청하여 촉석루에서 노닐다)

奔竄[1]吾生未易圓　　　은거한 내 인생은 쉬이 원만하지 않아
前遊歷歷夢相懸　　　　지난 유람은 분명 꿈에서도 멀어졌다
正齋[2]枉訪曾何歲　　　양정재를 방문한 때는 그 어느 해던고
矗石重逢亦好緣　　　　촉석루에서 거듭 만나니 또 좋은 인연일세
嵐氣霏微[3]紅射日　　　이내가 조용히 일고 붉은 햇빛이 쏟아지며
波光瀲灔碧含烟　　　　물빛 반짝이고 푸르스름한 연기를 머금었다
臨歧怊悵還相勉　　　　갈림길이 서글퍼 다시 서로 권하니
老去心工在益堅　　　　늘그막에 마음이 더욱 굳어지는구려

「陪石農吳丈 遊矗石樓」〈『후암유고』 속편 권1, 15b〉 (석농 오어른〈오진영〉을 모
　　시고 촉석루에서 노닐다)

登樓覽賞俯江流　　　　등루해 감상하며 강물을 굽어보자
汀草汀花摠喚愁　　　　물가 풀과 꽃이 근심을 다 자아내네
回憶義娘巖上迹　　　　바윗가 자취에서 의랑을 떠올리나니

---

1) 奔竄(분찬): 도망쳐 숨음. '奔'은 달아나다. '竄'은 숨다, 달아나다.
2) 正齋(정재): =양정재(養正齋). 진주 지수면 승산리(勝山里)에 있던 허씨 문중의 강학소.
　　그는 이곳에서 경전의 심오한 뜻을 연구했다.
3) 霏微(비미): 가랑비나 가랑눈이 내리는 모양. '霏'는 눈이 내리다, 조용히 오는 비.

東方千古更存不　　　우리나라 천고에 다시는 있지 않을 터

○ 장기홍(張基洪, 1883~1956) 자 우범(禹範), 호 학남재(學南齋)

전남 화순군 동복면 학당리(學堂里, 현 이서면 장학리. 수몰로 폐촌) 출생. 1949년 나주 초동(草洞, 현 다시면 문동리)으로 이거했다. 1905년 2월 연재 송병선의 제자가 되었고, 심석재 송병순(1839~1912)에게서 호를 받았다. 면암 최익현이 순창에서 창의하자 적극 가담했으며, 경술국치 후 문중 일을 주도적으로 맡으면서 일제에 끝까지 굴복하지 않았다. 마을에 옹산정사(甕山精舍)를 지어 강학에 전념하는 한편, 기우만·민병승·김녕한·정의림(1845~1910)·안규용(1873~1959)·송락헌 등과 의리를 강론하며 사우로 지냈다.

「次矗石樓韻」〈『학남재유고』 권1, 26a〉 (촉석루 시에 차운하다)

忠義芳名百世流	충의의 꽃다운 이름이 백세에 전하는데
長江嗚咽抱虛洲	긴 강의 흐느끼는 소리가 빈 물가 감도네
阿誰能洗英雄恨	어느 누가 영웅의 원한을 씻어주랴만
此地空餘矗石樓	이곳에 속절없이 촉석루만 남았거니
三壯士魂應不死	삼장사의 넋은 응당 죽지 않았고
五更秋雨總爲愁	새벽 가을비가 모두 근심이 되도다
登臨我亦湖南客	등림한 내 또한 호남의 나그네거늘
慎淚垂垂[1]愧浪遊	분한 눈물이 주르륵, 허랑한 유람 부끄러이

○ 허혁(許赫, 1884~1950) 자 명건(明建), 호 도촌(陶村)

본관 김해. 의령군 칠곡면 도산리(陶山里) 출생. 어릴 때 족대부 허표(1849~1929)에게 배웠고, 송호곤·하겸진·조긍섭에게도 질정했다. 담려 허표와 관천 허모(許模)의 유고집을 발간했고, 중년에 진주에 은거하다 한국전쟁 직후 고향으로 환거한 뒤 졸했다. 장인이 미암 이현갑(1852~1926)이며, 처질이 이병학(1906~1983)이다.

---

1) 垂垂(수수): 드리운 모양, 축 처진 모양. '垂'는 드리우다.

「登矗石觀漲」〈『도촌유집』 권1, 17a~b〉 (촉석루에 올라 불어난 물을 보며)

大野瀰茫眼欲空	큰 들판이 아득하여 눈앞이 활짝 트이고
洪濤激激自生風	절로 이는 바람에 물결은 콸콸 흐르는데
晉陽一倍添佳景	진양은 곱절 아름다운 경치를 더하니
如把玆身坐畵中	마치 이 몸이 그림 속에 있는 듯

○ 류기춘(柳基春, 1884~1960) 자 화일(和一), 호 오려(吾廬)

본관 문화. 대구 여호리(驪湖里, 현 달성군 다사읍 방천리) 출생. 17세 이후 이종기(1837~1902)와 장승택(1838~1916)의 제자가 되었다. 세상이 어지러워지자 은거해 홍재희·조긍섭 등과 교유하며 지냈고, 만년에 전통 학문에 더욱 몰두했다. 어려운 이들에게 돈과 곡식을 제공했고, 풍류를 좋아해 명소를 유람하며 기행시를 많이 지었다.

「登矗石樓 次板上韻」〈『오려유고』 권1, 11a〉 (촉석루에 올라 현판시에 차운하다)

際接長江枕下流	끝에 잇닿은 긴 강이 베개 아래로 흐르고
繁華猶帶舊雄洲	번화함에도 아직까지 옛 모습 띤 웅주로다
三韓重鎭今虛地	삼한의 중진은 지금에 빈 땅이 되었으며
千載遺名獨一樓	천년에 남은 이름은 유독 한 누각이거니
碧草階前長恨意	계단 앞 푸른 풀이 몹시도 한스럽고
禁網欄外寂寥愁	난간 밖 금줄은 쓸쓸히 시름겨울진대
世間興廢何須說	세상 성쇠를 무어 하러 굳이 말하랴만
秋殺春生物[1]馬遊	순환하는 봄가을 따라 말들이 노니네

---

1) 秋殺春生物(추살춘생물): 가을의 서리가 만물을 죽이고, 봄의 따뜻한 기운이 만물을 나게 함. 곧 어김없이 찾아오는 계절의 순환.

○ 이봉로(李奉魯, 1884~1962) 자 창거(暢擧), 호 석천(石川)

본관 전의. 의령군 지정면 두곡리(杜谷里) 출생. 7세 때 부친 이근백(李根伯)이 별세해 백부의 가르침을 받았다. 약관에 벼슬길에 올라 내부주사(內部主事)에 이르렀으나 국정이 극도로 혼란하자 모친 봉양을 본분으로 여기고 귀향했고, 을사늑약 후 산수에서 시를 지으며 회포를 달랬다.

「登矗石樓」〈『석천유고』 권1, 5b~6a〉(촉석루에 올라)

長江一帶抱城流	남강 한 줄기가 성을 감싸며 흐르고
烈閣義祠耀古洲	창렬사와 의기사가 옛 물가에 빛난다
六萬軍兵經惱地	육만 군병이 난리 치른 땅
三千里界擅1)名樓	삼천리 세계에 이름 떨치는 누각
風光倍惹新亭淚	경치는 신정의 눈물을 배나 흘리게 하며
柳色增深舊國愁	버들 빛은 옛 고을 시름을 더욱 깊게 하네
獨我今行何太晩	나 홀로 이번 걸음은 어쩜 그리 늦었나
後先賢達已過遊	앞뒤로 현달한 이들이 벌써 놀다 갔거늘

○ 김종호(金鍾皓, 1884~1963) 자 영숙(英叔), 호 임계(臨溪)

본관 상산. 산청 법물리(法勿里, 현 신등면 평지리 법물마을) 출생. 일찍 모친을 여의었으나 부친에게서 엄격한 가법을 전수했다. 광복 후 토지개혁 때 관청에 호소해 선영 땅을 회복함으로써 문중의 신망이 두터웠다. '상산사호(商山四皓)'라 불린 족당 김영규·김승주(1885~1961)·김한종과 함께 중년 이후 이택당·인지재·물천서당 등을 순유하며 학문을 강마했다. 중재 김황(1896~1978)과 절친했고, 하동근의 고모부이다.

「登矗石樓」〈『임계실기』, 26쪽〉(촉석루에 올라)

南州名勝有斯樓	남쪽 고을 명승은 이 누각
檻外長江萬古流	난간 밖 남강이 만고에 흐르네

---

1) 擅(천): 원전에는 '단(壇)'으로 되어 있어 고침.

壯士佳人殉國地　　장사와 가인이 순국한 곳이거늘
登臨莫作等閑遊　　등림해선 너절한 놀음 말지어다

○ 이덕래(李德來, 1884~1964) 자 공직(孔直), 호 옥와(玉窩)

본관 전주. 곤양 추동리(楸洞里, 현 사천시 곤명면 추천리) 출생. 부친 이두순의 이종형으로 하동 북천 화정리에 은거하던 회산 이택환(1854~1924)을 찾아가 학문의 요지를 들었다. 그리고 옥종 출신으로 만년에 북천면 서황리 인천마을에 자옥정(紫玉亭)을 지어 강학하던 계남 최숙민(1837~ 1905)에게 집지했고, 또 수당 최경병(1865~1939)의 문하를 오랫동안 출입했다. 초야에 묻혀 학문에 정진했으며, 『옥와유고』가 전한다.

「重建矗石樓二首」〈『옥와유고』 권1, 39b~40a〉 (촉석루 중건 두 수)

百尺鐵橋利涉流　　백 척 철교는 강 건너기 좋은데
天涯行客往來洲　　길손이 오가는 하늘 끝 물가로다
肅淸半島三韓國　　반도의 우리나라는 깨끗이 맑아지고
重建南州一矗樓　　남쪽 고을의 촉석루가 중건되었거니
壯士祠前巢嶋老　　장사 사당 앞에 섬의 새 둥지는 오래되었고
義娘巖上落花愁　　의랑 바위 가에 떨어지는 꽃이 근심스러운데
太平樽酒人皆醉　　태평한 때 술통 속에 사람 모두 취하고서
鎭日吟筇共樂遊　　온종일 시 읊어 가며 즐거이 함께 노닌다

千尋石壁壓江流　　천 길의 돌 벼랑이 강물을 눌러있거니
客子登臨俯此洲　　나그네는 등림하여 이 물가를 굽어보네
自愛同胞仍爲國　　동포를 절로 사랑하니 나라 위함이요
堪憐古蹟築高樓　　옛 자취 슬퍼하여 높은 누각 지었거늘
天晴沙鳥閒無語　　하늘 갠 모래톱에 새는 한가로이 말 없고
節屆1)黃花晚帶愁　　가을철 국화꽃은 저녁나절 근심을 띠었구려
願得南州風日好　　바라건대 남쪽 고을에서 풍경 좋은 날을 얻어

狂歌爛醉作豪遊　　미친 듯 노래하며 억병 취해 호방히 놀아봤으면

○ 서달수(徐達洙, 1884~1970) 자 학중(學中), 호 남천(南川)

본관 이천. 전남 나주시 봉황면 철천리(鐵川里) 출생. 서산 김흥락의 문인이다. 초년에 과거 공부를 했으나 경술국치 후 선비 자세를 갖고서 학문에 전념했다. 고을 선비들의 추천으로 여러 향교의 임원을 역임했다. 후학들이 숭일계(崇一契)를 조직해 학덕을 이었다.

「晉州矗石樓韻」 〈『남천유고』, 3b〉 (진주 촉석루 운)

縹緲凌雲矗石樓	아득히 구름 위로 치솟은 촉석루가
晉陽城外大江頭	진양성 너머 큰 강 언저리에 있구려
角聲催夜千家曉	나팔소리가 밤 재촉하더니 온 마을은 새벽이고
釖氣橫空萬里秋	칼 기운이 하늘을 비껴 만 리에 뻗친 가을이라
壯士丹忱[1)]星北斗	장사의 충심은 북두성을 향하였고
佳人碧恨水東流	가인의 원한은 물 따라 동으로 흘렀지
戰爭已久滄桑變	전쟁은 오랜지라 상전벽해 하였다지만
望美歌殘淚不收	망미가 부르니 남은 눈물 거둘 수 없어라

○ 성기덕(成耆悳, 1884~1974) 호 계암(溪菴)

창녕군 창녕읍 학산리 출생. 7세 때에 주세충(朱世忠)의 문하에서, 17세 때에는 조긍섭과 노상직에게 성리학을 공부했으며, 고광선·장석영·송준필과 교유했다. 1920년 대구시 달성군 유가읍 본말리로 이거해 계암서당을 열어 학문을 연마했다. 1930년 면내 음리로 이사해 비슬산의 사효자굴(四孝子窟) 부근에 이애정(二愛亭)을 짓고 후진을 양성했다. 일제가 양력설을 강요하자 서당 벽에다 단군 연호를 붙여 놓고 제자들에게 민족혼을 일깨우다 수시로 일본 경찰에 연행되기도 하였다. 아래의 시는 「진양술회십칠절(晉陽述懷十七絕)」 중 제14수이다.

---

1) 節屆(절계): 계절, 절기. '屆'는 차례. 횟수.
1) 丹忱(단침): =단성(丹誠). 충성심. '忱'은 정성, 참마음.

「矗石樓詩」〈『계암집』 권1, 25b〉(촉석루 시)

三壯一杯樓上句1) '삼장일배'는 누각 위의 시구인데
後來追悼亦無疑 뒤에 와 추도하니 의심할 것 없어라
杯杯誤讀知如早 잔 들 때마다 잘못 읽었음을 일찍 알았더라면
未必虛傳誓死詩 죽음 맹세한 시를 굳이 허투로 전하지는 않았으리

○ 안종화(安鍾和, 1885~1937) 자 예숙(禮叔), 호 약재(約齋)

본관 광주. 함안 칠원 영동(榮洞, 현 칠북면 영동리) 출생. 성현의 학문에 뜻을 두고서 면우 곽종석과 회당 장석영(1851~1926)을 불원천리로 배알해 제자가 되었다. 1918년 족형 안종두(1881~1954)와 함께 가르침을 받은 적이 있는 삼종형 안종창(1865~1918)이 별세하자 그의 유문을 찬집했다.

「矗石樓」〈『약재집』 권1, 6b~7a〉(촉석루)

飛鳳山前一水流 비봉산 앞으로 한 줄기 강물이 흐르고
東南冠盖續芳洲 동남 벼슬아치들이 방주에 이어져왔네
綱常百世居陀國1) 대대로 강상은 거타국이요
形勝千年矗石樓 천년토록 형승은 촉석루라
壯士秋懷黃竹老 장사의 가을 정회는 시들어가는 누런 대요
佳人春恨落花愁 가인의 봄날 한은 근심스레 지는 꽃이로다
吾生不可尋常度 내 생애 정상적인 법도 찾을 수 없으니
大酒高文趁日遊 큰 술통과 고아한 글로 진종일 노닌다

---

1) 촉석루 시판으로 걸려 있는 김성일의 「촉석루일절」을 말함.
1) 居陀國(거타국): 진주의 이칭. 용어 일람 '거열' 참조.

○ 안희제(安熙濟, 1885~1943) 자 태약(太若), 호 백산(白山)

본관 탐진. 의령군 부림면 입산리 출생. 족형 안익제의 제자로 을사늑약 체결 소식을 듣자 상경해 본격적으로 국권회복운동에 뛰어들었다. 1909년 대동청년당 조직, 1914년 백산상회 설립, 1925년 『중외일보』 경영, 1930년대 중국 망명지의 발행농장 개척 등 국내외에서 독립운동을 활발히 펼치다 1943년 만주 감옥에서 병보석으로 풀려난 뒤 하루 만에 고문 후유증으로 병사했다. 이 시는 장석신 (1841~1923)이 주도한 지리산 유람단의 일원으로서 **계묘년(1903)** 10월 4일 이상규, 안충제 등과 함께 촉석루에 올라서 지었다. 하강진, 「백산 안희제의 가학전통과 유람시」, 『역사와 경계』 102호, 부산경남사학회, 2017.3 참조.

「矗石樓」(가제) 〈장석신, 『남유록』, 107쪽〉 (촉석루)

風雨晉陽三百載	비바람이 진양을 휩쓴 지 삼백 년
河山餘在此高樓	강산에 남아 있는 이 높은 누각일세
許多壯士魂何處	많고 많던 장사의 넋은 어디에 있나
不盡長江水自流	끝없는 장강의 물이 절로 흐르는데
大野遙通雙岫[1]出	넓은 들판 멀리 트인 곳에 두 산이 솟았고
夕舂[2]初落淡煙浮	저녁 방아 처음 찧자 옅은 이내가 잠기누나
空欄竟日無人地	빈 난간에 온종일 사람 없고
數曲棹歌白鷺洲	뱃노래 몇 곡 들리는 백로주

○ 정덕영(鄭德永, 1885~1956) 자 직부(直夫), 호 위당(韋堂)

본관 연일. 계재 정제용(1865~1907)의 차남으로 진주 덕산 석남촌(石南村, 현 산청군 삼장면 석남리) 출생이나 단성 백곡을 거쳐 1914년 산청 사월리로 이사했다. 1900년 이후 후산 한유(1868~1911)·하겸진·곽종석을 사사했고, 사월리의 니동서당(尼東書堂, 1920)과 남사리의 사양정사(1932)를 건립했다. 『면우집』 간행을 주도했으며, 하경락·박원종·이병화와 절친했다. 이 시는 편차로 볼 때 갑술년 (1934)에 지었음을 알 수 있다.

---

1) 雙岫(쌍수): 동쪽의 선학산과 서쪽의 숙호산, 북쪽의 비봉산과 남쪽의 망경산.
2) 夕舂(석용): 해 질 무렵. '舂'은 방아 찧다. 『회남자』 「천문훈」 참조.

「六月晦日 登矗石樓有感」〈『위당유고』권1, 9b〉(유월 그믐날 촉석루에 올라
   느낌이 있어)

此日登臨感古多	이날 등림하니 옛일에 감개함이 많고
至今江水起黃波	지금도 강물엔 누런 파도가 출렁이네
嶠南保障要營地	영남 요충지로 긴요히 경영하던 땅
樓上飮盟壯士歌	누각 올라 마시며 맹세한 장사 노래
物華異態非前國	경물은 달라져 예전의 고을이 아니고
城堞無痕繞長坡	성가퀴는 자취 없이 긴 언덕 둘렀는데
東西腥浪滔天暗	동서로 비린 물결이 하늘 차올라 뿌옇거니
況復吾生正若何	게다가 내 인생은 정말로 어떻게 될지나

○ 이사영(李士榮, 1885~1960) 자 공삼(孔三), 호 삼수(三守)

본관 재령. 할아버지 때 함안에서 진주 금산면 용심리로 이거했다. 집현면 대암리(大巖里)에서 태어난
뒤 1897년 부친 이지송을 따라 대곡면 가정리(佳亭里)로 이사했다. 이듬해 산청 법물로 가서 외삼촌
김진문(1881~1957)의 종형인 물천 김진호의 제자가 되었고 나중에 하겸진의 문인이 되었다. 창작
시점은 시 편차로 보아 1948년 진주 봉곡동에 우거할 때임을 알 수 있는데, 세 작품 중 앞의 두
시는 무자년(1948)과 기축년(1949)에 각각 지었다. 그리고 셋째 시는 제주(題注)에 있듯이 경인년
(1950) 11월에 지었다.

「矗石 用板上韻」金草廬相壽·金平谷·金弘庵·金樵山泰浩·李東庵·河雲石龍煥 參會.[1]
   〈『삼수당유고』권1, 14a〉(촉석루에서 현판시에 차운하다) 초려 김상수, 김평곡, 김홍
   암, 초산 김태호, 이동암, 운석 하용환이 모임에 참가하였다.

不斷長江浩浩流	끊임없는 긴 강이 호탕하게 흐르고
千秋嗚咽義娘洲	천추에 오열하는 의랑의 물가인데
侵略塵銷侵略地	침략한 티끌은 침략한 땅에 사라졌나니

---

1) 參會(참회): 당시 시회의 인물에 대한 자세한 정보는 김상수(1875~1955)의 시 참조.

自由人上自由樓	자유인이 자유스러운 누각에 오르는구려
白首難逢開口笑2)	늙은이는 마음 맞는 이를 만나기 어렵거늘
淸樽酌破攢眉3)愁	맑은 술 기울이며 맺힌 근심을 풀어볼진대
偏楣題詠罔專美4)	처마의 제영은 명성을 독점한 건 아니지만
高士名賢問幾遊	고매한 선비와 명현이 몇 번이나 노닐었는지

「矗石樓會吟 用河晦峰韻」〈『삼수당유고』 권1, 17b〉 (촉석루 시회에서 하회봉

〈하겸진〉의 시에 차운하다)

江上無風自在船	강변에 바람 없어 배는 그대로 있고
黃娘廟下草如煙	황랑의 사당 아래 풀빛이 안개 같다네
親朋勝集忘形久	벗들이 아름답게 모여 허물없이 지낸 지 오래
舊事恩量在眼前	옛일을 사랑스레 헤아리니 눈앞에 있는 듯한데
詩思念念壺裏酒	시 생각이 호리병 속 술로 바빠지며
斜輝冉冉水中天	석양빛이 물속 하늘에 어른거리나니
循環大運將何日	돌고 도는 대운수는 장차 그 언제런가
漆室憂心5)又此年	칠실 여인의 근심은 또 이 해인 것을

「周覽矗石樓故墟」 庚寅六月十六日夜, 北朝鮮人民軍入晉州.6) 十七日早朝, 余與家兒出,
歸村莊. 七月中, 美國飛行機爆擊, 矗石樓燒爐. 十月十一日, 余入晉州府, 崔心泉文擧先來,

---

2) 難逢開口笑(난봉개구소): 두목, 「구일제산등고(九日齊山登高)」, 『번천집』 권3, "속세에선
터놓고 웃을 사람 만나기 어렵나니 / 국화를 마땅히 머리 가득 꽂고 돌아가리[塵世難逢開
口笑, 菊花須揷滿頭歸]".

3) 攢眉(찬미): 눈썹을 찌푸림. 마음이 불편하거나 원한이 맺힌 모양. '攢'은 모으다. 소식,
「정월일일설중과회알객회작(正月一日雪中過淮謁客回作)」제2수, 『소동파시집』 권25, "무
슨 한이 있어 눈썹 찌푸리는가 / 맑은 시구를 얻어서 좋아라[攢眉有底恨, 得句不妨淸]".

4) 專美(전미): 미명(美名)을 독차지함.

5) 漆室憂心(칠실우심): 우국충정. 출처는 김현옥(1844~1910) 시의 각주 참조.

6) 참고로 김상수의 「피란일기」(『초려집』 권3)에서 "경인년 6월 10일, 북한군이 하동을 함락
했고, 아침저녁으로 진주에 침입해 온 성의 물이 끓는 듯했다."라고 기술했다.

觀矗石故墟, 作詩以示之, 依其韻輒和. 〈『삼수당유고』 권1, 18b〉 (촉석루 옛터를 두루 돌아보고) 경인년(1950) 6월 16일(양력 7월 30일) 밤에 북조선 인민군이 진주에 들어왔다. 17일 이른 아침, 내가 아이와 함께 탈출해 고향 집으로 돌아갔다. 7월(양력 8월) 중에 미국 비행기의 폭격으로 촉석루가 불탔다. 10월 11일(양력 11월 20일) 내가 진주부에 들어가니 심천 최문거(1878~1959)가 먼저 와 있었는데, 촉석루 옛터를 보고 시를 지어 보여주기에 그 운에 따라 문득 화답하였다.

戰火豈知矗石樓	전쟁 불길에 어찌 촉석루 인지했으랴
嶺南形勝付東流	영남 형승은 동쪽 유수에 부쳐지거니
將壇古迹尋無地	장군 지휘소의 옛 자취는 찾을 길 없고
娘廟孤魂渺一洲	미인 사당의 외론 넋이 물가에 아득하다
歷史千年初有事	천년 역사에 처음 벌어진 일
荒城萬戶孰悲愁	황성의 온 인가를 뉘라서 슬퍼하나
三歲登臨如夢裏	삼 년 동안 등림한 일이 꿈속 같은데
心期落漠憶前遊	쓸쓸한 마음으로 예전 유람 추억하노라

○ 김승주(金昇柱, 1885~1961) 자 영수(永邃), 호 회천(晦川)

본관 상산. 산청 법물리(法勿里, 현 신등면 평지리 법물마을) 출생. 김인섭(1827~1903)과 김진호를 사사했다. 족당 김종호·김영규·김한종과 더불어 '상산사호(商山四皓)'라 불렸으며, 중재 김황(1896~1978)과 절친했다. 본래 산수에 취미가 있어 벗들과 탐방하면서 시와 기행문을 남겼다. 이 시는 편차로 보아 갑진년(1904)에 지었음을 알 수 있다.

「次矗石樓板上韻」 〈『회천유집』 권1, 4쪽〉 (촉석루 현판시에 차운하다)

藍水澄淸碧玉流	푸른 물은 맑디맑아 벽옥이 흐르는 듯
烟霞依舊暗汀洲	안개 놀이 예전처럼 물가에 자욱한데
至今天顧義岩祠	오늘에 이르러 의암 사당을 둘러보고
懷古人登矗石樓	옛사람을 생각하며 촉석루에 올랐어라

汾城春雨紅添夢	진양성의 봄비가 붉게 내려 꿈결을 보태며
東國秋山翠滴愁	동국 가을산은 푸른 빛으로 시름 떨구나니
三十一州都會地	서른하나 고을 중 번화한 땅에
是何妖怪¹⁾往來遊	어떤 요괴가 오가며 노니는가

○ 도상조(都相朝, 1885~1965) 자 군가(君嘉), 호 고오헌(顧吾軒)

본관 성주. 대구 서촌리(西村里, 현 달서구 용산동) 출생. 낙음 도경유(1596~1636)의 후손으로 백부인 용초 도은호(1849~1926)와 족숙인 회산 도인호(都仁浩)에게서 가학을 전수했고, 효성이 지극해 향당에서 칭찬이 자자했다. 경술국치 이후 집의 편액을 '顧吾軒'으로 내달고 은둔해서는 문생들을 가르치며 선조 봉사에 힘을 쏟았다.

「矗石樓」〈『고오헌유고』권1, 16a~b〉(촉석루)

汾陽江水抱城流	진양 강물이 성을 안고 흐르는데
十里平沙五里洲	십 리 모래밭과 오 리의 물가로다
歲百千秋天借地	몇백 년 동안 하늘이 땅을 빌려주어
月三五夜客登樓	팔월대보름 날에 길손이 누각 올랐다
忠魂義魄今安在	충혼과 의백은 지금 어디에 있느뇨
歌子騷人謾作愁	노래하고 시 짓는 이가 괜한 시름 짓네
敵國風煙生遠近	적국의 바람 안개가 원근에 일어나거니
吾儕文酒此何遊	우리들이 시와 술로 어떻게 노닐 수야

---

1) 妖怪(요괴): 원전을 보면 이 시행 끝에 "時有異國人來"라는 주가 있는바 당시 진주에 이주한 일본인을 지칭한 것임. 1903년 일본인이 진주에 거주하기 시작해 1년 만에 15명으로 늘어났고, 1939년 12월말 현재 2,732명에 달했다. 승전이조 저, 김상조 역, 『진주대관』(1940), 진주신문사, 1995, 31쪽과 68쪽 참조.

○ 김영규(金永奎, 1885~1966) 자 경오(敬五), 호 존곡(存谷)·삼희(三希)

본관 상산. 산청 법물리(法勿里) 출생. 족당 김인섭(1827~1903)과 김진호의 문인이고, 일산 조병규(1846~1931)에게도 질정했다. 김영시·김진문·김종호·김승주 등과 깊이 교유했고, 산청 이택당에 허전의 영정을 봉안하는 데 진력했다. 1928년 중재 김황(1896~1978)이 신등면 내당(內塘)으로 이거해오자 더불어서 학문을 강론했다.

「矗石樓 用退溪先生板上韻」〈『존곡유고』 권1, 4a~b〉 (촉석루에서 퇴계 선생 현판시에 차운하다)

平生欽誦退陶句	평생 퇴계 시를 공경히 외었거늘
今我來登矗石樓	오늘 내 와서 촉석루에 올랐어라
壯士尊前[1]頹堞在	장사의 술잔 든 곳 앞에 무너진 성가퀴 있고
義娘巖下咽波流	의랑의 바위 아래로 오열하는 강물이 흐르네
却看高壑雲容變	문득 높은 골짜기에 구름의 변화상을 보다가
且待深林月色浮	또다시 깊은 숲속에 달빛 부상하길 기다린다
歷歷悠悠懷古事	진진하게 아득한 옛일을 떠올리며
無端終日頫[2]汀洲	괜스레 하루 내내 물가를 굽어본다

○ 이종익(李鍾翼, 1886~1951) 자 명진(鳴振), 호 고암(苦菴)

본관 성주. 경북 성주군 하남리(河南里, 현 벽진면 매수리) 출생. 어릴 적 홍호섭에게 서예를 배웠고, 17세 때 숙부 집에서 서적을 섭렵했다. 경술국치 후 석학들과 의리 학문을 강론하다가 1915년 동생과 함께 계화도의 전우를 찾아가 제자가 되었다. 1916년 학도들과 선석사에서 불교 서적을 읽었으며, 이듬해 용암면으로 이거해 10년을 머물다 환향했다. 1933년 함안의 서산서당에서 당시 영호남 명유들과 회동했으며, 동문인 오진영을 위시해 성기운·류영선·권순명·전기진·정형규 등가 도의로 교유하며 왜정(倭政)을 거부했다.

---

1) 尊前(준전): '尊'은 준(樽)과 같음. 삼장사가 술잔 들며 순국을 다짐했던 촉석루.
2) 頫(부): 머리를 숙이다, 보다.

「矗石樓」〈『고암유고』 권7, 19a〉(촉석루)

不盡長江萬古流	다함 없는 긴 강이 만고토록 흐르고
明沙綠竹總芳洲	맑은 모래 푸른 대가 물가에 빼곡한데
三千里內無雙地	삼천리 안에 둘도 없는 땅이며
七十城中第一樓	칠십 고을 중 제일의 누각이로다
壯士佳人遺大恨	장사와 가인이 큰 한을 남겼나니
詩朋酒伴付閒愁	시 친구와 술 벗이 무단한 시름 부쳐볼진대
此生安得河淸日	이 생애 언제 황하의 물 맑은 날을 얻어
快掃腥塵作勝遊	장쾌히 비린 먼지 쓸고 멋진 유람 해보나

○ 권숙봉(權肅鳳, 1886~1962) 자 성소(聖韶), 호 소계(小溪)

초명 영현(瑛鉉). 산청군 신등면 단계리 출생. 회봉 하겸진(1870~1946)과 송산 권재규(1870~1952)의 문인이다. 1919년 만세운동에 가담하다 체포되어 단성주재소에 유치되었고, 김영시(1875~1952)·정규석·류잠·이교우·김진문·김황 등과 절친해 지냈다. 아래 시는 편차로 보아 **병술년(1946)**에 지었음을 알 수 있다.

「登矗石樓 憶龍蛇古事」〈『소계유고』 권1, 23a〉(촉석루에 올라 용사년의 옛일을 떠올리며)

江流曲曲抱城回	강물은 굽이굽이 성 감싸 흐르는데
戰伐何年此地開	전쟁은 언제 이 땅에서 벌어졌던가
王國綱常三節士	나라의 변치 않는 인륜은 삼절사요
兵家籌策幾雄才	병가의 전략은 몇몇 인재에게서 나왔지
遺墟往跡樓千尺	남은 터 옛 자취에 천 척의 누각 있나니
遠客新愁酒一盃	나그네는 새로운 근심에 술 한 잔 드노라
毅魄忠魂應自在	의백과 충혼이 응당 그대로 있을진대
招招桂醑淚難裁	계피술로 넋 부르니 눈물 억제하기 어렵네

○ 육병숙(陸炳淑, 1886~1963) 자 사홍(士洪), 호 담재(潭齋)

본관 옥천. 전북 장수군 산서면 마하리 출생. 어릴 때 모친을 여의어 평생 한으로 여겼고, 부친 춘당 육남희(陸南羲)를 극진히 모셔 효행으로 이름났다. 송병선의 문인이 되어 성명(性命)과 대의를 깨쳤고, 일찍이 묵재 김정중(1865~1942)과는 나이 차이가 제법 있음에도 동문으로서 돈독한 우의를 다졌다.

「登矗石樓」七絶 〈『담재유고』 권1, 12a〉 (촉석루에 올라) **칠언절구**

客登第一晉陽城	나그네가 제일의 진양성에 올랐더니
不盡長江動石頭	다함 없는 장강이 돌머리에 출렁이네
忠義佳人投死日	충의 품은 가인이 떨어져 죽던 날
蒼天使作不期秋	하늘은 가을조차 기약하지 못하게 했지

○ 남백희(南伯熙, 1886~1969) 자 선유(善維), 호 석포(石圃)

본관 의령. 영산현 부곡리(釜谷里, 현 창녕군 부곡면 소재) 출생. 경술국치 이후 부친 남정관(南廷瓘, 1866~1922)을 따라 지리산 은곡(隱谷)에 은거하며 천륜의 즐거움을 누렸다. 10여 년 뒤 하동 옥종의 다정동(茶亭洞, 현 문암리 대정마을)으로 이거해 학문을 강마했으며, 광복 후 토지개혁 때 선현의 사원(祠院)에 소속된 토지를 지켜냈다. 만년에 하겸진의 제자가 되었고, 이일해의 부친 이현덕·하용환(1892~1961)과 평생 도의로 교유했다.

「弔矗石樓」〈『석포집』 권1, 32a~b〉 (촉석루에서 조상하다)

聞說菁江不穩流	듣던 대로 청강은 제대로 못 흐르는데
行人佇立夕陽洲	나그네가 석양 물가에 우두커니 섰노라
火生天下非常局	불길이 일어 천하는 보통 국면이 아니었고
事去嶠南第一樓	일 끝난 뒤에도 영남에서 제일의 누각일세
浥露秋蘭無舊色	이슬 젖은 가을 난초는 예전의 빛깔 없고
落風紅葉惹寒愁	바람에 지는 단풍잎은 찬 시름 일으키나니
人間寄與同彝[1]者	세상에 살며 본성을 함께 할 이는
昔日殉臣此地遊	옛날 이곳에 노닐던 순국한 충신뿐

○ 권재기(權載璣, 1887~1930) 자 자선(子璿), 호 견암(堅菴)

삼가 죽전리(竹田里, 현 합천군 대병면 성리 죽전마을) 출생. 중년에 족숙 삼외재 권명희(1865~1923)에게 가학을 익혔고, 족형 만재 권재춘(1882~1952)의 권유로 1918년 전우의 문인이 되었으며, 1920년 마을 인근의 중산(中山)에 정사를 짓고 강학소로 삼았다. 권재춘의 동생인 권재환·권재성, 하우식, 조한규, 류원준, 이보림(1903~1972) 등과 두루 교유했으나 불행히도 44세 나이로 단명했다.

「矗石樓 用板上韻」 〈『견암집』 권1, 3a〉 (촉석루에서 현판 운을 써서)

遺恨長江不盡流	여한을 품은 긴 강이 다함 없이 흐르고
胡笳浮動夕陽洲	오랑캐 피리소리가 석양 물가에 떠도네
西秋孤客登高日	가을날 외로운 나그네가 높이 올랐더니
南國名區擅勝樓	남국 명승지에 형승 독점하는 누각인데
壯士佳人終不見	장사와 가인은 끝내 뵈지 않고
獰風[1]怯雨又新愁	모진 바람과 드센 비에 또 새 수심진다
悠悠今古多懷感	아련히 예나 지금 감회가 많거늘
回首雲天却悔遊	구름 하늘에 고개 돌리니 되레 후회되는 유람

○ 김제동(金濟東, 1887~1936) 자 원즙(元楫), 호 구당(久堂)

본관 서흥. 창녕군 대합면 개복리(介福里, 현 장기리) 출생. 한원당 김굉필의 후손이고, 14세 때 부친 김규찬(金奎粲)의 명으로 심재 조긍섭(1873~1933)의 제자가 되어 40여년 줄곧 모셨다. 한유(韓愈)의 산문을 탐독해 '유백선생(愈白先生)'이라 불렸고, 스승 심재를 기리며 지은 제문이 명작으로 인정받았다. 순재 김재화(1887~1964), 손석강과 절친했다.

「矗石樓二首」 〈『구당유고』 권1, 2a~b〉 (촉석루 두 수)

方丈發源江水流	방장산에서 발원한 강물이 흐르며
東南形勝落瀛洲[1]	동남의 형승은 영주에서 멈추었다

---

1) 彛(이): 본성. 용어 일람 '병이' 참조.
1) 獰風(영풍): 사나운 바람. '獰(녕)'은 모질다.

海山秀立三分畫	해산이 삼면 그림 속에 빼어나게 서 있고
汀月孤懸百尺樓	강달은 백 척 누각에 외로이 걸려 있는데
保障如今誰死國	지금도 요해지이나 누가 나라 위해 죽을까
登臨懷古更生愁	옛일 떠올리며 등림하니 다시 근심 생기네
欲窮目力通南極	시력을 다하면 남쪽 끝으로 통하거니
短褐²⁾乘春賦遠遊	미천한 몸이 봄을 틈타 원유 시 읊조린다

義娘祠下水東流	의랑사 아래로 물이 동으로 흐르고
石也人耶宛在洲	바위든 사람이든 물가에 완연히 있는데
古木蒼藤袁璨³⁾廟	고목에 덩굴이 푸른 원찬의 사당이요
夕陽芳草仲宣樓	석양에 풀 향기로운 중선의 누각이라
巳年浩慟休須恨	용사년은 오래 전 해이니 굳이 한할 것 없으나
人代滄桑又入愁	인간 세상은 상전벽해라 또 근심으로 빠져드네
苦憶當年三壯士	당시의 삼장사를 괴로이 추억하거니
可堪⁴⁾縱酒賦淸遊	억병 취해 청아한 놀이 벌일 수 있으랴

○ 박원종(朴遠鍾, 1887~1944) 자 성진(聲振), 호 직암(直庵)

본관 밀양. 산청군 단성면 사월리(沙月里) 출생. 니계 박내오(朴來吾, 1713~1785)의 6세손으로 족대부 사촌 박규호(1850~1930)의 제자이다. 경술국치 이후 다전(茶田, 현 거창 가북면 중촌리 소재)의 곽종석을 배알하여 문인이 되었으며, 1932년 하봉수·김황·하경락·정덕영 등과 단성의 니동서당에서 곽종석 연보를 교감했다. 아래의 시 외에 진주의 풍속을 제재로 한 12수의 「진양죽지사」(『직암유집』 권2)도 있다.

---

1) 瀛洲(영주): 동해에 있다는 삼신산의 하나. 본서 배신의 「촉석루서」 각주 참조.
2) 短褐(단갈): 옛날에 천한 사람이 입던 무명베로 짠 짧은 옷. '褐'은 베옷.
3) 袁璨(원찬): 남북조시대 송나라 명제(明帝)의 충신 원찬(袁粲, 420~477)을 말하는데, 여기서 '璨'은 부친의 피휘자로 보인다. 그는 주요 관직을 거치다가 제(齊) 왕조가 들어서자 절개를 지키다가 아들과 함께 살해되었다. 『송서』 권89 「원찬전」.
4) 可堪(가감): =나감(那堪). 감명이 깊어 견딜 수 없음. '堪'은 견디다.

「上元 河海卿[1]祥逵·李和叔[2]炳穆 登矗石樓二絶」〈『직암유집』권1, 5b〉 (정
　　월 대보름에 해경 하상규, 화숙 이병목과 함께 촉석루에 올라 지은 절구 두 수)

龍蛇風雨幾春秋　　용사년 비바람이 몰아친 지 몇 해나 흘렀나
人去岩空江自流　　사람 가고 바위는 텅 빈 채 강만 절로 흐르네
愁看保障爲平地　　평지 된 성채를 근심스레 보며
落日徘徊矗石樓　　해질녘 촉석루에서 배회하노라

月上元宵淨似秋　　달은 하늘에 솟아 가을처럼 깨끗하고
滿城歌皷競風流　　성 가득 노랫소리가 풍류를 다투는데
懷古傷今無限意　　고금을 애달파하며 끝없는 생각으로
與君同醉仲宣樓　　그대들과 함께 중선루에서 취하노라

「矗石樓 次板上韻」〈『직암유집』권1, 22a〉 (촉석루에서 현판시에 차운하다)
退陶何日作風流　　퇴계는 언제 풍류를 즐겼던가
朗詠遺詩月滿洲　　남긴 시 읊으니 달빛이 물가 가득한데
古廟凄凉倚廢郭　　사당은 쓸쓸히 허물어진 성곽에 의지하고
長江浩蕩泛高樓　　남강은 넓디넓게 높다란 누각을 띄웠구나
居人猶說龍蛇刦　　사람들은 용사년 전란을 아직도 말하지만
遠客寧知猿鶴愁　　먼 나그네가 죽은 장수 시름을 어찌 알랴
回首四營今寂寞　　고개 돌리니 온 병영은 지금에 쓸쓸하거니와
傷心景物不堪遊　　경치에 마음이 아파 차마 유람을 못하겠네

「矗石樓 與族弟泰沃[3]祐鍾 共賦」〈『직암유집』권1, 26a〉 (촉석루에서 족제인

---

1) 海卿(해경): 하상규(1894년생)의 자. 독립운동가 약헌 하용제(1854~1919)의 차남으로 단
　　성면 남사리에 거주했고, 하겸진의 문인이다.
2) 和叔(화숙): 아석 이병목(1896~1984)의 자. 이당 이병화(1889~1955)의 동생으로 하겸진의
　　급문제자이고, 박원종이 그를 위해 「我石說」(『직암유집』권4)을 지었다.

태옥 우종과 함께 짓다)

孤城削壁泛江天	절벽의 외딴 성이 강가 떠 있고
落日登臨眼豁然	해질녘 등림하니 시야가 훤한데
數尺塵黃忠廟裏	두어 자 누런 먼지가 충신 사당 속 날리며
千尋水綠義巖邊	천 길 푸른 강물은 의암 가에 넘실거리구려
欲題橋柱⁴⁾羞梁客⁵⁾	다리 기둥에 글을 쓰려니 양객에게 부끄럽고
謾過漁磯恨趙船	낚시터 공연히 지나가다 조나라 배를 한하는데
自古志人多市隱	예부터 지사는 속세에 많이 은거했나니
宜君此地結茅椽⁶⁾	그대가 이곳에 띠집 지은 건 적격일세

泰沃方寓城內. 태옥이 마침 성내에 살았다.

○ 김수응(金粹應, 1887~1954) 자 순부(純夫), 호 직재(直齋)

본관 의성. 경북 성주 윤동리(倫洞里, 현 수륜면 수륜리) 출생. 가학을 계승하다 1913년 공산 송준필 (1869~1943) 문생이 되었고, 만년에 금릉(金陵)의 황학산에 정사를 지어 후진 양성과 학문에 몰두했으며, 장석영·하겸진·노상직·장상학 등 명유들과 교유했다.

「次矗石樓韻」〈『직재집』 권1, 13b〉 (촉석루 시에 차운하다)

一帶長江抱郭流	띠를 두른 남강이 성을 안고 흐르며

---

3) 泰沃(태옥): 박우종의 자. 그는 박내오의 5세손인 박헌경(1851~1933)의 장남으로, 1940년 하겸진·허유 등과 금강산을 유람했다. 부친이 1931년 우거하던 곤양 금성에서 진주 내성동으로 이거했다. 박헌수, 「四從兄處士公行狀」(『입암집』 권5) 참조.

4) 題橋柱(제교주): 출세에 대한 포부. 사마상여가 장안에 처음 갈 때 촉군(蜀郡)의 승선교(昇仙橋)를 지나다가 다리 기둥에 "사마와 높다란 수레를 타지 않고서는 이 다리를 지나지 않겠다[不乘駟馬高車, 不過此橋]."라는 글자를 쓴 고사가 있음. 『태평어람』 권73.

5) 梁客(양객): 뛰어난 문장가. 한나라 문제의 아들 양효왕(梁孝王)이 토원(兎園)에서 풍류를 함께 즐겼던 사마상여, 추양, 매승 등의 문객을 말함. 『사기』 권117 「사마상여전」.

6) 茅椽(모연): 띠로 이은 집. 묵가(墨家)가 요순의 덕행을 언급하면서 "띠로 이은 지붕은 가지런히 자르지도 않았으며, 통나무와 서까래는 깎아 다듬지 않았다[茅茨不翦, 采椽不刮]."고 하였다. 『사기』 권130 「태사공자서」.

煙雲沙鳥滿汀洲	구름 안개와 물새가 그득한 물가로다
東方忠義言三壯	동방의 충의로는 삼장사를 말하고
南國風光鎮一樓	남국 풍광은 한 누각이 압도하는데
不變千秋脩竹色	천추에 변치 않는 대숲의 빛깔
無窮古廟落花愁	사당엔 끝이 없는 낙화의 근심
淸談永日同師友	긴긴 날 사우들과 청담을 나누며
醉興滔滔物外遊	도도히 취하니 물외의 유람일세

○ 조한규(趙澣奎, 1887~1957) 자 수경(受卿), 호 척암(惕菴)

본관 함안. 함안 출생. 1916년 계화도의 전우(1841~1922)를 배알했고, 동문인 오진영·최병식·성기운(1877~1956)과 함께 단성과 의령에 스승의 영정각을 세웠으며, 산수를 좋아해 전국을 유람했다. 주체사관에 따른 북방 한계를 규명하고 구한말까지의 역사 전장제도 등을 서술한 「대동연사안설(大東聯史按說)」(1938)(『척암집』 권3)이 주목된다.

「登矗石樓」〈『척암집』 권1, 13a〉 (촉석루에 올라)

南風遠客上高樓	남풍에 나그네가 높은 누각 오르니
大野茫茫碧玉流	큰 들판 아득하고 벽옥이 흐르는데
宇內腥塵何日霽	천하의 비린 티끌은 언제나 걷힐런고
京華北望使人愁	서울 북쪽 바라보니 더욱 시름겨워라

○ 조상하(曺相夏, 1887~1962) 자 문경(文卿), 호 석암(石菴)

산청군 삼장면 대하리(臺下里) 출생으로, 한때 하동 옥종면 청룡리와 진주 비봉산 아래에 우거했다. 남명 조식의 11세손으로 삼종형이 조용상(1870~1930)이고, 재취(再娶) 인연으로 송산 권재규에게 수학했다. 일제 때 덕천서원의 남명 묘비 개수와 원우 복설(復設) 문제로 빚어진 갈등을 해결해 신망을 얻었고, 1939년 6월 『덕천서원청금록』(진주 개문사 인쇄)을 간행했다. 아래의 시는 한국동란 때 불타버린 촉석루를 제재로 삼았고, 참고로 문집을 보면 임진년(1952) 정월에 지은 작품이 시 바로 앞에 수록되어 있다.

「矗石遺墟」〈『석암유고』권1, 13b〉(촉석루 옛 터)

寸舌何言矗石樓	짤막한 말로 어찌 촉석루를 이야기하랴
南邦歷史火中流	남쪽 고을의 역사가 전란 속에 흘렀노라
漢家不保麒麟閣[1]	한나라 조정은 기린각을 보전하지 못했고
晉竈[2]重沈戰伐洲	진양성은 부엌 깊이 잠기듯 전쟁을 치렀지
士女千羣同撖市	수많은 남녀들이 함께 성시를 떠남에
烏鴉[3]百嘴轉啼愁	온갖 까마귀는 더욱 시름겨워 울었도다
長風古木管絃起	거센 바람이 고목에 풍악소리 울리듯 부니
怳若營中大纛遊	마치 병영 속에 대장 깃발이 펄럭이는 듯

○ 권녕운(權寧運, 1887~1965) 자 중일(中逸), 호 만성(晩惺)

창원 진해 죽곡촌(竹谷村, 현 죽곡동)에서 출생. 일본 와세다대를 고학으로 졸업한 후 중동중학교 교수를 거쳐 진주 인사들과 진주여중을 설립하여 12년간 교육했고, 1940년 새로 출범한 동래여중(현 동래여고)의 초대교장을 맡아 12년간 역임하면서 교세를 확장했다. 야석 이병목(1896~1984)과 절친했고, 정인보와 교유했으며, 부산고 교장·부산교대 초대학장 등을 지낸 김하득(1904~1981)이 그의 제자이다.

「矗石樓 次板上韻」〈『만성집』권2, 14a〉(촉석루 현판시에 차운하다)

晉陽城郭枕江流	진양 성곽은 강물을 굽어보는데
往事無言月在洲	지난 일은 말 없고 달 비치는 물가로다
黃葉蕭蕭秋滿地	쓸쓸한 가을날 누런 잎이 땅에 가득
白衣草草客登樓	초라한 신세의 길손이 누각에 올랐더니
荒碑草沒忠臣恨	황폐한 비석의 풀은 충신의 한을 묻었고
缺壘苔添舊國愁	깨진 성채의 이끼는 옛 근심 더하는구려

---

1) 麒麟閣(기린각): 한나라 선제(宣帝)가 공신 11인의 초상을 걸어놓았던 누각.
2) 晉竈(진조): 진양성 안의 부엌 곧 전쟁으로 큰 재앙을 입음. 용어 일람 '산판' 참조.
3) 烏鴉(오아): 까마귀.

| 義廟烈祠隣近在 | 의기사와 창렬사가 가까이에 있을진대 |
| 羞將盃酒作閒遊 | 부끄럽게도 잔 들며 너절한 유람 벌이네 |

○ 전종성(全鍾性, 1887~1967) 자 경진(敬進), 호 간암(艮菴)

본관 완산. 1451년 경주에서 합천 초계로 입촌한 전하민(全夏民)의 후손으로 도촌리(道村里, 현 쌍책면 하신리) 출생. 열 살 때 부친 우천 전중모(全中謨)가 별세하자 상례를 어른처럼 치렀고, 족숙이 소심정 전규환(1832~1893)이다. 스승 장승택(1838~1916) 사후, 송준필(1869~1943)에게 지도를 받았다. 1919년 벗들과 금강산을 기행하며 울분을 표출했다.

「矗石樓」 〈『간암유고』 권1, 3a〉 (촉석루)

大嶺東南第一樓	새재 동남에서 제일의 누각이고
巍然名鎭鳳山頭	이름난 거진이 비봉산 근처 우뚝한데
佳人往跡江心碧	가인의 옛 자취는 시퍼런 강물 속이며
壯士悲歌岳氣秋	장사의 슬픈 노래는 가을 산 기운이로다
折戟城邊春自綠	창 묻힌 성가에 봄은 절로 초록빛을 띠었고
落花巖下水空流	꽃 진 바위 아래로 물이 하염없이 흐르거늘
觀風刺史今何去	풍속 살피던 수령은 지금 어디로 갔는지
滿地愁雲鬱未收	온 땅 뒤덮은 근심 구름이 걷히질 않구려

○ 안상정(安商正, 1888~1947) 자 형윤(衡允), 호 성헌(惺軒)

본관 순흥. 의령 북곡리(北谷里) 출생. 취우정 안관(安灌, 1491~1553)의 증손인 만오당 안광원(1587 ~1679)의 후예이다. 부친 안중립을 따라 세거지 함안군 가야읍 신음리로, 1927년에는 산인면 안인리 로 이거해 인고서실(仁皐書室)을 지어 학문을 지속했다. 족형인 도천 안유상(1857~1929)에게 배웠 고, 1930년 하겸진의 제자가 되었다. 이훈호·송준필·안정려에게 질정했고, 조현규·이병주·이현욱· 노근용·김재화와 도의로 강마했다.

「矗石樓」〈『성헌집』권1, 8a~b〉(촉석루)

汾江江水拍山流	남강 강물이 산기슭을 치며 흐르나니
此是龍蛇折戟洲	이곳은 임진왜란 때 창 꺾인 물가라네
史上炫煌三壯士	역사상 빛나는 삼장사요
斗南縹緲一孤樓	북두성 이남에 아련한 외딴 누각일세
草連崩堞行人少	잡초 이어진 무너진 성첩에 행인은 드물고
月落叢祠杜宇愁	달 지는 황폐한 사당에 두견새 시름하는데
回首乾坤嗟異昔	고개 드니 천지는 참으로 옛날과 달라
不堪騷客等閑遊	시인은 너절한 유람 감당하기 어려워라

○ 권재환(權載丸, 1888~1951) 자 자용(子庸), 호 일헌(一軒)

초명 재흠(載欽). 삼가 죽전리(竹田里, 현 합천군 대병면 성리 죽전마을) 출생. 현암 권재성(1890~1955)의 형으로 간재 전우의 제자이고, 권재규·오진영·하우식 등을 종유했다. 경전 연구와 심성에 관한 학설들을 천착했고, 지리산·금산·금강산을 유람하며 격변한 세상에 대한 비분강개함을 나타냈다. 이 시는 편차상 정묘년(1927)에 지었음을 알 수 있다.

「上矗石樓」〈『일헌집』권1, 5b〉(촉석루에 올라)

依昔城前碧水流	예나 제나 성 앞으로 푸른 물이 흐르고
伴春孤客立空洲	봄을 짝한 외로운 길손이 물가에 섰도다
男兒腔血汾陽局	남아가 혈성을 가득히 쏟은 진양 고을
士女芳名矗石樓	미인이 꽃다운 이름을 떨친 촉석루
斜日招魂江上酹	석양에 혼을 불러 강가에서 술 올리나니
淸宵皷角月中愁	맑은 밤 고각소리가 달빛 속 시름겨운데
如今天地風塵世	지금에 천지는 풍진 세상 되었으니
幾人同我作閒遊	몇 사람이나 나랑 한가히 유람하랴

○ 이돈모(李敦模, 1888~1951) 자 처윤(處胤), 호 근재(謹齋)·매사(梅沙)

본관 전주. 전남 광양시 봉강면 봉당리(鳳堂里) 출생. 형제간 우애가 돈독해 향리에 칭송되었고, 성리학을 체계적으로 연구하기 위해 그 요점을 뽑아 책을 만들었으며, 창씨개명을 끝까지 거부했다. 간재 전우(1841~1922)의 제자로서 엄정한 몸가짐과 풍부한 학식으로 존경받았고, 작품 편차상 이 시는 정묘년(1927)에 지었음을 알 수 있다.

「矗石樓 次板上韻」〈『근재집』 권1, 17b〉(촉석루에서 현판시에 차운하다)

沙光石氣滿空流	모래 빛과 돌 기운은 하늘 가득히 흐르는데
往事蒼茫折戟洲	지난 일은 아득하고 부러진 창 묻힌 물가로다
一死峥嵘輸義勇	결사의 의지 드높아 의용군이 모여들었고
千秋形勝有亭樓	천추토록 빼어난 경치로 이 누각 있구려
江山尙帶英雄恨	강산이 지금도 영웅의 한을 품어
風月還添旅客愁	풍월이 외려 나그네 시름을 더하네
寄語昇平諸將士	태평한 때 여러 장사에게 말할진대
酣歌莫謾作遨遊	취토록 노래하며 함부로 즐기지 마오

○ 정쾌석(鄭快錫, 1888~1965) 자 학명(學明), 호 만오(晩悟)

본관 해주. 진주 이반성면 용암리(龍岩里) 출생. 향리에 은거하며 오직 인륜대의를 밝히는 데 뜻을 두었다. 선세의 삼효각(三孝閣)을 창건하고 세보(世譜)를 중수했으며, 화수계(花樹契)를 창립했다.

「登矗石樓」〈『만오시고』, 6a〉(촉석루에 올라)

南州第一擅名區	남쪽 고을에서 첫째로 이름 떨치는데
十里孤城百尺樓	십 리 외로운 성에 백 척 누각 있구려
飛鳳山岑無限屹	비봉산 봉우리는 끝없이 높고
楓川[1]江水不休流	풍천 강물은 쉼 없이 흐르나니

---

1) 楓川(풍천): 남강의 상류. 남원 봉화산에서 발원해 인월의 남천과 합류한 뒤 남으로 흘러

義娘祠外蒼松欝　　　의랑사 너머로 푸른 솔이 울창하며
壯士臺前白日浮　　　장사 지휘대 앞으로 태양이 떠 있다
始識地靈人傑在　　　알겠어라, 지령과 인걸은 그대로고
忠魂凛凛閱千秋　　　늠름한 충혼이 천년을 지나왔음을

○ 손영석(孫永錫, 1888~1968) 자 명부(明夫), 호 완계(玩溪)

본관 밀양. 진주 수곡면 원계리(元溪里) 출생. 아들이 손창수(1910~1988)이다. 진주 연계재 증축에
앞장섰고, 창렬사를 보수했으며, 한국전쟁 때 파괴된 덕천서원을 수리했다. 천성이 명승을 좋아하여
벗들과 금강산·석왕사·지리산 등을 유람했고, 남해 금산을 가던 길에 갑자기 병을 얻어 졸했다. 이
시는 편차상 임인년(1962)에 지었음을 알 수 있다.

「登矗石樓」〈『완계정고실록』 제2편, 16쪽〉 (촉석루에 올라)

龍頭[1]飛歠碧江流　　　용두에서 술 마실 제 푸른 강이 흐르고
千古名城此一洲　　　긴 세월 이름난 성이 이곳 물가에 있도다
義妓祠前楓掃壁　　　의기사 앞으로 단풍잎이 벽을 쓸고
庚寅年後月初樓[2]　　　경인년 뒤 달이 처음 누각 비추는데
廢興有數人何力　　　흥폐는 운수 있어 인력인들 무엇하랴마는
形勝無端客易愁　　　형승은 까닭 없이 나그네 시름 쉬 젖게 하네
箐雨紛紛吹隔岸　　　시누대밭에 비가 부슬부슬 언덕 너머 흩날리니
憑欄半餉作淸遊　　　난간 기대어 잠깐이나마 청아한 유람 즐겨보네

남강을 거쳐 남해로 흘러든다.
1) 龍頭(용두): 촉석루가 용두사의 옛티에 건립되었다. 정유정(1611~1674)의 시 참조.
2) 경인년은 1950년 한국전쟁이 일어난 해. 이로써 제재가 촉석루 중건임을 알 수 있다.

○ 이태하(李泰夏, 1888~1973) 자 우경(禹卿), 호 남곡(南谷)

본관 철성(고성). 의령군 정곡면 오방리(五方里) 출생. 백부가 자동 이정모(1846~1875)으로 족형인 수산 이태식을 따라 곽종석(1846~1919)의 제자가 되어 학문에 분발했다. 경술국치 이후 부친과 함께 합천 가회면 목곡리(木谷理)에 들어가 독서를 즐거움으로 삼고 인근 자제들을 가르치는 데 전념하다 광복이 되자 환거했다. 만년에 단성과 진주에 사는 선비 15인과 보만계(保晩契)를 결성해 시문을 지었다.

「矗石樓重建落成韻」〈『남곡유고』 권1, 45a〉 (촉석루 중건 낙성운)

矗石江城擅海東	촉석의 강성은 해동에 떨쳤거늘
一樓重建古今同	누각이 중건되니 고금에 한가지라
雕梁更照千秋月	아로새긴 대들보에 천추의 달 다시 비치며
畫棟仍吹萬里風	화려한 기둥에 만 리의 바람이 이내 부는데
壯士忠魂波不渴	장사의 충혼은 물결에 마르지 않았고
官娃義跡與岩通	관기의 의로운 자취는 바위로 통하구려
憑軒遙想龍蛇蹟	난간에 기대 임란 자취를 아련히 떠올릴진대
顯晦[1]升沈理未容	성쇠와 부침의 이치를 받아들이기 어렵구려

○ 오효원(吳孝媛, 1889~?) 호 소파(小坡)·수구(隨鷗)

본관 해주. 초명 덕원(德媛). 경북 의성 출생. 1902년 부친 오시선(吳時善)이 감옥에 갇히자 상경해 대속을 자청한 것이 계기가 되어 민영환·민병석·여규형 등에게 문재를 인정받았다. 1908년 여학교 설립을 위해 이등박문의 소개장을 들고 도일해 기부금을 모았고, 귀국 후 교사 생활을 하다가 1916년 상해로 가서 '수구음사(隨鷗吟社)'에 참여해 이름을 알렸으며, 양계초·원세개의 두 아들과 교유했다. 1929년 발간한 시집은 큰 반향을 일으켰다. 또 서화의 대가 이종원과 강유위에게 글씨를 배워 1930년 전후로 빈민 구제를 위한 자선 휘호회를 개최했다. 한편 이능화의 『조선해어화사』(1927)에 그녀의 사진과 함께 문예 활동이 자세히 소개되어 있다. 신익철 역, 『역주 소파여사시집』, 의성군청, 2017.

---

1) 顯晦(현회): 벼슬과 은둔, 현달과 은퇴, 성쇠, 명암. '晦'는 어둡다.

「登矗石樓」〈『소파여사시집』 중편, 51쪽〉 (촉석루에 올라)

矗樓獨上意重重　　촉석루 홀로 오르니 마음 어찌나 무겁던지

寂寞山河瘞玉容　　적막한 산하에 옥 같은 얼굴이 묻혀 있네

屹立層岩旌忠節　　우뚝 솟은 층암에 충절이 드날리거늘

幾人到此敢不恭　　누군들 이곳에서 공손하지 않으리오

○ 이병화(李炳和, 1889~1955) 자 탁여(卓汝), 호 이당(頤堂)

본관 성주. 초명 병립(炳立). 산청군 단성면 사월리 출생. 모당 이호근(1859~1902)의 차남이고,
모친은 정택교의 딸이며, 매제가 허만책(1890~1862)이다. 동생 이병목과 함께 삼종조인 월연 이도추
에게 수학해 문리를 깨쳤고, 1933년부터 하겸진의 제자가 되었다. 경술국치 후 상경해 수년간 머물며
일본 정세를 탐색했고, 한국전쟁 때 미군의 폭격으로 1948년부터 우거하던 진주성 안의 집이 불타자
고향으로 돌아왔다.

「與家弟¹⁾ 登矗石樓」〈『이당집』 권1, 26a~b〉 (동생과 함께 촉석루에 올라)

悠悠往事水同流　　까마득한 옛일은 강물과 함께 흐르는데

石老沙明雲白洲　　늙은 바위 맑은 모래 흰 구름 물가로다

百刼經來猶勝地　　오랜 세월 지났으되 여전히 좋은 곳이고

三魂²⁾宛在此高樓　　세 영혼은 이 고루에 완연히 있는 듯하네

蒼茫驛樹紆秋望　　아득한 역 나무에 가을 풍경 드리웠고

縹緲湖山入晚愁　　아련한 강산에 저녁 시름 스며드는데

搖蕩羈懷難自定　　일렁대는 나그네 심회 절로 진정키 어렵나니

蘭舟誰與月中遊　　배 타고 누구와 함께 달빛 속을 노닐어보나

---

1) 家弟(가제): 아석 이병목(1896~1984). 맏형은 이병곤(李炳坤)이다.
2) 三魂(삼혼): 삼장사의 영혼.

○ 전기진(田璂鎭, 1889~1962) 자 순형(舜衡), 호 비천(飛泉)

본관 담양. 의령군 칠곡면 산북리 양천(陽泉)마을 출신. 1904년 공주 신전(薪田)에서 강학하던 간재 전우를 배알해 제자가 되었고, 1911년 왕등도에 들어가 스승의 시문을 산정했다. 1925년 10월 오진영, 권순명, 류영선, 하유식, 최원, 김정호, 정형규, 조한규 등과 함께 진주에 간행소를 설치한 뒤 다음해 연활자로 『간재사고(艮齋私稿)』를 인쇄했다. 그리고 의령 지리지 『의춘지(宜春誌)』(1931) 간행 때 교정자로 참여했다.

「矗石樓同友人 酬許明建[1]赫·吳德潤[2]學璣」〈『비천집』 권1, 17b〉 (촉석루에 서 벗들과 함께 하면서 명건 허혁, 덕윤 오학기와 응수하다)

古堞雲飛江水空	옛 성첩에 구름 날고 강물은 하염없는데
登樓百感已彌中	누각 오르니 온갖 느낌이 마음속 가득하다
蕭蕭猿鶴洲邊月	원학이 쓸쓸한 모래톱 가에 달이 떠 있고
歷歷龍蛇戰後風	용사 자취 뚜렷한 전장에 바람이 불거니
浮世人生休眼白[3]	덧없는 인생사 따가운 눈길은 접어 두고서
午天壚酒入唇紅[4]	한낮에 주막 술로 붉은 입술을 적셔야지
親朋近住汾城底	가까운 벗들이 진양성 아래 가까이 살며
矗石相招意氣通	촉석루에 서로를 초대하니 의기가 통함일세

「矗石樓」〈『비천집』 권2, 3b〉 (촉석루)

飛鳳山前晉水陽	비봉산 앞, 진주 남강 북쪽
東風道路掛城長	봄바람 부는 도로가 긴 성에 걸쳤는데
往時戰骨生霜白	옛날은 전사자 해골에 흰 서리가 내렸다만
此日名樓帶夕蒼	오늘은 명루에 아스라한 저녁 경치 띠었도다

---

1) 明建(명건): 허혁(1884~1950, 호 陶村)의 자.
2) 德潤(덕윤): 오학기(1883~?)의 자. 호는 몽재(蒙齋). 의령군 대의면 천곡리에 거주했고, 후산 이도복(1862~1938)의 문인임.
3) 眼白(안백): 흰자위가 많이 보이는 눈, 곧 따가운 눈길. 진나라 완적(阮籍)이 반가운 사람을 만나면 청안(靑眼)을 뜨고 속된 선비를 만나면 백안(白眼)을 떴다. 『진서』 권49 「완적전」.
4) 唇紅(순홍): 붉은 입술. '唇(진, 놀라다)'이 '脣(순, 입술)'과 통용자로도 쓰임.

愁極江鼉5)沙底窟	시름 지극한 자라는 모래 굴로 들어가며
吊憑海鶴日中䑲	슬픔을 띤 갈매기는 한낮에 잔질 하는데
腥塵滿地無人掃	비린 먼지가 땅에 가득해도 쓰는 사람 없고
蛙竈6)烟沈草樹芳	진양성엔 연기 잠기고 초목만 우거져 있구려

○ 정헌철(鄭憲喆, 1889~1969) 자 안경(顏卿), 호 석재(石齋)

> 본관 초계. 일명 낙시(樂時). 산청군 단성면 백곡리(栢谷里, 현 호리) 출생. 하겸진의 문인으로 『동아일보』를 창간호부터 읽기 시작해 세계 흐름에 정통했다. 수사에 얽매이지 않은 시문을 추구했으며, 김승주·권숙봉·권도용 등과 교유했다. 이 시는 전후 편차로 보아 기묘년(1939)에 지었음을 알 수 있다.

「抵矗石樓」〈『석재유고』권1, 13a〉(촉석루에 이르러)

三壯把盃昔此樓	삼장사가 잔 들던 옛날 이 누각
英名宇宙付悠悠	빛나는 이름이 세상에 유유히 부쳤고
忠魂應不同江水	충혼은 응당 같은 강물이 아니지만
滔滔無心向日流	무심하게 해를 향해 도도히 흐른다

「留晉邑滯雨十數日 無聊有感用矗石樓韵」〈『석재유고』권1, 19b〉(진주 읍에서 비로 십여 일을 머물면서 심심풀이로 촉석루 시에 차운하여 느낌을 쓰다)

光陰滾滾水東流	세월 속에 물이 이엄이엄 동으로 흐르고
渺渺荒波不見洲	거친 물결은 아득하여 물가에 뵈지 않네
因酒酩酊非暑藥1)	술로 얼큰히 취하나 더위 다스리는 약 아니고
留心淡泊是凉樓	마음을 담박하게 붙드는 건 서늘한 누각이라네

---

5) 江鼉(강타): 강 속에 사는 자라나 악어 등. '鼉'는 악어.
6) 蛙竈(와조): 개구리 알을 낳은 부엌. 여기서는 황폐한 진양성. 용어 일람 '삼판' 참조.
1) 원전에 "당시 벗들이 술을 많이 가져와 서로 권했다[時有友人, 多携酒相勸]."라는 주가 달려 있다.

重輕物態交情見	중하고 가벼운 세태와 우정이 드러나거니
冷暖人情世道愁	차고 따뜻한 인정과 세도가 근심스럽다오
自笑儒冠無用所	스스로 유자의 관이 소용없음을 비웃다가
雨中獨伴故人遊	빗속에 홀로 옛 사람의 놀이를 짝해본다

○ 하정근(河貞根, 1889~1973) 자 중호(重浩), 호 묵재(黙齋)

시랑공파. 진주 단동(丹洞, 현 대곡면 단목리) 출생. 4세 때 생모 김씨를 여의어 큰형수 안씨에게 양육되었고, 삼종숙 아단 하계휘(1874~1943)에게 수학했다. 얼마 뒤 하동 옥종면 운곡으로 이거한 뒤 하겸진·곽종석에게 배웠으며, 1947년 다시 단목에 돌아와 단지공 하협(河悏, 1583~1625)을 기리는 제월정(霽月亭)을 짓고서 선비들과 교유했다. 『덕천사우연원록』(1960) 편찬에도 적극 참여했고, 강주행 등과 『진양속지』(1967) 간행을 주도했다. 또 하협부터 요절한 백형 하환식(1863~1886)에 이르기까지 직계 12인의 유문을 모아 『지상세제록(池上世濟錄)』(1962)을 간행했다. 이복형이 하장식(1873~1941)이고, 손자가 전 국회의원 하순봉(河舜鳳)이다.

「矗石樓」〈『묵재집』 권1, 62b~63a〉 (촉석루)

形勝南州此一樓	경치 빼어난 남쪽 고을에 이 누각 있는데
丹崖翠壁倒長洲	붉은 벼랑과 푸른 절벽은 물가로 넘어질듯
岩前叢竹今猶綠	바위 앞 대숲은 지금도 여전히 푸르고
檻外蒼波不渴流	난간 밖 창파는 마르지 않고 흐르도다
忠義輸心能報國	충의로 마음 바쳐 나라에 보답했거늘
山河擧目謾生愁	산하 바라봄에 부질없이 시름 생기나니
老來縱有登臨興	늘그막에 등림의 흥취가 있을지언정
返悔登臨汗漫遊	등림해 너절히 노닒은 도리어 후회되리

「戊申夏 與李蘭史鉉台 登矗石樓 叙懷」〈『묵재집』 권1, 63a〉 (무신년(1968) 여름 난사 이현태와 함께 촉석루에서 회포를 풀다)

| 危臨矗矗石崖樓 | 높이 솟은 벼랑에 누각이 아찔하며 |
| 樓下晴沙十里洲 | 누각 아래 모래 맑은 십 리 물가로다 |

剛¹⁾喜軒高眸遠屬 높은 난간을 바야흐로 즐기며 먼 경관을 바라보고
頓忘炎退日西流 더위 물러감을 잠깐 잊었더니 해는 서쪽으로 지는데
屹然岩立波嗚咽 우뚝한 바위는 꼿꼿하고 물결은 오열하거니
寂若城殘草喚愁 적막한 성은 퇴락하고 잡초는 근심을 부르네
眺望無端多慷慨 바라보매 까닭 없이 강개함이 많거늘
向人肯說得優遊 남에게 어찌 한가한 유람을 말하리오

○ 권재성(權載性, 1890~1955) 자 자상(子常), 호 현암(弦菴)

삼가 죽전리(竹田里, 현 합천군 대병면 성리 죽전마을) 출생. 일헌 권재환(1888~1951)의 동생이다. 송병순과 전우의 문인으로 권용현·이보림(1903~1972) 등과 친했으며, 평생 향리에 은거하면서 성리학을 연구했다. 아들이 권옥현(1912~1999)이다.

「矗石樓 次板上韻」〈『현암집』권1, 18b~19a〉 (촉석루에서 현판시에 차운하다)

三版終沈水逆流 삼판성은 끝내 침몰해 물이 역류했으니
誰爲保障晉陽洲 누가 진양 물가를 요충지로 여겼겠나
滄桑大劫無餘土 상전벽해라 남은 땅이 없다지만
宇宙高名出一樓 세상에 고명한 누각이 높이 솟았는데
曠感有懷人宛在 광세의 감회 있는 사람이 완연히 있어
不知還謂我何愁 돌아갈 줄 모르고 내게 무슨 근심을 말하네
行過義妓祠前路 의기사 앞쪽 길을 지나노라니
慚愧男兒汗漫遊 부끄러워라, 남아의 부질없는 유람이

---

1) 剛(강): 바야흐로, 굳세다.

○ 김영선(金永善, 1890~1960) 자 우삼(友三), 호 죽하(竹下)

본관 김해. 임란 때 산청 오부에서 거의한 취죽헌 김수매(金守梅)의 후손인 조부 김주옥이 입향한 거창군 주상면 완대리 완수대 마을 출생. 6세 때 백부 김완현에게 『격몽요결』을, 약관 때 후암 송증헌·열재 이조영에게 학문 비결을 배웠다. 1930년 마을에 유허 상태로 있던 취죽헌의 학사재(學射齋)를 중건했고, 1938년 선친 김규현 5형제의 우애를 기리기 위해 오우정(五友亭)을 건립했다.

「登矗石樓」〈『죽하유고』 권상, 20쪽〉(촉석루에 올라)

孤舟來泛溫江流	외로운 배 타고 오니 따뜻한 강이 흐르고
曠感龍蛇折戟洲	옛 감회 있는 용사년 때 창 묻힌 물가인데
保障寬民[1]三版地	선정 베푼 요충지는 삼판만 남아 있다마는
朱欄畫棟一層樓	붉은 난간 화려한 기둥의 고층 누각 있구려
佳人壯士當年事	가인 장사가 그 당시 일을 당하였고
豪傑英雄幾世愁	영웅호걸들은 몇 대나 근심하였던가
今日慘光如昔日	지금의 참담한 광경은 옛날과 같거늘
願君莫作太平遊	바라건대 그대들은 태평한 놀음 말게나

○ 허만책(許萬策, 1890~1962) 자 경교(敬敎), 호 회당(晦堂)

본관 김해. 진주 지수면 승산리(勝山里) 출생. 임란 의병장인 관란 허국주(1548~1608)의 11세손으로, 15세 때 산청 남사 출신으로 삼가 목계(1898)를 거쳐 단성 신매동(新梅洞)으로 환거해 있던 모당 이호근(1859~1902) 사위가 되어 학문을 연마했다. 1938년 집 근처에 운당정사(雲塘精舍)를 지어 수양 공간으로 삼았고, 이 무렵 수산 이태식·각재 권삼현과 의령의 수도사에서 도의로 교유했다. 한국전쟁 때 연로한 부친 허현(許現)을 등에 업고 빗발치는 포탄 속에서 도피한 뒤 무사히 돌아왔다. 처남이 이당 이병화(1889~1955)이고, 족형이 허만박(1866~1917)이다.

「登矗石樓」〈『회당집』 권1, 20a~b〉(촉석루에 올라)

晉水千年泛一樓	천 년 진양 강에 누각 하나 떠 있고

---

1) 寬民(관민): 형벌을 늦추거나 조세를 감면해 백성을 너그럽게 대함.

龍蛇往蹟沒龜頭[1]	용사년 옛일은 비석 속에 묻혀 있다
軒楣幾歷蒼黃雨	처마에 급작스러운 비가 얼마나 몰아쳤던가
宇宙多丁百六[2]秋	세상에서 액운 시절을 많이도 만났었는데
南國英魂寒月吊	남쪽 고을의 꽃다운 넋은 찬 달이 슬퍼하며
東風征馬夕陽流	봄바람 속에 가던 말이 석양 물가 이르러니
江山依舊登臨恨	강산은 예 그대로나 올라본즉 한스러워
到此無心景物收	이곳에서 경치 담을 마음이 없노매라

○ 이전후(李典厚, 1890~1963) 자 신오(愼五), 호 극암(克庵)

본관 벽진. 의령군 낙서면 내제리(來濟里) 출생. 집안이 가난해 14세가 넘어 『천자문』과 『소학』을 읽었고, 『퇴계집』과 『대산집』을 틈틈이 보았고, 성재 조유찬(1860~1934)의 권장을 받아 경사 연구에 분발했다. 1913년 창녕 무원정(無遠亭)에 머물 때 그곳에 소장된 만여 권의 서적을 열람해 식견을 넓혔고, 이 무렵 심재 조긍섭(1873~1933)의 제자가 되었다. 동문수학한 순재 김재화, 도산 성순영, 우인 조규철(1906~1982)과 친했다.

「矗石樓 次板上韻」〈『극암유고』 권상, 19a~b〉 (촉석루에서 현판시에 차운하다)

晉陽城下大江流	진양성 아래로 큰 강이 흐르고
白鷺明沙十里洲	백로 노니는 모래밭이 십 리인 물가로다
百代聲名三壯士	수백 년 동안 명예로운 이는 삼장사요
千年風月一高樓	천년토록 경치가 빼어난 높은 누각이라
戰場爛熳[1]新春色	전쟁터에 새 봄빛이 흐드러지고
喬木凄凉古國愁	교목에 옛 고을 근심이 처량한데
義妓祠前聊一酹	의기사 앞에 술 한 잔을 올리거늘

---

1) 龜頭(귀두): 거북 머리 모양의 비석 받침돌. 여기서는 경상감사 서문중(徐文重)이 1686년 경상우병사 이기하(李基夏)에게 지시해 건립한 '촉석정충단비'를 말함.
2) 丁百六(정백륙): 기막힌 액운을 당함. '丁'은 일을 만나다. '百六'은 106년마다 도래한다는 재액의 시대나 운수. 『성호사설』 권7「천지문」〈陽九百六〉 참조.
1) 爛熳(난만): 꽃이 흐드러지게 핀 모양. '爛(란)'은 무르익다. '熳'은 빛나다.

男兒還愧浪吟遊   남아가 읊조리며 노닒이 되레 부끄럽네

○ 여경엽(余璟燁, 1890~1969) 자 필보(弼寶), 호 운암(雲巖)

본관 의령. 하동군 악양면 축지리(丑只里)에서 출생했고 나중에 화심리로 환거했다. 호정 여건상(1846~1915)의 차남으로, 1913년 명치대학 법학과를 졸업했다. 귀국한 뒤 진해와 삼천포 경찰서에서 간부로 지냈고, 1910년대 후반부터 기업인으로 활동했다. 하동 유지로서 선현의 유적을 되살리는 데 크게 일조했으며, 군내의 육성 사업에 열정을 보였다. 한편 민족문제연구소에서는 경찰분야 친일인사로 분류했고, 형 여종엽(余琮燁)은 1930년 『하동지속수』를 간행할 때 중심 역할을 했다.

「次矗石樓韻」〈『운암유고』 권1, 45a〉(촉석루 시에 차운하다)

頭城滾滾大江流   성 가에 큰 강이 이엄이엄 흐르는데
慷慨男兒幾渡洲   강개한 남아 몇이나 물가를 건넜는가
義妓祠前猶有石   의기사 앞에는 아직도 바위 있으며
忠臣去後獨餘樓   충신 떠난 뒤 홀로 누각이 남았거늘
浪花不盡乾坤恨   물보라는 세상의 한을 다하지 않았고
葭露空成逆旅愁   갈대는 나그네 시름을 속절없이 만드네
八域嗟呼蹄迹[1]爛   아, 팔도는 금수 발자국에 문드러졌나니
那時歌舞畫欄遊   언제쯤 화려한 누각에서 가무하며 노니나

○ 정순방(鄭淳邦, 1891~1960) 자 자률(子律), 호 초당(草堂)

본관 하동. 전남 화순군 한천면 금전리(金田里) 출생. 약관에 연재 송병선의 고제인 지암 정인채(1855~1934)의 문인이 되었고, 백부 송병선에게 입양된 지재 송철헌(宋哲憲, 1870~1924. 송병순의 장남)에게 나아가 깊은 가르침을 받았다. 우애와 효성이 극진해 사림(士林)의 모범이 되었고, 산수를 좋아해 명승지를 두루 다녔다.

---

1) 蹄迹(제적): 금수 발자국, 곧 일제의 지배.

「登矗石樓 次板上韻」〈『초당유고』권1, 44a〉(촉석루에 올라 현판시에 차운하다)

南紀淸江水自流　　　　　남쪽 벼리에 맑은 강물이 절로 흐르고
萬川皆赴古汀洲　　　　　온 실개천이 옛 물가로 달려가는데
長波猶碧挑人涉　　　　　긴 물결은 여태 푸르러 사람 건너기를 부추기며
白日全晴散客愁　　　　　태양은 온통 맑아 길손 시름을 사라지게 하도다
百變星霜維有石　　　　　백번 세월이 변해온들 오직 바위가 있고
一經風雨更高樓　　　　　한번 비바람 스쳤으되 누각 더욱 높아라
乾坤不謝爭登路　　　　　천지는 다투어 오름을 사양하지 않거늘
今古男兒幾度遊　　　　　예나 지금 남아는 몇 번이나 노닐었나

○ 정연준(鄭然準, 1891~1961) 자 원경(源卿), 호 일재(一齋)

본관 연일. 진주 동곡(桐谷, 현 하동군 옥종면 대곡리 소재) 출생. 동료 하재문의 양자인 극재 하헌진 (1859~1921)의 사위가 되어 학문을 계발했고, 이를 계기로 하겸진의 문인이 되었다. 1919년 일본에 건너가 선진 문물과 외국 서적에 감발해 동지들과 토론했고, 얼마 뒤 환국했다. 이 시는 편차로 볼 때 경오년(1930)에 지었음을 알 수 있다.

「次矗石樓板上韻」〈『일재유집』권1, 4a〉(촉석루 현판시에 차운하다)

晉陽寂寞大江流　　　　　적막한 진양에 큰 강이 흐르는데
壯士不還月在洲　　　　　장사는 안 돌아오고 달만 물가에 떴구려
山河笻到三秋客　　　　　산하에 막대 짚고 길손이 가을철 당도하니
宇宙名高百尺樓　　　　　세상에 명성 높은 아스라한 누각이어라
風雨已成過去刦　　　　　바람과 비는 이미 옛 재난을 만들었고
雲烟摠管[1]遠來愁　　　　구름과 안개가 다 깊은 근심 자아내는데
寄語同心多少子　　　　　마음 맞는 그대들에게 이르노니
登臨莫作等閑遊　　　　　등림하면 소홀히 노닐지는 말게

---

1) 摠管(총관): 전체를 관할함, 또는 그 벼슬. '摠'은 총(總)과 동자.

○ 김석규(金錫圭, 1891~1967) 자 낙중(洛中), 호 현초(賢樵)

본관 김녕. 11대조 김선귀(金善貴)가 정묘호란 뒤 충북 영동에서 남하 이거한 진주 미천면 향양리 개심(開心)마을 출생. 백촌 김문기의 후예로 김형주의 2남임. 백형과 함께 정재규 문하에서 수학했고, '십필명(十必銘)'을 평생의 경구로 삼았다. 아래 시는 『향양연방록(向陽聯芳錄)』(1972) 권2에 수록되어 있는데, 이 문집은 요절한 백형 김정규(1888~1908)의 『매은유고』와 동생 김봉규(1894~1957)의 『성초유고』를 합편한 것이다.

「重建矗石樓」〈『현초유고』, 22b~23a〉(중건 촉석루)

抱城藍水一如流	쪽빛 물이 성을 감싸며 한결같이 흐르는데
依舊棟樑建此洲	예대로 기둥과 대들보를 이 물가에 세웠네
東國忠魂鄰義妓	우리나라 충혼에 의기 사당이 이웃했고
南州名勝擅高樓	남쪽 고을 명승으로 높은 누각이 떨치거늘
丹靑照輝飛禽棲	밝게 빛나는 단청에 나는 새들이 깃들이며
皓月揚光宿鷺愁	눈부시게 흰 달을 자던 해오라기 근심하네
古迹永懷多慷慨	고적은 길이 강개함을 많이도 간직할진대
登臨那得作漫遊	등림한다면 어찌 너절한 유람을 즐기랴

○ 윤병형(尹炳馨, 1891~1967) 자 덕환(德煥), 호 심재(尋齋)

본관 칠원. 합천군 묘산면 팔심리(八尋里) 출생. 증조부는 윤상의, 조부는 비서감승 윤영달, 부친은 한성부주사 윤창학이다. 1915년 계화도의 전우를 찾아가 제자가 되었고, 동문인 오진영·최병심·정형규·전기진과 도의로 강마했다. 족숙이 윤우학(1852~1930)이다. 아래 시는 시제에 있듯이 촉석루가 중건되고 2년 뒤인 **임인년(1962)**에 지은 것이다.

「壬寅四月十二日 與夏西坡[1]·李宇·禹甲基·許棣·禹小翠·權春圃·郭柄琪 登矗石樓 共吟」〈『심재유고』 권1, 29b〉(임인년(1962) 4월 12일

---

1) 夏西坡(하서파): 대구 수성구 만촌동 출신으로 『열암집』(총간 속102)을 남긴 하시찬(夏時贊, 1750~1828)의 후예이나 자세한 정보는 미상.

하서파, 이우, 우갑기, 허체, 우소취, 권춘포, 곽병기와 함께 촉석루에 올라 읊다)

天以長江抱堞流	하늘이 긴 강으로 성을 안아 흐르게 하고
靑蘭綠竹暎芳洲	파란 난초 푸른 대가 꽃다운 물가 비춘다
寒鴉亂噪摧斜日	갈까마귀 어지럽게 울며 석양을 가로막고
商女2)無心唱碧樓	여자는 푸른 누각에서 무심히 노래하는데
醉興碑前吟益壯	술 취해 비석 앞에서 읊으니 더욱 씩씩해지더니만
落花祠畔掃還愁	꽃 떨어진 사당 주변을 청소하니 도로 수심겨워라
而今聞說重新美	지금 듣건대 다시 참신하고 아름답다 말하거니
招友選時作此遊	초대된 벗들이 시간 택해 이번 유람을 해봄일세

○ 이인호(李麟鎬, 1892~1949) 자 공언(孔彦), 호 성재(醒齋)

본관 전의. 족보의 이름은 경석(瓊錫). 단성 내고리(內古里, 현 산청군 신안면 소재) 출생. 동천 이교호 (1870~1937)의 아들로 12~13세 때 숙부 이교우(1881~1950)에게 수학했다. 권운환·권재규·정재규의 문인이 되어 경사에 능숙했고, 특히 우산 한유(1868~1911)의 총애가 깊었다. 일찍이 서울에서 유학할 때 석촌 윤용구와 동강 김녕한의 각별한 사랑을 받기도 했다. 율학과 수학을 비롯해 훈민정음의 자모와 외국어에도 정통했고, 숙부와 마찬가지로 「분양악부」(『성재유고』 권1)를 지었다.

「矗石樓懷古」〈『성재유고』 권1, 7b~8a〉 (촉석루 회고)

繄1)我平生多慷慨	아, 내 평생 강개함이 많아
杖藜逍遙彌宇內	막대 짚고 온 누리를 다니다가
善竹幾見碧血斑	선죽교에서 몇 번이나 푸른 핏자국 보았고
露梁曾祭貞魂酹	노량에서 곧은 넋에 일찍이 제주를 올렸지
日日弔盡忠臣魂	날이면 날마다 충신의 넋을 힘써 위로할진대
髮竪膽寒淚交頤	머리칼 곤두서고 간담 서늘하며 눈물은 턱에 고였어라

---

2) 商女(상녀): 망국의 한을 알지 못하는 사람. 출치는 최병식(1867~1928)의 시 참조.
1) 繄(예): 탄식하는 소리, 창 전대, 비단.

今又更渡汾陽水	지금 또 진양 강을 건너니
秋風蕭瑟水漣漪2)	추풍은 소슬하고 물결은 잔잔하다
緬憶龍蛇壯士事	아득히 용사년 장사의 일을 떠올리자
弥中熱血沸不休	가슴속 끓는 뜨거운 피가 그치질 않네
伊昔海酋渡梁時	옛날 바다 오랑캐가 노량을 건널 때
廟堂倉皇3)救國謀	조정에서 서둘러 구국을 도모했나니
晉陽況是衝要地	진양은 더구나 요충지라
若見陷奪事尤危	빼앗기게 되면 사태가 더욱 위급해짐에
壯士遂倡起大義	장사가 드디어 대의를 부르짖고 일어나
沫血4)奮身猛驅馳	피눈물 흘리며 몸을 떨쳐 거세게 달려갔지
皇天何不吊孤忠	하늘은 어이 외로운 충정을 돕지 않아
一朝城陷悽萬事	하루아침에 성 무너져 만사를 슬프게 했나
男兒到此生何以	남아들은 이곳에서 산들 무엇하리 하며
一盃共投長江水	한 잔 들고 함께 장강 물에 몸을 던졌네
長江之水清且濶	장강의 물은 맑고도 넓은데
魂從彭屈5)共棲止	넋은 도연명·굴원과 함께 머물리니
至今猶疑楓林下	지금 아마도 단풍 숲 아래일 터라
怒濤山立吼有聲	성난 물결이 산처럼 치솟아 소리도 크고
且念蕙質6)何能爾	또 고운 바탕을 생각건대 어쩌면 그렇게도
抱酋入水忘我生	제 생명 잊고서 적장 안아 물에 빠졌던가

---

2) 漣漪(연의): 잔물결이 이는 모양. '漣(련)'은 물결의 움직임. '漪'는 잔물결.

3) 倉皇(창황): 급히 서두름. '倉'은 갑자기. '皇'은 사물의 모양.

4) 沫血(말혈): 피눈물을 흘림. '沫'은 흘러내리는 모양. 죽음을 무릅쓰고 싸우려는 마음.

5) 彭屈(팽굴): 팽택(彭澤) 현령을 지낸 남북조시대 동진의 도연명(365~427)과 멱라수에 빠져 죽은 초나라 굴원(B.C.340~B.C.278)을 말하는데, 지조 있는 선비를 상징함.

6) 蕙質(혜질): =미질(美質). 미인의 체질, 곧 미인의 몸과 마음이 모두 아름다움. '蕙'는 난초, 아름답다. '質'은 바탕. 송나라 포조(鮑照), 「무성부(蕪城賦)」, "동도의 아름다운 여인이요 / 남국의 고운 사람이라 / 난초 같은 마음이요, 비단 같은 바탕이며 / 옥 같은 용모요, 붉은 입술인데[東都妙姬, 南國麗人, 蕙心紈質, 玉貌絳脣]".

居人尚說義妓巖	사람들은 아직도 의기암을 말하니
千秋妓籍亦有榮	천추토록 기적에 또한 영광 있도다
嗚呼此時復何時	아아, 지금은 다시 어느 때인가
海鯨再來據東洋	왜놈이 거듭 와 우리나라를 차지했거늘
歎息靈魂知也未	탄식하건대 신령한 넋은 알고나 계시는지
如何陰隲久茫茫	어찌하면 아득한 하늘이 음덕을 베푸실까
也識精靈瞠7)有目	알겠고야, 정령이 눈을 부릅뜨고 있으니
訴天斬羯8)豈無日	하늘에 빌면 오랑캐 벨 날이 어찌 없으랴
嗟彼紛紛視猪子	아, 저렇게 날뛰는 돼지들을 보나니
登樓寧不心戰怵9)	등루함에 어찌 떨리는 마음 없을쏘냐

「與李可興東翰 登矗石樓 次板上韻」〈『성재유고』 권2, 14a~b〉(가흥 이동한 과 함께 촉석루에 올라 현판시에 차운하다)

往事蒼茫問去舟	아득한 옛일을 가는 배에서 묻노니
高樓煙水幾春秋	물안개 낀 고루는 몇 해나 보냈던고
絶唱江南李諫議10)	간의대부 이인로가 강남을 절창했건만
至今花鳥欲深愁	지금은 새조차 깊은 시름에 잠기려네

「與許有11)登矗石樓」〈『성재유고』 권2, 15b〉(허유와 함께 촉석루에 올라)

綠陰如水水如陰	녹음은 물 같고 물은 녹음 같아
一上高樓坐却深	고루에 한번 오르니 절로 그윽한데

---

7) 瞠(당): 똑바로 보다.
8) 斬羯(참갈): 왜놈을 물리치다. '羯'은 오랑캐 종족 이름.
9) 戰怵(전출): 두려운 모양. '戰'은 두려워서 떨다. '怵'은 두려워하다.
10) 우간의대부를 지낸 이인로(李仁老, 1152~1220)가 속된 세상을 등지고 싶어 지리산 청학 동을 찾아 갔으나 끝내 찾지 못하고 대신 7언율시를 지어 바위에 새겨두고 온 사실을 말한다. 『파한집』 권상 제14화.
11) 許有(허유, 1907~?. 자 尙善): 뇌산 허신의 장남으로 하동 운곡(雲谷, 현 옥종면 청룡리) 통촌(桶村)에 거주함. 사장어른인 하겸진의 문인.

名區閱盡知無此	명승지 두루 보아도 이런 곳 없나니
百遍登來不厭心	백 번을 등림한들 물리지 않으리

○ 정인보(鄭寅普, 1893~1950) 자 경업(經業), 호 담원(舊園)·위당(爲堂)

본관 동래. 초명 경시(景施). 서울 종현(鐘峴) 외가에서 출생. 을사늑약 이후 부모를 따라 충청도
진천·목천 등지에 은거하며 학문에 전념했고, 1910년 이건방의 제자가 되었다. 1911년 중국 상해에
서 홍명희, 봉천과 안동에서 노상익·노상직 형제를 만났다. 1913년 상해에서 신채호를 만났으며,
이듬해 박은식·신규식·김규식 등과 '동제사(同濟社)'를 조직한 바 있다. 귀국 후 문필 활동과 교육계에
종사하면서 민족계몽운동을 주도했다. 광복 후에는 국학을 부흥시키기 위해 국학대학 학장에 취임했
고, 대한민국 초대 정부의 감찰위원장을 1년간 맡기도 했다. 한국전쟁 발발 직후인 7월 31일 북한군에
납치되었다.

「偶思 往歲1)題晉州矗石樓一聯 枕上足之」〈『담원정인보전집』권6 「담원
문록」 5, 74쪽〉 (지난해 진주 촉석루에 제한 한 수가 우연히 생각나 베갯머리에서
채워 넣다)

誰道南江日夜流	누가 남강이 밤낮 흐른다 말했나
依然碧玉舊汀洲	푸른 옥빛이 옛 물가에 여전하네
沈吟竟夕非關興	저녁내 읊조려보나 흥과는 상관없기로
憑眺隨人且上樓	멀리 바라보려 사람 따라 누각 올랐더니
殘堞西風鳥雀語	낡은 성첩에 가을바람 부니 새들이 지저귀고
荒祠落日蘼蕪2)愁	황폐한 사당에 해지자 궁궁이가 시름겹도다
秋雲渺渺終何極	가을 구름은 아득하여 끝조차 알 수 없는데
却羨蒲帆飽不收	마음껏 떠다니는 부들 돛배가 대뜸 부럽고야

---

1) 往歲(왕세): 작년. 정인보가 1924년 진주의 하겸진을 방문한 사실은 『회봉선생연보』(43a)
에서 확인된다. 당시 촉석루 시를 지었음을 유추할 수 있고, 그렇다면 작품 속의 올해는
을축년(1925)이다.
2) 蘼蕪(미무): = 천궁(川芎). 궁궁이.

○ 송희영(宋憙永, 1893~1961) 자 윤숙(允叔), 호 일암(一庵)

본관 은진. 합천군 삼가 병목리(並木里, 현 대병면 유전리) 출생. 일찍 모친을 여의어 백모의 손에서 자랐다. 백부와 중부에게서 수업했고, 재종숙부가 송호준이다. 『소학』의 요체를 실천하며 홍암 김진문(1881~1957)·중재 김황 등과 교유했고, 국민대 사학과 교수를 지낸 아들 효산 송찬식(1936~1984)이 김황의 사위이다.

「次矗石樓軸中韻」 〈『일암유고』 권1, 2a〉 (촉석루 시축 중의 운을 따라)

形勝南州第一樓	남쪽 고을 형승으로는 제일의 누각
巍然獨立海東頭	우뚝이 강 동쪽 언저리에 홀로 섰노니
麗朝往蹟渾如夢	고려 시대의 옛 자취가 온통 꿈인 양하고
壯士英風凛似秋	장사의 영웅적 풍모는 늠름하기 추상같구려
遠樹重重開活畫	울창한 먼 숲이 활기 넘치는 그림을 펼치며
長江滾滾際天流	긴 강은 넘실넘실 하늘에 잇닿아 흐를진대
詞人自有昇平樂	시인은 스스로 태평세월 즐거움이 있어서
落日憑欄興未收	해질녘 난간 기대니 흥취를 거둘 수 없네

○ 이원희(李愿熙, 1893~1963) 자 영순(永淳), 호 오운(吾雲)

본관 성산. 강양(江陽) 자곡(紫谷, 현 합천군 합천읍 외곡리) 출생. 14세 때 합천군수 조중익(趙重翊)이 개최한 백일장에서 『소학』 강론으로 포상을 받았고, 1919년 삼일운동에 참여해 일경에 체포되어 고초를 겪었다. 초야에 묻혀 지내다 부산에 한약국을 개설해 있던 장남 이재춘을 따라와 살다 별세했다.

「矗石樓」 晉州 〈『오운실기』 권1, 7a〉 (촉석루) 진주

晉陽城外水長流	진양성 밖으로 강물은 길이 흐르고
綠竹猗猗1)覆遠洲	무성한 푸른 대숲이 뒤덮은 먼 물가라
萬古忠臣三壯士	만고의 충신은 삼장사

---

1) 猗猗(의의): 많고 성한 모양, 아름답고 성한 모양. '猗'는 우거진 모양.

千年勝地一高樓	천년 승지는 한 높은 누각
試看城堡荒穨跡	성채를 보니 황폐한 자취뿐
猶悸²⁾龍蛇浩刼愁	용사년 오랜 근심에 가슴은 두근두근
往事聞來多慷慨	지난 일을 듣건대 강개함이 많나니
詩人何暇浪吟遊	시인은 어느 겨를에 읊조리며 노닐꼬

○ 심상봉(沈相鳳, 1893~1964) 자 덕오(德梧), 호 춘천(春泉)

단성 용흥리(龍興里, 현 산청군 신안면 외고리) 출생. 과재 이교우(1881~1950)의 제자로 권재규·김
녕한·이도복·김극영(1863~1941)·하겸진 등에게도 편지로 질정했다. 이인호·김황·권창현(1900~
1976) 등과 절친했고, 아들이 심규섭(1916~1950)이다. 안중근 의사의 이등박문 저격 소식을 듣고
지은 「문안의사보국수사(聞安義士報國讎事)」 시가 있다.

「矗石樓 次申菁川¹⁾韻」〈『춘천당집』 권1, 5a〉 (촉석루에서 신청천의 시에 차운
하다)

一帶長江抱郭流	한 줄기 긴 강이 성을 안고 흐르는데
危欄縹緲俯芳洲	아득히 높은 난간에서 물가를 굽어보니
沙明十里鷗尋夢	맑은 모래 십 리에 갈매기는 꿈나라를 찾고
月白三更客上樓	달빛 흰 한밤에 나그네는 누각에 올랐어라
壯士祠前衰草沒	장사 사당 앞에는 시든 풀이 뒤덮었으며
佳人巖下落花愁	가인 바위 아래로 지는 꽃이 시름겹도다
蒼茫往事問無處	아련한 옛일을 물을 곳조차 없을진대
樽酒謾成半日遊	술통 마주하며 부질없이 한나절 노니네

---

2) 悸(계): 가슴이 두근거리다.
1) 菁川(청천): 신유한의 호 '靑泉'의 오기. '菁川'은 남강의 이칭.

○ 김상윤(金相潤, 1893~1975) 자 국로(國露), 호 원포(元圃)

본관 광주. 구봉 김수인(1563~1626)의 11세손. 조부 김용철이 밀양에서 이주한 김해시 생림면 성포리(省浦里) 출생. 상재 조종활에게 배우다가 경술국치 후 부친 김수영이 한림면 시산리(匙山里)로 이사했고, 이를 계기로 심재 조병원과 족대부에게 수학했다. 해서와 초서에 능했다.

「晉州矗石樓」〈『원포유고』 권1, 4쪽〉(진주 촉석루)

晉水滔滔萬古流	진주 남강이 도도히 만고에 흐르는데
江南歸客立長洲	강남으로 돌아가는 객이 긴 물가에 서서
佳人扶義摩挲石	가인이 의를 지킨 바위를 쓰다듬고
壯士輸忠仰望樓	장사가 충성 바친 누각을 우러러본다
六五[1]干戈疎國防	외국과의 전쟁은 국방을 소홀히 한 탓일진대
三千兵馬備邊愁	삼천리 병마는 변방의 근심을 대비해야 할 터
窮廬遙想前人賦	외진 집에서 아득히 옛사람 시를 생각하노니
何日名區一往遊	언제 이름난 곳에 한번 가서 노닐어보나

○ 김탁동(金鐸東, 1894~1942) 자 명우(鳴宇), 호 혜당(蕙堂)

본관 경주. 진주 문암리(文巖里, 현 하동군 옥종면 소재) 출생. 약관에 회봉 하겸진(1870~1946)의 제자가 되어 총애를 받았고, 시문에 능해 명성이 자자했으나 어릴 적부터 건강이 허약해 49세에 단명하고 말았다. 평소 경전 외에 김택영·황현의 서적을 가까이했다. 작품 편차상 첫 번째 시제의 두 작품은 신유년(1921)에 지었고, 두 번째 시제의 시들은 병자년(1936)에 지었음을 알 수 있다.

「矗石樓 次韻滬堂[1]集韻」 七言律一, 五言律一 〈『혜당유고』 권1, 13a~b〉(촉석루에서 『소호당집』의 시에 차운하다) 칠언율시 1수, 오언율시 1수

龍蛇何日事紛紛   용사년 그 언젠가 세상사 뒤숭숭해

---

1) 六五(육오): 외적의 침입을 뜻함, 곧 임진왜란. 『주역』 「사괘(師卦)」 〈六五〉, "밭에 새가 있다. 명령을 받드는 것이 이로우니 허물이 없으리라[田有禽. 利執言, 無咎]".

1) 韶滬堂(소호당): 김택영(1850~1927)의 호. 해당 시는 본서 참조.

出沒狉貅百萬軍	맹수 같은 백만 왜적들이 출몰했나니
壯士無歸江有水	장사는 돌아오지 않는데 강물만 흐르며
佳人一笑石生雲	가인이 쓴웃음 지은 바위엔 구름이 이네
有樓獨立窮秋色	치솟은 누각에 완연히 가을빛이 깊어만 가고
短郭凄凉落日曛	야트막한 성곽에 처량히 해가 붉게 지는데
虽俗不知懷古事	속인일망정 옛일 생각하는 것조차 잊고서
狂歌亂舞醉紅裙	미친 듯 노래하고 춤추며 기녀와 취하도다
千古傷心地	천고에 마음 아픈 땅은
無如此晉州	이 진주 만한 곳 없어라
風雲凄欲怒	풍운은 처량히 성내는 듯하고
江石墮還浮	강돌은 잠겼다 다시 떠오르네
梯空僧出閣	공중의 층계 딛고 승려가 누각 나서자
隨月妓登舟	달빛 따라 기생이 배에 오르는구나
試問蕩遊子	묻노니, 질탕한 놀이꾼들이여
簫皷忍向洲	풍악 울리며 차마 물가로 간단 말가

「題矗石樓」〈『혜당유고』 권1, 70b~71b〉 (촉석루에 제하다)

落日閒雲矗石樓	해질녘 구름이 한가로운 촉석루
戰塵如夢苦回頭	꿈같은 전란이 괴로워 고개 돌리노니
夕風故作荒祠雨	저녁 바람은 황폐한 사당에 비를 짐짓 만들고
寒月曾經古壘秋	차가운 달은 옛 성에 가을빛을 진작 비추었다
隨處繁華方外色	어딜 가든 번화함은 세상 밖 경치거늘
至今藍水懸前流	지금도 푸른 물은 앞쪽에 급하게 흐른다
蕭條異代登臨恨	딴 시대에 쓸쓸히 등림함이 한스러운데
汽笛笙歌夜不收	기적과 생황 노래는 밤에도 아니 멈추네

萬戸將窮出一樓	온 마을 끝나는 곳에 한 누각 특출한데
雙祠2)東畔古城頭	동쪽 두둑의 쌍묘가 옛 성 위에 있구려
龍蛇漠漠雲垂地	용사년 일 아득하고 구름이 땅에 깔리는데
猿鶴蕭蕭月入秋	죽은 장수 쓸쓸하고 달빛은 가을로 드누나
絶勝軒窓依古昔	빼어난 처마와 창문은 옛날 그대로고
飄零名節尙傳流	덧없는 명성과 절의는 아직도 전해진다
斜陽沈醉歸來晚	저물녘 몹시 취해 돌아오기조차 늦었거니
漁笛漁歌遠遠收	어부의 피리와 노랫소리가 멀리 사라지네
凌雲3)何處賦登樓	어디서 호기로운 등루부 지을까 하여
矗石軒前一擧頭	촉석루 처마 앞에서 머리를 들었더니
竟日蹄輪4)通遠夜	하루 내 인적은 이슥한 밤까지 이어지고
四時風物媚深秋	네 계절 경치는 깊은 가을날에 어여쁘다
令人自有山河感	사람들에게 절로 산하에 감발하게 하여
勝地渾忘歲月流	승지에서 가는 세월을 몽땅 잊을만하건만
百戰遺墟今宛在	백전의 옛터가 지금도 또렷이 있을진대
凄風凄雨杳難收	쌀쌀한 비바람 치니 더욱 걷잡기 어려워라
汾陽風物曉登樓	진양 경치 구경하러 새벽녘 누각에 올라
大野全城一轉頭	고개 돌리니 너른 들과 온전한 성이로다
萬戸相爭金碧氣	집집이 화려한 기상을 서로 다투고
半江如帶白雲秋	강 절반은 백운의 가을빛 띠었는데
轟輪滿載繁華至	요란한 수레는 번화함을 가득 실어 당도하고
暮笛遙將別淚流	저녁 피리에 아득히 작별의 눈물이 흐르도다

---

2) 雙祠(쌍사): = 쌍묘(雙廟).
3) 凌雲(능운): 탈속한 기상을 의미함. 유래는 이단상(1628~1669)의 시 각주 참조.
4) 蹄輪(제륜): 말발굽과 수레바퀴, 곧 시끌벅적하게 왕래하는 모양.

| 今古蒼蒼多少恨 | 고금에 원한이 그 얼마나 많았던지 |
| 空欄徒倚不能收 | 빈 난간 바장이며 걷잡지 못하겠네 |

○ 김상준(金相峻, 1894~1971) 자 성흠(聖欽), 호 남파(南坡)

본관 상산. 초명 상종(相琮). 산청군 신등면 평지리 법물마을 출생. 어릴 때 부친인 평곡 김영시 (1875~1952)의 엄한 교육을 받았다. 삼일운동 때 부친이 의거 자금을 댄 혐의로 달성감옥에 투옥되자 감형을 위해 천금을 아끼지 않아 가세가 기울었으며, 산청에서 달성까지 도보로 오가며 고통을 함께 했다. 이후 일경의 혹독한 감시를 받았으며, 자기 생전에 부친 문집을 간행하지 못한 것을 큰 한으로 여겼다.

「矗石樓」〈『남파유고』 권1, 5b~6a〉 (촉석루)

一帶長江背郭流	한 줄기 남강이 성곽 등져 흐르는데
至今人道洗兵洲	아직도 병기 씻은 물가라 일컫는구나
萬古忠臣三壯士	만고의 충신은 삼장사
千秋名勝一高樓	천추의 명승은 높은 누각
凄凄陰雨佳娥淚	부슬부슬 구름비는 가인의 눈물이요
颯颯1)寒風客子愁	우수수 찬바람은 나그네의 시름이라
此日不堪慷慨事	요즘 강개한 일로 떨떠름하거늘
肯將盃酒作閑遊	어찌 술 마시며 한가히 유람하랴

「登矗石樓有感」〈『남파유고』 권1, 21a〉 (촉석루에 올라 느낀 바 있어)

匹馬來臨折戟洲	필마로 창 부러진 물가에 다다르니
側身2)天地意悠悠	세상을 비켰으나 마음은 여유롭다
滿城板屋重重起	온 성에는 집들이 빼곡히 들어섰고

---

1) 颯颯(삽삽): 바람이 쌀쌀하게 부는 소리, 비가 쏟아지는 소리. '颯'은 바람소리.
2) 側身(측신): 몸을 한쪽으로 비킴, 곧 삼가느라고 잠시도 편안치 못한 상태.

環海烟塵漠漠浮	바다엔 안개 먼지 아득히 깔렸는데
烈士千年明似日	열사는 천년토록 태양처럼 빛나고
高樓六月冷如秋	고루는 유월이나 가을같이 차구나
欲言往事多慷慨	지난 일 말하려니 슬픈 생각 많아져
縱飮3)三盃滌我愁	세 순배 흠뻑 마시며 근심을 씻노라

「再登矗石樓」〈『남파유고』 권1, 28b〉 (다시 촉석루에 올라)

矗石樓上登臨客	촉석루 위에 나그네 등림하여
至今猶說龍蛇厄	지금도 용사년 액운을 들먹이네
孤城月暈蟻援4)絶	달무리 진 외딴 성엔 구원병마저 끊겼고
百戰山河餘折戟	백전 벌어진 산하에 부러진 창만 남았었지
悲風慘雨六月晦	구슬픈 비바람이 휘몰아치던 유월 그믐날에
哀哀六萬寃血赤	애달프게 육만 명의 원통한 피 붉게 흘렸나니
時有沙場啾啾聲	때때로 모래밭의 구슬픈 울음소리가
如聞雨濕天陰夕	비 오고 컴컴한 저녁이면 들리는 듯
壯士忠魂應不死	장사 충혼은 응당 죽지 않았고
滔滔江水流今昔	강물은 넘실넘실 예대로 흐르거늘
佳人遺恨尚難盡	가인의 남은 한은 아직도 다하기 어려운데
岩花已落江草碧	바위 꽃은 이미 떨어지고 강풀은 푸르구나
而今世事變滄桑	오늘날 세상일은 순식간에 변하거니
回首出門已往迹	고개 돌려 문 나서자 이미 옛 자취라
我將熱血化長釼	내 뜨거운 피를 긴 칼로 바꾸어서
紫氣衝天時吐赤	자기가 하늘 뻗치듯 붉은 마음 토할진대
痛飮盃酒知何日	술 실컷 마실 날은 그 언제런가

---

3) 縱飮(종음): 마음껏 술을 마심. '縱'은 멋대로.
4) 蟻援(의원): 구원하는 병사를 뜻함. '蟻'는 개미, 곧 수효가 개미처럼 많음.

一曲悲歌江月白　　한 곡조 슬픈 노래 부르니 강달이 밝아오네

○ 하우선(河禹善, 1894~1975) 자 자도(子導), 호 담헌(澹軒)

사직공파. 진주 심방동(尋芳洞, 현 하동군 옥종면 안계리) 출생. 하홍달의 9세손인 사와 하재도(1869 ~1931)의 아들로, 어려서부터 조부인 니곡 하응로(1848~1916)에게 가르침을 받았다. 1910년 안중근 의사가 사형되자 제문을 지어 애도했고, 1914년 다전의 곽종석을 배알했으며, 집안 어른 하겸진에게도 나아가 수학했다. 노상직·조긍섭 등과 학문적으로 교유했고, 만년에 사산서당(士山書堂)에서 제자를 가르쳤다. 해방 후 덕천서원 원임이 되어 유계(儒契)를 만들어 동재를 지었고, 김재수(1878~1962)·하정근 등과 함께 1960년 『덕천사우연원록』을 완성해 남명학파 연구의 기초를 마련했다.

「追次矗石樓重建韻」〈『담헌집』 권2, 17a~b〉 (촉석루 중건 시에 뒤따라 차운하다)

矗石重出[1]晉山東　　촉석루가 진주 동쪽에 중건되었나니

舊制新規大抵同　　옛 규모와 새 구조가 무릇 한가지라

遑事蒼茫惟戰蹟　　아득한 옛일은 오직 전쟁 자취뿐이며

忠魂激烈尙威風　　격렬한 충혼은 여전히 위풍이 있도다

千竿脩竹連雲起　　천 가지 긴 대가 구름 닿도록 뻗었고

一帶長江與海通　　한 줄기 긴 강은 바다와 통하는데

當日繭絲保障地　　그때 견사보장 논한 곳이거니

槿花消息認無窮　　무궁화 소식 끝없음을 알겠네

○ 강주행(姜珠杏, 1894~1978) 자 대려(大呂), 호 용호(龍湖)

진주시 대곡면 설매리 출생. 임란 때 창의한 강덕룡(1560~1627)의 11세손으로 겨우 6세 때 모친을 여읜 뒤 주경야독했다. 진주향교의 전교로서 문풍을 진작시켰고, 종친회 회장으로서 1962년 종중의 대봉재(大鳳齋) 이건과 『진양강씨세감』 발간을 주도했다. 1964년 이태하(1888~1973)·하정근·하종락(1895~1969)과 보만계(保晩契)를 결성해 학문을 도야했고, 하정근 등과 더불어 『진양속지』(1967) 편찬에 앞장섰다.

---

1) 重出(중출): 같은 사물이 거듭 나옴. 여기서는 촉석루 중건을 의미함.

「次矗石樓重建韵」〈『용호유집』 권1, 9a〉 (촉석루 중건 운을 따라)

矗石新樓舊堞東	새 촉석루가 옛 성가퀴 동쪽에 섰다만
長江嗚咽古今同	긴 강이 오열하니 예나 지금 한결같네
佳人血淚千年雨	가인의 피눈물은 천년의 우로요
壯士怨鳴百世風	장사의 원한 울음은 백세의 풍범이다
詞客登臨多慷慨	시인이 등림하니 강개한 마음 많건만
漁舟放下任流通	고깃배는 내려가며 흐름을 내맡겼네
盛衰興廢曾如許	흥망성쇠가 일찍이 이와 같아
却使英雄恨不窮	영웅의 한을 끝없게 하는구려

○ 천일제(千一濟, 1895~1966) 자 성회(聖澮), 호 면헌(勉軒)

경남 고성 장동(壯洞, 현 동해면 장좌리) 출생. 세상이 급변해 새로운 조류가 닥쳐오자 은둔하며 경전 이치를 궁구했다. 특히 『춘추』에 정통해 따르는 학자들이 많았고, 이방수·곽종천·최병돈 등과 도의로 교유했다. 일찍이 연암 최상준의 제자가 되었고, 뒷날 하겸진의 문인이 되었다. 창작 시기는 이 시의 제주(題注)에 있듯이 을미년(1955)이다.

「見矗石樓破壞 感吟」乙未 〈『면헌유집』 권1, 1b〉 (파괴된 촉석루를 본 뒤 읊다)

을미년(1955)

野闊山高水自流	들 넓고 산 높아 물은 절로 흘러
嶠南天地有名洲	영남 천지간에 유명한 물가로다
千秋浩刦龍蛇歲	천추의 오랜 전란은 용사년
百世興廢矗石樓	백세의 흥망성쇠는 촉석루
壯士報君名不朽	장사가 임금 보답하여 명성이 썩지 않고
佳人殉國死何愁	가인이 순국할 제 죽음을 어이 걱정했으리
懷今感古逗遛1)久	예와 지금 회고하며 한참을 머무노니

---

1) 逗遛(두류): 한 곳에 머물러 나아가지 아니함. 객지에 머무름. '逗'와 '遛'는 머무르다.

或笑書生作浪遊　　　혹 서생이 너절한 유람 벌인다 비웃을라

○ 조열제(趙說濟, 1895~1968) 자 은경(殷卿), 호 연계(硯溪)

> 본관 함안. 함안군 산인면 입곡리(入谷里) 출생. 조부인 일산 조병규(1846~1931)에게서 학문을 전수
> 했다. 세상이 급변하자 광려산의 모희재(慕羲齋)에서 원근의 학자들과 교유했으며, 또 친족들과 함께
> 집 뒤에 일산정(一山亭)을 건립해 수양했다.

「矗石樓 次板上韻」〈『연계집』 권상, 6a〉 (촉석루에서 현판시에 차운하다)

山自峨峨水自流	산은 절로 우뚝, 물도 절로 흐르는데
龍蛇往事問空洲	용사년 옛일을 빈 물가에 묻노매라
三南屈指汾陽府	삼남에 굴지의 진양 고을
萬古留名矗石樓	만고에 명성 전하는 촉석루
激浪怒濤鳴不穩	거센 물결 성난 파도는 흐느껴 고요하지 않고
落花啼鳥喚深愁	지는 꽃 우는 새소리가 깊은 시름 일으키노니
願言何日通南北	바라건대 언젠가 남북이 소통되면
歌舞詩樽快作遊	노래하며 시와 술로 유쾌히 유람하리

○ 곽종천(郭鍾千, 1895~1970) 자 내성(乃成), 호 정헌(靜軒)

> 경남 고성군 효대리(孝大里, 현 구만면 효락리) 출생. 약관에 함안에 가서 서산 이정호(1865~1941)에
> 게 수학했다. 이후 도연서당과 냉천서당에서 외삼촌인 의재 이종홍(1879~1936)으로부터 경서를
> 배웠고, 곽종석·하겸진·조긍섭에게도 배웠다. 주자와 이황의 절요서(節要書)를 매우 좋아했을 뿐만
> 아니라 성학십도를 벽에 걸어 두고 성찰의 도구로 삼았다. 스승 의재를 뒤이어 냉천서당에 거처하며
> 후진을 양성했다.

「矗石樓 謹次退陶先生板上韻」〈『정헌집』 권1, 8a~b〉 (촉석루에서 퇴계 선생
　　현판시에 삼가 차운하다)

西風怊悵過汾上	가을바람 속에 서글피 남강 가를 지나노니
滿地烟塵暗此樓	온 땅의 안개 먼지로 이 누각마저 어둡네
壯士危衷方丈屹	장사의 간절한 충정이 지리산에 우뚝하고
義娘夸血[1]大江流	의랑의 아름다운 피가 큰 강에 흐르구나
無人古國山河裂	인적 없는 옛 고장엔 산하가 찢기고
往慟荒城日月浮	전란 겪은 거친 성엔 일월이 떠 있는데
把酒傷今多感淚	술 들며 지금 슬퍼하니 감회의 눈물 많아
悲歌嗚咽夕陽洲	슬픈 노래가 오열하는 석양의 물가로다

○ 김희연(金熙淵, 1895~1971) 자 경림(景臨), 호 수암(守庵)

본관 서흥. 창녕 계팔리(桂八里, 현 고암면 계상리) 출생. 김굉필의 후손으로 심재 조긍섭(1873~1933)의 문인이고, 소눌 노상직(1855~1931)과 회봉 하겸진에게도 학문을 질정했다. 향리에 은거하면서 줄곧 명리 대신 실천궁행을 추구했다. 문집 외 『수암쇄록(守庵瑣錄)』이 있다.

「矗石樓」〈『수암유고』권1, 14a〉(촉석루)

矗石樓高俯碧瀾	높은 촉석루에서 푸른 물결 굽어보니
晉陽眉目此中看	진양의 진면모가 이곳에서 보이네
義岩祠畔花香在	의암 사당의 언덕에 꽃향기 서렸고
壯士臺前草色寒	장사 누대 앞에는 풀빛이 차가운데
千載幾人能摹寫	천년토록 몇 사람이나 능히 묘사했는지
十年三度謾登攀	십 년 동안 세 번째 부질없이 올랐어라
吟節更向山南[1]去	절도영에서 읊다 다시 산남으로 갈 터
夜夢知應到曲欄	밤 꿈속이면 응당 굽은 난간에 있으리

---

1) 夸血(과혈): 아름다운 피. '夸'는 아름답다, 자랑하다.
1) 山南(산남): 비봉산의 남쪽.

○ 김시한(金時瀚, 1896~1932)

자 태진(泰珍), 호 수보(修甫)·규봉거사(奎峯居士)

본관 김해. 함양 문헌동(文獻洞, 현 휴천면 문정리) 출생. 탁영 김일손(1464~1498)의 후예로 약관에 회봉 하겸진의 제자가 되어 식견을 두루 넓혔다. 지극한 효성으로 문중 사업에 열정을 보였으나 불행히도 37세 때 요절하고 말았다.

「矗石樓 次璞園鄭公顯奭韻」 〈『규봉유고』, 12쪽〉 (촉석루에서 박원 정현석 공의 시에 차운하다)

士女登登日不休	남녀노소 오르고 올라 날마다 그치지 않고
山河遺想此樓留	산하에 대한 옛 생각이 이 누각에 전하구나
佳人節士成仁地	가인과 지사가 살신성인했거늘
惟有長江萬古流	오직 장강만이 만고에 흐르도다

○ 정환표(鄭煥杓, 1896~1962) 자 영숙(英淑), 호 암려(巖廬)

본관 경주. 단성 만암(晩岩, 현 산청군 차황면 상법리) 출생. 1910년 중재 김황의 부친인 매서 김극영(1863~1941)의 문인이 되었고, 1913년 중재와 함께 거창 다전으로 가서 면우 곽종석(1846~1919)을 배알해 제자가 되었다.

「次矗石樓重建韻」 〈『암려유고』 권1, 6a~b〉 (촉석루 중건 시에 차운하다)

往蹟依依在海東	지난 일은 아련히 바다 동쪽에 있나니
積年齎志1)萬民同	여러 해 품은 뜻은 온 백성이 한가지라
一唱樑歌2)回古色	상량가를 함께 부르며 옛 모습을 회복하고
五音琴曲續淳風	오음이 조화된 거문고 곡조로 순풍을 이어가네

---

1) 齎志(재지): 사후까지 뜻을 버리지 않음. '齎'는 가져오다, 지니다.
2) 樑歌(양가): =포량가(抛樑歌). 상량문 중의 운문 부분. 상량문의 형식은 이 책에 수록된 이광윤의 「촉석루중수상량문」 각주와 용어 일람 '상량문' 참조.

橫楣近水金鱗[3]泳	비낀 처마 가까운 강물에 황금물결이 출렁이며
層棟聳空玉界通	층층 건물 치솟은 하늘에 선선 세계가 통할진대
詩人到此多豪氣	시인은 이곳에서 호탕한 기운 넉넉하거늘
矗石令名永不窮	촉석루의 훌륭한 명성은 영원히 끝없으리

○ 송수근(宋壽根, 1896~1970) 자 강숙(康叔), 호 은포(隱圃)

본관 야성(冶城). 경북 성주군 초전면 고산리(高山里) 출생. 1919년 3월 부친인 공산 송준필(1869~1943)의 뜻을 받들어 성주시장 만세운동과 '파리장서' 서명의 제반 일을 주선함으로써 일경에 체포되어 10개월간 옥고를 치렀다. 출옥 후에도 군자금 모금에 힘썼으며, 신간회 성주지회를 조직했다. 1942년 문인들과 상의해 원계정사(遠溪精舍, 김천시 부곡동 음지마을)를 지어 부친의 강학소로 삼도록 했고, 이곳에서 권상규·송홍래·이원하 등과 함께 『공산집』(1945)을 간행했다. 아래의 시는 「가장」(『은포집』 권6)에 의거할 때 병신년(1956) 봄에 남쪽을 유람하면서 지은 것임을 알 수 있다.

「矗石樓」〈『은포집』 권1, 3a〉 (촉석루)

晉陽城屹披寒流	진양성 우뚝하고 찬 물이 흩어져 흐르는데
瑤草綺霞暎遠洲	진기한 풀과 비단 노을이 먼 물가 비치네
風景自開無限際	절로 펼쳐지는 풍경은 경계가 끝없고
江山不盡一高樓	다함 없는 강산에 높은 누각 있도다
月留壯士千年色	달은 장사의 천년 풍모를 전하며
烟汲佳姬萬古愁	놀은 가인의 만고 근심을 이끄는데
更覺繁華還寂寞	어느새 번화함이 도로 적막해짐을 느껴
傷心韓裔未堪遊	마음 아픈 대한의 후예는 노닐 수 없구나

---

3) 金鱗(금린): 황금 비늘로, 햇빛이 수면에 비칠 때 그 반사 작용으로 일어나는 금빛 물결을 말함. '鱗'은 비늘.

○ 김황(金榥, 1896~1978) 자 이회(而晦), 호 중재(重齋)

본관 의성. 일명 우림(佑林). 합천 궁소면 어촌리(漁村里, 현 의령군 궁류면 운계리) 출생. 고조부가 김휘운이고, 부친은 1931년 도산서원 원장을 지낸 매서 김극영(1863~1941)이다. 국권 피탈 후 부친을 따라 만암(晚巖, 현 산청군 차황면 상법리)으로 이거했고, 1912년 곽종석의 제자가 되어 호를 받았다. 1919년 1차 유림단사건 때 단성헌병대에 구금되었고, 1926년 2차 유림단사건으로 대구감옥에서 9개월간 옥고를 치렀다. 1928년 신등면 평지리로 이사한 뒤 건립한 내당서사(內塘書舍)와 1958년 진주 망경산 아래 지은 섭천정사(涉川精舍)를 중심으로 수많은 제자를 배출했으며, 『동사략(東史略)』 등 방대한 저술이 있다. 사돈이 송희영(1893~1961)이고, 처남이 남상봉이다. 아래의 시는 정축년(1937) 3월말 남해, 고성, 마산 등지를 유람할 때의 작이다. 하강진(2014), 417~425쪽 참조.

「矗石樓」〈『중재집』 전집 권2, 17~18쪽〉(촉석루)

龍蛇往蹟水空流	용사년 옛 자취에 물은 속절없이 흐르고
過客憑欄俯遠洲	나그네는 난간 기대 먼 물가를 굽어보노라
百里南來雙穿屐[1]	백 리 남쪽에 와서 나막신 신고 오르니
千年自在一高樓	오랜 세월 높은 누각 고스란히 남았는데
緣江茂樹春風動	푸른 강가 무성한 나무는 춘풍에 흔들리며
廢堞哀禽日暮愁	버려진 성의 슬픈 짐승은 땅거미에 시름겹다
厭見狂塵迷滿目	보기 싫은 미친 세상이 눈에 잔뜩 난무하니
不堪隨處作遨遊	어디서든 떨떠름하여 태평히 놀지 못하겠다

○ 이호정(李鎬正, 1897~1971) 자 영진(榮珍), 호 검파(儉坡)

본관 광평. 함안군 함안면 대산리 동기산(冬岐山, 현 동지산) 마을 출생. 외조부가 안장원(安章遠)이고, 7세 때부터 족숙인 학산 이회지(李會知)에게 수학했다. 또 1915년 일산 조병규(1846~1931)와 금계(錦溪) 조석제(1848~1925)를 찾아가 배움을 질정했다. 그리고 도천 안유상(1857~1929), 우산 이훈호(1859~1932), 성암 노근용(1884~1965), 중재 김황 등과 교유했다. 이 시의 창작시기는 '白虎'로 보아 촉석루 중건 이후이다.

---

1) 雙穿屐(쌍천극): 나막신 두 짝이 구멍이 날 정도로 여행하다. '穿'은 구멍이 나다, 해지다. 자세한 풀이는 '착극' 참조.

「矗石樓」〈『검파유집』권1, 19a〉(촉석루)

矗石之前碧玉流	촉석루 앞쪽으로 푸른 옥이 흐르며
丹梯高架泛長洲	붉은 계단 높은 시렁이 물가에 떠 있다
黑龍往跡沙沈戟	임진년의 옛 자취는 모래밭에 묻힌 창이요
白虎[1]餘痕月滿樓	경인년의 뒤 흔적은 달빛 가득한 누각인데
劒幕霜侵悲壯志	군막에 서리 침노하니 장한 뜻 비장했고
巖崖花落鎖深愁	바위에 꽃 떨어져 깊은 근심 틀어막았지
騷人亦有春秋義	시인 또한 춘추대의가 있었기에
十載經營此地遊	십 년 동안 이곳 유람 계획했노라

○ 이진기(李鎭基, 1897~1978) 자 두견(斗見), 호 신재(新齋)

본관 전주. 영천(靈川) 신안리(新安里, 현 경북 고령군 개진면 소재) 출생. 성장하면서 고을 선비 박원열(朴瑗烈)에게 경사를 배웠고, 홍와 이두훈(1856~1918)에게도 수학했다. 또 공산 송준필 (1869~1943)의 문인이 되어 학문의 요체로 '구방심(求放心)'을 얻은 뒤 독서에 전념하면서 고을 유림의 일에 성심을 다했다.

「題矗石樓」〈『신재집』권2, 34a~b〉(촉석루에 제하다)

足躡層梯上矗樓	층층 계단을 밟고 촉석루에 오르니
烟花雲景渺難收	봄꽃과 구름은 아득해 담기가 어렵네
義巖不變千秋色	의암은 그대로 천년의 모습이며
江水無窮萬古流	강물은 끝없이 만고에 흐르는데
歌舞遊場魚聽瑟[1]	가무 벌어진 연회장이라 물고기가 거문고 소리 듣고
淸閒釣叟月同舟	맑고 한가로운 낚시꾼이거니 달도 배를 함께 탔어라

---

1) 白虎(백호): 천간 '경(庚)'은 색깔로는 흰색, 虎는 지지 '인(寅)'. 한국전쟁이 일어난 1950년
   은 경인년임.

1) 魚聽瑟(어청슬): 훌륭한 시가 소리를 어룡들이 듣고 감탄함. 유래는 안처택(1705~1775)
   시의 각주 참조.

至今多有龍蛇感　　지금도 용사년의 감회가 많거니와

壯士忠魂報國愁　　장사 충혼은 국가에 보답하려는 마음이었네

○ 박성수(朴性洙, 1897~1989) 호 일송(一松)

본관 밀양. 청주 연제리(蓮堤里, 현 충북 청원군 강외면 소재) 출생. 10년간 서당에서 한학을 공부했고, 1919년 경성한의약 전수학원을 졸업했으며, 삼일운동에 가담하여 1여 년 옥고를 치렀다. 1922년 조선무약(朝鮮貿藥) 합자회사를 창립해 3년 뒤에는 '솔표우황청심원'을 개발해 한약의 현대화를 이루었다. 해방 후 대한한의사회 회장, 한국노인회 회장, 성균관대 재단 이사, 한국한시협회 이사장, 성균관장 등을 역임했다. 이 시는 작품 편차로 보아 **계축년(1973)**에 지었음을 알 수 있다.

「晉州矗石樓」〈『일송문고』 권1, 19b〉(진주 촉석루)

客上秋風矗石樓　　나그네가 추풍 부는 촉석루에 오르니

義祠屹屹大江流　　의기사는 우뚝하고 큰 강이 흐르는데

悠悠不盡前朝恨　　앞 시대의 아득한 한은 다함 없고

壯士佳人悵舊遊　　장사와 가인의 옛 유람이 애달파라

又 〈상동〉　　(또)

義妓芳名垂萬古　　의기의 방명은 만고에 드리웠고

炳然往蹟至今留　　빛나는 옛 자취는 지금도 남아 있네

行人指點猶嗟歎　　행인은 손으로 가리키며 더욱 한숨짓나니

祠在崔嵬矗石頭　　사당은 높디높은 촉석루 끝에 있구나

又 〈상동〉　　(또)

千秋義妓祠　　천추의 의기사

風雨幾多時　　비바람 몰아친 지 그 몇 해

懿[1]蹟千人仰　　위대한 자취는 천인이 우러르며

芳名萬古垂　　꽃다운 이름은 만고에 드리웠다

銘碑無沒字	비명의 글자는 없어지지 않았고
矗石逼臨陲	촉석루는 벼랑 가까이 임했는데
江咽悠悠恨	오열하는 강에 한은 끝없어
孤魂也暗知	외로운 영혼을 그윽이 알겠네

○ 이종석(李鍾奭, 1898~1963) 자 채원(采元), 호 춘파(春坡)

본관 경주. 나주군 영산포읍 부덕리(현 나주시 부덕동) 출생. 기묘명현인 모산 이해(李蟹, 1468~1525)의 13세손으로 스승이 겸산 이병수(1855~1941)이다. 향리의 부춘곡에서 은거하며 망국의 시름을 달랬다. 나주향교 교임으로서 지역 인사들과 더불어 학문과 도의를 강마했으며, 1960년 영강사(榮江祠) 중건을 주도했다.

「登晉州矗石樓」〈『춘파유고』 권1, 17b~18a〉 (진주 촉석루에 올라)

斷巖千尺水長流	가파른 바위는 천 길, 물은 장구히 흘러
認是楓川古渡洲	풍천의 옛 나루 있던 물가임을 알겠구려
雲際滅明還立壁	구름 가에 보일락말락 하는 건 둘러선 절벽이요
浪時出沒是浮樓	물결에 나왔다 사라졌다 하는 건 뜬 누각이거니
名碩賦詩忠與義	이름난 석학의 시는 충절과 의리를 노래했고
尋常行旅樂兼愁	보통 사람의 여행은 즐거움과 근심을 담았네
今我所懷何盡吊	지금 내 소회로 어찌 조상을 다하랴마는
不圖殘酒晉陽遊	뜻밖에 남은 술로 진양에서 노닐어본다

---

1) 懿(의): 아름답다, 훌륭하다, 기리다.

○ 김학수(金鶴洙, 1898~1978) 자 명부(鳴孚), 호 사남(泗南)

본관 광산. 합천 이사촌(伊泗村, 현 대양면 대목리 이계마을) 출생. 일찍이 외삼촌인 겸산 문용(文鏞, 1861~1926)에게 가르침을 받았다. 집안이 가난해 학문에 전념할 수 없자 동생 김명수(金命洙)와 함께 일본에 건너갔는데, 우연히 차 안에서 일본의 신문사 사장을 만난 것이 계기가 되어 약간의 돈을 모은 뒤 귀국해 집안의 부흥에 기여했다. 김황·권용현 등과 도의로 교유하며 학문을 강마했다.

「登矗石樓 次板上韻」〈『사남유고』 권1, 28b〉 (촉석루에 올라 현판시에 차운하다)

長江浩闊抱城流	드넓은 남강이 성 안아 흐르고
芳草明沙歷歷洲	방초와 모래밭 뚜렷한 물가로다
波咽佳人殉義石	물결은 가인이 의에 따라 죽은 바위에 목메고
名高壯士盡忠樓	명성은 장사가 충성 다한 누각에 높으련만
伴春兒女徒耽樂	봄을 짝한 아녀자는 한갓 즐거움에 빠져 있고
感舊文章未解愁	옛 감회 읊은 문장조차 시름을 못 풀어주거니
雖欲登臨頻做會	등림하여 모임 자주 갖기 원하더라도
恥爲俗子等閒遊	속인 같은 너절한 유람은 부끄러우리

○ 권병철(權炳哲, 1898~1980) 자 경맹(景孟), 호 서산(曙山)

단종사화 때 나이가 어려 사사를 겨우 면하고 영해 인량리(仁良里, 현 영덕군 창수면 소재)에 유배를 감으로써 입향조가 된 오봉(五峯) 권책(權策)의 후손이다. 영덕군 병곡면 송천리(松川里) 출생으로 광복의 뜻을 담아 자호를 지었고, 1956년 인암 권상규(1874~1961)의 제자가 되었다. 이해 발족한 종친회의 회장으로서 향리에 머물며 문중 사업을 펼쳤다.

「登矗石樓」〈『서산집』 권2, 20a~b〉 (촉석루에 올라)

晉陽樓閣此登臨	여기 진양 누각에 오르고서
剛喜心情快一吟	바야흐로 기쁜 마음에 장쾌히 읊노라
縹緲雲烟迷眼界	아득한 구름 연기로 시야가 흐리고
嵯峨山岳苑[1]叢林	골짝 험한 산악에는 수풀이 울창한데

義祠突兀高風凜	의기사는 우뚝 솟아 높은 풍도가 늠름하며
湖水渟泓²⁾碧海深	호수는 물 가득 괴어 푸른 바다보다 깊어라
追憶前塵三壯士	옛 전란의 삼장사를 떠올리면서
銘詩慣讀寓欽欽³⁾	익숙하게 읽은 명시에 공경함을 표한다

○ 류원준(柳遠準, 1899~1982) 자 공직(孔直), 호 정재(正齋)

본관 진주. 합천군 용주면 가호리(佳湖里) 출생이나 1940년 진양에 우거했다. 일찍이 백부 류상대(柳相大)와 족형 류원중(1861~1943)에게 학문을 질정했다. 19세 때는 부안 계화도의 전우(1841~1922)를 배알해 문인이 되었으며, 동문 선배인 오진영·최병심·성기운 등에게 학문을 질정했다. 유문(儒門)과 문종(門宗)의 일에 성의를 다했으며, 독서 여가에 지리산과 금산 등을 유람하면서 시문을 창작했다. 이 시는 6.25로 전소된 촉석루를 경자년(1960)에 중건할 당시 지었고, 「창렬사중건상량문」(『정재집』 권4)도 따로 지었다.

「重建矗石樓韻」¹⁾〈『정재집』 권1, 4a〉(촉석루 중건 운)

古樓雄建古城東	웅건한 옛 누각이 옛 성 동쪽에 있거늘
地遠天高俯仰同	땅 멀고 하늘 높아 위아래 봐도 한가지구려
志士謾揮慷慨淚	지사가 북받친 눈물 속절없이 뿌렸을지니
騷人猶慕管絃²⁾風	시인은 예악의 풍교를 아직도 흠모하노라
畵棟日射蛟龍動	단청 용마루를 비추는 햇살에 교룡이 움직이고
遠樹烟沈驛路通	먼 숲 자욱한 연기 속에 역마 길이 이어졌는데

---

1) 菀(울): = 울(鬱). 무성하다. 개미취나 동산의 뜻일 때는 '원'으로 읽음.
2) 渟泓(정홍): 물이 고이다. '渟'은 물이 괴다. '泓'은 깊다.
3) 欽欽(흠흠): 사모하여 잊지 못함. 삼가는 모양. '欽'은 공경하다.

1) 이 시 외에 촉석루에서 조망되는 원근의 상징적 경관을 읊은 「여음사제인공부촉석십경(與吟社諸人共賦矗石十景)」(『정재집』 권1, 7b~8b) 연작시가 주목된다. 예컨대 〈남천어부(藍川漁父)〉, 〈천전수죽(川前脩竹)〉, 〈망봉청람(望峰晴嵐)〉, 〈의암낙화(義巖落花)〉, 〈봉산귀운(鳳山歸雲)〉, 〈적벽표아(赤壁漂娥)〉, 〈수정낙조(水晶落照)〉, 〈산사효종(山寺曉鍾)〉, 〈아산명월(牙山明月)〉이다. 다만 한 수가 빠져 있다.
2) 管絃(관현): 예악이 있는 고을이나 세상을 예악으로 교화함. 용어 일람 '현가' 참조.

是是長江嗚咽水　　여기 긴 강에 물결이 오열하거니와

忠魂依舊澈無窮　　충혼은 예전 그대로 끝없이 해맑네

○ 권용현(權龍鉉, 1899~1988) 자 문현(文見), 호 추연(秋淵)

합천군 초계면 유하리(柳下里) 출생. 노사 기정진의 문인인 이직현(1850~1928)과 전우(1841~
1922)의 제자이고, 동문인 오진영·최병심·성기운 등의 제현들에게 학문을 질정했다. 서구 풍조 속에
서 옛 학문을 고수하며 성리학 연구에 전념했고, 향리의 운현산 아래 운화당(雲華堂)을 지어 후학을
양성했으며, 문인과 후학들이 이곳에 다시 지은 태동서사(泰東書舍, 현 태동서원)에서 학문을 강론하
다가 1987년 11월 19일(음력) 별세했다.

「登矗石樓 懷壬辰古蹟」〈『추연집』 권1, 19a〉 (촉석루에 올라 임진왜란 고적을

생각하며)

往事悠悠水共流　　아련한 옛일은 강물과 함께 흘렀나니

何年風雨暗長洲　　어느 해 풍우가 긴 물가를 어둡게 했나

江波恨咽龍蛇淚　　강물은 용사년 눈물로 한 품고 오열하며

義烈名高矗石樓　　의열은 촉석의 누각에 이름 더욱 높아라

壯士佳人同命地　　장사와 가인이 운명을 함께 했기에

林禽沙鷺至今愁　　숲속 새와 모래톱 백로가 지금껏 시름하는데

滄桑世變猶無極　　급변하는 세상 물정은 더욱이 끝이 없거늘

那得河淸作勝遊　　어찌하면 맑은 강에서 빼어난 유람 즐기랴

20세 기

○ 권붕용(權鵬容, 1900~1970) 자 문선(文善), 호 근암(近菴)

산청군 신등면 단계리(丹溪里) 출생. 평생 산강재 변영만(1889~1954)·심재 권창현(1900~1976)·
육천 안붕언(1904~1976) 등과 교유가 두터웠고, 1965년 인멸되어가던 문익점의 산청 목화시배지에
기념비를 세우는 데 크게 일조했다. 이 시는 편차로 볼 때 신축년(1961)에 지었음을 알 수 있다.

「矗石樓」〈『근암유고』 권1, 48b〉(촉석루)

一帶澄江滾滾流	한 줄기 맑은 강이 이엄이엄 흐르며
無心鳧鷺集長洲	무심한 오리와 백로는 물가에 모였네
千秋戰伐餘殘堞	오랜 세월 전쟁 끝에 성가퀴 이울어졌으나
南國風烟此有樓	남쪽 고을 수려한 풍광으로 이 누각 있거니
壯士精靈霜月白	장사의 순일한 영혼에 서릿달이 하얗고
義娘烈膽水雲愁	의랑의 매서운 충심에 수운도 시름겨운데
後來誰克承前轍	후세에 누가 전철을 잘 다스려
强把盃樽半日遊	애써 술잔 들며 한나절 노닐꼬

○ 이기환(李基煥, 1900~1972) 자 도명(道明), 호 수당(守堂)

본관 재령. 진주 지수면 청원리(淸源里) 출생. 1917년 상경해 연희학당에 들어갔다가 곧 부친의 별세로 귀향했다. 1921년 '청원교육회'라는 학당을 세웠고, 선조의 유문을 출간하고 선현의 자취를 선양하는 데 앞장섰다. 하겸진, 이현욱, 정인보, 김황 등과 교유했다. 이 시는 시제에 있듯이 **경인년 (1950)** 미군기 폭격으로 잿더미가 된 촉석루를 보고 지은 것이다. 원전을 보면 이 시행 끝에 "당시 중공군이 서울에 침입했다[時則中共侵入京城]."라는 주가 붙어 있다.

「六二五數朔後 往晉州 以矗石韻述懷」〈『수당유고』, 102쪽〉(6·25전쟁 몇
　　개월 뒤 진주에 가서 촉석루 운으로 술회하다)

長江如舊水東流	긴 강은 예전처럼 물이 동쪽으로 흐르고
歸客紛紛落照洲	돌아온 나그네가 심란하고 해 지는 물가로다
短岸缺橋非疇昔	낮은 언덕의 부서진 다리는 옛 모습이 아니며
連阡板屋是高樓	두렁에 이어진 판잣집은 높은 누각 있던 곳인데
夕烟朝雨曾和淚	저녁연기와 아침 비에 더욱 눈물이 섞이며
宿草暮雲又貯愁	묵은 풀과 저문 구름에 다시 시름 쌓이거니
千古名區今寂寞	천고의 이름난 곳이 지금에 적막할사
拄筇遙望白鷗遊	지팡이 짚고 멀리 보니 백구만 노니네

○ 김문옥(金文鈺, 1901~1960) 자 성옥(聖玉), 호 효당(曉堂)

본관 광산. 합천군 용주면 손목리 조동(釣洞)마을 출생. 1925년 중국 절강성의 하진무(夏震武, 1854 ~1930)에게 서신을 보내 학문을 교류했다. 1927년 스승인 정기(1879~1950)를 따라 구례군 토지면 으로 이주했고, 1933년 반일 성향의 학문을 한다는 이유로 순창구치소에 투옥되었다. 이듬해 축옥한 후 가족을 이끌고 화순군 남면 절산리(節山里)로 이사해 강학 활동을 지속했다. 류원중·권재규·황원· 이교우·양회갑·정인보 등을 종유했고, 동문수학한 유당 정현복·고당 김규태와 더불어 '3당'으로 불렸 으며, 절산리의 도남서원에 배향되고 있다. 「다산초당상량문」(『효당집』권11)을 지었고, 이 시의 창작 시기는 시제에 있듯이 **신사년(1941) 여름**이다.

「辛巳夏 與嶠南諸友 飮于矗石樓 酒酣走筆」〈『효당집』권2, 42b〉(신사년
　　〈1941〉 여름 영남의 친구들과 촉석루에서 술을 마셨는데 주흥이 무르익어 주필하다)

大嶺東南第一區	조령 동남쪽에서 으뜸가는 한 구역
古來名士集斯樓	예로부터 명사들이 모이는 이 누각
城中急管悲將裂	성안의 촉급한 관악 소리는 구슬퍼 찢어질 듯하고
竹外長江咽不流	대밭 너머로는 긴 강이 오열하며 흐르지 못하누나
匹馬斜陽空躑躅[1]	필마가 석양 길에 부질없이 머뭇거리는데
輕鷗何事自沈浮	가벼운 갈매기는 어이해 절로 부침하는가
故人已辦靑銅[2]在	고인이 이미 판가름한 청동 인장은 그대로 있나니
痛飮凄風烈士洲	실컷 마실 적 싸늘한 바람이 열사의 물가에 불도다

○ 박석로(朴奭魯, 1901~1979) 자 주상(周相), 호 일헌(一軒)

본관 울산. 하양 용정리(湧井里, 현 경북 경산시 하양읍 대학리) 출생. 우정 도석희(都錫羲)와 낭산 이후(李垕, 1870~1934)의 문인이다. 1957년 문행(文行)으로 박혁거세 왕릉 참봉에 추천되었다. 선비들과 시사를 결성해 산천을 소요했고, 1977년 하양에 임진왜란 순국 의사(義士)의 기념비를 세웠다. 아래의 시는 「남유수승기행(南遊搜勝紀行)」 중 한 편인데, 김상수의 「남유수승」(이호대 등, 『同遊錄』, 81a~88a, 국립중앙도서관 소장)을 보면 임자년(1972) 8월 26일 이종길·김종일 등과 더불어 촉석루, 의암, 창렬사를 둘러보며 각자 제영시를 지었음을 알 수 있다.

「登矗石樓」〈『일헌유고』 권1, 44b〉(촉석루에 올라)

重簷畵棟壓長流	겹처마 단청 기둥이 긴 강을 누르고
俯瞰菰蒲十里洲	굽어보니 물풀이 하늘대는 십 리 물가로다
八載干戈懷古國	팔 년 전쟁 치른 옛 고장을 회고하건대
一天風雨滿高樓	온 하늘 비바람이 높은 누각에 가득했지
巖花寂寂曾遺恨	쓸쓸한 바위 꽃은 일찍이 원한을 남겼고
江水滔滔尚帶愁	넘실대는 강물은 아직도 근심 띠고 있거니

---

1) 躑躅(척촉): 배회하다, 머뭇거리다. '躑'과 '躅'은 머뭇거리다.
2) 靑銅(청동): 최경회의 인장. 자세한 것은 본서의 서명서 시를 비롯해 조천경의 「차창렬사 치제관운」(『이안당집』 권1)과 한우동의 「남강고인」(『후암유고』 권1) 시 참조.

拙句難收無限景　　　못난 시로 무한한 경치를 담기 어렵다만
憑欄半日等仙遊　　　난간 기댄 한나절이 신선 놀이 같아라

○ 김재현(金在炫, 1901~?) 자 중선(中善), 호 월천(月川)·지헌(止軒)

본관 광산. 전남 영광 출생으로 김기문(1880~1956)의 아들이다. 송사 기우만의 제자인 육봉 이종택(1865~1942)의 문인이고, 고광선(1855~1934)·오준선·정희면 등에게도 학문을 질정했다. 송사의 족질인 장헌 기노장(奇老章, 1904~1970)과는 심우(心友)로 지냈으며, 최동규·김영표가 그의 제자이다.

「登矗石樓」〈『정선 월천문고』 권1, 6b〉(촉석루에 올라)

矗石上高樓　　　촉석 위에 높은 누각 있고
傷心水自流　　　상심케 하는 물이 절로 흐르네
忠魂今寂寞　　　충혼은 지금 적막하거니와
酌酒與誰酬　　　술을 따라 누구에게 건넬꼬

「登矗石樓」〈『정선 월천문고』 권1, 32b〉(촉석루에 올라)

晉陽城外水長流　　　진양성 너머로 물이 길이 흐르고
矗石奇奇暎碧洲　　　기이한 촉석이 푸른 물가 비치는데
千古聲名三壯士　　　천고에 떨치는 명성은 삼장사요
四時佳景一高樓　　　네 계절 멋진 경치는 높은 누각이로다
義岩風冷美人夢　　　의암의 쌀쌀한 바람은 미인의 꿈결인 듯하며
釼幕霜寒遠客愁　　　군막에 차가운 서리는 나그네 시름 자아내거니
追憶當時赫赫史　　　당시의 빛나는 역사를 기억할진대
空然男女莫耽遊　　　사람들은 쓸데없이 놀이를 탐하지 마라

○ 김규태(金奎泰, 1902~1966) 자 경로(景魯), 호 고당(顧堂)

본관 서흥. 김굉필의 13세손으로 현풍 지동(池洞, 현 대구시 달성군 소재) 출생. 외조부가 극재 노필연이고, 생장하면서 외삼촌인 소눌 노상직(1855~1931)의 밀양 자암서당을 내왕하며 배웠다. 1919년 부친인 지당 김봉운(1879~1937)과 함께 합천군 용주면 손목리(일명 이사리)로, 1927년 스승 정기(1879~1950)를 따라 구례군 토지면 오미리로 이거했다. 1936년 인근의 금내리 용정마을에 '용암재'를 짓고 오로지 정통 성리학 입각해 강학했고, 동문수학한 유당 정현복·효당 김문옥과 절친했다. 글씨도 능해 화순 '물염정'과 광주 '지산재'의 편액을 썼으며, 7남이 저명한 서예가 창석 김창동이다. 이 시는 원저의 「진양도중」 시 제주에 있듯이 을축년(1925) 봄에 지었다. 한편 그의 「대동악부」(『고당집』 별집 권1)는 오광운(1689~1745)의 「해동악부」(『약산만고』 권5)를 전사한 것이다.

「矗石樓」〈『고당집』 권1, 2a〉 (촉석루)

風雨龍蛇問幾秋	비바람 치던 용사년은 몇 해나 지났는가
陰虹忽放古沙洲	음산한 무지개가 옛 모래톱에 갑자기 떴구려
忠魂不返山河暮	충혼은 돌아오지 않고 산하에는 날 저무는데
此日重來極目愁	오늘 다시 왔더니 눈 가는 곳마다 수심이다

○ 민인식(閔仁植, 1902~1972) 자 창가(昌可), 별자 유백(幼栢)

산청군 단성면 백곡리(栢谷里, 현 호리) 출생이나 정협(井峽, 현 진주 수곡면 효자리)으로 이거했다. 12세 때 여읜 부친 백암 민영채(閔泳寀, 1881~1913)와 함께 하겸진의 제자가 되었으며, 별자(別字)를 지어준 성환혁·이일해 등과 교유가 두터웠다. 『유백유고』(『민씨양세백암유백시문고』 권2 수록)가 전한다. 둘째 시는 문집 편차로 보아 신축년(1961)에 지었음을 알 수 있다.

「還登矗石樓」〈『유백유고』, 3a~b〉 (다시 촉석루에 올라)

朝發釜山暮矗樓	아침에 부산 떠나 해거름에 이른 촉석루
景光隨處摠生愁	풍경 곳곳마다 모두 근심이 생겨난다
荒荒古廟仍孤立	황량한 옛 사당에 이내 홀로 서 있자니
滾滾長江空自流	남강은 이엄이엄 속절없이 절로 흐르네
回首關山何寂寞	고개를 돌리니 고향이 어찌나 적막한지
厭聞羌笛久淹留	피리소리 실컷 들으며 한동안 머물다가

杜康¹⁾强把懷難解　　두강주 마셔본들 회포 삭이기 어렵나니
莫作他年汗漫遊　　뒷날에도 너절한 유람은 벌이지 마오

「重建矗石樓」〈『유백유고』, 11b〉(촉석루 중건)

矗城城下水流東　　촉석성 아래로 물이 동으로 흐르고
新築樓成舊樣同　　새로 지은 누각은 옛 모습과 같도다
佳人沈後香留石　　가인이 떨어진 뒤 향기는 바위에 남았으며
壯士盟餘樹號風　　장사 맹세한 뒤로 나무가 바람에 울부짖네
嘗時題咏千秋遠　　일찍부터 지은 시가 천추토록 아련하거니
此日歡情一國通　　오늘 즐거운 마음이 온 나라에 통할지라도
回首氛塵²⁾猶未息　　돌아보면 나쁜 기운 아직도 가시질 않아
長歌數曲意無窮　　긴 노래 몇 곡에 마음은 끝도 없어라

○ 남상봉(南相奉, 1903~1948) 자 군직(君直), 호 오산(午山)

본관 의령. 의령군 유곡면 판곡리 출생. 남정찬(1850~1900)의 손자로, 5세 때 부친 남태희를 여의었다. 모친 조씨(曺氏)의 자상한 보살핌 속에 정재규의 문인인 종조부 소와 남정섭·입암 남정우(1869~1947) 형제, 백부 이천 남창희(1870~1945)에게 학문을 배워 명망을 드러내었다. 하지만 병약해 46세 때 타계하고 말았다. 생전에 이교우와 권재규를 종유하며 학문을 강마했다. 자형이 중재 김황이며, 생질이 김창호이다.

「矗石樓 二絶」〈『오산유고』 권1, 12a〉(촉석루 절구 두 수)

南州形勝有斯樓　　남쪽 고을 빼어난 곳에 이 누각 있거늘
風雨前塵幾百秋　　비바람 치던 옛 전란은 몇백 년 지났나
壯士佳人留義蹟　　장사와 가인은 의로운 자취를 남겼으니

---

1) 杜康(두강): 주(周)나라 때 술을 잘 만든 사람. 전하여 술 이름으로 많이 쓰임.
2) 氛塵(분진): = 분애(氛埃). 먼지, 티끌. '氛'은 나쁜 기운.

芳名千古與同流　　　꽃다운 이름이 천고토록 함께 흐르누나

亭亭翼翼1)大江頭　　　당당하고도 장엄한 큰 강 언저리
十二欄干鏡裏浮　　　열두 난간이 거울 속에 떠 있는데
笳皷風流昔何日　　　군악소리 풍류는 그 옛적 언제런가
滿庭秋草不勝愁　　　뜰 가득한 가을 풀에 시름을 못 가누겠네

○ 문재봉(文在鳳, 1903~1969) 자 성원(性元), 호 우당(愚堂)

합천 와촌(瓦村, 현 율곡면 와리) 출생. 효성과 우애가 지극했고, 선조의 학덕이 서린 수도재(修道齋)에서 학문을 강마하고 향리 자제들을 길렀으며, 권용현(1899~1988)과 절친했다.

「矗石樓」〈『우당유고』 권1, 29a~b〉 (촉석루에 올라)

晉陽百里大江流　　　진양 백 리에 큰 강이 흐르거늘
無數豪雄泣此洲　　　무수한 영웅들이 물가에서 울었지
事去千秋餘史筆　　　지난 일은 천년 두고 역사에 남았고
城殘今日但新樓　　　쇠잔한 성에 지금 다만 새 누각 있는데
巖頭留在佳人跡　　　바위 끝에 가인의 자취 그대로 남았으며
水色深含壯士愁　　　물빛은 장사의 근심을 깊이 머금었구려
往恸龍蛇何足說　　　과거의 용사년 일을 어찌 말하랴마는
紛紛景客樂登樓　　　하고많은 길손이 즐거이 누각 오르네

---

1) 翼翼(익익): 굳센 모양. 성대한 모양. 공경하고 삼가는 모양. '翼'은 날개, 삼가다.

○ 이보림(李普林, 1903~1972) 자 제경(濟卿), 호 월헌(月軒)

본관 전주. 현 김해시 장유3동 관동동 출생. 1920년 전북 부안의 계화도에서 강학하던 간재 전우 (1841~1922)에게 나아가 수학했고, 1931년부터 스승의 고제인 석농 오진영에게도 배웠다. 강학소 인 덕정마을 월봉서원(月峯書院)에서 평생 영남 기호학맥을 계승하며 후학을 기르다 일신재에서 별세 했다. 아들 이우섭(1931~2007)도 거질의 『화재집』을 남겼고, 손자가 부산대학교 한문학과 이준규 교수이다.

「矗石樓別友人」〈『월헌집』 권15, 19a〉(촉석루에서 벗과 헤어지며)

晉城九月雨初晴	진양성 구월 내리던 비가 처음 개었는데
相送秋風百感生	가을바람에 서로 보내니 온갖 느낌 들도다
世禍滔天無所適	세상 변고가 하늘 뒤덮어 갈 곳조차 없거늘
而今此別更難情	지금 헤어지려니 다시 마음잡기 어렵구려

「與吳兄素齋1) 共登矗石樓」〈『월헌집』 권16, 37b~38a〉(소재 오형과 함께 촉
석루에 올라)

閱盡風霜矗石樓	온갖 풍상 겪은 촉석루가
巍然千載恨同悠	우뚝이 천년토록 한과 함께 아련한데
青山寂寂無言立	청산은 적막하게 말없이 서 있다만
江自含哀動地流	강은 절로 슬픔 머금고 땅을 짓치며 흐르네

○ 이상건(李相虔, 1903~1980) 자 여직(汝直), 호 항산(恒山)

본관 안악. 초명 상호(相顥). 의령군 유곡면 괴산(槐山, 현 마두리) 출생. 신안정사의 송산 권재규 (1870~1952)를 찾아가 제자가 되었고, 함안 법수의 악양으로 이거해 경전(耕田)과 독서를 병행했다. 광복 후에는 진주성 내에 살면서 김황을 비롯해 류원준·성환혁 등과 시를 짓고 풍류로 교유했다. 시의 편차로 볼 때 촉석루 중건 이후 지은 것으로 보인다.

---

1) 素齋(소재): 오정환(吳鼎煥)의 호. 자는 형백(亨伯).

「登矗石樓」〈『항산유고』 권1, 10b~11a〉 (촉석루에 올라)

晉陽城外大江流　　진양성 너머로 큰 강이 흐르고

芳草萋萋白鷺洲　　방초가 이들이들한 백로주로다

雄傑東南多死國　　영웅호걸은 동남에서 순국함이 많았고

文章今古幷登樓　　문장은 예나 지금 등루부와 병칭되는데

荒城戰骨千秋恨　　황성의 전장 해골은 천추에 한스러우며

喬木寒霜此日愁　　높은 나무 찬 서리가 오늘도 시름겹다

問爾管絃街上輩　　묻노니, 거리에 풍악 울리는 무리들아

風雅知否昔人遊　　풍류 즐긴 옛 사람을 아는가 모르는가

金濯纓爲晉州牧使,[1] 與遊宦諸人, 修契于矗石樓中. 탁영 김일손이 진주목사로 지낼 때 지방에서 벼슬하던 여러 사람과 촉석루에서 계를 맺었다.

○ 권택용(權宅容, 1903~1987) 자 안선(安善), 호 척와(惕窩)

산청군 단성면 입석리(立石里) 출생. 권헌기(1835~1893)의 손자이자 권상찬의 조카로, 약관 때 회봉 하겸진과 송산 권재규(1870~1952) 문하를 출입했다. 또 김황, 권창현, 하영윤(1902~1961), 이일해, 도현규, 성환혁 등과 함께 학문을 강마했다. 국내 명승고적을 두루 답사하고 「등한라산백록담기」(1974), 「유화악록(遊花岳錄)」(1984)을 지었다. 한편 1941년 학교에서 일본 역사를 가르쳐 아동들이 우리 역사를 모르므로 이를 개탄하며 「몽화(蒙話)」를 지었는데, 호남 중심의 〈진주 삼장사〉를 한 항목으로 넣고 김성일의 촉석루 시를 소개했다. 이 시는 편차로 볼 때 계사년(1953)에 지었음을 알 수 있다.

「過矗石樓遺址」〈『척와유고』 권1, 95b~96a〉 (촉석루 옛터를 지나며)

停驂遠客問斯樓　　나그네가 말 멈추고 이 누각 묻노니

芳草菁川使我愁　　방초 자란 남강이 시름겹게 하는구나

飛鳳上天應訴帝　　봉황이 하늘 올라 상제에게 호소하는지

夜深明月照虛洲　　깊은 밤 밝은 달이 빈 물가를 비추도다

---

1) 김일손(1464~1498)은 '금란계(金蘭楔)' 결성 때 진주목사가 아닌 전 진주교수 자격으로 참여했다. 이와 관련해서는 본서 하수일의 「촉석루중수기」 참조.

○ 하재승(河在丞, 1904~1972) 자 자상(子相), 호 청강(晴岡)

사직공파. 창녕군 대지면 모산리(茅山里) 출생. 단종 때 단성에서 창녕으로 이거한 하척(1384~1458)의 후예로 15세 때 부친상을 당해 모친의 명으로 서당에 가서 문리를 깨쳤다. 소눌 노상직(1855~1931)의 제자로 회봉 하겸진에게도 질정해 학문의 입지를 다졌다.

「次矗石樓重建落成韻」《『청강유고』 권1, 5b》 (촉석루 중건 낙성 시에 차운하다)

矗石名聲水共流	촉석루 명성은 물과 함께 흐르고
巍然千古晉江洲	긴 세월 드높은 진주 남강이로다
佳人義蹟昭昭地	가인의 의로운 자취가 땅에 눈부시며
壯士高風歷歷樓	장사의 높은 풍모가 누각에 뚜렷한데
又得新規添田[1]美	새 건물 다시 얻고 옛 아름다움 더했으니
莫將往慟作今愁	옛 전란 두고 지금의 시름을 만들지 마소
無窮天日山河客	무궁한 태양과 산하에서 나그네라면
孰不登臨願此遊	누군들 등림해 이런 유상 바라지 않으랴

「赴尼東書堂[2]道會 途中上矗石樓 有作」《『청강유고』 권1, 8a》 (니동서당 도회에 나아가다 도중에 촉석루에 올라 짓다)

春風到處景多佳	춘풍 부는 도처에 경치 아름답고
寔是陁州[3]盛物華	진주의 물화가 참으로 성대하거늘
北望飛峰[4]看保障	북쪽 비봉산을 바라보니 요해지가 보이며
南登矗石憶龍蛇	남쪽 촉석루에 오르니 용사년이 생각나는데
千年鍾氣稱三姓[5]	천년 세월 모인 기운으로는 세 성씨 일컫고

---

1) 田(전): 구(舊)의 속자인 '旧'의 오기로 보임.
2) 尼東書堂(니동서당): 면우 곽종석(1846~1919)의 학풍과 정신을 잇기 위해 유림에서 1920년 면우가 출생한 단성면 사월리 초포마을에 건립한 사당.
3) 陁州(타주): =거타주(居陁州). 진주의 고호. 용어 일람 '거열' 참조.
4) 飛峰(비봉): 진주의 진산인 비봉산(飛鳳山).
5) 三姓(삼성): 흔히 진주의 거족으로 강(姜), 하(河), 정(鄭) 세 성씨를 일컫는다. 주세붕

一代豪魁有百家　　　　한 시대 풍미한 호걸로는 일백 가문 있었지
明日尼東開會席　　　　내일 니동서당에서 도회 자리가 열리면
也知文物足相誇　　　　풍족한 문물 서로 자랑함을 알게 되리

○ 박노철(朴魯哲, 1904~1979) 자 순명(舜明), 호 운재(雲齋)

본관 순천. 산청군 신등면 단계리(丹溪里) 출생. 부친 박형동(1875~1920)을 일찍 여의었으나 엄격한 가학을 바탕으로 학문을 연마했다. 권재규(1870~1952)와 이교우의 제자이다. 광복 후 사회가 분열되자 부산으로 이거해 10여 년 상업에 종사해 축적한 부를 바탕으로 문중 선양에 심력을 기울였다. 1975년 재부 문인 35명과 '만덕상우회(萬德相友會)'를 조직해 태종대·범어사·통도사 등지에서 시회를 자주 벌였고, 『만덕시첩』이 따로 있다.

「登矗石樓」〈『운재유고』권1, 9a〉(촉석루에 올라)

登臨迢遞望晴川　　　　등림하니 멀리 청천이 보이고
翠竹森森映水邊　　　　빽빽한 푸른 대숲은 물가 어리는데
軒外長江迎皓月　　　　난간 너머 긴 강이 밝은 달을 맞이하며
眼前暮郭鎖靑烟　　　　눈앞의 저문 성곽은 푸른 연기로 덮인다
騷人嘯咏追陳蹟　　　　시인의 읊조림은 묵은 자취를 밟아왔고
烈士功名幾百年　　　　열사의 공명은 몇백 년을 지나왔거니
歷代風光誰管領　　　　역대로 풍광은 누가 관장하는 건지
蒼波白鷺泛悠然　　　　푸른 물에 백로가 유유히 떠다니네

(1495~1554), 「봉명루」(『무릉잡고』권3), "地靈人傑姜河鄭, 名與南江萬古流"; 강항(1567~ 1618), 「섭란사적」(『간양록』), "晉州三大姓, 言姜河鄭也".

○ 정종록(鄭鍾祿, 1904~1987) 자 여경(汝卿), 호 우송(友松)

본관 진양. 지후공파. 진주 금곡면 송곡리(松谷里) 출생. 덕헌 정동균(鄭東均)의 아들로 아단 하계휘 (1874~1943)의 제자이다. 하순봉·성환혁(1908~1966)과 절친했고, 음양과 역법에 조예가 있었으며, 부산 동래에서 별세했다. 그는 무오년(1978)과 계해년(1983)에 벗들과 진주에서 시회를 즐긴 바 있다.

「矗石契會」〈『우송유고』 권1, 9b〉 (촉석루에서의 계 모임)

人事存亡歲月流	인생사 흥망은 세월 따라 흐르거늘
幾營勝會此江洲	멋진 모임 이 강가에 얼마나 가졌던가
征鞭暫住佳娘廟	말을 몰아 잠시 가인 사당에 머문 뒤
携手更登壯士樓	손잡고서 재차 장사 누각에 올랐어라
鏡照還嗟成白髮	거울 비춰 보고 백발을 다시 탄식하다가
盃巡最好破塵愁	술잔 오가니 세속 시름 깨기 정말 좋나니
滄浪[1]一曲乘舟趣	창랑가 한 곡조 부르며 배 타는 정취는
何似蘇仙赤壁遊	소식이 적벽에 노닌 것과 그 어떠하뇨

「矗石樓雅會」〈『우송유고』 권1, 19a〉 (촉석루에서의 고상한 모임)

二月梅花半是空	이월이라 매화가 반쯤은 빈 가지
故人招我矗樓東	친구가 나를 동쪽 촉석루 초대했나니
天時到此三春節	이곳에 이르니 때는 삼춘 계절이요
世事居然一夢中	세상일은 어느새 한바탕 꿈속이로다
可笑昔年靑眼子	옛날 젊었던 시절은 가소롭고
堪憐今日白頭翁	지금은 늙은이라 더욱 애처롭다
已知調瑟[2]終無用	외고집으로 끝내 소용되지 못함을 알진대

---

1) 滄浪(창랑): 굴원의 「어부사」를 말함. 『맹자』 「이루(상)」, "창랑의 물이 맑으면 내 갓끈을 씻고, 창랑의 물이 흐리면 내 발을 씻는다[滄浪之水淸兮, 可以濯吾纓; 滄浪之水濁兮, 可以濯吾足]".

2) 調瑟(조슬): = 교주고슬(膠柱鼓瑟). 한 군데만 집착하여 융통성이 전혀 없음. 『사기』 권81

詩酒相酬樂不窮　　시와 술을 서로 나누니 끝없이 즐겁고야

○ 신성규(申晟圭, 1905~1971) 자 성일(聖日), 호 손암(遜庵)

본관 평산. 밀양 부북면 삽포리(鈒浦里) 출생. 송계 신계성의 12세손으로 소눌 노상직(1855~1931)과 금주 허채(1859~1935)의 문인이고, 성헌 이병희에게도 질의해 학문을 계발했으며, 이온우·이병호·허섭과 사이가 막역했다. 1943년 일제가 장정을 징집하자 가족을 인솔해 김천 대덕산에 들어가 농사를 지으며 극도의 가난 속에 살다가 광복 후 귀향했다. 1953년 향인들과 명륜학원을 창설해 생도들을 가르쳤고, 1965년 한일협정을 반대했다. 사위가 이병호의 아들인 성균관대 명예교수 이지형(李篪衡)이고, 손자가 전 베네수엘라 대사 신숭철(申崇澈)이다.

「與李孝謙·金德淵 上矗石樓 次申靑泉韻」〈『손암집』 권2, 3a〉(이효겸, 김덕연과 함께 촉석루에 올라 신청천 시에 차운하다)

孤城依舊枕寒流　　고성은 예대로 찬 강물을 베개 삼고
落照荒凉對古洲　　지는 해는 쓸쓸히 옛 물가를 짝했구려
祗爲三臣能死國　　다만 세 충신이 능히 순국하였기에
長敎來客愛登樓　　나그네에게 등루를 길이 좋아하게 하는데
篁林疎雨添新恨　　대숲의 성긴 빗소리가 새로운 한을 더하며
畵舫淸笳動遠愁　　유람선의 피리소리가 깊은 시름 일으킨다
義妓巖邊花似雪　　의기암 가엔 꽃이 눈 내린 듯 피었거니
一樽强醉展春遊　　술을 한껏 마시며 봄놀이를 벌여보노라

「염파인상여열전」, "왕께서 조괄의 명성만으로 쓰시려는 것은 기러기발을 갖풀로 고정시켜 놓고 거문고를 타려는 것과 같을 뿐입니다[王以名使括, 若膠柱鼓瑟耳]".

○ 하영기(河永箕, 1905~1974) 자 자범(子範), 호 육화(六華)

시랑공파. 하겸진의 재종질이자 제자로 진주 사곡 거주. 증조부 하협운(1823~1906)의 유문을 수습해 편집해 둔 『미성유고(未惺遺稿)』가 아들 하두근에 의해 1975년 간행되었는데, 촉석루 중건 운을 활용한 이 시가 수록된 『六華遺抄』는 문집 말미에 합편되어 있다. 그리고 그는 1964년 이일해·성환혁·정한영 등과 함께 『진주통지』를 발간했고, 외삼촌이 손영석(1888~1968)이다.

「登矗石樓」二絶 〈『육화유초』, 3b~4a〉 (촉석루에 올라) 절구 두 수.

矗石高樓擅我東	높다란 촉석루는 우리나라의 으뜸
無端興廢古今同	까닭 없는 흥폐는 고금에 한 가지
山河半壁[1]嗟何日	반벽 산하는 아 그 언제던고
戎馬長時怨北風	군마는 늘 북풍을 원망했었지

謾說恢新[2]還有色	중수하니 다시 광채 찾았다 쉽게 말들 하지만
無緣憂樂得相通	까닭 없는 근심과 기쁨은 서로 이어지는 법
藍江江水明秋練	남강 물은 맑기가 가을날 마전한 듯할지나
白髮憑軒恨不窮	늙은이가 난간에 기대니 한이 끝도 없구려

○ 최양섭(崔養燮, 1905~1979) 자 언함(彦涵), 호 중암(重菴)

본관 전주. 경남 고성군 개천면 청광리(淸光里) 출생. 서산 김흥락(1827~1899)의 문인이었던 부친 청계 최동익(1868~1912)을 8세 때 여읜 뒤 족숙 최규환과 족형 최도섭(1868~1933)에게서 가학을 계승했고, 1923년 부친의 문집을 간행했다.

「矗石樓」〈『중암집』 권1, 8~9쪽〉 (촉석루)

| 乾坤南圻水東流 | 남쪽 트인 천지에 물은 동쪽으로 흐르며 |

---

1) 山河半壁(산하반벽): 벽 한쪽을 차지하고 있는 산하의 모습. 높은 누각의 트인 광경.
2) 恢新(회신): 규모를 확장함. 여기서는 촉석루 중수를 뜻함. '恢'는 넓히다.

萬戶千甍1)繞碧洲	온 마을 일천 기와가 푸른 물가를 둘렀네
百戰山河餘舊堞	백전 치른 산하에 옛 성가퀴가 남아 있고
一時興廢有新樓2)	한 때 흥하고 폐하로되 새 누각이 있을진대
淸秋錦幕笙歌競	맑은 가을날 비단 장막에 풍악소리 요란하며
落日殘碑3)猿鶴愁	저물녘 낡은 비석엔 죽은 장수의 근심 서렸다
向夕微波漾明月	밤 되자 잔잔한 물결에 밝은 달이 출렁대니
却疑義魄此中遊	아마도 의로운 기백이 이곳에 노니는 듯

○ 이일해(李一海, 1905~1987) 자 여종(汝宗), 호 굴천(屈川)

본관 재령. 산청군 단성면 남사리(南沙里) 출생. 조부 매당 이수안(1859~1928)과 부친 정산 이현덕 (1887~1964)에게서 가학을 계승하다가 13세 때 곽종석의 문인이 되었다. 이 해에 하겸진을 배알해 수제자가 되었고, 하영기와 함께 『동유학안』·『동시화』 등을 간행했다. 1948년 정인보의 천거로 이승만 대통령의 한문담당 비서로 2년간 지냈고, 조긍섭·변영만 등을 종유했다. 이 시는 편차로 볼 때 정묘년(1927)에 지었음을 알 수 있다.

「矗石滯雨」〈『굴천집』 권1, 119쪽〉 (촉석루에서 비에 막혀)

斷夢已隨燈影冷	꿈속 일은 이미 등불 그림자를 따라 싸늘하고
孤懷漸與雨聲深	외로운 회포는 빗소리와 함께 점점 깊어지는데
靑杉細柳山城寺1)	푸른 삼나무와 가늘 버들 우거진 산성사에서
一夜風傳鍾磬音	하룻밤의 바람이 종과 경쇠 소리를 전하네

---

1) 甍(맹): 용마루 기와. 용마루.
2) 新樓(신루): 원전을 보면 이 시행 끝에 "庚寅亂後重建"이라는 주가 있는바, 곧 1960년 복원한 촉석루를 말함.
3) 殘碑(잔비): 비바람에 마모된 비석.
1) 山城寺(산성사): 진주성 서장대 아래에 있는 호국사의 이칭.

○ 도현규(都炫圭, 1905~1995) 자 상행(尙行), 호 용암(龍庵)

본관 성주. 단성 내북리(內北里, 현 산청군 신안면 갈전리) 출생. 성장하면서 차례로 박규호·권도용·하겸진의 제자가 되었고, 하우선·김황 등과 종유하면서 학문을 계발했다. 시문에 능해 전국의 여러 곳에 투고한 시가 장원을 차지했고, 개천예술제 한시 부문의 시관을 역임했다. 문집 편차로 볼 때 아래의 첫째 시는 1981~1982년에, 둘째 시는 1983~1984년에 지었음을 알 수 있다.

「矗石樓次韻」〈『용암유고』권1, 52쪽〉(촉석루 시에 차운하다)

厚完城郭枕江流	두텁게 완비된 성곽은 강물을 베개 삼았는데
飛鳳橫霄鷺集洲	비봉산은 하늘 비껴있고 백로 모이는 물가로다
忽望沙頭無曠野	문득 백사장을 바라보니 광야는 간 곳 없고
重尋火後1)得高樓	화재 이후 다시 찾았더니 높은 누각 얻었구려
亂時方著丹心烈	전란 때 매서운 단심을 바야흐로 드러내거늘
佳處翻添白髮愁	아름다운 곳이나 도리어 백발 시름을 더하네
多愧生平無一節	정말 부끄러워라, 평생에 온전한 절조 없이
雪泥鴻2)作等閒遊	진창의 기러기 발자국처럼 너절히 노닌 것이

「矗石樓懷古」晉州白日場〈『용암유고』권1, 54쪽〉(촉석루에서 옛일을 회고하며)

진주 백일장에서

悠悠歲月水流東	유구한 세월 동안 물이 동으로 흐르는데
幾度荒城落照紅	몇 번이나 황폐한 성에 낙조가 붉었는지
堪嘆人心頃刻變	인심이 경각에 변함을 못내 한탄하지만
定知天性古今同	천성은 고금에 같은 줄을 정말 알겠거니

---

1) 火後(화후): 전화(戰火)가 끝난 뒤. 한국전쟁 때 촉석루가 전소된 것을 뜻함.

2) 雪泥鴻(설니홍): = 설니홍조(雪泥鴻爪). 눈 녹은 진창에 찍힌 기러기 발자국이 바로 사라지는 것같이 덧없는 인생을 비유함. 雪泥'는 눈 녹은 물로 뒤범벅이 된 땅을 뜻함. 소식, 「화자유민지회구(和子由澠池懷舊)」(『소동파시집』권3), "인생길 이르는 곳 무엇과 비슷하다 할까 / 기러기가 눈 녹은 진창을 밟은 것과 같다 하리 / 우연히 발톱 자국 남겨 놓았을 뿐 / 기러기 날아가면 어찌 다시 동서를 헤아리리[人生到處知何似, 應似飛鴻踏雪泥, 泥上偶然留指爪, 鴻飛那復計東西]".

三殉節炳千秋日　　순절한 삼장사는 천추의 빛나는 태양이요
一落花香百世風　　떨어진 한 떨기 꽃향기는 백세의 청풍이라
沙外長堤春草綠　　물가의 긴 둑에 봄풀이 푸르건만
倚樓騷客恨無窮　　누각에 기댄 시인의 한은 끝없다

○ 문재무(文在茂, 1906~1973) 자 정화(正和), 호 화산(華山)

전남 화순군 청풍면 신리(新里) 출생. 숙부인 심포 문형(文炯)으로부터 가학을 전수했고, 평생 명리를
추구하지 않고 자연을 벗 삼으면서 후학을 가르쳤다. 숙부가 신미년(1931) 10월 영남을 여행할 때
그를 배종하면서 하겸진·권재규·이교우 등과 토론하며 큰 힘을 얻었는데, 이 시의 창작 시점은 이때로
보인다.

「矗石樓」〈『화산유고』 권1, 27a〉(촉석루)

第一人間矗石樓　　인간 세상의 제일은 촉석루
西風遠望悵回頭　　서풍에 멀리 보니 슬퍼 고개 돌리건대
名區山水能相敵　　이름난 지역의 산수는 필적할 수 있겠지만
往代文章不盡述　　지난 시대 문장이 다 서술한 것은 아니라네
義妓餘愁秋草碧　　의기의 남은 시름에 가을 풀이 푸르고
將軍往跡白雲悠　　장군의 옛 자취에 흰 구름이 유유하도다
江南形勝伊誰管　　강남의 형승은 누가 주관하는 것인지
漠漠平沙起白鷗　　아득한 모래톱에 흰 갈매기 나는구나

○ 신호성(愼昊晟, 1906~1974) 자 건약(健若), 호 창애(蒼崖)

본관 거창. 사소 신병조(1846~1924)의 손자로 거창군 신원면 양지리에 거주하다가 진주에서 타계했다. 생몰년은 그와 절친했던 김황의 「문신생호성우몰우진성시이조지(聞愼生昊晟寓歿于晉城詩以吊之)」(『중재집』「후집」권2)와 「천사기념」·「건건록」(『중재집』권14 부록)을 참조했다. 촉석음사(矗石吟社) 회원으로 활동했고, 김황·류원준·성환혁 등과 교유했다. 이 시는 경자년(1960)에 지었고, 아울러 「의기사중건기」(1971)를 지었다.

「矗石樓重建韻」〈촉석문우사 편, 『촉석루지』, 24쪽〉(촉석루 중건 운)

重修矗石樓	중수한 촉석루
江水無窮流	강물은 끝없다
戰代何時事	전쟁은 언제 일이더뇨
春風客子遊	봄바람 속 나그네 유람

○ 이병학(李秉鶴, 1906~1983) 자 천익(天翼), 호 방초(防樵)

본관 재령. 진주 지수면 청원리(淸源里) 출생. 일찍이 지극한 효성으로 가정의 법도를 힘써 받들었고, 여가에는 독서를 게을리 하지 않았다. 1936년 부친 이종호(1884~1948, 호 척재)의 명으로 죽동정사(竹洞精舍)를 창건해 조부 이현갑(1852~1926, 호 미암)을 존모하면서 문인들과 교유했다. 고모부가 도촌 허혁(1884~1950)이다.

「登矗石樓」〈『방초유고』권1, 76쪽〉(촉석루에 올라)

飛梭日月[1]水同流	세월은 빨리도 물과 함께 흘러갔고
落葉蕭蕭又下洲	낙엽은 우수수 또 물가에 떨어지구나
戰蹟隨雲沈遠岫	전쟁 자취는 구름 따라 먼 산에 묻혔으며
江聲帶雨上高樓	강물 소리는 빗속에 높은 누각을 타 넘네
歸帆渡鳥斜陽外	석양 저편으로 배 돌아오고 새 넘어가는데

---

1) 飛梭日月(비사일월): 세월이 빠름을 뜻함. '飛梭'는 베를 짤 때 북이 빨리 왔다 갔다 하는 모양. 이색, 「취중가(醉中歌)」(『목은시고』권6), "천지는 드넓어 치우침이 없는데 / 머리 위의 해와 달은 북처럼 빨리만 간다[天地浩蕩無偏坡, 頭上日月如飛梭]".

廢院荒碑秋草愁　　　집 무너지고 비석 낡아 가을풀조차 시름겹다

今日興亡多感慨　　　오늘날 성쇠에 감정이 북받칠 터인데

浮生何事作遨遊　　　뜨내기 인생은 어이 태평히 노니는가

○ 강문식(姜文植, 1907~1963) 자 자약(子約), 호 계려(溪黎)

족보상 이름은 익근(益根). 진주 월배동(月拜洞, 현 대곡면 월암리) 출생. 16세 때 족형인 설악 강수환(1876~1929)에게 배우다가 3년 뒤 사촌 박규호(1850~1930)의 문인이 되어 문사를 익혔다. 뒤에 하겸진의 문하를 출입했고, 김황을 종유하며 학식을 넓혔다. 집안에 우환이 잇달아 겹쳐 고생을 많이 했는데, 1942년 친구의 권유로 가사를 백형에게 맡기고 만주 일대를 수개월 답사하며 울적함을 달래기도 했다.

「矗石樓 用申菁泉[1]韻」〈『계려유고』 권1, 20a~b〉(촉석루에서 신청천의 시에 차운하다)

蒼茫往事歲華流　　　아득한 옛일은 세월 따라 흘렀으며

逆旅行人俯古洲　　　객지 나그네가 옛 물가를 굽어보니

萬樹殘花明短郭　　　일만 나무의 남은 꽃으로 짧은 성곽 환하다만

千峰宿霧暗高樓　　　일천 봉우리 묵은 안개로 높은 누각 어둡구려

烟波江上孤帆遠　　　안개 물결치는 강에 외로운 배가 멀어지고

草色堤頭落照愁　　　풀빛 짙은 방죽 끝에 지는 해가 시름겨운데

四海卽今風雨急　　　사방에 지금 비바람이 몰아치거늘

明年能否續妓遊　　　내년에도 이런 유람 이어갈 수 있을까

「次重建矗石樓韻」[2]〈『계려유고』 권1, 28b〉(촉석루 중건 시에 차운하다)

矗石新樓舊堞東　　　새 촉석루가 옛 성가퀴 동쪽에 섰다만

---

1) 菁泉(청천): 신유한의 호는 청천(靑泉). 곧 '菁'은 靑(청)의 오기.

2) 이 시는 강주행(1894~1978)이 지은 촉석루 중건 시와 매우 유사하다.

長江嗚咽古今同　　긴 강이 오열하니 예나 지금 한결같네
佳人血淚千年雨　　가인의 피눈물은 천년의 우로요
壯士聲名百世風　　장사의 명성은 백세의 청풍이로다
山水登臨多慷慨　　산수를 등림함에 감정이 북받치며
乾坤俯仰有疏通　　천지를 바라보자 앞이 확 트이노니
盛衰興廢皆如此　　흥망성쇠가 모두 이러할진대
却使英雄恨不窮　　영웅의 한을 끝없게 하는구려

○ 성만수(成萬秀, 1907~1965) 자 맹일(孟一), 호 해금(海琴)

진주 고금촌(古琴村, 수곡면 대천리 금동마을) 출생이나 뒤에 부친 성문주(成文周)를 따라 하동군 옥종면 문암리로 이거했다. 금고 성석근(1878~1930)에게 배워 대의를 깨쳤고, 김탁동·권도용·하우 (河寓, 1872~1963) 등을 종유하며 독실하게 면려했다. 한국전쟁 때 죽은 동생의 유골을 수습해 안장한 이후로 세상의 즐거움을 잃고 산수를 주유했다.

「次矗石吟社韵」〈『해금유고』권1, 11a〉(촉석음사의 운에 따라)

往刼玄蛇1)矗石樓　　임진 계사년 전란을 겪은 촉석루
遊人到此却搔頭　　나그네 이곳에서 새삼 머리 긁적인다
佳娘判命風千古　　가인이 운명을 갈라 천고에 바람 불며
壯士投身月百秋　　장사가 몸을 던져 백년토록 달 밝은데
短郭凄凉依舊在　　야트막한 성곽은 쓸쓸히 옛날 그대로고
寒波嗚咽至今流　　찬 물결은 흐느끼며 지금까지도 흐르네
登臨今日無窮恨　　등림한 오늘에 원한은 끝없는데
回首天涯落照收　　고개 드니 하늘 끝엔 낙조가 뉘엿뉘엿

---

1) 玄蛇(현사): = 용사(龍蛇). 임진년과 계사년. '玄'은 검은색을 뜻하는 천간 임(壬), '蛇'는 지지 사(巳)에 각각 대응함.

○ 정구석(鄭九錫, 1907~1986) 자 충현(忠賢), 호 야은(野隱)

본관 해주. 진주 이반성면 용암리(龍巖里) 출생. 농포 정문부의 10세손으로 중부 정준교(鄭準敎)로부터 가학을 계승했다. 1970년 진주 유림을 규합해 진주 내동면 귀곡동(貴谷洞)에 농포공을 제향하기 위한 충의사(忠義祠)와 가호서원(佳湖書院) 건립을 주도했는데, 마을이 남강댐 보강 공사로 수몰되자 건물을 1995년 현재의 용암리로 이전했다.

「登矗石樓」〈『야은유고』권1, 8b〉(촉석루에 올라)

菁川江水抱城流	청천의 강물이 성을 안고 흐르는데
岸芰汀蘭綠暎洲	언덕 마름과 물가 난초가 푸르게 비친다
龍虎兵燹無片瓦	사나운 전란에 기와 조각조차 없더니
山河依舊一高樓	의구한 산하에는 우뚝한 누각 있구나
浪花起滅佳人魄	물보라가 일다가 사라지는 건 가인의 혼백이고
松竹崢嶸壯士愁	소나무와 대가 높이 뻗은 건 장사의 마음이라
從古名區無定主[1]	예부터 명승지는 정해진 주인 없다지만
前人遊去後人遊	앞사람 놀다간 자리에 뒷사람이 노니네

○ 성환혁(成煥赫, 1908~1966) 자 사첨(士瞻), 호 우정(于亭)

진주 수곡(水谷) 출생. 7세 때 회봉 하겸진(1870~1946)의 문하에 들어가 굴천 이일해(1905~1987)와 함께 고제자가 되었고, 중재 김황의 문하에도 출입했다. 시문에 뛰어나 정인보(鄭寅普)로부터 극찬을 받음으로써 이름이 인근에 널리 알려졌다. 한편 1956년 의기사 중건 때 개기(開基) 고유문을, 1960년 「촉석루중건기」를 지었다. 이 시는 편차로 볼 때 **임오년(1942)**에 지었음을 알 수 있다.

「秋夜登矗石樓 用東坡韻」〈『우정집』권1, 33a~b〉(가을밤 촉석루에 올라 동파〈소식〉 운을 써서 짓다)

---

1) 無定主(무정주): 백거이, 「유운거사 증목삼십육지주(遊雲居寺贈穆三十六地主)」, 『백낙천시집』권13, "경치 빼어난 곳은 본디 정해진 주인 없나니 / 대체로 산은 산을 사랑하는 사람의 것이네[勝地本來**無定主**, 大都山屬愛山人]".

| 詰曲¹⁾轉向城頭路 | 구불구불 돌아서 성 위의 길을 가다가 |

詰曲¹⁾轉向城頭路　구불구불 돌아서 성 위의 길을 가다가
登臨仍作樓上步　등림하고는 이내 누각 위에서 거니노니
已看天宇流星月　높은 하늘을 보니 어느새 별과 달이 떠다니고
且聽楓林捲風露　단풍 숲 소리 들리더니 바람과 이슬 걷히는데
今古蕭然入懷想　고금은 쓸쓸히 회상 속으로 깊이 파고들며
山河無端生指顧　산하는 까닭 없이 옛일을 돌아보게 하누나
安捷有似一枝鶴　평온함은 한 가지에 깃든 학과 흡사하지만
營生豈如三穴兎²⁾　생계 영위는 세 굴속 토끼와 어찌 같을쏜가
自能有志期遠大　스스로 뜻을 품고 원대함을 기약했건만
久已無人知平素　오랫동안 평소에 알아주는 이가 없거니
且莫甚怪此苦吟　이처럼 고달피 읊조림을 괴이하게 보지 마오
古來有賦悲秋暮³⁾　예전에도 늦가을을 슬퍼하는 시를 지었나니

「與崔浩齋大汝⁴⁾ 登矗石樓」〈『우정집』 권1, 44a〉(호재 최대여와 함께 촉석루
　에 올라)

江山有此一名樓　강산에 이 이름난 누각이 있어서
乘興時時倚檻頭　흥에 겨워 때때로 난간 끝에 기대보네
今日重逢知己語　오늘 친구를 다시 만나 말하노니
不妨歸路月華流　돌아가는 길의 달빛이 휘영청 괜찮으이

---

1) 詰曲(힐곡): = 굴곡(屈曲). 꺾이고 굽음. '詰'은 굽다, 펴지 못하다.
2) 三穴兎(삼혈토): 화를 피하고 안정을 도모하는 계책을 씀. 전국시대 제나라의 풍훤(馮諼)
　이 "교활한 토끼는 세 개의 굴을 파놓고 있으므로 죽음을 겨우 면할 수 있다[狡兎有三窟,
　僅得免其死]." 하면서 세 가지 계책을 맹상군에게 건의함으로써, 그가 수십 년간 재상을
　지내면서도 화를 입지 않았다는 고사에서 유래함. 『전국책』「제책」.
3) 초나라 송옥의 「비추부(悲秋賦)」, 북송 구양수의 「추성부(秋聲賦)」가 대표적이다.
4) 大汝(대여): 호재 최병돈(崔秉敦, 1906~1989)의 자. 경남 고성군 동해면 봉암리 출생으로
　하겸진의 문인이며, 중재 김황과 자주 만나 교유했음.

○ 추연용(秋淵蓉, 1908~1970) 자 청여(淸汝), 호 유당(幼堂)

본관 추계. 합천군 대양면 무곡리(茂谷里) 출생. 경북 달성에서 합천으로 이거한 퇴산 추의봉(秋儀鳳)의 8세손으로 부친은 이당 추인호(秋仁鎬)이다. 율계 정기(1879~1950)의 제자로, 류원중·하겸진·김황·권재규(1870~1952)·권용현 등의 명유들을 종유했다.

「矗石樓 次板上韻」〈『유당유고』 권1, 6a~b〉(촉석루에서 현판시에 차운하다)

汾陽千古水空流	천고의 진양에 강이 속절없이 흐르나니
幾度男兒泣此洲	남아는 몇 번이나 이 물가에서 울었던고
頹堞餘痕烟鎖壁	낡은 성은 흔적 남았고 벽에 안개 깔리는데
落花消息雨侵樓	꽃 지는 소식 있더니만 누각에 비 뿌리누나
英雄一去長江咽	영웅들이 일제히 떠난 긴 강은 오열하며
古渡雙飛白鳥愁	옛 나루에 짝지어 나는 백조가 시름하거늘
兒女不知興廢事	아녀자들은 흥폐의 일을 모른 채
謾將歌酒付閒遊	괜스레 노래와 술로 느긋한 유람 즐기네

○ 손창수(孫昌壽, 1910~1988) 자 여갱(汝鏗), 호 우계(又溪)

본관 밀양. 진주 이곡(狸谷, 현 수곡면 사곡리) 출생. 손영석(1888~1968)의 장남으로 하겸진 문하에 들어가 위기지학을 배웠고, 부친을 위해 집 뒤에 완계정을 지었다. 고종형인 하영기, 성환혁, 정종록, 권택용, 도현규, 이일해 등과 교유했다. 그리고 이순신 장군이 백의종군할 때 유숙하면서 재임 교지를 받은 곳이 선조 손경례의 집이었음을 나라에 알려 원계리 유지에 비석을 세우게 하였다. 이와 관련해 하수일(1553~1612)의 시 참조. 이 시는 제주(題注)에서 보듯 계묘년(1963) 4월에 지었다.

「金述菴1)·河六華·成于亭·朴海曙·鄭友松·鄭而軒2)·李野隱 登矗

---

1) 述菴(술암): 김학수(金學洙, 1891~1975)의 호. 산청군 신등면 가술리(可述里) 출생. 산청 이택당을 왕래하면서 권상빈·김영시 등에게 학문을 배웠고, 권숙봉·김종호·김승주·김황 등과 우의가 돈독했으며, 『술암유집』이 있다.

2) 而軒(이헌): 정한영(鄭漢永, 1907~1965)의 호. 진주 침곡(針谷, 현 대평면 상촌리) 거주. 하겸진의 문인으로 하영기·성환혁 등과 『진주통지』를 편찬했다. 문집으로 『이헌유고』가

石樓 共賦」 癸卯四月二十一日 〈『우계유고』 권1, 6a〉 (김술암, 하육화〈영기〉, 성우정〈환혁〉, 박해서, 정우송, 정이헌, 이야은이 촉석루에 올라 함께 짓다) **계묘년(1963) 4월 21일**

嚴下大江咽不流	바위 아래로 큰 강이 오열하며 못 흐르고
義娥何日向玆洲	의로운 미녀는 언제 이 물가에 나아갔나
一談一笑忘歸路	담소를 꽃피우다 돌아갈 길도 잊었거니
夕陽山色滿高樓	석양의 산빛이 높은 누각에 가득하구려

○ 손병하(孫丙河, 1911~1972) 자 달우(達宇), 호 송암(松巖)

본관 밀양. 경북 경산시 하양읍 남하리(南河里) 출생. 관례 이후 부친인 농산 손종락(孫鍾洛) 명으로 영천의 낭산 이후(李垕, 1870~1934)를 찾아가 제자가 되었다. 증조부 백원당 손승모(1808~1877)와 조부 종모재 손봉규(1845~1919)의 업적을 정리하는 데 힘을 쏟아 『百源堂終慕齋兩世實記』를 편찬했다. 만년에는 음사를 결성하고 명승지 유람을 즐겨 가야산, 속리산(1903), 주왕산, 관동기행(1910)에 관한 시가 매우 많다. 아래 시는 '남유기행' 연작시 중 제8수이다.

「登矗石樓」 〈『송암유고』 권1, 28a〉 (촉석루에 올라)

鳳飛南下水東流	비봉산 남쪽 아래 물이 동으로 흐르며
十里明沙白鷺洲	십 리 모래밭에 백로 노니는 물가인데
斷壁奇巖皆勝景	절벽과 기암 모두 빼어난 경치이고
繁陰矗石有名樓	짙은 그늘 속 촉석에 명루가 있도다
江聲曳雨貞魂怨	강물 소리가 비를 끄니 정혼이 원망하는 듯
草色和烟遠客愁	풀빛이 연기에 어우러져 먼 나그네 수심겹네
經刼湖山依舊在	아득한 강산은 예 그대로 있을지니
幾人觴詠作淸遊	몇이나 술과 시를 즐기며 맑은 유람 했나

있다.

○ **정만종(鄭萬鍾, 1911~1982)** 자 군약(君若), 호 경와(警窩)

본관 진양. 초명 대신(大信). 합천군 율곡면 제내리(堤內里) 출생. 선조가 교은 정이오이고, 우당 류팔원(1849~1926)과 창계 김수(1890~1943, 권운환의 사위)의 제자이다. 김창숙·정종호·노근용· 김황 등의 명유들을 만나거나 편지로 질의했고, 유당 추연용·진와 이헌주(1911~2001)·평암 이경 (1912~1978)과 절친히 지냈다.

「**矗石樓 用先祖郊隱先生韻**」〈『경와유집』 권1, 4b〉 (촉석루에서 선조 교은〈정 이오〉 선생의 시운을 써서)

矗石樓名擅古今	촉석루는 고금에 이름을 떨치나니
南邦士女日登臨	남쪽 고을 사람들이 날마다 등림하네
環回翠岫城邊跑	푸른 산들이 튀어나온 성 주변을 빙 둘렀으며
競渡畵船鏡裏深	그림 배는 깊은 거울 속을 다투어 건너가는데
讀罷忠碑[1]堪下淚	정충비를 읽고 나서 흘러내리는 눈물 참아내고
摩挲先筆感生心	선조 필적 어루만지니 생생한 마음이 느껴진다
吾行適値淸明節	내 여행길에 마침 청명절을 만나
諸子名詩各一吟	사람들의 명시를 한 편씩 읊어보노라

○ **이승태(李承台, 1911~1985)** 자 자용(子容), 호 운석(雲石)

본관 철성. 경북 청도군 매전면 장연리 계당(桂塘)마을 출생이나 1950년 면내의 호계(虎溪, 현 호화 리)로 이거했다. 용헌 이원(1368~1429)의 후손으로 조부 이성규(李成奎)로부터 관례하기 전까지 10년간 수학했고, 『효경』·『소학』을 바탕으로 부모를 극진히 섬겼다. '정심·성의·수신·제가'의 네 가지 덕목을 굳게 지켰으며, 권용현·김황을 종유했다.

「**矗石樓**」〈『운석문고』 권상, 5a〉 (촉석루)

奇巖矗處有高樓　　　기암이 뾰족한 곳에 높은 누각 있나니

---

1) 忠碑(충비): 촉석루 경내에 1686년에 건립한 '촉석정충단비'(경상남도 유형문화재 제2호) 를 말함.

特擅南鄕第一洲	남쪽 고을 대표하는 제일의 물가로다
南闊大途通北遠	남으로 뻗은 대로는 북쪽 멀리 이어지며
東來平水向西流	동에서 온 맑은 물이 서쪽으로 흐르는데
佳人百世芳遺史	가인은 백세토록 향기롭게 사적에 전해지고
豪士千秋壯不愁	호걸은 천추토록 씩씩해 시름 덜어주는구려
古古今今年幾久	옛날은 옛날대로 지금은 지금대로 세월 장구하지만
感今懷古恨難收	감개한 지금에 옛일 떠올리니 한을 가누기 어렵구나

○ 하현석(河炫碩, 1912~1978) 자 대경(大卿), 호 영계(穎溪)

시랑공파. 진주 운문의 엄정(嚴亭, 현 금곡면 검암리) 출생. 송헌 하명세(河命世)의 8세손이다. 장인인 의재 이종흥(1879~1936)에게 독실하게 배우다가 1932년 단성 소천정(昭泉亭)의 송산 권재규(1870 ~1952)를 찾아가 집지했다. 1936년부터 마을 오도산 자락에 위치한 조부 일송 하해관(河海寬)의 강학소 괴산정사(槐山精舍)에서 학문 연구와 후진 양성을 병행했다. 산수를 두루 유람하면서 우국 심회를 읊었고, 사우들과 함께 스승 문집을 간행했다. 처고종이 정헌 곽종천(1895~1971)이고, 처질 이 부산대학교 명예교수 이병혁이다.

「矗石樓 弔三節士」〈『영계집』권2, 12b~13b〉 (촉석루에서 삼절사를 조상하다)

採採汀藻具我羞	물가 마름을 따고 따서 제수 갖추고
挹彼江水釀一觴	저 강물을 움큼 떠 한 잔 술을 빚어
欲酹三公不死魂	삼장사의 죽지 않은 넋에 올릴진대
魂兮肹蠁[1]若在傍	넋은 완연히 곁에 계신 듯
當年之事尙忍言	그때 일 어찌 차마 말하랴
疆土人民幾淪喪[2]	강토 백성들 거의 자빠졌거니
壯哉諸公忠血[3]沸	장하도다, 제공은 끓어오르는 혈충으로

---

1) 肹蠁(힐향): 떼 지어 나는 작은 벌레, 전하여 사물이 성하게 일어나는 모양. '肹'은 떼 지어 다니다, '蠁'은 번데기로 사람의 말을 알아듣는다는 옛말이 있음.
2) 淪喪(윤상): = 윤실(淪失). 망하여 없어짐. '淪'은 잠기다. 빠지나.
3) 忠血(충혈): = 정충혈화(精忠血化). 죽음에도 굴하지 않는 충성.

爲我國家義先倡	우리나라를 위해 의롭게 앞장서 창의해
三南保障惟晉陽	삼남의 요충지 이 진양을
誓死期欲固守防	죽기로 맹세하며 지키려 했건만
噫彼島夷遍四面	아, 저 섬 오랑캐가 사방을 에워싸
全城包圍事蒼皇	온 성이 포위되니 만사는 허둥지둥
禍已迫眉援又斷	화가 눈앞에 닥쳤으되 원군은 끊겨
東捍西拒莫可當	동서로 막아본들 당해낼 수 없었으니
大志何可一身計	큰 뜻이야 어찌 한 몸만을 꾀했겠는가
仁干義戈4)盆堂堂	인의로 일어선 군사들 더욱 당당히
矗石樓中設樽酒	촉석루에 술자리를 벌여놓고
一盃笑指江水長5)	한 잔 들고 웃으며 남강 물 가리킨 뒤
嗚乎諸公竟投身	아아, 공들은 마침내 몸을 던졌어라
一片孤城竟被殃	한 조각 외딴 성이 결국 재앙을 당할 제
當時守臣6)皆鼠竄	그때 관리들은 모두 쥐처럼 숨어버렸지만
熊魚一辦樹天常7)	의를 한번 판별해 떳떳한 도리 세웠도다
也知靈魂長不散	알겠도다, 영혼은 길이 흩어지지 않고서
陰隲冥漠報君王	음덕으로 저승에서도 임금에게 보답할 터
可憐吾生當不辰	불쌍한 건 내 살아서 좋지 못한 때를 만나
復見近種更蹌蹌8)	근래 종내기 날뜀을 다시 보게 될 줄이랴
昔年惟貪民財物	옛날엔 오직 백성 재물 탐하더니만
今日盡換人心腸	오늘은 사람 간장을 다 뒤집는구나
昔年之害猶有救	옛날의 피해는 구제했더라도

---

4) 義戈(의과): =의군(義軍). 정의를 위해 스스로 일어난 군사. '戈'는 창, 전쟁.
5) 김성일의 「촉석루일절」 시 제2행을 인용한 것임.
6) 守臣(수신): 지방관을 뜻하는 말로, 여기서는 1차 진주성전투 때 달아난 진주목사와 판관을 지칭함.
7) 天常(천상): 천리(天理)에서 나온 떳떳한 도리. '常'은 불변의 도.
8) 蹌蹌(창창): 춤추는 모양, 두려워하여 달리는 모양. '蹌'은 춤추는 모양.

今日之禍無可障	오늘날 화는 막을 수 없구려
上失君父已無戴	위로는 군부를 잃어 섬길 수 없고
下殄9)秉彝絶倫綱	아래로 본성 사라져 윤리가 끊겼네
天翁俯視應亦嘆	조물주가 굽어보고 응당 또 탄식하리니
命誰麾旗廓10)八荒	누구에게 깃발 주어 온 세상 바로잡게 할까
鳴乎惟靈如不昧	아아, 생각건대 신령이 어둡지 않다면
爲吾民生更奮揚	우리 백성을 위해 다시 떨쳐 일어나
爲風爲雨掃腥塵	바람과 비 되어 비린 먼지 쓸어내고
爲日爲月明我疆	해와 달 되어 우리 강토 밝게 하소서
恭吊孤魂日欲暮	삼가 외로운 넋을 조문하자 해는 저물고
溯洄中流轉凄凉	중류를 거슬러 오르니 더욱 처량하여라

「矗石樓 憶龍蛇故事」〈『영계집』 권2, 27b~28b〉 (촉석루에서 용사년 옛일을
　　떠올리다)

憶昔晉陽龍蛇事	옛날 진양의 용사년 일을 생각하면
長使英雄淚連連11)	언제나 영웅의 눈물 끊이지 않구려
爲問變起在何日	변고 일어난 때는 언제던가
宣祖卽位廿有年	선조 즉위 이십여 년
百萬海寇捲土來	백만 왜구가 권토중래하여
乘勝跆躪我三韓	승리 편승해 삼한을 마구 짓밟으니
獰慘12)風雨朝暮急	참담한 폭풍우로 하루하루 다급했는데
暗墨烟雲日月昏	시커먼 구름 연기로 해와 달은 빛 잃었고
北斗閃閃釖戟橫	북두성은 번쩍번쩍 칼과 창이 뒤엉켰노라

---

9) 殄(진): 다하다, 끊다, 죽다.
10) 廓(확): 바로잡다. '廓(곽)'이 바로잡다 뜻일 때는 '확'으로 읽음.
11) 連連(연련): 연하여 끊이지 않는 모양, 조용한 모양.
12) 獰慘(영참): 사납고 무섭다. '獰(녕)'은 모질다.

乾電轟轟落後前	마른번개가 우르릉 쾅쾅 앞뒤로 떨어지자
掠奪財穀火家屋	재물과 곡식 약탈하고 가옥도 불살랐으며
屠陷鄕城掃人烟	성읍 무찔러 함락시키고 사람 자취 쓸어갔지
蓋時民知昇平樂	그때 백성들은 태평의 즐거움만 알고
不慮慮外有他難	생각 밖의 다른 어려움은 염려치 않아
不意猝逢如此禍	뜻밖에 이런 화를 갑자기 만날 줄이랴
上下蒼黃徒仰嘆	상하는 졸지에 그저 쳐다보며 탄식할 뿐
不啻赤子鳥狄散	갓난애는 물론 새와 짐승조차 흩어지고
大駕奉廟已蒙塵13)	임금 수레와 종묘사직은 먼지로 덮였나니
極天罔墜眞秉彝	하늘 다하도록 실추되지 않는 참된 본성으로
倡義兵聲起四邊	창의한 병사들의 함성이 사방에서 일어났지
最是汾陽嶺湖喉	진양은 참으로 영호남의 요충지
此而未守便亡唇	이곳을 못 지키면 곧장 망하거늘
羽檄14)日夜霜雪催	격문이 밤낮으로 눈서리처럼 빗발쳐
東應西響雲如屯15)	동서로 호응해 구름처럼 모여들었네
鳴乎皇天不顧我	아아, 하늘마저 우리를 돌보지 않아
壯士投江城沈堙16)	장사는 강에 투신하고 성은 함락되었다
沙骨交穿腥蒸氣	모래에 묻힌 뼈 구멍으로 피비린내 치오르는데
乾坤陰憯鬼目瞋	음산한 천지에 구슬픈 귀신이 눈을 부릅떠서
曰爾論介雖女子	말하기를 "저 논개 비록 여자로서
稟得志槪有出倫17)	타고난 지조와 기개 비범하다" 하였네

---

13) 蒙塵(몽진): 선조가 한양 도성을 버리고 의주로 파천한 것을 뜻함.

14) 羽檄(우격): 군사를 시급히 동원할 때에 쓰는 격문. 새 깃[羽毛]을 꽂으면 급한 공문이라는 표시가 되므로 이렇게 불렀음.

15) 雲如屯(운여둔): 『주역』「둔괘」〈상사〉, "구름과 우레가 둔을 이루나니, 군자는 이를 보고서 크게 경륜하느니라[雲雷屯, 君子以經綸]".

16) 沈堙(침인): 가라앉다. '堙'은 묻히다.

17) 出倫(출륜): =출중(出衆). 사람들 속에서 뛰어남, 비범함. '倫'은 무리, 또래.

矗石樓下長江上	촉석루 아래 남강 가
有石岩岩18)卽報怨	우뚝한 바위는 원수를 갚은 곳
若論斷斷19)爲國志	나라 위한 굳은 지조를 논할진대
可與三士無卑尊	삼장사와 더불어 높고 낮음이 없구려
西風客入南江汀	가을바람에 나그네가 남강 물가 접어드니
觸眼物色盡苦寒	눈길에 닿은 경치는 죄다 괴롭기만 할 뿐
士女一去不復返	장사와 아가씨는 한번 간 뒤 아니 돌아오고
祇有蘭竹抱遺芬	난초와 대나무만이 남은 향기를 머금었구려
而今光景尤可嘆	지금의 광경 더욱 한탄스러워
盡日徘徊意無垠	온종일 배회해도 마음은 끝없다
我酌江水酹靈魂	강물에 잔 기울여 혼령에게 바치노니
魂如不死亦慘焉	넋은 죽지 않은 듯해 참으로 슬픈지고
不因諸公快復土	제공이 장쾌히 국토 회복하지 않았다면
嗚乎誰能拯蒼民	아아, 누가 이 불쌍한 백성 건졌으리오
黃帝20)之世今已遠	황제 시대는 지금에야 이미 멀어졌거니와
蚩尤21)凶術又動煽	치우의 흉악한 술수가 또 부채질할진대
誰能掃廓淸22)八荒	누가 온 누리를 맑게 일소하여
長使生靈23)無憂艱	백성들 걱정을 길이길이 없앨까
一歌奈盡千秋恨	노래 하나로 천추의 한을 어이 다하랴만

---

18) 岩岩(암암): 산이 높고 험한 모양, 돌이 높이 쌓인 모양.

19) 斷斷(단단): 정성이 한결같은 모양, 변하지 않는 모양. 『서경』「진서」, "만일 한 신하가 한결같이 성실하여 다른 재주는 없을지라도 그 마음이 어질고 너그러울진대[如有一介臣, **斷斷**猗無他技, 其心休休焉]".

20) 黃帝(황제): 상고시대 삼황(三皇) 중 황제 헌원씨(軒轅氏)인데, 배와 수레를 처음으로 만들어 세상을 잘 다스렸다고 함.

21) 蚩尤(치우): 황제(黃帝) 때 난을 일으켰다가 패망한 제후. 『서경』「주서」〈여형〉.

22) 廓淸(확청): 더러운 것을 떨어버리고 깨끗하게 함. '廓(곽)'이 바로잡다 뜻일 때는 '확'으로 읽음.

23) 生靈(생령): 나라 백성, 많은 백성.

懷緒搖蕩莫成言	마음이 요동쳐서 말을 이루지 못하겠다

○ 성재기(成在祺, 1912~1979) 자 백경(伯景), 호 정헌(定軒)

진주 수곡면 대천리 금동(琴洞)마을 출생. 조부 성석근의 총애를 받으며 가학을 전수했다. 1926년 권도용(1877~1963)의 문인이 되어 경서를 배웠고, 1943년 김황의 제자가 되어 호를 받았다. 평소 산수 유람을 좋아해서 1939년 권도용을 모시고 쌍계사·화엄사 등지를 둘러봤고, 이후 수승대·금산·지리산 등의 명승지도 탐승했다. 청산리전투의 영웅을 입전한 「김좌진장군전」(『정헌집』권3)이 주목된다. 그리고 1967년에 발간된 『진양지』 편집을 전담했다.

「矗石樓懷古」〈『정헌집』권1, 8a〉(촉석루 회고)

東風携屐一登樓	봄바람에 나막신 신고 누각에 올랐더니
紅蓼花殘日影悠	붉은 여뀌꽃 쇠잔하고 석양은 멀어진다
沙鳥不知興廢事	물새는 흥망의 일은 모르는지
雙雙也自弄江流	짝지어 강물에 마음대로 노니네

○ 성정섭(成正燮, 1912~1990) 자 내홍(乃弘), 호 수헌(修軒)

고조부인 죽오 성극주(成極周)가 창녕에서 이거한 의령군 궁류면 계현리(桂峴里) 출생. 13세 때 결혼을 계기로 수산 이태식(1875~1951)의 제자가 되었고, 스승 사후에는 중재 김황에게 집지했다. 만년에는 '만덕시우회(萬德詩友會)'를 결성해 명승지를 답사하며 작시를 즐겼고, 1987년에는 향리에 계강정사(桂岡精舍)를 짓고서 조상의 뜻을 이어나갔다.

「題矗石樓重建韻」〈『수헌유고』권1, 29b〉(촉석루 중건 시에 차운하다)

矗石樓名闡海東	촉석루의 명성이 해동에 떨쳤는데
掃灰重築古形同	재 쓸고 다시 지으니 옛 모습과 같구나
汀蘭春吐佳人馥	봄날 물가 난초는 가인의 향기를 풍기고
園竹秋鳴烈士風	가을날 동산 대나무는 열사의 풍모 나타내네

大地長江淸景濶	대지와 장강은 맑은 풍경으로 트이었고
霽天白日瑞光通	갠 하늘과 태양은 서광으로 이어질진대
南州勝狀無如此	남쪽 고을의 승경은 이 같은 곳 없거니와
雄勢堂堂永不窮	웅장한 형세는 번듯하게 길이 없어지지 않으리

○ 권옥현(權玉鉉, 1912~1999) 자 휘원(輝遠), 호 설암(雪嵒)·정재(靜齋)

합천군 대병면 성리 죽전(竹田)마을 출생. 장인이 담산 하우식(1875~1943)이다. 중년 이후 여러 곳에 우거하다가 부산에서 학문 수양과 후학 양성에 전력하던 중 타계했다. 1931년 부친 권재성 (1890~1955)의 명으로 족형 권용현(1899~1988)의 문인이 되어 학문을 계승했고, 류원중·오진영· 권재규 등에게 배움을 질정했다. 스승 권용현의 서재 태동서사 건립(1973)과 문집 간행을 주도했다.

「上矗石樓」〈『설암집』권1, 17a〉 (촉석루에 올라)

天地無窮江自流	천지는 무궁하고 강은 절로 흐르는데
東南萬古有名洲	동남에 만고토록 이름난 물가 있구려
斜陽晏醉三盃酒	석양에 늦도록 취한 석 잔의 술
短杖飛登百尺樓	짧은 지팡이 날리며 오른 백 척 누각
頹碣荒祠皆古跡	무너진 비석과 황폐한 사당 모두가 옛 자취
胡笳羯鼓又新愁	오랑캐의 피리와 북 소리는 또 새로운 근심
傍人誰識吾心事	옆 사람치고 누구인들 내 심사 알랴마는
應笑此時閒謾遊	이런 날 너절한 유람은 응당 비웃으리

○ 류기형(柳基馨, 1914~1980) 자 자필(子弼), 호 중산(中山)

본관 진주. 단성 정태리(丁台里, 현 산청군 신안면 하정리 상정마을) 출생. 우당 류식(柳湜, 1889~ 1944)의 아들이나 백부 류잠의 후사가 되었다. 양부를 따라 1926년 진양 비봉산 아래로, 1934년 단성 백마산으로 이거했다. 얼마 뒤 마산에서 살다가 한국전쟁 중 환거했고, 우거하던 서울에서 별세했다. 아들이 고려대 명예교수 류승주(柳承宙)이다. 『중산유고』는 『호상세고』 말미에 합편되어 있다.

「夏夜同振菴[1] 上矗石樓」〈『중산유고』권1, 17a〉(여름밤 진암과 촉석루에 올라)

南風引我上高樓	남풍이 나를 끌어 높은 누각에 올랐더니
數點漁燈落遠洲	두어 점 어선의 등불이 먼 물가에 떨어지네
一座淸談無限好	온 좌중의 고상한 담소가 한없이 좋더니만
歸來殘月冷如秋	돌아오자 지는 달빛 차갑기가 가을날 같구려

○ 심규섭(沈圭燮, 1916~1950) 자 문재(文哉), 별자 녹우(鹿友)

단성현 용흥촌(龍興村, 현 산청군 신안면 외고리 용흥마을) 출생. 권재규와 이교우의 문인으로 25세 때 한성의학교에 입학했다. 서울에 머물 당시 윤용구·김녕한·민병승이 그의 재주를 크게 아꼈으나 한국전쟁 때 불과 35세 나이로 진주에서 요절했다. 부친이 심상봉(1893~1964)이다.

「登矗石樓」〈『녹우유고』권1, 2b~3a〉(촉석루에 올라)

遠客停驂矗石門	먼 나그네가 촉석문에 말을 멈추었더니
龍蛇往抾不堪言	용사년 옛일을 이루 말할 수가 없노매라
佳人巖下寒波咽	가인의 바위 아래 찬 물결은 오열하며
壯士臺前夕照飜	장사의 누대 앞으로 석양이 내리비치는데
百戰孤城生碧草	백전의 외로운 성에는 푸른 풀이 자라 있고
千年遺恨聽哀猿	천년의 남은 한에 구슬픈 원숭이 소리 들린다
騷人今古傷心地	고금에 시인들이 슬퍼한 곳이라
强寫新詩欲斷魂	신시를 애써 쓰려니 넋이 끊어질 듯

---

1) 振菴(진암): 허형(許泂, 1908~1995)의 호. 자는 낙경(樂卿). 합천 가회면 오도리 출생. 김황의 제자로 동문인 운전 허민(許珉, 1911~1967. 화가·서예가, 국내 최초『동의보감』번역)을 비롯해 1932년 진주 평거동에 우거하면서 시조시인 최재호(1917~1988, 삼현여고 설립자)와도 친하게 지냈다. 한문에도 능해 류잠의 묘갈명, 류기형의 묘표명, 성재기의 묘갈명을 지었다.

제2부 다기한 역사와 각별한 유람을 기억하다

촉석루 연혁

○ 하륜(河崙, 1347~1416) 자 대림(大臨), 호 호정(浩亭)

시호 문충(文忠). 시랑공파. 진주 당남리(幢南里, 현 진주성 내) 출생이나 31세 때 오곡(梧谷, 현 미천면 오방동)으로 이사했다. 강회백(1357~1402)의 생질인데, 1365년 문과 급제 때 목은 이색(李穡, 1328~1396)과 더불어 좌주였던 이인복의 동생 이인미(李仁美)의 딸을 배필로 맞이했다. 1393년 경기도 관찰사 때 풍수학에 대한 풍부한 식견으로 한양 천도를 주장했고, 1~2차 왕자의 난 때 이방원을 도와 1등 공신이 되었으며, 좌의정을 끝으로 1416년 5월에 치사했다. 뒤이어 11월 왕명으로 함길도에 있는 선왕의 능침을 순시하고 돌아오는 길에 타계했다. 『호정집』은 초간본(1847, 목판본), 중간본(1855, 목판본, 국립중앙도서관 소장), 삼간본(1940, 석판본, 한국문집총간 6) 세 이본이 있다.

「矗石樓記」[1] 〈『호정집』 권2, 3b~6a〉 (촉석루기)

樓觀之經營[2], 爲治者之餘事耳. 然其廢興, 可以見人心世道矣. 世道有升降, 而人心之哀樂不同, 樓觀之廢興隨之. 夫以一樓之廢興, 而一鄕之人心可知矣; 一鄕之人心, 而一時之世道可知矣, 則亦豈可以餘事而小之哉? 余爲此說者久矣, 今於余鄕之矗石樓, 益信之矣. 樓在龍頭寺南石崖之上, 余昔少年, 登望者屢矣. 樓之制, 宏敞軒豁, 俯臨渺茫, 長江流其下, 衆峰列于外. 閭閻桑麻·臺榭花木, 隱暎乎其間; 翠巖丹崖·長洲沃壤, 相接於其側. 人氣以淸, 俗習以厚. 老者安, 少者趍[3]. 農夫蠶婦服其勤, 孝子慈婦竭其力. 春歌連巷而俯仰, 漁歌緣崖而長短. 禽鳥鳴翔, 能自知於茂林; 魚鼈游泳, 亦無厄於數罟[4]. 物於一區而得其所者, 俱可觀矣. 至若繁英綠陰, 淸風皓月, 以時而至. 消長盈虛之化·晦明陰晴之變, 相代而不息, 樂亦無窮矣. 且其名樓之義, 則有淡庵[5]白先生之記. 其略曰 "江之中有石矗矗者, 構樓曰矗石. 始手於金公[6], 而

---

1) 이 기문(『호정집』, 초간본, 경상대학교 문천각)은 하륜이 영의정부사(領議政府事) 제수 직후인 갑오년(1414)에 지었다. 간본별로 자구 변개가 더러 있고, 『동문선』 권81(국립중앙도서관 소장, b23647-11)에는 제목이 「진주촉석루기」이다. 하강진(2014), 59~84쪽 참조.

2) 經營(경영): 터를 측량하고 건물을 배치함. 유래는 용어 일람 '경영' 참조.

3) 趍(추): 추창(趨蹌)의 준말. 예의에 맞게 허리를 굽혀 종종걸음으로 빨리 걸음.

4) 數罟(촉고): 코가 촘촘한 그물. '數(수)'가 촘촘하다 뜻일 때는 '촉'으로 읽음. '罟'는 그물.

5) 淡庵(담암): 백문보의 호.

6) 金公(김공): 김지대(1190~1266). 그가 1241년에 진주목사를 지낸 사실은 『고려사』「열전」이나 『영헌공실기』(1924, 국립중앙도서관 소장)에 나오지 않으나 『증보역해 영헌공실기』

再成於安常軒7), 皆狀元8)也, 因是有兼名9)焉". 題詠之美, 則有勉齋10)鄭先
生之排律六韻·常軒安先生之長句四韻11), 亦有耘隱12)偰先生之六絶句13).
和韻而繼之者, 有若及庵14)閔先生·愚谷15)鄭先生·彝齋許先生16), 皆佳作.
前輩之風流文彩, 因可想見矣. 不幸前朝之季, 百度陵夷17), 邊備亦弛. 海寇
深入, 民墜塗炭, 樓亦煨燼18)矣. 天啓國朝, 聖神19)相承, 治敎以明, 恩濡境
中, 威振海外. 向之爲寇者, 扣關乞降, 絡繹20)而獻琛21). 濱海之地, 日以闢,
人烟再密, 鰥寡含哺22). 斑白之老, 酌酒而相慶曰"不圖今日, 眼見昇平". 然

(1965)에서 처음 언급되었다. 용어 일람 '김지대' 참조.

7) 常軒(상헌): 안진(1293~1360)의 호. 용어 일람 '안진' 참조.

8) 狀元(장원): 용어 일람 '장원루' 참조.

9) 兼名(겸명): 당시 촉석루가 장원루(狀元樓)와 병칭된 사실을 말함.

10) 勉齋(면재): 정을보의 호.

11) 長句四韻(장구사운): 칠언율시를 말함.

12) 耘隱(운은): 설장수(偰長壽, 1341~1399. 자 天民, 호 芸齋)의 별호. 1359년 홍건적의 난을
피해 고려에 귀화한 위구르[回鶻] 사람 설손(偰遜)의 아들로, 1362년 정도전·이숭인·김주
등과 함께 과거에 합격했고, 왕명을 받들고 명나라에 여덟 번이나 갔다 오는 등 외교에
많은 업적을 남겼다. 여기서 거론된 촉석루 제영시 '六絶句'는 그가 1372년 진주목사로
부임한(설장수, 『동문선』권103 「근사재일고발」 참조) 뒤에 지은 것으로 보이는데, 지금은
전하지 않는다.

13) 六絶句(육절구): 하나의 제목 아래 6수 연작으로 이루어진 절구시를 뜻하는데, 대개 5언
과 7언의 두 형식이 있다.

14) 及庵(급암): 민사평(閔思平, 1295~1359. 자 坦夫)의 호. 그는 1336년 경상도 염철사를 지
냈다. 충정왕이 즉위하자 원나라에 따라갔던 공으로 공신의 칭호를 받았고, 찬성사·상의
회의도감사를 역임했다. 시서를 좋아하고 학문에 뛰어났으며, 『급암시집』이 전한다.

15) 愚谷(우곡): 정이오의 호. 진양연계재 편의 『진양지』(1932) 「관우」조(50b)와 촉석루 현판
에 표기된 '隅谷'은 오류이므로 수정해야 한다. 호가 '隅谷'인 정선생으로는 사봉면 사곡리
에 은거한 정온(鄭溫, 1324~1402)이 있고, 현재 사곡리에 우곡정이 있다.

16) 彝齋許先生(이재 허선생): 호가 '彝齋'인 허선생은 누구인지 확실치 않지만 이제현(李齊
賢, 1287~1367)·김륜(金倫, 1277~1348)과 교유가 깊었고, 최해(崔瀣, 1287~1340)와 막역
한 사이였다. 최해, 「전백헌묘지」, 『졸고천백』 권2.

17) 陵夷(능이): 사물이 점점 쇠퇴함. '陵(릉)'은 쇠퇴하다. '夷'는 멸하다.

18) 煨燼(외신): 타서 재가 됨. '煨'는 불씨. '燼'은 깜부기 불, 타다가 남은 것.

19) 聖神(성신): 성스럽고 신령스러운 분, 곧 임금.

20) 絡繹(낙역): 인마(人馬)의 왕래가 끊이지 않는 모양. '絡(락)'은 명주. '繹'은 잇닿다.

21) 獻琛(헌침): 공물을 바침. '琛'은 보배, 보물.

22) 含哺(함포): 배부르게 먹음, 곧 태평성대를 누림.

上心猶以爲吾治未足, 每降敎旨, 禁用民力. 守令於事涉農桑學校之外, 不敢擅興一役. 鄕之父老前判事姜順[23]·前司諫崔福麟[24]等, 與諸父老議曰 "龍頭寺, 邑初相地之所, 置矗石, 爲一方之勝景. 昔之人所以奉娛使臣賓客之心, 以迎和氣而惠及鄕民者也. 廢之久, 不能重新, 是吾鄕人之所共爲責也". 乃各出財, 使鄕之僧奠香[25]龍頭寺者端永, 幹其事. 余以此聞于上, 得蒙下旨勿禁[26]. 歲壬辰冬十二月, 判牧事權公衷[27]至, 與判官朴施絜[28], 採諸父老之言. 越明年春二月, 修築江防. 分民作隊, 隊各一堆, 以除田里積年之患, 不十日而畢. 乃於是助其不給, 召集游手者數十輩, 俾勤其力. 至秋九月而告成,[29] 危樓聿新, 勝觀如舊. 今判牧事柳公淡[30]·判官梁施權[31], 繼至而赭堊[32]之. 且因登覽, 謀所以灌漑者, 造水車·築堤堰, 以興民利. 父老具其始末, 請於余

---

23) 姜順(강순): 생몰년 미상. 군자주부(軍資注簿), 횡천감무(橫川監務) 등을 지냄.

24) 崔福麟(최복린): '崔卜麟'이 옳은 표기이다. 진주 최씨의 입향조로서 함안군수를 지낸 최도원(崔道源, 1373~1441)의 부친인데(송치규, 『강재집』 권9 「지평최공묘표」), 1374년 정이오·조준 등과 함께 급제했으며 대사간을 지냈다.

25) 奠香(전향): = 전향(典奠). 향로를 가지고 불전 가운데를 에워싸고 도는 의식.

26) 勿禁(물금): 관청에서 금한 일을 특별히 하도록 허가해 줌. 여기서는 촉석루 중수에 민력 동원을 허용했다는 뜻이다.

27) 權公衷(권공충): 권충(1349~1423). 서울 출신으로 양촌 권근(權近)의 셋째 형. 1402년 경기좌우도 절제사를 지냈고, 1412년 12월 진주 판목사로 부임했으며, 이후 공조판서·의정부 찬성 등을 지냈다.

28) 朴施絜(박시혈): 『호정집』과 『동문선』의 촉석루 기문에만 등장한다. 다른 문헌에서는 같은 이름을 찾을 수 없는 대신 박시결(朴施潔)이나 박이결(朴弛潔)이 보인다. 다만 '施'자의 용법으로 보건대 『신증동국여지승람』 권34 「전라도」〈여산군〉조와 『세종실록』의 여러 기사에 나오는 '박혈(朴絜)'로 추정된다.

29) 촉석루 중수가 계사년(1413)에 이루어진 사실은 본서에 수록한 정이오의 촉석루 제영시 병서에서도 알 수 있다.

30) 柳公淡(류공담): 류공염(柳公琰)의 오기. 『태종실록』(1418.3.21)에 따르면, 류혜손(柳惠孫)의 아들인 류염(1367~?)이 판진주목사를 지낼 당시 양권(梁權)이 진주판관으로 재직했다. 앞의 각주에서 언급한 『동문선』의 「진주촉석루기」에는 제대로 표기되어 있다. 하강진(2014), 74~78쪽.

31) 梁施權(양시권): 하륜의 촉석루 기문에만 나타나는 인물인데, 류염의 실체에 의거할 때 '양권(梁權)'이 분명하다. 하강진(2014), 74~78쪽.

32) 赭堊(자악): 건물을 아름답게 단청한 모양. '赭'는 붉고. '堊'은 회칠. "주나라 목왕이 궁실을 개축하게 되었는데, 토목 공사가 끝나자 빨간색과 하얀색을 칠했다[穆王乃爲之改築, 土木之功, 赭堊之色]". 『열자』 제3 「주목왕」.

曰 "江防之築·矗石之營, 皆子之指畫33), 而樓成之.34) 況蒙特旨, 榮耀一鄕
者至矣. 數君子之爲民慮, 亦可謂勤矣, 盍爲記以示不泯?". 余曰 "此皆由於
父老之志顧, 余何有焉? 然旣以人心世道爲喜, 且於父老之意有感焉, 謹書前
後之見聞者云". 且夫竊惟登是樓者, 見汀草之始生, 念天地生物之心, 思不
以一毫不仁之慘而害民生; 見田苗之方長, 念天地長物之心, 思不以一毫不
急之務而奪民時; 望園木之始實, 念天地成物之心, 思不以一毫非義之欲而
侵民利; 見場圃之方積, 念天地育物之心, 思不以一毫非法之斂而掠民財. 推
是心而擴充之, 不敢獨樂於已, 而必欲與民同之. 則人皆知世道之和·人心之
樂實源於上德之深厚, 而皆願效於華封人之祝35)矣. 則父老之拳拳36)焉, 用
意而興復37)者, 夫豈偶然哉? 余幸致仕之日已近, 思欲匹馬還鄕, 與諸父老,
每於良晨38)勝日, 觴詠於樓上, 同樂其所樂, 以終餘年. 父老其待之.

번역 누각의 경영은 정치하는 사람이 여가에 하는 일일 뿐이다. 그러나
그 흥하고 폐하는 것으로써 인심(人心)과 세도(世道)를 살필 수 있
다. 세도는 부침이 있기 때문에 인심의 슬픔과 즐거움은 한결같지 않고,
누각의 흥폐가 그것에 따르게 된다. 무릇 한 누각의 흥폐로써 한 고을의
인심을 알 수 있고, 한 고을의 인심을 통해 한 시대의 세도를 알 수 있으니,
어찌 그것을 여가에 하는 일이라 하여 소홀히 여길 수 있겠는가? 내가 이
런 주장을 한 지 오래되었는데, 지금 우리 고을의 촉석루(矗石樓)를 보고
더욱 믿게 되었다.

---

33) 指畫(지획): 손가락으로 그려 보이며 친절히 가리킴, 곧 지시함. '畫(화)'가 긋다 뜻일
   때는 '획'으로 읽음.
34) 而樓成之(이루성지): 관련 문헌에 모두 이렇게 되어 있고, 삼간본 『호정집』만 '而樓'.
35) 華封人之祝(화봉인지축): 옛날 요 임금이 화(華) 지방을 방문했을 때, 그곳의 봉인(封人:
   지키는 사람)이 그에게 수(壽)·부(富)·다남자(多男子)를 송축(頌祝)했던 고사가 있다.『장
   자』「외편」〈천지〉.
36) 拳拳(권권): 진실한 마음으로 정성껏 지키는 모양. 삼간본 『호정집』에만 '眷眷'.
37) 興復(흥복): 쇠퇴를 회복하여 다시 일어섬, 곧 무너진 누각을 다시 세움.
38) 良晨(양신): 좋은 때. '晨'은 새벽.

누각은 용두사(龍頭寺) 남쪽의 돌벼랑 위에 있고, 내가 옛날 소년 시절에 여러 번 올라가 보았다. 누각 규모는 크고 드넓어 툭 트였고, 내려다보면 아득하며, 긴 강이 그 아래로 흐르며, 여러 봉우리가 밖으로 줄지어 서 있다. 마을의 뽕나무·삼대와 누각의 꽃·나무가 그 사이로 은은히 비치며, 푸른 바위·붉은 벼랑과 긴 모래톱·비옥한 땅이 그 곁에 서로 이어져 있다.

사람의 기품은 맑고, 풍속은 넉넉하다. 노인들은 편안하고, 젊은이는 잘 따른다. 농부나 누에 치는 여인들은 제 임무에 부지런하고, 효성스러운 자식과 사랑스러운 며느리는 제힘을 다해 봉양한다. 방아타령은 골목골목 높다 낮았다 하고, 뱃노래는 벼랑 따라 길었다가 짧았다 한다. 새들이 지저귀며 날아가 스스로 무성한 숲속에 깃들 줄 알고, 고기와 자라가 물속에서 놀아도 또한 그물에 걸릴 위험이 없다. 따라서 한 지역의 만물이 제 자리를 얻는 것을 모두 관찰할 수 있다. 더구나 화사한 꽃과 우거진 그늘, 맑은 바람과 밝은 달이 때맞추어 지극하다. 줄고 자라거나 차고 기우는 변화와 어둡고 밝아지거나 흐리고 맑아지는 변화가 서로 갈마들면서 끊이지 않으니, 즐거움이 또한 무궁하다.

또 그 누각을 명명한 뜻은 담암 백(白)선생의 기문에 있다. 그 대략에 이르기를, "강 가운데 돌이 삐죽삐죽 나온 것이 있는데, 누각을 짓고서 이름을 '촉석(矗石)'이라 하였다. 김공(金公)이 처음으로 착수하였고, 안상헌(安常軒)이 다시 지었다. 모두가 장원하였기 때문에 명칭을 겸하게 되었다." 하였다. 아름다운 제영시로는 면재 정(鄭)선생의 배율 육운과 상헌 안(安)선생의 장구 4운이 있고, 또 운은 설(偰)선생의 절구 6수가 있다. 그 운을 화답하여 계속 지은 자로 급암 민(閔)선생·우곡 정(鄭)선생·이재 허(許)선생 같은 이가 있고, 모두 훌륭한 작품이다. 선배들의 풍류와 문채를 이로써 상상할 만하다.

불행하게도 고려 말엽에 온갖 제도가 무너지고, 변방의 대비도 해이하였다. 바다 도적이 깊숙이 들어와 백성은 도탄에 빠졌고, 누각도 불타버리고 말았다. 하늘이 우리나라를 열어주니 임금이 번갈아 이어받아 치교(治敎)가 밝아지고, 은혜가 국내에 젖었으며, 위엄이 나라 밖에 떨쳤다. 옛날 침략하던 자들이 관문을 두드려 항복을 빌며 잇달아 보물을 바쳤다. 바닷가의 토지도 날로 개척되어 인가가 다시 빽빽하게 되었고, 홀아비와 홀어미들은 배부르게 밥 먹는다.

반백의 노인들은 술을 권하며 서로 치하하여 말하기를, "요즈음 같은 날은 생각조차 않았는데, 태평세월을 보게 되었다." 한다. 하지만 임금은 마음속으로 자신의 다스림이 오히려 만족스럽지 않다고 여겨 매번 교지를 내려 민력을 사용하는 것을 금지하였다. 이에 수령은 농상이나 학교에 관계되는 일을 제외하고는 하나의 공역(工役)이라도 감히 마음대로 일으키지 못하였다.

고을의 원로인 전 판사 강순(姜順)과 전 사간 최복린(崔卜麟) 등이 여러 노인과 같이 의논하기를, "용두사(龍頭寺)는 고을의 성립 초기에 지형을 살펴 세운 것인데, 그곳에 촉석루를 설치하니 한 지방의 승경이 되었다. 옛사람이 사신과 손님의 마음을 유쾌하게 하였고, 온화한 기색으로 그들을 영접함으로써 그 은혜가 고을 백성에게 미치게 하였다. 폐한 지가 이미 오래되었으나 중수하지 못한 것은 우리 고장 사람들의 공동 책임이다." 하였다. 이에 각기 재물을 내고, 고을의 승려로 용두사에 향불을 올리던 단영(端永)에게 그 일을 책임지고 맡도록 하였다. 내가 임금께 이를 아룀으로써 특별한 허가의 교지를 얻었다.

임진년(1412) 12월에 판목사 권충(權衷)이 부임하여 판관 박혈(朴絜)과 함께 여러 원로의 말을 채택하였다. 이듬해(1413) 봄 2월 강가의 제방을 수축하였다. 백성을 나누어 대오를 지은 뒤 한 대오마다 한 무더기씩 쌓게 하여 논밭과 마을에 대한 여러 해의 근심을 제거하도록 하였는데 열흘이 채 되지 않아 마쳤다. 곧 이에 그 넉넉하지 못한 부분을 돕도록 손을 놀리고 있는 사람 수십 명을 소집하여 부지런히 그 힘을 쓰게 하였다. 가을 9월에 이르러 완공되었음을 알렸다. 드높은 누각이 마침내 새로워지니, 빼어난 경관은 예전과 같았다.

지금 판목사 류염(柳琰)과 판관 양권(梁權)이 계속 부임하여 화려하게 단청하였고, 또 누각에 등림해서는 관개 시설이 필요함을 헤아려 수차를 만들고 둑을 쌓아서 백성의 이익을 증대시켰다.

원로들이 그 일의 시말을 갖추어 나에게 청하기를, "강 제방의 수축과 촉석루의 경영은 모두 그대의 지시에 따른 것이었고, 누각도 지었습니다. 더욱이 특별한 교지를 받았으니 한 고을의 영예가 지극합니다. 여러 군자가 백성을 위해 염려한 것도 근실하다고 일컬을 만하니, 어찌 기문을 지어서 인멸되지 않음을 보여주지 않으시겠습니까?" 하였다. 내가 말하기를, "이는 모두 원로들의 소원으로 된 것이거늘 내게 무슨 공이 있으리오? 하지만 이미 인심과 세도를 기뻐할 만하고, 또 원로들의 의견에 느낀 바 있어 전후로 보고 들은 것을 삼가 적으리로다." 하였다.

또 그윽이 살필진대, 이 누각에 오르는 사람은 강풀이 처음 싹트는 것을 보고 천지가 만물을 싹트게 하는 마음을 알아서 털끝만큼이라도 어질지 못한 무자비함으로 백성의 삶을 해치지 않도록 생각하고, 밭곡식이 바야흐로 자라는 것을 보고 천지가 만물을 자라게 하는 마음을 생각하여 조금이라도 급하지 않은 부역으로 백성이 농사짓는 때를 빼앗지 않도록 생각하며, 과일나무에 갓 달린 열매를 보고 천지가 만물을 성숙시키는 마음을 생각하여 조금이라도 의롭지 못한 욕심으로써 백성의 이익을 침해하지 않도록 생각하며, 타작마당에 바야흐로 쌓인 노적가리를 보고 천지가 만물을 생육하는 마음을 알아서 조금이라도 비합법적인 징세로 백성의 재물을 약탈하지 않도록 생각해야 할 것이다.

이러한 마음을 미루어 확충하건대 감히 혼자 즐거워하지 말고 반드시 백성과 함께하여야 할 것이다. 그렇게 되면 사람마다 세도(世道)의 화평함과 인심(人心)의 즐거움이 실로 임금의 깊고 두터우신 덕에 근원하는 것임을 알아 화(華) 지방을 지키던 사람이 축복을 드렸던 바를 모두가 본받고자 할 것이다. 따라서 원로들이 마음에 늘 간직하였다가 용의주도하게 다시 세운 것이 어찌 우연이겠는가?

내가 다행히 관직에서 물러날 날이 가까워졌으니, 필마로 고향에 돌아가서 여러 원로와 매양 좋은 때나 기쁜 날에 누각 위에서 술 마시고 시를 읊조리며, 그 즐거운 바를 같이 좋아하면서 남은 세월을 마치고 싶다. 원로들은 기다려 주시기를 바라노라.

○ 하수일(河受一, 1553~1612) 자 태역(太易), 호 송정(松亭)

시랑공파. 진주 수곡리 정곡촌(井谷村, 현 수곡면 효자리 효동마을) 출생. 하면(河沔)의 장남으로, 조식의 문인 종숙부 하항(河沆, 1538~1590)과 최영경의 제자이다. 1589년 3월 생원시 합격하자 관찰사 김수의 명으로 진주목사 최립이 다회탄(多會灘)에서 축하연을 베풀어 주었고, 1591년 8월 문과급제했다. 임진왜란 때 강령 등과 사재를 털어 창의했고, 난리 중에도 선현 유적의 배알과 학문 연구를 그만두지 않았다. 1606년 상주교수 때 관찰사 류영순이 그의 언행을 높이 인정해 조정에 천거함으로써 이듬해 형조좌랑에 제수되었고, 이조정랑·경상도사(1608.6~1609.6 재임) 등을 지냈다.

「矗石樓重修記」[1] 〈『송정집』 권4, 10b~12b〉 (촉석루중수기)

聞諸柳柳州[2], "賢者之興, 而愚者之廢. 廢而復之爲是, 習而循之爲非.", 吾以爲名言. 在古則於滕王閣得[3]王弘中[4]·岳陽樓得滕子京[5], 咸擧其廢者而復之, 玆果爲賢者歟. 在今則我侯申公有之矣. 矗石, 晉之名樓也. 在麗朝, 金公仲光[6]與其別駕李仕忠[7], 始城而作之. 厥後連爲海寇[8]焚蕩, 廢興無常. 至弘治四年辛亥, 慶侯紐[9]與其判官吳致仁[10], 又重修. 今九十有三載, 歲月旣久,

---

1) 이 기문(『송정집』, 국립중앙도서관 소장)의 연기(年記)는 문집에는 없고 촉석루 현판에만 "萬曆十一年癸未春二月 晉陽河守一書"라 기입되어 있다. 그런데 촉석루 중수는 본문 내용에도 있듯이 계미년(1583) 4월 8일에 마쳤으므로, 현판의 '春二月'은 본문에서 가져온 것으로 기문의 작성 시기와는 맞지 않다. 『송정집』은 초간본(목판본, 1788)·중간본(석판본, 1939)·삼간본(2003)이 있는데, 한국문집총간 61은 중간본을 영인한 것이다. 하강진(2014), 59~84쪽 참조.

2) 柳柳州(유유주): 유주자사(柳州刺史)를 지낸 하동 유종원(柳宗元, 773~819. 자 子厚). 그의 「전의현복북문기(全義縣復北門記)」(『유하동전집』 권26)는 "賢者之興, 而愚者之廢, 廢而復之爲是, 習而循之爲非."라는 문장으로 시작된다.

3) 得(득): 누각이 위치한 고을의 수령이 되었다는 의미임.

4) 弘中(홍중): 왕중서(王仲舒, 762~823)의 자. 용어 일람 '등왕각' 참조.

5) 子京(자경): 등종량(滕宗諒, 990~1047)의 자. 용어 일람 '악양루' 참조.

6) 金公仲光(김공중광): 밀직부사 배극렴(1352~1392)이 1379년 가을 강주(康州)를 진무하면서 진주목사에게 공문을 보내 진주성을 수축하게 하고 그의 막료를 시켜 공사를 감독하게 하던 중 왜구의 침입으로 그만두었다. 이듬해 왜구가 물러간 뒤 김중광(金仲光)은 갑자기 진주목사에 임명되어 본래 토성이던 진주성을 석성으로 수축했다. 자세한 것은 하강진(2014), 25~26쪽 참조.

7) 別駕李仕忠(별가이사충): 이사충의 행적은 미상. '別駕'는 판관과 같음. 『신증동국여지승람』에도 '李仕忠'으로 나오나, 하륜의 「촉석성문기」에는 '이임충(李任忠)'으로 되어 있음.

8) 海寇(해구): 석판본 『송정집』에는 '海寇'가 누락되어 있음.

棟絶柱欹, 不克以居. 由是凡大賓旅·大宴遊, 常寓于客舍. 然而歷累侯, 咸以
時屈莫能擧11). 及至我侯, 與方伯柳公12), 謀新斯樓克恢舊覩, 時萬曆十一年
癸未春二月也. 樓制五間, 棟凡六, 潤三十有八尺, 柱凡五十, 高一仞. 東爲淸
心·涵玉, 西爲觀水·雙淸, 皆拱揖斯樓, 若賤幼者之朝13)尊貴也. 舊制上下柱
頗庳14)弱, 今則旣高且壯. 高欲其明, 壯欲其固. 其餘閈閎15)筵尋, 闔闢縱橫.
奐輪16)而合度者, 一倣其故. 欂櫨欀桷,17) 峻整周重, 堅固而不可動者, 百倍
於前. 制度聿新, 勝觀增光. 山益高, 水益淸. 凡宏敞軒豁, 浮遊瀰漫18). 回環
日星, 臨瞰風雨, 粲然19)冷然. 目謀耳謀之勝, 爭效奇獻巧, 咸若有加闢之者.
是歲夏四月, 工旣訖功. 乃八日己未20), 方伯及我侯, 率僚屬賓士, 登玆以落.
棨戟幨帷,21) 森列飛揚; 鍾皷笙竽, 嗷噪嘲轟.22) 晝窮其觀, 又繼以夜, 極懽

---

9) 慶侯紙(경후임): 목사 경임(자 太素). 경상좌도 선전관·광주판관 등을 지냈고, 1487년 7월
진주목사로 부임하고 4년이 지난 1491년 촉석루를 중수했다. 그는 이보다 앞서 1489년
2월 전 진주교수 김일손(1464~1498)·전 함양군수 조위(1454~1503)·칠원현감 배계후 등
31명이 촉석루에서 결성한 '金蘭契'를 주동했다. 김일손의 「진양수계서」(『탁영집』 권2),
「금란계록」(『탁영집』 속집) 참조.

10) 吳致仁(오치인): 생몰년 미상. 1486년 전후로 여주판관을 지냈고, 1489년 금란계 결성과
1491년 촉석루 중건 때 진주판관을 지냈다.

11) 時屈莫能擧(시굴막능거): 어려운 시대에 사치할 수 없음. '贏'은 가득 차다, 남다. 『사기』
권45 「韓世家」, "지난해에 진에게 의양을 빼앗기고 금년에는 가뭄이 들었다. 소후가 이러
한 시기에 백성을 구휼하는 것을 급하게 여기지 않고 도리어 더욱 사치하니, 이것을 '시굴
거영'이라 한다[往年秦拔宜陽, 今年旱. 昭侯不以此時恤民之急, 而顧益奢, 此謂**時絀擧贏**]".

12) 柳公(류공): 류훈(柳塤, 1524~1587). 자 克和, 호 淸溪). 1546년 생원시 합격, 1549년 문과
급제, 승정원 주서·사간원 정언·함경도관찰사(1584)·평안도관찰사 등을 역임했고, 경상
도관찰사는 1582년 9월부터 1583년 8월까지 지냈다.

13) 朝(조): 뵙다, 알현하다.

14) 庳(비): 집이 낮다.

15) 閈閎(한굉): 누각의 여러 문. '閈'은 동네 어귀에 세운 문, '閎'은 마을 소로에 세운 문.

16) 奐輪(환륜): 건물이 장대하고 화려함. 용어 일람 '윤환' 참조.

17) 欂櫨欀桷(박로양각): '欂櫨'는 쪼구미. '欀桷'은 들보와 서까래.

18) 瀰漫(미만): 널리 퍼져 가득 참. '瀰'는 물이 넓다. '漫'은 질편하다.

19) 粲然(찬연): 선명하고 빛나는 모양. '粲'은 깨끗하다.

20) 八日己未(팔일기미): 1583년 4월 8일은 간지일로 '己未'에 해당함.

21) 棨戟幨帷(계극첨유): 위엄 있는 행차의 모양. '棨戟'은 관리가 행차할 때 맨 앞에 선 병사
가 들고 가는 나무창. '幨帷'는 수레에 치는 휘장으로, 수레를 말함. 왕발, 「등왕각서」, "도
독 염공은 고상한 인망을 갖춘 인물로 계극을 앞세우고 멀리서 부임해 왔다. 우문은 의범

而罷. 於戲! 王子之爲滕王也, 令修而人得焉; 滕子之爲岳陽也, 政通而人和
焉.23) 則不知我方伯之令, 獨不修於庭戶之間24)乎? 我侯之政, 獨與滕子相
推讓乎? 我邑之民, 亦不和而得乎? 吾無韓范25)筆力, 無以揚盛擧而垂鴻
聲26)於不朽也. 申侯27)西原人, 名點·字聖與, 判官金公元龍, 相協力以成. 系
之以詩曰

維晉之勝	蟲石第一	度土經始	越自麗室	王有使臣	爰詔爰禮
賓有燕好	爰笑爰語	厥用孔大	匪專觀遊	肆我來侯	廢用繼修
往在弘治28)	慶侯重新	屈指于今	九十三春	歲積紀逾	棟宇摧傾29)
我侯欲新	慮以擧嬴30)	方伯有命	克承克行	我侯曰咨	汝匠汝工
制用舊烈	各奏爾功	四民薈材	雷厲風驅31)	安流瞿塘32)	坦道三塗33)
斧彼鋸彼	成之不日	奕奕渠渠34)	翼翼秩秩35)	竹苞松茂	鳥革翬翔36)

을 갖춘 인물로 예주의 신임태수로 부임해 가던 도중에 잠시 수레를 멈추었다[都督閶公之
雅望, 棨戟遙臨, 宇文新州之懿範, 襜帷蹔駐]".

22) 嘐嗓嘲轟(교조조굉): 시끌벅적한 모양. '嘐嗓'는 여러 소리가 섞여 시끄러움. '嘲轟'은 시
끄럽게 울림.

23) 政通而人和焉(정통이인화언): 범중엄, 「악양루기」, **"政通人和, 百廢俱興"**.

24) 庭戶之間(정호지간): 집의 뜰과 출입구 사이, 곧 뜰 안. 집안.

25) 韓范(한범): 한유(768~824)와 범중엄(989~1052).

26) 鴻聲(홍성): 큰 명성. '鴻'은 성하다, 강하다. '聲'은 명성.

27) 申侯(신후): 신점(申點, 1530~1601. 자 聖與, 호 惕齋). 1564년 문과 급제 후 내외 관직을
두루 역임했고, 1592년 사은사로 연경에 체류할 때 임진왜란이 발발하자 요동병(遼東兵)
삼천 명을 조선에 파견토록 했으며, 귀국 후 요직에 있으면서 전란 수습에 진력했다. 1581
년 7월~1584년 1월 진주목사를 지냈다.

28) 弘治(홍치): 홍치는 1488~1505 연간. 『송정집』(석판본)의 '弘洪'은 오기.

29) 摧傾(최경): 부러지고 기욺. '摧'는 부러지다, 꺾다. '傾'은 기울다.

30) 擧嬴(거영): 누각을 새로 짓는 것을 말함. 앞의 각주 11) 참조.

31) 雷厲風驅(뇌려풍구): 우레가 치고 폭풍이 몰아치는 것과 같이 명령을 엄중히 시행하는
일을 말함. 한유가 당 헌종의 무공을 찬양한 「조주자사사상표(潮州刺史謝上表)」에서 구사
한 표현이다.

32) 瞿塘(구당): 중국 사천성 양자강 상류의 삼협의 하나. 계곡의 양쪽 언덕이 가파르고 어귀
에 큰 바위가 있어 물살이 몹시 사나워 배들이 통하기가 가장 어려웠다.

33) 三塗(삼도): 육혼(陸渾, 현 하남성 숭현)의 남쪽에 있는 산으로, 옛날에 험준하기로 유명
하였다. 『좌전』「소공 4년」, 『사기』 권4 「주본기」 참조.

南有長江　其流湯湯　方伯來遊　析羽龍章37)　式歌且舞　其樂陽陽38)

西有崇山　峻極于天　我侯來燕　嘉賓滿筵　旣醉以飽　伐皷淵淵39)

流有跳鱗　岸有集羽　邦人相告　侯我父母　願言之樂　同我赤子

於傳有之　賢者樂此40)　庶度遊豫41)　納民軌物42)　迋生獻禱　愧非張匹43)

---

34) 奕奕渠渠(혁혁거거): 커다란 집채. '奕奕'은 웅장한 모양(『시경』「대아」〈한혁〉), '渠渠'는 덩그런 모습(『시경』「진풍」〈권여〉).

35) 翼翼秩秩(익익질질): '翼翼'은 공경하고 삼가는 모양(『시경』「대아」〈문왕〉), '秩秩'은 차례가 있는 것(『시경』「소아」〈소민〉).

36) 鳥革翬翔(조혁휘상): 높고도 큰 집을 말함. '革'은 날개. '翬'는 꿩. '翔'은 날다. 『시경』「소아」〈사간〉, "군자가 사는 집이 높고도 크네 / 우뚝 솟아 날개를 편 듯하며 / 빠른 화살처럼 기둥 쭉 곧아 / (용마루는) 새가 날개를 편 듯 / (처마는) 꿩이 날아가 듯 / 군자가 올라와 정사를 보네[君子攸芋, 如跂斯翼, 如矢斯棘, 如鳥斯革, 如翬斯飛, 君子攸躋]".

37) 析羽龍章(석우용장): 유람하는 관찰사의 위풍당당한 모습. '析羽'는 꿩의 깃을 쪼개 깃대 봉우리에 꽂은 모양(『시경』「용풍」〈간모〉). '龍章'은 용을 그린 깃발.

38) 其樂陽陽(기락양양): '陽陽'은 뜻을 얻어 즐거운 모양. 『시경』「국풍」〈왕풍〉, "그 임은 기분이 좋아 / 왼손에 생황잡고 / 오른손으로 나를 방으로 부르시네 / 아, 기쁘기도 하여라[君子陽陽, 左執簧, 右招我由房, 其樂只且]".

39) 伐皷淵淵(벌고연연): '淵淵'은 평화스럽고 포악하지 않은 모양. 『시경』「소아」〈동궁〉, "북을 쳐 둥둥 울리고 / 북소리에 군사를 거두네[伐皷淵淵, 振旅闐闐]".

40) 賢者樂此(현자낙차): 백성과 함께 즐거워함을 뜻함. 양혜왕이 못 위의 기러기와 사슴을 보며 맹자에게 어진 자도 이를 즐거워하는지를 묻자, "어진 자가 된 뒤에야 이것을 즐거워하니, 어질지 못한 자는 이를 가져도 즐거워하지 못합니다[賢者而後, 樂此, 不賢者, 雖有此, 不樂也]"라 대답하였다. 『맹자』「양혜왕(상)」.

41) 遊豫(유예): 백성을 사랑하는 마음. 천자나 제후가 봄에 밭 가는 것을 살펴 부족함이 있으면 도와주는 것을 '遊', 가을에 수확하는 것을 살펴 부족함이 있으면 도와주는 것을 '豫'라 한다. 『맹자』「양혜왕(하)」, "하나라 속담에 말하기를, '우리 임금이 노닐지 않으면 우리가 어떻게 쉬며, 우리 임금이 즐기지 않으면 우리가 어떻게 도움을 받겠는가? 한 번 노닐며 한 번 즐기는 것이 제후의 법도가 된다.' 하였다[夏諺曰 吾王不遊, 吾何以休, 吾王不豫, 吾何以助, 一遊一豫, 爲諸侯度]".

42) 納民軌物(납민궤물): 백성들을 법도에 맞게 인도함. '軌物'은 법도의 뜻. 『좌전』「은공 5년」, "장희백이 간하기를, '무릇 사물이 나라의 대사[제사나 전쟁 등]를 익히는 데 부족하거나 그 재료가 도구를 만드는 데 부족하면, 임금은 쓰지 않는 법이다. 임금이란 백성을 궤(軌)와 물(物)로 이끄는 사람입니다. 그러므로 나라의 대사를 익혀서 그 행동이 법도에 맞는지를 헤아리는 것을 궤(軌)라 하고, 재료를 선택하여 도구를 꾸며서 법식에 맞으면 물(物)이라고 합니다.' 하였다[臧僖伯諫曰 凡物不足以講大事, 其材不足以備器用, 則君不擧焉. 君將納民於軌物者也, 故講事以度軌量謂之軌, 取材以章物采謂之物]".

43) 張匹(장필): 훌륭한 짝이 됨. '張'은 크다. '匹'은 짝하다.

듣건대 저 유종원(柳宗元)이 "어진 사람은 흥하게 하고, 어리석은 사람은 폐하게 한다. 폐한 것을 회복하면 옳고, 관습대로 좇아서 지킨다면 잘못이다." 하였으니, 나는 명언이라 생각한다. 옛날에 등왕각(滕王閣)을 얻은 왕홍중(王弘中)과 악양루를 얻은 등자경(滕子京)은 모두 그 폐한 것을 일으켜 회복하였으니, 이들은 과연 어진 사람이라 할 만하다. 지금에는 우리 목사 신공(申公)이 있다.

촉석루(矗石樓)는 진양의 이름난 누각이다. 고려 때 김중광(金仲光) 공과 그의 별가 이사충(李仕忠)이 처음으로 성을 쌓으면서 지은 것이다. 그 뒤에도 잇달아 왜구의 분탕질로 흥폐가 무상하였다. 홍치 4년 신해년(1491)에 이르러 목사 경임(慶紝)과 그의 판관 오치인(吳致仁)이 다시 중수하였다.

지금까지 93년이란 세월이 흘러 들보가 부러지고 기둥이 기울어져서 거처할 수가 없었다. 이 때문에 무릇 귀한 사신을 접대하거나 성대한 잔치를 열 때는 항상 객사를 빌려 썼다. 그런데 여러 목사가 거쳐 갔으되 모두가 시절이 어려워 일을 이루지 못하였다. 우리 목사에 이르러 관찰사 류공(柳公)과 함께 이 누각을 새롭게 하여 옛 규모보다 넓힐 것을 도모하였으니, 때는 만력 11년 계미년(1583) 봄 2월이었다.

누각 제도는 다섯 칸, 대들보는 여섯 개, 너비는 서른여덟 자, 기둥은 무릇 쉰 개, 높이 가 여덟 자이다. 동쪽으로 청심(淸心)·함옥(涵玉)이 있고, 서쪽으로는 관수(觀水)·쌍청(雙淸)이 있는데, 모두 이 누각에 두 손 모아 공손히 절하는 것이 마치 천하고 어린 사람이 존귀한 자에게 인사하는 것과 같다.

옛 제도는 아래위의 기둥이 자못 낮고 왜소하였으나 지금은 높고 또 웅장하다. 높게 한 것은 밝게 하고자 함이요, 웅장하게 만든 것은 견고하게 하고자 함이다. 그 나머지 문들은 엮은 대자리처럼 이어져 있는데, 열고 닫힘이 자유롭다. 건물은 화려하지만 절도에 맞도록 하였으니 하나같이 옛것을 따랐다. 쪼구미와 들보와 서까래는 가지런히 치솟아 빠짐없이 겹쳤는데, 견고히 움직일 수 없게 한 것은 예전보다 백배나 나았다.

규모가 마침내 새로워지니, **빼**어난 경관은 광채를 더한다. 산은 더욱 높고, 물은 더욱 맑다. 무릇 건물은 넓고 높아 앞이 툭 트였고, 강물은 넘실대며 흐른다. 해와 별이 에워싸 돌고 비바람이 높은 데서 닥치니, 찬란하기도 하고 쌀쌀하기도 하다. 눈이 환해지고 귀가 뚫리는 승경은 앞다투어 기이함을 나타내고 교묘함을 바친 것이니, 모두가 처음 열린 광경과 같다.

이 해(1583) 여름 4월에 공사가 끝났다. 이에 8일 기미(己未)에 관찰사와 우리 목사가 관리들과 손님을 거느리고 이곳에 올라 낙성식을 벌였다. 앞세운 창 깃발과 수레에 드리운 휘장이 촘촘히 늘어서 드날리고, 타악기와 관악기는 그 울리는 소리가 요란하였다. 낮이 끝나도록 펼치던 그 장관은 밤까지 이어지다가 기쁨이 극도에 이르자 그만두었다.

아! 왕자(王子: 왕홍중)가 등왕각을 중수할 때는 명령이 잘 다스려지고 사람들은 뜻이 맞았으며, 등자(滕子: 등자경)가 악양루를 중수할 때는 정치가 올바로 행해지고 인심이 화합하였다. 우리 관찰사의 명령을 알지 못하였다면 다만 뜰과 문의 경계조차라도 중수함이 있었겠는가? 우리 목사의 정치는 등자(滕子)의 것과 홀로 견주더라도 서로 자리를 양보하겠는가? 우리 고을의 백성 또한 화합하지 않고서야 지을 수 있었겠는가? 내가 한유와 범중엄 같은 글솜씨가 없어 이 성대한 일을 들추어 길이 큰 명성을 세상에 드리우게 하지는 못한다.

목사 신공(申公)은 서원(西原) 사람으로 이름은 점(點)이고 자가 성여(聖與)인데, 판관 김원룡(金元龍) 공과 서로 협력하여 중수를 마쳤다. 이에 연유하여 시를 짓는다.

진주의 **빼**어난 경치는 / 촉석이 제일이라 / 터를 잡아서 지었나니 / 고려왕실로부터 이어 왔네 / 임금의 사신은 / 여기서 조서 받고 예를 올렸으며 / 손님에게 넉넉한 잔치 베풀어 / 여기서 웃고 말씀 나누었지 / 그 쓰임새 아주 커서 / 구경하고 노는 것만이 아니었지 / 이에 우리 목사가 부임하여 / 허물어진 것을 연이어 중수하셨네 / 옛날 홍치 연간에 / 목사 경임이 거듭 새롭게 하셨나니 / 지금에 손꼽아 헤아려보니 / 구십 삼년 되었네 / 세월이 쌓이고 해가 바뀜에 / 대들보가 꺾이고 기울어져 / 우리 목사가 새롭게 함에 / 사치스러운 점을 고려하셨지 / 관찰사의 명을 이어받고 / 능히 받들어 실행했네 / 우리 목사 이르기를 / "아아, 너희 장인들은 제 재주를 다 부리고 / 규모는 옛 공적을 응용하여 / 각자 공을 이루라." 하시니 / 사방의 백성이 재목을 나르고 / 엄중한 명령에 따라 / 계곡에 물이 잘 흐르게 하고 / 험준한 산길은 평탄하게 하였으며 / 도끼로 찍고 톱질하여 / 얼마 지나지 않아 이루었네 / 아름답고 드넓으며 / 날아갈 듯하고 질서가 정연하도다 / 대숲은 빽빽하고 소나무 무성한데 / 새가 날개를 펴고 꿩이 날아가듯 / 남쪽의 긴 강은 / 넘실넘실 흐르고 / 관찰사 와서 유람하시니 / 깃털로 장식한 깃발 휘날리고 용무늬 깃발이 펄럭이네 / 아, 노래하고 춤추니 / 즐거움이 그지없네 / 서쪽의 높은 산은 / 하늘에 닿을 듯 험준한데 / 우리 목사 잔치에 오셨고 / 하객도 자리에 가득 모여 / 배부르게 취하노니 / 북소리는 둥둥 / 강물에 고기 뛰놀고 / 언덕에는 새들이 모였네 / 고을 사람들이 서로 아뢰어 / "목사는 우리 부모 같아 / 바라건대, 즐거움은 / 우리 백성들과 함께 하소서" / 경전에도 전하듯이 / 어진 사람만이 즐거워할 줄 아노니 / 노닐고 즐기는 제후의 도리를 헤아려 / 백성을 법도에 맞게 이끄시길 / 우활한 내가 기도를 드리나 / 훌륭한 짝이 되지 못해 부끄럽도다.

○ 이광윤(李光胤, 1564~1637) 자 극휴(克休), 호 양서(瀁西)

본관 경주. 청주 석화촌(石花村, 현 청원군 강내면 석화리) 출생이나 1580년 처가가 있는 예천군 용문면 금곡(金谷)에 거처를 정하고 본가를 왕래했다. 조목(1524~1606)의 문인으로서 1585년 사마시 합격해 소촌도 찰방, 비안현감을 지냈다. 또 1594년 급제한 뒤로 서장관(1603), 부수찬, 초계군수(1613.7~18.8), 교리, 성주목사(1623), 우통례 등을 역임했지만 고위직에 오르지는 못했다.

「矗石樓重修上樑文」[1] 〈성여신 주편, 『진양지』 권1 「관우」, 104~106쪽〉 (촉석루 중수상량문)

民無大小咸稱焉, 孰如今日之美績? 邑有觀游亦政也, 復覿昔時之名樓. 魚鳥共歡, 燕雀相賀.[2] 顧惟晉陽巨鎭, 實是嶺外雄藩. 西連湖路封疆[3], 控引之形甚壯; 南接日海洲島, 襟帶之勢頗宏. 一水叙分而潺湲, 浩淼[4]同流; 四山屛繞而遠近, 高低異態. 爰有蓬萊左肱, 斗立原頭; 怳若驪珠[5]一枚, 迸出[6]潭上. 千尋鐵壁, 雖猿猱[7]未易攀緣[8]; 百丈金城, 豈梯衝[9]所能踰越? 誠關防之重地, 抑[10]形勢之名區. 宜先輩之經營, 卜玆丘而興築. 迴欄飛棟, 彷彿眞仙之居; 綺席金樽, 賁餙[11]太平之治. 臺隍旴其壯麗, 文物極其繁華. 頃値狡虜之

---

1) 이 상량문(『진양지』, 서울대학교 규장각 소장)은 이광윤의 문집을 간행할 당시 잃어버려 수록하지 못했다고("丁巳七月撰矗石樓重修上樑文 文逸不收", 『양서집』 「연보」, 9a) 하는 글이다. 원전의 서두 "南兵使以興重建時 草溪郡守李光胤所題"에서 보듯이 그가 초계군수 때인 정사년(1617) 7월 진주를 방문해 남이흥이 중건하고 있던 촉석루를 보고 지은 것이다. 하강진(2014), 126~127쪽 참조.

2) 燕雀相賀(연작상하): 제비와 참새가 서로 축하함. 『회남자』 「설림훈」, "큰 건물이 이루어지니, 제비와 참새가 와서 서로 축하를 한다[大廈成而燕雀相賀]".

3) 封疆(봉강): 제후에게 봉해준 땅, 곧 국경. 강토. '疆'은 지경.

4) 浩淼(호묘): 한없이 넓고 아득한 모양. '浩'는 물이 넓게 흐르는 모양. '淼'는 물이 아득함.

5) 驪珠(여주): 바닷속 검은 용[驪龍]의 턱 밑에 있다고 하는 귀중한 구슬인데(『장자』 「열어구」), 흔히 진귀한 사물을 지칭함.

6) 迸出(병출): 솟아남, 샘솟듯 나옴. '迸'은 솟아 나오다.

7) 猿猱(원노): 원숭이. '猱'는 팔이 긴 원숭이.

8) 攀緣(반연): 더위잡아 오름. 세력 있는 자에게 매달림. '攀'은 더위잡다.

9) 梯衝(제충): 공격용 무기인 운제(雲梯)와 충거(衝車). 운제는 성벽을 오를 때 쓰는 높은 사다리. 충거는 큰 철판으로 끌채의 끝을 입히고 무기를 나열해 적진을 충돌하는 수레.

10) 抑(억): 또한, 곧.

猖狂, 終敎突騎之充斥. 一賢牧義合效死12), 三忠臣憤不顧身. 幸溝疊之僅全,
慨蟲猿之俱化. 斯國運隆替13)之所係, 伊館宇興廢之寧論? 蕭條綿歲時幾經,
虎頭燕頷14)勤苦總. 戎政15)等閑, 明月淸風. 經過者無不傷心, 登眺則或至隕
涕16). 修完此其時矣, 改作烏可已乎? 恭惟兵相閤下17), 杞楠18)宏材, 金璞勁
質19), 家傳詩禮.20) 早歲曉通, 韋經21)氣蘊, 風雲中年, 投擲班筆.22) 智藏太公
『韜略』23), 頗牧24)相爲弟昆. 身登韓信將壇25), 嬰噲26)詎能頑頡27)? 逮夫分

---

11) 賁餙(비희): 아름답게 장식함. '賁(비)'가 크다, 패배하다의 뜻일 때는 '분'으로 읽음. '餙'
　　는 꾸미다.

12) 效死(효사): 기꺼이 목숨을 바침, 죽기로 싸움. '效'는 힘을 다하다. 힘쓰다.

13) 隆替(융체): 흥망성쇠. '隆(륭)'은 크다. '替(체)'는 쇠퇴하다.

14) 虎頭燕頷(호두연함): 귀인의 골상. 변방의 장수를 비유함. 후한 때 한 관상쟁이가 반초(班
　　超)에게, "그대는 제비의 턱에 범의 머리라 재빨리 고기를 먹는 격이니, 이는 곧 만리후에
　　봉해질 상이다[生燕頷虎頭, 飛而食肉, 此萬里侯相也]." 하였다.『후한서』권47「반양열전」.

15) 戎政(융정): 군사 행정.

16) 隕涕(운체): = 운루(隕淚). 눈물을 흘림. '隕'은 떨어지다.

17) 兵相閤下(병상합하): '閤下'는 신분이 높은 사람에 대한 존칭. 여기서는 남이흥을 지칭하
　　고, 자세한 생애는 용어 일람 '남이흥' 참조.

18) 杞楠(기남): 가래나무와 녹나무로 좋은 재목을 말함. 흔히 재주가 뛰어난 인재를 비유.

19) 勁質(경질): 강직한 자질, 굳센 의지. '勁'은 굳세다.

20) 詩禮(시례): 가정교육, 가훈. 공자가 일찍이 아들 리(鯉)에게 시와 예를 꼭 읽어야 한다고
　　경계했던 데서 유래함.『논어』「계씨」.

21) 韋經(위경): 경학을 대대로 전수한 가문을 비유한 말로, 한나라 때 경학자인 위현(韋賢)의
　　학덕이 높아 벼슬이 승상에 이르렀는데, 그의 막내아들 위현성(韋玄成)이 특히 명경으로
　　발탁되어 벼슬이 승상에 이르렀던 데서 온 말이다.『한서』권73「위현전」.

22) 投擲班筆(투척반필): 반초(班超)가 붓을 던짐, 곧 문을 버리고 무를 택해 공을 이룸. '擲'은
　　던지다. 후한 때 반초는 집이 가난하여 관청에서 글 쓰는 일에 종사하며 부모를 봉양하였
　　는데, 하루는 "대장부가 붓과 벼루 사이에서 오래 일해서 무슨 소용이 있겠는가?"라며
　　탄식한 뒤 서역에 나가 50여 개국을 정벌하여 마침내 정원후(定遠侯)에 봉해졌다.『후한
　　서』권47「반양열전」.

23) 太公『韜略』(태공도략): '太公'은 흔히 강태공(姜太公)이라 부르는 여상(呂尙)인데, 무왕을
　　도와 은나라 주(紂)를 쳐서 주나라를 세웠다. '韜略'은 그가 지은 병법서『육도(六韜)』와
　　『삼략(三略)』을 말함.

24) 頗牧(파목): 전국시대 조나라의 명장 염파(廉頗)와 이목(李牧)을 말함.『사기』권81「염파
　　인상여열전」.

25) 將壇(장단): 장군을 임명하는 장소이고, 유래는 용어 일람 '장단' 참조.

26) 嬰噲(영쾌): 한나라 고조 때의 신하 관영(灌嬰)과 번쾌(樊噲). 한신(韓信)이 공적과 명망이
　　뛰어남에도 왕에게 한때 미움을 받아 관영이나 번쾌와 같은 반열에 있는 것을 수치스럽게

閫28)下車之後, 務以撫兵恤民爲先. 治化旣成, 蔀屋29)多按堵之樂; 禾稼屢
熟30), 窮31)村少艱食之憂. 會當閱武之餘, 忽激懷古之念. 曰余祖32)曾弭玉
節33), 尙風流之著聞; 嗟後孫猥佩金章34), 忍階壇之湮沒? 披觀荒穢35), 認是
經火之墟; 詢及偏裨, 講此營室36)之擧. 耆舊37)恊心而雲合, 黎庶38)聞風而
子來39). 隣宰樂爲繼褰40), 詎41)工役之或缺; 山僧亦知應募, 可匠事之易諧.
鬱林雲根,42) 居然玉堆43)於階下; 徂徠44)龍幹, 倏尒45)鱗錯46)於庭隅, 非直

여겼던 적이 있다. 『사기』 권92 「회음후열전」, "信知漢王畏惡其能, 常稱病不朝從. 信由此
日夜怨望, 居常鞅鞅, 羞與絳·灌等列. 信嘗過樊將軍噲, 噲跪拜送迎, 言稱臣曰 大王乃肯臨臣.
信出門笑曰 生乃與噲等爲伍!".

27) 頏頡(항힐): 서로 우열을 다투는 일, 새가 날아오르고 내리는 일. '頏'은 새가 날아 내리다.
'頡'은 날아 오르다. 『시경』 「패풍」〈연연〉, "제비가 나네 / 오르락내리락 날도다[燕燕于飛,
頡之頏之]".

28) 分閫(분곤): 곤수(閫帥)에게 병권을 나누어 줌. 곧 임금의 특명을 받은 지방의 장수. '閫'에
대한 자세한 풀이는 권수대(1671~1755)의 시 참조.

29) 蔀屋(부옥): 덧문으로 둘러친 집으로 가난한 오막살이를 비유함. '蔀'는 덧문. 빈지문.

30) 熟(숙): 원전에는 '窮(궁)'으로 되어 있으나 『촉석루사적』(경상대학교 문천각 소장)에 의
거해 바로 잡음.

31) 窮(궁): 원전에는 '熟(숙)'으로 되어 있으나 위와 마찬가지로 바로 잡음.

32) 余祖(여조): 자신의 선조. 경상도 경력과 관찰사를 지낸 남지(南智)가 남이홍의 증조부임.
자세한 것은 하연(1376~1453)의 촉석루 시 참조.

33) 弭玉節(미옥절): 옥절을 멈춤, 곧 사신으로 부임함. '弭'는 그치다. '玉節'은 관리의 징표.
자세한 것은 용어 일람 '옥절' 참조.

34) 金章(금장): 금으로 만든 관인으로 지위 높은 관리를 뜻함. 여기서는 초계군수 이광윤.

35) 荒穢(황예): 거친 잡초, 황무지. '穢'는 거칠다.

36) 營室(영실): 영실성(營室星)을 말함. 이 별이 하늘 한가운데에 나타나면 건축하기에 적합
한 시기라고 한다. 『시경』 「용풍」〈정지방중〉 참조.

37) 耆舊(기구): 덕망 높은 늙은이. '舊'는 늙은이.

38) 黎庶(여서): 백성.

39) 子來(자래): 백성이 모여듦. 『시경』 「대아」〈문왕〉, "건물 짓는 일을 서둘지 말라 하였거
늘 / 백성들은 아들이 부모 일 돕듯 몰려들었네[經始勿亟, 庶民子來]".

40) 褰(건): =건유(褰帷). 백성을 직접 대면하고 보살피려는 지방관의 성의를 가리킴. 지방관
의 선치. 자세한 것은 이소한(1598~1645)의 시 각주 참조.

41) 詎(거): 어찌 ~하랴.

42) 鬱林雲根(울림운근): 울림(鬱林)의 바위, 청렴한 관직 생활을 상징함. '雲根'은 구름의 뿌
리, 곧 바윗돌. 삼국시대 오나라 육적(陸績)이 울림태수를 마치고 돌아오는 길에 여장이
없어 배가 가벼워 바다를 건널 수 없자 돌을 실어 배를 무겁게 했는데, 세상에서 그의
청렴함을 칭송하여 '울림석(鬱林石)'이라 했다. 『신당서』 권196 「은일」〈육구몽전〉.

威風所吹, 草木皆靡自然. 誠心所動, 神鬼亦輸, 臨長橋而斬蛟頭[47], 跨滄海而斷鰲足[48]. 苟完苟美, 殊異子荊善居之心[49]; 攸芋攸躋,[50] 窃慕詩人讌落[51]之詠. 雙虹[52]將擧, 萬夫齊呼.[53]

| 拋梁[54]東 | 新構鬟堂敞峽中 | 壁裡藏書知幾許 | 淸宵異氣貫蒼穹 |
| 拋梁西 | 十里明沙繞翠墻 | 尋勝若乘海艇去 | 武陵仙路不應迷[55] |

---

43) 居然玉堆(거연옥퇴): 어느새 옥처럼 쌓임. '居然'은 어느새, 뜻밖에. '堆'는 쌓이다.

44) 徂徠(조래): 좋은 소나무로 유명한 산 이름. 『시경』「노송」〈비궁〉에, "조래산의 소나무 / 신보산의 잣나무 / 자르고 베서 / 길게 하거나 짧게 해서[**徂徠**之松, 新甫之柏, 是斷是度, 是尋是尺]"라는 구절이 있는데, 해사(奚斯)가 비궁을 수리하는 일을 총괄할 때 좋은 재목을 베어서 쓴 것을 노래한 것이다.

45) 倐尒(숙이): 순식간, 갑자기, 어느덧. '倐'은 잠깐, 홀연. '尒'는 이(爾)와 동자.

46) 鱗錯(인착): 가지런한 고기 비늘. '鱗(린)'은 비늘. '錯'은 섞이다, 교차하다.

47) 斬蛟頭(참교두): 교룡의 목을 벰, 곧 해로운 것을 없앰. 진나라 때 주처(周處)가 사는 마을의 사람들이 남산의 사나운 호랑이와 장교(長橋) 아래의 무서운 교룡을 그와 더불어 '삼해(三害)'라 불렀는데, 그가 철이 들어서 지난날의 잘못을 뉘우치고 호랑이와 교룡을 처단한 뒤 학문과 덕행을 익혀 대학자가 되었다는 고사(『진서』 권28 「주처주방열전」)가 있다. 여기서 '개과천선'의 성어가 생겨남.

48) 斷鰲足(단오족): 건물의 기둥을 세움. 유래는 민재남(1802~1873)의 시 참조.

49) 子荊善居之心(자형선거지심): 자형이 집안을 잘 다스리고자 하는 마음. 곧 재물이 많고 적든 많든 항상 검소하게 생활하는 태도. 『논어』「자로」에서, 공자는 위나라 공자(公子)인 형(荊)을 가리켜, '집안을 잘 다스린다. 처음 시작하여서는 '겨우 알맞다.' 했고, 조금 나아져서는 '겨우 갖추어졌다.' 했으며, 부유해져서는 '겨우 좋게 되었다.' 했다[善居室. 始有曰 **苟合**矣, 少有曰 **苟完**矣, 富有曰 **苟美**矣]." 하였다.

50) 攸芋攸躋(유우유제): 군자가 높고도 큰 집에서 편안히 정사를 펼침. '攸'는 장소. '芋'는 높으며 크다. '躋'는 오르다. 『시경』의 한 구절인데, 하수일의 「촉석루중수기」 각주 참조.

51) 讌落(연락): 새로 지은 건물의 의미를 허물없이 말함. '讌'은 모여서 터놓고 이야기하다. '落'은 낙성하다.

52) 雙虹(쌍홍): 쌍무지개. 흔히 걸쳐놓은 대들보를 비유함.

53) 萬夫齊呼(만부제호): 여러 사람이 함께 부름. 진나라 육기(陸機), 「의동성일하고(擬東城一何高)」(『문선』 권30 「詩庚」), "한 번 노래를 부르면 사람들 모두가 탄식을 하고 / 두 번 노래를 부르면 들보 위의 먼지도 진동하며 날렸다[一唱**萬夫嘆**, 再唱梁塵飛]".

54) 拋梁(포량): 대들보에 떡을 던짐, 곧 상량식의 한 절차. 세속에서 집을 지을 때는 반드시 길일을 택해 상량(上梁)하는데, 친지들이 만두나 다른 음식을 싸 갖고 와 축하하면서 그것을 장인들에게 먹인다. 이때 장인의 우두머리가 만두나 기타 음식을 대들보에 던지면서 [拋梁] 상량문을 읽고 축복한다.

55) 武陵仙路不應迷(무릉선로불응미): 이 구절은 원전에는 없지만 『촉석루사적』(경상대학교 문천각 소장)에서 가져와 상량문 형식으로 다시 맞춤.

抛梁南	竹影花陰護石龕	粉鵠56)高張靑草岸	鼓聲掀破暮江嵐
抛梁北	撲地閭閻皆鼎食57)	郭外陂湖鏡面開	織波不動平如拭
抛梁上	太虛寥朗風和暢	玄機旋幹理難窮	朝夕暉陰千萬狀
抛梁下	十行紅粉薰蘭麝58)	公餘緩帶晩開筵	笑向靑山傾玉斝59)

伏願上梁之後, 地利人和之兩全, 文事武備之兼濟. 碧油幢60)裡元戎, 只岸
綸巾細柳61). 陰邊牙校62), 盡脫兜甲63), 尹鐸之戶口雖損,64) 寇準之鎖鑰足
誇.65) 偸假66)登臨, 不要跌宕乎情性, 折衝尊俎,67) 永言捍衛68)乎邦家.

> **번역**
>
> 백성들과 어른 아이 할 것 없이 모두 칭송하고 있나니, 누가 금일의
> 훌륭한 치적을 이루었나? 고을에서 보고 노니는 것 또한 정치이니,
> 옛날의 이름난 누각을 다시 본다. 물고기와 새들이 함께 기뻐하고, 제비와

---

56) 粉鵠(분곡): 희게 칠한 과녁. '鵠'은 과녁.

57) 撲地閭閻皆鼎食(박지여염개정식): 지상의 **빽빽**한 집들이 모두 부유함. 용어 일람 '여염박
지' 참조.

58) 蘭麝(난사): 난과 사향(麝香), 곧 고귀한 향료.

59) 玉斝(옥가): 옥잔. '斝'는 옥으로 만든 술잔.

60) 碧油幢(벽유당): 푸른 휘장을 두른 군막, 곧 장수의 막부. '幢'은 막. 자세한 것은 권극중
(1585~1659)의 시 참조.

61) 岸綸巾細柳(안관건세류): 병영에서 병사들을 친근하게 대함. '岸綸巾'은 관건을 뒤로 젖
힘, 곧 예법을 따지지 않음. '岸'은 이마를 드러내다. '綸巾'은 제갈량이 썼다고 하는 비단
두건을 말하고, '綸(륜)'이 두건 이름일 때는 '관'으로 읽음. '細柳'는 진주 병영을 뜻하고,
유래는 용어 일람 '세류' 참조.

62) 牙校(아교): 본영을 지키는 하급 군인.

63) 兜甲(두갑): 투구와 갑옷. '兜'는 투구.

64) 진양 고을 잘 다스린 윤탁(尹鐸). 용어 일람 '견사보장' 참조.

65) 성을 확고하게 방비한 구준(寇準). 용어 일람 '쇄약' 참조.

66) 偸假(투가): 틈을 내다. '偸'는 '假'는 탐내다. '假'는 가(暇)의 뜻으로 여가.

67) 折衝尊俎(절충준조): 무력을 쓰지 않고서도 외교 담판을 통해 적을 굴복시킴. '折衝'은
충차(衝車)를 부수다. '尊俎'는 술통과 도마, 곧 연회석. '尊(존)'이 술통 뜻일 때는 '준'.
『안자춘추』권5「잡상」제5, "잔치 자리를 벗어나지 않으면서도 천 리 밖의 일을 안다는
것은 안자를 이른 것이다. 절충했다고 이를 만하다[夫不出**尊俎**之間而知千里之外, 其晏
子之謂也. 可謂**折衝**矣]".

68) 捍衛(한위): 방어함, 호위함. '捍'은 막다. '衛'는 지키다.

참새가 서로 축하한다.

생각해보니 진양(晉陽)은 거진(巨鎭)인데 실로 영남의 웅장한 고을이다. 서쪽으로 호남 경계에 이어져 잡아당긴 듯한 지형은 매우 장엄하고, 남쪽으로는 일본 바다의 섬들과 접해 옷에 두른 띠 같은 형세는 더욱 굉활하다. 한 줄기 강물은 나누어져 잔잔히 흐르다 한없이 넓은 물로 합쳐져 흐르고, 온 산들은 병풍처럼 둘러 멀고 가깝기도 하여 높낮이가 다른 모양이다. 더욱이 지리산이 왼팔처럼 들판 끝에 우뚝 서 있고, 언뜻 보면 마치 한 여주(驪珠)가 못 위에 솟아 있는 듯하다. 천 길의 견고한 절벽이라 원숭이조차 더위잡고 오르기가 어렵고, 백 길의 든든한 성이니 공격용 사다리와 수레일지라도 어찌 타넘어 갈 수 있으리오? 참으로 관방의 중요한 땅이요, 또한 형세가 아름다운 구역이다.

선배들이 마땅히 경영함에 있어서 이 언덕을 점지하여 건물을 세웠다. 빙 두른 난간과 높은 들보는 신선이 사는 곳과 비슷하고, 화려한 자리와 황금 술통은 태평한 정치를 아름답게 꾸민다. 성과 해자는 장려하여 눈이 휘둥그레지고, 문물은 화려하여 극치를 이룬다.

때마침 교활한 오랑캐가 날뛰는 일을 만났고, 끝내는 저돌적인 기병이 가득 몰려왔다. 한 어진 목사는 의리로 마음을 합쳐 죽기로 싸웠고, 세 충신은 분개하며 자신들을 돌아보지 않았다. 다행히 성은 겨우 온전하였지만 벌레와 원숭이로 모두 변하여 개탄스러웠다. 이 나라 운명의 성쇠가 관여한 바이니, 저 관아의 흥폐만 어찌 논하겠는가?

쓸쓸한 세월이 얼마간 지나자 장수가 힘써 부지런히 다스렸다. 군정은 그럭저럭하며 달은 밝고 바람은 맑다. 하지만 이곳을 지나는 사람은 상심하지 않을 수 없고, 등림하여 조망하면서 어떨 때는 눈물방울을 흘린다. 중수하여 완비함은 바로 이때이거늘, 어찌 그만둘 수 있겠는가?

공경히 생각건대 병상 합하(閤下)는 기남(杞楠) 같은 뛰어난 재주를 지녔고, 금옥 같이 자질이 강직하였으며, 집안 대대로의 가훈을 이어받았다. 어린 나이에 밝게 깨우쳐 경학을 전수해온 가문의 기풍을 온축하였고, 풍운으로 돌아다니다 중년에 이르러서는 반초(班超)처럼 붓을 던져버렸다. 강태공의 병법서 『육도』와 『삼략』을 가슴에 품고, 염파(廉頗)와 이목(李牧) 같은 명장을 형제처럼 삼았다. 몸소 한신(韓信)처럼 대장 지위에 올랐으니, 관영(灌嬰)과 번쾌(樊噲) 같은 사람인들 어찌 겨룰 수 있으랴?

병사(兵使)로서 임무를 수행하게 된 이후 군사를 위로하고 백성을 구제하는 책무를 우선으로 삼았다. 정치 교화가 이루어지자 가난한 사람도 안도의 즐거움이 많았고, 곡식이 자주 무르익어 가난한 마을에서 먹고 살기 어려운 걱정은 적었다. 마침 군대를 사열하는 여가를 만나 문득 옛날 생각이 고조되었다. 말하기를 "나의 선조가 일찍이 사신으로서 풍류의 명성을 숭상하였거늘, 아 후손으로서 관인을 외람되이 차고 계단이 흔적도 없이 사라진 것을 애써 참을 수 있겠는가?" 하였다. 황무지를 파헤쳐 보아 재난을 겪은 터임을 알고서 부장들에게도 물어 그곳에 중수할 때를 꾀하였던 것이다.

원로들이 마음을 맞추어 구름처럼 뭉쳤고, 백성들은 소문을 듣고서 모여들었다. 인근의 수령들이 기꺼이 옷을 걷어붙였으니 어찌 공역이 혹 어긋날 수 있었겠으며, 산속 승려들도 모집에 호응하였으니 장인의 일은 쉽게 어우러질 수 있었다. 울림(鬱林)의 바윗돌이 어느새 계단 아래 쌓이고, 조래(徂徠)의 소나무 줄기가 순식간에 고기 비늘처럼 가지런하게 뻗으니, 거센 바람이 불지 않더라도 초목이 모두 저절로 쓰러지는 격이었다.

진실한 마음을 드러냄에 귀신도 함께하였으니, 장교에 다다라 교룡의 목을 베고, 창해로 건너가서는 큰 거북이의 다리를 잘랐다. 살림살이가 점점 나아짐에도 검소하게 생활하면서 자형(子荊)이 처신 잘한 마음을, 특히 훌륭하게 여기고, 높고도 큰 집에서 편안히 정사를 펼치면서 시인(詩人)이 낙성식을 터놓고 읊은 노래를 조용히 그리워한다. 대들보가 올라갈 제 수많은 사람이 일제히 부른다.

동쪽 대들보에 떡을 던지세 / 트인 골짜기 속에 강당을 새로 지었나니 / 벽 속에 장서는 얼마나 되나? / 맑은 밤 기이한 기운이 푸른 하늘을 꿰뚫네.

서쪽 대들보에 떡을 던지세 / 십 리 맑은 물가가 푸른 담을 에웠고 / 승지를 찾으니 배 타고 떠난 듯하여 / 무릉도원 신선 길을 헤맬 필요 없어라.

남쪽 대들보에 떡을 던지세 / 대 그림자와 꽃그늘이 돌 감실 보호하고 / 흰 과녁을 청초 언덕에 높이 설치하니 / 북소리 크게 퍼지고 저문 강에 이내 피어나네.

북쪽 대들보에 떡을 던지세 / 빼곡한 마을에 모두가 부유한 집이고 / 성곽 너머 호수는 맑은 거울처럼 환한데 / 비단 물결은 닦은 듯 고요하고 잔잔하네.

위쪽 대들보에 떡을 던지세 / 하늘은 휑뎅그렁하게 트였고 풍경은 화창한데 / 현묘한 천기가 돌고 돌아 이치는 끝없나니 / 아침저녁의 밝음과 어둠은 천태만상이로다.

아래쪽 대들보에 떡을 던지세 / 열 줄 기녀들의 고상한 향기가 진동하고 / 공무 여가에 홀가분한 차림으로 저녁 늦도록 잔치 자리 벌여 / 청산 향해 웃으며 옥잔을 기울인다.

엎드려 바라노니 상량한 뒤에 지리(地利)와 인화(人和) 둘 다 온전케 하고, 문무의 일을 함께 갖추도록 하소서. 푸른 군막 쳐진 병영에서 성내의 사람들을 허물없이 대하게 하소서. 그늘 가에 군사들을 두어 투구와 갑옷을 다 벗어버리게 하소서. 윤탁(尹鐸)이 호구를 줄인 것 같이하고, 구준(寇準)이 성문 자물쇠를 과시한 것처럼 하게 하소서. 틈을 내어 등림할 때에는 감정에 질탕하지 말도록 하고, 무력 없이 외교 담판으로도 적을 제압하여 우리나라를 길이길이 지키게 하소서.

○ 성여신(成汝信, 1546~1632) 자 공실(公實), 호 부사(浮査)

자칭 소선(少仙). 진주 대여면(代如面) 구동촌(龜洞村, 현 금산면 가방리) 무심정(無心亭) 출생. 이정과 조식의 문인이며, 곽재우·이대기 등과 교유했다. 정유재란 때 둘째 아들과 함께 화왕산성 전투에 참가했고, 1600년 향리에 부사정정사(浮査亭精舍)와 반구정(伴鷗亭)을 지어 성리학을 탐구하고 후진 양성에 전념했으며, 1609년 64세 때 겨우 사마시에 합격할 정도로 벼슬과는 거리를 두고 평생 재야 선비로 살았다. 1622년부터 10년간 『진양지』 편찬을 주도했고, 『부사집』(한국문집총간 56)이 있다.

「淸心軒重建上樑文」[1] 〈성여신 주편, 『진양지』 권1 「관우」, 107~109쪽〉 (청심헌 중건상량문)

勝地之廢興無常, 樓旣夷而復舊; 名區之成毁有數, 軒已燬而重新. 雲物增光, 山川生色. 緬維晉陽一邑, 嶺南巨鎭, 海東雄藩.[2] 舸艦迷津洲泊, 靑雀黃龍之 軸[3]; 閭閻撲地[4]戶封, 孝子慈孫之門. 禮義鄕之稱, 樓閣地之曰. 相彼淸心軒, 菁川潭北, 矗石樓東. 窈窕雲窓影, 落馮夷[5]之窟; 玲瓏霧閣光, 倒蛟鰐[6]之居. 玉節來巡, 淸油[7]載止, 那知炎帝[8]之餘烈, 煽妬回祿[9]之慘灾? 刻桷雕楹, 驚見

---

1) 이 글이 수록된 원전(『진양지』, 서울대학교 규장각 소장)의 "生員成汝信承兵使之令作上樑 文"이라는 주석을 통해 당시 성여신의 신분과 상량문의 작성 계기를 알 수 있다. 인용문 중 '兵使'는 경상우병사(1623.5~1625.3 재임) 신경유(1581~1633, 신립 장군의 차남)이다. 한편 『부사집』에 수록되지 않은 이 글은 『진양지』(1871, 1895)의 경우 몇 자만 다를 뿐이 고, 반면에 1932년 『진양지』의 경우 문장이 많이 축약되어 있다. 필자는 그가 부임 초기에 청심헌 중건을 시작했다는 사실을 주목해 상량문의 창작 시점을 계해년(1623)으로 추정 한 바 있다. 하강진(2014), 127~128쪽 참조.
2) 원전에는 '東雄海藩(동웅해번)'으로 되어 있지만 문맥에 맞도록 순서를 바꾸었다.
3) 舸艦迷津(가함미진)~靑雀黃龍之軸(청작황룡지축): '迷津'은 배들이 들어찬 나루에서 정박 할 곳을 찾아 헤매는 모양. '靑雀[푸른 익새]'과 '黃龍[누런 용]'을 그린 이물인데, 화려한 뱃머리 모양. 왕발, 「등왕각서」, "舸艦迷津, 靑雀黃龍之軸".
4) 閭閻撲地(여염박지): 집들이 빼곡히 들어서 있음. 용어 일람 '여염박지' 참조.
5) 馮夷(풍이): 수신(水神)의 이름, 곧 하백(河伯).
6) 蛟鰐(교악): 물짐승.
7) 淸油(청유): =청유(靑油). 장수의 막부. 권극중(1585~1659)의 시 각주 참조.
8) 炎帝(염제): 중국 고대 전설상의 임금. 화덕(火德)으로 왕이 되었다고 해서 '炎帝'라 부르 고, 보습과 쟁기를 만들어 농사를 가르쳤다고 해서 '신농씨(神農氏)'라고도 함.
9) 回祿(회록): 불귀신의 이름, 곧 화재가 발생함. 『춘추좌씨전』 「소공 18년」.

熖烟之漲; 橫欄曲楹, 忍覩灰燼10)之成. 非徒11)吏嘆而民愁, 抑亦風悲而水咽.
卽當重營而改作, 奈此時屈而擧嬴12)? 恭惟兵使相國13), 擢拜漢壇14), 于屛周
翰15). 孫吳兵法, 良平16)妙略, 獨步一時; 龔黃17)善理, 卓魯18)深仁, 齊舞萬姓.
乃於下車之初19), 周行城堞, 歷覽軒楹. 節民力而輕徭, 捐儲粟20)而饋匠. 仍舊
貫21)而占位, 勢鄙曩日之制; 非臨斷岸而暢觀, 瞻快今日之議. 是規矩準繩22)
之合, 則方圓平直之從. 宜匪麗匪華, 不陋不侈. 壁裡23)紫崖元矗矗24), 依舊梁
松川玉吟25); 夕陽鷗鷺下雙雙, 宛然姜東阜瓊韻26). 敢採一州之善頌27), 助擧

---

10) 灰燼(회신): 재와 깜부기불, 곧 잿더미. '燼'은 깜부기불, 타고 남은 것.

11) 非徒(비도): 뿐만 아니라. '徒'는 다만.

12) 時屈而擧嬴(시굴이거영): 어려운 시대에 사치를 매우 부림. 유래는 하수일의 「촉석루중
수기」 각주 참조.

13) 兵使相國(병사상국): 신경유(申景裕, 1581~1633)를 말함.

14) 漢壇(한단): 한나라의 장단(將壇). 용어 일람 '장단' 참조. 여기서는 신경유가 경상우병사
에 제수된 것을 말함.

15) 周翰(주한): 주나라의 기둥. '翰'은 줄기. 『시경』 「대아」 〈숭고〉, "이 신씨와 보씨는 / 오직
주나라의 기둥이로세[維申及甫, 維周之翰]".

16) 良平(양평): 한 고조 유방의 두 신하인 장량(張良)과 진평(陳平).

17) 龔黃(공황): 공수(龔遂)와 황패(黃霸). 선정을 베푼 목민관을 지칭. '공수'는 한나라 선제
때 발해군에 기근이 들어 도적 떼가 발흥하자 그곳의 태수에 제수되어 군도들을 평정하였
고, '황패'는 영천태수로서 천하제일의 정사를 펼쳐 정승에 발탁되었다. 『한서』 권89 「순
리전」.

18) 卓魯(탁로): 탁무(卓茂)와 노공(魯恭). 선정을 베푼 목민관을 지칭. '탁무'는 성품이 너그
럽고 자애로워 전한 때 밀현(密縣) 현령으로서 선정을 베풀었다. '노공'은 후한 때 중모령
(中牟令)이 되어 덕화로 다스려 해충이 국경을 범하지 않았고, 교화가 새와 짐승에까지
미쳤으며, 어린아이들도 어진 마음[仁心]을 갖게 된 세 가지 기적[三異]이 일어났다는 고
사가 있음. 『후한서』 권25 「탁로위유열전」.

19) 下車之初(하거지초): 수레에서 처음 내림. 곧 병사 겸 목사로서 막 부임했을 때.

20) 儲粟(저속): 쌓아둔 곡식. '儲'는 쌓다.

21) 仍舊貫(잉구관): 옛 것을 그대로 씀, 예전의 관행을 따름. 유래는 채헌징의 「촉석루중창상
량문」 각주 참조.

22) 規矩準繩(규구준승): 목수가 쓰는 도구, 곧 표준이나 법도. '規'는 그림쇠. '矩'는 곱자.
'準'은 수준기. '繩'은 먹줄.

23) 壁裡(벽리): 강혼(1464~1519)의 『목계일고』에도 이렇게 표기되어 있으나, 양응정(1519~
1581)의 『송천유집』에는 '협리(峽裏)'로 되어 있다.

24) 矗矗(촉촉): 『목계일고』 주석에도 이렇게 표기되어 있지만, 실은 『송천유집』의 '촉립(矗
立)'이 바르다. 왜냐하면 인용 시구는 원시의 제5행으로, 이와 짝을 이루는 제6행의 시어
가 '표부(飄浮)'이기 때문이다.

六偉之短詞[28].

抛梁東	千丈奇巖聳碧空[29]	第一江山奇絶地	落霞孤鶩[30]夕陽中
抛梁南	雲影天光玉鏡[31]涵	觀德布帿[32]雷鼓動	步虛仙影[33]蘸淸潭
抛梁西	喬木成林十里堤	野老不知蒙帝力[34]	隔江終日事耕犂
抛梁北	夜夜憑欄瞻斗極	五雲何處是神京[35]	萬水千山遙送目
抛梁上	玉宇朝朝瑞日朗	齊民蹈舞樂豊年	佇見康衢歌擊壤[36]
抛梁下	政平訟理民爭賀	顚風急雨更何憂	可使吾氓庇大廈[37]

25) 梁松川玉吟(양송천옥음): 송천 양응정의 훌륭한 시.

26) 姜東皐瓊韻(강동고경운): 동고 강혼의 아름다운 시. '瓊'은 옥.

27) 善頌(선송): 축사. 유래는 조성가의 「함옥헌상량문」 각주 참조.

28) 六偉之短詞(육위지단사): 상량문 형식 중 운문 부분을 말함. 산문에 비해 길이가 짧다고 해서 '短詞'라 하고, 대개 운문의 서두에 아랑위(兒郎偉)가 여섯 번 들어가므로 '六偉'라 칭한다. 상량문의 형식에 대해서는 용어 일람 '상량문' 참조.

29) 空(공): 원전에는 3행 끝의 '中' 앞에 있으나 상량문 형식에 맞도록 이곳으로 옮겼다.

30) 落霞孤鶩(낙하고목): 가을의 빼어난 경치를 형용한 말. 용어 일람 '낙하고목' 참조.

31) 玉鏡(옥경): 옥거울, 곧 맑고 고요한 수면.

32) 觀德布帿(관덕포후): 관덕당(觀德堂)의 과녁. 관덕당은 경상우병사의 집무청으로, 그 내 동문의 문루가 현재 영남포정사 현판이 걸려 있는 건물이다. 1618년 남이흥이 세웠고, 1833년 1월 병영의 화재로 소실되었다. 홍화보(1726~1791)의 7언율시「관덕당」(장지연 편, 『대동시선』권7) 시가 있다. 그리고 '布帷'는 화살을 쏘기 위해 휘장을 치고 그곳에 짐승의 머리를 그려서 만든 표적을 말함.

33) 步虛仙影(보허선영): 허공을 밟고 돌아다니는 신선의 그림자. '步虛'는 허공을 밟고 돌아다님.

34) 帝力(제력): 임금의 힘. 유래는 아래의 주 참조.

35) 神京(신경): 서울의 미칭으로 임금을 비유함.

36) 康衢歌擊壤(강구가격양): 강구에서 유행한 동요와 땅을 치며 부른 노래로 태평성대를 의미함. "(요임금이) 미천한 복장으로 강구에 노닐 때에 동요를 들었는데, '우리 백성들을 성립시킨 것은 / 모두 임금의 덕이라 / 아무것도 모르고 / 임금의 법칙을 따르네' 하였다. 그리고 어떤 노인이 배불리 먹고 배를 두드리며 땅을 치고서, '해가 뜨면 일하고 / 해가 지면 쉬며 / 우물 파서 물 마시고 / 밭 갈아 밥 먹으니 / 임금의 힘이 나와 무슨 상관이 있으랴?' 하였다[乃微服, 游於康衢, 聞童謠, 立我烝民 . 莫匪爾極, 不識不知, 順帝之則. 有老人, 含哺鼓腹, 擊壤而歌, 日出而作, 日入而息, 鑿井而飮, 耕田而食, 帝力何有於我哉]". 『십팔사략』 권1 「제요도당씨」.

37) 庇大廈(비대하): 큰 집으로 비바람을 덮어주다. '庀'는 비(庇, 덮다)와 동자. '厦'는 큰 집. 유래는 김회연의 「촉석루신상량문」 각주 참조.

伏願上梁之後, 歌成五袴[38], 謠作兩歧[39]. 民物虞唐, 絃誦[40]周魯. 緩帶而撫綏[41]軍卒, 羊叔子之復生[42]; 下榻而延致賢良, 陳仲擧之再作.[43] 願收紫電淸霜[44]之嚴厲, 變作和風甘雨之霈霶[45].

승지(勝地)의 홍폐는 무상하여 누각이 무너진 뒤에 복구되고, 명구(名區)의 성쇠도 운수가 있어 가옥이 불탄 뒤에는 중창된다. 그리하면 경물이 광채를 더하고, 산천은 자태를 뽐내게 된다.

아득히 이어져 내려온 진양(晉陽) 고을은 영남의 거진(巨鎭)이고 우리나라의 웅번(雄藩)이다. 큰 배와 전함이 나루에서 정박할 곳을 찾아 서성거리는데 청작과 황룡을 그린 뱃머리이고, 촌락이 지상에 빼곡히 들어서 있는데 집집이 효자 자손의 집안이다. 예의의 고을이라 부르고, 누각의 땅이라 일컫는다. 바라보니 저 청심헌(淸心軒)은 청천담(菁川潭)의 북쪽이요, 촉석루(矗石樓)의 동쪽이다. 그윽한 구름 그림자가 창에 드리우다 수신이 사는

---

38) 五袴(오고): 지방관의 어진 정치. 후한의 염범(廉范)이 선정을 베풀자 백성들이 감복하여, "우리 염숙도여, 왜 이리 늦게 오셨는가? 불을 금하지 않으시어 백성이 편케 되었나니, 평생 속옷도 없다가 지금은 바지가 다섯 벌이 있다[廉叔度, 來何暮, 不禁火, 民安作, 平生無襦, 今五袴]."라는 노래를 지어 불렀다고 한다. 『후한서』권31 「곽두공장염왕소양가육열전(郭杜孔張廉王蘇羊賈陸列傳)」.

39) 兩歧(양기): 보리 한 줄기에 두 가닥의 이삭이 팬 것으로, 풍년이 들 상서로운 조짐이나 지방관의 선정을 뜻함. 후한의 장감(張堪)이 경지를 개간하고 백성들로 하여금 농사짓게 하자, 백성들이 이를 칭송하여, "뽕나무에 곁가지가 없고 / 보리 이삭은 두 가닥이로다 / 장감이 정사를 펼치니 / 즐거움을 주체할 수 없네[桑無附枝, 麥穗兩**歧**. 張君爲政, 樂不可支]."라 노래하였다 한다. 『후한서』권31 「곽두공장염왕소양가육열전」.

40) 絃誦(현송): 태평성대를 말함. 용어 일람 '현가' 참조.

41) 綏(수): 원전에는 없지만 상량문 형식을 맞추기 위해 관찬 『진양지』(1871)에서 가져와 보충했다.

42) 백성과 군대를 어질게 통솔함. '叔子'는 진(晉)나라 명장 양호(羊祜)의 자. 용어 일람 '완대' 참조.

43) 현사를 극진히 예우함이나 빈주(賓主) 간의 돈독한 우의를 뜻함. '仲擧(중거)'는 후한 진번(陳蕃)의 자. 그는 태수 시절에 일절 빈객을 만나지 않았는데, 다만 인품이 고매한 서치(徐穉)와 주구(周璆)가 찾아오면 걸어두었던 의자를 내려놓고 예의를 다해 대접했다는 고사가 있다. 『후한서』권66 「주황서강신도열전」; 『후한서』권66 「진왕열전」 참조.

44) 紫電淸霜(자전청상): 절개와 지조가 곧음을 비유. 최상익의 「촉석루서」 각주 참조.

45) 霈霶(패방): 비가 엄청 퍼붓는 모양. '霈'와 '霶'(霧의 이체자)은 비가 퍼붓다.

굴로 떨어지고, 영롱한 안개빛은 누각에 비치다가 교룡이 사는 곳으로 기운다.

사신이 와서 순행하고 장수가 머물렀으되, 염제(炎帝)의 남은 열기가 이토록 회록(回祿)의 비참한 재앙을 부채질할 줄을 어찌 알았으랴? 아로새긴 추녀와 다듬은 기둥이 성대한 화염에 싸인 것을 놀라 보았고, 비낀 난간과 굽은 기둥이 잿더미가 된 것을 견디면서 보았다. 관원이 탄식하고 백성이 걱정하였을 뿐만 아니라 바람도 슬퍼하고 강물도 목메어 울고 있다. 그렇기에 마땅히 중건하고 고쳐야 하지만, 어찌 이 어려운 시기에 굳이 사치스러운 일을 도모하겠는가?

삼가 생각건대 병사 상국은 한나라 한신처럼 장수에 발탁되었고, 주나라 기둥처럼 병풍이 되었다. 손자·오자 같은 병법과 장량·진평 같은 묘책은 한 시대에 독보적이었고, 공수·황패 같은 선정과 탁무·노공 같은 어진 마음은 온 백성을 일제히 고무시켰다. 우병사로 부임한 초기부터 성첩을 두루 다니고 누각을 자주 살폈다. 민력(民力)을 줄여 부역을 가볍게 하였고, 쌓아둔 곡식을 덜어내어 장인들에게 먹였다.

옛것을 그대로 써서 위치를 정하였으니 형세로 치면 접때의 규모가 다랍게 여기도록 하고, 아찔한 벼랑에 임하지 않고서도 전망을 트이게 하였으니 우러러보면 오늘날의 의론이 유쾌하게끔 만든다. 그림쇠·곱자·수준기·먹줄에 맞게 한 것이요, 모난 것·둥근 것·평평한 것·수직인 것에 따른 것이다.

마땅히 빛나지도 않고 화려하지도 않으며, 누추하지도 않고 사치스럽지도 않다. "골짜기 붉은 벼랑은 본디 뾰족이 치솟았고"라는 양송천(梁松川)의 옥음은 여전하고, "해질녘 갈매기와 백로가 쌍쌍이 내려앉네"라는 강동고(姜東皐)의 경운이 눈에 선하다. 한 고을을 잘 찬미한 시로 감히 채택하고, 여섯 방위의 짧은 노래로 대들보 들어 올리는 일을 돕는다.

동쪽 대들보에 떡을 던지세 / 천 길의 기암이 푸른 하늘에 솟아 있고 / 제일가는 강산은 기이한 절경인데 / 지는 노을과 외로운 따오기가 석양 속에 있구나.

남쪽 대들보에 떡을 던지세 / 구름 그림자와 하늘빛이 수면에 환하고 / 관덕당의 과녁에는 우레 같은 북소리 진동하며 / 허공 밟는 신선 그림자 맑은 못에 잠기네.

서쪽 대들보에 떡을 던지세 / 높다란 나무가 숲을 이루고 십 리에 둑인데 / 시골 늙은이조차 임금 힘을 입는 줄 모른 채 / 강 너머 종일토록 밭갈이 일삼도다.

북쪽 들보에 떡을 던지세 / 밤마다 난간에 의지하여 북두성을 바라보며 / 오색구름 어딘가에 신경인가? / 온갖 물과 산들이 멀리 바라보이네.

위쪽 대들보에 떡을 던지세 / 화려한 집에는 아침마다 길일이 밝아오고 / 모든 백성이 춤을 추며 풍년을 즐기는데 / 서서 바라보니 강구요 격양가 노래일세.

아래쪽 대들보에 떡을 던지세 / 정사는 공평하고 송사도 다스려져 백성들 다투어 하례하니 / 드센 바람과 세찬 비인들 무엇을 걱정하리? / 우리 백성들을 큰 집으로 보호해주리라.

엎드려 바라노니 상량을 한 뒤로는 우병사의 선정을 노래하게 하고, 풍년의 태평성대를 노래하게 하소서. 백성과 물산은 요순(堯舜) 시대 같고, 풍악과 노래는 주로(周魯) 시대 같게 하소서. 허리띠를 늦추고 군졸을 무위함으로써 양숙자(羊叔子)가 다시 태어난 것처럼 하고, 의자를 내려놓고 어진 선비를 맞이함으로써 진번(陳蕃)이 재차 온 것처럼 하소서. 바라건대 자전(紫電)과 청상(淸霜)의 날카로운 빛을 거두어서, 온화한 바람으로 변하게 하여 단비를 흠뻑 내리게 하소서.

○ 우필한(禹弼漢, 1628~?) 자 공원(公遠)

충주 거주. 호군(護軍)을 지낸 우인범(禹仁範, 1591~1674)의 둘째아들로 1651년 별시무과 급제했다. 김해부사(1684.5~1686.11)를 지냈으며, 경상우병사 때(1693.3~1694.9) 촉석루를 중수했고 아울러 제남정(濟南亭)을 신축했다. 『단양우씨족보』, 박수검의 『임호집』「연보」, 『김해읍지』「환적」, 『촉영도선생안』 참조.

○ 채헌징(蔡獻徵, 1648~1726) 자 문수(文叟), 호 우헌(愚軒)

경상도 예천 용궁면 대죽리(大竹里) 출생. 1693년 6월부터 1694년까지 진주목사를 지내는 동안 봉급을 덜어 촉석루를 중수했다. 아울러 창렬사의 제의를 정비해 고을 전통이 되도록 했는데, 권상일의 「행장」에 "고을에 충신 사당이 있어 서리들이 그 제사 의식을 관장했는데, 매우 문란하였다. 공이 의논해 정하기를, 병사가 초헌관이 되고, 목사가 아헌관이 되는 것을 고을의 항규로 삼도록 했다[州有忠臣廟, 胥吏掌其薦灌, 甚褻而慢. 公議定, 兵使爲初獻, 牧使亞獻, 著爲恒規]."는 기록이 있다. 이 상량문은 문집에는 누락되어 있으나, 「연보」(『우헌집』 권6)를 보면 계유년(1693)에 지었음을 알 수 있다.

○ 조지정(趙持正, 1641~?) 자 직보(直甫), 호 옥천(沃川)

본관 풍양. 조현양(趙顯陽)의 아들로 1663년 진사시 합격했고, 호조좌랑·공주목사를 지냈다. 대구통판 시절인 1688년 부사(府舍)를 건립했으며, 아울러 선산부사로 있던 친형 조지항(趙持恒)과 함께 조부인 조익(趙翼, 1579~1655)의 『포저집』을 간행했다. 이후 함양군수로 재직하면서 1686년에 소실되어 중건 중에 있던 학사루(學士樓)를 완공했다.

「矗石樓重刱上樑文」1) 〈『촉석루사적』〉 (촉석루중창상량문)

三韓巨鎭, 兩南要衝. 尹鐸所寬, 先主攸屬2). 樓高矗石, 民倚關防. 不幸倭寇

---

1) 이 상량문이 수록된 『촉석루사적』(연대와 편자 미상, 경상대학교 문천각 소장)을 보면, 표지에 큰 글씨의 '고시귀(古詩歸)'와 작은 글씨의 '촉루사적(矗樓事蹟)'이 좌우로 병기되어 있다. 전편인 '촉석루사적'은 하륜의 「중건기」, 이광윤의 「촉루루중수상량문」, 우필한·채헌징·조지정의 상량문, 김회연의 「촉석루신상량문」, 원영주의 「촉석루중수기문」으로 이루어져 있다. 그리고 후편인 '고시귀'는 원래 명나라 종성과 담원춘이 편찬한 시선집인데, 이 중에서 일부를 발췌해 수록한 것이다. 하강진(2014), 88~89쪽.

2) 攸屬(유속): 의지한 바. '攸'는 소(所)와 같음. '屬'은 붙다, 뒤따르다, 때마침.

猖獗, 壬辰一炬爲灰. 僉議欲死, 重修在數. 曰若宜春,³⁾ 幾八十年, 庶斯朽側.
元戎⁴⁾此日, 經始崇朝,⁵⁾ 工匠風呼,⁶⁾ 樑榱雲擧. 伏祝望晉山魄, 彰烈祠靈, 俾
無後艱, 永享來福.　　　　　　　　　　　右節度使 禹弼漢 製

曰維玆樓, 號稱矗石. 爲三韓鎭, 封而南域. 尹鐸所障, 寇公⁷⁾鎖鑰. 圮⁸⁾于
壬燹,⁹⁾ 一炬瓦爍.¹⁰⁾ 吉年維戌, 宜春增餙. 歲垂八十, 崇極而側, 籌邊¹¹⁾失所,
武須¹²⁾隨削. 元戎發跡,¹³⁾ 貳帥¹⁴⁾承式.¹⁵⁾ 材仍舊貫,¹⁶⁾ 民用子力. 經始不月,
已賀完後. 抛樑上下, 東西南北, 燕雀頡頏,¹⁷⁾ 魚龍飛躍. 伏願彰烈祠靈, 望晉
山魄, 浩刦雲衛, 永享多福.

　　　　　　　　　　　　　右牧使 蔡獻徵 撰

---

3) 曰若宜春(왈약의춘): '曰若'은 발어사. '宜春'은 남이흥의 봉호. 용어 일람 '남이흥' 참조.
4) 元戎(원융): 장군. 여기서는 경상우병사.
5) 崇朝(숭조): 새벽부터 아침밥 먹을 때까지. 짧은 기일을 뜻함. '崇'은 마치다. 끝나다.
6) 工匠風呼(공장풍호): 훌륭한 장인의 솜씨. 옛날 영(郢: 초나라 서울)에 살던 어떤 사람이 코끝에 파리의 날개만큼 흙을 얇게 발라놓고 목수 장석(匠石)에게 그 흙을 깎아내게 했다. 장석이 바람소리가 들리도록 도끼를 휘둘러 깎았는데, 흙은 다 떨어졌지만 코는 조금도 다치지 않았다[郢人堊漫其鼻端若蠅翼, 使匠石斲之. **匠**石運斤成**風**聽而斲之, 盡堊而鼻不傷] 고 한 고사가 있다. 『장자』「잡편」〈서무귀〉.
7) 寇公(구공): 구준(寇準). 용어 일람 '쇄약' 참조.
8) 圮(비): 무너지다. 圯(이, 흙다리)와 다른 자임.
9) 壬燹(임선): 임진왜란. '燹'은 난리로 일어난 불.
10) 瓦爍(와삭): 기와가 무너짐. '爍'은 꺼지다.
11) 籌邊(주변): 주변루(籌邊樓). 변방의 작전 계획을 세우는 누각으로, 여기서는 촉석성의 남장대인 촉석루.
12) 武須(무모): 씩씩한 모양. '須'는 모(貌)의 옛 글자.
13) 發跡(발적): 일어남, 출발함, 공명을 세움.
14) 貳帥(이수): =아장(亞將). 절도사를 보좌하는 병마우후(兵馬虞侯). '貳'는 돕다.
15) 承式(승식): =궁식(矜式). 존경해 모범으로 삼음. '承'은 받들다. '式'은 본받다. 『맹자』 「공손추(하)」, "모두 공경하고 본받는 바가 있게 하다[皆有所矜式]".
16) 仍舊貫(잉구관): 옛 것을 그대로 씀. 예전의 관행을 따름. 건물을 확장하기 위해 백성을 괴롭힐 필요가 없다는 뜻. "노나라 관리가 창고를 만들자, 민자건이 '예전대로 두면 어떤 가, 어찌 꼭 고치려하는가?' 말했다[魯人爲長府, 閔子騫曰 **仍舊貫**如之何, 何必改作]." 구절 에서 유래함. 『논어』「선진」.
17) 頡頏(힐항): 우열을 다투는 일. 유래는 이광윤의 「촉석루중수상량문」의 각주 참조.

蘦石爲閣, 鎭玆南州, 前後英豪, 有多登遊. 中經兵燹, 閱幾春秋. 屬値賢宰, 棟宇重新, 自始以後, 樂事多辰. 如何歲久, 有此頹圮18). 主將19)嗟歎, 爰命經始, 一旬之間, 簷楹斗起20). 父老改觀, 山川動色, 凡在屬官, 孰不拭目? 適此經過, 聊値加樑. 敢陳蕪辭21), 冀無欠長.

右咸陽郡守 趙持正 撰

皇明崇禎六十六年癸酉九月二十二日　嘉善大夫兵馬節度使禹弼漢　禦侮將軍兵馬虞候郭翰邦22) 通德郎丹陽后人禹錫圭23) 書. 猗歟24)盛哉!

번역 삼한의 거진(巨鎭)이요, 영남과 호남의 요충지이다. 윤탁이 베푼 관대함은 앞선 관리들이 의지한 바였다. 누각이 높은 촉석성(矗石城)은 백성들이 기대는 관방이다. 불행하게도 왜구가 창궐하였고, 임진년 전란으로 재가 되고 말았다. 여러 사람의 의론으로 사력을 다하려 하였지만 중수는 운수에 매인 것이었다. 이에 의춘군(宜春君)이 있은 지 거의 80년 되어 여러 곳이 썩고 기울어졌다. 우병사가 이날 이른 아침부터 수리하기 시작하였고, 목수 장인이 바람소리 나도록 (도끼를) 휘두르니 대들보와 들보도리가 구름 높이 솟았다. 엎드려 축원하오니 망진산(望晉山)의 혼백과 창렬사(彰烈祠)의 신령께서는 뒤탈이 없게 하시고, 길이 복을 누리게 하소서.

절도사 우필한 지음

---

18) 頹圮(퇴비): 기울고 무너짐. '圮'는 '무너지다'의 뜻이고, 圯(이, 흙다리)와 다른 자임.
19) 主將(주장): 촉석루를 관할하는 장군. 여기서는 경상우병사 우필한.
20) 斗起(두기): 깎아지른 듯이 서 있음. '斗'는 뾰족하다. '두(阧)'와 같음.
21) 蕪辭(무사): 두서없는 말, 곧 자기 언사의 겸칭. '蕪'는 거칠다.
22) 郭翰邦(곽한방): 미상.
23) 禹錫圭(우석규, 1653~?): 우필한의 형 우익한(禹翼漢, 1620~1674)의 아들로 통덕랑에 올랐음.
24) 猗歟(의여): 감탄하는 소리, '아아'. '猗'는 감탄하는 소리, 아름답다.

이 누각은 촉석(矗石)이라 부른다. 삼한의 거진(巨鎭)으로 봉해져 남쪽 변경이 되었다. 윤탁(尹鐸)의 보장이요, 구준(寇準)의 쇄약이다. 임진왜란 때 무너지고 전화로 기와가 녹아버렸다. 좋은 해인 저 무오년(1618)에 의춘군(宜春君)이 중수하였다. 세월이 거의 80년에 이르러 사뭇 높았던 것이 기울어지고, 주변루(籌邊樓)는 제자리를 잃어버려 굳센 모습도 함께 사라졌다. 절도사가 일으키고, 우후는 존경하며 본받았다. 재료는 관행을 따랐으며, 백성들은 아이들 힘까지 활용하였다. 집을 짓기 시작한 지 몇 달이 되지 않아 벌써 완성을 축하하게 되었다. 상하로 대들보를 올리니, 동서남북으로 제비와 참새가 오르락내리락 날고, 물고기들이 솟구쳐 뛴다. 엎드려 축원하오니 창렬사(彰烈祠)의 신령과 망진산(望晉山)의 혼백께서는 오래도록 구름이 호위하게 하시고, 길이 많은 복을 누리게 하옵소서.

목사 채헌징 찬함

촉석(矗石)에 세운 누각이 이 남쪽 고을을 눌러 있는데, 전후로 영웅호걸은 많이도 등림하여 유람하였다. 도중에 참혹한 전쟁을 겪었으니 몇 해나 지났는가? 때마침 현명한 수령을 만나 집채가 중수되었는데, 이후로는 즐거운 날과 좋은 때가 많았다. 하도 세월이 오래되어 이 누각은 기울어지고 허물어졌다. 주장(主將)께서 개탄하여 이에 짓기를 명하였으니, 열흘 사이에 처마와 기둥이 우뚝 솟았다. 원로들은 낯빛을 고치고 산천은 반색을 나타내니, 무릇 소속 관리로서 누군들 눈을 씻고 보지 않으랴? 마침 이곳을 지나다가 애오라지 상량하는 날을 만났다. 감히 두서없는 말을 늘어놓았으니, 흠결이 많이 없기를 바라노라.

함양군수 조지정 찬함

황명 숭정 66년 계유년(1693) 9월 22일 가선대부 병마절도사 우필한, 어모장군 병마우후 곽한방, 통덕랑 단양후인 우석규 쓰다. 아아, 아름답고 거룩하도다!

○ 정식(鄭栻, 1683~1746) 자 경보(敬甫), 호 명암(明庵)

> 본관 해주. 진주 옥봉촌(玉峯村, 현 진주시 옥봉동) 출생. 의병장 정문부가 종증조이고, 정대형(鄭大亨)의 손자이다. 13세 때 삼종형 정구(鄭構)에게서 학문을 배웠고, 19세 때 감천 과장에 나아가 우연히 남송의 충신 호전(胡銓)이 금나라와의 굴욕적 화의를 비판하며 지은 「무오상고종봉사(戊午上高宗封事)」를 읽고 비분강개해 출사를 단념하고는 40여 년간 전국 산수를 유람하면서 대의충절을 추구했다. 「두류록」(1724), 「가야산록」·「금산록」·「월출산록」(1725), 「관동록」(1727), 「청학동록」(1743)의 유람기가 이를 대변하고 있다. 1728년 가족을 이끌고 지리산의 무이구곡으로 들어가 무이정사(시천면 원리 국동마을 중건, 1933)와 와룡암을 짓고 은거했으며, 평생 명나라의 재조지은을 생각하면서 '대명처사(大明處士)'임을 자부했다. 특히 1722년 '의암사적비' 비문을 지어 18년 뒤 임금으로부터 논개 정려 특명을 받는 데 크게 기여했다. 하강진(2014), 158~160쪽 참조.

「矗石樓重修記」[1] 〈『명암집』 권4, 21b~22b〉 (촉석루중수기)

嶺之南, 山水區也, 矗石樓獨爲第一. 樓之擅勝於東南, 固宜矣. 石壁峥嶸, 岸篁蕭踈, 二水中分, 奇巖層鋪. 此則與黃岡之壁[2]·白鷺之洲[3]·湘江采石[4]之勝, 果不知其優劣何如? 然樓中壯士, 忘身殉國之忠; 巖上名妓, 殺賊死義之節, 則亦岳陽黃鶴之未曾聞也. 凛然英風, 千古竪髮. 飛甍畫棟, 雕欄繡戶, 不但爲使星冠盖[5]之登翫忘返; 滄波小艇, 月嶼烟江, 不但爲韻士簑翁之耽遊咏嘲. 顧其天設而地險, 若是雄且壯, 則眞所謂魏寶[6]山河, 而城而鎭之. 元帥居之, 與幕僚諸公, 或盃酒琴歌於斯, 或講武觀德於斯, 以爲南藩扞蔽[7]之地, 則

---

1) 이 기문의 연기(年紀)는 촉석루 현판에만 "英祖元年乙巳月日 首陽鄭栻記"라 전해지고, 을사년은 1725년이다. 하강진(2014), 90~92쪽 참조.

2) 黃岡之壁(황강지벽): 호북성 황강산(黃岡山) 동쪽에 있는 황니판(黃泥坂)을 말한 것으로, 소식의 「적벽부」 무대가 된 곳임.

3) 白鷺之洲(백로주): 당나라 이백이 현종의 사랑을 받다가 참언으로 쫓겨나 옛 왕도인 금릉의 봉황대에 올라 지은 「등금릉봉황대」 시가 유명한데, 널리 알려진 구절은 용어 일람 '백로주' 참조.

4) 湘江采石(상강채석): '湘江'은 굴원이 익사한 곳으로, 강물이 깊고 맑음. '采石'은 이백이 만취해 물에 비친 달을 움키려다가 빠져 죽은 강의 이름이고, 그는 이 강에서 고래를 타고 하늘로 올라갔다고 함.

5) 使星冠盖(사성관개): '使星'은 관찰사나 목사 등 임금의 사신. '冠盖'는 높은 벼슬아치.

6) 魏寶(위보): 위나라의 보배, 곧 외적이 침입할 수 없을 만큼 험준한 산하의 형세를 말함. 『사기』 권65 「손자오기열전」 참조.

7) 扞蔽(한폐): 막고 가림, 방어함. '扞'은 막다. '蔽'는 가리다, 덮다.

不可以烟霞之勝·水石之美論者也. 惜乎! 粵以壬辰兵燹之間, 幸免於凶炬蕩殘[8]之患, 而重修旣久. 則棟樑傾側, 丹艧汚脫, 輪奐之制, 非復有舊日之樣. 則州人過客之慨盡[9], 已百有餘年, 而力巨財涸, 無以修繕. 歲甲辰月正之日, 兵相國李公台望[10], 按節以南, 鯨波不興, 釖帳[11]無事, 惟以修擧弊隆爲務. 而深惜斯樓之頹破, 與虞侯朴公璜[12], 鳩財畜力, 同功運智. 棟桌[13]板檻之腐黑撓折者·靑黃赤白之漫漶[14]不鮮者, 無不易而新之. 烟霞增色, 風月聳彩. 舞蛟遊鯨, 亦必喜江山之奇助; 而野叟街童, 孰不頌相國之偉功哉?[15] 然鳳凰形勝, 美則美矣, 而謫仙之詠, 不過詩人謾語; 赤壁風光, 樂則樂矣, 而蘇子之遊, 不過物外遐想, 焉有所補益於廟算[16]之萬一哉? 後之登斯樓者, 勿以謫仙蘇子之興, 慕效自得, 而必如范文正[17]之先天下之憂而憂其憂·後天下之樂而樂其樂, 則樓之不朽, 而國斯重矣.

번역 영남은 산수가 아름다운 곳으로 촉석루(矗石樓)가 홀로 제일이다. 누각이 동남에서 매우 빼어남은 진실로 합당하다. 돌벼랑이 우뚝 솟았고, 언덕 대나무가 성글며, 물은 두 갈래로 흐르며, 기이한 바위가 겹겹이 깔려 있다.

---

8) 蕩殘(탕잔): 완전히 사라짐. '蕩'은 쓸어버리다. '殘'은 무너지다, 피폐하다.

9) 慨盡(개혁): '慨'는 분개하다, 개탄하다. '盡'은 애통해하다, 슬퍼하다.

10) 李公台望(이공태망): 그는 최진한의 후임으로 경상우병사에 재직할 때(1723.8~1725.5) 1724년 촉석루를 중건했다. 당시 강덕부에게 기문을 청해 누각에 내걸었다. 강덕부(1668~1725) 시의 각주 참조.

11) 釖帳(검장): 칼과 장막, 곧 병영을 말함.

12) 虞侯朴公璜(우후박공황): 박황은 미상. '虞侯'는 병마절도사의 보좌관으로 종3품의 무관.

13) 棟桌(동얼): 마룻대와 기둥. '桌'은 얼(槷, 기둥)과 동자.

14) 漫漶(만환): 종이가 피거나 때가 묻어서 글씨가 잘 보이지 않는 모양. '漫'은 더럽다. '漶'은 흐릿하다.

15) 참고로『경종실록』(1724.2.4)에는 그가 촉석루 중수를 빙자해 탐욕을 부려 사대부와 승려와 백성들의 원성이 높다고 하여 사간원에서 파직을 요청했으나 임금은 수용하지 않았다고 기록되어 있다.

16) 廟算(묘산): 조정의 계책, 곧 시정의 득실을 헤아림.

17) 范文正(범문정): '文正'은 범중엄(范仲淹)의 시호. 용어 일람 '범공' 참조.

이곳은 황강의 적벽, 백로의 모래톱, 상강이나 채석강의 절경과 더불어 과연 그 우열이 어떠한지를 알 수 있겠는가? 하지만 누각에서 장사(壯士)가 몸을 돌보지 않고 순국한 충심과 바위 위에서 명기(名妓)가 적을 죽이고 의롭게 희생한 절의는 악양루(岳陽樓)와 황학루(黃鶴樓)에서 들어본 적이 없다. 늠름하고 영웅적인 풍모는 오랜 세월 동안 머리칼을 곤두서게 한다.

치솟은 용마루와 화려한 기둥, 조각한 난간과 수놓은 창은 그저 사신이나 벼슬아치들이 누각에 올라 즐기면서 돌아가기를 잊도록 하기 위한 곳만이 아니다. 넓고 푸른 물결과 작은 배, 달뜨는 섬과 안개 물가는 그저 운치 있는 선비나 도롱이 입은 노인이 즐겁게 놀며 시를 읊조리기 위한 곳만이 아니다.

생각건대 천연적으로 이루어진 험한 지형이 이렇게 웅장하여 참으로 위보(魏寶)의 산하라고 할 만하니, 여기에 성을 쌓고 진을 설치한 것이다. 원수(元帥)가 거처하며 여러 막료와 더불어 이곳에서 술잔을 들고 거문고 노래를 즐기거나, 때로는 이곳에서 무예를 익히고 덕망을 관찰하며 남쪽 변방을 방어하는 땅으로 여기고 있으므로, 안개와 놀의 빼어남이나 물과 돌의 아름다움으로써 논할 수만 없는 것이다.

애석하도다! 저 임진왜란 때 흉악한 불에 완전히 사라지는 환란은 다행히 면하였지만, 이를 중수한 지가 오래되었다. 그리하여 마룻대와 대들보가 옆으로 기울고 단청은 벗겨졌으며, 아름다운 규모는 그 뒤로 다시는 옛날 모습이 아니었다. 고을 사람과 나그네가 개탄하며 애통해한 지가 백여 년 지났는데, 역량은 지대하였으나 재원이 고갈되어 수리할 수 없었다.

해는 갑진년(1724) 정월 어느 날, 병상국 이태망(李台望) 공이 안절사로 남쪽에 와 있으면서 난리가 일어나지 않아 병영에 별다른 일이 없자 오로지 낡고 망가진 것을 수리하는 것을 임무로 여겼다. 그리하여 이 누각이 퇴락하고 파손된 것을 매우 안타깝게 생각하고는 우후 박황(朴璜) 공과 더불어 재물을 모으고 민력(民力)을 비축하였으며, 공력을 함께 하고 지혜를 발휘하였다. 마룻대·기둥·들보·난간 중에 썩었거나 부러진 것, 청황적백의 단청 중에 퇴색되었거나 선명하지 않은 곳을 고쳐서 새롭게 하지 않은 데가 없었다.

안개와 놀은 경치를 더하고, 바람과 달은 고운 빛깔을 나타낸다. 춤추는 이무기와 마음껏 노니는 고래 또한 필시 강산의 특별한 도움을 기뻐하니, 들판의 노인과 길가의 아이는 그 누구라도 상국의 위대한 공로를 칭송하지 않겠는가?

하지만 봉황대의 형승은 아름답기는 아름다우나 이백(李白)이 읊은 것은 시인의 말 유희에 불과하고, 적벽의 풍광은 즐겁기는 즐거우나 소식(蘇軾)이 유람한 것은 현실 밖의 초연한 상상일 뿐이니, 어찌 조정의 계책에 만분의 하나라도 도움이 되겠는가?

훗날 이 누각에 오르는 사람은 이백이나 소식의 감흥을 사모하여 본받지 말지어다. 스스로 깨달아 반드시 범문정(范文正)이 천하의 근심을 남보다 먼저 걱정한 다음에 자신의 근심을 걱정하고, 천하의 즐거움을 남보다 뒤에 즐긴 다음에 자신의 즐거움을 즐긴 것처럼 한다면, 누각이 썩지 않음을 나라에서 귀중하게 여길 것이다.

○ 김회연(金會淵, 1750~1817) 자 문통(文通), 호 효운루(曉雲樓)

본관 청풍. 1776년 생원시, 1800년 정시문과 급제했다. 홍문관 교리·헌납·응교·안동부사·이조참의·한성부좌윤 등을 지냈다. 1810년 9월부터 1812년 7월까지 경상도 관찰사를 지냈는데, 당시 통신사 비용 문제를 해결하기 위해 도에 신수곡(信需穀)을 비치하였고, 백성의 잡부금을 엄금하여 신망을 얻었다. 현재 대구 경상감영공원 내에 선정비가 있다.

「矗石樓新上樑文」1) 〈『촉석루사적』〉 (촉석루신상량문)

爲保障於雄州, 山川是晉; 重鎖鑰於名府, 樓臺改觀. 豈患賓旅之無居, 始覺登臨之有所. 惟玆矗石樓城府2), 實是大嶺南關防. 設雉堞魚鑰3)之門, 護藩屛於圻輔4); 鎭鯨呑鰐作之海, 倚聲勢於釜萊. 人烟相望於閭閻, 若全齊5)之富實; 天塹周遭於城郭, 等三吳6)之形便. 嗟刧運7)適値於龍蛇, 而忠良盡化於猿鶴8). 鳴琴9)吹笛, 一通判10)之智謀如神; 仗釼嬰城11), 三壯士之忠義貫日. 城西之二廟12)淸肅, 完是蜀丞相13)遺祠; 江上之岸石14)荒涼, 殆同曹娥婢15)古蹟. 第緣昇平旣久, 孰以晉陽爲歸16)? 忠臣之事蹟在斯, 那忍棟宇之

---

1) 이 상량문(『촉석루사적』 수록)은 김회연의 관찰사 부임 시기와 원영주의 기문을 참고할 때 경오년(1810)에 지은 것으로 추정된다. 하강진(2014), 95쪽 참조.

2) 城府(성부): 성에 위치한 관부, 곧 경상우병영.

3) 魚鑰(어약): 물고기 모양의 큰 자물쇠. '鑰'은 자물쇠, 빗장.

4) 圻輔(기보): =기보(畿輔). 서울. '圻'는 서울 지경. '輔'는 경기(京畿).

5) 全齊(전제): 한때 중원의 패자로 전성(全盛)한 제(齊)나라.

6) 三吳(삼오): 양자강 동쪽 지방의 범칭으로 쓰이고, 여러 강하가 합류하여 강폭이 매우 넓어 방어하기 좋은 곳을 비유함.

7) 刧運(겁운): =겁회(劫會). 큰 액운. '刧'은 겁(劫)과 동자.

8) 猿鶴(원학): 전쟁으로 원통하게 죽은 장수나 지사. 용어 일람 '원학충사' 참조.

9) 鳴琴(명금): 공자의 제자 복자천(宓子賤)이 선보(單父)에 수령으로 있으며 거문고만을 타고[彈鳴琴] 당(堂) 아래를 내려가지 않더라도 고을이 잘 다스려졌다 한다. 유향, 『설원』 권7.

10) 通判(통판): =판관(判官). 김시민(金時敏, 1554~1592)을 지칭함.

11) 嬰城(영성): 농성(籠城)하여 굳게 지킴. '嬰'은 두르다.

12) 二廟(이묘): =쌍묘(雙廟). 두 사당, 곧 창렬사와 충민사.

13) 蜀丞相(촉승상): 촉나라 승상, 곧 제갈량.

14) 岸石(안석): 언덕 바위, 여기서는 의암(義巖)을 가리킴.

15) 曹娥婢(조아비): 후한의 효녀 조아(曹娥)를 추모하는 비석. '婢'는 '碑'의 오기. 『후한서』

旁落? 邑治之隆替[17] 由此, 政宜檻楹之葺修[18]. 惟今節度使[19], 閥閱世家, 韎
韋君子.[20] 敦詩說禮, 展也郤中軍[21]材知; 緩帶輕裘, 藹然[22]羊都督風致.[23]
屬當南閫[24]典戎之日, 克體北關分憂[25]之方. 三千兵組練嚴明, 壁壘增彩; 五
十間舖閣修改, 心力旣殫. 乃於登樓之餘, 爰有感古之志. 伊傾礎毁瓦之際,
幾爲過客之咨嗟; 當運石輸材之時, 不勞小民之徭役[26]. 官吏走而山僧赴, 不
日成之[27]; 舞筵敞而歌臺高, 迨我暇矣.[28] 農商莫不相慶, 山川爲之增光. 蟾
津龍浦[29]之流, 隱隱映帶; 鳳峀牛岑[30]之秀, 累累髻鬟[31]. 幾費心上之經綸,

권84 「열녀전」에 수록된 일화는 다음과 같다. 145년 조아는 단옷날에 아버지가 강가에서
굿을 하다가 강물에 휩쓸려 빠져 죽었는데, 겨우 14세 나이지만 17일 동안 밤낮으로 통곡
하다가 드디어 강물에 몸을 던져 죽었더니 6년 뒤 고을 원 탁상(度尙)이 그녀를 강가에
묻어 주고 비를 세웠다고 한다. 『세설신어』 「첩오」.

16) 歸(귀): '시사여귀(視死如歸)'의 준말. 충신열사가 순국한 장소. 자세한 풀이는 홍재연
(1722 ~1801)의 시 참조.

17) 隆替(융체): 흥망성쇠. '隆(륭)'은 크다. '替(체)'는 쇠퇴하다.

18) 葺修(집수): 지붕을 고침, 곧 중수. '葺'은 지붕을 이다.

19) 節度使(절도사): 경상우병사 원영주(1758~1818). 원영주의 「촉석루중수기문」 참조.

20) 韎韋君子(매위군자): 군복을 입은 군자, 곧 병마절도사. 자세한 것은 조성가의 「함옥헌중
수기」 각주 참조.

21) 郤中軍(극중군): 중군의 원수가 된 극곡(郤縠). 진(晉)나라 문공(文公)이 삼군의 원수를
임명할 때에 조최(趙衰)가 말하기를 "극곡이 원수로 적합합니다. 신이 그가 하는 말을
자주 들었는데, 예악을 좋아하고 시서를 힘쓰는 사람입니다[郤縠可. 臣亟聞其言矣, 說禮樂
而敦詩書]"(『춘추좌씨전』 「희공 27년」)고 하여 천거하므로, 이에 그를 중군장으로 삼았던
데서 온 말이다.

22) 藹然(애연): 성한 모양, 기분이 좋은 모양. '藹'는 우거지다.

23) 진(晉)나라 도독 양호(羊祜)는 양양 지방을 다스리면서 많은 은혜를 베풀었는데, 죽은
뒤 그의 덕을 기리기 위해 생전에 노닐던 현산(峴山)에 비석을 세우고 사당을 지었다.
그 비석을 쳐다보고 눈물 흘리지 않는 사람이 없었으므로 두예가 타루비(墮淚碑)라 명명
했다는 고사가 있다. 『진서』 권34 「양호두예열전」. 이와 관련해서는 원영주의 「촉석루중
수기문」 각주와 용어 일람 '완대' 참조.

24) 南閫(남곤): 남쪽 변방. '閫'에 대한 자세한 풀이는 권수대(1671~1755)의 시 참조.

25) 分憂(분우): 임금의 걱정을 분담한다는 뜻으로, 지방관이 되어 백성을 다스림.

26) 徭役(요역): 나라에서 구실 대신으로 시키던 노동. '徭'는 구실.

27) 不日成之(불일성지): 짧은 기간에 건물을 지음. 『시경』 「대아」 〈문왕〉, "영대를 짓기 시작
하여 / 터를 재고 건물을 배치하시니 / 백성들의 모두 도와 / 며칠 안에 이루었네[經始靈臺,
經之營之, 庶民攻之, **不日成之**]".

28) 迨我暇矣(태아가의): 한가한 시간을 갖다. '迨'는 미치다. 『시경』 「소아」 〈녹명〉, "둥둥
내 북을 치며 / 덩실덩실 내 춤을 춘다 / 내가 한가해지면 / 걸러놓은 이 술을 마시리라[坎
坎鼓我, 蹲蹲舞我, **迨我暇矣**, 飮此湑矣]".

聿見眼前之突兀32). 一樓係世道, 河相國記文33)可徵; 長江撼高城, 曹南溟
詩句34)長揭. 吟弄風月, 奚止一時之遊? 表裡山河, 克壯本朝之形. 載35)歌載
頌, 助擧脩樑.

兒郎偉36)	抛樑東	扶桑曉日照樓紅	海上百年波不起	祥飈穩送使臣篷37)
兒郎偉	抛樑西	伽倻山色與天齊	欲訪孤雲何處得	江蒹垂露更萋萋
兒郎偉	抛樑南	義妓碑前水似藍	試看岸上靑靑竹	猶似當時舞袖毵38)
兒郎偉	抛樑北	主屹39)重關高峛屴40)	如何縱遣南蠻去	壯士至今無顏色41)
兒郎偉	抛樑上	日月星辰何晃明	悲歌欲吊三壯士	桂旗閃閃42)風颯爽

---

29) 龍浦(용포): 현 사천 축동의 반룡포(盤龍浦)가 아닌가 한다. 반룡포는 군 남쪽 29리에
있음. 『교남지』 권53 「진양군」 〈산천〉.

30) 牛岑(우잠): 우산(牛山)의 봉우리. 우산은 주 서쪽 65리에 있고, 지리산의 남쪽 기슭인데
엎드린 소 형상이므로 명명했다. 고려 때 강민첨(姜民瞻, 963~1021) 장군이 이 산에 우방
사(牛房寺)와 모방사(茅房寺)를 창건했는데, 장군의 초상화가 모방사에 봉안되어 있었다
고 한다(『신증동국여지승람』 권30 「진주목」 〈산천〉). 현재는 하동 옥종 두방재(斗芳齋)에
영정을 모셔두고 있다.

31) 髻鬟(고환): 부인의 쪽진 머리. '鬟'은 쪽진 머리. 검푸른 머리털의 빛깔에서 산의 모양이
나 산색을 비유할 때 많이 쓴다.

32) 突兀(돌올): 우뚝 높이 솟은 모양. '突'은 불룩하게 나오다. '兀'은 우뚝하다.

33) 河相國記文(하상국기문): 하륜의 「촉석루기」에서 누각 흥폐가 세도와 관계 있다고 했음.

34) 曹南溟詩句(조남명시구): '南溟'은 조식(曹植, 1501~1572. 자 健仲, 시호 文貞)의 호. 합천
삼가현 토동(兎洞) 외가 출생으로 선비의 출처에 대한 원나라 허형의 글을 읽고 과거를
단념하였다. 30세 때부터 처가가 있는 김해 탄동(炭洞)에 이거하여 산해정(山海亭)을 짓고
학문에 정진하였고, 45세 때 고향으로 돌아와 계복당(鷄伏堂)과 뇌룡정(雷龍亭)을 지어서
학문과 후진 양성에 전력했으며, 1561년 진주 덕천동(현 산청군 시천면)으로 다시 옮겨
산천재(山天齋)에서 강학에 힘쓰다 일생을 마쳤다. 한편 본문에서 언급한 촉석루 시는
『남명집』에서 찾을 수 없다.

35) 載(재): 이에, 곧. 어조사. 『시경』에 용례가 많음.

36) 兒郎偉(아랑위): 상량문 형식의 일부. 대개 어영차, 어기여차 등과 같은 의성어로 본다.
상량문의 형식에 대해서는 이광윤의 「촉석루중수상량문」의 각주 참조.

37) 篷(봉): 거룻배, 뜸.

38) 毵(삼): 털이 긴 모양.

39) 主屹(주흘): 문경에 있는 주흘산. 흔히 문경새재라 함.

40) 峛屴(측력): 산이 잇달아 높이 솟은 모양. '峛'은 잇닿다. '屴'은 높다.

41) 壯士至今無顏色(장사지금무안색): 정말로 어려운 처지에 놓였음을 뜻함. 당나라 장적(張
籍)의 「행로난(行路難)」 시에서 "그대는 못 보았나 상머리의 황금이 다하여 / 장사가 안색
이 없게 된 것을[君不見牀頭黃金盡, **壯士無顏色**]"이라고 한 데서 온 말임.

兒郎偉　抛樑下　欲知其都先視野　樓頭日奏與民樂　安得齊民庇廣廈[43]

伏願上樑之後, 邑居鼎新[44], 人物益富. 親其賢·樂其利,[45] 致吾民比屋之休; 築斯城·鑿斯池,[46] 仰國家泰盤[47]之盛. 南望銅柱[48]. 振威名於蠻邦; 北瞻瓊樓, 結忱誠於京國.

右觀察使 金會淵 所製

번역　웅장한 고을에서 요충지를 삼기 위하여 산천을 제대로 억제하고, 이름난 관부에서 자물쇠를 중히 여겨 누대를 고치게 되었다. 어찌 손님과 길손이 거처할 곳이 없음을 걱정하겠으며, 등림하니 머물 곳이 있음을 비로소 깨닫는다.

　생각건대 이 촉석루(矗石樓)의 성부(城府)는 실로 커다란 영남의 관방이다. 성가퀴와 자물쇠 채우는 성문을 설치함으로써 서울과 경기의 울타리와 병풍을 보호하고, 고래가 삼켜대고 악어가 장난치는 바다를 진압함으로써 부산과 동래의 명성과 형세를 의지하도록 하였다. 인가 연기가 마을

---

42) 閃閃(섬섬): 나부끼는 모양, 번득이는 모양. '閃'은 번쩍이다.

43) 安得齊民庇廣廈(안득제민비광하): 두보, 「모옥위추풍소파가(茅屋爲秋風所破歌)」, 『두소릉시집』 권10, "어찌하면 너른 집 천만 칸을 얻어 / 천하에 가난한 선비들 크게 보호하여 모두 즐겁게 마주보며 / 폭풍우에도 움직이지 않고 산처럼 편안하게 할 수 있으리[**安得廣廈**千萬間, 大**庇**天下寒士俱歡顏, 風雨不動安如山]".

44) 鼎新(정신): = 혁신(革新). 낡은 것을 개혁하여 새롭게 함. '鼎'은 새로운 것을 취하다.

45) 親其賢·樂其利(친기현낙기리): 선왕의 훌륭한 공덕. 『대학』 〈止止善〉, "『시경』 〈주송〉에 이르기를 '아아, 선왕들의 덕을 잊을 수 없구나.' 하였다. 군자는 선왕이 어질게 여긴 이를 존경하고 선왕이 사랑했던 이들을 사랑하며, 소인은 선왕이 즐겁게 해준 것을 즐기고 선왕이 이롭게 해준 것을 이롭게 여긴다. 이런 까닭에 돌아가신 뒤에도 잊지 않는 다[詩云於戲前王不忘. 君子賢**其賢**而親**其親**, 小人樂**其樂**而利**其利**. 此以沒世不忘也]".

46) 築斯城·鑿斯池(축사성착사지): 나라의 방비를 굳건히 함. '鑿'은 뚫다. 『맹자』 〈양혜왕(하)〉, "이 못을 파고 이 성을 쌓아서 백성과 더불어 지켜 기꺼이 죽더라도 백성이 떠나가지 않으면 해볼 만합니다[**鑿斯池**也, **築斯城**也, 與民守之, 效死而民不去, 則是可爲也]".

47) 泰盤(태반): 태산반석(泰山盤石)의 준말.

48) 銅柱(동주): 구리 기둥, 곧 국토의 남단을 표시하는 정계비. 후한의 복파장군(伏波將軍) 마원(馬援)이 교지국을 정벌한 뒤, 두 개의 구리 기둥을 세워 한나라의 국경을 표시한 고사가 있다. 두우, 『통전』 권188 「변방」.

에서 서로 바라다보이니 왕성하던 제(齊)나라의 부유함과 같고, 천연 요새가 성곽에 둘러 있으니 삼오(三吳) 지방의 형세와 동등하다.

아! 큰 액운이 마침 용사년 때 닥쳐 충성스럽고 어진 이가 모두 원학으로 변하고 말았다. 거문고 튕기고 피리 불던 한 통판(通判)의 지략은 신령과 같았고, 칼 빼 들고 성을 굳게 지킨 삼장사(三壯士)의 충의는 해를 관통하였다. 성 서쪽의 맑고 엄숙한 두 사당은 완전히 촉나라 승상의 남은 사당이라 하겠고, 강가 언덕의 쓸쓸한 바위는 조아비(曹娥碑)의 옛 자취와 거의 같다. 다만 태평한 세월이 지속한 까닭에, 누가 진양을 순국 장소로 여기겠는가? 충신 사적이 이곳에 있지만 집채가 한쪽으로 쓰러져 있으니 어찌 참을 수 있겠는가? 읍치의 흥폐는 이로 말미암으니 난간과 기둥을 수리함이 정말로 합당한 것이다.

지금의 절도사는 벌열 가문의 장수이다. 시(詩)에 힘쓰고 예(禮)를 좋아함은 진실로 중군장 극곡(郤縠)의 재목이고, 홀가분한 옷차림으로 너그러이 다스림은 한량없이 도독 양호(羊祜)의 풍치로다. 마침 남쪽 지방관으로서 군대를 통솔하는 날을 맞이함에 대궐에서 근심을 나누는 방도를 체득하였다. 삼천 명 병사의 조련을 엄격하고 공명하게 하여 성벽과 보루는 광채를 발하였고, 오십 칸의 집들을 보수하고 고치는 데 마음과 기력을 모두 다하였다. 누각을 등림하는 여가에는 이내 옛일을 감개하는 마음이 있었다.

저 주춧돌이 기울고 기와가 무너져 있을 적에는 자주 나그네들의 탄식 대상이 되었지만, 석재를 운반하고 목재를 수송할 때에는 연약한 백성들의 노동을 고되게 하지 않았다. 관리들이 달려가고 산의 승려들이 나아가니 불과 며칠 사이에 완성되었으며, 춤추는 자리는 널찍하고 노래하는 누대가 높아지니 한가한 시간을 갖게 되었다. 농민과 상인이 서로 경하하지 않음이 없고, 산천은 더욱더 광채가 난다. 섬진강과 용포가 흘러 은은히 비치고, 비봉산과 우산이 수려하여 겹겹이 쪽진 머리 같다. 마음속의 경륜을 몇 번이고 펼친 까닭에 눈앞에 우뚝 솟은 모습을 드디어 보게 되었다.

한 누각이 세상의 이치에 관계됨은 상국 하륜(河崙)의 기문으로 증명할 수 있고, 긴 강이 높은 누각에 요동침은 남명 조식(曺植)의 시구로 길이

추어진다. 음풍농월하며 어찌 한때의 유람으로만 그치겠는가? 안팎 산하가 본 조정의 형세를 능히 장대하게 하도다. 이에 송가를 불러 긴 들보를 들어 올리는 일을 돕는다.

아랑위, 동쪽 대들보에 떡을 던지세 / 부상에 새벽 해 솟아 누각 붉게 비치고 / 해상에는 백 년 동안 파도가 일지 않으며 / 상서로운 바람이 은근히 불어 사신의 거룻배를 보내네.

아랑위, 서쪽 대들보에 떡을 던지세 / 가야산의 빛깔은 하늘과 가지런하고 / 최고운(崔孤雲)을 찾아가려니 어디가 그곳인가 / 강의 갈대는 이슬에 맞아 다시 늘어졌네.

아랑위, 남쪽 대들보에 떡을 던지세 / 의기 비석 앞 강물이 흡사 쪽빛이고 / 언덕 가의 푸르고 푸른 대를 보나니 / 당시 춤추던 소매가 드리워진 듯하네.

아랑위, 북쪽 대들보에 떡을 던지세 / 주흘산의 겹겹 관문 높디높았건만 / 얼마나 남쪽 오랑캐 마음대로 휘젓고 갔으면 / 장사들은 지금도 안색이 없나.

아랑위, 위쪽 대들보에 떡을 던지세 / 일월성신은 어찌나 휘황히 밝은지 / 슬픈 노래 부르며 삼장사 조문하려는데 / 계수나무 깃발은 시원한 바람에 나부끼네.

아랑위, 아래쪽 대들보에 떡을 던지세 / 모두를 알려거든 먼저 시야 높여야 하고 / 누각 난간에서 날마다 여민악을 연주해야 할지니 / 어찌하면 큰 집으로 백성을 보호할까?

엎드려 바라노니 상량한 뒤에 고을이 더욱 새로워지고, 사람과 만물을 더욱 풍부하게 하소서. 어진 이를 친애하고 이로움을 즐겨 우리 백성들의 즐비한 가옥들이 아름답게 이루어지게 하며, 성을 쌓고 못을 파서 국가의 큰 기반이 성대해지기를 바라나이다. 남쪽으로 구리 기둥을 바라볼 때면 위대한 명성을 오랑캐 나라에 떨치도록 하고, 북쪽으로 아름다운 누각을 쳐다볼 때면 지극한 정성이 서울에까지 맺어지게 하소서.

관찰사 김회연 지음

○ 원영주(元永胄, 1758~1818) 자 관부(寬夫), 호 승소(僧梳)

1783년 무과 급제해 선전관·장흥부사(1790~1793)·고산리 첨사·훈련원 정·경상좌도 수군절도사
(1808.5~1809.10)·경상우도 병마절도사(1809.11~1812.4)·함경도 절도사(1814) 등을 지냈다.
1816년 11월 평안도 절도사에 제수되어 근무한 지 2년 만에 임소에서 타계했다. 한편 그는 경상우병
사 때 삼의사(三義士)가 순절한 곳을 생각하며 무너져 있던 촉석루를 중수했다. 『원주원씨가승』권16
「嘉善大夫平安道兵馬節度使公家狀」, 52b~57a.

「矗石樓重修記文」1) 〈『촉석루사적』〉 (촉석루중수기문)

君子稱山水之樂, 盖山水風景之美, 可以開滌靈襟·助發浩氣者也. 然不有樓
觀而徙倚2)之, 亦曷足以窮天地造物之變哉? 晉州, 嶺南之重鎭也. 其地三面
環山, 前臨南江, 皆疊石矗然, 故一名矗石山城. 城上有矗石樓, 卽城之南將臺
也. 龍蛇之難, 禦倭諸將, 同日殉節於此. 故當世比唐張巡事, 豈虛哉? 其下則
義岩. 方城之陷也, 有妓論介者, 死義於此. 故後因名之, 斯亦奇哉! 己巳冬,
余自萊閫移節于玆3). 至則樓已傾隤4), 久矣. 自前朝以來, 再燹5)于兵. 至萬
曆戊午, 宜春君忠壯南公以興復築之, 後七十餘年. 而禹公弼漢6)益葺之. 又
百餘年, 而適遇余曰 "此, 吾事也", 遂撤而新之. 易柱棟, 完甃瓦, 餙以圬墁7),
侈以丹碧, 而其制因古焉. 乃命賓友, 從僚吏, 讌飮以落之. 盖樓之前楹, 遠揖
衆山, 近瞰淸流. 城池邑屋之勝, 田墅竹木之饒. 與夫人物, 魚鳥之往來浮沈

---

1) 이 기문(『촉석루사적』 수록)은 원영주의 절도사 재임 기간으로 볼 때 경오년(1810)~신미
   년(1811)에 지은 것으로 추정된다. 하강진(2014), 94~96쪽 참조.
2) 徙倚(사의): 기대다, 배회하다, 잠깐 들르다. '徙'는 거닐다.
3) 自萊閫移節于玆(자래곤이절우자): '萊'는 동래. '閫'은 지방 장수. 당시 동래부 수영에 경상
   좌도 수군절도영이 있었음. 그가 1809년 11월 경상좌수사에서 진주의 경상우병사로 전보
   되었음을 말한 것이다.
4) 傾隤(경퇴): 기울어지고 허물어짐. '隤'는 무너지다, 허물어지다.
5) 再燹(재선): 두 번의 전란. '燹'은 난리로 일어난 불. 1380년 왜구 침입과 1593년 제2차
   진주성전투를 말함.
6) 禹公弼漢(우공필한): 1693년 경상우병사로서 촉석루를 중수했다. 우필한의 「촉석루중창
   상량문」 참조.
7) 圬墁(오만): 벽을 바르는 일. '圬'와 '墁'는 흙손.

以至日星雨露風烟之殊態, 或隱或見. 怳惚萬狀, 而皆得於几席之下. 凡天地造物之變, 盡在乎此矣. 於是宣暢湮鬱[8], 導迎清和, 以極山水之神觀. 此固君子之所樂也歟. 大抵地之形勝·樓之廢興, 與今日葺治[9]遊觀之事, 皆可書也. 若余所樂者, 則在乎山水之理, 而不以功名. 自好如羊叔子[10]·杜元凱[11]之現於山亭[12]也. 是尤可書而自諗也, 因叙其本末, 而悉書之. 既又慨然曰 "忠臣義士之事, 特其平日所養, 發見之一節耳, 顧亦何預於後之人? 登是樓者, 輒感慨太息也. 此則義理本心之發而不自知者也, 豈有古今彼此之間哉?". 視其所立, 而胷中所養, 亦可知矣. 俾斯人能因是而反求[13]之, 益勉乎遠者大者[14], 則必將自知其本心之所以然者. 而異日成就, 庶乎無愧古人云爾.

右節度使 元永胄 所製

---

8) 湮鬱(인울): 근심으로 마음이 답답함. '湮'은 막히다, 잠기다. '鬱'은 막히다.

9) 葺治(집치): 수리하다. '葺'은 지붕을 이다.

10) 羊叔子(양숙자): '叔子'는 진나라 명장 양호(羊祜)의 자. 그는 산수를 좋아해 현산(峴山)에 올라가서 놀다가 탄식하며 종사관 추담 등에게, "우주가 있은 뒤로 이 산이 있었다. 예부터 현달한 선비들이 이곳에서 노닐었는데, 나와 자네 같은 사람들이 많았다. 그러나 모두 인멸되어 전하지 않아 매우 슬프게 한다[自有宇宙, 便有此山. 由來賢達勝士, 登此遠望, 如我與卿者多矣. 皆湮滅無聞, 使人悲傷]" 하였다. 『진서』 권34 「양호두예열전」. 이와 관련해서는 김회연의 「촉석루신상량문」 각주와 용어 일람 '완대' 참조.

11) 杜元凱(두원개): '元凱'는 두예(杜預, 222~284)의 자. 그는 진 문제의 누이동생에게 장가들어 벼슬길에 올라 양호(羊祜)의 뒤를 이어 강한 지방의 군대를 맡아서 오나라를 평정했다. 이름 남기기를 좋아해 한번은 "비석 둘을 만들어 자기의 공적을 새겨 하나는 만산 아래의 못에 빠뜨리고, 하나는 현산(峴山) 위에 세우고 나서 '이 이후로 산이 못이 되고 못이 산이 될는지 어찌 알겠는가?[刻石爲二碑, 紀其勳績, 一沈萬山之下, 一立峴山之上, 曰焉知此後不爲陵穀乎]" 하였다. 『진서』 권34 「양호두예열전」.

12) 山亭(산정): = 현산정(峴山亭). 양호가 양양의 현산에 지은 정자 이름. 구양수의 「현산정기」와 박장원의 「현산정부」(『구당집』 권1)를 읽어볼 만하다.

13) 反求(반구): 잘못의 원인을 자기에게서 찾음. 『맹자』 「이루(상)」, "행함에 뜻대로 되지 않는 것이 있거든 모두 돌이켜 자기 자신에게서 그 원인을 찾아보아야 한다[行有不得, 皆反求諸己]".

14) 遠者大者(원자대자): 원대한 뜻을 품음. 정명도가 말하기를 "군자는 사람을 가르치는 데 차례를 두니 먼저 가까운 것과 작은 것을 전해주고 난 다음에 큰 것과 먼 것을 가르쳐준다[君子教人有序, 先傳以近者小者, 而後教以大者遠者]"(『주자어류』 권49)라고 하였다. 원대한 뜻을 이루려면 작은 일에서부터 시작해야 함을 강조한 표현이다.

군자가 산수의 즐거움을 칭송하는 것은, 대개 산수풍경의 아름다움이 신령스러운 가슴을 열어 맑게 하고 호연지기의 발생을 도울 수 있기 때문이다. 그러나 누각이 있더라도 기대보지 않는다면 어찌 천지 조물주의 변화를 궁구할 수 있겠는가?

진주(晉州)는 영남의 중진(重鎭)이다. 이 지역은 삼면이 산으로 둘러싸여 있고, 앞쪽에는 남강(南江)이 임해 있으며, 모두 겹겹 바위가 우뚝 솟아 있으므로 일명 촉석산성(矗石山城)이라 한다. 성 위에는 촉석루(矗石樓)가 있으니, 곧 성의 남장대(南將臺)이다.

용사년 난리 때 왜의 장수들을 방어하다가 한날에 이곳에서 순절하였다. 따라서 당시 세상에서는 당나라 장순(張巡)의 일에 비유했으니, 어찌 빈말이겠는가? 그 아래는 곧 의암(義岩)이다. 바야흐로 성이 함락될 때 기녀 논개(論介)가 이곳에서 의롭게 죽었다. 따라서 뒷날 그것에 의거하여 이름을 붙였으니, 이 또한 기이하도다!

기사년(1809) 겨울, 내가 동래의 임소에서 이곳의 절도사로 이동하였다. 당도해보니 누각은 이미 기울어지고 허물어진 지 오래되었다. 앞 시대 이래로 두 번이나 전란에 불탔다. 만력 무오년(1618)에 의춘군 충장공 남이흥(南以興) 공이 다시 세웠고, 70여 년 뒤에 우필한(禹弼漢) 공이 더하여 중수하였다.

다시 백여 년 만에 때마침 내가 "이는 내 일이다." 하고는 드디어 철거한 뒤 새로이 짓게 되었다. 기둥과 마룻대를 바꾸었고, 벽돌과 기와를 완비하였으며, 흙을 발라 꾸미고 단청으로 화려하게 하되, 그 설계는 옛 것을 따랐다. 곧 손님과 친구들에게 알리고 막료를 따르게 하여 잔치를 베풀어 낙성식(落成式)을 거행하였다.

대개 누각의 전면 기둥은 멀리 뭇 산을 향해 읍하고, 가까이로는 맑은 강물을 바라다본다. 성 해자와 읍 가옥이 빼어나고, 들판과 대·나무가 넉넉하다. 무릇 사람과 더불어 새와 물고기들이 오가며 떴다 잠겼다 한다. 날마다 해·별·비·이슬·바람·안개의 독특한 자태가 어떤 때는 숨었다가 어떤 때는 나타나기도 한다. 황홀한 온갖 형상이 모두 안석 아래에서 얻어지는데, 무릇 천지 조물주의 변화가 이곳에 다 있는 셈이다. 이에 막히고 답답함을 풀며 청신하고 조화로움을 이끌어내니 산수의 신비한 경관이 극대화된 것이다. 이는 진실로 군자가 즐기는 바이다.

무릇 땅의 형승과 누각의 흥폐는 오늘날 중수하고 유람하는 일과 더불어 모두 기록할 만하다. 나처럼 즐기는 사람은 산수 이치에 마음을 두며 공명은 따지지 않는다. 스스로 좋아함은 양숙자(羊叔子)와 두원개(杜元凱)가 산정(山亭)에 나타난 것과 같은 격이다. 이는 더욱 기록할 만하다고 스스로 생각하기 때문에 그 본말을 서술하여 다 기록하는 것이다.

이미 또 감개하여 말하노라. "충신과 의사의 사적은 다만 평소 수양한 바가 하나의 절의로 발현된 것일 따름이니, 생각건대 뒷사람들과 무슨 관계가 있겠는가? 이 누각에 오르면 문득 감개하여 크게 탄식하게 될 것이다. 이는 의리의 본심이 발현되어 스스로는 알 수가 없는 것으로 어찌 고금이나 피차에 차이가 있겠는가?"

그가 세운 소신을 보고서 마음속에 수양한 바를 또한 알 수 있다. 사람들로 하여금 이로 인해 자신을 반성하게 하고 원대한 일에 더욱 힘쓰도록 한다면, 그 본심이 행해지는 까닭을 반드시 스스로 알게 될 것이다. 그리하여 뒷날 성취하더라도 옛사람에게 거의 부끄러움이 없게 된다.

절도사 원영주 지음

○ 조성가(趙性家, 1824~1904) 자 직교(直敎), 호 월고(月皐)

본관 함안. 하동 회산(檜山, 현 옥종면 회신리) 출생이나 1852년 부친 조광식을 따라 증조부 때부터 우거한 옥종 월횡리(月橫里)로 환거했다. 1851년 노사 기정진(1798~1879)을 찾아가 『외필(猥筆)』을 받고 학문에 정진하면서 30년 넘게 스승을 모셨다. 1877년 단성 사월리의 향음주례에 참석한 이진상과 함께 남해 금산을 유람했다. 1883년 선공감 감역에 천거되었고, 1893년 관찰사 지시로 진주목사가 설치한 강약(講約)의 도약장(都約長)이 되어 향교를 중심으로 고을 학풍을 진작시켰다. 을미사변이 일어나자 가족을 이끌고 지리산 중산리(中山里)로 들어가 은거했다. 이진상, 정규원, 박치복, 최익현, 송병순, 최숙민, 정재규, 기우만 등과 교유가 깊었다. 동생으로 횡구 조성택(1827~1890), 월초 조성우(趙性宇), 월산 조성주(1841~1919)가 있다. 질서가 명호 권운환과 우산 한유이고, 손서가 오강 권봉현(1872~1936)이다.

「涵玉軒上樑文」[1] 代兵使[2]作 ○ 戊子 〈『월고집』권14, 3a~4b〉 (함옥헌상량문) 병사를 대신하여 지음 ○ 무자년(1888)

城池金湯關防, 鞏黃牛之革[3]; 山水襟帶形勝, 翥[4]丹鳳之儀. 尹鐸保障之州, 董于荻矢之壘.[5] 奧惟節度營, 殿一方之重鎭; 矗石樓, 閱百世之舊名. 壯哉天塹之區, 將壇倚斗; 截然鬼劖[6]之壁, 傑構凌虛. 風雲護儲胥[7], 列百雉[8]之粉

---

1) 이 상량문은 제목의 주에서 보듯이 조성가가 무자년(1888)에 지었다. 이와 관련해서 하강진(2014), 96~99쪽 참조.

2) 兵使(병사): 경상우도병사 정기택(鄭騏澤, 1845~?)을 말함. 영암군수, 대구영장, 다대포첨사(1876.7~1877.12), 평안도 병마절도사, 병조참판, 제206대 통제사 겸 경상우도 수군절도사(1890.3~1891.12), 금군별장, 평리원 재판장, 경무사, 육군 참장, 함경북도 관찰사 등을 지냈다. 경상우도 병마절도사는 1886년 3월부터 1888년 2월까지 재직했고, 현재 진주성 내에 철제 선정비(1888.3 건립)가 있다.

3) 鞏黃牛之革(공황우지혁): '鞏'은 견고하다. '革'은 털을 제거한 가죽. 주역』「혁괘」〈初九〉, "굳게 지키려면 황소 가죽을 사용하라[鞏用**黃牛之革**]".

4) 翥(저): 날아오르다.

5) 董于荻矢之壘(동우적시지루): 동우(?~B.C.496)가 물억새로 화살을 만들어 진양성을 지켰음. '矢'는 전(箭)과 같음. 동우는 춘추시대 말기 진(晉)의 대부 조간자(趙簡子)의 가신으로서 윤탁에 앞서 진양태수를 지냈다. 조양자(趙襄子: 조간자의 아들)가 가신 장맹담(張孟談)의 건의에 의해 진양으로 저항의 거점을 옮기고 난 뒤 성안에 화살이 없는 것을 걱정하자, 이에 장맹담이 "동우가 진양을 다스릴 때 궁전의 울타리로 심어둔 물억새·쑥·싸리나무·가시나무가 크게 자라 있는 것을 잘라 쓰면 화살이 넉넉할 것입니다[董子之治晉陽也. 公宮之垣, 皆以荻蒿楛楚墻之, 其高至于丈, 君發而用之, 有餘箭矣]"하여 장기전에 대비하도록 하였다. 『한비자』제36편 〈십과〉, 『전국책』「조책」 등 참조.

6) 劖(참): 새기다.

蝶; 丹艧照鏡面, 俯萬頃之澄江. 千里雄藩, 雖備陰雨, 一時否運[9], 適値龍蛇. 三版鼃黿[10]邊, 腥塵澒洞[11]; 一江魚腹裏, 義骨崢嶸. 上而三壯士, 貫日之忠; 下而一義妓, 投水之節. 三百禩南服[12], 海晏河淸; 萬億年東方, 堯醲舜郁. 惟余不肖, 猥膺是閫之任[13], 叨襲[14]家君之休. 敢效雅歌投壺[15], 實愧論詩說禮[16]. 聽鼓角於朝暮, 敢弛體親之心; 按節鉞[17]於日星, 永矢[18]奉公之志. 城十稔[19]而就塌, 築之斯完; 樓百尺而易滲[20], 修焉克緻. 廩俸之鐉[21]何惜, 力不煩於疲民; 澤門之謳[22]不興, 技亦效於衆匠. 且夫涵玉軒, 水光挐霍革[23]而

---

7) 儲胥(저서): 진영의 울타리, 성곽. '儲'는 (진영의) 울짱, 군영. '胥'는 목책.

8) 百雉(백치): 백치의 성가퀴. '雉'는 담의 높이를 재는 단위. 용어 일람 '치첩' 참조.

9) 否運(비운): 나쁜 운수, 불행. '否(부)'가 나쁘다, 막히다 뜻일 때는 '비'로 읽음.

10) 三版鼃黿(삼판와조): 극심한 전쟁의 피해. 용어 일람 '삼판' 참조.

11) 腥塵澒洞(성진홍동): '腥塵'은 비린내 나는 먼지, 곧 왜놈 혹은 왜놈의 침입을 비유함. '澒洞'은 홍동(鴻洞)과 같고, 자욱한 모양이나 연속되는 현상을 뜻함.

12) 南服(남복): 남쪽 고을. '服'은 서울 밖 오백 리 지역. 고대 중국에서 지방을 오복(五服)으로 나누었음.

13) 閫之任(곤지임): 장수, 곧 경상우병사의 직임(職任). 그의 부친 정운성(鄭雲星)은 1876년 2월 우병사에 제수되어 1878년 6월까지 재임했다.

14) 叨襲(도습): 외람되이 이어받다. '叨'는 외람되이, 함부로. '襲'은 잇다, 계승하다.

15) 雅歌投壺(아가투호): 고상한 시를 읊조리고 투호 놀이를 하며 노는 것을 말하는데, 장수의 유아(儒雅)한 행동을 가리킬 때 많이 쓴다. 후한의 장군 제준(祭遵)이 "술을 마시면서 음악을 들을 때면 반드시 아가투호를 했다[對酒設樂, 必**雅歌投壺**]"(『후한서』 권20 「요기왕패제준열전」)는 기록과 송나라 명장 악비가 "아가투호를 하면서 마치 서생처럼 신중했다[**雅歌投壺**, 恂恂如書生]"(『송사』 권365 「악비열전」)는 기록에 용례가 보인다.

16) 論詩說禮(논시열례): 성현의 학문과 예법을 익힘. '說(설)'은 즐기다 뜻일 때는 '열'로 읽음. 자세한 것은 김회연의 「촉석루신상량문」 각주 참조.

17) 按節鉞(안절월): 안찰사가 지니는 부절(符節)과 부월(斧鉞). 엄중한 권위의 상징.

18) 永矢(영시): 길이길이 맹세함. '矢'는 맹세하다.

19) 稔(임): 곡식 익다. 벼가 한 번 익는 기간, 곧 일 년.

20) 易滲(이삼): 쉽게 새다. '滲'은 새다, 스미다. 삼루(滲漏).

21) 廩俸之鐉(늠봉지견): 녹봉이 줄어듦. '廩俸'은 봉름(俸廩)과 같고, 관리에게 봉급으로 주던 쌀을 뜻함. '鐉'은 제거하다.

22) 澤門之謳(택문지구): 택문의 노래, 곧 부역의 괴로움을 한탄함. '澤門'은 춘추시대 송(宋)나라 도성의 남문. 송의 재상 황국보(黃國父)가 평공(平公)을 위하여 누대를 지으면서 백성의 추수(秋收) 일에 방해를 입히자, 자한(子罕)이 농사일이 끝나면 하도록 요청했으나 그는 허락하지 않았다. 이에 백성들이 "택문에 사는 흰둥이[황국보] / 실로 우리들을 노역에 종사시켰네 / 도읍에 사는 검둥이[자한] / 실로 우리의 마음을 위로해 주었네[澤門之皙, 實興我役, 邑中之黔, 實慰我心]."라 노래했다. 『좌전』 「양공 17년」.

演漾[24], 樓影抱魚龍而徘徊. 息偃之廳, 高牙大纛[25]; 供饋[26]之所, 南駏北輖. 眺望於焉益新, 藩屛爲之增重. 梁欐[27]旣擧, 頌禱[28]隨騰.

兒郞偉	抛梁東	麗譙睥睨[29]射暾紅	無限後人忠義感	昇平久矣戰塵空
兒郞偉	抛梁西	芳草菁川極望低	嶠南幾處臨觀美	雄麗宜無與此齊
兒郞偉	抛梁南	將略元來貴養涵	願言无忘包桑[30]戒	聖代干城重責擔
兒郞偉	抛梁北	衆星錯落拱辰極[31]	何必沈吟王粲詩[32]	胷中要使蓄弢略[33]
兒郞偉	抛梁上	地靈人傑何炳朗	取舍熊魚[34]見得明	國家自是厚培養
兒郞偉	抛梁下	江流日夜滔滔瀉	至哉觀水有術[35]言	看取朝宗于海[36]者

伏願上梁之後, 部落齊整, 民物殷盈. 芙蓉秋池, 幕僚進婉婉[37]之畫, 濃花

---

23) 翬革(휘혁): 웅장하고 화려한 촉석루 모습. '翬'는 꿩. '革'은 날개. 유래는 하수일의 「촉석루중수기」 각주 참조.

24) 演漾(연양): 물 위에 떠돎. '演'은 멀리 흐르다. '漾'은 출렁거리다, 뜨다.

25) 高牙大纛(고아대독): 관찰사나 대장의 휘황한 깃발. '高牙'는 장상이 행차할 때 세우는 높다란 깃대. '大纛'은 대장 깃발.

26) 供饋(공궤): 음식 대접. '饋'는 먹이다, 밥.

27) 梁欐(양려): '梁(량)'은 대들보. '欐'는 마룻대.

28) 頌禱(송도): 축사와 답사. 진(晉)나라 헌문자(獻文子)가 집을 완성하자, 대부 장로(張老)가 그것을 칭송했고, 헌문자는 화답을 했다. 『예기』 제4 「단궁(하)」, "군자들이 이를 일러 (장로는) 축사를 잘했고, (헌문자는) 답사를 잘했다[君子謂之善頌善禱]".

29) 睥睨(비예): 성가퀴. 용어 일람 '비예' 참조.

30) 包桑(포상): =포상(苞桑). 떨기로 자란 뽕나무인데, 근본이 견고함에 비유함. 『주역』 「부괘」〈九五〉, "혹시나 망하지 않을까 하고 항상 우려해야 우북하게 자라는 뽕나무에 매어 놓은 듯이 편안하다[其亡其亡, 繫于苞桑]".

31) 拱辰極(공진극): 북극성을 에워쌈, 곧 덕에 의한 정치를 비유. 용어 일람 '북공' 참조.

32) 王粲詩(왕찬시): 왕찬의 「등루부」를 말함. 용어 일람 '왕찬' 참조.

33) 弢略(도략): =도략(韜略). '弢'는 도(韜, 활집)와 같음. 병법서(兵法書)를 말함.

34) 取舍熊魚(취사웅어): 논개가 생명을 버리고 의리를 택한 것. 용어 일람 '웅어' 참조.

35) 觀水有術(관수유술): 『맹자』 「진심(상)」, "물을 보는 데 방법이 있으니 반드시 그 물결을 보아야 한다[觀水有術, 必觀其瀾]".

36) 朝宗于海(조종우해): 『서경』 「우공」, "장강과 한수의 물이 흘러 바다로 모여든다[江漢朝宗于海]". 여기서는 만사가 반드시 바른 도리로 귀결되게 마련이니, 흉포한 왜구가 물러가고 난세가 평정된다는 뜻이다.

野館, 客使[38]修曁曁[39]之容. 邊陲[40]之安, 恒念國耳公耳, 江湖之遠, 詎忘進憂退憂[41]?

번역 금성탕지의 관방은 견고한 황소 가죽이고, 산수금대의 형승은 날아오르는 봉황새 위엄이다. (진양은) 윤탁(尹鐸)이 지킨 고을이고, (진양성은) 동우(董于)가 심어두었던 물억새로 만든 화살로 지켜낸 성채이다.

그윽이 생각건대 절도영(節度營)은 한 지방을 안정시키는 중진이고, 촉석루(矗石樓)는 오랜 세월을 거쳐 온 오래된 이름이다. 천연 요새의 지형이 장대한 곳에 장수의 지휘소가 북두성을 의지했고, 귀신이 깎아지른 듯한 절벽이 우뚝한 곳에 걸출한 누각이 허공을 치솟았다. 풍운이 성곽을 감싸 백치의 성가퀴에 벌여 있고, 단청이 수면에 비쳐 만 이랑의 청징한 강을 굽어본다.

천 리의 웅장한 번진이 비록 음침한 비를 대비했더라도 한때의 나쁜 운수로 용사년의 병란을 만났다. 삼판의 부엌 가에 비린 티끌이 가득 찼지만, 한 줄기 강의 고기 뱃속에 든 의로운 영혼은 당당하도다. 위로는 삼장사(三壯士)가 태양을 꿰뚫는 충성이 있었고, 아래로는 한 의기(義妓)가 강물에 뛰어든 절의가 있었다. 삼백년 동안 제사를 지내온 남방은 바다와 강처럼 고요하고 맑으며, 억만년의 동방은 요순 세상처럼 밝고 빛난다.

생각건대 불초인 내가 이곳 병사(兵使)의 중한 임무를 함부로 맡고서 아버지의 훌륭한 덕을 외람되이 이어받았다. 감히 고상한 행동을 본받고, 참으로 시를 논하고 예를 좋아한 것이 부끄럽다. 아침저녁으로 고각 소리를 들으면서 감히 아버지의 마음을 느슨히 몸에 익히고, 해와 별처럼 빛나는 절월을 갖고서 멸사봉공의 뜻을 길이 맹세하였다.

---

37) 婉婉(완완): 낭창거리는 모양, 아름다운 모양. '婉'은 순하다, 예쁘다.
38) 客使(객사): 외국에서 온 사신.
39) 曁曁(기기): 과감하고 굳센 모양, 강직함. '曁'는 굳센 모양.
40) 邊陲(변수): 변방. '陲'는 부근, 근처.
41) 詎忘進憂退憂(거망진우퇴우): 어찌 진퇴함에 근심을 잊을쏜가? '詎'는 어찌. 언제 어디서나 임금과 백성을 염려함. 용어 일람 '범공' 참조.

성이 십 년 만에 무너지려 하자 증축하여 곧 완비하였고, 백 척 누각이 쉽게 새는 바람에 매우 치밀하게 중수하였다. 녹봉이 줄어든들 아까워하지 않고 힘을 쓰되 고달픈 백성을 번거롭게 하지 않았으며, 택문(澤門)의 노래가 일어나지 않도록 하고 기술은 장인들의 몫으로 돌려주었다.

저 함옥헌(涵玉軒)은 물빛이 화려함을 당겨 출렁이고, 누각의 그림자는 어룡은 껴안고 어른거린다. 편히 쉬는 대청에 대장 깃발이 휘황하고, 음식 대접하는 곳에는 남북으로 역마와 수레가 모여든다. 바라보니 어느새 더욱 새롭고, 변방은 더욱 중하게 되었다. 대들보와 마룻대를 이미 들어 올리니 축사와 답사가 뒤따라 드높다.

아랑위, 동쪽 대들보에 떡을 던지세 / 높다란 누각에 비스듬히 아침 햇살 붉게 비춰 / 뒷사람에게 충의의 느낌 끝없이 일게 하며 / 태평세월 오래되어 전쟁의 티끌 없구나.

아랑위, 서쪽 대들보에 떡을 던지세 / 아득히 보이는 끝까지 방초가 청천에 자랐고 / 아름다운 장관은 영남에 몇 곳이런가? / 웅장하고 화려함은 이곳에 비할 데 없어라.

아랑위, 남쪽 대들보에 떡을 던지세 / 장수의 지략은 본디 함양(涵養)을 귀하게 여김이니 / 바라옵건대 포상(包桑)의 교훈을 잊지 않고 / 태평성대의 간성으로서 책임을 막중히 여기시길.

아랑위, 북쪽 대들보에 떡을 던지세 / 뭇별이 뒤섞여 북극 향해 에워쌌나니 / 어찌 꼭 왕찬의 시를 읊조리오? / 가슴속에 병법을 갈무리하도록 하네.

아랑위, 위쪽 대들보에 떡을 던지세 / 땅의 신령함과 인물의 출중함이 어이 이리도 밝게 빛나나 / 값진 길 선택함에 명철이 드러나 / 나라도 두터이 배양되리라.

아랑위, 아래쪽 대들보에 떡을 던지세 / 강물은 밤낮으로 도도히 흐르네 / 지극하도다! 물을 보는 데 방법이 있다고 한 말씀 / 강물이 바다로 모여듦을 보아야 하리.

엎드려 바라노니 상량한 뒤로는 마을이 모두 정돈되고, 백성의 재물이 번성하게 하소서. 연꽃 핀 가을 못에 참모가 나아가보니 아름다운 그림이고, 농염한 꽃들이 핀 객사를 사신이 중수하니 굳건한 모습이라. 변방이 안정되도록 항상 나라와 공직만을 생각하게 하고, 먼 강호에 있을지언정 나아가고 물러남에 나라 걱정을 잊지 않도록 하소서.

「涵玉軒重修記」[42] 代地主[43]作 〈『월고집』 권13, 4b~6a〉 (함옥헌중수기) 목사를 대신하여 지음

晉, 國家之關防重鎭, 山川之形勝·人材之府庫, 州誌備矣. 邑於長江迴抱之內, 而絶壁斗起[44], 臨江而立. 環壁而城焉, 鐵甕也; 負城而營焉, 天塹也. 營之東數百武[45], 有矗石樓者. 其入雲之傑構·極目之勝狀, 與平壤之練光·成川之降仙[46], 孰甲孰乙? 評者, 不能定. 嗚呼! 是樓也, 曾經龍蛇之燹. 忠臣義士魚腹之骨, 不朽三百年, 而名與長江同流. 板上詩曰 "矗石樓中三壯士, 波不竭兮魂不死".[47] 登是樓者, 忠義之曠感, 豈直悲猿鶴沙蟲[48]之過劫[49]而已

---

42) 이 글은 앞의 상량문과 본문 말미를 참고할 때 무자년(1888)에 지은 것으로 추정된다.

43) 地主(지주): 지방 수령, 곧 진주목사. 당시 목사는 조필영(趙弼永)으로 생몰년 미상. 그는 1887년 4월부터 1889년 1월까지 진주목사를 지내면서 연계재(蓮桂齋)를 이건하고 유정당(惟正堂)과 함옥헌(涵玉軒)도 중수했다. 또 같은 해 7월에 다시 전운사 겸 진주목사에 제수되어 1890년 3월까지 지냈다. 진양연계재 편, 『진양속지』 권1 〈임관〉 참조. 한편 황현의 『매천야록』에 그에 대한 부정적인 서술이 더러 보인다.

44) 斗起(두기): 깎아지른 듯이 서 있음. '斗'는 뾰족하다. '두(陡)'와 같음.

45) 武(무): (단위) 한 발짝의 거리, 곧 석 자를 말함. 굳세다, 자취.

46) 降仙(강선): 평남 성천군 성천읍에 있는 강선루(降仙樓). 1343년 성천객사의 부속 건물로 창건되었고, 예부터 관서팔경의 하나로 꼽혔으며, '海東第一樓'라 불리기도 했다.

47) 김성일의 「촉석루일절」의 1행과 4행을 인용한 것임.

48) 猿鶴沙蟲(원학사충): 전쟁으로 원통하게 죽은 장수나 병사. 용어 일람 '원학충사' 참조.

49) 過劫(과겁): 겁화(劫火)를 지남, 곧 재앙을 입음. 겁화는 불교 용어로 세계가 파멸할 때 일어난다는 큰 재화.

哉? 樓之東角, 扁其軒曰涵玉者, 蓋取其下長江之玻瓈[50]萬頃·溶漾涵蓄之
容. 而軒之設, 以樓之無起居息偃之所也. 州是南服孔塗[51], 嶺臬[52]之旬宣[53],
海閫[54]之遞赴. 其它使星之往來, 無不於是乎館[55]焉. 今節度使鄭公騏澤, 莅
是營三世矣. 北門鎖鑰[56]恪守, 先規江漢風流, 再被輿謠[57]. 一日輕裘緩帶,
攜僚佐伴地主, 徇城登樓而嘆曰"往在丙子, 余以多大符, 覲家君於是營. 暇
日陪家君, 登城而見城之圮[58], 登樓而見樓之滲[59]然. 時適大侵[60], 急於拯
荒, 有志靡遑[61]而便瓜[62]矣. 今我之來, 豈偶然哉? 於焉十稔間, 圮者就夷,
滲者就朽. 噫, 是吾責也, 可不蠲吾廩而陳吾力乎? 涵玉之屬地主云者, 必以
迎接使价[63]故也. 然吾旣修城與樓, 而樓之傍一軒, 若割鴻溝[64]於地主, 則豈
不隘哉? 但軒不可無記, 記非余跗注[65]所能, 地主爲余記之可矣." 遂應聲而

---

50) 玻瓈(파려): 유리나 수정 따위.

51) 孔塗(공도): =공도(孔道). 큰길. '孔'은 크다.

52) 嶺臬(영얼): 경상도 관찰사. '臬'은 얼사(臬司), 곧 지방 장관을 말함.

53) 旬宣(순선): 관찰사의 직무. 『시경』「대아」〈강한〉, "왕이 소호에게 명하여 / 두루 펴고
널리 베풀게 하시다[王命召虎, 來旬來宣]".

54) 海閫(해곤): 수군절도사를 말함. 경상도에는 3명의 수군절도사를 두어 하나는 관찰사가
겸직하고, 다른 둘은 동래의 우수사와 거제의 좌수사였다. 이 중 좌수사는 1593년 통제영이
설치되면서 좌수사가 겸직했고, 통제영은 1604년 이후 고성현 두룡포(현 통영)로 이전했
다. 고성은 진주 관할 지역이므로 좌수사가 갈리는 곳이라 했다.

55) 館(관): 묵다, 투숙하다.

56) 北門鎖鑰(북문쇄약): 변방을 굳게 지킴. 용어 일람 '쇄약' 참조.

57) 輿謠(여요): 수레를 타고 민요를 들음, 곧 민심을 살핌.

58) 圮(비): 무너지다. 圯(이, 흙다리)와 다른 자임.

59) 滲(이): 새다, 스미다. 삼루(滲漏).

60) 大侵(대침): 큰 흉년. 『춘추곡량전』「양공 24년」, "다섯 가지 곡식이 익지 않은 것을 대침
이라 한다[五穀不登, 謂之大侵]".

61) 靡遑(미황): 틈이 없다. '靡'는 없다. '遑'은 겨를.

62) 瓜(과): 과체(瓜遞)의 준말. 벼슬 임기가 차서 갈림.

63) 使价(사개): 사신. '价'는 심부름하는 사람.

64) 割鴻溝(할홍구): 경계가 나누어지는 지역. '割'은 나누다. 항우가 유방에게 싸움에서 밀리
게 되자 강화를 맺어 홍구를 경계로 서쪽은 한나라, 동쪽은 초나라가 관할하기로 했다.
『사기』권8「고조본기」, "中分天下, 割鴻溝而西者爲漢, 割鴻溝而東者爲楚".

65) 跗注(부주): 허리부터 발등까지 닿는 장수의 바지. 여기서는 병마절도사를 뜻함. '跗'는
발등. 『좌전』「성공 16년」, "격전 중에 붉은색 가죽 바지를 입은 군자가 나를 보고는 경의
를 표하여 다른 곳으로 피해 가곤했는데, 혹시 부상은 입지 않았는지?[方事之殷也, 有韎韋

對曰 "是役也, 誠大矣. 擧一而三善得, 固邊圉[66]忠也, 繼先志孝也, 不斂民廉也. 而城與樓一新而改觀, 晉益重矣. 爲令公賀可乎, 爲晉陽賀可乎." 賀不容已, 故不以不文辭. 役始於丁亥仲秋, 翌年三月告訖云.

진양(晉陽)은 국가 관방의 중진(重鎭)이고, 산천의 형승과 인재의 창고임이 고을 읍지에 갖추어져 있다. 긴 강이 멀리 껴안은 안쪽으로 마을이 있고, 절벽은 깎아지른 듯이 강에 임하여 서 있다. 절벽을 두른 성은 철옹(鐵甕)이며, 성을 의지한 병영은 천연 요새이다.

병영의 동쪽 수백 걸음 거리에 촉석루(矗石樓)가 있다. 구름 속의 걸출한 누각과 눈이 미치는 데 끝까지 아름다운 형상은 평양의 연광정(練光亭)·성천의 강선루(降仙樓)와 더불어 어느 것이 갑이고 어느 것이 을인가? 비평가라도 단정할 수 없겠다.

아! 이 누각은 일찍이 임진왜란의 병화를 겪었다. 고기 뱃속에 든 충신과 의사의 의로운 영혼은 삼 백 년 동안 썩지 않고, 그 명성이 장강과 함께 흐른다. 현판시에, "촉석루 안의 삼장사 / 물이 마르지 않는 한 혼은 죽지 않으리라!" 하였다. 이 누각에 오르면 충의의 유례없는 느낌이 나는데, 어찌 죽은 병사들이 겪은 재난이 단지 슬프기 때문이겠는가?

누각의 동쪽 귀퉁이에 있는 헌(軒)의 편액을 '함옥(涵玉)'이라 한 것은 대개 그 아래 장강의 만 이랑 맑은 물이 출렁대며 만물을 품고 있는 모양을 취한 것이다. 헌을 설치한 것은 누각에 기거하며 휴식할 곳이 없었기 때문이다. 고을은 남쪽 지방의 큰 지역으로 경상도 관찰사가 왕명을 시행하고, 수군절도사가 갈리는 곳이다. 그리고 여타 사신이 왕래하다가 여기서 묵지 않음이 없다.

지금 절도사 정기택(鄭騏澤) 공이 군영을 다스린 지 삼 년이다. 북문 자

之**跗注**君子也, 識見不穀而趨, 無乃傷乎]".

66) 邊圉(변어): 변방. '圉'는 국경, 변경.

물쇠를 굳건히 지키되, 먼저 강한의 풍류를 보존하고, 재차 민심을 살폈다. 하루는 가벼운 갓옷을 입고 허리띠를 느슨히 하고는 참모를 데리고 목사와 짝하여 성을 돌고 나서 누각에 올랐다. 이때 탄식하여 말하기를, "옛날 병자년(1876)에 내가 다대포 첨사(僉使)로서 아버지를 뵈었습니다. 병영이 한가한 날에 아버지를 모시고 성에 올라 성이 무너진 것을 보았고, 누각에 올라서는 누각에 빗물이 새는 것을 보았습니다. 마침 큰 흉년이 들어 구황하는 것이 시급하여 뜻을 두었지만 겨를이 없던 차에 갑자기 교체되었습니다. 지금 내가 온 것이 어찌 우연이겠습니까? 어느새 10년이 지나 무너진 곳이 편평하게 되었고, 새던 곳은 썩었습니다. 아! 이는 나의 책임이니 내 녹봉을 줄이고 내 힘을 다하지 않을 수 있겠습니까? 함옥헌(涵玉軒)이 목사에게 속한다고 하는 것은 반드시 사신을 영접하기 때문입니다. 그러나 내가 이미 성과 누각을 수리하였으되, 누각 곁의 한 헌(軒)이 경계를 나누어 목사에게 속한다고 한다면 어찌 좁은 생각이 아니겠습니까? 다만 헌(軒)은 기문이 없을 수 없고, 기문은 내가 병사로서 지을 수 있는 것이 아니니 목사가 나를 위하여 기문을 짓는다면 좋겠습니다." 하였다.

드디어 말에 부응해서 답하기를, "이 공역은 진실로 중대한 뜻이 있습니다. 하나를 들어서 세 가지 덕목을 얻을 수 있습니다. 변방을 굳건하게 하는 것은 충이요, 아버지의 뜻을 잇는 것은 효이며, 백성의 재물을 거두지 않는 것은 청렴함입니다. 성과 누각이 새롭게 되어 모습이 달라져 진양이 더욱 중하게 되었습니다. 공을 위해서도 축하할 만하고, 진양(晉陽)을 위해서도 축하할 만합니다." 하였다.

축하하려니 어쩔 수 없이 글을 짓지 않을 수 없다. 공역은 정해년(1887) 중추에 시작해서 다음해(1888) 3월에 마쳤음을 알린다.

○ 권도용(權道溶, 1877~1963) 자 호중(浩仲), 호 추범(秋帆)·오은(吳隱)

함양군 병곡면 우천리(愚川里) 출생으로 곽종석과 김진호의 문인이다. 1913년 장지연의 후임으로
『경남일보』2대 주필이 되었지만, 사정이 여의치 않아 그해에 사직한 뒤 귀향해 후진을 길렀다.
삼일운동 때 함양 지곡면에서 독립선언서를 제작해 배포하다 일경에 체포되어 옥고를 치렀다. 또
1922년 안의 유림에서 세운 한문강습소의 강장으로 있을 때 '조선독립창가사건'으로 다시 투옥되었
다. 제자 도현규와 성재기가 방대한 문집 『秋帆文苑』을 펴냈다. 참고로 계축년(1913) 3월에 촉석루에
서 영남의 선비 50여 명과 '난정계기념회'를 열었다. 아들 권병탁은 진주에서 발행된 신문 『남선공론』
기자를 지냈다.

「矗石樓沿革記」1) 〈『추범문원』 속집 권7, 4a~b〉 (촉석루연혁기)

南方之以樓觀名者, 最勝爲矗石樓. 樓在晉陽府, 全國唯一之名勝古蹟也. 盖
自新羅時, 相方設險, 更千百年, 城堞無崩缺. 勝國2)高宗朝按察使金光宰3)始
建斯樓, 忠肅王時通判安震重修, 二公皆壯元及第, 故亦曰壯元樓. 辛禑五年,
牧使金仲光與別駕李思忠4), 又築城而重建. 城周凡八百步5), 高三仞6), 有奇.
本朝太宗癸巳, 鄕父老前判事姜順·前司諫崔卜麟等, 建議牧使權衷·判官朴
施潔7), 因鄕民之力而葺理之. 成宗時, 牧使慶祉與判官吳致仁重修. 宣祖十
六年癸未, 牧使申點重創. 樓五間, 棟六, 濶三十有八尺, 柱五十, 高一仞. 東
爲淸心樓·涵玉軒, 西爲觀水樓·雙淸堂. 以上河文忠崙·河松亭受一, 所記詳
矣. 光海十年戊午, 兵使南以興重修, 而擴張規模, 至此. 凡六重建其後三百
年間, 不無小小補葺8). 高宗丙戌, 大加修理, 牧使趙弼永9)·兵使鄭騏澤10),

---

1) 이 기문은 본문 내용으로 보아 권도용이 경인년(1950) 이후에 지은 것으로 추정된다. 자세
   한 것은 하강진(2014), 100~107쪽 참조.
2) 勝國(승국): = 승조(勝朝). 자기나라가 이겨 멸망시킨 나라, 곧 전대의 왕조. 조선은 고려를
   승국이라 함.
3) 金光宰(김광재): 김지대의 후임으로 1248년에 경상도 안찰사를 지냈다(『도선생안』 참조).
   하륜의 「촉석루기」에는 '金公'으로만 언급되었는데, 대개 촉석루 창건자를 김지대로 보는
   것이 정설이다.
4) 李思忠(이사충): 『신증동국여지승람』과 하수일의 「촉석루중수기」에는 '李仕忠'.
5) 步(보): 길이의 단위로 6척(尺).
6) 仞(인): 길이의 단위로 8척(尺).
7) 朴施潔(박시결): 하륜의 「촉석루기」에서 언급했듯이 진주판관은 '박혈(朴絜)'이 맞다.

實有勞焉. 樓之北墻下, 有金忠武公時敏全城碑,11) 樓之西, 有義妓祠以祀義
妓論介.12) 純宗戊申, 州民權鍾斗‧金正植等, 發起晉陽契, 自契中出財重修.
大韓建國三年庚寅, 爲軍人所爆擊, 而全燼13)焉.

번역 남방의 이름난 누각 중에서 촉석루(矗石樓)가 가장 빼어나다. 누각
은 진양부(晉陽府)에 있고 전국에서 유일한 명승고적이다. 대개 신
라 때부터 방위를 살펴 요새를 설치하였는데, 천백 년이 지나도록 성첩은
무너지지 않았다.

고려 고종조 안찰사 김광재(金光宰)가 비로소 이 누각을 창건하였고, 충
숙왕 때 통판 안진(安震)이 중수하였는데, 두 공이 모두 장원급제했으므로
또한 장원루(壯元樓)라 불렀다. 신우왕 5년(1379) 목사 김중광(金仲光)과 별
가 이사충(李思忠)이 다시 성을 쌓고 누각을 중건하였다. 성의 둘레는 무릇
팔백 보, 높이는 스물넉 자로 기이함이 있었다.

본조 태종 계사년(1413)에 고을의 원로인 전 판사 강순(姜順), 전 사간
최복린(崔卜麟) 등이 목사 권충(權衷)과 판관 박혈(朴絜)에게 건의함으로써
고을의 민력을 바탕으로 중수하였다. 성종 때 목사 경임(慶袵)과 판관 오치
인(吳致仁)이 중수하였다. 선조 16년 계미년(1583)에 목사 신점(申點)이 중

---

8) 補苴(보저): 결점을 보충하여 바로잡음. '苴'는 거칠다.

9) 趙弼永(조필영): 자세한 것은 조성가의 「함옥헌중수기」 참조.

10) 鄭騏澤(정기택): 자세한 것은 조성가의 「함옥헌중수기」 참조.

11) 1619년 7월 성여신(成汝信)이 비명을 짓고, 한몽인(韓夢寅)이 글씨를 쓴 「고목사김후시민
전성각적비(故牧使金侯時敏全城卻敵碑)」를 말함. 현재 촉석루 북쪽 광장에 세워져 있다.
'夢寅'은 한몽삼의 초명이다.

12) 『경향신문』(1949.3.23)을 보면, 대한민국독립기념사업으로 삼장사와 논개의 충렬을 기리
기 위해 1948년 10월 28일부터 촉석루 수리 공사에 착수해 1949년 3월 8일 중수를 마쳤다
고 소개하고 있다.

13) 全燼(전신): 완전히 불탐. '燼'는 타다. 김상수의 「피란일기」(『초려집』 권3, 57b)에서 "(七
月)二十二日, 聞矗石樓已爲灰燼. 千百年古物, 一朝爲墟, 可歎可歎"이라 하였다. 곧 7월 22
일(양력 9월 4일) 이전에 촉석루가 불탔음을 알 수 있다. 그리고 『경향신문』(1963.2.9)을
보면 1950년 9월 1일에 폭탄을 직통으로 맞아 재가 되고 말았다고 했다.

창하였다. 누각은 다섯 칸, 대들보는 여섯 개, 넓이는 서른여덟 자, 기둥은
쉰 개, 높이는 여덟 자였다. 동쪽으로는 청심루(淸心樓)와 함옥헌(涵玉軒)을,
서쪽으로는 관수루(觀水樓)와 쌍청당(雙淸堂)을 지었다. 이상은 문충공 하
륜(河崙)과 송정 하수일(河受一)이 상세하게 기록한 바 있다. 광해군 10년
무오년(1618)에 병사 남이흥(南以興)이 중수하였는데, 규모를 확장하여 오
늘에 이르렀다. 무릇 여섯 번의 중건 이후 삼백 년간에도 소소하게 보수하
지 않음이 없었다.

　고종 병술년(1886)에 크게 수리하였는데, 목사 조필영(趙弼永)과 병사 정
기택(鄭騏澤)이 실로 힘을 썼다. 누각의 북쪽 담장 아래 충민공 김시민(金時
敏) 전성비가 있고, 누각 서쪽에는 의기사(義妓祠)가 있어 의기 논개(論介)
를 제사지낸다. 순종 무신년(1908)에 고을 사람 권종두와 김정식 등이 진양
계를 발기하였는데, 스스로 계중에서 재산을 출연하여 중수하였다.

　대한민국 건국 3년(1950)에 군인들의 폭격으로 모두 불타버렸다.

「矗石樓重建記」[14] 〈『추범문원』 후집 권2, 33a~35a〉 (촉석루중건기)

國中樓閣, 據江海襟帶之會. 山明水娟, 素稱奇絶. 而制極雄偉者, 晉陽之矗石
樓, 屈首指焉. 蓋自羅時, 相方設險, 更千百年, 城址猶存. 王氏高宗之世, 按察
使金光宰始建斯樓, 以江之中有石, 矗矗然, 故名曰矗石. 忠肅王時, 通判安震
重修, 二公皆壯元及第, 故亦曰壯元樓. 末葉牧使金仲光, 以海寇竊發[15], 爲之
築城, 城周八百步, 高稱之. 立三門于北東西, 寇不敢近, 而一境賴安. 前韓宣
祖癸未, 申牧使點擴而大之. 東爲淸心樓·涵玉軒, 西爲觀水樓·雙淸堂, 洵屬

---

14) 이 기문은 본문 내용으로 보아 권도용이 경자년(1960)에 지었음을 알 수 있다. 이와 관련
　　해서 하강진(2014), 107~110쪽 참조.
15) 竊發(절발): 침범하다, 도발하다. '竊'은 훔치다.

壯觀. 其間亦有如權輿, 因鄕民之力而爲之, 非政通人和[16]能之乎? 前賢之述備矣. 太皇丙戌, 本官趙鍾弼[17]更加葺理, 自創建後, 至是凡九重修. 最後鄕民之有志者, 發起晉陽契, 自契中出財修理, 歸然古物維持保護. 經七百餘星霜, 而完固如舊, 寔斯樓沿革之大較也. 建國三年庚寅之秋, 爲兵革所燬. 方其燬也, 府民齊集, 出死力以救之. 然爆彈電擊, 瓦塼灰飛, 人命如蟻. 景色慘恢, 及其烈焰旣熄, 人皆錯愕[18]咨嗟. 相顧無間者, 數年矣. 雖欲依樣營度, 其道無由. 一日國長官特來巡視, 喟然歎曰 "晉陽江淮[19]之保障, 斯樓晉陽之勝賞也. 不建則已建, 則豈惟復其原相而已? 宜另加擴張, 參用外制, 以爲全國惟一之眉目." 於是大傾國帑[20], 廣排民擔, 而寫木材於鬱島, 運石柱於合浦, 皆用電力, 有若神輸鬼設, 不聞斤斧礱斲[21]之聲. 而倏然[22]告成, 巍乎壯哉! 術精于內, 境勝于外. 間架依舊, 而體勢宏敞, 玲瓏庨豁[23], 荷天之衢,[24] 無以復尙[25]矣. 其爲幣爲材爲夫爲日之數, 著見在通表, 可以居今而知古者, 則有司存[26]

---

16) 政通人和(정통인화): 범중엄, 「악양루기」, "**政通人和**, 百廢俱興".

17) 趙鍾弼(조종필): 권도용의 「촉석루연혁기」에 나오듯이 진주목사 조필영(趙弼永)의 오기.

18) 錯愕(조악): 뜻밖의 일로 당황하고 놀람, 대경실색. '錯(착)'이 당황해하는 모양의 뜻일 때는 '조'로 읽음.

19) 江淮(강회): 수양성 근처 지명. 여기서는 진주를 비유함. 용어 일람 '강회' 참조.

20) 國帑(국탕): 나랏돈. '帑'은 금고, 곳간.

21) 礱斲(농착): 갈고 깎음. '礱(롱)'은 갈다. '斲'은 깎다, 새기다.

22) 倏然(숙연): 매우 짧은 시간. '倏'은 갑자기.

23) 庨豁(효활): 높고 널찍한 건물. '庨'는 집이 높은 모양. '豁'은 뚫리다.

24) 荷天之衢(하천지구): 걸릴 것 없는 공중이라는 뜻으로, 도가 크게 행해짐을 비유한다. '衢'는 로(路)와 같음. '荷'는 하(何)와 같고, 해당하다의 뜻임. 『주역』 「대축괘」 〈上九〉의 "저 하늘 거리이니 형통하리로다[**何天之衢**, 亨]."에 대해, 그 상(象)에서 "저 하늘 거리라는 말은 도가 크게 행해진다는 것이다."라 풀이했다.

25) 復尙(부상): 다시 무를 숭상함. '復(복)'이 다시 뜻일 때는 '부'로 읽음. 『논어』 「팔일」의 "활을 쏘는데 가죽 뚫는 것을 주장하지 않음은 힘이 동등하지 않기 때문이니, 옛날의 도이다[射不主皮, 爲力不同科, 古之道也]." 구절에 대해, 양시(楊時, 1053~1135)는 『논어집주』에서 "주나라가 쇠퇴하여 예가 폐지되고 열국이 무력으로 다투어 다시 가죽을 꿰뚫는 것을 숭상했으므로 공자가 한탄하신 것이다[周衰禮廢, 列國兵爭, 復尙貫革, 故孔子歎之]." 라고 풀이했다.

26) 有司存(유사존): 『논어』 「태백」, "제기를 다루는 일로 말하면, 본래 주관하는 사람이 있다[籩豆之事, 則**有司存**]". 여기서 말한 제기를 다루는 일은 예의 가운데 세밀한 항목을 대표한다.

焉. 經始數年,[27] 以庚子秋八月, 諏吉日而落焉.[28] 人山人海帀沓[29], 闐咽[30]欣踊感奮, 如未始有. 先酹金忠武之全城碑, 且祭三壯士及義妓, 以慰空前震爍[31]之英靈. 夫樓閣之雄偉壯麗, 非直爲地方之觀美而已, 亦所以增國威而聳人瞻也. 其於安使命·慰賓旅, 則無論焉. 昔李文饒[32]之鎭西川, 朝建而吐蕃懾伏[33]; 劉越石[34]之住晉陽, 夜登而北胡遠遁. 往事已矣, 安知來頭[35]或不有如此事機耶? 今政府之全力注重如此者, 蓋亦有微意焉. 不然方此南北分裂, 民志未固. 聊且收拾餘燼, 復其原相, 猶恐不給, 何暇汲汲於比前十倍之役哉? 不佞[36]筆力雖不逮, 思欲鋪張巨役, 不覺聳然神旺, 輒爲之記.

번역 나라의 누각은 강이나 바다가 옷깃이나 띠를 두른 것처럼 만나는 곳에 위치한다. 산이 훤하고 물이 아름다우면 대개 기이한 절경으로 일컫는다. 규모가 매우 웅장하고 위엄이 있는 것으로 진양의 촉석루(矗石樓)는 첫 번째 손가락을 구부리게 한다. 대개 신라 이래로 방위를 살펴

---

27) 최정수 기자가 촉석루의 중건 과정과 준공식에 대한 비화를 『신경남일보』에 1990년 7월 한 달간 매주 연재한 바 있다. 이를 『진주성 촉석루』(장추남 편, 금호, 1999)의 113~150쪽에서 다시 수록했다.

28) 以庚子秋八月(이경자추팔월), 諏吉日而落焉(추길일이락언): 낙성식은 가을 8월(음력 10월)이 아닌 11월이다. 상량식은 1959년 10월 10일에, 낙성식은 한 해가 지난 1960년 11월 20일에 거행되었다. 『신경남일보』, 1990.7.10/17 참조. '諏'는 꾀하다, 자문하다.

29) 帀沓(잡답): 북적대다. '帀'은 두르다. '沓'은 겹치다.

30) 闐咽(전열): 한데 모여 떠들다. '闐'은 가득하다.

31) 震爍(진삭): 벼락에 꺼짐, 곧 전란에 목숨을 바침. '震'은 벼락. '爍'은 꺼지다.

32) 李文饒(이문요): '文饒'는 이덕유(李德裕, 787~850)의 자. 당나라 문종 때 이덕유가 우승유(牛僧孺) 등과의 불화로 서천(西川) 절도사로 전출되었는데, 그곳에서 군사들을 조련하자 토번의 장수 실달모(悉怛謀)가 유주부사(維州副使)로서 투항해오므로 그가 그 성을 차지하고는 장계로 그들을 접수할 것을 보고했다. 『구당서』 권174 「이덕유전」.

33) 懾伏(섭복): 두려워서 항복함. '懾'은 두려워하다.

34) 劉越石(유월석): '越石'은 유곤(劉琨, 271~318)의 자. 그가 병주자사(幷州刺史)로 있을 때 진양으로 가서 전투를 벌이던 중 오랑캐 기병들에게 겹겹이 포위되고 말았다. 달아날 계책이 없자 달밤에 누각에 올라 휘파람을 청아하게 불자 적들이 그 소리를 듣고 길게 탄식했고, 한밤에 피리를 부니 눈물을 흘리며 고향을 그리워했으며, 새벽에 또 불자 적들이 포위를 버리고 달아났다고 한다. 『진서』 권62 「열전」 〈유곤〉.

35) 來頭(내두): 지금부터 다가오게 될 앞날.

36) 不佞(불녕): 재주가 없음, 곧 자신을 낮추어 부르는 말. '佞'은 재능.

요새를 설치하였는데, 천백 년이 지나도록 성터가 아직도 남아 있다.

고려 고종대에 안찰사 김광재(金光宰)가 비로소 이 누각을 창건하였고, 강 속의 돌이 우뚝한 까닭에 촉석(矗石)이라 명명하였다. 충숙왕 때 통판 안진(安震)이 중수하였으니, 두 공은 모두 장원 급제하였으므로 장원루(壯元樓)라 불렸다. 말엽에 목사 김중광(金仲光)이 왜구가 침범하므로 성을 쌓았는데, 성 둘레가 무릇 팔백 보(步)나 되니 높이 칭송하였다. 북쪽과 동쪽과 서쪽 세 개의 문을 설치하였는데, 왜구가 감히 근접하지 못해 온 경내가 평온하였다.

대한민국 이전인 선조 계미년(1583)에 목사 신점(申點)이 그것을 확장하였다. 동쪽으로는 청심루(淸心樓)와 함옥헌(涵玉軒)을, 서쪽으로는 관수루(觀水樓)와 쌍청당(雙淸堂)을 지어 참으로 장관을 이루었다. 그 사이에 또한 권충(權衷)이 고을의 민력을 바탕으로 지었는데, 정치가 올바로 행해지고 인심이 화합되지 않았으면 할 수 있었겠나? 선현이 기술하여 놓았다. 태황 병술년(1886)에 진주목사 조필영(趙弼永)이 크게 수리하였으니, 창건 이후로 무릇 아홉 번 중수에 이른다. 최후로 향민 중에 뜻있는 자들이 진양계를 발기하여 스스로 계중에서 재산을 출연하여 수리함으로써 우뚝한 고적이 유지되고 보호되었다. 칠백 여 년이 지났으되 굳건함은 예전과 같았으니, 실로 이 누각 연혁의 대략이다.

건국 3년 경인년(1950) 가을에 전란으로 불타버렸다. 바야흐로 불탈 즈음에 부민들이 일제히 모여 사력을 다해 구해보려 하였다. 그러나 폭탄이 번개처럼 터져 기와와 벽돌이 재로 날렸고, 인명은 개미들과 같았다. 광경이 참담하였고, 급기야 매서운 불길에 사라져버리자 사람들은 뜻밖의 일로 크게 놀라며 탄식하였다. 서로 돌아보며 묻지도 않은 지가 몇 년이 지났다. 비록 예전대로 재건하고 싶었지만 그럴 길이 없었다.

하루는 나라의 장관이 특별히 내려와 순시하면서 한숨 쉬며 탄식하기를 "진양은 강회의 보장이고, 이 누각은 진양의 승경이다. 세우지도 않고 내버려둔다면 어찌 그 원래 모습을 회복하리오? 마땅히 더욱 확장할 것이고, 다른 건물의 규모를 참고 활용하여 전국 유일의 아름다운 모습으로 만들겠다."고 하였다. 이에 국비를 크게 쏟아 넣고 시민의 부담은 줄이면서 목재는 울릉도(鬱陵島)에서 옮겨왔고 돌기둥은 합포(合浦)에서 운반해왔는데, 모두 번개 같은 힘을 사용함에 신령이 나르고 세우는 듯이 돌을 갈고 나무를 깎는 소리조차 들리지 않았다.

순식간에 일을 마쳤으니, 크고도 장엄하도다! 기술은 내부로 정밀하였고, 경치는 외부로 빼어났다. 칸살은 옛날 그대로나 모양새는 크고도 넓으며, 영롱하게 높고도 널찍하여 하늘 거리로 통하니, 다시는 (무력을) 숭상해서는 안 될 것이다. 이 일을 위하여 소요된 돈과 재목과 일꾼과 날의 수효는 통계표에 분명히 나타나 있는데, 오늘에 살면서 옛일을 알 수 있는 것은 곧 그 주관자가 따로 있었기 때문이다.

건축하기 시작한 지 몇 년이 지나 경자년(1960) 가을 8월에 좋은 날을 택해 낙성하였다. 인산인해로 북새통을 이루어 온통 떠들썩하게 기뻐하며 춤추고 감격해 분발하였으니, 이는 예전에 없던 일이었다. 먼저 충무공 김시민 전성비(全城碑)에 술을 붓고, 또 삼장사(三壯士)와 의기(義妓)에게 제를 올려 공전절후의 전란에 순국한 영령을 위로하였다.

무릇 누각의 웅위함과 장려함은 지방의 아름다움을 관찰하는 것이 될 뿐만 아니라 나라 위엄을 더함으로써 사람 눈을 번득이게 한다. 사명을 받들고 빈객을 위로하게 됨은 말할 것도 없다. 옛날 이문요(李文饒)가 서천절도사가 되어서 조정에 (정벌을) 건의하자 토번이 두려워 항복했고, 유월석(劉越石)이 진양에 주재하며 밤에 (누대에) 올라가자 북쪽 오랑캐가 멀리 달아났다. 과거 일이지만 앞으로도 이와 같은 일의 기미가 혹시 도래하지 않음을 어찌 알겠는가?

지금 정부가 이처럼 온 힘을 집중한 것은 대개 숨은 뜻이 있었을 것이다. 그렇지 않아도 지금 남북으로 분열되어 사람들 마음이 안정되지 못하다. 애오라지 남은 재를 수습하여 그 원래 모습을 회복하되 오히려 부족할까 염려하였음에도 어느 겨를에 쉼 없이 하여 전보다 열 배나 더한 공역을 이루었나? 내 필력이 비록 미치지 못하나 큰 역사를 선양하려고 생각하니, 어느새 정신이 왕성하게 솟구쳐 문득 기문을 쓴다.

○ 류원준(柳遠準, 1899~1982) 자 공직(孔直), 호 정재(正齋)

본관 진주. 합천군 용주면 가호리(佳湖里) 출생이나 1940년 진양에 우거했다. 일찍이 백부 류상대(柳相大)와 족형 류원중(1861~1943)에게 학문을 질정했다. 19세 때는 부안 계화도의 전우(1841~1922)를 배알해 문인이 되었으며, 동문 선배인 오진영·최병심·성기운(1877~1956) 등에게 학문을 질정했다. 유문(儒門)과 문종(門宗)의 일에 성의를 다했으며, 독서 여가에 지리산과 금산 등을 유람하면서 시문을 창작했다.

「矗石樓重建上樑文」1) 〈『정재집』 권4, 7b~9a〉 (촉석루중건상량문)

蓋古遺成法2), 鎭營管轄, 因地形, 制便宜3); 今復前修4), 登覽豫5)遊, 酌人事, 時勞逸6). 烽火一慘, 棟宇重新, 惟此晉陽之矗石樓, 適當嶺右之保障地. 體王公之設險7), 據碧灣, 固石門; 拱賓軍之有須8), 倚飛梯, 架雲搆. 故城郭道路, 莫非經國之模; 況臺榭守望, 有涉治亂之係. 雖其創造歲月, 無從而推; 亦有經歷始終, 可按而識. 至於遊人士女, 合簫歌而管絃, 皆是昇平之美事; 蓋臣忠良, 辦熊魚9)於談笑, 忍忘恢復之良基? 寔爲三南之麗譙10), 奚徒一方之名勝? 豈意倀虎肆虐11), 不圖池魚焚殃12)? 指古跡而三歎, 金鏤丹刻惣委. 銷於

---

1) 이 상량문은 그가 촉석음사 회원으로서 지은 것이다. 촉석문우사 편, 『촉석루지』, 1960, 22쪽. 참고로 『동아일보』(1959.10.13, 3면)의 기사 중 "10일 하오 2시 상량식을 거행했다. 이날 상량식에는 약 2만 명의 시민들이 참가하였으며"에서 보듯이 촉석루 중건 상량식은 1959년 10월 10일 거행되었다. 하강진(2014), 107~108쪽 참조.

2) 成法(성법): =성헌(成憲). 이미 정해진 법, 기존의 법.

3) 便宜(편의): 편의종사(便宜從事)의 준말. 임금이 외지에 사신을 보낼 때 미리 일정한 지시를 주지 않고 일의 형편을 헤아려 처리하게 하는 것이다.

4) 前修(전수): =전현(前賢). 예전에 덕을 닦은 사람, 옛 군자.

5) 豫(예): 기뻐하다, 놀다, 즐기다.

6) 勞逸(노일): 수고로움과 안일함, 노동과 휴식.

7) 王公之設險(왕공지설험): 왕공은 천자와 제후. 『주역』「감괘」〈象傳〉, "왕공이 요새를 설치해서 그 나라를 지킨다[王公設險, 以守其國]".

8) 賓軍之有須(빈군지유수): 빈군이 요구하는 것. '賓軍'은 빈객과 군사.

9) 辦熊魚(판웅어): 절개를 지킴. 용어 일람 '웅어' 참조.

10) 麗譙(여초): 높다란 누각. 적을 살피기 위해 세운 망루. '麗(려)'는 높은 누각.

11) 倀虎肆虐(창호사학): 미친 호랑이가 함부로 잔학한 짓을 함. 여기서는 왜놈의 분탕질을 말함. '倀'은 미치다. '肆'는 방자하다.

霹火13), 混六洲於一局, 雨漲風潮; 汩洪流於鴻荒14). 當時奉喉息而逃生, 衆莫有顧; 後來撫虛地而起喟, 咸曰"可與". 上下同心, 財不責15)於民力; 人鬼合贊, 事有待於天時. 依舊礎, 何妨拱北斗而正位; 準民力, 恊吉仰乾象16)以揆辰17). 百圍十尋之材, 掌運踵來, 奚啻徠松申栢18)? 千斤萬斧之役, 風揮神使, 俱是婁瞳輪魂19). 有革斯新, 舊貌無異. 高出雲漢三光20), 徘徊而八宇澄淸; 俯壓風煙五氣21), 迭盪而四時順布. 卉裳罽服,22) 睢盱23)爭賀, 奇海陸之通隣; 轟車雷燭, 羅絡騰閃, 望人物之繁麗. 亦有驗於地靈之護, 可無兆於天運之回. 停爾郢斤24), 聽我巴頌25).

兒郎偉 抛樑東	扶桑紅日出曨曈26)	韓邦舊物都歸夢	惟有此樓更起隆
抛樑南	百戰沙場寃氣暗27)	文武並行長久術	天時人事惣難堪

---

12) 池魚焚殃(지어분앙): 뜻하지 않은 재앙. 농포 정문부(1565~1624)의 시 참조.
13) 霹火(벽화): 번갯불. '霹'은 벼락. 여기서는 한국전쟁 때 피폭된 촉석루를 말함.
14) 鴻荒(홍황): 개벽된 직후의 혼돈스러우면서도 질박한 태고 시대.
15) 責(책): 구하다, 요구하다.
16) 乾象(건상): 천문, 하늘.
17) 揆辰(규진): 별을 보고 방위를 잼. 『시경』 「국풍」〈용풍〉, "태양을 보고 방향을 재어 / 초구 땅에 궁실을 지으셨네[揆之以日, 作于楚室]".
18) 徠松申栢(내송신백): 좋은 재목. '申'은 '新'의 오기. 유래는 이광윤의 「촉석루중수상량문」의 각주 참조.
19) 婁瞳輪魂(누동수혼): 이루(離婁)의 눈과 공수(公輸)의 정신. '이루'는 고대 황제 때의 사람으로 백 보 거리에서도 미세한 부분도 볼 수 있을 만큼 눈이 밝았던 사람이고, '공수'는 춘추시대 노나라의 유명한 장인. 『맹자』「이루(상)」, "이루의 밝은 눈과 공수자의 솜씨로도 그림쇠와 곱자를 쓰지 않으면 네모와 동그라미를 만들지 못한다[離婁之明·公輸子之巧, 不以規矩, 不能成方員]".
20) 三光(삼광): 해, 달, 별.
21) 五氣(오기): =오행(五行). 수, 화, 목, 금, 토.
22) 卉裳罽服(훼상계복): '卉裳'은 풀로 만든 의상, 곧 북쪽 오랑캐. '罽服'은 모직물로 만든 옷, 곧 일본.
23) 睢盱(휴우): 눈을 부릅뜨고 쳐다봄. '睢'는 부릅떠 보다. '盱'는 부릅뜨다.
24) 郢斤(영근): 훌륭한 솜씨. 유래는 우필한의 「촉석루중창상량문」 참조.
25) 巴頌(파송): 평범한 노래. 용어 일람 '양춘백설' 참조.
26) 曨曈(농동): =동롱(曈曨). 동이 트면서 훤히 밝아오는 모양, 해가 뜨는 모양. '曨(롱)'은 동틀 무렵 어둑어둑한 모양. '曈'은 동트다.

抛樑西	舟車萬里絡空梯	鱣躍鶉飛28)成開物	天眼猶踈大綱提
抛樑北	塞雲征雁同秋色	感慨人情自萬殊	畫師那得圖心腹
抛樑上	紛紛雲物萬千狀	何時重睹黃河淸	歌鼓吟春态俯仰
抛樑下	龍蛇往迹語無差	一盃三壯指江流	波不竭兮魂不化

伏願上樑之後, 柱石堅固, 山河晏淸. 甲子推遷,29) 基南北之統一, 太極開象30), 定東西之分爭.

번역

대개 옛사람이 남긴 기존 법이 있으니, 진영 관할은 지형에 의거하고 형편 따라 지었다. 지금 선현의 자취를 회복하고는 등림하여 즐거이 노넒에 인사를 참작하고 노동과 휴식을 때에 맞춘다.

봉홧불로 한번 참혹하게 되면 거듭 새롭게 지었으니, 이 진양의 촉석루(矗石樓)가 영남 우도의 보장 지역으로 적당하였기 때문이다. 요새를 설치한 왕공(王公)을 체득하여 푸른 물굽이를 따라 석문을 견고하게 하였고, 빈군(賓軍)이 요구하는 바를 받들어 높은 사다리에 의지해 구름 위 누각을 건너질렀다. 따라서 성곽과 도로는 경국(經國)의 본보기가 아님이 없었고, 더욱이 누각과 망루는 치란(治亂)의 관계에 교섭함이 있었다. 비록 창건한 해를 자취로 추정할 수 없지만, 또한 연혁의 시말은 살펴보면 알 수 있다.

저 나그네와 남녀가 관현악에 퉁소 소리를 합주하였으니, 모두 태평시대의 아름다운 일이었다. 지체 높은 신하와 충성스러운 백성들이 담소하며 의리를 판가름하였으니, 회복의 좋은 기틀이 되었음을 어찌 차마 잊을쏜가? 참으로 삼남을 지킨 화려한 누대이니, 어찌 한 고을의 명승지로만

---

27) 喑(음): 외치다, 목이 쉬도록 울다, 벙어리.

28) 鱣躍鶉飛(전약순비): '鱣'은 철갑상어, 곧 큰 물고기. '鶉'은 메추리.

29) 甲子推遷(갑자추천): 해가 바뀌어 촉석루가 준공됨을 의미함. '甲子'는 특정 연도가 아닌 일반적인 해를 가리킴. '推遷'은 변천.

30) 開象(개상): 상위(象緯)가 활짝 열리다. 상위는 일월(日月)과 오성(五星: 금성, 수성, 목성, 화성, 토성).

그치랴?

미친 호랑이가 마구 잔학하게 굴어 못 속 고기가 뜻밖에 말라 죽게 될 줄 어이 알았으랴? 고적을 가리키며 거듭 탄식하노니, 황금빛의 새김과 단청의 색칠이 모두 퇴색되었도다. 전란으로 사그라지니 한 판에 온 세계가 혼란하였고, 비바람이 몰아치니 태고 시대에 큰물 진 것 같았다.

당시 목구멍을 떠받들고 살아서 도망가 버려 민중들은 세상에 마음 둘 곳이 없었다. 뒤에 와서 빈터를 어루만지며 탄식하고는 모두가 "함께 할 수 있다"고 하였다. 상하가 마음이 같았고, 재원은 백성의 재력에 구하지 않았다. 사람과 신령이 함께 도왔고, 공사는 천시를 기다렸다. 옛 기초에 의거하고 뭇별이 북극성을 향하는 것처럼 하여 위치를 바로잡는 데 무엇인들 방해되었겠나? 민력을 법으로 삼고 천문을 쳐다보아 별의 방향을 잼으로써 길상에 부합하도록 하였다. 백 아름과 열 길의 목재는 손으로 나르고 줄지어 가져온 것인데, 어찌 조래산의 소나무와 신보산의 잣나무뿐이겠는가? 천 번 도끼질과 만 번 자귀질의 공역은 바람과 신으로 부렸으니, 모두 이루(離婁)의 밝은 눈과 공수(公輸)의 장인 정신이었다.

이에 새로 지은 건물은 옛 규모와 다름이 없다. 높이 쳐다보니 은하수와 삼광이 배회하여 팔방이 청정하고, 아래로 굽어보니 풍연과 오기가 번갈아 넘쳐 네 계절이 순조롭게 펼쳐진다. 중국과 일본에서도 눈을 부릅뜨고 다투어 하례하니, 바다와 육지 사이 통하게 된 인접 나라가 기이하다. 요란한 차 소리와 벼락같은 등불이 이리저리 얽히고 번쩍거리니, 사람과 사물이 번화함을 보게 된다. 또한 지령의 가호에 징험함이 있고, 가히 천운의 윤회에 별다른 조짐은 없었다. 신비로운 도끼질을 멈추고 나의 평범한 노래를 들어 주오.

아랑위, 동쪽 대들보에 떡을 던지세 / 부상에 붉은 해 솟아 훤해지도다 / 우리나라 옛 문물이 모두 꿈으로 돌아갔더니 / 오직 이 누각만 다시 세웠네. 남쪽 대들보에 떡을 던지세 / 백전의 백사장에 원통한 기운이 흐느끼거늘

/ 문무를 병행함은 오래된 계책이었으나 / 천시와 인사 모두를 견디기 어려 웠네.

서쪽 대들보에 떡을 던지세 / 배·수레 다니는 만 리에 허공의 사다리가 얽혔고 / 큰 물고기 뛰고 메추리 나니 문물이 열리고 / 뛰어난 안목이 성근 것 같지만 큰 줄기 잡혔네.

북쪽 대들보에 떡을 던지세 / 변방 구름 속을 나는 기러기는 가을빛과 같고 / 감개무량한 마음은 만 갈래 다르니 / 화공은 어찌하면 마음을 그려넣을까?

위쪽 대들보에 떡을 던지세 / 어지러이 가는 구름 모양은 천태만상이니 / 언제 황하가 맑아짐을 다시 보려나 / 풍악 울리고 봄을 읊조리며 마음대로 보노라.

아래쪽 대들보에 떡을 던지세 / 임진왜란 옛 자취 말할진대 다름이 없나 니 / 한 잔 들며 삼장사가 강물을 가리키며 / 물결 마르지 않는 한 넋은 변하 지 않으리라 했지.

엎드려 바라노니 상량한 뒤에 주춧돌이 견고하고, 산하가 태평하게 하 소서. 해가 바뀌어 남북통일의 터를 놓고, 태극에 상위(象緯)가 탁 트여 동 서 분쟁 안정되게 하소서.

○ 성환혁(成煥赫, 1908~1966) 자 사첨(士瞻), 호 우정(于亭)

진주 수곡(水谷) 출생. 7세 때 회봉 하겸진(1870~1946)의 문하에 들어가 굴천 이일해(1905~1987)
와 함께 고제자가 되었고, 중재 김황의 문하에도 출입했다. 시문에 뛰어나 정인보(鄭寅普)로부터 극찬
을 받음으로써 이름이 인근에 널리 알려졌고, 1956년 의기사 중건 때 개기(開基) 고유문을 지었다.

「矗石樓重建記」[1] 〈『우정집』 권3, 5a~6b〉 (촉석루중건기)

嶺之南, 號多山水樓臺之形勝. 而晉州爲其第一, 名聞於國中, 以有矗石樓故
也. 樓在州城址上, 自城址而西不一里. 有獨岡逶迤, 東鶩乍斷復起, 若龍之
頭而止. 其前卽爲樓之境, 而古所稱龍頭埠者也. 由此以望之, 山之或近或遠,
爲此擁護之勢, 而高以北臨者, 其名飛鳳. 水之若束若放, 爲此繞圍之態, 而
緩以東流者, 其名藍江. 江之岸, 被之以竹極茂翳, 西南則曠野田塍, 參差如
畵. 而至崖壁草樹·汀洲烟霞, 其景狀, 朝暮變化, 而春秋不同. 觀是眞天造地
設, 開千萬歲之一大絶境, 以資今古西方[2]人客之所遊賞譿喜. 宜其爲嶺南第
一形勝, 而名聞於國中者也. 盖樓之刱立, 固莫得知其詳. 而在高麗禑王五年
己未, 一燬於海寇, 而牧使金仲光再建之. 李朝宣祖二十六年癸巳, 再燬於島
賊, 而兵使南以興重建之. 其後以朝令, 又屢爲修治之, 此其『輿地勝覽』及『
晉陽誌』之所記傳者也. 逮夫大韓民國三年庚寅, 有南北之內鬨, 不幸而又爲
燬燼, 而今又幸而得建築以成焉. 嗚乎! 樓之每一廢興, 而時政之治亂, 因可
知矣. 方其自朝士方伯至閭閻父老, 共此登臨. 以安昇平之樂, 而樓固無恙.
及至寇賊之入, 城破人亡, 而樓隨爲墟. 其若是者, 皆由時政治與亂之故, 而
致之矣. 然則其上下七八百年之間, 凡爲廢興者何限數, 而獨玆樓而已哉? 雖
然治亂廢興, 天理之不可無故, 政未有治而不亂, 物未有廢而不興也. 亂而思

---

1) 이 기문의 작성 시기는 현재 촉석루의 현판(번역문 병기)에 새겨져 있듯이 <u>1960년 음력
10월(소춘절)</u>이다. 이와 관련해 하강진(2014), 107~109쪽 참조.
2) 西方(서방): 임금이 계신 곳. 『시경』 「패풍」〈간혜〉, "누구를 생각하느뇨 / 서방의 미인이로
다 / 저 미인은 바로 서방 사람이로다[云誰之思, **西方**美人, 彼美人兮, **西方之人兮**]".

治, 廢而思興, 人情之所同然. 故事過境存, 境反映事. 則莫不慨然, 爲回復之計. 是樓之自古屢廢屢興, 而又有今日之一新之, 以復厥觀者也. 昔王粲「登樓賦」有曰 "冀王道之一平兮, 假高衢而騁力"[3], 古今人情, 大抵亦同矣. 余之今登是樓, 不能無斯之冀, 而推以知國人亦皆有同於余者. 則今之秉政者, 其宜思爲治之一新, 如斯樓之爲者哉. 是役之發議, 自晉州古蹟保存會, 而道與國贊同之, 出貲亦如之. 役, 始於民國九年丙申五月. 材取其遠近, 而樑木則出於江原之雪岳[4]; 石取其小大, 而柱礎則出於昌原之明谷. 運輸礱斲[5], 日尋月屬, 越五年庚子春, 工告訖. 以其年冬十月日[6], 又自保存會, 會國內有志諸人士, 宴其上而落之. 吁, 其盛矣哉! 前後董其役者, 本州敎育監姜鎔成[7]·保存會委員朴世濟[8]也. 屬余記者, 州人士李鉉台·河泳珍[9]·姜周錫·崔在浩諸人也.

번역 영남에는 산수와 누대의 **빼어난** 경치가 많다고 한다. 진주(晉州)가 그중에 제일인데, 명성이 온 나라에 알려진 것은 촉석루(矗石樓)가 있기 때문이다. 누각은 고을의 성터 위쪽에 있고, 성터에서 서쪽으로 1리

---

3) 冀王道(기왕도)~而騁力(이빙력): 임금에게 등용되어 능력을 발휘하고 싶은 마음. 왕찬, 「등루부」(『문선』권11 〈유람〉), "세월만 덧없이 지나가고 / 황하가 맑을 때를 기다리나 아직도 이루지 못하네 / 바라노니 왕도가 모두 평탄해져 / 큰길을 빌려 힘껏 내달리고 싶네 [惟日月之逾邁兮, 俟河淸其未極, **冀王道之一平兮, 假高衢而騁力**]".

4) 『대한뉴스』제211호, 1959.4.26. 동영상을 보면, 강원도 인제군의 설악산 주억봉 산간에 있는 거목을 군인들이 베어 진주로 운반하는 장면이 나온다.

5) 礱斲(농착): 갈고 깎음. '礱(롱)'은 갈다. '斲'은 깎다, 새기다.

6) 冬十月日(동십월일): 낙성식은 정확히 양력 11월 20일에 거행되었다. 『신경남일보』, 1990.7.10, 1면 참조.

7) 姜鎔成(강용성, 1900~1982): 평양 출생. 동명고등학교 교장을 지냈고, 진주시교육감(1954.2~1961.3 재임)을 지내면서 촉석루 중건을 주도했다.

8) 朴世濟(박세제, 1917~1981): 진주문화원 원장 재임(1949.10~1981) 중 경남일보 사장과 개천예술제 이사장을 지냈고, 또 진주고적보존회 상무이사로서 촉석루 중건 공사를 진두지휘했다. 막내딸이 한량무 전수자 박계현 박사이다.

9) 河泳珍(하영진, 1896~1966): 호 우천(友泉). 하세진의 아들로 하겸진의 문인이다. 1954년 종회 회장으로서 진주성 내 시조공의 경절사(擎節祠) 신축을 주도했고, 촉석루 중건을 기념하는 시를 지었다. 촉석문우사 편, 『촉석루지』, 1960, 23쪽.

가 채 안 된다. 유난히 언덕이 구불구불 이어져 동쪽으로 달려가다 잠깐 끊어졌다가 다시 솟아나 용의 머리 같은 곳에서 멈춘다. 그 앞쪽은 누각의 경계로 옛날부터 '용머리 언덕'이라 불렀다.

이곳에서 바라보면 산들이 가깝기도 하고 멀기도 하며 누각을 감싸고 호위하는 형세인데, 높다랗게 북쪽에 있는 것은 그 이름이 비봉산(飛鳳山)이다. 물이 좁기도 하고 넓기도 하며 누각을 에워싸 빙 두른 자태인데, 느리게 동으로 흐르는 것은 그 이름이 남강(藍江)이다. 강 언덕은 우거진 대숲이 무성하게 덮었고, 서남쪽은 넓은 들판과 밭이랑이 들쭉날쭉 그림 같다. 그리고 초목이 자란 절벽과 안개 낀 강가는 그 경치가 아침저녁으로 바뀌고, 봄가을로 다르다.

경관은 참으로 하늘이 만들고 땅이 베풀어 천만년 위대한 절경을 펼침으로써 고금에 임금이 보낸 손님들이 유람하고 잔치를 즐기는 장소로 삼았다. 마땅히 이곳은 영남 제일의 빼어난 경치로 온 나라에 명성이 알려졌다.

대개 누각 창건은 본디 자세히 알 수가 없다. 고려 우왕 5년 기미년 (1379)에 바다 오랑캐에게 한번 불살라졌고, 진주목사 김중광(金仲光)이 재건하였다. 조선 선조 26년 계사년(1593)에 섬나라 도적에게 재차 불살라졌고, 병사 남이흥(南以興)이 중건하였다. 그 뒤에 조정 명령으로 여러 번 수리하였는데, 이는 『여지승람』과 『진양지』에 기록되어 전한다.

대한민국 3년 경인년(1950)에 이르러 남북 내전으로 불행하게도 또 불타버렸다가 이제 다행히 중건하여 완성을 보게 되었다. 아! 누각이 한번 흥하고 폐할 때마다 당시 정사의 치란을 짐작할 수 있다. 조정 신하인 관찰사에서부터 고을 원로들까지 모두 이곳에 올랐다. 평안할 때는 태평한 음악을 즐겼고, 누각도 확실히 아무런 탈이 없었다. 왜구가 침입하여 오면 성이 파괴되고, 사람은 죽었으며, 누각도 따라서 폐허가 되었다. 이와 같은 것은 모두 당시 정사(政事)의 치란으로 말미암아 이루어진 것이다.

그런즉 상하 칠팔 백 년 사이에 무릇 흥폐는 헤아릴 수 없는 것이니, 유독 이 누각뿐이겠는가? 비록 다스려지면 혼란해지고 폐하면 흥하게 되는 데에 천리(天理)의 까닭이 없을 수 없을지라도, 정치는 다스림이 있지 않고서는 혼란함이 없고, 사물은 폐함이 있지 않고서는 흥함이 없다. 혼란해진 다음 다스림을 생각하고, 폐한 다음 흥함을 생각하는 것은 사람들 마음이 같은 바이다.

따라서 일이 지나가면 처지는 남게 되고, 그 처지는 지난 일을 반영하기 마련이다. 그런즉 분개함이 있으면 회복할 계책을 수립하게 된다. 이는 누각이 예로부터 여러 번 무너지고 여러 번 세워진 까닭이며, 또 오늘날 이를 새롭게 하여 누관을 복구하게 된 것이다. 옛날 왕찬(王粲)은 「등루부(登樓賦)」에서, "바라노니 왕의 치도로 모두가 평정되어 / 큰길을 빌려 힘껏 내달리고 싶네" 하였으니, 예나 지금이나 사람 마음은 무릇 한가지이다.

내가 이제 누각에 오르니 이러한 바람이 없을 수 없었나니, 이로써 미루어 보건대 나라 사람들도 모두 나와 한가지였을 것이다. 그런즉 지금 정권을 잡은 자가 마땅히 정치를 한번 새롭게 할 것을 생각하여 이 같은 누각을 지은 것이리라.

이 중건 사업은 사단법인 '진주고적보존회'에서 발의하였고, 정부와 경남도에서 찬동하여 재물을 출연하였다. 공역은 대한민국 9년 병신년(1956) 5월에 시작되었다. 목재는 가깝고 먼 곳에서 가져오되 대들보는 강원도 설악산에서 반출해 왔고, 석재는 크고 작은 돌들을 구하되 주춧돌은 창원의 명곡산에서 반출해 왔다. 운반해온 것을 갈고 다듬기를 날을 잇고 달을 이어가다가 5년째 되는 경자년(1960) 봄에 공사를 마쳤다. 이해 겨울 10월 어느 날 다시 보존회에서 국내의 유지 및 여러 인사를 모아놓고 촉석루 위에서 잔치를 베풀어 낙성식을 거행하였다. 아, 참으로 성대하였도다!

대개 전후로 이 공역을 감독한 사람은 진주교육감 강용성(姜鏞成)과 보존회 위원 박세제(朴世濟)이다. 나에게 기문을 부탁한 이는 진주 인사 이현태(李鉉台), 하영진(河泳珍), 강주석(姜周錫), 최재호(崔在浩) 등 여러 사람이다.

촉석루 유람

○ 배신(裵紳, 1520~1573) 자 경여(景餘), 호 낙천(洛川)

본관 성산. 경상도 현풍현 출생. 세종대왕 막내아들인 영응대군의 외손자로 약관 때 조식에게 배웠고, 나중 이황과 임훈의 문인이 되었다. 1543년 국학에 들어가 교유한 백광홍·양응정을 비롯해 권응인·김뉴·이제신·정탁·정구·황준량 등과 절친했다. 모친의 명으로 1561년 진사 급제해 여러 참봉을 거쳐 1571년 동몽교관으로서 학도들을 가르쳤다. 1573년 겨울 낙향하려던 차 우연히 얻은 병으로 졸했다. 「남명선생행록」을 찬술했으며, 정유재란 때 황석산성에서 순절한 안음현감 곽준(1551~1597)과 의병장 박성(1549~1606)이 그의 제자이다.

「矗石樓序」[1] 〈『낙천집』 권1, 18a~20b〉 (촉석루 시의 서문)

三韓故國, 千載新羅巨邑[2], 晉陽溪山第一.[3] 蒼龍[4]之尾, 朱雀之郊. 踞飛鳳而帶菁川, 枕望晉[5]而衝湖嶺. 人稟淑氣, 姜翰林[6]之孝誠; 物鍾精華, 珠如意之波潤. 名山環抱, 巨流襟橫. 四美具一時之珍, 二難並[7]四方之遠. 楓江[8]保民之仁望, 臥閣[9]鑑淸; 驪興[10]衛國之長城, 干霄[11]志壯. 踰旬攬秀[12], 勝事

---

1) 이 글은 시서(詩序) 갈래로, 왕발의 「등왕각서」가 대표적이다. 끝부분 시는 박융의 촉석루 제영시 운을 따랐다. 그는 1544년 조정에 환란 조짐이 보이자 귀향했고, 이듬해 을사사화 때에는 「괴우부(怪雨賦)」를 지어 비분강개했다. 본문에서 옥음을 간직한 채 바른길을 걸으면서 10년간 강산을 유람하며 자취를 남겼다고 했고, 부친의 병구완에 쓸 약을 구한 당시의 정황으로 볼 때, 이 창작 시점은 적어도 1550년 이후이다. 그리고 부친이 별세한 임자년(1552) 2월을 넘어설 수 없다고 하겠다.

2) 新羅巨邑(신라거읍): 신라 이래로 큰 읍치. 용어 일람 '거읍' 참조.

3) 晉陽溪山第一(진양계산제일): 『파한집』 제1화에 "晉陽, 古帝都, 溪山勝致, 爲嶺南第一"이라는 구절이 있다.

4) 蒼龍(창룡): 동방을 말함. 서방은 백호(白虎), 남방은 주작(朱雀), 북방은 현무(玄武).

5) 望晉(망진): 촉석루 앞에 있는 망진산을 말하는데, 이곳에 봉수대가 있었음.

6) 姜翰林(강한림): 강응태(姜應台, 1495~1552. 호 誠齋). 진주 수성(修誠, 현 이반성면 길성리) 출생. 1532년 별과 급제 뒤 전적·지평·헌납·밀양부사(1551) 등을 지냈다. 16세 때 부친이 중병에 걸리자 왼손 무명지를 자르고 그 피를 약에 타 드려 병환을 구한 효성이 널리 알려졌다. 『중종실록』(1516.12.7), 『신증동국여지승람』, 『진양지』 등 참조.

7) 四美具(사미구)~二難並(이난병): '四美'는 네 가지 즐거운 일, '二'는 현명한 주인과 훌륭한 손님. 최상익의 「촉석루서」와 용어 일람 '사미' 참조.

8) 楓江(풍강): 의령 정암진의 하류. 일명 풍탄강(楓灘江).

9) 臥閣(와합): 한나라 급암(汲黯)이 동해태수로 전출되어 가서 선발한 관리들에게 권한을 위임하고는 정치의 큰 요지만 강구했는데, 자주 병에 걸려 안방에 누워 밖으로 나가지 않은 채[臥閨閣內不出] 한 해 남짓 보내어도 동해가 잘 다스려졌다고 한다. 『사기』 권120 「급정열전」.

雲委[13]. 高會天涯, 滿樓簪盍. 畫舫鏡面, 鰲戴龍門之雙仙[14]; 舞鳳蹈龍, 筆落孤山[15]之獨手. 文華浩放, 西湖逸人[16]; 玉屑談高, 隴西諸子.[17] 時維二月, 序殷仲春[18]. 江烟重而碧波肥, 山氣新而花木麗. 風蓬山水, 幸登仲宣之樓[19]; 織路[20]乾坤, 能攀黃鶴之翼[21]. 臨恢廓[22]之仙境, 閱風景之如何. 居列居陀名, 表候王之沿革[23]; 州康州晉跡, 存時世之廢興. 矗枕[24]江之石堂, 翼[25]俯鏡之綺閣. 丹楹刷霧, 金[26]肇經營之功; 朱棟橫空, 權[27]採父老之說. 蘭汀芷岸, 幾百折之芳灘; 松塢栗堤, 迥十里之蒼野. 憑凌競倚太虛, 漁艇晚聲斷續. 篁巖之面, 鴈字[28]暮影行點; 雲漢之心,[29] 聞絃歌四教堂[30]. 高雲霽雨止, 望

---

10) 驪興(여흥): 경기도 여주의 이칭.

11) 干霄(간소): 하늘에 닿다, 하늘을 찌르다. '干'은 범하다. '霄'는 하늘.

12) 攬秀(남수): 밀양시 하남읍 수산리의 낙동강 가에 있는 정자. 1538년 밀양부사 장적이 창건했는데, 주세붕(1495~1554)의 「남수정기」(『무릉잡고』 권6)가 있다.

13) 雲委(운위): 구름처럼 쌓임. '委'는 축적하다.

14) 鰲戴龍門之雙仙(오대용문지쌍선): 자라가 용문의 두 선인을 등에 태움. '鰲'는 화려한 배를 비유함. '雙仙'은 이응(李膺)과 곽태(郭太)를 말하는데, 용어 일람 '선주' 참조.

15) 孤山(고산): 북송의 시인 임포(林逋, 967~1028)의 호. 그가 서호(西湖)에 은거하며 매화를 심고 학을 길러 매처학자(梅妻鶴子)라 불렸다. 『송사』 권457 「은일열전」 〈임포〉.

16) 西湖逸人(서호일인): 서호의 은자, 곧 임포(林逋).

17) 隴西諸子(농서제자): 시문에 뛰어난 이씨(李氏)들. 농서는 이씨의 관향으로 쓰이는데, 이백이 「여한형주서」에서 자신을 '농서의 포의[隴西布衣]'라고 빗댄 것에서 유래함.

18) 殷仲春(은중춘): 춘분을 말함. '殷'은 바로 잡다. '仲春'은 춘분. 『서경』 「요전」에 "낮과 밤의 길이가 같은 것과 남방의 별들이 황혼녘 정남쪽 하늘에 나타나는 것으로 중춘의 절기를 바로 잡았다[日中星鳥, 以殷仲春]." 한 데서 유래함.

19) 仲宣之樓(중선지루): 왕찬이 거처한 누각. 용어 일람 '왕찬' 참조.

20) 織路(직로): =직락(織絡). 베를 짜는 북처럼 도로에 왕래가 빈번함. 임금을 가까이 모시고 시중드는 사람.

21) 黃鶴之翼(황학지익): 황학의 날개, 곧 황학루를 말함.

22) 恢廓(회확): 드넓은 모양.

23) 候王之沿革(후왕지연혁): 군왕의 연혁. '候'는 군(君)의 뜻. '沿'은 연(沿)과 동자.

24) 枕(침): 임하다, 내려다 보다, 베개, 베개로 삼다.

25) 翼(익): 촉석루의 익루(翼樓), 곧 부속누각. 당시 익루는 동각(東閣)인 쌍청당·임경헌과 서각(西閣)인 함옥헌·청심헌이 있었다.

26) 金(김): 1241년 촉석루를 창건한 김지대.

27) 權(권): 판목사 권충(權衷)을 말함. 하륜의 「촉석루기」에 권충이 마을 원로들의 말을 채택하여 누각을 중수했다고 했다.

28) 鴈字(안자): 기러기가 일(一)자 또는 인(人)자 모양으로 줄지어 날아가는 모양.

農桑千畝鱗次³¹⁾. 玉宇太淸, 物影獻其淸奇, 川澤輸其勝致. 土姓比屋, 鄭河
姜柳之賢; 地産因豊, 茶枾魚鹽之積. 風遺熙皞³²⁾, 俗尙詩書. 梧桐與皓月交
輝, 楊柳共光風同舞. 寒梅遠雪, 香襲³³⁾頭流之峰; 修竹茂林, 氣通蒼海之窟.
朗吟快寫, 洒落心胷. 千列金釵³⁴⁾, 初疑琪苑³⁵⁾之神女; 一場雲雨, 竟是大
堤³⁶⁾之花顔. 樽酒盈而春愁消, 絲竹轟而梁塵³⁷⁾起. 篆沙白鷺, 悅赤壁孤鶴之
來; 印波銀蟾³⁸⁾, 勝岳陽浮金³⁹⁾之躍. 神仙上界, 風氣蓬壺⁴⁰⁾. 呑扶桑⁴¹⁾浩瀚
之淸飀⁴²⁾, 擎若木⁴³⁾方昇之白日. 靑鶴洞邃, 幾憶崔仙⁴⁴⁾之遺棲; 石門⁴⁵⁾雲
深, 曾迷韓子⁴⁶⁾之高躅. 挹河生⁴⁷⁾於死節, 敬崔氏⁴⁸⁾於旌門. 川原古而人物

---

29) 雲漢之心(운한지심): 은하수를 바라보는 마음. 곧 재앙을 만난 백성을 구제하기 위해
   예와 정성을 다해 천하를 다스리는 제왕의 자세. 『시경』「대아」〈운한〉 참조.
30) 四教堂(사교당): 진주향교의 부속 강당. 하연,「진주향교사교당기」,『경재집』권2 참조.
31) 鱗次(인차): 고기비늘처럼 나란한 모양. '린(鱗)'은 비늘.
32) 熙皞(희호): 태평스러움. '皞'는 밝다.
33) 香襲(향습): 향내가 풍김.
34) 金釵(금채): 부인의 머리를 장식하는 금비녀, 곧 기녀. '釵'는 비녀.
35) 琪苑(기원): 기화요초(琪花瑤草)가 자라는 동산, 곧 선경의 세계.
36) 大堤(대제): 호북 양양현에 있던 큰 제방으로, 기녀들을 지칭하는 말로 쓰임. 남조 송(宋)
   의 수왕(隋王)이 양양에서 기녀들의 노래를 듣고 지은 「대제곡」이 유명하고, 장간지(張柬
   之)의 「대제곡」(『전당시』권99)에, "남국에 기녀가 많다지만 / 대제의 여인들만은 못하다
   네[南國多佳人, 莫若大堤女]." 하였음.
37) 梁塵(양진): 들보 위의 먼지. 맑고 구슬픈 노래를 뜻함. 진나라 육기(陸機)의 「의동성일하
   고(擬東城一何高)」 시에, "한 번 노래를 부르면 모든 사람이 탄식하고 / 두 번 노래를 부르
   면 들보 위의 먼지도 진동하며 날렸다[一唱萬夫嘆, 再唱梁塵飛]."(『문선』권30「시경」)는
   구절이 있는데, 한나라 때 우공(虞公)이 부른 가곡의 선율이 워낙 애잔하게 퍼지자 들보의
   먼지도 움직일 생각을 못한 채 숨죽이고서 들었다고 함.
38) 銀蟾(은섬): 흰 달. 밝은 달빛. '蟾'은 달 속에 두꺼비가 산다는 전설에서 '달'을 상징함.
39) 浮金(부금): 황금 물결.
40) 蓬壺(봉호): 신선 고장. 바다 속 삼신산(三神山)의 하나인 봉래산의 이칭. 이 밖에 방장산
   (方丈山)에는 방호(方壺)·영주산(瀛洲山)에는 영호(瀛壺)가 있었는데, 병 모양이었다고 한
   다. 서견,『초학기』권5.
41) 扶桑(부상): 해가 돋는 동쪽 바다.
42) 淸飀(청시): 맑은 바람. '飀'는 선선한 바람.
43) 若木(약목): 해 지는 곳에 있다는 상상의 나무로, 잎은 푸르고 꽃은 붉다고 한다(장수철
   역, 『산해경』, 현암사, 2005, 363쪽). 여기서는 물론 부상(扶桑)의 뜻으로 쓰였다.
44) 崔仙(최선): 지리산 청학동에서 신선이 되었다는 최치원.
45) 石門(석문): 하동 쌍계사 입구에 있는 암석으로 최치원의 '石門' 글씨가 새겨져 있음.

移, 華表49)高而年矢50)疾. 山峙靈鳳, 誰問士元51)之潛? 谷盤臥龍, 孰起孔明52)之伏? 思美人而不可見, 抱玉音53)而徒自傷. 嗚呼! 達人喜窮, 君子處義. 引元致仕, 允源不諂. 風千古於箕山54), 莫非聖世; 樂一生於陋巷, 亦非楊朱55). 所賴知命不憂, 樂飢56)何濫? 依仁據德,57) 益信前聖之明; 佩道服誠, 復見後賢之志. 居廣居58)而自裕, 路正路59)而愈安. 坐廟堂中, 詎60)肯獨樂; 處江湖上, 亦有深憂.61) 白雪陽春, 非是探花之唱, 舞手蹈足, 豈耽太康62)之

---

46) 韓子(한자): 한유(韓愈, 768~824)가 일찍이 형산에 올랐을 때 흐린 기운으로 깜깜하여 조망할 수 없자 정성껏 묵도(默禱)하니 신명의 감동으로 구름이 활짝 걷혀 봉우리를 볼 수 있었다고 한다. 한유, 「알형악묘수숙악사제문루(謁衡嶽廟遂宿嶽寺題門樓)」.

47) 河生(하생): 하공진(河拱辰, ?~1011)은 1010년 거란이 재차 침입하자 뛰어난 교섭으로 철병을 성공시켰으나 회군하는 거란에 볼모로 잡혀가 모진 고문을 당했고, 그들의 회유를 거절하다가 결국에는 순국하고 말았다. 현재 촉석루 경내 경절사에서 제향하고 있다.

48) 崔氏(최씨): 고려 말 최인우의 딸이자 진주 호장(戶長) 정만(鄭滿)의 아내. 그녀는 33세 때인 1379년 왜적이 진주를 침입하여 칼로 협박하자 적을 꾸짖고 죽었는데, 10년 뒤 조정의 명으로 정문(旌門)을 세워 표창했다. 『고려사』 권121 「열전」〈열녀조〉, 정이오의 「열부최씨전」(『동문선』 권101), 유호인의 「제열부최씨전후」(『뇌계집』 권7) 등.

49) 華表(화표): 무덤 앞에 세우는 한 쌍의 돌기둥, 곧 망주석(望柱石).

50) 年矢(연시): 쏜 화살 같은 세월.

51) 士元(사원): 방통(龐統, 178~213)의 자. 별명은 봉추(鳳雛). 장비가 뇌양현에 있던 그의 재능을 알아보고 유비에게 천거함으로써 군사중랑장이 되었는데, 이후 공을 크게 세웠으나 낙성으로 진격하던 중 유시(流矢)에 전사했다. 『삼국지』 권37 「촉서」〈방통법정전〉.

52) 孔明(공명): 제갈량(181~234)의 자. 호북 융중산에 은거하며 '와룡(臥龍)'이라 자칭했는데, 207년 유비가 삼고초려 끝에 막하로 삼았다. 『삼국지』 권35 「촉서」〈제갈량전〉.

53) 玉音(옥음): 임금의 말씀.

54) 箕山(기산): 요임금 때 고사였던 소보(巢父)와 허유(許由)가 은거한 산.

55) 楊朱(양주): 전국시대의 사상가.

56) 樂飢(낙기): 배고픔을 참음, 곧 안빈낙도의 생활. 『시경』 「진풍」〈형문〉, "샘물이 졸졸 흘러내리고 / 굶주림을 참을 수 있네[泌之洋洋, 可以樂飢]".

57) 依仁據德(의인거덕): 『논어』 「술이」, "도에 뜻을 두고, 덕을 굳게 지키며, 인에 의지하며, 예에서 노닌다[志於道, 據於德, 依於仁, 游於藝]".

58) 居廣居(거광거): 넓은 집에 거처함, 곧 어진 마음. 『맹자』 「등문공(하)」, "천하의 넓은 집에 거처하고, 천하의 바른 자리에 선다[居天下之廣居, 立天下之正位]".

59) 正路(정로): 바른 길. 『맹자』 「이루(상)」, "인은 사람의 편안한 집이요, 의는 사람의 바른 길이다[仁人之安宅也, 義人之正路也]".

60) 詎(거): 어찌 ~하랴.

61) 坐廟堂中(좌묘당중)~亦有深憂(역유심우): 범중엄의 「악양루기」 일부를 원용한 것인데, 용어 일람 '범공' 참조.

62) 太康(태강): 방탕하여 정사를 돌보지 않다가 예(羿)에게 하나라를 빼앗긴 임금.

狂? 進退皆然, 忠義所以, 窮何悲矣? 達何喜焉? 哀消長之相因, 羡形勝之自若63). 水流山靜, 經緯天地之元精64); 寒往暑來, 昇降宇宙之灝氣. 月盈虧於望晦, 雲卷舒於昏朝. 有數合離, 撫形骸65)南溟之一粟; 無情聚散, 歎行休66)東海之浮萍. 笑賈生67)憂喜同門, 取蘇仙68)造物無盡. 遊神淡泊以爲宅, 寄形混沌以爲隣. 愚十年江山, 萬里遊跡. 親病求藥, 路出集賢之山69); 樓近鳳鳴70), 耳聆朝陽71)之噦. 朝湌淸心之玉露, 夕宿江天之雙清. 觀川泳・察雲飛72)悟玄機至理之昭著; 隘魯邦・小天下,73) 慕東山泰岳之登臨. 政善金宰74)之碑, 筆巨河公75)之記. 尙今古友,76) 滿目瓊琚77); 涵風化神78), 同仁79)民物.

<hr>

63) 自若(자약): ＝자여(自如). 종전과 같은 모양, 마음이 흔들리지 않고 태연한 모양.

64) 元精(원정): 각 존재마다 하늘로부터 부여받은 고유한 정기.

65) 形骸(형해): 사람의 몸과 뼈, 육체.

66) 行休(행휴): 일생이 거의 지나가고 죽을 날이 눈앞에 닥쳐 있음, 행하고 쉼. 도연명, 「귀거래사」, "만물이 제때 얻음을 부러워하고 / 내 인생의 진퇴를 감개하노라[羡萬物之得時, 感吾生之**行休**]".

67) 賈生(가생): 한나라 가의(賈誼)가 권신의 배척을 받고 장사왕(長沙王)의 태부로 쫓겨나 있을 때 죽음을 예고하는 올빼미가 집에 모여든 것을 보고 「복조부(鵩鳥賦)」(『문선』 권13 〈조수〉)를 지어 자신을 위로하였는데, "화는 복에 기대어 있고, 복은 화에 숨어 있다. 근심과 기쁨은 같은 문에 모여드니, 길흉은 같은 구역이다[禍兮福所倚, 福兮禍所伏. **憂喜聚門**兮, 吉凶**同域**]."라고 한 구절이 있다. 또 이규보의 「국복연수신왕도량문(國卜延壽神王道場文)」(『동국이상국전집』 권39)에, "聚門同域, 莫窮禍福之源"이란 유사한 표현이 있다.

68) 蘇仙(소선): 소식의 별칭. 소식, 「전적벽부」, "是**造物**者之**無盡藏**也, 而吾與子之所共樂".

69) 集賢之山(집현지산): 진주시 집현면에 있는 산. 임란 때 승병들이 웅거한 응석사가 있다.

70) 鳳鳴(봉명): 진주객사 남문의 명칭. 최이(崔迤, 1356~1416)가 1409년 진주목사로 도임하여 판관 은여림(殷汝霖)과 함께 세 칸의 누각을 새로 짓고 봉명루라 했는데, 뒤에 의봉루(儀鳳樓)로 개칭했다. 하륜, 「봉명루기」(『호정집』 권2); 표연말, 「봉명루중수상량문」(『속동문선』 권18) 참조.

71) 朝陽(조양): 봉명루의 동각 조양관(朝陽館). 중종 때 진주목사 정백붕(鄭百朋)이 세운 것으로, 임진왜란으로 소실되었음.

72) 觀川泳・察雲飛(관천영찰운비): 강물에서 헤엄치는 고기를 보고, 구름 속에 나는 새를 살핀다. 곧 오묘한 자연의 이치를 깊이 생각함.

73) 隘魯邦・小天下(애로방소천하): 호연지기. 『맹자』 「진심(상)」, "공자가 동산에 올라가서는 노나라를 작게 여겼고, 태산에 올라가서는 천하를 작게 여겼다[孔子登東山而**小魯**, 登泰山而**小天下**]".

74) 金宰(김재): 1380년 9월 이후 진주성을 석성으로 구축한 진주목사 김중광(金仲光)을 지칭한 것으로 보임. 하륜의 「촉석성문기」(『호정집』 권2)와 하수일의 기문 참조.

75) 河公(하공): 하륜(河崙). 그가 지은 「촉석루기」와 「촉석성문기」가 있음.

76) 尙今古友(상금고우): 예나 지금 위로 올라가 벗을 사귐. 『맹자』 「만장(하)」, "천하의 착한

上斯樓也, 則期樓上佳賓以爲依; 下斯樓也, 則携樓下衆人以爲吉. 噫! 橘陂
仙去,[80] 太白空吟; 鳳臺[81]人歸, 玄暉[82]朗詠. 書降巖石,[83] 再見時運之永
昌; 鳥異舊地,[84] 幾歷興衰之百變. 瞥眼奇事, 過耳好音. 英雄萬世之四龍, 勝
地百代之三鳳. 春已老兮, 客夢故園之雲烟; 樂亦闌哉, 歸路關山之梅月. 敢
筆荒引[85], 恭露鄙思; 繼韻前修[86], 其永愈僭[87]. 詞曰

선비들과 사귀는 것으로도 만족하지 못하여 다시 위로 옛 사람을 논하는 것이니, 그 시를
외우고 그 글을 읽으면서도 그 사람을 알지 못한다면 되겠는가? 이 때문에 그 세상을
의론하니 이것이 위로 벗하는 것이다[以友天下之善士爲未足, 又尙論古之人, 誦其詩讀其
書, 不知其人可乎. 是以論其世也, 是**尙友**也]".

77) 瓊琚(경거): 보배로운 구슬, 곧 주옥같은 시문. 용어 일람 '경거' 참조.

78) 化神(화신): 교화가 현저함.

79) 同仁(동인): 일시동인(一視同仁)의 준말. 모두 평등하게 사랑함. 한유, 「原人」, "성인은
모든 사람을 평등하게 여겨 인애를 똑같이 베푼다[聖人一視而**同仁**]".

80) 橘陂仙去(귤피선거): 옛날 비문위(費文褘)가 강하(江夏, 현 호북성 무한시)의 신씨(辛氏)
주점에서 수년간 지내며 공짜 술을 얻어먹고 떠날 때 노란 귤껍질[橘皮]로 학 그림을 주점
의 벽면에 그려주었는데, 그의 말대로 신씨가 학 그림 앞에서 노래를 부르면 학이 내려와
덩실덩실 춤추었다. 이 소문을 듣고 풍류객이 몰려와 신씨는 십 년 만에 거금을 벌었는데,
어느 날 다시 찾아온 비문위에게 잠시 머물 것을 원했다. 그가 웃으며 피리를 꺼내 부니
벽 속의 학이 튀어나와 그를 태우고 구름 위로 날아가 버렸는데, 신씨는 학이 날아간 곳에
황학루(黃鶴樓)를 세웠다. 이 전설은 왕세정(1526~1590)의 『열선전전(列仙全傳)』 권9에
나오고, 이외에도 『남제서(南齊書)』 권15 「州郡下」와 『태평환우기(太平寰宇記)』에 일부
전한다. 이백의 해당 시는 미상이며, 그가 무창에 갔다가 최호의 「등황학루」 시를 보고
탄복하여 붓을 던져버린 뒤 뒷날 「등금릉봉황대」를 지었다는 일화가 유명하다(『승암시화』
참조). 한편 성여신의 「서루기」(『부사집』 권3)에, "**橘皮仙去**處, 謂之黃鶴樓, 則名之以跡者
也."라는 표현이 있다.

81) 鳳臺(봉대): 유래에 대해서는 유호인(1445~1494)의 시 각주 '진아사' 참조.

82) 玄暉(현휘): 제나라 사조(謝朓, 464~499)의 자. 선성(宣城)태수를 지냈고, 사령운·사혜련
과 함께 삼사(三謝)로 불리며, 영명체 시풍을 주도했다. 『사선성시집』이 전하는데, 해당
시는 미상.

83) 書降巖石(서강암석): 하늘에서 글을 암석에 내려줌, 곧 상서로운 조짐. 『신증동국여지승람』
권30 「진주목」〈고적〉'巖石異書'조에 "조선의 태조가 잠저로 있을 때 어떤 승려가 지리산
암석에서 얻은 글을 바쳤는데[得之智異山**巖石**中書], '목자가 멧돼지를 타고 내려와서 다
시 삼한의 나라를 바로 잡을 것이다[有木子, 乘猪下, 復正三韓國].'라는 구절이 있었다."고
소개했다.

84) 鳥異舊地(조이구지): 새가 옛 땅을 이상하게 여김, 곧 불길한 징조. 『신증동국여지승람』
권30 「진주목」〈고적〉'南池異鳥'조에, "신라 헌덕왕 13년(821)에 청주도독 김헌창이 웅천
의 진장(鎭將)으로 옮겨가 배반하였다. 이보다 앞서 청주태수의 청사(廳事) 남쪽 못 가운
데에 이상한 새[南池中有**異鳥**]가 3일 만에 죽었는데, 당시 사람들이 '헌창이 패망할 조짐
이다.' 하더니, 과연 그러하였다."고 소개했다.

水碧桃紅別有區　　武陵仙上玉皇樓　　霽空月出眞機靜　　芳渚風來寶鑑流
名跡摠歸瓮裏幻　　雲烟都入眼中浮　　一般飛泳心天地　　笙鶴何須戱十洲

번역 삼한(三韓)의 옛 땅이요, 천년 신라의 큰 고을로, 진양(晉陽)의 산수는 제일이다. 동방의 꼬리이고 남방의 끝이다. 비봉산(飛鳳山)이 걸터앉아 있고 청천(菁川)을 띠로 둘렀으며, 망진산(望晉山)을 베개로 삼고 영호남의 통로이다. 사람들은 맑은 기상을 타고나 강한림(姜翰林)의 효성이 있고, 만물은 정화가 모이니 여의주(如意珠)의 은택이다. 이름난 산들이 사면으로 에워싸고, 큰 강물은 옷깃처럼 가로 놓여 있다.

네 가지 아름다움은 한때의 보배를 갖추고, 두 가지 어려움은 사방의 먼 곳이라도 아우른다. 풍강(楓江)은 백성을 보호하는 덕망을 지녀 방에 누우면 거울처럼 맑았고, 여흥(驪興)은 나라를 지키는 장성으로 하늘에 닿을 듯 의기가 씩씩하였다. 남수정(攬秀亭)에서 열흘 넘겨 머무니 좋은 일은 구름처럼 **빼**곡하였다.

고상한 모임을 하늘 끝에서 갖게 되니, 누각에는 많은 벗이 모였다. 그림배가 수면에 떠다니니 자라가 용문(龍門)의 두 신선을 머리에 이고 떠다니는 듯하고, 봉황과 용이 춤추니 붓이 고산(孤山)의 특출한 솜씨를 놀리는 듯하다. 문장의 호방함은 서호(西湖) 은사와 같고, 미사여구의 고매함은 농서(隴西) 사람과 같도다.

때는 2월, 절기로는 춘분이다. 강 안개는 자욱하고 푸른 강물은 넘실대며, 산 기운은 참신하고 꽃나무는 화려하다. 바람이 산수에 무성하게 불면 중선루(仲宣樓)에 운 좋게도 오르고, 세상살이가 분주하면 황학루(黃鶴樓)에 의지할 수 있다. 드넓은 선경에 다다라 풍경이 어떠한가를 살핀다.

거열(居列)과 거타(居陀)의 이름은 군왕의 연혁을 나타내고, 강주(康州)와 진주(晉州)의 자취는 시세의 흥폐를 보존하고 있다. 촉석루는 강가 석당을

---

85) 荒引(황인): 조잡한 서문. '引'은 序(서)의 뜻.
86) 前修(전수): =전현(前賢). 예전에 덕을 닦은 사람, 옛 군자.
87) 僭(참): 어그러지다, 참람하다.

내려다보고, 익루(翼樓)는 거울 같은 빛나는 누각을 굽어본다. 단청한 기둥이 안개 속에 참신한 것은 김(金)이 처음으로 경영한 공적이고, 붉은 용마루가 허공에 가로지른 것은 권충(權衷)이 원로들의 주장을 채택한 결과이다.

난초의 물가와 지초의 벼랑에는 몇백 번 꺾인 향기로운 여울 있고, 소나무 언덕과 밤나무 제방에 아득히 십 리 푸른 들판이 있다. 늠름한 기세는 다투어 넓은 창공에 기대었고, 어부의 뱃노래는 저녁 늦도록 끊어졌다 이어졌다 한다. 대숲의 바위 표면에 기러기 행렬의 저녁 그림자가 점찍으며 지나가고, 운한(雲漢)의 마음을 담은 현가 소리가 사교당(四敎堂)에서 들린다. 높은 구름 걷히고 비 그치자 천 이랑의 논밭이 가지런한 비늘처럼 보인다. 하늘이 말끔해지니 사물은 맑고 기이함을 드러내고, 산택은 그 멋진 운치를 한곳에 모은다. 토착 성씨는 여럿으로 정(鄭)·하(河)·강(姜)·류(柳)의 어진 이들이 있고, 땅에는 물산이 풍부하여 차·감·고기·소금이 가득 쌓인다. 민풍은 화락(和樂)을 이어가고, 세속은 시서(詩書)를 숭상한다.

오동나무가 밝은 달과 더불어 빛나고, 버드나무는 맑은 바람과 함께 춤춘다. 찬 매화와 먼 곳 눈은 지리산 봉우리에 그 향내를 풍기고, 긴 대나무와 무성한 숲은 창해의 굴로 그 기운이 통한다. 낭랑히 읊조리다 유쾌히 쏟아내니 마음이 개운하고 깨끗해진다. 일천 줄의 기녀는 처음에는 기원(琪苑)의 신녀인가 여겼더니, 한바탕 운우의 정이 지나자 마침내 대제(大堤)의 고운 얼굴이로다. 술독이 가득하니 봄날 근심이 사라지고, 관현악이 진동하니 들보 먼지가 풀썩거린다.

구불구불한 물가의 백로는 적벽(赤壁)의 외로운 학이 내려온 양 황홀하고, 물결에 찍힌 은빛 달빛은 악양(岳陽)의 황금물결이 출렁이듯이 빼어나다. 천상계의 신선이요, 봉래산의 경치로다. 부상(扶桑)을 삼키는 맑은 바람이 널리 일고, 약목(若木)을 떠받치는 태양이 바야흐로 떠오른다. 청학 골짜기는 몇 번이고 생각하게 하는 최치원(崔致遠)의 은둔 거처이고, 석문의 깊은 구름은 일찍이 길을 헤맨 한유(韓愈)의 고상한 자취이다. 죽어서 절개 지킨 하생(河生)을 읍하고, 정려문에 표창되어 있는 최씨(崔氏)를 공경한다.

산천이 오래되어 인물은 바뀌었고, 화표 기둥이 높으니 세월은 빠르게 흘렸다. 높은 산에 깃든 신령스러운 봉황새처럼 숨은 방통(龐統)을 누가 찾아보겠으며, 반곡에 누운 용처럼 은거한 제갈량(諸葛良)을 누가 일어나게 했는가? 임금을 생각한들 뵐 수 없고, 옥음을 품으니 그저 절로 슬퍼진다. 아! 달인은 청빈을 좋아하고, 군자는 의리를 따른다. 근본에 기대어 벼슬을 마치고 근원에 성실하여 아첨하지 않는다. 기산(箕山)에서 천고의 풍류는 성세가 아님이 없었지만, 누추한 곳에서 일생을 즐기는 것 또한 양주(楊朱) 무리는 아니다. 천명을 아는 것에 힘입어 걱정은 하지 않으나 굶주림 참는 것을 어찌 함부로 하리오? 인에 의지하고 덕을 굳게 지키려면 옛날 성인의 명철을 더욱더 믿어야 하고, 도덕을 간직하고 진심을 따르게 되면 뒷날 현인의 뜻으로 다시 드러나게 될 것이다.

넓은 집에 거처하니 스스로 여유롭고, 바른길을 걸으니 더욱 편안하다. 조정의 자리에 있으면서 어찌 혼자서만 즐기며, 강호에 살아도 깊은 근심은 있는 것이다. 백설양춘곡(白雪陽春曲)이 결코 꽃을 탐하는 노래가 아니거늘, 손발로 춤을 추며 어찌 태강(太康)처럼 미친 풍류를 즐기랴? 진퇴는 모두 충의(忠義)에 있으니, 빈궁하다고 해서 무엇을 슬퍼하며, 현달하더라도 무엇을 기뻐하랴? 성쇠가 서로 원인이 됨을 슬퍼하고, 형승이 변치 않음을 부러워한다. 물은 흐르고 산이 고요한 것은 천지의 고유한 정기가 잘 조직된 것이며, 추위가 가고 더위가 오는 것은 우주의 해맑은 기운이 오르내리는 것이다. 달은 보름에 차고 그믐에 이지러지며, 구름은 저녁에 걷히고 아침에 펼쳐진다.

만나고 헤어짐에 운수가 있으니 남쪽 바다의 좁쌀 하나같은 육신을 위로하고, 모이고 흩어짐에 정리가 없으니 동쪽 바다의 부평초 같은 일생을 탄식한다. 가의(賈誼)가 근심과 기쁨을 같은 문으로 여긴 것을 비웃고, 소식(蘇軾)이 조물주가 무진장하다고 말한 것을 취한다. 담박한 곳에 마음을 두어 집으로 여기고, 혼돈의 세계에 몸을 맡겨 이웃으로 삼는다.

나는 십 년간 강산에서 만 리를 떠돌며 자취를 남겼다. 부친의 병구완에 약을 구하러 집현산(集賢山)으로 길을 나서니, 누각 근처 봉명루(鳳鳴樓)에서 조양관(朝陽館)의 새소리가 들린다. 아침에는 청심헌(清心軒)의 옥 이슬을 먹고, 저녁에는 강가의 쌍청당(雙淸堂)에서 잔다. 물에서 헤엄치는 고기를 보고 구름 속을 나는 새를 관찰함으로써 현묘한 천기와 지극한 이치가 밝게 드러남을 깨닫고, (공자가) 노나라를 좁게 여기고 천하를 작게 여기며 동산과 태악에 등림한 일을 흠모한다.

선정을 베푼 김(金) 목사의 비석이 있고, 빼어난 문장을 발휘한 하공(河公)의 기문이 있다. 예나 지금 위로 벗들을 사귀어 응수한 시문이 눈에 가득하고, 현저한 교화의 바람을 쐬어 백성들은 인(仁)을 함께 한다. 이 누각에 오른다면 누각 위의 귀한 손님들이 사랑하게 되기를 기대할 것이고, 이 누각을 내려온다면 누각 아래의 일반 사람들이 행복해지도록 이끌 것이다. 아! 귤껍질에서 신선이 떠남을 이백(李白)은 속절없이 읊었고, 봉대로 사람이 돌아감을 사조(謝朓)는 낭랑히 읊조렸다.

하늘에서 글을 암석 아래에 내려주어 다시 시운이 길이 창성함을 보았고, 새가 옛 땅을 이상하게 여긴 일이 있듯이 성쇠의 많은 변화를 여러 차례나 겪었다. 별안간 기이한 일이 벌어지고, 귓가에 좋은 소리가 스친다. 영웅은 만세(萬世)의 사룡(四龍)이고, 승지는 백대(百代)의 삼봉(三鳳)이다. 봄빛이 벌써 저무니 나그네 꿈속의 옛 정원에는 구름 안개가 깔리고, 즐거움이 또한 무르익자 돌아가는 길의 고향 산천에는 매화 달이 떠 있다. 서툰 서문을 감히 지어 보잘것없는 생각을 삼가 나타내었고, 선현의 시운을 이어보지만 길이 어긋날 것이다. 시는 이러하다.

물은 푸르고 복사꽃 붉은 별천지 / 무릉도원 선계에 옥황루가 있구려 / 갠 하늘에 달 솟으니 참된 이치는 고요하며 / 방초 물가에 바람 부니 남강은 유유히 흐르도다 / 이름난 자취가 모두 이상향인 양 신비롭고 / 구름과 안개는 죄다 시야 속에 떠다닐 제 / 모든 새와 물고기도 천지에 한마음이니 / 선학이 무어하러 십주를 굳이 찾아 놀겐가

○ 정약용(丁若鏞, 1762~1836)

자 미용(美鏞)·송보(頌甫), 호 다산(茶山)·여유당(與猶堂)·사암(俟菴)·탁옹(籜翁)

시호 문도(文度). 광주 초부면 마현리(현, 경기도 남양주시 조안면 능내리) 출생. 모친은 윤두서(1668~1715)의 손녀이고, 1776년 2월 홍화보의 사위가 되었다. 1783년 회시 합격했고, 1789년 문과급제 후 초계문신·지평(1790)·수찬(1792)·경기도 암행어사(1794)·병조참의(1795.2)·충청도 금정찰방·곡산부사·형조참의(1797) 등을 역임했다. 1801년 2월 신유사옥으로 포항 장기현에 유배되어 있던 중 10월 질녀 남편인 황사영 백서사건에 연루되어 강진으로 이배된 뒤 18년간 학문에 몰두하면서 거질의『여유당전서』를 남겼다. 하강진(2014), 376~391쪽 참조.

「矗石樓讌游詩序」[1] 〈『여유당전서』 제1집 권13, 1b~2a〉 (촉석루 잔치에서 노닐
며 지은 시의 서문)

上之四年春, 家吾[2]移守醴泉[3], 而外舅洪公爲慶尙右道兵馬節度使, 方駐晉
州. 余赴醴泉[4], 歷謁洪公于晉. 公曰 "樂哉, 汝之來矣!". 召諸裨將而謂之曰
"明日, 大醮于矗石樓. 曰某, 飮食之物, 汝其司之, 酒不芳·膰不腆[5], 汝其有
尤. 曰某, 管弦絲竹之物, 汝其司之, 有不爲平緩舒和之音而噍殺[6]急切者, 汝
其有尤. 曰某, 粉白黛綠[7]之物, 汝其司之, 凡抛毬樂處容舞之屬, 有不如律
者, 汝其有尤". 厥明日朝, 節度使建大將旗鼓, 登矗石樓. 諸將吏禮見訖, 進

---

1) 이 글의 창작 시기는 「촉석회고」 시와 본문 내용에 따르면 19세 때인 경자년(1780) 봄(3월
   초 경)이다. 하강진, 「다산 정약용의 시문학 공간으로서 진주(晉州)」,『영주어문』 27집,
   영주어문학회, 2014; 하강진(2014), 379~384쪽 참조.
2) 家吾(가오): 한국문집총간본의 교감에서 지적했듯이 '吾'는 군(君)의 오기.
3) 守醴泉(수예천): 1780년 2월 말 예천군수에 제수된 부친 정재원은 직무를 제대로 수행하지
   못해 영남 암행어사 이시수의 탄핵으로 10개월 만에 파직되었고, 경상우병사 홍화보는
   숙천으로 유배 조치되었다.『일성록』(1780.2.22);『정조실록』(1780.12.21).
4) 赴醴泉(부예천): 정약용은 아내를 대동하고 진주에 가서 장인 홍화보를 뵌 뒤 4월에 예천
   에 갔으며, 이후 그곳에서 머물다가 이 해 겨울 부친이 탄핵을 받자 상경했다.
5) 不腆(부전): 남에게 물건을 보낼 때 쓰는 겸사. '腆'은 두텁다, 많이 차리다.
6) 噍殺(초쇄): 소리가 가늘고 낮음. '噍'는 소리의 급한 모양. '殺(살)'이 줄다 뜻일 때는 '쇄'로
   읽음.『예기』「악기 제19」, "뜻이 섬세하고 느긋하지 못하거나 약해진 상태의 음조가 만들
   어지면 백성이 슬퍼하고 근심한다[志微噍殺之音作, 而民思憂]".
7) 粉白黛綠(분백대록): 기녀. '粉白'은 얼굴을 희게 분칠함. '黛綠'은 눈썹을 푸르게 그림.

所以燕樂之具, 如所令焉. 酒數行, 公撫長劍·擊銅壺, 愀然仰天而歎曰 "昔三壯士, 登斯樓而痛飲, 投長江而不悔. 當此之時, 諸鎭擁兵而不救, 廟堂挾私以督過[8]. 外寇未除, 內訌先發, 遂使忠臣義士, 骈首懷沙[9]. 吾每念及此, 血漉漉[10], 衝肺肝矣". 因泣數行慷慨, 左右莫不激勵毛髮洒淅[11]者. 旣而取玉泉之牋[12], 縱筆題七言詩二韵[13], 命工刻而揭之, 令余叙述其事. 余不敢辭, 記之如此.

번역　상(上; 정조) 즉위 4년(1780) 봄에 아버지가 예천(禮泉) 군수로 옮기셨고, 장인 홍공(洪公)은 경상우도병마절도사로서 진주(晉州)에 주재하고 계셨다.

내가 예천 가는 길에 진주에 들러 홍공을 뵈었다. 공은 "즐거워라, 자네가 오다니!" 하셨다. 여러 비장을 불러, "내일 촉석루에서 큰 잔치를 벌일 것이다. 아무개야, 음식물들은 네가 맡되 술이 향기롭지 않거나 회가 풍성하지 않으면 너에게 허물이 있는 것이다. 아무개야, 관악기와 현악기 등은 네가 맡되 조용하고 화평한 소리가 나지 않거나 가늘고 너무 촉급하면 너에게 허물이 있는 것이다. 아무개야 기녀들은 네가 맡되 포구락과 처용무 등이 음률에 맞지 않으면 너에게 허물이 있는 것이다." 하셨다.

다음날 아침에 절도사가 대장의 깃발과 북을 앞세우고 촉석루(矗石樓)에 오르셨다. 여러 비장과 아전들이 알현을 마친 다음 잔치 즐기는

---

8) 督過(독과): 잘못을 나무라다. '督'은 꾸짖다.

9) 懷沙(회사): 곧 「회사부(懷沙賦)」. 초나라 굴원이 멱라수에 투신하기 직전에 이 부를 읊었는데, 여기서는 죽음을 뜻함.

10) 漉漉(녹록): 바짝 말란 모양. '漉'은 마르다, 거르다.

11) 洒淅(쇄석): 주뼛하다. '洒'는 놀라다, 추위에 떠는 모양. '淅'은 쓸쓸하다.

12) 玉泉之牋(옥천지전): 옥천사의 종이. '牋'은 종이나 문서. 경남 고성군 개천면에 위치한 옥천사는 정조의 어람지(御覽紙)를 공급할 정도로 품질이 좋은 종이를 생산했다. 『일성록』, 1784.2.4/5.6; 옥천사 편, 『연화옥천의 향기』, 연화산 옥천사, 1999, 68~69쪽.

13) 七言詩二韵(칠언시이운): 운을 두 번 단 7언시, 곧 7언 절구. 해당 작품은 홍화보(1726~1791)의 촉석루 시 참조.

도구를 명령한 대로 올렸다. 술잔이 몇 순배 돌자, 공이 긴 칼을 어루만지고 구리 술병을 치면서 슬프게 하늘을 쳐다보며 탄식하기를, "옛날 삼장사(三壯士)가 이 누각에 올라 실컷 마신 뒤 장강에 몸을 던지면서도 후회하지 않았다. 당시 제진(諸鎭)에서는 군사를 거느리고 구원해주지 않았고, 조정에서는 사사로운 감정을 끼고 잘못을 나무랐다. 왜구가 제거되기 전에 내분이 먼저 일어나 마침내 충신(忠臣)과 의사(義士)로 하여금 머리를 나란히 하여 운명하게 하였다. 내가 매번 생각이 여기에 이르면 피가 마르고 가슴을 치게 된다." 하셨다. 이에 두어 가닥 눈물을 흘리며 슬퍼하자 좌우에서 격정이 치밀어 털끝이 쭈뼛하지 않은 사람이 없었다.

얼마 뒤에 옥천사(玉泉寺)에서 생산된 종이를 가져다가 붓 가는 대로 칠언절구를 써서 목공에게 명하여 새겨서 걸게 하고, 나에게는 그 일을 서술하게 하셨다. 나는 감히 사양할 수 없어 이와 같이 적는다.

「再游矗石樓記」[14] 〈『여유당전서』 제1집 권14, 2b~3a〉 (촉석루에서 두 번째 노닌 것을 적은 기문)

東邦幅員[15]之廣, 將數千里也. 凡名樓傑閣之在千里之外者, 得再至則幸矣. 然前之擁節旄[16]而過之者, 後或以遷謫至, 前之得優游歷覽, 而後或有職務

---

14) 기문의 창작 시기는 「重游矗石樓」 시와 본문에 언급된 오재징의 절도사 임기(1790.7~1791.3)를 고려해보면 30세인 신해년(1791) 2월말 경이다. 다산은 내려가는 도중에 남원의 광한루, 황산의 황산대첩비, 운봉과 함양의 경계인 팔량령에 대한 시를 지었고, 하동을 경유해 진주에 도착했다. 하강진, 「다산 정약용의 시문학 공간으로서 진주(晉州)」, 『영주어문』 27집, 영주어문학회, 2014; 하강진(2014), 384~390쪽 참조.
15) 幅員(폭원): 넓이. '幅'은 면적. '員'은 둘레 뜻으로 원(圓)과 같음.
16) 節旄(절모): 임금이 사신에게 부신으로 주는 기. '旄'는 깃대 끝에 다는 모우(旄牛)의 꼬리털.

鞅掌[17]者, 雖再至無爲也. 矗石山水之勝, 甲於嶠南, 而晉之繁華豔冶[18], 又足以當斯樓者. 余獨於樓有分, 往庚子之春, 外舅洪公爲晉陽節度, 嘗登斯樓而一飮. 越十有二年春,[19] 家大人知晉州,[20] 余時從翰林作散官[21]. 遂謁告[22]省覲, 又登斯樓. 再至皆優閒暇豫[23], 無職勞簿書[24]之苦, 得以縱意延賞於山水烟雲之勝, 顧非幸歟! 於是招昔所游妓女樂工, 賜之酒肉, 而問其榮悴[25]. 蓋昔之妖豔如花之蓓蕾[26]者, 今肉黃而皮皺[27]; 昔之回旋舞蹈若驚鴻飛燕者, 今遲鈍槃散[28]而不能步. 而余之鬢髮, 亦蒼蒼[29]矣. 於是有一老妓, 爲余拔劍起舞. 舞旣闋, 擲劍酌酒, 而跽于前曰 "人生歡樂幾時? 願公進此酒, 爲諸妓兒題詩, 以張今日之筵". 時節度使吳公[30]**名載徵**, 亦勸余贈妓詩若干首,[31] 令善歌者歌之.

17) 鞅掌(앙장): 매우 바쁘고 번거로움. '鞅'은 짊어지다. '掌'은 떠받치다. 『시경』 「소아」 〈북산〉, "어떤 이는 뒹굴며 편안히 살거늘 / 어떤 이는 나랏일로 정신없이 분주하네[或棲遲偃仰, 或王事**鞅掌**]".

18) 豔冶(염야): = 야염(冶豔). 매우 곱고 아리따움. '豔'은 곱다. '冶'는 예쁘다.

19) 다산이 2월 28일(또는 29일) 서울을 떠난 뒤 3월 4일(또는 5일) 진주에 도착한 것으로 보기도 한다. 조성을, 『연보로 본 다산 정약용』, 지식산업사, 2016, 195~197쪽 참조.

20) 다산의 부친 정재원(1730~1792)은 1789년 4월 1일 한성부 서윤에서 울산부사로 제수되었고, 1790년 11월 10일 진주목사로 임용되어 재직하다가 2년 뒤 4월 관아에서 별세했다. 울산박물관 편, 『울산부선생안』, 2012.

21) 散官(산관): 정해진 직책이 없는 벼슬.

22) 謁告(알고): 휴가를 청하는 일. '謁'은 청하다.

23) 暇豫(가예): 무사하고 한가로움. '暇'는 느긋하게 지내다. '豫'는 즐겁게 지내다.

24) 簿書(부서): 송사에 관한 문서나 회계 장부.

25) 榮悴(영췌): 꽃이 피고 시듦, 곧 인간의 영욕. '悴'는 파리하다, 시들다.

26) 蓓蕾(배뢰): 꽃봉오리, 꽃망울.

27) 皮皺(피추): 피부가 쭈글쭈글함. '皺'는 주름 잡히다.

28) 槃散(반산): 절뚝거리며 걷는 모양. '槃'은 절뚝거리는 모양. '散'은 산(跚)과 같고, 비틀거리다.

29) 蒼蒼(창창): 늙은 모양, 성한 모양, 푸른 하늘.

30) 吳公(오공): 오재징(吳載徵)은 1790년 7월부터 1791년 3월까지 경상우병사를 지냈다.

31) 본서에 수록한 「촉석회고」는 당시 지은 시의 하나로 보인다.

번역 우리나라는 면적의 크기가 수천 리나 된다. 무릇 저명한 누각과 웅걸한 누각이 천리 밖에 있는 곳에 두 번이나 이를 수 있다면 행복한 일이다. 그러나 전에 사신으로 지나가던 곳에 뒷날 혹 귀양으로 이르게 되거나, 전에 한가하게 유람을 하던 곳에 뒷날 혹 직무로 분주하게 된다면, 다시 이른다고 해도 별 게 아닐 것이다. 촉석루(矗石樓)의 산수가 빼어남은 영남에서 제일이고, 진주(晉州)의 번화함과 아름다움은 또한 이 누각에 어울릴 만하다.

나는 남다르게 이 누각과 인연이 있어 지난 경자년(1780) 봄에 장인 홍공(洪公)이 진양절도사로 지내실 때 일찍이 이 누대에 올라 한 차례 술을 마셨다. 12년(1791)을 넘긴 봄에 아버지가 진주목사로 계셨고, 나는 때마침 한림(翰林)으로서 산관(散官)이 되었다. 드디어 휴가를 청하여 아버지께 문안을 드리고는 또 이 누각에 올랐다. 두 차례 이를 때마다 한가로이 즐겁게 지내며 직무상 공문서를 처리하는 괴로움이 없었으므로 마음껏 머물며 산수 경물의 빼어남을 감상하였으니, 생각건대 행복한 일이 아니던가!

이에 옛날 함께 놀던 기녀와 악공을 불러 술과 고기를 주고서 그들의 지난 생활상을 물어보았다. 대개 옛날에는 요염함이 꽃봉오리 같던 사람이 지금은 살색이 누렇게 뜨고 피부는 쭈글쭈글하였으며, 옛날에는 빙 도는 춤사위가 놀란 기러기와 날아가는 제비 같던 사람이 지금은 매우 굼뜨고 절룩거려 제대로 걷지도 못하였다. 그리고 나의 귀밑머리 또한 희끗희끗해졌다.

이때 한 늙은 기녀가 나를 위해 칼을 뽑아들고 춤추기 시작하였다. 춤이 끝나자 칼을 던지고 술을 따라 내 앞에서 꿇어앉아 말하기를, "인생의 환락이 그 얼마나 되겠습니까? 바라건대 공께서는 이 술을 드시고 여러 기생을 위하여 시를 지어 오늘의 자리를 성대하게 하여 주십시오." 하였다.

당시 절도사 오공(吳公)⟨이름은 재징(載徵)⟩ 또한 내가 기생에게 시 몇 수를 지어줄 것을 권하였고, 노래 잘하는 이에게 노래하도록 하였다.

○ 최상익(崔祥翼, 1772~1839) 자 맹유(孟儒), 호 자암(紫庵)

본관 전주. 경남 고성 출신. 죽파 최광남(1747~1814)의 장남이고, 재기가 뛰어났으나 출사하지 않은 채 세상 명리와 거리를 두었다. 고성향교에 양사재(養士齋)를 열어 학동들을 가르쳤고, 문중의 도산서원(道山書院, 현 구만면 화림리 소재)에 흥학재(興學齋)를 창설한 뒤 벽에 잠(箴)을 걸어 유생들이 성찰하도록 했다. 진주목사나 관찰사로부터 칭찬을 들었고, 당시 묘문(墓文)이나 상량문은 그의 손에서 많이 나왔으며, 『철성지(鐵城誌)』 편찬에도 참여했다. 『자암집』은 부친 문집명인 『죽파집』에 합편되어 있다.

「擬滕王閣作矗石樓序 戲贈從甥姪李孔會」[1] 〈『자암집』 권1, 102~105쪽〉
(등왕각을 본떠 촉석루서를 지어 종생질 이공회에게 재미 삼아 주다)

晉陽故郡, 兵營新府. 星分奎璧[2], 地接昆河. 襟黃流而帶菁川,[3] 控月牙而引方丈. 物華天寶, 石鼓鳴西林之寺; 人傑地靈, 群賢遊南冥之門. 雄藩霧列, 將壇星羅, 臺陽枕嶺湖之交, 山水盡東南之美. 兵使黃公[4]之雅望, 棨戟[5]昔臨; 元帥紅衣[6]之懿範, 襜帷[7]曾住. 騰蛟起鳳,[8] 申學士[9]之詞宗; 紫電淸霜,[10] 金將軍[11]之武庫[12]. 先祖赴急, 尙稱遺墟,[13] 後生何知, 宿飽[14]勝戰? 時維十

---

1) 이 시서(詩序)는 제목 그대로 왕발(650~676)의 「등왕각서」 형식을 모방해 촉석루의 감회를 유감없이 드러내고 있다. 동일한 어휘를 곳곳에 차용했지만, 진주성 전투·진주의 인문지리·촉석루의 세부 공간 등을 적절히 배치하여 지역 특색을 살렸다.

2) 奎璧(규벽): 28수(宿) 중 규성(奎星)과 벽성(璧星)의 합칭으로 문운(文運)을 주관함.

3) 黃流(황류)는 남강을 뜻하고. 아래 시 속의 黃浦(황포)와 같음. 菁川(청천)은 남강 상류인데, 아래 시 속에서는 晴川(청천)으로도 표기함.

4) 兵使黃公(병사황공): 충청병사 황진(黃進).

5) 棨戟(계극): 검은 비단으로 싸거나 검은 칠을 한 의장용 나무창. 원전의 '계(啓)'는 오기라 고침. 자세한 풀이는 하수일의 「촉석루중수기」 각주 참조.

6) 元帥紅衣(원수홍의): 홍의장군 곽재우(郭再祐).

7) 襜帷(첨유): 수레 주위에 치는 장막인데, 곧 고관이 타는 수레. '襜'은 행주치마, 적삼 외에 첨(幨, 휘장)의 뜻도 있다. 유래는 하수일의 「촉석루중수기」 각주 참조.

8) 騰蛟起鳳(등교기봉): 문장이 화려하고 재기가 넘침. '騰'은 오르다. 「등왕각서」, "나는 용과 춤추는 봉황 같은 것은 맹 학사의 으뜸가는 문장이다[騰蛟起鳳, 孟學士之詞宗]".

9) 申學士(신학사): 촉석루 시를 지어 중국에까지 명성이 알려진 청천 신유한.

10) 紫電淸霜(자전청상): 자줏빛 번개 같고 차가운 서릿발, 곧 곧은 지조. 「등왕각서」, "자줏빛 번개와 맑은 서리는 왕장군의 무고이다[紫電淸霜, 王將軍之武庫]".

11) 金將軍(김장군): 제1차 진주성전투의 영웅 김시민 장군.

月, 序屬三秋[15]. 遙水回而晨烟青, 霜雪凝而暮山白. 停驂騑[16]於半路, 訪風
景於臨江. 臨義妓之高巖, 得壯士之舊樓. 層巒揷翠, 上絕橫雲; 高閣流丹, 下
臨平野. 橫城別堞, 像乙陣而排鋪; 義碑忠祠, 建甲第而增輝. 凭虛牖, 俯危
欄, 觀物色之窈窕, 玩山川之表裏. 閭閻撲地,[17] 東瞻君子之亭[18]; 雲樹連天,
北臨忠烈之廟. 四時之佳景不同, 一區之形勝獨擅. 汀洲送暖, 落花與新燕齊
飛; 城邑迎寒, 涼葉共郊鴻競起. 漁歌唱晩, 響窮花開之野; 雁陣驚寒,[19] 聲
斷岳陽之浦. 高吟遠眺, 逸興浩蕩. 名園烏竹, 氣凌金章之筆[20]; 佳水鸎花[21],
光照臨川之院[22]. 四美俱而二難幷,[23] 彷彿滕樓之勝筵; 茂林繞而修竹淸, 依
然蘭亭[24]之高會. 窮睇眄[25]於空州, 暫徜徉於靈境. 月引西湖[26], 識眞分[27]
之無窮; 風送南昌,[28] 覺遨遊之有數. 望帝城於日下, 指[29]仙島於雲間. 虹消

---

12) 武庫(무고): 무기가 갖추어져 있는 창고, 곧 재능과 지략이 풍부함을 비유함. 진(晉)나라
    두예(杜預)는 학자이고 무인이면서도 정사를 잘 살펴 '두무고(杜武庫)'라 불렸다.
13) 부친 최광남(崔光南, 1747~1814)이 촉석루에 올라 감회를 읊은 사실을 말함.
14) 宿飽(숙포): 전날 많이 먹어서 다음날 아침까지 배부름, 숙원, 과제.
15) 三秋(삼추): 음력 7~9월은 가을 석 달.
16) 驂騑(참비): =비참(騑驂). 수레를 끄는 네 필의 말.
17) 閭閻撲地(여염박지): 집들이 빼곡히 들어서 있음. 용어 일람 '여염박지' 참조.
18) 君子之亭(군자지정): 군자정. 19세기 중엽의 〈진주성도〉를 보면 객사 의봉루 앞쪽에 그려
    져 있고, 군사들을 점검하던 곳으로 풀이하고 있다.『교남지』권53「진주군」〈누정조〉.
19) 雁陣驚寒(안진경한):「등왕각서」, "기러기 떼 추위에 놀라니, 소리가 형양의 포구에서
    끊어진다.[雁陣驚寒, 聲斷衡陽之浦]".
20) 金章之筆(금장지필): 벼슬아치의 글솜씨. '金章'은 금으로 만든 관인으로 지위 높은 사람
    을 상징함.
21) 鸎花(앵화): 꾀꼬리와 꽃, 곧 봄철을 대표하는 경물.
22) 臨川之院(임천지원): 진주시 금산면 가방리의 임천서원. 1702년 진주 유림에서 오현(五
    賢), 즉 이준민·성여신·강응태·하징·한몽삼의 학문과 공적을 추모하기 위해 지었다.
23) 四美俱而二難幷(사미구이이난병):「등왕각서」에 "四美俱, 二難幷"이라는 표현이 있다.
    '四美'의 뜻과 유래는 용어 일람 '사미'에 풀이되어 있고, '二難'은 현명한 주인과 훌륭한
    손님이 자리를 함께 하는 일이 흔치 않음을 뜻한다.
24) 蘭亭(난정): 절강성 소흥 서남쪽에 있는 정자로, 동진의 왕희지가 현인들을 초대해 잔치
    를 베풀었다.
25) 睇眄(제면): 눈을 가늘게 뜨고 멀리 바라봄. '睇'는 (흘낏) 보다. '眄'은 곁눈질하다.
26) 西湖(서호): 절강성 항주에 있는 호수로, 월나라 서시(西施)가 놀던 곳이다.
27) 眞分(진분): 진정한 모습, 참된 분수.
28) 風送南昌(풍송남창): 바람이 남창에 보냈다는 말은 왕발(王勃)이 우연히 등왕각 잔치에

雨霽烟霧, 藻天地之容; 野曠天明光景, 挾江山之勝. 懷玉京而不見, 奉金
砌30)於何時? 嗚乎! 樓臺留客, 湖山待人. 漢陰31)之淸標, 與嶺樓而爭雄; 鄭
公32)之雅範, 共鵝亭33)而長留. 而余, 半世不遇, 一介書生. 無路入關, 慕終軍
之棄繻34); 有懷投筆35), 歎王勃之高遊. 百劫龍蛇, 一場今古. 撫劒長歎, 空
懷敵愾之雄心; 擧盃興吁, 不勝報國之微悃36). 嗚呼! 勝會不易, 仙境有期.
三入岳陽之樓, 誰知洞賓37)之眞分? 再遊篁州之夜, 堪憐蘇仙38)之謫懷. 江
湖秋盡, 方懷縱壑之魚; 海浪風高, 欲接垂天之翼39). 鳳臺歲晏, 縱讓李白之

참여해 시문을 짓게 되었음을 의미한다. 용어 일람 '등왕각' 참조.

29) 指(지): 지목(指目). 가리키며 봄, 눈여겨 봄.

30) 金砌(금체): 금색으로 칠한 계단, 곧 대궐. '砌'는 섬돌.

31) 漢陰(한음): 이덕형(1561~1613)의 호. 양사언의 문인이고 이산해의 사위임. 1601년 도체
찰사가 되어 전란 후 민심을 수습했고, 1613년 인목대비 폐모론을 반대하다 관직 삭탈되
었다. 여기서는 이덕형이 전란 후 영남루 제재로 칠언율시를 지은 것을 말한다. 「舊時,
嶺南樓之勝, 甲於南中…」, 『한음문고』 권2.

32) 鄭公(정공): 정온(1569~1641). 안음현 역동리(嶧洞里, 현 거창군 위천면 강천리) 출생.
월천 조목과 한강 정구의 문인으로 영창대군 처형의 부당함을 호소하다 제주 대정현에
10년간 유배되었다. 인조반정 후 복직했다가 병자호란 때 항복이 결정되자 할복자살을
시도했고, 이후 거창에 낙향해 끝까지 은둔했다. 『동계집』이 있다.

33) 鵝亭(아정): 산청군 산청읍 환아정(換鵝亭). 역대 문인들이 제영 시문을 많이 남겼는데
1950년 한국전쟁 때 소실되었다. 하수일, 「환아정중수기」, 『송정집』 권4 참조.

34) 終軍之棄繻(종군지기수): 큰 뜻을 품음. 원전의 '繻(유, 저고리)'를 전고에 의거해 고침.
'繻'는 고운 명주. 한나라 무제 때 종군(終軍)이 제남에서 관중으로 걸어 들어갈 때 관원이
관문 출입의 증표로 명주조각을 건네자 그것을 버리고는 떠났는데, 뒤에 과연 그가 사신
이 되어 관문으로 나오니, 관원들이 그를 알아보고는 "이 사신이 저번에 명주조각을 버렸
던 사람이다[此使者, 乃前棄繻生也]."하였다. 『한서』 권64 「종군전」.

35) 投筆(투필): 문을 버리고 무를 택해 공을 이룸. 이광윤의 「촉석루중수상량문」 참조.

36) 微悃(미곤): 작은 정성. '悃'은 정성.

37) 洞賓(동빈): 당나라 때의 도사 여암(呂巖)의 자. 강호에 유랑하다가 신선 종리권(鍾離權)
을 만나 연명술(延命術)을 받고 신선이 되었다고 한다. 그가 "악양루에서 세 번 취해도
사람들이 알지 못하니 / 맑게 읊조리며 동정호를 날아 지나네[三醉岳陽人不識, 朗吟飛過
洞庭湖]"라고 읊은 시가 있다. 마치원, 「여동빈삼취악양루」 제3절.

38) 蘇仙(소선): 소식의 별칭. 호주(湖州) 지사로 있던 1079년 필화사건으로 황주(黃州, 호북
성 황강현)의 단련부사로 좌천되어 「적벽부」(1082)를 지었다.

39) 垂天之翼(수천지익): 하늘 뒤덮는 날개, 여기서는 구름. 『장자』 「소요유」, "그 이름이 붕
새인데, 등은 태산 같고 날개는 하늘에 드리운 구름 같다[其名爲鵬, 背若泰山, 翼若垂天之
雲]".

清詩40); 鶴樓川晴, 敢擬崔顥之雄筆.41) 一毫暫揮, 四韻又成.

巋然矗石臨江渚	珮玉鳴琤對歌舞	繡棟朝凝黃浦雲	畫簾暮掛晴川雨
忠魂義魄夜啾啾	叢竹芳蘭幾閱秋	樓中壯士今安在	軒外長江不盡流

번역 진양(晉陽)은 오래된 고을이고, 병영(兵營)은 새로운 관부이다. 별자리는 규성(奎星)과 벽성(壁星)에 해당하며, 땅은 곤양과 하동에 접해 있다. 황강(黃江)을 옷깃처럼 두르고 청천(菁川)을 띠처럼 둘렀으며, 월아산(月牙山)을 끼고 방장산(方丈山)을 끌어당긴다.

물산의 정화는 하늘이 내린 보배이니 석고가 서림(西林)의 절에서 울렸고, 인물들은 걸출하고 땅은 신령하니 여러 현인이 남명(南冥)의 문하에서 노닐었다. 웅장한 고을은 안개처럼 깔려 있고, 장수의 지휘소는 별처럼 널려 있다. 누대와 해자는 영남과 호남의 교차지점에 임해 있고, 산수는 동방과 남방의 아름다운 요소를 다 갖추었다.

병사 황공(黃公)은 고상한 덕망을 갖춘 인물로 의장용 창을 짚고 옛날에 재직하였고, 원수 홍의(紅衣)는 훌륭한 본보기가 될 인물로 수레를 앞세우고 일찍이 멈추었다. 솟아오르는 교룡 같고 날아오르는 봉황 같은 문재를 지닌 신학사(申學士)는 시문의 대가였고, 자줏빛 번개 같고 차가운 서릿발 같은 지조를 갖춘 김장군(金將軍)은 무기 저장고 같았다. 선조께서는 급히 가서 남은 터를 높이 드러내었거늘, 후생이 무엇을 안다고 승전을 마음껏 즐기겠는가?

때는 10월, 계절로는 한가을이다. 아득한 물이 돌아들어 새벽안개는 푸르며, 눈과 서리가 엉기어 해질녘 산은 하얗게 물들었다. 중도에 네 필의 말을 멈추고 강가로 풍경을 찾아갔다. 의기(義妓)의 큰 바위가 내려다보이

---

40) 이백의 「등금릉봉황대」 시를 말함. 일화와 관련하여 배신의 「촉석루서」 각주 참조.
41) 최호의 「등황학루」 시를 말함. 용어 일람 '황학루'와 배신의 「촉석루서」 참조.

고, 장사(壯士)의 옛 누각이 있다. 첩첩 산들이 비췻빛을 띠고서 하늘 위로 비낀 구름을 끊고, 높은 누각은 단청 빛이 강물에 흐르면서 아래로 너른 들판을 굽어본다. 가로지른 성과 별도의 성가퀴가 을(乙)자처럼 줄지어 배치되어 있고, 의사비(義士碑)와 충민사(忠愍祠)는 큰 건물로 지어져 광채를 더한다.

트인 창에 기대어 높은 난간을 굽어보니, 곱고도 아름다운 경치를 관찰하고 안팎의 산천을 감상할 수 있다. 촌락이 지상에 빼곡히 들어서 있는데 동쪽으로 군자정(君子亭)이 바라다보이며, 구름과 나무가 하늘에 이어져 있는데 북쪽으로는 충렬사(忠烈祠)가 내려다보인다. 네 계절의 아름다움이 같지 않아 한 지역의 형승을 독차지하고 있다. 물가에서 훈훈한 기운을 보내오니 떨어지는 꽃과 새로 날아온 제비가 나란히 날고, 성읍에서 차가운 기운을 맞이하니 시든 꽃잎과 교외 기러기가 다투어 움직인다.

어부가 저물녘에 노래 부르니 화개(花開)의 벌판까지 그 소리가 다다르고, 기러기 떼가 추위에 놀라니 그 소리가 악양(岳陽)의 포구까지 울린다. 목청껏 읊조리며 먼 곳을 바라보니 세속을 벗어난 흥취가 호탕해진다. 이름난 정원과 까만 대는 그 기상이 고관대작의 글 솜씨를 능가하고, 아름다운 대천과 앵두나무 꽃은 그 빛이 임천(臨川)의 서원을 비춘다.

네 가지 아름다움을 모두 갖추고 두 가지 어려운 것도 아울렀으니 등왕각(滕王閣)의 빼어난 잔치와 방불하고, 무성한 숲이 에워싸고 긴 대가 청신하니 난정(蘭亭)의 고상한 모임과 흡사하다. 빈 고을을 눈길 닿는 곳까지 바라보고, 잠시 신령한 지역을 이리저리 돌아다녀 본다. 달이 서호(西湖)에 비치니 진정한 모습이 무궁함을 알게 되고, 바람이 남창(南昌)으로 부니 마음껏 즐기는 것은 정해진 운명임을 깨닫게 된다. 저 멀리 태양 아래 있는 도성을 바라보고, 아득한 구름 사이로 있는 신선 세계를 가리키며 본다. 무지개는 사라지고 비 갠 뒤의 안개 놀은 천지의 자태를 장식하며, 들판 넓고 하늘 맑은 광경은 강산의 빼어남을 뽐내고 있다.

궁궐은 그리워해도 보이지 않으니, 어느 때 대궐에서 받들어 보겠는가?

아아! 누대는 나그네를 붙잡고, 강산은 사람을 기다린다. 한음(漢陰)의 맑은 의표는 영남루(嶺南樓)와 더불어 자웅을 겨루고, 정공(鄭公)의 훌륭한 본보기는 환아정(換鵝亭)과 함께 길이 전한다.

나는 반평생 불우하게 지낸 한낱 서생이다. 관문으로 들어갈 길이 없으니 종군(終軍)이 명주조각 버린 것을 흠모하였고, 붓을 던질까 하는 생각도 하면서 왕발(王勃)이 고상하게 유람한 일을 탄복하였다. 온갖 풍상을 겪은 용사년(龍蛇年)은 고금에 한바탕 꿈이었다. 칼을 어루만지고 길게 한탄하며 씩씩한 적개심을 하염없이 품어보고, 술잔을 들고 크게 탄식하며 작으나마 보국하는 충심조차 가눌 수가 없다.

아아! 훌륭한 모임은 쉽지 않고, 신선 세계는 정해진 시기가 있다. 세 번이나 악양루에 들어간들 누가 동빈(洞賓)의 참모습을 알겠는가? 황주(簧州)의 밤을 재차 유람하였으니 소선(蘇仙)의 유배 심정은 정말 애틋하였을 것이다. 강호에 가을이 끝나가자 바야흐로 계곡에 노니는 고기가 그리워지고, 바다 물결에 바람이 높이 불어 하늘가 구름에 이어지려 한다.

해 저문 봉황대(鳳凰臺)에서 이백(李白)의 청아한 시를 마음껏 넘겨받고 싶고, 강물 깨끗한 황학루(黃鶴樓)에서 감히 최호(崔顥)의 웅건한 필치를 본뜨고 싶다. 모자라는 솜씨를 잠시 발휘하여 사운(四韻)을 함께 짓는다.

우뚝한 촉석루가 강가에 임했는데 / 패옥 소리 울리면서 가무를 짝하구나 / 화려한 용마루에 아침 되니 남강에 구름 엉기더니 / 아름다운 주렴에 날 저무니 청천에 비 떨어지네 / 충혼과 의백이 밤에 구슬피 울어대는데 / 대숲과 향긋한 난초는 몇 해나 지나갔나 / 누각 안의 장사는 지금 어디에 있는지 / 난간 밖의 장강이 끝없이 흐를 뿐

○ 신석우(申錫愚, 1805~1865) 자 성여(聖如)·성예(聖睿), 호 해장(海藏)

본관 평산. 시호 문정(文貞). 서울 안국방(安國坊) 출생. 홍석주의 문인이고, 환재 박규수·옥수 조면호 등과 절친했다. 1834년 식년문과 급제해 검열·정언·우승지·대사헌·동지정사(1860) 등을 지냈다. 김삿갓에 관해 가장 오래되고 풍부한 기록으로 알려진 『기김대립사(記金簦笠事)』(1852)(『해장집』 권17)를 지었다. 한편 경상도 관찰사 겸 대구부사(1855.11~1857.6)로 재직하던 1856년 영남에 대홍수가 일어나자 다방면으로 민생 구제에 힘을 쏟았으나 이듬해 여름 근무 고과 평가에서 낮은 점수를 받자 스스로 사직했다. 현재 양산 통도사 부도원에 그의 불망비(1857.2 건립)가 있다.

「矗石樓讌遊記」[1] 〈『해장집』 권20, 10b~12a〉 (촉석루 잔치에서 노닌 것을 적은 기문)

三月二十六日癸未. 自丹城五十里入晉州, 晉兵馬節度營. 節度使[2]先使幕佐, 致候問於百里之外, 謝有職守不得進入府.[3] 討捕使介冑橐鞬[4], 迎于五里[5]外. 牧使館待[6]于矗石樓, 供餼廩[7]焉. 樓在城之南, 竦抗宏豁, 前臨南江. 江外竹樹翳蔚[8], 原野平曠, 一望暢濶. 城周近十里, 石築甚鞏. 北將臺在節度營之北, 俯臨池壕. 壕中有島亭[9], 以小艇通. 池中滿植菡萏[10], 堤上楡柳成

---

1) 그는 경상도 관찰사로서 병진년(1856) 3월 19일부터 대구판관 김기순, 영천현감 홍건후와 함께 영남 우도 지역 순찰에 나섰는데, 이 기문은 26일의 여정을 적은 글이다. 이보다 하루 전에는 합천 해인사에서 시를 지었고, 또 4월 1일에는 통제영의 한산도를 둘러보았다. 당시 합천군수 송일준, 단성현감 이원구 등이 수행했다. 「해인사창수시서」(『해장집』 권11), 「우순초정기(右巡初程記)」·「유한산도기」(『해장집』 권12) 참조.
2) 節度使(절도사): 당시 경상우병사는 정일복(鄭日復)이고, 1856.1~1857.5 재임했다.
3) 우병사 정일복이 어떤 일로 자신을 관례대로 영접하지 못한 사실을 언급한 것이다. 경상우병사가 갑옷과 투구를 갖추고 오리정(五里亭)에서 기다렸다가 관찰사를 깎듯이 맞이하던 의식은 『영총(營總)』(황위주 외 역, 경북대학교 영남문화연구원, 2007, 69쪽)에 자세히 기술되어 있어 좋은 참고가 된다.
4) 橐鞬(고건): 활과 화살을 넣은 주머니, 곧 동개. '橐'는 활집. '鞬'은 동개.
5) 五里(오리): = 오리정(五里亭). 관리나 빈객을 영송하기 위해 대개 관아에서 5리 정도 떨어진 곳에 정자를 세웠음.
6) 館待(관대): 머물며 접대하다. '館'은 묵다. 투숙하다. 객관에서 사신을 접대함이라는 뜻도 있음.
7) 餼廩(희름): 국고의 식량. '餼'는 대접하는 음식이나 식량. '廩'은 곳집.
8) 翳蔚(예울): 초목이 무성하여 그늘짐. '翳'는 그늘. '蔚'은 우거진 모양.
9) 島亭(도정): 섬에 설치한 정자, 곧 응향정(凝香亭). 본서 〈진주성도〉를 보면, 공북문(拱北

列. 節度使在城中, 其運籌軒11)在北將臺之下. 討捕使·都護使, 皆在城外, 所
轄諸郡, 分隷城堞而各有砲樓. 節度使若將具介冑, 候迎者稟12)而得停. 然後
待坐府, 始鞾刀囊鞬, 立門屛請謁, 韓昌黎廣州節度使序,13) 略約相似. 留一
日試士, 本州牧使李容在14)·大邱判官金琦淳景圭15)·陜川郡守宋一儁士
彦16)·永川縣監洪健厚稚强17)·咸陽郡守金奭均18)·丹城縣監李源龜景巨19),
以試事會. 開場于南門樓, 開宴于矗石樓, 樂工奏樂, 女伶奏技. 右考試, 左觀
舞, 竟暑作歡, 燈燭旣張. 遂出城登舟, 火箭一發. 城頭江岸, 一齊發火, 藉草
燃炬. 滿江而下, 中流簫鼓, 徹曉溯洄, 洵可樂也. 余登樓而歎曰 "嗟乎, 此丁
酉諸人殉節之地也20)". 倭奴之初來也, 城堅不可下, 賊不利而退, 及其歸也,
憤其不下. 並諸路歸倭之力而攻之, 城竟陷. 兵馬使崔慶會及黃進·金千鎰死

門)에서 직선상으로 북쪽의 대사지 서편에 야트막한 섬의 정자가 보인다.

10) 菡萏(함담): 아직 피지 않은 연꽃봉오리, 풍성하거나 화려한 모양. '菡'은 연봉오리. '萏'은
화려하다.

11) 運籌軒(운주헌): 진주 경상우병영의 정청인 동헌(東軒).

12) 稟(품): 品(稟)의 속자. 상사에게 알림. '稟(품)'이 곳집 뜻일 때는 '름'으로 읽음.

13) 한유의 「송정상서서(送鄭尙書序)」(『창려집』 권21)를 말함. 이 글은 823년 영남절도사가
되어 임지로 출발하는 공부상서 정권(鄭權)을 전송하며 지은 것인데, "대부의 책임자가
간혹 그들 부의 길을 지나게 되면, 해당 부의 책임자는 반드시 군복을 입고서 왼쪽에는
칼을 들고 오른쪽에는 활과 화살을 찬 채, 머리에 두건을 묶고 군복 바지에 군화를 신고
교외에까지 나와 영접합니다. 도착한 후에는 대부의 책임자가 먼저 관사에 들고, 현지
부의 책임자는 문을 가리는 담장에 지켜 서는데 마치 막 뜰에 뛰어 들어가 절을 올릴
태세입니다."라는 내용이 들어 있다.

14) 李容在(이용재): 1854~6년 진주목사를 지냈다. 진양연계재 편, 『진양속지』 권1 참조.

15) 景圭(경규): 김기순(金琦淳, 1806년생)의 자. 1834년 생원시에 합격했다.

16) 士彦(사언): 송일준(宋一儁, 1796년생)의 자. 1828년 진사시 합격했고, 1855~1857년 합천
군수를 지냈으며, 1858년 문과 급제했다.

17) 稚强(치강): 홍건후(洪健厚, 1805년생)의 자. 1828년 진사시 합격했고, 1854년 6월 영천현
감에 제수되었다.

18) 金奭均(김석균): 1799~1876년. 자 신소(臣召). 1828년 진사시 합격하고 음보로 출사해
호조참의에 이르렀으며, 1852년 함양군수에 제수되었다. 경상도 관찰사 겸 대구부사
(1888.6~1890.2 재임)를 지낸 차남 김명진(金明鎭)의 현달로 이조참판에 추증되었다.

19) 景巨(경거): 이원구(李源龜)의 자. 단성현감 재직시 문산서원(文山書院, 현 단성면 입석리
증촌 소재)의 승향(陞享) 고유문을, 현감 사직 후인 1857년 5월 하순에는 권규(1496~1548)
의 『안분당실기』의 발문을 지었다.

20) 충의지사들이 순국한 해를 정유년(1597)이라 했지만 실은 계사년(1593)이다.

之, 後人比之巡遠之睢陽21). 倭旣破城, 張妓樂于矗石樓. 論介抱倭酋墜于水, 此睢陽城中人之所不能辦. 覽城郭之堅鞏·樓櫓之宏偉, 巖壁巉巖22), 江流浩漾. 撫想昔日之事, 未嘗不23)三歎於對酒當歌之際也.

번역 3월 26일 계미. 단성에서 50리를 더 가 진주(晉州)에 들어가니 진주 병마절도영이다. 절도사가 이보다 앞서 막료에게 시켜 백리 밖에서 안부를 물었고, 직책을 수행하느라 바로 본부(本府)에 들어오지 못함을 사과하였다. 토포사는 갑옷과 투구와 활집과 동개를 갖추고 오리정(五里亭) 밖에서 영접하였다. 목사는 촉석루(矗石樓)에 머물러 접대하면서 국고의 식량을 제공하였다.

누각은 성 남쪽에 있는데, 놀랄 정도로 높았고 앞쪽으로는 남강에 임하였다. 강 너머에 대나무가 울창하며, 벌판은 평평하고 넓어 한 번 바라보니 시원하였다. 성 둘레는 10리에 가깝고, 석축은 매우 견고하였다. 북장대(北將臺)는 절도영의 북쪽에 있고, 해자를 굽어보고 있었다. 해자 가운데의 섬에는 정자가 있어 작은 배로 통행하였다. 못 가운데는 화려한 연꽃이 가득 심어져 있고, 제방 위에는 느릅나무와 버드나무가 줄지어 있었다.

절도사는 성안에 있고, 그의 운주헌(運籌軒)은 북장대 아래에 있었다. 토포사와 도호사는 모두 성 밖에 있으면서 여러 고을을 관할하였고, 성가퀴를 나누어 예속시킨 뒤 각각 포루를 설치해두었다. 절도사가 마치 갑옷과 투구를 갖출 태세를 하자, 기다려 영접하던 자들이 아뢰고서 멈추었다. 부중(府中)에 좌정하기를 기다린 뒤 비로소 군화·칼·활집·동개를 갖추고 문 앞 담장에 서서 알현을 청하였는데, 한창려의 광주절도사(廣州節度使) 서문의 내용과 대략 비슷하였다.

하루를 머물며 선비들을 시험하니 진주목사 이용재(李容在), 대구판관

---

21) 睢陽(수양): 안록산 난 때의 장순과 허원이 전사한 곳인데, 용어 일람 '수양' 참조.
22) 巉巖(참참): 산이 험준한 모양. '巉'과 '巖'은 가파르다.
23) 未嘗不(미상불): 아닌 게 아니라, 과연.

경규 김기순(金琦淳), 합천군수 사언 송일준(宋一儁), 영천현감 치강 홍건후(洪健厚), 함양군수 김석균(金奭均), 단성현감 경거 이원구(李源龜)가 시험 일로 모였다. 남쪽 문루에 시장(試場)을 개설하고 촉석루(矗石樓)에서 잔치를 베풀었는데, 악공이 풍악을 연주하고 기녀는 기예를 연주하였다. 오른쪽에서 시험을 주관하고 왼쪽에서 춤을 구경하다가 저물 때까지 즐기니 등불은 벌써 켜져 있었다.

드디어 성을 빠져나와 배에 오르니 불화살이 한 발 날아갔다. 성 언저리의 강가에서 일제히 횃불을 밝히니 깔아 둔 풀에 불이 붙는 듯하였다. 강 가득히 내려가다 중류에서 퉁소와 북소리를 즐겼고, 새벽까지 물길을 오르내리니 참으로 즐길 만하였다.

내가 누각에 올라 탄식하면서 "아아, 여기는 정유년 때 여러 사람이 순절한 곳이다." 하였다. 왜노(倭奴)가 처음 왔을 때 성이 견고하여 무너지지 않자 적들은 불리하다고 여겨 퇴각하였고, 그들이 돌아가서는 성을 무너뜨리지 못함을 분개하였다. 아울러 여러 길로 되돌아온 왜적이 힘써 이곳을 공격하니 성은 끝내 함락되었다. 병마사 최경회(崔慶會)와 황진(黃進)과 김천일(金千鎰)이 이곳에서 죽었는데, 뒷날 사람들은 그들을 수양의 장순과 허원에 견주었다. 왜적이 성을 격파하고는 촉석루(矗石樓)에서 기녀와 악공을 베풀었다. 논개(論介)가 왜놈 두목을 껴안고 물에 떨어졌으니, 이는 수양성의 사람이라도 해낼 수 없는 것이었다.

성곽의 견고함과 망루의 웅장함을 둘러보니, 암벽이 가파르고 강물은 넘실거렸다. 옛일을 회상하면서 술을 마주하여 노래할 즈음에 아닌 게 아니라 탄식이 거듭 일어났다.

촉석루 제문

○ 류본정(柳本正, 1807~1865)

자 평중(平仲), 호 영교(潁橋)·겸가정(蒹葭亭)

> 본관 문화. 경기도 안산 출생. 류희담(1563~1614)의 8세손으로, 조부는 류곤(柳璭, 1744~1822)이고, 류지공(柳持恭)의 차남이다. 1831년 진사시에 합격했다. 당숙인 류득공의 차남 류본예(1777~1842. 『한경지략』의 저자)가 규장각 검서관을 그만두고 사근도 찰방(1819.4~12 재임)에 이어 단성현감(1822.8까지 재임)을 지냈으므로 촉석루 정보와 관심이 많았을 것이다. 『사근도선생안』(국립중앙도서관 소장); 오세창, 『근역서화징』 권5, 계명구락부, 1928, 235쪽 참조.

「矗石樓誄文」[1] 〈『팔선와유도』,[2] 40a~b〉 (촉석루 뇌문)

維年日月, 敬告于故倡義使金公·梁公·李公·節度使崔公·妓論介之靈. 曰龍年卉寇[3], 我邦爲讐. 嶺南徧噎, 殆七十州. 晉爲保障, 歸然一樓. 曰三壯士, 同心克猷, 巡遠矢死[4]. 孤城無如非倡義, 民幾盡劉. 節度崔公帷幄·運籌·祠額, 忠血饗千秋. 夢感州牧, 理著明幽. 烈烈介娘, 於古罕儔, 拔釰對舞, 抱溺倭酋. 一軍破膽, 漆齒[5]啁啾, 雖烈丈夫, 倘及娘謀? 尺碑記績, 萬古名留. 義岩特立, 大江長流. 樓外竹林, 寒風颼颼[6]. 金倡義使千鎰·梁山璹·李光宙[7]爲壯士·崔兵使慶會,

---

1) '뇌문'은 원래 시호를 결정할 목적으로 죽은 이의 덕행을 누누이 열거해서 칭송하는 글인데, 연소자가 연장자의 뇌문을 짓지 못했지만 나중에는 이를 따지지 않고 오직 애도하는 마음만을 부쳤다(이유원, 『임하필기』 2). 이 뇌문은 1593년 제2차 진주성전투 때 순국한 영령들을 인격화된 촉석루로 통칭한 것이 특색이다.

2) 이 글이 수록된 『팔선와유도(八仙臥遊圖)』(서울대학교 규장각 한국학연구원)는 류본정 외 8인이 중국의 놀이판 『승람도(勝覽圖)』를 본떠 겸가정을 비롯한 전국 명승지 81곳을 소재로 지은 여러 문체의 시문을 모은 것인데, 권말에 이상적(1804~1865)의 시 5수가 실려 있다. 표지의 고갑자 '游兆攝提格'(병인년)으로 볼 때 1866년 편찬된 서책임을 알 수 있지만, 실제 9인이 시문을 지은 구체적인 시기는 미상이다.

3) 卉寇(훼구): 왜구. '卉'는 훼복(卉服)의 준말로 풀로 만든 옷, 곧 오랑캐 복장을 가리킴.

4) 矢死(시사): 죽기로 맹세함. '矢'는 맹세하다.

5) 漆齒(칠치): 이를 검게 만들고 이마에 새기는 오랑캐 풍속, 곧 왜놈. '漆'은 검을 칠하다.

6) 颼颼(수수): 바람이 솔솔 부는 소리. '颼'는 바람소리.

7) 李光宙(이광주, 1540~1593): 자 천중(天中). 이당(李瑭)의 아들로 김인후의 문인. 1591년 생원시 합격, 임진왜란이 일어나자 김천일을 따라 강화도에 들어가 공을 세워 전함별좌(典艦別坐)에 제수되었고, 제2차 진주성전투 때 순절했다. 성해응, 『연경재집』 권59 「진양순난제신전」 참조. 나주 정렬사 경내에 비석(1626, 비문은 장유 작)이 있다.

合享忠烈祠. 祠前有三壯士碑閣, 閣下岩上, 刻義巖二字. 肅廟朝, 牧使某欲重修廟宇, 請助於兵使. 獨捐廩修餘廟, 貌一新. 牧使夜夢, 諸神致謝曰 "公文官而尙念吾輩, 彼以武師不顧, 當治罪". 是夜, 兵使暴卒.[8]

번역 모년 모월 모일에 창의사 김공(金公)과 양공(梁公), 절도사 최공, 의기 논개(論介)의 영전에 삼가 고합니다. 용사년의 왜구는 우리나라의 원수입니다. 영남이 두루 씹혀 거의 칠십 고을이나 되었습니다. 진양은 요해지로 누각 하나가 우뚝 서 있었습니다. 삼장사(三壯士)는 마음을 함께 하며 능숙한 지략으로 장순(張巡)과 허원(許遠)처럼 죽기로 맹세하였습니다. 외로운 성은 창의하지 않은 것보다 같지 못하여 백성들은 거의 살육되었습니다. 절도사 최공의 군막·운주헌·사액에는 충성스러운 혈성(血誠)이 천추토록 대접받고 있습니다. 꿈속에서도 감응이 되는 고을 목사는 그 이치가 이승과 저승에 드러났습니다. 매섭고 매서운 일개 낭자는 칼을 빼들고 마주하여 춤추다가 왜놈 두목을 안고 물에 빠졌습니다. 온 군사는 간담이 떨어지고 떠들썩하였으니, 비록 매서운 장수인들 어찌 낭자의 꾀에 미치겠습니까? 조그만 비석에 공적이 기록되어 있으니, 만고에 명성이 전해질 것입니다. 의암이 우뚝 서 있고, 큰 강은 길이 흐를 것입니다. 누각 너머 대숲에 차가운 바람이 솔솔 붑니다. 창의사 김천일·양산숙·이광주 장사들과 병사 최경회를 충렬사에서 함께 제향하고 있다. 사당 앞에 삼장사 비각이 있고, 비각 아래의 바위에 '義巖' 두 자를 새겨놓았다. 숙종 조에 목사 아무개가 사당을 중수하러 병사에게 도움을 청하였다. 혼자 봉급을 덜어 사당을 수리하였는데 모양이 한층 새로워졌다. 목사의 밤중 꿈에, 여러 신이 치사하면서 말하기를 "공은 문관이지만 우리를 늘 생각하거늘, 그는 장수인데도 마음에 두지 않으니 마땅히 죄를 다스리겠소." 하였다. 이날 밤 병사가 갑자기 죽었다.

---

8) 숙종 때의 이 일화는 이중환의 『택리지』(1751)「팔도총론」〈경상도〉'진주목'에 나온다. 당시 목사의 이름은 『충렬실록』(1831)에 처음으로 홍경렴(1645~1717)으로 명기되었다. 그는 1704년 6월 부임해 같은 해에 이임했는데, 재직하는 동안 정충단과 충렬사를 중수했다. 그런데 당시 우병사는 이행성(李行成)으로 1704년 6월 도임해 병영의 여러 시설을 정비했으나 1705년 11월 갑자기 졸했다. 이로써 볼 때 『택리지』의 기록은 착오가 있던 것으로 보이고, 이 기록은 후대로 서사 변개를 거치면서 확산되었다. 하강진(2014), 204~206쪽 참조.

[부록]

진주 여행기

○ 이준(李濬, 1686~1740) 자 도재(導哉)

본관 함평. 전라도 함평군 나산에 거주했고, 과거에 여러 번 실패해 결국 벼슬길에 나아가지 못하고 일생을 마쳤다. 『도재일기』(『계일헌일기』 합편, 국사편찬위원회, 1999)가 전한다. 이 일기는 그가 향촌 재지 사족으로서 1717년부터 1731년까지 약 14년간의 생활사를 기록한 것이다. 참고로 『계일헌일기』는 그의 재종손인 이명룡(李命龍, 1708~1789)이 저술한 것이다. 『도재일기』 중 임진왜란의 문화적 기억과 관련된 논개 사적의 중요한 정보를 담고 있는 부분은 임인년(1722) 7월 19일의 기록이다. 하강진(2014), 156~165쪽 참조.

「翌十九日」 〈『도재일기』, 126~127쪽〉 (다음날 19일)

仍京便, 修圮橋[1]簡了. 卽共孟汝[2]與牟李[3], 徃于矗石樓. 樓在兵營城內, 而纔里餘矣. 登臨爽豁, 有若乘虛御風, 俯臨長江, 石壁如削, 不知其幾百丈. 而其舊蹟, 則一片義岩, 宛然於江心矣. 樓邊有碑閣, 乃壬辰彰義時, 戰亡事蹟也. 石刻摩挲, 奉讀之餘, 旋切景仰. 碑之東, 又有新創碑閣, 丹靑窈窕, 字畫塡朱. 乃時任[4]兵相之所建義娼碑, 而賛銘者也, 娼名論介. 其序文曰 "柳於于卽夢寅『野談』云, '義娼名論介, 壬辰陷城之日, 倭寇充斥, 人民魚肉. 倭又設宴于矗石, 論介仍盛服凝粧, 危坐于樓之下江之心岩上. 誘引倭將, 對舞作戱, 因挽抱投江而死.'云云". 其「銘」曰 "獨峭其岩 特立斯女 女非斯岩 焉得死所[5] 岩非斯女 烏帶義聲 一江孤岩 萬古芳名"云云. 噫噫, 有是哉, 斯女也. 當其陷城之日, 我東方三百六十州, 偸生[6]而忘國者, 何限男子, 而斯女也, 獨能徇國而全節. 一與高隼峯從厚·黃兵使璡[7]·崔兵使慶會諸烈士, 流芳等美. 則有是哉, 斯女也, 一端衛國之誠, 何獨於女子而有嗇? 矗石峨峨, 長江滔滔, 義聲千古, 似與

---

1) 圮橋(이교): 서울 소의문(昭義門) 밖에 있던 다리. '圮'는 圯(비, 무너지다)와 다른 자임.
2) 孟汝(맹여): 작자의 조카 이운복(李運復)의 자.
3) 牟李(모이): 18일자 기록에 나오는 모후경(牟后耕)과 이회(李澮)를 말함.
4) 時任(시임): =현임(現任). 당시 우병사는 최진한. 하강진(2014), 159~165쪽 참조.
5) 死所(사소): 사의지소(死義之所)의 약칭. 절의를 지키기 위해 죽은 곳.
6) 偸生(투생): 죽어야 옳을 때 죽지 않고 욕되게 살기를 탐함. '偸'는 구차하다, 탐하다.
7) 璡(진): '進'의 오기. 참고로 임란 때 의주목사로서 어가를 호송해 선무원종훈신에 책록되고 영의정에 추증된 서담 황진(黃璡)이 있다. 고정헌 외, 『호남절의록』 권4(상).

天地而不泯也. 樓之上, 多有前賢名流之題板. 楣之間, 揭額矗石樓三字, 字畫
之大, 大如柱梁. 諺傳十二歲小兒之手筆云, 亦可奇也. 乃名金柱宇[8], 而金鵬
路[9]之先祖也. 且聞陷城之日, 日乃六月二十九, 而投屍塡江, 赤血成流, 故或
其輪回之日, 江水變赤云, 齊東之言[10]也. 雖未能信其眞然, 而寃氣之鬱結[11],
可怍亦可慘也. 以茲之故, 每年輪月日, 則漆緇徒, 設大齋于江之濱云, 可想其
哀死報祀[12]之典也. 樓之西, 城之曲, 有一祠, 揭額忠烈焉, 乃崇報壬辰死節之
所也. 其上正殿, 則奉以高從厚·黃璡·崔慶會 三節士, 左右翼廊, 則次次奉安
以其時立節戰亡人矣. 瞻仰之際, 不覺竪髮, 卽爲奉尋題名院錄. 祠之西, 又有
一祠, 揭額彰義, 乃別奉金時敏, 而亦其以本州通判立節矣. 欽仰前古, 感懷彌
中[13]. 仍緩步行, 到城之南蚕頭[14]曲門, 則所見通暢. 俯臨城中, 人居之緝
緝[15], 有如魚鱗與蜂房. 眞所謂天府之地, 而何其壯哉! 徘徊納凉, 淸風爽骨.
憑門南望, 下臨無底, 百丈深沈, 絶壁如削. 爽氣之快豁, 正若孔中之吹噓矣.
日之夕矣, 卽還于府中, 各叙所見而打話.

번역 거듭 서울에서 온 편지에 이교(圯橋)를 간단히 수리하였다고 한다.
맹여(孟汝) 및 모후경(牟后耕)·이회(李澮)와 더불어 촉석루에 갔다.

---

8) 金柱宇(김주우, 1598~1644): 구전 김중청(1566~1629)의 3남으로 자는 만고(萬古), 호는
역면(易眠)이다. 경북 봉화현 만퇴리 출생이고, 부인은 오봉 이호민의 손녀이다. 초서와
예서에 뛰어나 어릴 때 대자(大字)의 촉석루 편액을 쓴 사실이 이광정의 「역면김공행기
(易眠金公行記)」(『눌은집』 권19)와 관찬의 「진주목읍지」(『경상도읍지』 20책, 1832)에도
수록되었다. 이와 관련해 자세한 정보는 본서 김중청의 시 참조.
9) 金鵬路(김붕로): 자세한 생애 정보는 없으나 1720년 창락도(昌樂道) 찰방을 역임함.
10) 齊東之言(제동지언): 황당한 이야기. 함구몽이 덕이 높은 선비가 인정받지 못한다는 소문
이 있다고 하자, 맹자는 "그것은 군자의 말이 아니라 제나라 동쪽 시골 사람들의 말이다
[此非君子之言, 齊東野人之語也]."라고 한 데서 유래한 것이다. 『맹자』「만장(상)」.
11) 鬱結(울결): 기운이 막혀 펴지 못하는 모양, 마음이 울적하고 답답함. '鬱'은 막히다.
12) 報祀(보사): 은혜의 보답으로 신불에 드리는 제사.
13) 彌中(봉중): 속이 꽉 찬 모습. '彌'은 가득 차다. 유래는 용어 일람 '봉중' 참조.
14) 蚕頭(잠두): 누에의 머리 모양으로 불룩하게 솟은 산꼭대기. 통칭 '용두(龍頭)'라 불렸다.
본서 하류의 기문 참조.
15) 緝緝(집집): 수다스러운 모양. '緝'은 잇다, 모으다, 길쌈하다.

누각은 병영의 성안에 있고, 고작 1리 남짓이다. 등림하니 상쾌하여 허공을 타고 바람을 부리는 것 같고, 아래로 긴 강을 굽어보니 마치 깎아지른 듯한 석벽은 몇백 장(丈)인지 모를 정도였다.

그곳의 옛 자취, 즉 한 조각 의암(義岩)은 강 가운데에 아직도 그대로이다. 누각 곁에 비각이 있는데, 곧 임진왜란 창의 때 전사한 이들의 사적이다. 석면의 각자를 어루만지며 삼가 읽으니 경모하는 마음이 간절해졌다.

비의 동쪽에 새로 창건한 비각(碑閣)은 단청이 아름답고, 자획은 붉은색으로 박아 넣었다. 곧 현임 병사가 건립한 의창비(義娼碑)이고, 명문으로 새겨 기린 이는 논개(論介)라는 창기이다. 그 서문의 내용은 이러하다. "어우 류몽인(柳夢寅)의 『야담』에서 이렇게 일컬었다. '의창의 이름은 논개(論介)다. 임진왜란 때 성이 무너지던 날에 왜구가 가득 차 인민들이 어육이 되었다. 왜가 또 촉석루에서 잔치를 벌이니 논개는 곧 옷을 곱게 차려입고 얼굴을 단장하여 누각 아래 강 가운데의 바위 위에 꼿꼿이 앉아 있었다. 왜장을 유인하고는 마주 서서 춤추며 희롱하다가 와락 껴안아 강물에 몸을 던져 죽었다고 한다.'고 하였다. 그 「명(銘)」에서 이르기를, '홀로 가파른 바위에 / 우뚝 선 여인이여 / 여인이 이 바위 아니었다면 / 어찌 순국의 처소 되었으랴? / 바위가 이 여인 아니었다면 / 어찌 의롭다는 소리를 띠랴 / 한 줄기 강가 외딴 바위 / 만고에 꽃다운 이름이여'이라 하였다."

아아, 이와 같은 것은 이 여인의 덕분이다. 그 성이 무너지던 날에 우리나라 360개 고을에서 살기를 바라며 나라를 잊은 자가 어디 남자에게만 한정되겠나마는, 이 여인은 유독 나라에 몸 바쳐 절의를 온전하게 하였다. 한마디로 준봉(隼峯) 고종후(高從厚)·병사 황진(黃進)·병사 최경회(崔慶會) 등의 열사와 더불어 전해지는 꽃다운 이름이 동등하고 아름답다. 이와 같은 것은 이 여인의 덕분이다. 나라를 지키는 마음의 일단이 어찌 홀로 여자에게만 인색함이 있었겠는가? 촉석은 높디높고 장강은 도도하니, 천고의 의로운 명성은 흡사 천지와 더불어 사라지지 않을 것이다.

누각 위에는 선현과 명사들의 현판이 많이도 있었다. 처마 사이에 '矗石樓'

석 자가 편액으로 걸려 있고, 자획의 크기가 마치 기둥이나 대들보만큼이나 컸다. 세상에서 전하기로는 12세의 어린아이가 손으로 쓴 것이라 하는데 또한 기이하였다. 곧 이름은 김주우(金柱宇)로, 김붕로(金鵬路)의 선조이다.

또 들건대 성이 무너지던 날, 즉 6월 29일에 투신한 시체가 강을 메워 붉은 피가 강물을 이루었으므로 혹 그 윤회의 날에 강물이 붉은색으로 변한다고 하나 근거가 없는 말이다. 비록 그 진실을 믿을 수 없더라도 원통한 기운이 엉기는 것은 괴이하면서도 참혹하다. 이런 까닭에 매년 돌아오는 월일에 승려들이 강가에 큰 재를 베푼다고 하니, 그 애처로운 죽음을 보답하기 위해 지내는 제사의 의전임을 생각할 수 있다.

누각 서쪽의 성 굽이에 한 사당이 있고 '충렬(忠烈)'이라는 편액을 내걸었다. 곧 임진왜란 때 순절한 이를 숭앙하고 보답하는 곳으로, 그 위의 정전(正殿)에는 고종후(高從厚)·황진(黃進)·최경회(崔慶會) 삼절사를 받들고 있고, 좌우의 익랑에는 당시 절의를 세운 전사자들을 차례차례 봉안하였다. 우러러보는 사이에 어느새 머리털이 곤두서 즉시 삼가 찾아가 원록(院錄)에 이름을 적었다. 사당의 서쪽에 또 한 사당이 있고 '창의(彰義)'라는 편액을 내걸었다. 바로 김시민(金時敏)을 따로 받들고 있는데, 그는 이 고을의 통판으로서 절의를 세웠다. 지나간 옛일을 흠앙하니 감회가 가슴속에 꽉 찼다.

이에 느리게 걸어가다가 성 남쪽 잠두(蠶頭)의 곡문에 이르자 보이는 것이 막힘이 없었다. 성안을 내려다보니 인가가 다닥다닥 붙어 마치 물고기 비늘과 벌집 같았다. 참으로 하늘이 내려준 곳간의 땅이라 일컬을 만하니 그 얼마나 장대한가! 배회하며 서늘함을 쐬니 맑은 바람이 뼛속까지 상쾌하였다. 문에 기대 남쪽을 바라보니 아래로 끝도 없이 임해 백 장(丈)이나 깊고 절벽은 깎은 듯하였다. 시원한 기운이 상쾌하게 확 트여 마치 구멍에서 바람이 불어오는 것 같았다. 해가 이미 저물어 이내 부중(府中)으로 돌아와 각자 본 바를 서술하며 대화를 나누었다.

○ 김도수(金道洙, 1699~1733) 자 사원(士源), 호 춘주(春洲)

본관 청풍. 현종의 장인인 김우명의 서손(庶孫)으로, 35세의 젊은 나이에 세상을 떠났다. 이덕수 (1673~1744) 문하에서 수학했고, 위항시인 홍세태(1653~1725)·정래교, 이하곤(1677~1724), 노 론의 유척기(1691~1767), 남인의 채팽윤 등과 신분이나 당색에 구애받지 않고 교유했다. 그는 **정미 년(1727)** 9월 경양(景陽, 현 금산) 군수에서 파직된 직후 9월 12일부터 10월 5일까지 23일 동안 김옥성·양경조·김준필과 함께 전라도를 지나 지리산 화엄사·쌍계사, 진주, 합천 함벽루·해인사, 속리 산 법주사·화양의 송시열 유적지 등을 둘러보고 귀경한 뒤 10월 11일 삼각산 신왕사에서 「남유기(南 遊記)」를 지었다. 촉석루는 9월 18~19일 이틀에 걸쳐 등림했다.

「南遊記」 〈『춘주유고』 권2, 12a~13a〉 (남유기)

丁未九月, 余旣乞罷景陽矣, 將遊嶺南, 送印于兼官淳昌郡守李浤[1]. 十二日 乙丑發行. (…中略…) 十八日辛未早發, 三十里過鳳溪驛[2]. 溪山抱廻, 極有 佳致. 世之求山水之鄕者, 每於窮寂之穴·幽隝[3]之藪, 而不知通衢達劇[4]自有 安身之地, 實可笑也. 又四十里抵晉陽城. 門卒急報于兵使李思周[5], 同會於 矗石樓. 樓勢壯傑, 城下有南江萬里之水. 鄭君龜寧引余, 指西南林麓下, 有 故水使朴昌潤[6]家. 昌潤, 嶺右之富豪也, 有池臺鐘鼓之樂, 時與歌童舞女, 按 棹遊戲於滄流之上. 又使花郎百隊前擁後殿, 擊鼓選舞於倒花垂柳之中云. 如余之一鞭羸馬, 浮遊東南, 啾喞嗃嗃[7]於幽崖邃谷之間者, 正爲昌潤之一笑 也. 樓東有凌虛堂, 有涵玉軒.[8] 鄭君曰 "此軒, 最宜月夜彈琴". 十九日壬申,

---

1) 李浤(이굉): 음보로 1725년 순창군수로 부임했다. 『순창군지』 권1 「명환」.
2) 鳳溪驛(봉계역): 사천 곤양에 있던 역.
3) 幽隝(유오): 다람쥐가 몸을 숨김. '隝'는 날다람쥐.
4) 通衢達劇(통구달극): 거마나 사람들의 내왕이 잦은 곳. '衢'는 거리. '劇'은 교통 요충지.
5) 李思周(이사주): 경상도병마절도사(1726.12~1728.3)를 지냈고, 1728년 이인좌 난에 연루 되었으나 곧 혐의를 벗고 좌포도대장·평안 병사 등을 역임했다.
6) 朴昌潤(박창윤, 1658~1721): 진주 내동 출생. 능허 박민(1566~1630)의 손자이고, 「의기전」 을 지은 서계 박태무가 그의 아들임. 1683년 무과 급제해 갑산부사, 경상수사, 황해수사 등을 지냈다. 『경종실록』(1722.4.17)에도 진주의 부자(富者)로 그를 소개했다.
7) 啾喞嗃嗃(추즐암롱): 무의미한 소리, 곧 자신의 겸칭. '啾喞'은 입속으로 웅얼거리다. '嗃嗃' 은 지저귀다.
8) 문맥으로 보면 촉석루 동쪽에 부속누각으로 '능허당'과 '함옥헌'이 따로 있는 것처럼 기술

鄭君復邀余, 上矗石樓. 鄭君曰 "此江有二源, 一出智異山北雲峰縣之境, 一出智異山南. 合于州西, 東流爲鼎巖津, 入于洛東江. 此樓古謂之狀元樓, 龍頭寺僧端永者重新之, 白潭庵見江之中有石矗矗, 遂改名曰矗石樓. 癸巳之亂, 倭寇燒之, 後雖重建, 而雙淸堂·臨鏡軒終不能復古"云. 語移時, 與鄭君上鎭南樓[9], 別兵使, 向伽倻山.

번역
정미년(1727) 9월, 내가 경양(景陽) 관직을 그만둔 뒤 장차 영남으로 유람을 떠나려고 관인을 겸관인 순창군수 이굉(李浤)에게 보냈다. 12일 을축일에 출발하였다. (…중략…)

18일 신미일, 일찍 출발하여 삼십 리를 가서 봉계역을 지났다. 시내와 산이 품고 돌아나가 지극히 아름다운 경치였다. 세상에서 산수의 고을을 찾는 자가 매번 궁벽지고 조용한 암혈과 다람쥐가 숨는 숲을 찾는데, 큰 거리와 번화한 요충지에 절로 몸을 편안하게 할 지대가 있는 줄을 모르니 실로 가소롭다.

또 40리를 가서 진양성(晉陽城)에 도착하였다. 성문의 병졸이 병사 이사주(李思周)에게 급히 보고하여 함께 촉석루(矗石樓)에 모였다. 누각 기세는 웅장하고 걸출하였고, 누각 아래의 남강은 만 리 강물이었다. 정구녕(鄭龜寧) 군이 나를 인도하여 서남쪽의 숲 기슭 아래를 가리켰는데, 옛 수사(水使) 박창윤(朴昌潤)의 집이 있었다. 창윤은 영남 우도의 부호이다. 연못과 누대에서 풍악의 즐거움을 누려 때때로 노래하거나 춤추는 남녀 아이들과 함께 푸른 물가에서 노를 저어가며 유희하고, 또 미남자로 하여금 많은 무리를 지어 앞에서 끌고 뒤에서 밀고하여 쓰러진 꽃과 늘어진 버들 속에

되어 있지만, 능허당은 이수일이 경상우병사 겸 진주목사 재직(1603.1~1605.9) 때 중건한 뒤 함옥헌으로 개명한 것이다. 문맥을 존중해 당시 동각으로 별개 건물이 한 채 더 있었다면 이수일이 함옥헌보다 약간 앞서 중건한 청심헌(淸心軒)을 상정할 수 있고, 이 누각은 18세기 중엽에 훼철되어 더 이상 복구되지 않았다.

9) 鎭南樓(진남루): 북장대의 이칭. 현재의 주련은 신좌모(1799~1877)의 「진남루판상운」(『담인집』 권8)의 시이다.

서 북을 치고 춤을 가려 즐긴다고 하였다. 나 같은 경우 파리한 말 한 마리를 채찍질하여 동남 지역을 유람하며 그윽한 벼랑과 깊숙한 골짜기 사이에서 웅얼거리고 지절거리는 자이니, 참으로 창윤에게 한바탕 웃음거리가 될 것이다. 누각 동쪽에는 능허당(凌虛堂)이 있고, 함옥헌(涵玉軒)이 있다. 정군이 "이 헌은 달밤에 거문고를 뜯기에 가장 적합합니다." 하였다.

19일 임신일에 정군이 나를 다시 초대하기에 촉석루에 올랐다. 정군이 "이 강은 발원지가 두 곳인데, 하나는 지리산의 북쪽 운봉현의 경계에서 나오고, 다른 하나는 지리산 남쪽에서 나옵니다. 고을 서쪽에서 합쳐져서 동쪽으로 흘러 정암진에 흘러들어 낙동강으로 들어갑니다. 이 누각은 옛날 장원루(狀元樓)라 불렸는데, 용두사 승려 단영(端永)이 중수하였고, 백담암[백문보]이 강 가운데 삐죽 솟은 돌이 있는 것을 보고 드디어 촉석루(矗石樓)로 개명하였습니다. 계사년(1593) 전란 때 왜구가 불살랐고, 그 뒤 중건했으나 쌍청당(雙清堂)과 임경헌(臨鏡軒)은 끝내 복구되지 않았습니다." 하였다.

한참 동안 말한 뒤 정군과 함께 진남루(鎭南樓)에 올라 병사와 헤어진 뒤 가야산을 향하였다.

○ 조술도(趙述道, 1729~1803) 자 성소(聖紹), 호 만곡(晚谷)

본관 한양. 경북 영양군 일월면 주곡리(注谷里) 출생. 1759년 향시 합격했으나 조부 옥천 조덕린(1658~1737)의 원사(寃死) 여파로 복시에 선발되지 못하자 과거를 접었다. 1765년 겨울부터 대산 이상정(1711~1781)과 구사당 김낙행의 제자가 되었으며, 3년 뒤 관동 지역을 유람했다. 1773년 둘째형 조운도(1718~1796)와 함께 월록서당(月麓書堂)을 창건한 다음 백록동 학규의 취지를 살린 서당 학규를 제정해 후진을 가르쳤고, 1799년 도산서원에서 향음주례를 거행했다. 1788년 조부의 신원을 이끌어내고 유문을 수습했다.

「南遊錄」1) 〈『만곡집』 권9, 29b~30b〉 (「남유록」)

庚午, 離發德山. 與崔兄2)尋南溟古宅, 求觀古跡. 有古劒三, 銘曰 '內直者敬,3) 外斷者義'. 角鞘4)絲緱5), 委委6)下垂, 可想處士恢曠風采也. 午憩于入德門7), 觀緣棧深樾8), 俯壓綠汀. 遂西北向白雲洞9), 中路留糧10)炊飯. 獨佩

---

1) 이 글은 "마을에서 줄곧 있으면 정체된 사람이 될지도 모른다[一向村裏坐, 恐鈍滯了人]."는 주자의 가르침을 늘 새기고 있던 차 병신년(1776) 봄에 형 조운도로부터 지리산 동행을 권유받고 2월 4일부터 3월 12일까지 40일간 해인사·거창·함양·산청·하동·합천 등을 둘러본 뒤 4월 초순에 쓴 글이다. 이 중 촉석루는 3월 1일에 올랐다. 당시 조술도가 '호해사(湖海士)'로 인정한 창해 정란(鄭瀾, 1725~1791)도 유람 길에 합류했는데, 그는 신유한의 제자로서 전국의 명산을 누빈 조선 최초의 전문산악인으로 주목받고 있다. 한편 우고 김도행(1728~1812)은 이 「남유록」을 읽고 논개 유적만을 언급하고 삼장사 사건을 언급하지 않은 점을 아쉬워했다. 「답조성소술도」(『우고집』 권2, 15b).

2) 崔兄(최형): 최진섭(崔震燮, 1724년생). 자는 인화(仁和). 일행이 덕산 산천재를 탐방한 뒤 그의 집에서 유숙했는데, 정란이 예전부터 그와 친분이 있었다고 소개하고 있다.

3) 內直者敬(내직자경): 조식의 「패검명(佩劍銘)」(『남명집』 권1)을 위시해서 정인홍의 남명행장(『내암집』 권12), 이이의 『석담일기』 권상, 허목의 「덕산비」(『기언』 권39)에는 '내명자경(內明者敬)'으로 되어 있다.

4) 鞘(초): 칼집.

5) 緱(구): 칼자루. 칼자루를 감다.

6) 委委(위위): 평온하고 아름다움. '委'는 편안하다, 조용하다.

7) 入德門(입덕문): 지리산 유람록을 보면 대개 시천면 산천재에서 단성면 소남리 방향으로 7~8리를 가다보면 '入德門'이 새겨진 바위(현 덕문정 위치)가 있다고 했다. 글씨는 남명 제자인 배대유(1563~1632)의 작이고, 도로 확장 때문에 각자한 부분을 떼어 2004년 덕천서원 초입에 세워놓았다.

8) 樾(월): 나무 그늘, 가로수.

9) 白雲洞(백운동): 산청군 단성면 백운동 계곡. 다지소(多知沼), 청의소(聽義沼), 백운폭포, 오담폭포, 등천대(登天臺)가 있다. 그리고 조식의 자취로 백운동(白雲洞), 용문동천(龍門

竹筒酒, 步步緣澗, 澗谷靑蒼窈奧. 激之爲瀑, 潴之爲淵, 爲臥瀑霣瀑者, 凡二十餘所. 而曲曲奇妙, 愈出愈新, 會日窄行忙, 半道而歸. 過償陶丘臺11). 日黃昏, 宿于召南, 是趙氏村. 明日, 與趙仁仲12)·立仲13), 許延仲14)諸人打話. 仁仲廼大笑軒15)嗣孫也. 壬申, 携許趙兩友, 入晉陽城中, 登矗石樓. 樓凡六十餘間, 樓中大扁如椽, 筆力巉屈16). 樓東爲層閣曲房17), 北有少土墩, 立忠烈碑·義女碣.18) 樓下有十里長川, 號曰菁川江. 江干有義巖, 是義女論介殉節處. 落日平沙, 有沈戈折戟之痕. 暮烟荒城, 有擊鋏悲歌19)之意. 俛仰留連, 不但爲江山之秀, 樓閣之鉅麗而已. 癸酉, 自晉陽至江城之丹溪.

번역 (1776년 2월) 경오(28일). 덕산을 출발하였다. 최형과 함께 남명 고택을 찾아 옛 자취를 구경하였다. 고검(古劒) 세 자루가 있었는데, 명(銘)에 이르기를, "안으로 마음을 곧게 하는 것은 경이요[內直者敬], 밖으로 일을 결단하는 것은 의이다[外斷者義]." 하였다. 뿔로 만든 칼집 속의

洞天), 남명선생장구지소(南冥先生杖屨之所) 등의 글자가 암석에 새겨져 있다.

10) 留糧(유량): 객지에서 먹기 위하여 마련하는 먹을거리.

11) 陶丘臺(도구대): 현 산청군 단성면 창촌리 구만마을 앞의 덕천강 가에 있는 석대로, 남명 제자인 도구 이제신(1536~1583)이 은거하며 낚시한 데에서 유래한다.

12) 仁仲(인중): 조양우(趙養愚)의 자. 호는 괴려(槐廬). 어릴 때 고아가 되었고, 촉석루 시를 남긴 조광세(1649~1721)의 손자인 춘수당 조용(趙瑢)의 조카이다. 사도세자가 화를 당하자 과거 대신 학문에 전념했고, 예학에 정밀했다.

13) 立仲(입중): 조득우(趙得愚, 1740년생)의 자. 호는 남강(南岡). 조양우의 동생으로 대산 이상정(1711~1781)의 제자이고, 1798년 덕천서원 원임을 지냈다.

14) 延仲(허연중): 허존(許存, 1721~1781)의 자. 호는 귤원(橘園) 또는 남계(南溪). 충주 안곡리에서 태어나 진주 이하리 남종촌(南宗村)에서 졸했다. 장인이 하익청(河益淸)이고, 5세손이 촉석루 시를 지은 뇌산 허신(1876~1946)이다.

15) 大笑軒(대소헌): 조종도(1537~1597)의 호. 용어 일람 '조종도' 참조.

16) 巉屈(참굴): 힘 있는 필치의 모양. '巉'은 가파르다. '屈'은 굳세다, 강하다.

17) 層閣曲房(층염곡방): 층층 문과 깊은 방, 곧 함옥헌. '閣'은 문. '曲房'은 눈이 미치지 못하는 은밀한 방, 밀실.

18) 19세기 중엽에 제작된 〈진주성도〉(계명대학교 행소박물관, 서울대학교 규장각 소장)를 보면 촉석루 북쪽 담장 아래에 비석 세 기의 '삼충비(三忠碑)'가 서쪽 방향에, '의기비(義妓碑)'가 동쪽에 그려져 있다.

19) 擊鋏悲歌(격협비가): 재주가 쓰이지 못함을 탄식하는 노래. 『사기』 권75 「맹상군전」.

칼자루를 감은 실이 평온히 드리워져 처사의 드넓은 풍모를 상상하게 하였다.

한낮에 입덕문(入德門)에서 쉬었는데, 잔도를 따라 우거진 나무 그늘을 보니 푸른 물가를 압도하였다. 드디어 서북을 거쳐 백운동으로 향하였는데, 중도에서 식량을 꺼내 밥을 지었다. 혼자 대통 술을 차고서 한 걸음 한 걸음 계곡을 따라가니 골짜기는 짙푸르고 그윽해졌다. 폭포처럼 세차게 흐르거나 못처럼 물이 고였는데, 비슷이 흘러 누운 폭포와 소나기처럼 흘러내리는 폭포가 무릇 20여 군데나 되었다. 굽이굽이 기묘하고, 점점 더 새로웠다. 만날 날이 촉급하고 갈 길이 바빠 중도에 되돌아왔다. 도구대(陶丘臺)를 지나니 날이 어둑어둑해져 소남(召南)에서 잤는데, 곧 조씨(趙氏) 마을이었다.

다음날(29일) 조인중(趙仁仲)·입중(立仲), 허연중(許延仲) 등 여러 사람과 함께 이야기를 나누었다. 인중은 대소헌(大笑軒)의 대를 잇는 자손이었다.

임신(3월 1일) 허(許)·조(趙) 두 벗을 이끌고 진양성 안으로 들어가 촉석루(矗石樓)에 올랐다. 누각은 무릇 60여 칸이고, 누각 안의 큰 편액이 서까래만 하였고, 필력은 가파르고 굳세었다. 누각 동쪽에는 층층의 문과 깊은 방이 있었고, 북쪽의 조그만 흙 언덕에는 충렬 비석과 의녀 비갈을 세워두었다. 누각 아래로 십 리의 긴 내가 있었는데, 청천강(菁川江)이라 불렸다. 강가에 의암(義巖)이 있었으니, 곧 의녀 논개(論介)가 순절한 곳이다. 해가 지는 모래밭에는 창이 잠기고 부러진 혼적이 있었다. 저물녘 연기가 낀 황폐한 성은 칼 두드리며 비장하게 노래하는 마음이 생겨나게 하였다. 고금을 생각하며 머뭇거린 것은 강산의 수려할 뿐만 아니라 누각이 거대하고 장려하였기 때문이다.

계유(3월 2일) 진양으로부터 강성의 단계(丹溪)에 이르렀다.

○ 강필효(姜必孝, 1764~1848) 자 중순(仲順), 호 해은(海隱)·법은(法隱)

초명 세환(世煥). 안동부 춘양면 법전리(法田里, 현 봉화군 법전면 소재) 출생. 21세 때 과거를 포기하고 이듬해 윤증의 제자인 소곡 윤광소(尹光紹, 1708~1786)를 배알해 집지했다. 평생 성리학을 연구하고 저술에 전념했고, 1800년 4월 법전 동강(東岡, 현 척곡리)에 법계서당(法溪書堂)을 지어 학문을 가르쳤다. 1803년 암행어사 권준의 천거로 순릉(順陵) 참봉이 되었으나 사퇴했고, 만년인 1842년 조지서 별제를 거쳐 충청도사·돈녕부 도정 등을 지냈다. 「대명산구곡(大明山九曲)」 시가 있고, 이황의 「도산십이곡」과 「청량산가」를 한역했다. 막내아들 강현규(1797~1860)를 종제인 노와 강필로(1782~1854)의 양자로 보냈고, 제자로는 성근묵이 있다. 정병조 편, 『해은선생연보』(1925) 참조.

「四遊錄」下1) 〈『해은유고』 권14, 43a~45a〉 (「사유록」 하)

(十一月) 初七日, 發晉州行, 宿泗川. 翌日到晉, 往見兵營後園. 所謂鳳巖者, 只是尋常盤石. 召問老吏姜姓人, 則對云 "曾聞父老言, 飛鳳山邑基後山, 而鳳巖在其處, 其下卽姜氏舊居云". 故如其言, 上北將臺, 望見飛鳳山, 巖亦無奇特狀, 只若干巖石磈磊2)而已. 下有洞名爲大安, 敞豁可居, 豈姓吏所言或然耶? 不然所謂鳳巖者, 爲拓俊京所椎破而然耶.3) 渺然後生, 聞於所傳聞, 無由詳知, 只長吟 '鄕關落日' 之句, 詠歎久之. 借見『邑誌』4), 則飛鳳在州北一里, 自集賢山5), 南來爲州之鎭山, 如飛鳳形故. 前有網鎭山, 西有竹林邨. 又

---

1) 이 글은 경진년(1820) 10월 경상도 고성부사(1819~1822 재임)로 있던 종제 강필로(姜必魯)를 방문한 뒤 그곳의 철성(鐵城)에 주로 머물면서 주위 여러 곳을 유람한 견문 사실을 기록한 「사유록」 하편의 일부이다. 하편은 청량산 여행(1804), 스승 윤광소의 생전 강학소 논산 방문(1814), 경주 옥산서원 탐방(1818), 단양계곡·철성·통영·진주·창녕 유람(1820. 10.13~11.5) 등 크게 네 부분으로 구성되어 있다. 이 중에서 진주(晉州)는 11월 8일부터 9일까지 이틀간 머물렀다. 한편 「사유록」 상편은 1785년 11월 12일 400여 리를 걸어서 논산의 윤광소를 찾아가 석 달 넘게 공부한 것과 스승 문상을 조문한 일을 두루 서술한 것이다. 참고로 「사유록」의 '四'는 동서남북을 뜻한다.

2) 磈磊(외뢰): 돌이 고르지 않은 모양, 돌이 평평하지 않은 모양. '磊'는 돌무더기.

3) 고려 이자겸(?~1126)의 아들 이지원이 진주 강씨의 세력을 시기해 쇠몽둥이로 봉암을 부수었고, 이때 큰 박과 같은 네 개의 흰 돌에서 피가 흘렀다고 한다. 또 집안의 형제가 이자겸의 오른팔 척준경(?~1144)에게 참소를 입어 유배지에서 죽었다고 한다. 관찬 『진주목읍지』(1832) 「고적」 〈봉암〉; 정광현 편, 『진양지속수』 권1 「고적」 〈봉암〉 참조.

4) 『邑誌(읍지)』: 성여신 주편의 『진양지』를 말하고, 이하 내용은 「산천」조에 나옴.

5) 集賢山(집현산): 진주시 집현면에 있는 산. 임란 때 승병들이 웅거한 응석사가 있다.

有大籠·小籠等寺,[6] 皆因飛鳳而有是名也. 又有「邑基總論」[7]云, "晉之鎭山, 飛鳳形. 而案, 則全籠也. 客舍有鳳鳴樓·朝陽館. 竹洞邨, 蒔竹成林, 以竹實鳳所食也. 山號網鎭者, 鳳見網則不能去也. 寺有大籠·小籠者, 鳳爲籠所閉而止也. 野有鵲坪, 鳳遇鵲則不飛"云云. 誌中說鳳山甚詳, 而無隻字及姜氏舊居者. 世代荒邈, 未及考載而然耶. 翌日, 謁殷烈公[8]祠. 卽高麗穆宗·顯宗時人, 擊破東女眞. 又與姜公邯贊, 破契丹蕭遜寧等, 賜推忠致理翊戴功臣, 圖形功臣閣遺像, 凜然矣. 題名瞻拜錄[9]. 上蘆石樓, 樓臨迥野, 而長江爲之襟. 朱甍畫欄, 浮靑韻碧, 其壯麗果如所聞. 三壯士題詠, 尤令人悲激, 板上多古今人題詠, 而恩恩未及和. 江上有義妓論介之閭. 前有纛巖[10]如屋帽狀者, 峙於水中. 癸巳六月, 倭寇陷城, 倡義使金千鎰, 力戰死之, 二十七義士, 一時殉義. 介不勝悲憤, 自度等死, 死欲殲一賊已. 而有一倭酋, 見而悅之, 介故自納款[11], 浸加昵狎[12]. 遂誘下纛巖, 歌舞極歡, 仍抱賊投江而死. 庚申秋, 兵使南德夏[13]狀聞, 特命旌閭, 辛酉春.[14] 刻'義巖'二字於巖面, 又刻'一帶長江 千秋義烈'八大字. 夫介一妓耳, 乃能捐生殲賊. 義烈俱彰, 幷與三壯士, 流名終古, 不亦奇乎? 晦翁嘗過饒娥廟, 沃茗酹之, 又欲爲請勑額列祀典,[15] 故事可

---

6) 대롱사는 주의 서쪽 5리에, 소롱사는 사직단 남쪽에 있었음(『진양지』 참조). 현재 상봉동 경진고등학교 뒤편.

7) 「邑基總論(읍기총론)」: 성여신 주편이 『진양지』 「고적」 〈관기총론〉을 말하는데, 원전과 약간 차이가 있다.

8) 殷烈公(은열공): 강민첨(姜民瞻, 963~1021)의 시호. 용어 일람 '은열공' 참조.

9) 瞻拜錄(첨배록): 선현의 사당에 참배하는 사람의 이름을 적는 대장. '瞻'은 우러러보다.

10) 纛巖(독암): 큰 깃발이 꽂힌 듯한 바위. '纛'은 꿩의 꽁지로 장식한 큰 기. 전하여 대장의 큰 깃발.

11) 納款(납관): 성의껏 섬김. 주로 배반하여 적과 내통함을 이름. '納'은 보내다. '款'은 정성.

12) 昵狎(일압): 허물없이 가까이 사귐. '昵(닐)'은 친하다. '狎'은 지나칠 정도로 가깝다.

13) 南德夏(남덕하, 1688~1742): 1739년 4월부터 다음해 10월까지 경상우병사를 지냈다. 하강진(2014), 166~168쪽 참조.

14) 辛酉春(신유춘): 논개 정표는 경신년(1740)에 특명이 내려졌고, 신유년(1741) 봄에 의기사를 건립했다. 하강진(2014), 167~168쪽 참조.

15) 주희, 「발정사수첩(跋程沙隨帖)」, 『주자대전』 권84, "饒娥故居小廟, 在樂平縣東二十餘里. 余嘗特往沃茗酹之, 霪雨已不復存矣. 因語州縣宜增葺之, 且爲請勑額列祀典, 而莫有應者, 其可歎也". '晦翁(회옹)'은 주자. '饒娥(요아)'는 당나라 때의 효녀로, 아버지가 고기를 잡다

念也. 呼舟子乘, 所謂上船者, 船頭刻以永浮亭三字. 沿江上下, 觀盡臺隍城堞. 四回四千三百五十九尺, 高十五尺云. 蓋關防不及統營, 而形勝相甲乙矣. 彰烈祠, 在內城, 卽金公千鎰·忠淸兵使黃璡[16]·慶尙兵使崔慶會及二十七義士餟享[17]之所也. 下船之際, 忘卻不得瞻敬, 爲可恨然. 於『邑誌』見之矣, 於老吏聞之矣, 蓋戰亡在六月三十日, 自官侑祭在二十九日. 是夜悲風遠來, 江流有聲, 肟蠁[18]之間, 若有相感者然, 異事也. 日幾昳[19], 渡江向古州[20], 復宿泗川.

번역 (1820년 11월) 초7일. 진주행을 출발하여 사천에서 숙박하였다. 다음날(8일) 진주에 도착하여 병영 뒤뜰을 가서 보았다. 소위 봉암(鳳巖)은 보통의 반석일 뿐이었다. 강씨(姜氏) 성의 연로한 아전을 불러 물어보니, 대답하기를 "일찍이 고을어른들의 말을 들었는데, 비봉산은 읍기(邑基) 뒷산으로 봉암이 그곳에 있으며, 그 아래는 곧 강씨의 구거(舊居)라 하였습니다." 하였다. 그리하여 그의 말대로 북장대(北將臺)에 올라가 비봉산을 바라보니, 바위 역시 기이하거나 특별한 모양은 없었고, 다만 약간의 암석이 울퉁불퉁한 돌무더기를 이루고 있다. 아래는 대안동(大安洞)이 있는데 매우 넓어서 살만하니, 어찌 아전의 말한 바가 의혹됨이 있겠는가? 그렇지

배가 전복되어 물에 익사하자 그곳에 가서 3일 동안 아무것도 먹지 않고 울다가 죽었다. '沃茗(옥명)'은 좋은 차. '祀典(사전)'은 국가에서 공식적으로 행하는 제사에 관한 규범이나 규정. 한편 유종원은 「요아비(饒娥碑)」(『유하동전집』권5)를 지었다.

16) 璡(진): 進(진)의 오기. 참고로 임란 때 의주목사로서 어가를 호송해 선무원종훈신에 책록되고 영의정에 추증된 서담 황진(黃璡)이 있다. 고정헌 외, 『호남절의록』권4(상).

17) 餟享(체향): 제사를 드림. '餟'는 여러 신의 신위를 늘어놓고 술을 뿌려 지내는 제사를 일컫는데, 제사 이름일 때는 '철'로 읽음.

18) 肟蠁(혜향): 소리를 아는 벌레 이름으로, 사물이 성하게 일어나는 모양. '肟' 대신 힐(肸/肦) 자를 쓰기도 함. 한편 정조는 1786년 관왕묘 음악 중 전헌(奠獻)에 힐향장(肸蠁章)을 연주하도록 했다. 『국조보감』권72.

19) 昳(질): 해가 기울다. '昳'이 뛰어나다 뜻일 때는 '일'로 읽음.

20) 古州(고주): 경남 고성의 옛 이름. 이 글 뒷부분을 보면 저자는 사천에서 숙박한 뒤 10일 다시 철성(鐵城)에 들어가 종제 강필로를 처음으로 만난다.

않다면 소위 봉암(鳳巖)은 척준경(拓俊京)이 철추로 부숴버렸을 것이다. 아득히 뒷날 태어나 전하는 소문을 들은 것이니 자세히 알 길이 없으나, 다만 '고향의 지는 해를 길게 읊조릴 뿐이네[鄕關落日]'라는 시구를 한참이나 읊으며 감탄하였다.

『읍지』를 빌려보니, 곧 비봉산은 주의 북쪽 1리에 있고, 집현산(集賢山)에서 남쪽으로 내려와 고을의 진산이 되었으며, 날아가는 봉황새의 형상과 같다. 앞쪽에는 망진산(網鎭山)이 있고, 서쪽에는 죽림촌(竹林邨)이 있다. 또 대롱사(大籠寺)와 소롱사(小籠寺) 등이 있는데, 모두 비봉에서 이 이름을 갖게 되었다고 한다. 또 「읍기총론」에서 이르되, "진주의 진산은 비봉 형상이다. 그리고 안산은 전롱산(全籠山)이다. 객사에는 봉명루(鳳鳴樓)와 조양관(朝陽館)이 있다. 죽동촌은 심어놓은 대나무가 숲을 이루고 있는데, 대나무 열매를 봉황새가 먹는다. 산 이름을 망진(網鎭)이라 한 것은 봉황새가 그물을 보면 날아갈 수 없기 때문이다. 사찰로 대롱과 소롱이 있는 것은 봉황새가 새장에 갇혀서 멈추기 때문이다. 들에 작평(鵲坪)이 있는 것은 봉황새가 까치를 만나면 날아가지 않기 때문이다."라고 하였다. 『읍지』에서 비봉(飛鳳)을 매우 상세하게 이야기하였지만, 강씨의 구거(舊居)에 대해서는 한 글자도 없다. 아마도 세대가 아득히 멀어서 살펴 실을 수 없었을 것이다.

다음날(9일) 은열공(殷烈公) 사당을 배알하였다. 곧 고려 목종·현종 연간의 사람으로 동여진을 격파하였다. 또 강감찬 공과 함께 거란의 소손녕 등을 쳐부수어 '추충치리익대공신(推忠致理翊戴功臣)'을 하사받았는데, 형상을 그려놓은 공신각의 유상이 늠름하였다. 첨배록에 이름을 적었다.

촉석루(矗石樓)에 오르니 누각은 먼 들판을 굽어보고, 긴 강이 띠를 두르고 있었다. 붉은 기와와 그림 같은 난간이 푸른 물에 넘실거려 운치를 더하니 그 장려함은 과연 소문대로였다. 삼장사(三壯士)의 제영이 더욱 사람의 마음을 슬프게 하였고, 현판 위에 고금의 인물들이 지은 제영이 많았으나 바빠서 화답하지 못하였다.

강가에 의기 논개(論介)의 정려가 있었다. 앞쪽으로 마치 지붕 모양의 큰 바위가 물속에 우뚝 솟아 있었다. 계사년(1593) 6월 왜구가 성을 함락하자 창의사 김천일이 힘껏 싸우다 죽었고, 27명의 의사가 한날에 의를 지키다 순국하였다. 논개(論介)가 비분을 이기지 못하여 스스로 같이 죽을 것을 헤아리고는 죽으면서 적 하나를 죽이고자 하였다. 한 왜놈 두목이 그녀를 보고 기뻐하므로 논개는 일부러 스스로 성의껏 섬기면서 점점 그를 가까이 하였다. 드디어 유인하여 큰 바위로 내려가 노래와 춤으로 즐거움이 극도에 이르자 곧 적을 안고 강에 투신하여 죽었다.

경신년(1740) 가을에 병사 남덕하(南德夏)가 장계를 올려 임금의 정려 특명이 내려졌고, (의기사 건립은) 신유년(1741) 봄이다. '의암(義巖)' 두 글자를 바위 표면에 새겼고, 또 '일대장강 천추의열(一帶長江千秋義烈)'이라는 여덟 자의 큰 글씨를 새겼다. 무릇 논개는 일개 기녀인데도 목숨을 버려 적을 죽였다. 의(義)와 열(烈)로 함께 현창됨이 삼장사와 더불어 나란하고, 전해지는 명성이 변함없으니 또한 기이하지 않은가? 회옹(晦翁)이 일찍이 요아묘(饒娥廟)를 지나며 향긋한 차로 제사를 드렸고, 또 편액 하사를 청하여 국가 차원의 제사를 베풀고자 한 고사가 생각났다.

뱃사공을 불러 배를 타니, 소위 상선(上船)이라는 자가 뱃머리에 '영부정(永浮亭)' 석 자를 새겼다. 강 아래위를 따라가며 누대와 해자와 성가퀴를 모두 구경하였다. 사방 둘레가 4,359자이고, 높이는 15자라 한다. 대개 관방은 통영(統營)에 미칠 수 없지만, 형승은 서로 갑을을 논한다.

창렬사(彰烈祠)는 성안에 있는데, 김천일(金千鎰) 공·충청병사 황진(黃進)·경상병사 최경회(崔慶會)와 27명의 의사(義士)를 배향하는 곳이다. 배에서 내릴 무렵 문득 잊고 우러러 경배하지 않은 것이 한스러웠다.

『읍지』에서 보거나 연로한 아전에게 들었듯이, 대개 6월 30일에 전사하였으므로 관원이 29일에 제수를 올린다. 이날 밤 슬픈 바람이 멀리서 불어와 강물에 소리가 나며, 성하게 퍼지는 사이에 서로 감응함이 있는 것 같다고 하니 기이한 일이다. 해가 거의 기울어 강을 건너 고주(古州, 고성)로 향하다가 다시 사천(泗川)에서 묵었다.

○ 송병선(宋秉璿, 1836~1905) 자 화옥(華玉), 호 연재(淵齋)

시호 문충(文忠). 충청도 회덕현 석남리(石南里, 현 대전시 동구 성남동 소재) 출생. 송시열의 9세손으로 동생 송병순과 함께 백부 송달수에게 배웠다. 빼어난 학행으로 천거된 뒤 서연관·경연관·대사헌을 지냈다. 1905년 을사늑약이 체결되자 왕에게 상소하려다가 경무사 윤철규에게 속아 일본 헌병대에 잡혀 고향으로 이송되자 울분을 참지 못해 음독 자결했고, 문집 외 『동감강목』(1900)이 있다. 정봉기·박태형·한유·하우식·서암 조계승(1880~1943) 등이 그의 제자이다.

「丹晉諸名勝記」[1] 〈『연재집』권21, 22a~b〉 (단양에서 진주에 이르기까지 여러
　　명승지를 유람하고 지은 글)

日晴到晉州, 上矗石樓. 樓臨南江, 水作彎弓而流, 白沙長堤, 竹林擁翠, 大野
經緯於外, 蒼茫不見際. 古人所謂 "谿達中雄渾, 渺遠中安穩" 者, 殆近之矣.
額是神童筆, 而劃如椽, 幾欲與樓勢爭雄. 世傳神童寫, 至樓字, 未了而氣盡,
邑妓塡補[2]云. 又揭 '嶺南第一形勝', 是亦善筆也. 壁多題詠, 而金鶴峯申靑泉
所作, 尤著矣. 樓底遶壁皆矗石, 故名焉. 東有涵玉亭[3], 與樓連簷, 西有義妓
論介之廟, 欲見其殉節處. 緣城南出, 有巖陡起[4]江中, 形如鼓. 又有大石連城
亘臥, 與巖去可百尺餘. 江水回入, 其黑黯然. 巖面刻 '義巖', 西壁又書 '一帶
長江 千秋義烈'. 余乃把酒酹江, 彷徨良久. 出而讀碑文, 復從南門入, 謁彰烈
祠, 是享殉節諸公也. 轉上西將臺, 旋降得護國寺[5], 小憩鳳棲樓[6]. 遂出義正
門[7], 別佳玉[8]與朴生孟善相浩, 幾日聯筇[9]之餘, 懷惡可知矣. 渡廣灘山浦[10]

---

1) 「단진제명승기」는 송병선이 임신년(1872) 9월 19일경 외사촌 동생 김영응(金永膺)·친구
　이덕하(李德夏)와 함께 단성과 진주를 유람하고 서술한 글인데, 여기서는 진주 부분만을
　가져왔다. 당시 그는 9월 하순 영동을 출발해 황악산·수도산·가야산·단성·진주·사천·금
　산을 거쳐 10월 초에 귀가했고, 각각 여행기를 남겼다.
2) 塡補(전보): 부족한 것을 메워서 채움. '塡'은 메우다, 채우다.
3) 涵玉亭(함옥정): 함옥헌을 말함.
4) 陡起(두기): 높이 솟다. '陡'는 험하다, 높이 솟다.
5) 護國寺(호국사): 창렬사와 서장대 아래에 있는 절. 일명 산성사(山城寺).
6) 鳳棲樓(봉서루): 서장대의 문루. 본서 오횡묵의 총쇄록 참조.
7) 義正門(의정문): 진주성 서문의 이름. 하륜의 「진주성문기」(『호정집』권2)에도 나옴.
8) 佳玉(가옥): 이현기(李鉉琪)의 자. 그는 방초정(芳草亭, 현 김천시 구성면 상원리 소재)에서

諸津, 問耕夫, 昆陽界也.

번역 해질 무렵 진주에 도착해 촉석루(矗石樓)에 올랐다. 누각은 남강에 임하였는데, 물이 반원을 그리며 굽이쳐 흘렀고, 백사장의 긴 둑에는 대숲이 둘렀으며, 바깥으로 넓은 들이 아득해 끝이 보이지 않았다. 옛사람이 "활달한 가운데 웅혼하고 / 묘원한 가운데 안온하다."라 한 것과 매우 가까웠다.

편액은 신동의 글씨로, 획이 서까래만하여 거의 누각의 형세와 자웅을 다투는 듯하였다. 세상에 전하기를, 신동이 쓰다가 '樓'자에 이르러 마치지 못하고 기운이 다하자 고을 기생이 메워 보충하였다고 한다. 또 '영남제일형승(嶺南第一形勝)'을 걸어놓았는데, 이 역시 잘 쓴 글씨이다. 벽에는 제영이 많았고, 김학봉(金鶴峯)과 신청천(申靑泉)의 작품이 더욱 두드러졌다. 누각 밑에 둘러싸고 있는 벼랑은 모두 삐죽삐죽 솟은 돌인데, 이에 따라 이름을 지었다. 동쪽에 있는 함옥정(涵玉亭)은 촉석루와 더불어 처마가 이어져 있었고, 서쪽에 있는 의기 논개(論介)의 사당은 그녀가 순절한 곳임을 드러내고자 한 것이다.

성을 따라 남쪽으로 나오니, 바위가 강 가운데 높이 솟아 형태가 마치 북 모양이었다. 또 큰 돌이 죽 이어진 성에 걸쳐 누워 있는데 바위와의 거리가 백 자도 넘었다. 강물이 돌아 들어가는데 검고 깊었다. 바위 표면에 '의암(義巖)'자를 새겨놓았고, 서쪽 벽에는 또 '일대장강 천추의열(一帶長江 千秋義烈)'을 써놓았다. 나는 곧 술잔을 잡아 강에 제사를 드리고 나서 한참이나 배회하였다.

나와서 비문을 읽고 다시 남문을 따라 들어가 창렬사(彰烈祠)를 배알하

부터 송병선과 동행했다.

9) 聯筇(연공): 지팡이를 나란히 함, 곧 함께 여행함. '筇'은 대로 만든 지팡이.

10) 廣灘山浦(광탄산포): '廣灘'은 남강 상류의 주 서쪽 15리에 있던 나루. '山浦'는 소남역 남쪽 2리쯤의 강가로, 이곳에 축수대(築愁臺)가 있었다. 성여신 주편, 『진양지』권1 「산천」; 하영기 편, 『진주통지』권1.

였으니, 순절한 제공(諸公)을 향사하는 곳이었다. 이동하여 서장대(西將臺)에 올랐고, 돌아 내려가면 호국사(護國寺)에 이르되 잠시 봉서루(鳳棲樓)에서 쉬었다. 마침내 의정문(義正門)을 나와서 가옥(佳玉)·맹선(孟善) 박상호(朴相浩)와 헤어졌는데, 며칠간 함께 여행한 나머지라 회포가 심란해짐을 느꼈다.

광탄(廣灘)과 산포(山浦) 등 여러 나루를 건넌 다음에 농부에게 물으니 곤양(昆陽)의 경계라 하였다.

○ **오횡묵(吳宖黙, 1834~1906)** 자 성규(聖圭), 호 채원(茝園)·채인(茝人)

본관 해주. 경기도 영평(永平) 출생. 1860년부터 30여 년 존속한 '칠송정시사(七松亭詩社)'의 중심인물이다. 정선군수(1887), 함안군수(1889~1893), 고성부사(1893~1894), 지도군수, 여수군수, 진보군수, 익산군수, 평택군수(1902~1906) 등 20년간 지방관을 역임했다. 틈틈이 문필에 종사해 『채원시초』, 『여재촬요』, 『총쇄록』 등 방대한 저술을 남겼다. 『경상도함안군총쇄록』에서 발췌한 아래의 본문은 **기축년(1889) 5월 23일**의 기록이다. 이와 관련해 하강진(2014), 131쪽 참조.

「慶尙道咸安郡叢鎖錄」〈『경상도함안군총쇄록』, 48b~51a〉

(二十三日). 行七里, 有馬峙[1], 蒼蒼松木, 猗猗竹林. 遙見兵營, 大江橫流, 粉堞周遭, 閭閻撲地,[2] 人烟稠匝. 中有一閣, 嵬然半空者, 卽矗石樓也. (시 생략) 下峙未幾地, 上有石壁, 下有江潯. 一線路緣出於崎嶇石磴之間者, 近一里. 到一堠墟, 有鄕校焉. 又數武[3]地, 有射亭[4]焉, 有老樹幾株, 重重覆盖, 地勢平鋪. 亭之北有一池焉, 亭亭蓮幹, 稠疊[5]當風, 此卽營之東城下. 城之上有小亭翼然, 使我作閒暇人, 則迨及蓮花滿塘之時, 挾妓登亭以恣玩償, 玉井眞人[6]不足多羨, 而不可得噫. (시 생략) 乃沿江數武地, 轉到城南門, 扁以禮化門. 回入拱北門, 下處[7]于軍房. 營主人[8]金鶴奉此主人, 卽軍牢房所屬故也. 少選進酒物, 暫爲下箸, 使隨陪[9]呈馳進狀[10]. 兵使卽朴公珪熙[11]也, 尙未起

---

1) 馬峙(마치): 비봉산과 선학산 사이, 즉 옥봉동에서 초장동으로 넘어가는 말티고개.

2) 閭閻撲地(여염박지): 집들이 빼곡히 들어서 있음. 유래는 용어 일람 '여염박지' 참조.

3) 武(무): =무(畝). 일백 보의 거리. 정약용, 『아언각비』 권3 〈일무(一畝)〉 참조.

4) 射亭(사정): 본서의 〈진주성도〉를 보면, 동장대를 기준으로 맨 아래쪽의 남강 가에 홍교(虹橋)가, 그 서쪽에 사정이 있다.

5) 稠疊(조첩): 빈틈없이 차곡차곡 쌓이거나 포개져 있음. '稠'는 빽빽하다. '疊'은 겹쳐지다.

6) 玉井眞人(옥정진인): 태화산 옥정에 사는 신선. 한유, 「고의(古意)」(『한창려집』 권3), "태화산 봉우리 위 옥정의 연꽃은 / 꽃이 피면 너비가 열 길이요 뿌리는 배만하다네 / 차기는 눈서리 같고 달기는 꿀과 같아서 / 한 조각 입에 넣어도 고질병이 낫는다네[太華峯頭**玉井**蓮, 開花十丈藕如船, 冷比雪霜甘比蜜, 一片入口沈痾痊]".

7) 下處(하처): 임시로 머물러 쉬는 곳.

8) 營主人(영주인): 병영에 속한 아전으로 병영과 고을 사이의 연락을 담당했음.

9) 隨陪(수배): 수행해 모시는 자. '陪'는 모시다, 도우다.

10) 馳進狀(치진장): 병영의 병사나 감영의 관찰사에게 나아가기 위해 올리는 글.

寢云. 時近巳正刻, 因起身登庭南城上, 通一營歷歷可點. 乃招營主人, 問局內山名及門號, 相與酬酢. 營之主山在北飛鳳山, 南望陣峰, 東仙鶴峙, 西有菁川藪. 矗城內外城, 周十里. 北有大寺池, 南有望景臺, 東有水晶峰[12]. 南門曰禮化門, 西門曰義正門, 北門曰智濟門,[13] 舊北門曰對仁門, 內北門曰拱北門, 內東門曰矗石門. 又有內外水門[14], 此是一營之汲水要路也. 東有東將臺, 名曰待變廳. 西有西將臺, 其下有山城寺·護國寺,[15] 將臺門曰鳳棲樓. 南有鎭南樓, 又之爲北將臺. 又有矗石樓, 又額南將臺. 東有小閣連覆, 扁以涵玉軒. 樓之西有義妓祠·義巖, 石上有論介旌門. 樓之北有諸氏雙忠碑閣[16], 又有三壯士金公千鎰·黃公進·崔公慶會碑閣. 城之內有彰烈祠, 卽三壯士腏享[17]之所. 又有生祠堂[18], 前監司趙公康夏[19]·兵使韓公圭卨[20]·牧使洪公鐵柱[21]之祠. 路之左右, 監司·兵使·牧使遺惠碑, 重重在在, 不可殫記. 兵營外

---

11) 朴公珪熙(박공규희, 1840~?): 철산부사, 영광 법성첨사(1878.6~1881.6), 황해도수군절도사(1885~1887), 경상우병사(1888.3~1890.1), 금군별장, 충청북도 초대 관찰사(1896), 중추원 의관 등을 지냈다. 장인이 이종준(이근택의 조부)이고, 사위가 한규설이다.

12) 水晶峰(수정봉): 현재 옥봉동 금산(錦山). 진주향교 맞은편의 산.

13) 하륜의 「진주성문기」(『호정집』 권2)에도 의정문, 지제문, 예화문이 나온다.

14) 內外水門(내외수문): 내수문은 영남포정사에서 직선으로 남쪽 강가에, 외수문은 촉석문에서 동쪽으로 약간 지난 지점의 남강 가에 있었음. 〈진주성도〉 참조.

15) 두 절이 있는 것처럼 기록했지만 이칭이다. 고려시대 내성사(內城寺)로 창건된 이 절은 제2차 진주성 전투 때에 승병들의 장렬한 전사와 함께 소실되었다. 숙종 때 '호국사'를 사액 받아 중건되었고, 이후에도 〈진주성도〉에서 보듯이 산성사 이름이 혼용되었다.

16) 諸氏雙忠碑閣(제씨쌍충비각): 제말(1553~1593)과 제홍록(1558~1597) 숙질의 충의를 현창하기 위해 1792년에 '제씨쌍충사적비'를 세웠다. 하강진(2014), 234~245쪽 참조.

17) 腏享(체향): =체식(腏食). 여러 신위를 한곳에 갖추어놓고 술을 땅에 부어 한꺼번에 지내는 제사. '腏'는 강신(降神) 잔으로, 醊(철/체)와 동자.

18) 生祠堂(생사당): 백성들이 관찰사나 고을 수령의 선정을 기려 제사지내기 위해 그 사람이 살아 있을 때 지은 사당을 말함.

19) 趙公康夏(조공강하, 1841~1892): 1864년 증광시 급제. 경상도 관찰사 겸 대구도호부사(1883~1884 재임) 때 도내 일대에 흉년이 들자 조정에 여러 번 장계를 올려 빈민을 구휼했고, 현재 대구 경상감영공원 내에 불망비가 있다.

20) 韓公圭卨(한규설, 1856~1930): 1884년 2월 우부승지로 있던 중 경상우병사로 발탁되어 8월까지 재임하면서 삼정문란을 제거하고 창렬사를 중건했다. 보부상들이 1887년 2월 비봉산 아래 불망비를 세웠고(현, 진주성 비석군 소재), 또 고을 사람들이 서문 안에 생사당을 지었다. 장인이 박규희이다. 하강진(2014), 440~441쪽 참조.

21) 洪公鐵柱(홍공철주, 1834~?): '澈周'가 바른 표기임. 경상도 관찰사를 지낸 이조판서 홍열

三門望美樓22), 門外有一高標柱. 云是此營地形爲行舟形, 故立此帆竹23)矣.
內三門元帥衙門, 又扁以嶺右兵馬轅門. 東軒曰運籌堂24), 又曰養威閣·緩帶
軒·隱豹閣·閑曠樓. 西邊樓曰籌邊樓, 又曰疑秋閣·對矗石樓25)·超然26). 東
有一閣曰拱辰堂27), 暎荷樓. 堂之外東曰百和堂, 卽幕府28), 門號曰禮羅門.
又東有中營29)焉, 虞侯處之. 政堂曰贊籌軒, 又望曰軒. 南有將廳. 北門外三
武許, 有客舍, 扁以晉陽館30). 館前門, 卽鳳儀樓31). 樓前, 卽場市, 二七日也.
館之西一武地, 有本府32). 外三門曰寬和樓33), 東軒曰保障軒34), 近民堂·朝
陽閣·忠孝堂. 又之西有鎭營35), 外三門曰武德門36), 政堂曰審愼堂. 城內城
外戶口, 殆近三千戶. 主倅, 卽李聖烈37). 本府之前, 又有場市, 日日列肆. 路

　　모(1804~1867)의 조카. 1859년 문과 급제해 안동부사, 경모궁 제조 등을 지냈다. 1871년
　　11월부터 1872년 11월까지 진주목사를 지내면서 사직단, 여제단, 군기고, 양무당 등을
　　중수했다. 『매천야록』 권1에 그의 용기 있는 행위를 수록했다.
22) 望美樓(망미루): 우병영 원문(轅門)의 이름. 1895년 경상도 진주관찰부가 출범하면서 선
　　화당의 문루에 '영남포정사(嶺南布政司)' 편액을 내걸었다.
23) 帆竹(범죽): 대로 만든 배 돛대 형상의 높다란 깃대. 〈진주성도〉를 보면 원문(轅門), 곧
　　망미루 앞에 그려져 있음.
24) 運籌堂(운주당): = 운주헌(運籌軒). 우병사의 집무처.
25) 對矗石樓(대촉석루): 동아대학교 박물관 소장의 〈진주성도〉에는 '對矗樓'로 기재되어 있음.
26) 超然(초연): 서울대학교 규장각 소장의 〈진주성도〉에는 '迢然堂'으로 기재되어 있음.
27) 拱辰堂(공진당): 우병사의 별당. 〈진주성도〉를 보면 운주헌 뒤편에 있음.
28) 幕府(막부): 운주헌 동쪽에 위치함. 〈진주성도〉 참조.
29) 中營(중영): 위치는 공북문 앞 서쪽의 김시민장군 동상이 있는 일대.
30) 晉陽館(진양관): 〈진주성도〉에는 대개 비봉관(飛鳳館)으로 표기되어 있음.
31) 鳳儀樓(봉의루): 의봉루(儀鳳樓)의 오기. 〈진주성도〉에 뚜렷이 그려져 있듯이 진주객사
　　남문이다. 최이(崔迤, 1356~1416)가 1409년 진주목사로 도임하여 판관 은여림(殷汝霖)과
　　함께 세 칸의 누각을 새로 짓고 봉명루라 했는데, 뒤에 개명했다. 하륜, 「봉명루기」(『호정
　　집』 권2); 표연말, 「봉명루중수상량문」(『속동문선』 권18). 그리고 진주목사 조덕상(1708~
　　1784)이 1760년 중건했다. 일제강점기에는 진주구 재판소와 부산지방법원 진주지청으로
　　활용되었다.
32) 本府(본부): 비봉산 아래에 위치한 진주목 관아를 말함.
33) 寬和樓(관화루): 진주목사 정현석이 1869년 신축한 관아 외삼문의 이름. 신좌모, 「관화루
　　상량문」(『담인집』 권16); 박치복, 「관화루기」(『만성집』 권12) 참조.
34) 保障軒(보장헌): 목사가 집무하는 정당.
35) 鎭營(진영): 촉석문에서 북쪽으로 일직선 방향으로 대사지 위쪽에 위치했음.
36) 武德門(무덕문): 〈진주성도〉에는 무덕루(武德樓)라 표기했음.

之左右, 石碑重疊. 聞兵使起寢, 卽入問候, 暫話仍辭出. 旅次[38]午饌, 自營廚備待. 轉往中營. 虞侯李起邦[39], 自在延日倅時, 曾有面分, 相與叙懷. 因日力[40]過半·前路且脩, 有難遲滯, 乃起身辭別. 卽向矗石樓, 步登樓上. 改着常服, 使之裝束行具吸烟草. 遍覽景物, 樓臨城堞, 而大江緣其下, 商船漁艇, 或浮或係. 棹歌飄逸, 林藪碧涵, 大野杳茫, 衆山奇幻, 眞嶠南勝區保障之地也. 樓凡數十間, 而扁額矗石樓三字, 云是七歲兒書之, 筆勢酋勁[41]. 字大一間, 想像當時運毫, 特出凡人所料. 自古名碩·學士·遊客之詩篇與記跋, 鱗鱗[42]扁揭, 擧目一遍, 固已眩曜[43]. 且其誇能逞奇, 文彩騫翔[44], 使後來無復吐一口着一手. 是則雖謂文章淵藪[45], 實非夸言也. 就中申維翰詩, 爲華人所稱賞云, 故錄之. (…中略…) 乃下樓, 出矗石門, 由水門, 抵江邊乘船. (…中略…) 五里中間, 有江水之塘, 周回濶遠. 上有石壁嶄截[46], 下有江流淳潃[47], 玄碧無底. 石棧僅通, 崎嶇危險. 行二里餘, 石壁有斷頭石, 血痕尙在. 云是龍頭石[48], 壬亂倭人刀斷者也. 其後晉州境內, 不出壯士云矣. (시 생략) 三里, 開

---

37) 李聖烈(이성렬): 1889년 2월 무주부사로서 진주목사로 전직해와 같은해 7월 홍문관 응교로 갈려 갔다. 그의 전후 진주목사가 조필영이다. 조성가, 「함옥헌중수기」 참조.

38) 旅次(여차): 여행 중에 머무는 곳.

39) 李起邦(이기방): 훈련도감 파총, 공사관, 연일현감(1887.8 제수)을 거쳐 1889년 1월 경상우도 병마우후에, 같은 해 7월에 진영영장에 각각 제수되었다.

40) 日力(일력): 해가 떠서 질 때까지.

41) 酋勁(추경): 힘찬 필력의 모습. '酋'는 훌륭하다, 뛰어나다. '勁'은 굳세다.

42) 鱗鱗(인린): 비늘같이 빛나고 고운 모양. '鱗(린)'은 비늘.

43) 眩曜(현요): 현기증이 남. '眩'은 아찔하다. '曜'는 빛나다.

44) 騫翔(건상): 찬란한 모습. '騫'은 날다, 가볍다, 이지러지다. '翔'은 날다.

45) 淵藪(연수): 못에 물고기가 모여들고 숲에 짐승이 모여드는 것처럼 시문 창작이 왕성하게 일어나는 장소를 뜻함. '淵'은 못. '藪'는 늪.

46) 嶄截(참절): 산이 높고 험한 모양. '嶄'은 높다. '截'은 끊다.

47) 淳潃(정축): 물이 가득 차 있음. '淳'은 물이 괴다. '潃'은 물이 모이다.

48) 龍頭石(용두석): 촉석루에서 남쪽 7리의 남강 절벽에 있었음. 오횡묵의 「남강석벽유단용두혈흔(南江石壁有斷龍頭血痕)」, 『경상도함안군총쇄록시초』 권4, "푸르고 붉은 절벽에 전란의 피 흘렸나니 / 칼 자취 남겨 끊어진 곳을 용두라 하네 / 장사들이 이때부터 끊어졌다고 한다면 / 제나라 때 복숭아 두 개 때문에 목숨 내던진 것보다는 낫구려[翠壁丹涯戰血流, 刀痕斷處號龍頭, 若云壯士從玆絶, 勝似齊桃二顆投]". 참고로 마지막 시행은 『안자춘추』 「내편」 〈간하〉에 나오는 고사를 언급한 것으로, 제갈량(181~234)의 「양보음」(『고문진보』 권

陽店.49) 二里, 皀沙店, 傍有巡相李公止淵50)碑閣. 二里有十水橋51), 緣漲潰
缺, 渡涉極難. 泗川界, 自此始矣.

번역 (1889년 5월 23일). 배에서 내려 7리를 가니 마치(馬峙)가 있는데,
소나무가 울창하고 대숲이 우거져 있다. 멀리 병영(兵營)이 보이고,
큰 강이 가로질러 흐르며, 성가퀴가 둘러싸고 있다. 집들이 빼곡하고 인가
의 연기가 가득 퍼져 있다. 그 가운데 누각 하나가 중천에 우뚝 솟아 있는
데, 바로 촉석루(矗石樓)이다. (시 생략)

고개를 내려가 얼마 되지 않는 곳에 위로 석벽이 있고, 아래로는 강가가
있다. 한 갈래 길이 험준한 비탈길 사이로 나 있는데 1리 가까이 되었다.
활을 한 번 쏘아 살이 닿을 만한 기슭에 향교(鄕校)가 있다. 또 몇 무(武)
떨어진 곳에 사정(射亭)이 있는데, 몇 그루 오래된 나무가 짙게 덮여 있고,
지세는 편평하게 펼쳐져 있다. 정자 북쪽에 못이 하나 있는데, 아름다운
연꽃 줄기가 빽빽이 자라 바람을 맞고 있었다. 이곳은 진주 병영(兵營) 동
쪽 성의 아래이다. 성 위에는 소정(小亭)이 우뚝 솟아 있다. 내가 한가한
사람이라면 연꽃이 못에 가득 필 때 기생을 끼고 정자에 올라 마음껏 감상
하며 옥정진인(玉井眞人)도 크게 부러울 것이 없겠지만, 그렇게 할 수 없기
에 탄식하였다. (시 생략)

이에 강을 따라 몇 무(武)를 더 가다가 돌아서 성의 남문(南門)에 이르니
예화문(禮花門)이라 편액을 하였다. 공북문(拱北門)을 돌아 들어가 군방(軍
房)에 임시로 유숙하였다. 영주인(營主人) 김학봉은 이곳의 주인인데, 군뢰
방(軍牢房) 소속이기 때문이다. 조금 있으니 주안상을 차려와 잠시 젓가락

---

12)에 '이도살삼사(二桃殺三士)'라는 용어가 보인다.

49) 開陽店(개양점): 정촌면 개양리에 있었음. 진양연계재 편, 『진양속지』 권4 참조.

50) 李公止淵(이공지연): 이지연(1777~1841)은 1823년 11월부터 1825년 4월까지 관찰사를
지냄. 자세한 것은 본서의 이지연 시 참조.

51) 十水橋(십수교): 진주와 사천의 경계인 가차례리(加次禮里, 진주 정촌)에 있었음. 성여신
주편, 『진양지』 권2 「교량」; 정광현 편, 『진양지속수』 권2.

을 대다가 따라온 수행자를 시켜 치진장(馳進狀)을 올리게 하였다. 병사는 박규희(朴珪熙) 공인데, 아직 일어나지 않았다고 한다. 때는 사시(巳時) 정각에 가까웠으므로 자리에서 일어나 뜰 남쪽의 성 위에 올라가니 온 병영(兵營)을 꿰뚫어 낱낱이 살펴볼 수가 있었다. 이에 영주인을 불러 그 지역의 산 이름과 문의 이름을 묻고 서로 잔을 주고받았다.

병영의 주산은 북쪽에 있는 비봉산(飛鳳山)이고, 남쪽은 망진봉(望陣峰)이며, 동쪽은 선학치(仙鶴峙)이며, 서쪽은 청천(菁川) 늪이다. 촉석성(矗石城)은 내성과 외성의 둘레가 10리이다. 북쪽에 대사지(大寺池)가 있고, 남쪽에는 망경대(望景臺)가 있으며, 동쪽에는 수정봉(水晶峰)이 있다.

남문은 예화문(禮花門), 서문은 의정문(義正門), 북문은 지제문(智濟門), 구북문(舊北門)은 대인문(對仁門), 내북문(內北門)은 공북문(拱北門), 내동문(內東門)은 촉석문(矗石門)이라 한다. 또 내수문(內水門)과 외수문(外水門)이 있는데, 이는 병영의 물을 긷는 중요한 곳이다.

동쪽에 동장대(東將臺)가 있고, 이름하여 대변청(待變廳)이라 한다. 서쪽에는 서장대(西將臺)가 있고, 그 아래 산성사(山城寺)·호국사(護國寺)가 있으며, 서장대 문루를 봉서루(鳳棲樓)라 한다. 남쪽에 진남루(鎭南樓)가 있고, 이를 북장대(北將臺)로 삼는다.

또 촉석루(矗石樓)가 있고, 편액은 남장대(南將臺)이다. 동쪽에 있는 소각(小閣)은 지붕이 (촉석루와) 이어져 있으며, 편액은 함옥헌(涵玉軒)이다. 누각 서쪽에 의기사(義妓祠)와 의암(義巖)이 있고, 바위 위쪽에는 논개(論介) 정문(旌門)이 있다. 누각 북쪽에는 제씨쌍충비각(諸氏雙忠碑閣)이 있고, 또 삼장사(三壯士) 김천일 공·황진 공·최경회 공의 비각(碑閣)이 있다.

성안에는 창렬사(彰烈祠)가 있으니 바로 삼장사를 제향하는 곳이다. 또 생사당(生祠堂)이 있는데, 전 관찰사 조강하(趙康夏) 공과 병사 한규설(韓圭卨) 공과 목사 홍철주(洪澈周) 공의 사당들이다. 길의 좌우에는 감사, 병사, 목사들의 유혜비가 총총 세워져 있으나 다 기록할 수가 없다.

병영(兵營)의 외삼문은 망미루(望美樓)인데, 문 밖에는 높다란 표주(標柱)

가 있다. 이 병영의 지형이 행주형(行舟形)이므로 여기에 범죽(帆竹)을 세웠다고 한다. 내삼문은 원수아문(元帥衙門)이고, 편액은 영우병마원문(嶺右兵馬轅門)이다. 동헌은 운주당(運籌堂)이라 한다. 또 (현판) 양위합(養威閣), 완대헌(緩帶軒), 은표각(隱豹閣), 한광루(閑曠樓)가 있다. 서쪽의 누각은 주변루(籌邊樓)라 한다. 또 (현판) 의추각(疑秋閣), 대촉루(對矗樓), 초연당(超然堂)이 있다. 동쪽의 한 건물은 공진당(拱辰堂)이라 하고, (현판) 영하루(暎荷樓)가 있다. 공진당 바깥의 동쪽에 있는 백화당(百和堂)은 곧 막부로, 문 이름은 예라문(禮羅門)이다.

또 동쪽에 중영(中營)이 있는데, 우후(虞侯)가 거처하는 곳이다. 정당은 찬주헌(贊籌軒)이라 하고, 또 (현판) 망일헌(望日軒)이 있다. 남쪽에는 장청이 있다.

북문 바깥으로 3무(武)쯤 떨어진 곳에 객사(客舍)가 있고, 진양관(晉陽館)이라 편액을 하였다. 객사의 앞문은 의봉루(儀鳳樓)이다. 문루 앞은 시장(市場)이고, 2일과 7일에 선다.

진양관 서쪽으로 1무(武) 떨어진 곳에 본부(本府)가 있다. 외삼문은 관화루(寬和樓)라 하고, 동헌은 보장헌(保障軒)이다. (현판) 근민당(近民堂), 조양각(朝陽閣), 충효당(忠孝堂)이 있다.

또 서쪽으로 더 가면 진영(鎭營)이 있는데, 외삼문은 무덕문(武德門)이라 하고, 정당은 심신당(審愼堂)이라 한다.

성안과 성 밖의 호구는 거의 3천 호에 가깝다. 고을 수령은 바로 이성렬(李聖烈)이다. 본부(本府)의 앞에 또 시장(市場)이 있고, 날마다 가게를 연다. 길의 좌우에는 석비(石碑)가 겹겹이 세워져 있다.

병사(兵使)가 일어났다는 말을 듣고서 바로 들어가 안부를 묻고 잠시 이야기를 나누다가 곧 하직하고 나왔다. 여관에서 점심을 먹었는데, 병영의 주방에서 준비하여 접대해 준 것이다. 돌아서 중영(中營)으로 갔다. 우후 이기방(李起邦)은 연일 수령으로 있을 때부터 일찍이 얼굴을 안 친분이 있었으므로 함께 회포를 풀었다. 해가 반이나 넘어갔고, 또 앞길이 멀기 때문에 지체하기가 어려워 이내 자리에서 일어나 인사를 하고 헤어졌다.

곧바로 촉석루(矗石樓)로 향하여 걸어가 누각 위에 올랐다. 평상복으로 갈아입고, 여행 도구와 담배를 꾸리도록 하였다. 경치를 두루 보니 누각은 성가퀴에 다다라 있고, 큰 강이 그 아래를 따라 흘러가며, 장삿배와 고깃배들이 물에 떠 있거나 매여 있었다. 뱃노래가 청신하고, 나무숲은 푸른빛이 물씬 풍기며, 넓은 벌판은 아득하며, 겹겹의 산들은 기묘하여 참으로 영남의 명승지이자 요충지였다.

누각은 무릇 수십 칸으로 편액의 '矗石樓' 석 자는 7세의 아이가 썼다고는 하나 필세가 힘차고 굳세었다. 큰 글씨 한 칸은 당시 운필할 때를 상상하게 하는데, 보통 사람들이 생각하는 것보다 훨씬 뛰어났다. 옛날부터 명석·학사·유람객들이 남긴 시편 및 기문과 발문이 아름다운 비늘처럼 줄지어 걸려 있고, 눈을 들어 한 번 보니 정말 아찔하였다. 또 기묘함을 자랑하고 문장의 멋이 찬란하니, 후세 사람들로 하여금 다시 한마디 말을 내뱉거나 한 번쯤 솜씨를 발휘할 수 없도록 하였다. 이곳이 설령 문장의 보고(寶庫)라고 해도 실로 헛된 말은 아닐 것이다. 그 가운데 신유한(申維翰)의 시는 중국 사람들에게 칭찬을 받았으므로 수록한다. (…중략…)

촉석루에서 내려와 촉석문(矗石門)을 나와서 수문(水門)을 경유하여 강가에 이르러 배를 탔다. (…중략…) 5리를 더 가니 중간에 강물 같은 저수지가 있었고, 둘레는 아득히 멀었다. 위에는 깎아지른 석벽이 있고, 아래로는 강물이 깊게 고인지라 검푸르러서 바닥이 보이지 않았다. 돌로 만든 잔도를 겨우 통과하려니 험준하고 위태로웠다.

2리 남짓 더 가니 석벽에 단두석(斷頭石)이 있었고, 핏자국이 아직도 남아 있었다. 이 용두석(龍頭石)은 임란 때 왜놈이 칼로 자른 것이라 한다. 그 뒤로는 진주 경내에서는 장사가 나오지 않는다고 한다. (시 생략) 3리를 더 가니 개양(開陽) 주막이 있었다. 2리를 더 가니 조사(皂沙) 주막이 있었고, 그 곁에는 관찰사 이지연(李止淵) 공의 비각이 있었다. 2리를 더 가니 십수교(十水橋)가 있었고, 불어난 물로 둑이 터져 건너기가 매우 어려웠다. 사천 경계가 이곳에서 시작되었다.

용어 일람

가고(笳鼓): 호가(胡笳)와 북을 합친 말. 피리와 북 등의 풍악소리. 옛날 군중에서 이것을 사용했던 데서 전하여 군악을 가리킨다.

가공(架空): 공중에 건너질러 지음, 터무니없음.

가련(可憐): 사랑스럽다, 가련하다, 안타깝다.

가인(佳人): 아름다운 사람. 본서에서는 대부분 논개를 지칭함.

가인석(佳人石): 가인의 돌, 곧 남강 절벽의 의암(義巖).

가인암(佳人巖): 가인의 바위, 곧 남강 절벽의 의암.

각성(角聲): 군중에서 부는 뿔피리 소리, 나팔 소리. '角'은 피리.

간과(干戈): 방패와 창, 무기, 전쟁.

감개(感慨): 감격하여 마음속에 깊이 사무치는 느낌. 나라와 시국을 생각하는 격한 감정. 마음에 북받쳐 참거나 견뎌 내기 어렵다. 느껍다.

강개(慷慨): 의분에 북받치어 슬퍼하고 한탄함. 시름으로 맥이 없는 모양.

강상(綱常): 삼강과 오상. 사람이 지켜야 할 도리. 떳떳한 인륜. 삼강은 군신(君臣)·부자(父子)·부부(夫婦), 오상은 인(仁)·의(義)·예(禮)·지(智)·신(信).

강월(江月): 강물에 비치는 달.

강적(羌笛): 오랑캐가 불던 피리. '羌'은 종족명. 이순신 장군의 「한산도가(閑山島歌)」(『이충무공전서』 권1) "한산섬 달 밝은 밤에 / 수루에 올라 / 큰 칼 두드리며 시름 깊을 제 / 어디선가 한 곡조 오랑캐 피리소리가 또 시름 더하나[閑山島月明夜, 上戍樓, 撫大刀深愁時, 何處一聲羌笛更添愁]"에 용례가 나온다.

강주(康州): 진주의 옛 이름. →거열

강천(江天): 강물에 비친 하늘, 곧 강물이 맞닿은 하늘. 강가.

강회(江淮): 수양성 근처 지명. 당나라 장순과 허원이 안록산의 반군에 항거하다가 수양성에서 장렬하게 순절했다. 대개 촉석루 제영시에서 호남의 길목에 있는 요충지로서 진주를 비유할 때 자주 활용되었다.

거연(居然): 어느새, 뜻밖에, 그대로, 온통, 평안한 모양, 뚜렷한 모양.

거열(居列): 진주는 원래 백제 거열성(居列城)이었다. 신라 문무왕 2년(663)에 이를 탈취해 주(州)를 만들고, 신문왕 4년(685)에 거열주(居列州)—일명 거타(居陀)—를 나누어 진주총관을 두었다. 경덕왕이 강주(康州)로 고쳤고, 혜공왕이 다시 청주(菁州)로 하였다가 고려 태조가 또 강주(康州)로 고쳤으며, 성종 때 진주로 고쳤다. 그리고 조선 태조 때 현비(顯妃; 신덕왕후 강씨)의 내향(內鄕)이라 하여 승격시켜 진양대도호부로 삼았다. 『신증동국여지승람』 권30 「진주목」〈건치연혁〉.

거진(巨鎭): 목사(부사)가 거의 겸직하는 첨절제사가 다스리던 진영을 말함. 경상우병영의 관할 하에 진주진관, 상주진관, 김해진관의 세 거진(巨鎭)을 두었다. 이 중 진주진관에는 합천, 초계, 함양, 곤양, 거창, 하동, 사천, 남해, 삼가, 의령, 산청, 안의, 단성 등의 제진(諸鎭)이 속해 있었다.

건곤납납(乾坤納納): →납납건곤

걸래(朅來): 가고 오다, 이에. '朅'은 가다.

검(釖): 대부분의 자전에는 없고, 다만 단국대 동양학연구소의 『한한대사전』14(2008, 222쪽)에 자의가 "①검(劍)의 속자, ②칼날(인), ③둔하다(일)"로 풀이되어 있다. 『강희자전』에는 ③만 있는 것으로 볼 때 ①, ②의 용법은 훈음의 자국화라 하겠다. 하강진, 「표제어 대역 한자어의 탄생과 『한불자전』의 가치」, 『코기토』80, 부산대학교 인문학연구소, 2016, 133쪽 참조.

검가(劍歌): 검객의 노랫소리로 비분강개한 선비를 비유함. 전국시대 형가나 고점리가 대표적인 사례다. 『사기』권86「자객열전」〈형가〉

검극(釖戟): 칼과 창, 무기.

검기(釖氣): 칼날의 번뜩이는 광채, 곧 늠름한 기상. →자기

검축(釖筑): 비분강개한 기개를 품은 사람을 뜻함. 전국시대 위(衛)나라의 검객 형가(荊軻)가 연(燕)에 가서 개백정과 축(筑)을 잘 연주하던 고점리(高漸離) 등과 날마다 술을 마셨는데, 얼큰해지면 노래하며 서로 즐기기도 하고 울기도 하면서 마치 옆에 사람이 아무도 없는 것처럼 하였다. 『사기』권86「자객열전」〈형가〉.

겁(劫): 고통. 오랜 세월. 경겁(經劫), 왕겁(往劫), 일겁(一劫), 진겁(塵劫), 호겁(浩劫) 등에 쓰임.

격격(激激): 기세가 맹렬한 모양. '激'은 세차다.

격즙(擊楫): 적을 쳐부수겠다는 의지. 진나라 때 예주(豫州)태수 조적(祖逖)이 석륵(石勒)의 난을 다스리기 위해 강을 건너다가 노로 뱃전을 치며 맹세하기를[中流擊楫而誓曰], "조적이 중원을 평정하지 못하고 다시 강을 건널 때는 이 큰 강이 나를 지켜보리라.[祖逖不能清中原而復濟者, **有如大江**]"했다. 『진서』권62「조적전」.

격호(擊壺): 호방한 모습. 진(晉)나라 왕돈(王敦)은 술 마시면 쇠로 타호(唾壺)를 두들기며 조조의 「보출하문행(步出夏門行)」 시를 불렀다고 함. 『진서』권98「왕돈전」.

견사보장(繭絲保障): '繭絲'는 누에고치에서 실을 뽑아내듯 세금을 가혹하게 징수함을 뜻하고, '保障'은 나라의 울타리를 견고히 하듯 백성의 세금을 줄여 잘 살도록 하는 어진 정치를 뜻한다. 춘추시대 말기 진(晉)나라 6귀족의 하나인 조앙(趙鞅, 시호 簡子)이 윤탁(尹鐸)에게 진양(晉陽, 현 산서성 태원) 고을을 맡아서 다스리도록 하니, 윤탁은 "견사처럼 할까요? 혹은 보장이 되도록 할까요?[以爲繭絲乎, 抑爲保障乎]"라고 물었다. 이에 조앙은 "보장이 되도록 하라."고 하였다. 윤탁은 이에 호구 수를 줄이고 조세를 경감하여 너그러운 정치를 베풀었다고 한다(『국어』권15「晉語」). 이익은 견사보장의 의미에 대해 자세히 풀이하였다. 『성호사설』권18 「경사문」〈견사보장〉.

경거(瓊琚): 보배로운 구슬, 곧 주옥같은 시문. '琚'는 패옥. 『시경』「위풍」〈목과〉, "내게 모과를 던져주거늘 / 보배로운 구슬로 갚는다[投我以木瓜, 報之以瓊琚]".

경겁(經劫): =경겁(經刼). 겁화(劫火), 즉 전쟁의 참화를 겪음.

경륜(經綸): 천하를 경영하여 다스림, 또는 그 방책.

경리(鏡裏): = 경중(鏡中).

경면(鏡面): 거울 표면처럼 맑은 강을 비유함.

경영(經營): 터를 측량하고 건물을 배치함. 『시경』 「대아」〈문왕〉, "經始靈臺, 經之營之".

경중(鏡中): 거울 속. 흔히 거울처럼 맑은 강을 비유함.

경중인(鏡中人): 거울 속의 사람, 곧 맑은 강물에 비친 사람의 모습.

경파(鯨波): 고래등 같은 거센 파도. 흔히 외적의 침입에 비유함. '鯨'은 고래.

계서(桂醑): = 계화주(桂花酒). 계화를 넣고 빚은 술로, 대개 미주(美酒)를 뜻함. '醑'는 미주(美酒). 거른 술.

고각(鼓角): 병영에서 시간을 알리고 명령을 내리는 데 쓰던 북과 나발.

고경(杲卿): →안고경

고고(故故): 짐짓, 자주, 새우는 소리.

고국(故國): 고향, 옛 나라.

고목(孤鶩): →낙하고목

고비(鼓鼙): 말 위에서 두드리는 북. 적이 쳐들어 올 때 신호로 사용하는 북. 전하여 전쟁 또는 장수를 뜻함. 『예기』 「악기」 제19, "군자가 고비의 소리를 들으면 장수가 된 신하를 생각한다 [君子聽鼓鼙之聲, 則思將帥之臣]".

고종후(高從厚, 1554~1593): 호 준봉(隼峰), 시호 효열(孝烈). 광주 출신이고 고경명(高敬命)의 아들. 임진왜란이 일어나자 부친의 명으로 금구·김제·임피 등지에 격문을 돌려 의병을 모집해 금산으로 가서 싸우다 부친과 동생 고인후(高因厚)가 전사하자 그 시체를 거두었다. 이듬해 다시 의병을 규합하여 '복수의병군'이라 칭하고 진주성에 들어가 역전하다 함락 당일 김천일·최경회와 함께 남강에 투신해 죽었다. 뒤에 이조판서에 추증되었다.

고추(高秋): 하늘이 맑고 높은 가을, 한가을.

곤곤(滾滾): 물이 여흘여흘 흐르는 모양, 이엄이엄 흐르는 물.

공몽(空濛): 어둠침침한 모양, 넓고 아득한 모양. '濛'은 흐릿하다. 가랑비가 오다.

공극(筇屐): 막대와 나막신, 곧 여행. 유래는 '착극' 참조.

공북(拱北): →북공

관개(冠盖): 갓과 수레의 덮개로 높은 벼슬아치를 비유함.

관관(欵欵): 느린 모양, 충실한 모양, 혼자 즐기는 모양. '欵'은 '관(款)'의 속자.

관방(關防): 관문(關門)을 만들어서 외적을 방어하는 곳.

관산(關山): 관문과 산, 곧 고향 산천을 이르는 말.

광감(曠感): 광세지감(曠世之感)의 준말. 세상에 유례가 없는 느낌. 광세는 세상에 드문 것을 뜻함. 희대(稀代).

광풍(光風): 해가 떠오르자 바람이 불어 풀과 나무들이 빛남.

괴관(瓌觀): 아름다운 경관. '瓌'는 아름답다, 진귀하다.

교남(嶠南): 조령의 남쪽, 곧 영남을 이르는 말. '嶠'는 중국의 교령(嶠嶺)으로, 우리나라의 조령을 비유한 것임.

교목(喬木): 몇 대에 걸쳐서 크게 자란 나무로, 중요한 지위에 있으면서 국가와 운명을 같이한 집안에 비유함. 맹자가 제 선왕(齊宣王)에게 "이른바 옛 나라는 높은 나무가 있음을 말하는 것이 아니라 대대로 벼슬한 신하가 있는 것을 말합니다[謂故國者, 非謂有喬木之謂也, 有世臣之謂也].”라 한 데서 온 말이다. 『맹자』「양혜왕(하)」.

구구(九區): →구주

구구(區區): 작은 모양, 변변하지 못한 마음, 제각각 다름, 득의한 모양, 부지런한 모양.

구국(舊國): =고국(故國). 고향, 옛 땅.

구로(鷗鷺): 갈매기와 백로, 물새.

구맹(鷗盟): 속세를 떠나 산수에 은거함. 육유(陸游, 1125~1210), 「숙흥(夙興)」, “학의 원망은 누구를 의지해 풀거나 / 백구와의 맹세 이미 식었을까 염려되네[鶴怨憑誰解, 鷗盟恐已寒]”.

구원(九原): =구천(九泉). 황천(黃泉). 전국시대 진나라 때 경대부들의 묘지. 전하여 저승의 뜻으로 쓰임. 『예기』「단궁편」.

구유(舊遊): 옛날 놀던 일이나 친구.

구주(九州): 온 지역, 세상, 천하. 우(禹) 임금이 중국 전체를 아홉 지역으로 나누었다. 『서경』「우하서」〈우공〉.

구추(九秋): 가을. 가을이 모두 90일이기 때문에 생긴 이칭.

국상(國殤): 나라를 위해 목숨을 바친 사람. 순국열사. ‘殤’은 스무 살 미만에 죽은 영혼을 뜻하는데, 여기서는 전쟁터에서 죽은 청장년을 가리킨다. 국가가 이들의 제주(祭主)가 되므로 ‘國殤’이라 하였는데, 『초사』「구가」의 한 편명이기도 하다.

권객(倦客): 먼 길에 지친 나그네. ‘倦’은 피로하다.

권유(倦遊): 나그네로 떠돌아다니다 지침, 떠도는 신세, 지루한 여행. ‘倦’은 피로하다.

귀연(歸然): 홀로 우뚝 서 있는 모양. ‘歸’는 험준하다, 높고 가파른 모양.

극목(極目): 시력을 다하여 먼 데를 바라봄, 시야 끝까지, 눈 빠지게 기다림.

극포(極浦): 아득히 먼 물가.

금낭(錦囊): 비단 주머니에 담아 놓은 시. ‘囊’은 주머니. 당나라 때의 시인 이하(李賀)가 명승지를 구경할 때마다 해노(奚奴)에게 금낭을 지고 따르게 하여 시를 얻는 족족 그 주머니에 담았던 고사에서 온 말이다. 『신당서』 권203 「이하전」.

금대(襟帶): 산천이 옷깃과 허리띠처럼 둘러 있음. 흔히 험준한 지세나 요충지를 비유.

금벽루(金碧樓): 금빛과 푸른빛으로 단청하여 휘황찬란한 누각, 곧 아름다운 촉석루.

금연(錦筵): =화연(華筵). 비단 자리, 곧 화려한 잔치.

금장(金章): 금으로 된 관인. 관찰사나 사신 등의 지위 높은 관리를 가리킴.

금준(金樽): 금으로 장식한 화려한 술독.

금탕(金湯): 금성탕지(金城湯池)의 준말. 견고한 성.

급시(及時): 제때에, 때맞추어, 때를 이용하여.

기어(寄語): =전언(傳言). 인편에 말을 전함.

김시민(金時敏, 1554~1592): 자 면오(勉吾), 시호 충무(忠武). 충청도 백전촌(栢田村, 현 천안시 병천면 가전리) 출생. 1578년 무과 급제했고, 1591년 진주판관이 되어 이듬해 임진왜란이 일어나자 목사 이경과 함께 지리산으로 도망갔으나 초유사 김성일의 부름을 받고 여러 차례 전공을 세워 8월에 진주목사로 승진하였고, 10월에는 4천여 명의 병력으로 2만여 명의 일본군을 필사적으로 무찔러 소위 임진왜란 3대첩 중의 하나인 제1차 진주성전투에서 대승을 거두었다. 하지만 당시 시체 속에 숨어 있던 왜군의 총탄에 맞아 전사하고 말았다. 창렬사에 신위를 모시고 있으며, 촉석루 북쪽 광장에 「고목사김후시민전성각적비(故牧使金侯時敏全城卻敵碑)」(1619)가 세워져 있다. 하강진(2014), 216~233쪽 참조.

김지대(金之岱, 1190~1266): 초명 중룡(仲龍), 시호 영헌(英憲). 청도 대성리(大城里) 출생. 1218년 9월 태학생 때 부친 대신으로 출전해 거란병을 물리쳤고, 1219년 문과 장원한 뒤 전주사록·전라도 안찰사(1240)·동남로(현 경상도) 안렴사(1247)·정당문학 이부상서·지추밀원사(1261) 등을 역임했다. 영헌공을 배향하는 남계서원은 밀양시 청도면 두곡리에 있다. 그가 1241년 촉석루를 창건한 사실은 하강진(2014), 62~66쪽 참조.

김천일(金千鎰, 1537~1593): 자 사중(士重), 호 건재(健齋), 시호 문열(文烈). 나주 흥룡동(興龍洞) 출생. 1573년 학행으로 천거되어 경상도사(1576)·담양부사·수원부사 등을 지내다 임진왜란이 일어나자 고향에서 의병을 일으켜 창의사(倡義使) 칭호를 하사받았으며, 1593년 6월 절도사 최경회 등과 함께 9일간 진주성을 적극 사수하다가 함락 당일 아들 상건(象乾)과 남강에 투신 자결하였다. 1603년에 좌찬성, 1618년에 영의정에 추증되었고, 문집 『건재집』이 있다.

나말(羅襪): 미인의 비단 버선. →능파말

낙매(落梅): =「落梅曲」·「梅花曲」. 군중에서 쓰는 피리 악곡의 하나로 이별의 슬픔이나 고독감을 주제로 함. 진나라 환이(桓伊)가 피리를 잘 불어 「낙매화곡」을 지었는데, 이후 단골로 시의 소재가 되었다. 이백(701~762)의 「종군행」, "피리는 매화의 곡을 연주하고 / 칼은 명월의 고리를 드러내도다[笛奏梅花曲, 刀開明月環]".

낙일(落日): 지는 해, 저무는 해.

낙하고목(落霞孤鶩): 가을의 빼어난 경치를 형용한 말. 왕발(王勃, 650~676)이 「등왕각서」에서 "저녁놀과 나란히 외로운 따오기가 나란히 날고 / 가을 강물은 넓은 하늘과 모두 같은 색이로다[落霞與孤鶩齊飛, 秋水共長天一色]"라 하여 9월 중양절 남창의 아름다운 경치를 묘사하였다.

난간(闌干): 난간, 종횡으로 뒤얽힌 모양, 빛이 선명한 모양, 눈물 흐르는 모양. '闌'은 칸막이, 한창, 함부로. '干'은 방패, 범하다.

난계(蘭契): 금란지계(金蘭之契)의 준말. 뜻이 맞는 친구의 두터운 교분.

난장(蘭檣): = 난장(蘭槳).

난장계도(蘭檣桂棹): 돛대와 노의 미칭. 소식, 「전적벽부」, "계수나무 노와 목란 삿대대로, 맑은 물결을 치며 달빛 흐르는 강물을 거슬러 오르도다[桂棹兮蘭槳, 擊空明兮泝流光]".

난주(蘭舟): 춘추시대 노나라의 노반(魯般)이 심양강 목란주(木蘭洲)에서 자라는 목란나무를 깎아서 만들었다고 하는 배인데, 일반적으로 조각배의 미칭으로 쓰임.

남강(藍江): 진주 남강의 별칭. 남덕유산에서 발원하여 함양 남계천(灆溪川)을 거쳐 진주로 흘러드는 쪽빛의 강. 본서 성환혁의 「촉석루중건기」 참조.

남수(藍水): = 남강(藍江).

남국(南國): 나라의 남쪽, 곧 진주가 속해 있는 지역. 남쪽 나라.

남기(南紀): 남쪽의 벼리. '紀'는 끝, 마지막, 실마리. 『시경』 「소아」〈소민〉, "넘실넘실한 강수와 한수는 / 남국의 벼리다[滔滔江漢, 南國之紀]".

남남(喃喃): 재잘거리는 소리. 글 읽는 소리. '喃'은 재잘거리다.

남이흥(南以興, 1576~1627): 자 사호(士豪), 호 성은(城隱), 시호 충장(忠壯). 증조부가 남지(南

智)이고, 부친은 정유재란 때 이순신과 함께 노량해전에서 왜적을 막다 전사한 남유(南瑜 1552~1598)임. 1602년 무과 급제했고, 1617년 4월 정기룡의 후임으로 경상우병사 겸 진주목사로 도임해 1619년 3월까지 재임하면서 진주성 일대를 대대적으로 정비했으며, 촉석루와 함옥헌을 중건했다. 부임한 첫 해에 어득강의 외증손 창주 하징(1563~1624)이 덕천서원에서 『관포집』을 간행할 때 도움을 주었다. 1624년 이괄의 난 때 장만(張晚) 휘하에서 공을 세워 연안부사가 되었으며, 1627년 정묘호란 때에는 평안도 병마절도사로서 안주성을 지키다 무기가 떨어져 가망이 없자 분신 자결하고 말았다. 뒷날 좌의정에 증직되고, 의춘부원군에 추봉되었다. 한편 그의 전기와 촉석루 중수 관련 시문이 『충장공유사』(국립중앙도서관 소장)에 자세한데, 이 책은 현손 남익화(1667~1733)가 칠곡부사로 재직하던 1721년에 간행한 것이다.

납납건곤(納納乾坤): 넓디넓은 하늘과 땅의 모양. '納'은 받아들이다. 두보, 「야망」, 『두소릉시집』 권22, "하늘 땅 포용하여 크기도 크고 / 군국에 가는 길 멀기도 멀어라[**納納乾坤**大, 行行郡國遙]".

낭유(浪遊): 하는 일 없이 빈둥빈둥 놀며 지냄. '浪(랑)'은 물결, 함부로, 방자하다.

낭적(浪跡): 이리저리 돌아다님. 방랑함.

낭화(浪花): 물결이 서로 부딪쳐 흩어지는 모양, 물보라, 열매를 맺지 않는 꽃.

녹의(綠蟻): 파란 거품, 곧 좋은 술을 뜻함. '蟻'는 동동주 위에 뜨는 거품.

논개(論介): 전라도 장수 출신의 진주 관기로 1593년 7월 제2차 진주성전투 후 왜군이 촉석루에서 잔치를 벌일 때 왜장을 강가 바위로 유인해 함께 강물에 투신함으로써 충절의 화신이 되었다. 류몽인의 『어우야담』에 순국 일화가 최초로 기록되었는데, 1740년 '의기(義妓)'라는 국가 표창이 내려졌다. 논개와 관련된 유적은 의암(義巖)을 비롯해 '의암사적비'(1722.4 건립), '정려각'(1741년 봄 건립), '의기사'가 있다. 하강진(2014), 147~191쪽 참조.

뇌(酹): 술을 부으며 조상의 혼백을 모시는 제사 절차. **'酹(뢰)'는 붓다.**

누거(樓居): 누각.

누로(樓櫓): 지붕이 없는 망루. '櫓'는 망루, 방패, 노.

누선(樓船): 강위에 띄워 놓은 높고 큰 배.

눈류(嫩柳): 잎이 새로 나온 버들. '嫩'은 어리다, 연약하다.

능파(凌波): 급류의 물결, 걸음이 가볍고 우아한 모양. →능파말

능파말(凌波襪): 물결 위를 걷는 버선으로, 예쁜 미인을 뜻함. '襪'은 버선. 조식(曹植, 192~232)의 「낙신부(洛神賦)」에 "물결을 밟아 사뿐히 걸어가니 / 비단버선 끝에 먼지가 이네[**凌波**微步, 羅襪生塵]"라는 구절에서 유래. 시제의 '洛神'은 복희씨의 딸 복비(宓妃)를 말하는데, 낙수(洛水)에 빠져 죽어 그곳의 귀신이 되었다고 함.

단구(丹丘): 신선이 산다는 곳으로 밤낮없이 항상 밝다고 함. 『초사』 권9 「원유」.

단첩(短堞): 짧은 성첩. '堞'는 성가퀴.

단확(丹臒): 발간색의 고운 흙, 곧 단청을 말함. '臒'은 진홍색의 찰흙.

담담(淡淡): 산뜻한 모양, 사물의 그림자가 아른아른한 모양, 물이 순순히 흘러 편편하게 차는 모양. '淡'은 묽다, 담박하다.

담연(淡煙): 엷게 낀 연기, 옅은 안개. '淡'은 묽다.

당시(當時): 그때, 그 시절, 이때, 지금.

당일(當日): 일이 생긴 바로 그날, 이날.

대독(大纛): 대장의 깃발. '纛'은 쇠꼬리로 장식한 큰 기.

대령(大嶺): 대개 조령(鳥嶺, 새재)을 말하는데, 영남은 대령 남쪽.

대색(黛色): 눈썹먹 같은 빛. 먼 산의 형용. '黛'는 눈썹 먹으로 검푸른 빛, 짙은 청색.

대황(臺隍): 누대와 해자. 해자는 방어용으로 성 둘레에 판 못. '隍'은 해자.

도도(滔滔): 물이 질펀히 흐르는 모양, 어지러운 모양, 시세만을 따름.

도두(渡頭): 나루터.

도백인(蹈白刃): 위험을 무릅쓰고 용기를 내어 죽음. 유래는 '백인(白刃)' 참조.

도사(蹈死): = 도해(蹈海). 높은 절개를 뜻함. 진(秦)나라 군대가 조나라 서울인 한단을 포위하자 겁먹은 위나라에서 신원연(新垣衍)을 조에 급파해 진을 황제로 섬길 것을 건의했다. 이때 제나라 고사(高士) 노중련(魯仲連)은 제의를 거부하고 그에게 "진이 방자하게 황제를 칭하여 잘못된 정치를 천하에 편다면, 나는 동해를 밟고 빠져 죽겠네[彼則肆然而爲帝, 過而爲政於天下, 則連有蹈東海而死耳]." 하였다. 진나라 장군이 이 말을 듣고 군사를 후퇴시켰다고 한다. 『사기』 권83 「노중련전」.

도이(島夷): 섬 오랑캐, 곧 왜놈.

돌돌(咄咄): 쯧쯧 혀를 참, 매우 의외의 일. '咄'은 탄식하는 소리. 진나라 때 은호(殷浩)가 서인으로 폐출된 뒤 온종일 허공에다 "돌돌괴사(咄咄怪事)" 네 글자를 쓰고 있었다는 고사가 있다. 유의경, 『세설신어』 「출면」

동류(東流): 물이 동쪽으로 흐름. 세월이 지나도 변함없음을 비유하기도 하는데, 공자가 "(강물이) 만 번 꺾여도 동으로 흐르는 것은 굳은 의지가 있는 것 같다[其萬折也必東, 似志]."고 한 말에서 유래했다. 『순자』 「유좌」. 충북 괴산의 '만동묘(萬東廟)'도 여기에서 따왔음.

동우(棟宇): 집의 마룻대와 추녀 끝이란 뜻으로, '집'을 통틀어 이르는 말.

동천(洞天): = 동부(洞府). 신선이 사는 명산, 곧 선경. 도가에서 인간 세상에는 10곳의 대동천(大洞天) 외에 36곳의 소동천(小洞天)과 72곳의 복지(福地)가 있다고 함.

동풍(東風): 동쪽에서 불어오는 바람, 봄바람. '東'은 오행설에서 봄에 배당.

두각(斗覺): 문득 깨달음, 갑자기 느낌. '斗'는 갑자기.

두류(頭流): 지리산의 이칭인 두류산.

두릉(杜陵): 당나라 두보의 자호인 두릉야로(杜陵野老)의 준말. 그는 난리를 당해 전국을 유랑하며 우국 심경을 시로 읊었다.

두우(杜宇): = 촉혼(蜀魂)·촉조(蜀鳥)·귀촉도(歸蜀道). 두견새 별칭. 촉나라에 망제(望帝)라 불린 임금 두우(杜宇)는 신하에게 자리를 빼앗기고 원통하게 죽었는데, 그 넋이 두견새로 변하여 봄철이면 '불여귀(不如歸)'라는 소리를 내며 밤낮으로 슬피 울었다는 전설에서 비롯된 것이다. 『화양국지』 권3 「촉지2」.

등각(滕閣): →등왕각

등루부(登樓賦): →왕찬

등왕각(滕王閣): 당 고조의 아들이자 태종 이세민의 동생인 이원영(李元嬰)이 홍주(洪州, 현 강서성 남창시) 자사(刺史)로 재직할 때인 653년에 지은 누각이다. 그가 639년 등왕(滕王)에 봉해졌으므로 이렇게 누각 이름을 지었다. 그 뒤 홍주태수 염백서(閻伯嶼)가 675년에 누각을 중수한 뒤 그 기념으로 큰 잔치를 베풀어 문인들에게 글을 짓게 했는데, 이때 근처를 지나던 왕발(王勃, 650~676. 자 子安)이 유명한 「등왕각서」와 등왕각 시를 지었다. 그 뒤 왕중서(王仲舒, 762 ~823. 자 弘中)가 790년 홍주자사로 있으면서 누각을 중수한 뒤 「등왕각기」를 지었고, 한유 (韓愈, 768~824, 자 退之)가 820년 원주자사 때 관찰사로서 다시 등왕각에 등림한 왕중서의 요청으로 「신수등왕각기」를 지었다. 한유는 이 글에서 왕발과 왕중서, 「등왕각부」를 지은 왕서(王緒)를 합쳐 '삼왕(三王)'이라 불렀는데, 현재 왕발의 작품만 전한다.

등한(等閑): 마음에 두지 않음, 소홀함.

마사(摩挱): 안타까워 어루만짐. '摩'는 쓰다듬다. '挱'는 만지다.

막막(漠漠): 널리 퍼진 모양, 널리 자욱한 모양.

만곡(萬斛): 아주 많은 분량. '斛'은 10두(斗), 곧 한 섬.

만랑(漫浪): 일정한 직업이 없이 각처를 떠돌아다님. 부질없는 유람. 물이 넘치는 모양.

만만(漫漫): 멀고 아득한 모양, 넓어서 끝없는 모양, 밤·길·구름 등이 긴 모양.

만목(滿目): 눈에 가득 참, 눈에 보이는 끝까지.

만유(漫遊): 마음 내키는 대로 정처 없이 여기저기 떠돌아다니며 놀다.

만절(萬折): →동류

망망(茫茫): 넓고 멀어 아득한 모양.

망형(忘形): 형체를 잊음, 곧 세속에 초연하거나 허물없이 지내는 사이를 말함. 『장자』「양왕」, "뜻을 기르는 자는 형체를 잊고, 형체를 기르는 자는 이익을 잊고, 도를 이루는 자는 마음을 잊는다[養志者忘形, 養形者忘利, 致道者忘心矣]".

면억(緬憶): 아득히 지난 일을 회상함. '緬'은 멀다, 아득히.

명구(名區): 명승지구(名勝地區)의 준말. 이름난 땅이나 명승지.

명랑(鳴桹): = 명랑(鳴榔)·명로(鳴櫓)·명요(鳴橈). 노 젓는 소리, 배를 저어 감. '桹'은 뱃바닥에 깐 널반지.

모년(暮年): 늙은 나이, 늘그막. '暮'는 늙다.

목란주(木蘭舟): →난주

묘묘(杳杳): 아득한 모양, 깊고 어두운 모양. '杳'는 아득하다, 깊숙하다.

묘묘(渺渺): 수면이 한없이 넓은 모양, 넓고 넓은 모양.

무단(無端): 아무 이유도 없이, 괜스레, 끝이 없음.

무뢰(無賴): 마음이 편치 않음, 믿을 수 없음. '賴'는 힘입다, 믿다, 착하다.

무림수죽(茂林脩竹): 동진(東晉) 왕희지의 「난정집서」에 "이곳에 높은 산과 가파른 고개, 그리고 무성한 숲과 길게 자란 대나무가 있네[此地有崇山峻嶺·茂林脩竹]."라는 구절이 있음.

무변(無邊): 끝이 없음. 또는 그런 모양. '邊'은 가, 가장자리.

무양(無恙): 근심이 없음. '恙'은 근심, 탈. 유래에 관해서는 이형상의 『字學』(김언종 외 역, 푸른역사, 2008, 205쪽) 참조.

물색(物色): 풍경, 경치.

물화(物華): 철따라 생기는 온갖 물색, 곧 자연의 아름다운 경치.

미목(眉目): 눈썹과 눈, 곧 얼굴. 아주 가까움.

박모(薄暮): 황혼, 땅거미. '薄'은 가깝다.

반공(半空): 중천, 하늘의 한복판. '半'은 가운데, 중간.

반야(半夜): 한밤중. '半'은 한창, 절정.

반천(半天): ＝중천.

반춘(半春): 한창인 봄날, 음력 2월.

반향(半餉): 짧은 시간. '餉'은 한 그릇 밥 먹는 동안의 짧은 시간을 말함.

방비(芳菲): 향기로운 꽃, 또는 그 풀. '芳'은 꽃답다. '菲'는 향기롭다.

방인(傍人): 모임을 같이 하거나 어떤 장면을 목격한 사람.

방장(方丈): 삼신산(三神山)의 하나로 불사약이 있고, 새와 짐승이 모두 희며, 궁궐이 황금으로 지어졌다고 한다. 대개 지리산의 이칭으로 쓰임.

방장삼한(方丈三韓): 지리산의 별칭. 두보의 「봉증태상장경게(奉贈太常張卿垍)」 시 중 "방장산은 삼한의 밖이고 / 곤륜산은 만국의 서쪽에 있네[方丈三韓外, 崑崙萬國西]" 구절에서 유래하는데, 이로부터 방장산이 삼한, 곧 마한·진한·변한 바깥에 위치한다고 인식되었다. 김종직은 「유두류록」(『점필재집』권2)에서 두보의 이 시구에 의거하여 처음으로 방장산을 지리산으로 비정했다.

방주(芳洲): 향기로운 풀과 아름다운 꽃이 피어 우거진 물가.

백로주(白鷺洲): 직역하면 백로 노니는 물가. 강소성 강녕현 서남쪽의 큰 강에 있는 모래섬인데, 대개 경치가 아름다운 강변을 비유함. 일찍이 회자된 이백의 「등금릉봉황대」 시에 "삼산은 푸른 하늘 너머로 반쯤 떨어져 있고 / 두 강물은 백로주에서 중간이 나눠졌네[三山半落青天外, 二水中分白鷺洲]"라는 구절이 있다.

백설사(白雪詞): 양춘백설의 시.

백설양춘(白雪陽春): →양춘백설

백인(白刃): 칼집에서 뺀 칼. 시퍼런 칼날. 공자가 "천하의 국가도 고르게 할 수 있고, 작록도 사양할 수 있으며, 시퍼런 칼날도 밟을 수 있다고 해도 중용은 할 수 없다[天下國家可均也, 爵祿可辭也, 白刃可蹈也, 中庸不可能也]."고 하였다. 『중용』.

백일(白日): 쩡쩡 비치는 해, 태양, 대낮.

백척루(百尺樓): 호걸지사가 거처하는 높은 누대. →원룡

백치(百雉): 백 치 규모의 도성. →치첩

번병(藩屏): 울타리와 병풍. 나라를 수호하는 변방. 『시경』「생민」〈판〉, "큰 덕을 갖춘 이는 나라의 울타리이고 / 많은 무리는 나라의 담장이네 / 제후는 나라의 병풍이며 / 임금의 종친은 나라의 기둥이네[价人維藩, 大師維垣, 大邦維屏, 大宗維翰]".

범공(范公): 북송의 범중엄(范仲淹, 989~1052. 자 希文, 시호 文正)을 지칭하고, 그는 「악양루기」에서 "조정의 높은 자리에 있으면 백성을 걱정했고, 강호의 먼 곳에 살 때는 임금을 걱정했다. 그리하여 나아가서도 걱정하고 물러나서도 걱정했으니, 그렇다면 언제 즐거울 수 있었겠는가? 틀림없이 '천하의 근심은 (누구보다) 먼저 걱정하고, 천하의 즐거움은 (누구보다) 뒤에 즐긴다.' 라고 해야 할 것이다[居廟堂之高, 則憂其民, 處江湖之遠, 則憂其君. 是進亦憂, 退亦憂, 然則何時而樂耶? 其必曰先天下之憂而憂, 後天下之樂而樂歟]". 한편 『맹자』「양혜왕(하)」에도 "樂民之樂者, 民亦樂其樂; 憂民之憂者, 民亦憂其憂"라는 표현이 나온다.

벽루(壁壘): 성벽과 보루, 곧 성채나 진영. '壘'는 작은 성.

벽립(壁立): 범접할 수 없을 정도로 바람벽처럼 우뚝한 것.

벽혈(碧血): 강직한 충정을 뜻함. 유래는 '화벽' 참조.

병사(兵使): 병마절도사(兵馬節度使)의 약칭. 지방 군대를 통솔하던 종2품 벼슬. 경상우병영은 1603년 창원에서 진주성으로 옮겨진 이후 구한말까지 존속했다.

병선(兵燹): =병화(兵火). 전란으로 일어난 화재. '燹'은 난리로 일어난 불.

병이(秉彝): 타고난 본성이나 윤리, 언제나 지니고 있는 아름다운 도리. '彝'는 떳떳하다. 『시경』 「대아」〈증민〉에 "백성이 떳떳한 성품을 지녀 / 이 아름다운 덕을 좋아한다네[民之秉彝, 好是懿德]" 하였다. 또 주자의 「소학제사」에 "다행히 이 병이(秉彝)는 하늘이 다하도록 잘못되는 일이 없다[幸兹秉彝, 極天罔墜]."라는 말이 나온다.

보장(保障): 보호해 해로움이 없도록 막아주거나 그런 구실을 하는 전략 요충지. 백성의 세금을 줄여 잘 살도록 하는 정치. →견사보장

봉도(蓬島): 신선이 산다는 봉래산을 말하는데, 흔히 지리산의 미칭으로 쓰임.

봉호(蓬壺): 신선 고장, 바닷속 삼신산(三神山)의 하나인 봉래산의 이칭.

부부(浮浮): 가는 모양, 많고 굳센 모양, 눈비가 대단한 모양.

부상(扶桑): 해 돋는 곳. 동해 속에 있다는 전설상의 뽕나무 모양의 신목(神木)으로, 한 뿌리에서 나온 두 나무가 서로 의지해[扶] 있다고 붙여진 이름이다. 해가 뜰 때 이 나무를 스치고 떠오른다고 한다.

부앙(俯仰): 아래로 내려다보고 위를 쳐다봄, 또는 그 짧은 순간. 세상에 나아가 부침함, 남이 하는 대로 따라 하여 조금도 거역하지 않음, 하늘과 땅.

북공(北拱): 뭇별이 북극성을 에워쌈. 덕화를 펼치는 조정에 비유.『논어』「위정」, "덕으로 다스리는 것은, 비유하면 북극성이 자리를 잡고 있으면 뭇별들이 그곳으로 향하는 것과 같다[爲政以德, 譬如北辰居其所而衆星共之]".

분류(分留): 경관을 나누어 남겨 놓음. →유물색(留物色).

분분(紛紛): 성대한 모습, 떠들썩한 모습. '紛'은 어지러워지다.

분수(汾水): 중국 산서성 서남쪽에 있는 강. 분양의 강, 곧 남강.

분양(汾陽): 분수(汾水) 서쪽에 있는 도시. 당나라 숙종 때 안사(安史)의 난을 평정한 명장 곽자의(郭子儀)는 분양의 제후로 봉해졌다. 대개 충절의 고장을 의미하고, 진주의 이칭으로 널리 쓰임.

분운(紛紜): 성대한 모양, 왕래가 빈번한 모양, 어지러운 모양. '紜'은 어지럽다.

분진(汾晉): 중국의 분양에 비견되는 우리나라의 진주.

분첩(粉堞): 희게 분칠한 성가퀴. '堞'은 성가퀴. 성첩.

분침(氛祲): 바다의 짙은 안개. 요악스러운 기운. '氛'은 나쁜 기운. '祲'은 요상한 기운.

분하(汾河): 분양의 강, 곧 남강.

붕중(繃中): 속이 꽉 찬 모습. '繃'은 가득 차다. 한나라 양웅(B.C.53~A.D.18)은 어떤 이가 군자의 언행이 덕을 이루는 까닭을 묻자, "내면에 가득 차서 밖으로 드러나기 때문이다[以其繃中而彪外也]."라고 하였다.『법언』권12「군자」.

비고(鼙鼓): →고비

비예(睥睨): =여장(女墻). 성가퀴. '睥'와 '睨'는 엿보다. 비상시에 구멍을 통해 사람들을 엿보도록 성 위에 쌓은 낮은 담.『석명』「석궁실」, "城上垣曰睥睨. 言其於孔中睥睨非常也".

비휴(貔貅): 호랑이를 잡아먹는다는 사나운 짐승. 용맹한 장군이나 군대를 비유함.

빙조(憑眺): 높은 곳에서 멀리 바라봄. '憑'은 기대다. '眺'는 바라보다.

사구(沙鷗): 갈매기.

사국(死國): ＝순국(殉國). 나라를 위해 죽음.

사군(使君): 사또. 대개 현감, 군수, 목사, 부사 등의 지방 장관을 말함.

사녀(士女): 장사와 가인, 남자와 여자, 총각과 처녀.

사롱(紗籠): 시 현판을 씌우는 비단. 당나라 왕파(王播)는 가난해 양주의 한 절에서 기식했는데, 중들이 그를 싫어해 그가 오기 전에 밥을 먹어버리곤 했다. 왕파가 불쾌하여 벽에다 시를 적었다. 24년 뒤에 그가 이곳 태수로 와서 옛 절을 방문하니, 자신의 시가 먼지 묻을까 하여 벌써 비단에 덮여 있는 것을 보고 다시 지은 시에서 "이십 년 동안 표면에 먼지 묻었지만 / 이제야 비로소 푸른 비단에 감싸졌구려[二十年來塵撲面, 如今始得碧紗籠]"한 데서 유래함. 왕정보, 『당척언』 권7 〈기자한고〉.

사미(四美): 네 가지 즐거운 일. 사령운(謝靈運, 385~433), 「의위태자업중집시서(擬魏太子鄴中集詩序)」, "세상에서 좋은 때, 아름다운 경치, 이를 감상하는 마음, 즐거운 일의 네 가지는 함께 갖추기 어렵다[天下良辰·美景·賞心·樂事, 四者難幷]".

사상(使相): 관찰사의 별칭.

사의(徙倚): 배회함, 이지저리 왔다 갔다 함, 방종한 행동, 한만(汗漫)함. '徙'는 옮기다.

사저(沙渚): 모래톱, 물가. '渚'는 물가, 모래섬.

사절(死節): 목숨을 바쳐 절개를 지킴.

산와(産蛙): →삼판

삼갈(三碣): 세 기의 비석. 〈진주성도〉를 보면 촉석루 북쪽 담장 아래에 '三忠碑'가 그려져 있다.

살기(殺氣): 무시무시한 기운.

삼경(三更): 초저녁부터 새벽까지 다섯으로 나눴을 때의 셋째 부분, 곧 밤 11~1시.

삼도(三刀): 높은 관직에 오름. 진나라 왕준(王濬)이 대들보 위에 칼 세 자루와 칼 한 자루가 걸려 있는 꿈을 꾼 것에 대해, 주부 이의(李毅)가 '州'의 옛 글자가 '刕[＝三刀]'이고, 여기에다 칼 하나가 더한[益] 것이므로 익주(益州)의 자사가 될 조짐으로 해몽했다. 그 뒤 왕준이 과연 익주자사가 되었다고 한다. 『진서』 권42 〈왕준전〉.

삼도(三島): 봉래산, 영주산, 방장산의 삼신산(三神山). 대개 선경을 비유함.

삼사(三士): ＝삼장사.

삼숙(三宿): 사흘을 묵음, 곧 잠시 머물며 인연을 맺음. 「양해전(襄楷傳)」(『후한서』 권30하), "승려가 뽕나무 아래에서 사흘을 머물지 않는 것은 오래되면 애정이나 은혜에 끌리는 집착이 생길까 두려워하기 때문이니, 정진의 지극함이다[浮屠不三宿桑下, 不欲久生恩愛, 精之至]".

삼장사(三壯士): 제2차 진주성전투에서 순국한 세 장수. 삼장사 명칭이 처음 언급된 '촉석루일절'을 누가 지었는가에 따라 이견이 분분하다. 우선 작가를 김성일(金誠一)로 보는 경우 그가 초유사 시절인 임진년(1592) 5월에 지은 것이 되고, 김성일·조종도·이로(혹은 곽재우)를 내세웠다. 반면에 최경회(崔慶會)의 작으로 보는 경우 계사년(1593) 6월 진주성이 함락될 무렵이 되고, 최경회·김천일·고종후(혹은 황진)를 거론했다. 하강진(2014), 417~425쪽 참조.

삼절사(三節士): ＝삼장사.

삼청(三淸): 도교 용어. 신선이 사는 옥청(玉淸), 상청(上淸), 태청(太淸)의 세 선경.

삼춘(三春): 석 달의 봄, 봄철.

삼충(三忠): =삼장사.

삼충묘(三忠廟): =삼충사(三忠祠). 일명 창렬사.

삼판(三版): =삼판(三板). 삼판의 규모[넓이 2척·높이 6척]로 흙은 쌓은 언덕이나 성을 말하는데, 대개 임진왜란 때 왜적의 공격으로 참화를 입은 진주성을 비유한다. 춘추시대 말기 진(晉)나라 조간자(趙簡子)의 아들 양자(襄子)가 가신 장맹담의 건의에 따라 진양(晉陽)에 웅거하고 있었는데, "세 귀족이 연합해 그곳을 포위하고 성내로 물을 끌어들이니 진양성의 삼판 부분만 겨우 잠기지 않았다. 이리하여 부엌이 물에 잠겨 개구리가 알을 낳아 들끓을 지경이었는데도, 백성들은 한 사람도 반감을 갖지 않았다[三家以國人, 圍而灌之, 城不浸者, 三版. 沈竈産蛙, 民無叛意]."고 한다. 『십팔사략』 권1 〈趙〉.

삼판성(三版城): 진주성을 비유.

삼한(三韓): 삼국시대 이전 한반도 중남부에 존재한 정치집단. 곧 마한, 변한, 진한.

삼한방장(三韓方丈): 지리산. →방장삼한

삽상(颯爽): 바람이 시원하여 마음이 상쾌함, 가분하고 민첩함. '颯'은 바람 소리, 솔솔 부는 바람. '爽'은 시원하다.

상량문(上樑文): 상량식 거행 때 음식을 대들보에 던지면서 축복을 빌기 위해 읽는 글. 산문을 처음과 끝에 배치하되 모두 대구(對句)를 이루어야 하고, 그 중간에 네 방위와 상하에 따른 6수의 시를 나열한다. 각 시는 3구로 구성된다. 서사증, 『문체명변』 부록 권13.

상렴(緗簾): 옅은 노란색 비단으로 꾸민 발. '緗'은 담황색 비단. 담황색.

상류(上流): 강물 따위가 흘러오는 위쪽, 사회적 지위나 생활수준 등이 높은 계층.

상사(上舍): 소과에 합격한 사람, 진사.

생가(笙歌): 생황 소리와 노랫가락, 풍악소리.

생학(笙鶴): 신선이 타고 다니는 학의 이름인데, 유유자적한 생활을 뜻함. 주나라 영왕(靈王)의 태자 왕자교(王子喬)는 본디 생황과 퉁소를 불어서 봉황의 울음소리를 잘 냈는데, 도사인 부구공(浮丘公)으로부터 도를 배운 지 삼십여 년 뒤에 구지산 꼭대기에서 백학(白鶴)을 타고 승천했다고 함. 유향, 『열선전』 〈왕자교〉.

서검(書劍): 책과 칼. 선비들의 일상품으로 학문과 의기를 상징함.

서풍(西風): 가을바람. 동풍은 봄바람, 남풍은 여름바람, 북풍은 겨울바람.

석로(石老): 돌이 늙음, 곧 바위에 이끼가 끼어 고색이 짙은 모양.

선주(仙舟): 이곽선주(李郭仙舟)의 준말. 지기를 전송하기 위하여 명사들이 벌이는 뱃놀이. 후한의 이응(李膺)이 낙양에서 곽태(郭太)를 만나 교유하자 그의 이름이 서울에 떠들썩했는데, 그 뒤 곽태가 귀향할 때 전송하러 나온 수레가 수천 대나 되었으나 오직 이응하고만 배를 타고 하수(河水)를 건너가니, 사람들이 신선과 같다고 찬탄했다는 고사(『후한서』 권68 「곽부허열전」)가 있다. 당시 이응의 명성이 하도 높아 그의 영접을 받기만 해도 사람들이 "용문에 올랐다[登龍門]."(『세설신어』 「덕행」)라고 여길 정도였다. 용문(龍門)은 황하 상류(산서성 하진현 소재)에 있는 산으로, 이곳의 거센 여울목을 잉어가 거슬러 올라가면 용이 되어 승천한다고 한다.

설월(雪月): 눈과 달, 곧 사시사철의 풍경, 눈같이 환하게 밝은 달, 음력 12월의 이칭.

성사(星槎): 은하수를 건너는 배를 말하는데, 대개 사신의 행차를 말함. '槎'는 뗏목.

성인(成仁): 몸을 죽여 완전한 덕을 이룸. 『논어』「위령공」, "숭고한 뜻을 가진 사람과 어진 사람은 삶에 연연하여 인을 해침이 없고, 자신을 희생하여 인을 이룬다[志士仁人, 無求生以害仁, 有殺身以成仁]".

성진(腥塵): 비린내 나는 먼지, 곧 왜놈 혹은 왜놈의 침입을 비유함. '腥'은 비리다.

세류(細柳): 지금의 섬서성 함양현 서남쪽. 진주나 진주 병영을 비유.

세류영(細柳營): 군기가 엄정한 세류의 병영. 대개 진주성이나 병영을 비유.

세류장군(細柳將軍): 세류(細柳)의 장군, 곧 한나라 장군 주아부(周亞夫)를 말함. 그는 세류에 주둔하면서 병영의 군기를 엄정히 잡음으로써 그의 권위가 대단히 높아졌다는 고사가 있음. 『사기』 권57 「강후주발세가」.

세병(洗兵): 병기를 씻어 무기고에 저장함. 곧 적을 무찔러 태평성대가 지속하기를 바람. 두보, 「세병마행」, "어찌하면 장사 구해 은하수를 끌어다가 / 갑옷과 병기를 깨끗이 씻어서 길이 쓰지 않도록 할까?[安得壯士挽天河, 淨洗甲兵長不用]".

세안(歲晏): 한 해가 저물다. 세밑. '晏'은 저물다. 편안하다.

세화(歲華): = 연화(年華). 세월, 봄 경치.

소두(搔頭): 머리를 긁음, 곧 괴로운 마음을 형용함. '搔'는 긁다.

소소(蕭蕭): 바람이 썰렁썰렁 부는 모양, 나뭇잎 떨어지는 소리, 쓸쓸한 광경.

소슬(蕭瑟): 가을바람 소리, 쓸쓸한 모양. '瑟'은 쓸쓸하다.

소연(蕭然): 쓸쓸한 모양, 허전한 모양.

소조(蕭條): 쓸쓸한 모양, 한적한 모양, 초목이 시드는 모양. '條'는 나뭇가지, 이르다.

소침(消沈): 마음이 사그라지고 활기가 없어짐.

쇄약(鎖鑰): 확고한 방비. 북송 때 구준(寇準, 961~1023)이 천웅군(天雄軍)으로서 하북의 대명부(大名府)를 지키고 있을 때 거란 사신이 이곳을 지나다가 그가 변방에 굳이 머무는 까닭을 묻자, "임금이 조정에서 아무 일이 없도록 해야 하니, 북문의 자물쇠는 내가 아니면 안 된다[主上以朝廷無事, 北門鎖鑰, 非準不可耳]." 하였다. 『속자치통감』 권27 「송기」.

수습(收拾): 시를 지어 주머니에 담음, 곧 풍류를 즐김. '收'는 거두다, 담다.

수양(睢陽): 하남성 상구현 남부에 있던 지명. 수양성은 강회(江淮)를 방어하는 근거지가 되었는데, 안록산 난 때의 장순과 허원이 이곳에서 전사했다. 수양은 대개 수많은 장수와 백성들이 전사한 진주를 비유함. '睢(휴)'가 지명일 때는 '수'로 읽음.

수의(繡衣): 오색의 수를 놓은 화려한 옷. 흔히 암행어사의 별칭으로 쓰임.

수의(隨意): 생각대로, 마음대로, 어찌 되었든지.

수죽(脩竹): 긴 대, 대숲. '脩'는 길다.

수처(隨處): 어느 곳이나, 이르는 곳마다.

수충(輸忠): 충성을 바침. '輸'는 다하다, 바치다.

숙기(肅氣): 숙살지기(肅殺之氣)의 준말. 가을의 쌀쌀한 기운. '肅殺'은 가을 기운이 초목을 말라 죽게 함.

숙로(宿鷺): 서식하는 해오라기. '宿'은 머물다. '鷺'는 해오라기. 백로.

숙무(宿霧): 전날 밤부터 낀 안개.

숙초(宿草): 묵은 풀, 겨울에 죽지 않고 해를 넘기는 풀.

순원(巡遠): 장순(張巡)과 허원(許遠) →장순

승류(勝流): 고상한 풍류, 지체가 좋은 인물, 상류 계층의 사람.

승사(勝事): 유쾌한 일, 좋은 일.

승유(勝遊): 명승지를 돌아다니며 구경함.

승지(勝地): 명승지구(名勝地區)의 준말. 경치가 빼어난 지역.

시부(時復): 때때로. '復(복)'이 되풀이하다 뜻일 때는 '부'로 읽음.

시서(詩書): 성현의 가르침이 들어 있는 서적을 읽음.

시은(市隱): 시장에서 숨어 지내는 은사. 옛날에 학문과 재주가 있으면서 세상에 나와서 벼슬길을 구하지 않는 사람을 은사(隱士)라고 했는데, 대개 산림 깊숙한 곳에 살았다. 그런데 특별한 인물은 조은(朝隱)이라 하여 하급 관료로서 자신의 몸을 숨기거나, 시은(市隱)이라 하여 시장에 들어가 장사로 일생을 마치기도 하였다. 이색, 『목은문고』 권4 「도은재기」.

식언(息偃): 쉬기 위해 누움, 누워서 쉼. '偃'은 편안하다, 쓰러지다.

신정루(新亭淚): 나라를 걱정하여 흘리는 감회의 눈물. 『세설신어』 「언어」, "강남 사람들이 신정(新亭)에 나와 풀밭에서 연회를 베풀었는데, 주의(周顗)가 탄식하며 '풍경은 변함이 없지만, 참으로 산하는 다르구나[風景不殊, 正自有山河之異].' 하니, 일동이 서로 쳐다보며 눈물을 흘렸다".

심기(心期): 마음속에 기약하여 바람, 속마음.

심상(尋常): 늘, 언제나. '尋'은 보통, 평소.

십이(十二): 흔히 십이주란(十二朱欄), 십이홍란(十二朱欄) 등으로 쓰여 굽이가 많은 난간을 나타내며, 화려하고 높은 누각을 뜻하는 관용어.

십이루(十二樓): 신선이 사는 곳으로 화려한 누각을 비유함. 『한서』 권25하 「교사지」에 황제 때에 오성과 십이루를 짓고 신선을 기다렸다는 표현이 보이고, 이백의 「경난리후천은류야랑억구유서회운운(經亂離後天恩流夜郞憶舊遊書懷云云)」 시에 "천상에는 백옥경이 있어 / 십이루와 오성이 있다[天上白玉京, 十二樓五城]"라는 표현이 있다.

십주(十洲): 신선 세계. 신선이 산다고 하는 바다 위 열 개의 명산으로, 곧 조주·영주·현주·염주·장주·원주·유주·생주·봉린주·취굴주를 말한다.

쌍루(雙淚): =쌍체(雙涕). 흐르는 두 줄기 눈물.

쌍모(雙眸): 좌우의 두 눈. '眸'는 눈동자, 눈.

쌍묘(雙廟): 공적이 서로 비슷한 두 사람을 합사한 사당. 안록산 난 때 순국한 장순과 허원 두 사람을 기리기 위해 수양성에 지은 사당인데(『신당서』 권192 「충의전」), 이후 충절의 상징으로 원용되었다. 이 책에서는 창렬사와 충민사를 지칭한다.

아미(蛾眉): 나방의 촉수 같은 가는 눈썹을 가진 미인. 주로 논개를 상징함. '蛾'는 나방.

악양루(岳陽樓): 지금의 호남성 악양현에 있는 서문 누각인데, 동정호를 한눈에 내려다볼 수 있다. 716년 악주태수 장열(張說, 667~730)이 기존의 누각을 헐고 다시 세우면서 '악양루'라 이름을 고쳐 지은 이후로 시를 읊는 유명한 장소가 되었다. 1044년 등종량(滕宗諒, 990~1047, 자 子京)이 파릉(巴陵, 현 악양) 태수로 좌천되었는데, 이듬해 선정의 여가에 퇴락한 누각을 증수하고 나서 과거 동년으로 그와 절친했던 범중엄에게 「악양루기」를 짓도록 부탁했다.

악주(岳州): 중국 호남성 악양현 동정호의 동쪽에 있는 지역인데, 이곳에 유명한 악양루가 있음.

안건(岸巾): 두건을 뒤로 벗고 이마를 드러냄. 전하여 예법을 간략히 하여 친근하게 대면하는 것을

말한다. '岸'은 이마를 드러내다.

안고경(顔杲卿, 692~756): 당나라 현종 때의 충신으로 서예의 대가 안진경의 사촌형임. 안록산 난 때 상산태수로서 의병을 일으켜 불리한 상황 속에서도 6일 동안 밤낮으로 격전을 벌이다가 성이 함락되자 사사명에게 포로가 되었는데, 갖은 악형을 받으면서도 끝까지 굴복하지 않고서 혀가 끊어질 때까지 안록산을 준열하게 꾸짖다가 죽음을 당하였음. 『신당서』권192 「충의전」〈안고경〉.

안진(安震, 1293~1360): 호 상헌(常軒). 1313년 9월 장원급제했고, 나라에서 1317년 가을 예문검열인 그에게 원나라 제과(制科)에 응시하게 하자 12월 원나라로 건너가 이듬해 6월 급제했다. 귀국한 뒤 예문응교(1318), 서연관(1344), 정당문학(1352) 등을 역임했다. 그가 진주판관으로 있을 때인 1322년에 촉석루를 재건했으며, 이곡·안축·민사평 등과 두루 교유했다. 『고려사』, 안진의 「함벽루기」참조.

안탑(鴈塔): 과거 급제함. 당나라 때 진사과에 합격한 사람들이 현장(玄奘)이 세운 자은사(慈恩寺)의 대안탑(大雁塔) 밑에 이름을 적었던 데서 유래한다.

야도(野渡): 들 가운데에 있는 강의 나루터. '渡'는 건너다, 나루.

약위(若爲): 어떻게 하나, 어떻게 견디나.

양주(良籌): 훌륭한 계책. '籌'는 계책, 헤아리다.

양춘백설(陽春白雪): 초나라에서 불렸던 가장 훌륭한 노래. 격조가 높을수록 따라 부를 수 있는 사람이 적었는데, 평범한 사람은 고상한 선비를 이해하지 못한다는 뜻으로 확장되었다. 송옥(宋玉)의 「대초왕문(對楚王問)」에, "영(郢)에서 노래를 부르는 나그네가 있었습니다. 그가 '하리파인'을 부르자 나라 사람 중에 따라 부른 자가 수천 명이었습니다. 그가 '양아해로'를 부르자 나라에서 따라 화답한 자가 수백 명이었습니다. 그가 '양춘백설'을 부르자 나라에서 따라 화답한 자가 십여 명에 불과했습니다[客有歌於郢中者. 其始曰下里巴人, 國中屬而和者, 數千人. 其爲陽阿薤露, 國中屬而和者, 數百人. 其爲**陽春白雪**, 國中屬而和者, 不過數十人]."라는 구절이 있다. 『문선』권45 「초문」.

어기(魚磯): 낚시하는 물가, 곧 낚시터. '魚'는 '漁(어)'의 뜻. '磯'는 물가, 자갈밭.

어룡(魚龍): 물고기와 용, 곧 바다 속 동물의 총칭.

어복(魚腹): 초나라 충신 굴원이 거듭 쫓겨나 울분을 이기지 못해 상강의 하류인 멱라수에 투신했는데, 그 충혼이 고기 뱃속[魚腹]에 들어 있는 것으로 생각했음.

엄류(淹留): 오래다, 오래 머무르다. '淹'은 머무르다.

여귀(厲鬼): 역병을 퍼뜨리는 무서운 귀신. '厲'는 문둥병. 안록산 난 때 장순이 수양성이 함락될 무렵 서쪽을 향해 두 번 절하고 나서, "살아서 임금에게 보답할 수 없다면 죽어서 여귀가 되어 적을 죽이겠습니다[生旣無以報陛下, 死當爲**厲鬼**以殺賊]."라 했다. 『자치통감』권220 「당기」.

여세(如洗): = 세여(洗如). 깨끗한 모양, 상쾌한 모양.

여염박지(閭閻撲地): 집들이 빼곡히 들어참. '撲'은 모두, 다하다. 왕발, 「등왕각서」, "집들이 지상에 빼곡한데, 종을 쳐서 식구들을 모으고 솥을 늘어놓고 식사하는 집안이다[閭閻撲地, 鍾鳴鼎食之家]".

여정(餘情): 잊을 수 없는 생각, 마음속 깊이 남아 가시지 않는 정.

역력(歷歷): 분명하다. 밝다. '歷'은 밝다.

연진(烟塵): 봉화 연기와 전장의 먼지, 곧 전쟁.

연필(椽筆): =필연(筆椽). 이름난 작가나 작품, 특출한 재능을 뜻함. '椽'은 서까래. 진나라 무제 때 왕순(王珣, 350~401)의 꿈에 "어떤 사람이 서까래 같은 큰 붓을 건네주자, 꿈을 깨고 나서 '내가 솜씨를 크게 발휘할 일이 있을 것이다'라 했는데[人以大筆如椽與之, 既覺, 語人云 此當有大手筆事]", 임금이 죽자 그는 과연 애책(哀冊)·시(諡)·의(議) 등을 모두 초안했다. 『진서』 권65 「왕도열전」.

연화(烟花): 꽃이 만발하여 안개처럼 보이는 것을 말함.

연광정(練光亭): 고구려 때 평양성을 건설할 때 세운 것으로, 1111년 대동강 가에 다시 정자를 만들면서 산수정(山水亭)이라 했던 것을 그 뒤 중수하면서 '연광정'으로 개칭했다. 1609년 명나라 사신 주지번이 쓴 '天下第一江山'을 편액으로 내걸었고, 현재의 건물은 1670년에 지은 것이다. 예로부터 관서팔경의 하나로 꼽혔고, 시화로 유명한 김황원(1045~1117)의 시구가 주련으로 걸려 있다.

열열(咽咽): 흐느끼며 슬퍼하는 모양. 크고 작은 북소리가 겹쳐 울리는 모양의 뜻일 때는 '인인'으로 읽음.

염막(簾幕): 주렴과 장막, 주렴 친 장막. '簾(렴)'은 발.

염염(冄冄): '冄'은 冉(염)과 동자로, 나아가다 혹은 부드럽다 뜻.

염염(冉冉): 향기가 나는 모양, 부드럽고 약한 모양, 길 가는 모양.

염정(簾旌): 주렴과 깃발, 주렴.

염증(炎蒸): 찌는 듯한 더위, 무더위. '炎'은 덥다. '蒸'은 찌다.

영공(令公): =영감(令監). 정3품과 종2품의 벼슬아치에 대한 존칭.

영외(嶺外): 조령의 밖, 곧 영남.

영웅루(英雄淚): 두보가 성도에 있는 제갈량 사당을 참배하고 지은 「촉상(蜀相)」 시에 "출사표 올리고 승첩을 못 거둔 채 몸이 먼저 죽음이여 / 언제나 영웅들로 하여금 눈물이 옷깃에 가득하게 하리라[出師未捷身先死, 長使英雄淚滿襟]" 하였다.

영웅한(英雄恨): 육유(1125~1210), 「황주(黃州)」, "강물 소리는 영웅의 한을 다하지 않았고 / 하늘 뜻은 사심 없이 초목에 가을 들게 했네[江聲不盡英雄恨, 天意無私草木秋]".

영풍(英風): 꽃바람. 뛰어난 풍채나 덕화의 뜻도 있음.

오경(五更): 초저녁부터 새벽까지 다섯으로 나눴을 때의 다섯째 부분, 곧 밤 3~5시.

오야(午夜): 밤 12시, 자정, 한밤.

오열(嗚咽): 흐느끼다. '咽'은 목메다 뜻이고, 목구멍일 때는 '인'으로 읽음.

오유(遨遊): 즐겁게 노닐다, 태평하게 놀러 다니다. '遨'는 즐겁게 놀다.

옥장(玉帳): 옥처럼 견고한 장막으로, 장군의 막부나 군영.

옥절(玉節): 옥으로 만든 부절(符節). 관찰사나 임금의 사신 등이 행차할 때 가지고 가던 깃대에 절(節)을 꽂았음. 『주례』 권4 「지관사도」, "나라를 지키는 자는 옥절을 쓴다[守邦國者, 用玉節]".

옥진(玉軫): 옥으로 만든 거문고의 기러기발, 곧 거문고의 이칭. '軫'은 기러기 발.

옥호(玉壺): 옥으로 만든 술병, 물시계.

완대(緩帶): 홀가분한 옷차림. 진나라 양호(羊祜)가 "군중에 있으면서 늘 간편한 평상복 차림에 허리띠를 느슨히 한 채 갑옷도 입지 않고 지냈는데도[在軍常輕裘緩帶, 身不被甲]" 군사들이 모두 그 덕정에 감복했다고 한다. 『진서』 권34 「양호두예열전」.

완재(宛在): 강물과 완전히 합치된 상태. 흔적이 또렷이 남아 있음. '宛'은 마치. 『시경』 「진풍」 〈겸가〉 "물결을 따라 내려가 따르려 하나 / 완연히 물의 중앙에 있도다[遡游從之, 宛在水中央]". 참고로 밀양시 부북면 위량리의 위양못에는 이팝나무로 유명한 '완재정(宛在亭)'이 있는데, 임란 때 산청에서 이곳으로 피난을 와 정착한 학산 권삼변(權三變)의 후손이 1900년에 건립한 것이다.

왕겁(往劫): =왕겁(往刦). 지나간 큰 재난, 전란. '劫'은 겁회(劫灰).

왕왕(往往): 이따금, 때때로, 가끔. '往'은 이따금.

왕찬(王粲, 177~217): 자 중선(仲宣). 건안칠자의 한 사람으로 동탁의 난을 피해 형주의 유표(劉表)에게 의지해 있을 적에 당양현의 성루에 올라 고향을 그리워하면서 진퇴의 두려움과 전쟁의 고통을 반영한 「登樓賦」(『문선』 권11)를 지었다. 그 후 조조에게 인정받아 벼슬에 등용되었다. 김종직의 「의등루부」(『점필재집』 권1), 이안눌의 「차왕찬등루운」(『동악집』 권25), 서명서의 「차등루부」(『만옹집』 권1) 등을 읽어볼 만하다.

외연(巍然): 높은 모양. '巍'는 높다.

외외(巍巍): 높고 크고 웅장한 모양.

요락(搖落): 나뭇잎이 시들어 떨어짐. 별 따위가 드문드문 보이는 모양. 초나라 송옥(宋玉), 「九辯」, "悲哉秋之爲氣也, 蕭瑟兮草木搖落而變衰".

요락(寥落): =요락(搖落). 쓸쓸함, 점점 사라짐, 드물어짐. '寥(료)'는 쓸쓸하다, 비다.

요료(寥寥): 쓸쓸하고 고요한 모양, 공허한 모양, 수가 적은 모양.

요요(搖搖): 흔들리는 모양, 마음이 우쭐우쭐하는 모양.

요지(瑤池): 아름다운 경치에 비유함. 곤륜산 위 서왕모가 산다고 하는 못으로, 주나라 목왕이 팔준마(八駿馬)를 타고 그곳에 가서 노래로 화답했다고 한다.

요탕(搖蕩): 심하게 요동침, 흔들려 움직임. '蕩'은 쓸어버리다.

용사(龍蛇): 통칭 임진왜란. '龍'은 지지 진(辰), '蛇'는 사(巳)에 해당함. 곧 임진년(1592)과 계사년(1593). 임진년 진주대첩에서 진주목사 김시민을 주축으로 3천여 명의 군사가 2만여 명의 왜적을 용감하게 물리쳤으나, 계사년 전투 때에는 6만여 명의 장수와 군민이 애써 싸웠지만 결국 역부족으로 진주성이 함락되고 말았다.

용용(溶溶): 큰물이 넘실넘실 흐르는 모양. '溶'은 질펀히 흐르다, 안한하다.

용종(龍鍾): 늙고 병든 모양, 눈물을 흘리는 모양, 실의한 모양. 대[竹]의 별칭.

용호(龍虎): 용과 호랑이, 걸출한 인물, 뛰어난 문장, 천자의 기상.

우유(優遊): 한가롭게 지냄, 마음 편히 즐김.

운물(雲物): 경치, 풍경, 경물.

운주(運籌): =운주헌(運籌軒). 병마절도사가 전략을 숙의하는 병영의 정청(正廳).

울울(鬱鬱): 기분이 언짢은 모양, 수목이 울창한 모양. '鬱'은 막히다.

웅어(熊魚): 생사의 선택에 있어서 구차히 살기보다는 의리를 택해 죽는 것을 비유함. 『맹자』 「고자(상)」. "생선은 내가 원하는 것이고, 곰 발바닥 또한 내가 원한다. 두 가지를 함께 얻을 수 없다면, 생선을 버리고 곰 발바닥을 택하겠다. 생명도 내가 원하는 것이고, 의리 또한 내가 원하는 것이다. 두 가지를 동시에 얻을 수 없다면, 생명을 버리고 의를 택하겠다[魚我所欲也, 熊掌亦我所欲也. 二者不可得兼, 舍魚而取熊掌者也. 生亦我所欲也, 義亦我所欲也. 二者不可得兼, 舍生而取義者也]".

웅주(雄州): 큰 고을, 경치 좋은 고을, 지세가 좋은 땅.

원객(遠客): 먼 데서 온 나그네.

원룡(元龍): 진등(陳登)의 자. 흔히 마음이 호쾌하고 기개가 있는 인물로 인용됨. 위나라 허사(許汜)가 원룡을 방문했을 때 그는 큰 평상 위에 누운 반면, 자신을 그 아래에 눕게 함으로써 냉대했다. 허사가 이 일을 유비(劉備, 161~223)에게 "자유분방한 선비 진원룡의 호기가 여전했다[陳元龍湖海之士, 豪氣不除]."고 하자, 유비는 "나 같으면 (그 정도로 그치지 않고) 나는 높은 백척루 위에 눕고 그대는 땅바닥에 눕게 했을 것이니, 어찌 단지 평상의 아래 위 사이에 그치랴?[如小人, 欲臥百尺樓上, 臥君于地, 何但上下床之間邪]" 했다. 『삼국지』 권7 「위서」 〈여포장홍열전〉.

원문(轅門): 군문(軍門). 곧 진주에 있던 경상우병영의 출입문인데, 병영을 총칭하기도 함. 옛날 수레의 끌채인 원목(轅木)을 서로 교차하여 군문을 만든 것에서 유래함.

원언(願言): 바라다. 그리워하다. '言'은 발어사인데, 『시경』에 용례가 더러 보임.

원유(遠遊): 견문을 넓히고 호연지기를 키우기 위해 널리 유람함.

원유부(遠遊賦): 초나라 굴원(屈原)이 지은 『초사』의 한 편명. 곧은 행동으로 참소를 입고 호소할 길 없자 선인(仙人)과 함께 천지를 두루 돌아다니고 싶다고 했다.

원융(元戎): 원래는 공격용 대형 전차를 뜻했다(『시경』 「소아」 〈동궁〉, "元戎十乘, 以先啓行"). 후에 장군이 거처하는 군막, 장군, 많은 군사 등의 의미로 확장됨.

원학충사(猿鶴蟲沙): =충사원학(蟲沙猿鶴). 대개 원학(猿鶴)은 대개 전쟁 통에 억울하게 죽은 장수나 재덕이 있는 사람을, 충사(蟲沙)는 죽은 병사나 보통 사람을 각각 슬퍼할 때 각각 사용한다. 『예문유취』 권90 「鳥部(상)」 〈학〉, "『포박자』에서 말하기를, 주나라 목왕의 부대가 남정을 한 뒤 군자는 원숭이나 학으로 변했고, 소인들은 벌레나 모래로 변했다고 했다[抱朴子曰 周穆王南征, 一軍盡化, 君子爲猿爲鶴, 小人爲蟲爲沙]".

월훈(月暈): 달의 주위를 에워싼 달무리. 곧 적에게 포위된 고성(孤城). '暈'은 달무리.

위루(危樓): 아찔하게 치솟은 높은 누각.

위이(逶迤): 긴 모양, 길이 구불구불한 모양. '逶'는 구불구불 가는 모양. '迤'는 굽다.

유관(遊觀): 두루 돌아다니며 구경하는 것.

유광(流光): 물결에 비치는 달빛, 환하게 비치는 빛, 세월, 덕을 후세에 전함.

유래(由來): 예로부터.

유련(留連): 객지에 오래 머묾, 미련이 남아 차마 떠나지 못하여 머뭇거리는 모양.

유로(遺老): 살아남은 노인, 이전의 왕조나 이미 망한 나라에서 일하였던 신하.

유물색(留物色): 풍경을 남겨둠. 곧 시로 모두 표현하지 못함. 남송 때 진여의(陳與義, 1090~1138)의 「등악양루」 시에 "한림이 경치를 다 읊어 남겨준 것이 적다[翰林物色分留少]"라는 말을 인용한 것인데, '翰林'은 이백을 가리킨다.

유민(遺民): 살아남은 백성, 망한 나라의 백성.

유방(遺芳): 남은 꽃향기, 후세에 전해지는 좋은 명성, 사후의 영예.

유사(遺事): 생전에 다 이루지 못하고 사후까지 남긴 사업.

유사(遊絲): 떠다니는 실, 곧 아지랑이.

유영(柳營): 군기 엄정한 병영, 곧 진주성. →세류영

유유(悠悠): 아득하게 먼 모양, 때가 오랜 모양, 흘러가는 모양, 침착하고 여유가 있는 모양, 느긋하고 한가한 모양, 근심하는 모양.

유한(遺恨): 생전의 남은 원한, 잊을 수 없는 원한, 한을 남김.

윤탁(尹鐸): →견사보장

윤탁주(尹鐸州): 윤탁이 다스린 고을, 곧 진양.

윤환(輪奐): 건물이 장대하고 화려함. '輪'은 규모가 높고 큰 모양. '奐'은 장식이 화려한 모양. 진나라 헌문자(獻文子)가 집을 완성하자, 장로(張老)가 칭송하기를, "美哉輪焉, 美哉奐焉"이라 하였음. 『예기』「단궁」.

율신(聿新): 드디어 새롭게 되다. '聿'은 드디어, 마침내, 따르다, 붓.

융단(戎壇): =장단(將壇). 원융, 곧 대장의 자리.

은열공(殷烈公): 강민첨(姜民瞻, 963~1021)의 시호. 진주 옥동 출생. 1012년 5월 영일·청하 등지에 쳐들어온 동여진(東女眞)을 격퇴했고, 1018년 12월 거란의 소손녕·소배압이 거듭 침략해오자 부원수로서 상원수 강감찬과 함께 압록강 흥화진에서 승전했으며, 계속 개경으로 남하하는 거란군을 평남 자산(慈山)에서 격파함으로써 구주대첩(1019)의 발판을 마련했다. 현재 진주 옥봉동에 탄생 사적지와 은열사(殷烈祠)가 있다. 참고로 『고려사절요』 권3에는 공신의 칭호가 '추충(推忠)'이 아닌 '추성(推誠)'으로 되어 있다.

음우(陰雨): 구름이 잔뜩 끼어 비가 옴, 음침한 비, 계속 내리는 장맛비.

음음(陰陰): 하늘이 흐린 모양, 무성하여 어둠침침한 모양, 온통 덮은 모양.

음즐(陰隲): 사람의 운명. 하늘이 사람의 행위를 보고 화복을 내림, 하늘이 백성을 안정시킴. '隲'은 올리다, 정하다. 『서경』「주서」〈홍범〉, "하늘이 암암리에 아래 백성을 보호하고, 그들의 생활을 도우고 화합하게 한다[惟天陰騭下民, 相協厥居]".

응장(凝粧): 단정하게 화장함. '凝'은 단정하다, 바르다.

의관(衣冠): =의관지족(衣冠之族). 사대부 집안, 벼슬아치.

의기사(義妓祠): 1741년 이후에 건립된 후 여러 차례 중수를 거쳐 현재에 이르고 있다. 사우 안에 논개 영정이 봉안되어 있고, 정약용의 「진주의기사기」(1780)가 내벽에 걸려 있으며, 처마 밑에는 매천 황현과 기생 산홍의 시가 북남으로 걸려 있다.

의랑(義娘): 의로운 아가씨, 곧 논개.

의백(毅魄): 굳센 기백. '毅'는 굳세다.

의암(義巖): 진주 남강 가에 있고, 논개가 순절한 곳임. 바위 서쪽 표면의 전서체 '義巖'은 정문부의 차남 정대륭(鄭大隆, 1599~1661)의 글씨를 1629년에 새긴 것이고, 전면에도 행서체 '義巖'이 새겨져 있다.

의연(依然): 본디대로, 옛일을 그리워하는 모양, 수목이 무성한 모양.

의열(義烈): 뛰어난 충의.

의의(依依): 무성한 모양, 안타까이 그리워하는 모양, 멀어서 희미한 모양.

이래(邇來): 요사이, 근래, 그 후. '邇'는 가깝다.

이석(伊昔): 저 옛날. '伊'는 그, 저.

이수일(李守一, 1554~1632): 자 계순(季純), 호 은암(隱巖). 충무공 이완(李浣)의 아버지. 임진왜란 때 장기현감으로서 의병을 일으켰으나 패전했다. 밀양부사(1592)·경상좌수사(1593) 등을 지냈고, 함경북도 병마사에 4회 임명되어 총 15년을 재임하면서 오랑캐를 소탕했다. 진주목사 겸 경상우병사(1603~5)로 부임한 그해에 관찰사 이시발과 협의해 창원의 경상우병영을 진주성으로 옮겼고, 청심헌을 함옥헌 동쪽에 중건하기도 했다. 현재 진주성 내 유애비(1606년 건립)가 있는데, 하수일이 비문을 짓고 조겸(趙𤧞)이 글씨를 썼다.

일대(一帶): 한 줄기, 부근 전체, 어느 지역의 전부.

일륜(一輪): 하나의 바퀴, 곧 둥근 달.

일반(一般): 같음, 동일함, 보통, 모두.

일배(一盃): 한 잔의 술, 순국을 위한 다짐. →학봉 김성일의 시.

일변(日邊): 태양 끝, 하늘 가, 변방. 도성이 있는 곳, 곧 임금이나 대궐.

일사(一死): 한번 죽음, 곧 값진 죽음. 정규영(1860~1921)의 시 각주 '홍모' 참조.

일인(一仞): 한 길. '仞'은 길이의 단위로 8척(尺).

자관(自寬): 내 마음을 달래다. '寬'은 너그럽다.

자기(紫氣): 칼날에 번뜩이는 자줏빛의 고상한 기운. 명성이나 뛰어난 재능을 비유함. 진(晉) 무제 때 두우성 사이에 항상 자기(紫氣)가 있으므로, 장화(張華)가 천문에 정통했던 뇌환(雷煥)에게 그 까닭을 묻자, 뇌환이 "보검의 정기가 하늘에 닿아서 그런 것이다."고 하였다. 장화가 그 보검이 어디에 있느냐고 물으니, 뇌환이 "예장의 풍성에 있다."고 하므로, 장화가 이내 뇌환을 풍성 수령으로 임명한 뒤 그곳에 함께 가서 용천(龍泉)과 태아(太阿)의 두 보검을 발굴했다. 『진서』권36「장화전」.

자재(自在): 뜻대로 됨, 속박이나 장애가 없는 일.

자차(咨嗟): 탄식하다. '咨'는 탄식하다.

잔원(潺湲): 눈물이 하염없이 흐르는 모양, 물이 졸졸 흐르는 모양. '潺'은 물 흐르는 모양, 눈물이 줄줄 흐르는 모양. '湲'은 물이 흐르는 모양.

잔월(殘月): 새벽녘의 달, 져 가는 달.

잔추(殘秋): 늦가을, 음력 9월.

잠합(簪盍): 친구들의 회합. '簪'은 모이다, 빠르다. '盍'은 합치다. 『주역』「예괘」〈구사〉. "벗들이 모여 들리라[朋, 盍簪]".

장(丈): 길이의 단위로 10척(尺).

장강(長江): =청강(菁江). 촉석루 아래 동서로 길게 흐르는 남강.

장구(杖屨): 지팡이와 신, 곧 이름난 사람이 머문 거처. 어른에 대한 경칭.

장단(將壇): 장군 임명 장소, 장군이 지휘하는 장소. 주로 진주성 남장대였던 촉석루를 지칭. 한나라 유방이 한신(韓信)을 대장으로 임명하려 하자, 소하가 "좋은 날을 골라 재계하고, 단장을 설치하여 의식을 갖추셔야 가능할 것입니다[擇良日, 齋戒, 設壇場, 具禮, 乃可耳]."고 말한 데서 유래함. 『사기』권92「회음후전」.

장사(壯士): 포부가 큰 사람.

장사루(壯士樓): 삼장사가 술잔 들며 절의를 맹세한 누각, 곧 촉석루.

장순(張巡, 709~757): 당 현종 때 충신. 안록산이 반란을 일으켰을 때 처음에 진원의 수령으로 있으면서 백성들을 인솔해 반란군을 막았다. 그 뒤 수양성을 몇 달 동안 사수할 때 양식이 떨어지자 차·종이·말·참새·쥐를 차례로 먹었고, 심지어 사랑하는 첩을 죽여 군사들에게 먹여가며 버텼지만 결국 함락되고 말았다. 당시의 태수 허원(許遠), 부하 장군 남제운(南霽雲)과 뇌만춘(雷萬春) 등이 그곳에서 함께 장렬하게 죽었다. 『구당서』 권187하 「충의전」 〈장순〉.

장원루(狀元樓): 촉석루의 이칭. 김지대가 1219년에, 안진이 1313년에 각각 문과 장원급제한 데서 유래함. 『신증동국여지승람』에도 '狀元'으로 표기되어 있으나, 하륜의 「촉석루기」(『호정집』 중간본, 3간본)와 권도용의 글에는 '壯元'으로 나온다. 한편 정약용은 『아언각비』에서 '狀元'의 표기가 바르다고 했다.

장풍(長風): 먼 데서 불어오는 거센 바람.

쟁영(崢嶸): 산세가 높고 험준한 모양. 재능이나 품격이 뛰어난 모양. 세월이 오래된 모양. '崢'과 '嶸'은 가파르다.

저사(底事): = 하사(何事). 무슨 일로, 어찌하여.

저처(底處): 어느 곳, 어디서. '底'는 의문사. 당시(唐詩)에 자주 쓰였음.

적력(的歷): 선명한 모양, 고운 모양. '的'은 밝다. 똑똑하게 보이다.

적선(謫仙): 인간 세계에 귀양 온 신선, 곧 이백(李白). 그가 처음 장안에 나타났을 때 하지장(賀知章)이 그를 보고 신선의 풍채를 느껴 '적선인(謫仙人)'이라 부른 것에서 유래함.

전광(顚狂): 미치광이. '顚'은 정신 이상, 넘어지다.

전두(轉頭): 머리를 돌림, 멀리 돌리는 사이, 어느새, 벌써.

전루(戰壘): 전쟁이 벌어진 성채. '壘'는 작은 성.

전진(前塵): 지난 티끌, 곧 전란. '塵'은 티끌, 흙먼지.

절극(折戟): 부러진 창으로, 임진왜란 자취를 뜻함. '折'은 꺾이다. '戟'은 창. 두목(803~852)의 「적벽」(『번천집』 권4) 시 중 "부러진 창 모래밭에 묻혔어도 쇠끝은 삭지 않았나니 / 스스로 문지르고 닦아서 앞 시대의 일을 아누나[折戟沈沙鐵未消, 自將磨洗認前朝]" 구절이 유명하다.

절사(節士): 지조가 굳은 선비.

절절(浙浙): 비가 부슬부슬 내리는 모양, 바람이 살랑살랑 부는 모양. '浙'은 쌀을 일다.

점점(點點): 점을 찍은 것처럼 여기저기 흩어진 모양.

점지(點指): →지점

접역(鰈域): 가자미가 나는 바다 연안. '鰈'은 가자미. 가자미가 동해에서 나므로 우리나라를 가리킨다. 『성호사설』 권5 「만물문」 〈접역〉.

정마(征馬): 먼 길을 가는 말, 싸움터로 나가는 말.

정아(貞娥): = 정녀(貞女). 숙부드러운 아가씨. 대개 논개를 뜻함.

정정(亭亭): 높이 솟은 모양, 멀고 까마득한 모양. '亭'은 빼어나다, 높이 솟다.

정주(汀洲): 얕은 물 가운데 토사가 쌓여 섬처럼 드러난 곳, 모래톱, 물가.

정충(貞忠): 절개가 곧고 충성스러움.

정충(精忠): 순수한 충성, 자기를 돌보지 않은 충성심.

정충(旌忠): 표창할 만한 순수한 충성.

정혼(貞魂): 곧은 넋, 충절의 영혼.

제적(蹄跡): 짐승의 자취. 대개 일본의 진주 장악을 뜻함. 『맹자』「등문공(상)」, "오곡이 자라지 않고 짐승들이 사람들을 핍박하여 길짐승 발굽과 새 발자국의 길이 나라 안에 교차했다[五穀不登, 禽獸偪人, 獸蹄鳥跡之道, 交於中國]".

조고(弔古): 옛일을 생각하여 마음 아파하고 슬퍼함. '吊'는 조(弔)의 속자.

조종도(趙宗道, 1537~1597): 호 대소헌(大笑軒), 시호 충의(忠毅). 생육신 조려의 차남 조금호(趙金虎)의 현손으로 함안 원북동(院北洞) 출생. 조식의 문인으로서 임진왜란이 일어나자 김성일을 도와 거의했고, 이 해 단성현감이 되었으나 1594년 사직하고 진주 소남장(召南庄, 현 산청군 단성면 소남리)에 우거했다. 1597년 함양군수 재직 중 왜적이 침입하자 안음현감 곽준과 황석산성을 쌓고 항전하다가 부인과 함께 순국했으며, 차남 조영한(趙英漢)은 포로로 잡혀 일본에 갔다가 1년 만에 귀국했다. 문집 『대소헌일고』가 있다.

족립(簇立): 빽빽하게 많이 모여 서 있는 모양. '簇'은 모이다. 본음은 '주'.

종고(終古): 언제까지나, 영원토록, 옛날, 평상시.

주맹(朱甍): 붉은 용마루, 곧 화려한 건물. '甍'은 용마루, 지붕 기와.

주조(周遭): = 주조(週遭). 둘러쌈, 에워쌈. '遭'는 돌다.

주추(啁啾): 새가 지저귐. '啁(조)'가 지저귀는 새소리 뜻일 때는 '주'. '啾'는 우는 소리.

죽백(竹帛): 옛날 글을 적던 대와 비단, 곧 역사책.

준주(尊酒): 술 단지에 담은 술. 동이술, 병술, 술통, 술병. '尊(존)'이 술통의 뜻일 때는 '樽(준)'과 같음.

중류(中流): 강 흐름의 중심.

중선(仲宣): 왕찬(王粲)의 자.

중선루(仲宣樓): 왕찬(王粲)이 거처한 누각. 촉석루를 비유함.

중중(重重): 겹치는 모양, 물방울 같은 것이 떨어지는 소리.

증경(曾經): 일찍이, 이전에 겪음.

지고(指顧): 짧은 시간이나 퍽 가까운 거리, 손가락으로 가리키며 돌아봄. '顧'는 돌아보다.

지점(指點): 눈에 익혀 두었다가 손가락으로 가리킴.

지주(砥柱): 황하의 중류에 기둥처럼 우뚝이 서 있는 바위산으로 절조를 지키는 군자에 곧잘 비유된다. 경북 구미시 오태동에 있는 '지주중류비(砥柱中流碑)'가 유명하다.

진강(晉康): 진주의 옛 이름. 『신증동국여지승람』 권30 「진주목」〈군명〉

진겁(塵劫): 불교 용어로 진점겁(塵點劫. 과거, 미래의 오랜 시간)의 준말. 과거나 미래의 티끌처럼 많은 시간, 오랜 세월.

진남루(鎭南樓): 진주성 북장대의 이칭.

진산(晉山): 진주의 옛 이름. 『신증동국여지승람』 권30 「진주목」〈군명〉.

진양(晉陽): 진주. 윤탁이 다스린 고을 이름과 같아 중의적 의미를 지님. →견사보장

진일(盡日): 온종일, 평상시.

진일(鎭日): = 진일(盡日).

징강(澄江): 맑고 깨끗한 강. 주로 남강을 지칭함.

징강구(澄江句): 맑은 강을 읊은 시구. 사조(謝朓, 464~499. 자 玄暉)의 「만등삼산 환망경읍(晚登

三山還望京邑)」에 "餘霞散成綺, 澄江靜如練"이란 시구가 있고, 이백의 「금릉성서루월하음(金陵城西樓月下吟)」 중 "맑은 강물 깨끗하여 마전한 듯하다는 표현은 / 사현휘를 두고두고 기억하게 하네[解道澄江淨如練, 令人長憶謝玄暉]"라는 표현을 통해 더욱 유명해졌다.

차아(嵯峨): 산이 높고 험한 모양. '嵯'는 우뚝 솟다. '峨'는 높다.

착극(著屐): 나막신을 신음, 곧 등산이나 유람. '著(저)'가 신다 뜻일 때는 '착'으로 읽음. 진나라 때 사령운이 "높이 오를 경우 항상 나막신을 신었는데, 산에 올라갈 때는 앞굽을 빼고 내려올 때에는 뒷굽을 빼서[登躡常著木屐, 上山則去其前齒, 下山去其後齒]" 흥취를 즐겼다는 고사가 있음. 『南史』 권19 「열전」〈사방명사령운〉.

참치(參差): 가지런하지 않은 모양, 흩어진 모양. 이런 뜻일 경우 '參(삼)'은 '참'으로, '差(차)'는 '치'로 읽음.

창렬사(彰烈祠): 경상도 관찰사 정사호가 2차 진주성전투에서 순국한 김천일·최경회·황진 세 충신을 제향하기 위해 1607년 창건한 사당이다. 이후로 신위가 추가되어 정사(正祠), 동·서사에 임진 순국열사 39위와 7만 민관군 신위를 합쳐 제향하고 있다. 그리고 충민사가 훼철될 때 김시민 위패를 정당에 합사하였다.

창망(蒼茫): 넓고 멀어서 푸르고 아득하게 보이는 모양, 넓어서 끝이 없는 모양.

창상(滄桑): = 상전벽해(桑田碧海). 푸른 바다[滄海]가 세 번이나 뽕밭[桑田]으로 변했다는 말로, 세상의 변화가 극심함을 뜻함. 갈홍, 『신선전』 권3 「王遠」.

창주(滄洲): 물이 있는 고장으로 흔히 신선이 살고 있다는 곳.

창창(蒼蒼): 머리털이 센 모양, 초목이 무성한 모양, 맑게 갠 하늘의 모양.

창황(蒼黃): 다급한 모양, 파래졌다 노래졌다 하는 모양.

처처(凄凄): 차고 쓸쓸한 모양, 초목이 무성한 모양, 물이 흐르는 모양. '凄'는 쓸쓸하다, 춥다.

처처(萋萋): 초목이 무성한 모양, 구름이 흘러가는 모양.

척강(陟降): 오르고 내림. '陟'은 오르다.

천명(擅名): 명예를 혼자서 차지함. '擅'은 차지하다, 마음대로.

천유(天遊): 천리에 따라 자연스럽게 노닌다. 아무런 걸림이 없이 모든 것을 초월한 경지. 『장자』 「외물」, "사람의 몸에는 빈 공간이 있고, 마음은 그 속에서 천유한다. (…중략…) 마음에 천유가 없으면, 육착이 서로 다툰다[胞有重閬, 心有天遊. (…中略…) 心無天遊, 則六鑿相攘]".

천인(千仞): 천 길. '仞'은 길이의 단위로 8척(尺).

천일(天日): 하늘에 떠 있는 태양.

천제(天際): 하늘 끝, 하늘 가.

천참(天塹): 강하(江河) 따위로 저절로 이루어진 요충지, 천연 요새. '塹'은 해자.

철적(鐵笛): 은자나 신선이 분다고 하는 피리. 옛날 고사(高士)가 이 피리를 잘 불었다고 하는데, 주자의 「무이정사잡영」(『주자대전』 권9) 중 「철적정(鐵笛亭)」 시의 협주에 "무이산의 은자 유군은 (…중략…) 철적을 잘 불어서 구름 헤치고 바위 뚫는 소리가 났다[山之隱者劉君 (…中略…) 善吹鐵笛, 有穿雲裂石之聲]."라는 구절이 있다.

청강(菁江): = 청천(菁川).

청유(淸遊): 고상한 놀이, 맑은 흥취.

청주(菁州): 진주의 옛 이름. →거열

청천(菁川): 남강의 이칭. 진주의 옛 이름. 쌍계사의 물이 소남(召南)을 거쳐 흘러들어 진주 서쪽으로 흘러드는데 남강 상류에 해당함. 『진양지』에 따르면, 흰 모래가 평평하게 펼쳐져 봄가을로 열병식을 거행하는 장소로 쓰였다고 함. 정식의 「청천관연병(菁川觀練兵)」(『명암집』 권1) 시가 참고가 된다. 전쟁기념관 소장의 〈진주성도〉를 보면 현재 복개된 나불천에 '청천교(菁川橋)'가 기재되어 있다.

청천(晴川): 맑은 하늘 아래의 강물로 남강을 비유. 최호(704~754)의 「등황학루」 시에 나옴.

청천(青泉): 신유한(1681~1752)의 호.

청추(清秋): 맑게 갠 가을하늘, 음력 8월의 별칭.

청홍(晴虹): 무지개나 등불의 이칭.

체사(涕泗): 눈물과 콧물을 흘리며 우는 모양. '涕'는 눈물. '泗'는 콧물.

초격(草檄): 격문을 초안함, 격문처럼 과격한 언사를 쓴 글.

초암(峭巖): 의암(義巖)의 이칭. '峭'는 가파르다, 우뚝하다.

초연(悄然): 낙심하여 근심하는 모양, 쓸쓸한 모양, 고요한 모양. '悄'는 근심하다.

초창(怊悵): 슬퍼하는 모양, 실망하여 멍하니 있는 모양. '怊'는 슬프다. '悵'은 슬퍼하다.

초체(迢遞): 먼 모양. '迢'는 아득하다. '遞'는 번갈아 들다.

초초(迢迢): 높은 모양, 먼 모양.

초초(招招): 손을 들어 부르는 모양.

초초(草草): 엉성함, 간략하고 거친 모양, 변변치 않음.

초초(悄悄): 풀이 죽어 근심하는 모양, 조용한 모양. '悄'는 근심하다.

초화(綃畵): 그림 비단, 시를 적는 비단 두루마리. '綃'는 비단. 명주.

촉목(觸目): 눈에 띔, 눈에 느낌.

촉촉(矗矗): 높이 솟아 있는 모양. 뾰족뾰족한 모양. '矗'은 높이 솟은 모양. 우거지다.

총총(悤悤): 바쁘다, 급하다, 일에 몰리어 급한 모양. '悤'은 바쁘다.

최경회(崔慶會, 1532~1593): 자 선우(善遇), 호 일휴당(日休堂)·삼계(三溪), 시호 충의(忠毅). 능주(綾州, 현 화순) 삼천리 출생으로 송천 양응정과 고봉 기대승의 문인임. 임란왜란이 일어나자 모친 상중임에도 의병을 모집했고, 또 이미 전사한 제봉 고경명의 휘하였던 문홍헌 등의 병력에 의해 골자(鶻字) 부대의 의병장으로 추대되었다. 흰 말을 탄 왜장을 죽이고 그가 갖고 그림과 칼을 빼앗아 군사들의 사기를 크게 올렸으며, 김시민이 지키고 있던 진주성을 후원했다. 이후 송암 김면의 뒤를 이어 경상우병사에 제수되어 2차 진주성전투 때 항전하다 함락 당일 강물에 투신해 죽고 말았다. 『일휴당실기』(1861)가 전한다.

최외(崔嵬): 높고 가파른 모양, 표면에 흙이 덮여 울퉁불퉁한 돌산. '崔'는 높다.

최진한(崔鎭漢, 1652~1740): 소강첨사, 충청수사, 전라병사, 행호군, 경상좌병사(1725) 등을 역임했다. 경상우병사 시절(1721.2~1723.5)에는 '의암사적비'를 건립했고, 논개의 순국 사실을 입증하기 위해 누차 비변사에 청원서를 제출했다. 아울러 정충단 사당도 중수했는데, 신명구와 하세응의 글에 그 경과가 자세하게 서술되어 있다. 하강진(2014), 159~165쪽 참조.

추사(追思): 지난 일을 생각함. '追'는 거슬러 올라가다.

추성(秋聲): 가을을 느끼게 하는 소리. 가을바람 소리. 구양수의 「추성부」가 유명하다.

추창(惆愴): 실망하는 모양, 개탄하여 슬퍼하는 모양. '惆'와 '愴'은 슬퍼하다.

추추(啾啾): 가늘게 우는 소리, 흐느껴 우는 소리, 음산하게 내리는 빗소리. '啾'는 소리.

춘부추(春復秋): 봄가을로 바뀜, 세월을 보냄. '복(復)'이 다시 뜻일 때는 '부'로 읽음.

춘주(春酒): 겨울에 빚은 술, 봄에 빚어서 겨울에 익은 술.

충민사(忠愍祠): 1차 진주성전투 때 순국한 김시민을 향사하기 위해 1652년 창건하고 정미년 (1667)에 사액된 사당인데, 1868년 서원철폐령에 따라 신위를 창렬사로 이안했다.

충사(蟲沙): = 충사(虫沙). 임진왜란 때 죽은 병사. →원학충사

충의(忠義): 충정과 의리.

충척(充斥): 꽉 들어참, 가득 몰려옴. '斥'은 넓히다.

취대(翠黛): 눈썹을 그리는 푸른 먹으로, 검푸른 산을 비유. '黛'는 눈썹 먹. 여자의 눈썹.

취루(翠樓): 푸른빛을 칠한 누각, 곧 아름다운 누각.

취차(取次): 차례차례로, 마음대로, 아무 생각 없이 가볍게 구는 모양.

치첩(雉堞): 몸을 숨겨 적을 공격할 수 있도록 성위에 낮게 쌓은 담. 성가퀴. '雉'는 담의 높이를 재는 단위로 3도(堵)의 규모를 말하고, 도(堵)는 사방 1장(丈 = 약 3미터)의 규모임. "도성이 백치를 넘으면 나라의 해로움이다[都城過百雉, 國之害也]."라는 표현이 있다. 『춘추좌씨전』 「은공 원년」.

칠애(七哀): 인생사 겪게 되는 온갖 슬픔.

침극(沈戟): 모래에 묻힌 창, 곧 전란 자취. '沈'은 잠기다, 가라앉다. →절극

침사(沈沙): 모래에 묻힘, 전란 자취. →절극

침음(沈吟): 생각에 잠김, 작은 소리로 읊조림.

침점(枕簟): 베개와 대자리, 곧 잠자리. 이부자리. '枕'은 베개. '簟'은 대자리, 삿자리.

침조(沈竈): →삼판(三版)

침침(沈沈): 물이 깊은 모양, 밤이 깊어 조용한 모양, 초목이 무성한 모양. '沈'은 잠기다.

탄성(吞聲): 소리를 삼킴, 곧 울음을 삼키며 흐느낌, 침묵. '吞'은 삼키다.

탕자(蕩子): = 탕자(蕩者). 멀리 고향을 떠나 방랑하는 사람, 주색에 빠진 남자.

태백(太白): 이백. 큰 술잔이나 술의 뜻도 있는데, 위나라 문후(文侯)가 대부들과 음주할 적에 "술잔을 다 마시지 않은 사람에게는 큰 술잔으로 벌주를 내리라[飮不醵者, 浮以大白]."(『설원』 권11 〈선설〉) 한 데서 유래하며, 전하여 술을 호쾌하게 마심을 비유한다. 『성호사설』 권5 「만물문」 〈浮白〉.

태청(太淸): 신선이 산다는 삼청(三淸) 중 하나임. 신선 세계.

통음(痛飮): 술을 실컷 마심. '痛'은 몹시.

퇴첩(頹堞): 허물어진 성가퀴. '頹'는 무너지다. '堞'은 성가퀴, 성첩.

파광(波光): 물결의 빛, 물결의 경치.

파구(波鷗): 갈매기가 유유히 노니는 모습, 욕심 없이 사는 모습을 비유함.

파사(婆娑): 그림자가 움직이는 모양, 너울너울 춤추는 모양.

파심(波心): 물결의 중심.

판탕(板蕩): = 판탕(版蕩). 잘못된 정치로 나라가 어지러워짐. '板'은 어긋나다. 당 태종이 소우(蕭瑀)에게 하사한 시에 "거센 바람에 굳센 풀을 알고 / 난리 속에서 충성스러운 신하를 안다[疾風知勁草, 版蕩識誠臣]."라 했다. 『신당서』 권101 「소우전」.

팔황(八荒): =팔역(八域). 팔방의 끝까지, 온 세상, 천하.

편(偏): 새삼, 일부러, 때마침, 뜻밖에.

편편(翩翩): 새가 가볍게 나는 모양. '翩'은 빨리 날다.

평사(平沙): 넓고 넓은 모래밭.

평수(萍水): 뿌리가 없이 물에 떠 있는 부평초, 곧 정처 없는 객지 생활에 비유함.

포장(鋪張): 널리 폄, 펴 넓힘. '鋪'는 펴다, 늘어놓다.

표령(飄零): 나뭇잎 따위가 바람에 나부껴 떨어짐, 영락함. '飄'는 회오리바람, 떠돌다.

표리산하(表裏山河): 험한 요새지. 『춘추좌씨전』「희공 28년」, "싸워서 이기지 못한다 하더라도 밖과 안으로 산하 있으니 꼭 해로울 것이 없다[若其不捷, **表裏山河**, 必無害也]".

표묘(縹緲): 멀리 희미하게 보이는 모양, 또는 아득히 넓은 모양. '縹'는 사물의 모양.

표연(飄然): 세속에 얽매이지 않고 초연한 모습, 바람에 가볍게 날리는 모양.

풍광(風光): 경치. 바람은 본시 빛이 없고 풀 위에서는 광색을 나타내는데, 바람이 불어서 풀을 움직이니 마치 바람이 빛이 있는 듯하다는 뜻.

풍등(風燈): 바람에 흔들리는 등불.

풍성(風聲): 풍격과 명성, 풍도.

풍진(風塵): 바람과 먼지, 병란, 속세, 벼슬길. '塵'은 티끌.

하목(霞鶩): →낙하고목

학로(鶴老): =학옹(鶴翁). 학봉 김성일(1538~1593)의 경칭.

학옹(鶴翁): =학로(鶴老).

학주(鶴州): 학과 고을, 곧 간절한 소망의 대상. 옛날 어떤 사람들이 각자의 소원을 말하는데, 한 사람은 양주자사가 되고 싶다고 하고, 또 한 사람은 돈이 많았으면 좋겠다고 하고, 다른 한 사람은 학을 타고 하늘로 올라가고 싶다고 했다. 이때 나머지 한 사람은 "나는 허리에 십만 관의 돈을 차고 학을 타고 양주로 올라가서 세 가지를 다 이루고 싶다[腰纏十萬貫, 騎鶴上揚州, 欲兼三者]."고 한 고사가 있음. 『사문유취』 권42 후집 〈학〉.

한만(汗漫): 절실함이 없음, 너절함, 산만하게 내버려 두고 등한히 함.

한월(寒月): 겨울의 달, 겨울 하늘에 뜬 달, 차가운 달.

해문(海門): =해구(海口). 내륙의 강이 바다로 통하는 곳. 진주의 남강을 일컬음.

해안(海晏): 바다가 고요함, 곧 왜적의 침입이 없음. '晏'은 편안하다. 늦다.

향몽(香夢): 봄철의 꽃필 때 꾸는 꿈, 향기로운 꿈, 단꿈.

현가(絃歌): =현가(弦歌). 예악 있는 고을이나 세상을 예악으로 교화함의 뜻인데, 수령이 법도로 정사를 하여 백성들이 안락하게 지내는 것을 말한다. 노나라 자유(子游)가 무성의 수령이 되었을 때 공자가 그곳을 가니 거문고 타고 시가 노래하는 소리가 들렸다[子之武城, 聞弦歌之聲]고 한 데서 유래한 말이다. 『논어』「양화」.

현애(懸崖): 깎아지른 듯한 절벽, 곧 낭떠러지. '懸'은 매달다, 늘어지다.

현지(懸知): 미루어 보아 알다, 미리 알다, 멀리서 알다. '懸'은 멀다.

형승(形勝): 지세가 뛰어남, 경치가 좋은 곳.

호가(胡笳): 고대 중국의 북방 오랑캐들 사이에서 불던 피리의 일종.

호겁(浩劫): =호겁(浩刼)·호겁(浩怯). 불교에서 인간의 큰 재난을 말함. 미래에 매우 긴 세상.

호탕(浩蕩): = 호묘(浩渺)·호양(浩洋)·호한(浩汗)·호호(浩浩). 광대한 모양.

혼여(渾如): 흡사하다, 마치 ~와 같다. '渾'은 모두, 아주.

홍교(虹橋): 무지개처럼 생긴 다리 혹은 쌍무지개. 진주성 동문 부근에서 남강으로 흘러드는 입구에 있던 다리 이름.

홍군(紅裙): 연분홍 치마로 기녀나 미인을 가리킴.

홍란(紅欄): 붉은 난간, 곧 화려한 누각.

홍분(紅粉): 붉은 연지와 분, 곧 기녀나 미인.

홍우(紅雨): 붉은 비, 곧 꽃을 적시는 비. 흔히 봄철 붉은 복사꽃이 떨어지는 것을 붉은 비가 내리는 것으로 비유함.

홍장(紅粧): 연지를 찍은 화장, 여자 또는 미인의 화장, 화장한 미인.

화각(畫角): 그림을 아로새긴 뿔 나팔. 병영에서 조석 시간을 알리거나 사기를 고무함.

화각(畫閣): 단청을 칠한 아름다운 누각.

화방(畫舫): = 화선(畫船).

화선(畫船): 그림을 그려 아름답게 꾸민 놀잇배, 그림배, 유람선.

화극(畫戟): 화려하게 색칠한 나무창. 군영의 문을 지킬 때 병졸들이 쥐고 호위하는 것으로 고을 수령을 비유함.

화벽(化碧): 강직한 충정을 뜻함. 주나라 대부 장홍(萇弘)은 참언을 당하여 추방된 뒤 촉(蜀)에 돌아가 분개한 나머지 배를 가르고 자살했는데, 촉 지방 사람들이 감개하여 그의 피를 궤짝에 잘 간수한 지 삼 년 만에 푸른 옥으로 변했다고 함. 『장자』「외물」, "萇弘死於蜀, 藏其血, 三年而化爲碧".

환구(寰區): = 환우(寰宇). 천하, 천지간. '寰'은 천하, 인간 세상.

환륜(奐輪): →윤환(輪奐).

황진(黃進, 1550~1593): 자 명보(明甫), 시호 무민(武愍). 남원 주포리(周浦里) 출생. 1590년 통신사행의 선전관으로 일본을 다녀왔는데, 돌아올 즈음 일행이 모두 다투어 보화를 샀으나 홀로 보검 한 쌍을 사면서 "왜가 반드시 바다를 건널 것이니 내 마땅히 이 칼을 사용할 것이다." 하니, 사람들이 모두 비웃고 말았다. 당시 정사 황윤길은 그의 당숙이었다. 임진왜란이 일어나자 동복현감으로서 군사를 이끌고 용인에 가서 대적했고, 돌아오는 길에 안덕원에서 적을 추격해 무찔렀다. 이어 전주 길목인 이치(梨峙)에서 왜적을 격퇴시켜 호남을 보전하는 데 큰 공을 세웠다. 하지만 충청도 병마사로서 진주성전투에서 항거하다 6월 28일 왜적 총탄에 맞아 죽었고, 뒷날 좌찬성에 추증되었으며, 『무민공실기』가 전한다.

황학루(黃鶴樓): 중국 호북성 무한시 서쪽의 황곡기(黃鵠磯)에 있는데, 223년 세운 이후 당나라 때까지 2층 건물이었으나 송나라 때 3층으로 중수했다. 현재 건물은 1985년 5층 51미터 규모로 재건한 것이다. 최호(崔顥, 704~754)의 「등황학루」 "옛날 선인은 이미 황학 타고 날아가버려 / 이곳에는 황학루만 그저 남아 있네 / 황학은 한번 떠나 다시 돌아오지 않고 / 흰 구름만 천 년 동안 하늘에 떠 있다 / 맑게 갠 강에 한양의 나무가 뚜렷하고 / 향기로운 풀들이 앵무주에 무성한데 / 저물녘 고향은 어디쯤인가 / 강가 서린 안개가 시름겹게 하노라[昔人已乘黃鶴去, 此地空餘黃鶴樓, 黃鶴一去不復返, 白雲千載空悠悠, 晴川歷歷漢陽樹, 芳草萋萋鸚鵡洲, 日暮鄕關何處是, 煙波江上使人愁]"라는 시는 천고의 절창으로 손꼽힌다. 남송 장식

(1133~1180)의 「황학루설」(『남헌집』 권18)과 조선조 이옥(1760~1815)의 「황학루사적고증」(『봉성문여』 2)을 읽어볼 만하다. 황학루 전설에 관해서는 배신의 「촉석루서」 각주 참조.

황황(煌煌): 반짝반짝 빛나는 모양. '煌'은 빛나다.

휘비(翬飛): 새가 훨훨 나는 듯이 처마가 높고도 큰 집을 말함. '翬'는 꿩, 훨훨 날다. 『시경』 「소아」 〈사간〉, "(용마루는) 새가 날개를 편 듯 / (처마는) 꿩이 날아가 듯[如鳥斯革, 如翬斯飛]".

흑룡(黑龍): 임진년이나 임진왜란을 말함. '黑'은 천간 '임(壬)'에 해당되고, '龍'은 지지 '진(辰)'에 해당함.

흥감(興酣): 흥취가 무르익음. '酣'은 한창, 즐기다.

흥폐(興廢): =흥체(興替). 흥망성쇠, 무너짐과 세움.

희미(熹微): 햇빛이 흐릿한 모양, 해질녘의 햇빛. '熹'는 희미하다, 성하다, 기뻐하다.

작가 색인

◑ 각안(覺岸〈僧〉, 1820~1896), 『범해선사유고(梵海禪師遺稿)』〈동국대 도서관〉

◑ 감기현(甘麒鉉, 1880~1964), 『동미집(東湄集)』〈국립중앙도서관〉

◑ 강공거(姜公擧, 1689~1732), 『백석유고(栢石遺稿)』〈국립중앙도서관〉

○ 강대수(姜大遂, 1591~1658), 『한사집(寒沙集)』〈한국문집총간 속24〉

○ 강대적(姜大適, 1594~1678), 『구주집(鷗洲集)』〈국립중앙도서관〉

○ 강덕부(姜德溥, 1668~1725), 『용재집(慵齋集)』〈국립중앙도서관〉

○ 강 렴(姜 濂, 1544~1606), 『만송강공실기(晩松姜公實記)』〈경상대 문천각〉

○ 강문식(姜文植, 1907~1963), 『계려유고(溪黎遺稿)』〈경상대 문천각〉

○ 강문오(姜文俉, 1819~1877), 『수죽정유고(水竹亭遺稿)』〈경상대 문천각〉

○ 강사영(姜士永, 1855~1932), 『무성유고(无惺遺稿)』〈경상대 문천각〉

○ 강세진(姜世晉, 1717~1786), 『경현재집(警弦齋集)』〈총간 속84〉

○ 강시형(姜時馨, 1850~1928), 『농은집(聾隱集)』〈국립중앙도서관〉

○ 강시환(姜始煥, 1761~1813), 『백록가고(白麓家稿)』〈총서 1925〉

○ 강영지(姜永墀, 1844~1915), 『수재집(睡齋集)』〈국립중앙도서관〉

○ 강영지(姜永祉, 1857~1916), 『남호유고(南湖遺稿)』〈국립중앙도서관〉

○ 강원일(姜元一, 1680~1757), 『오여재고(吾與齋稿)』〈총서 1923〉

○ 강 위(姜 瑋, 1820~1884), 『고환당수초(古歡堂收艸)』〈총간 318〉

○ 강인회(姜寅會, 1807~1880), 『춘파유고(春坡遺稿)』〈국립중앙도서관〉

○ 강정환(姜鼎煥, 1741~1816), 『전암집(典庵集)』〈총간 속97〉

○ 강주행(姜珠杏, 1894~1978), 『용호유집(龍湖遺集)』〈총서 2889〉

○ 강주호(姜周祜, 1754~1821), 『옥천연방고(玉泉聯芳稿)』〈국립중앙도서관〉

○ 강지호(姜趾鎬, 1834~1903), 『봉암유고(鳳菴遺稿)』〈경상대 문천각〉

○ 강진규(姜晉奎, 1817~1891), 『역암집(櫟菴集)』〈총간 속132〉

○ 강 칭(姜 侶, 1544~1597), 『송와유집(松窩遺集)』〈경상대 문천각〉

○ 강태수(姜台秀, 1872~1949), 『우재집(愚齋集)』〈경상대 문천각〉

○ 강필효(姜必孝, 1764~1848), 『해은유고(海恩遺稿)』〈총간 속108〉

○ 강 혼(姜 渾, 1464~1519), 『목계일고(木溪逸藁)』〈총간 17〉

◑ 경일(敬一〈僧〉, 1636~1695), 『동계집(東溪集)』〈동국대 도서관〉

◑ 계오(戒悟〈僧〉, 1773~1849), 『가산고(伽山藁)』〈국립중앙도서관〉

◑ 고익주(高翊柱, 1883~1941), 『규암유고(圭菴遺稿)』〈호남기록문화유산〉

○ 고헌진(高憲鎭, 1872~1954), 『초남시집(楚南詩集)』〈호남기록문화유산〉

◑ 곽종천(郭鍾千, 1895~1970), 『정헌집(靜軒集)』〈국립중앙도서관〉

○ 곽천구(郭天衢, 1589~1670), 『구봉유고(九峯遺稿)』〈국립중앙도서관〉

○ 곽태종(郭泰鍾, 1872~1940), 『의재유고(毅齋遺稿)』〈총서 1348〉

◑ 구연호(具然鎬, 1861~1940), 『만회유고(晩悔遺稿)』〈국립중앙도서관〉

◑ 권극중(權克中, 1585~1659), 『청하집(靑霞集)』〈총간 속21〉

○ 권녕운(權寧運, 1887~1965), 『만성집(晩惺集)』〈국립중앙도서관〉

○ 권녕호(權寧鎬, 1863~1932), 『쌍석유고(雙石遺稿)』〈총서 2044〉

○ 권덕수(權德秀, 1672~1759), 『포헌집(逋軒集)』〈총간 속57〉

○ 권도용(權道溶, 1877~1963), 『추범문원(秋帆文苑)』〈경상대 문천각〉

○ 권두경(權斗經, 1654~1725), 『창설재집(蒼雪齋集)』〈총간 169〉

○ 권두희(權斗熙, 1859~1923), 『석초유집(石樵遺集)』〈경상대 문천각〉

○ 권문해(權文海, 1534~1591), 『초간집(草澗集)』〈총간 42〉

○ 권병철(權炳哲, 1898~1980), 『서산집(曙山集)』〈총서 2145〉

○ 권봉현(權鳳鉉, 1872~1936), 『오강집(梧岡集)』〈국립중앙도서관〉

　　　　　　　　　　　　　　　　『오하산록(梧下散錄)』〈경상대 문천각〉

○ 권봉희(權鳳熙, 1837~1902), 『석오집(石梧集)』〈국립중앙도서관〉

○ 권붕용(權鵬容, 1900~1970), 『근암유고(近菴遺稿)』〈경상대 문천각〉

○ 권상빈(權相彬, 1853~1925), 『천후유집(川后遺集)』〈경상대 문천각〉

○ 권상적(權相迪, 1822~1900), 『해려집(海閭集)』 〈국립중앙도서관〉

○ 권상찬(權相纘, 1857~1929), 『우석유고(于石遺稿)』 〈국립중앙도서관〉

○ 권석규(權錫揆, 1689~1754), 『표음유고(瓢陰遺稿)』 〈국립중앙도서관〉

○ 권 수(權 洙, 1789~1871), 『오곡유고(梧谷遺稿)』 〈국립중앙도서관〉

○ 권수대(權壽大, 1671~1755), 『무명재집(無名齋集)』 〈국립중앙도서관〉

○ 권숙봉(權肅鳳, 1886~1962), 『소계유고(小溪遺稿)』 〈경상대 문천각〉

○ 권옥현(權玉鉉, 1912~1999), 『설암집(雪嵒集)』 〈경상대 문천각〉

○ 권용현(權龍鉉, 1899~1988), 『추연집(秋淵集)』 〈경상대 문천각〉

○ 권운환(權雲煥, 1853~1918), 『명호집(明湖集)』 〈국립중앙도서관〉

○ 권응인(權應仁, 1517~ ?), 『송계집(松溪集)』 〈경상대 문천각〉

○ 권재고(權載皐, 1867~1905), 『유연헌집(悠然軒集)』 〈국립중앙도서관〉

○ 권재기(權載璣, 1887~1930), 『견암집(堅菴集)』 〈국립중앙도서관〉

○ 권재성(權載性, 1890~1955), 『현암집(弦菴集)』 〈국립중앙도서관〉

○ 권재호(權載浩, 1881~1950), 『외헌유고(畏軒遺稿)』 〈경상대 문천각〉

○ 권재환(權載丸, 1888~1951), 『일헌집(一軒集)』 〈경상대 문천각〉

○ 권정휘(權正徽, 1785~1835), 『원계유고(元溪遺稿)』 〈총서 2099〉

○ 권제응(權濟應, 1724~1792), 『취정유고(翠亭遺稿)』 〈서울대 규장각〉

○ 권준하(權準河, 1845~1915), 『정거재유고(正居齋遺稿)』 〈권대용 편, 『국역 소곡세고』, 대보사, 2009〉

○ 권태시(權泰時, 1635~1719), 『산택재집(山澤齋集)』 〈총간 속41〉

○ 권택용(權宅容, 1903~1987), 『척와유고(惕窩遺稿)』 〈경상대 문천각〉

○ 권헌기(權憲璣, 1835~1893), 『석범유고(石帆遺稿)』 〈경상대 문천각〉

○ 권호문(權好文, 1532~1587), 『송암집(松巖集)』 〈총간 41〉

◐ 금난수(琴蘭秀, 1530~1604), 『성재집(惺齋集)』 〈총간 속4〉

◐ 기우만(奇宇萬, 1846~1916), 『송사집(松沙集)』 〈총간 345~346〉

◐ 김구경(金久冏, ? ~ ?), 〈『신증동국여지승람』 권30 「진주목」〉

○ 김규태(金奎泰, 1902~1966), 『고당집(顧堂集)』 〈총서 2111~3〉

○ 김극성(金克成, 1474~1540), 『우정집(憂亭集)』〈총간 18〉

○ 김기수(金基洙, 1818~1873), 『백후집(柏後集)』〈총간 속132〉

○ 김기호(金琦浩, 1822~1902), 『소산집(小山集)』〈국립중앙도서관〉

○ 김낙희(金洛熙, 1881~1960), 『간암유고(艮菴遺稿)』〈경상대 문천각〉

○ 김노수(金魯洙, 1878~1956), 『경암집(敬菴集)』〈국립중앙도서관〉

○ 김 뉴(金 紐, 1527~1580), 『박재집(璞齋集)』〈경상대 문천각〉

○ 김도수(金道洙, 1699~1733), 『춘주유고(春洲遺稿)』〈총간 219〉

○ 김도혁(金道爀, 1713~1784), 〈조국인 편, 『목천현지』, 1817, 서울대 규장각〉

○ 김 려(金 鑢, 1766~1821), 『담정유고(薝庭遺藁)』〈총간 289〉

○ 김 륵(金 玏, 1540~1616), 『백암집(栢巖集)』〈총간 50〉

○ 김명석(金命錫, 1675~1762), 『우계집(雨溪集)』〈총간 속58〉

○ 김문옥(金文鈺, 1901~1960), 『효당집(曉堂集)』〈국립중앙도서관〉

○ 김병립(金炳立, 1863~1946), 『우석집(愚石集)』〈국립중앙도서관〉

○ 김병연(金炳淵, 1807~1863), 〈장지연 편, 『대동시선』, 신문관, 1918〉

○ 김상례(金商禮, 1821~1898), 『삼묵재유고(三黙齋遺藁)』〈경상대 문천각〉

○ 김상수(金相壽, 1875~1955), 『초려집(草廬集)』〈경상대 문천각〉

○ 김상욱(金相頊, 1857~1936), 『물와집(勿窩集)』〈경상대 문천각〉

○ 김상윤(金相潤, 1893~1975), 『원포유고(元圃遺稿)』〈총서 2194〉

○ 김상정(金相定, 1722~1788), 『석당유고(石堂遺稿)』〈총간 속85〉

○ 김상준(金相峻, 1894~1971), 『남파유고(南坡遺稿)』〈경상대 문천각〉

○ 김상집(金尙集, 1723~ ?), 〈관찬, 『진주목읍지』(『경상도읍지』 책20),
        1832, 서울대 규장각 한국학연구원, 奎666〉

○ 김상혁(金相爀, 1871~1921), 『회곡유고(晦谷遺稿)』〈경상대 문천각〉

○ 김석규(金錫圭, 1891~1967), 『현초유고(賢樵遺稿)』〈경상대 문천각〉

○ 김석일(金錫一, 1694~1742), 『허주와유고(虛舟窩遺稿)』〈서울대 규장각〉

○ 김석주(金錫胄, 1634~1684), 『식암유고(息庵遺稿)』〈총간 145〉

○ 김성일(金誠一, 1538~1593), 『학봉집(鶴峯集)』〈총간 48〉

○ 김성탁(金聖鐸, 1684~1747), 『제산집(霽山集)』〈총간 206〉

○ 김세흠(金世欽, 1876~1950), 『소와집(笑窩集)』〈총서 2997〉

○ 김수민(金壽民, 1734~1811), 『명은집(明隱集)』〈보경문화사, 1987〉

○ 김수응(金粹應, 1887~1954), 『직재집(直齋集)』〈한국국학진흥원〉

○ 김승주(金昇柱, 1885~1961), 『회천유집(晦川遺輯)』〈경상대 문천각〉

○ 김시한(金時瀚, 1896~1932), 『규봉유고(奎峯遺稿)』〈경상대 문천각〉

○ 김시후(金時煦, 1838~1896), 『오우재집(五友齋集)』〈국립중앙도서관〉

○ 김안국(金安國, 1478~1543), 『모재집(慕齋集)』〈총간 20〉

○ 김 영(金 瑩, 1765~1840), 『괴헌집(槐軒集)』〈국립중앙도서관〉

○ 김영규(金永奎, 1885~1966), 『존곡유고(存谷遺稿)』〈경상대 문천각〉

○ 김영선(金永善, 1890~1960), 『죽하유고(竹下遺稿)』〈총서 2987〉

○ 김영시(金永蓍, 1875~1952), 『평곡집(平谷集)』〈경상대 문천각〉

○ 김영의(金永儀, 1864~1928), 『희암유고(希菴遺稿)』〈총서 2884〉

○ 김영조(金永祚, 1842~1917), 『죽담집(竹潭集)』〈국립중앙도서관〉

○ 김영학(金永學, 1869~1933), 『병산집(甁山集)』〈총서 1955~1956〉

○ 김용선(金容璿, 1865~1927), 『성암유고(省菴遺稿)』〈국립중앙도서관〉

○ 김 우(金 珝, 1833~1910), 『학남집(鶴南集)』〈국립중앙도서관〉

○ 김우한(金宇漢, 1705~1783), 『인재유집(忍齋遺集)』〈한국국학진흥원〉

○ 김인섭(金麟燮, 1827~1903), 『단계집(端磎集)』〈부산대 한국문화연구소 편, 1990〉

○ 김재육(金在堉, 1808~1893), 『운고집(雲皐集)』〈국립중앙도서관〉

○ 김재인(金在仁, 1854~1930), 『윤산집(輪山集)』〈국립중앙도서관〉

○ 김재현(金在炫, 1901~ ?), 『정선월천문고(精選月川文稿)』〈호남기록문화유산〉

○ 김재형(金在瀅, 1869~1939), 『남정유고(南汀遺稿)』〈총서 1397〉

○ 김재화(金在華, 1768~1841), 『번천시략(樊泉詩畧)』〈왕실도서관 장서각〉

○ 김정국(金正國, 1485~1541), 『사재집(思齋集)』〈총간 23〉

○ 김정룡(金廷龍, 1561~1619), 『월담일고(月潭逸稿)』〈국립중앙도서관〉

○ 김정린(金廷麟, 1810~1879), 『삼산집(三山集)』〈총서 2169〉

○ 김제동(金濟東, 1887~1936), 『구당유고(久堂遺稿)』〈국립중앙도서관〉

○ 김제홍(金濟興, 1865~1956), 『송계집(松溪集)』〈국립중앙도서관〉

○ 김종락(金宗洛, 1796~1875), 『삼소재집(三素齋集)』〈국립중앙도서관〉

○ 김종직(金宗直, 1431~1492), 『점필재집(佔畢齋集)』〈총간 12〉

○ 김종호(金鍾皓, 1884~1963), 『임계실기(臨溪實記)』〈경상대 문천각〉

○ 김중원(金重元, 1680~1750), 『퇴장암유집(退藏菴遺集)』〈국립중앙도서관〉

○ 김중청(金中淸, 1566~1629), 『구전집(苟全集)』〈총간 속14〉

○ 김지남(金止男, 1559~1631), 『용계유고(龍溪遺稿)』〈총간 속11〉

○ 김진권(金珍權, 1879~1967), 『간산유고(艮山遺稿)』〈수고본〉

○ 김진문(金鎭文, 1881~1957), 『홍암집(弘菴集)』〈경상대 문천각〉

○ 김창숙(金昌淑, 1879~1962), 『심산유고(心山遺稿)』〈국사편찬위원회 편〉

○ 김창집(金昌集, 1648~1722), 『몽와집(夢窩集)』〈총간 158〉

○ 김창흡(金昌翕, 1653~1722), 『삼연집(三淵集)』〈총간 165~7〉

○ 김탁동(金鐸東, 1894~1942), 『혜당유고(蕙堂遺稿)』〈경상대 문천각〉

○ 김택영(金澤榮, 1850~1927), 『소호당집(韶濩堂集)』〈총간 347〉

○ 김학수(金鶴洙, 1898~1978), 『사남유고(泗南遺稿)』〈경상대 문천각〉

○ 김학순(金學淳, 1767~1845), 『화서집(華棲集)』〈국립중앙도서관〉

○ 김학순(金學純, 1865~1948), 『후송시고(後松詩稿)』〈호남기록문화유산〉

○ 김현옥(金顯玉, 1844~1910), 『산석집(山石集)』〈국립중앙도서관〉

○ 김호직(金浩直, 1874~1953), 『우강집(雨岡集)』〈계명대 동산도서관〉

○ 김홍락(金鴻洛, 1863~1943), 『모계집(某溪集)』〈국립중앙도서관〉

○ 김 황(金 榥, 1896~1978), 『중재집(重齋集)』〈중재선생기념사업회, 1998〉

○ 김회석(金會錫, 1856~1932), 『우천집(愚川集)』〈총서 1191〉

○ 김회연(金會淵, 1750~1817), 〈편자 미상, 『촉석루사적(矗石樓事蹟)』, 경상대 문천각〉

○ 김효찬(金孝燦, 1859~1930), 『남파시집(南坡詩集)』〈국립중앙도서관〉

○ 김휘운(金輝運, 1756~1819), 『아호유고(鵝湖遺藁)』〈국립중앙도서관〉

　　　　　　　　　　　　　　　　　『아호일고(鵝湖逸藁)』〈경상대 문천각〉

○ 김희연(金熙淵, 1895~1971), 『수암유고(守庵遺稿)』〈경상대 문천각〉

○ 김희영(金熙永, 1807~1875), 『청초집(聽蕉集)』〈국립중앙도서관〉

◑ 나상숙(羅相淑, 1880~1957), 『정산집(靖山集)』〈경상대 문천각〉

○ 나영성(羅永成, 1843~1926), 『죽우유고(竹宇遺稿)』〈국립중앙도서관〉

◑ 남경룡(南景龍, 1725~1795), 『소은유집(小隱遺集)』〈한국국학진흥원〉

○ 남공철(南公轍, 1760~1840), 『금릉집(金陵集)』〈총간 272〉

○ 남노명(南老明, 1642~1721), 『만취헌유고(晩翠軒遺稿)』〈한국국학진흥원〉

○ 남백희(南伯熙, 1886~1969), 『석포집(石圃集)』〈경상대 문천각〉

○ 남상봉(南相奉, 1903~1948), 『오산유고(午山遺稿)』〈경상대 문천각〉

○ 남이공(南以恭, 1565~1640), 〈관찬, 『진주목읍지』, 상동〉

○ 남이목(南履穆, 1792~1858), 『직암집(直菴集)』〈총서 2606〉

○ 남정우(南廷瑀, 1869~1947), 『입암속집(立巖續集)』〈국립중앙도서관〉

○ 남주헌(南周獻, 1769~1821), 『의재집(宜齋集)』〈서울대 규장각〉

○ 남창희(南昌熙, 1870~1945), 『이천집(夷川集)』〈경상대 문천각〉

○ 남효온(南孝溫, 1454~1492), 『추강집(秋江集)』〈총간 16〉

◑ 노국빈(盧國賓, 1747~1821), 『만헌유고(晩軒遺稿)』〈국립중앙도서관〉

○ 노근수(盧近壽, 1845~1912), 『위고집(渭皐集)』〈경상대 문천각〉

○ 노응호(盧應祜, 1852~1913), 『죽오집(竹塢集)』〈국립중앙도서관〉

○ 노정훈(盧正勳, 1853~1929), 『응초유집(鷹樵遺集)』〈국립중앙도서관〉

○ 노흥현(盧興鉉, 1875~1943), 『신정유고(愼庭遺稿)』〈총서 1571〉

◑ 도상조(都相朝, 1885~1965), 『고오헌유고(顧吾軒遺稿)』〈총서 2907〉

○ 도석행(都錫行, 1800~1867), 『송포집(松圃集)』〈서울대 규장각〉

○ 도우경(都禹璟, 1755~1813), 『명암집(明庵集)』〈국립중앙도서관〉

○ 도현규(都炫圭, 1905~1995), 『용암유고(龍庵遺稿)』〈경상대 문천각〉

◑ 류경심(柳景深, 1516~1571), 『구촌집(龜村集)』〈총간 속3〉

○ 류기춘(柳基春, 1884~1960), 『오려유고(吾廬遺稿)』 〈총서 1072〉

○ 류기형(柳基馨, 1914~1980), 『중산유고(中山遺稿)』 〈총서 2581〉

○ 류도발(柳道發, 1832~1910), 『회은유고(晦隱遺稿)』 〈한국국학진흥원〉

○ 류도승(柳道昇, 1876~1942), 『과재집(果齋集)』 〈과재문집간행소, 1990〉

○ 류두영(柳斗永, 1846~1907), 『농은유고(聾隱遺稿)』 〈국립중앙도서관〉

○ 류만형(柳萬馨, 1870~1943), 『천려고(川黎稿)』 〈총서 2581〉

○ 류본정(柳本正, 1807~1865), 〈편자 미상, 『팔선와유도(捌仙臥遊圖)』, 서울대
　　　　　　　　　　　　　　　규장각 한국학연구원, 1866〉

○ 류영길(柳永吉, 1538~1601), 『월봉집(月篷集)』 〈총서 2381〉

○ 류영순(柳永詢, 1552~1632), 〈성여신 주편, 『진양지』, 서울대 규장각〉

○ 류우잠(柳友潛, 1575~1635), 『도헌일고(陶軒逸稿)』 〈국립중앙도서관〉

○ 류원준(柳遠準, 1899~1982), 『정재집(正齋集)』 〈경상대 문천각〉

○ 류원중(柳遠重, 1861~1943), 『서강집(西岡集)』 〈국립중앙도서관〉

○ 류인석(柳寅奭, 1859~1931), 『수당유고(睡堂遺稿)』 〈호남기록문화유산〉

○ 류　잠(柳　潛, 1880~1951), 『택재집(澤齋集)』 〈경상대 문천각〉

○ 류현수(柳絢秀, 1859~1920), 『천우고(川愚稿)』 〈경상대 문천각〉

○ 류휘문(柳徽文, 1773~1832), 『호고와집(好古窩集)』 〈국립중앙도서관〉

◐ 목대흠(睦大欽, 1575~1638), 『다산집(茶山集)』 〈총간 83〉

◐ 문경동(文敬仝, 1457~1521), 『창계집(滄溪集)』 〈총간 속1〉

○ 문봉호(文鳳鎬, 1878~1950), 『일암집(一菴集)』 〈국립중앙도서관〉

○ 문상질(文尙質, 1825~1895), 『회산집(晦山集)』 〈국립중앙도서관〉

○ 문상해(文尙海, 1765~1835), 『창해집(滄海集)』 〈경상대 문천각〉

○ 문성호(文成鎬, 1844~1914), 『규재집(奎齋集)』 〈국립중앙도서관〉

○ 문재무(文在茂, 1906~1973), 『화산유고(華山遺稿)』 〈호남기록문화유산〉

○ 문재봉(文在鳳, 1903~1969), 『우당유고(愚堂遺稿)』 〈경상대 문천각〉

○ 문진호(文晉鎬, 1860~1901), 『석전유고(石田遺稿)』 〈국립중앙도서관〉

○ 문희순(文希舜, 1597~1678), 『태고정집(太古亭集)』 〈총서 2803〉

◗ 민노식(閔魯植, 1872~1942), 『면산유고(眠山遺稿)』〈총서 1794〉

○ 민승룡(閔升龍, 1744~1821), 『오계유집(梧溪遺集)』〈국립중앙도서관〉

○ 민용혁(閔用爀, 1856~1935), 『장산유고(檣山遺稿)』〈총서 2085〉

○ 민인식(閔仁植, 1902~1972), 『유백유고(幼栢遺稿)』〈국립중앙도서관〉

○ 민재남(閔在南, 1802~1873), 『회정집(晦亭集)』〈총간 속126〉

○ 민치량(閔致亮, 1844~1932), 『계초집(稽樵集)』〈국립중앙도서관〉

○ 민치홍(閔致鴻, 1859~1919), 『농운유고(農雲遺稿)』〈국립중앙도서관〉

◗ 박경신(朴慶新, 1560~1626), 〈남익화 편, 『충장공유사(忠壯公遺事)』, 1721, 국립중앙도서관〉

○ 박계현(朴啓賢, 1524~1580), 〈김뉴, 『박재집(璞齋集)』「연보」〉

○ 박공구(朴羾衢, 1587~1658), 『기옹집(畸翁集)』〈국립중앙도서관〉

○ 박광보(朴光輔, 1761~1839), 『금서헌집(錦西軒集)』〈국립중앙도서관〉

○ 박광석(朴光錫, 1764~1845), 『노포집(老圃集)』〈국립중앙도서관〉

○ 박광우(朴光佑, 1495~1545), 『필재집(蓽齋集)』〈국립중앙도서관〉

○ 박규복(朴奎福, 1874~1937), 『축암유고(畜庵遺稿)』〈총서 2193〉

○ 박규호(朴圭浩, 1850~1930), 『사촌집(沙村集)』〈국립중앙도서관〉

○ 박노철(朴魯哲, 1904~1979), 『운재유고(雲齋遺稿)』〈경상대 문천각〉

○ 박돈복(朴敦復, 1584~1647), 『창주집(滄洲集)』〈국립중앙도서관〉

○ 박문규(朴文逵, 1805~1888), 『천유시집(天游詩集)』·『천유집고(天游集古)』〈국립중앙도서관〉

○ 박석로(朴奭魯, 1901~1979), 『일헌유고(一軒遺稿)』〈국립중앙도서관〉

○ 박선장(朴善長, 1555~1616), 『수서집(水西集)』〈국립중앙도서관〉

○ 박성수(朴性洙, 1897~1989), 『일송문고(一松文稿)』〈국립중앙도서관〉

○ 박승임(朴承任, 1517~1586), 『소고집(嘯皐集)』〈총간 36〉

○ 박영철(朴榮喆, 1879~1939), 『다산시고(多山詩稿)』〈하강진 소장〉

○ 박원갑(朴元甲, 1564~1618), 『도원집(桃源集)』〈경상대 문천각〉

○ 박원종(朴遠鍾, 1887~1944), 『직암유집(直庵遺集)』〈국립중앙도서관〉

○ 박 융(朴 融, ? ~1428), 〈조욱 외,『경상도속찬지리지』, 국립중앙도서관〉

○ 박의집(朴義集, 1846~1913),『직재집(直齋集)』〈국립중앙도서관〉

○ 박장원(朴長遠, 1612~1671),『구당집(久堂集)』〈총간 121〉

○ 박치원(朴致遠, 1732~1783),『설계수록(雪溪隨錄)』〈한국정신문화연구원,
　　　　　　　　　　　　　　　　　　　　　1995〉

○ 박태형(朴泰亨, 1864~1925),『간암집(艮嵒集)』〈국립중앙도서관〉

○ 박해묵(朴海黙, 1878~1934),『근암유집(近庵遺集)』〈국립중앙도서관〉

○ 박해창(朴海昌, 1876~1933),『정와집(靖窩集)』〈국립중앙도서관〉

○ 박현모(朴賢模, 1880~1963),『완재집(緩齋集)』〈국립중앙도서관〉

○ 박형동(朴亨東, 1875~1920),『서강집(西岡集)』〈국립중앙도서관〉

○ 박희문(朴希文, 1586~1659),『금은유집(琴隱遺集)』〈국립중앙도서관〉

○ 박희순(朴熙純, 1881~1952),『건재유고(健齋遺稿)』〈경상대 문천각〉

○ 박희전(朴熙典, 1803~1888),『유간집(酉澗集)』〈국립중앙도서관〉

◑ 반동락(潘東雒, 1863~1930),『회산집(晦山集)』〈국립중앙도서관〉

◑ 배극소(裵克紹, 1819~1871),『묵암집(默庵集)』〈국립중앙도서관〉

○ 배상근(裵相瑾, 1868~1936),『금강유고(琴岡遺稿)』〈국립중앙도서관〉

○ 배석휘(裵碩徽, 1653~1729),『겸옹집(謙翁集)』〈국립중앙도서관〉

○ 배성호(裵聖鎬, 1851~1929),『금석집(錦石集)』〈국립중앙도서관〉

○ 배 신(裵 紳, 1520~1573),『낙천집(洛川集)』〈경상대 문천각〉

○ 배장준(裵章俊, 1846~1883),『남강집(南岡集)』〈국립중앙도서관〉

○ 배중환(裵重煥, 1874~1934),『하정시고(荷汀詩稿)』〈국립중앙도서관〉

○ 배치규(裵致奎, 1826~1891),『죽초일고(竹樵逸稿)』〈국립중앙도서관〉

○ 배 환(裵 桓, 1379~ ?), 〈김헌락 편,『금계지(金溪志)』〈왕실도서관 장서
　　　　　　　　　　　　　　　　　　　각〉

◑ 백문보(白文寶, 1303~1374),『담암일집(淡庵逸集)』〈총간 3〉

○ 백미견(白彌堅, ? ~ ?), 〈『동문선』권18〉

○ 백봉수(白鳳洙, 1841~1911),『경야당유고(經野堂遺稿)』〈총서 2767〉

◗ 변영규(卞榮奎, 1826~1904), 『효산집(曉山集)』〈국립중앙도서관〉

○ 변효석(卞孝錫, 1851~1906), 『수가재유고(守可齋遺稿)』〈국립중앙도서관〉

◗ 서달수(徐達洙, 1884~1970), 『남천유고(南川遺稿)』〈호남기록문화유산〉

○ 서명서(徐命瑞, 1711~1795), 『만옹집(晩翁集)』〈총간 속79〉

○ 서상건(徐相建, 1865~1911), 『해사유고(海史遺稿)』〈국립중앙도서관〉

○ 서상두(徐相斗, 1854~1907), 『심정유고(心亭遺稿)』〈국립중앙도서관〉

○ 서상훈(徐尙勳, 1849~1881), 『화곡유고(華谷遺稿)』〈총서 789〉

○ 서천수(徐天洙, 1852~1911), 『하산유고(霞山遺稿)』〈총서 2688〉

◗ 성기덕(成耆悳, 1884~1974), 『계암집(溪菴集)』〈총서 2916〉

○ 성만수(成萬秀, 1907~1965), 『해금유고(海琴遺稿)』〈총서 2087〉

○ 성석근(成石根, 1878~1930), 『금고유집(琴皐遺集)』〈총서 2064〉

○ 성여신(成汝信, 1546~1632) 주편, 『진양지(晉陽志)』(1632)〈서울대 규장각, 古 4790-17〉

○ 성일준(成一濬, 1850~1929), 『계와유고(桂窩遺稿)』〈국립중앙도서관〉

○ 성재기(成在祺, 1912~1979), 『정헌집(定軒集)』〈경상대 문천각〉

○ 성정섭(成正燮, 1912~1990), 『수헌유고(修軒遺稿)』〈총서 2151〉

○ 성종극(成鍾極, 1816~1869), 『석계집(石溪集)』〈국립중앙도서관〉

○ 성채규(成采奎, 1812~1891), 『회산집(悔山集)』〈경상대 문천각〉

○ 성 현(成 俔, 1439~1504), 『허백당집(虛白堂集)』〈총간 14〉

○ 성환부(成煥孚, 1870~1947), 『정곡유집(正谷遺集)』〈경상대 문천각〉

○ 성환혁(成煥赫, 1908~1966), 『우정집(于亭集)』〈경상대 문천각〉

◗ 손병하(孫丙河, 1911~1972), 『송암유고(松巖遺稿)』〈총서 1888〉

○ 손봉상(孫鳳祥, 1861~1936), 『소산집(韶山集)』〈국립중앙도서관〉

○ 손사익(孫思翼, 1711~1794), 『죽포집(竹圃集)』〈국립중앙도서관〉

○ 손삼변(孫三變, 1585~1653), 『추월헌집(秋月軒集)』〈국립중앙도서관〉

○ 손상호(孫相浩, 1839~1902), 『경암일고(敬菴逸稿)』〈국립중앙도서관〉

○ 손영광(孫永光, 1795~1859), 『설송당일고(雪松堂逸稿)』〈국립중앙도서관〉

○ 손영석(孫永錫, 1888~1968), 『완계정실록(玩溪亭實錄)』〈경상대 문천각〉

○ 손창수(孫昌壽, 1910~1988), 『우계유고(又溪遺稿)』〈총서 2180〉

◑ 송 경(宋 冏, 1610~1694), 『국암집(麹嚴集)』〈국립중앙도서관〉

○ 송명회(宋明會, 1872~1953), 『소파시문선고(小波詩文選稿)』〈국립중앙도서관〉

○ 송병선(宋秉璿, 1836~1905), 『연재집(淵齋集)』〈총간 329~330〉

○ 송병순(宋秉珣, 1839~1912), 『심석재집(心石齋集)』〈총간 속143〉

○ 송수근(宋壽根, 1896~1970), 『은포집(隱圃集)』〈총서 1339~40〉

○ 송 순(宋 純, 1493~1582), 『면앙집(俛仰集)』〈총간 26〉

○ 송주승(宋柱昇, 1869~1947), 『사헌유고(思軒遺稿)』〈총서 2989〉

○ 송준필(宋浚弼, 1869~1943), 『공산집(恭山集)』〈국립중앙도서관〉

○ 송희영(宋憙永, 1893~1961), 『일암유고(一庵遺稿)』〈총서 2092〉

◑ 신석우(申錫愚, 1805~1865), 『해장집(海藏集)』〈총간 속127〉

○ 신성규(申晟圭, 1905~1971), 『손암집(遜庵集)』〈국립중앙도서관〉

○ 신유한(申維翰, 1681~1752), 『청천집(靑泉集)』〈총간 200〉

○ 신익균(申翊均, 1873~1947), 『동화집(東華集)』〈경상대 문천각〉

○ 신익황(申益愰, 1672~1722), 『극재집(克齋集)』〈총간 185〉

◑ 신좌모(申佐模, 1799~1877), 『담인집(澹人集)』〈총간 309〉

○ 신 즙(申 楫, 1580~1639), 『하음집(河陰集)』〈총간 속20〉

○ 신지제(申之悌, 1562~1624), 『오봉집(梧峯集)』〈총간 속12〉

○ 신철우(申轍雨, 1868~1948), 『소미유고(蘇眉遺稿)』〈총서 2811〉

○ 신필청(申必淸, 1647~1710), 『죽헌집(竹軒集)』〈국립중앙도서관〉

○ 신 헌(申 櫶, 1811~1884), 『신헌전집(申櫶全集)』〈아세아문화사, 1990〉

◑ 신동영(辛東泳, 1849~1906), 『동미유고(東湄遺稿)』〈국립중앙도서관〉

○ 신영규(辛泳圭, 1873~1958), 『건재집(健齋集)』〈국립중앙도서관〉

○ 신응시(辛應時, 1532~1585), 『백록유고(白麓遺稿)』〈총간 41〉

◑ 신병조(愼炳朝, 1846~1924), 『사소유고(士笑遺藁)』〈국립중앙도서관〉

○ 신호성(愼昊晟, 1906~1974), 〈촉석문우사 편, 『촉석루지(矗石樓誌)』, 1960〉

◑ 심규섭(沈圭燮, 1916~1950), 『녹우유고(鹿友遺稿)』〈경상대 문천각〉

○ 심규택(沈奎澤, 1812~1871), 『서호집(西湖集)』〈국립중앙도서관〉

○ 심달하(沈達河, 1631~1699), 『만계시집(晩溪詩集)』〈경상대 문천각〉

○ 심 렬(沈 洌, 1876~1941), 『신암유고(愼菴遺稿)』〈경상대 문천각〉

○ 심상봉(沈相鳳, 1893~1964), 『춘천당집(春泉堂集)』〈총서 2156〉

○ 심 육(沈 錥, 1685~1753), 『저촌유고(樗村遺稿)』〈총간 207〉

○ 심의정(沈宜定, 1859~1942), 『남강유고(南岡遺稿)』〈경상대 문천각〉

○ 심일삼(沈日三, 1615~1691), 『월계유집(月溪遺集)』〈경상대 문천각〉

○ 심종환(沈鍾煥, 1876~1933), 『수강집(守岡集)』〈경상대 문천각〉

◑ 안경직(安慶稷, 1721~1787), 『쌍매당유집(雙梅堂遺集)』〈국립중앙도서관〉

○ 안광진(安光鎭, 1860~1935), 『임천유고(瀶川遺稿)』〈총서 1397〉

○ 안방로(安邦老, 1852~1938), 『연파집(淵坡集)』〈경상대 문천각〉

○ 안상정(安商正, 1888~1947), 『성헌집(惺軒集)』〈국립중앙도서관〉

○ 안승채(安承采, 1855~1915), 『동계유고(東溪遺稿)』〈국립중앙도서관〉

○ 안식원(安植源, 1868~1945), 『성암집(惺菴集)』〈국립중앙도서관〉

○ 안언무(安彦繆, 1846~1897), 『식호당유고(式好堂遺稿)』〈국립중앙도서관〉

○ 안인일(安仁一, 1736~1806), 『죽북집(竹北集)』〈경상대 문천각〉

○ 안정려(安鼎呂, 1871~1939), 『회산집(晦山集)』〈국립중앙도서관〉

○ 안종덕(安鍾悳, 1841~1907), 『석하집(石荷集)』〈국립중앙도서관〉

○ 안종두(安鍾斗, 1881~1954), 『긍암집(兢庵集)』〈총서 2047〉

○ 안종화(安鍾和, 1885~1937), 『약재집(約齋集)』〈경상대 문천각〉

○ 안 찬(安 鑽, 1829~1888), 『치사집(癡史集)』〈국립중앙도서관〉

○ 안처택(安處宅, 1705~1775), 『동오집(桐塢集)』〈국립중앙도서관〉

○ 안 축(安 軸, 1282~1348), 『근재집(謹齋集)』〈총간 2〉

○ 안충제(安忠濟, 1882~1939), 〈장석신, 『남유록(南遊錄)』, 독립기념관〉

○ 안 훈(安 壎, 1881~1958), 『분암집 속(憤庵集 續)』〈총서 2110〉

○ 안희제(安熙濟, 1885~1943), 〈장석신, 『남유록(南遊錄)』, 독립기념관〉

◑ 양상엽(梁相曄, 1852~1903), 『포운유집(圃雲遺集)』〈총서 1576〉

○ 양응정(梁應鼎, 1519~1581), 『송천유집(松川遺集)』〈총간 37〉

○ 양재경(梁在慶, 1859~1918), 『희암유고(希庵遺稿)』〈국립중앙도서관〉

◑ 양종락(楊鍾樂, 1870~1941), 『유재유고(裕齋遺稿)』〈경상대 문천각〉

○ 양 훤(楊 晅, 1597~1650), 『어촌유고(漁村遺稿)』〈국립중앙도서관〉

◑ 어득강(魚得江, 1470~1550), 『관포집(灌圃集)』〈총간 속1〉

◑ 여건상(余健相, 1846~1915), 『호정유고(湖亭遺稿)』〈국립중앙도서관〉

○ 여경엽(余璟燁, 1890~1969), 『운암유고(雲巖遺稿)』〈국립중앙도서관〉

◑ 여구연(呂九淵, 1865~1938), 『노석집(老石集)』〈부산대 도서관〉

○ 여규철(呂圭澈, 1881~1964), 『송담유고(松潭遺稿)』〈총서 1458〉

○ 여대로(呂大老, 1552~1619), 『감호집(鑑湖集)』〈총간 속7〉

○ 여동식(呂東植, 1774~1829), 〈진주, 촉석루 현판〉

◑ 오계수(吳溪洙, 1843~1915), 『난와유고(難窩遺稿)』〈총서 504~505〉

○ 오국헌(吳國獻, 1599~1672), 『어은집(漁隱集)』〈경상대 문천각〉

○ 오기홍(吳基洪, 1878~1938), 『계강유고(稽岡遺輯)』〈총서 2068〉

○ 오세로(吳世魯, 1852~1900), 『인산집(仁山集)』〈총서 1562〉

○ 오 숙(吳 翽, 1592~1634), 『천파집(天坡集)』〈총간 95〉

○ 오진영(吳震泳, 1868~1944), 『석농집(石農集)』〈국립중앙도서관〉

○ 오횡묵(吳宖黙, 1834~1906), 『총쇄(叢鎖)』〈총간 속 141~2〉, 『영남구휼일록
   (嶺南救恤日錄)』〈국립중앙도서관〉; 『영남별향총쇄록시초(嶺南別餉叢鎖錄詩抄)』
   〈왕실도서관 장서각〉; 『경상도함안군총쇄록』〈상동〉; 『경상도함안군총쇄록시
   초』〈상동〉; 『채인총쇄록시초(茝人叢鎖錄詩抄)』(『총쇄록』 24) 〈상동〉; 『(국역)
   경상도함안군총쇄록』〈함안문화원, 2003〉

○ 오효원(吳孝媛, 1889~ ?), 『소파여사시집(小坡女史詩集)』〈하강진 소장〉

◑ 왕수환(王粹煥, 1865~1926), 『백운자이(白雲自怡)』〈김정환, 『매천시파 연구』,
                                        경인문화사, 2007〉

◑ 우필한(禹弼漢, 1628~ ?), 〈편자 미상, 『촉석루사적(矗石樓事蹟)』, 상동〉

○ 우하구(禹夏九, 1871~1948), 『백괴집(百愧集)』 〈국립중앙도서관〉

◑ 원영주(元永冑, 1758~1818), 〈편자 미상, 『촉석루사적(矗石樓事蹟)』, 상동〉

◑ 위계룡(魏啓龍, 1870~1948), 『오헌유고(梧軒遺稿)』 〈국립중앙도서관〉

○ 위홍량(魏洪良, 1881~1961), 『중와유고(重窩遺稿)』 〈국립중앙도서관〉

◑ 유일(有一〈僧〉, 1720~1799), 『임하록(林下錄)』 〈국립중앙도서관〉

◑ 유호인(兪好仁, 1445~1494), 『뇌계집(㵢溪集)』 〈총간 15〉

○ 유 홍(兪 泓, 1524~1594), 『송당집(松塘集)』 〈총간 속3〉

◑ 육병숙(陸炳淑, 1886~1963), 『담재유고(潭齋遺稿)』 〈총서 1360〉

○ 육용정(陸用鼎, 1843~1917), 『의전속고(宜田續稿)』 〈국립중앙도서관〉

◑ 윤 기(尹 愭, 1741~1826), 『무명자집(無名子集)』 〈총간 256〉

○ 윤동야(尹東野, 1757~1827), 『현와집(弦窩集)』 〈총간 속105〉

○ 윤병형(尹炳馨, 1891~1967), 『심재유고(尋齋遺稿)』 〈총서 867〉

○ 윤봉오(尹鳳五, 1688~1769), 『석문집(石門集)』 〈총간 속69〉

○ 윤순지(尹順之, 1591~1666), 〈관찬, 『진주목읍지』, 상동〉

○ 윤우학(尹禹學, 1852~1930), 『사성재집(思誠齋集)』 〈국립중앙도서관〉

○ 윤주하(尹冑夏, 1846~1906), 『교우집(膠宇集)』 〈경상대 문천각〉

○ 윤택규(尹宅逵, 1845~1928), 『설봉집(雪峯集)』 〈총서 1181〉

○ 윤 훤(尹 暄, 1573~1627), 〈남익화 편, 『충장공유사(忠壯公遺事)』, 상동〉

◑ 의민(毅旻〈僧〉, 1710~1792), 『오암집(鰲巖集)』 〈국립중앙도서관〉

◑ 이가순(李家淳, 1768~1844), 『하계집(霞溪集)』 〈국립중앙도서관〉

○ 이갑종(李甲鍾, 1874~1958), 『국파유집(菊坡遺集)』 〈국립중앙도서관〉

○ 이경전(李慶全, 1567~1644), 〈관찬, 『진주목읍지』, 상동〉

○ 이광윤(李光胤, 1564~1637), 『양서집(瀼西集)』 〈총간 속13〉

○ 이교면(李敎冕, 1882~1937), 『내산유고(內山遺稿)』 〈경상대 문천각〉

○ 이교문(李敎文, 1846~1914), 『일봉유고(日峯遺稿)』 〈국립중앙도서관〉

○ 이교문(李敎文, 1878~1958), 『지재집(止齋集)』 〈경상대 문천각〉

○ 이교우(李敎宇, 1881~1950), 『과재집(果齋集)』 〈국립중앙도서관〉

○ 이규채(李圭彩, 1845~1914), 『묵와집(默窩集)』〈총서 2783〉

○ 이근문(李根汶, 1846~1931), 『백파유고(白坡遺稿)』〈국립중앙도서관〉

○ 이근오(李覲吾, 1760~1834), 『죽오유집(竹塢遺集)』〈국립중앙도서관〉

○ 이기환(李基煥, 1900~1972), 『수당유고(守堂遺稿)』〈총서 2179〉

○ 이단상(李端相, 1628~1669), 『정관재집(靜觀齋集)』〈총간 130〉

○ 이대형(李大馨, 1850~1921), 『난포집(蘭圃集)』〈국립중앙도서관〉

○ 이덕래(李德來, 1884~1964), 『옥와유고(玉窩遺稿)』〈경상대 문천각〉

○ 이도묵(李道黙, 1843~1916), 〈장석신, 『남유록(南遊錄)』, 독립기념관〉

○ 이도추(李道樞, 1848~1922), 『월연집(月淵集)』〈국립중앙도서관〉

○ 이도현(李道顯, 1726~1776), 『계촌집(溪村集)』〈한국국학진흥원〉

○ 이돈모(李敦模, 1888~1951), 『근재집(謹齋集)』〈경상대 문천각〉

○ 이동급(李東汲, 1738~1811), 『만각재집(晩覺齋集)』〈총간 251〉

○ 이 로(李 魯, 1544~1598), 『송암집(松巖集)』〈총간 54〉

○ 이 륙(李 陸, 1438~1498), 『청파집(靑坡集)』〈총간 13〉

○ 이만부(李萬敷, 1664~1732), 『식산집(息山集)』〈총간 178~9〉

○ 이명오(李明五, 1750~1836), 『박옹시초(泊翁詩鈔)』〈총간 속102〉

○ 이 미(李 瀰, 1725~1779), 〈관찬, 『진주목읍지』, 상동〉

○ 이민구(李敏求, 1589~1670), 〈남익화 편, 『충장공유사(忠壯公遺事)』, 상동〉

○ 이민기(李敏琦, 1646~1704), 『만수재집(晩守齋集)』〈국립중앙도서관〉

○ 이민식(李敏植, 1825~1897), 『회수집(悔叟集)』〈국립중앙도서관〉

○ 이방환(李邦桓, 1880~1935), 『회산집(晦山集)』〈총서 1307〉

○ 이병수(李炳壽, 1855~1941), 『겸산유고(謙山遺稿)』〈국립중앙도서관〉

○ 이병운(李柄運, 1858~1937), 『긍재집(兢齋集)』〈국립중앙도서관〉

○ 이병전(李秉銓, 1824~1891), 『이고집(离皐集)』〈국립중앙도서관〉

○ 이병주(李秉株, 1874~1946), 『미파집(薇坡集)』〈국립중앙도서관〉

○ 이병학(李秉鶴, 1906~1983), 『방초유고(防樵遺稿)』〈경상대 문천각〉

○ 이병화(李秉華, 1838~1892), 『소호유고(小湖遺稿)』〈국립중앙도서관〉

○ 이병화(李炳和, 1889~1955), 『이당집(頤堂集)』〈총서 2058〉

○ 이병희(李炳憙, 1859~1938), 『성헌집(省軒集)』〈국립중앙도서관〉

○ 이보림(李普林, 1903~1972), 『월헌집(月軒集)』〈국립중앙도서관〉

○ 이봉로(李奉魯, 1884~1962), 『석천유고(石川遺稿)』〈국립중앙도서관〉

○ 이봉희(李鳳熙, 1860~1926), 『송암시고(松菴詩稿)』〈호남기록문화유산〉

○ 이사영(李士榮, 1885~1960), 『삼수당유고(三守堂遺稿)』〈경상대 문천각〉

○ 이상건(李相虔, 1903~1980), 『항산유고(恒山遺稿)』〈경상대 문천각〉

○ 이상규(李祥奎, 1846~1922), 『혜산집(惠山集)』〈국립중앙도서관〉

○ 이상돈(李相敦, 1841~1911), 『물재집(勿齋集)』〈경상대 문천각〉

○ 이상두(李尙斗, 1814~1882), 『쌍봉집(雙峯集)』〈경상대 문천각〉

○ 이상정(李尙靖, 1725~1788), 『창랑정유고(滄浪亭遺稿)』〈경상대 문천각〉

○ 이석관(李石瓘, 1846~1921), 『석우집(石愚集)』〈국립중앙도서관〉

○ 이석형(李石亨, 1415~1477), 『저헌집(樗軒集)』〈총간 9〉

○ 이 선(李 愃, 1735~1762), 『능허관만고(凌虛關漫稿)』〈총간 251〉

○ 이소한(李昭漢, 1598~1645), 『현주집(玄洲集)』〈총간 101〉

○ 이수민(李壽敏, 1883~1943), 『농와유고(農窩遺稿)』〈경상대 문천각〉

○ 이수언(李秀彦, 1636~1697), 『농계유고(聾溪遺稿)』〈국립중앙도서관〉

○ 이수필(李壽弼, 1864~1941), 『소산집(素山集)』〈국립중앙도서관〉

○ 이순용(李淳鎔, 1869~1933), 『지산집(止山集)』〈총서 1554〉

○ 이승태(李承台, 1911~1985), 『운석문고(雲石文稿)』〈경상대 문천각〉

○ 이승만(李承晩, 1875~1965), 『우남시선(雩南詩選)』〈공보실, 1959〉

○ 이안적(李安迪, 1621~1707), 『구계유고(龜溪遺稿)』〈국립중앙도서관〉

○ 이약렬(李若烈, 1765~1836), 『눌와집(訥窩集)』〈총간 속109〉

○ 이양오(李養吾, 1737~1811), 『반계집(磻溪集)』〈국립중앙도서관〉

○ 이언근(李彦根, 1697~1764), 『만촌집(晚村集)』〈전라남도, 1986〉

○ 이언적(李彦迪, 1491~1553), 『회재집(晦齋集)』〈총간 24〉

○ 이연회(李淵會, 1867~1939), 『물재유고(勿齋遺稿)』〈호남기록문화유산〉

○ 이용우(李用雨, 1875~1963), 『경산유고(耕山遺稿)』〈총서 378~9〉

○ 이 우(李 堣, 1469~1517), 〈『신증동국여지승람』 권30 「진주목」〉

○ 이우삼(李愚三, 1882~1958), 『운초실기(雲樵實記)』〈경상대 문천각〉

○ 이운상(李雲相, 1829~1891), 『담와집(澹窩集)』〈국립중앙도서관〉

○ 이원조(李源祚, 1792~1871), 『응와집(凝窩集)』〈총간 속121〉

○ 이원희(李愿熙, 1893~1963), 『오운실기(吾雲實記)』〈총서 1198〉

○ 이유원(李裕元, 1814~1888), 『가오고략(嘉梧藁略)』〈총간 315〉

○ 이은상(李殷相, 1617~1678), 『동리집(東里集)』〈총간 122〉

○ 이의현(李宜顯, 1669~1745), 『도곡집(陶谷集)』〈총간 180〉

○ 이인상(李麟祥, 1710~1760), 『능호집(凌壺集)』〈총간 225〉

○ 이인호(李麟鎬, 1892~1949), 『성재유고(醒齋遺稿)』〈총서 2922〉

○ 이 일(李 鎰, 1868~1927), 『소봉유고(小峯遺稿)』〈총서 2705〉

○ 이일해(李一海, 1905~1987), 『굴천집(屈川集)』〈경상대 문천각〉

○ 이 재(李 栽, 1657~1730), 『밀암집(密菴集)』〈총간 173〉

○ 이재의(李載毅, 1772~1839), 『문산집(文山集)』〈총간 속112〉

○ 이전후(李典厚, 1890~1963), 『극암유고(克庵遺稿)』〈총서 2192〉

○ 이정규(李正奎, 1865~1945), 『항재집(恒齋集)』〈국립중앙도서관〉

○ 이정모(李正模, 1846~1875), 『자동집(紫東集)』〈국립중앙도서관〉

○ 이정수(李定洙, 1877~1957), 『호재집(浩齋集)』〈경상대 문천각〉

○ 이제신(李濟臣, 1536~1583), 〈『도구실기(陶丘實記)』, 국립중앙도서관〉

○ 이제영(李濟永, 1799~1871), 『동아집(東阿集)』〈국립중앙도서관〉

○ 이종석(李鍾奭, 1898~1963), 『춘파유고(春坡遺稿)』〈호남기록문화유산〉

○ 이종익(李鍾翼, 1886~1951), 『고암유고(苦菴遺稿)』〈경상대 문천각〉

○ 이종준(李鍾俊, 1816~1886), 『성암시고(惺菴詩稿)』〈서울대 규장각〉

○ 이 준(李 濬, 1686~1740), 『도재일기(導哉日記)』〈국사편찬위원회〉

○ 이중하(李重夏, 1846~1917), 『이아당집(二雅堂集)』〈국립중앙도서관〉

○ 이지걸(李志傑, 1632~1702), 『금호유고(琴湖遺稿)』〈총간 속40〉

○ 이지수(李趾秀, 1779~1842), 『중산재집(重山齋集)』〈총간 속116〉

○ 이지연(李止淵, 1777~1841), 『희곡유고(希谷遺稿)』〈국사편찬위원회〉

○ 이지용(李志容, 1825~1891), 『소송유고(小松遺稿)』〈총간 속137〉

○ 이지호(李贄鎬, 1836~1892), 『지남집(芝南集)』〈총서 2792〉

○ 이진기(李鎭基, 1897~1978), 『신재집(新齋集)』〈총서 1313〉

○ 이진상(李震相, 1818~1886), 『한주집(寒洲集)』〈총간 317~8〉

○ 이 채(李 埰, 1616~1684), 『몽암집(蒙庵集)』〈국립중앙도서관〉

○ 이태식(李泰植, 1875~1951), 『수산집(壽山集)』〈국립중앙도서관〉

○ 이태하(李泰夏, 1888~1973), 『남곡유고(南谷遺稿)』〈경상대 문천각〉

○ 이태현(李泰鉉, 1838~1904), 『춘탄집(春灘集)』〈총서 1175〉

○ 이택환(李宅煥, 1854~1924), 『회산집(晦山集)』〈국립중앙도서관〉

○ 이풍익(李豊翼, 1804~1887), 『육완당집(六琓堂集)』〈국립중앙도서관〉

○ 이하조(李賀朝, 1664~1700), 『삼수헌고(三秀軒稿)』〈총간 속55〉

○ 이하진(李夏鎭, 1628~1682), 『육우당유고(六寓堂遺稿)』〈총간 속39〉

○ 이학규(李學逵, 1770~1835), 『낙하생집(洛下生集)』〈총간 290〉

○ 이학의(李鶴儀, 1809~1874), 『운관시집(雲觀詩集)』〈국립중앙도서관〉

○ 이 행(李 荇, 1478~1534), 『용재집(容齋集)』〈총간 20〉

○ 이헌영(李鑣永, 1837~1907), 『경와만록(敬窩漫錄)』〈국립중앙도서관〉

○ 이현구(李鉉九, 1856~1944), 『웅계유집(熊溪遺集)』〈총서 2382〉

○ 이현섭(李鉉燮, 1879~1960), 『인재집(仞齋集)』〈국립중앙도서관〉

○ 이현조(李玄祚, 1654~1710), 『경연당집(景淵堂集)』〈총간 168〉

○ 이호정(李鎬正, 1897~1971), 『검파유집(儉坡遺集)』〈총서 2049〉

○ 이 황(李 滉, 1501~1570), 『퇴계집(退溪集)』〈총간 29~31〉

○ 이회로(李繪魯, 1860~1928), 『춘초헌유고(春初軒遺稿)』〈경상대 문천각〉

○ 이희로(李熙魯, 1854~1915), 『동암집(東庵集)』〈국립중앙도서관〉

◐ 임양호(林讓鎬, 1880~1952), 『남파문고(南坡文稿)』〈국립중앙도서관〉

○ 임응성(林應聲, 1806~1866), 『국은유고(菊隱遺稿)』〈국립중앙도서관〉

○ 임정원(林正源, 1795~1860), 『창연집(蒼然集)』〈경상대 문천각〉

○ 임 회(林 檜, 1562~1624), 『관해고(觀海稿)』〈국립중앙도서관〉

◑ 임유후(任有後, 1601~1673), 『만휴당집(萬休堂集)』〈풍천임씨목사공파종중 발행, 1995〉

◑ 장기홍(張基洪, 1883~1956), 『학남재유고(學南齋遺稿)』〈총서 1160〉

○ 장석기(張錫基, 1836~1918), 『청초집(聽蕉集)』〈국립중앙도서관〉

○ 장석신(張錫藎, 1841~1923), 『과재집(果齋集)』〈경상대 문천각〉
『남유록(南遊錄)』〈독립기념관〉

○ 장지연(張志淵, 1864~1921), 『위암문고(韋庵文稿)』〈국사편찬위원회 편〉
『경남일보』〈영남대 출판부, 1995〉

○ 장희원(張憙遠, 1861~1934), 『위당집(韋堂集)』〈국립중앙도서관〉

◑ 장화식(蔣華植, 1871~1947), 『복암집(復菴集)』〈국립중앙도서관〉

◑ 전기진(田璣鎭, 1889~1962), 『비천집(飛泉集)』〈경상대 문천각〉

○ 전상무(田相武, 1851~1924), 『율산집(栗山集)』〈국립중앙도서관〉

◑ 전 구(全 球, 1724~1806), 『반암집(半巖集)』〈국립중앙도서관〉

○ 전극규(全極奎, 1834~1911), 『모암유고(慕庵遺稿)』〈국립중앙도서관〉

○ 전기주(全基柱, 1855~1917), 『국포유고(菊圃遺稿)』〈국립중앙도서관〉

○ 전종성(全鍾性, 1887~1967), 『간암유고(艮菴遺稿)』〈총서 1283〉

◑ 전령(展翎〈僧〉, 1755~1826), 『해붕집(海鵬集)』〈동국대 도서관〉

◑ 정관원(鄭官源, 1857~1920), 『용오집(龍塢集)』〈국립중앙도서관〉

○ 정구석(鄭九錫, 1907~1986), 『야은유고(野隱遺稿)』〈국립중앙도서관〉

○ 정규석(鄭珪錫, 1876~1954), 『성재집(誠齋集)』〈경상대 문천각〉

○ 정규영(鄭奎榮, 1860~1921), 『한재집(韓齋集)』〈국립중앙도서관〉

○ 정 기(鄭 琦, 1879~1950), 『율계집(栗溪集)』〈국립중앙도서관〉

○ 정기안(鄭基安, 1695~1775), 『만모유고(晩慕遺稿)』〈총간 속73〉

○ 정달석(鄭達錫, 1845~1886), 『호은시고(湖隱詩稿)』〈경상대 문천각〉

○ 정덕영(鄭德永, 1885~1956), 『위당유고(韋堂遺藁)』〈경상대 문천각〉

○ 정돈균(鄭敦均, 1855~1941), 『해사유고(海史遺稿)』〈경상대 문천각〉

○ 정동명(鄭東明, 1861~1939), 『매서유고(梅西遺稿)』〈경상대 문천각〉

○ 정동철(鄭東轍, 1859~1939), 『의당집(義堂集)』〈총서 2835~2837〉

○ 정동환(鄭東煥, 1732~1800), 『노촌유집(魯村遺集)』〈국립중앙도서관〉

○ 정만석(鄭晩錫, 1758~1834), 〈관찬, 『진주목읍지』, 상동〉

○ 정만종(鄭萬鍾, 1911~1982), 『경와유집(警窩遺集)』〈총서 1165〉

○ 정문부(鄭文孚, 1565~1624), 『농포집(農圃集)』〈국립중앙도서관〉

○ 정문섭(鄭文燮, 1859~1929), 『아석유고(我石遺稿)』〈국립중앙도서관〉

○ 정병조(鄭丙朝, 1863~1945), 『녹어산관집(漉魚山館集)』〈국립중앙도서관〉

○ 정봉기(鄭鳳基, 1861~1915), 『수재집(守齋集)』〈국립중앙도서관〉

○ 정사호(鄭賜湖, 1553~1616), 『화곡집(禾谷集)』〈총간 속8〉

○ 정석달(鄭碩達, 1660~1720), 『함계집(涵溪集)』〈총간 속53〉

○ 정순방(鄭淳邦, 1891~1960), 『초당유고(草堂遺稿)』〈총서 2982〉

○ 정 식(鄭 栻, 1683~1746), 『명암집(明庵集)』〈총간 속65〉

○ 정연준(鄭然準, 1891~1961), 『일재유집(一齋遺集)』〈경상대 문천각〉

○ 정 위(鄭 煒, 1740~1811), 『지애집(芝厓集)』〈총간 속97〉

○ 정유정(鄭有禎, 1611~1674), 『봉강유고(鳳岡遺稿)』〈국립중앙도서관〉

○ 정은교(鄭誾敎, 1850~1933), 『죽성집(竹醒集)』〈경상대 문천각〉

○ 정을보(鄭乙輔, 1285~1355), 〈『신증동국여지승람』권30 「진주목」〉

○ 정이오(鄭以吾, 1347~1434), 『교은집(郊隱集)』〈국립중앙도서관〉

○ 정인보(鄭寅普, 1893~1950), 『담원정인보전집』〈연세대 출판부, 1983〉

○ 정인채(鄭仁采, 1855~1934), 『지암유고(志巖遺稿)』〈국립중앙도서관〉

○ 정인함(鄭仁涵, 1546~1613), 『금월헌실기(琴月軒實記)』〈국립중앙도서관〉

○ 정인휘(鄭寅暉, 1861~1910), 『구계집(龜溪集)』〈국립중앙도서관〉

○ 정재규(鄭載圭, 1843~1911), 『노백헌집(老栢軒集)』〈총간 속145~6〉

○ 정재성(鄭載星, 1863~1941), 『구재집(苟齋集)』〈경상대 문천각〉

○ 정전기(鄭銓基, 1847~1920), 『회산유고(晦山遺稿)』〈경상대 문천각〉

○ 정종덕(鄭宗悳, 1804~1878), 『운곡유고(篔谷遺稿)』〈국립중앙도서관〉

○ 정종록(鄭鍾祿, 1904~1987), 『우송유고(友松遺稿)』〈경상대 문천각〉

○ 정쾌석(鄭快錫, 1888~1965), 『만오시고(晩悟詩稿)』〈국립중앙도서관〉

○ 정 탁(鄭 琢, 1526~1605), 『약포집(藥圃集)』〈총간 39〉

○ 정태현(鄭泰鉉, 1858~1919), 『죽헌집(竹軒集)』〈국립중앙도서관〉

○ 정필달(鄭必達, 1611~1693), 『팔송집(八松集)』〈총간 속32〉

○ 정해영(鄭海榮, 1868~1946), 『해산집(海山集)』〈국립중앙도서관〉

○ 정헌철(鄭憲喆, 1889~1969), 『석재유고(石齋遺稿)』〈국립중앙도서관〉

○ 정현석(鄭顯奭, 1817~1899), 〈이호대, 『남유일록』, 1925, 한국국학진흥원〉

○ 정형규(鄭衡圭, 1880~1957), 『창수집(蒼樹集)』〈국립중앙도서관〉

○ 정환표(鄭煥杓, 1896~1962), 『암려유고(巖廬遺稿)』〈경상대 문천각〉

○ 정회찬(鄭悔燦, 1759~1831), 『계당집(溪堂集)』〈국립중앙도서관〉

◑ 정경달(丁景達, 1542~1602), 『반곡집(盤谷集)』〈총서 2263〉

○ 정대수(丁大秀, 1882~1959), 『양천유고(陽泉遺稿)』〈국립중앙도서관〉

○ 정약용(丁若鏞, 1762~1836), 『여유당전서(與猶堂全書)』〈총간 281~286〉
〈장지연 편, 『대동시선』, 신문관, 1918〉

○ 정영하(丁永夏, 1878~1957), 『기헌집(杞軒集)』〈국립중앙도서관〉

○ 정 환(丁 煥, 1497~1540), 『회산집(檜山集)』〈총간 속2〉

◑ 제세희(諸世禧, 1881~1943), 『월곡집(月谷集)』〈경상대 문천각〉

◑ 조 겸(趙 㻩, 1569~1652), 『봉강집(鳳岡集)』〈경상대 문천각〉

○ 조경식(趙敬植, 1865~1932), 『만포유고(晩圃遺稿)』〈국립중앙도서관〉

○ 조광세(趙光世, 1649~1721), 『오재집(吾齋集)』〈국립중앙도서관〉

○ 조 녕(趙 寧, ? ~ ?), 〈조욱 외, 『경상도속찬지리지』, 상동〉

○ 조덕상(趙德常, 1708~1784), 〈관찬, 『진주목읍지』, 상동〉

○ 조문언(趙文彦, 1750~ ?), 〈관찬, 『진주목읍지』, 상동〉

○ 조방직(趙邦直, 1574~1637), 『수죽유고(修竹遺稿)』〈총서 592〉

○ 조병규(趙昺奎, 1846~1931), 『일산집(一山集)』〈경상대 문천각〉

○ 조석윤(趙錫胤, 1606~1655), 『낙정집(樂靜集)』〈총간 105〉

○ 조성가(趙性家, 1824~1904), 『월고집(月皐集)』〈총간 속137〉

○ 조성락(趙性洛, 1857~1931), 『만포집(晚圃集)』〈국립중앙도서관〉

○ 조성민(趙成珉, 1879~1952), 『심산유고(心汕遺藁)』〈국립중앙도서관〉

○ 조성인(趙性仁, 1839~1925), 『만절당유집(晚節堂遺集)』〈국립중앙도서관〉

○ 조수삼(趙秀三, 1762~1849), 『추재집(秋齋集)』〈총간 271〉

○ 조술도(趙述道, 1729~1803), 『만곡집(晚谷集)』〈총간 속92〉

○ 조열제(趙說濟, 1895~1968), 『연계집(硯溪集)』〈총서 2161〉

○ 조용헌(趙鏞憲, 1869~1951), 『치재집(致齋集)』〈국립중앙도서관〉

○ 조우식(趙祐植, 1833~1867), 『금계집(琴溪集)』〈경상대 문천각〉

○ 조우식(趙愚植, 1869~1937), 『성암집(省菴集)』〈국립중앙도서관〉

○ 조운도(趙運道, 1718~1796), 『월하집(月下集)』〈국립중앙도서관〉

○ 조위한(趙緯韓, 1567~1649), 『현곡집(玄谷集)』〈총간 73〉

○ 조의양(趙宜陽, 1719~1808), 『오죽재집(梧竹齋集)』〈국립중앙도서관〉

○ 조임도(趙任道, 1585~1664), 『간송집(澗松集)』〈총간 89〉

○ 조장섭(趙章燮, 1857~1934), 『위당집(韋堂集)』〈국립중앙도서관〉

○ 조 적(趙 績, 1477~ ?), 〈조임도, 『금라전신록(金羅傳信錄)』〉

○ 조 정(趙 靖, 1555~1636), 『검간집(黔澗集)』〈총간 61〉

○ 조정래(趙正來, 1880~1945), 『화헌집(和軒集)』〈총서 1457〉

○ 조지정(趙持正, 1641~ ?), 〈편자 미상, 『촉석루사적(矗石樓事蹟)』, 상동〉

○ 조진관(趙鎭寬, 1739~1808), 『가정유고(柯汀遺稿)』〈총간 속96〉

○ 조한규(趙瀚奎, 1887~1957), 『척암집(惕菴集)』〈경상대 문천각〉

○ 조호래(趙鎬來, 1854~1920), 『하봉집(霞峯集)』〈국립중앙도서관〉

○ 조홍진(趙弘鎭, 1743~1821), 〈관찬, 『진주목읍지』, 상동〉

○ 조희룡(趙熙龍, 1789~1866), 『고금영물근체시초(古今詠物近體詩抄)』〈조희룡
　　　　　　　　　　　　전집 4, 한길사, 1999〉

○ 조희일(趙希逸, 1575~1638), 『죽음집(竹陰集)』〈총간 83〉

◐ 조극승(曺克承, 1824~1899), 『죽계유고(竹溪遺稿)』〈국립중앙도서관〉

○ 조긍섭(曺兢燮, 1873~1933), 『심재집(深齋集)』〈국립중앙도서관〉

○ 조덕신(曺德臣, 1722~1791), 『돈암집(遯庵集)』〈국립중앙도서관〉

○ 조상하(曺相夏, 1887~1962), 『석암유고(石菴遺稿)』〈경상대 문천각〉

○ 조 숙(曺 淑, 1504~1582), 『죽헌집(竹軒集)』〈국립중앙도서관〉

○ 조시영(曺始永, 1843~1912), 『후계집(後溪集)』〈국회도서관〉

○ 조용상(曺庸相, 1870~1930), 『현재집(弦齋集)』〈국립중앙도서관〉

○ 조우인(曺友仁, 1561~1625), 『이재집(頤齋集)』〈총간 속12〉

○ 조 위(曺 偉, 1454~1503), 『매계집(梅溪集)』〈총간 16〉

○ 조정립(曺挺立, 1583~1660), 『오계집(梧溪集)』〈경상대 문천각〉

○ 조태승(曺泰承, 1858~1922), 『춘암유고(春庵遺稿)』〈총서 1195〉

○ 조하위(曺夏瑋, 1678~1752), 『소암집(笑菴集)』〈국립중앙도서관〉

◐ 진 건(陳 健, 1598~1678), 『명와유고(明窩遺稿)』〈국립중앙도서관〉

○ 진정범(陳正範, 1813~1864), 『만오유고(晩悟遺稿)』〈국립중앙도서관〉

◐ 차석호(車錫祜, 1846~1911), 『해사집(海史集)』〈국립중앙도서관〉

◐ 채소권(蔡紹權, 1480~1548), 『졸재집(拙齋集)』〈국립중앙도서관〉

○ 채제공(蔡濟恭, 1720~1799), 『번암집(樊巖集)』〈총간 236〉

○ 채헌징(蔡獻徵, 1648~1726), 〈편자 미상, 『촉석루사적(矗石樓事蹟)』, 상동〉

◐ 천일제(千一濟, 1895~1966), 『면헌유집(勉軒遺集)』〈국립중앙도서관〉

◐ 초엄(草广〈僧〉, 1828?~ ?), 『초엄유고(草广遺稿)』〈동국대 도서관〉

◐ 최경한(崔瓊漢, 1839~1908), 『삼어유고(三於遺稿)』〈국립중앙도서관〉

○ 최계옹(崔啓翁, 1654~1720), 『우와유고(迂窩遺稿)』〈국립중앙도서관〉

○ 최광남(崔光南, 1747~1814), 『죽파집(竹坡集)』〈경상대 문천각〉

○ 최광삼(崔光參, 1741~1817), 『만회당유집(晩悔堂遺集)』〈경상대 문천각〉

○ 최기량(崔基亮, 1878~1943), 『서암유고(瑞菴遺稿)』〈호남기록문화유산〉

○ 최기룡(崔基龍, 1843~1913), 『죽파유고(竹坡遺稿)』〈국립중앙도서관〉

○ 최덕환(崔德煥, 1866~1909), 『강재집(强齋集)』〈국립중앙도서관〉

○ 최 림(崔 琳, 1779~1841), 『외와집(畏窩集)』〈총간 속116〉

○ 최 립(崔 岦, 1539~1612), 『간이집(簡易集)』〈총간 49〉

○ 최병선(崔柄善, 1858~1940), 『송계유고(松溪遺稿)』〈국립중앙도서관〉

○ 최병식(崔秉軾, 1867~1928), 『옥간집(玉澗集)』〈경상대 문천각〉

○ 최병심(崔秉心, 1874~1957), 『흠재집(欽齋集)』〈국립중앙도서관〉

○ 최상각(崔祥珏, 1762~1843), 『제광헌유집(霽光軒遺集)』〈경상대 문천각〉

○ 최상원(崔尙遠, 1780~1863), 『향오집(香塢集)』〈국립중앙도서관〉

○ 최상익(崔祥翼, 1772~1839), 『자암집(紫庵集)』〈경상대 문천각〉

○ 최상준(崔尙濬, 1861~1930), 『연암집(淵菴集)』〈경상대 문천각〉

○ 최성규(崔性奎, 1847~1924), 『장와집(藏窩集)』〈총서 1081〉

○ 최양섭(崔養燮, 1905~1979), 『중암집(重菴集)』〈경상대 문천각〉

○ 최여완(崔汝琬, 1865~1936), 『벽계유고(碧溪遺稿)』〈국립중앙도서관〉

○ 최 연(崔 葕, 1576~1651), 『성만집(星灣集)』〈국립중앙도서관〉

○ 최영년(崔永年, 1858~1935), 『해동죽지(海東竹枝)』〈하강진 소장〉

○ 최원숙(崔源肅, 1854~1922), 『신계집(新溪集)』〈국립중앙도서관〉

○ 최윤모(崔允模, 1862~1900), 『월교집(月僑集)』〈국립중앙도서관〉

○ 최익현(崔益鉉, 1833~1906), 『면암집(勉菴集)』〈총간 325~6〉

○ 최일휴(崔日休, 1818~1879), 『연천유고(蓮泉遺稿)』〈국립중앙도서관〉

○ 최정우(崔正愚, 1862~1920), 『건재집(健齋集)』〈국립중앙도서관〉

○ 최천익(崔天翼, 1710~1779), 『농수집(農叟集)』〈총간 속80〉

○ 최한승(崔翰升, 1844~1916), 『경산유집(景山遺集)』〈경상대 문천각〉

○ 최 현(崔 晛, 1563~1640), 『인재집(訒齋集)』〈총간 67〉

○ 최현달(崔鉉達, 1867~1942), 『일화집(一和集)』〈국립중앙도서관〉

○ 최현필(崔鉉弼, 1860~1937), 『수헌집(脩軒集)』〈총서 1375~6〉

○ 최형식(崔馨植, 1825~1901), 『추계유고(秋溪遺稿)』〈총서 1788〉

○ 최호림(崔顥琳, 1854~1935), 『덕초고(德樵藁)』〈국립중앙도서관〉

○ 최호문(崔虎文, 1800~1850), 『송애집(松厓集)』〈국립중앙도서관〉

○ 최홍모(崔弘模, 1878~1959), 『심천집(心泉集)』〈국립중앙도서관〉

○ 최홍원(崔興遠, 1705~1786), 『백불암집(百弗菴集)』〈총간 222〉

◑ 추연용(秋淵鎔, 1908~1970), 『유당유고(幼堂遺稿)』〈경상대 문천각〉

◑ 하겸진(河謙鎭, 1870~1946), 『회봉유서(晦峯遺書)』〈경상대 문천각〉

○ 하경락(河經洛, 1876~1947), 『제남집(濟南集)』〈경상대 문천각〉

○ 하경칠(河慶七, 1825~1898), 『농은유집(農隱遺集)』〈경상대 문천각〉

○ 하달홍(河達弘, 1809~1877), 『월촌집(月村集)』〈국립중앙도서관〉

○ 하대관(河大觀, 1698~1776), 『괴와유고(愧窩遺稿)』〈모한재, 2012〉

○ 하 륜(河 崙, 1347~1416), 『호정집(浩亭集)』〈경상대 문천각〉

○ 하봉수(河鳳壽, 1867~1939), 『백촌집(柏村集)』〈국립중앙도서관〉

○ 하석징(河碩徵, 1672~1744), 『광은고(狂隱稿)』〈국립중앙도서관〉

○ 하세응(河世應, 1671~1727), 『지명당집(知命堂集)』〈경상대 문천각〉
　　　　　　　　　　　　　　　　　『지명당유집(知命堂遺集)』〈경상대 문천각〉

○ 하수일(河受一, 1553~1612), 『송정집(松亭集)』〈국립중앙도서관〉
　　　　　　　　　　　　　　　　『송정세과(松亭歲課)』〈경상대 문천각〉

○ 하 연(河 演, 1376~1453), 『경재집(敬齋集)』〈총간 8〉

○ 하영기(河永箕, 1905~1974), 『육화유초(六華遺抄)』〈국립중앙도서관〉

○ 하용표(河龍杓, 1848~1921), 『월담유고(月潭遺稿)』〈경상대 문천각〉

○ 하우선(河禹善, 1894~1975), 『담헌집(澹軒集)』〈경상대 문천각〉

○ 하우식(河祐植, 1875~1943), 『담산집(澹山集)』〈국립중앙도서관〉

○ 하윤천(河潤天, 1689~1755), 『연정유고(蓮亭遺稿)』〈국립중앙도서관〉

○ 하응도(河應圖, 1540~1610), 『영무성재일고(寧無成齋逸稿)』〈경상대 문천각〉

○ 하응명(河應命, 1699~1769), 『치와유고(癡窩遺稿)』〈경상대 문천각〉

○ 하응운(河應運, 1676~1736), 『습정재집(習靜齋集)』〈국립중앙도서관〉

○ 하장식(河章植, 1873~1941), 『모산시고(某山詩稿)』〈경상대 문천각〉

○ 하재곤(河載坤, 1728~1773), 『산재유고(山齋遺稿)』〈국립중앙도서관〉

○ 하재구(河在九, 1832~1911), 『위수집(渭叟集)』〈국립중앙도서관〉

○ 하재문(河載文, 1830~1894), 『동료유고(東寮遺稿)』〈국립중앙도서관〉

○ 하재승(河在丞, 1904~1972), 『청강유고(晴岡遺稿)』〈국립중앙도서관〉

○ 하재원(河載源, 1812~1881), 『도곡유고(道谷遺稿)』〈총서 2098〉

○ 하정근(河貞根, 1889~1973), 『묵재집(黙齋集)』〈경상대 문천각〉

○ 하 진(河 溍, 1597~1658), 『태계집(台溪集)』〈총간 101〉

○ 하진달(河鎭達, 1778~1835), 『역헌집(櫟軒集)』〈경상대 문천각〉

○ 하진현(河晉賢, 1776~1846), 『용와집(容窩集)』〈경상대 문천각〉

○ 하필청(河必淸, 1701~1758), 『태와집(台窩集)』〈국립중앙도서관〉

○ 하현석(河炫碩, 1912~1978), 『영계집(潁溪集)』〈경상대 문천각〉

○ 하홍도(河弘度, 1593~1666), 『겸재집(謙齋集)』〈총간 97〉

◑ 한규환(韓圭桓, 1877~1952), 『성암유고(性菴遺稿)』〈총서 2995〉

○ 한몽삼(韓夢參, 1589~1662), 『조은집(釣隱集)』〈총간 속23〉

○ 한우동(韓右東, 1883~1950), 『후암유고(厚菴遺稿)』〈국립중앙도서관〉

○ 한준겸(韓浚謙, 1557~1627), 『유천집(柳川集)』〈총간 62〉

○ 한철호(韓哲浩, 1782~1862), 『보산집(寶山集)』〈총서 2554〉

◑ 함자예(咸子乂, ? ~ ?), 〈권응인, 『송계집』권4「만록」〉

◑ 허 규(許 煃, 1807~1842), 『극재유고(克齋遺稿)』〈국립중앙도서관〉

○ 허만박(許萬璞, 1866~1917), 『창애유고(蒼崖遺稿)』〈국립중앙도서관〉

○ 허만책(許萬策, 1890~1962), 『회당집(晦堂集)』〈경상대 문천각〉

○ 허 박(許 鑮, 1724~1794), 『국천난고(菊泉爛稿)』〈국립중앙도서관〉

○ 허 신(許 信, 1876~1946), 『뇌산유고(雷山遺稿)』〈경상대 문천각〉

○ 허원식(許元栻, 1828~1891), 『삼원당집(三元堂集)』〈국립중앙도서관〉

○ 허 유(許 愈, 1833~1904), 『후산집(后山集)』〈총간 327〉

○ 허정로(許正魯, 1871~1949), 『학가유고(學稼遺稿)』〈총서 2982〉

○ 허 침(許 琛, 1444~1505), 〈『신증동국여지승람』권30「진주목」〉

○ 허 혁(許 赫, 1884~1950), 『도촌유집(陶村遺集)』〈경상대 문천각〉

○ 허 회(許 澮, 1758~1829), 『염호집(濂湖集)』〈국립중앙도서관〉

○ 허 휘(許 彙, 1709~1762), 『표은유고(豹隱遺稿)』〈총서 2298〉

◐ 홍귀달(洪貴達, 1438~1504), 『허백정집(虛白亭集)』〈총간 14〉

○ 홍만조(洪萬朝, 1645~1725)〈장지연 편, 『대동시선』, 신문관, 1918〉

○ 홍성민(洪聖民, 1536~1594), 『졸옹집(拙翁集)』〈총간 46〉

○ 홍의호(洪義浩, 1758~1826), 〈관찬, 『진주목읍지』, 상동〉

○ 홍재연(洪在淵, 1722~1801), 『오의재유고(五宜齋遺稿)』〈총서 574〉

○ 홍재하(洪載夏, 1882~1949), 『우석집(愚石集)』〈국립중앙도서관〉

○ 홍화보(洪和輔, 1726~1791), 〈장지연 편, 『대동시선』, 신문관, 1918〉
　　　　　　　　　　　　　　　　〈관찬, 『진주목읍지』, 상동〉

◐ 황경원(黃景源, 1709~1787), 『강한집(江漢集)』〈총간 224〉

○ 황근중(黃謹中, 1560~1633), 〈성여신 주편, 『진양지』, 상동〉

○ 황병관(黃柄瓘, 1869~1945), 『석우유고(石愚遺稿)』〈국립중앙도서관〉

○ 황병중(黃炳中, 1871~1935), 『고암집(皷巖集)』〈국립중앙도서관〉

○ 황사우(黃士祐, 1486~1536), 『재영남일기(在嶺南日記)』〈탈초·역주 황위주,
　　　　　　　　　　　　　　　　경상북도/경북대 영남문화연구원, 2006〉

○ 황 원(黃 瑗, 1870~1944), 〈홍영기 편, 『석전 황원 자료집』I, 순천대 박물관,
　　　　　　　　　　　　　　　　2002〉

○ 황윤중(黃允中, 1782~1855), 『운학집(雲鶴集)』〈국립중앙도서관〉

○ 황준량(黃俊良, 1517~1563), 『금계집(錦溪集)』〈총간 37〉

○ 황찬주(黃贊周, 1848~1924), 『기원집(綺園集)』〈국립중앙도서관〉

○ 황 학(黃 㙷, 1690~1768), 『농고집(聾瞽集)』〈경상대 문천각〉

○ 황 현(黃 玹, 1855~1910), 『매천집(梅泉集)』〈총간 348〉
　　　　　　　　　　　　　　　　『매천전집』〈전주대 호남학연구소 편, 한국인문과학
　　　　　　　　　　　　　　　　원 발행, 1988, 재판〉

○ 황 호(黃 㦿, 1604~1656), 『만랑집(漫浪集)』〈총간 103〉

○ 황희수(黃熙壽, 1855~1923), 『덕암집(德菴集)』〈국립중앙도서관〉